看民国大戏，
一段跌宕起伏、惊心动魄的历史

道人世沧桑，
一部立意恢宏、荡气回肠的史诗

民国春秋

第二部

沧海横流

渠福启 著

目　录

第四十一回

变生不测蔡专使转向　喜如所期袁总统就职

1912年2月12日，辛亥年十二月二十五日，清帝退位。次日，孙中山即向参议院递交辞职书，并推荐袁世凯为中华民国临时大总统，但附有三个条件：一、临时政府地点设于南京，不能更改。二、辞职后，俟参议院举定新总统到南京受任之时，本总统乃行解职。三、临时政府约法为参议院所制定，新总统必须遵守。

此前，当清帝退位诏书电达南京时，诏书上另加"即由袁世凯全权组织临时政府"一句。孙中山不禁大怒，立电袁世凯，责其不当，清室退位即等于政权消灭，不能授权臣下。袁世凯担心孙中山借故改变初衷而不再让位，便推诿于清廷所加，承认南京参议院与总统的地位，作为服从民国的表示，并且通令北方各军悉改用民国旗帜。孙中山这才向参议院提出辞职，但他对袁世凯已生警惕，因而约法三章。

孙中山所提三个条件，第一条就是民国定都问题。早在南北议和时，南京临时政府就作出决定，袁世凯被举为大总统后，须莅任南京。这一决定遭到北方的反对自然不足为奇，而南方自己的阵营竟也引发轩然大波。中华民国联合社等8个社会团体首先发难。章太炎又以上海光复会的名义致电袁世凯和南京临时参议院，反对民国政府设在南京。随后湖北、浙江、湖南、云南、广西等省都督及一些革命党人先后通电，倡议定都北京。甚至在南方军队中，亦有高级将领如朱瑞、姚雨平、柏文蔚、李燮和等人发布通电，主张定都北京。

2月14日一早，章太炎来总统府。孙中山起立让座，说："先生来此，又为定都之事？"

"哈哈！圣上明鉴。"章太炎深深鞠了一躬，站直了身子，又哈哈一笑说，"今日微臣登殿，就是来逆龙鳞的！"

"大胆奴才！见朕为何不跪？"孙中山故作怒状。

章太炎坐下，又调侃道："现在是民国了，太炎不幸，再也无缘向皇帝老儿磕头了。"

孙中山说："若如此，方得中国再无皇帝才行。"

"你说得不错。既然如此，你要袁世凯到南京来当总统，就不担心北方失去震慑，清朝又有死灰复燃之忧吗？你践言让位，吾心敬仰，唯又提出三个条件，非要袁公到南京受任，吾不忍缄默，故来面陈，望大总统改变初衷，定民国首都于北京。"

孙中山说："你上参议院意见书，有定都南京'五害'之说，而以北京为首都，我只有'一害'应之，那就是中华民国存亡之忧。有论调说，若舍北取南，帝党有死灰复燃之虑，但问题是，梦想做皇帝的只有满人吗？若仅为防清朝皇帝复辟，文以为于袁公在北在南，倒是无关宏旨的。"

"噢！我明白了，你是防着袁世凯？袁公已誓言承诺，永不使君主政体再行于中国，怎么？他还有叵测之心，要做皇帝？"

对于章太炎一针见血的提问，孙中山不置可否，说："这怎么是哪一个人的问题呢？我说的是中国国情，是封建势力和专制余毒。革命起于南方，民国的政治基础在南方，南京龙蟠虎踞，六朝古都，在南京建都，那是新中国，新首都，新气象。而北京长期为帝王所盘据，封建势力盘根错节，专制幽灵阴魂不散，我之决心以南京为首都，实为中华民国长治久安着想，以防微杜渐也。"

"不错，南京为六朝古都，但除吴、晋、宋、齐、梁、陈之外，其实还有南唐、明初和太平天国，这就是九朝了。但此九朝，无一不是偏安和短命的王朝，所谓'六朝旧事随流水''金陵王气黯然收'，人说是'六朝金粉地，金陵帝王州'，我却说是'金陵帝王墓，惨情帝王州'。再说了，南京以及西安、洛阳、开封、杭州诸城，作为都城都不过是历史的陈迹了，而北京则不然，历元明清三朝，越六百年至今，在中国人的心中，北京就是神京，就是万古帝王之都。中华民国定都，实非北京莫属啊！"

"说什么万古帝王之都！"孙中山义正词严地说，"我们经过十几年的奋斗，以无数革命者的生命和鲜血建立了中华民国，所为不就是埋葬几千年的帝王专制吗？你说金陵王气黯然收，不错，那么北京呢？清帝已经退位了，所谓王气该当如何？不过是阴风浊气而已。今日共和之民国，难道还要庇荫于帝王之气吗？"

面对孙中山的批驳，章太炎激动了，站起来指着孙中山说："你怎么偷换概念呢！我说王气，说的是地方文脉，是文化，是文明！"

"不错，是文化。而我说的是革命精神，请问——"孙中山也站起来，"革命精神是不是文化？革命精神不仅是文化，而且可以说是文化的精髓！中华民国定都南京，革命之精神必将赋予南京新的气象，新的地位！"

"你有如此革命精神，又何所惧北京的阴风浊气？何所惧袁世凯有叵测之心？你让位就让位吧，又何必节外生枝？"章太炎一连质问，犹如排炮。

"这怎么是节外生枝？"孙中山也动了怒，"君子一言，驷马难追，何况我革命者胸襟！我推袁公自代，为了革命，出于至诚，而向袁公约法三章，亦为民国着想，出于至公，决不能放弃！"

"好！好！你不听忠告，我上参议院！"章太炎转身就走，口中嘟囔着，"不可理喻，不可理喻。"

这天，参议院正在开会，议决民国建都问题。参议院于南京临时政府成立后成立，参议员由17省选派，正式代表30人，选举林森为议长，陈陶怡为副议长，在国会成立以前，行使中华民国的立法权。经过一番激烈辩论之后，投票表决，共有28票，其中21票主北京，5票主南京，两票主武昌，一票主天津。于是参议院决议，定政府地点于北京。

孙中山和黄兴闻知，立即召集参议院中的同盟会会员开会，有林森、王正廷、景耀月、李肇甫、黄复生、刘成禺、张继等二十余人。孙中山首先讲话，严正指出参议院作出的决定是错误的，是对民国的极大危害。黄兴怒气冲冲，当李肇甫和黄复生提出将参议院决议交回复议时，他厉声说："政府决不屈服于议院之手段，议院自动翻案，尽于今日。否则，我将派宪兵入院，缚所有同盟会会员以去！"

闻听此言，在座的所有参议员惊得目瞪口呆。

"同志们！"孙中山环视众人说，"同盟会会员在参议院中居于多数，这次表决所以失败，败于我们自己不齐心。当然，你们作为参议员，都有自主投票的权利，但我提请你们以民国安危为依归，严守革命的立场。我决定咨复参议院复议此案，请各位同志支持我的主张。"

孙中山讲完，黄兴的态度也缓和下来，说："同志们，我们一定要支持孙先生，请你们回去再议，务求达成建都南京之结果。"

第二天，2月15日上午，孙中山率文武百官祭孝陵。孝陵是明太祖朱元璋的陵墓。五百年前，朱元璋领导农民起义推翻元朝，建立明朝。今天，孙中山又领导革命，推翻清政府，建立民国。此次祭陵，宣告建立民主国家。

下午，中华民国统一大典在总统府举行。鸣礼炮二十一响，奏国歌。歌词曰：亚东开化中国早，揖美追欧，旧邦新造。飘扬五色旗，民国荣光，锦绣山河普照。我同胞鼓舞文明，世界和平永保。

乐止。孙中山发表演说，他在盛赞辛亥革命永垂不朽的意义之后，强调举袁世凯为总统和建都南京两个问题。他说："清帝退位，南北统一，皆由无数志士用无数热肠鲜血换来。但北京方面，全赖袁公，方得成功，袁公实我民国至友，民国成立以后，不应将他忘怀。况前日得他复电，曾有永不使君主政体再现中国之语。他是当代英雄，日后宜不食言。唯临时政府地点，仍须设立南京。南京是民国开基之地，在此建都，好作永久纪念，不似北京地方，受历代君主的压力，害得毫无生气。我虽解任，总是国民一分子，仍愿竭尽绵薄，为新政府效力，耿耿此心，还祈公鉴！"

孙中山所以强调这两件事，是因为大典之后，接着就要举行参议院会议，选举袁世凯为中华民国临时总统和复议建都问题。上午祭陵时，孙中山对王宠惠说："我命全师出也。今日之事，闻军中有持异义者，恐于选举之顷有所表示，其意不愿我辞职，又不满于袁世凯也。若此案不通过，人必疑我唆使军队维持个人地位，故特举行祭告，使勿干预选举事也。"孙中山担心反对袁世凯的人干扰参议院的选举，便把军队高官都叫来参加祭陵，以防止他们串通闹事，用心良苦。他更为担心的是，参议院否决他定都南京的主张，如此一来，他只有下令解散参议院，那就是一场政治危机。

参议院的会议在湖北路十号原江苏省咨议局大楼里举行。先进行总统选举。到会者17省，共17票，袁世凯全票当选。林森议长宣布选举结果，全场热烈鼓掌。但当复议定都问题时，发生了激烈争吵。广东议员赵仕北忽地站起来，说："各位议员，迁都北京，是万万不可。我敢说，北京即为民国的坟墓！今日，如不改设南京，我辈将以身殉，追随为民国献身的先烈而去！"随即又有三名同盟会会员站起来说："民国不保，吾身何惜！"泣言宁愿死在会场上。众人纷纷相劝,场面才复平静。然后投票。开票共计27票,其中南京19票,北京6票,武昌2票,由此决议定都南京。这次投票是在强大压力之下进行的。就在参议院开会时,大楼前聚集了上千军人,高呼口号:"参议院,参议院,要么南京,要么解散。"

即日,参议院咨复孙中山,并同时电达北京。孙中山接到参议院咨文后,立即以个人名义致电袁世凯,请他到南京就任中华民国临时总统。

袁世凯接到孙中山的电报,立即复电说:"顷接孙大总统电,提出辞表,推荐鄙人嘱速来宁,世凯德薄能鲜,何敢肩此重任?南行之愿,前电业已声明,然暂时羁绊在此,实为北方危机隐伏,全国半数之生命财产,万难靡置,并非因清帝委任也。现在北方各省军队暨全蒙代表皆函电推举(我)为临时大总统,清帝委任一层,无足再论。然总未遽组织者,特虑南北意见因此而生,统一愈难,实非国家之福。若专为个人责任计,舍北而南,则实有无穷窒碍。北方军民意见,尚多分歧,隐患实繁;皇族受外人愚弄,根株潜长;北京外交团,又向以世凯离此为虑,屡经言及;奉、江(黑龙江)两省时有动摇,外蒙各盟迭来警报,内讧外患,递引互牵。凡此种种,若因世凯一去,一切变端立见,殊非爱国救世之素志。故反复思维,与其孙大总统辞职,不如世凯退居,今日之计,唯有由南京政府将北方各省及军队妥筹接收以后,世凯即退归田里,为共和之国民。总之共和既定之后,当以爱国为前提,决不欲以大总统问题酿成南北分歧之局,致资渔人分裂之祸。以请唐君绍仪代达此意,赴宁协商。特以区区之怀,电达聪听,唯亮察之为幸。"

这是表示,袁世凯坚决不到南京就职。他以北方军人和全蒙代表拥戴他为借口,扬言要自组政府,并以辞职相要挟:你孙中山非要我到南京去,那我不干了还不行吗?但是唯有你把北方各省及各军队接收过来。言外之意——你行吗?

唐绍仪受袁世凯委托来南京劝说孙中山,没想到却被孙中山说服,竟完全赞成孙中山的主张。唐绍仪一到南京,就落入南方大员的亲密包围之中,请他加入同盟会,如此则举荐他出任国民政府总理。唐绍仪本来就赞成共和制度,能得一国总理之机遇,也让他喜不自胜,于是欣然接受。孙中山大喜,就委托唐绍仪回北再劝说袁世凯,并请他为外交全权代表,与各外交使团交涉,促成对中华民国的承认。随后,孙中山决定派南京临时政府教育总长蔡元培为专使,偕同唐绍仪赴北京迎请袁世凯南下。专使团有汪精卫、宋教仁、王正廷(参议院副议长)、魏宸组(外交部次长)、钮永建(参谋次长)、刘冠雄(海军顾问)六名欢迎员。

迎袁专使于2月21日从南京出发，27日到达北京。袁世凯特命打开正阳门，以最为崇高的礼仪迎接。正阳门外，苍松翠柏搭起彩棚，匾额上以鲜花扎成斗方的"欢迎"二字，五色国旗悬挂两边。当蔡专使一行到来时，军乐奏响，礼炮齐鸣，民政总长赵秉钧向前行礼，双方免冠鞠躬，相偕入城。

专使团下榻煤渣胡同的贵胄学堂招待所，吃过午饭，即到总理府谒见袁世凯。宾主坐定，蔡元培即向袁世凯递交孙中山信函及参议院公文，袁世凯亦起身接受。蔡元培望着袁世凯看完了信，即说："清帝退位，民国肇兴，参议院奉孙大总统辞表，便召开选举会，一致选举明公为大总统。我等一行奉孙大总统之命，专程前来迎接，请大总统早日启行，到南京宣誓就职，使南北早日统一，国家早日安宁，庶不负四万万人民之殷殷厚望。"

袁世凯说："孙先生大公无量，让德可风，不胜钦佩。接参议院电告，惭悚万状。现在国体初定，隐患方多，凡在国民，均应共效绵薄，惟世凯德薄能鲜，何敢担此重任？但求共和早日成立，吾能重返洹上，做一太平百姓，终老林泉，于愿足矣！"

蔡元培说："袁公何出此言？袁公乃当代英雄，国家柱石，举任大总统，众望所归。民国建都，南北都有歧见，实为正常之争论。孙先生力持南京为中央机关之地，唯因民国初造，系乎中外之观瞻，勿任天下怀庙宫未改之嫌，而使官僚有城社尚存之感。孙先生还说，俟大局既奠，可决之正式国论，今且无预计也。孙先生望公南下，情真意切，已申命所司，缮治馆舍，谨陈章绶，静待轩车。元培衔命北来，身负重托，惴惴之心，有望于大总统者。"

闻听蔡元培直白地说出忧心的话来，袁世凯哈哈大笑起来，爽快地说："蔡公不必担心。孙先生主张，亦出于为国为民之心，我袁某既蒙推戴，敢不竭尽心力，追随其后？唯北方情形，各位有所不知，闻吾将离京南下，众议纷纷，动乱隐伏，不能不防，容我安顿一二，待个三天五天，即南下就道。"

众人闻言，都露出了宽慰的表情。袁世凯又说："今天晚上，我给诸公洗尘，我们再把酒谈心，畅所欲言吧。"

晚上，袁世凯设下盛宴，金箸玉盘，美酒珍馐。袁世凯做主，唐绍仪、杨士琦、梁士诒三人陪席。袁世凯频频举杯向专使们敬酒，称赞他们襄助孙中山创建民国的功绩。他称蔡元培为一代儒宗，学掩中外，私心仰慕已久。他说他曾拜读过他的《中国伦理学史》，并称赞他出任教育总长后，提出国民教育、实利教育、公民道德教育、世界观教育、美感教育五大教育方针,精辟致用,是为国民教育之根本。蔡元培听到如此赞誉之词,激动地说:"袁公雄才大略,先期在朝,殊为治世能臣,声名久著,革命起,又使清廷退位,复华夏,全金瓯。袁公今又荣膺大总统之位,社稷得人,民国有望焉。"袁世凯听了,急忙谦言道:"论辛亥之功,为孙公开天辟地,创始于前,老夫实不过以轻才承乏于后,实深愧汗!"

袁世凯称赞了蔡元培,又称赞汪精卫和宋教仁是少年才俊,早年即献身革命,蜚声寰宇,今日幸会,得见芝眉,真可算是人生一大快事。他又向宋教仁说:"宋先生毕竟出身于日本法政学堂,又有革命经历和经验,因此才能主持制定'临时政府组织大纲',新近修订'民国约法',我听说是宋先生一夜草成的,真是了不起,了不起呀!"

"大总统,听你说到此事,在下有一言奉告。"宋教仁说,"那就是在修订临时约法时,为何将总统制改为内阁制呢?去年武昌起义,继湖北独立之后接连数省独立,为筹组临时政府,便开始在汉口修订临时政府组织法。中国首创共和制度,无先例可循,便效仿美国或法国的制度。美国实行的是总统制,而法国实行的是内阁制,恕不讳言,我是主张内阁制的,但多数同志却认为,当时中国与美国十三州联合抗英情形相似,因而主张仿效美国,于是就采取了总统制。待清帝退位,修订临时约法时,面对建立统一国家的新情势,美制不再相合。美国是邦联制国家,是复合制国家体制,而中国是单一制行省国家,故与美国不同,而与法国相同,因而就改定采取内阁制了。这就是前后实在情形,循国情之变而变之,而非因总统易人而易之也。"

对于宋教仁的说法,袁世凯心里说:"你小子,说出这一套来糊弄老夫。什么国情有变,不就是因为孙中山把总统让给了我,才使出如此招数来限制我吗?走着瞧,你们能改过来,难道我就不能再改过去?"但看着宋教仁那棱角分明的脸庞,一双大眼睛扑闪着,射出锐利的光芒,深感此人不是平凡之辈,便笑了笑说:"国家无论立法,还是行政,都要因时制宜,刻舟求剑,不知变通,怎能治理好国家?说起国家政体来,总统制也好,内阁制也好,无非是权利和责任的区分,权利大,责任也大。就老夫私心,倒更喜欢内阁制呢?由总理挑重担,打头阵,当总统的不是乐在后面清静嘛。本来吾之心愿,共和告成,便复归乡里,过那种'采菊东篱下,悠然见南山'的日子去,今承蒙抬举,出任大总统,更觉不胜艰巨,故于权力之大小,又何所在意?"

说了这一番话，袁世凯爽朗地大笑起来。接着，他就说起他隐迹洹上的日子来，一番绘声绘色的叙述，仿佛他真的厌倦了仕途官场，而倾慕平民生活一样。由此引发，他讲了他的人生三难：一难，说他在朝鲜时如何一次次挫败了日本吞并朝鲜的企图，甲午年日军攻占汉城，他骑着马在枪林弹雨中狂奔出城，登上一艘英国军舰，才脱险回来。二难，说他如何推动清朝的立宪改革，因而遭皇族官僚的暗算，慈禧太后差点就要治他重罪，他急谋退路，交出了兵权，才得到了宽恕。三难，说是四年前，若不是张之洞竭力相救，他就成了摄政王载沣的刀下之鬼，能弃官回籍已是万幸。他说他那时就认识到清朝已病入膏肓，便想推倒这个朝廷，于是忽发奇想，竟向在日本的黄兴致信联络，谁知竟如石沉大海。说到这里，袁世凯问道："在座各位是否有人知道，黄兴到底收到我的信了吗？"

"收到了。"宋教仁应声说道，"黄兴看了信，又让我看，然后俺俩就去找孙先生。我们商量了许久，那时对您不大相信呢，所以就没有理会。真是憾事，憾事啊！"

袁世凯这话，若不是宋教仁证实，恐怕无人相信。在座各位无不惊讶。唐绍仪、杨士琦、梁士诒也都连声说"想不到"，称赞袁世凯眼光远大。汪精卫一直很少说话，刻意掩盖他与袁家的关系，这时也说："孟子说，为渊驱鱼，为丛驱雀，清朝廷是自掘坟墓呀。"

袁世凯接着说："不见黄兴回信，老夫就打算隐居乡井，终老林泉了，哪想到武昌事起，就开创出如此一片新天地来。老子说，祸兮福所倚，福兮祸所伏，真是至理名言哪。若不是载沣小儿戕害老夫，蒙此大难，说不定我仍做清朝鹰犬，哪想到南北合璧，共造民国这种事？再说了，恐怕南方革命诸君也不会相信我袁某人吧。哈哈！"

随着袁世凯的笑声，众人也都点头笑了。

这场宴席，觥筹交错，尽欢而散。专使团的人，除汪精卫以外，都没有见过袁世凯，一场酒宴之后，完全改变了袁在他们心中的形象，感到袁世凯虽为清廷旧臣，却是时代新人，是可以信赖的人。唯有宋教仁尚存疑虑。第二天，袁世凯派唐绍仪与专使团会谈。宋教仁对唐绍仪说："昨日目睹袁公风采，仰慕之至，只是南下就职之事，袁公初不同意，然专使团到京，却又满口答应，我等无不心喜，但亦不解袁公何以幡然醒悟。"

唐绍仪说："是啊，南京行前，孙先生嘱咐我劝他，我已备下一罗筐腹稿呢，却都没有用了。我想,是孙中山的诚意,又派你们来请,他心生感动之故吧。他已告诉我,南下走京汉路,过武昌看望副总统,然后走水路到南京。你看,还有什么担心的?"

唐绍仪与专使团会谈,就袁世凯南下就职诸事交换意见。遂一切安排妥当,就等择日起行了。

正事办完,第二天,专使团一行便在唐绍仪陪同下游览北京城,看了皇宫和颐和园。回到住处,吃过晚饭,由于一天的劳累,很快便进入了梦乡。忽然有"砰砰"之声传来,蔡元培以为新春期间,孩子们还在放鞭炮,不以为意。汪精卫却吓了一跳,穿着睡衣到宋教仁房间,说:"你听这是什么声音?"宋教仁站到窗前静听,神色大变,说:"枪声!出事了,快叫蔡先生。"当两人把蔡元培叫起来时,大家都醒了,打开窗户听动静。只听外面枪声越来越密集,越来越近,又有叫骂声、呼喊声、哭叫声等种种嘈杂的声响传来。"大火!"王正廷叫起来。众人望去,只见南方已被火光照亮,浓浓的烟雾在影影绰绰的楼房间盘旋。宋教仁郑重说道:"不得了,这是兵变!各位都收拾一下吧,应付不测之祸。"于是,都急忙穿上衣服,整理行装。收拾未完,就听得剧烈的敲门声、喝骂声,一个卫兵前来报告:"反了,反了!都是当兵的,我们挡不住了,你们都躲一下吧!"于是各人纷纷逃窜。前脚刚走,大门轰一声倒地,乱兵破门而入,把招待所洗劫一空。

蔡元培、汪精卫、王正廷、钮永建四人跑到招待所的后院。翻过一面墙,是一家庭院,见有一亭,便走进去。这时,一个中年人出来察看。汪精卫说:"我们是南京派来的代表,让你们受惊了。""是来迎接袁大总统南下的吗?"汪精卫回答:"正是。"那人就说:"诸位稍等,我去回复一声。"说完走回屋子,复又回来说,"我家冯老爷就是南北和谈的北方代表呢,今天梅兰芳在玉婉春茶馆请客,他去而未回,老太太要我来请各位,小人是冯府西席,请跟我来吧。"四人喜出望外,就住在了冯家。

因为兵乱,冯老爷待到天明才回来。原来他在上海和谈时是认识汪精卫和王正廷的,相见甚喜,便说:"昨天晚上,他们到处找你们呢,正好有一个人认识我,告诉我要把你们接到六国饭店,想不到你们避难到了我家里。"遂立派他的女婿找人护送四人到六国饭店去。

六国饭店为英、美、法、德、日、俄六国合办,位于东交民巷使馆区,自然十分安全。当蔡元培四人到达六国饭店时,其他的人都已陆续来到。各人诉说他们的经历，不禁唏嘘。蔡元培怅然说："我们迎接袁大总统南下，万事俱备，只欠东风，这个节骨眼上，我就怕出乱子，乱子就来了。看来我们只好在北京过元宵节了。"这天是农历正月十三。宋教仁说："岂止是要在这里过节的事？就那么巧，你们不觉得实在蹊跷吗？怕我们都在梦中吧。"

"啊？"蔡元培望着宋教仁狐疑的目光，说，"兵变呀，这种乱子，谁还能故意惹出来？"

宋教仁长叹一声："蔡先生忠厚……"话说了半句就不说了。正在这时，梁士诒匆匆赶来。

"受惊，受惊了！"梁士诒连连致歉。他左右环视了大家一眼，便说："乱子一起，大总统就派出一队卫兵去保护你们，却见人去楼空，就赶忙派人到处去找。万幸，万幸，总算平安。"然后，梁士诒就说起乱兵，从正阳门外开始闹起，很快扩散到整个京城，到处抢劫、放火，甚至杀人等情。宋教仁问："那第三镇是北洋精锐，曹锟又是袁大人的心腹爱将，为何能够兵变？"

"闹饷，闹饷呀。"梁士诒说，"宋先生有所不知，陆军部的饷章规定，凡出征将士，照例自起程之日起加发津贴，以为优待，事平后仍回原防，这份津贴就没有了。武昌事起，第二镇、第四镇开往前线，每人每月加发一两白银，第三镇由东北开赴北京防卫，亦照出征惯例加发津贴。和议达成之后，二、四两镇回防，于是照章裁饷，而第三镇仍在北京，并未回防，可是陆军部以战事结束为由也裁了他们的饷，由此引起不满。"

蔡元培说："那就不要裁饷了，赶快让乱子平息下来。"

"袁大总统已下令，补发他们的饷银。但是，唉！事情不仅如此呀。"梁士诒说，"自从清帝退位，不知怎的，军队要解散的谣言便到处流传，听说袁大总统就要南下，他们更觉得老师一走，再没人管他们了。我听人说，乱兵一边抢掠，一边嚷着说，不成了，不成了，国家用不着我们了，我们趁早搞点盘缠回家吧！所以，北方军队都不稳呀。这次兵乱可不光是第三镇，不知多少部队，都乱了！大总统真是急了，又跳脚，又骂人，我可从未见过他那个样子。他一夜都没有合眼，忙得脚不沾地，如果你们没事，我也得走了。"说完，他把一个跟班叫来，介绍他负责照管专使，连说"失陪，失陪"，转身而去。

接到兵变的报告，袁世凯从小门匆匆跑进总理府。他先宣布北京全城戒严，命令民政部部长赵秉钧调动警察维持秩序，又派陆军部官员分赴各营区视察情形,管束部队,又命令毅军统领姜桂题带兵弹压,遇见乱兵,格杀勿论。皇宫大臣郑孝胥打来电话,愿出禁卫军平乱。袁世凯知道这是皇宫为了撇清干系才有此表示,但他对禁卫军仍然心有疑虑,不过人家要避嫌,也就要做顺水人情。于是他告诉冯国璋,禁卫军以保卫皇城安全为重,如有多余兵力,可派往什刹海,看住德胜门。算是使用了禁卫军。

袁世凯忙活了一夜。正吃早饭,袁克定来了,笑一笑说:"爹爹辛苦了。"

"辛苦?"袁世凯板下脸来,"你知道这乱子有多大吗?这些乱兵,抢劫不说,还杀人放火,正阳门一条街,都烧成了灰,北京叫他们糟蹋成这样!这且不说,使馆区戒严了,各国公使都要派兵来保卫使馆,再闹一场八国联军进北京啊!"

"嘿嘿!"袁克定狡黠地笑了一声,说,"这兵,还不是能放能收?"

袁世凯一拍桌子,怒声道:"你带过兵吗?放火容易救火难,玩兵就是玩火呀!你还说能放能收,你有本事你来收!快给我滚!"

这时,曹锟大步流星地跑来,袁世凯又是一阵训斥:"你快把你的乱兵逮到营房里去,你不杀他们的头,我就杀你的头!"

曹锟诺诺连声,告退走出来。袁克定赶上去,说:"曹帅,赶快管管你的部队吧。"曹锟大手一扬,生气地说:"你以为这部队好管!你出的馊主意,叫我挨骂。""唉!"袁克定叹了一口气说,"老爷子也骂我了,你没看见。"曹锟不理他,扬长而去。

这场兵乱,从昨夜发起,整日不息,到了夜晚复又大肆劫掠,直到第二天天明,城内才渐渐平静下来。

袁世凯把专使团接到总理府,把京城兵乱情形述说了一遍,又说天津、保定、丰台等地也都乱起来了,其严重情形甚至比北京还要厉害。然后痛心地说:"自从庚子八国联军之乱以来,北方从未有此浩劫,我之罪,我之罪啊!"

蔡元培说:"兵乱骤起,猝不及防,幸有大总统果断处置,得以平息,我等无不佩服。"

这时,袁世凯现出难色说:"这个乱子是平息了,但乱源仍在,隐患未除。各位实在不了解北方,就如我不了解南方一样,北方有北方的情况,北方有北方的难处啊,为今之计,奈何,奈何?"

这就是想让专使们表态了,沉默了好一会儿,蔡元培说:"我等衔命北来,殷切盼望大总统南下就职,完使以归,讵料遭此巨变,大总统有何意见,不妨坦言相告。"

"唉！"袁世凯长叹一声，说，"这两天我反复思虑，感国民推戴，授予重任，既然勉为其难，自当南下就职。无奈这北方情形，又实难脱身，因而左右两难。昨天，北方各省督抚又发出通电，极力反对我南下就职，各位也都知道了吧，我怎能置之不顾？我看是否这样，请诸公斟酌。"他看大家都把目光集中向他，便说出一番话来："我提议让我在北方暂待上五六个月，以便致力整顿，待北方无后顾之忧，然后再做南下之行。当然了，南方的事情也不能耽误，我想提请黎副总统先到南京就职，并代理总统职权。如此一来，总得南北兼顾了，虽不算是良策，也属差强人意吧，诸君以为如何？"

南来诸人本以为袁世凯要断然拒绝南下了，心里已备有话说，不想他并不打退堂鼓，而是拿出这一套办法来，便都坐在那里呆住了。还是蔡元培，说出"容我等商量"的话，告辞而出。

回到六国饭店，磋商多时，竟有一个意外的决定：同意袁世凯在北京就职。专使团一行来到北京，就有亲朋好友、同乡同僚造访，其中不乏受人指使者，他们无不以定都北京为宜相谈，所谓众口铄金，软化了专使们的立场。对于北方的严重局面，专使们经过这场兵乱，感同身受，也不由得不信。更为重要的是，他们对于袁世凯的印象发生了重大改变，认为他是一个可以信赖的人，进而认为他当初不愿南下实为北方安定着想，未有其他。只有宋教仁猜疑袁世凯为拒绝南下寻找借口，但他恰恰是主张建都北京的，因而对此不愿深究，含糊而过。因此，他们很快就统一了思想，认为当前以维护南北统一、速定民国大局为本，其他都是枝节，尽可迁就。对于袁世凯所提的方案，他们感念袁世凯的"无私"，但他们都不赞成这样的方案，不仅民国开局就以副总统代总统实为不美，更因为自从南京政府成立以来，武昌与南京日益对立，让黎元洪主政南京，南京也不会同意。而袁世凯提出这一方案，是断定不仅南京不会赞成黎元洪，而黎元洪也不会贸然到南京去，这是拿准了的，所以才敢打出这张牌来。

接到北京的电报，孙中山立即召开内阁会议，说："蔡专使在北京饱受惊险，就同意袁世凯在北京就职。这一意见还不是袁世凯所出，而是我们蔡专使决定的。袁世凯主张他在北京暂留六个月再做定夺，可是六个月之后又将如何？相信大家都不易猜测，也难代他做主。各位不妨对电报讨论讨论，以定主张。"接着孙中山又说，"新总统必须南下就职，这是我同袁先生之间主要的焦点。我一直认为，如果他不肯南下就职，就是缺少拥护共和、尊重法制的诚意。因此，他一天不南下，我就一天不解职，即使他在北方以'新举临时总统'的名义行使职权，也将以不合法视之。"

只有少数人附和孙中山，多数人都赞成蔡元培专使的意见，会议不果而散。

过两日，蔡元培不见回复，又发一电于南京。电报提出两点：一是取消袁君南行之要求，二是确定临时政府之地点为北京。其实行步骤是：袁君在北京行就职仪式，而与南京、武昌商定内阁总理，由总理在南京组织统一政府，与南京前设之临时政府办理交代，然后参议院和内阁迁往北京。"

孙中山叫来黄兴，把北京来电交给他看，问他有何意见。黄兴叹了口气说："事情竟至于此，真不知如何才好，愿唯先生定夺。"

"不必如此。"孙中山说，"依我之见，就让袁世凯在北京就职吧。"

黄兴点了头，说："幸好，参议院已通过临时约法，实行内阁制，有制度之约束，总统尚不能为所欲为……"

不待黄兴说下去，孙中山说："权力制约为民主制度之要义，如一张网，一个框架，但毕竟也不无网破架散之忧吧。内阁制，纯恃国会，中国民主基础，犹甚薄弱，一旦受压迫，将无由抵抗，恐蹈俄国1905年后国会之覆辙。国会且然，何有内阁？今革命之势力在各省，而专制之余毒在中央，此进则彼退，其势力消长，即专制与共和之倚伏。倘更自身削弱，噬脐之悔，后将无及。"

对于临时约法的制定，孙中山只是权宜之计，并不完全赞同。孙中山借鉴西方三权分立学说，提出了五权宪法方案，其意是以五权代替三权。它的结构是：国民大会——政府，政府之上是国民大会，下设行政院、立法院、司法院、监察院、考试院。此亦与西方不同，西方则是政府与立法、司法三权平行，总统属于行政权。孙中山因为参议院接受不了他的五权宪法，所以才同意修订临时约法。孙中山还主张以各省抑制中央，不主张采用内阁制，但宋教仁坚持内阁制，不赞成各省自治，内阁制终为参议院所接受，规定于临时约法之中。

"既然内阁制靠不住，为之奈何？哎，先生！"黄兴提议道，"马君武等人极力鼓动我统兵北上，仍以迎袁为名，乘便扫荡北洋军专制余毒。"

"不可，不可！"孙中山断然拒绝，说，"如此一来，南北重新开战，统一大局荡然无存，可谓前功尽弃，创建民国者反成为破坏民国之罪人。再说，如此轻动干戈，不仅参议院不能通过，就是军队何能一心一德？当初举袁为总统，你主张于前,我附和于后,清帝退位,我们也应当践言,亦是革命利益之所在,不应有悔。唯有我们为民国而推戴袁君,必使他做拥护共和、维护民国的总统,因此我才约法三章,一步步走来,他终于承认了民国政府,以参议院选举做了民国的总统。"

说到这里,孙中山叹了一口气说:"就是定都问题,横生枝节啊。北方反对自是当然,但我们南方,我们的政府官员、各省都督,甚至军队将领亦多有反对,此实为不堪言者。如今迎袁专使又转了向,我孙文一筹莫展了!"

听孙中山这番话,黄兴嗫嚅不能语。孙中山又说:"听说我做了大总统,我兄长带着科儿娘俩就到南京来了。他们背井离乡十几年,我与他们也有八九年不见面了,想念他们哪!"

黄兴说:"革命胜利了,你又做了大总统,他们不知该有多高兴呢。我们俩心里就是革命呀,革命呀,何曾顾念过家?你的家人,我也从未见过呢,今日一见,嘿!孙科都长成大人了。"

黄兴以为孙中山要谈家常,话就多了。孙中山打断了他的话,说:"你猜我兄长来干什么?他来要官做呢。他来南京,随即就有广东民军和团体的来电要拥他为广东都督。我就问他,他对我说,你做了大总统,让我做个省长还不是轻而易举?我说,革命不是为了做官,老子打天下,老子就要坐天下,自古以来似乎天经地义,但这不是革命党人的价值观。再说,我已把大总统让给北京的袁世凯了,你指望我可是指望不上了。依我之见,政治非你所熟悉,你还是专就所长,办理实业为好。此后,他就生气不理我了。"

黄兴由衷地表示钦佩。孙中山又说下去:"随我兄长来的还有一个人,就是美国华侨,致公堂的黄三德。他不是要官的,却是要钱的。我两次到美国,募捐发行债券,允诺革命胜利后十倍偿还。我对他说,革命是胜利了,但我现在实在没钱还你。他说,国库里还不有的是钱?我就说,南京政府的国库里不但一文不名,而且负债累累。他怎么也不相信,说了多少难听的话,就差没有骂我了。"

"是啊。"黄兴一脸愁容地说,"公职人员发不了薪,军人发不出饷,这几天,军人闹饷越来越凶,持枪抢劫的事发生好几起了。"

"如此以往,大祸不远矣。"孙中山接着说,"十几年来的革命,我在后方奔走筹钱,你在前方打仗花钱,没有钱,革命就不能进行。现在,南京政府没有钱,一样难于维持呀。借钱吧,各国不承认民国政府,外国银行拒绝贷款,这是袁世凯与外国列强串通一气勒我们的脖子。我便托盛宣怀由汉冶萍公司以产抵押借得外债二百万元，再以汉冶萍公司私人名义转借于政府，不想参议院又指责我违法借款，丧权辱国，要予否决呢。我怎不知这笔借款违法？而不敢爱惜声名，冒不韪而为之者，犹如寒天解衣付质，疗饥为急，实在是无奈之举嘛！俗话说，一文钱难倒英雄汉。唉！屈服吧，我们屈服吧，向钱屈服！"

望着孙中山痛苦的表情，黄兴低了头，自语似的说："屈服吧。"

孙中山伏在案上，一会儿便写好了咨文。站起来，把毛笔使劲投向笔筒，对黄兴说："只好如此了，交参议院办理吧。"

参议院收到孙中山的咨文，议决交接事宜六项条款：（一）由参议院电知袁大总统，允其在北京受职。（二）袁大总统接电后，即电参议院宣誓。（三）参议院接到宣誓之电后，即复电认为受职，并通告全国。（四）袁大总统受职后，即将拟派国务总理及国务员，电知参议院，求其同意。（五）国务总理及国务员任定后，即在南京接受临时政府交代事宜。（六）孙大总统于交代之日始行解职。

孙中山即将参议院决议分别电告蔡元培和袁世凯。

3月10日，在北京举行大总统就职典礼。袁世凯宣誓：民国建设造端，百凡待治。世凯深愿竭其能力，发扬共和之精神，涤荡专制之瑕秽。谨守宪法，依国民之愿望，达国家于安全完固之域，俾五大民族同臻乐利。凡此志愿，率履勿渝。俟召集国会，选定第一期大总统，世凯即行辞职。谨掬诚悃，誓告同胞！

专使团一行蔡元培等七人代表民国，接受誓词。

袁世凯就职毕，专使团南返。

总统就职后，随之就是组织内阁。袁世凯提出唐绍仪为总理人选，电达南京征求意见。南方正在讨论中，赵凤昌提出吸纳唐绍仪加入同盟会，并出任总理的建议。孙中山和黄兴两人都赞成，遂交参议院表决通过，电达北京。

袁世凯选择唐绍仪，担心南方否决。因为南方既然把总统大位让于北方，总理自应由南方出任。赵凤昌提出由唐绍仪出任总理，一箭中的。是赵凤昌本于民国之忧而出此高见，还是北京向惜阴堂授其妙计，而由赵凤昌"投壶"，这就不得而知了。

实行内阁制，组织内阁应由总理提出阁员名单。得知南方同意唐绍仪出任总理后，袁世凯就先把自己的囊中人物提出来，然后叫唐绍仪推荐南方人选，磋商既久，确定下来。唐绍仪便带着这份名单到达南京，又与孙中山和黄兴商议，然后提交参议院。

3月29日，参议院投票选举，结果预选的十人有九人当选，唯交通总长梁如浩未获通过。十部总长为：外交陆征祥、内务赵秉钧、财政熊希龄、陆军段祺瑞、海军刘冠雄、司法王宠惠、教育蔡元培、农林宋教仁、工商陈其美、交通梁如浩（未通过，由总理兼任）。

次日，按事先约定，唐绍仪在南京加入同盟会。当晚，孙中山在总统府盛宴款待唐绍仪，并为内阁的顺利组成祝贺。

4月1日，孙中山莅临参议院，行解职礼。孙中山致辞："本大总统解职后，即为中华民国之一国民。政府不过一极小之机关，其力量不过国民极小之一部分，大部分力量，仍全在国民。本大总统今日解职并非功成身退，实欲以中华民国国民之地位，与四万万国民协力造成中华民国之巩固基础。"辞毕，遂将临时大总统印交还参议院。

林森代表参议院致答词："（孙先生）虽柄国不满百日，而吾五大民族所受赐者已靡有涯矣，固不独成功不居，其高尚纯洁之风，为斯世楷模。民国之成立也，先生实抚育之；民国之发扬光大也，尤赖先生牖启而振迅之；苟有利于民国也，无问在朝在野，责任一也。罗斯福总统解职后，周游演说，未尝不拳拳于美利坚合众国，愿先生为罗斯福，国人馨香祝矣。"辞毕，孙中山致谢议员，鞠躬告退。

4月2日，孙中山发表解职通告，向全国人民告别。然后，他离开南京，从此寓居上海。

孙中山访京，管鲍同心
宋教仁组党，良莠不拘

8月24日，北京火车站沐浴在夕阳的光辉里。成千上万的人站满了月台，他们手持鲜花、彩带，凝神眺望。"来啦！来啦！"在人群的呼喊声中，一列火车徐徐进站。军乐奏响，礼炮轰鸣，儿童队唱起了欢迎歌。孙中山走下火车，左右环视人群，脱下礼帽，挥舞致意。所有的目光都投向他，一睹伟人风采。国务院代总理赵秉钧迎上去，向孙中山施礼，高声唱道："热烈欢迎孙大总统！"孙中山还礼，然后与各部总长、各国驻北京公使、各党派代表、军工学商各界代表一一握手。孙中山发表了简短的演讲，然后在军警的护卫和人群的簇拥下乘车入城。

北京以最隆重的礼仪欢迎孙中山。袁世凯派出欢迎团到天津迎接，北京则张灯结彩，大开正阳门（前清，皇帝进京才开此门），以总统专用的金漆朱轮马车供孙中山乘坐，沿途军警林立，致以总统之礼。孙中山入驻石大人胡同的迎宾馆。这也就是袁世凯的总统府，袁世凯让出来，迁往铁狮子胡同的陆军部办公。

孙中山辞职后在上海小住几日，便受黎元洪邀请到武昌访问。孙中山一辞职，袁世凯就曾邀他北上，听说他首途却是西行，便急派范源濂、张大昕携其亲笔信到武昌，请孙中山命驾北上。可是，孙中山从武昌返回上海后，又启程南下，在广州、香港以及他的家乡香山县停留两月之久。袁世凯又发电，催促孙中山务必成行。

孙中山又回到上海，才约黄兴同行北上。正要登程，突然传来张振武在京被杀的消息，上海同盟会会员同声愤慨，纷纷劝阻，认为袁世凯心狠手辣，入京就是自投虎穴。孙中山说："张振武被害一案，我们还不清楚，不要为此而更改。袁世凯三次相邀，如果我不去，是失信于他，如果我去了，生死由他，我已置之度外。"黄兴说："我们九死一生都过来了，还怕什么呢？不过，我认为张振武是蒙冤而死，袁世凯如此杀人，手段不仅非法，而且无耻。我要与他计较一番，非弄个水落石出不可，这时候，我们怎么能去见他？"

孙中山坚持要行，黄兴执意要留。于是，孙中山单枪匹马到北京来了，他只带了秘书宋霭龄和他的夫人卢慕贞、小女儿孙婉同行。

孙中山下榻宾馆，刚刚就绪，袁世凯就来拜会。他一身戎装，见了孙中山，恭恭敬敬地行了一个军礼。孙中山走向前去，紧紧地握住他的手，两人脸上都绽放出笑容，对望良久。袁世凯刚一坐下，就又站了起来，到一边脱下军帽，挂上军刀，才复就位坐下。孙中山看着袁世凯举止失措的样子，觉得好笑，心里说："你什么场面没经过，见了我有什么紧张的呢？"这时候，秘书宋霭龄领着孙夫人卢慕贞进来，袁世凯又急忙站起来欢迎。两边就座，一番寒暄，主客双方共表相见恨晚之意，袁世凯就告辞而别。

袁世凯之所以穿军装拜会孙中山，所表达的是"为王前驱"之意，是极大的恭敬。当晚，孙中山又回访袁世凯。这两次见面，不过是礼节性拜访，浅谈即止。

孙中山回访袁世凯回来，即召开同盟会谈话会，同盟会在京人员都来到孙中山身边。张继说："我们原来都想着，先生是不会到北京来的。"

"为什么呢？"孙中山问。

张继说："张振武被袁世凯杀害，大家无不异常气愤，而你却来京与他握手言欢，许多同志都是很不理解的。"

孙中山微微一笑，说道："袁君三次邀请我，我既已答应，何能失言？现在虽成立了统一的政府，但这仅是形式之统一，而非精神之统一。达成形式之统一，已属不易，要达成精神之统一，更难，而只有达成精神之统一，中华民国才能根基永固，长治久安。张振武被害一事，我当然是要问的，但不能因小失大。我辞职让位，党内本有意见分歧，近来北京又出了许多事情，更增加了对他的不满，引出种种顾虑。人无完人，识人唯心，袁世凯究竟怎样，我只有亲来看一看，才能知道。如果他真心共和，服膺民主，我们就应放心，并诚心相助。如若不然，也好早为绸缪之计。"

这一席话，说得大家频频点头。接着宋教仁向孙中山报告国民党的组建情况。宋教仁来京出任农林总长，可是不久，唐绍仪挂冠而去，宋教仁等与唐内阁共进退而辞职，孙中山即派他接替执意功成身退的汪精卫，担任同盟会总务部主任干事，实际负责同盟会的工作。就是在宋教仁主导下，以同盟会为核心组建成立了国民党。宋教仁说："民国以来，中国党派如雨后春笋，这是中国从未有过的新气象。目前，各政党又争相联合而成为大党，共和建设讨论会、国民协会、共和统一党、共和促进会、国民新政社等五个小党组成民主党，等待梁启超回国为领袖，以与同盟会相抗衡。以黎元洪、张謇等人为领袖的共和党最近也接连吸收数个小党，以壮大力量。在参议院改选之后，同盟会虽仍是第一大党，但席位明显减少，仅占三分之一。于此情势之下，如果同盟会孤芳自赏，就将失去大党的地位，在议会中变得无足轻重，这是多么严峻的挑战呀。因此，教仁挺身而出，促成同盟会与统一共和党、国民公党、国民共进会、共和实进会、全国联合进行会五个党派的联合，取名国民党。现今诸事完毕，专等先生到来，出席成立大会呢。"

孙中山说："成立大会，当然我要出席。不过，我与克强都决定专心实业，不问政治，本党党务还是由你来负责吧。"

"先生！"宋教仁急道，"本党只有先生领导，才能立于不败之地，倘若先生退让，等于是抛弃本党啊！"

"遁初，你应当理解我。"孙中山慢慢解释说，"我与克强的决定不是一时心血来潮，更不是偃旗息鼓。我说过，本总统解职并非功成身退，实欲以中华民国国民之地位，与四万万国民协力造成中华民国之巩固基础。那么，民国的基础在哪里呢？在民生。可以说，我们已实现了民族、民权两个主义，唯有民生尚未实现。时下建国之本在于经济建设，否则只从政治上下药，必至日弄日纷，每况愈下而已。必先从根本下手，发展物力，使民生充裕，国势不摇，致政治乃能畅行。所以，就我本心，不独不愿参加政党，而且对于一切政治问题，亦想暂时不过问，唯一心一意以经济建设促进民主政治的巩固和发展，使中华民国根基永固。"

听了这番话，宋教仁一副万般无奈的样子，又请求道："我尊重先生的决断，但全体党员都殷殷期盼先生仍为全党领袖。"

"我知道，明天我去参加会。"孙中山这样答应着。

第二天下午，孙中山参加了国民党成立大会。大会选举孙中山为理事长，黄兴、宋教仁、王人文、王之祥、张凤翙、吴景濂、王宠惠、贡桑诺尔布8人为理事，胡汉民、柏文蔚、李烈钧、蒋翊武等29人为参议。孙中山推辞不下，就在会上宣布，委托宋教仁代理，主持国民党党务。

越日，孙中山与袁世凯会晤，秘书宋霭龄和总统府秘书长梁士诒分别作陪。一开始，孙中山就问袁世凯："我北来经过天津时，有一个老朋友上车找我，告诉我一件秘密事。"袁世凯一怔，便问是何人何事。孙中山说："此人是总统府的一位秘书，与我相识多年，昨天见面，他说起一件事来。"袁世凯呵呵一笑道："我明白了，那人是不是说，我曾伪造一封张振武写给黄兴的密信，内有'承嘱杀黎元洪事，已布置周密'一语，为的是一旦与同盟会闹翻，便可以给黄兴一个主谋杀人的罪名。"孙中山惊道："你也知道了！"袁世凯说："您不是向黄兴发了电报，告诉了他？他就来信质问我，我已经给他一个复电，说既无其事，也无其人。您若不信，我就把总统府的秘书都叫来，你就认一认，有没有您这位朋友。"孙中山忙说："不必了，不必了，无其人其事，也就算了。"袁世凯说："张振武一案，闹得沸反盈天，今天您不问起，我也得向您说个明白。"

张振武是湖北"三武"之一，开国元勋，天下驰名。武昌起义时，革命军逼迫黎元洪参加革命，张振武曾向吴兆麟建言，将黎元洪斩首示众，以壮革命声威。这番话传到了黎元洪耳中，因而忌恨于心。随后，湖北军政府成立，黎元洪当了都督，张振武为军务部副部长。张瞧不起黎，而黎也视张为刺头，不久便公开闹翻。于是黎元洪便想出一个调虎离山之计，除去这颗眼中钉。时袁总统邀请武昌首义诸豪杰入京，张振武自然在列。张振武到京后，袁总统便应黎元洪暗中所请派他为蒙古调查员。这是一个闲职，为调查和规划边疆事务。张振武本不满意，受命后提出"发经费、设专局"的要求，又未得袁总统答应，他便在京滞留数日后潜行归鄂。这使黎元洪猜忌："张振武在武汉有野心！"这时候，由于裁兵和欠饷，全国各地都有军队哗变。湖北首义之区更不平静，有功官兵不得其所，恃功而骄，寻衅滋事，甚至企图推翻湖北军政府。于此情形下，在武昌起义中大名鼎鼎的楚望台军械局守军发生兵变。据说，黎元洪查到，主谋人就是张振武和湖北将校团团长方维。这时袁总统又来电，聘请张振武为总统府顾问。张振武慨然应允，束装就道，同行的还有方维等将校13人。张振武也把家人带了去，打谱就到北京上任长居了。

张振武起程北上，随后就有一封电报到京。袁世凯一看，竟是黎元洪要他痛下杀手。电报历数张振武"怙权结党、桀骜自恣、狼子野心、愈接愈厉"累累罪状，内称："元洪爱既不能，忍又不敢，回肠荡气，仁智俱穷，伏乞将张振武立予正法，其随行方维属同恶共济，并乞一律处决，以昭炯戒。"袁世凯大为震惊，立命梁士诒通知赵秉均、冯国璋、段祺瑞、段芝贵四人来府，商议许久而不能决。梁士诒便提议再去一电询问，以便确认。武昌复回电，确属黎元洪本意。于是袁世凯下达捕杀令，命陆军部和军政执法处执行。

张振武到京，即在北京德昌饭店请客，大宴同盟会和共和党要人。第二天晚上，北京督察处副处长王天纵宴集北方军人及湖北来京将校，张振武参加完了宴会，复又偕湖北将校，自做主人，宴请北洋将领于六国饭店。约十时许，张振武从六国饭店出来，共有三辆马车，张振武的表兄冯君在前，张振武居中，湖北参议员时功玖殿后。冯君的马车行至大清门栅栏，突然绊马索缠住了马蹄，随即伏兵四起。有一军官问："你是不是姓张？"冯君说："我不姓张，我姓冯。"军官乃连声说错了，即令放行。随后，张振武的马车来到，栅门已闭，一阵喧哗，马车玻璃已被击碎。张振武被拖下车，五花大绑，直奔西单牌楼玉皇阁军政执法处。

执法处里，处长陆建章在等着他。张振武见方维也在，便问："你也叫他们抓来了？"方维说："我们的人都被他们抓来了，还有你的家人。"张振武便对陆建章说："一人做事一人当，请你把他们都放了。"陆建章答应了。张振武又要纸笔，给在陆军部任职的邓玉麟写信，请他为他申冤，照顾随从及家人。陆建章即派人把信送出。张振武便问："我们究竟犯了什么罪？凭什么法律逮捕我们？"陆建章便把黎元洪的电报拿出来，一字一句地读下去。张振武和方维怒气冲天，连叫"胡说！胡说！"并要面见总统申冤。陆建章笑了，说："不用见了，大总统已准黎副总统所请，这里有他的命令。"他没有再读，而是扬了扬，让两人看清了袁世凯的签名，又歉意地一笑，说："我也是奉命办事，今日就送两位兄弟上路。"然后大喝一声："来人！"随即四名士兵上来，就要捆绑二人。张振武大手一扬，一声雷霆："不必了！"说完雄赳赳而出。方维也昂然跟随。

不一会儿，外面传来一阵枪声。

得知张振武出事，冯君和时功玖赶车直赴石桥别业的共和党总部报告，然后到东城区邀集孙武、邓玉麟等人同往玉皇阁军政执法处。这时陆建章已就寝，睡眼惺忪地出来。孙武便质问："张振武何罪？为什么逮捕开国元勋？"邓玉麟则要求先把张、方两人保释，有罪的话可循法律途径解决。

"各位不必忙了，张振武和方维两人已经伏法了。"陆建章打断了邓玉麟的话，说着便出示袁总统的命令，又说，"我只是奉命行事，各位的责备，我无话好说，请原谅。"几人闻此噩耗，立时嚎啕大哭，大喊要为张、方两人报仇，愤愤离开了玉皇阁。

天明，湖北在京人士孙武、邓玉麟、刘成禺、张伯烈、哈汉章、时功玖等人相邀一起赴总统府质问。袁世凯接见，说："这件事我很抱歉。这是根据黎副总统的来电办理的，我明知对不住湖北人，天下人必会骂我，但我无法救他的命。"听袁世凯如此说，孙武等人只好愤愤退出总统府，往张振武停灵处祭奠，抚棺大哭一场。

袁世凯不愿为黎元洪受过，便把他的密电一字不漏地公布出来。黎元洪本想借刀杀人，"移祸江东"，不想这把刀子又向他砍了过来。

这就是"张案"的真相。但袁世凯向孙中山大谈张振武"桀骜自恣，怙权结党"的种种"恶行"，似乎他罪有应得，又把肇事的责任完全推到黎元洪身上。他接着说："现在这个事闹到参议院，参议院胁迫政府，政府一筹莫展，总理辞职。内阁瘫痪了，而参议院仍不以为足，还要弹劾政府，让政府倒台。孙先生，这事闹得也太大了吧！"

孙中山点了点头说："是太大了。"袁世凯一听，大喜过望，又进一步说："我想请先生向参议院说个话，是否能给政府一些时间，调查清楚，然后拿出处理的意见来。这样是否得当？""好吧。"孙中山爽快地答应了，并笑着说，"我是身外人，就再做一次身外事。"

由于孙中山说情，参议院网开了一面。黎元洪发了上万言的罪己电，给张振武的儿子两千元作为进京路费，并饬军务司每月给张家属恤金三十元，至张子能自立为止。其后，张振武的灵柩抵鄂，黎元洪亲临抱冰堂追悼大会哀悼。然后，黎元洪以辞职谢罪。袁世凯自然也不准黎元洪辞职，他知道黎元洪因杀害张振武将更为国民党所不容，今后也只有投靠到他这棵大树下，为他所利用。

结束了这一插曲，便开始正式会谈了。孙中山说："临时政府成立后，便着手制定临时约法，首定国体为共和，次定政体为责任内阁制，这就把民主政治的大框架确定下来了。实行共和为革命党人始终不移的奋斗目标，自无争议，但对于实行内阁制却是争论既久才予确定的。"

袁世凯打断了孙中山的话说："此中情形，宋教仁给我说过，我当即就表示完全理解和服从。"

"既然如此，我就不必多说，不过呢，"孙中山指着袁世凯说，"许多人都以为这是我下的紧箍咒，专是为限制你的权力而来的。"

"哈哈！"袁世凯大笑起来，说，"那些都是小人之心度君子之腹，望风捕影，信口雌黄。先生莫此为念，莫此为念！"

孙中山却又郑重地说："虽不尽然，但总统的权力受到更大的限制，这亦是实情啊。"

袁世凯见孙中山如此坦诚相见，深为感动，说："对于民主政治之见解，世凯自不比先生，但也略知浅鲜。所谓三权分立，互相制约，这是共和与专制不同之处，也是民主政治的精髓所在。做总统不是做皇帝，这一点我是知道的，共和为最良国体，永不使君主政体再行于中国，这是我的总统誓言呀。"

"我相信，你能信守诺言。"孙中山点头微笑着，又说，"你知道叶公好龙的故事，叶公爱龙，但真龙来了，他却吓跑了。"

袁世凯睁大了眼睛，说："你不是说我就是叶公好龙之人吧。"

"嘿嘿！你误会了。"孙中山说，"我不是说你，我是说这种现象，以作比喻。自建立统一的民国政府以来，已发生了许多事情，唐内阁倒台，陆内阁难产，现又有张振武案，如此等等。因此有人就觉得，民主政治原来就是这个样子呀，整天扯皮，吵吵闹闹，乱哄哄的没完没了，哪像一个政府？甚至说，民国还不如清朝。如章太炎，他以前与保皇党论战，批君主专制刀刀见血，可如今他又骂共和了，竟说'追念前清之亡，既由立宪，俯察后来之祸，亦在共和'。如此转变，不由人不吃惊。这就表明，民主制度实行起来，并非易事，毕竟在中国是第一遭，这个新生的民主制度，还很幼稚，难免会出些别扭的事情，甚至闹出恶作剧来，都不足为怪。这就是中国呼啸而至的真龙呀。但我相信，这是一条好龙，度过了他的幼年期，自然就会成熟起来。所以，我们要区分精华与糟粕。比如孩子脏了，要给他洗澡，洗下满盆的脏水来，我们倒去脏水，但决不能把孩子也一起倒掉。"

孙中山对中国实行民主制度体察如此深刻，让袁世凯惊讶，而且由衷地佩服。自他当总统以来，对共和确实已心生反感，但对孙中山言之敦敦，觉得在理，心里也热乎乎的。于是说："孙先生，我看这个民国的总统，还是由你来当吧。我世凯愿为先生牵马引镫。"这话虽是虚让，但借以表达的钦佩之情却是真的。

孙中山笑了笑，说："中国这条龙就是这样，你当总统或我当总统都是一样，要我当，也未必有你当得好呢。我是知道你这个总统难当，你能体察中国民主之实情，一本诚心和耐心，把民国的事情办好，殊为所望也。"

"是，是。"袁世凯连连点头不止。

谈话到此，孙中山改变话题，说："民国建都，南北争持，几至于决裂，我这次北来，实有必要向你解释。我主张民国定都南京，南方有人反对，北方更不愿国都南迁，有人以为我是调虎离山，你信则信之，不信则不信之。你到底有何想法，但说无妨。"

听孙中山提起这事，袁世凯心里"咯噔"一声，他本不同意，但这时候又怎能公开反对而引起不快呢？便说道："我十八九岁时，随父在南京待了一年多，金陵十八景，所有好玩的地方，我都去过。'千里澄江似练，翠峰如簇'，'南朝四百八十寺，多少楼台烟雨中'，南京真是好啊。不怕你笑话，我的二姨太就是在秦淮河上认识的。那秦淮之夜，楼船画舫，桨声灯影，玉女佳丽，轻歌曼舞，犹如梦境呀。比起北方的苍凉来，我倒是更喜欢南方的温柔之乡呢。"

袁世凯大夸了一阵子南京，才入正题说："要说建都，北京和南京无有不可，前此我不愿南下就职，实因情势所迫，没有其他，先生已知之矣。"

孙中山说："现在北方情势稳定了吧，可否向参议院提出公议？"

"当然可以，当然可以。"袁世凯心中不悦，却仍爽快地答应。

"若如此，我将到参议院向他们解释。"

"如今的参议院呀，可就是个天！那些议员好似只有自己为民国负责，却不知别人也是为民国负责的，遇事又往往自以为是，而别以为非。"袁世凯发了几句牢骚，才说，"民国定都之事，我可以提议，但到了参议院，必然引起争议，能否通过可就实在难说了。"

"这就是民主政治的幼稚病啊。"孙中山说，"议员们有使命感总是好的，他们职责的特点就是要坚持自己的主张，如果看风使舵，随风摇摆，议员尸位素餐，国会虽有若无，那才是民主政治的悲哀。"

"先生所言极是。"袁世凯说，"说起定都之事，我想起明朝的迁都来，因有愚见请教。"

"请讲，请讲。"孙中山说。

袁世凯说："燕王朱棣在南京当了皇帝，就想把国都迁往北京，遭到群臣反对。但他表面上搁置此事，而暗行迁都之计，经过十几年，在北京建成皇宫，就是现在的紫禁城啊。然后他带领群臣到北京看，这一看，群臣惊叹异常，再无一人反对。于是，明朝就这样迁都北京了。由此，我想到，民国以南京为都城也不宜草率从事，虽不能在南京再建一个紫禁城，但总要像个样子吧。可时下民国初立，哪有这么一大笔钱呢？所以，我的意见，但得国家恢复，经济略有好转，就开始在南京开工建设。先建总统府。这总统府嘛，当然要雄伟壮丽，既要有中国传统，又要借鉴西洋式样，既要有古典之美，又要有现代色彩。总统府之外，作为首都，整个城市也都要改造，使之更加壮观。先生你说，到那时再行迁都，不是更好吗？"

想不到袁世凯向他提出这样的建议，孙中山明白了，这就是他坚决拒绝的妙计，一种无奈涌上心头，只好说："你想得很周全，就按你说的办吧。"

次日，袁世凯举行盛宴欢迎孙中山。孙中山偕夫人和随行人员入席。作陪人员有各部总长、参议院议长和副议长、总统府和总理府秘书长以及数名高级将领，还有满蒙贵族应邀出席。袁世凯殷勤招待，毕恭毕敬，陪席诸人，亦频频劝酒。宴席既半，袁世凯起立讲话：

"孙先生游历海外，矢志革命二十余年，终成大业。此次来京与我所商者，大有益于民国前途，真知灼见，启发良多，民国大政渐有端倪，一时间殊难叙及。先是谣传南北有种种不和，今孙先生来京，如汤沃雪，从此南北一体，精诚团结，民国由此益加巩固，此最可欢迎之事，请在席诸君共进一杯。"

全席举杯致敬。袁世凯激动地高呼："中山先生万岁！"

孙中山继起作答："今日承大总统特开盛宴，实深感谢。我中华民国成立，粗有基础，建设事端千头万绪，须要五大民族全体一心，共谋进步，方可成为完全民国。现少数无意识者，谓中国空有共和之名，而无共和之实，大不满意于政府。殊不知民国肇始，百废待举，况以数千年专制而一变而为共和，诚非旦夕所能为力。故欲收真正效果，以私见所及，非十年不为功。今袁总统富于政治经验，担任国事，可为中国之庆。兄弟最崇拜袁总统者，即其善于练兵。现共和初建，须以兵力为保障，以中国之力，练兵数百万，外人断不敢侵我边陲，奴隶我人民。但练兵既多，须费甚巨，我辈注重民生，必须极力振兴实业，使我人民共济富源，家给人足，教育之费，亦有所资。如果人民丰衣足食，又有良好教育，我国十年后可为第一强国，与列强之国并驾齐驱，想在座诸公，亦乐其成。"

孙中山致完答词，也呼："袁大总统万岁！"众人热烈鼓掌。接着，孙毓筠、张绍曾、王赓各致祝词。宴会尽欢而散。

此后，孙中山与袁世凯两日一聚，三日一会。每次相晤，自午后4时至晚上

10时,有时直至凌晨。孙中山由宋霭龄相陪,袁世凯的秘书长梁士诒在侧侍听,两人所谈既有天下大势、历史演变、治国之方、道德操守之宏论,亦有平生经历、耳闻目睹、儿女情长、人生感悟之常情。

有一次,两人共进晚餐,叙及历代人物。袁世凯说:"我想起《三国演义》煮酒论英雄,曹孟德说,天下英雄,唯使君与操耳!"

"喔!"孙中山一笑,说,"尔为曹操,我为刘备呀,勉从虎穴暂屈身。"袁世凯一听,立时尴尬,急忙说:"我们两人对酒谈心,触景生情,我是想问你:论当代人物,我们俩也算得上是英雄了吗?"

孙中山说:"历史长河英雄辈出。我也仰慕英雄,一生追随他们的足迹,可从没想过我是不是英雄。要论英雄,当今之世,自是袁君。"

"哪里,哪里!"袁世凯说,"先生矢志革命二十年,千险万难,终成宏业,自是当代第一英雄! 而我从小就想做一个英雄,可回顾平生,只有在朝鲜的那几年里,年少气盛,干了几件英勇的事,到后来进入官场,就成了一只夹尾巴狗了!"

"你练成北洋军,威震天下,是我孙中山最佩服的。"

"不错,北洋新军为我所练,但仗却没有打多少,就我在山东时把拳匪杀了一阵,不过,打他们还不是像赶鸭子一样! 再就到了武昌起义之后,打革命军那就有个好打了,可我又不愿意打,想和。当时我就觉得革命军不是长毛子,是消灭不了的,我做不了曾国藩,结果不就和了?"袁世凯这样说着,就"嘿嘿"地笑起来。

"世界潮流,浩浩荡荡,顺之者昌,逆之者亡。"孙中山说,"你看清了天下大势,顺势而为,这叫远见卓识。我说过,辛亥革命,起于干戈,结于和平,开创中华民国,这是中国人的大智慧。"

袁世凯连连点头说:"曹孟德说,夫英雄者,胸怀大志,腹有良谋,有包藏宇宙之机,吞吐天地之志。我以为他一句话说尽了天下英雄,不想先生又有此高见。"

"文以为,"孙中山说,"英雄人物要有知,有志,有谋,有义。义是对英雄行为的评价,是对英雄品质的界定,也是英雄的人格魅力。"

"是啊,是啊!"袁世凯击掌说,"以我看来,曹孟德可算是英雄了,可是一部《三国演义》,他就成了坏人,唱戏都把他画成白脸。因此我想,后人还不知如何褒贬我们两人呢!"

孙中山说："陈寿《三国志》说他是'非常之人，超世之杰'，这是史家之论呀，至于演义之作，说书唱戏，不足道哉。"

"是啊。人说曹孟德是奸臣，但他做了一辈子汉朝丞相，也没有篡权自立嘛。他说，设使天下无孤，不知有几人称帝几人称王，这话一点也不假呀。"

"历史终究是公正的。"孙中山说，"我想，人生在世，就要尽力做事，鞠躬尽瘁，死而后已，所行只问该不该做，而不计毁誉。那么，生前之名尚且不顾，更何况身后之名呢！"

"就是呀。"袁世凯说，"那么，英雄人物在历史上的作用，究竟怎么看呢？"

"噢，你说是时势造英雄，还是英雄造时势？"孙中山不等袁世凯回答，又说下去，"我认为，英雄在时势中诞生、锻炼成长，只有在那时的条件之下建功创业。任何英雄人物都不可能超越时代，刘邦、刘秀、朱元璋、李自成、洪秀全都是农民，起义胜利了还是要做皇帝。当然，这是历史的局限，而不是英雄身上的瑕疵。时势造英雄，但英雄人物并不是被动地创造出来的，他们是先知先觉者，大智大勇者，叱咤风云，旋转乾坤。世无英雄，也就没有时势的巨变和进步。所以我说，时势造英雄，英雄也造时势，二者是相生相成的，不可偏废。"

"先生宏论，拨云见日。"袁世凯十分钦佩地说。

还有一次谈话，两人说起人生多难。袁世凯问孙中山："天下事，什么最难？"

孙中山反问："你说呢？"

袁世凯说："我们俩各自写下来，对一对看。"于是两人各蘸茶水，在桌子上写下一字。一看，袁世凯写了一个"官"字，孙中山写了一个"钱"字。两人都笑了。

袁世凯说："我猜你写的一定是'革命'，没想到竟是'钱'字？"

孙中山说："我可是猜对了你。你做了一辈子官，请问做官何难？"

袁世凯说："进门难，做事难，升迁难。你想做官，就无有不难，人都把做官看作是荣华富贵，其实难也难在做官。"接着袁世凯便把为官的种种难事细细讲来，有他自己一生的经历，也有他的耳闻目睹，一件件鲜活的事迹让孙中山不时地点头、叹息，有时又大笑不止。

然后，袁世凯就说起为官的心态，说起各种"官经"来。他说："三朝元老曹振镛，有一次门生向他求教为官之道。他说：无他，但多磕头，少说话耳。这句话，官场无人不晓。"说着，他又从书橱里拿出一个本子，翻开来递给孙中山，说，"你看看这个。"孙中山接过来看，原是《一剪梅》词四首：

仕途钻刺要精工，京信常通，炭敬常丰。莫谈时事逞英雄，一味圆融，一味谦恭。

大臣经济在从容，莫显奇功，莫说精忠。万般人事要朦胧，驳也无庸，议也无庸。

八方无事岁年丰，国运方隆，官运方通。大家赞襄要和衷，好也弥缝，歹也弥缝。

无灾无难到三公，妻受荣封，子荫郎中。流芳身后更无穷，不谥文忠，也谥文恭。

孙中山看完，笑了，说："这种人就是官场的混混，尸位素餐。但我看，袁君却非同类吧。"

袁世凯说："我最不耻的就是这种人。不怕先生笑话，我袁某人是一心想做大官，但我做大官是为了做大事。但在清朝官场，真要做成一件事，多么难！"接着袁世凯就说起清朝的立宪改革，他所经历的种种艰难与风险。

孙中山入神地听完，笑着说："那时候，我在外边，一心要推翻这个朝廷，可你在里边，却是要挽救它。"

"是这样啊。"袁世凯说，"但后来，这朝廷实在不可救药，我们两人才走到了一起的嘛。"

于是两人都笑了。袁世凯问："我做官难，当然比不得你革命难，那你怎么说最难的是'钱'呢？"

孙中山回答说："因为革命需要钱。不是说兵马不动，粮草先行吗？黄兴在前线，我是后勤，所以实际是我先动。"接着孙中山便讲起他备尝艰辛的筹钱经历。他特别讲到武昌起义之后，国内急电要他回国，他压制着飞速回国的强烈愿望，又从美洲赶赴欧洲谋求国际援助，结果均遭拒绝。他一回国，革命同志都以为他带来了巨款，当问他带来多少钱时，他只好回答"我不名一文也，所带回者，革命之精神耳"，那时的辛酸无以言表。然后，他讲到南京临时政府，感慨地说："我过去为革命募捐，承诺以十倍偿还，那时候，总以为革命胜利了，就有钱了。万没想到革命胜利，成立了政府，日子却更加难过。革命者出生入死，却为钱难倒，你可能不知道吧。"

"我还真是不知道。"袁世凯说，"咱们两人命不同呀，你一辈子为钱所苦，可我从来不愁钱，小时有父母，做官有官银。你在官场上走，有钱能使鬼推磨，没有钱就寸步难行。所以我也得这样走，百万买路千万买人，这辈子花了多少钱，实在数不清了。人没有不爱钱的，可是这钱是什么东西？就是一条狗！人使钱，就像使唤一条狗，反不能让狗使唤了人去。所以，这钱该花就花，会花钱才能会办事，能花大钱才能办大事。"

袁世凯说到这里，孙中山哈哈大笑起来，插话说："清朝官以贿成，腐败透顶，你跋涉仕途，也不得不如此，而你官运亨通，也亏得是个使钱圣手噢！"

"不尽然，不尽然。"袁世凯说，"这官场，不仅肮脏，更是残酷，有时要用钱保官，有时却是用钱保命啊。"

"可否一闻？"孙中山说。

"当然。"袁世凯说，"只要先生愿听，无有不可言之者。"接着便说起八年前瞿鸿机和岑春煊如何发起对奕匡和他的攻击，他又如何设计脱险，他把五十万银票送给李莲英和荣寿公主，通过他俩做手脚蒙骗了慈禧太后，才罢了瞿鸿机和岑春煊的官，一场厮杀反败为胜。

孙中山听了，感慨地说："官场如战场啊，没有刀枪，也是你死我活。"

孙中山与袁世凯促膝相对，亲切交谈，前后共达十三次之多。孙中山问宋霭龄对袁世凯有何印象。宋霭龄说："我原以为袁世凯是个猴精猴精的奸诈鬼，没想到是这样一位厚道慈祥的大头翁。"孙中山的眼光当然不会如此浅显，他自信他已经了解了袁世凯，他是一个值得信赖的人。于是在一次谈话中，孙中山郑重地对袁世凯说："今后国家大事，尽托大总统施行，文将全身而退，舍却政事，而专心致力于建设。而国家建设首在交通，兄弟打算在十年内修筑铁路二十万里，望你能练成百万精兵，则中国可达富强境地了。"

袁世凯闻听喜不自胜，当即表示，委任孙中山以筹划全国铁路全权，并激动得大手一挥，说："一言为定。十年之内，你造二十万里铁路，我练百万精兵，争得中华民国繁荣富强！"

9月11日上午，孙中山访问载沣。下午，载沣又回访孙中山。一位是前清摄政王，一位是革命党魁首，本是不共戴天，而今平和相见，世人无不惊奇与感慨。孙中山向载沣说明，革命并非以排满为目的，而是实现各民族平等，汉满蒙藏回五大民族皆得为共和国家之主人翁。载沣深为感动，回禀隆裕太后。太后立命世续开放颐和园请孙中山游览，又命载沣于金鱼胡同那桐宅第欢宴孙中山。这时，黄兴接到孙中山促电，偕陈其美、李书诚、何成浚等一行十三人来到北京，于是宴会成为欢迎孙、黄二人的宴会。但载沣因病不能出席，由溥伦代表主持，有皇室百人与会。

越一日，袁世凯又与孙、黄两人晤谈。回到总统府，杨度在等着他。袁世凯笑道："今天黄兴请我加入国民党呢。"

"呀，国民党拉帮结派竟找到总统头上了！这几天，国民党四处活动，拉人入党，共和党亦不甘落后，与国民党展开了争夺战。政府大员当然是抢手……"杨度想说"抢手货"，遂又改口说，"我听说，有内阁总长同时收到两个党的邀请呢，但黄兴竟要大总统参加国民党，这我还真没想到！"

"你也是个抢手货啊。"袁世凯笑着说，"你与黄兴又是同乡好友，他没有找过你吗？"

"咳！他第一个找的就是我呀。"杨度说。

袁世凯问："那你入不入他的党呢？"

杨度先是笑了，说："黄兴一提这话，我就说，你们哪一天放弃政党内阁，我就哪一天入你们的党！黄兴一听我说这话，狠狠地瞪了我一眼，说：'什么话？入党还附带条件？'"

袁世凯听了，哈哈大笑起来，就问杨度："你看我入不入黄兴的党呢？"

杨度说："入党自愿，你入不入，你自己说了算。依我看，如果大总统赞成政党政治，自然可以入党。不过呢，一人只能一党，你要是加入了国民党，那么共和党，还有其他的党也要请你加入，你怎么办呢？"

"我明白了。"袁世凯说。

杨度一走，袁世凯就把赵秉钧叫来。果然，黄兴也找了赵秉钧，便问："那你怎么说？"

赵秉钧说："什么党呀派呀的，我和他们瞎掺和什么呢？但我也没好意思当面拒绝，他不再问我，就罢了，要再问我，我就一口回绝他。"

"智庵，依我看，你就答应黄兴，加入国民党吧？"

听袁世凯如此说，赵秉钧吃惊道："这——，大总统不是跟我开玩笑吧？"

"不是玩笑。"袁世凯说，"子欣（总理陆征祥）决意要去，我想叫你代理。可是总理的任命要参议院通过，而国民党可是议院第一大党呀，这你就明白了吧。"

"明白了！"赵秉钧感动地说，"谢大总统栽培，那我就加入他那个党吧。不过呢，我得向大总统说明了，我身子加入了国民党，可是这心仍是忠于大总统的。"说着，还使劲拍了拍胸膛。

"见外了，见外了，你不必说这些。"袁世凯挥挥手，叫赵秉钧离去。

宋教仁自从唐绍仪内阁倒台，就一门心思要走政党政治的路子，于是他"毁党造党"，国民党的成立都是他一手操办。孙中山来京后，宋教仁对孙中山不问党事十分失望，一再催促黄兴北上。黄兴到京后，宋教仁便与黄兴商议，采取了一个快速实现政党内阁的策略，就是把现内阁成员都吸收到国民党内，从而实现国民党责任内阁体制。

袁世凯想让赵秉钧当总理，但他知道必遭国民党的反对，不能为参议院通过。他几次在孙中山面前欲言又止，害怕一碰了钉子就不可挽回。听到黄兴到处拉人入党，袁世凯先是以忧，后转为喜，因为他找到了打开这把锁的钥匙。于是，他把赵秉钧找来，把钥匙交给他。

过后，赵秉钧主动找到黄兴，热情表示愿意入党，并说要动员其他阁员也都一起加入。果然，内阁成员紧随其后，纷纷加入了国民党。黄兴、宋教仁好不欢喜，对赵秉钧顿生好感。

9月16日，孙中山、黄兴与袁世凯共同协商，制定《政治纲领》八条。民国"约法"早经公布，可是政府本身并无确实的施政纲领。袁世凯本希望在民国双十节前于北京举行孙、黄、袁、黎四巨头会议，共同签署一个施政纲领，这不仅象征全国统一，也奠定了他的总统地位。不巧发生张振武案，黄兴在孙中山的催促之下才迟迟来到北京，而黎元洪根本就不敢来。如此，四巨头会议只好改成三巨头会议，几番讨论最后确定了大纲八条，用电报征得黎元洪同意，宣布"孙、黄、袁、黎协定之八大政策"：

（一）立国采统一制度；（二）主持是非善恶之真公道以正民俗；（三）暂时收束武备，先储备陆军人才；（四）开放门户，输入外资，兴办铁路矿山，建置钢铁工厂以厚民生；（五）提倡资助国民实业，先着手于农林工商；（六）军事、外交、财政、司法、交通皆取中央集权主义，其余斟酌地方情形，兼采地方分权主义；（七）迅速整理财政；（八）竭力调和党见，维持秩序。

根据这八大政策，又制定了实行步骤四项协议。"八大政策"和"四项协议"，没有一项提到遵守临时"约法"，尊重国会和贯彻责任内阁制的一些根本问题，好像中央政府就是袁世凯一人之中央，把一切大权都抓到手里。这并不是孙中山、黄兴二人的疏忽，而是不做计较，一任袁世凯做去。

大事议定，黄兴又旧事重提，对袁世凯说："孙先生和我都衷心希望大总统参加本党，如大总统有意，当奉为本党领袖，众志成城，民国前途那就大有可为了。"

袁世凯笑了笑，然后又轻轻叹息了一声，说："民国初造，百废待举，政党也罢，无党也罢，希望能够人人用命，才有办法。如今国民党求贤若渴，共和党也在到处邀人，也曾派来代表，我婉谢了。"

"代表是谁？"黄兴猛然提问。

袁世凯不答，继续说道："蒙两党垂爱，只因幸而未答应共和党于前，因此请恕我不能参加国民党于后。就以实际情形论之，如果我也参加政党，若干大事反而有所不便，因为无论怎样，都有人会说我已是某某党人，无非为某某党办事。所以，我觉得，作为一国总统，还是处于超脱地位为好。孙先生以为呢？"

不待孙中山说话，黄兴又抢过来说："默察各国情形，一党之首出任国家最高领导人者，比比皆是呀。"

孙中山拿眼神制止黄兴，然后说："既然大总统无意，自不能勉为其难。"

袁世凯哈哈笑了，说："自孙先生来京，但有吩咐，世凯无有不从，只是这件事，非不愿也，是不便也，区区苦衷，请希见谅。但我请两位放心，我虽不能参加国民党，却愿与国民党紧密合作，共济时艰。我也相信，国民党在孙先生和黄先生领导下，定能发展壮大，为民国发挥越来越重要的作用。"

黄兴只好作罢。然后，孙、黄两人郑重声明，十年之内，他们两人都无意竞选总统。那就是说，支持袁世凯连任两届总统。这是没有签约的十年君子协定。

晚上，袁世凯设宴为孙中山钱别。宴会气氛热烈，宾主在觥筹交错之中亲切交谈，共道依依惜别之情。

宴会后，孙中山和黄兴又出席了国民党理事会，国民党各部干事和在院议员列席会议。会议决定国民党与袁世凯真诚合作，消灭南北猜忌，并推荐赵秉钧出任内阁总理。

第二天，孙中山受山西都督阎锡山邀请，赴太原访问。然后南返，于10月3日回到上海。在上海各界举行的欢迎会上，孙中山说，他这次北上是一次巨大胜利。谈到他对袁世凯的印象，他说："我在京与袁总统时相晤谈，讨论国家大政策，颇入精微。故我信袁之为人，很有肩膀，其头脑亦甚清醒，对天下事均能明澈，而思想亦很新。不过做事手腕稍涉于旧，但办事本不能全采新法。"

黄兴回到上海，也向公众宣布："南北统一，大功已竣。"

第四十三回

宋教仁上海遇刺 李烈钧湖口起兵

3月20日晚上10点钟，上海火车站。夜幕四合，灯光暗淡，冷风细雨，人员稀少。宋教仁在黄兴、廖仲恺、于右任等人陪同下来到火车站。为欢迎国会议员进京，车站专设了接待室，他们就在接待室中休息。10点40分，开始检票。当宋教仁检了票正要进站时，突然两声枪响，顿时一片混乱。众人以为黄兴被刺，但一看却是宋教仁，趔趄着倒在旁边的铁椅上。混乱之中，一个黑衣人从人群里窜出，消失在黑暗中。

于右任跑到车站外的停车场，找到一辆汽车，把宋教仁送到就近的铁路医院。无奈时至深夜，医生都已回家，无人料理。这时，交通部交际处主任周南陔来了，立即电话四达，催促医生。医生来到后，立即动手术，缝补肠子，取出子弹。宋教仁疼痛万分，呻吟不止，几度昏厥，不过头脑还算清醒，反复诉说着："我为了调和南北，费尽苦心，可仍有人谣言蛊惑，人们不知原委，每多误解，真是死不瞑目。"

手术后，宋教仁嘱托黄兴拍电报给袁世凯，他忍受着剧痛艰难地口述，黄兴记下，然后为他代拟电稿：

北京袁大总统鉴：仁本夜赴京敬谒钧座，十时四十五分在车站突被奸人施枪，弹由腰上部入腹下部，势必至死。窃思仁自受教以来，即束身自爱，从未结怨于私人，清政不良，起任改革，亦重人道，守公理，不敢有一毫私利之见存。今国本未固，民福不增，遽尔撒手，死有余恨。伏冀大总统开诚心布公道，竭力保障民权，俾国家得确定不拔之宪法，则虽死之日，犹生之年。临死哀言，尚祈鉴纳。宋教仁。

22日清晨，宋教仁伤势恶化，已不能言语，只以黯淡的目光环顾四周，做依依不舍状。黄兴、廖仲恺、于右任、陈其美、居正等均在病榻左右。黄兴俯在宋教仁耳旁说："遁初，我们会照料你的一切，你放心去吧。"宋教仁用力睁开眼睛，眼中泛起了泪珠，慢慢地断了气。所有的人都失声痛哭起来。宋教仁溘然长逝，年仅三十二岁。

按《中华民国临时约法》规定，参议院是过渡性的立法机关，十个月内必须举行国会选举。根据这一规定，参议院决定1912年底进行国会选举，以临时大总统名义公布了国会组织法及参议院、众议院议员选举法。

为争取国民党在国会选举中获胜，宋教仁驰赴全国各地开展竞选活动。从去年十二月起，他历经河北、河南、湖北、湖南、江西、安徽、江苏数省，到今年三月初到达上海。宋教仁一路宣传政治主张，批评政府弊端，一时"宋旋风"风靡全国，震动朝野。当宋教仁到达上海时，国会选举已经揭晓，国民党大获全胜。国民党在参议院274席中占据123席，在众议院596席中占据269席，成为国会第一大党。鉴于这种有利的局面，黄兴和宋教仁即召集国民党议员讨论未来政治方针，议决三项主张，宋教仁又提出五条政见。这"三项"和"五条"构成国民党政纲之本。国会将于4月8日开会，占有绝对优势的国民党将获得组阁权，由宋教仁出任总理大有可期。

正在这时候，袁世凯电请宋教仁入京议事。于是宋教仁乘车北上，可是万没想到，恶魔向他张开了大口。

宋教仁死后，上海都督陈其美要求警察局和上海租界总巡捕立即缉拿凶手，国民党在沪党员更是全体出动，分头寻觅线索。

23日，出殡。宋教仁的灵柩由铁路医院移往湖南会馆暂厝。上海各界代表送殡者达三千多人，沿途夹道致祭民众数以万计，无不痛哭失声，激愤异常。

就在这天，有两个四川学生来交通部交际处报案，说：我们与一个叫武士英的人同住在鹿鸣旅馆，多次闲聊相熟。武士英向我们借钱时说，有人要提拔他，叫他干一件事，成功之后即有大富贵，他借的钱到时愿以十倍奉还，并拿出一张照片，指着说，这人可杀，是我们的对头。然后，他又拿出一张名片给我们看，就是要提拔他的那个人。我俩将信将疑，便借给他两元钱，后又借给他七元钱。直到前日深夜，武士英果然来还钱了，看上去很得意的样子，并将身藏钞票一叠向我俩一晃，想必是领到赏了。不料报上登载宋先生被害消息，竟与武士英给我们看的照片一模一样，所以特来报告。

接待两位学生的，正是交际处主任周南陔，便问："给你们看的那张名片，还记得姓名吗？"两位学生思索良久，说："当时没有在意，实在模糊了，只记得那名片上的姓有长长的一撇。"周南陔立即带人到鹿鸣旅馆，在武士英房间对门秘密守候。过了一天一夜，武士英却没有回来，于是决定搜查武士英的房间，发现了一张"应桂馨"的名片，这才恍然大悟，所说那长长一撇正是"应"字。

同时，又有一个叫王阿法的河南人，前往四马路租界捕房报案，说："十天前，我在文元坊应桂馨家里兜售古董，应桂馨这天拿出了一张照片叫我把这个人干掉，许我一千元的报酬。我只懂得做买卖，哪里杀过人！就拒绝了。当时我并不知道照片上是谁，今天我在报上看到宋先生的照片，正是应桂馨叫我去暗杀的那个人呀。"

凶犯露出了马脚，国民党与租界巡捕联手抓捕。这天晚上，应桂馨正在英租界迎春坊妓院吃花酒，陈其美亲率干员会同英捕房探长阿姆斯特朗带领数名巡捕，包围了妓院。周南陔便吩咐老鸨叫应桂馨。应桂馨正在楼上偎红依翠，猜拳行令，听是熟人周南陔叫，坦然下楼，又要请周南陔一齐吃酒。周南陔说："有一句话要面谈，我们到门外去谈一谈，再来入席如何？"应桂馨仍未起疑，就向外走。刚出大门，巡捕不由分说，把他捉住，押往巡捕房。

与此同时，于右任会同法捕房正在搜查应宅。文元坊的应公馆是一座三层楼房，他们将女眷软禁在三楼厢房，将另外的宾客及闲杂人员软禁在一楼厢房，然后翻箱倒柜，各处都细细搜过，竟毫无所获。时间已过了午夜，大家不胜焦急。要是人证物证都没有着落，应桂馨又是个有势力有手腕的人，势将奈何他不得，而对于巡捕房，更是无从交代。正在这不知如何的时候，周南陔赶了过来。周南陔走到楼上，装作十分机密地对应桂馨的几个姨太太说："你们大人现押在巡捕房里，我是他的好朋友，刚从他那里回来，他托我向你们说，不必着急，事情已有眉目了，到明天就可解释明白。但是有一个放秘密文件的地方，应大人关照，要把文件赶快取出来交给我，以便做好手脚。事不宜迟，快点快点！"

这是周南陔在来时的路上想得的一计，果然妙用。其中一个姨太太出来说，她知道，便带周南陔寻到一处，在地板上拨动活板，掀开后取出箱子，打开一看，里面正藏有各种文件，还有一个密电码本。真是如获至宝。

文件到手，周南陔这时想起凶手武士英尚未拿获，就让一个人走向那些宾客前高声问道："谁是武士英,在这里吗?"这是随便说说,姑妄试之。岂料话音刚落,就有一个人站起来道："我就是,有什么事吗?"还能有什么事? 众人齐上将他捉住。然后,又招两位四川学生到场辨认,果然就是武士英。

将应桂馨文件箱里的电文对照密码本译出,原来是他与北京内务部秘书洪述祖的通信往来,将刺杀宋教仁的阴谋暴露无遗。应桂馨和洪述祖两人各分南北,为何狼狈为奸,做成如此惊天大案呢?

辛亥革命,建立民国,革命党与北洋派两大势力各得其所,而会党所得甚少,认为他们被革命党抛弃,便频频闹事,于是北京政府便决定解散各地会党。当时最大的会党就是中华国民共进会,是吸收青帮、红门、哥老会三大帮会人员组成的,会长就是应桂馨。应桂馨早年混迹上海滩,成为青帮的"大"字辈。上海革命中,青帮立了大功,南京临时政府成立后,应桂馨先任总统府卫队长,后任政府庶务长,终因作风恶劣,被孙中山免职,给了他一个江苏省驻沪巡查长的职务,把他赶回了上海。应桂馨就是在这时候组织成立共进会,并当了会长。共进会成立后,便策动武昌的南湖炮队暴动。这次暴动虽被镇压,影响却是很大,北京政府便派洪述祖南下解散共进会。

洪述祖是一个能力出众而道德低下的人。他先后在台湾巡抚刘铭传、湖南巡抚俞廉三、湖广总督张之洞、直隶总督陈夔龙门下投机钻营,获得相当职位,但无一例外地又被革职出门。到辛亥革命时,洪述祖交了鸿运。原来,他是被称为"民国产婆"的赵风昌的小舅子,在上海南北会谈中俨然是赵的私人代表,因而得以结识唐绍仪和赵秉钧。到民国成立时,洪述祖被委任为内务部秘书。洪述祖被派此行,一为他是内务部官员,职责所在,另外他也曾在上海当过律师,参加过青帮会。洪述祖到了上海,与应桂馨达成协议:共进会解散,政府拨付一笔不菲的解散费。随后,应桂馨到北京领到三万元的解散费,拿出一万元给了洪述祖,由此二人结交。

不久,应桂馨告知洪述祖,他已从日本购得"孙黄宋劣史",即所谓三人在日本活动期间所行劣迹,准备印行十万册。但此事受到日本人的阻挠,同时孙中山、黄兴已淡出政界,应桂馨便专打宋的主意,又炮制了"宋教仁骗案"。洪述祖得到这一信息,认为奇货可居,便电告应桂馨,说总统、总理对"宋案"很感兴趣,只要证据到手,即可请款,并说"仍旧折扣三分之一"。原来,应桂馨狮子大开口,而洪述祖也想趁机大捞一把油,提出三分取一。但上边是不见兔子不撒鹰,洪述祖便连连给应桂馨发电催问。可是应桂馨折腾了一个多月,也没有搞到材料。洪述祖便对应桂馨说:"你老兄是聪明人,必须想办法弄到证据才好,或有激烈之举,才能谈请款之事。"何为"激烈"之举呢?洪述祖特别举出了浙江都督朱瑞处死发动兵变的邓亮才的例子,显然是以"杀邓"暗示"杀宋"。

应桂馨已陷入十分尴尬的境地,他炮制"宋教仁骗案"已得到袁总统和赵总理的重视,但却拿不出证据来,放了空炮,无法交差。这时候,洪述祖抛出"毁宋酬勋"的许诺。于是,应桂馨决定铤而走险。他立即回电表示:"事关大计,若不去宋,非特生出无穷是非,且恐大局必为扰乱。"到这里,他把"毁宋"变为"去宋",并表示,尽管"去宋"之事并不容易,但他可以想办法凑集二十万元以全力实施此计划。第二天,应桂馨又发电称:"梁山匪魁顷又四处扰乱,危险实甚,已发紧急命令设法剿捕,乞转呈,候示。"这是暗语,是说他已开始行动,并要求洪述祖请示上峰。

四天后,洪述祖回电:"寒电应即照办,倘空言,益为忌者所笑。"鞭策他势在必行,不可动摇。又次日,洪述祖又电:"事速行。"俨然如同命令。这已经是宋教仁被刺的前一天了。

3月20日,也就是宋教仁遇刺的当天,应桂馨密电洪述祖:"命令已经发布,请先向上边呈报。"就是说,"去宋"计划已付之实施。

3月21日,应桂馨向洪述祖发出最后一封密电:"匪魁已灭,我军无一伤亡。"报告"去宋"已告成功。

宋教仁被刺后,应桂馨以为他做事隐秘,不会败露。在宋教仁出殡时,他仍然大模大样地在场照料,扶着宋教仁的灵柩从铁路医院一直到湖南会馆,还装作十分哀痛的样子。可是,他万没想到案件神奇般地破获,落入法网。

惊闻宋教仁被刺,孙中山立即起程回国。孙中山赴日是为招商引资,修建铁路。他赶回上海,立即邀集国民党领袖在同孚路黄兴家中商讨对策。

"我错认袁世凯了。"孙中山十分沉重地开始讲话,"我一心为了民国,先把总统让位于他,前此又进京与他推诚相见,把国家完全交到他的手上,又许他可以连任十年总统。我对此人可谓仁至义尽矣。可是,不就是国民党在议会选举中获胜吗?他就不能容忍,反对共和的嘴脸暴露无遗,他今天杀害宋教仁,明天又不知要杀谁人呢。这次,我们决不能再作让步,再迁就他,而应当兴师问罪。只要有两师军队,我甘愿率兵北伐,除民贼以固民国!"说到这里,孙中山拿出

"联日速战"的讨袁方案，然后说："我们发动二次革命，将得到日本的大力支持，时不我待，应当先发制人，争取主动。"

黄兴对于孙中山的激烈举动十分吃惊，事关重大，不能不挺身直言："民国初立，百废待举，前此先生又调和南北，开创了民国和平建设的新时期，民国前途大放光明，我们应当珍惜这来之不易的局面，如果轻动干戈，战乱复起，实非人民之所望。再说，时下民国尚未有一个国家承认，边疆形势又日益险恶，如果国内再发生战事，中国岂不成为朝鲜第二？至于国内形势，我党仅控制着江西、湖南、安徽、广东四省，南北实力悬殊，如果发难，则必大局糜烂，不可收拾，我党奋斗多年的成果将被断送。所以，我请先生，三思而行。"

对黄兴之言，孙中山立即反驳："是不错，民国开始了和平建设的新时期。但民国不能实行民主，失去了共和，就是失去了灵魂，只有一个躯壳了。我们革命党人奋斗多年，所求不是这样的民国，那么这样的和平又有什么意义呢？凡事，我们应当首先考虑应不应做，而不能过分考虑成败，就像我们历次发动的起义一样。对于这次起兵，实在讲，我也没有必胜的把握，大不了，再回到二十年前，我们从头再来。记得辛亥年，我回国到香港时就对胡汉民说过，纵然袁世凯继清朝之后以为恶，但他的基础已远不如清朝，推翻他自然容易，此其时也。所以，即使我们今日发动二次革命不能成功，那就再有三次革命、四次革命。只要我们坚忍不拔，革命终究是会胜利的！"

这时，安徽都督柏文蔚和孙中山的机要秘书戴季陶先后起立发言，热烈赞成孙中山的主张，激烈批评黄兴。会议一时沉默，谭人凤突然站起来，说："孙先生说现在倒袁更加容易，我说反是。他的基础更加牢固了，又以民国大总统的名义号令天下，此时起兵，必败无疑。孙先生啊，你为民国的建立甘心让位，这是何等的胸怀和气节！可如今，就为宋教仁被害一事，你竟然如此决绝地否定了你自己，真是判若两人啊。"

"我不是判若两人！"孙中山生气地拍了桌子，厉声说，"以前我相信袁世凯，时下宋教仁被害，使我看透了袁世凯！"孙中山不愿与"谭胡子"理论，转向黄兴说，"克强，你反对起兵，那你说，怎么办？"

"唉！"黄兴长叹一声，说，"宋教仁遇害，我们都很痛心，而最为难过的是我黄兴，我与他共创华兴会，一路在血与火中走过来，亲同骨肉。我们一定要为他申冤复仇！但现在不是清朝时候，我们有民国，有政府，所以我主张法律解决。

法律面前人人平等,即使总统、总理犯法,也应与民同罪。"

"君子可欺以其方。"孙中山说,"你的头脑太简单了吧! 民国建立就法制皆备了吗? 袁世凯是个奉公守法的人吗? 总统指示杀人,这决不是法律所能解决的。"

黄兴说:"如果法律不能解决,我即赞成用兵。到那时,师直为壮,先生以为如何?"

孙中山沉吟良久,问大家的意见,结果于右任、廖仲恺、陈其美、居正等绝大多数人都支持黄兴的意见。孙中山无奈地说:"我坚信,我的主张是正确的,但我不得不服从多数,那就法律解决吧。"

会议就这样散了。

宋案人证俱获,而且从应、洪两人来往函电中牵连出赵秉钧和袁世凯。宋教仁被刺次日,赵秉钧正在主持内阁例会,国会选举事务局局长顾鳌突然闯入,报告宋教仁被刺。赵秉钧立时神色大变,当即离开座位环绕桌子兜了好几个圈,一边还自言自语地说:"这下糟了,人若说我打死宋教仁,岂不是我卖友,哪能算人?"在场阁员面面相觑,感到莫名其妙。第二天,赵秉钧就向袁总统提交辞呈,但不得批准。又过了几天,他又约请国务院秘书长张国淦,说有一事要他帮忙。张问何事,赵说:"此时只求免职,才可免死。"张问宋案究竟如何,赵说:"此事此时不能谈,但我不免职非死不可。"

袁世凯得知宋教仁被刺,立即发电慰问,并下令"重悬赏格,限期缉获凶犯"。宋教仁死讯传来,袁世凯又发电,表示万分痛惜。凶犯很快落网,袁世凯虽不像赵秉钧那样惊惶失措,但也知道大事不好。4 月 13 日举行宋教仁追悼会,袁世凯派工商总长刘揆一代表政府到沪吊丧。刘揆一身负疏通使命,向黄兴陈言袁世凯的清白,并信誓旦旦地为袁世凯代言说,袁总统决不忘记宋先生临死嘱托,誓与国民党合作到底。但黄兴拿出了所获"证据",让刘揆一目瞪口呆。黄兴毫不客气地斥责他身为国民党员,却为一个区区总长之位,为袁世凯做说客。刘揆一无地自容,参加完追悼会回到北京,就称病辞职了。

宋教仁的追悼会在张园举行,由陈其美主祭,居正赞礼,汪精卫读祭文,极尽哀荣。孙中山的挽联极其沉痛:"作民权保障,谁非后死者? 为宪政流血,公真第一人!"黄兴的挽联更引人注目:"前年杀吴禄贞,去年杀张振武,今年又杀宋教仁;你说是应桂馨,他说是洪述祖,我说确是袁世凯。"

江苏都督程德全和民政长应德闳从南京来到上海，亲自抓案件的审理。此前，因为应桂馨是在英租界被捕的，武士英是在法租界被捕的，案件便由租界会审公堂审理。由于宋案影响重大，因而革命党人和舆论界强烈要求由中方审理。于是经多方磋商，租界领事团决定在第七次审讯后移交给中国法庭。国民党迅速作出反应，提出在上海设立特别法庭。程德全便将国民党的要求报告袁总统和北京内务部、司法部。袁世凯当天回电，同意设立特别法庭，但司法总长许世英却认为宋案理应提交北京大理院审判。国民党则坚持在上海审理，并为此抢先组织了特别法庭，推上海都督府参谋长黄郛为主裁，王宠惠、伍廷芳为承审官。对此，北京方面很是不满，因为伍廷芳是前南京临时政府司法部部长，黄郛和王宠惠又都是革命党人。许世英就又提议由上海地方检察厅审理，算是让了一步。批复到了上海，国民党仍不满意，据理力争，程德全就再致电袁世凯请求。袁世凯回电称，司法总长拒绝副署，他无权驳回，因而无法颁布命令。之后，许世英再做让步，他提议由伍廷芳署理上海地方审判长来审理此案，就是仍不承认上海设立的特别法庭。但国民党仍坚持原议，毫不妥协。

　　就在南北争执当中，武士英突然不明不白地暴病身亡，洪述祖则在宋案告破后从容不迫地从北京避往青岛。应桂馨下线死了，上线跑了，就仗着死无对证，拒不认罪，审讯难于进行。于此情形，程德全和应德闳便诉诸舆论，向全国发出通电，把有关宋案的证据全部公开了。

　　宋案证据公布，天下皆知，举国义愤。黄兴又致电袁世凯，直指国务总理赵秉钧为暗杀主谋，指责许世英主张在北京审案，是企图使法院处于政府的藩篱之下，要求袁世凯"独持英断，毋为所挠"。袁世凯回电指出，仅凭赵秉钧给应桂馨一封信件就咬定他是主犯，法律上站不住脚，又说要他"独断"难免有干扰司法之嫌，如此堂而皇之地把黄兴堵了回去。黄兴气愤难忍，又发电说："宋教仁被刺一事铁案如山，万目共睹，非一手所能掩饰。"向袁世凯示威。

　　在"法律战"开打之后，又发生"大借款"事件。

　　"大借款"是民国政府财政总长周学熙与（英法美德日俄）六国银行交涉，达成借款合同的。所借款项共2500万英镑，看起来数目很大，但债券九折出售，八四实收，实际借到不过2100万英镑，再扣除以前的各项垫款，真正拿到手的借款，不过债面的四成，而借款47年的利息是4285万英镑，本利合计是6785万英镑。这笔借款拿到的那么少，条件又十分苛刻，实在是一副毒药。

黄兴致电北京，反对袁世凯擅自订立大借款协定，力持不经国会批准，大小借款均不得进行。黄兴在宋案罪证中发现洪述祖的一个电报，有"望大借款成功，为政府铲除异己"之言，因此认为袁世凯大借款就是为镇压革命而筹措战费的。

这时候，第一届国会第一期常务会议已于4月8日召开。国会一开幕，国民党与共和党、统一党、民主党就议长席位展开了激烈的争夺。本来，国民党在两院均占优势，在参议院选举中，国民党人张继和王正廷顺利当选为正、副议长，但在众议院选举中，国民党议员吴景濂、张耀增、陈家鼎都想当议长，形成内争局面，对立的三党则乘机合力争夺，经过三次投票，民主党的汤化龙当选议长，共和党的陈国祥当选副议长，国民党失去了在众议院的领导权。正在这时候，袁世凯把关于大借款的咨文送交国会备案。这就是说，大借款总统已批准，国会盖章认可就是，而所据的理由竟是：去年十二月，由国务总理暨财政总长赴前参议院出席报告，均经表决通过。

袁世凯如此无视国会，遭到强烈反对，参、众两院立即把咨文退回。袁世凯再致咨，竟然说："此次合同签字，在势无可取消，倘国会能谅苦衷，固为国家之幸，否则唯有向国民代表引咎自责以明责任。"面对威胁，国会仍不妥协，参议院通过决议，指责政府"违法签字"，否决了大借款合同。

5月5日，应众议院要求，段祺瑞到国会答复关于大借款的质疑。段祺瑞因赵秉钧称病休息代总理职，他一身戎装，带领大批荷枪实弹的士兵驾临众议院。议长汤化龙介绍过后，会场一时沉默。段祺瑞笑了笑，说："本人为诸君质询而来，既然没什么问题，也就相安无事了。大借款这回事，实在因为财政奇绌，不得已变通办理，也就这么办了。"这时一位议员发言，他不敢责问大借款丧权辱国，而只就借款的手续问题说了一番话。段祺瑞就不耐烦了，说："我已说过，此事因财政奇绌，实有不得已之苦衷。"又一名议员生气地质问："议会并非反对借款，乃是反对政府违法签约，政府果可擅行，还要议会干什么？"段祺瑞一听，把脚一蹬，如雷般吼道："木已成舟，毋庸再议！"说完便扬长而去。汤化龙见段祺瑞如此霸道，一气之下将国民党议员谷钟秀否决政府违法借款的动议付诸表决，结果以多数票通过。

众议院散会后，民主党议员对汤化龙大肆责难，汤化龙便借故请假回湖北家乡躲了起来。接着，共和党的副议长陈国祥主持众议院会议，企图翻案。国民党议员针锋相对，提议被否决。见此情状，陈国祥干脆示意本党议员退会，以法定人数不足延宕表决。国民党议员气愤万分，谷钟秀跳上讲台大骂陈国祥是亡国议长，还有一名议员抓起一个墨盒向陈国祥掷去。一时秩序大乱，几乎酿成武斗。陈国祥见势不妙，逃之夭夭。会议一哄而散。

从此后，大借款案在国会搁浅，甚至国会的正常活动亦告中断。于此情形，袁世凯便不顾国会的反对，要求六国银行履行合同。而六国银行发表了一个《辩明书》，公然开始向政府分批交付借款了。

宋教仁一被刺，赵秉钧就强烈要求辞职，并说他不免职非死不可。如此惊慌失措，实有隐情所在，那就是他担心袁世凯要他顶罪，当替罪羊。对于赵秉钧的逃避，袁世凯很不满意，也对赵秉钧的忠诚担忧起来。这时梁士诒提出建议：要想此次风波平息，只有先免赵秉钧的职，改任唐绍仪另组内阁。袁世凯对梁士诒的建议，改头换面，他准赵假十五天，却让段祺瑞代理总理。

随后，袁世凯把赵秉钧叫来谈话，向他解释为何准他休假而让段祺瑞代理的理由。赵秉钧听了表示感谢，然后长叹一声说："国民党一口咬定是我杀的宋教仁，说我是为了保总理的位子。所以，我不得不辞职，以避嫌疑，请总统谅解我的苦衷。"

袁世凯说："他们不仅怀疑你，也怀疑我是主谋啊。他们认为宋教仁要当总理，挡了你的路，所以你要杀他。他们以为国民党与我作对，所以我要杀他。我实话对你说，如果宋教仁放弃他那个政党内阁的主张，他要当总理，我也不反对，在国民党里，还就是他是个好说话的人呢。所以我电请他来京共商大计，却没想到他就在车站遇害。这不？正好像是我蓄意设下的圈套。"

赵秉钧说："是啊，我们怎么能去杀宋教仁呢？"

"所以呀。"袁世凯坚定地说，"对于国民党的无端加害，我们断然不能承认！"

"当然，当然。"赵秉钧连声说。

两人这段简短的对话背后有意。其意就是，两人消除了猜疑，达成了谅解，我不会叫你当替罪羊，你也不要卖我，我们两人共同隐瞒真相。

赵秉钧放了心，就说："既然如此，大总统何不能向孙中山、黄兴说清楚？"

"我想说清楚呀。"袁世凯说，"我不是派刘揆一到南边去了吗？他被黄兴骂了回来，总长也不干了。我听说，孙中山对我恨得咬牙！"

"那此事如何是了?"赵秉钧问。

"孙中山就要起兵反我,黄兴主张法律解决,法律能解决固然好,但他们要抓的元凶就是我呀。"袁世凯长叹一声,半天没有说话。

赵秉钧便说:"大总统,你没听梁启超说?宋案是革命党自屠。"

袁世凯一听,笑了起来,说:"昨天克文从上海回来,你猜他怎么说?他说是陈其美杀的宋教仁,他亲眼所见。宋教仁北上之前,陈其美、应桂馨等人为他饯行,席间陈其美问起宋教仁将如何组织政党内阁,宋说我只有大公无私一个办法。陈其美听了默不作声,脸色很不好看。一旁的应桂馨勃然大怒,大骂道:'你这样搞法简直就是叛党,我一定给你一点颜色看!'说罢,就掏出手枪瞄向宋教仁。其他人一看不好,赶紧劝住。宋教仁仍不屈服,慨然说:'死无可惧,志不可夺。'众人不欢而散。"

"咦!这是——,不光我们……"赵秉钧话出半句,不说了。

袁世凯说:"我那小子,他说的话岂能当真?他们毕竟是同党,即使陈其美心狠手辣,也到不了那个份上。不过,从梁启超和克文所言来看,社会舆论并不都认为是我们杀的宋教仁。那就好办了,孙中山若真的造反,就难以得到天下同情,我岂能怕他不成?"说到这里,袁世凯望着赵秉钧"嘿嘿"一笑,诡秘地说,"你知道不?现在可是民国了,我就怕国民党操纵国会,与我对着干,要是擅动刀兵,岂是他们所长?"

"对,对。凡事扬长避短,才能成功。"赵秉钧连声赞同。

"咱不说这些了。"袁世凯温和地说,"你就暂避风头吧,以后还有大用。"就叫赵秉钧回去了。

许世英因反对设立特别法庭在各方压力下宣布辞职,但上海特别法庭也终不得设立,宋案便由上海检察厅全权审理。开审第三天,上海检察厅便向北京检察厅发出传票,要求将涉案人赵秉钧解送来沪。赵秉钧则以请假十五天,住院治病为由拒不到案。

上海传讯赵秉钧,北京则以传讯黄兴相对。有一个自称"女子暗杀团团长"的周予儆,向北京检察厅自首,说是奉了血光团团长黄兴的命令,到北京来进行政治暗杀。根据周予儆提供的线索,军警在国民党议员谢持住宅果然搜到了"血光团"名单,原来此团团长就是当年刺杀摄政王载沣的黄复生。而北京检察厅却仍传讯上海租界会审公堂,要黄兴到案对质。

自从宋案发生之后，北京的刺杀活动就已发生多起，如议员王锦堂被刺杀、一女子刺杀财政总长周学熙未遂等等。"血光团"案一出，更是不胫而走，仿佛当年雍正"血滴子"再现人间，一时风声鹤唳，人人自危。北京正是乘机混淆视听，嫁祸于黄兴。

4月29日，孙中山以英文撰写《告外国政府与人民书》，向国际上表明了反袁和进行二次革命的决心。这天，美国主教柏锡拜会孙中山，向他提出通过国会选举使袁世凯下台的建议。孙中山说，袁世凯决不会自行退位，并满怀信心地指出，中国即使陷入内战，也不会太久，并将以袁世凯下台而告终。

消息很快传入北京，袁世凯立即向全国和各省长官分别发布命令，严捕内乱党徒，维持治安。其通令全国的电报说："近阅上海四月二十九日路透电，称有人在沪运动第二次革命，反对中央。披阅之余，殊感惊骇，既有此等传说，岂容坐视。用特明白宣示，昭告国民：本大总统一日在任，即有捍卫疆土、保护人民之责，唯有除暴安良，严惩不贷。特此通令知之。"

接着，袁世凯又召开秘密会议，制订作战方案。该方案以湘、赣、皖、苏四省为作战目标，利用京汉、津浦两线集中兵力，以鄂省为主要策略地，并以海军策应沿岸，使用兵力包括所有北洋军队。随后，袁世凯即派李纯第三师和赵倜所部毅军集中于河南与湖北交界的武胜关，派倪嗣冲为安徽清乡督办，率河南所部抵近安徽边境，又派海军舰队游弋于九江上下游一带，作为进攻苏、赣、皖三省的前哨。

军事部署既定，袁世凯有恃无恐。他责令陕西、山西、直隶、奉天、山东、河南、甘肃七省都督联名通电，责备黄兴，又唆使北洋将领对黄兴群起而攻之。在对黄兴狂风恶浪般的攻击中，袁世凯下令，取消黄兴上将军衔，又逼迫国民党开除黄兴的党籍。

这天，袁世凯与梁士诒、段芝贵、曾彝三人谈话。袁世凯说："我现在看透孙、黄两人了，除了捣乱之外无什本事，左是捣乱，右也是捣乱。我受四万万人付托之重，不能以四万万人之生命财产听人捣乱。彼等若敢另行组织政府，我即举兵征讨之。国民党诚非尽是莠人，然其莠者，我未尝不能平之！"袁世凯说完这段话，就又嘱咐曾彝说，"你以个人资格去告诉国民党人，就说这话是我说的。"随后，袁世凯的谈话即在各报登载出来。这是袁世凯对孙、黄两人最后的警告。袁世凯已认为南北矛盾不可调和，决心动武消灭国民党了。

然孙中山与黄兴两人仍然各持主张,各行其是。孙中山曾要南京、广东宣布独立,两地均不从命。又命陈其美于上海独立,陈其美以上海势孤,亦不敢行动。孙中山欲海军宣布独立,黄兴又不赞成。这时国民党多数都支持黄兴,不愿公开决裂,实际是黄兴主导着局面。

　　蔡元培和汪精卫闻国内事变,急忙从欧洲回国。一到上海,两人即发电给袁世凯,表示愿作调和。在两人斡旋之下,孙中山终于同意,商定派岑春煊、汪精卫、王芝祥、章士钊等人为调和专使前往北京。但当调和专使正准备起程的时候,袁世凯免去了江西都督李烈钧的职务。这突如其来的变故,使他们望而却步。孙中山也因此改变了主意,阻止调和专使北上。而黄兴这时也承认法律解决的失败,赞成武力讨袁了。

　　6月9日,袁世凯以反对大借款为由免江西都督李烈钧职,以黎元洪兼领江西都督,以欧阳武为江西护军使。第二天,李烈钧复电袁世凯,"遵命免官",并且通电将已调动的部队撤回原防。袁世凯见李烈钧俯首听命,又下令调胡汉民为西藏宣慰使,以陈炯明接任粤都。胡汉民与李烈钧一样,复电袁世凯,"请授赴藏方略",并且解释"宋案与借款之争,仅系进言作用,不敢出法律范围"。袁世凯公然出手,而李、胡两人仍想委曲求全。

　　袁世凯与国民党决裂,突显黎元洪的地位。自杀害张振武之后,黎元洪无奈投入袁世凯的网罟,但他仍保持一分警惕,拒绝兼领江西都督,而推荐欧阳武接任,以防袁世凯预伏调虎离山之计。他在请电中说:"元洪唯知服从中央,长江下游,誓死拥持,决无瞻顾,倘渝此盟,罪在不赦!"如此表态,如投递降表。袁世凯十分满意,再次向黎表白,宋教仁非他所杀,国民党造反无理,然后发誓般地说:"世凯若有欺天下之心,利一姓之见,罪亦不赦。"

　　此时,孙中山和黄兴也在加紧谋鄂。自辛亥南北议和以来,湖北革命党人与黎元洪的矛盾日益加深,多次起事反抗,皆被残酷镇压。宋案发生后,在黄兴支持下,湖北革命党人詹大悲、熊炳坤、王宪章、季雨霖等人自上海回到武昌,设立机关,筹划起义。黄兴又加派陈调元、熊樾山前往武昌加强领导,并敦促湖北早日起事。正到起义前夕,黎元洪接到紧急报告,派出大批军警包围了民国日报社,查获了革命党人设在报社的一处机关,革命文电、布告多件落入军警之手。黎元洪遂宣布全城戒严,开始大搜捕。面对突变,詹大悲与陈调元紧急磋商,决定冒险举事,但派出的联络人员多被逮捕,起义消息未能发布出来。詹大悲看到起义毫无动静，再次鲁莽发动，当晚派人在城中多处放火，期期以火为号，全城暴动。然而火势很快被戒严部队扑灭，而响应的只有季雨霖旧部一个营，势单力孤，被打散。黎元洪顺藤摸瓜，接连捣毁联络机关，逮捕杀害革命党人三百余人。国民党谋鄂失败。

李烈钧被免职后，孙中山派居正、吴铁城前往南昌慰问，劝李烈钧不受乱命，宣布独立。李烈钧颇为踌躇，说："被免了职才起兵讨袁，人将以为我恋栈，岂能言顺？"他决定到上海见孙中山，再做计较。李烈钧路过安庆，会见了安徽都督柏文蔚，约请两省同时起兵。柏文蔚早就主张武力讨袁，且打算首先在安徽发难。他曾赴上海向孙中山进言，孙中山认为安徽逼近北方，且可能拱卫南京，似不宜先动，最好由湖南、江西、广东各省先行独立，待袁出兵，安徽便可截击。柏文蔚接受了孙中山的指示，便回到安徽。但到此时，柏文蔚却十分消极。他深怨国民党举棋不定，一误再误，以致袁世凯先发制人，尽占先机，认为大势已去，事不可为。他沉痛地表示，愿洁身引退，留此身以待将来。李烈钧劝说一阵，无效，才离安庆赴上海。

李烈钧到达上海的时候，北洋军已大举南下。第一军军长段芝贵统率王占元、李纯两师进入湖北，进攻江西、安徽；第二军由冯国璋、张勋、雷震春等部编成，由冯国璋统率，沿津浦路进攻江苏；又以海军中将郑汝成为统帅，派海军南航，运兵至吴淞登陆，进攻上海。在发动军事进攻的同时，袁世凯继免去江西、广东两省都督后，又罢免了安徽都督柏文蔚。柏文蔚交卸之后，出走南京。至此，只有国民党掌权的湖南，尚未免除谭延闿的职务，但却又派特务放火焚烧了长沙军械库，以防兴兵作乱之用。

面对如此局面，孙中山、黄兴、陈其美等人与来上海的李烈钧反复会商，深感袁世凯已经出手，只有反抗，才能绝地求生。于是决定起兵讨袁。

李烈钧愿任首难之责，立即返回江西，直赴湖口。湖口是赣北要塞，鄱阳湖从此注入长江，形同湖口。混成旅旅长方声涛驻守湖东之湖口镇，第一师第一旅旅长林虎驻守湖西瑞昌，共同防守江西北大门。李烈钧到达湖口后，便召方声涛、林虎会商。这时受命袁世凯为江西都督的欧阳武倒戈，也从安庆来迎接李烈钧，三人都愿服从李烈钧，决定在江西起事。7月13日，江西省议会推举欧阳武为都督，宣布江西独立，并公举李烈钧为江西讨袁军总司令。李烈钧即命林虎为左翼军司令，方声涛为右翼军司令，慷慨誓师，檄文讨袁，号令天下共击之。

李烈钧打响了武力讨袁第一枪,孙中山急电各省响应,并要亲临南京主持战局。黄兴知道孙中山仍对他不满,乃再三请缨,急赴南京,临行连夫人也未及告知。黄兴一到南京,便召集驻南京的章梓第一师和陈之骥第八师两师军官开会,决议组织讨袁军。

第二天,江苏都督程德全刚到署衙,军队突然包围了都督府。正在惊异之间,黄兴走了进来,一见程德全便双膝跪地,口称:"今日拜见都督,有大事相商。"

"克强兄呀!"程德全惊叫一声,又连声说,"何必如此,何必如此!"急忙扶起,让入内室。

黄兴劝程德全反袁,说得声泪俱下。程德全听了,说:"克强兄大难兴兵,令人钦敬。只是军事非我所长,且有小恙,实不能随兄征战。为此,本省一切请兄主持,我即赴沪养疴。"黄兴觉得程德全采取回避态度,亦属不错,于是谦让一回,不再客气,便说:"难得都督鼎力支持,既蒙信任,兴当奋力以行。"

程德全当天即带了眷属和卫队径向上海而去。黄兴则以江苏都督程德全名义宣布独立,并任命黄兴为江苏讨袁军总司令,誓师讨袁。

继江西、江苏两省独立后,安徽、上海、广东、福建、湖南、四川重庆等地也相继宣布独立。袁世凯命令各路大军向独立各省发起进攻,江南河山,狼烟四起,战火纷飞。

这场战争只进行了两个月。北洋军风卷残云般扫荡江南,江西、江苏、上海各地,国民党各个战场相继土崩瓦解。湖南、广东、福建三省,起事速发速败。安徽革命党人发生内争,起义竟没有发动起来。

袁世凯下令通缉叛乱的国民党人。孙中山、黄兴、陈其美、李烈钧、居正等国民党领导人及许多国民党人都流亡国外。

袁世凯打败了国民党,武力统一了中国,惊天动地的"宋案"也就烟消云散。当南北战火纷飞的时候,应桂馨被人劫狱救出,潜逃青岛。国民党失败,应桂馨认为机会来了,连发两则通电,要求为他"平反冤狱"。随后,他竟公然由青岛来到北京,给袁世凯写信要求兑现"毁宋酬勋"的诺言,并且狮子大开口,要求给他"勋二位"和现金五十万元。袁世凯本想赏他一笔钱,叫他离开北京。但他仍坚持他所提的两大条件,一条也不能少。有人提醒他:"老袁不是好惹的,你莫要在太岁头上动土。"应桂馨指着鼻子狂傲地说:"我应桂馨是什么人? 他敢拿我怎样！"这些话当然都传到袁世凯耳朵里。此后的一天晚上，四个彪形大汉爬墙进入应桂馨所住的旅馆，刚巧他在外未归，四人搜了一会儿离去。应桂馨这才知道厉害，天明就匆匆离开了北京。但就在京津火车上，有两名侦探将他逮个正着，立即处死。

赵秉钧因"宋案"辞职，后来调任直隶总督。他听到应桂馨在火车上被杀，立即发出缉拿凶手的命令，并打长途电话到北京，向袁世凯抱怨说："应桂馨如此下场，以后谁还敢替总统办事呢？"应桂馨这一闹，袁世凯已动了杀人灭口的念头，以保留自己的清白。可是赵秉钧尚不知自己噩运临头，还在为应桂馨鸣不平。不足一月，这位袁世凯的第一亲信，北洋派的智多星，清末民初政坛的怪角，竟在天津督署内中毒，七窍流血而亡。

应桂馨和赵秉钧相继毙命，洪述祖谨慎了，直到四年后大家对宋案已经忘得一干二净时，他才从青岛回到上海。但他怎么也不会想到，没过几天，他就被宋教仁的儿子宋振吕和秘书刘白捉住，送到上海法院。后来转解到北京，处以绞刑。

还有其他一切与宋案有牵连的人无不一一死于非命。

狼狈趴行，汤山始作俑
师徒同心，小楼定大计

俯瞰北京城，最为耀眼的是紫禁城和与之相依傍的一片湖泊，一边辉煌如金，一边碧绿如玉，相应媲美。这片湖水是北京城内最大的水域。金朝建都北京，定湖名为太液池。元朝将太液池纳入皇城之中，邻湖建大内宫、隆福宫、兴圣宫三座宫殿。明成祖朱棣迁都北京，在湖东岸修建皇宫，即为现今的紫禁城。后来又在太液池上搭建了两座桥梁，以通西岸，从此湖水一分为三，便有南海、中海、北海之称。清朝以中海和南海为皇家园林，称为西苑。民国二年，袁世凯辟西苑为总统府，从此中海与南海并称为中南海。

在总统府选址的时候，袁世凯请来一位"青鸟大师"看风水。当袁世凯问及是否应该让清室迁走而做总统府时，那位青鸟大师说："这乾清宫呀，气数已尽，再也没有帝王之气了。而那中南海，山明水秀，真灵未凿，紫盖王气，郁积未用，仿佛天造地设，是专门留给开国真主的！"青鸟大师还占了一卦，说："中南海居震、离两方，帝王出乎震，俨然文明气象，故为今之计，宜正居三海而暂留皇室不迁，以扶养气脉。而那个清宫部位，却正好与你大总统的命相冲犯，不仅不能入居，而且平时也不可身入其境，您可一定要慎重啊！"袁世凯大为信服。后来他有一次入宫，果然觉得身体不适，于是想起去年那次入宫，一出宫门就差点让炸弹炸死的事情，就愈发相信那位青鸟大师的话了。于是他决定，以中南海为总统府。

新辟的总统府把当年乾隆皇帝为香妃所建的保月楼开了个门，取名"新华门"。居仁堂是中南海最大也是唯一的西式建筑，富丽堂皇。袁世凯就住在这里，楼下正中是会议厅，西面是客厅和餐厅，东面是办公处和书房，楼上则是起居之所。这天，袁世凯正在午睡，忽被爆裂声惊醒，一骨碌爬起来，只见他的墨玉杯打碎在地，那丫鬟脸色蜡黄，张着口瑟瑟发抖。这只墨玉杯是朝鲜王宫之物，袁世凯格外珍惜，不禁大怒："娘的，你慌张什么！"那丫鬟指着床上，一连声地说"龙！龙！""龙什么？"袁世凯不明白她说的什么。那丫鬟才说："我端着参汤进来，猛见床上有条龙。""你看清楚了？""看清楚了，确是一条龙！""好！"袁世凯顺手摘下蚊帐挂钩上的白兔玉坠递给丫鬟，说："这个赏给你，拿去吧。刚才的事情不要乱说，听见了吗？"丫鬟连连答应，袁世凯便叫她收拾干净，自己走到大堂，点上一支大雪茄，一边吞云吐雾，一边陷入沉思。

有关皇帝的符瑞征兆，袁世凯知道得不少：有说汉高祖刘邦的母亲梦与神遇，当时雷电交加，他的父亲去看，见一蛟龙趴在他母亲身上，不久他母亲怀孕，生下刘邦。有说唐太宗李世民出生的时候，有二龙戏于馆门之外，三日而去。有说宋太祖赵匡胤出生的时候，红光照室，异香经夜不散，身体也呈金黄色，三日不变。对于这些传说，袁世凯向来不置真假，可如今来到他的头上了。春节时，他的侄子来京拜年，对他说："咱家祖坟上，去年冬天培土的时候，出来一条大蛇，足有四五尺长，还通身透红啊。天寒地冻，怎能有大蛇出洞呢？人们都说，咱们袁家要出皇帝了。"到了清明，袁世凯派袁克定回乡扫墓。袁世凯的母亲并非正室，大哥袁世敦便以此为由拒绝其母葬入祖坟，无奈另葬了别处。袁克定请了一个风水先生同去，他把奶奶的墓碑遮盖上，便让风水先生相地。那风水先生相了一阵，大惊道："孤坟圣母，风水宝地，荫庇子孙，妙不可言！"袁克定硬是追问如何荫及子孙，那风水先生才说："开辟新天地，历代帝王家。"袁克定回来就告诉老父，他仍然半信不信的。可今天，看那侍女惊恐的样子，绝不是装出来的，难道我就是真龙天子？

袁世凯走到窗前，深情地望着紫禁城，太和殿、中和殿、保和殿、乾清宫、交泰殿、坤宁宫……他想起溥仪登基时的滑稽场面：那小儿坐在龙椅里哭闹不休，他老子载沣在下面摁住他的两条腿，哄他说："快完了，快完了！"袁世凯不禁笑起来。可不是吗？只过了三年，大清朝果真完了！那风水先生说得不错，这紫禁城气数已尽。这时候，他的眼光落在了太和殿，这是金銮殿呀，皇帝坐上龙椅，山呼万岁。这"登基"，嘿！袁世凯不禁惊叹起来。可转瞬间，他又一脸的阴云。他想起了总统选举和他的就职仪式——"让我难堪，让我丢脸哪！"

打败了国民党，袁世凯急切希望早日举行总统选举。但按照法律程序，应先制定宪法，然后才能选举总统。于是他提出"倒过来"的方案，先选举总统，后制定宪法。国会不得不迁就从事，便开始了总统选举。当时情况，袁世凯当选本无悬念，但他仍怕出意外，竟指使军警和便衣侦探化装为"公民团"，把国会包围了个水泄不通。这些"公民团"威胁说："今天不选出我们中意的大总统，你们休想出来！"这一来反倒激怒了议员们，会场纷纷相传："选黎元洪，选黎元洪！"根据总统选举法，投票人数必须超过两院议员人数三分之二以上，当选总统得票必须占投票人数的四分之三以上。正式投票开始，出席两院议员共759人，第一次投票，袁世凯得471票，黎元洪得154票，孙中山、伍廷芳各得几票，因票数不足流产。第二次投票，袁世凯得497票，黎元洪得161票，仍不足法定票数。于是又进行第三次投票，依照选举法，从得票最多的两位候选人中决选，袁世凯终得507票当选。袁世凯在总统府如热锅上的蚂蚁，终于得到他当选的消息才长长地舒了一口气。

总统就职仪式在太和殿举行。会场的安排：大总统居中面南，对面是政府官员，左侧是国会议员，右侧是各国使节。国会议员进场一看，立即提出抗议。袁世凯让梁士诒与国会协商，国会议长郑重声明：总统是国会选举产生的，应向国会负责，因此国会席理应居于主位，总统应面向国会宣誓。袁世凯心里骂道："这帮混蛋！老子又不坐金銮殿，站在这里宣誓还不行？是总统老大，还是你们老大？"袁世凯坚持不让主位，再叫梁士诒协调，结果只让政府官员与国会议员对换了位置，就这样举行了就职仪式。礼毕，袁世凯对议员席连看也不看一眼，就走了。

袁世凯恼羞成怒。这都是国民党议员在国会里作祟！袁世凯在三天里连发了三道命令，出动军警搜查了国民党总部和参、众两院机关，追缴国民党党员的证书和徽章，剥夺了他们的国会议员资格。如此一来，国会已不足法定人数，停摆了。正中下怀！袁世凯便以此为由，明令解散了国会。国会一经解散，袁世凯再拿临时"约法"开刀。当时国会正在制定宪法，即将定稿。袁世凯将"增修约法方案"送达宪法起草委员会。你们既然要依循临时"约法"修宪，那么你们先把它给我改了，然后再说宪法的事！修改后的新"约法"不仅改内阁制为总统制，而且撤销了国务院，另置国务卿一人。而宪法起草委员会不愿依循新"约法"，因此修宪的事也就泡汤了。

袁世凯解散了国会，增修了新约法，意犹未尽，又提出修改《大总统选举法》。新修改的选举法，将总统任期由四年改为十年，连任不受限制，而且总统连任可以不必选举。总统继任人由现任总统推荐三人，预书于嘉禾金简上，撤印国玺，称为"承继书"，密藏在"金匮石屋"之中。"石屋"设于居仁堂与万字廊之间的秘密之处，钥匙由总统、参政院长、国务卿分别掌管，"金匮"的钥匙则由总统一人掌管。只有总统下命令，才能开启"石屋"，取出"金匮"，然后公布"承继书"。

　　"哈哈！"袁世凯不觉笑出了声。我是大总统，是中国权力最大的总统，我不仅可以终身做总统，而且可以让子子孙孙做总统！总统，总统，总而统之，统而总之。这还不就是皇帝老子！这时，他想起杨度写的《君宪救国论》，又拿出来细看他画上红线的两段话：

　　"欲求富强，先求立宪，欲求立宪，先求君主，非立宪不足以救国家，非君主不足以成立宪。""共和不合于国情，终归是亡国一途，无论如何终必废弃，我不自改，人必为我改之，由我改之，即所以自救，由人改之，即所以亡我。"

　　袁世凯心潮起伏，不禁发出一声追问："你已经心满意足了，还要再做皇帝吗？"

　　这时候，袁克定走上楼来，正与打扫房间的丫鬟照面，两人会意地一笑。袁克定喊一声："爹！"袁世凯回过神来，说："咱们到书房去，我要给杨度写一幅字。"说着下楼，走进书房。袁克定铺开宣纸，袁世凯提笔在手，一挥而就，原是"旷代逸才"四字。袁克定恭维着父亲笔力遒劲，又说："当今之世，旷代逸才能有几人？也只有晳子一人才配得上父亲褒奖。"袁世凯说："你制一方金匾，送给他吧。"

　　自从袁世凯接任大总统，杨度便以为他青云直上的日子就要来了。可民国的总理，第一任唐绍仪，第二任陆征祥，第三任赵秉钧，时机还没有轮到他。当孙中山发动二次革命时，袁世凯组建第四次内阁，杨度的期望甚高。但袁世凯看中的是徐世昌。徐世昌拒绝出山，袁世凯又请出熊希龄来出任总理。熊希龄与杨度是同乡，可谓至交，便想延揽他入阁出任教育总长。可杨度对这个闲曹不屑一顾。

　　袁世凯迁入新总统府，也让杨度全家搬到中南海，住进纯一斋。这是总统把杨度看成一家人呀，而且袁世凯还经常约他散步聊天，甚至有时约他到书房伴灯夜谈。杨度便以为袁世凯寓有深意，大用就在眼前了。然而事实却让他一再失望。国会解散后，袁世凯以政治会议取而代之，本来安排杨度为议长，谁知半路上杀出个程咬金，李经羲突然入京，袁世凯立时就改变了主意。后来，根据新约法，撤销国务院，设国务卿。那么，这位国务卿非他杨度莫属了吧。谁知袁世凯又请徐世昌出山。沮丧已极的杨度一气之下便搬出了中南海，在槐安胡同一个四合院里安了家。

杨度自从离开了中南海，袁克定仍隔三岔五来看望，谈天说地，但有一个中心话题是中国的宪政，渐渐把他的"太子"之心表露无遗。这让杨度心里七上八下地翻腾。杨度师从王闿运，修帝王学，又吸取西学，确立了君主立宪的政治主张。作为帝王学的实践，王闿运看中了曾国藩，却以失败而终。杨度看中的是袁世凯，一心要把他推向皇帝宝座，也实现他老师终生为憾的宿愿。辛亥年，杨度转而赞成共和，参加南北和谈，襄助袁世凯当了民国的大总统，有人就骂他是"政客""婊子"。到如今，共和不过三年，他若再次回头，不知别人又如何骂他呢！但思来想去，杨度还是想通了。悟已往之不谏，知来者之可追。已往，那是因大势所迫，不得已而屈从共和。而今，回复本位，何所物议？

突然，门外响起"噼噼啪啪"的鞭炮声和"噔噔"的锣鼓声，一队豪华的马车驶近，相继走下政事堂左丞杨士琦、总统府秘书长张一麟、内史夏寿田等人。杨度急忙走出大门，就见有两人托着一块亮堂堂的大匾走来。走近了，才看清匾上四个鎏金大字："旷代逸才"。左下角一行小字：袁世凯题。"题"字下面还有一方端端正正的白文篆印。杨度知道这确是大总统亲笔题赠的，欣喜异常。

杨士琦跨前一步，大声说："国史馆杨副馆长接令。"

民国成立国史馆，聘请王闿运为馆长，杨度为副馆长。

杨度一听，不自觉地双腿跪下，就像臣子恭接圣旨似的。

杨士琦展开策令，朗声念道："国史馆副馆长杨度多年来勤劳国事，研习宪政，于国于民，多有贡献。兹特授勋四位，并颁赠'旷代逸才'匾额一方，以酬劳勤而策激励。此令。中华民国总统袁世凯。"

杨士琦念完，弯下腰来双手扶起杨度，满面堆笑地说："皙子，恭喜你了。大总统亲笔题赠匾额给你，这在民国是没有先例的事，真是异数殊恩啊！"

这方匾额挂在厅堂正上方，杨士琦一行就打道回府了。杨度又仔细地看呀看，美滋滋地想着心事。不大会儿，袁克定就打来电话，约杨度到小汤山泡温泉。

袁克定公然以太子自居，已是众所周知。前此春节，冯国璋拉了段祺瑞向袁世凯拜年。这时已恢复了跪拜礼，段祺瑞反对民国时代还要屈膝，冯国璋劝他说："你别任性吧，皇帝和终身总统有何区别？跪拜礼与脱帽鞠躬又何尝不是一样？"冯国璋见了袁世凯，自己先跪下去，段祺瑞也只得依样画葫芦了。袁世凯倒有点不好意思，慌忙站起身来说："不敢当，不敢当！"

　　两人坐了一会儿，再去见袁克定，也行跪拜大礼。怎知这位大少爷却端坐不动，受之泰然。两人怒冲冲出来，段祺瑞埋怨说："你看，老头子倒还谦逊不遑，大少爷却架子十足，哪里拿我们当人！我们做了上一辈子的狗，还要做下一辈子的狗！"冯国璋说："莫说你发怒，我也忍耐不住，我们不能再当一辈子狗了！"后来有人传话给袁克定，埋怨他不该摆架子，激怒了北洋两员大将。然而袁克定却淡淡地说："这正是我的安排，这两个人都是老头子养大的，如今尾巴都翘了起来，我若不折折他们的骄气，将来更不得了，难免不爬到我的头上呢！"

　　袁克定虽然摆"太子"的谱，但他知道他毕竟不是太子。虽然大总统选举法使他大有可能继承父位，但政治风云诡谲难测，就可能发生意外，存在变数。只有他老子当了皇帝，他将来继承大位才是最保险的。袁克定要让他老子当皇帝，那就要找出一个理由来。如果赤裸裸回到君主专制，那是冒天下之大不韪，想来想去，也只能是君主立宪了。那么，找谁打出这面旗帜来呢，自然就是杨度了。

　　杨度自从搬到槐安胡同，同住的有母亲、夫人、两个孩子、妹妹杨庄和静竹、亦竹姐妹，一家人十分拥挤。杨庄也是他的老师王闿运的儿媳，因夫妻不和来北京躲避。静竹是杨度的至爱，却因身患重病不能嫁与杨度，便送上她的妹妹做了如夫人。袁克定看在眼里，便在石驸马大街给杨度买下一所洋楼。袁克定不仅送洋楼，也送美女。他把青楼云吉班的花魁富金姑娘送给杨度，从此，家中已有三个女人，且向以洁身自好的杨度也折柳章台了。杨度只要有空，便与富金银河暗渡，倒把云吉班看成了自己的家。

　　袁克定请杨度写的一篇"大文章"，就是《君宪救国论》。袁世凯将这篇万言策论仔细地读了一遍，激赏不已。杨度说出了他心底里想要说的话。他要说的话，一则不能说出，二来也难以自圆其说，然而在杨度的笔下，却是洋洋洒洒，堂堂皇皇。他当即决定印两万份，装订成册，县以上的官员人手一册。并由政事堂发出通令，命令他们好好研读，写出读后体会，上报各省，再由各省综合上报政事堂。

接到袁克定的电话，杨度便知袁克定一定有大事找他。袁世凯特为他书赠"旷代逸才"匾额，传来一个重大信息，他赞成君主立宪，也就是说他愿意做皇帝了。袁克定约他，该不为此？

小汤山在昌平县境，是个有名的温泉区。因为南京有个汤山温泉，便依其名而叫小汤山。明代中叶，此地被辟为皇家禁苑，康熙年间建起了汤泉行宫。到庚子年，八国联军驻扎在这里，行宫被践踏，从此冷落荒芜。袁克定看中了这块地方，花重金建了一座别墅，又将温泉水引进来，建起一方西洋式浴池。

杨度到了小汤山，袁克定将杨度迎进客厅。杨度坐在宽大的黑色牛皮沙发上，夸奖说："你这辆小汽车真舒服，百多里路不知不觉就到了，要是坐马车，只怕吃午饭也赶不上了。毕竟是德国造啊！"

正说着，上来三个少男，一个端着两条热毛巾分别放在杨度和袁克定面前，一个摆上四盘时鲜水果，一个泡茶。杨度看着三人个个英俊，而又面施粉黛，便笑道："芸台，龙阳公子呀，雅趣！"

战国时，魏王与龙阳君同性恋。一次两人同舟钓鱼，龙阳君伤心流泪起来，担心他们两人的关系如同钓鱼一样，钓了大的，便丢了小的。魏王听了，便下令："举国禁论美人，违禁者斩。"以表示对龙阳君挚爱不弃。从此，龙阳之好便成为同性恋的代名词。

袁克定不好意思地一笑，遮掩说："在这里泡温泉，叫他们搓搓背什么的，带几个女子来不方便吧。"

杨度仍是笑着说："自古以来，乐此者多矣，就是历代皇帝，也是历历可数的。就说汉朝吧，二十五位皇帝就有十个皇帝有男宠，那汉武帝就有五个男宠呢。因此，汉哀帝'断袖'，卫灵公'分桃'，历史上不以为耻，反传为佳话呢！"

袁克定不愿听杨度打趣，岔开话题，向杨度说起他在德国治腿时，德皇威廉二世如何热情接待他，临走又把自己的坐车送给他。去年春上，袁克定从洹上村骑马赶彰德火车入京，摔断了右腿，右手掌也擦去了一大块肉。经过治疗，走路仍是一拐一拐的，右手虽然愈合，但留下了一块很大的疤痕。秋天，他专程去德国治腿，在柏林医院住了四五个月，虽然有所好转，但走路仍有些跛。

闲话过去，袁克定才入正题，说："皙子，'旷代逸才'，真是实至名归呀，我衷心向你祝贺！你知道老头子为何有如此举动？"

"大总统过奖了！不才杨度，哪堪大用呢？"

杨度这话，是谦虚，又是牢骚。袁克定权记在心，说："老头子终于愿意做皇帝了！"接着，他就把那天袁世凯午休时丫鬟见龙的事说给杨度听。

　　"大总统相信吗？"杨度问。

　　"信呀，老头子信这个。前几天，他又叫我请风水高手去看正阳门呢，老头子不知听谁说，正阳门泄帝王之气。你猜我请的是谁？曾正平！他是玄空六大派的无常派著名宗师章仲山的弟子，现在名声大得很哪。"

　　"此人我亦知之，他有何高见呢？"

　　"我说来你听。"袁克定说，"曾大师说，北京正气，正阳门为最要紧处。正阳门一开，不是国家多遭祸变，就是国祚因以潜移，明清两朝人士皆知。因而虽班禅、达赖来京，只能高搭黄桥，越女墙而入。而只有皇帝、皇后上宾，梓宫乃得出正阳门，国丧也。尽管如此，却仍是防不胜防，无妄之灾皆萃于正阳门。乾隆四十五年，火焚正阳门城楼，乃有道光朝白莲教之变，咸丰朝又有太平天国之乱，复有英法联军进京，火烧圆明园，皇帝幸热河。光绪二十六年，又火烧正阳门，因有义和团之乱，京师喋血，两宫西狩。此后，不十年而革命军兴，清廷退位。"

　　"那章大师有什么防的法子呢？"杨度问。

　　袁克定说："章大师说，革命起自南方，南方丙丁火，他多次夜登正阳门外前门敌楼，澄目望气，见南方红气喷起，高压北京。设防之法，应先营造正阳门。营造之法，他说了两项：一是改造外郭两偏门，移入内城，于内正门两旁洞开两巨门，以出入车马，避开内墙正门。此谓内眼，使内墙正门与前门正门一律封锁，贯通一线，不接收南方望气。二是增高前门敌楼，再于敌楼南向最高处洞开两圆眼，直射南中。此谓天眼，一定能压制南方红气。章大师说，这是今朝万年之基呀。"

　　杨度点头。袁克定又说："章大师口口声声称我'储公'，我说他，你不要乱说。他'嘿嘿'一笑说，中国自古以来就是皇帝轮流做，明日到我家。我听了还是对他说，大师不要乱说吧。你猜他怎么说？"

　　袁克定看杨度专注地听着，又说下去："我从不打诳语，又怎敢蒙蔽公子？书上早就有啊！说着，他拿出一本小黄书，翻开来，指着对我说，这是《推背图》第四十四象，谶曰：'君非君，臣非臣，始艰危，终克定。'我一看书上竟有我的名字，十分惊异，但不解其意，就请他指点。他说，君非君，指的是大总统明明是君，却又不叫皇帝，同样地，百官也就是臣非臣了。恢复帝制一事，刚开始会遇到一些艰难，最后整个江山都属于大公子你了！我听了，如同做梦一般，晳子你信吗？"

《推背图》是一本预言书，杨度是读过的。杨度认为那位章大师不过拿《推背图》来巴结袁克定而已，但对他竟能如此恰切地附会，心里也着实叹服。他虽这样想，嘴上仍是说："我信，我信。"遂笑着说，"那么，我的太原公子，你就该演一出留守府劝驾的大戏了。"

此前某天晚上，杨度偕妹妹和如夫人亦竹在广和楼看杨小楼主演的《秦王李世民》，袁克定和情人周四小姐也来看戏，就坐在后面包厢里。袁克定请杨度到后面来一同看，这时戏台上演出的是这样一幕：

在太原留守府里，李世民正在向李渊恳切陈情："父帅，不要再犹豫了，千秋大业在此一举，太原城里三万健儿都在企盼父帅一声令下。孩儿剑已磨，马已备，誓为父帅作前驱，举兵攻打洛阳城！"李渊端坐在虎皮椅上，双眉紧锁，面色严峻。这时又响起李世民刚劲决断的声音："父帅，杨广无道，弑兄篡位，天怒人怨，十八方豪杰、六十四路烟火，无不是冲着洛阳皇位而来。皇位别人能夺，我们李家为何不能夺？父帅，您就下这个决心吧，孩儿我跪下求你了！"说罢，"扑通"一声跪在李渊面前。

"英雄！"袁克定情不自禁地叫起来，说，"万世英主唐太宗，其最为英明的时候就在这一刻呀。"说完，才对杨度说，"我请你来，是给你看一篇文章。"说着拿出一本杂志来。杨度接过来，就到前边看戏了。

第二天，杨度才翻看那本杂志，是一本最近东京出版的《富士山》，其中有一篇画了一个红圈，"访太原公子袁克定"，署名有贺长雄。有贺长雄是日本著名法学家，他以采访的方式介绍袁克定，文章最后说："依中国的国情和对中国的研究，我宁愿看到坐镇北京的不是总统而是皇帝，袁大总统应有勇气做唐高祖，他的嫡长子无疑是今天的太原公子李世民。"

自此，杨度便知道了袁克定的"太子"之心。袁克定听杨度又称他为太原公子，心中十分惬意，笑着对杨度说："我是太原公子，那么谁是房玄龄呢？"

杨度有些愕然，尚未回答，袁克定即接着说："我和你相约：今日你襄助我做成太原公子，促使家父登基为帝，日后我一旦继位，就拜你为相。那时，我们再在中国创造一个贞观之治，你看如何？"

"行！"杨度不假思索地表示。

"我们击掌为定。"袁克定伸出手来。"啪！"两人击掌，然后两只手又紧紧地握在一起。

"不过呢，"袁克定看着杨度说，"留守府劝驾这出戏，不能演。"

"为什么呢？"杨度问。

袁克定说："天下的事，有些事是只能说不能做的，有些事是只能做不能说的。现今恢复帝制这件事，就是只能做不能说的。皙子，你也是南北议和的大员，你知道，当初父亲答应了'共和'的条件，才有清帝退位，民国造成的结局。父亲就职大总统，也庄严宣过誓，坚守共和，矢志不渝。现在如要老头子公开赞成帝制，那不是自食其言，失信于天下吗？"

"是这样，是这样。"杨度连声说。

"但我们还必须让他做！"袁克定继续说下去，"这就成了一个死结，我们要想法子解开这个结。你的大作《君宪救国论》，为恢复帝制正了名，这就是法子，得到了家父的赞赏，是你的第一大功劳。但仅此一件，还是不够的。今天我请你来，盼望你来个隆中对呀。"

一句"隆中对"，让杨度乐滋滋的。他用心思索着，眉头也皱了起来。"天视、民视，天听、民听……"杨度喃喃自语，猛地击掌说，"有了！民意！"

"民意？快说来听听。"袁克定催促。

杨度说：《尚书》有言，天视自我民视，天听自我民听。是不？"

袁克定说："我记得，这句话出自有名的《泰誓》，是说上天所看到的来自我们老百姓所看到的，上天所听到的来自我们老百姓所听到的。是这意思吧？"

"直白意思是这样。"杨度点点头说，"这句话说出了天意和民意的关系，民间见闻，就是社会舆论，也就是民意。天意既然来自于民意，那么天意即是民意。"

"对，对。"袁克定点头。

"而且这句话还有言外之意。"袁克定睁大眼睛听着，杨度继续说，"周武王在孟津誓师，他说了这句话后，就接着说他是应老百姓的要求举兵伐纣的，就是说，他听从的是民意！"

"对呀！"袁克定这时听出了味道。

杨度一派"腹有诗书气自华"的神采，侃侃而谈，"武王伐纣，弑君自立，本为大无道，但民意所归，就是凛凛大义了，后来的孔、孟二圣都给予高度评价。齐宣王问孟子：汤放逐夏桀，武王伐纣，有这些事吗？孟子回答说：伤害仁德的人叫作'贼'，伤害道义的人叫作'残'，我只听说诛杀了一个残贼之人，没有听说谁弑杀他的君主呀。这就说明，'天视自我民视，天听自我民听'还要求举大事者要顺从民意，而顺从民意也就是顺从天意。以此论之，大总统当初赞成共和而为总统，而今又赞成君宪而为皇帝，都是顺应民意，这就叫作天经地义。大总统弃共和而行君宪，就像汤武革命一样，顺乎天而应乎人！"

"说得好！"袁克定击节赞赏。"但是，"袁克定说，"这'民意'……"

袁克定迟疑着，没说下去。但杨度却已知之，胸有成竹地说："这就是我们要做的。我们可以成立一个组织，发起大讨论，讨论是共和好呢还是君宪好呢，当然我们要引导到实行君宪的路上来。然后，我们再发动人民拥戴大总统做皇帝，不就顺理成章了吗？"

"真是个好主意！那么，成立一个什么样的组织呢？"袁克定期盼的目光。

杨度说："我想，这个组织应当先是一个研究国体的学术团体，吸收社会名流参加，以影响民意，当民意成熟之后，"杨度神秘地一笑说，"再一变而为劝进机关。"

"孤之有孔明，犹鱼之有水也。"袁克定由衷地称赞杨度，竟把两人比作君臣。然后请杨度吃饭，山珍海味，大嚼一顿。饭后，美美地睡了一觉，两人便去泡温泉，一边沐浴，一边谈话，把恢复帝制的大剧目细细编排出来。

红日西沉，袁克定亲自开车送杨度回京城。当夜幕降临的时候，汽车拐进红灯结彩的八大胡同，停在了云吉班的门前。

自从小汤山与袁克定击掌定交，杨度便物色人物，发起成立组织。袁世凯授意，要找几个大名流支持帝制。梁启超当然是民国第一人，于是一封请柬发出：定于七月七日乞巧之夜在小汤山宴请文化界名流，恳请任公大驾光临。

当德国小轿车把梁启超接来小汤山的时候，迎接他的只有袁克定和杨度两人。袁克定举起酒杯，说他请梁、杨两人来只为谈谈天，叙叙旧，也是一番人生美好的情趣。梁启超听了，便知这是袁、杨二人专门请的他，也就知道今夜之谈的目的了。要说叙旧，袁克定与梁启超很少交往，倒是杨度与梁启超谈了一阵子，袁克定便引入国体的话题。梁启超惊讶地说："共和国体已实行四年了，不是很好吗，为何还要议论国体呢？"

杨度接上说："早在日本时，我们研究中国的制度，大家都认为中国应向日本学习，走君主立宪的道路。想必卓如兄一定还记得。"

梁启超说："我一向主张君宪制，不赞成革命的。但辛亥革命成功了，共和制度已经建立，全国都接受了这个选择，我当然只能服从民意，故回国来襄助大总统。说起来，皙子，你才是共和的功臣哩！"

杨度听了，脸上一阵发烧。他喝了一口酒，压住心头的羞惭，说："我那年赞成共和，也是一时失了定见。现在看来，共和实行了四年，弊端丛生，正好反过来证明，我们过去的主张才是对的呀。"

袁克定接过来说："卓如，你是中国头号政治学家，家父也一向推崇你，今日请你来，也就是想当面问问，中国究竟宜行共和，还是宜行君宪？"

梁启超大起戒心，于是敷衍道："你们知道，我一向是研究政体而不甚致力于国体的。我认为一个国家的关键在立宪，真正有一个好的宪政，不论是共和制也好，君主制也好，都可以导致国家强盛。反之，则无论哪种国体都是空的。目前中国的症结不在哪种国体，而在于速行宪政。"

"那么，你说说，欲保证中国速行宪政，是行共和制好呢，还是行君主制好呢？"面对袁克定的再次逼问，梁启超颇难招架。他迟疑良久，说："国体事大，启超不敢轻率。这样吧，我回去再好好读一读皙子的大作，再表明态度。"

"也好。"杨度说，"卓如兄，我想发起成立一个研究国体的学术团体，亟盼我兄也能参与。"

"行。"梁启超支应地说。

散了宴席，梁启超在小汤山度过了一个难眠之夜。梁启超回国后，出任司法总长。他放弃了一向的君主立宪主张，接受了共和，欲在共和体制下实现自己的宪政理想。但随着袁世凯无限地扩大总统的权力，他对国家政治极为失望，因而断然辞去总长职务，回家做了寓公。他为实现君主立宪发起戊戌变法，死里逃生流亡海外十几年，而国民党人的辛亥革命获得成功，实现了民主共和。无论变法，还是革命，容易吗？如今既已建立了共和制度，为何旋而改变？国体大制，怎能说改就改？梁启超思绪如潮，终于痛下决心，他要与他们划清界限，决不做历史罪人。第二天一早，梁启超回到城里，下午便带着家小离京去了天津。

在请梁启超碰了钉子后，杨度陆续请到严复、孙毓筠、李燮和、胡瑛、刘师培。8月14日，六人联名通电全国，发表了筹备组建"筹安会"宣言。

杨度所请五人中，严复以翻译《天演论》名满天下，前清时官至海军协统，民国后又先后担任京师大学堂总办、总统府顾问等职。杨度请严复，很费了一番心思。严复勉为其难，才答应只挂个名，"你们开会也好，其他活动也好，我都不参加"。孙毓筠、李燮和、胡瑛三人却是毫不费力，招之即来。这三人都是辛亥革命中的风云人物，后来投向北洋，但也仅混得有碗饭吃，为寻觅升官发财的门路才为杨度收罗。只有刘师培不为名利，是真心赞成君主立宪而响应杨度的。他是一位国学家，学问很大，现任北京大学教授。

十天后，筹安会在石驸马大街正式成立，有在京和各省会员三百多人参加，推杨度为理事长，孙毓筠为副理事长，严复、胡瑛、李燮和、刘师培为理事。

就在筹安会成立大会上，趁热窝下蛋，又搞起了一次国体表决投票，要求会员在表决票上填写是赞成"君宪"还是赞成"共和"。当然，这些会员一致填写的是"君宪"。第二天，筹安会便根据如此草草制造的民意，发表了第二次宣言，大谈立国之道不外"拨乱"与"求治"两端，最后大言不惭地得出结论："拨乱之法，莫如废民主而立君主；求治之法，莫如废民主专制而行君主立宪。"

这天，筹安会还向各省发出通电，要求各省派代表前来北京，向参政院请愿变更国体。但因为参政院要在9月1日开会，各省代表已来不及赶到北京，筹安会便改由各省旅京人士组织"公民团"替代向参政院请愿。当参政院开会时，便有所谓山东、江苏、甘肃、云南、广西、湖南、新疆、绥远等省的代表，纷纷呈递请愿书。这些请愿书都是筹安会代拟的，因此都是一致赞成君主立宪的。筹安会成立尚不到十天，从征民意到搞请愿，一气呵成。

这时候，蔡锷坐早班火车到了天津，走进梁启超的小洋楼。梁启超一见，吃惊道："你怎么来啦？"

"来看望老师呀。"

"不对呀，我们两个，不是要避嫌的吗？"

蔡锷笑了，才说："有人请我做说客，请老师拥护袁世凯称帝。"

"原来如此，那请你的人一定是杨度了。"

蔡锷点头一笑，说："他杨度想叫我为虎作伥，而我正好借机来这里向老师讨教啊。"

戊戌年，梁启超受湖南巡抚陈宝箴聘请在长沙时务学堂做教习，仅有十六岁的蔡锷是学堂最小的学生，也是梁启超最得意的弟子。变法失败，梁启超逃亡日本。蔡锷参加唐才常的自立军起义，失败后一时走投无路，梁启超便将他接到日本，又送他到士官学校学习。蔡锷学业优良，是"士官三杰"之一，以后回国为云南军队将领，遂参加辛亥革命，出任云南都督。蔡锷正是在日本留学时与湖南同乡杨度相识而成为密友。蔡锷调任北京也是杨度所荐。袁克定欲染指军队，便物色自己的人取代段祺瑞、冯国璋这些老将。问及杨度，杨度便极言蔡锷之才，袁克定便请求父亲把蔡锷调到京城来。但袁世凯对非北洋的人是另眼相看的，又对蔡锷的革命经历保持着警惕，便任命他为全国经界局督办。这是一个土地行政部门，而军队根本不让他沾边。一年后，经界局撤销，蔡锷才出任陆海军统率办事处办事员，算是进入了军界。

"你是借风使船呀。"梁启超说着就叫他的家人。长女令娴和长子思成先从楼上下来，接着是两位夫人李惠仙和王桂荃。蔡锷便把买来的北京小吃拿出来，各种各样摆满了一桌子。其乐融融地谈了一阵子，梁启超便让他们退去，蔡锷便把杨度组织筹安会以及活动情形向梁启超禀报。

"这种政治把戏，拙劣而幼稚。"梁启超不屑地说此一句，便又笑了说，"院忠枢和顾鳌刚走啊，你早来半点钟，就碰上了。两人一坐下，便说我的文章，就是那篇《异哉所谓国体问题者》，大总统已看过了，可谓目的已达，随之就威胁我，说这篇文章公开发表，不合时宜，也不利于我。说着就拿出一张支票来，对我说，如果我同意不予发表，这笔钱，就是我的润笔费。我一看，呀！二十万！"

"二十万！老师的文章一字千金啊。"蔡锷说。

"嘿嘿！"梁启超冷笑了一声，"他们想拿二十万来买断！我就说，真可惜，两位大人晚来了一步，两天前就发往全国各地了，就把那二十万退还。接着两人又劝我赞成君主立宪，哓哓不休呀。我打断了他们说，君主立宪，即使全国四万万人中，三万万九千九百九十九万九千九百九十九人赞成，我一人也断不能赞成！两个人顿时傻了眼，一句话也说不出来了。就这样，走了！"

"痛快，痛快！"蔡锷拍掌大笑，称赞老师大义凛然。

"大义，所以凛然也。"梁启超说，"民国三年以来，袁世凯总统的权力无限地扩大，已与专制皇帝毫无二致了。可他贪心不足，又要做皇帝，是可忍，孰不可忍？国体，天下重器也，岂可以废置如弈棋？共和之建，曾几何时？既有今日，何必当初？天下之怪事，盖莫过是，天下之可哀，亦莫过是也！民国既立，人心思治，维护社会安定乃中国前途之望。而杨度之流，无风起浪，兴妖作怪，名为筹安，实为构乱，而贻国家无穷之祸患，虽九死何以谢天下？"

"是的，他们这是作孽呀。"蔡锷说。

梁启超继续说下去："筹安会欲改国体，打出的旗号是君主立宪，果能实行君主立宪吗？倘若实行君主立宪，谁为君主？自非袁某人莫属。欧美认为实行君主立宪，是把老虎关在笼子里，又把一无责任之君主比作'受豢养之肥猪'。袁世凯现今是一人天下之总统，怎愿意做笼子里的老虎或受豢养的肥猪？或谓：袁世凯在前清时不就是君主立宪的带头人吗？是不错。但那时，他是欲把皇帝关在笼子里，而如今，关在笼子里的却是他自己呀。所以，他们是外借君主立宪之名，而内行君主专制之实而已。"

"先生之言，入木三分，学生深受教益。若让老袁当皇帝，叫世界各国看着中国人是什么东西呢？就为四万万人争人格起见，非拼着命去干一下子不可。但是，"蔡锷的脸色凝重起来，"我们有什么力量呢？"

"在西南。"梁启超指着西南方向说。

"现在唯西南数省为袁世凯鞭长莫及之地。但其地广人稀，兵力薄弱，又处于边陲，影响几何？"

看着蔡锷忧郁的脸色，梁启超爽朗地一笑，说："孤立地看西南，诚如小沟里的泥鳅翻不了大浪。常言道，得人心者得天下，失人心者失天下，你怎么就忘了呢？筹安会者流，祭民意为大纛，假民意而劝进，但民意究竟为何？我敢说，称帝不得人心，袁世凯敢冒天下之大不韪，不仅天下百姓反对，就是他的亲信私党也未必死心塌地以从。你也知道，他手下的两位心腹大将，段祺瑞与冯国璋都是反对帝制的。袁世凯看似强大，但所谓'强弩之末，不能入鲁缟，冲风之衰，不能起羽毛'，清朝不也貌似强大吗？武昌事起，顿时烟灭。殷鉴不远，袁世凯又想做皇帝，不是自蹈覆辙吗？"

蔡锷听了信心大增，就要赶快到西南去。梁启超说："不急。袁世凯现在尚扭捏作态，这条蛹还没有破茧，北京这场大戏也还刚刚上演。你不妨再看一看精彩的演出，看清了群丑的模样，再走不迟。"

"是。"蔡锷遵命，辞别老师。回到北京，蔡锷向杨度交差，只说："老师不听弟子的，奈何奈何？"

9月6日，袁世凯派政事堂左丞杨士琦出席参政院会议，代表他发表对于变更国体的宣言。其中说："总统既在现居之地位，即有救国救民之责，无可委卸。近见各省国民纷纷向参政院请愿改革国体，于本大总统现居地位似难相容，然本大总统现居之地位本为国民公举，自应仍听之国民。唯改革国体与行政上有绝大之关系，本大总统亦何敢畏避嫌疑，缄默不言！以本大总统所见，改革国体，经纬万端，极应审慎。至国民请愿，不外乎巩固国基，振兴国势，如征求多数国民之公意，自必有妥善之上法，请贵院诸君子深注意焉。"

梁士诒从这篇宣言里悟出了玄机：袁世凯对恢复帝制半推半就，实则是假推真就，而对筹安会所搞的请愿活动，也并不满意，因此授意参政院另献制造民意的良策。对于袁世凯叫参政院干这件事，梁士诒的脸上泛出讥笑。他对于国家机关的作风看得透彻，尤其议会机关，更是一个难产的婆娘，更何况参政院院长黎元洪又不赞成帝制。想到这里，梁士诒得意地笑了：我的机会来了！

从前清到民国，梁士诒向为袁世凯的心腹。梁士诒现为总统府秘书长，总揽机要，位高权重，外号"二总统"。但当袁世凯改国务院为国务卿时，他看上的人是徐世昌。梁士诒大加反对，引起袁世凯的厌恶。他曾对徐世昌说："待我将这一昏小子拿了，再准备着迎接老大哥。"果然，袁世凯又裁撤总统府秘书处，而设内史馆，内史长一职给了老部下阮忠枢，就这样把梁士诒撵了。接下来，梁士诒更是战战兢兢了。肃政厅派员密查津浦路北段，列出十大罪状，该路局长赵庆华立予撤职，拘禁入狱。随后，又申令交通部次长叶恭绰停职审查。梁士诒虽不做交通总长了，但他仍是交通系领袖。他感觉袁世凯最终是向他下狠手，因而惶惶不可终日。就在这时候，他找到了一个能为袁世凯献功的机会，就像一个溺水的人侥幸抓住了一个救生圈。梁士诒本不赞成帝制，但交通系的同僚对他说，眼前是要脸面还是要脑袋的问题。于是梁士诒无奈地作了决定：要脑袋！

不几天，全国请愿联合会在北京安福胡同成立。宣言书以"惟是功亏一篑，则为山不成，锲而不舍，则金石可镂"，表达了誓将帝制进行到底的决心。会长沈云沛，副会长那彦图、张镇芳，下设文牍、会计、庶务、交际各部，有主任和副主任，都是一时人物。梁士诒虽没有列名，但却是幕后老板。在其公布的《请愿团体名目表》中，已有请愿分会十几个，会员数万人。这些分会既有公民请愿团、商会请愿团、教育请愿团、妇女请愿团、人力车夫请愿团。甚至还有乞丐请愿团，似乎更能体现民意。

请愿联合会是个名副其实的帝制行动团体，比起筹安会挂以研究之名要实际得多，而且梁士诒有人脉，有金钱，又是个著名的鬼灵精，其活动能力更非杨度等六君子可比。因此，请愿联合会成立后，全国的请愿活动便如风生水起，风头之强劲，完全把筹安会压了下去。

杨度心里着急，便想找筹安会的人商量。严复只是个挂名理事，李燮和又感冒发烧，如此只有孙毓筠、刘师培、胡瑛三人了。杨度便另请阮忠枢和顾鳌两人参加。杨度想借重二人，担心被拒，便不说开会，而说请吃花酒。

晚宴设在中央公园柳花轩。酒菜上齐，杨度举杯欢迎，连干了三杯酒。阮忠枢便说："皙子，今天不是筹安会六君子开会吧？因为缺了两个，便叫我们俩来凑数的。"

杨度见阮忠枢看破，仍是遮掩说："还真是的，我们也是六个人，那就叫柳花轩六君子吧。"阮忠枢笑了，说："称君子，我可不敢当。再说了，这柳花轩的君子是干什么的，采花折柳呀。"说得大家都笑了。顾鳌接上说："老斗（阮忠枢字斗瞻）说这话倒提醒了我，咱们得先叫了人来，是不？咱们边等着，什么正经话说不完呢？"于是各人写了局票，派人去传。

这时候，胡瑛对杨度说："你知道不？有人骂我们呢？"

"骂什么呢？"

"骂我们是走狗！"

杨度生气道："人都怕人骂，但怕人骂能干天下大事吗？我等倡言帝制，实行救国，自问没做亏心事，何畏人言？即以'走狗'二字论之，我狗也不狗，走也不走的。"

孙毓筠说："我不然，意志既定，生死以之，我狗也要狗，走也要走的。"

刘师培说："我折中其说，狗也不狗，走也要走的。"

胡瑛说："然则我当狗也要狗，走也不走。"

四个人哈哈大笑。

顾鳌指着四人笑道："你们四条狗把狗话说尽了，我俩没的说了。"杨度指着阮忠枢和顾鳌说："你们俩非我同类，一个该上山，一个该下海呀。"说完，六个人都笑起来。

"市井流言，我们不在乎。可是，现今请愿联合会风风火火，筹安会成了明日黄花，老斗，"孙毓筠望着阮忠枢说，"你是天子近臣，你说，大总统的心还在我们这边吗？"

"哈哈！"顾鳌抢过来说，"少侯，你担心什么呢？只要你汪汪地叫，大总统还不把你看作一条狗吗？"

"少侯要说正经事呢。"阮忠枢瞪了顾鳌一眼，才慢慢说道："这运动帝制，筹安会是放了当头炮，请愿联合会后来居上，也是事实。你筹安会打出的旗号是研究团体，干的是吹喇叭的事，可人家请愿联合会，是直接组织国民请愿，拥戴大总统做皇帝。哪个实用？哪个实用，当然大总统就利用哪边了。我说的是'利用'，并不是大总统喜欢梁士诒这个人，诸位都知道的，他现在不正走'背'字？似乎山穷水尽。但我们也不得不佩服这个人，他找到了一条终南捷径，柳暗花明了。"

　　顾鳌又插上来，说："一条狗光会汪汪叫，不会抓兔子，能是一条好狗？所以，我赞成少侯说的，狗也要狗，走也要走的。"说完就嗤嗤地笑。

　　杨度说："斗瞻兄所言极是。凡事都要先造舆论，所以才把筹安会定为研究团体，至于发动请愿，也是早有打算的，不想半路上杀出个程咬金来。为今之计，我想把筹安会改作宪政协进会，实实在在做劝进的事，不知各位意下如何？"

　　大家都表示赞成。杨度继续说："当前的请愿活动，不能叫他们都揽了去，我们即使占不得请愿主动权，至少也要插进一只脚去。"

　　阮忠枢说："请愿联合会上书参政院，请以国民会议为解决国体的正式机关，大总统已批准了，定于十一月二十日举行国民会议议员复选，待各地方复选告竣，当即召集会议，决定国体。皙子，这一着又让梁士诒占了先哪。"

　　"度以为，以国民会议来解决国体，于理于事，皆有不妥。"

　　闻听此言，大家都露出惊异的表情。杨度环视了一下众人，接着说："改革国体本为政治问题，而非法律问题。今国民会议乃根据民国"约法"议决民国宪法，选举总统，是属法律范围，而今变民国为帝国，变大总统为皇帝，是属政治范围，国民会议则无此职权，是越俎代庖。因此，改变国体非由国民代表大会解决不可。由国民代表大会决定国体，国体既定，才进入法律程序，制定宪法，产生国家最高领导人及立法、行政、司法诸机关。如果强行以国民会议来解决国体问题，显然也是本末倒置的。"

　　"对呀，对呀。"大家顿悟般地齐声说。

　　杨度见众人理解，露出了笑容，继续说："上面，是从理上而论。再从事上看，亦是不妥。我们算一算时间吧，所定今年十二月二十日才举行国民会议议员复选，复选完成，各地议员才启程来京，由于边远省区路途遥远，恐怕年内召集已不可望，而即使召集起来，又要议之多久，决之何时呢？国体早一日解决，则人心早一日安宁，如此拖延，决非善策呀。"

顾鳌说："召开国民代表大会，不是更费事吗？"

"不是费事，是省事呀。选代表比选议员要简单得多。再说了，召集会议也可快可慢，全在人为呢。"杨度说着就笑了，那笑意里藏着玄机。他对孙毓筠说："少侯，明天咱们就联络有识之士，向大总统上请愿书，提议召集国民代表大会解决国体，你以为如何？"

"行，行。"孙毓筠赞成。

他们谈着，各路佳人陆续来到，各坐在主人身后：杨度与小赛花、孙毓筠与梁燕、刘师培与春梅、胡瑛与玉儿、阮忠枢与白苓、顾鳌与杜小红。飞眼传媚，口角春风，场面热闹起来。

刘师培说："各位，我们不能像韩愈嘲笑的长安富儿一样，不解文字饮，唯能醉红裙。我提议，各位都念一句诗，报出各位美人的名字来。"不待刘师培说完，胡瑛便嚷起来："不行，不行，这却太难，太难了！"刘师培说："不必作诗，有现成的诗，随手捡过来就行呀。"顾鳌接上说："作不来不就是喝一杯酒嘛！"于是大家无言了。

刘师培说："我提议的，那就从我开头了。"便吟道："寻常一样窗前月，才有梅花便不同。姑娘春梅是也。"

众人都说好，阮忠枢却向刘师培："好是好，你得说说自从梅姑娘跟了你，有何不同？说得不好，罚一杯酒。"刘师培不理会他，说："过了，过了，咱按座次来，该你了，少侯。"

孙毓筠吟道："自来自去梁上燕，相亲相爱水中鸥。姑娘梁燕是也。"一说完，顾鳌就连声说好："这诗把姓和名都报了出来，意境又好，又是对仗。真想不到，少侯还真有一点墨水哩！"

又过。胡瑛接着吟道："长风几万里，吹度玉门关。姑娘玉儿是也。"刘师培就说："诗里倒有一个'玉'字，但说的哪是儿女情调？罚酒，罚酒！"顾鳌霍地站了起来，指着刘师培说："你还是情场老手呢，连玉门关都不知道？哈哈！"然后又对胡瑛说，"你老兄气吞万里，闯玉门关自然是破门直入的！"说完又哈哈大笑起来。玉儿只羞得满脸通红，想说却说不出话来。小赛花向顾鳌"呸"了一声说："顾大人的嘴怎么这么臭！你没有官样，也该有个人样子吧。"阮忠枢接上说："赛花妹，你不知道他不是人吗？他怎会说话？只会放屁！"说得众人大笑。

这时候，胡瑛颇为难堪地举起了杯子，说：我没有那意思，甘愿罚一杯。"说完一饮而尽，脸上仍是红红的。众人又是笑。

"该你了。"有人向顾鳌说。顾鳌吟道："何须浅碧轻红色，自是花中第一流。姑娘杜小红是也。"然后又说，"俺小红就是花中一流啊。我这诗不算最好，也算较好，你们就不要鸡蛋里面挑骨头了。"的确也无毛病可挑，阮忠枢就说："让老八爬过这一关吧。"

下面该杨度了，吟道："牡丹花下死，做鬼也风流。姑娘小赛花是也。"刘师培便叫起来："逮住了，逮住了！这句诗是只说男人好色，男女之情可只说了一半。皙子，我说得不错吧？"杨度申辩道："女人不美，男人怎甘愿做鬼！""那不见得。"刘师培又反驳说，"好色男人，女人美丑，无谓也。"阮忠枢讥笑说："你们俩别争了，皙子真是这样，小赛花就是那国色天香的牡丹花，让他爱得死都不怕了。"众人又笑。杨度急忙脱身，催促阮忠枢道："老斗，快点吧，就你殿后了。"

"我早想好了，你们听。"阮忠枢吟道："我有迷魂招不得，雄鸡一唱天下白。姑娘白苓是也。"顾鳌哈哈大笑，说："老斗真是宝刀不老，不知是如何颠鸾倒凤，一夜到天亮的？如实招来，免于受罚！"阮忠枢说："老鳌，我给你说，刚才可是我让你爬过的关，你别恩将仇报，再找我的碴。"这时候，刘师培笑吟吟地说："老斗，你身后的美人儿姓字名谁呀？"阮忠枢说："怎么，白姑娘，白苓呀。""噢！那你错了不是？咱是定了规矩的，唱这诗是报名，而不是报姓。没的说，你喝酒吧。""真是不错，该罚该罚！"大家齐声嚷嚷。阮忠枢不得不认，杨度端起酒杯，就倒在了阮忠枢的嘴里。

一轮酒过去，刘师培又要联诗，又要猜灯谜，阮忠枢和胡瑛坚决反对。孙毓筠调侃道："刘大师光捡自己得意的干，把我们都灌醉了，他和梅姑娘想干什么去？"阮忠枢便说："花姑娘新从天津来，我听说有时新的小曲儿唱得好听。皙子，就请花姑娘唱一段吧。"杨度说："你又不是请我唱，找我干什么呢？"阮忠枢说："我怕人家不赏脸呢？"就望着小赛花笑。众人都说愿听曲儿，小赛花便向众人笑了笑，随手抱起一个琵琶，调了调弦子，开口唱道：

　　春季里相思艳阳天，柳絮飞如烟。倚栏人独坐，度日如年。悔说封
　侯事，空谈举案缘，可叹我望眼欲穿，盼不到凤凰曲和虬髯传。都见得
　富贵人美，哪知道官场昏暗？清风良夜，叹嫦娥，不觉清光流转。奴的
　个天儿呀，你是个热心人，怎把乌纱恋？你是个多情种，却不把红颜念。

"唱得真好！"阮忠枢喝彩一声，遂又向杨度笑道："皙子，听花姑娘的话，你就快快辞了参政，跟着她到天津去吧。"杨度说："老斗，你莫要笑我，你也一样。足靴、手版，一样的玩意儿，都像迷宫一样，你只要进去了就再难出来，真是'我有迷魂招不得'，没有'雄鸡一声天下白'的时候。"小赛花低声啐了杨度一声："你怎么拿情场与官场相提并论？"说着弦子又响起来，接唱道：

　　　　夏季里相思日正长，十里荷花香。一群蜂蝶，何事往来忙！

　　顾鳌抢上来说："皙子，你听听，她骂上来了。"杨度笑道："一群蜂蝶，大家都在其中，怎是骂我一个人呢？"小赛花接唱道：

　　　　赫赫探花使，皇皇酿蜜王，到头来为他人作嫁衣裳。羞避了亭亭玉莲，笑煞了戏水鸳鸯。栏杆独依，悄骂一声郎：你终日里奔走为哪桩？奴的个天儿呀，我好似个孤雁儿，怎能耐凄凉？你好似个狐舟儿，怎能禁波浪？

　　顾鳌又戏弄杨度："这可是骂的你吧。你终日里奔走为哪桩？害得小赛花守空房。"众人也调笑道："不错，不错！"小赛花又唱：

　　　　秋季里相思夜深沉，银汉郎女分。关山重重，无人通殷勤。房冷灯犹暗，衾寒体不温，灯花儿空报喜，不见夜归人。君不见秋风凋碧树，落叶纷纷。能知否，韶华千金，钟鼎如浮云。奴的个天儿呀，到底是奴痴情耶，还是郎薄幸？到底是奴的真真切切意，唤不回郎的懵懵懂懂心？

　　"哪还用问？是皙子薄幸，小赛花可怜哪！"阮忠枢竟学着唱起来："奴把那灯花挑尽，不见夜归人。"杨度懒得再接，无奈地笑。小赛花又唱：

　　　　冬季里相思天地冻，寒鸦枯树鸣。青云路上，觅郎又无踪。

　　刘师培说："皙子又跑到外国去了。"小赛花笑了，接着唱道：

　　　　郎是云中鹤，妾是雪里鸿。更残漏尽，烛泪影摇红。岁月如转蓬，伤心有多少春夏秋冬？说什么修齐治平，是非成败转头空。奴的个天儿呀，人生易老天难老，一丘黄土掩风流。劝郎君，看破那红尘，再莫做那邯郸梦。

　　曲子唱完，众人拍手叫好。顾鳌说："好是好，只是把我们为官的骂狠了。"看看杨度，目光呆滞，走了神一般。杨度真的被感动了，小赛花唱得字字入耳，句句如鞭子抽打着他的心，他只觉得眼前弥漫了秋老冬黄、苍凉肃杀之气，心中反复闷念着：足靴、手版！足靴、手版！这时，有人传话，说楼下有人找杨大人。

杨度走下楼，原来是夏寿田。

夏寿田和杨度同乡，又同为王闿运高足，又是同榜进士，结为断金之交。夏寿田出任内史，也为杨度所推荐。阮忠枢虽为内史长，但此人一生散漫惯了，内史馆的事情都落在夏寿田身上，大总统对他也十分信任，视为股肱。

夏寿田一见杨度，就说："大事不好，总统改变主意了。"

"什么！总统改变什么主意？"杨度已意识到是帝制的事，但嘴上不自觉地又问。

夏寿田说："就为严修一席话呀！大总统亲口对我说，别人的话我都可以不听，他的话我不可不听，看来筹办帝制的事要停下来。"

杨度急道："这个严修，他能说什么呢？"

夏寿田说："等你回到家，咱们再说吧。"夏寿田此时是孤身一人在京，也就住在杨度家里。

夏寿田转身而去。杨度喝了不少酒，顿时觉得头晕目眩，慢慢转过身来，摇摇晃晃地走上楼去。

第四十五回

国体投票，一只万花筒
推戴皇帝，几场皮影戏

这两天，李经羲和张謇接连造访，让袁世凯很不是滋味。

李经羲一坐下，开言便说："你要做皇帝！我初闻不信，再闻始信，三闻不得不信。不过，我还是要来问一问，得你金口玉言，心里才踏实呢！"

"仲仙。"袁世凯说："别人不明白我的苦心，你还不明白吗？外边风风雨雨，谁不是幸灾乐祸，哪里能相信呢？你不是外人，我说心里话。我做这个总统，还不是和皇帝一个样？要做皇帝的话，无非为儿孙打算，可是你想想，我那些儿子哪一个是成气的？老大坠马落下残疾，老二不务正业，要做什么名士，下面几个又都年幼，就是我有野心，也要做千秋万世的事业，岂肯学那秦始皇一传而亡？再说了，翻开中国历史看一看，帝王之家有一个好结果吗？不是你杀我，就是我杀你，如果为后代着想，能把灾难留给他们吗？不，我决不干这种傻事。我有个孩子在伦敦读书，我已叫他在那里置办了一点产业，如果有人一定要逼我做皇帝，我就出国到伦敦，从此不问尘事！"

袁世凯这番话好似推心置腹，但怎能忽悠李经羲？李经羲不屑地"嘿嘿"笑了两声，立时揭穿了说："你给冯国璋说的，不就是这些话吗？但谎言只能蒙蔽一些人，何能蒙蔽天下人哉！四爷，我看你年虽不大，也有五十七岁了，论富贵呢，我的一把老骨头自然没有你的重啦，若论交情，咱们总算是开裆裤的老朋友哩，骑竹马踢泥球就在一处的。所以今天我就实话实说，你这几十年可不易，所以也该特别爱惜。据我看来，你还是做一辈子大总统稳当些，你要称王称帝，真闹这个玩意儿，恐怕也只有几个傻瓜跟着你做狗，将来群起而攻之，虽筑秦始皇的万里长城，也怕不能抵挡呢！"

说到这里，李经羲见袁世凯脸上难看，便起身要走。他站起身来，却又说道："如果真要做皇帝的话，哈哈！四爷，那也挨不到你的分上，我李家要做几个皇帝，还不能吗？"说完扬长而去。

李经羲外号"李大架子"，他对总统也竟如此放肆，尤其是他摆李鸿章的谱，所说"李家要做皇帝"的话真让袁世凯受不了。他也知道自己的话说大了，就连夜逃出京城，到天津避祸去了。

袁世凯气得一夜难眠，第二天一上班，张謇又来求见。

张謇开门见山就说为辞职而来。"季直兄。"袁世凯仍以兄相称："你还没有到职呢，就来辞职，这是为何？"

张謇是在"二次革命"失败后出任农商总长的。但随后，袁世凯解散国会、修订"约法"等事，令张謇不满，便愤而离职，回南通老家搞实业去了。到国务卿徐世昌受命组阁，仍以张謇为农商总长，但张謇拒不到职。

"老朽多病，不堪之任。"张謇这样回答。

袁世凯说："季直兄，自朝鲜至今，我们俩有三十多年的交情了吧，何为虚言？你从南通来北京找我，定有忠言相告吧。"

"那我就直说了。"张謇说，"因为你要做皇帝，而我张謇不愿再做天子臣民。"

袁世凯却笑了，说："你还记得否？辛亥年你来洹上村找我，叫我顺民意出山，我就说过，在中国办共和也是可以的，如今我做了四年总统，还能出尔反尔？但万一人心改变，四万万民众都厌弃共和，主张君宪，那我袁某人也只得顺从民意，将国体改回去。但我有一句话在先：皇帝宝座，我是决不登的！"

"噢？"张謇感到奇怪，说，"国体既然改回去，你由总统转皇帝，也顺理成章，为何不做？"

"你这话不对，不能说顺理成章。"袁世凯说，"若以传统一系，好比罗马教皇那样，则中国的皇帝应属孔子之后，那么，七十六代衍圣公孔令贻最适合。若以排满兴汉而论，则中国的皇帝应属大明朱家之后，内务总长朱启钤、直隶巡按使朱家宝、浙江将军朱瑞都有做皇帝的资格。"

张謇听出来了，袁世凯不与他说正经话了，心中厌恶而又觉得好笑，于是索性把这玩笑开下去："要说让朱家人做皇帝，岂止他们几个，还有专治偏头风的郎中朱友芬、擅长演风流女子的伶人朱素云，也有做皇帝的资格。"

袁世凯拍着手掌大笑起来："说得好，说得好，凡是姓朱的都可以做皇帝。倘若有人说张邦昌那个儿皇帝也做得不错，要寻他的后人继位，那季直兄你就是最合适的人了！"

袁世凯这个突发而来的灵感令张謇很不舒服，他勉强哈哈笑了两声，说道："说起张邦昌来，你有所不知，他是做了三十三天皇帝，而又一天皇帝也没有做过。"

"噢！"袁世凯诧异。

张謇接着说："那时候，金兵攻破了汴梁，掳走了徽、钦二帝，便逼迫张邦昌做皇帝，立国大楚，以示宋朝的灭亡。如果张邦昌不答应，金兵就要杀掉所有大臣，然后屠城。面对此种情形，张邦昌只能答应了。被逼称帝之后，他不堪耻辱之心，又一度要自杀，又被左右劝阻。张邦昌称帝只为对外而已，在国内，他不御正殿，不受常朝，不出呼群臣，不称朕，以表示他不敢僭逆。而且，他就利用这个皇帝的名号，与金国周旋，保护全城百姓，特别是极力劝说金兵放弃南进，使南方免于战火，也掩护了南宋的立朝开国啊。金兵一退走，张邦昌即请宋哲宗的皇后孟皇后入居延福宫，垂帘听政。不久，康王赵构在商丘即皇帝位，他又把宋朝传国玉玺亲手交给皇帝。皇帝十分感动，封他为太保、同安郡王。后来，李纲等大臣便对张邦昌秋后算账，先是贬官，最终赐死，张邦昌终以'儿皇帝'的罪名了结一生。我翻阅宋史，探究这位先人。他的一生虽没有大恶，也没有大功，但唯有做大楚皇帝这件事情放射出光芒，足可照耀千秋后人。"

"原来如此，历史不知冤枉了多少好人呢。"袁世凯感慨地说。

"四弟。"张謇说着站了起来，郑重地说，"我劝你学一学张邦昌，得其一二足矣。这就是我最后的忠告！"说完，转身走了。

张謇步出总统府的这一刻，已与袁世凯绝交了。

李经羲和张謇接连来访，袁世凯十分震动。他由此想到段祺瑞、冯国璋、黎元洪、徐世昌这些人，感觉没有一个人能靠得住。这些人有资有望，还不有朝一日也想弄个总统当当？我要当了皇帝，就绝了他们的念。即使他们没有这种野心，但由于与我平起平坐惯了，也是不想给我磕头的吧。要说私心，杨度、梁士诒、杨士琦、段芝贵这些人不也一样有？他们还没有当总统的想头，才以拥戴我做皇帝来邀功嘛。谁没有私心？有持之公正的人吗？他感到孤独了。这时，他想起了严修。

那年，朝廷罢了袁世凯的官，满朝文武只有严修抗旨，请朝廷收回成命，才使他免于大难不死。当袁世凯离京回乡的时候，又只有严修和杨度两人相送。三人在火车上交谈，当谈及宋朝人物时，杨度问及严修的志向。严修说，他自知弗能为文（天祥）陆（秀夫），能如王伯厚于愿足矣。袁世凯当时就夸他是"君子人"。果然，严修就像王伯厚一样，辞去官职，寓居天津著书立说去了。到了民国，严修任直隶学校司督办，袁世凯有意让他出任教育总长，他又婉言谢绝了。

严修这次到北京来，袁世凯用自己的马车接到总统府。

袁世凯接待客人，一般来人是在丰泽园的接待室，重要人物才能进入居仁堂"大圆镜"迎宾堂，只有十分亲密的人才能进入他的办公室。严修到来时，袁世凯亲迎于居仁堂大门外，领着他先看了迎宾堂，又看了办公室，然后上了二楼，走进最东头的卧室里。严修已六十多岁，头发斑白，瘦削的脸上架着一副眼镜，一副学士派头。他十分随便地跟着袁世凯一路参观，到了袁世凯的卧室，也不坐下，上下左右地打量。迎面墙上挂着一幅宋徽宗《雪江归棹图》，严修就感到一种不祥之兆。他对袁世凯说："宋徽宗被掳燕京，金国皇帝叫他作画，他作的便是这一幅。金国皇帝一看，就知道他有南归之意。但这幅画挂在了金朝皇宫里，而宋徽宗却一直被囚禁至死。因为有这样的背景，这幅画很有名呀，不知多少后人仿作。所以呀，这一幅是真品，还是赝品，难说呢。"

袁世凯说："皇宫所藏，应该是真品吧。"

"那也不定呢。"严修说着，才坐在了椅子上。

袁世凯一开言就感激地说："抗疏相救之恩，火车送别之情，世凯没齿不忘啊。"

严修说："我们三人在火车上杯酒谈心，也是我一生最美好的回忆。你还记得否？杨度劝你效法赵匡胤，你大吃一惊，直说'皙子醉了，皙子醉了！'我就说皙子没醉，是真言！"

"记得，记得。"袁世凯说着就哈哈大笑起来。

严修说："当时我和杨度都断定你有东山再起的那一天，却没想到来得这么快，仅过了三年，你就当了民国的大总统。"

"我也没想到呀。"袁世凯说，"你也真做了王伯厚，不到京城来做官，一心在天津办教育，把直隶办成了全国的模范区，真让人叹服。你是怎么做的呀？"

严修便谈直隶教育，说了一阵子，醒悟似的说："你叫我来京，总不是让我来述职的吧。有什么重要的事，你就直说吧。"

面对严修，袁世凯不再云里雾里，弄那些虚套："范孙兄，自从杨度办筹安以来，恢复帝制的呼声日益高涨，我左思右想，始终拿不定主意。想来想去，只有你对我是真心，能说真话，所以我才请你来的。"

严修说："蒙大总统如此信任，修若仍为虚言蒙蔽，愧疚难当。"

"那你就说吧。"袁世凯催促。

严修清了清嗓子，说起来："自古以来，想做皇帝的人不知凡几。但做皇帝究竟有多么好？国事家事，事事缠心，且不说国事艰难，就是家事，明争暗斗又不知有多少。那康熙皇帝，可谓一代英主，却为一群儿子争储焦头烂额。康熙有二十个儿子，十二个女儿，你的儿女也不少吧？"

袁世凯说："膝下有子十七，有女十五。"

"哈哈！"严修笑起来："真巧，你与康熙大帝子女竟一样多，真是洪福呀。"

袁世凯也笑了，说："都说多子多福，但做皇帝多子，哪是福？是祸呀！"

严修说："老子做皇帝，儿子争皇位，如梦如痴，却不知终有朝亡祀绝之时，家破人亡，腥风血雨。晋之青衣行酒，宋之青城北行，明之煤山罹难，奇耻大辱，皆祖宗创业家天下之病也。"

晋之青衣行酒，说的是西晋灭亡的故事。汉昭武帝刘聪攻破洛阳，晋怀帝司马炽投降。刘聪大宴群臣，命司马炽穿布衣斟酒，晋朝旧臣号啕大哭，刘聪厌恶，立斩杀司马炽于席前。宋之青城北行，说的是北宋灭亡的故事。金国军队攻陷汴梁，宋朝乞降，割让黄河以北土地，缴纳巨额金银。金人索金银甚急，宋钦宗赵桓和太上皇宋徽宗赵佶先后至青城金营要求缓期，被扣为人质。宋朝尽搜官民藏贮，仍相差甚远，金军乃掳二帝及皇族后妃三千人而去。明之煤山罹难，说的是明朝灭亡的故事。在李自成攻破北京城的那个夜晚，崇祯皇帝叫三个儿子逃亡，周皇后自到而死。这时目睹生离死别场面的公主走到父亲面前，崇祯对他最心爱的女儿说："你何生帝王家？"说着举剑便砍，公主左臂齐肩斩断，昏厥于地，崇祯又欲再砍，终因手颤目眩而止。然后，崇祯提剑走到西宫，先命他最宠幸的袁贵妃自尽，随后又把宫中妃嫔传聚在一起，一个个亲手杀死。天将破晓时，崇祯换下血衣，身穿素服，逃出皇宫，登上景山。他在景山一棵树下的石头上坐了一夜，眼见敌军攻入皇宫，心生绝念，便在那棵树下上吊自尽了。

袁世凯当然知道这三个故事，心中震动。

严修接着说："要说做皇帝，今天中国只有你最合适。但可惜的是你没有抓住时机，不能于辛亥年破汉口，下武昌，传檄各省，受禅清室，失机一。又不能于癸丑年逐孙、黄，定长江，四方推戴，自践帝位，失机二。四年以还，清室移让民国之条件已定，政府颁布共和之制已明，大总统就职宣誓历历在目，言犹在耳，而你倘若又废弃共和而行君宪，其能昭信于天下乎！你不看？主张帝制诸人，矫袭经义，上书投票，举国哗然呢。修闻古之建国，皆举兵以行天下，未闻用笔而定天下者。有之，唯是王莽篡汉。杨度等人，日挟云台（袁克定）以蔽大总统，无非民意云云，但外间真舆论，大总统得知其梗概乎？修为云台危，为大总统危，为袁氏危，愿大总统三思而行之。"

袁世凯送走严修，便对夏寿田说，要停办帝制。夏寿田告诉杨度，杨度大惊，连夜赶往小汤山，与袁克定秘商挽回之计。

第二天，袁克定在北海离宫召集杨度、孙毓筠、梁士诒、顾鳌、朱启钤、张镇芳等帝制要人开会。

袁克定开始讲话，他先对帝制活动作了高度评价，赞扬与会诸人作出的贡献，深情地道了一次"辛苦"，然后就说起严修与他父亲的会见来。他越说越气，甚至恶言秽语地骂上了："这个老朽，这个大头苍蝇，无端地跑到京城里来嗡嗡叫，找个缝就下蛆。他胡说什么实行帝制没有好下场，那么取消帝制就可保袁氏子孙无事吗？帝制已到了这个地步，四海皆知，出尔反尔，其祸更烈。谁要是能担保取消帝制袁氏家族永无危险，则姓袁的不做此皇帝！"

说着，袁克定瞪大眼睛盯着大家，扬起手中的钢拐杖吼道："试问，谁能担保？"

大家面面相觑，都不知说什么才好。

袁克定又将拐杖朝青砖地上狠狠一戳，叫道："我袁克定改帝制是改定了，谁也不能阻挡，哪个敢来试试，我就这样对待他！"说完，他猛地提起拐杖走到窗边，将五彩玻璃一块一块地捅碎。玻璃掉在青砖地上，发出刺耳的声响。

张镇芳走向前去，以表叔的身份劝他。谁知他更加来劲，一把推开张镇芳，抄起桌上那个一尺多高的明代青花瓷瓶，朝着对面那架大穿衣镜掷去。"砰"的一声响，瓷片散落了一地。袁克定铁青着脸，用钢拐杖指着大吼一声："谁敢反对帝制，这就是他们的下场！"

众人一齐相劝，袁克定的火也发到顶了，才消了气。

随后，会议便讨论如何消除反对势力，加快帝制运动的进行。开过了会，袁克定便带着这帮子人一齐到总统府劝驾，不知他们如何巧舌弄簧，终使袁世凯又回心转意。

严修客居六国饭店。他本想在京待上几天，会会同僚好友，听到袁克定在离宫里歇斯底里，提了行李便走。他赶火车路过总统府，驻足凝望，心里说："我这是何苦来，本为他们父子好，却落下仇人。我走了，让他们父子自作自受去吧。"

自此之后，帝制运动如马脱缰。在袁世凯接受以国民代表大会解决国体之后，参政院仅用几天时间，《国民代表大会组织法》就三读通过，总统则立即批准，通告全国。参政院遂设立"国民会议事务局"，作为执行机构，局长顾鳌。根据《国民代表大会组织法》，先在县级选出国民代表（初选），然后到省选举（复选），即由各省选出的国民代表投票决定国体，如多数同意实行君主立宪，则由参政院推戴皇帝。

为保证万无一失地达到目的，帝制人物绞尽脑汁，使尽手段。在国民会议事务局之外，他们又煞费苦心地另设了一个机关，由朱启钤、周自齐、梁士诒、阮忠枢、张镇芳、唐在礼、袁乃宽、雷震春、吴炳湘、张士钰等十人组成所谓"十人团"。如此一项工作，两套班子，一套公开做表面文章，一套隐秘干实际勾当。这样两套班子怎样协调干事呢？"十人团"之一的唐在礼揭露说：

当时，先由"十人"发出一个密电，向各省郑重说明国民会议事务局完全是一套表面文章，但所有该局指示的官样文章，一定要在各方面进行宣传，并相应地要有些表演，也只限于表演。重要的是万不可按照那些官样文章假戏真做，因为那里面没有一件是合乎要求的。在这个说明密电以外，另有一封密电详细指示一套实际的做法，要求各省一切行动必须遵照这一密电的指示办理。另外还有一个密示说：只要能达到目的，尽可以不按国家法律办事，也就是说，尽可不择手段，便宜行事。但这样办了，万勿以电报向事务局请示。因为一经请示，局方就不得不打官腔复示应按照法律规定办，如此表里便难以分清，反而弄得枝节横生，事情就难办通了。

在做了这样一番布置之后，国民代表的选举便开始了。本来国民代表分为县的"初选"和省的"复选"两步进行，可是在县初选之前，各省代表名单却先由北京内定好了，名单里的人多数是在京的军政官员，按他们的籍贯分配到各省里去。在这之外，留出一些名额，才由各省提出补充。那么，各省选举国民代表是如何进行的呢，看看"十人团"和国民会议事务局发往各省的密电便知端的：

其一：此次所谓以国民代表大会决定国体云者，不过取正式之赞同，更无研究之隙地，将来投票决定，必须使各地代表共同一致主张君宪国体，而非以共和、君主两种主义听国民选择自由。故于选举投票之前，就由贵监督（在省和县都专设监督员）暗中物色可以代表此种民意之人，先事预备并多方设法，使于投票时得以当选，以免将来决定投票不致参差。

其二：此次代表虽由各选举人选出，而实则先由监督员认定。监督应于投票之先，将所有选举人就其所便分为若干部分，随将预拟之被选举人按各部分一一分配之，何部分选举何人，何人归何部分选举，均各于事前支配妥当，各专责成。更于投票时派员监视，分别密列一单，密令照选，庶当选者不致出我范围。

其三：对于该县之初选当选人，尽可于未举行选举之前，先将有被选资格之人，详加考察，择其性行纯和，宗旨一贯，能就范围者，预拟为初选当选人。再将选举人设法指挥，妥为支配，果有窒碍难通，亦不妨加以无形之强制，庶几投票结果，均能听我驰驱。

其四：各县占代表一人，系以县数定人数，不拘定本县人，也不限于初选当选人充选，但系本省籍均可。每县初选当选人来省报到，必须设招待员或派员疏通意见，再由监督长官以谈话宴饮为名，召之至署，将君宪要旨及中国大势告知，并将拟定充选之人名示之，须用种种方法，总以必达目的为止。

国民代表的选举从 9 月 10 日开始在县"初选"，至 11 月 20 日就在省完成了"复选"。接着所进行的国体投票更是花样翻新。所谓国民代表大会，不是在北京集中召开，而是在各省分别进行，然后再把选票分别汇集到北京。如此省事，一方面是为赶时间，一方面又防止一起投票出现意外，而"汇总"时则可对各省投票结果予以"修正"。由北京圈定的在京各省代表回省投票，每人赠送五百大洋的川资。这笔钱是干什么用的，代表们自然心中有数。这些代表回省后，住有高级馆所，食有玉盘珍馐，有的省甚至物色妓女，献唱、侑酒、侍寝。采取记名方式投票，也是组织者别出心裁，其实是暗藏威胁。不用说，谁愿意去触霉头？有四川省代表的选举，可见一斑。在选举日，会场内外遍布军警，会场内每个代表桌上放有毛笔一支，墨盒一个，糕点一盘，笔杆上、墨盒上、糕点上都刻有"赞成

帝制"四字。投票开始后，众多的监视人员以手指着墨盒和糕点，口中连声叫
"写，写"。看见有人犹豫，便连声不断地喊"快写，快写"。与场内相配合，场外
的军警也把枪栓拉得哗哗作响。

经过如此种种运作，"汇总"的投票结果出来了：当选代表1993人，一致赞
成君主立宪国体，无一人反对，无一张废票。

在投票解决国体之后，便开始推戴皇帝。既名推戴，当然是人民的意愿，参
政院不便直接出面干预，就又以"十人团"的个人名义密电各省，规定国民推戴
书文内有必须照叙字样："国民代表等谨以国民公意恭戴今大总统袁世凯为中
华帝国皇帝，并以国家最上完全主权奉之于皇帝，承天建极，传之万世。"并要
求："此四十五字万勿丝毫更改为要。"各省自然心知肚明，奉之唯谨。

12月11日上午，参政院自称是国民大会的总代表，向袁世凯恭上推戴书。
参政院议长黎元洪拒绝出席，会议仍由副议长汪大燮主持，由参政院秘书朗读一
遍，全体赞成通过，三呼万岁散会。

参政院立即将推戴书呈送袁世凯，恭请袁世凯接受推戴。

当天下午，袁世凯将推戴书发还，拒绝接受。他答复的咨文中，在表示"无
任惶骇"之后，很是自谦了一通，然后说："尚望国民代表大会熟筹审虑，另行推
戴。"拒绝的理由有两条，一是失德："追怀故君，已多惭疚，今若骤跻大位，于心
何安？"二是失信："民国初建，本大总统曾向参议院宣誓，愿竭力发扬共和，今若
帝制自为，则是背弃誓词，此于信义无可自解者也。"

袁世凯的表示，他对于道德信义诸大端不能不顾。这是要参政院再做一篇
歌功颂德的大文章，替他洗刷背叛清朝、背叛民国的两大罪名。因此，参政院下
午5时再次开会。在秘书宣读袁世凯的咨文之后，杨度和孙毓筠都起立发言，敦
促参政院呈递第二次推戴书，仍推秘书厅起草。会议休息不过五分钟，第二次的
推戴书已经完成。参政员们复回座位听秘书宣读，汪大燮请付诸表决，全体
通过。

这次会议前后不过15分钟。第二次的推戴书是早就准备好了的，为杨度亲
笔，歌颂袁世凯的功德，可谓无以复加。而后为袁世凯刷洗背叛清朝和民国的罪
名，更是妙文：

"若夫历数迁移，非关人事。曩则清室鉴于大势，推其政权于民国，今则国
民出于公意，戴我神圣之新君。时代两更，星霜四易，爱新觉罗之政权早失，自无

故宫禾黍之悲，中华帝国之首出有人，复睹汉宫威仪之盛，废兴各有其运，绝续并不相蒙，千古鼎革之际，未有如是之光明正大者。而我皇帝尚兢兢以惭德为言，其实文王之三分事殷亦无以如此，而成汤之恐贻口实固远不逮兹，此我皇帝之德行所以为远绝古初也。至于前此之宣誓，有发扬共和之愿言，此特民国元首循例之词，仅属当时就职仪文之一。盖当日之誓词，根于元首之地位，而元首之地位，根于民国之国体，国体实定于国民之意向，元首当视乎民意为从违，民意共和，则誓词随国体为有效；民意君宪，则誓词亦随国体为变迁。今日者，国民厌弃共和，趋向君宪，则是民意已改，国体已变，民国元首之地位，已不复保存，民国元首之誓词，当然消灭。凡此皆国民之所自为，固于皇帝渺不相涉也。"

不难看出，这不过是因果倒置的伎俩。

王莽篡汉，三让而受。曹操封魏王，三辞不许，乃拜命。司马炎篡魏，亦是三让。虽都是做戏，但三让成礼似乎成为一种习惯。而袁世凯经过两次推戴，便急不可耐地接受了。第二天，袁世凯发表接受帝位的申令，又申述"勉为其难"之苦衷："乃国民责备愈严，期望愈切，竟使予无以自解，并无可回避！"

帝制诸人处心积虑，以为事情天衣无缝，足可欺骗天下了。梁启超一篇大文揭开了帝制运动的黑幕，入木三分地指出："自国体（问题）发生以来，所谓请愿者，皆袁氏自请自愿；所谓拥戴者，皆袁氏自推自戴；所谓表决者，皆袁氏自表自决；所谓民意者，全是伪造而成，都是由袁氏在幕后操纵指挥，国民无丝毫自由之主张。"他又形象地嘲讽："此次皇帝之出产，不外右手挟利刃，左手持金钱，啸聚国中最下贱无耻之少数人，如演傀儡戏者然，由一人在幕内牵线，而其左右十数嬖人蠕蠕而动，此十数嬖人者复牵第二线，而各省长官乃至参政院蠕蠕而动，彼长官等复牵第三线，而一千九百余不识廉耻之辈，冒充国民代表者蠕蠕而动。则此一出傀儡戏，全由袁氏一人独演。"

为袁世凯登基做准备的大典筹备处早已成立，只到袁世凯公开接受推戴才明令正式宣布。筹备处长朱启钤，成员有梁士诒、周自齐、张镇芳、杨度、孙毓筠、唐在礼、叶恭绰、曹汝霖、江朝宗、吴炳湘、施愚、顾鳌。

袁世凯称帝，改国号为"中华帝国"，废民国年号，定于从1916年元旦起为"洪宪"元年。袁世凯指定赤色为新朝代表色，以代替清朝的黄色。新朝的御玺四寸见方，镌有"诞膺天命，历祚无疆"八字。国旗是在民国原五色旗上加红日一轮，示以"五族共戴一君"的含义。

总统府改为新华宫，就是说，袁世凯仍以中南海为皇宫。但登基大典却在前清太和殿举行。为了显示新王朝开基，将紫禁城三大殿更名：太和殿更名为承运殿，取意"奉天承运"；中和殿更名为礼元殿，取意"恭体黎元"；保和殿更名为建极殿，取意"建国立极"。太和殿的"御极宝座"重新装修，其扶背各处一律雕龙，上套黄缎绣龙。御座前有雕龙的御案，案前设三座古鼎和三座古炉。御座的后面陈设了九面雕龙嵌宝屏风，屏风的左右两面是日月宝扇一对。

　　皇冠和龙袍皆由北京最大的服装店瑞蚨祥承制。皇冠为平天冠，又称通天冠。这种冠式起于周朝，冠顶为一平板（冕板），前圆后方，象征天圆地方。皇帝头顶着天，普天之下，莫非王土。冕板前后各垂串珠，或十二串、九串、五串，历朝不等，取"蔽明"之意。是说王者视事观物，不可察察为明，只须洞察大体而能包容细小的瑕疵可矣。皇袍也自然不能再沿袭清朝，用赤金丝线盘织龙衮，通体缀以明珠，嵌上钻石。龙袍还备有两套，一套祭天时用，一套登基时用。

　　袁世凯称帝后大封爵位。12 月 15 日申令：封黎元洪为武义亲王。18 日申令："凡我旧侣及耆硕、故人，均勿称臣。"所称旧侣为黎元洪、奕劻、载沣、世续、那桐、锡良、周馥；所称耆硕为王闿运、马相伯；所称故人为徐世昌、赵尔巽、李经羲、张謇。20 日又申令徐赵李张四故人为"嵩山四友"，并给予不称臣跪拜、赏乘朝舆、御前赐座、穿特种朝服、岁费 2 万元等五项特殊优待。

　　从 12 月 21 日起，袁世凯按"公侯伯子男"五级，连发十几道申令，特封龙济光、张勋、冯国璋、姜桂题、段芝贵、倪嗣冲等为一等公；特封汤芗铭、李纯、陆荣廷、朱瑞、赵倜、陈宦、唐继尧、阎锡山、王占元等为一等侯；特封曹锟、张锡銮、雷震春、朱家宝、张鸣岐、田文烈、靳云鹏、陆建章、孟恩远等为一等伯；特封陈光远、张敬尧、朱庆澜、李厚基、刘显世等为一等子；特封许世英、任可澄、王揖唐、何宗莲、张怀芝、潘榘楹、龙觐光、陈炳焜、卢永祥、黎天才、江朝宗、吴炳湘等为一等男。所封二等三等的封爵又有：张作霖等为二等子，吴俊升、王怀庆、冯德麟、莫荣新、谭浩明、刘存厚等为二等男，吴鸿昌、陈树藩、冯玉祥等为三等男。

　　对武职人员又设"轻车都尉"的名号，特予齐燮元、伍祥祯、王承斌等为一等轻车都尉世职，特予吴佩孚、张福来等为二等轻车都尉世职。等等。

　　前后共封爵 128 人，封轻车都尉 70 余人。

　　袁世凯大封爵位，竟唯独没有段祺瑞。

　　黎元洪是唯一封王的人，但他拒绝受封。黎元洪从湖北入京后，袁世凯表面优待，还攀亲以九子克玖娶了黎的次女绍芳，成为儿女亲家。但实际上，袁世凯把他当作自己的政治俘虏，黎元洪在瀛台近似幽居，便以"无智、无能、无力"自处。帝制运动开始，黎元洪更是装聋作哑，既不出席参政院，又一再要求回原籍黄陂休养。这当然不会得到袁世凯的允许，于是黎元洪乃借口夫人有病，瀛台过于寒冷，迁居到东厂胡同。袁世凯接受推戴后，黎元洪又拒绝受领副总统的薪水和公费，请裁撤副总统办公室，并向参政院请辞副总统职。

袁世凯令在京文武官员齐向黎元洪致贺。这天，东厂胡同东至隆福寺，西至皇城根，南过东安市场，北达安定门大街，拥挤不堪，路为之塞。人员到齐，便由国务卿陆征祥率领赴黎宅致贺。黎元洪回话说："我志已定，决不接受，即牺牲个人，亦所甘心。"说罢即入室内，连见也不见。陆征祥等人尴尬地等待良久，黯然离去。

黎元洪随后即向袁世凯送去辞封信，说："武昌起义，全国风从，志士暴骨，兆民涂脑，尽天下命，缔造共和。元洪一人，受此王位，内无以对先烈，上无以誓神明。愿为编氓，终此余岁。"

袁世凯再发申令，"毋许固辞"，并派大礼官赍封诰令，九门提督江朝宗随行，直入黎宅大厅。江朝宗长跪堂中，手捧诰令，大呼："请王爷受封！"黎元洪深居不出，江朝宗则跪地长呼不起。僵持多时，黎元洪疾步而出，戟指怒目，大骂："江朝宗，你怎么这样不要脸？快快给我滚出去！"江朝宗仍挺身直跪，双手捧诏，大呼请王爷受封不止。黎元洪怒呼左右："赶快把他拖出去，否则连你们也一齐打出！"于是，左右诸人有劝的，有扶的，有拉的，有推的，一拥而把江朝宗赶出了东厂胡同。

后人有诗记其事：

　　　百官门外捧天章，东厂楼台易夕阳。

　　　宋帖唐经消受尽，先生幸未长降王。

黎元洪坚决不做"降王"，与袁世凯公开决裂。徐世昌则碍于情面，婉转求去。他见帝制运动已不可遏止，便称病请假，居家也从总统府迁往蝴蝶胡同私邸。10月21日，袁世凯公开接受推戴，徐世昌则呈文辞职，由陆征祥代理国务卿。这天，也正是徐世昌的生日，袁世凯带礼品致贺，问徐世昌决意辞职到底为何。徐世昌说："事虽可无论是非，而不可不计成败。默察时势，诚未敢期其必成，设竟废于半途，若使亲厚悉入局中，则无人以局外人资格为谋转圜矣。我此时求去，非为自身计也。"徐世昌与袁世凯的关系就像诸葛亮与刘备一样。刘备对诸葛亮言听计从，唯有在他为弟报仇出兵攻吴时，不听诸葛亮苦谏，诸葛亮无奈，只能等待刘备兵败而归，收拾残局。这就是徐世昌当时的心情。他决心离袁世凯而去，这是他一生最痛苦和最心酸的决定。

徐世昌"废于半途"的警告让袁世凯第一次考虑成败。袁世凯公开接受推戴后，四面八方反对帝制的电报、信函雪片似的飞来，袁世凯只看了孙中山的《讨袁檄文》，其他的，他看都不看一眼。他对国内情势完全放心，唯一所担心的就是外国的态度。

当初，日、英两国都表示，支持中国改行帝制。但当帝制紧锣密鼓时，日、英、俄三国公使同赴外交部，会晤外交总长陆征祥，向中国政府发出警告。然后又公开声明："甚望中华民国大总统听此忠告，顾念大局，而行此展缓改变国体之良计。"

随后，法国、意大利两国加入警告。三国警告变成五国警告。

袁世凯在外交上，最亲近的是英国公使朱尔典。他把这位老朋友请到总统府，两人进行了一次密谈。朱尔典秉呈英国政府的意见，提出要中国加入协约国，如此英国则好说话了，还可以劝说日本等国一致同意中国实行帝制。但此消息很快泄露，日本大加谴责英国的背盟行为，搞得英国十分狼狈，甚至传出要撤销朱尔典公使的消息。

袁世凯接受帝位推戴后，日、英、俄、法、意五国感到受骗上当，到外交部发出第二次警告。日本公使代表各国发言："前此各国提出有关帝制问题的劝告，中国政府曾声言不遽从事，并担保中国境内治安的完全责任。因此，日本与四国对中国决然采取监视态度。"

五国警告进而成为五国监视。

在列强各国，日本是最早支持中国实行帝制的。日本首相大隈曾亲口说："关于中国君主立宪事，请袁大总统放心去做，日本甚愿帮忙一切。"可如今日本却成为反对帝制的领头羊，这让袁世凯困惑不解。第一次世界大战，协约国（英法俄日等国）与同盟国（德奥等国）在欧洲正杀得难解难分，无力顾及亚洲，因此日本便成了亚洲的霸主。因此，袁世凯十分关注日本的态度，对于送到总统府的报纸，袁世凯很少过目，唯有对《顺天时报》每日必读。《顺天时报》是日本外务省在北京出版的中文报纸，袁世凯从这张报纸上得到的信息都是日本支持帝制的,因而他认为日本公开反对帝制不过是表面文章。可现在来看,不是这样啊!

这天下午,袁世凯在办公室里愁眉不展。三女袁淑祯进来,袁世凯诧异地问:"你来干什么?"淑祯说:"爹,你看看这份报纸。"说着就把两张报纸放在桌子上。袁世凯一看,都是《顺天时报》,日期也一样,但内容却不相同,便说:"还有这等蹊跷事。"淑祯说:"一份是真的,一份是假的!"袁世凯惊异:"这到底是怎么回事?"

袁淑祯便把事情一五一十地告诉了袁世凯:

袁淑祯最爱吃黑皮的五香蚕豆,便让丫鬟去买。这个丫头买回来一大包,是用整张的《顺天时报》包着带回来的。袁淑祯吃蚕豆的时候,无意中看到这张报纸竟然和平时看到的论调不同,就赶忙寻着同一天的报纸查对,结果发现日期相同,内容却不一样。袁淑祯觉得奇怪,便找二哥袁克文问是怎么回事。袁克文说,他在外面早就看到和府里不同的《顺天时报》了,只是不敢对父亲说,便又问淑祯:"大妹,你敢不敢?"淑祯说:"我敢。"接着就来到了父亲的办公室。

袁世凯听了,便说:"这一定是你大哥搞的鬼,那你二哥为何不敢对我说呢?"

袁淑祯犹豫了一会儿,才说:"爹还不知道吧? 你说大哥'六根不全,怎能君临万民'的话,大哥知道了,又听人说立太子二哥的呼声最高,于是便放出话来说:'如果爹要立二弟,我就把二弟杀了!'咱们家要闹'血滴子'了,都人心惶惶的!"

"胡说!"这一声呵斥,吓得淑祯脸都变了色。袁世凯一见,才又露出慈祥的面容,说:"没事了,你玩去吧。"

袁淑祯走了之后,袁世凯立传袁克定过来,把两份《顺天时报》一下甩到地上,说:"这是你干的好事嘛?"

袁克定一见,脸色大变,就把他如何叫《亚细亚报》主编薛大可伪造一份假的《顺天时报》,又如何不让一份真的《顺天时报》进入总统府等情向父亲作了交代。

袁世凯听了,喝一声:"跪下!"取过一条马鞭子照着袁克定的屁股抽打起来。一边打,一边骂:"欺父误国! 欺父误国!"

袁克定一动不动,任父亲抽打。袁世凯打得累了,只好停下来,大喝道:"还不快滚!"袁克定这才爬起来,抹了一把泪,一瘸一拐地走了出去。

袁世凯喘息了一阵子，胸中的怒火稍稍平息。这时候，陆征祥和阮忠枢走了进来。两人走进居仁堂，正赶上这一场怒打，便躲在了一边，因实在有重要事情要报告，所以便装作没有看见，走了进来。

袁世凯见有人进来，才恢复了常态。阮忠枢便向袁世凯报告，说各路阻截都没有成功，蔡锷已经到了云南。

"放虎归山，放虎归山了！"袁世凯气急败坏，大骂杨度："这个杨度！杨度就是蒋干！"然后，他对阮忠枢说，"传我的命令，赶快把梁启超抓起来！"

阮忠枢说："梁启超已从天津出走了，临走还写了一封信给你。"

"也到南边去了！"袁世凯咬牙切齿。

陆征祥说："云南，边陲之地，小沟的泥鳅翻不了大浪。"

"那蔡锷可不是一条泥鳅，你不知道吗？他在云南时就被称作'人中吕布，马中赤兔'。从此，国无宁日了！国无宁日了！"袁世凯无奈地摇了摇头，然后又"嘿嘿"冷笑了两声，说："那信呢，让我看看，临别之言，不看对不住梁兄呢。"

阮忠枢把信交给袁世凯，两人告辞。

袁世凯拆开信，从头至尾，一字一字地看下去。信的最后说："人无信不立，大总统南面称帝，是以清室之托孤大臣而盗卖清室，以民国之公仆而盗窃民国，以国民之名义而欺罔列国，岂能立于当世，维持既久？大总统何苦以千金之躯，为众矢之的，舍盘石之安，就虎尾之危，灰葵藿之心，长萑苻之志。启超诚愿我大总统，以一身开中国将来新英雄之纪元，不愿我大总统以一身做中国昔日旧奸雄之结局，是用椎心泣血，进此最后之忠言。"

看完了信，袁世凯愣怔了半天。他想起曹操说孙权的话来："这孩子是想把我放在火炉上烤啊！"曹操是何等机敏，一眼就看穿了孙权要他称帝，是使他成为众矢之的，而我就没有看清自己的孩子私心自用啊！他又想起诸人的劝告，想起列强各国的反对，想到西南将要大乱，眼前出现了一片阴云。这阴云，急速地翻腾着，扩展着，转眼就天昏地暗了。啊！一场霹雷闪电的暴风雨就要来了吗？

党事分争，黄兴愤然远道
爱河共济，孙文喜结良缘

日本东京赤版区二十七番地一所古老而漂亮的楼房，是日本友人梅屋庄吉的家。孙中山从上海逃亡日本就隐居在这里，隔壁便是黑龙会的总部，黑龙会会长头山满还组织了一个"刺客击退团"，以保护孙中山的安全。

这天午后，宫崎滔天来访，秘书宋庆龄说："先生还在午睡呢，我去叫他。"宫崎连连摆手说："叫他再睡一会儿吧，我等一等无妨。"宋庆龄便给宫崎泡茶，这时孙中山走下楼来，说："我怎能让贵客坐冷板凳呢？"两人喝着茶说了些闲话，宫崎便提起成立中华革命党的事情。孙中山长叹一声说："我与黄兴生死与共二十年，今日分道扬镳了。"宫崎说："中国革命，'孙黄'并称，你们两人不和，莫说中国同志，就是日本友人也极为痛惜。我劝先生再与黄兴谈一谈，我相信，你们两人是能化解分歧，携手同行的。"孙中山说："好吧，我再与他做倾心之谈，你也陪我去。"

黄兴撤出南京，复回上海，意图再举，终因形势险恶，放弃一切，渡海来到日本，住在东京芝区一个日本友人安村家里。刚一住下，黄兴就要去见孙中山，夫人徐宗汉说："孙先生来日本时，我去看过他。他的心情很不好，对你的意见很大，你最好不去见他，不然你们会吵起来。"黄兴说："二次革命，我们两人确有分歧。革命失败了，他有怨恨，责怪我，甚至骂我，我都甘心接受。革命者生死已置之度外，即使天大的委屈又算得了什么呢？"

黄兴见了孙中山，便说"悔不听先生之言，以致革命失败"，把责任全部揽在自己身上。黄兴的态度感动了孙中山，满腔的怒气咽了回去，不仅没有责备黄兴，而且委托他召集在日党员检讨革命失败的原因，探讨今后革命的纲领和策略，以统一思想，重整旗鼓。但就在黄兴主持讨论期间，陈其美等人便向黄兴发起了攻击。许多同志为黄兴鸣不平，批评陈其美"节外生枝"。为了维护党内团结，最终达成共识，不再追究领导人的责任。但陈其美反而觉得受了委屈，便状告到孙中山那里。事隔一周，孙中山手函黄兴，追究辛亥革命和二次革命两次革命失败的责任，口气十分严厉。黄兴接函，目骇神惊，就召集同志商量。大家虽对孙中山不满，但认为唯有不加申辩，才能息浮议，明是非，别有用心的挑拨也就不能得逞。就这样，黄兴忍受着极大的委屈，遂与孙中山相安无事。以后，孙中山组织成立中华革命党，要求入党人在"服从孙中山再举革命"的誓约书上签字，加盖指模，宣誓入党。黄兴因而拒绝加入，受其影响，许多同志也不愿加入，这使孙中山大失所望，转而加剧了对黄兴的怨恨。

　　孙中山和宫崎滔天造访，徐宗汉热情招待，又是泡茶，又是摆水果，然后就知趣地离开了。宫崎便道了开场白："我去看望孙先生，正遇孙先生要来见你，我就陪同来了。中国有句话说，'相逢一笑泯恩仇'，何况你们两人，有什么分歧不能化解呢？"孙中山接上说："我决定另组新党，不少同志反对，我能理解他们的善意，却不赞成他们的行为。由同盟会一变而为国民党，便泥沙俱下，鱼龙混杂，组织涣散，纪律松懈，因而虽是议会第一大党，却不能制约袁世凯的专制统治。二次革命中，全国二十二个省，国民党有八个都督，军队十二万，战争一起，不到两个月就一败涂地。而革命失败后，又万念俱灰，苟且偷生的有，卖身投靠的有，尤其那些仍然留京的国民党议员，宁要官位，不要革命，真是国民党的耻辱。所以，我要建立一个有革命性的、有战斗力的党，以胜利进行第三次革命。兵不在多而在精，党也是这样，一个党的战斗力来自于优秀的党员和严明的纪律，所以我对入党的人才有严格的要求。"

　　孙中山要细陈理由说服黄兴，但黄兴不等他说下去，就断然地说："我不赞成再立新党，更不赞成你对党员的苛刻条件。"

　　孙中山吃惊地望着黄兴："你根本反对组建新党？"

　　黄兴点点头说："先生所说国民党的状况，确是问题所在，但这个党可以整顿，使其再生嘛！国民党成立时，你我都隐退了，党务完全交给宋教仁，现在如果先生亲自领导这个党，通过整顿，定能焕然一新，而却不能弃之如敝屣呀。"

孙中山说："我们都被袁世凯所蒙骗，把民国交给他，想以经济建设巩固民国根基，直到宋案发生，我才大梦惊醒，往事不堪回首。但要这个党再生，我不能同意你的观点，它已经名存实亡，何必死马还要当活马医？重组新党，我的决心已定，所以我们就不要争论这个问题了吧。"

"但许多人不愿加入。"黄兴说，"你要求党员服从你孙中山一人，这真是闻所未闻的事，他们不能理解，也不能接受。"

孙中山说："此次组建新党，其所以要立誓约必须服从我一人者，推其根源在于党员皆独断独行，各为其是，无复统一，识者论吾党之失败，无不归于涣散。即如南京政府之际，我忝为总统，乃同木偶，一切皆不由我主张。如袁氏受命总统一事，袁氏自称受命于隆裕，意谓非受命于民国，我当时愤而力争，以为名分所关，宁复开战，乃当时同志都责备我，大为反对。其余建都南京及饬袁氏南下受职两事，我当时主张极力，又为同志反对。宋案发生，我当时即主开战，诸同志又不允，终因迁延时日，以至于开战即败。由两次革命失败的惨痛教训，可知不统一服从，实无事不立于败衄之地。"

黄兴心中的委屈如浪涛起伏，他强压住不平之气说："两次革命，所有阻止先生的，首在我黄兴。你先前对我的批评言犹在耳，我不与先生争辩，你今天旧事重提，我还是一句话，不与先生争辩！"

"克强，我论事不论人，不小心伤害了你，那就不提了。"孙中山缓和了语气，接着说，"'服从'之说，你说闻所未闻，意大利政党社会学家米切尔就说过，平民政治精神最富之党派，其日常事务，重要行动之实行，亦不能不听一人之命令。可见无论何党，未有不服从党魁之命令者，而况革命之际，当行军令，军令尤贵服从也！是以此次重组革命党，首以服从为唯一要件，凡入党者，必自问甘愿服从文一人，毫无顾虑而后可。"

"我孤陋寡闻。"黄兴说，"但无论什么人，无论他怎么说，要求党员服从组织则可，服从个人，那不是专制，不是独裁？"

孙中山说："朱执信也这样质问过我，我是这样回答他的：服从我，就是服从我所主张的革命，服从我的革命，自然要服从我，二者是不可分之一体。"

黄兴哑然失笑了。

"你不能用这种冷嘲热讽的态度对待我。"孙中山不悦。

黄兴并不理会，说："你把自己当作革命的化身，要让人对你当作神来顶礼膜拜吗？入党要签字，还要按手印，简直是侮辱人格，这与囚犯画供有什么两样？与卖身契有什么两样？”

“你，你……”孙中山气得脸色发青，说不出话来。

“我的话说重了，请你原谅。”黄兴道歉，然后又缓和了语气说，“先生一生革命，所追求的就是自由平等。但如今，你又为何偏要建立一个个人专制的党呢？我黄兴实在不解！”

“你这个问题提得好，我正要向你解释。”孙中山恢复了温和的表情，说，“殊不知党员之于党，并非如国民之于政府，动辄可以争平等自由。党员之与党，犹官吏之于国家，官吏为国民之公仆，必须牺牲一己之自由平等，绝对服从国家，以为人民谋自由平等。所以党员对于党魁，也应当服从命令，牺牲一己之权利。况且中华革命党是一个秘密战斗团体，如同军队一样，更应绝对服从命令，否则又怎么进行有效的革命斗争呢？这也是不得已而为之。我是要以身结束数千年专制人治之陈迹，而开亿万年民主法治之宏基，但正因为要贯彻这一革命目的，就必须要求同志服从我。就是说，目的是民主，手段是服从。老实说，许多人不懂得，见识有限，那就应该盲从我。”

“盲从？”黄兴打断了他的话，愕然地说，“你竟让党内同志盲从你？”

“不是所有的同志。”孙中山说，“陶行知认为‘知易行难’，而我的观点是‘知难行易’。一些人一时不悟，而又不能等待他觉悟，就不得不让这些人盲从呀。”

“噢！我明白了。”黄兴不屑地说，“你要通过专制来实现民主，这不是缘木求鱼吗？谁能相信，一个专制的政党在取得胜利之后能实行民主政治？”

孙中山有些不耐烦了，说：“我说知难行易，你就是执迷不悟之人，就是我说的应当‘盲从’的人哟！”

“我黄兴虽然愚笨，但一生从未盲从过谁，今后也不会盲从谁，永远不会！”黄兴怒气冲冲，声震屋瓦。

孙中山也愤怒了，大声说：“你不盲从我，你反对我也是盲目地反对，那也是盲从，盲从你那颗执迷不悟的心！”

这时，宫崎滔天眼看二人就要大吵起来，急忙打住，说：“到了饭时了，我请两位吃饭。”说着就拉着两人走了出去。

一顿饭吃完，在宫崎两面应付之下，两人心平气和地回到黄兴家里。孙中山说："克强，我还是希望你参加中华革命党。那么，请你做革命领袖，我甘愿服从你，于誓约中写明'服从黄先生再举革命'。"

黄兴听了先是一愣，然后就冷笑起来："我不愿入党，是'领袖'不'领袖'的事吗？不当头就不干，当个头才干，那我黄兴是什么人了呢？自从华兴会与兴中会联合成立同盟会起，二十年来，我一直追随先生，何曾有擅越之想？今日何出此言，把人另眼相看？"

"克强，你误会了，我是真心的。你若能支持我，我也衷心拥护你做党的领袖。"孙中山急忙解释。

黄兴有些难为情了，说："谢先生好意。不过呢，我所争者，是原则问题，不是职务的问题。恕先生原谅我，我还是不能加入。"

孙中山心灰意冷，站起来说："你到底不愿服从我，那就悉听尊便吧。告辞。"

越日，孙中山致函黄兴："及今图第三次革命，弟欲负完全责任，愿服从者，必当纯然听弟之号令。今兄主张，仍与弟不同，则不入会者宜也，弟之所以敬佩而满足者也。弟有所求于兄者，则望兄让我干第三次（革命）之事，限以两年为期，过此犹不成，兄可继续出而任事，弟当让兄独办。如弟幸而成功，则请兄出而任政治之事。此时弟决意亲临战场，以遂生平之志，以试平生之学。"最后又说，"弟所望党人者，今后若仍承认弟为党魁者，必当完全服从党魁之命令，因第二次（革命）之失败，全在不听我之号令耳。所以今后弟欲为真党魁，不愿再做假党魁，庶几事权统一，中国尚有救药也。"

黄兴复信说："若徒以人为治，慕袁氏之所为，窃恐功未成而人已攻其后，况更以权利相号召乎？数月来，弟之不能赞成先生者，以此。"

孙中山又复信黄兴，仍坚持原见，但语气缓和多了，并说："此后彼此不谈公事，但私交上兄实为我良友，切勿以公事不投而间之也。"

但从此，黄兴不再复信。

又过了几日，宋庆龄告诉孙中山："黄兴先生要到美国医治胃病，近日就走。"孙中山一惊，说："你去订一桌酒菜，我要为他送行。"

东京芝公园红叶馆是一家驰名的中国餐馆，孙中山要了一个单间，坐等客人到来。见孙中山不停地看表，宋庆龄说："请客最怕的是客人不来。"孙中山肯定地说："克强会来的。"说话间，门拉开了，黄兴出现在面前。

"黄兴来迟，抱歉。"

"我请客，要是落在你后边，就失礼了。"孙中山说着与黄兴握手，让座。

孙中山对服务生说："上茅台酒。"

黄兴急忙以手制止："茅台劲大，要绍兴黄酒吧。"然后说，"你不能拿别人的钱摆阔吧。"

宋庆龄便笑了说："孙先生请客，我爸埋单。"

"哈哈哈！"黄兴笑了。孙中山也笑了。

酒上来，孙中山满满地倒了两大杯，说："来，干一杯。"

黄兴举着酒杯说："你破戒了，那好吧！但为什么干杯？"

"什么都不为，又什么都为，为了你我都装在心里的……干杯。"说着把酒杯举到黄兴面前。

两人一饮而尽。黄兴说："我们今天只喝酒，什么都不涉及，好不好？"

孙中山说："赞成。"

心里的话不能说，支应的话，两人都感到乏味。孙中山又举起酒杯。两人又干一杯，再斟满。

孙中山说："二次革命失败，我要卷土重来。我这个人向来平和，请你原谅我，在非常时期采取了非常措施。"

"你犯规了。"黄兴说，"民主建党，这是我的原则，所以也请你原谅我，不入你这平和之人创办的严厉的党。"

"你也犯规了。"孙中山笑了说。

二人相对苦笑。尔后，又大笑起来。

这时，孙中山摇摇晃晃地走了出去，找服务生要了纸笔来，说："你要走了，我写两句话给你。"

黄兴抱着臂膀在一边看着。孙中山手有些颤抖，写下来的是："安危他日终须仗，甘苦来时要共尝。"然后，他把笔放在砚台上，就一下子坐在那里，头晕目眩，不能动弹了。

"先生喝多了。"宋庆龄说着就走了出去，叫了一辆面包车，跑进来与黄兴扶着孙中山向外走。孙中山被拉起来，看着他跟前的酒说："会须一饮三百杯，那是李太白，酒仙呀，但我就不能饮他三杯？"说着就又把手伸向杯子。黄兴架起孙中山向外走去，后悔不迭地向宋庆龄说："都是我的错，都是我的错。"

孙中山走出餐馆，一见凉风就大吐了一次。回到家，又呕吐了一阵，上床呼呼大睡。过了两个钟头，孙中山醒来，"哇"的一声竟嚎啕大哭起来。守在他身边的宋庆龄吓了一跳，不知所措。哭声渐渐停下来，宋庆龄说："我从没见过大男人哭，更无法想象你这样的人还会大哭。"

"男儿有泪不轻弹，只是不到伤心处。"孙中山指着墙上挂着的胡汉民写的"卷土重来"条幅，说："你说我们还能卷土重来吗？"

宋庆龄说："我从小就相信，你想干什么事，就没有干不成的。"

"你对我这么相信呀。"孙中山笑了起来，便问："加入中华革命党的，有多少人了？"

"胡汉民、廖仲恺、陈其美、汪精卫、戴季陶、居正、邓铿、谭人凤、陈炯明、许崇智、蒋介石、林森……共五十七个人吧。"

"五十七人。"孙中山苦笑，说，"许多人不入中华革命党了，李根源、程潜发起成立什么'欧事研究会'，已有覃振、钮永建、章士钊、林虎、熊克武、方声涛、陈独秀等人参加。李烈钧、张继到欧洲去了，柏文蔚到南洋去了，如今黄兴又要到美国去，我们这个阵营，四分五裂了，四分五裂了！这难道是我错了吗？是我错了？"

宋庆龄说："你没有错，而且事情也没有那么严重吧。我听说，那个欧事研究会，是为避免不愿入党的同志放任自流，才想结为一个团体，但他们并不组党，以免与你唱对台戏，才以欧洲爆发战争为由成立了这个组织。所以，虽然组织上分开了，但革命大目标仍然一致。而且，我还听说，他们不愿入党，还别有一层原因，不知先生知道不？"

"噢！你说。"

宋庆龄说："因为陈其美。有件事你还记得，谭人凤、胡汉民、柏文蔚等人召集了个会，为谋求团结，劝说入党，商定将誓约中'服从孙先生'改成'服从中华革命党之总理'，并公推代表向先生和黄兴疏通，当时你们两人也是同意的，但因陈其美坚决反对而未果。"

孙中山默然。宋庆龄接着说："据说，陈其美是一个口齿捷、主意捷、手段捷、行动捷的'四捷'小人，同志们都有些怕他，现在由他主持党务，他们就担心这个党会变成上海那样的帮会呢。"

"但陈其美革命最坚决，也最能干。"孙中山思索着说，"既然同志们不喜欢他，他又一再要求回上海发动起义，我想现在也该向袁世凯反攻了，那就同意他去吧，这里的党务交给另一个人办理。"

"这样，两全其美。"宋庆龄赞同地说。

"哈哈！"孙中山笑了说，"你有见识了，是我的好助手。"

"我愿一辈子做你的助手，行不？"

孙中山无语，挥手说："我不难受了，要睡个好觉，你也回去休息吧。"就把宋庆龄支走了。

这时的宋庆龄，已决心嫁给孙中山。她愈来愈明显地向孙中山示意，但孙中山却刻意回避。一年前，宋庆龄获美国威斯里安女子学院文学士学位毕业，正要回国时，孙中山发动二次革命失败，宋庆龄的父亲宋嘉树便携全家逃亡到日本，因此宋庆龄也就改道赴日。到达东京的第二天，宋嘉树便带着宋庆龄看望孙中山。从此，宋庆龄便经常来孙中山寓所，也帮助姐姐做些事情。不久，宋霭龄出嫁，便与父母一起回上海完婚，宋庆龄便顶替姐姐做了孙中山的英文秘书。在危难之际，宋庆龄来到孙中山身边。她帮助孙中山起草文件，处理函电，提供资料，管理经费。她才思敏捷，擅长写作，外文根底深厚，内勤外联无不得心应手。孙中山早就是她心目中的英雄，在与孙中山朝夕相处中，她更感知孙中山的伟大而衷心敬仰，她意识到她正在献身一个历史性的目标。她向在美国读书的妹妹宋美龄写信说："我从没有这样快活过，我想这类事就是我从小姑娘的时候起就想做的。我真的接近了革命运动的中心。"

这天，宋庆龄终于忍耐不住，她要打开窗户说亮话："你知道我的心吧？我爱你，想永远和你在一起。可是你总是回避我，所以我不知道你的心，不知道你到底爱不爱我。"

"你这是第一次要爱一个人吧，就爱上我？初恋的人，往往有激情而失之理性，罗曼蒂克！"

"我不是罗曼蒂克！而是深思熟虑，深思熟虑！"

"那你不好好想一想，我有什么值得你爱的地方。"

"什么都有！"宋庆龄不假思索地说。

"我孙中山除了革命之外，一无所有。可是革命，两次革命都失败了，我是一个逃亡的人，流浪者！"

"先生何必说这些？我从美国毕业回国，就是要跟随你革命的。革命失败了，你流亡日本，我不是仍然来到你的身边吗？先生败而不馁，让我更为敬仰，我从来就相信，你想干的事，就没有干不成的，你的第三次革命也一定能成功！你说你除了革命一无所有，但革命就是你的一切，也是我的一切。我要一辈子献身革命，而跟随你就是我的最好选择。我已仔细想了很久，我知道没有别的比为你服务能使我更加快乐，我喜欢这样从事于革命。我想，先生也是需要我的，你说不是吗？"

"我爱你。"孙中山激动地说，"从你自美国回来，我心里就爱上你了。你还记得我在上海时，你才是七八岁的毛丫头，谁能想到出落得如此美貌。你不仅比你大姐还漂亮，也更有才分，而且你有革命理想，有坚强的意志和火热的激情，这是你与你大姐不同的地方。"

"这就是你不喜欢大姐的理由吗？"

"不是。"孙中山说，"我喜欢她，但我不能爱她，这只能酿成苦果，反而害了她。你又闯进了我的生活，我更加喜欢你，但同样的理由，我仍不能爱你，不敢爱你。"

"你是革命的巨人，爱情的矮子！自古道，有情人终成眷属，而你为何望而却步？"

孙中山吁了一口气，说："有很多关卡，你的父母是一道关，党内同志是一道关，我的夫人卢慕贞也是一道关。这一个个大关，我们能闯过去吗？"

"嘿嘿！"宋庆龄笑了起来。

孙中山愕然地望着她，说："这些，不是难关吗？"

宋庆龄仍是笑着说："是难关呀，不过这些我都想过了。你说父母关，父母之命，媒妁之言，这是中国文化的糟粕。不是吗？婚姻是两个人的事，应当由两个人做主。我父亲在美国半辈子，他不是中国的老封建，我觉得，他终究不会剥夺她女儿的权利的。你说同志关，我想起陈其美来，有件事我说给你听。"

那天，陈其美约宋庆龄到奈良去逛东大寺。宋庆龄欣然前往，津津有味地看完了寺庙，就到一棵大树下休息。陈其美买了一点小吃，两人边吃边聊了一会儿，宋庆龄又要到招提寺去逛。陈其美就说："你还真以为我是带你来逛庙的呀？"

宋庆龄不满地说："你这人，明明是这么说的嘛！那你找我有别的事吗？"

"孙先生对你怎么样？"

"很好啊!"面对突兀的提问，宋美龄警惕起来:"你问这个干什么?"

"你对孙先生呢?"陈其美又问。

宋庆龄反感了:"这是私事，你没有权利问这些。"

"你别生气。"陈其美说，"我对你无半点恶意，我是处在党内的位置上，不得不如此。"

"噢，你是代表党向我谈话的? 那也用不着审讯的样子吧。"

"有人说你与孙先生的关系有点异常。"他尽量把话说得平缓。

"这是无中生有，我与孙先生清清白白。"宋庆龄急得流下了眼泪。陈其美语无伦次的解释，宋庆龄不耐烦，说:"你是什么意思吧，请直说。"

陈其美说:"孙先生是革命伟人，任何毁伤他的言论都是不能容忍的，为了他的名誉不受损害，大家想请你离开他。"

宋美龄感到人格受到了侮辱，愤怒地说:"我什么错事也没有做，我为什么要走开? 你们凭什么这样对待我?"

陈其美一时语塞，嗫嚅着说:"我们是为先生好，也是为你好。"

"我不接受这虚伪的讨好。"宋美龄冷冷地说。

陈其美说:"你哭了，证明你委屈，我倒放心了。"

"你放什么心?"宋庆龄的倔强脾气上来了，掷地有声地说，"我就告诉你了，我爱孙中山，孙中山也爱我，你能怎么样?"

"真的?"陈其美张大了嘴巴。

"真的，就是真的! 你这种人——"宋庆龄想说"你睡了多少女人，却不懂得爱情"，但话到嘴边又咽了回去，才说:"你也要做封建卫道士，好可怜呢。"

陈其美苦笑了一声，说:"你这是说气话呛我。不过，我提醒你，中山先生有夫人，儿子孙科比你还大两岁呢，如果这样的绯闻传出来，他还有什么体面可言?"

"用不着你提醒，到此为止吧，有胆量你们给孙先生说去!"宋庆龄说完，转身就走。

陈其美追上说:"等等，我去叫车呀。"

"我跟你坐在一起，感到耻辱。"

宋庆龄讲完这件事，仍然气愤地说:"我认为，革命的事，革命同志应当问，但爱情是个人的私事，婚姻自主，他们管不着!"

孙中山大受鼓舞："你说得对，说得好。他们若硬要管我们的事，我就硬顶回去，决不妥协。"

"嘿嘿！"宋庆龄笑了："我们的革命英雄，应当有这点勇气。"

"还有……"孙中山欲言又止，脸色暗淡下来。

"还有一关，你的夫人。"宋庆龄接过来说，"你们是结发夫妻，生儿育女。但她是你的贤惠的妻子，却不是你的革命伴侣，既然她不能跟随在你的身边，如果她真心爱你，就应当体会到你的苦处，自愧未尽夫妻之责，明白你需要一个朝夕相伴的女人，来从事伟大的革命事业。我无意破坏你的家庭，我只希望她能接纳我。"

"不破坏我的家庭？你做小？"孙中山疑惑地看着她。

宋庆龄爽朗地笑了："什么做大，做小？这种名分，对我来说有意思吗？"

"是没意思。"孙中山说，"但你我都是基督徒，要遵守一夫一妻制的呀。"

宋庆龄现出难色，沉默不语了。孙中山思索着，决断地说："无论如何，我都要娶你做妻子，我的夫人那边，我会妥善处理的。"

宋庆龄忘情地扑到孙中山的怀里，搂着了他的脖颈。这是她第一次投入男人的怀抱。孙中山抱住了她的腰，她也把他抱得更紧了。他感到她的热力，身上也燥热起来。他猛地推开了她，把她推到她的座位上，深情地望着她说："有了你，我不知多么幸福！"她甜蜜地微笑着，一双期待的目光。但他倒退到他的座位上，说："我们还是这样说话吧。"

孙中山与宋庆龄的热恋，成了公开的秘密。东京的同志非议大起，好像灾难就要降临似的。陈其美等几位头面人物磋商至再，推举居正和戴季陶谏争，结果无功而返。胡汉民和朱执信又挺身而出，竟要不惜做秦庭之哭。

胡汉民和朱执信见了孙中山，刚摆上茶水，孙中山便笑着说："一波未平，一波又起。我知道二位所来何事，那就说吧。"

胡汉民说："先生既然把话挑明了，我也就直言了。现在同志们议论纷纷，说先生与庆龄关系不正常。"

"很正常呀。"孙中山笑了说。

"这么说，你们没有相恋的事，都是谣言？"

"很遗憾，不是谣言，是真的。"

"那……"胡汉民睁大了眼睛，郑重地说，"以先生的领袖地位和声誉，我们党内同志都坚决反对你们两人的婚恋关系，这是全党所不能接受的。"

"这是我个人的事，干吗扯上全党？"孙中山质问。

朱执信接过来说："可是，你是党的领袖，是党的化身。"

"嘿嘿！"孙中山不屑地一笑，说，"我不是什么化身，我不是神，我是人！食色，性也。人都有权拥有自己的感情，拥有正常的生活，我孙中山何能例外？你们以为我与宋庆龄的婚姻有背中国的礼教和道德，但这不是中国文化的糟粕吗？我是革命者，不能受社会恶习所支配。我们革命，不就是要实现民主自由吗？那为何又不能允许婚姻自由？这个问题，我已与居正、戴季陶争论过了，你们也不要持之为令箭了。"

一阵连珠炮，两人反而觉得理屈气短了。一阵沉默之后，胡汉民分辩说："我们是好心，我们维护领袖的声誉，也为了我们的党，为了革命事业考虑。"

"你怎么又把我个人的婚姻扯到党和革命上头去了？你们还有公事吗？我不希望你们再来同我讨论我的私事，我不用别人来告诉我应不应该爱哪个女人。"孙中山下了逐客令。

两人再坐下去已经无趣了，起身要走。胡汉民气愤地说："如果先生执意要这么做，你们结婚的时候，不会有同志来的！"

孙中山冷笑一声说："你说颠倒了，前提是我一个都不会请你们！"

陈其美知道孙中山是铁了心，一封长信寄往上海。

不几天，宋庆龄收到上海的来信，说父亲病危，速回探望。孙中山催她快回，还嘱咐她耐心说服父母，成全他们的婚姻。

宋嘉树和倪桂珍收到陈其美的信，十分气愤，又深知女儿的倔强脾气，不知如何是好。是宋霭龄便出了这个主意。宋霭龄反对妹妹的爱情，却是另有原因。当初，她爱上了孙中山，而孙中山并无此意，她感到无趣，便辞职回家了。二次革命失败，宋霭龄随父母逃亡日本，她便又做了孙中山的秘书。不久，宋嘉树发现了女儿对孙中山的爱情，便急忙把她出嫁。乘龙快婿叫孔祥熙，他青年时到美国留学，回国后参加辛亥革命，后来做了山西都督阎锡山的经济顾问。二次革命失败后，他东渡日本，担任了华人基督教育青年会总干事。宋霭龄之所以同意这门亲事，因为她再次向孙中山示爱遭到拒绝，而孔祥熙也确是一个优秀人才。因此，她对宋庆龄又爱上孙中山感到难堪，在她感情失败的地方，她不能宽怀她的妹妹获得成功。

宋庆龄回到上海，看到父亲不是"病危"，但胃病也实在不轻，因而并不怀疑家里做了圈套。她向父母明白表达了她对孙中山的爱情，父母也没有相逼，答应慎重考虑之后再作决定。这又是宋霭龄的主意，拖妹妹在家长住下去，等她对孙中山的爱情冷却之后再作盘算。

宋庆龄临走时，激情洋溢地对孙中山说："我一定能说服父母，等我回来时，就嫁给你!"可是已过了三个月，宋庆龄却迟迟未归，而且音信全无。孙中山担忧起来，对宋庆龄的思念更加强烈。他茶饭无心，夜不安席，明显的消瘦了。梅屋夫人看在眼里，说："孙先生，你整日心神恍惚，是患了相思病吧。"

孙中山沉默地点头。

梅屋夫人说："庆龄，天仙般的一个人儿，谁能不动心呢? 你爱上她，这是当然的事情。不过呢，在我们日本，都害怕大丈夫娶小媳妇，经受不起，那会折寿的。"

"不，如果我能与她结婚，即使第二天死去也不后悔。"

孙中山的话，梅屋夫人十分感动，说："我赞成你娶她为妻，有什么需要我帮助的，你尽管说。"

"谢谢你。"孙中山说，"既然你赞成我们的结合，我就请你夫妇俩做媒人吧，等我把庆龄接回来，也请帮我操办婚礼，行不?"

"当然行，当然行。"梅屋夫人诺诺连声。

在上海虹口区市郊的苏州河畔，坐落着一个东西合璧的楼房，这就是宋庆龄的家。这天，有父女俩走到楼下，停下了脚步，聆听从楼上传来的琴声。"不好。"父亲说，"你听这琴声如怨如诉，多么忧伤! 我们不能贸然进去，咱回家再说吧。"

这父女俩，父亲朱卓文，女儿朱菲雅，就是孙中山派来接宋庆龄回去的。两人回家合计了一番，认为宋庆龄三月不归，一定是与父母闹翻了，被阻止在家。如果两人一起去，因朱卓文与宋嘉树在日本相熟，这就完全暴露了目标，事情就难办了。于是两人决定叫女儿出马。

朱菲雅走进宋家，只见宋庆龄的父母，便说："我是来看庆龄姐的。我与她是同班同学，有十年没见面了，她从日本回来，我才知道呢，就来看看她。她不在家吗?"

宋嘉树向楼上努了努嘴，叹了一口气，就把宋庆龄与孙中山的事情说了出来。朱菲雅故作惊讶地说："真没想到，论庆龄姐的条件，什么好男人找不到，偏要找一个老头子呢？"

宋嘉树说："谁说不是呢？可这妮子倔，真是难管。你今天来了，正好，你就去劝劝她吧。"

"好！"朱菲雅一口答应，说，"看我能不能劝她回头，如果她能回头，叔叔，我敢担保，我给她找一个如意郎君。"

夫妇俩喜笑颜开，就请朱菲雅去劝宋庆龄。

朱菲雅上楼敲门，半天不应。直到报上姓名，宋庆龄才来开门，一见面，大为惊喜。关上门，朱菲雅赶忙说，是孙中山派她父女俩来接她的，说着就拿出孙中山的亲笔信来。宋庆龄看着信，泪水就流下来了。她说："真想不到，孙先生与他夫人离婚。这是为了我，实在难为他了。"

"没有难为。"朱菲雅说，"我听说，孙先生把夫人接到日本，待了三天。孙夫人问他，你接我到日本来，是有事情要对我说吧？孙先生说真的没事，孙夫人便说，我知道你有话要对我说，你不说，我说。这么多年，你到处逃亡，你是属于革命的人，我帮不上你什么，甚至连一个女人的本分也尽不了，这是我最难受的。你身边需要一个人，我知道你找到了这个人，那么咱们俩就离婚吧。孙中山一时说不出话来，孙夫人就又问，那姑娘真的对你好？孙中山点头说好。孙夫人听了就笑了说，那我就放心了，以后你不要挂念我了，我有儿有女，也不会太孤单，有口饭吃也就能过。说着，孙夫人不禁失声痛哭起来。"

宋庆龄十分感动，说："她真是一个好人，虽然我没有提出这样的要求，但我仍感到愧疚。"

"我们来接你，你父母能放你走吗？"朱菲雅问。

宋庆龄说："父母叫我回来，本就是一个圈套。但我不知道，所以一直等着父母回心转意。后来我姐竟给我找了人，并不经我的同意到我家里见面，我这才看破究竟，向父母摊牌：我非孙中山不嫁，你们不要枉费心机了！当然，我再没有耐心了，坚决地说，我要回东京去，明天就走！可是父母哪里让我走，不让我离开大门一步，这是把我软禁起来了。"

"看来——，"朱菲雅说，"这件事，我们只有偷偷地把你接走了。"

宋庆龄点头说："也真是无奈，我对父母只能不辞而别了。所幸姐姐到山西生孩子去了，我阿妈，我是说我家的佣人，她同情我，与我一条心。"

"那好，我看这样吧。"朱菲雅说，"我回去与父亲商议一个办法，明天上午我再过来，但我不能再进你的家了，你叫阿妈出来与我接头，时间就定在十点正吧，好不？"

"行，行。"宋庆龄连连点头说。

第二天，夜里十点，一辆汽车开到宋庆龄家的附近。这里没有路灯，一片漆黑。一个男人卸下一架梯子，扛上肩膀，向宋家大门口走来，后面跟着一个女子，她就是朱菲雅。阿妈已将大门打开，他们走进去，把梯子架在宋庆龄卧室楼下。一声轻轻的鸟叫，窗户打开了，宋庆龄从窗口爬出来，下到地面。朱菲雅就拉着宋庆龄的手，悄悄往外走。出了大门，来到汽车旁边，朱卓文把宋庆龄让到驾驶室里，他与女儿上了后面的车厢，汽车飞驰而去。

黄浦江码头，十一点，东京夜班船鸣笛起航。朱菲雅高兴地对宋庆龄说："我们成功了，后天下午，我们就到东京了。"

宋庆龄却抽咽地哭起来："我的父母，我对不起他们呀！"

朱卓文安慰说："庆龄不要太自责，这是你父母的错。"

宋庆龄到达东京时，孙中山亲自开车到车站迎接。

第二天上午，孙中山和宋庆龄来到日本著名律师和田瑞家里，在他的主持下签订了婚姻《誓约书》，并委托这位律师到东京市政厅办理了结婚登记。

下午，结婚典礼在梅屋庄吉家的二楼大房间里举行。在正面两间的壁龛前面，八折金凤屏风辉煌耀眼，左右两边是中国造的红木高低架，架上的青瓷大花瓶里插着盛开的菊花。客人相继来到，总共有五六十人。主要是孙中山的日本好友犬养毅、宫崎寅藏、头山满等人，革命同志，除廖仲恺、何香凝夫妇和陈其美以外，无一人来参加婚礼。

新郎、新娘手拉着手来到中庭。孙中山身穿蓝色西装，雪白的衬衣和绛红色的领带格外显眼。宋庆龄头戴白色大花边圆帽，身穿一条粉红和淡绿花图案的裙子，手里拿着一束鲜花。大厅里立时爆发出热烈的掌声，客人们纷纷走向前来表示祝贺，把新郎、新娘团团围住，目睹新娘芳容，一片惊羡地叫好。犬养毅唱起了日本的《祝福歌》，在这甜美的歌声中，新郎、新娘喝了媒人梅屋庄吉夫妇斟上的交杯酒。随后，各归席位，推盘把盏，开怀畅饮起来。

这时，一辆马车一阵风似的飞驰而来，在梅屋家院门口停住。从车上跳下来的是宋嘉树，他搀扶着倪桂珍下了马车，便急匆匆地走了进来。

梅屋家的院子里停满了车辆,楼门口两旁挂着两个大红灯笼,楼上房间里人影幢幢,喜庆的喧闹声一阵阵传来。倪桂珍说:"这是两人举行婚礼了吗?"宋嘉树不信。有人经过,他问道:"这是举行婚礼吗?"

"是呀。"

"是谁结婚?"

"孙中山呀。"

"孙中山!"宋嘉树咬牙切齿,跺着脚转了几个圈子,站定了,扯开嗓子大喊:"孙中山! 你出来! 孙中山! 你出来!"

倪桂珍说:"晚了,生米已经做成熟饭了,你就认了吧。"

"我认了? 我咋认哪! 我与他绝交!"

"那闺女也不要了?"

"不要了!"宋嘉树又喊起来:"孙中山! 你出来!……"

宴会立时沉静下来。他们都听到了喊声,茫然地侧耳倾听,或低声询问。宋庆龄脸涨得通红,对孙中山说:"我爸来了! 你不要动,我去见我爸!"孙中山一把拉住了她,说:"他喊的是我,我去!"转身下楼。

宋庆龄犹豫了一下,也跑步向外冲。廖仲恺拦住了她,把她交给何香凝看住,然后走了出去。

孙中山出现在门口,慢慢地走向前去。他口不择言:"你是专程从上海赶来的吗? 你找我到底什么事?"

孙中山就站在面前了。宋嘉树两眼像喷出火来,嘴翕张不停,喘着粗气。他本想痛骂孙中山一顿,此时竟一句也说不出口了。

三个人,六目相对,一时不知所措,都僵在那里了。

守望在门口的廖仲恺屏息凝视,随时准备着,一旦宋嘉树挥拳相向,他就冲向前去拉架。

突然,宋嘉树涕泪滂沱,一下子跪在地上了。他带着哭腔说:"孙文啊,我的不懂事的女儿,就拜托给你了!"说完竟又连着磕了三个碰地响头,起来,拉了倪桂珍向外走去。

气昂昂，蔡将军誓师起兵
心灰灰，袁皇帝不敢登基

　　前门外的八大胡同是北京著名的"红灯区"。八大胡同本指胭脂胡同、百顺胡同、韩家胡同、陕西巷、石头胡同、棕树斜街、朱家胡同、李纱帽胡同，后来成为一个地方名称。这一带"有名胡同三百六，无名胡同似牛毛"，每到夜晚，香巢栉比，钗光鬓影，脂腻粉香，吸引京城官员"除却早衙迟画到，闲来只是逛胡同"。八大胡同在咸丰朝就已名声大噪，光绪庚子年间，苏杭莺燕联袂云集京师，于是就有"南班子"和"北班子"的称谓，南朝金粉与北地胭脂相互媲美，盛极一时。延至民国，有了国会，政党林立，社会活动骤然增加，许多幕后的策划也借这八大胡同商议敲定，因而国会议员及政党人物在这几条胡同里都有各自的相好，还有那些攀龙附凤之流也在这里利用妓女捧场或代为操办，政治生活进入八大胡同成为一个新的特色。

　　在陕西巷云吉班，有一个姑娘叫小凤仙。小凤仙原是八旗军官之女，父亲早亡，母亲再嫁。她先是被卖在一官家做婢女，继又被卖入上海花巷，后来才转到北京来。她芳年十八，花容月貌，气质高雅，琴棋书画无一不精，在花丛中声名鹊起。也因此，凡夫俗子入不了她的法眼。但自从接待蔡锷之后，两人却情投意合，依依相欢。

　　蔡锷自从天津面师回京，便一心行韬晦之计。在一次湖南同乡会上，杨度提议湖南同乡上书请愿，并把事先准备好的请愿书拿了出来。蔡锷从杨度手中接过来，第一个签上了自己的大名。从此，杨度对蔡锷坚信不疑，日事征逐，打得火热。杨度甚至暗示，他在新朝若有大望，则让蔡锷掌握军权，两人一文一武，主持朝政。但袁世凯仍对他心存戒备，对他的监视如影随形，这使他感到，要藏得更深，才能顺利脱身。于是他隐入花丛，与杨度等人经常在八大胡同诗酒风流，装得若无其事。

这一天，华灯初放，蔡锷又来到云吉班。刚一坐下，小凤仙便说："我听杨大人说，你因为我，把太太赶回了老家，真有其事？"蔡锷点头承认。小凤仙立时满面怒容，说："你怎能如此狠心？有言道，糟糠之妻不下堂，奴家虽是烟花女子，也知情义为何物，我这妆阁虽小，也容不下负心的小人呢！"

蔡锷吃惊道："你要下逐客令了？"

小凤仙断然说："你对于发妻尚且如此，对我等下人，又能有什么真情可言？因此上，有情则留，无情则去。"

"凤仙，你看我是负心人吗？你有所不知，我有难处，有难处呀！"蔡锷吞吞吐吐地辩解着。

"哼！"小凤仙说，"你噤若寒蝉一般，我当然不知。但我看得出来，你有心事，有心事却瞒着我，是不信任我，难道这勾栏之中，还有官府收买的暗探不成？"

"看你这话说的，没头没脑！"蔡锷生气道。

"要不，就是看我等下贱的女人，是不足以成大事的呀！"说着就呜呜咽咽地哭了起来。

蔡锷走向前，把小凤仙揽在怀里，又接过手帕给她拭泪，遂把他赶夫人回乡的事一五一十地说了出来。

蔡锷征逐花丛，经常深夜方归。夫人先是相劝，后是埋怨，再后来就大吵大闹，寻死觅活。蔡锷实在隐瞒不过，才向夫人道出缘由，并与夫人定计，先让全家老小离开北京，脱离虎口。

第二天一早，蔡锷乘车至总统府，投刺求见。里面的人回话，总统未到，蔡锷向他说："我有要事面陈，总统来了，烦你禀报一声，请立传电话召我过来。"遂又打道回府。

袁世凯来到办公室，听得禀报，即召蔡锷进府。这时忽得报告，蔡将军与夫人殴打，一时不便进言。可巧，朱启钤和王揖唐两人走了进来，袁世凯即命两人前往排解。

两人径往棉花胡同蔡宅，但见蔡锷正握拳舒爪，切齿痛骂。蔡夫人披发卧地，满面泪痕，室中物件，均已掷之地上，一片狼藉。蔡锷见了二人，恨恨说道："我家直闹得不像样了，这婆娘一天到晚与我争吵不休，今日竟动起武来，敲盆打碗，真正可恶得很，我定要收拾这婆娘，方泄此恨。"说着竟又要动手。二人慌忙拦住，遂又叫人扶起蔡夫人。蔡夫人挣扎着起来，哭诉道："二位大人到此，与我做一证人，我随他一二十年，十分中总有几分的不错，谁料他竟这般无情。我不过因他沉溺烟花柳巷，略略劝诫，他竟要将我活活打死，好让他的粉头进来享福。两位大人评评理，他应该不应该呢？"王揖唐听了，便批评蔡锷说："夫妻斗嘴，是寻常小事，你何至于动手打人，让夫人颜面扫地。"蔡锷仍气咻咻地说："我何尝愿意打她，你问她，她闹翻天了不是？"蔡夫人说："我在这里，总要被他打死，不如回家，逃条性命。他早也说离婚，晚也说离婚，他是不顾脸面，我却还要几分廉耻，今日我便回去，免得做他的眼中钉。"言罢，又呜咽不绝。两人让仆人把蔡夫人搀扶到里屋，蔡锷说："她要走便走，便宜了她！"只听里屋蔡夫人高叫："我今日就走！"蔡锷二话不说，从怀中拿出钞票一叠，交与仆人道："你就送这泼妇去罢！"两人见这场面劝说不得，便对蔡锷说总统召见，已等你多时了。蔡锷故作懊丧道："我为了这泼妇，竟然忘记了。"说完，即同二人出门，径往总统府去了。

　　蔡锷说完，小凤仙破涕为笑，说："原来你使的是苦肉计呀。"蔡锷轻轻打了小凤仙一巴掌，说："原来你使的是激将法呀。"

　　两人都笑起来。小凤仙留蔡锷过夜，掩上门户，卸妆换衣。这一夜，两人密诉心愿，共倾肺腑：锦帐春温，结同心之蒂，红绡香软，证啮臂之盟。

　　蔡锷故作放浪形骸，暗地里加紧筹划反袁大计。日月流转，这一天，日上三竿，蔡锷刚刚起床，鸨母敲门进来说，外面有人找。蔡锷出来，见是家人胡升，说："一群当兵的抄了咱们的家，里里外外翻腾了个遍，你快去看看吧。"蔡锷向凤仙说了一声，就随胡升往家里赶。

　　天刚亮的时候，一群士兵突然闯进蔡宅。门卫阻挡不住，大声嚷着："这里是蔡将军的公馆，你们休得无理！"为首的刘排长一掌把门卫推倒在地，吆喝着说："管你什么菜将军饭将军，我们是奉上头的命令。弟兄们，快搜！"于是，士兵一拥而入，在每个房间里翻箱倒柜，折腾了一大阵子，一无所获，才悻悻而去。

　　蔡锷检查了一遍，确认他们没有搜出什么来，就打电话找执法处处长雷震春。接电话的人说处长尚未到班，蔡锷便留话说有要紧的事，请他来了务必回一个电话。于是闷坐家中，一直等到午饭后，并不见有回电，蔡锷便雇了一辆车到执法处找雷震春算账。正走间，迎面来了一人，手中高举着红帖，抢几步到得车旁说："蔡将军，我大人有请。"蔡锷看了帖子，当下转赴灯市口东边的内务部。朱启钤早已吩咐传达，一到就请。

朱启钤一见蔡锷，满脸堆笑，说："松坡，我听说军警搜查了你的家，一定是误会了，请别见怪。"蔡锷冷冷说道："误会？就单单误会到我的头上吗？我就要找雷震春问个明白，我蔡锷何罪之有？"朱启钤说："雷震春一会儿就过来，看他怎么说。他若是有意找你的麻烦，我也不愿意他呢。"正说着，雷震春到来。三人相见，免了寒暄，雷震春先把那个刘排长臭骂了一顿，然后说，实在是一场误会，请蔡锷息怒。

"误会？天下误会何其多？"蔡锷指着雷晨春说，"大处长，你搜到了什么罪证，快拿出来看看呀！"

"这真是一场误会呀，容我慢慢道来。"雷震春便说，"松坡有所不知，府上那幢房子，以前是天津大盐商何仲璟的产业。现在这房子由何的亲戚，一个姓福的代为管理。当时何家有个姓刘的听差，正是带人冲撞府上的刘排长。宣统三年，何仲璟欠了外国商人的债，人家要抄他的家，他的姨太太就派刘排长携带珍宝找福家保管。事隔多年，何仲璟死了，那个姨太太也不知去向，只有刘排长心知底细，便生了邪念，带兵闯进福家搜索，要大发一笔横财。可是，他事先也不弄个清楚，福家早已搬到东城，现在是你租用了这幢房子，于是就发生了这阴差阳错的事。"雷震春说完这些，长叹一声又说，"你们还不知道，这何家和总统还是亲家，刘排长图谋劫财，又错抄了蔡将军的家，此事若让总统知道，在下担不了关系，务请松坡原谅，改天摆酒谢罪。至于那个刘排长，忒煞可恶，我就毙了他！"

蔡锷听了，心里说，既然何家与总统是亲家，一个小小的排长有几个胆子，竟敢到他头上动土？但转念一想，今日朱启钤出面为雷震春开脱，一定是受了袁世凯的指示。那么，搜查我的家也一定出于他的授意，不想一无所获，才又找台阶下。于是，蔡锷不再纠缠，告辞而去。

蔡锷到了云吉班，小凤仙急切地询问，蔡锷一一告之。小凤仙说："你既然要走，就赶快逃出这龙潭虎穴吧。"

蔡锷说："他们若要抓住我的把柄，就会对我下手了。不过呢，没那么容易，但就当前情势来说，我倒真的该走了。"

"那为什么呢？"小凤仙关切地问。

蔡锷便对她说起十天前的天津会议。会议除梁、蔡师徒二人外，还有戴戡、王伯群、汤觉顿、陈国祥、蹇念益五人参加。这次会议确定了滇黔武装起义的方案，决定当袁世凯公开称帝时，云南首先宣告独立，一月后贵州独立响应，两月后广西独立，然后以云贵之力夺取四川，以广西之力平定广东，约三月后会师湖南，北定中原。

蔡锷说完天津会议的情况，说道："你明白了吧，袁世凯公开称帝之日，就是我们大举义旗之时。明天参政院就要开会，推戴袁世凯做皇帝了，所以我要走了。"

小凤仙听了，竟要跟随蔡锷到云南去，同患难，共生死。蔡锷说："是男儿，当出入沙场，生死以之，怎能让女人冒弹雨硝烟？"

"男儿当自强，女人就当弱？"小凤仙指指墙上正色道："我以为你真的把我当作侠女，其实你骨子里还是看不起我们女人呢！你说你愿做那韩世忠，难道我就不能做那梁红玉？"

那墙上是蔡锷的题词："不信美人终薄命，古来侠女出风尘。"

蔡锷说："凤仙，我相信，你是一个侠女，你能做梁红玉。不过呢，因为我深爱你，因而实不愿你身处险境，等我到南方打了胜仗，回到北京，我们俩一定永结连理，终生相伴。"

小凤仙执意要去，而蔡锷就是不许。纠缠许久，小凤仙知道无望，便说道："有道是，人生得一知己足矣。我生父早亡，流落风尘，只认作美女薄命，今世知遇郎君，犹如再生。"说着，禁不住掉下泪来。她问蔡锷："你什么时候走呢？"

蔡锷说："我明天要参加会议，推戴这个民贼做皇帝呢，我看完这场丑戏就走。哎！"他长叹了一口气，感慨地说，"我勉从虎穴，三年了呀，说了多少违心的话，做了多少违心的事！这是最后一次了，最后一次了。等我到了云南，揭起反袁大旗，那才是我蔡锷！"

第二天，蔡锷参加完参政院的推戴会议，当晚住宿于云吉班。临别之夜，依依情深。早晨起来，小凤仙要了几样小菜，摆上一壶酒，为蔡锷饯行。吃过了饭，小凤仙把琴置于桌案上，说："我为君弹唱一曲，虽是苏州老调，可是唱词是我为你新做的。你听。"遂拨动琴弦，随着悠扬的琴声，唱道：

一夜谱就断肠曲，千言诉丝弦。我自哀，美人薄命，哪曾想，与君有缘。人生难得一知己，愿我俩，生死永相伴。叹只叹，良辰朝露，琴声起，泪水已斑斑。

撞破铁锁走蛟龙，一剑蠹南天。聆听那，鼙鼓动地，凝眸望，云开雾散。海誓山盟曾记否，问将军，何时凯歌还？怕只怕，天不遂愿，人未行，肝肠已寸断。

小凤仙弹唱完毕，拿起剪刀，"嚓嚓嚓"把琴弦完全剪断了。她说："倘若天遂人愿，我们有重见之日，再续琴弦。"说完便扑向前，把蔡锷紧紧地抱住了。

蔡锷也紧紧地抱住小凤仙。小凤仙低声呜咽着，热泪滴在蔡锷的脖颈上。蔡锷推开小凤仙，握住她的手说："我们后会有期！"

"但愿如此，但愿如此！"小凤仙直觉得这就是生离死别，虽是这样说着，眼泪却又扑簌簌直流。

蔡锷生气道："你如此伤感，怎能送我逃脱这牢笼？这几天他们对我监视很严，好像知道我要走的样子，你要不能自持，不如我自己走吧。"

小凤仙立时破涕为笑，擦去眼泪，说："你放心，我能把持得住。"然后把手一挥，毅然说道："关山万里，请英雄上路！"

蔡锷走出房间，对鸨母说，要到王府井给小凤仙买些衣服和首饰，鸨母自然应允。随后，便偕小凤仙出了云吉班，叫了一辆车，走出了陕西巷。

到了大栅栏，两人下了车，在各个店铺里穿行，故作购物之状。接着，他们来到火车站附近，进入一个小馆，找了一个餐桌坐下来。蔡锷摘下礼帽，退下白手套放在餐桌上，又脱下长衫，搭在椅背上，然后点菜。两人一边吃饭，一边观察着周围。这时发现，密探竟跟踪而来，也坐在旁边紧盯着他们。

少顷，蔡锷站起来，对小凤仙说："我要上厕所。"随即离开。密探见蔡锷身穿短衫，口衔香烟去了厕所，小凤仙还在那儿吃着饭，礼帽、手套、长衫仍在，便断定他会回来的。但等了些时，并不见蔡锷回来，才到厕所查看，已无踪影。

蔡锷出了小馆，直奔火车站。进站之后，有一个人偷偷把火车票塞到他的手上。蔡锷接过来，走向检票口，回头看了看，剪票入站。此时，有一个人也正在看着他，看他进去了一会儿，也即进站，上了火车。

这个人是国民党人张孝准。张孝准与蔡锷、蒋方震同为"士官三杰"，也是蔡锷至友。张孝准与蔡锷一起商定了出京之策，并护送蔡锷一路到日本。

蔡锷到了天津,看望老师。梁启超已出走上海,但他知道蔡锷会来,留诗相勉:

　　故园西望路漫漫,挥袖重写泪阑干。

　　曾记野狐为世诋,无奈英雄出少年。

　　东瀛有台磨青剑,血灌中华齐苍天。

　　横空皆为铁甲兵,直扫恶魔心胆寒。

蔡锷诵读老师的诗,激动得流着眼泪说:"老师,我蔡锷不成功,便成仁。"蔡锷和张孝准离了梁启超的家,便上了码头,乘坐"山东丸"夜班船,东渡日本而去。

到了日本,蔡锷写了几张明信片交给张孝准,要他旅行日本各地,每到一地就发一张明信片到北京,以示蔡锷正在日本漫游。而他,却已踏上去云南的征程。蔡锷还向袁世凯发了一封电报,说他喉疾突然发作,疼痛难忍,未及请假,急赴天津求治,谁知天津医院又荐他到日本就医,无奈才东渡日本。他表示,一旦病情稍愈,即回国效力,以尽驱驰,报陛下于万一。

袁世凯看了蔡锷的电报,一把撕碎,冷笑了一声,说:"这小子真是刁钻极了,瞒住了我潜往东洋,还要来调侃我!但你要逃出我的手心,恐怕还是不容易哩。"他把朱启钤叫来,吩咐电告驻日本和越南的使馆,搜寻蔡锷行踪,发现后立即捉拿。又考虑到蔡锷可能经香港换船,他又亲电香港总督,吁请协助捉拿"罪犯"。

蔡锷从日本到台湾,李烈钧也从日本经台湾到云南去,两人不期而遇。蔡锷想起天津会议确定的组织反袁统一战线的方针,便对李烈钧说:"协和,我们必须团结一切力量共同对敌,才能取得胜利,当然首要的就是与国民党合作。可是现在国民党已分裂为孙、黄两派,如此一来,将何以处之?"

"往事不堪回首,一言难尽呀。"李烈钧便把成立中华革命党和欧事研究会的经过说给蔡锷听,然后说,"国民党虽然组织上分为两个,但革命目标仍然完全一致,尤其是对于反袁称帝,是同仇敌忾的,所以定能同你们团结协作。"

"噢!"蔡锷松了一气说,"原来如此,甚感宽慰。"

李烈钧接着说:"对于袁世凯欲谋称帝,是孙中山最早警示国人的,并为此发起他所谓的第三次革命。他派陈其美到上海,居正到山东,于右任返陕西,陈炯明回广东,许崇智到福建,柏文蔚到江西等省运动军事,又派胡汉民、邓铿到南洋筹款。陈其美这个人，你也不能不佩服他，又有他能干的小兄弟蒋介石相助。他回到上海，即设计刺杀了上海镇守使郑汝成，报了二次革命之仇，遂趁上海混乱之机，又发动淞沪起义，欲图收复上海。这次起义虽然失败了，但其影响实在不小啊！"

蔡锷说："郑汝成在上海大建奇功，袁世凯依为东南柱石，听说他被害，疼痛万分，咬牙切齿地发誓要陈其美的人头呢。"

李烈钧继续说："同时，欧事研究会也派了许多同志回国，如派方声涛到云贵，派程潜、张孝准到两湖，派林虎到广西，派熊克武到四川，派钮永建、柏文蔚到苏皖。这月初，孙中山给我急电，催我火速回国反袁。我就从欧洲到日本拜访他，并应他所请加入了中华革命党。孙中山要我筹划赣粤军事，而我认为此次反袁斗争，发难基地和发难主力，自然专恃云南，云南能否先发成功，事属关键，因而请求先到云南去。那时，我们已获悉你离京南归的消息，不想我们兄弟在此巧遇，真是天作之合呀！"

"真是天作之合！"蔡锷击掌赞叹，遂说，"反袁大计，蔡锷责无旁贷，但尚须贤兄鼎力相助呀。"

"自不待言。"李烈钧连声说。

两人长谈竟夜。为掩人耳目，两人决定分途赴滇。

蔡锷从台湾到香港，再转渡赴越南，到海防港口上岸，正遇唐继虞前来迎接。唐继虞是云南都督唐继尧的弟弟，团职军官，他也原是蔡锷的老部下。当天，唐继虞护送蔡锷到河内。第二天坐火车北行，到达中越边界河口车站时，云南政务厅厅长陈廷策带领两排士兵前来迎接。上了火车，陈廷策对蔡锷和唐继虞说："陈国祥从北京发来密电，袁世凯已严令蒙自道道尹周沆，务必截杀将军于滇南。因此唐都督通知沿线路警，全力保护，并派我带兵前来迎接。"于是，三人便商议了应对之策。

火车隆隆前行，到达开远。只见站台上站着一群人，敲锣打鼓欢迎。果然，在人群前边站着周沆和开远县县长张一鲲。周沆大声喊："百姓要见蔡将军！"随后群众都呼喊起来："我们要见蔡将军！"

一会儿，陈廷策走下车来，对周沆和张一鲲说："蔡将军请两位大人车上说话。"周沆便跟随陈廷策上了车，张一鲲却留了下来。

周沆见了蔡锷，便说蒙自群众如何仰慕，强烈要求一睹将军英颜。忽然，唐继虞厉声说："周大人，你不是叫蔡将军下去吃黑枪吧？"

周沉故作发怒，说："这位将军，你怎么这样说话？"

"就是这么说！给我拿下！"周沉立被擒住，从他身上搜出了一张电报稿。蔡锷看了电报，正是袁世凯的密电，冷笑了一声说："周大人还有什么话说？"周沉面无惧色，哈哈大笑，说："来到我这地盘上，你们走不了啦！"。

这时，张一鲲鸣枪，大喊一声："弟兄们，上火车！"听见枪响，群众发现上当，立时四散。张一鲲指挥警卫队向火车扑来。这时车厢的各个窗口都伸出枪来，还有一挺机枪喷吐着火舌。

蔡锷与周沉对视着，都静静地听着车外的枪声。

枪声很快平息，张一鲲的警卫队四散逃命。列车喘了几口粗气，一声长鸣，慢慢起动。列车越来越快，风驰电掣。周沉脸色蜡黄，两腿颤栗不已，终于瘫倒在地上了。

蔡锷抵达昆明，立与唐继尧密商大计。

唐继尧是云南会泽人，清朝秀才，弃文从武，留学日本，与李烈钧、阎锡山、赵恒惕为日本陆军士官学校第六期同班学员，并同时加入同盟会。唐继尧回国后，参加了云南新军。那时蔡锷是云南陆军第十九镇第三十七协协统（师长），唐继尧为该协七十四标第一营管带（营长）。云南省开办讲武堂，同盟会云南支部长李根源为学校校长，又聘请蔡锷和唐继尧同为兼职教官。武昌起义的消息传到昆明，李根源和蔡锷、唐继尧等新军将领在唐继尧家中多次策划，决定发动"重九"起义，推蔡锷为总指挥。唐继尧率部主攻总督署，活捉云贵总督李经羲。起义成功，蔡锷出任云南都督，唐继尧为参谋次长。以后，蔡锷奉调入京，唐继尧便继任了云南都督。

两人密谈时，唐继尧表示担心，以云南一隅之力，众寡悬殊，难有胜算。蔡锷与他分析形势，条分缕析，终使唐继尧认识到时代已经不同了，袁氏称帝不得人心，坚坚定了正义必能战胜邪恶的信心。

12 月 22 日晚上，昆明将军行署五华山光复楼里灯火辉煌。这里正在举行结盟仪式，有蔡锷、唐继尧、李烈钧、任可澄、戴戡、罗佩金、顾品珍、杨杰、熊克武、王伯群、唐继虞等 38 人共同宣誓。誓毕，各书本名，歃血为盟。同时发出两封电报，一封由开武将军督理云南军务唐继尧和云南巡按使任可澄署名，一封由蔡锷和戴戡署名，要求袁世凯取消帝制，严惩祸首，限二十四小时内答复。

袁世凯收到云南的哀的美敦书，强忍怒火，命政事堂和统率办事处复电，规劝云南不要发难，又促使各省长官和北洋高级将领发电"劝导"。于是有张勋、冯国璋、段芝贵、姜桂题、曹锟、倪嗣冲、汤芗铭、李纯、龙济光、陆荣廷、陈宧、阎锡山、王占元、靳云鹏、孟恩远、张锡銮等几十人向云南发出劝诫电。蔡锷和唐继尧一一复电，一方面申述反对帝制的坚定立场，一方面表达不得已之苦衷，以取得他们的同情和支持。

　　12月25日，仍不见袁世凯复电，蔡锷、唐继尧乃通电全国，宣布云南独立。

　　随之商议统驭机关。有人主张成立元帅府，有人主张成立军政府，蔡锷和唐继尧都主张不包办讨袁，应该示天下以公，于是仿照辛亥革命，决定恢复都督府。接着商议由谁出任都督时，蔡锷和唐继尧两人都是众望所归，但两人互相推让，一时僵持不下。蔡是唐的学长，又一直是唐的长官，不仅在云南有崇高威望，而且在国内外都有大名足资号召，所以唐诚心诚意地拥蔡。而蔡锷考虑的是，这次兴师讨袁全赖云南，唐是云南人，而且督滇已有三年，主客之势已成，自己不能喧宾夺主，所以也是诚心诚意拥唐。蔡锷坚持事贵一贯而忌纷更，请唐继尧不要谦让，而唐继尧非要"为王前驱"，督师讨贼，请蔡坐镇云南。两人推让不已，蔡锷便站起来向众人讲话。他说："此次我孤军犯险，唯当引起全国的同情以求多助，唐都督身为地方大吏，如果率师出征，易启侵略之嫌，必为袁贼挑拨，中其反间之计。我蔡锷为反袁称帝、维护共和而来，生死已之，岂为私利？愿诸公亦当从公评断，为反袁大计着想，自当拥戴唐公！"蔡锷慷慨陈词，泪湿衣襟。众人深为感动，一致鼓掌赞成。

　　云南都督府成立，提出四项主张：（一）与全国军民勠力拥护共和国体，使帝制永不发生于中国；（二）划定中央地方权限，俾各省民力能有自由之发展；（三）建设名实相副的立宪政体，以适应世界潮流；（四）以诚意巩固邦交，增进国际团体之致格。

　　遂又研究军事问题，定名反袁武装力量为"护国军"，确定了军事战略，秣马厉兵，准备出征。

　　云南独立的消息传到北京，袁世凯怒气冲天，立即下令褫夺唐继尧、任可澄、蔡锷的官职和爵位，并派云南第一师师长张子贞代理将军，第二师师长刘祖武代理巡按使，令他们就近押解蔡、唐、任等人来京治罪。很快，袁世凯收到云南两位师长的回电，骂他"手段卑鄙，恶意离间，不过是白日做梦"。袁世凯直气得大骂："看我怎么收拾你们！"

怎么收拾他们？出兵呀！袁世凯想起他手下的大将来。那段祺瑞一直就是对我顶着干的，能指望他吗？冯国璋、张勋这两人都统率几万军队，而且都是封疆大吏，一在南京，一在徐州，位居要津。但这两人也都反对我做皇帝，而且沆瀣一气，给我捣乱。如今西南作乱，两人不出力倒也罢了，若暗助叛逆，那就不可设想了。他想来想去，竟找不到谁能为他领兵打仗。他又想起来梁启超、李经羲、严修这些人，铿锵之言如雷贯耳。他们都是我的亲信啊，为什么都反对我了？可是，那推戴我做皇帝的，全国国民代表一千九百九十三人，得票一千九百九十三张，没有一个人反对！这民意，可靠吗？袁世凯忽地站起来大喊："人心哪？人心哪？"似乎向天发问。屋子里寂静无声。"人心——"长长的哀声渐弱而止。袁世凯一屁股蹲下，四支八杈地躺在太师椅上。

这时候，袁克定轻手轻脚地走进来。"爹，你看这个。"说着就把一张宣纸铺在桌子上。袁世凯慢慢地坐起来，一看字体，就知道是袁克文的。一首诗：

乍著微棉强自胜，阴晴向晚未分明。

南回寒雁掩孤月，西落骄阳黯九城。

驹隙存身争一瞬，蛩声惊夜月三更。

绝怜高处多风雨，莫到琼楼最上层。

袁世凯看完，怦然心动。然而他"嘿嘿"笑了一声，说："不过触景生情，游戏笔墨而已。"

"不，不。"袁克定摇头说，"很明显，二弟是反对父亲做皇帝！他暗讽父亲是孤月，是夕阳，所谓'阴晴向晚未分明'是说帝制必然失败呀。"

"你不要望风扑影，这能当真？"袁世凯说。

袁克定说："怎的不真？他反对帝制，京城内外已无人不晓，那些反对帝制的人都支持他。我看他整日里鬼鬼祟祟的，不是欲谋不轨才怪呢！父亲不得不早做提防啊。"

"咳！"袁世凯叹一口气说，"由他去吧。"

"父亲怜悯儿子，可我做大哥的，决不能容忍他反对父亲！"袁克定字字落地的话里露出了杀气。

袁世凯一惊："你要怎样？"

"我要……"袁克定欲言又止，咬了咬牙说，"我听爹的。"

袁世凯看在眼里，顿时想起袁克定曾经说过"如果爹要立二弟，我就把他杀了"的话，又联想到他在北海离宫里发疯，想到他竟派刺客刺杀段祺瑞。这小子还真狠呀，杀他二弟，他还真能使得出来！袁世凯不禁打了一个冷颤，心想，若不保护克文，那就真如女儿所说的要闹"血滴子"了。于是袁世凯一拍桌子，厉声说："这个畜生，把他给我抓起来！"遂顺手拿起电话，要了江朝宗："你过来一下。"这是告诉袁克定，就叫江朝宗抓人了。

　　袁克定离去，袁世凯一屁股陷在太师椅里，半天没有动弹。他想起严修的话："老子做皇帝，儿子争皇位，如梦如痴，却不知终有朝亡祀绝之时。"由此，他想起徐世昌、段祺瑞、黎元洪、李经羲、张謇这些人都离他而去，想起列强五国反对帝制，然后又想到蔡锷西南之乱，不禁热血上涌，一阵晕眩。渐渐地，他清醒了一些，睁眼又看到桌子上袁克文的诗。他拿近了，眼光落在"绝怜高处多风雨，莫到琼楼最上层"一行字上，凝视良久。他慢慢地把它折叠起来，打开书橱，放进去，"砰"的一声关上书橱，大步走到电话机旁。他拿起电话，要陆征祥和杨士琦立即到居仁堂来。

　　陆征祥和杨士琦来到，袁世凯即告："元旦不举行登基大典了。"二人一听，相顾愕然。陆征祥说："陛下元旦登基，万民期盼，世界注目，如今大典已筹备完毕，怎能突然废止？"杨士琦接上说："明年改元，皇帝却不登基，洪宪之年，却没有洪宪皇帝，这叫失礼。礼者，人道之极，政之大节，天之经也，民之行也。"袁世凯不耐烦地打断了杨士琦："吾意已决，大典筹备处停止操办，今后谁也不许再提登基大典之事！"说完，就赶两人走。两人对望了一眼，会意再言无益，告辞离去。

　　转眼就是这一年的最后一天。晚上，袁家举办合家欢宴席。往常，袁世凯经常是一个人用餐的，明天就是元旦，登基大典不能举行，袁世凯一定很难过，因而大姨太沈雪梅便有此提议，让他高兴高兴。

　　袁家妻妾子女三十多人，济济一堂。袁世凯和于夫人坐了主位，几房姨太太和子女们各按序就座。沈雪梅带领全体家人向袁世凯敬酒，然后各位子女又轮番向父亲敬酒，席间充溢着喜气和温馨。这顿团圆饭独缺袁克文一人，他已被囚禁在狱。但由于袁世凯已与其养母沈雪梅和生母三姨太金氏通了气，所以家人都知所以，又有袁克定在场，因而都闭口不提此事。

　　于夫人心情不佳，早早离席，子女们吃饱了饭，也走了，唯有几房姨太太各有心事，谁也不愿先行离去。袁世凯做皇帝，于夫人自然是正宫皇后，没有争议。以下，袁世凯有十位姨太太，其中四姨太和七姨太已死，袁世凯曾口封大、二、三、五四房姨太太为妃，六、八、九三房姨太太为嫔。沈雪梅看在心里，尽力周旋，以防止各房姨太太提及封妃之事。但最小的十姨太还是忍耐不住，向袁世凯说："皇上，我听说，七个姐都受了封，唯独没有我的份，这是为何呀？"说着竟是哭了起来。袁世凯说："我不是还没有登基嘛，到时自然各有封赏。"十姨太说："各有封赏，不就是封妃的封妃，封嫔的封嫔吗？那你封我什么来？"袁世凯生气道："你从乡下来到我家，还不知足？封妃封嫔，由我做主，该是你讨要的吗？"十姨太听了，瞪了一双圆眼说："我是来自乡下，乡下人就该低人一等吗？好歹我也是正经人家，是你明媒正娶的！"这话无意刺伤了青楼出身的沈雪梅，她红了脸，却不气恼，仍是笑着说："好妹妹，你最年轻，皇上是很喜欢你的，怎么会委屈你呢？你就别闹了。"十姨太发觉自己说漏了嘴，又见沈雪梅并不见怪，便感动地说："好姐姐，我听你的。"

眼看事情就要平息，谁知六姨太插了上来说："皇上，我们都是一样的姐妹，为什么有封妃的，有封嫔的？我也跟皇上多年，为你生了五个孩子，如果皇上不待见我，我还不如带着孩子回彰德去！"接着八姨太和九姨太也鸣不平，还眼泪汪汪的。五姨太劝解说："皇上对待十房的姐妹，从来偏向过谁？什么妃呀嫔呀的，何必计较？说实在的，你们都当妃子，爱管我叫什么就叫什么吧。""哼！"六姨太冷笑了两声，说，"你说什么实在的？得了便宜卖乖，站着说话不害腰疼！"

这时候，"叭！"的一声响。袁世凯把筷子重重地拍在桌子上，叹了一口气说："你们别闹了！你们都要回彰德，等着送我的灵柩一块儿回去吧！"说完，站起来就向外走。沈雪梅急忙扶着他，走了出去。

袁世凯喝多了酒，又生了气。沈雪梅服侍他刚一躺下，他就呕吐不止，肚子难受，半夜未能入睡。等到入睡了，又沉沉不醒。待袁世凯醒来，一问快九点钟了，连声说："误时了，误时了。"急急忙忙地起床，早饭也不及吃，就下楼了。

在居仁堂楼下，杨士琦、梁士诒、朱启钤、杨度、夏寿田、袁乃宽五个人已久等多时，像热锅上的蚂蚁一般。元旦不能举行登基大典，便改为一个朝拜仪式，庆贺新年，也就是表示洪宪元年的开启，对天下也是一个交代。这五个人昨天密议多时，才想出了这一步绝妙好棋。

五个人终于盼到袁世凯走下楼来，袁乃宽就把龙袍和皇冠捧了过来。袁世凯一愣，说："侄儿，不是今天不登基吗，穿龙袍做什？"杨度抢上说："陛下，今天是洪宪元年元旦，我皇接受百官跪拜，当然应该黄袍加身，百官都穿着朝服来了，皇上若不更衣，成何体统？"袁世凯看了看他们五个，果然都穿着朝服，"嘿嘿"地笑了几声，对杨度说："一定是你，叫老夫演这出戏，这也是帝王学的招数吗？不登基就是不登基，瞎忽悠什么？今日我不登基！"说完就自个儿大步向外走。

五个人紧随着他，来到居仁堂前院的"大圆镜"中大厅。

袁世凯抬头一看，大厅布置一新，花花绿绿，龙飞凤舞。前面搭了一个台子，正中安放宝座，两旁是檀香木雕成的飞龙，互相盘绕，正中是红缎绣成的彩龙，作为披垫。袁世凯左右看了看鹄立两旁的文武百官，迟疑了一下，缓步走了上去，坐在了龙椅上。

这时，宣礼官高声唱道："今天，是洪宪元年元旦，朝拜仪式开始。"随即，陆征祥率领群臣行三跪九叩大礼。袁世凯看着下面，有穿朝服的，也有穿常服的，因为天冷，也有的人身穿皮衣，头戴绒帽，格外显眼。跪拜也不整齐，高高低低，也有人竟不跪拜，一副不知所措的模样。袁世凯看着，不禁笑了。

礼毕。袁世凯声宣："众爱卿，平身！"

"吾皇万岁，万岁，万万岁！"这声音又是稀稀落落的，没有声气。袁世凯不再觉得好笑，一股苦涩和悲凉袭上心头。

袁世凯开始讲话。他讲他接受推戴称帝，实出于万不得已，所讲的无非是他重复多次的老话。接着他就讲到云南之乱。他说云南本为蛮荒之地，文明未萌，反对帝制不足为奇，量它地不过弹丸，兵不足万人，还要谋反作乱，不自量力。说到这里，袁世凯不禁得意忘形，"哈哈"大笑了几声，提高声音说："前几年孙中山作乱，老夫也只动了几个指头，国民党顷刻土崩瓦解。蔡锷小儿竟敢以卵击石，不是自取灭亡吗？我荡平云南叛乱，不过吹灰之力，举手之劳！"

袁世凯正讲在兴头上。阮忠枢在下面说："皇上，云南已誓师起兵了。"

"胡说！"袁世凯本想阻止他，但阮忠枢以为他不信，又说，"这是真的，云南来的电报。"

就在此时，在云南昆明北校场，护国军正在祭告天地，誓师讨袁，云南都督唐继尧正在宣读誓词：

惟中华民国五年元旦，继尧等谨以牺牲，昭告皇天后土，而誓于师曰：呜呼！民贵君轻，万邦是式，贼人残义，一夫可诛。知国事之久成，何逆谋之可宥？鲁仲连蹈海，尚耻帝秦；管宁适辽，不甘臣魏。岂有国步方艰，群情望治，遂乃妄侈边幅，效井底之蛙鸣，灭我华宗，载冢墓之枯骨者哉？自武昌起义，天下云从，五族一家，亿姓同德，扫除专制，创建共和，应世界之文明，为友邦所承认。乃者袁逆世凯，谋叛民国，复兴帝制，黄屋大纛，遽兴非分之思，厉山带河，无复未寒之约，急子孙万世之私计，误国家百年之远图。本都督服役民国，坐镇滇疆，痛国家之将沉，恨独夫之不剪，乃整义旅，恭行天讨，击祖逖渡江之楫，誓靖中原，问新莽指斗之勺，能持几日？义师英烈，唯克奋厥武，各整戎马，选尔车徒，同我六师，共扶社稷。嗟尔有众，尚钦念哉！

誓文读毕，全军齐声高呼："民国万岁！"声彻山谷。

接着蔡锷发表了慷慨激昂的讲话，讲到最后，蔡锷"嗖"的一下拔出手枪，指向自己的胸膛说："我誓同诸同志之后，直捣黄龙，若不能手刃袁贼，恢复共和，便以身殉国！蔡锷今誓此一言，愿与同志共守。"全军将士，深为感动，奋臂高呼："奋勇杀敌，誓讨国贼！"

云南把誓师誓词发往北京，还有一篇讨袁檄文，历数袁世凯十九项大罪，笔力雄健，气吞山河，堪比那陈琳讨曹操、骆宾王讨武则天的檄文。

袁世凯接过电报看了，气急败坏，立把两封电报撕碎，掷之于地。然后冷笑了两声说："我就不信，小沟里的泥鳅能翻起大浪？那三国的关云长，温酒斩华良，等我平定了叛贼，再择吉日登基。尔等且待后命吧。"说完，他站了起来，只觉得天旋地转。停了一会儿，他才拄着拐杖迈开了脚步。然而，当他走下台阶的时候，忽地前倾，一个跟头栽在地上。

几个人急忙搀扶。他挣扎着，终于站起来了，满脸通红，气喘吁吁。停了一会儿，他看见众人都望着他，羞赧地强自笑了笑，推开了搀扶的人，步履蹒跚地走出了大厅。

第四十八回

风云南天，响彻数声惊雷
雾霾宫阙，惊破一场春梦

袁世凯元旦没有登基，年号却改了，但各国使馆都退还改元公文，凡有皇帝玉玺和洪宪年号的公文，各国拒绝接受。袁世凯无奈，只好仍用总统名目和民国年号。如此一来，袁世凯对内是皇帝，对外是总统，好不尴尬。袁世凯发了狠："等我把云南平了，看你们这些洋人还认不认我这个皇帝！"

袁世凯在新华宫丰泽园设立"征滇军务处"，准备大动干戈。可是让谁来挂这个"帅"印呢？自然是冯国璋最为合适。但冯国璋调任参谋总长已有一个多月，却一再称病不来上任，袁世凯派阮忠枢去请，不来，又派梁士诒去请，又不来。他牙一咬：叫段祺瑞来干吧！他叫袁克定去请，袁克定很为难，他就说："你多叫几声哥。"段祺瑞娶袁世凯义女为妻，因而袁克定叫段祺瑞哥。袁克定硬着头皮到了段府，说了一大堆好话。段祺瑞却一口回绝："我宿疾未愈，能有一口气活着就不错了！"噎得袁克定直瞪眼说不出话来。辛亥年，摄政王载沣请袁世凯出山，袁世凯以"宿疾未愈"将他的军。段祺瑞也是"有病"被罢的官，今日就以其人之道还治其人之身。请段祺瑞又碰了钉子，袁世凯又叫袁克定去请王士珍。王士珍继段祺瑞出任陆军总长，后因袁世凯取消国务院设立政事堂去职，而自从帝制以行，王士珍便又回乡做了寓公。他得知冯国璋和段祺瑞都不干，他这个惯于藏头露尾的人才不干呢，说话婉转，而态度却是十分坚决。

北洋"龙虎狗"三位大将都不出头，袁世凯竟想起黎元洪来，于是叫梁士诒去请。黎元洪更绝，他说："除非要我死，否则盖不能从命。"袁世凯真后悔何必多此一举，又羞又恼，万般无奈，只好自己出马来撑这个场面了。

首先要设立领率机关，取名"征滇军务处"。可是军务处的人尚没有凑齐，四川督军陈宧来电说，蔡锷的护国军已到川南。袁世凯大为吃惊："好一个蔡锷！他要取四川，而且这么快。"于是，他一面电令陈宧派兵抵御，一面加紧调兵遣将。

云南护国都督府的战略目标是，先图滇黔桂川，四省联为一体，再收两湖秦陇，后取中原。滇黔桂川四省本是袁世凯鞭长莫及之地，天高皇帝远，处于半独立状态，唯有四川内争不断，分崩离析，袁世凯因以有机可乘，派去了中央军，收于治下。因此实现第一步战略目标，重在攻取四川。护国军新年元旦誓师之后，除唐继尧统率第三军驻守云南外，分三路出征：蔡锷率第一军第一、二、三梯团（一梯团相当于一个旅）北上入川；戴戡率本部第一军第四梯团西出贵阳，策动贵州独立，组建滇黔联军，继进四川；李烈钧率第二军南下，策动广西独立，阻止广东的进攻。

袁世凯当初打算取道贵州进攻云南，但遭到贵州护军使刘显世的拒绝。袁世凯以贵州小省，不置都军，而设护军使的名堂。旋得云南向四川进军的消息，袁世凯遂变更部署，拟定了由川、湘、桂三路攻滇的方案。其部署是：以湘西方向为第一路军，马继增为司令，率本部第六师、曹锟第三师第五旅、唐天喜第七旅、安徽倪嗣冲所部安武军十五营，总兵力三万九千人；以四川方向为第二路军，张敬尧为司令，率本部第七师、曹锟第三师第六旅、李长泰第八师，总兵力四万两千人；以广西方向为第三路军，征调广东军力，借道广西，进攻云南。第一、二两路军又以曹锟为总司令，以统一指挥，主要担负与蔡锷护国军作战的任务。

在袁世凯急急忙忙地调兵遣将时，四川已经开战。

一月中旬，蔡锷抵达川南，决定兵分两路，以刘云峰第一梯团为左翼，出昭通，取叙州（今宜宾），伺机进迫成都；以赵又新、顾品珍之第二、三梯团为右翼，蔡锷亲自指挥，出叙永，取泸州，得手后顺江而下，进取重庆。

川军原有周骏第一师和刘存厚第二师及两个混成旅，陈宧入川又带来三个混成旅，为伍玉亭第四旅、李炳之第十三旅、冯玉祥第十六旅，总兵力两万余人。守卫叙州的是周骏第一师伍祥祯旅。叙州山峦起伏，地形险要，易守难攻。但护国军初战，斗志旺盛，而伍祥祯又是云南人，不愿与护国军死战，因而节节败退，放弃叙州，退往自贡。

叙州失守，袁世凯大为震怒，下令褫夺伍祥祯川南镇守使职务，戴罪立功。陈宦悬赏五十万元，下令反攻叙州。

1月29日，伍祥祯首先由北面逼近叙州。护国军之左翼刘云峰令邓泰中第一支队（相当于团）前出二十里阻击，继又令杨蓁第二支队助战。激战两日，相持不下。这时侦知冯玉祥已进抵南溪，有从侧翼进取叙州之势，刘云峰急调田钟谷预备队赶赴叙东白沙场防御，同时命令邓泰中务必于31日下午击退伍军。冯玉祥军于31日晨抵达白沙场，旋即遭到田钟谷的阻击，冯军集中火炮和机枪火力猛轰，田营伤亡极大，仍坚守不退。下午，刘云峰和杨蓁两支队将伍祥祯击退，旋转往白沙场，与田钟谷左右夹击冯军。冯军不支，退往泸州。

2月6日，陈宦亲军倪文翰部率一团两营从成都顺流而下，在犍为登岸，其前锋已抵近叙州西北之翠屏山。刘云峰即派邓泰中支队沿江西进，从黄楼渡江至岷江南岸，抄袭倪军后路。敌兵猝不及防，纷纷溃退，邓泰中率军追击数十里。这时，川军朱登武又率十二营巡防军逼近叙州城西。杨蓁率第二支队迎敌，经过一天一夜的战斗，将敌击溃。至此，护国军激战七个昼夜，终将四路敌人各个击破，挫败了陈宦反攻叙州的计划。

在刘云峰左翼军强攻叙州的同时，蔡锷率右翼军利用川军刘存厚师的倒戈巧取泸州。刘存厚是四川简阳人，与蔡锷为日本陆军士官学校同学。辛亥年，刘存厚跟随蔡锷参加云南起义，任云南军政府参谋部部长，为支援四川革命，蔡锷组建援川滇军，就派刘存厚带队入川。现今，刘存厚是川军师长，驻川南叙永镇，是为泸州南面门户。当护国军第二梯团董鸿勋支队抵达贵州省毕节时，刘存厚师派人联系，商定了密计。随后，董支队沿赤水河入川，刘师接战佯败，董支队随后跟进。刘师退至纳溪，已与泸州隔江相望，这时得知川军第一师熊祥生旅已进驻泸州。原来，刘存厚前曾向云南发电，请护国军速行入蜀，不料该电被截获，因而陈宦紧急调兵，占领了泸州。刘存厚遂放弃袭取泸州的计划，在纳溪宣布独立，自任护国军四川总司令。

刘存厚倒戈，陈宦即任命熊祥生为防守泸州的司令官，又急调已经抵渝的中央军第三师吴佩孚第六旅和驻綦江的李炳之第十三混成旅兼程赴援。此时袁世凯所派第二路军各部队正在赶赴成都集结，吴佩孚旅率先赶到，奉派南下泸州。

刘存厚和董鸿勋两军在纳溪会师。两人商定，趁袁军尚未到达之机，出其不意攻取泸州。

泸州位于长江和沱江的交汇处，东、南临长江，北倚沱江，西有龙头关高地为屏障，地形险要，有"铁打泸州"之称。蓝田坝是泸州在长江南岸的据点，有一营川军防守，泸州之战便从这里开始。2月5日，董鸿勋支队和刘存厚师陈礼门团隐秘前出，突然发起攻击。激战一天，占领蓝田坝。扫清泸州南岸之敌后，即由陈礼门团固守阵地，董鸿勋则率本支队从下游渡江，攻击泸州侧背。这时，吴佩孚第六旅和李炳之第十三混成旅赶到泸州，使泸州防御力量大增。董支队渡过长江，冲破敌兵的阻击，占领临江制高点大龙山。继又向前发展进攻，背水作战，击退敌军一个营，占领罗汉场。

　　熊祥生见援兵到来，守城无虞，便决定夺回江南据点蓝田坝。他挑选精锐步兵四个连，偷渡长江，于月亮岩登岸，突袭蓝田坝。这时李炳之旅一个营又渡过长江，与熊祥生旅四个连队左右夹击。陈礼门团猝不及防，慌乱溃逃。这时护国军第一军第二梯团团长赵又新率先头部队赶来支援，闻蓝田坝失守，立即率部会同刘存厚师工兵营反攻，一度将敌逼退至江边。然而这时，熊祥生亲临泸西龙头关高地，隔江指挥炮兵轰击。刘师工兵营遭炮火攻击，溃散而退。赵又新势成孤军，无奈退回。

　　正在罗汉场与王承斌苦战的董鸿勋，闻蓝田坝失守，急忙收缩兵力，于夜间撤回江南。次日晨，董鸿勋率部反攻蓝田坝。激战一日，未能奏效，即于日晚撤出战斗，退回纳溪。

　　护国军攻占泸州终未成功。

　　在蓝田坝争夺战期间，袁军陆续到达。第二路征滇军司令张敬尧在重庆召开军事会议，制定了首先夺取纳溪，然后全线反击的作战方案。2月11日，袁军兵分两路进攻纳溪：吴佩孚指挥右翼军，取道棉花坡，进攻纳溪东；张敬尧指挥左翼军，渡永宁河进攻纳溪南。

　　护国军转入防御，以刘存厚师两个营前出棉花坡，阻击东面之敌，以董鸿勋支队占领双河场，阻击南面之敌。时第二梯团何海清支队抵达纳溪，赵又新即命他会合董鸿勋反击。这时，袁军田树勋旅赶到，在两侧高地架起大炮轰击，随后发起猛攻。何、董两部不支，退至永宁河以西沿岸布防。

　　这时，棉花坡的战斗十分激烈。刘存厚师顽强阻击吴佩孚的进攻已两天两夜，伤亡惨重。幸有第三梯团禄国藩支队来到，随即增援棉花坡阵地。赵又新又把在城南作战的董鸿勋一部调来，这才稳住了棉花坡阵地。

纳溪告急，蔡锷即催尚在途中的朱德支队火速前进，又电令叙州许云峰第一梯团东出，增援纳溪。同时，又电令戴戡火速北进，攻占綦江，以分敌势。

　　此前，戴戡率第四梯团挺进贵阳。贵州护军使刘显世在戴戡和贵州革命势力的推动下赞成起兵反袁，戴戡仍推他为贵州省都督，宣布贵州独立。随后，成立滇黔联军，以戴戡为总司令。时袁军第一路军已进入湘西，这支滇黔军便一分为二，以第八支队长王文华赴湘，戴戡则率军北上入川。

　　2月18日，吴佩孚右翼军和张敬尧左翼军同时发动猛攻。护国军第一军参谋长罗佩金亲临战地指挥，各部官兵扼守险要，顽强阻击。朱德支队从叙永日行百里，两天赶到纳溪，不及休息就投入棉花坡战斗，在数次打退敌人的进攻之后，又奋勇前出，退敌数里。这天大雨滂沱，山路泥泞，给不习惯山地作战的袁军造成意外困难，因而袁军也放弃进攻，撤兵回守。

　　第二天，罗佩金指挥部队分四路反击。命朱德支队东进，从棉花坡向菱角塘发展进攻；命何海清支队南进，渡过永宁河，攻占双河场；命禄国藩支队北进，收复蓝天坝阵地；命刘存厚师一部迂回渡江，佯攻泸西龙头关，掩护主力反击作战。但罗佩金的四面进攻在袁军优势兵力的阻击下未能奏效，双方固守阵地，谁也难于突破对方，战斗处于胶着状态。

　　这时，蔡锷又亲临纳溪，决定集中兵力突破南线，击退张敬尧军。正在部署兵力时，得到川军刘湘从泸西南下的情报。如刘湘军渡过长江，则置纳溪于四面包围之中。蔡锷即派赵又新北上江口，与已在江北的刘存厚师配合消灭该敌。两军在刘湘军半渡时，同时出击。刘湘军大败溃逃。也因此，集中兵力突破南线的计划未能实施。

　　这时，熊克武率领护国军南下，已抵近泸州。熊克武从昆明来到四川后，便联络旧部，招集五千人，被委任为四川招讨军总司令。同时，戴戡也率部从黔省入川，斩关夺隘，逼近綦江。许云峰又仅留一个营守叙州，率部增援纳溪。依据以上情势，蔡锷决定发起一次总攻击，以改变僵持局面。

　　2月28日上午开始，护国军在左起长江边、右至双河场绵延十余里的战线上，冒着纷纷细雨，不顾料峭春寒，夜以继日地奋力猛攻，多次与敌短兵相接，白刃格斗。蔡锷亲临战地指挥作战，甚至冒着弹雨冲锋在前。护国军虽在左右两翼取得进展，但却始终不能突破敌军的正面。那里，正是吴佩孚指挥张福来团和王承斌团顽强阻击。战斗持续到第七天，刘存厚师先败下阵来。蔡锷要求他咬紧牙关,守住阵地。刘存厚却说弹竭兵疲,不能再打下去了。而罗佩金参谋长也持这样的看法,于是蔡锷下令,撤出战斗。

这次由蔡锷亲自指挥的总攻击失败了。

护国军的战斗十分艰苦。兵力不足,薪饷不济,弹药缺乏。蔡锷向唐继尧求援说:"护国军衣不蔽体,食无宿粮,只得出利息向当地借款,过一天算一天。敌能更番休息,我则夜以继日,敌能源源增加,我则后顾难给。"经过连续七天的战斗,护国军炮弹仅存两百枚,子弹数千发,形势已经极其严峻。为避免部队弹尽粮绝,一败而不可收拾的后果,蔡锷才决定放弃纳溪,退往滇、川边境的蓬溪、大洲驿一线,以待秣马厉兵,再伺机反攻。

护国军一夜之间全部退走,袁军占领纳溪和叙州。张敬尧召开军事会议,决定固守阵地,言外之意就是停止追击。这是为何?张敬尧是段祺瑞的同乡和学生,而成为段的亲信。张敬尧受任征滇军第二路军司令,行前向段祺瑞讨教。段祺瑞说:"辛亥年,武昌起事,冯国璋带兵南下,路过洹上村向袁世凯请示方略。袁世凯给了他六字箴言:'慢慢走,等等看。'哈哈!"段祺瑞"哈哈"一笑,张敬尧心领神会,这是叫他不要为袁世凯称帝出力。因此他虽为总司令,却并不主动。冯玉祥和李长泰本不赞成帝制,也同意张敬尧的主张。只有吴佩孚却要"乘胜追击,灭此叛逆"。吴佩孚这次参战就是要大显身手。他对曹锟说:"要好好打这一仗,为我们三师争地位,争地盘。"吴佩孚的英勇豪气和用兵才能的确对战局的影响发挥了决定作用,但这次会议是张敬尧当家,没有听吴佩孚的。

当四川战事停顿下来的时候,龙觐光所率领的粤军正与李烈钧率领的护国军在滇南激战。袁世凯原打算由海路运北洋军入越南,沿滇越铁路抄袭昆明,遭法国殖民当局拒绝,继而又欲派兵经广西进攻云南,又遭广西将军陆荣廷拒绝。无奈之下,他便命广东将军龙济光的长兄、广东第一师师长龙觐光出兵征滇。龙济光与陆荣廷曾同为两广总督岑春煊帐下将官,有袍泽之谊,龙觐光与陆荣廷又是儿女亲家,其子龙运乾乃是陆家东床快婿。有此关系,陆荣廷还能不让粤军假道?

果然,陆荣廷不再拒绝,还给龙济光出"主意",请龙觐光多带军械,少带士兵,因为士兵可以沿途招募,只要有枪,就不愁没有军队。这时,广东国民党的势力,进步党的势力群雄并起,龙济光也没有多少兵力交给他的兄长,就只抽调了四千人,组成了征滇军。龙觐光带兵西进,沿途招兵,进军缓慢,到达南宁时,拥兵八千。陆荣廷听说他来，早就到他的老家武鸣"养病"去了。龙觐光又从南宁赴武鸣去拜望他的亲家翁，他要求陆荣廷与他一起出兵征滇。陆荣廷说："我年纪大了，身体又差，因此什么事也不想管，甚至官儿也不想做了。"就把他打发走了。

龙觐光继续西进，在百色扎下大营，便派兵进入滇境，发起进攻。这时袁世凯发来电报，请陆荣廷派兵协助。陆荣廷爽快答应，就派他的儿子陆裕光率领桂军五营支援龙军。袁世凯认为陆荣廷前倨后恭，无非因为战局有变，他只好见风转舵了，于是得寸进尺，任命陆荣廷为贵州宣抚使，要他出兵攻打贵州。陆荣廷又爽快答应，但他要求步枪五千支，军饷百万元。袁世凯颇为踌躇，一月前，刘显世请他接济军饷，可是三十万军饷头天汇到，第二天贵州就宣布独立了。他担心陆荣廷如法炮制，但思来想去，还是把军火、军费如数照发出去。

获悉护国军攻打泸州失利，上海梁启超悔恨交加，他自责是他要云南"当速起事"，未能秣马厉兵，致使进攻四川的计划破产。由于袁军主力南下，北方战局难有转机，又听说陆荣廷接受袁世凯的任命，要出兵攻打贵州，梁启超真是焦急万分。他决定立即起程，策动广西独立，以挽危局。听说梁启超要去广西，日本伸出援手。在日本驻沪武官青木中将的帮助下，梁启超偕同汤觉顿等一行七人乘日本邮船到达香港，然后换乘一运煤船偷渡越南海防，又乘汽车潜入桂境，抵达昆明。一路十五天，战战兢兢，数次犯险，死里逃生。

梁启超见了陆荣廷，见他身材魁梧，方面大耳，高鼻梁，粗眉毛，一双眼睛不大却炯炯有神，只是嘴巴有些歪。这是他当年在龙州落草时，因为分赃不均，被一土匪开枪打穿了右半边嘴，从此成了歪嘴巴。当时全国匪患有"南陆北张"之说，南是陆亚宋，北是张作霖。陆亚宋后来招安，改名陆荣廷，从此在岑春煊帐下为将。梁启超恭维说："得识将军尊严，果然不凡。"陆荣廷回敬说："久仰先生大名，五体投地。"然后就笑了说："我这副'尊严'嘛，嘴歪可是心不歪，先生不要见笑啊。"梁启超是听说过陆荣廷歪嘴巴来历的，就哈哈大笑起来。如此寒暄过后，梁启超便说："我心急如焚，担心你带兵攻打贵州走了，那就糟糕极了。"

陆荣廷说："老袁答应的枪弹饷银还没全到呢，我要等一等。"

梁启超吃惊道："要是全到了，你就去打贵州了？你不是打电报对我说'朝至，桂夕发'吗？现在我来了，你却变了心！"

陆荣廷"嘿嘿"一笑，说："任公别急，我这是'草船借箭'，先让老袁出点血，我有了银子，有了枪弹，才好打仗呀。说到战局，我看只要冯国璋不动，老袁就没有胜算，我听说他接受你的劝说决不与护国军开战，这就大局无忧。至于四川那边，蔡锷全线撤退，指挥得当呀。打仗总是有进有退，军无常形嘛，没有什么大不了的！"

"可是，干卿呀，"梁启超说，"扭转这战局，就看你啦！云、贵两省已经独立，桂省何不揭橥大旗？"

"打仗呀，用的是将。不瞒你说，帐下还有几个人，让我不放心。当然了，他们不敢不听我的，但要他们战场上用命，还是顺心才好呀。"陆荣廷故作为难之状。

"这不难。"梁启超说，"你叫他们都过来，我向他们说几句话。"

陆荣廷眉开颜笑，说："太好了！那就有劳任公。"

第二天，众将领来到将军署，陆荣廷开门见山："今日召开军事会议。云、贵相继独立，我们广西迟迟未发，所等者两位大人，一是我最仰慕的梁任公，一是我的老上级岑云帅（岑春煊字云阶）。岑云帅在南洋筹得大批款项，不日就到。昨天，梁大人又不远万里，一路风险来到昆明，现在就请梁大人讲话。"

梁启超滔滔不绝，讲了一个多小时，在座将领无不感动。广西第一师师长陈炳焜对陆荣廷说："我有一言以告将军。袁世凯妄想称帝，欺人欺己，已不足责。今日之下，如仍助袁为逆，是为不忠。公子裕勋，被袁世凯派人毒死，不思报复，是为不慈。岑云帅为将军故主，屡函劝勉，不闻相从，是为不义。将军今日如即独立，尚可改过为功，否则军民解体，恐将军也成为民国罪人了！"

陆荣廷手下的师长竟责备他不忠、不慈、不义，但他并不恼怒，说："陈师长责我甚当。我今天打开窗户说亮话，我陆荣廷早就下了反袁的决心了，只是时机不到罢了。现下护国军正与粤军在滇南打得难解难分，此时不动，更待何时？我决定明天就出兵，等我军抵达百色，抄了粤军后路，广西就宣布独立，众将领以为如何？"

众人纷纷赞成。陆荣廷又说："各位同心协力，使我感泣！那就听我将令：马济，你率本旅以攻滇为名迅速出兵百色，抄了龙军后路，然后与护国军两面夹击，消灭龙军。谭浩明，你率本师北进柳州驻扎，再等待命令北征湖南。陈炳焜，你留守后方，防备粤军增援，等滇南取胜，待命出征广东。我呢，就以带兵攻黔为名到柳州去，把老袁蒙在鼓里。你们都明白了吗？"

众将领齐声说："明白。"会议就这样结束了。

陆荣廷从他儿子被害就决心反袁了。龙济光和陆荣廷都是一省长官，袁世凯厚此薄彼，封龙为振武上将军，却封陆为宁武将军，陆荣廷很不平，袁世凯才又追封他为耀武上将军。袁世凯大封爵位，龙被封为郡王，而陆只是侯爵，陆更是不满，因而在各省将军联名劝袁早日登基时，他拒绝列名。因此袁对陆疑忌更深，便任命王祖同为广西巡按使，并会办广西军务，实际上是来监视他的。一气之下，陆荣廷一个电报，就把留京的小儿子陆裕勋召回，说是要他侍奉汤药。原来，袁世凯对各省军阀采取以子为质的办法，表面上是让他们在京充当武官，培养他们子承父业，实际上是挟制其父效忠于他。陆裕勋就是这样的人质，袁世凯听他要走，就派人跟踪，到汉口就把他毒死了。

袁世凯派他的亲家翁假道广西攻滇，陆荣廷叫他多带枪，少带兵，沿途招募。这样的军队能有什么战斗力？这是一计。随后袁世凯又叫他派兵协助，他又派他儿子陆裕光带队前往，预伏内线。这又是一计。袁世凯不以为欺，又命他带兵攻打贵州，他便提出提供军械军饷的条件，又把袁世凯骗了一把。他一面忽悠袁世凯，一面关注着滇南局势。他不愿过早地暴露，而与粤军单打独斗，而要利用护国军消耗粤军的力量，然后他再出手，摘取胜利的果实。当梁启超来到南宁的时候，他向梁启超说他的将领还有顾虑的话，一方面是为广西迟迟未发作掩护，一方面也想利用梁启超的威望激励将领们，做一次临战动员。

龙觐光一路西进，到达百色安下大营，便调兵遣将：以第一路军司令李文富为左翼，率军二千进攻剥隘；以第二路军司令黄恩锡为右翼，率军二千进攻广南；以张耀山、吕春绾各率千人为两路后援；另以朱朝英率千人北趋隆林，阻断黔省援军后路。龙的家乡就是云南蒙自，老大觐光、老三济光在广州为官，老二裕光仍在家乡经营，有很大的势力。此时，龙觐光又派他的儿子龙运乾潜回老家，组织武装，策应龙军的正面进攻。

这时，奉命南征的护国军已达云南边境。李烈钧即命张开儒和方声涛两梯团在富宁至广南一线展开，阻击来犯之敌。因王文华率领的滇黔联军正与袁军第一路军在湘西激战，护国军便以第三军黄毓成第三梯团组成挺进军支援湘西。此时，便应李烈钧所请，唐继尧命黄毓成改途南进，直趋龙军大本营百色。同时，唐又命已前出贵州作战的赵钟奇第一梯团折向广西隆林，从侧翼进攻龙军。

3月1日，龙军左右两翼同时发起进攻。左翼李文富军首先向滇桂边界城镇剥隘进攻，激战两日而下。护国军退守皈朝。不日，护国军张开儒亲率主力驰赴皈朝，构筑阵地，据险扼守。李文富继又猛攻皈朝，护国军英勇抗敌，鏖战七昼夜，僵持不下。与此同时，龙军右翼黄恩锡军从西林进入云南，向广南县城进攻。龙潭镇为西林至广南咽喉要地，龙军先手占领，继续向广南发展进攻。李烈钧命方声涛梯团迅速由广南前出，在龙潭之南与敌遭遇，激战数日，终将敌击退。

在皈朝和龙潭两地双方厮杀难解难分之中，赵钟奇率第一梯团取道贵州直插百色而来，占据百色与剥隘之间的阳圩，切断了李文富军的后路。张开儒军趁机大举反攻。李文富军不支，且战且退，一直退回剥隘，凭险据守，要求后援。其不知，龙军张耀山和昌春绾两支后援部队军心已变，遭遇赵钟奇军，不战而退，回广东老家而去。李文富坚守剥隘三日，不见援兵，正在焦急之时，忽报陆裕光率部赶来，心中大喜，即命开门迎接。陆裕光率队直入李文富司令部大院，层层包围，然后叫李文富出面说话。李文富出来，一见陆裕光便说："裕光，你不是来增援我的吗？怎么……"

"哈哈！"陆裕光大笑了一声，才说，"李司令，广西已张起反袁大旗，宣布独立了。家父要我告诉你，如果你缴械投降，可以带领你的部下安全回家，你以为如何？"

李文富闻言，惊呆了，半天不能言语。陆裕光又说："你若拒绝投降，只有死路一条，现在一千多兄弟的性命都在你的手上，请你快作决定！"

李文富这才说："我投降。你让我的部队吃个午饭再走吧。"

"一言为定。"陆裕光说，"那就快收拢你的部队，我要叫护国军进城了。"

3月15日，陆荣廷在柳州行营宣布独立，自任广西省都督，兼两广护国军总司令，任梁启超为总参谋。广西独立的消息立时传遍战场各地，护国军士气大振。方声涛奋起反攻，一举攻取龙潭。随后，方声涛、张开儒两军会同陆裕光三支部队一齐向东挺进，而陆荣廷派来的马济旅已在百色以东布防，从而对百色形成合围之势。

局势突变，龙觐光在百色困坐愁城。这时龙运乾从蒙自一路逃窜，来到百色。他在家乡拉起了两千人的武装，结果被护国军消灭殆尽。父子相见，未言泪下。老龙说："可恨陆亲家背我，竟然来这一手！"小龙说："你可曾向三叔发电求援？"老龙说："我已连发了三个电报，可是片言只字俱无。你想呀，千里遥远，即使你三叔有兵可派，也是远水解不了近渴呀。百色营中，只有千把人，眼见得保守不住，万没想到，我们父子就要死在这里了！"小龙说："我不信，老丈人再狠，还能要我们的命？"

"对呀，你快给你媳妇打电报。"这一提醒，龙运乾便向广州的妻子发了电报，叫他妻子恳求丈母娘劝说老丈人，放他父子俩一条生路。第二天，来了回讯，说已向陆荣廷求情，当有佳音，叔侄俩这才稍稍放下心来。

又过了两天，闻报陆裕光来见，大小二龙好生喜欢，奔出大门迎接。寒暄过后，陆裕光说："护国军已把百色围了个水泄不通，因家父所请，他们才没有进攻。"龙觐光急忙说："谢谢亲家翁！"陆裕光说："家父的意思是，局势如此，无可挽回，欲使滇桂两军罢战，唯有请贵军缴械投降一法。""这……"龙觐光不说话了。可是龙运乾却叫嚷起来："叫我们缴械投降，脸面何在？"陆裕光说："这是两军对阵，你还说什么脸面不脸面？你们若不投降，就等着护国军进攻吧。"龙觐光这才说："只是兵荒马乱，没有武器，实难防身，恳留卫队驳克枪二百支如何？"陆裕光说："此事未闻家父吩咐，难于遵命。不过我敢担保，安全没有问题。"龙觐光不敢讨价还价，当下召集部队，缴出全部枪械弹药和现洋二十万元，由陆裕光派人一一造册点收。

当天，龙觐光领残兵败将回广东而去。护国军进驻百色。

看了广西宣布独立的电报，袁世凯一下子气昏过去。前些日子，前线捷报频传，曹锟把蔡锷逐出四川，龙觐光进入滇南，陆荣廷出兵贵州，袁世凯好不乐意。最可喜的是，冯国璋发了通电，赞成帝制。帝制派的人物又催他登基，他虽说不急，但心里已想择日称帝了。

广西的独立再次打破了他的好梦，随后坏消息纷至沓来：龙觐光在百色投降，攻滇粤军全军覆没；李烈钧继续东进，剑指广东；桂军谭浩明师从柳州北进，欲图湖南；蔡锷大举反攻，接二连三攻下安江、南川、绐溪、彭水、綦江等地。

还有驻各国公使的电文，其中驻日公使陆宗舆来电称：日首相大隈与内阁大臣及元老借宫宴之便开御前会议，专为讨论对华问题，认为时机已至，日本应派兵进驻中国各地，以确保中亚之和平。

袁世凯还收到许多主张撤销帝制的电函。仍滞留海外的康有为来电，抬头称他"慰庭总统老弟"，所谏三策：一是禅让权位，遁迹海外，啸歌伦敦，漫游欧美，为旷古之高蹈，保身之至计；二是大布明令，维持共和，引咎罪己，立除帝制，或可保身救亡，是为中策；三是仍逆天下之民心，拒列强之责言，忘誓背信，固行帝制,王莽之渐台,董卓之郿坞,为公末路,是为下策。并说:"公之安危,在于今日,及今为之,犹可及也,过是欲为之,亦不可得矣!"徐世昌又从天津来函,敦促撤销帝制,说:"及今尚可转圜,失此将无余地。"

但袁世凯仍不为所动,他急电冯国璋,请求共扶危局。他心想,冯国璋已通令拥护中央,只要他肯出兵平乱,局面就坏不到哪里去。正在这时,直隶将军朱家宝从天津带来一封电报,袁世凯看了,"唔"了两声,就昏了过去。

前几天,袁世凯派阮忠枢到南京,恳求冯国璋发一个拥护中央的电报,以正视听。阮忠枢衔命前去,凭他与冯国璋从小站练兵三十年来的交情,使尽了舌尖上的功夫,与冯国璋软磨了一天,而冯国璋也没答应。第二天,阮忠枢又来了,他又是"蘑菇"战术,一泡又是一天。第三天,冯国璋躲了起来,一躲就是三天。阮忠枢熬不住了,他灵机一动,干脆代冯国璋写了一封效忠电,发了出去。冯国璋从报纸上看到了他的"效忠"电,气得直跳脚。他找阮忠枢,撕开脸大骂。阮忠枢以嬉笑应对,耍起了死皮赖脸,就这样回北京交差了。

正在冯国璋越想越气的时候,广西独立的消息传到南京。冯国璋当机立断,叫秘书起草了一个"取消帝制,惩办祸首"的电文发往各省,争取列名。第二天,江西将军李纯、浙江将军朱瑞、山东将军靳云鹏、湖南将军汤芗铭分别回了电报。冯国璋觉得五省将军列名声势还不够大,于是又以五将军联名给各省将军发出一份密电,征求他们列名。如此,直隶将军朱家宝接到了这个密电。他便来北京向袁世凯告密讨赏,却没想到差一点把袁世凯气死。

袁世凯慢慢醒来,便问守候在旁的秘书长张国淦:"你看这帝制,是撤销好呢还是不撤?"

张国淦说:"依卑职看来,这要从三个方面考虑:外交、国事和舆论。"

"舆论? 狗屁!"袁世凯愤然说,"中国根本没有这个东西,只要有权,我说什么就是什么。至于外交,我有把握。我考虑的只有军事,就看胳膊根儿粗细了!"

"那你估计战局如何?"张国淦问。

"你说,西南打得过我吗?"袁世凯反问。

"总统,时局的重心怕不是在西南呀。"

"在哪里呢?"

"在东南。"

"你是说冯华甫?"

张国淦点头，说："他是总统几十年的老部下，您应该最了解他，那是一个吃人不露相的角儿。"

袁世凯使劲捻着胡须，心烦意乱地来回走动，许久才站到张国淦面前："你是不是说华甫左袒而左胜，右袒而右胜?"

张国淦淡然一笑，说："不怕他左袒，也不怕他右袒，就怕他不左不右啊。"

袁世凯听了，站在那里如钢浇铁铸一般，好久一动不动。

张国淦一走，袁世凯就把杨士琦找来。杨士琦坦言："当前大局困窘，除非采用和平方法，否则很难平息事态，而和平的先决条件，必先取消帝制。"

袁世凯说："我愿意取消帝制，回归总统。可是，倘若他们得寸进尺，又要我退位，不是依然不能保全吗?"

"先尽其在我。如果护国军迫人太甚，则我直彼曲，就会激起军队将士同仇敌忾，到那时候则可以一战了。"

袁世凯完全接受了杨士琦"退皇帝，保总统"的意见，说："那么，我这个皇帝是参政院推戴的，解铃还须系铃人嘛。所以我想，是否召集参政院开会，我请辞帝位，由他们决议回任总统。"

袁世凯提出的，确是个好主意，既不失丢掉皇位的颜面，又使他再当总统赋予合法地位。可是杨士琦听了，却摇头说："这个办法当然好，只是参政院的会，不知何时才能召集起来，又不知议到何时，决到何时呢。而取消帝制，若再迁延，则不利。"杨士琦还有半截话没说，就是：取消帝制还好通过，而要袁世凯再回任总统就难了。

"奈何? 奈何?"袁世凯摇头叹气。

杨士琦说："此事因帝制而起，还应请反对帝制的人来挽回局面。但不知，总统是否能降尊屈驾?"

"咳!"袁世凯说，"还说什么'尊'什么'驾'哟，有办法就好。"

第二天，袁世凯把徐世昌从天津请来，请他再度出山。徐世昌推三阻四，袁世凯一再哀恳，他才答应下来。

徐世昌自帝制酝酿以来，就置身事外，坐看风生水起。他就等着以"局外人"的资格，施转圜之术，操纵政局。云南独立，徐世昌不禁喜形于色，他对杨士琦说："快失败了，快失败了!"杨士琦对人说："数月以来，仅见此老破颜一笑。"

当袁世凯把他请来的时候，他心中想的是力挽危局，舍我其谁？他的推三阻四，不过是为抬高身价，让袁世凯更加听他摆布而已。

徐世昌对袁世凯说："此事关系太大，须约芝泉来，才有力量。"袁世凯点头赞成。徐世昌又说："黄陂是副总统，而且他在南边有些威望，再请他来，一个篱笆三个桩，事或有成呀。"袁世凯又连声说好。

随后，袁世凯亲笔写了密函，派人请徐世昌、段祺瑞和黎元洪三人来公府紧急会议。送信人还带了袁世凯的口信说："请看多年的老交情，务必发驾。"尽管如此，徐世昌知道，袁世凯一封信是请不来的。于是他又亲到段、黎两府，说明袁世凯已诚心取消帝制等情，两人才同意与会了。

3月21日上午，紧急会议在居仁堂召开。与会人员除徐世昌、段祺瑞、黎元洪三人外，还有杨士奇、梁士诒、朱启钤、张镇芳等人。安徽将军倪嗣冲应袁世凯电召，也来京参加会议。

这是一次为帝制送终的会议，情景很像清朝末年召开御前会议商讨退位问题一样。参加会议的人都不肯发言，袁世凯只得开口，他先说了一通"洹上秋水，无时挂怀"的酸话，表示他无心问世，更无帝王之心，然后才转入正题，说："如今，滇、黔、桂三省独立，反对帝制，置国家以乱局。我不忍生民涂炭，决心取消帝制，以和平方式解决。如此一来，他们目的已达，如果仍然不肯罢兵，那就是诚心作乱，我们只好再用兵了。"

徐世昌、段祺瑞接着发言，表示赞成，并强调除此之外别无他法。可是倪嗣冲却激烈地表示反对，怒气冲冲地说："乱民乱党，何足道哉！示人以弱，千万试不得。万一乱党得寸进尺，岂非永无宁日！臣愿身先士卒，带兵前往西南，为圣主效力！"众人闻言，又好气又好笑，但都不愿与他再费唇舌。因此他的发言没有人应，一时冷场。袁世凯说："丹忱，你看看。"说着就把朱家宝告密的五将军电报给倪嗣冲看。倪嗣冲看过，就像泄了气的皮球一样，颓然坐下了。

接着，会议一项项研究各事，决定了以下各点：一、撤销承认帝位案，取消洪宪年号；二、召开代行立法院临时会议，以便取得取消帝制的法律根据；三、解除陆征祥的国务卿职务，回任外交总长由徐世昌出任；四、任命段祺瑞为参谋总长，以代久未到职的冯国璋；五、请黎元洪、徐世昌、段祺瑞三人联名电劝护国军停战议和，如得同意，就任命蔡锷为陆军总长、载戡为内务总长、张謇为农商总长、汤化龙为教育总长、梁启超为司法总长、熊希龄为财务总长。

上午的会一结束，袁世凯就把张一麐找来，说："我真糊涂，没有听你的话，以至于此。今欲下撤销帝制令，非你起草不可。"一边说一边把王式通所拟的草稿给他看，遂又说，"我觉得应该直截了当地下令取消帝制，并将推戴书焚毁。"张一麐见袁世凯难过的样子，乃说："这全是总统受小人的蒙蔽。"袁世凯立刻说："全是我自己不好，不能怪他人呀。"

下午续会，撤销帝制令又经徐世昌、阮忠枢润色，交袁世凯敲定。袁世凯接过来，手也软了，眼也花了，有气无力地读完，颤抖着签上自己的名字，交给徐世昌。会议就散了。

第二天，3月22日。袁世凯向全国发出取消帝制令，宣布废止洪宪年号，仍称中华民国五年。

袁世凯自接受帝位到取消帝制令发布之日，总共83天。有诗讽喻其事：

龙飞河北据幽燕，八十三天大宝传。

一代兴亡存故事，史家纪日代编年。

第四十九回

总统变皇帝，梦醒才知天未眠
皇帝变总统，恋栈终上黄泉路

3月25日，参政院一致通过了撤销承认帝制案，这是从法律上取消了帝制。袁世凯立即以黎元洪、徐世昌、段祺瑞三人的名义向陆荣廷、梁启超、蔡锷、唐继尧等人发出一电，说："帝制取消，公等目的已达，务望先戢干戈，共图善后。"他盼望他能得到护国军的谅解。可是，这份电报刚刚发出，唐绍仪就从上海发来一电，抬头称袁世凯为"先生"，文中又称"执事"，说："近阅报，悉撤销承认帝制之令而仍居总统之职。在执事之意，以为自是可敷衍了事，而在天下人视之，咸以为廉耻道丧，为自来中外历史所无。试就情理窥测，今举国果有一笃信执事复能实践前誓，而实心拥护共和者乎？今兹之变，至吾同胞自相残杀，但此次义举，断非武力所能解决。为执事劲敌者，盖在举国之人心，人心一去，万牛莫挽。兹陈唯一良策，则只有请执事以毅力自退。"

袁世凯取消了帝制，却不料先是他这位老朋友劈面给了他一个耳光。他这才感到事态严重，即请梁士诒劝说梁启超，复又请徐世昌说服张謇。过了几天，梁、蔡、陆、唐诸人都来了电报，竟无一人原谅他。蔡锷复电称："凛已往之玄黄乍变，虑来日之翻云覆雨，已失之人心难复，既堕之威信难挽。"劝他洁身引退。梁启超给梁士诒的回电责备袁世凯"须知国人所痛心疾首者，正以其专操政术以侮弄万众，失信于天下既久，一纸空文徒增恶感耳"。张謇给徐世昌的来信也要袁世凯下台，其中说："今为国计，为民计，为洹上（袁世凯）计，惟有以真悔救已失之信，以大勇留未泯之威，急流勇退，方上不失为日月更食之君子，次不失为与时屈伸之英雄。"

袁世凯把徐世昌叫来，抱怨说："他们果然得寸进尺，跐着鼻子上脸，真是岂有此理？"

"意料之中耳。"徐世昌说，"但还好，我看各省的复电，除滇、黔、桂三省之外，都没有反对你回任总统吧。而且，四川已经停战，这不是好兆头吗？"

袁世凯说："帝制一取消，滇桂叛军就加速东进，已入粤境，可是四川那边，蔡锷与二庵（陈宧的字）却停战了，让人费解呀。"

"还另有内情吗？"

"你知道，蔡锷与二庵交好，所以我担心蔡锷要不战而取四川。"

徐世昌摇头说："你对二庵不薄，看他走时那个忠心的样子，怎能轻易背主呢？"

帝制运动初起时，袁世凯认为必须先收服四川，再以四川控制云南和贵州。他东挑西选，终于找到一位栋梁，就是陈宧。他就派陈宧会办四川军务，并抽调北洋军三个旅随他入川。陈宧辞行时，竟然磕头碰地，并用嘴吻了袁世凯的脚。袁世凯又叫袁克定与陈宧换帖拜了把兄弟。

听徐世昌如此说，袁世凯就说："那就听凭二庵与蔡锷周旋吧。不过呢，我们与护国军议和，该提个条件了，以为遵循。就是四川那边，也不许二庵失了准绳，随意让步。二哥你说是不？"

徐世昌点头同意，二人便悉心商议，拟出六项条款：（一）滇、黔、桂三省取消独立；（二）三省治安由三省长官负责维持；（三）三省新兵一律解散；（四）三省派往战地的兵士一律撤回；（五）三省自即日起，不准与官兵交战；（六）三省各派代表一人来京筹商善后。

徐世昌拿这六条征求黎元洪的意见，黎元洪拒绝过问。又拿给段祺瑞看，段祺瑞一看，这哪里是议和条件，而简直是下的投降书，就不表示意见。袁世凯不管这些，就以黎、徐、段三人的名义发出去了。

袁克定突然走进来报告："爹，出大事了！新浴轮行至温州海面，，被撞翻沉没了。"

前几天，广州告急，袁世凯便命上海第十师南渡援粤。听得如此噩耗，袁世凯的头发都炸了起来，上千名官兵啊，就葬身海底了！袁世凯顿脚大哭。

然后，两人就商谈再派兵援粤。正在为难之时，广州又来了电报，说广州四面楚歌，岌岌可危，只有韬光晦迹，才能保全。袁世凯看了一遍，又是跺脚，踯躅不止。他走到桌案上，提笔写了"独立拥护中央"六字，交给袁克定说："发密电吧。"

袁克定看了，生气道："封疆大吏，守土有责，他龙济光贪生怕死，爹又何惜他一条狗命！"

"要是不同意他们假独立，他们就真独立了，我何惜他一条小命？我要广东省啊！"袁世凯喘着粗气，直摇手催他快去。

广东是革命的发源地。自帝制以来，孙中山就派大批干部潜入广东发动起义，各地风云景从，有陈炯明军、林虎军、朱执信军、魏邦平军、邓铿军、何海鸣军、李耀汉军等等，另外还有康有为的弟子徐勤拉起的一支队伍，真是遍地皆兵，广州已成为一座孤城。桂军和滇军又同时东进，局势更是雪上加霜。所以袁世凯叫龙济光假独立。

陆荣廷早就欲占两广，做"南天王"。现今龙济光已成瓮中之鳖，但陆荣廷却不想用兵，而是想逼迫他归顺护国军。陆荣廷在肇庆安下司令部，就与梁启超联名致电龙济光和巡按使张鸣岐，敦促他倒戈反正。龙济光没有答复，陆、梁又檄告广东军民，号召他们弃暗投明。4月4日，下碇广州的宝璧、江大两兵舰起义，投入魏邦平军。魏邦平即率领舰队溯江而上驶近城区，预备攻城。龙济光这才慌了手脚，和张鸣岐召开紧急会议。议来议去，决定假独立。于是一边向北京请示，一边派蔡乃煌到肇庆去谈条件。

蔡乃煌来到肇庆，接见他的不只陆荣廷、梁启超、李根源三人，还有岑春煊。蔡乃煌一见岑春煊，立时惊出了一身冷汗。原来，"丁未政潮"那年，慈禧太后所见的那张岑春煊与康有为、梁启超的合影照片就是时任上海道的他的"杰作"，从而帮助袁世凯把岑春煊彻底打垮。蔡乃煌万没想到，在这里竟与岑、梁两人见面，怎不惊恐万分？会谈中，蔡乃煌提出了三项条件：一、保全省城官员生命财产及现有地位；二、两军互不相攻，护国军不得进入广州；三、请接济大宗军火。陆荣廷要求广东独立后出师北伐，蔡乃煌也满口答应。就这样达成了协议。

蔡乃煌回到广州，袁世凯也来了复电。4月6日，龙济光、张鸣岐通电宣布广东省独立。

广东独立的电文，通篇没有一个反袁称帝的字眼，更不见出兵北伐的只言片语，又听说他已密电北京向袁请兵，时任广东护国军总司令的徐勤便飞电报告肇庆。岑春煊接到徐勤的报告，便命徐勤向广州发动进攻。

徐勤调动各路护国军兴师问罪，立迫龙济光走人。龙济光即派顾问谭学衡和警察厅厅长王广龄来见徐勤。谭学衡说广东独立，出于至诚，又说出兵北伐的种种困难。王广龄接上说："广东既已独立，我们即是一家，就不能兴阋墙之祸，有什么意见不合，不妨开会磋商，何必闹些误会？再说，龙都督本不是恋栈之马，要他退职亦非做不到的事，先生既与他和好于前，又何必不给他个下台的面子呢？"两人一番花言巧语，就把徐勤说软了，于是答应停止进攻。

二人回广州复命，龙济光又派人赴肇庆，提议召开广东各界代表会议，请陆、梁莅临，议决重大事项。会议地点，初时龙济光主张在广州，岑春煊主张在香港租界，最后双方议定在海珠开会。海珠在广州城南三十里，梁启超仍嫌会议地点距广州太近，恐怕龙济光包藏祸心，于是决定改由汤觉顿代表陆荣廷，徐勤代表梁启超出席会议。

会议于下午两点举行。汤觉顿和徐勤进入会场时，发现周围军警林立，不免心头一紧，不及多想，阔步而入。王广龄主持会议，他先介绍汤、徐二人与各界代表见面，然后致辞。王广龄讲完，汤觉顿说："兄弟奉陆、梁二公之命，特来此地，联络感情，寻求桂粤合作。"徐勤接着发言："兄弟来此，只为联谊，不问艰险，座中诸公，想亦见谅。弟于昨日已通电各路护国军即行停战，共决和平，在座绅商统领，均志存公益，如有宏谋伟论，幸即赐教。"语未已，龙济光的代表贺文彪说："两方既和平解决，护国军当然取消，应当编入我警卫军内，请徐君转达护国军，速即照行。"徐勤尚未开口，警卫军统领颜启汉又道："贺代表所说，很是正当，就请徐君入室修函吧！"说着，就伸开大手拉扯徐勤。徐勤不从，相持不下，有人向徐勤起哄，有人抗议颜启汉无礼，会场一时大乱。正在这时候，有一人报告：龙将军请汤将军和徐将军到公署议事。这时的徐勤想起关云长单刀赴会的故事，向汤觉顿使了个眼色，说："咱们走！"随即两人各架着王广龄的一只手向外走去。刚出会议厅门口，枪声大起，弹如雨下，三人立时倒地。来开会的人丧魂落魄，四散逃命。徐勤并没有中枪，而是假倒，那些逃命的人从他身上踏过，他也一动未动。他瞅着会场已空无一人，才从血泊中爬起来，扫了一眼汤觉顿和王广龄的尸体，躲入一个房间。眼望四壁，挂着警服数件。他脱下血衣，换上警服，走了出去。由于他穿着警服，一路无人盘问，一直走到江边。幸好找到一条小船，便顺流而下，逃往香港。

蔡乃煌自从见了岑春煊，便担心东窗事发，他必死无疑。他本就反对广东独立，因而决定把事情搅黄，便请梁士诒帮他行"鸿门宴"之计。梁士诒向龙济光发来密电，并汇款二十万元，龙济光便以为这是袁世凯授意的，又找蔡乃煌商量，蔡自然一力赞成。

徐勤逃往香港，旋转肇庆，报告一切。陆荣廷大怒，急电广州问罪。由于徐勤脱险，事情完全暴露，龙济光急亡派张鸣岐赶往肇庆说情。张鸣岐诳言海珠事件完全是蔡乃煌和颜启汉二人所为，蔡是主谋，颜是凶手，而龙济光全不知情。而岑、陆两人也竟相信，双方议定了三款解决方案：（一）查办海珠祸首；（二）请陆荣廷、梁启超维持粤局；（三）陆、梁电饬广东省内各路护国军暂停进攻，静待解决。

事后，陆荣廷即电达各路护匡军停止进攻，而龙济光却把颜启汉放走，更不再提请陆、梁维持粤局之事。他是一个"拖"字诀，以待大局变化。

见龙济光毫无诚意，陆荣廷和梁启超乃联袂通电龙济光及广东军界全体将士，宣示护国军东进。随即，莫荣新率军五千进抵三水，直逼广州。龙济光这才着了忙，偕张鸣岐亲赴肇庆寻求妥协。双方又达成五项协议：（一）广东独立后仍由龙济光为都督；（二）肇庆设立两广都司令部，举岑春煊为都司令；（三）惩处蔡乃煌，死刑；（四）从速北伐；（五）划定防区以马口为界，西南以上归岑军防守，西南以下归龙军防守。

这样的协议，又放了龙济光一马。恶狼当道，陆、梁何为东郭先生？在陆来说，固然有与龙济光的关系的缘故，而在梁来说，却是别有用心。他担心除去了龙济光，广东就有可能落入孙中山之手，因而他宁可容忍龙济光假独立，借以制约国民党的势力。

蔡乃煌临刑前，大骂"龙羔子"不止，直到中枪倒毙。

继广东独立后，浙江又宣布独立，而山东、四川、山西、湖南数省又乱象层生。徐世昌在焦急不安之中，终于等来了护国军的答复，也是六项：（一）袁退位后免其一死，但须逐出国外；（二）诛帝制祸首杨度等十三人以谢天下；（三）大典筹备费及用兵费六千万，应查抄袁及帝制祸首十三人的财产赔偿之；（四）袁子孙三世应剥夺公民权；（五）依照民元"约法"，推举黎副总统继任大总统；（六）除国务员外，文武官吏均照旧供职。

"恶狗，恶狗！"袁世凯破口大骂起来。徐世昌也骂了一句好听的。这样发泄了一阵，才想到他们虽然瞒天喊价，但毕竟愿意谈判了，又想来想去，也只有找冯国璋居中斡旋。于是，袁世凯委托冯国璋以全权与护国军谈判。

冯国璋发来电报，称："（袁）威信既隳，人心已散，纵挟万钧之力，难为驷马之追，保存地位，良非易事。若察时度理，毋宁敝屣尊荣，亟筹自全之策，庶几令闻可复，危险无虞。"次日又来一电，称："文告既无从感格，武力尤不易挽回，杞人之忧，又不仅在一隅而在全国矣。为今之计，唯有吁恳大总统念付托之重，以补救为先，推让治权。"两封来电公然要袁世凯退位。

冯国璋接连两电，袁世凯不能不复，他忍着气说了许多好话，请冯国璋详细指陈办法。

冯电一发，北洋将领桴鼓相应，纷纷劝退。袁世凯最怕看这类电报，他的亲信的电报比南方乱党的电报更可怕。就在这惶惶不可终日地等待中，冯国璋和张勋联名提出解决时局的八条方案。其中第一条是总统去留问题，说："袁大总统以清室付托组织共和政府，统治民国，授令之际，本极分明。现因帝制发生，起一波折，近虽取消帝制，而论者皆谓民国中断，大总统原有地位业已消灭，绝难再行承认，言之亦自成理。"如此，中国目前成为一个"无政府、无法律之国"。那么怎么办呢？来电说："不如根据清室交付原案，承认袁大总统，暂负维持责任，以顾大局。一面迅筹国会，是故未来之大总统可以依法产生，组织政府，皆得次弟建设。"

这真是奇文，非驴非马。原来，冯国璋有了问鼎之心，他想利用护国军推翻袁世凯的总统地位，再以北洋军压迫护国军，使之屈服。于此，他便心生一条浑水摸鱼的诡计，想仿照辛亥革命孙中山组织临时政府的办法，邀请各省代表来南京开会，借此达成北洋领袖的地位。如此一来，他以东道主和盟主的资格，被推为临时总统则是大有可能的。抱着这样的奢望，他亲赴徐州去见张勋。可张勋却另有算计，他一心想复辟，推戴逊清宣统皇帝，在时机尚未成熟以前，他宁愿以维持袁世凯的总统地位来过渡，因此不赞成冯国璋的做法。冯国璋知道，如果得不到张勋的合作，则无法把南北重心移来江南，他就不能握时局之枢纽，因而只好接受张勋的意见，杂糅在一起而成这样的"八条"方案。

方案以所谓"清室付托"立论，张勋则可移花接木，因为逊清的命令既然有效，则废帝的帝位也随时可以复活。而冯国璋则是明修栈道，暗度陈仓，让袁世凯"合法"地维持总统之位，然后由他"合法"地取而代之。袁世凯也看透了冯、张两人的鬼把戏，但他毕竟可以暂时保留总统的地位，有了喘息之机，以后就总有与这两个狼羔子算账的时候。

袁世凯立即把徐世昌和段祺瑞找来，请两人在方案上签了字，然后派人请黎元洪签字。这个方案，冯、张与袁三人各有所取，唯有把黎元洪排除在外。黎元洪看了，冷笑一声："华甫要做总统罢了，何必这样兜圈子？"次日，段祺瑞又派徐树铮来，温言之后，又以冷语威胁，黎元洪仍不为所屈，严词拒绝。

徐世昌上任盈月，切望"转圜"成功，却是处处碰壁，遂找袁世凯辞职。袁世凯急道："二哥，你不会撇下我不管吧？咱俩结交三十年，我每处逆境，都有二哥挺身担当，不知今日为何……"袁世凯哽咽着，说不下去了。

徐世昌满脸戚容，良久不答。袁世凯又说："二哥，你是否也认为解决时局，只有我退位一条路了？"

"非也，非也。"徐世昌赶忙否认，说，"我实为弟着想，当今局面，你请芝泉吧！"他说。

袁世凯明白了，徐世昌已经力不从心，时局之"牛耳"已握在段祺瑞手里。"用芝泉？"袁世凯担忧地说，"你知道，他和我闹了两年的别扭了。"

"芝泉毕竟是自己人，你不必多疑。"徐世昌不再多言，告辞而去。

徐世昌辞职，袁世凯任命段祺瑞为国务卿，组成新的内阁，段又兼陆军总长。但段祺瑞仍不满意，他要求变更政事堂而成为真正的责任内阁。袁世凯表面上完全接受，可是只开出一张空口支票，迟迟并不实行。段祺瑞急了，宣称：如果没有实权，他就不干。袁世凯这才被迫下令，废除政事堂，恢复国务院。

第一步目的达到，段祺瑞又要求撤销大元帅统率办事处。袁在这个呈文上批了一句："君能每日到部办公乎？"予以拒绝。段祺瑞又请求让陆军部接收模范团和拱卫军，袁世凯干脆来个不予理睬。

两年前，袁世凯成立大元帅统率办事处，从而剥夺了段祺瑞的兵权。段祺瑞就是从这里倒下去的。他现在站了起来，就要与袁世凯算总账，把他吃的亏都找回来。要求撤销统率办事处碰了钉子，他又要求任徐树铮为国务院秘书长，托张国淦去说话。张国淦一说，袁世凯的脸色就沉了下来，恨声说："真是笑话，军人总理，军人秘书长，这里是东洋刀，那里也是东洋刀。"袁世凯自管生气，但他知道当前不是闹气的时候，所以又转弯说，"你去告诉芝泉，徐树铮是军事人才，就叫他再任陆军次长吧。"张国淦见了段祺瑞，瞒下了袁世凯说的那些难听的话，只说让徐树铮做陆军次长。话还未完，就见段祺瑞猛地把桌子一拍，衔在嘴中的烟斗也使劲甩在地板上，厉声说："怎么，到了今天，还是一点都不肯放手吗！"

袁世凯知道了，不得已采取折衷办法，改任徐树铮为副秘书长，秘书长仍是他指派的王式通。

当年，袁世凯仗着北洋军玩大清朝于股掌，直到逼迫皇帝让位。现在段祺瑞如法炮制，以其人之道还治其人之身。

梁启超认为，如果段祺瑞能够扮演辛亥革命时袁世凯逼清室退位的角色，那真是妙不可言，就致信说："今日之有公，犹辛亥之有项城。清室不让，虽项城不能解辛亥之危，项城不退，虽公不能挽今日之局。公之所处，功首罪魁，间不容发。语曰：当断不断，反受其乱。在公断之而已。"而段祺瑞经过一番思量，也真的作出了决定："西南军事和则和之，不可和则劝袁退位，以息兵争。"袁世凯后悔之极，却也无可奈何了。

5月8日，云南、贵州、广西、广东、浙江独立五省联合成立中华民国军务院，宣示中外。军务院的章程为梁启超一手拟制，其组成也是在他的主导下完成的。军务院遥尊黎元洪为总统，置抚军若干人，为岑春煊、唐继尧、刘显世、陆荣廷、龙济光、梁启超、蔡锷、李烈钧、陈炳焜，推选唐继尧为抚军长，岑春煊为副抚军长。军务院置政务委员会，由梁启超出任委员长，分掌外交、财政、军政、法制各项政务。军务院机关暂设于肇庆。

南方又成立了一个政府，特别是他的老对头岑春煊赫然在位，使袁世凯极为不安。随后又来了两封电报：陈树藩在陕北起兵造反，把陆建章赶出西安，宣布陕西独立；居正率领的中华革命军占据鲁东，又进攻济南，逼迫靳云鹏宣布独立，靳云鹏不敢拒绝，乃行缓兵之计，来电敦促袁世凯退位。

袁世凯十分焦急，就找段祺瑞商议。段祺瑞忸怩了一阵子，拿出一个封套来，说是根据四川陈宦的建议商量的。袁世凯拆开来看，是优待他退位的六条办法：（一）往事不追究；（二）公民权不褫夺；（三）私产不没收；（四）居住自由；（五）全国人民予以应有的尊敬；（六）岁费十万元。袁世凯看了，装作不在意的样子说："好，很好！我退位不成问题，你们哪一天商定了善后办法，我就哪一天搬到颐和园去休养。"

袁世凯计无所出。他想再求助徐世昌，可徐已回河南老家了。他才又想到杨士琦，派人去请。杨士琦托病不来，他又叫袁克定再请。袁克定见了杨士琦，好说歹说，杨士琦仍不愿行，便写了"南京会议"四字，一边写着，扑簌簌的泪珠落在纸上。

自从取消帝制后，杨士琦终日自悔。他送给袁世凯"南京会议"四字，本是劝他体面地退位。但袁世凯看了，连称锦囊妙计。原来他另有眼光，从中寻觅到终南捷径。袁世凯知道冯国璋、张勋、倪嗣冲三个人尿不到一个壶里去。倪嗣冲是自己人，张勋嘛，我派阮忠枢到徐州去一趟，给这头狮子挠挠痒，再给他一块肉吃。再就是冯国璋了，我要派人参加南京会议，看着他！这样盘算好了之后，袁世凯的脸上露出了笑容，心里说："冯国璋啊，你想趁火打劫，也弄个总统来当，可是你想学我那两下子，班门弄斧！我就看你榫头能对着卯眼了不？"

冯国璋确实正在愁眉不展。他和张勋的"八条"通电遭到各方反对。因为张勋名声太臭了，于是他作了某些修改，又以他个人名义发表出来。谁知竟是越描越黑，因而遭到更加猛烈的攻击，甚至有人骂他是"野心家""骗子""袁世凯第二"，就连北洋军人也对他反感了。这一来，冯国璋成了热锅上的蚂蚁。这时他接到袁世凯的来电，催他召开南京会议。他虽猜不透袁世凯的葫芦里卖的什么药，但也不再犹豫，就到蚌埠约了倪嗣冲，又一同赴徐州去见张勋。三人相见甚欢，就会议有关事项顺利达成一致。张勋热情招待，在徐州吃喝玩乐了两天，尽欢而散。

5月17日，除南方独立五省外，有十七省区的代表，陆续到达南京。另有中央特派员蒋雁行、海军司令饶怀文、国务院秘书长师文，分别代表袁世凯、军方、政府列席会议。这天，袁世凯又给冯国璋、张勋、倪嗣冲三人致电，语意诚恳地表示他"早存退志，决无贪恋权位之意"，而又说他不能"不妥筹善后而撒手即去，听国危亡"。并要求三人"随时与政府会商"。这言外之意，就是会议只有提议权，而决定权仍在他袁世凯的手上。

5月18日，正式开会。冯国璋主席，提出三项议程：一是总统去留，二是战和，三是国会。首先讨论总统去留问题，冯国璋先宣读了袁世凯的来电，赞扬袁世凯为国为民，甘愿退位的高风亮节，接着又动情地诉说他跟随袁世凯戎马一生，表达他的崇拜和忠诚，以掩饰他取袁而代的内心机密。然后，他才提请会议讨论。

山东代表丁世峄首先发言，指出袁世凯称帝，总统地位业已丧失，决无回任之理。湖南代表陈裔时接着发言，说如今祸乱之源乃因袁氏仍居总统地位，这个问题不解决，其他问题无从谈起。他主张本会应作出决定，敦促袁世凯退位。随后，各省代表发言，多表赞同。冯国璋心中甚喜，但他也注意到张勋的代表万绳杕、倪嗣冲的代表裴景福等少数人面带怒容，他便想等到晚上再做疏通，表决会更有把握，而急于表决，也过于暴露自己，反为不美。于是，他把会议转入下一个议题。

当天晚上，倪嗣冲带一营卫队突然来到南京。原来，裴景福趁休息时悄悄溜出了会场，向倪嗣冲拍发了密电。

第二天上午，冯国璋刚刚入座，忽听"嘭嘭"一阵马靴声响，倪嗣冲全副武装，带领几十名卫兵冲进了会场。他也不说话，拣了一张椅子，大模大样地坐下了。气氛一下子紧张起来，冯国璋向他打招呼，他也不理睬。不一会儿，代表到齐，倪嗣冲不等冯国璋宣布开会，就腾地站起来说："怎么着？昨天开会，有代表要大总统退位，还说解决这个问题是解决其他问题的关键，一派胡言乱语！大总统是名正言顺的大总统，没有任何理由退位，就像没有理由让太阳倒转一样。大总统是随便可以换的吗？我的意见仍拥戴项城为大总统！"

冯国璋脸色难看，他扫视众人，期待有人站出来反击。这时丁世峄站起来说："倪将军所言，鄙人不敢苟同。总统既然做了皇帝，总统地位即已丧失，虽然取消了帝制，也断无再回任总统之理。我认为，项城现在退位，是上合天意，下顺民情，于国于民于己都有好处。"

两人激烈争辩，倪嗣冲理屈词穷，便急了眼，厉声质问丁世峄："你代表谁？是靳（云鹏）将军派你来的吗？靳将军拥护中央，你不代表他的意见，莫非私通南军，来此捣乱的？"

丁世峄急了，说："你说我是南军派来的，有何证据？这是说理的地方，你怎的随意诬陷？"

冯国璋急忙劝解："各位代表，冷静，冷静！切莫伤了自家和气。"

接着湖南代表陈裔时、湖北代表冯煦、江西代表何恩溥等纷纷发言，批驳倪嗣冲。倪嗣冲气急败坏，恶狠狠地说："我只知有大总统，不知其他，谁要敢反对他，可别怪我枪口不认人！"

丁世峄冷笑了一声，凛然说："这里没有胆小鬼！难道你还想杀人不成？"

"我不杀人，我杀狗！"倪嗣冲竟然大骂起来。

"你们不要争了，也不要吵了！"万绳杕一声大喝，会场立时沉静下来。他说，"我来的时候，张将军对我说，南京会议什么话都可以讲，什么事都可以做，唯有大总统不能退位。这个会上，为这件事大家都已争得面红耳赤，事情议不能决，不如不议。所以我想，大敌当前，当务之急还是好好研究战和的问题吧。"

万绳栻亮出张勋的大名，冯国璋也暗暗叫苦，不敢强行表决。迟疑中，倪嗣冲大笑了两声，说："好啊！这战和问题嘛，能战才能言和。在下敢问诸位，各省能出多少兵，能出多少钱，大家都报一报数目。"他也不管冯国璋，就当家主事地叫各省报起数来。结果只有少数省份能出兵，却没有一个省愿意出钱。张勋虽然生气，却也无奈，垂头丧气了。

第三天，冯国璋开言首先声明，关于总统退位问题，本会无权表决，应召集国会来讨论决定。于是，会议转到召集国会的问题上。讨论起来，又众口纷纭，莫衷一是。

第四天，冯国璋把秘书厅所拟给各省的电稿提交会议讨论，又颇有争论。丁世峄乘间提出邀请独立五省派员参加会议的提案，得到赞同。随后，再议战和问题。倪嗣冲和万绳栻坚决主战，丁世峄坚决主和，又大起冲突。倪嗣冲把桌子拍得震天响，恶言秽语齐上，然后拂袖而去。继又议论召开国会的事，林长民主张缓开，丁世峄主张即开，又争论不休。冯国璋表态赞成林长民，丁世峄闻言大愤，亦拂袖而去。

5月22日，召开第五次会议，经过一再磋商，终于决定了丁世峄的提案，通电邀请独立五省代表来南京会议，以解决总统问题。

会议以冯国璋、张勋、倪嗣冲三人名义发表通电，邀请独立五省选派全权代表到南京会谈。不想张勋在徐州另发一电，把南京会议完全歪曲。关于总统问题，他说："多数皆以拥护中央，保存元首为宗旨，是退位问题，已属无可讨论。"关于战和问题，他说："冯上将军主张，欲求和平，非先以武力为准备不可，并以前敌自认，敌忾同仇，可钦可敬。"关于邀请独立五省代表来南京会谈的事，他威胁说："即使南方各省果派代表到宁与议，亦当一意坚持，（他们）必不见听，即以兵戎。"

冯国璋一见电报，气得破口大骂："流氓！无赖！真不是东西！"

冯国璋在南京愤怒而沮丧。而袁世凯在北京欣喜而气昂。他认为只要冯国璋成不了事，北洋内部无虞，于是就拟订了一个"征湘、定陕、固鲁"的计划，准备大动干戈了。

然而好景不长，陈宦宣布四川独立。袁世凯万没想到陈宦竟能背叛他，且那电文太无情，一看完就气晕过去。电文说："宦为川民请命，项城虚与委蛇，是项城先自绝于川，宦不能不代表川人，与项城告绝。自今日始，四川省与袁氏个人断绝关系，袁氏在任一日，其以政府名义处分川事者，川省皆视为无效。"

袁世凯醒来时，脸上红得像炭火一样，眼中不断地流淌着泪水，口中喃喃地说："人心大变！人心大变呀！"他把梁士诒召来，把陈电拿给他看，边说："二庵厚爱我若此，夫复何言？君为我电复，决意退位如何？"梁士诒没有则声，袁世凯就亲自动笔拟了电稿发出。

袁世凯忍受着屈辱，温和甚至哀怜地表示愿意退位。但当电稿发出后，他反复琢磨陈宦的电报，越想越气。于是他又发表一项申令，痛斥陈宦"与他个人断绝关系"的恶语，同时又下令将陈宦解职，任命川军师长周骏为重武将军，督理四川军务。

自从陈宦来电之后，袁世凯病情急剧恶化，请中医刘竺笙、萧龙友会诊，亦无效果。袁世凯从此再不能下楼，就在寝室处理公务。5月29日，湖南汤芗铭又宣布独立。汤芗铭和陈宦是他的两大宠臣，湖南的独立对他又是一个致命打击。病榻之上，他辗转反思，悔恨至极，摧残着他的躯体。他自觉来日无多，便叫袁克定快请徐世昌来京。

6月5日，徐世昌抵京，立即赶到居仁堂。袁世凯仰卧病榻，有气无力，喘得很厉害，颤声说："菊人，你来得好，来得好，我已是不中用了。"徐世昌望着袁世凯憔悴的面容，不禁老泪纵横，安慰说："总统不必焦心，好好养几天就会好的。"袁世凯摇摇头闭上了眼睛，一串泪珠从眼角流了下来。

前一天，总统府请法国公使馆医官卜西尔诊视病情，诊断确定为尿毒症，加以神经衰弱，肝火壅塞，断定已难挽救。他给他做了导尿手术，导出的都是血水。今天，袁世凯精神更为不济，卜西尔给他打了一剂强心针，神志才略为清醒。徐世昌正是这时候来到的。

袁世凯气喘了一会儿，又睁开眼睛，对徐世昌说："俺死后，家事全仗二哥维持。"徐世昌说："你我生死之交，胜似一娘同胞，兄弟托付，敢不效劳。"袁世凯遂对袁克定说："你们都来！"一会儿，袁氏兄弟到齐，袁世凯即让他们向徐世昌跪下，说道："你们事伯如事父，他说的就当我说的。"徐世昌急忙把他们一一扶起。袁世凯便挥手让他们退去，然后对徐世昌说："我一辈子，谋定而后动，虽经大风大浪，走的都是稳步。唯有恢复帝制这事，就像做梦一样，鬼使神差。这场大梦，我醒来得太晚了，后悔何及？后人，后人……"他想说不知后人如何评价他，但他说不下去了。

这时袁克定插语说："爹爹何必自责？不就是乱党捣乱的吗？他们毕竟翻不了天！"袁世凯说："这个事是我错了，你以后再不要上那几个人的当！"说完就叫袁克定把总统印交给徐世昌。徐世昌便问："今后，你看是谁呀？"袁世凯眨巴着眼睛，思索良久，才说："总统呀，就是黎宋卿了，我就是好了，也要回彰德去了。"徐世昌又问："是否立个遗嘱？"袁世凯听了，摇了摇头，闭上眼睛不再说话。

袁克定听了，如箭穿心，拉了徐世昌的手说："伯父，爹爹糊涂了，他怎能说是黎元洪呢？再说了，你看历代帝王，临终还有不立遗嘱的吗？所以，爹爹一定是糊涂了，你不要当真。"这时，袁世凯猛地伸出了手，但刚刚举起又无力地垂下了。徐世昌急忙呼唤，却是一动不动。他昏迷过去了。

徐世昌当夜就住在居仁堂，第二天一早，他就来了。袁世凯仍是昏迷不醒，大小便失禁，流出的都是血污。徐世昌掰开袁世凯的眼睛看了看，对袁克定说："你爹怕不行了，你赶快叫人来吧。"袁克定正要去，徐世昌又说："叫卜西尔医生来，打强心针。"

所来的是段祺瑞、王士珍、张镇芳三人。卜西尔给袁世凯打了一针，袁世凯渐渐清醒过来，睁开了眼睛。几个人都围上来，看着他，轻轻地呼唤着。徐世昌握住袁世凯的手，对着袁世凯的耳朵说："总统有什么要紧的话，就说吧。"袁世凯嘴唇哆嗦了一阵子，终于说出两个字来："约……法……"随后又陷入昏迷。

过了一会儿，袁世凯突然又说："他……害了……我。"随后就大口吐气，越来越弱，渐渐地停止了呼吸。

家人急忙给他换衣，可是因为他的身体已经浮肿，给他准备的衣裳已经穿不上了。有人想起来，说："衣库里还有一件龙袍，穿上一定合适。"于是叫人取来，众兄妹七手八脚，给他穿上了黄龙袍，戴上了平天冠。袁世凯称帝八十三天，既未登基，也未穿龙袍，没想到龙袍竟成了他的寿衣。袁克定看着这场景，想起父亲因称帝而引发内乱，因内乱而生病丧命，跪地大哭："爹爹，都是我害了你呀！"居仁堂里，立时哭声一片。

徐世昌领段祺瑞、王士珍、张镇芳来到另室，袁克定知道他们要谈"托孤"大事了，也机警地跟了过来。"总统大行，国之不幸。"徐世昌说着就掉下泪来，哽咽着说，"国不可一日无主，请大家发言，速定大计吧。"

大家谁都不肯先说，让了一阵子，还是请徐世昌发表意见。在这微妙时刻，历史的枢轴握在徐世昌的手中。他开言说："总统走得急促，问及后继之人，只说出'约法'二字来。如依照'约法'，应由副总统继位。"

刚说到这里，袁克定提醒说："金匮石屋。"

"噢！"徐世昌醒悟似的说，"是呀，那就赶快派人去取吧。"

按照规定，金匮石屋备有三把钥匙，由总统、参政院长、国务卿各执其一，三人共同才能打开。此时也顾不了那么多了，便找了总统的钥匙，打开石屋，取出所藏的匣子来。徐世昌亲手打开，取出"嘉禾金简"。一看，总统候选人名单上写的是黎元洪、徐世昌、段祺瑞三个名字。

袁克定一见，如雷击顶，顿时傻了眼。他以为那名单上一定有他，却不料竟是如此。

原来，袁世凯在一个深夜里，拖着病体偷偷打开了石屋，把那总统候选人的名单换了下来。

徐世昌不管袁克定失魂落魄的样子，说："你们都看了，总统所写的这个名单上，黎元洪也排在前面，继任者自然是他了。"说到关键处，他停下来看看众人，没有谁表态，然后又说，"这只是我个人的意见，究竟怎么办，还是取决于总理吧！"大家又不约而同地把眼光投向段祺瑞。段祺瑞则沉默不语，屋子里死一般沉静。

这样挨了一刻钟之久，徐世昌又说："最好是请黎副总统出山。他的声望对于南北统一等问题，做总统比较合适。"这是徐世昌首先的考虑。但还有一层，就是如果从北洋系中选人，无论选谁，都可能因互不服气而致内讧，甚至分裂。而让非北洋的黎元洪当总统，北洋派的人都要防他，反倒促使北洋派同心团结。但这一层，徐世昌是不便讲的。

又听徐世昌如此说，段祺瑞才表态："很好，我与菊人的意见一致。"王士珍和张镇芳也随声附和。只有袁克定呆若木鸡。继位的大事就这样敲定了。

袁世凯的尸首停放在居仁堂的春藕斋，先通知各部总长及与袁世凯有特殊关系的人。不多时，就到了二十多人，举行了祭奠礼。礼毕，段祺瑞对张国淦说："走，咱们去看副总统。"

二人到了东厂胡同，张国淦先进入报告："总理来了！"黎元洪急忙跑出来把段祺瑞迎入客厅。但三人坐定后，谁也不发言，竟演起哑巴戏来。黎元洪已闻袁世凯死讯，但他未参加"托孤"会议，不知道继位内情，因而难于开口。而段祺瑞也不开口。他本就瞧不起黎元洪，但形势使然，还得捧出他来做这个总统，心里实在憋气。所以他想，你不先问我，难道还要我先向你道喜不成？张国淦见如此场面，更不敢冒说一句话。这场哑巴戏足足演了二十分钟，段祺瑞就起身向黎元洪半鞠躬告退，黎元洪也茫然地站起来送客。段祺瑞临走对张国淦说："你陪着副总统，这里有事，请你招呼。"张国淦这才抢着问："国务院方面的事呢？"段祺瑞答："有我。"说完转身而去。

袁世凯死后的这个晚上，北京城处在窒息之中。北洋将领齐集国务院，闹事的消息不胫而走。黎元洪非常不安，他叫张国淦打电话给国务院。那边说："总理没有工夫接电话。"黎元洪在电话旁催促说："你就说有要紧事。"张国淦又对那边说了，那边去请示段祺瑞，回来说："如果有要紧事，总理说请当面来谈谈。"黎元洪就说："你去，你去！你快点告诉他，我不做这个总统。"

张国淦赶赴国务院，直奔总理办公室。虽然是午夜，这里却是灯火通明，总理办公室里挤满了人，一片吵嚷之声。北洋将领们气势汹汹，一致反对黎元洪继位，要求段祺瑞收回成命，而举徐世昌或段祺瑞当总统。段祺瑞反复劝说他们，唇焦舌燥，嗓子都沙哑了。

这时，段祺瑞回头看见了张国淦，就撇开包围他的人，把张国淦拉到另一个屋子里。张国淦说："副总统要我过来问问这边的情形。"段祺瑞决绝而傲慢地说："我姓段的主张姓黎的干，我说了就不改变。不管有什么天大的事情，我姓段的一人来担当，与姓黎的不相干！"张国淦想多知道一些情况，还未及开口，只见段祺瑞一拳砸在桌子上，狠狠地说："他要管，就让他管！"段祺瑞说完这句话，扔下张国淦就走了。

张国淦向黎元洪报告，段祺瑞坚决支持他做总统。黎元洪仍不放心，对张国淦说："乾若，这情形不妙，我们姑且在沙发上躺一夜吧！"

天刚亮，黎元洪就催促张国淦到国务院探听情况。当张国淦到达国务院时，北洋将领已经散去，段祺瑞把拟好的黎元洪继任的电稿交给张国淦。然后，两人赶到总统府，交给徐世昌看了，当即发出。

电文以袁世凯生前遗嘱公之于世："不意感疾，浸至弥留。顾念国事至重，寄托必须得人，依'约法'第二十九条：大总统因故去职，或不能视事时，副总统代行其职权。本大总统遵照"约法"，宣告以副总统黎元洪代行中华民国大总统职权。副总统恭厚仁明，必能弘济时艰，奠安大局，以补本大总统之缺失，而慰全国人民之望。"

当天，就在黎元洪的私宅，举行了十分简短的总统就职典礼。

袁世凯的葬礼却极为隆重，大办了"三七"二十一天，遵照袁世凯生前意愿，葬于彰德洹上村。

袁世凯死前，武昌传来一则神话。5月1日大风，东乡招贤镇有龙坠入湖中，粗如巨臂，长达数丈，乌鳞紫甲，怒目强爪。第二天杳无所见，唯湖水呈深黑色。

袁世凯死后，张一麐在他办公桌的抽屉中发现了他自撰的挽联：

　　为日本去一大敌；

　　看中国再造共和。

袁世凯的上联是为签订中日条约辩护，他没有卖国来换取日本支持他称帝，而是极尽所能维护了中国主权。下联表示他已悟帝制之非，生前已矣，但相信他死后的中国定能重回共和。

有好事者对袁世凯称帝以至失败而死一幕丑剧戏作挽联：

　　病起六君子；

　　命送二陈汤。

"六君子"，即洪宪六君子，也就是筹安会的杨度、孙毓筠、严复、刘师培、李燮和、胡瑛六人。"二陈汤"指陈宦、陈树藩、汤芗铭三人。

帝制的罪魁祸首杨度也写了挽联：

　　民国误共和，共和误民国，千载而还再平是狱；

　　明公负君宪，君宪负明公，九泉之下三复斯言。

这位帝制祸首仍然执迷不悟。但其为文，构思奇巧，袁世凯若地下有知，还会称赞他是旷代逸才吧。

徐世昌指点迷津　段祺瑞收拾残局

6月6日，袁世凯病亡。第二天，陕西取消独立。第三天，四川取消独立。第四天，广东取消独立。接连三天，三省取消独立，段祺瑞喜不自胜，以为护国军就要分崩离析了。他立即向陕西和广东发电嘉勉，承认陈树藩和龙济光的督军地位，唯独对四川不理不睬。

陈宦接到黎元洪的策士蒋作宾、金永炎、哈汉章三人发来的密电，说现在大总统是湖北人，湖北人应该捧湖北人，如果四川能为西南各省倡导，对当前局势是有贡献的。这话很能打动陈宦，何况陈宦和黎元洪除同乡之外还有一段同事之谊，便是他此前担任参谋次长时，黎元洪则是挂名的参谋总长，二人相处甚洽。所以，他竟不与护国军协商，就擅自通电取消独立了。

陈宦这一着棋却错了。他讨好黎元洪，却不知他是个光杆总统，而大权独揽的段祺瑞对于他的印象却是坏透了。起因是陈宦当初在宣布独立的通电中亲笔加了"与袁氏个人断绝关系"一句话。陈宦当时卖弄聪明，认为和袁个人断绝关系并不是和北洋断绝关系。可是这句话在段祺瑞看来却是不可宽恕的。他认为凡是受过袁私恩的人，在公的立场上反对帝制则可，在私的方面叛袁则不可。段祺瑞以北洋领袖自居，他觉得昨天你可以和袁断绝关系，明天何尝不可以与我断绝关系？再说，陈宦与段祺瑞也相交甚浅。自陈宦督川后，他一直与冯国璋相互应，甚至亦步亦趋。在袁世凯取消帝制后，他曾派代表到南京联络冯国璋，又曾向蔡锷建议，在袁下台后推冯国璋为总统。陈宦的这些行为，段祺瑞也当然知道，因而对陈宦更恨一层。而今陈宦取消独立，又不是先向他"烧香"，而是向黎元洪投靠，这不是北洋的叛徒嘛！

早在陈宧宣布独立时,袁世凯就提升川军第一师长周骏为重武将军,督理四川军务,令他率军驱逐陈宧。如今陈宧已取消了独立,段祺瑞仍重拾这个手段,授意北洋军驻川统帅曹锟暗中支援周骏。周骏有了后台撑腰,出兵连克永川、隆昌、内江,并派旅长王陵基进抵资中,截断成都与叙州之间的联系。陈宧向叙州蔡锷告急。蔡锷手下是一支疲惫之师,而且饷械两缺,所以他电请唐继尧派兵支援。这时候陈宧求援的电报接二连三而来,蔡锷只好勉强抽调刘云峰一个梯团,经由叙州开到自流井,等候兵力集结后,再向内江和资中出击。

陈宧手中有三个混成旅,李炳之旅在重庆,已被曹锟扣留,伍祥侦旅和冯玉祥旅都在成都,却又不肯替陈宧出力。陈宧一再哀恳,冯玉祥才非常勉强地派杨志澄一个团到简阳布置防线,而一遇王陵基的部队,未经战斗就溃败下来。王陵基经龙泉直逼成都,陈宧被迫乞和,请求一个星期内交出成都。但周骏只限定三天,否则大炮攻城。

这时,唐继尧的援军已经入川。蔡锷派罗佩金率领新到的顾品珍梯团增援成都,一面电请北京政府,制止周骏攻城。可是一切都太晚了,三日期限已到,陈宧凄然离开了成都。

段祺瑞除去陈宧,从护国军手里收回四川。同时在广州,他又支持龙济光把护国军赶走,由此爆发了"屠龙"之战。

军务院成立后,就派李烈钧率张开儒、方声涛两梯团取道广州北伐。龙济光反对出兵北伐,便以害怕引起主客冲突为由拒绝滇军假道。陆荣廷妥协,商定滇军由肇庆到韶关的路线。当张开儒梯团到达韶关时,袁世凯死,龙济光的狐狸尾巴就露出来了,竟电令韶关镇守使朱福全闭门不纳,迫使滇军露宿城外。李烈钧派人交涉,朱福全仍然不许护国军过城北上。而随后,又忽于城上发炮轰击。护国军忍无可忍,奋起攻城,激战一日,占领韶关。

而这时,龙济光已悍然取消独立,而且又电请段祺瑞,除由海道运输北洋军南下外,并令江西、福建两省的军队开进广东,三路出兵"援粤"。段祺瑞对龙济光十分赞赏,不仅承认了他的粤督地位,并加派他为广东巡按使,严令两军立即停战,各归防地。而且责令护国军,名目一律取消,纳入陆军编制。

惊闻龙济光取消独立,同时龙济光请段祺瑞三路"援粤"的密电又被军务院截获,军务院召开紧急军事会议,北伐各路将领纷纷要求先消灭龙济光,以靖后方,然后北伐。李根源提出以四面合围之法歼灭之:北伐滇军占据韶关后,回师广州；桂军由西江东下；朱执信军和陈炯明军会师石龙，然后西进；魏邦平所率领的舰队封锁珠江。此议获一致通过。

第二天，李烈钧率领滇军南下，占领英德城。再行抵浈江，闻韶关事变，即在浈江口设立总司令部，然后挥戈南进。抵达源潭时，正遇北上的龙军。两军激烈交战，龙军大败。李军占领源潭，乘势继续南进。与此同时，护国军桂军潭浩明师和莫荣新师，攻占三水，续向广州攻击前进，东路朱执信、陈炯明两军也在石龙汇合向广州进发。龙济光三面受敌，只好收缩兵力，固守广州。

段祺瑞的三路"援粤"却杳无音讯。原来，江西督军李纯和福建督军李厚基都对段的命令阳奉阴违，只象征性地派了一点兵力，又迟延不进，而海军总司令李鼎新不仅拒绝南航，而且率领上海海军加入了护国军，并声明只有恢复民国元年"约法"，重开国会，才可能取消独立。

段祺瑞大为光火。不仅粤局受挫，还因为"约法"之争已闹得四海翻腾，这时海军又以恢复民元"约法"为由发难，无疑是又投下了一颗重磅炸弹。

正在这时，徐世昌来到总理府。徐世昌自从办完了"托孤"大事，就回家乡过起闲适的日子来，今日来京自然有事。于是段祺瑞开口便说："菊人兄，你来得正好，我正要向你讨教呢。"

徐世昌说："山野之人，无事不登三宝殿。芝泉，'约法'之争闹得不可开交，我想问问你，到底想怎么办呀？"

黎元洪宣誓就职的消息传到肇庆，岑春煊立即找来陆荣廷、李烈钧、李根源等人谈话。岑春煊说："老袁死了，黎元洪当了总统，你们感到意外，我说意外又不意外。北洋那帮人还算清醒，没让糊涂汤迷了心窍。他们怎甘愿找一个外人？这是害怕我们呀！你们感到满意，但我是满意又有不满意。你看，北京的通电是怎么说的？黎元洪当总统是袁世凯的遗嘱！现在是民国了，不是皇朝，袁世凯也不是皇帝，那么哪来的什么狗屁遗嘱！再说了，他们让黎元洪做代总统，所依据的是民国三年的'约法'，我们能承认那个袁记'约法'吗？"

陆荣廷接上说："云阶说得对呀，我们军务院尊黎元洪为大总统，所依据的就是民元'约法'。袁世凯搞了那个'约法'，才由总统摇身一变，成了皇帝。老袁死了，还要继承他的衣钵，这怎么能行？我们要反袁到底，决不能承认他那个'约法'！"

当天，岑春煊就发出通电说："黎大总统出承大位，本国法程序之所当然，决非袁世凯一人之私法所得附会。"越一日,抚军长唐继尧从云南致电北京,提出四项条件:(一)即日宣言恢复民国元年"约法";(二)召集民国二年解散之国会,依法补选副总统,组织正式国务院;(三)惩办帝制祸首杨度等十三人;(四)召集军事特别会议,由各省都督或将军各派代表在上海开会,议决一切善后军事问题。

同时岑春煊又再发声明:这四项条件是护国军方面的一致主张,如北京方面同意接受,军务院当克日撤销,以实现民国统一。否则,即抗争到底,决不妥协。

也就在黎元洪宣誓就职的当天,孙中山发表规复"约法"宣言,说:"袁氏残暴专制,既无不为,以至于败。规复"约法",则唯一无二之方,无所用其踌躇者。于此时期,而犹怙私怀伪,不顾大局,则国人疾之,亦将如疾袁氏。"自袁世凯取消帝制而又复任总统,孙中山担心护国运动半途而废,毅然从日本回国。他来上海不久,陈其美被刺身亡,党内同志劝他再回日本,为他坚决拒绝。袁世凯死,北洋派以袁氏新"约法"推举黎元洪继任,孙中山立即发表宣言反对。

这时全国各地的国会议员,也响应孙中山的号召纷纷聚集上海。他们通电声明,要求恢复临时"约法",重开国会。

面对要求恢复旧"约法"的强大声浪,段祺瑞以国务院名义通电各省说,恢复旧"约法"是以"命令变更法律,为法理所不容,贸然行之,后患不可胜言,政府期期以为不可"。段祺瑞的态度立即招致全国各方的反对。唐绍仪、梁启超、伍廷芳等人通电驳斥说:"三年'约法',绝对不能视为法律,此次宣言恢复,绝对不能视为变更。今大总统之继位,及国务院之成立,均根据于元年'约法',一法不能两容,三年'约法'若为法,则元年'约法'为非法。然三年'约法',非特国人均不认为法,即今大总统及国务院之地位,皆必先不认为法,而始能存在也。"

这一通电非常厉害,它戳穿了这次政府更迭的法律漏洞。根据新约法,袁世凯死后,副总统黎元洪代行总统职权,但代行时间仅为三天,三天之内,要由国会选出新总统。而国会早已解散,所以根本办不到,三天期满,黎元洪的代总统就成为非法的了。而且,根据新约法,实行的是总统制而非内阁制。这就是说,段祺瑞内阁也是非法的。

段祺瑞要维护袁氏体统和他作为北洋新帮主的地位,不愿恢复旧"约法",而又想以国务总理掌握实权,挟天子以令诸侯。这是一个悖论。为求两全,他找来徐树铮问计。徐树铮的主意是参照南京临时参议院之成例,由各省派代表赴京组成"修正约法委员会"，重新制订一部新"约法"。段祺瑞十分赞赏，便筹划布置。但是，不仅独立各省强烈反对，就是并未独立各省也不买账，更有冯国璋通电主张恢复旧"约法"。他一带头，北洋许多人物也随声附和。

这些情况，徐世昌虽在乡下，却一清二楚。当他得知海军独立的消息后，心中难安，就来京问政了。段祺瑞听徐世昌如此发问，哼了一声，气愤地说："我们北洋是个人物都可以当总统，也轮不到他姓黎的，可是还是让他当了。他们还不满足，又拿什么'约法'说事，这不是无事生非么？旧'约法'已废止三年，再把它搬出来就是合法？"

徐世昌说："我们让黎当总统，实在也是无奈之举。所为者何？就是为了实现国家统一。从辛亥年南北统一，仅仅过了四年又分裂了，不必讳言，这是项城之过。自癸丑年打败了国民党之后，他解散国会，修订"约法"，把总统的权力大到天边，甚至传之子孙，于愿足矣。谁知他又要做皇帝，渔阳鼙鼓，天下大乱，以至于败。这次南北分裂，是因帝制而起，因而在项城去后，起因已经消除，所以南北又不难统一。但这次统一又不同于辛亥年。辛亥年，南方势力以国民党为主，以立宪派为辅，现在反过来了，是以进步党为主，国民党力量有限。而就整体力量而言，这次护国军也比辛亥年的国民党弱得多，因而护国军也不会有多高的要价。因此我说，如能实现统一，与其说是南北统一，倒不如说是南方归附于北方，我们何乐而不为呢？"

段祺瑞打住了徐世昌的话头，说："他们就得归附我们，不然，还是武力解决！你看，项城一走，陕西、四川、广东、浙江四个省就呼啦啦取消了独立，还不是分崩离析？我看护国军已是秋后的蚂蚱！"

徐世昌摇了摇头，说："芝泉，你不知道这几个省当初是怎么独立的吗？云、贵、广西三省才是他们的核心，护国军的基本力量仍在呀。三省之外，广东、四川一取消独立，可战火又起来了。湖南汤芗铭也想取消独立，但他不敢，那里仍是护国军的天下。要说武力解决，项城活着做不到的事情，我们就能容易做到？项城一死，国家统一有了转机，但如不能抓住这个机会，以致南北长久分裂下去，我敢说，坐大的一定是国民党，那时局面就难说了。因此我说，当前是国家统一的最佳时机，失此机会，就再难有统一之日了。我们让黎元洪做了总统，先已让了百步，就为"约法"之争，再让五十步，又有何不可呢？"

段祺瑞听了，觉得有理，但心尚不服，勉强地点了头。徐世昌又说："芝泉哪,现在都知道是你握着刀把子。如因"约法"之争战乱再起,你难辞其咎,如果答应南方的要求,南北则可统一,民国得以再造,自然也是你大功第一。功过毁誉,系于你一人一念之间呀。"

"好,好,那就答应他们吧。"段祺瑞明确表示了态度。然后又顾虑地说,"不过呢,恢复旧'约法',就要恢复旧国会,而在国会里,国民党人占了多数,不就成了他们的天下?国会是什么东西?就是袁大总统说的:捣乱,捣乱,还是捣乱!什么八百罗汉?就是一群狼呀!"

徐世昌看着段祺瑞大骂国会,鼻子又气得歪在了一边,心里不禁发笑,说:"你承认这个民国,就得承认这个国会呀。恢复了国会,你说那就是国民党的天下,却是未必。国会里不过两大政党,国民党与进步党,一对老冤家。为反对帝制,两个党暂时联合起来,亦是貌合神离,若南北实现统一,两党的联合必然解体,那就让他们在国会里斗吧。"

"这一来,又便宜了姓黎的。"段祺瑞仍心有不甘地说,"好像他这个总统不是我们给他的,而是南边给他争来的。他一定以为根据旧'约法',他就该当这个总统,腰杆子不就硬起来了!"

徐世昌笑了说:"他不知道他有多大实力?想不依靠我们恐怕也难。而依据旧'约法',不再是总统制,而是责任内阁制,实权不在总统,而在总理了。说起来,民国初年就实行责任内阁制了,可是那时候项城当总统,责任内阁制恐怕一天也没有实行过呀。国务总理像走马灯一样,两年内换了八位总理,唐绍仪、陆征祥、赵秉钧、朱启钤、熊希龄、孙宝琦,还有你也曾两次代理国务总理吧?"

"不错,不错。"段祺瑞笑了,说,"我第一次代理了两个半月,第二次代理,仅有十三天!"

徐世昌也笑了,说:"今日就不同了吧,再不是有名无实,而是真正的责任内阁!'约法'仍旧,内阁为新,今总统不是前总统,今总理也不是前总理了。芝泉呀,你的日子还难过吗?"

这几句话说到段祺瑞的心坎里,脸上泛出灿烂的笑容,心中佩服徐世昌的老谋深算,遂又向他请教方略。徐世昌说:"目前要策,第一件是团结北洋,第二件是保守中央威信,第三件是释解民党宿嫌。三件并举,国家或尚能安静,芝泉以为然否?"

段祺瑞谦恭地说:"承蒙指教,敢不如命。"

徐世昌深情地说："项城一去，这盘棋就到了收官的时候了。你就去收拾这个残局吧。"

段祺瑞想通了事，登上总统府大门。"约法"之争两个月来，黎元洪处境尴尬。他知道他这个总统本得之于护国军所赐，但他又不敢赞同护国军的主张，因为他担心激怒北洋派而弄丢了总统大位。他也知道段祺瑞的脾气，老虎的屁股摸不得，因而噤若寒蝉。因"约法"之争，两人已久不见面，公事都是下人走动办理，所以段祺瑞突然来见，黎元洪大为诧异。

段祺瑞没好气地说："他们闹了两个月了，就依了他们吧。"

"他们——，你说什么呀？"黎元洪半信半疑。

"不就是'约法'的事吗？"段祺瑞不耐烦。

黎元洪听准了，心中甚喜，却不敢外露，更不敢表示赞成，一时木然。看着黎元洪的窘态，段祺瑞心里好笑，这才平和地说："为实现南北统一，国家得以安定，我同意恢复旧'约法'。我今天来此，是想请总统示下，看这件事如何办好。"

黎元洪一听大喜，福至心灵，慨然说："总理一向深谋远虑，一定计出万全，你说怎么办，就怎么办，我黎元洪悉听尊意。"

这几句话说得段祺瑞心里舒服，便把他与徐世昌两人商量的意见一一说了出来。黎元洪无不赞成，只不住地点头。

6月29日，黎元洪连发八道命令，恢复临时"约法"。宣布于8月1日重新召集国会，所有袁氏时期之立法院、国民会议之各法令，概行撤销。裁撤参政院，取消国务卿之称谓，改为国务总理，特任段祺瑞为国务总理。

第二天，段祺瑞提出内阁名单：外交总长汪大燮、内务总长许世英、财政总长陈锦涛、陆军总长段祺瑞（兼）、海军总长刘冠雄、司法总长章宗祥、教育总长范源濂、农商总长张国淦、交通总长曹汝霖。

黎元洪看了，提出有两人须加入：唐绍仪、孙洪伊。有三人不可用：刘冠雄、章宗祥、曹汝霖。这用意是要用唐、孙两个护国军方面的人，除去刘、章、曹三个帝制派人物。段祺瑞心中不快，但还是接受了，又作调整：外交改唐绍仪，海军改程璧光，司法改张耀曾，教育改孙洪伊，交通改汪大燮，由总统正式发布。

组阁的命令发布以后，护国军方面又提出异议，指出许世英、张国淦二人为帝制余孽，声名狼藉。为使国军方面满意，黎、段两人又对内阁再作调整。许世英是段祺瑞的"盟兄弟"，段祺瑞力保不去，这时汪大燮因从外交改任交通而不满,提出辞职,于是就把许世英从重要的内务部改为交通部,黎元洪趁机又把他的亲信孙洪伊从教育部拉入内务部,教育部的空缺正好由上次调整中去职的范源濂回任。张国淦因为护国军的反对也提出辞职,改任总统府秘书长,空缺由护国军方面的谷钟秀递补。护国军方面接受了这次变动。因为虽然许世英仍留在内阁中,但却增加了一名自己的人入阁。

在责任内阁确定之后,7月6日,政府又发布各省军政人员名单:

奉天督军张作霖,兼署省长;

吉林督军孟恩远,省长郭宗熙;

黑龙江省长毕桂芳,兼署督军;

直隶省长朱家宝,兼署督军;

山东督军张怀芝,省长孙发绪;

河南督军赵倜,省长田文烈;

山西督军阎锡山,省长沈铭昌;

江苏督军冯国璋,省长齐耀琳;

安徽督军张勋,省长倪嗣冲;

江西督军李纯,省长戚扬;

福建督军李厚基,省长胡瑞霖;

浙江督军吕公望,兼署省长;

湖北督军王占元,省长范守佑;

湖南督军陈宦,兼署省长;

陕西督军陈树藩,兼署省长;

四川督军蔡锷,兼署省长;

广东督军陆荣廷,省长朱庆澜;

广西督军陈炳焜,省长罗佩金;

云南督军唐继尧,省长任可澄;

贵州督军刘显世,省长戴戡;

甘肃省长张广建,兼署督军;

新疆省长杨增新,兼署督军。

这次任命各省长官,实行军民分治。军事长官通称"督军",行政长官通称省长。这份名单上,原未独立各省基本一仍其旧,不必细说,值得注意的是独立的八省：云南、贵州、陕西、浙江四省都是原来的都督改任的，而另外四省，广东龙济光不见了，由陆荣廷出任督军，广西则由桂军师长陈炳焜出任，湖南汤芗铭不见了，改由四川陈宦出任，四川督军则由蔡锷出任。

段祺瑞对广东督军的安排是煞费苦心的。由于龙济光倒行逆施，粤省内外，群起逐之。面对这种情况，段祺瑞借机来了个大调动，将李烈钧调到北京"另有任用"，以陆荣廷为广东督军，龙济光为两广矿务督办，同时又令陆荣廷暂署湖南督军，陆荣廷未到职前仍由龙济光暂署广东督军。

这个大调动，暗藏玄机。调李烈钧入京是调虎离山，去掉了龙济光的一个劲敌，同时为北洋军南下扫清障碍。发表陆荣廷为广东督军是为软化桂军，而又离间桂军与滇军的关系。又派陆荣廷署理湖南督军，是阻止陆到广东任职，而使龙济光仍留在广东督军的位子上，以待北洋军来援。

段祺瑞的玄机，却并不难识破，引起广东激烈的反对。段祺瑞乃借口"粤事真相不明"，加派从湖南逃出来的汤芗铭为广东查办使。当年袁世凯在癸丑年二次革命时，曾派汤芗铭为湖南查办使，率领军舰开到洞庭湖，随后即发表他为湖南都督。段祺瑞师袁故技，预伏让汤芗铭督粤的诡计。

段祺瑞本定汤芗铭为湖南督军，可就在发表各省军政长官名单前两天，湖南人把他赶走了。此时的湖南，倪嗣冲的安武军占据湘北，北洋军齐燮元第六师占据常德，护国军的湘粤桂联军总司令陆荣廷占据湘南，护国军湖南总司令程潜占据湘西。而汤芗铭虽为都督，既指挥不动北洋军和安武军，更指挥不动陆、程两支护国军。他手下仅有车震一个旅保卫长沙，力单势弱。

当护国军在云南揭竿而起的时候，程潜也到云南参战，蔡锷派他回湖南家乡发展。如今程潜手下有一个师的军队，湘西48县尽其所有。当程潜到湘潭布置军事时，正巧捕获了汤芗铭派来刺杀他的密探杨让，并通过杨让供认的线索，又捕获了汤芗铭派遣刺杀陆荣廷的两名密探和两名杀手。这使程潜怒火中烧，决心"屠汤"以为民除害。

随后陆荣廷来到衡阳，程潜便去见他。两人先交谈了广东的形势，认为龙济光人心丧尽，若让他长此盘踞广州，迟早会发生意外事变。然后，陆荣廷询问对大局的看法，程潜说："袁世凯暴死，黎元洪继位，南北走向统一已是大势所趋。但所谓统一，当然是统一于合法的中央政府，而不是统一于北洋军阀的淫威之下。现在最严重的事情是北洋军的问题，段祺瑞步袁世凯后尘，他以为只要掌握了北洋军，就可任其所为，因而正在尽力整合内部。因此我们只有迅速恢复湘粤，安定人心，使段祺瑞在既成事实面前无能为力。如果稽延时日，坐待他施展手腕，撮合了北洋派，他就会毫不客气地挟中央之势，以统一为名，挥舞大棒打击革命力量，那就悔之晚矣。所以我建议，迅速安定湘粤，是为军务院之急务。"

陆荣廷说："你说得对，当务之急是湘粤两省。龙济光本就是假独立，如今是真背叛，广东发起'屠龙'，理所当然。至于湖南呢，汤芗铭毕竟还没有取消独立，如果把他除掉，这不是平地又起一桩是非，一场风波吗？"

程潜说："这场风波是注定了的，想逃也逃不掉。汤芗铭这个人一向投机取巧。辛亥年，他就是投机参加革命的。护国运动中，他又投机宣布独立。时下只是时候不到，时候一到，他就又会翻脸。汤芗铭在湖南杀人如麻，罪恶滔天，人称'汤屠户'，湖南人早已忍无可忍。所以我们严惩汤芗铭，既是为国除害，也是为民请命。"

"好！"陆荣廷表示赞成，然后两人商定，程潜率兵进攻长沙，陆荣廷在岳麓山至宁乡一线布下重兵，作为掩护。

7月1日，程潜军第二旅由宁乡进迫长沙。汤芗铭派出两营军队阻挡，途中与程军遭遇，两营官兵一接战便倒戈了。汤芗铭闻讯，知事不可为，便乘黄昏时候坐汽船逃之夭夭。

汤芗铭与黎元洪私人关系甚好。他俩同是湖北人，又同为海军学生出身。辛亥革命时，时任舰长的汤芗铭率舰起义，被推为舰队司令，旋率舰队驶往武汉，支援了武昌革命。冯国璋召集南京会议，汤芗铭支持，主张袁世凯退位。冯国璋的野心是总统自为，而汤芗铭则主张由黎元洪继任。段祺瑞对汤芗铭也不坏，况且他这时正要借重其堂兄汤化龙在国会内相助。黎元洪本想调汤芗铭赴京任海军总长，但段祺瑞不同意，派他为广东查办使。

汤芗铭从长沙出逃后，北京政府又派陈宧督湘。段祺瑞已经收拾了陈宧，为何又再用他呢？这是黎元洪的坚决主张，无论如何都要给陈宧一个督军的位子。而段祺瑞打算迅速派遣一支北洋军进驻湖南，但苦于无兵可调，恰好这时陈宧手上还有两旅兵力，派他入湘，既可敷衍黎元洪，又给陈宧一个戴罪立功的机会。

这道命令立刻引起湖南人民的激烈反对，湖南人赶走了一个北洋军阀，断不容再来一个北洋军阀。因此湖南各界推举年过七旬的刘人熙为湖南都督。刘人熙以前做过广西藩台，与陆荣廷颇有渊源，湖南便想通过刘的关系取得桂军协助以拒北洋军。而北京政府则不承认刘人熙，不能接受一个省擅自赶走政府大员，又自行推举长官。

这时陈宦看风色不对，心想："我何必从一个火坑跳入另一个火坑呢？"于是电辞湘督任命。而段祺瑞也认识到如果硬派北军入湘，必会引起战争，这才承认刘人熙，改命为湖南督军。但这不是段祺瑞甘心放弃湖南，他又派他的内亲吴光新率湖北军第三旅接防岳州，内定他为湘督，待时取刘而代之。湖南人又不干了，叫嚣："灰面袋（湘人以此称呼北洋军）要来就和他们拼命！"到这时，段祺瑞终于领教了"湖南驴子"的脾气，不得不顺从湖南人的心愿，任命谭延闿为湖南省长兼署督军。

段祺瑞任汤芗铭为广东查办使的作为，也使陆荣廷明白了段祺瑞一定要把广东捏在北洋手里，虽然给了他广东和湖南两个省的头衔，其实一个省也没有真心给他。陆荣廷早就想拥两广和湖南三省而做"南天王"，如今的湖南与广东，鱼与熊掌不可兼得，于是他不再理睬北京政府发布的暂署湖南督军的命令，便由衡阳班师回桂，准备武装入粤上任。

至此，袁世凯死后，新一届民国政府的政治架构建立起来了。显然，是段祺瑞一手操盘，黎元洪只是个配角。在国家政权中，北洋派获得了绝对优势，护国军也分得一杯羹，而将国民党完全排除在外。

7月14日上午，国务院公布了惩办帝制祸首名单。下午，广东军务院宣布撤销。

在恢复"约法"之后，护国军提出统一的条件还有惩办帝制祸首一项。护国军提出的惩办祸首名单是所谓"十三太保"，即筹安会六君子杨度、孙毓筠、刘师培、严复、李燮和、胡瑛和帝制"七凶"——朱启钤、段芝贵、周自齐、梁士诒、张镇芳、雷震春、袁乃宽。段祺瑞不愿意惩办这些人，因为这些人死心塌地地效命精神正是维系北洋势力所必须的。于是他大动心机，提出将帝制祸首与前此被袁世凯通缉的国民党人一并特赦。这个主意遭到南方的激烈反对，黎元洪也不同意。但这时候说情风扑面而来。先是袁克定从洹上墓庐来了急电，为他的老叔张镇芳和他父亲的老部下雷震春讲情，于是把两人从名单中划去，"十三太保"变成了"十一太保"。接着冯国璋为段芝贵、袁乃宽讨保，无论是段是黎，冯国璋的面子都不能不给，于是"十一太保"变成了"九太保"。然后，李经羲上门保严复和刘师培，说这两人是当代不可多得的人才，如此"九太保"变成"七太保"了。

黎元洪见四面八方都来保人,于是想想自己也趁机保几个才好。他保的是胡瑛和李燮和,这二人与他有辛亥革命的旧谊。这时又有人为梁士诒说情,说他是民国的"财神"。段祺瑞拿不定主意,说给黎元洪。黎元洪沉下脸来,一拍桌子说:"如果连他都可以赦免,那我们干脆不下这道命令,还要像样些!"如此,十三人去了八人,仅有五个人了,实难向护国军方面交代。于是就又捡出顾鳌、夏寿田、薛大可三名二等祸首补进名单,勉强凑成了八个人。

对惩办祸首如此敷衍了事,军务院虽不满意,但面对着收官散场的局面,也只有得过且过了。随后,军务院通电撤销。

撤销军务院,如此重大的事情,竟是唐继尧和梁启超两人在云南决定的。唐继尧说:"根据军务院组织章程,要经过国会的同意,才得解除军务院的职权。"梁启超说:"无须等待国会同意了,不用等了,也等不及了。北京惩办帝制祸首令在七月十四日发表,我们也不妨通电宣布,军务院已告撤销!"

唐继尧又说:"恐怕有独断专行之嫌吧?""不会的。"梁启超说:"以云南之地位,来这么一个通电,相信必为国人所拥戴。"

于是,唐继尧居然不与军务院各抚军相商,而以十三位抚军的名义发出了通电。但其他各位抚军被冒名联衔,却无一人提出异议。成立仅仅两个月的军务院就这样撤销了。军务院的成败,成也梁启超,败也梁启超。

北京。8月1日。国会举行复会典礼。

参众两院议员各穿礼服,齐集众议院大礼堂。到会参议员138人,仍由王家襄、王正廷为正副议长。到会众议员318人,仍由汤化龙、陈国祥为正副议长。总统黎元洪和国务总理段祺瑞及各部总长在礼乐声中步入会场,大会主席王家襄宣布开会,并致开幕词。然后,总统和国务员一一致颂词。然后,全体与会人员起立,向国旗行三鞠躬礼。礼成,黎元洪总统郑重宣誓:

"余以至诚遵守宪法,执行大总统之职务。"

这表明,黎元洪是依照民国元年"约法",由副总统继任总统的。袁世凯因称帝去职,黎元洪继任补足这届任期(五年)。

誓毕,全体欢呼:中华民国万岁!中华民国国会万岁!中华民国大总统万岁!

然后,国会继续开会。根据黎元洪提议,追认国务总理和国务员,众议院和参议院先后投票表决,均以高票通过。

9月10日，龙济光交卸了公务，带着万余残兵退踞海南。陆荣廷只待龙济光退走，才带兵进入广州，就职广东督军。护国运动落幕。

在硝烟散尽后，迎来了"双十"节。去年，正是帝制运动甚嚣尘上的时候，明令取消了国庆节日。今年民国再造，因而庆典格外隆重。黎元洪总统以共和重建，特颁授勋令：以创造民国推孙中山、黄兴为首功，特授孙文大勋位，黄兴勋一位；蔡锷、唐继尧、陆荣廷、梁启超、岑春煊再造民国，各授勋一位；荫昌、曹锟、刘显世、王占元、吕公望、柏文蔚、吴俊升、张敬尧、胡汉民，各授勋二位；罗佩金、戴戡、朱庆澜、张怀芝、任可澄、陈炳焜、陈树藩、李根源、周文炳、钮永建、陈炯明，各授勋三位；孟恩远、毕桂芳、张广建、王廷桢、刘存厚、熊克武，各授勋四位。授勋之外，又颁赠勋章：授段祺瑞、王士珍、冯国璋各一等大绶宝光嘉禾章；授唐绍仪、曹锟、朱家宝、张作霖、阎锡山、陆荣廷、唐继尧、杨增新、姜桂题、蒋雁行各一等大绶嘉禾章；及授予二、三等大绶宝光嘉禾章和大绶嘉禾章的众多人员，不在列表。清室代表世续来总统府祝贺，黎元洪又想起来，又给世续、载涛、绍英等清朝遗老授了勋位。

袁世凯恢复帝制，受到历史的惩罚。中华民国正本清源，重回共和轨道。因这次历史巨变，段祺瑞获得了"再造共和"的美誉。然追根溯源，蔡锷才是民国再造大功第一人。

7月6日，北京政府任命蔡锷为四川督军兼省长。但蔡锷已下了功成身退的决心，坚请辞职，无奈四川人民期盼若渴，并派代表到泸州相请，他才到成都上任。蔡锷到成都后，忍受着喉疾的剧痛，宵衣旰食，忙碌政务。如此坚持了十天，不得不听从医生的建议，立即停职就医。他把督军一职交给罗佩金，把省长一职交给戴戡，离开成都，沿万里长江东赴上海。

蔡锷到达上海的第三天，黄兴已从美国回来，登门拜访。

蔡锷正在午休，听黄兴来，一骨碌从床上爬起来，穿着睡衣就跑到门口迎接。两人紧紧拥抱，喜极而泣。走进房内坐下，黄兴打量蔡锷说："是不是在四川打仗累的？你比在日本时还瘦呀！"

蔡锷苦笑了笑，也望着黄兴蜡黄的脸说："你一向强壮，我看你也大不如前了。"

黄兴笑着说："我没事，就是胃出了点问题。"

黄兴询问了蔡锷的病况及治疗情况，然后两人便畅谈起来。从在日本东京大森海岸结盟而起,说到辛亥革命,又说到刚刚结束的护国战争。黄兴笑了说:"我们两人都是湖南驴子,怀抱相同,经历相同,只有一点不同,你是常胜将军,我是常败将军!"

蔡锷连忙摇手说:"有言道,不以成败论英雄,更何况你的每一次失败都是为胜利开辟道路,最终乃有民国。若论武功,你是中国第一,是真正的盖世英雄!"

蔡锷话说得急了,喉头大痛起来。黄兴急忙止住他说:"你不要说了,我把在美国的感受给你说一说,你听着就行。"黄兴所谈的是美国政治制度,谈了一阵,然后说道:"美国建国二百年来,长治久安,原因在哪里呢?就是美国的政治制度使然。在美国,军队属于国家,不是一人之私,也不是一党之私,只对外保卫国家,而不对内。美国的总统是由全民投票选举产生,因而任何人不能,也不必用武力夺取权力,同样也不能和不必以武力保卫权力。我们创立民国,建立了共和制度,又遭袁世凯破坏,因此又不得不发动护国战争。现在,帝制覆灭,民国再造了,但从此就天下太平了吗?我看未必,关键在于中国制度之弊端,此病不除,国无宁日呀。我们两个,戎马一生,不知打了多少仗,个人生死还不算什么,民生涂炭,水深火热,是中华民族的浩劫。所以我就想,战争能否在我们这一代永远结束,今生若能为此尽绵薄之力,那就死而无憾了!"

蔡锷听了,激动地说:"我本想功成身退的,听兄此言,方悟吾功未成,吾身不能退也!"

黄兴握着蔡锷的手说:"你说得好!你才三十多岁,我也就四十出头,施展抱负,且待来日。"

壮志未酬,雄心未已,两人共勉,依依相别。两人谁也没想到,这就是诀别,而且是生离死别。

第二天,蔡锷又到医院,医生建议他转日本就医。

蔡锷到日本不久,忽闻黄兴病逝,立时抱头大哭。他要了纸笔,就在床上泪涕交流地写下了挽联:

> 以勇健开国,而宁静持身,贯彻实行,是能创作一生者;
>
> 曾送我海上,忽哭君天涯,惊起挥泪,难为卧病九州人。

在黄兴逝世八天之后,蔡锷也在日本病逝。

蔡锷所患喉疾,如及早就医,不难治好,或不致速死。他带病征战沙场,直到战争的胜利，他耽误得实在太久了！

北京举行国葬，追悼这位再造民国的第一伟人。

蔡锷之丧，全国哀祭，各地人士所献祭词和挽联无数。

孙中山的挽联：

  平生慷慨班都护；

  万里间关马伏波。

梁启超的挽联：

  国民赖公有人格；

  英雄天命亦天心。

黎元洪的挽联：

  一身肝胆生无敌；

  百战灵威殁有神。

康有为的挽联：

  微君之躬，今为洪宪之世矣；

  思子之故，怕闻鼙鼓之声来！

唐继尧的挽联：

  所至以整军保民为要图，众论之归，大将慈祥曹武惠；

  平时唯读书致用相敦勖，公言不死，秀才忧乐范希文。

杨度也有挽联，引人注目：

  魂魄异乡归，于今豪杰为神，万里河山皆雨泣；

  东南民力尽，太息疮痍满目，当时成败已沧桑。

杨度与蔡锷，私情是密友，公情却参商。杨度对蔡锷"死信"，而蔡锷把杨度"骗死"，护国战争的胜利更是打破了他的好梦，身败名裂。这位楹联圣手，耿耿于怀，竟在挽联中对蔡锷的成就抹了一块黑。

小凤仙掩护蔡锷反出京城后，就避祸他去，不知所踪。易顺鼎代小凤仙挽联，以慰英灵：

  万里南天鹏翼，君正扶摇，那堪忧患余生，萍水姻缘成一梦；

  几年北地胭脂，自悲沦落，赢得英雄知己，桃花颜色亦千秋。

府院冲突，数场风雨
黎段交恶，几番苦斗

　　1917 年 2 月，第一次世界大战方酣，驻美公使顾维钧电告："美国总统威尔逊因反对德国的潜水艇政策，已于四日宣布与德国绝交。"

　　一石激起千层浪。协约国和同盟国各国驻华使节各施妙招，都想把中国拉入自己一方。外交总长伍廷芳主张对德绝交，他把种种利害说给总统听，黎元洪对这位老外交家的见解完全接受。段祺瑞却是一个亲德派，平日非德国药不吃，且深信德国陆军天下无敌。国务院秘书长张国淦每天把不利于德国的情报送给他看，又以绝交的利益打动他，一日接一日地游说下去，结果使他由极端的亲德派变成了极端的反德派。听得国务院也主张对德绝交，总统府的态度却一变而又反对绝交。这却是为什么呢？黎元洪为反段而反段，段东黎则西，段是黎则非，就是要对着干。面对世界大战，民国安危所系，为何如此意气用事？因为，黎恨段已达极点，"气"令智昏了。

　　府院不和由徐树铮而起。袁世凯时，段祺瑞要用徐树铮做秘书长，碰了一鼻子灰。如今黎元洪做了总统，段祺瑞又要徐树铮做秘书长，还是叫张国淦去疏通。张国淦猜测，黎元洪虽然也厌恶徐树铮，但也许不忍驳老段的面子。谁知他一说，黎元洪的脸色也像当年袁世凯一样难看，冷冷地说："请你告诉他，总理一万件事我能够依他一万件，只这件断断难行。"张国淦又犯了难，他不愿看段祺瑞的脸色，就去请徐世昌说项。

　　徐世昌见了黎元洪，天南地北地闲聊了一阵才提及此事，笑着说："总统对他，我以为一万件事可以不依他，唯有这件事却不能不依他。"黎元洪一听拉下脸来："芝泉的脾气已经够瞧，如果再加上一个树铮，我不是嫌活得不耐烦了吗？"徐世昌又是一脸笑意，说道："那更简单了，芝泉反正已经够跋扈的了，多一个跋扈的又有何妨？"黎元洪被这话噎住了，终于叹口气，表示同意。

都说黎元洪知道自己势单力弱，但他认为他是合法选出的总统，即使不能大权独揽，也不能为人傀儡。他说："总统是婆婆，不是小媳妇，婆婆可少管事，但不耐媳妇命令一切。"而段祺瑞却受不了，他对人说："我是要他来盖章签字的，不是请他来压在我的头上！"

有一天，徐树铮拿了三道人事命令到总统府盖印。黎元洪偶然问到这三个人的出身，徐树铮就很不耐烦地说："总统不必多问，总理早已考察清楚，请快点盖印吧，我的事情还忙得很哩。"黎元洪直气得冒出火来，脸色铁青。他对手下人说："我本来不要做这样的总统，而他们竟然目无总统！"自从徐树铮当了秘书长，段祺瑞更少与黎元洪见面，凡事都交他去办，而他的跋扈比其主子更甚。黎元洪气愤地揶揄道："现在哪里是责任内阁制，简直是责任院秘书长制！"

张国淦夹在府院之间，像风箱的老鼠两头受气，辞职不干了，总统府秘书长一职由参议员丁世峄接任。丁世峄是个硬碴子，一上来就以"府院职权极不明确"为由提出了一个"府院办事手续草案"。段祺瑞见了这个草案，就撂了挑子到西山"养疴"去了。国家机关停了摆，又是徐世昌出面调和，双方各让一步，达成了五条折衷办法，段祺瑞才又销假事事。

一波未平，一波又起。一次内阁会议讨论广东问题。国务院秘书长只能列席会议，是没有发言权的。可是徐树铮大言不惭，极力主张电令闽、粤、湘、赣四省会剿李烈钧，而内务总长孙洪伊主张和解，否定了他的意见。可是徐树铮竟在阁议后擅将会剿李烈钧的电报拍发，待四省复电国务院，阁员们才知其事。孙洪伊遂在内阁会议上指责徐树铮，因而两人拍桌子大吵了一阵。

随后，又发生了任命郭宗熙为吉林省省长和查办福建省省长胡瑞森两案。这两案都是徐树铮擅自决定，既未经阁议，又没有主管部门内务总长的副署，即以国务院名义径行咨复国会。孙洪伊当面质问段祺瑞："凡与各省民政有关的问题，内务总长是否无权过问？院秘书长是否有权擅自处理？"段祺瑞无言回答，只说了一句"又铮荒唐"，便吩咐把胡瑞森一案的咨文追回。可是国会已经印发了出去，无法追回了。孙洪伊乃愤而辞职。

段祺瑞一面派许世英致意挽留，一面调整内阁办事程序，订了"五条"意见。黎元洪闻知此事，即召见孙洪伊劝解。孙洪伊对于段祺瑞的处置尚且满意，总统又亲见慰留，便打消了辞意。

徐树铮吃了这个亏，对孙洪伊怀恨在心。不久，孙洪伊整顿内务部，裁减28人。徐树铮窃喜得了报复的机会，便鼓动裁减的人上诉平政院。平政院受理后，即裁定内务部违法，撤销原令，准予被裁人员回部供职。孙洪伊不仅拒绝这个裁决，而且质疑平政院是在新"约法"之后成立的，现今新"约法"已经废止，平政院自无存在的法律依据，并扬言要把此案交到国会讨论。如将此案交到国会，国会很可能通过。因此徐树铮先下手为强，他拟定了一道执行平政院裁决的命令，送总统府盖印。可是黎元洪不仅不予盖印，而且批示了孙洪伊的呈文，"准咨国会解决"。此后，府、院之间就此问题送来退去，各执已见，均无结果。段祺瑞老羞成怒，一道命令将孙洪伊免职。

徐树铮兴冲冲拿着已由段祺瑞副署的免职令到总统府盖印。黎元洪为之骇然，予以拒绝。徐树铮则不甘休，接连到总统府催促四次，最后一次公然说："总统不盖印，就只能不许他（孙洪伊）进国务院的大门！"黎元洪大喝一声："你说的一句什么话！"徐树铮冷冷地回答："这是总理说的！"

徐树铮四次遭拒，段祺瑞认为这是给他难看，就亲到总统府请黎元洪盖印。黎元洪仍然拒绝。段祺瑞鼻子一歪，厉声说："总统不肯免孙洪伊的职，就请免我的职吧！"说完拔腿就走。

随之，一件辞呈交到总统府。黎元洪服了软，无奈便劝孙洪伊自动辞职，如此两方面子上都过得去。但孙洪伊坚决地说："除非总统下令免职，我决不自动辞职！"黎元洪做了难，又请王士珍调解。王士珍劝孙洪伊让步，孙洪伊仍然拒绝，毫不妥协。

"免孙令"又在国会中引起波澜。这时的国会分化为两派，一派是以国民党人为主的宪法商榷会，倾向总统；一派是以进步党人为主的宪法研究会，倾向于总理。先是国会议员王树声提出对政府的质问案。随后又有国会议员吕复和褚辅成等提出弹劾徐树铮案，并且还拟进一步弹劾国务总理。徐树铮看事情闹大了，不免虚情胆怯，便由国务院放出话来说，如果孙洪伊肯辞内务总长，保全了总理的面子，可以让他出任全国水利总裁或外放省长。但孙洪伊回应说："什么官我都不要，我只要我的人格。"段祺瑞听了孙洪伊"不辞职，不出洋，不外调"的话，鼻子一歪，说："好，我们大家都辞职，让他一个人去干！"

内阁总罢工，黎元洪大为惊骇。这时他的策士们便主张索性破釜沉舟，推倒段内阁。黎元洪也竟同意这样的主张，于是派人赴河南辉县，邀请徐世昌入京组阁。黎元洪派人两顾茅庐，徐世昌才姗姗来京。黎元洪亲到五条胡同徐的私宅拜访，再三恳请。而徐世昌一一婉拒，并一再转移主题，说一些海阔天空、漫无边际的话敷衍。

黎元洪回到总统府，一脸的沮丧。他的策士们便建议采取生米做成熟饭的办法：先发表徐世昌为总理，段祺瑞气量狭小，一定会负气离职，这样徐世昌就可以从容上台。黎元洪不赞成这等歪招，他的策士们嫌他优柔寡断，竟擅自给冯国璋发去电报，称徐世昌已应允出山，请冯回电祝贺。然而冯国璋深知徐世昌的老道，决不会取段自代，怎上这个圈套？立即回电，主张维持段内阁。

一步臭棋，把黎元洪的逐段计划送入了死胡同。

这时，徐世昌正式向府、院提出调解方案：孙洪伊、徐树铮同时免职，而以张国淦任国务院秘书长。段祺瑞表示同意，黎元洪也终于在免孙令上盖了印，徐树铮也在段的授意下辞职。徐树铮辞职后，段祺瑞又要求府秘书长也要同去，才是公道。黎元洪无奈，又批准丁世峄辞职。

一场政潮总算平息。就在这时候，内政问题刚去，外交问题又来。美国放弃中立，咨请中国对德绝交。段祺瑞遂召开内阁会议，决定与美国驱同一致，采取三个步骤：第一步由外交部备文抗议，第二步绝交，第三步讨论宣战问题。会后，段祺瑞即偕全体阁员到总统府报告。黎元洪表示："绝交一事须由国会议决。"民国"约法"规定，宣战、媾和、缔结条约，须经国会批准，而绝交不是宣战，是可以不通过国会的。但段祺瑞仍大方地点了头，他相信只要国会同意，总统就没有理由反对了。

接着，国会开会讨论，几经折冲，同意对德绝交。但黎元洪这时却又反悔了，拒绝在对德绝交书上盖印。

段祺瑞又偕阁员到总统府，质问总统为何不予盖印。黎元洪说："这是一个有关国家命运的重大问题，我们不可草率从事。各位想想，我们是个什么样的国家？局势又是怎样一个局势？绝交就是宣战的先声，如果真的对德宣战，我们拿什么去战？又怎么个战法？"

段祺瑞说："协约国方面不止一次地催促我们对德绝交，否则和平之后，咱们讨不了便宜。"黎元洪反驳说："我们这样一个国家，但求人家不讨我们的便宜就算好的，我们何必讨人家的便宜？"段祺瑞耐不住性子了，硬硬地说："你口口声声说'我们这样一个国家'，那你也不想想，'我们这样一个国家'能得罪外国吗？"黎元洪冷笑一声，道："如果我们听从协约国的命令，那还是一个有自主权的独立国家吗？根据'约法'，大总统有宣战媾和的特权，我既然是总统，就该对一切负责。"

这时，教育总长范源濂抢过话来，气冲冲地说："总统虽有特权，责任则在内阁，总统既不对国会负责，又可推翻内阁的决议案，这样的总统简直像专制的皇帝一样了。"他讲到这里，怒气难抑，一巴掌拍在桌子上，雷声说："总统简直优柔误国！"

黎元洪既惊且怒，一时呆住了。张国淦急忙劝止，劝范源濂对总统不可失礼。正说着，那一边段祺瑞脾气大发，指着黎元洪说："总统既然不信任我，事事与我作梗，这样的总理我是没法干下去了！"说完站了起来，向黎元洪鞠了个躬，转身而退。

黎元洪像一个木头人，僵坐在那里动也不动。

这天晚上，段祺瑞没有通知任何人，即挂专车出走天津。

总统府听说段祺瑞负气出走，正中下怀，便想将错就错，让他下台。黎元洪又请徐世昌出山，徐敬谢不敏。转过头来找王士珍，那个黄老派更不敢同意。最后找到了李经羲，李吞吞吐吐，想当总理而又不敢。黎元洪无奈，就打算在阁员中选择一人代理国务总理。这时冯国璋找上门来，劝黎元洪多加考虑，并自告奋勇愿到天津去请段回京。黎元洪本不想让段回来，当然也不愿由冯出马，认为这样一来，段便占了上风。于是说："好吧，我派济武（汤化龙，国会议长）跑一趟。"

第二天，各省督军的电报纷纷打来总统府，异口同声地说"国不可一日无总理"。黎元洪感到事态严重，当晚把冯国璋、徐世昌、王士珍三人一齐请到总统府来。冯国璋便把直隶省长朱家宝的告密透露出来，说段祺瑞发了辞职出京的通电，要各省军民长官一评曲直。徐世昌接上说："对德问题一起，督军团又都到徐州开会，不知又要搞什么名堂呢。"听到"督军团"三字，黎元洪立时低了头，再不提去段组阁的事，反而恳请冯国璋亲到天津，劝段祺瑞返京事事，并且一口许诺："好吧，外交问题就让芝泉主持，我完全没有意见。"

有黎元洪交底的话，冯国璋一去就把段祺瑞请了来。随后，黎元洪乖乖地盖印，众议院表决通过，参议院表决通过。

听到"督军团"三字，黎元洪就惊惶失色了。这是什么"怪物"，竟让黎元洪如此胆寒？所谓"督军团"，脱胎于冯国璋召集的南京会议。袁世凯病死，南京会议不果而散，张勋便乘机邀请参加会议的各省代表便道往徐州开会。这次会议以"团结团体，巩卫中央"为烟幕，骨子里却是组织北洋军阀的各省攻守同盟，用以挟制北京政府对抗护国军。在张勋一手包办下，通过了十项决议，形成了有奉天、吉林、黑龙江、河南、山西、江西、馁远、山东、福建九省参加的军事同盟。

这个联盟一成立，张勋便以盟主自居，忘乎所以了。他亮出了两把刀子，一把指向反袁的民党，一把指向北京政府。张勋不知凭何资格，公然电请各省推举徐世昌为副总统，同盟九省也竟随之呼应。

9月21日，张勋又在徐州召集第二次会议。九省同盟又增加直隶、安徽、湖北、陕西四省，成为十三省同盟，占去全国二十二省一半还多。会议通过了十二项条款，表明他们不仅要建立一个反对国民党和西南各省的军事同盟，而且要组织一个对抗国会和中央的政治同盟。会议还正式推戴张勋为大盟主。沿袭前清督抚称"帅"的遗风，凡爬上督军地位的人一色都取得"帅"字的尊称，帅而够得上冠以"大"字的就只有张勋一人。

会议第二天，安徽省省长倪嗣冲由蚌埠赶到徐州来参加会议。他建议将会议改为紧急会议，并提出了惊天的主张：解散国会，废止旧"约法"，罢免西南派唐绍仪、孙洪伊、谷钟秀、陈锦涛、张耀曾五位总长，并将此项决议通告北京，限三日内答复。

这无疑等同于一场政变。"好啊，本应如此，本应如此！"张勋极力赞成。但此事太大，各省多数代表很有顾虑，尤其是长江三督李纯、王占元、陈光远和直隶督军曹锟明确表示反对，会议不果而散。

大盟主的面子被驳，张勋正气不打一处来，忽听得唐绍仪北上就职已抵天津，勃然大怒。于是一条通电从徐州发出，厉言表示："务请大总统勿令就职，倘竟不察，使长外交，必至金壬误国，华夏蒙羞。勋等于唐署名签押之件，一律不敢预闻。"列名者，张勋领衔等33人。

其实，这个电报是张勋和倪嗣冲两人包办的。各省代表有的随声附和，有的则不同意。长江苏、皖、鄂三省表示要请示本省长官，倪嗣冲就生气地说："你们不能代表，就让我来代表吧。"即提笔代为签名。因此，长江三督通电声名否认列名，并在冯国璋授意下，撤回了他们的代表，脱离了这个同盟。

张勋拍桌子骂娘，发狠要报复长江三督。正在这时，大总统令下："近有少数之人，每囿一隅之见，或聚众集会，凌越范围，或隐庇逋亡，托名自固。甚至排斥官吏，树植党援，假爱国之名，实召亡之渐。若仍不顾大局，一意孤行，国法俱在，公论胥存，本大总统为国家计，亦不能不筹所以善后也。"

段祺瑞见张勋狂妄至极，出手愈狠愈奇，这才鼓足了勇气，拿出一点厉害来，就以总统名义下此命令。段祺瑞又双管齐下，电令各省，不准再到徐州开会，干预政治。

"朝廷"赫然震怒，各省督军遵令不再开会，张勋势孤。但段祺瑞不于此时收回已坠之威信，竟又派阮忠枢、李经羲南下慰问。这使张勋便看透了，段祺瑞是不足畏的。延至对德绝交事起，他公然又召集起督军团会议来。这些武人都不赞成与德绝交，因为一旦参战，他们势必要抛弃了地盘、权位、财富和娇妻美妾，率兵远赴外国打仗，所以他们都与段祺瑞唱反调。可是当段祺瑞负气出走之后，他们又一齐护段，他们只是不赞成段的对德政策，而决不允许黎元洪打倒他。督军团复起，威风依旧，一个声明就把黎元洪吓回去了。

对德绝交令下，黎元洪低头认输，但他还是松了一口气，以为对德的一篇大文章已经做完了。而段祺瑞却以为只做了一半，还有另一半未做，就是"宣战"。

曹汝霖是个亲日派，他向段祺瑞进言："英、美虽强而远，远水难救近火。日本近而强，中国内政问题未有不得日本支持而能成功者。项城舍近图远，疏日而亲英，帝制之失败缘在于此。"段祺瑞便被打动。随后，日本公使秘密与段祺瑞谈话说："世界上任何国家未有不安内而能攘外者，中国政府倘欲实现统一，日本愿借款和供应枪械，先成立模范军为中央直接之武力，借可作统一中国之力量。"日本人是包藏祸心的，企图挑动中国再起南北战争，从中渔利。可是这正中段祺瑞下怀，他便欲以对德宣战为由组织一支自己的武装，从而统一中国。段祺瑞之所以坚持对德宣战，是受了协约国必胜的影响，原是为国家利益打算的，如今经日本人提醒，原来对德宣战还另有妙用——明修栈道，暗度陈仓。

段祺瑞深受鼓舞，即邀请徐世昌、王士珍、梁启超等人同到总统府讨论对德宣战的问题。黎元洪说："我对这个问题是没有成见的。但是我认为少数应当服从多数，现在舆论界都反对宣战，我们不能不予以重视。"梁启超立即反驳说："舆论？什么舆论？我就是舆论界之一人，但我就是坚决主张宣战的！"黎元洪也立即接上说："康南海怎么说的？'悬吾目于国门，以视德舰之入'，任公应有所闻吧。"拿他老师的话回敬他，一句话把他噎得脸红。黎元洪又望着王士珍说："军界也不赞成，聘老就是一个。"王士珍被逼得毫无躲闪的余地，只得闪烁其词地说："德国陆军世界第一，如果德国战胜，事情就难办了。"而徐世昌也不表态，只说慎重行事，两面都不得罪。

段祺瑞这一招是放了哑炮，回到国务院，愁眉不展。想想左右，无一人能为他分忧，就又把徐树铮找来，说："对德宣战的事，舆论反对，军人反对，如何是好呢？"

徐树铮说："舆论是个屁！舆论不仅可以用枪杆子压服，也可以用枪杆子制造，当年搞公民投票决定国体就是例证。"

"你说得不错。"段祺瑞说，"舆论也不大紧，就是军人反对，让我头痛。"

"他们反对，骨子里就是怕出国打仗呀。就给他们说，中国是宣而不战。"

"真是的。协约国要求我国只派劳工，不用出兵呢。"

"那不就得了。"

"不过，协约国是欺骗我们吧。真要宣了战，哪还有不出兵的？"

"这没什么。"徐树铮说，"先过了这座山，再过那个桥呗。我敢保证，只要不派他们打仗，那些个武夫，都会调过头来舔你的屁股。"

段祺瑞连连点头，故意骂了黎元洪一阵，才说："妈的！等我办好了这件事，你还是来做我的秘书长。"

"小扇子"这一点拨，段祺瑞顿开茅塞，于是国务院用急电通知各省督军进京讨论外交问题。段祺瑞派靳云鹏到南京迎接冯国璋，又亲电张勋和陆荣廷参加会议。但冯国璋不愿为人作嫁，张勋也不愿在段手下做个跑龙套的，陆荣廷由于西南诸省反对参战更不愿掺和这件事。因此三人都不肯到北京来。

安徽省省长倪嗣冲最先来京。他先去见总统，为的是保举侄儿倪毓棻为陆军中将，儿子倪幼忱为陆军少将。过去，他在权威赫赫的袁大总统面前几乎是有求必应，因此满以为这位宽厚慈祥的总统不会拒绝他的要求。谁知黎元洪一听便沉下脸来，大声斥责说："怎么？你到北京来是为你的侄儿、儿子谋功名富贵的吗？他们配当中将、少将吗？"倪嗣冲碰了一鼻子灰，又跑去见段祺瑞。段对他的印象也很坏，但却和蔼可亲地接见他，向他透露参战的玄机："对外是宣而不战，对内是战而不宣。"倪嗣冲从蚌埠动身时就放了个起身炮，放言"对德宣战势必有亡国之祸"，又大骂梁启超是"亡国人妖"。如今听段一番言语，则连声称赞："妙啊，妙！我们无条件加入协约国，加入愈快愈好！"

继倪嗣冲之后，数省的督军陆续来到。有山西阎锡山、河南赵倜、山东张怀芝、江西李纯、湖北王占元、福建李厚基、吉林孟恩远、直隶曹锟、察哈尔田中玉、绥远蒋雁，其余北方和西南各省也派了代表参加。段祺瑞主持会议，说明这次会议是为了讨论军制和外交问题，然后就极言对德非战不可。由于会议前都已接洽好了，全部代表齐声赞成。段祺瑞便拿出早已准备好的名单，上写"赞成总理外交政策"八个大字，请各省亲笔签名。外交问题就这样一蹴而就。接着讨论统一军队编制，规定军官标准等问题，各省督军都不出席而只派代表参加，段祺瑞也不出席而派陆军部次长傅良佐主持，敷衍了事而已。

军人对于"宣战"都投了赞成票，段祺瑞便召开内阁会议，通过对德宣战案。这时候外交总长伍廷芳已提出辞职，教育总长范源濂正在请假中，财政总长陈锦涛涉案免职，内务总长孙洪伊去职后尚未补入，交通总长许世英刚牵连受贿案被捕，因而参加会议的只有海军总长程璧光、农商总长谷钟秀和司法总长张耀曾三人。会议在冷清中刚刚开始，忽然闯进来二十几个督军和代表，一下子把会议厅塞得满满的。他们喊喊喳喳，纷纷要求发言。不等段祺瑞允许，倪嗣冲就开了头炮。他说："国家兴亡，匹夫有责，所以我们军人才敢来此说话。这对德宣战的事，已是火烧眉毛了，请我政府无条件参加，越快越好，越快越好！"张怀芝甚至出语威胁："地方上老百姓都是要打德国的，如果不尊重民意，闹出乱子来，咱们地方官可负不起这个责任！"接着又有几个督军发言，无不慷慨激昂。段祺瑞笑在心里却一脸严肃，待他们都放完了炮，才问三位阁员有没有不同意见。三位阁员只有"同意"的份了。就这样，对德宣战案通过。

"还是军人厉害！"段祺瑞好不惬意，便想："我手里有了这杆枪，何不使一使？"段祺瑞直把这些军人送到大门口，故作担心地说："咱们内阁这边是顺利通过了，但不知总统府那边怎么样呢？"倪嗣冲一拍胸脯，大声道："总理放心，这事包在我们身上，黎总统一定没有二话！"

随后，督军团开始行动。他们首先一一拜会协约国驻京公使，受到热烈欢迎。然后，他们又邀请两院全体议员举行招待会，到会议员竟有400人之多。这些议员明知军人干政之非，但美酒佳肴入肚，心也就软了，何必与这些丘八过不去？两件事办得圆满，他们便意气洋洋一窝蜂地拥到总统府来。

黎元洪在丰泽园接见他们。他板着面孔，一副威严，大声问："你们有何事到此？"又是倪嗣冲带头说话，重复他那一套中国应当参战的老调。看着这位张狂的武夫，黎元洪心中的愤怒和厌恶难以压抑，立即打断他的话，斥道："原来你们到这里来，为的就是这个！可是我告诉你们，你们身为督军，不知道军人不得干政吗！你们怎么竟敢擅闯国务院，干扰政府会议？怎么成群结队，去与外国使节打交道？国会议员应秉公国事，自主参政，也是你们拉拢的对象吗？你们应当知道，宣战媾和，乃本大总统的特权，不许你们侵犯！你们责在守土，外交与你们无关，你们到北京来所做的一切，都是无法无天的！"

这些督军何曾料到"泥菩萨"总统竟有如此雷霆之怒，一时懵了。会场冷了一阵子，倪嗣冲辩解说："我们访问各国公使，是因为他们希望我们参战。"黎元洪斥道："你是省长，凭什么资格和外交团说话？"倪又强辩说："我这次到北京来，是奉召参加军事会议的，不能算是擅离职守。"黎元洪又斥道："你是省长，凭什么资格参加军事会议？"

督军们灰溜溜地走出总统府，便又来到国务院，把他们受的窝囊气向段祺瑞发泄。

当天晚上，一个小圈子的秘密会议在府学胡同段宅举行。参加会议的是曹锟、倪嗣冲、张怀芝、王占元、赵倜等督军和陆军次长傅良佐。段祺瑞说黎元洪给督军团没脸，就是给他没脸，言下之意不胜愤慨。此时傅良佐蓦地起立，拍拍手枪大声嚷道："没有大不了的事，总统不盖印，要他这个鸡巴总统干啥，把他赶跑得啦！还有那个国会，国会就该通过，国会不通过，就把这个鸟会解散拉倒！"众督军听了个痛快淋漓，爆了个满堂彩。

张国淦见状失色，急忙说道："总理的意思不是这样的。既然有这么个政制，就该按部就班。驱逐总统和解散国会都不是办法，一切应当在轨道上进行，要不会出事的。"段祺瑞沉吟片刻，才点头说："对，我们应当按轨道办事。"

按轨道办事，但这条轨道怎么才能走得通？段祺瑞决心双管齐下，作最后一搏。一方面，他放下身段来，在迎宾馆邀请参、众两院议员举行茶会。另一方面，就是徐树铮所说的，用枪杆子制造民意，指示各省督军策动本省人民团体，向政府请愿。于是乎，各省的电报如雪片一般向北京飞来。这情景，就像当年袁世凯表决国体时一模一样。

在做足了功夫之后，段祺瑞又偕同阁员到总统府，请黎元洪盖印。黎元洪说："这个问题不小，我们应当多加考虑。"刚说此一句，范源濂就拍桌而起，厉言秽语齐出。说完之后，他竟又暴跳如雷地不辞而去，由于用力过猛，关门时竟把玻璃震碎了。段祺瑞本想演一出"霸王硬上弓"，不料范源濂把这台戏演过了火，他虽然心里痛快，却怕黎元洪翻脸，于是不作一声，告辞而去。只有张国淦仍呆在那里。真是无声胜有声，黎元洪反而害怕了，也不说一句话，示意秘书把印盖好，交与张国淦带回国务院。

黎元洪服软盖印之后，又后悔了。他立刻找司法总长张耀曾到府谈话。他问："国会不通过参战案，他们能不能解散国会？"张回答说："即使解散国会，也应召集新国会，然后通过宣战案，才能公布执行。但是'约法'并无解散国会的规定，违反'约法'，就等于谋叛。"黎元洪听得明白，心情大振："对，违反'约法'就等于谋叛！"他找到了阻挡宣战案的盾牌，把希望寄托在国会上了。

全国的眼光注视着北京。这时的国会在"不党主义"影响下，各党派纷纷改头换面。梁启超的进步党成为研究系，国民党派议员则分化为政学会、益友社、民友社等团体。研究系赞成对德宣战，益友社一致反对宣战，其他党团则参差不齐。但经过主战派数月酝酿以及与各方接洽，宣战派在国会中已占上风，大有可望通过宣战案。

5月8日，国会开会。北京城突然出现了"陆海军人请愿团""公民请愿团""五族公民请愿团""政学商界请愿团""学界请愿团""北京市民请愿团"等光怪陆离的队伍。10日下午，众议院举行全院委员会审查对德宣战案。这些"公民团"从四面八方聚拢过来，竟有二三千人之多，把众议院包围得水泄不通。每当议员走过时，他们就投以各色各样的请愿书和传单之类，议员若不接受，就被团团围住，拉扯推搡，叫嚷斥骂。混乱之中，邹鲁挨了几记老拳，头破血流。吕复、田桐、郭同等十几名议员也被拳打脚踢。

各请愿团推举张尧卿等数人为代表会见了众议院议长汤化龙，要求允许他们列席旁听。汤化龙拒绝。张尧卿威胁说："你们今天务必通过宣战案，否则的话，那就别怪我们不客气！"这时候，武装警察来了，布满了众议院周围道路，会场的四面便门都有佩戴手枪的警官把守。他们口称保护议员，禁止他们外出，而却放任请愿的"公民"自由出入。汤化龙打电话到处求救，电话一直打到总统府和国务院。总统府说，已请总理即刻处理这件事。国务院说，总理已派警察总监吴炳湘到国会来处理。

国会议会厅里群情激愤。国务院职员张君劢致函梁启超，披露了两点重要情况：一说公民包围国会全系傅良佐、靳云鹏、王揖唐所为；一说督军团会议对国会、元首约定了办法，共分四步，先国会，次总统卫队，又次总统，再次去之而后已。研究系议员闻之惊骇，于是不顾自己的宣战立场，也加入声讨。全体议员一致主张，如果不解决这个突发事件，就不讨论对德宣战案。议员张伯烈提议请内阁总理、内务总长、司法总长三人到会，质问北京秩序是否尚能维持。这个提议立刻获得全场通过，议长就分别打电话请三人立至国会，一面宣告停会以待。

一直到下午五时，范源濂才赶到国会来。他到议长室电话催请段总理到院，并责成军警解散"公民团"。北京警察总监吴炳湘又到。他并不下令解散"公民团"，反而招请他们数人入内，劝他们先行撤退，有话从长计议。"公民团"的代表要求面见汤议长，汤化龙避而不见，就由范源濂接见。他们提出三项要求：一、国会当天通过对德宣战案；二、国会如果不通过，要求政府解散国会；三、政府如不解散，公民将自动捣毁国会。

七时半左右，门外的喧哗突然静止下来。原来是段祺瑞的汽车到了。段祺瑞下车时，"公民团"摇旗欢呼，掌声雷动。段祺瑞满脸挂着笑容，疾行入院。

段祺瑞一站上主席台，被困了一个下午，饥肠辘辘的议员们个个怒目切齿。邹鲁一声怒吼："身为国务总理，可以纠众殴打议员，我们应该先把你关起来，问明责任再说其他！"边说边向上冲。议员赶紧把他拦住了，然后纷纷发出质问。段祺瑞倒也沉着，直待会场没声了，才说道："今天的事情，实在不大好。但这些人也是国民一分子，来此和平请愿，不应武力驱散，如果强以武力，伤及人命，恐怕还会有人说话。"议员们闻听哗然，纷纷抗议："那些'公民'已是暴力犯法，为什么不能武力镇压？"段祺瑞这才回答说："我回国务院，即下令驱散他们。"但议员们严词拒绝："请你在这里下令，否则谁也别想出去！"段祺瑞只得命令吴炳湘到院外清场。

"公民"把议员包围在院内，议员又把总理包围在休息室里。汤化龙陪着段祺瑞、范源濂、江朝宗等人坐着，没有一个人开口说话，形同几尊木偶。倒是议员休息室里谈笑风生，大家都说："有段总理为质，我们还怕什么呢？"又有人说："这种场面，民国二年选举总统时我们已经领教过了。老袁出的那丑，老段又要再出，黄鼠狼将老鼠，一窝不如一窝。"

吴炳湘到门外劝导"公民"离去，但无人理睬他。僵持到晚间九时，急不可耐的“公民”们发了疯，将砖头瓦块一起向院内打来。一块飞石正打在日本记者的鼻梁上，立时血流如注，哇哇大叫。吴炳湘害怕引起外交事件，这才召来军警。过了一会儿，嗒嗒的马蹄声响起，霎时一支马队冲了过来，挥舞长杆横扫人群。随后，消防队又来，架起水枪向人群喷射。那些“公民”一看政府动了真格的，卷起旗帜，四散逃走。

九时半，继续开会。范源濂向国会保证，加强警卫，不再发生同样事故，希望议员勿因今日意外而介怀。说完了这些话，就陪同段祺瑞退席。但议员们的心情坏透了，拒绝继续讨论，于是宣布散会。

全国舆论大哗，一致谴责“公民团”的暴行。伍廷芳、程璧光、张耀曾、谷钟秀四位阁员建议内阁总辞职以明责任，被段祺瑞拒绝，于是四人单独提出辞呈。5月12日，国务院举行例会，竟只有段祺瑞一人形影相吊。张国淦蹑手蹑脚走了进来，段祺瑞便问有何良策。张国淦说：“总理不妨暂时引退，等待局势好转，不久仍可上台。”段祺瑞说：“我若自动辞职，好像是我的错了。总统若不想让我干，就让他免我的职好了！”他的言外之意是“他要免我的职，我不副署，其奈我何？”张国淦苦笑一声，说：“民国元年唐绍仪、熊希龄被免职，陆征祥、赵秉钧受代的事，总理是知道的。再说总理免孙洪伊的职，也没有副署吧。”张国淦又委婉地表示，在此种情势下，即使不辞不免，也不好再干下去了。段祺瑞这才低下了头，便叫秘书拟写辞呈。

当天晚上，徐树铮跑到张国淦家里大肆咆哮：“你这是得了公府的令，压迫总理辞职，将来北洋瓦解，谁负其咎？”正巧，这时国务秘书带着辞呈到府学胡同交段祺瑞核实，徐树铮遂一把抢过来撕得粉碎。

段祺瑞成了光杆司令，仍然照常上班，而且态度异常闲适。徐树铮的强心针使他恢复了信心。他似乎满有把握地认为国会一定能通过对德宣战案，而内阁也不会有严重危机。因此他撇开总统，而以国务院的名义一连用三道咨文催促众议院再行开会。

黎元洪露出了惬意的微笑，揶揄地说：“且看他的独角戏唱到几时？”他对阁员的辞呈都批了“交院”两字，看段祺瑞怎样发落。只有伍廷芳的辞呈留中不发。有人问他，他闪烁其词地说：“为了外交关系。”而其实，他是预备派伍顶缺代理总理。

督军团在倪宅召开紧急会议，议决阻止总理辞职，在总理去留未解决以前，督军们相约不出京,以与国会和总统战斗到底。他们先分头疏通议员,曹锟、李厚基、田中玉宴请直隶议员,张怀芝宴请山东议员,倪嗣冲、王占元、赵倜、阎锡山分别宴请皖、鄂、豫、晋几省议员。然后,全体在京督军又联名宴请全体国会议员。

众议院再次开会。议员褚福成动议:"对德宣战一案原是以总统的名义咨交国会的,何以三次催请表决的咨文都用国务院的名义? 国务院发出公文,应由国务会议决定,但现在只有总理一人,不能举责任内阁之实,因此本院对于此等重大外交案件,应俟内阁改组后再议。"这一动议获得通过。

国会复会以来,由于国民党派的议员四分五裂,进步党的研究系反而占了上风。"公民团"事件,使国会议员在倒阁的共同要求上桴鼓相应,而研究系转而处于孤立地位。这使研究系认为,这个国会仍是国民党的工具,于是竟出大招,利用段内阁与国会势不两立的情势解散国会,然后重组新国会。

当天晚上,气急败坏的督军们又在倪宅举行紧急会议。研究系的重要人物公然参加,他们与督军团已是沆瀣一气。督军团决定再施压力,迫使国会通过对德宣战案,否则督军便联名呈请总统解散国会。有人提醒他们,这样做是不妥的,因为国会并未否决参战案,而只是推迟了讨论时间,因此不如借口国会宪法二读所通过的宪法条文严重违反宪法精神,而呈请总统解散。这一意见获得督军们的齐声叫好。这时又有人提醒,这样做也不妥当,因为宪法尚未完成,借口宪法不良而解散国会未免言之过早。怎么才能妥当? 这帮人犯了难。议来议去,终于想出了分两步走的办法:先呈请总统咨文国会改正宪法,如果国会拒绝改正,再呈请总统解散国会。

于是乎,督军团用研究系的幕后军师执笔,连夜起草呈文,在对宪法草案极尽贬责之后,严正要求总统"如其不能改正,即将参、众两院即日解散,另行组织"。全部列名的有各督军和军事代表22人。

黎元洪看了督军团的呈文,即请政学会的谷钟秀、研究系的汤化龙、益友社的吴景濂、政余俱乐部的王正廷等国会各政团领袖举行谈话会。当谈话会结束的时候,有人问黎元洪:"如果督军团一定要解散国会,总统如何对付他们?"黎元洪凛然说:"我抱定了九个字的主意:不违法,不盖印,不怕死!"

闻听黎元洪"三不主义"的讲话,兴风作浪的督军团纷纷离京而去。本来,各督军相约不离京的。在讨论中,倪嗣冲提出总统如不同意解散国会,各督军就联名辞职，得到一片喝彩。但这时候有人提醒说，各督军相约不离京，倘若总统命令北京军警监视大家的行动，你们岂不都成了俘虏？联名辞职也可能适得其反，各督军在自己的地盘内辞职可以吓倒总统，而在北京辞职，如果总统一概照准而又以你们的部下接任，岂不是自己解除自己的武装吗？这番话使督军们恍然大悟，这才决定在总统拒绝解散国会的时候，就离京回防地反抗。

黎元洪的幕僚们弹冠相庆，他们以为这些武人害怕了，才作鸟兽散，便鼓动黎元洪出手倒段。恰在这时，北京英文《京报》揭露了中日军械借款的秘密消息，日本政府决定以一万万日元借予中国，以使中国聘用日本管理人员主持军火工业，聘用日本武官训练中国参战军。这个消息引起全国人民的震动，使摇摇欲坠的段内阁雪上加霜。

段祺瑞出人意料地来到总统府，他向黎元洪表示，迫切希望摆脱一切。他说："我已经找过了徐菊老，找过了王聘卿，他们都不肯出山。请总统从速为我找到替身，以便交卸。"黎元洪只回答了一句话"我一时还没有找到适当人选"，就不再言语。段祺瑞默默起立，告辞退出。

段祺瑞一回到院，即命陆军部向路局接洽专车，宣称于当晚9点钟离开北京。黎元洪毫无情面，让他恨得咬牙切齿，但他的犟脾气没有发作，倒是沉下心来思索半天，就草拟了一份补充内阁名单，以夏寿康为内务总长，饶汉祥为司法总长，汤芗铭为海军总长，孙宝琦为财政总长，庄蕴宽为农商总长，汪大燮为交通总长。这张名单打头三位就是黎的同乡湖北人，其余几人也都是黎有好感的人。他把名单交给张国淦，说走却并没有走。段祺瑞在等什么呢？等黎元洪回心转意。

张国淦带着这份名单到了总统府。黎元洪望了一眼就冷冷地说："名单上都是一些安徽人吧！"可是当他接到手里一看，脸色就和蔼多了。待张国淦退去，黎元洪立即召集金永炎、哈汉章、蒋作宾和黎澍四个人来讨论这份名单。哈汉章说："老段真要辞职，那就拿出辞呈来见。可他不，找徐世昌替他，又找王士珍，明知这两人是不会趁火打劫的，才做出这种样子。打悲情牌，想让总统发慈悲放过他，这套把戏能骗得了谁呢？"蒋作宾接上说："此计不成，老段又演苦肉计呢，拿这张内阁名单做交易，总统且莫上当！现在正是倒段的最佳时机，此时不下手，更待何时？"黎元洪一边听着，想起段祺瑞给他受的那些罪，肝火大起，猛地一拍桌子说："好，我就免了他！看他还能在我头上拉屎撒尿吗？！"

第二天，张国淦再到总统府讨回信，黎元洪就说他决心免段。张国淦劝他再加考虑，话刚出口，站在身边的金永炎突然拔出手枪来，对着张的胸膛晃了一晃，恶狠狠地说："不许你开口！开口我就毙了你！"黎元洪向金永炎挥挥手说："去，去，你怎么可以这个样子？"又接着起来，走到面无人色的张国淦面前，一个劲地道歉，然后派卫士护送他离开了总统府。

　　这一天，伍廷芳出人预料地到了国务院办公室，将三道总统令发交印铸局。第一道命令是免去国务总理段祺瑞的职，派外交总长伍廷芳代理国务总理；第二道命令是派陆军部次长张士钰代理陆军部长；第三道命令是派王士珍为京津一带警备总司令，并派江朝宗、陈光远为副司令。

　　同一天，绝了望的段祺瑞离京赴津。段祺瑞行前发表通电说："查共和各国内阁制，非经在任内阁总理副署，不能发生效力。总统的命令未经祺瑞副署，将来地方及国家因此生何影响，祺瑞一概不能负责。"电报末尾署名为"国务总理段祺瑞"。

　　黎元洪当总统一年来，终于吐出了一口恶气。孰料，他打开了潘多拉的盒子，放出了一个魔怪来。

张辫帅调停进京 黎总统解散国会

　　督军团相约离京回防,张勋趁机又约请召开第四次徐州会议。由北京挂车直放徐州的有倪嗣冲、张怀芝、王占元、赵倜、李厚基和各省代表20余人。这次会议有四五个督军亲自参加,就比前三次徐州会议更为生色了。

　　会议开至第二天,传来大总统的免段令。会场立时如油爆锅一般,倪嗣冲拍着桌子连哭带骂,誓与黎元洪不共戴天。会议一致决定:打倒黎元洪。但在接着讨论另推何人继任总统的时候,却是莫衷一是了。这时北洋内部直、皖两系隐然成形,直系的人提名冯国璋,皖系的人提名段祺瑞,而其他的人又提徐世昌。张勋既非直系又非皖系,但他对这三个人都不感兴趣,他念念不忘的是小皇帝溥仪。他对众人说:"各位如果还想办共和、选总统的话,最好还是先辞了督军去当议员。因为民国总统只能由国会选出,我们督军、省长哪有一根鸡巴毛的权力?所以我说,如果要选总统,我们这个会也就不必再开了。"

　　众人一听,便明白了张勋的意思。张怀芝率先说:"少轩说得不错,要是搞共和,我们连个狗屁议员都不如。我们还是依了少轩的主张,让小皇帝登基坐天下吧,这事儿倒正适合我们来干!"

　　但响应者寥寥。张勋又说:"不瞒各位说,我已与徐世昌、冯国璋、段祺瑞、王士珍、陆荣廷等人说好了,这些大佬都赞成复辟,我们还有什么不赞成的?你们不信,现冯副总统和段总理的代表都在这里,可以问问他们。"说完就把目光指向胡嗣瑗和徐树铮。冯国璋并不赞成复辟,他派胡嗣瑗来开会不过是让他打探消息而已,可是胡嗣瑗是个复辟派,便自作主张,声称冯副总统赞成复辟。段祺瑞为了利用张勋倒黎,才叫徐树铮到徐州来。张勋问徐树铮:"老弟,你是芝老的左右手,你说说看,他对复辟的事有些什么高见?"徐树铮沉吟一阵,说:"芝老但求达到驱黎的目的,一切手段在所不计!"张勋就认为段祺瑞不会反对复辟,于是慨然说:"总理如能赞成复辟,倒黎这件事我姓张的一人包了。"

这时候,仍有人又提出疑问说:"当年袁氏称帝,尚且不成,现在我们要复辟,能成吗?""能成,能成!"张勋胡子一撅,大声说,"我说能成,可不是吹牛皮的。以老夫之见,老袁自己做皇帝,是为私,我们拥戴大清皇帝复位,是为公,为公与为私可是一个天上一个地下。老袁称帝,北不用冯国璋,南不用陆荣廷,才有此败,而今北冯南陆都赞成复辟,再有我等一体拥护,何事不成?哈哈哈!"张勋说完,竟自大笑起来。

众人再无异议,张勋便要立誓为证,叫副官去取一块白绫子来写誓书。总务处没有,张勋又叫副官到自己家里去拿,正好大姨太邵雯那里有一块给少爷压邪用的黄绫子,便拿了过来。遂由万绳栻当众写下一篇誓词。张勋首先签名,然后一个个依次签字。签字完毕,有人便提议,约定日期,请张勋率领大军直捣北京,把黎菩萨和所有民党议员一个个提到菜市口砍了脑袋,然后请小皇帝登基了事。张勋听了,满脸堆笑,大大地称赞了一番,然后说:"不过呢,此事不可鲁莽,我们先把姓黎的收拾了,然后再相机行事,一件是明着干,一件要暗着来。这叫什么来着?"张勋搔着头皮想着,有人提醒他:"明修栈道,暗度陈仓。""对,对。明修栈道,暗度陈仓。"张勋接着说,"我还给各位兄弟们说,你们是唱白脸的,我可要唱红脸。你们向姓黎的下硬刀子,可我要上软套子,让姓黎的自己钻进来,就像我牵着的一条狗,乖乖地把大位让给小皇帝。"众人听了,齐赞妙计。

张勋有复辟之心,可谓众所周知。但这时黎、段两人厮杀得眼红,却都想以张勋为奥援。黎元洪看中张勋,是因为他反对对德宣战,又不拥护段内阁。段祺瑞也看中了张勋,有两事可引为同志,一是痛恨国会,二是轻视总统。黎、段两人又都认为张勋是个老粗,略使手段就可为我所用,因此两方都极尽拉拢,请张勋入京相助。

段祺瑞派徐树铮来到徐州,送上大礼,又说了一车好话。张勋满脸堆笑道:"咱总理未免太客气了些,何必请老兄专程而来,给俺一封信不就把事办了吗?"

随后,黎元洪派了国会议员,也是张勋同乡的郭同来了,又是大礼,又是高帽。张勋暗自好笑,故作慷慨地说:"别说你老远来了,就是给俺一封信,事情不就办了吗?说真的,咱们总统可是个老实人,这没说的,如果他一定用得着俺,俺一定为他老人家出力,不出力就是个杂种!"张勋的慌话说得比真话还真。黎元洪信了张勋的话,才下决心免段,而对徐州会议搞了什么鬼,却懵然不知,反而抱有一种幻想,期待张勋约束督军团。

徐州会议之后第二天,张勋即向黎元洪发来电报说:"各省督军及代表二十余人昨晚偕同到徐,以宪法就商。咸以民国适用责任内阁制,凡任免官吏,向由国务院发出,非由国务总理副署不能发生效力。共和国家首重法治,如果任意出入,人民将何适从?有人所言'中央既首先破坏法律,则各省唯有自由行动'等语,理由极为充分,如无持平办法,必将激生他变。谨飞电直陈,敬候钧裁。"

张勋以第三者关心的口吻透露了徐州会议对"免段"的态度,从而向黎元洪抛出了预做"调人"的钓饵。

但黎元洪并未感到事态严重,他认为只要找出人来重新组成内阁,即可化险为夷。他请在天津的徐世昌出山,信使不绝于途,但徐坚决不肯应命。他又请北洋派的另一块金字招牌王士珍,并亲到王宅劝驾。王也不肯"卖友求荣",说来说去,最后答应在新内阁中担任陆军总长,以便随时为总统帮忙。徐、王两人都请不动,黎元洪退而求其次,提出叫李经羲来干。这时候,冯国璋又致电王士珍,劝其出来组织内阁。王士珍难以应付,就发出通电为李经羲捧场。在此情况下,国会破例开会,众、参两院顺利通过李经羲为国务总理案。

黎元洪任用李经羲,既是安抚北洋系,又是对张勋的拉拢。李经羲在做云贵总督时,是张勋的顶头上司。而李经羲敢于出山,所恃的王牌也是这个辫子大帅。在国会通过对他的任命后,他便打电报向张勋询问进止。张勋给他的复电是"苍生霖雨,允符众望"八个字。

正当黎元洪大大地松了一口气的时候,江西倪嗣冲放了第一炮,通电各省,宣布独立。接着有河南、浙江、山东、山西、福建、陕西、奉天等省响应,稍后又有直隶和黑龙江宣布独立。好家伙,一下子十个省独立!而且,倪嗣冲扣押火车,运兵北上,扬言要"直趋都门,为民请命"。

督军团向黎元洪提出四项条件:解散国会、改正宪法、组织健全内阁、摒弃公府金壬。声言如果总统接受这四项条件,就可以取消独立。所谓"公府金壬"是他们编造的"三策士""四凶""五鬼""十三暴徒"等名目。三策士指郭同、汪彭年、章士钊,四凶指丁世峄、哈汉章、金永炎、黎澍,五鬼指汤漪、郭同、汪彭年、哈汉章、金永炎,十三暴徒指褚福成、邹鲁等十三人,都是国民党或研究系不合作的国会议员。

督军团抛出的"条件"，其实是复辟的一块敲门砖。但黎元洪却不知道这是一个骗局，便想避重就轻，接受其中一二条，以平督军团之怒。见黎元洪是个软骨头，原属国民党的国会议员纷纷避难而去，研究系的议员则有80余人提出辞职。如此一来，国会不待解散已经瓦解。公府幕僚哈汉章、金永炎、黎澍等人也提出辞职，他们担心"清君侧"，而遭受晁错那样的下场。黎元洪也竟一律批准。于是策士们风流云散，只有副秘书长饶汉祥留恋不去，黎元洪成了孤家寡人。

黎元洪更番不休地催促李经羲入京组阁。李经羲做梦都想登台拜相，他在天津逐日酬酢，准备大摇大摆，走马上任。哪想到督军团各省纷纷宣布独立，李经羲立时吓昏了头脑，躲在天津租界里再不敢露面了。他不敢到北京就职，却又抵不住黎元洪的催请，便提出请总统电召张勋调停时局。黎元洪也感到只有张勋是个救星了，于是发布总统令，召张勋晋京调停时局，并派专车到徐州迎接。

正在这时，天津河北大马路中州会馆忽然挂出了一块"独立各省总参谋处"的招牌，通电就总参谋职的竟是洪宪帝制要犯雷震春。所发电文说："巩固共和政体，另定根本办法，设立临时政府，临时议会。"这个组织号称是独立各省的联合军事机构，也就是一个临时政府的雏形。这是段祺瑞与徐世昌谋划后所走的一步棋：对张勋釜底抽薪，把督军团的势力网罗到自己一边，同时对抗黎元洪的北京政府。

本来，段派人物主张推徐世昌为大元帅，纠合各路诸侯会师北京，驱黎后即推徐继任总统。说来奇怪，对内阁总理敬谢不敏的徐世昌竟对大元帅居之不疑，准备通电就职。在天津做寓公的张国淦急忙来劝阻他，说："公迟早必为总统，何苦留一话柄。"一句话提醒了徐世昌。张国淦再去与段祺瑞商量，段也以为取天下于黎之手不顺，让张勋打倒黎，然后取之于张之手才是妙着。于是，他制止了他手下拥徐为大元帅的企图，于是就有了"独立各省总参谋处"的招牌。

张勋勃然大怒。他是十三省联盟的大盟主，段、徐两人竟使出这种卑鄙手段篡了他的位，真是偷天换日！他立电天津，公然以命令的口气说："不得于通常名目之外另立名目。"随后向黎元洪发电，托言路阻，不能来京。其实不是路阻，是他起了疑心，不敢路过天津了。

黎元洪终日战战兢兢，担心督军们直捣京师，望张勋如大旱之望云霓。他又电张勋，并且抱怨地说："公仍迟延不来，不啻是要我下台，那我就请冯副总统来京。"如果由冯国璋继任总统,复辟计划就有泡汤的危险,张勋这才决定立即北上调停。

临行前夜,万绳栻请来一位"天师"占卜吉凶。那天师合掌瞑目,念念有词,一会儿抖出一支签来。众人看时,上面是杜甫的一句诗:"落花时节又逢君"。张勋就问:"这是什么意思?"万绳栻说:"这君就是国君啊,不正是应了大帅迎皇帝复辟的事吗?"张勋又问:"那落花时节又说的什么时候呢?"天师说:"让我再算算看。"说着又摇起卦筒,不一会又抖出一支签来,上面写着李白的一句诗:"江城五月落梅花。"

"妙啊,妙啊!"万绳栻大嚷起来:"这落花时节说的正是五月,今天是四月十七,等到五月梅花落的时候,我帅大功已经告成了!"张勋兴奋得忘乎所以,竟抓起脑后的辫子摇了三摇,哈哈大笑着说:"好,明日起程!"

6月7日,张勋率军北上。到达天津,张勋住进他在天津德租界的公馆里。他率领的辫子军,有苏锡麟统领的一营卫队、一营炮兵、两营步兵和李绍臣统领的步兵六营共四千人,驻守天津车站附近。

黎元洪急忙派夏寿康赶往天津找李经羲,叫他劝张勋切莫带兵入京。夏寿康到天津找李经羲不着,就直接去见张勋,带回来张勋提出的六项条件:一、实行责任内阁制;二、解散国会;三、解散省议会;四、惩治"四凶";五、另定宪法;六、赦免政治犯。以上条件并限于三天内答复。

黎元洪一听,头都大了,气愤地说:"督军团提了四条,他张勋提了六条,比督军团更甚。早知如此,我何必请他?"夏寿康劝黎元洪先把他请来再作计较,黎元洪即打通了与张勋的电话,说:"条件尽有磋商余地,务请早日枉驾来京,藉聆教诲。"张勋的回答既干又脆:"国会不解散,决不入京。"

第二天,张勋又发出通电,说明他要求解散国会的正当性。其中说:"国会前度之解散,出自首座领衔之呈请。"他说得一点不错,当初袁世凯解散国会时,授意各省武人联名发表呈请解散国会的电报,当时黎元洪是副总统兼湖北都督,被指派在第一名。张勋狠揭了黎元洪的伤疤,而黎元洪心里流血,无言以对。

国会恢复尚不足年,又落在生死线上挣扎。众议院议长汤化龙深感失望,武昌起义时的激动与豪情烟消云散,回想起清末时的立宪更是恍如隔世,当年多少美好的理想都如秋风落叶,片片飞去。有议员建议他向督军团让步,通过宣战案,以救危局。汤化龙认为时机已逝,说:"交让当自我发,如今人以威取,还有何交让可言？与其苟留，不如自退。"毅然写了辞呈，去了天津。

众议院开会，只得通过汤化龙的辞职申请。这时副议长陈国祥也要辞职，众院只好马上改选议长。结果，吴景濂当选。他站在台上说："我今天是否就职，不必问我，要问诸君能否与我合作到底。"大家齐声说："即使赴汤蹈火，也愿与议长共患难！"吴景濂大为振奋，激昂地说："既然如此，我抱尽议长应尽之责，如遭不幸，为国而死，决不屈服彼辈！"会场里立时爆发一阵掌声，充满悲壮之气。

黎元洪明知总统无解散国会之权，他左思右想，想得一个既解散国会而总统又不担责的两全之策。就是叫国会自行解散。当天夜晚，他邀请国会各政团领袖吴景濂、王正廷、褚福成等28人到总统府会谈，劝告两院议员提出总辞职，政府每人发给2000元，即由国会自动宣布闭会。众人一听，立时大哗，公推吴景濂表明立场。吴景濂慷慨陈词："总统在约法上无解散国会之权，今总统以解散国会威胁议员，不顾违背法律。总统自问，将来能否免国人裁判乎？我辈为议员，只知在法律上立论，为法律所不许者，无论有何种势力，皆所不顾。今日之事，两方可决：总统知法，虽受逼迫，不敢解散国会；总统不知守法，屈服势力，则由总统自为之。言尽于此，请总统自决。"

吴景濂说完，议员们又七嘴八舌的抗议。有人说："你也不想想，总统不是国会选出来的？没有国会，何有总统？"有人说："你先前信誓旦旦，不违法、不恋位、不怕死，人称'九字'总统，可现在，你是又违法、又恋位、又怕死！"

黎元洪苦笑了一声，说："如不答应解散国会，民国亦不能保，岂不更糟？两害相权取其轻，万般无奈我才想起这个法子。"褚福成激愤地回敬他说："国会决不能解散，那些武夫，他们要来就来吧，围攻议院也好，或烧或杀也罢，我们无所畏惧！唯求总统不要解散国会，否则你就是历史罪人！"

黎元洪遭到国会的拒绝，又派公府秘书瞿瀛去天津，请徐世昌协助张勋调停。瞿瀛找徐世昌不遇，回头又去找李经羲，恰巧在路上与张国淦不期而遇。张国淦对他说："复辟已经不是一个计划，而是一个行动了。此时只有阻止张勋带兵进京，才能阻止复辟。找徐东海或李仲仙都没有用，因为这两个人对张绍轩都说不上硬话来。能够阻止张勋的只有段芝老，请你快回北京面劝总统，即日起用芝老为内阁总理，这是解决时局的唯一办法。"

瞿瀛说："这恐怕难办，一会儿免他的职，一会儿又起用人家，将使总统无地自容。"张国淦大"咳"了一声，说："总统手创民国，何忍见其亡于本人之手！今天的事,还争什么面子? 你说是意气用事好呢,还是抢救民国的好?"这一说,瞿瀛也就同意了,匆忙赶回北京。

黎元洪听了瞿瀛的话,心有所动,便找到身边寥寥可数的几个幕僚征询意见。结果是,齐声反对。有人说:"张国淦是老段的说客,千可万可,只不可中老段的诡计!"又有人说:"复辟不过是一种谣言,今天谁人敢于复辟! 即使真有其事,我们宁可断送于张勋之手,也不能让姓段的再来欺负总统!"黎元洪被这些话打动,说:"一点不错,我们抱定宗旨,不可再中别人的计!"

三日期限已到,张勋不等黎元洪答复,就派辫子军先头部队开进北京,分驻天坛、先农坛两处。黎元洪火燎眉毛,急电在天津的夏寿康,要他去找李经羲,劝告张勋切勿轻举妄动。果然,李经羲不敢向张勋说硬话,反而请夏寿康转告黎元洪说:"张绍轩想复辟是毋庸讳言的。但据我的观察,现在还不到复辟的时候,此行目的在于解散国会。他是一个血性男子,倘总统结之以恩,又容纳他的主张,我想他必能为总统所用。"

这是什么话? 简直是为虎作伥! 可黎元洪听了,并不反感,而是半信半疑。他立电夏寿康,要他弄清实情。夏寿康打听了半天,回电说,张勋一时还不想复辟,只在解散国会。

张勋一到天津,便按照"明修栈道,暗度陈仓"的步骤,一面逼迫黎元洪解散国会,一面做复辟的打算。他以为徐世昌和段祺瑞两人都是赞成复辟的,想首先得到这两个人的支持。这也是他不直入北京而在天津停留的一个原因。他先拜访徐世昌,以复辟后首席辅政大臣相许。然而徐世昌却说:"复辟当然是好事,但本人近年来神智疲累,已是心有余而力不足。少轩蓄志有年,万事俱备,大可径自为之,无须彷徨他顾。"我当不了,你来当吧! 徐世昌这样拒绝了张勋。

这天晚上,还未等张勋前去拜访,段祺瑞倒先来了。寒暄过后,段祺瑞说:"大哥来了,很好。到了北京首先要维持治安,这是要紧的事。别的事亦可以办,只是保清帝复位的事还不是时候,即算北方答应,可南方亦不会答应,我看这件事还是慢慢来办的好。"段说的"别的事",就是倒黎的事。

待段祺瑞一走,张勋就骂起来:"他这个东西! 光想着打倒了黎元洪,他好上台。不是为了复辟,那打倒黎元洪何为? 妈拉个巴子,想拿我当枪使,做梦!"

徐、段两人,一人一盆凉水,张勋火热的头脑大大降温,又由于夫人曹琴的苦劝,终使他改变了态度。原来,张勋三妻四妾,大太太曹琴就住在天津,张勋带着邵雯、王克琴、傅筱翠三个姨太太住徐州。徐州会议上，张勋的将领张文生喝多了酒，躺在沙发上睡去。朦胧中听到说话声，睁眼一看，是徐树铮和倪嗣冲几个人正议论他的主人，便又假睡。只听一个人说："他是复辟的脑子，别的他听不入耳，咱们就赞成他复辟，等他复辟时咱们再想别的法子。"又有一人说："走，咱们去找他当面谈谈。"然后这些人边走边说地走出了客厅。在张勋起程之前，张文生向随张勋带兵北上的苏锡麟说了他偷听的话，嘱咐他说："你到了天津先把这些情形跟大太太说明白了，要他劝阻大帅，什么都可以办，只有保皇上复位这件事办不得，一办就准上他们的圈套。你千万记住，决不能让大帅上这个当，将来是无法收拾的。"

此番张勋提兵北上，曹琴就疑心是为复辟。苏锡麟又把张文生的话转告给她，使她感到倾家之祸就在眼前，因此她就缠着张勋规劝不休。张勋听得心烦气躁，甚至张口骂人。但曹琴仍不甘休，她就领着邵雯、王克琴、傅筱翠三位姨太及所有儿女们一齐跪在张勋跟前，哀求他别做复辟的事，一个个涕泪长流，死活不肯起来。张勋见此情景，仰天长叹一声，说："得！得！都他妈的退下去吧，老子就依了你们还不行吗？"

黎元洪听了夏寿康的报告，便愿意接受张勋的条件了。但他还想从违法之中找出一种不违法的解释来，又特地把日本法学家有贺长雄找来询问。自称是袁世凯"外臣"的有贺长雄，迄今仍充公府法律顾问。他在当年袁世凯解散国会时曾说："'约法'虽然没有解散国会的规定，但也没有不能解散国会的规定，只要法律没有明文禁止，就不属违法。"如今面对黎元洪的询问，有贺长雄又重复这种诡辩，黎元洪却觉得言之成理，心放宽了些。

这时候，因辫子军开到北京，京津警备总司令王士珍无力担保维持北京治安的诺言了。9日晚间，他自动地搬到总统府来下榻，表示与总统共生死的决心。黎元洪更是心急，就派王士珍去找代理总理伍廷芳，要求他副署总统解散国会的命令。但伍廷芳一口回绝。王士珍感到解散国会的事办不了，祸事就要临头，就偷偷地回到西单牌楼堂子胡同的家，准备逃出北京。有人把这个消息报告，黎元洪急派步军统领江朝宗到王宅劝阻，王士珍才无法脱身了。

10日，最后期限已到，而仍不见解散国会的命令。在天津的张勋气得跳脚骂人。黎元洪心慌意乱，再请伍廷芳到总统府，但伍廷芳称病不来。黎元洪又派夏寿康到天津向张勋解释："不是总统不想解散国会，而是没有人肯副署这道命令。"

张勋知道是伍廷芳不肯副署。他便派人来京到伍宅恐吓,如果他再拒绝,将以激烈手段对付。这位七旬老人凛然说:"士可杀而不可辱,你们有什么手段?我这把老骨头一死而已!"

张勋便又转过来向黎元洪的专使夏寿康大发雷霆:"我不管副署的事情,没有人副署也得下命令,不得借词推托!"黎元洪仍不敢下没有副署的命令,又派王士珍、江朝宗两人去见伍廷芳,劝他看在私人感情上,为了解除总统的困难,将就一点。伍廷芳斩钉截铁地说:"职可辞而名不可署,头可断而法不可违!"江朝宗又劝他说:"即使不为总统,即为个人安全,秩老也还是副署的好!"面对威胁,伍廷芳却笑了,说:"我近来研究灵魂学,自问颇有心得。人类终必有一死,唯灵魂永存不灭,善人的灵魂得安乐,恶人的灵魂受痛苦。不副署这道命令,充其量不过是一死而已,死后的灵魂却比生前的躯壳快乐得多。"

江朝宗劝他不动,"扑通"一声跪倒在地,磕头哀求起来。伍廷芳见状,干脆闭起了眼睛,再不说话。如此僵持许久,江、王两人只好怏怏而去。

由伍廷芳副署已完全绝望,黎元洪又派夏寿康带着总统解散国会的命令到天津。他找到李经羲,请他副署。李经羲连连推辞:"不成,不成!我没有就职,还不算总理。"夏寿康弄得没法子,竟登门请段祺瑞解决这一难题。段祺瑞似理不理地说:"我已是下台的人了,怎好副署命令?"段祺瑞到天津后仍然自居为合法总理,这时忽又承认自己下了台。

走投无路的黎元洪又回过头来,请王士珍以警备总司令的名义敦劝国会自动休会。王士珍回答说:"我无此职权,也无此先例。"黎元洪说:"那么,你就帮我的忙,权且代理国务总理,副署这道命令吧。"王士珍一听,急得又摇头又摆手,说:"如果总统一定要这么办,我就辞职出京!"黎元洪也按捺不住性子了,说:"你不要再说辞职的话了,要走我们大家都走!"

12日晚,张勋已经不能再等,传过话来说:"今晚如仍不见命令发表,我张某即刻回徐州,以后天大的祸事我也不管了!"

黎元洪实在无奈,又召开紧急会议。他要做解散国会这件违法的事情,却非要找出不违法的程序来。但会议开到深夜,仍然无计可施。正当大家呵欠连连,昏昏欲睡的时候,一个人突然站起来,喜形于色地说:"好,我就来替总统解围,副署这道命令吧!"

众人一惊，扭头一看，原来是江朝宗。众人忍不住就笑起来，一个步军统领，怎能副署总统的命令呢？再看黎元洪，却好像绝处逢生一般，露出了笑容。这个问题不难解决，先让他代理国务总理便是。于是，黎元洪一连发表了派江朝宗代理国务总理和解散国会两道命令。这些命令都是填写 12 日的日期，但是发布时天已大亮，就是 13 日了。

事实上，张勋已陷于进退失据的苦境。倘若黎元洪再挺住一步，也许张勋真的回徐州而去，而督军团也未必敢于杀入京师，事情便有了转机。但黎元洪已被吓破了胆，在这关键时候举起了降旗。

解散国会的总统令发表当天，黎元洪又通电全国，解释被迫无奈之苦衷。他说："际此危急震撼之时，诚恐藐躬引退，立启兵端，匪独国家政体根本推翻，抑且攘夺相寻，生灵涂炭，亡国之祸，即在目前。元洪筹思再三，法律事实，势难兼顾，实不忍为一己博守法之虚名，而兆民受亡国之惨痛。为保存共和国体，迫不得已，始有本日国会之令。忍辱负重，取济一时，吞声茹痛，内疚神明。"

总统解散国会，实不可饶恕之违法行为。但他还仍望国人谅解。

当天晚上，张勋在天津寓所开了一次会议。会后发表通电："勋应命入都，共筹国是。"

第二天，张勋偕同李经羲、张镇芳、雷震春、段芝贵等人以及三位姨太太乘专车入京。北京由前门车站到南河沿张公馆，沿途黄土铺地，军警夹道警戒，并分段布置辫子军的步哨，城楼、城墙上都站着全副武装的士兵。

黎元洪传令，打开中华门迎接。民国以来，中华门为了迎接贵宾只打开过两次，第一次是迎接南京临时政府的专使，第二次是迎接孙中山，这是第三次。北京人都知道，清朝时只有迎接皇帝才黄土铺路，这次不知是什么大人物到来，便挤上车站看个究竟。

不一会儿，汽笛呜呜，烟尘滚滚，火车缓缓停住。张勋下了车，左右望了望，便大步走来。只见他黑红脸，肥硕的圆头上顶着一个瓜皮小帽，帽子中央嵌着一方宝石，脑后垂着一条油松大辫子，身穿纱袍，外套金边玄色大马褂，脚蹬一双乌缎鞋。

江朝宗、吴炳湘和黎元洪派出的代表夏寿康、丁槐、方枢等人向前行鞠躬礼。张勋双手抱拳在胸前晃了三晃，大声说："免了，免了！"随着就哈哈大笑起来，指着江朝宗说："你这个代理总理当得好，不过呢，今天我把正式的总理请来了，可就扫了你的兴了。"说着就把李经羲拉到前边来。原来是个须发皆白,驼背弯腰的瘦老头儿。只见李经羲捧手过顶,连声说:"有劳大驾,有劳大驾!"

江朝宗一副窘态,向张勋说:"朝宗做梦也不敢想当总理,只为不忍总统为难,才行此唐突之事。这件事干完了,我还是个带兵的。"

"痛快,痛快!"张勋又是哈哈一笑,称赞说,"你有如此胆略,打仗也一定是条好汉!"说着,就往外走。众人像是看活宝剧似的,直是笑。有人就说:"原来是个大怪物!"另一个人接上说:"两个怪物,还有一个白毛怪呢。"

总统府张灯结彩,欢迎张勋。但一直等到天黑,也不见他来。第二天一早,黎元洪又到总统府等,还是没有影儿。黎元洪把夏寿康、钮传善找来,生气地说:"此人忒煞过分,他不来见我,难道还要我去见他?"就派二人到南河沿的张宅去请。

二人奉命前往。张勋又海阔天空地乱扯一通,磨蹭到九点,才说是出门去也!二人追随着张勋的汽车向前走,谁知张勋又拐了弯,走到王士珍家门口,叫二人在外面等着,大步走了进去。又等了半个多小时,张勋在王士珍恭送中上了车,这回才是直趋公府,而黎元洪盼得脖子都长了。

黎元洪已备下宴席,有王士珍、李经羲、江朝宗等人作陪。酒过三巡,黎元洪才不得不说了几句开场白,把话转入解决时局的问题上。张勋闻言,大嘴一撇,笑道:"除了解散国会,俺还想到了五点,一、二、三、四、五,都是有关时局的。"边说边从口袋里掏出一张八行笺,往黎元洪面前一搁。黎元洪只见上面没头没尾,光光的五个条件:一、组织责任内阁;二、召集宪法会议;三、改良国会规制,减少议员名额;四、赦免政治旧犯;五、摒退公府金壬。黎元洪口说同意,便收了起来。张勋又一声吆喝:"俺还有三个条件:刚才是书面的,这是口头的。第一条,请把优待清室条例列入宪法;第二条,请把孔教订为国教;第三条,咱的定武军,请批准增加二十营。"黎元洪不管如何,都点头同意。张勋见黎元洪如此恭顺,乐得眉飞色舞。这时黎元洪才向张勋提出四项要求:一、独立各省取消独立;二、天津总参谋处撤销;三、各省军队撤回原防;四、各省不得扣留中央税款。张勋也很爽快,连声说:"好说,好说。"

第二天,张勋头戴红顶花翎,乘汽车到神武门,换乘肩舆去了清宫。清室内务府总管世续迎接,领他进入养心殿。张勋一见皇帝,便扑地跪倒,自称奴才,恭叩圣安。溥仪赐座,便询问了一些徐、兖地方和张勋军队的情形。张勋回答完毕，便称赞："皇上真是天资聪明！"

溥仪说："我年轻，知道的事也少。"

张勋说："本朝圣祖仁皇帝冲龄践祚，六岁登基呀！"

溥仪说："我哪敢比圣祖，那我可差得太多太多了。"

接见一会儿就结束了，小皇帝按师傅陈宝琛的指点唱完了这出戏。皇帝赏张勋"紫禁城骑马"，并赐以瓷器、书画。坤宁宫四个皇妃又赐宴洗尘，唧唧哝哝地谈了许多宫廷机密事情。张勋受宠若惊，认为皇帝已经十二岁，聪明谦逊，可以君临天下了。他肚子里复辟的馋虫又翻腾起来。

张勋回到南河沿，收到黎元洪对他所提"五条"的批示："交院分别办理。"他立即向独立各省发出通电，在通报他的调停结果之后，命令各省"电到之日，请即取消独立名义，调回军队。"最后说："勋俟部署稍定，亦当率部回徐。"

千呼万唤的李内阁，在张勋力挺之下脱胎而出。阁员名单明为李经羲所定，其实却是张勋的授意。为：外交梁敦彦，内务袁乃宽，陆军雷震春，财政张镇芳，海军萨镇冰，教育蔡儒楷，农商李盛铎，司法钱能训，交通杨士琦。其中大部分为洪宪帝制派和复辟派。

根据徐州会议的决定，对于一切有关国家大计的问题，得由大盟主全权处理。此时，张勋就是以大盟主的资格向有关各省发号施令的，谁敢不听？但令他大为意外的是，各省督军不但对于取消独立一无所应，而且借题向李内阁发难。张作霖发电，竟说李经羲不肯副署解散国会的命令是与南方有了勾结，因此建议仍推段祺瑞组织内阁。曹锟发电，因"芝老刻难复出，菊老更不问事"，建议组织军人内阁。阎锡山、张怀芝、杨善德也都发了电报，主张由王士珍组阁。

北洋习惯，每一个新内阁的产生，必须有各省军阀来电祝贺，才能保证这个内阁不致夭折。可是李内阁却是一片漆黑，西南六省自然反对，北方的段、徐两派也不喜欢，而且出乎张勋意料的是，北方独立各省也一齐吐口水。

张勋为了自己的颜面，每天忙于拍发电报，派遣代表，疏通督军团支持李内阁。组织内阁本是总统分内之事，但是此时的中央已经不是黎元洪的中央，他也乐得置身事外。张勋尽力疏通毫无效果。曹锟、张怀芝、张作霖、倪嗣冲四大将又联名致电李经羲，劝他不要上台，不如"适性烟霞，优乐自得"。李经羲还接到了章太炎的电报，骂他"引狼入室，扰乱法纪，如崔胤之召朱温，名为总理，实为副官。"

张勋何曾尝过这样的滋味？他暴跳如雷："反对李内阁就是反对中央，反对中央就是造反，谁敢造反，我就打谁!"但他也仅是发火而已，他怎能动武，又能打谁？这时有人提出"组建元老院以总揽国政"的建议。张勋如获至宝，立即拟就了有徐世昌、段祺瑞、冯国璋、王士珍、陆荣廷和他自己一共六位巨头的名单，然后分头敦请。结果除在北京的王士珍表示接受以外，另外在京外的四人一概敬谢不敏。

张勋计穷力竭，把王士珍当作最后一根救命稻草。他再不摆大盟主的架子了，简直是低三下四地向王士珍哀求。王士珍终于答应"帮忙"，与张勋联名发表通电，替李内阁作最后的疏通。此举果然有了效果，有几省督军回电，不再反对李内阁了。

畏首畏尾的李经羲终于出场。他发表以王士珍为陆军总长兼参谋总长，萨镇冰为海军总长，程璧光为海军司令，而自兼财政总长，通电宣布就职。他在通电中声明任职仅以三月为期。

李经羲鉴于上次所提的阁员名单不受各方欢迎，打算另外组织一个能够叫座的第一流人才内阁，其中有赵尔巽的内务总长，严修的教育总长，张謇的农商总长，汪大燮的交通总长，汤化龙的司法总长。可是那些名流们怎么会肯在这个时候跳火坑，所谓"第一流人才内阁"胎死腹中。李经羲无奈，才又找次等的名流，由江朝宗署理司法，李盛铎署理农商，龙建章署理交通。这样组成的内阁又遭各方吐槽，于是推重王士珍组阁又呼声大起。

受尽折磨的张勋实在不耐烦了，他向督军团回电说："诸公敦劝聘老，何啻再三，而金石之诚，竟不可转。聘老不担任，勋不得而强之，犹之仲仙自欲担任，勋亦不得而阻之。仲仙今就职矣，此时无论推举何人，亦谁肯横身插入？勋对此席毫无成心，凡我同胞，当能共谅。"

张勋竟是这样向李内阁发出最后的声援。他不仅否认他是李内阁的包办者，且贬李为毛遂自荐的急角儿，不复为之稍留余地。就礼貌上来说，李毕竟做过张的上司，至少应尊之曰"仲公，仲老"，今乃直呼其字，未免大煞风景。

这时候，天津，徐世昌家。段祺瑞与徐世昌正在书房里密谈。段祺瑞忧心忡忡地说："张勋入京调停，捣鼓成这样一个结果。你说，这个家伙还想不想复辟呢？"

徐世昌说："张辫子脑子里只有一根筋，他无时无刻不想着复辟。过去，我们一直以为他是个莽夫，想不到他粗中有细，他把复辟的事分作两步走，北上驻留天津逼黎元洪解散国会，你看颇有城府呢。"

"人说张勋就是董卓，黎元洪成了汉献帝。"段祺瑞说。

徐世昌"嘿嘿"一笑说："董卓如不进东京，至少可以称霸一方，甚至能以武力挟制朝廷，但进了东京怎么样，不是身败名裂了吗？ 民国的北京也是一个火坑，谁跳进去都要焦头烂额。你看张勋到了北京，督军团还听他的吗？ 在督军团倒黎的时候，必须推出一个人来当头，张勋才得风云一时。现在黎已经屈服了，而他还要独断专行，他们岂能容忍？ 以前项城当家的时候，遇事还要与各省商量，不商量就行不通，而张勋何能自居于各省督军之上而向他们发号施令？"

段祺瑞说："各省都取消了独立，还不是听他的？"

"哪是听他的？"徐世昌说，"他们是自主决定的。你看他们的电报吧，又捧总统宽厚仁明，负荆请罪呢。依我之见，这正是督军团解体的明证，树未倒而猢狲散了，真心跟着他的就是那些复辟派，他再也不是威风八面的那个张勋了。"

"这么说，张勋真有可能'俟布置稍定，率队归徐'？"

"他这话是骗人的。"徐世昌说，"调停完毕，当然也就没有了居京的理由。但一回徐州，就是放弃他的复辟梦，还做他的安徽督军去，他怎能甘心？ 如能复辟，张勋辅弼幼主，挟天子以令诸侯，他怎的不想？ 但此事体大，张勋就是鲁莽，也不能不考虑成败。他身边也许有审时度势的人，如果他认识到复辟不能成功，也有可能打退堂鼓呢。张勋现在正走到一个十字路口上，也就像山尖上的一块石头，这边一用力，它就向那边滚下去，那边一用力，它就向这边滚下去。"

"张勋若打退堂鼓，固然是半途而废，可我们呢，全盘皆输！ 颠来倒去，还是成全了姓黎的！"段祺瑞说着怒火上攻，鼻子不自觉地又歪在了一边。

徐世昌笑了，说："那么，我们就在这边用力，让这块石头滚到那边去！"说着，伸出手掌，做用力推动之状。

"不错，不错，也只有这么办了。"段祺瑞狡黠地一笑，说，"辫子张以调停为名设下圈套让姓黎来钻，我们也设下圈套……"他伸出手来，拇指与食指慢慢合成一个圈，然后就"哈哈"地笑起来。

"哈哈！"徐世昌也笑了，指点着说，"螳螂捕蝉，不知黄雀在其后也。"

7月1日，在徐世昌与段祺瑞密谈后十天。天方破晓，北京城的老百姓还在残梦未收的时候，忽然听得警察挨户敲门，叫他们快快挂上龙旗。"怎么，今天又换了朝代了吗?"大街小巷、左邻右舍一个个起来,互相打听这个突如其来的消息:嘿,皇帝又坐金銮殿了! 中华门又改成大清门了! 阳历不准用了,还用阴历,今天不是七月一日,而是宣统九年五月十三日了!

天亮了,北京市面,龙旗飘飘。《复辟纪实》一书有一段生动记述:"一时老少填充街巷,眉飞色舞,颇形热闹,而如城北一带,甚至击磬焚香,谓为天公保佑,望空跪拜,尤属不少。"更有蛰伏已久的前朝遗老遗少,纷纷从箱底翻出尘封的蟒袍补服,三熏三沐,准备上朝面圣了。

一个惊人消息不翼而飞,传遍中国:"中国复辟了! 中国复辟了!"

黑黢黢北京夤夜复辟　光灿灿马厂阳晨誓师

　　北京，6月28日下午，一列火车进站。从三等车厢里走下来一个怪模怪样的老头，用大蒲扇遮着自己的脸，匆匆地走出了车站。他叫了一辆洋车，拉到北京西城区的法源寺，把行李卸下，仍乘洋车东回，赶往南池子张勋公馆。

　　这人正是康有为。袁世凯当了大总统，先把梁启超召请回国，又请康有为。康有为发誓"不食周粟"，怎又肯为仇人鹰犬？袁世凯死了，他才回到阔别十九年的祖国。清朝时候，他一心保皇，民国之后，他一心复辟，他参加了徐州的复辟会议，也在那块黄绫子上签了名。张勋进京之后，万绳栻、雷震春、张镇芳等复辟派人物整天围着张勋团团转，纵容复辟。但张勋始终犹豫不决，这才想到了康有为，于是急电上海，请他入京。

　　"你来了就好了！"张勋一脸的热情。康有为即拿出他写的"奏请复辟折"来，请张勋过目。张勋展开，扫了几眼，笑着说："圣人的文章，一定是好的！"说着就叫万绳栻收了起来。康有为便问何时举事。"这——"张勋迟疑地说："此事体大，还要从长计议呀。""从长计议？"康有为现出不满的表情，正要说话，万绳栻给他使眼色，抢过话头说："康先生刚来，一路辛苦，先歇歇，我们再好好商量吧。"

　　万绳栻引康有为在客房住下，才说起张勋犹豫不决的种种原因，特别说到张勋的家人都反对复辟。于是他与康有为商议，今晚等张勋看戏回来，他的姨太太睡着了的时候，约请众人一齐劝驾。

　　为慰劳张勋，江西会馆上演京剧，是北京名伶大会串。张勋自然每晚必看。这天，他看完戏已是午夜一点。回到公馆，万绳栻就把他引到客厅里，一看满屋子人,惊异地说:"怎么,有事啊?"万绳栻说:"没事,他们就是想与大帅唠叨唠叨。"张勋坐到主位上,大家便问起戏演得如何,又谈了些梨园趣闻,便进入正题。

雷震春首先开腔:"大帅,请皇上复位的事大家都签了字,大帅进京也已半个多月了,这时不办要等什么时候才办呢?"

张镇芳接上说:"我已联络好北京的李长泰和刘金标两个师,还有廊坊、丰台的杨桂堂和吴大鼻子两个旅,奉天冯(德麟)师长也已到京,他的二十八师屯兵山海关引弓待发。如今万事俱备,只等大帅一声令下。"

"嘿嘿!"张勋说,"你联系这些人当然好了。不过呢,靠得住的还是我们自己人,可是我来得匆忙,只带来三千人马,而北京至少也有六七万军队吧。所以,我想把徐州的兵带来再动手。"

"根本不用徐州出兵,只要大帅出面主持,便可一举成功!"雷震春声如响雷。随着有几人起哄,叫嚷着"动手吧,动手吧!"

"咳! 你们不要逼我!"张勋一声怒吼,会议冷了场。

"我来说两句吧。"这是梁敦彦。此人是清朝三十名首批留美幼童之一,回国做到清朝的外务部尚书。他说:"我在美国十年,怎么不知道美国的民主好?但是在我们中国不行,没有基础。民国办了六年,怎么样呀,还不是一团糟! 这就证明,在中国,民主不如君主,民国不如帝国。有道是,天道无往而不复,民心经乱而思平。现在正是到了天道回复,民心思平的时候了,复辟可说是天与人归。我劝大帅,机不可失,当机立断。"

这一番话把张勋说动了,他望着康有为一眼,说:"康先生,你还没说话呢。"康有为原以为大家一定推他先发言的,却没想到这些人没把他当一回事。他感到失落。这已不是戊戌年,这台戏的主角已不是他。听到张勋叫他,康有为才打起了精神。

"机不可失,当机立断,这话说得好呀。"康有为一起了话头,就滔滔不绝:"当断不断,反受其乱。复辟大计原分两步走,如走了第一步就止步不前,即是半途而废。若不行复辟,又何苦调停? 而且这个调停的结果就能息事宁人了吗?否。这次调停,逼迫总统解散国会,没有国会的批准而成立内阁,按民国法律都是不合法的,倘遇反攻倒算,后果堪忧啊。那么,也只有复辟,才师出有名,镇服颠危,立于不败之地。所以,绍轩老弟,"他望着张勋说,"你进有万全,退无一是，进有万世之功，退则有不测之祸啊！"

"还是你说得明白呀。"张勋连连点头。

康有为接着说："至于成败利钝，不必过虑。刘邦斩蛇起义，李世民晋阳起兵，朱元璋还俗从军，哪是先顾及成败呢？知其必胜而为之，这是英雄本色吗？自古宏图大业若都是知其必胜者而为之，天下就没有英雄了！戊戌变法那年，吾弟始终跟着我，他经常劝我不要干了，回家做教书匠去。我们几个秀才，皇帝又无实权，我能不知艰难？但我从不言败，宁肯轰轰烈烈去死，也决不苟安求去。孟子说'舍生取义'，不就是教导我们冒险犯难的意思吗？说到当前的局面，风险自然会有，但成功大有所望，大帅一路雄兵进京，神威中天，这就是千载一时之机呀。所以，我提醒各位，复辟正当其时，千钧一发，霹雳而起，创千古大业于今日。倘若畏首畏尾，错失良机，那也就是千古罪人了。"

康有为一席话，众人无不叹服。张勋不再犹豫，断然地说："那就干吧！你们说说，怎么个行动法？"

会议开完，天已大亮。

当天傍晚，张勋与刘廷琛潜入清宫，由溥仪的师傅陈宝琛引领拜见皇上。"御前会议"就是这样四个人，皇帝生父载沣胆小，内务府大臣世续反对，所以瞒着他们没有参加。由于陈宝琛事前已向溥仪说好，所以张勋送上康有为所写的《吁请复辟折》，溥仪草草看过，即表示同意。复辟大计由此确定。

张勋走出清宫，从容不迫地赴迎宾馆晚宴。随后，他来到江西会馆。台上正在演出谭鑫培的《三岔口》，张勋好整以暇地看了一阵子，便问梅兰芳的戏何时上场。招待员说黎明四时上场，张勋即命提前于 12 时上演。梅兰芳演的是《霸王别姬》，刘廷琛觉得不吉利，又有事情在身，坐立不安。而张勋却没事人一样，看得津津有味。看完了梅兰芳的戏，张勋走出戏院，就说刘廷琛："你急什么？看完了梅兰芳的戏回去，咱们的戏才该开场呢。"

江朝宗这晚接二连三地接到安定门和西直门卫兵的电话，报告辫子军叫城开门。他感到不妙，命令卫兵不许开门。挂上电话，他想找王士珍请示，怎知王士珍慌里慌张地来到，只说了"复辟就在顷刻"一句话，就愣在那里。江朝宗要立即报告总统，可是还未及动身，就驶来了一辆汽车。车中走出一个副官模样的人，拿了雷震春和张镇芳的名片，高声说："请王大人和江大人到大帅公馆，有急事相商。"巧不巧，近畿第十二师师长陈文运和第十三师师长李进才也迈着慌乱的脚步来了，还未及开口，就被一并"请"上汽车。陈、李二人还要反抗，又有一辆汽车来到，下来了四名全副武装的军官，说是奉大帅的命令来促驾的。王、江、陈、李四人目瞪口呆，身不由主地上了车。

两辆车一路疾驰，来到南河沿张公馆。只见灯火辉煌，屋前屋后都站满了杀气腾腾的辫子兵。王士珍等四人进入内室，张勋、康有为、雷震春、张震芳、万绳栻、刘廷琛、冯德麟等人都坐在里面。张勋只淡淡地挥挥手，让他们就座，然后不屑地望着江朝宗，厉声说："你为什么不开城门？"江朝宗回答："没有陆军总长的命令，不能开城。"张勋即转过头来问王士珍："那么，聘老怎么办呢？"王士珍乃命江朝宗立刻用电话通知，打开城门。

张勋从戏园一回到家，就布置复辟事宜。他命令李长泰第八师和刘金标第十一师开进北京城，但李、刘两师长均不肯听命，张勋才知张镇芳说的全是诳话。复辟行动刚开始，第一道军令即已受阻，所以张勋才命他的辫子军进城，但又因没有吴炳湘的命令受阻门外。

这时候，有人报告李经羲要见大帅。"我哪有时间？"张勋摇了摇头，大手一挥说，"你叫他走，这里没他什么事！"他的脸色更显得阴沉可怕，大声宣布："今天马上就要迎接皇上复位，你们有不赞成的，都不许走！"一边说一边叫备车，就拉着王士珍和江朝宗与自己同坐一车，余人分乘两车，向清宫驰去。

才凌晨三点，皇宫仍笼罩在黑暗中，辫子军突然破门而入。宫中人员吓出一身冷汗，分头乱跑。

张勋下车，招呼王士珍等人，徒步偕进。世续和瑾、瑜两太妃惊起，便问缘由。张勋朗声道："今日复辟，请少主即刻登殿。"世续颤声问："这是何人主张？"张勋说："由我老张做主，公怕什么？"世续说："复辟原是好事，唯中外人情，曾否愿意？"张勋说："愿意不愿意，你不必多问，但请少主登殿，便没事了。"世续尚不肯依，眼睁睁望着两位太妃。瑾太妃说："事须斟酌，三思而行。"张勋急道："老臣受先帝厚恩，不敢忘报，所以乘机复辟，再造清室，难道太妃反不愿重兴吗？"瑜太妃呜咽着说："将军幸勿错怪，万一不成，反恐害我全族了。"这时，世续忽地跪下，磕头碰地，连声说："莫害清室，莫害清室呀！"张勋大怒，厉声说："你要再阻挡，我就毙了你！"说着竟真的掏出了手枪。

康有为急忙把世续拉到偏殿，给他擦去头上的血，说："世中堂，你何必呢？此乃应天顺人之事，我康某与勋等故施展此迅雷不及掩耳手段，将来载诸史册上，我等皆大清复兴之元勋。"世续冷笑一声，说："我不想在凌烟阁上标名，阁下与张某等人干去吧。我瞧你这样热心复辟，他日死后不止名垂臣阁，还当配享太庙呢。"说罢拂袖而去。

外面，两太妃吓得战战兢兢，只是落泪。这时，溥仪的师傅陈宝琛出来了，宣布说："圣上有旨，宣张勋上殿。"原来，陈宝琛按照与张勋的约定，把溥仪叫醒，从毓庆宫来到养心殿。张勋听宣，便不管两位太妃，带领康有为等人鱼贯而入。

张勋一见小皇帝便双膝跪地，口呼万岁。然后就提复辟的事，所说就是他从"奏请复辟折"上背下来的话。溥仪说："我年龄太小，无才无德，当不了如此大任。"

"皇上天资聪明，谦厚仁和，今日复位，一代圣主啊！"张勋把小皇帝夸了一番，便又说起康熙六岁做皇帝的事来，叨念不完。溥仪忽然想起一个问题，问："那个大总统怎么办呢？给他优待还是怎么着？"

"黎元洪奏请让他自家退位，皇上准他奏请就行了。"张勋灵机一动，随机应变地编出了一段瞎话。

"唔……"溥仪尚不明白，但不想再问，便说，"既然如此，那就勉为其难吧！"

召见就这样结束了，只有问黎元洪一句话是溥仪说的，其他都是他的师傅陈宝琛所教。张勋捧着皇帝授给他的黄绫盒"上谕"兴冲冲退出来。这时是凌晨四点，天刚放亮。

随后，皇帝接受朝拜。各路孤臣，遗老遗少，陆续进宫，匍匐在地，三跪九叩，山呼万岁。有的激动得涕泪满面，语不成声。养心殿里，着实热闹了一番。溥仪以为他从此就是真皇帝了，乐滋滋地悠闲无事。张勋则把毓庆宫作为办公处所，复辟大事，一应包揽，分外忙碌起来。

首先公布的是张勋领衔的复辟通电，随后则是以皇帝名义颁布的复辟上谕。接着一气颁布了八道上谕，主要是任命官吏的：

黎元洪奏请奉还国政，封为一等公，以彰殊典；

特设内阁议政大臣，其余官制暂照宣统初年，现任文武大小官员均着照常供职；

授张勋、王士珍、陈宝琛、梁敦彦、刘廷琛、袁大化、张镇芳七人为内阁议政大臣；授万绳栻和胡嗣瑗为内阁阁丞；

授梁敦彦兼外务部尚书、张镇芳兼度支部尚书、王士珍兼参谋部尚书、雷震

春为陆军部尚书、朱家宝为民政部尚书;

授徐世昌、康有为为弼德院正、副院长;

授原来各省的督军为总督、巡抚和都统;张勋兼直隶总督和北洋大臣;冯国璋任两江总督;陆荣廷任两广总督。

康有为因只得弼德院副院长之职,勃然大怒,在毓庆宫当着张勋的面甩下一摞草诏,拂袖而去。张勋只得奏请小皇帝补发了一道上谕,给康有为加赏一个头品顶戴,才算勉强平息了他的怒火。

中南海,全北京最后一面五色旗在总统府上空飘扬。张勋没有忘记,在中南海还有一位由国会选出来的大总统,他派梁鼎芬、王士珍、江朝宗、李庆璋四人来此,劝黎元洪"听旨",交出政权。梁鼎芬是溥仪的师傅,他曾供职于湖广总督张之洞幕府,与黎元洪结下十七年的交情,而且成了儿女亲家。梁鼎芬对黎元洪说:"共和现在是如此情形,要挽救时局,只有复辟一法。共和国政本是先朝旧物,应即归还皇上。"说罢拿出已拟好的"奉还大政"的奏折要黎元洪签名盖印。

黎元洪轻蔑地扫了一眼,冷冷地说:"你我本是好友,自辛亥革命分道扬镳,我曾记得你那时从北京发来电报劝我弃暗投明,被我断然拒绝。以后,你到武昌来迎接端方的灵柩,我强行把你的辫子剪掉,是想要你参加革命。那是我做错了,人各有志,本是不能相强的。同样,今日你也不能相强于我,我黎元洪头可断,血可流,志不可屈!"

梁鼎芬急忙说:"贤弟不要误会,我今日来此,绝无逼迫之意。不过,复辟已是大势所趋,你要看得明白些。我以为你奉还大政,是救大清,也是自救啊。"

黎元洪立时正颜厉色:"什么大势所趋? 我说复辟是大逆不道! 你说民国是先朝旧物,要我归还。依我看,它是国民公有之物,我受国民之托担任总统,退位与否,要遵从国民的意志。你我两人,我是民国大总统,统御无方,使逆贼叛变民国,我当为民国尽忠,你以大清孤臣自命,也该为清朝尽节,我们同归于尽吧!"

梁鼎芬脸上灰灰地,仍然喋喋不休。黎元洪再不开口,脸上没有一丝表情,就像入定的老僧一样,索性连眼睛也闭上了。四人终于感到无趣,怏怏退出。回到毓庆宫,梁鼎芬便冒用黎元洪的名义上了一本"退位奏折"。溥仪居然下诏大加褒奖,并把瀛台指定为黎元洪的起居室,又封他为"一等公"。

梁鼎芬等四人走后,黎元洪想起张国淦重新启用段祺瑞的意见。现在复辟真的发生了，他悔不当初，于是立即派夏寿康到天津问计。张国淦说："现在复辟发生，民国中断。唯一之法是启用芝泉，授以讨逆全权，他是总统所任命的，他的成功便是总统的成功。不然的话，段也要自动起来讨逆的，那么民国自总统而斩之，自段而续之，其功罪又当别论了。"

听了张国淦中肯的话，黎元洪一连写下任段祺瑞为国务总理和冯国璋代行总统职权两道命令，派秘书覃寿坤秘密带到天津。给冯国璋的电报说："此次政变发生，致摇国体，元洪不德，统御无方，负疚国民，饮痛何极。都中情形，日趋险恶，元洪既不能执行职权，民国势将中断。我公同受国民重托，应请依照约法第四十二条暨大总统选举法第五条，暂在军府代行大总统职务。日前交通梗绝，印绶赍送艰难，现已任命段芝泉为国务总理，并令暂行摄护，设法转呈。此后一切救国大计，务请我公与芝泉协力进行。事机急迫，我公义无旁贷。临电翘企，不尽区区。"

这是又一个"衣带诏"的故事。

当晚，黎元洪又发表否认"奉还国政"的通电，表示自己"受国民之托付，当兹重任，当与民国相始终"，叫秘书交由日本使馆发出。

第二天，张勋听说黎元洪通电否认奉还大政，跳脚大骂。雷震春就说："杀了他吧，不然可是个祸害。"张勋说："用不着，瓮中之鳖，他还能怎样？"然后他对王士珍说："这毓庆宫是皇上读书的地方，我们不能老是占着，内阁议政大臣还是到中南海去办公的好，烦你走一趟，叫黎元洪搬到瀛台去吧。"

王士珍到中南海，过了些时就回来了，说黎元洪拒绝搬迁，他说他是总统，就应守在总统府。雷震春说："他还不搬，把他抓起来，让他到监狱里守着去吧。"王士珍连忙说："不妥，不妥。公使团已与我外务部交涉，要求保证黎元洪的安全。把他抓起来，国际影响太大呀。"张勋问："那怎么办呢？"王士珍沉吟了一阵，才说："我看这样，就派兵把他软禁在居仁堂吧。"

于是，张勋派辫子军强行接管总统府。到这日午后，中南海都换了岗哨，可是却发现黎元洪已无踪影。

原来，由侍从武官唐仲寅中将伪装黎元洪，乘坐总统汽车出发。而黎元洪却扮作普通职员模样，与秘书刘钟秀等人乘坐蒋作宾的汽车顺利离开中南海，按约定在法国医院集合，然后避入了日本使馆。黎元洪离开中南海之前，连发两封电报，命令各省迅即讨逆，特派金永炎带往上海拍发，涕泣而言："伫望迅即出师，共图讨贼,以期复我共和,而救危亡。"又特派汤芗铭携带总统印绶往天津,委托段祺瑞转送南京。

张国淦又去见段祺瑞,劝他部署讨逆军事。段祺瑞想先到南京与冯国璋商量,再定行止。张国淦说:"无论言公言私,这个办法都是万不可行的。言公,用兵贵在神速,否则人心动摇,附逆的人必然一天多一天,而收拾更难,南京不啻远水,救近火总以北方为宜;言私,冯若不讨逆,你必然被他软禁起来,冯若是讨逆呢,你仅居前锋地位,你的成功便都是他的成功了。"

段祺瑞猛醒,决心自己干了,便问:"我用什么名义号召军队呢?"

"接受总统任命。"

张国淦话已出口,段祺瑞陡然变色,"哼"了一声说:"他!到今天还能算是总统?我能再接受他的命令?我不能叫军人拥戴我出来督师?"

"这个办法又是万不可行的。"张国淦胸有成竹地说,"除了接受总统命令之外,竟是一无办法。总统任命是依正轨而行,由军人推戴则是越轨行为。军人今日推戴于前,将来必恃功而骄,成尾大不掉之势,岂不是搬起石头砸自己的脚?再者,你所能号召的是北方军人,西南各省必不肯拥戴你为讨逆统帅。但是你的地位若由总统任命而产生,西南亦不得不听命,因为黎总统还是合法总统,合法总统的合法命令,谁能够出头反对呢!"

"住口!谁敢再提黎元洪三个字,我就一枪打死他!"丁士源一声怒吼,瞪着张国淦,两眼射出怒火。

段祺瑞制止了他,转过身来,捧捧手表示感谢之意,说:"你说得好,就按你说的办。"

段祺瑞随即接见了黎元洪的密使覃寿坤,接受了国务总理的任命。

决心一下,段祺瑞立即找直隶省长朱家宝和天津警察厅厅长杨以德,请他们协助讨逆。却不料两人置之不理。他倒抽了一口冷气,他是北洋派的领袖,岂有不能登高一呼之理?但这时他突然觉得自己竟是手无寸铁之人。由于段祺瑞长期在中央任职,并不直接统率军队,对师长一级军官已不熟悉,而亲段的各省督军大多都参加了徐州会议,在黄绫子上签了名,因而也不可靠。

他想来想去,竟想不出一个缓急可恃的人来,便与亲信智囊再三商议。"小扇子"军师徐树铮说:"真心复辟的少,而敢于反对复辟的也少,多数人是摇摆不定的,那就看谁能尽快拉拢这些摇摆不定的人了。目前的局面如燃眉之急,时不我待,时间就是成败。因此,我以为必须就近取材,拉起队伍,揭橥大旗。总理登高一呼,天下响应,那么我敢说破贼势如破竹!"

众人无不赞成,于是确定联络马厂李长泰、廊坊冯玉祥和保定曹锟三支部队。第八师师长李长泰是有季常癖的,其夫人又有货财之癖,段祺瑞便派人走李的内线送钱给他的太太,以妇制夫。冯玉祥原是第十六混成旅旅长,但已被免职,段祺瑞许以师长地位,让他策动旧部。对曹锟,则许以未来副总统之位。复辟后的疆吏大臣,张勋为直隶总督兼北洋大臣,冯国璋为两江总督,陆荣廷为两广总督,余皆为一省巡抚,因而原是直隶督军的曹锟降为直隶巡抚而大感不快,段向他开出如此高价,自然十分欣喜。这三支部队都属于直系,平日与段关系冷淡,这时都被段收入囊中。

有这三支部队可用,时不我待,段祺瑞当晚即赶往马厂。马厂在天津以南百里,当年李鸿章的淮军在此设立军营,段祺瑞当陆军第四镇统制时也在此驻扎,现为李长泰第八师营地。从北京潜来天津的议长汤化龙听到复辟的消息,急忙去找梁启超。梁启超告诉他段祺瑞已前往马厂,于是二人连夜赶到马厂,进入段祺瑞帐下。

第二天上午,马厂军营慷慨誓师,兴兵讨逆。段祺瑞为讨逆军总司令,以曹锟为东路军总司令,段芝贵为西路军总司令,以梁启超、汤化龙、徐树铮、李长泰为参赞,靳云鹏为总参议。随即讨逆军发出讨伐张勋通电,同日段祺瑞又发表"讨逆檄"。

两篇檄文尽出梁启超手笔,堪与骆宾王的"讨武檄文"相媲美。梁启超自从武断地解散军务院后,便决心闭门修学,不问政治。但张勋复辟又勾起了他沉入心底的雄心,他急赴天津,极力鼓动段祺瑞兴兵靖难。在大书两文之后,他还觉得不能埋没自己,又用本人名义通电,痛骂了复辟派一番。

这天,南京冯国璋召开军事会议,决议反对复辟,发出通电讨逆。冯国璋也想单挑大旗,无奈已失先机,而南京又离北京太远,也只能让段祺瑞唱主角了。他向天津联系,又与段祺瑞联名通电,历数张勋八大罪状。

这天,在京就职不到十天的内阁总理李经羲化装成"煤小子"(运煤工)逃往天津。外交总长伍廷芳也携带印信离京赴沪办公,并通电各埠使领馆,声明北京伪外务部文电无效。

段祺瑞马厂誓师,冯、段联电讨逆,全国各省相继通电反对复辟。宫中惊闻消息,召张勋筹商对策。当溥仪问起段祺瑞和冯国璋手下有多少军队时,张勋大手一挥,说:"他们那些军队,算得了什么?老臣当率健儿,亲赴前敌,决一死战。"瑾太妃问:"卿果能操必胜之券么?"张勋露出狂傲之态,竟如念戏文一般:"老臣所部,皆系节制之师,料曹兵谁敢与老张战三百回合?"张勋平时最喜读《三国演义》,尤酷爱张飞在长坂坡立马桥上,大喝三声,吓退曹兵的故事。他自比张飞,而把曹锟比作了曹操。他自信定武军几万人马,所向无敌。

复辟第一天,张勋便急调辫子军北上勤王。他向徐州发电:"速送二十四盆兰花来。"张勋北上进京时,叫他的爱将张文生守卫徐州,并约定以"兰花"为调兵暗号。张文生接到张勋的电报,便传令二十四营辫子军连夜准备,只等天明即登车北上。但第二天,即接连收到徐世昌、段祺瑞、冯国璋等多处来电,劝他谨守徐州,切勿轻动,以免害了张大帅。张文生迟疑了。接着各地反对复辟的消息纷纷传来,他知道事不可为,便派人真的把二十四盆兰花送进京城。张勋一见,顿时傻了眼。他万没想到,他的亲信竟背叛他,而且这样玩弄他,愤怒、伤心、失望一齐,如万箭穿心。"哇"的一声,他抱头大哭起来。

张勋再不跳脚骂人,他跳不起来,也骂不起来了,大盟主的威风扫地以尽。上海的孙中山和西南数省陆荣廷、唐继尧、陈炳焜等人的反对,早在他的预料之中。他对于段祺瑞马厂誓师也是服气,他说:"他该打我!他从没亲口向我说过赞成复辟,圣上任命官吏一大堆,唯独没有他,他怎不气恼!"但大出意外的是他的盟友都背叛了他,这口气实在难以下咽。冯国璋口口声声"唯大哥马首是瞻",眼不眨一下就把他的大哥卖了出去。陆荣廷与我称兄道弟呀,他通电反对复辟竟说"决不敢以一己之私恩,遽忘天下之公义"。可恨那张作霖、曹锟、张怀之、王占元、赵倜等人不是公开反对,就是冷眼旁观凉他的台,而张敬尧、李厚基、孟恩远等人先是热烈拥护,一看风头不对,转眼就改头换面,还大骂他不识时务。最可恨的是倪嗣冲,不是我的铁杆兄弟么?前时他还通告安徽全省悬挂龙旗,改称大清帝国呢,忽然就卖身投靠,当了段祺瑞的什么皖晋豫三省司令。"妈那个巴子,这人心还是肉长的吗?"

张勋的盟兄弟叛他而去,还另有电报特致他这个大盟主,谓"大哥行事专断,事前未予妥商,致有今日之乱,实为咎由自取"云云。"既然如此,那老子就向你们道个歉,总该可以了吧?"张勋还想争取他们,一一发电解释,哀恳他们莫要寒盟。但无论张勋是何等的殷切,一箩筐的好话都打了水漂,没谁再理睬他这个大盟主了。

7月5日，段祺瑞在天津宣布就任国务总理。同时各路讨逆军奉命出发，直指北京。6日，冯国璋又在南京宣布代理总统，第一道命令就是褫夺张勋的安徽督军和长江巡阅使的职务，由倪嗣冲任安徽督军。倪嗣冲趁机狮子大开口，把张勋老巢的辫子军尽归其有，定武军都成了安武军。

7月6日，讨逆军西路军占领卢沟桥，东路军从廊坊北上占领黄村。丰台仅有两营辫子军把守，腹背受敌，张勋急派手下大将李绍臣率军支援。李绍臣让吴长植师一个旅和田有望师一个团打头阵，而以自己两营辫子军押后。但尚未到达丰台，便听到吴佩孚和冯玉祥两旅对丰台合围攻打的消息，吴、田两部便一齐倒戈，调转枪口向辫子军杀来。偏巧这时一架飞机临空而来，在辫子军阵地扔下几颗炸弹。这是中国第一次使用飞机，那刺耳的轰鸣，炸弹凌空而下落地开花，把辫子军吓得鬼哭狼嚎，四散而逃。

段祺瑞命驻南苑十二师向丰台进攻，师长陈文运便请南苑航校支援，于是由校长秦国镛亲自驾机起飞。这架飞机先到丰台投下几颗炸弹，然后又到皇宫投下了三颗炸弹，一颗落在隆宗门外，一颗落在御花园的水池里，一颗落在隆福门的瓦檐上。所幸三颗炸弹都没有造成重大伤亡，但却把皇宫的人吓得要死。小皇帝浑身发抖，三个师傅面无人色，太妃们更加狼狈，有的躲进卧室的角落，有的钻到桌子底下。

溥仪的师傅梁鼎芬通过一个日本人，请求日本公使致函陈光远停止轰炸。而动用飞机本就是吓一吓人，所以陈文运也就答应了。

张勋命令所有辫子军退入北京城内，集中于天坛至紫禁城一带。这时，步军头领江朝宗宣示中立，派他的部队严守北京各城门，仍用复辟后的九门提督职称发布安民告示，既不称"大清帝国"，也不称"中华民国"，而布告的日期用了阴阳两种日历。王士珍、江朝宗、吴炳湘三人原就是被张勋胁迫才参加复辟的，此时宣布中立也不过是一种策略，以与讨逆军做里应外合之计。段祺瑞兵临城下，近畿的北洋军也纷纷加入讨逆军，有第三师、第八师、第十六混成旅、第十一师、第十二师、第十三师、第二十师共计五万七千人，有大炮七十余门，机枪八十余挺，把北京围了个水泄不通。此时的北京成了三重势力范围，内城是辫子军，悬挂着五爪黄龙旗；外城则是中立区，遍插红十字旗，以示两方勿犯；城外则是讨逆军，飘扬着中华民国的五色旗。

眼见大势已去,张勋慌不择路。他派外务部尚书梁敦彦到日本使馆,请求保护皇上,不得要领,遂又想仿照《三国演义》中李傕、郭汜的故事,纵火焚宫,挟幼主出齐化门西狩热河,遭清室拒绝。此路又不通,无奈之下,张勋就想撇下这天大的干系,请外国人与讨逆军疏通,放他带领辫子军安全回徐州老巢。于是,他和雷震春、张镇芳联袂提出辞呈,当即得到溥仪批准。溥仪下旨,由徐世昌组织内阁,在徐世昌未到京以前,由王士珍代理。

　　这是张勋的如意算盘。他想把北京的事完全推给徐世昌和王士珍,认为由这两位北洋元老出山,北洋派的人心里会舒服些。他直觉地认为,北洋派并不反对复辟,而是反对他一个人包办,如今他把北京的善后交给徐、王两人,他们自然不会赶尽杀绝,会放他一条生路。闯了一场大祸,临危想一走了之,张勋实在太天真,把天下事看得太轻松了。他一再打电报,一再派人到天津迎接徐世昌到北京来。但徐世昌这个老狐狸,有名的“水晶球”,在这个时候怎会来跳火坑呢?

　　就在张勋焦虑难耐的时候,外交团的斡旋有了结果。段祺瑞派汪大燮、刘崇杰入城与各国公使接洽,请其转达张勋,提出了以下四项停战条约:(一)取消帝制;(二)解除辫子军武装;(三)保全张勋生命;(四)维持清室优待条件。同时派傅良佐和曲同丰两人入城办理遣散辫子军事宜。讨逆军重兵包围京城,胜败之数已定,但段祺瑞并不想急于攻城,他不愿北京古城遭受兵火之灾。外交团担心自己的安全,也反对用兵,愿尽调停之力,和平解决。

　　兵法云:“不战而屈人之兵,善之善者也。”

　　张勋一见“四条”,恼怒而又沮丧。“这是要我投降!我张勋一辈子身经百战,胜败姑且不论,何曾举手投降过?你问一问那个歪鼻子,他打过一次硬仗没有?他让我投降!”当外交团的人问他到底要怎么办时,他竟像唱歌谣一般回答:“我不离兵,兵不离城,我从何处来,我往何处去。”外交团的人心里发笑,又追问他说:“那么,你怎样向清室作一交代?”他不服气地说:“我太傻了,人人都很聪明。复辟不是我一个人的主张,复辟成功大家享福,如今干垮了拿我一个人受罪。这件事本来和清室不相干,干成了,小皇帝安坐龙廷,失败了,我一个人顶着!”

　　复辟的局面土崩瓦解。先是冯德麟想溜之大吉,不料才逃到天津,就在火车站被讨逆军拿获。冯德麟与张作霖同为胡子出身,结拜为兄弟,又同受招抚,混到师长的地位。但当两人合谋赶走段芝贵以后,袁世凯即任命张为盛京将军,督理奉天军务，而任命冯为军务帮办，因而冯大为不满而与张反目成仇。张作霖参加张勋的督军团，曾要求张勋协助除去冯德麟。但当张勋复辟时，张作霖不予支持，张勋就又拉拢冯德麟，而冯也想投机一把，企图复辟立功得到收拾张作霖的机会，便率部入京，以致保卫皇宫的除了辫子兵，又多了胡子兵。哪料到这是一步臭棋，冯德麟只身出逃，撇在北京的胡子兵也作鸟兽散了。

随后，雷震春、张镇芳和梁敦彦三人也从北京逃出，在丰台车站被捕。邮传部大臣陈毅在黄村车站被捕。当地驻军叫剃头匠剪去他的辫子，要他写一张具结，上写："具结人陈毅，因参加复辟被捕，蒙恩不究，从此永不参与复辟，如违，甘领重究。"写完才放他回天津。当时报上登载了一联嘲笑他："不死万事足，无辫一身轻。"

只有康有为弃下头品顶戴，又化装成一个乡下老农夫，躲过了沿途军警的盘查，逃往青岛而去。

康有为一生最大也是最后的心愿破灭，他尤其痛恨梁启超。梁启超在讨逆通电中点了康有为的名，又恶言："此次首造谋逆之人，非贪黩无厌之武夫，即大言不惭之书生。"武夫是指张勋，书生就是康有为。师徒二人，一为复辟，一反复辟，这还罢了，但他不该骂我！康有为伤心透顶，写下四句诗："鸱枭食母獍食父，刑天舞戚虎中关。逢蒙弯弓专射羿，坐看日落泪潸潸。"骂梁启超是食母的猫头鹰、食父的破獍、死后魂灵还要报复黄帝的刑天、杀害老师后羿的逢蒙。但他也只是泄泄恶气而已，形如落日的他只能望着落日潸潸流泪。

从此，康有为一生终不谅解梁启超。梁启超无奈，他说："我爱我师，我更爱真理。"

气急败坏的张勋，只觉得他是上了北洋派人的当。他发出通电，把复辟经过的老底子都揭了出来。然后说："现既实行（复辟），不但冯、段通电反对，即朝夕共谋之王士珍、陈光远，首先赞成之曹锟、段芝贵等，亦居然抗颜反阙，直逼京畿，翻云覆雨，出于俄顷，人心如此，实堪浩叹。勋孤忠耿耿，天日可表，虽为群小所卖，而此心至死不懈。但此等鬼蜮行为，不可不布告天下，咸使闻知。"

他不仅痛责北洋人背信弃义，出卖朋友，而且发出威胁，声言要把历次会议纪录并往返函电汇集刊印，让世人看看他们的嘴脸。外国记者来张公馆采访他，他从容接谈："复辟一事不是我独断独行，我只是执行北方各省督军们的共同主张。冯国璋有亲笔信在我手中，而段芝贵和徐树铮怂恿我，段祺瑞也不能说不知情,我有他们签名的文件在手,必要时会公布出来。我决不会向他们投降。"他自恃有北洋派拥戴复辟的文件在手,所以坚不投降,一定要带辫子兵回徐州。

由于和平无望,讨逆军决定攻城。12日拂晓,西路军吴佩孚旅率先攻破永定门,杀入城内,守卫天坛和先农坛的辫子军甫经接触,就挂起了五色旗。原来,李绍臣被讨逆军收买,因此不战而降。随后,曹锟率领第三师攻破宣武门,向北占领西华门,同时东路讨逆军攻破朝阳门,推进到米市大街与东单牌楼一线,从东西两面包围了辫子军。

张勋把苏锡麟叫来,对他说:"李绍臣背叛了我,现在我问你,你还愿意不愿意跟着我?你要是学那个龟孙子,就趁早说话,我会放你走的。"

"大帅何出此言?李绍臣这等小人,可我苏锡麟是顶天立地的大丈夫,跟定了大帅,誓死保卫大帅。"苏锡麟拍着胸膛说。

"哈哈哈!"张勋大笑,说,"你是顶天立地的大丈夫!姓段的、姓冯的、姓徐的,都是小人。他们耍了咱,咱不能孬了,豁出去了,拼命也得跟他干!咱怕什么,到时候咱就抖搂抖搂,是我一个人要出来保皇上复位的吗?"

苏锡麟刚走,外务部的人领来三名洋记者采访。他们很气愤的样子,替张勋打抱不平说:"复辟的事已经各省同意,并且推先生主盟。今天他们又翻脸不认人,掉过头来打你,实在令人愤慨,先生何必代人受过?我们要将事实宣布中外,为先生鸣冤。"说完就索要复辟的事实材料。

张勋回答说:"对你们的好意,我深表感谢。复辟是我向来的主张,所以甘愿承担一切,说不上什么代人受过。至于复辟的文件,早已销毁,无可奉送了。"

三位记者是来骗张勋的,但张勋这次很警觉,没有上当。三位记者一走,张勋就叫万绳栻把所有复辟文件找出来给他看。万绳栻整理所有文件共七十二件,唯独没有徐州会议签名的那块黄绫子。万绳栻对张勋说,他怕路上有失,故于进京前存放在曹夫人处。张勋即叫万绳栻将文件交给秘书商衍瀛保管,派他速往天津,嘱曹夫人将黄绫子存入外国银行保险柜中,切勿丢失。

万绳栻却趁机逃脱。他已听到张镇芳和雷震春在丰台被捕的消息,所以不敢出城,就躲进法国医院避难去了。即使万绳栻到天津去了,也是没用。早在复辟第一天,张勋派胡嗣瑗往南京催冯国璋派兵勤王,胡嗣瑗即受冯国璋密嘱,到天津给了曹夫人二十万两银子,便把那块黄绫子骗走了。

苏锡麟回到中央公园司令部,即布置防御工事,并亲往查看督促。这天,苏锡麟的换帖兄弟车瑞峰来中山公园,他是奉王士珍之命来劝降的。苏锡麟说:"这不是作战,是自卫。复辟这件事是张大帅上了他们的当,是他们不讲信用。现在大帅有难,我不能看着自己的长官有生命危险不管。你回去向聘老报告,对方不开枪,我决不会开枪,如果大帅得到安全保障,我更不会开枪。"

第二天,吴炳湘来了。吴炳湘与苏锡麟是老同事,曾在聂士成手下一同当差,早就熟识。吴炳湘以警察总监的身份,以北京治安为由反复劝说苏锡麟不要开火。苏锡麟则以自卫,保卫张勋安全相对。两人争论多时,吴炳湘问:"如果真要打起来,你能打几天?"苏锡麟说:"我这儿粮秣充足,又有坚墙厚壁可据,至少亦可以打上他三天。"吴炳湘听了点了点头,似有所会的样子就不再谈了。

第三天,来了三个人,是苏锡麟的胞叔苏新甫和他的两位舅父。他们是受傅良佐和张志潭请托而来。张志潭又是苏锡麟的姨兄弟,而这两人都是段祺瑞的亲信。苏锡麟便知这是段祺瑞所授意的。一见面,三人单刀直入,要苏锡麟抛弃张勋,向讨逆军投诚,如苏锡麟答应,许以实缺的镇守使之职,外送十万现洋。苏锡麟断然拒绝。三人又苦口婆心地劝说,说起来没完。苏锡麟打断他们说:"叔叔,舅舅,你们是对我好,但这不是家事,我不能听你们的。黄金有价,仁义无价,这时候,我决不能背弃我的大帅,是生是死我都认了!"苏新甫"哇"的一声大哭起来,踉踉跄跄地向外走,两个舅舅也抹着眼泪跟着走了。

段祺瑞想收买苏锡麟,却碰到一个硬汉。延至12日中午,宣武门上的大炮向南河沿发了一炮,把张宅也是辫子军总部墙头打了一个大洞。张宅的南面紧临使馆区,外交团限定只许打一发炮弹。一炮打过,讨逆军发动进攻,辫子军则依托坚墙厚壁顽强抵抗。

这时候,吴炳湘冒着弹雨来了。他一见苏锡麟就说:"别打了,再打下去,口袋队都出来了。""口袋队"是当时北京市民对抢劫犯的称号。苏锡麟说:"不行,大帅怎么办? 我能叫大帅受危险吗?"吴炳湘反问:"你说怎么办好?"苏锡麟说:"你是警察总监,人熟地灵,你去想办法呀!"

时至傍晚,张勋住宅的凉棚起火,延及住室。张勋亲自指挥救火,正在忙乱之中,一辆汽车开过来,从车上下来的,是吴炳湘的部下钱锡霖,还领着两名荷兰人和一名德国人。钱锡霖对张勋说:"荷兰公使有事请将军速往使馆一谈,一切条件均可商量,吴总监正在使馆等候。"张勋一听就知道这是钱锡霖撒谎骗他的,他当然也可以佯装糊涂,趁机堂而皇之地溜之大吉。但他不,凛然而言:"事到如今，还有什么好商谈的？将士们正在为我拼命，我身为主帅，反而撇下他们逃跑，这算啥鸡巴英雄好汉！"钱锡霖见状，使了一个眼色，三人一拥而上，架起张勋就往汽车里拖。张勋身量不高，而两个荷兰人身材魁梧，提起张勋来就像老鹰抓小鸡一般。张勋一边奋力挣扎，一边大嚷，竟又在两名荷兰人的胳膊上乱咬。两名荷兰人就是不松手，硬把张勋塞到汽车里。汽车一溜烟开走，一路往荷兰使馆而去。随后，又来了一辆汽车，将张勋一家五十二口接到德国医院。

正是吴炳湘想了这个办法。吴炳湘也愿张勋脱险，而更重要的是，张勋得到人身安全，苏锡麟就会放弃抵抗，北京就没了兵火之灾。

吴炳湘得到报告，又来找苏锡麟。苏锡麟果然放弃了抵抗。

第二天，吴炳湘陪苏锡麟到荷兰使馆去见张勋。张勋一见吴炳湘就问："皇上怎么样？"吴炳湘的回答很巧妙："这碍着皇上什么事！"张勋默然。苏锡麟问："请大帅的示，队伍怎么办？"张勋说："你看着办去吧。"临走，张勋把苏锡麟叫到一边说："那块黄绫子！你快到天津，把它拿来给我。"

张勋仍心不能平，但一败涂地，那块黄绫子还有用么？

这天一早，内务府的人来报：张勋已经逃到荷兰使馆去了。这时候，溥仪的父亲和陈宝琛师傅来了，把拟好的退位诏书交给溥仪。溥仪看完诏书，放声大哭。哭完了，就商议办法，拟派世续和溥伦带着退位诏书去见段祺瑞。这时有人提醒说："这样岂不是落了痕迹？"于是改由内务府咨达国务院，把复辟的一切罪名都推到张勋身上，所发一切谕旨概不承认。

7月14日，段祺瑞重回北京，遂组成第二届内阁。

皇帝逊位，总统虚悬，舆论有两种意见：一种认为黎元洪应回任总统，一种认为冯国璋已合法取得代总统职位。黎元洪犯下如此大错，无颜回任，而段祺瑞也不容他。他从日本使馆回到东厂胡同，即通电全国，宣告去职。他痛责自己的"五大"过失，血泪而言："惟有杜门思过，扫地焚香，磨濯余生，忏除凤蘖。宁有辞条之叶，仍返林柯；堕溷之花，再登茵席？心肝倘在，面目何施？"冯国璋从南京来到北京，面见黎元洪，请他回任总统。这当然是假意谦让，而黎元洪仍是真意坚辞。冯国璋即宣布代行总统职权。

8月28日，一列火车从北京开出，荫昌和吴炳湘代表总统和总理送黎元洪赴津。从此，黎元洪在天津英租界他的私宅做起了寓公。

复辟失败，惩办祸首，张勋却"免予追究"。他在北京西城区建了一座小洋楼,过起了闲适的日子。他也剪去了辫子,还与众多妻妾又生了八个儿女。以后,他举家一百四十余口迁居天津,七十而殁。

张勋死,徐树铮的挽联最为人称道:

> 仗匹夫节,挽九庙灵,其志堪哀,其愚不可及也;
>
> 有六尺孤,无一坏土,斯人已殁,斯事谁复为之?

复辟愚不可及,其后无人再为。正如梁启超所说:帝位如同墙上泥塑的菩萨,一旦被人扔进了猪圈,就是洗干净再重新供奉,那也早失去了神圣性。中华民国自历袁世凯称帝和张勋复辟两次逆流之后,"皇帝"最终走进了历史。

难上难，孙中山广州开府
错中错，段祺瑞长沙折戟

　　张勋复辟的消息传到上海，孙中山邀请在沪人士唐绍仪、章太炎、程璧光、孙洪伊、谭人凤、张耀曾、徐绍桢、柏文蔚、钮永建等人共商大计。程璧光说："国家危急，请孙先生维持国事。"孙中山回答说："逊清复辟，民国中断，我提议组织临时政府，以为重建民国之基。"他详细阐述了另组政府的理由，并提出要恢复"临时大总统"之称，其理由是当初他辞去总统，是以宣统皇帝退位为条件的，如今宣统复辟，他当然恢复总统资格。唐绍仪表示反对，说："所谓维持国事者，谓起兵讨贼，其他非所敢知也！"章太炎恃才傲物，没有谁能入他的法眼，唯对黎元洪推崇之至，他对程璧光说："闻黎公避居日本使馆，君统率海军，当以军舰奉迎。"张绍曾听了，挖苦说："双复辟呀！"

　　这次会议，多数人不赞成孙中山提出的"组织临时政府，并恢复临时大总统之称"的主张，而认为北方复辟为非法，南方不能也成立非合法政府，最适当的办法是把合法的中央政府迁到上海，因而迎接黎元洪南下复职便成为主导意见。这使孙中山十分无奈。

　　这天，旅居天津的国会议员通电反对复辟，云南督军唐继尧通电讨伐张勋，晚上又传来段祺瑞马厂誓师的消息。孙中山很受鼓舞，而又有一种紧迫感。他夜不能寐，反复思索，终于下定决心，南下广东，组建中华民国临时政府，进行第四次革命。

　　孙中山自从北上与袁世凯握手之后，就把中华民国托付给他，一心从事铁路建设，一个职业革命家离开了政治，走向实业建国之路。宋教仁在上海被刺，孙中山对袁世凯的信任完全颠覆，认为他是一个窃国大盗，必须把他窃取的民国再夺回来，于是毅然发动了第二次革命。但革命尚不盈月，就惨遭失败，孙中山把革命的失败归咎于国民党的涣散无力和不听他的指挥，因而在日本成立中华革命党，进行第三次革命。但革命举步维艰，袁世凯变本加厉，推行专制达于极点，而地位却日趋稳固。这样过了三年，袁世凯竟又做了皇帝。孙中山亦怒亦喜，他断定袁世凯是自取灭亡，给了他发动革命的良机和迎取胜利的希望。袁氏黄袍未袭，西南六省发起护国战争，袁世凯身败名裂。但胜利似乎来得太早，革命力量羽毛未丰，无力左右政局，北洋派抬出黎元洪来充当门面，成立新一届北洋政府。孙中山无奈地承认了这个事实，他接受黎总统授予的大勋位，成为上海的一名荣誉国民，仅此而已。可谁能想到，仅一年之后又发生张勋复辟的事情？孙中山又拥有了再举革命的神圣理由，等来了东山再起的机会。他预断，复辟更不得人心，它的失败可能比袁世凯还要快，所以他深恐北洋派捷足先登，大权再次旁落，机不可失的危机感燃烧着他的心。于是他毅然决定南下广州，揭橥大旗，亲掌革命之舵，重建由他亲自领导的民国，一个真正的民国。

第二天，孙中山致电西南六省，提出成立临时政府的主张。他说："国人不能容羿、跖、莽、操之徒窃据大位。时势迫亟，民国不可一日无主，唯西南六省为民国干净土，应请火速协商，建设临时政府，公推总统。"同时，孙中山又致电北京民党议员通讯处，呼吁两院议员南下。他叫议员邹鲁在北京策动国会南迁，派刘成禺到北京欢迎各位议员，派汪精卫在上海设立议员招待处，迎来送往。

可是西南六省，没有一个省响应。孙中山急不可耐，便要求海军同他一起南下。程璧光推说时机未到，但愿派舰护送孙中山。于是，孙中山率应瑞、应琛两舰，偕同宋庆龄、章太炎、陈炯明、朱执信等人南下广州。

但就在孙中山南下途中，段祺瑞的讨逆军摧枯拉朽，辫子军灰飞烟灭，复辟闹剧草草收场。正当段祺瑞以再造共和之功自鸣得意之时，孙中山向他发出电文，当头棒喝："此盖强虏自亡之会，而亦足下迷复之机。"他揭穿段祺瑞纵容督军团胡作非为，终酿复辟之祸："本为一人保固权位，以召滔天之灾，养成此患。狐埋狐搰，皆在一人，岂所谓为国忘身者乎？"他严正忠告段祺瑞："若以小腆易败，据为大功，因势乘便，擅据鼎钟，则西晋八王之相驱除，唐末朱、李之相征讨，亦载在史册，正恐功业易隳，祸败踵至，凡我国民，亦不能为辅助矣。"

反复辟的胜利比孙中山所预料的更快。但他认为，这不是革命的胜利，承认这样的结果，那么革命就是胎死腹中。

船抵汕头，孙中山又在欢迎会上说："中国六年来，冲突频仍，一无进步，所以有一次二次三次四次之革命。一次革命在武昌，二次革命在南京，三次革命在云南，四次革命则在今日。"他进一步揭破复辟是北洋军阀所布置的政治圈套，说："今天北方起兵讨贼之人，又都是昔日赞成复辟之人，是非混淆，是为今日最困难最危险的时代。今天的中国，不是复辟与共和之争，而是真共和与假共和之争。现在要解决此困难，要认定真共和与假共和，除尽假共和，才有真共和出现，国家才得永远太平。"

7月17日，孙中山抵达广州。广东督军陈炳焜、省长朱庆澜到黄埔港迎接。朱庆澜是辛亥革命的元老，曾与蔡锷发动起义，出任云南军政府副都督。他称孙中山既是他的朋友，又是他的导师，致电欢迎来广东主持大计。他特意安排省属警卫军统领、国民党人魏邦平兼任警察厅厅长，控制广州市区，又请调李烈钧所部张开儒师开至广州郊外，致使本不欢迎孙中山的陈炳焜不敢反对。

孙中山寓居黄埔公园。在当晚举行的欢迎会上，孙中山发表演说，表明此次来粤主旨，是以广东为根据地，建立真正共和政府，而行民国统治之权。孙中山特别提到海军，急切地说："鄙人今日所望于诸君者，即日联电海军全体舰队来粤。然后召集国会，请黎大总统来粤执行职务。"

孙中山承诺"请黎来粤"以邀请海军。海军提出的护法宗旨，就是拥护约法、拥护国会、拥护合法总统三条。而所谓"合法总统"，就是黎元洪。程璧光派军舰到天津迎接黎元洪，未果。这时的黎元洪负疚之极，自无脸面复任总统。

为争取海军独立，众议院议长吴景濂从北京到了上海，与海军代表见面。海军代表一再追问："海军所主张'三事'为此次护法之根本条件，不能修改，是否吴议长之主张与中山先生相同？"吴景濂说："我的意思，以护法为主点，凡在法律范围内者，国会愿与诸公同行，不合法律者，则不敢为之。"海军还不放心，刨根问底："但有强迫公以违法行动者，公能始终拒绝否？望公有以声明之。"吴景濂摆出松柏之姿，断言回答说："我为议会代表，只知守法，法以外不敢闻命，虽有强迫，决不服从。"海军这才在南下护法协约上签字。

随后，海军收到广东督军、省长的联名电请，得知孙中山也作出承诺。于是，程璧光和海军第一舰队司令林葆怿宣布海军自主，率领舰队鼓轮南航。唐绍仪、汪精卫、伍廷芳等人同行。这是石破天惊的一幕，护法声势大振。

孙中山到达广州后，陈炳焜到梧州请示陆荣廷如何应付。桂系刚取得广东地盘，怎容别人染指？但由于孙中山的崇高威望，陆荣廷认为"抗拒会惹大反感"，而首先应该排斥朱庆澜而把地方武装夺过来。

陈炳焜返回广州，即策动肇庆镇守使李耀汉驱逐朱庆澜。朱庆澜在李耀汉的压迫下向省议会辞职，他把省长大印交给省议会，根本不理睬陈炳焜就去了香港。朱庆澜去职前，孙中山派汪精卫与他多次密谈，终使他把"省长亲军"二十营交给陈炯明接管，以免落入桂系手中。这批亲军是朱庆澜从龙济光手上接收过来的，当时有兵额40营，编为省长直辖的地方保安部队，其后被陈炳焜分出20营，余下的编为"省长亲军"。

广东省议会反对李耀汉，选举国民党的胡汉民继任省长。陈炳焜大怒，立即派人到省议会抢了省长大印，且以督军命令接管"省长亲军"。他派军队包围了陈炯明的司令部，缴去关印。陈炯明脱逃，走入香港。然后，陈炳焜向北京政府保举李耀汉为省长。两广本已宣告自主，忽又承认北京政府，段内阁喜出望外，立即发布了李耀汉为省长的任命。孙中山为顺利召集国会，不愿与桂系闹翻，宁愿拿省长来交换取得桂系的合作。于是胡汉民请辞省长，举李耀汉自代，省议会乃举李耀汉为省长。

当孙中山南下广州，召集国会议员以恢复旧国会的时候，北京政府决定成立参政院，以重建一个新国会。主意是梁启超出的。梁启超认为，这次解散国会乃督军团的主张，现在恢复，等于要他们自打嘴巴，况且民党议员又被孙中山召到南方，就事实而言也难以恢复。于是他宣称"我们重回《约法》时代"，重新成立临时参议院，修改国会组织法，另打锣鼓再开戏，召集新国会。但如此一来，冯国璋的副总统是国会选出来的，就成了非法总统，而本届内阁，总理是由总统直接任命的，也成非法的了。如果只退国会，而总统和内阁不退，法理何在？作为议会圣手的梁启超当然明白，但他顾不得那么多了。这个主意正中段祺瑞下怀，他早被那些整天捣乱的民党议员闹怕了，如果能把民党议员清理出去，实在是再好不过了。

国务院举行国务会议，通过了召集临时参议院的决定，并推梁启超起草通电征求各省的意见。通电发出后，北方各省纷纷复电随声附和，但却遭到西南各省的坚决反对。孙中山严正指出，只有恢复被非法解散的国会，才能真正符合"约法"精神，段祺瑞拒绝恢复国会而打算召集临时参议院，完全是破坏《约法》。

这时候，议长吴景濂和副议长王正廷同时到达广州，与孙中山见面。议及如何组建临时政府，孙中山表示，应如辛亥年南京临时政府，设总统之职以示权威。吴景濂想起他对海军的承诺，表示反对。为此两人大吵一场，吴景濂气得"誓不复见"。众议员随之也喧闹起来，竟有议员提出，由议员合组政务委员会，接管政权。在这种情况下，国民党同志谭人凤告诫孙中山"公勿自尊"，章太炎又向他建议"宜且称摄大元帅"。孙中山这才放弃"总统"之念，接受"大元帅"之设置。

这时候，来穗议员已达130余人，孙中山在黄埔公园宴请他们。席间，大家决定贯彻护法主张，组织护法政府。但有一个问题，国会组织法规定，"两院非各有总议员过半数之出席不得开议"。国会议员总数为870人，显然南来议员远不足半数。议员们征诸世界历史，从法国大革命中找到了先例，于是便援引"遇非常事变不足法定人数也可行非常集会"的理由，提议召开非常会议。

翌日，吴景濂主持召开议员谈话会。大家一致认为开设国会，刻不容缓，既然文明国家已有先例，大可遵循，不必扭捏。于是通电各省，决定于8月25日于广州召开国会非常会议。

8月25日，非常国会在广州召开。选举吴景濂为众议院议长，褚辅成为副议长。参议院议长王家襄仍留京没有南下，故选举林森接替，副议长仍为王正廷。29日，议决《国会非常会议组织大纲》。31日，公布《中华民国军政府组织大纲》。9月1日，非常国会选举孙中山为军政府大元帅，次日补选陆荣廷和唐继尧为元帅。10日，孙中山就大元帅职。

军政府设于黄埔公园，另在广州河南路的士敏土厂设大元帅府。非常国会选出唐绍仪为财政总长，伍廷芳为外交总长，孙洪伊为内务总长，张开儒为陆军总长，程璧光为海军总长，胡汉民为交通总长。孙中山并以大元帅名义任命李烈钧为参谋总长，方声涛为卫戍总司令，李福林为亲军总司令。又任命章太炎为秘书长，许崇智为参军长。

按照军政府组织大纲，设大元帅一人，元帅三人。当时选出的元帅，除陆荣廷和唐继尧外，第三人就是程璧光。但程璧光认为现在所行与当初海军在上海签订的协约不符，拒不承认，将证书退回。程璧光不就职，陆荣廷和唐继尧也不就职。陆荣廷致电非常国会，反对另组政府，同时又通电全国，声明"以后广东发生任何问题,概不负责"。

程璧光、陆荣廷、唐继尧都拒绝出任元帅之职,势成僵局。非常国会妥协,又作出一项补充决定:迎接黎总统南来继续执行职权。孙中山也通电表示:"翘首以待黎总统南归。"可是,这样仍不能解决问题,非常国会于是决定派员分别赴南宁和昆明劝驾。

随即,参议院副议长王正廷与马君武、秦广礼、吴宗慈等几位议员,解缆扬帆,赶往西宁,邀请陆荣廷到广州共襄护法盛举。谁知陆荣廷直截了当地说:"解决政局的办法在于请黎元洪复职,而不是另立政府。至于国会,以缓开为好。"并以"病躯未愈"为由拒绝到广州。王正廷等人来到西宁,虽受到热情接待,但大事不果,邕江风光,恍如仙景,然而他们再无心观赏,悻悻回棹而去。

孙中山又派张继拜访陆荣廷,捎信表示说:"文必降心相从,即退让亦无不可。"对孙中山"让位以从"的虔诚态度,然陆荣廷仍不为所动,委婉拒绝。孙中山再派胡汉民去,陆荣廷仍是敷衍,许以考虑后答复,却又迟迟不予回音。

吴景濂要亲率议员到云南,说服唐继尧支持军政府。章太炎愿以大元帅府代表名义同行。但临行时,吴景濂染病要推迟起程,章太炎便怀揣元帅印信,自带五位议员,前呼后拥去了昆明。章太炎豪情大发,特制了两面大旗,竟比唐继尧的帅旗还要大,上绣"大元帅府秘书长"几个大字,并挑选了两名高大威武的壮男扛着,迎风猎猎,以壮行色。

唐继尧对章太炎执礼甚恭,每天下午都在军署大排宴席,美酒佳肴,大吃大喝,谈古论今,不醉无欢。但一说到元帅印信,唐继尧便顾左右而言他。最后章太炎不耐烦了,拉下脸来对随行议员们说:"既然他不受,我们都没面子了,赶紧回去。我的名义是军政府给的,也和你们一道走人。"

天下谁不知"章疯子",岂是好惹的? 连袁世凯都怕他三分。唐继尧害怕了,只好答应接受元帅印信。章太炎总算挣回了面子。

唐继尧接了元帅印,陆荣廷也随之勉强就任。此时虽然程璧光仍然拒绝,但有陆、唐两人上任,军政府的架构终于可以搭建起来。广州军政府赫然成立,与北京政府分庭抗礼。

北京。段祺瑞一早就进了中南海。冯国璋一见段祺瑞气冲冲的脸色,忙笑脸相迎:"芝泉来了,快坐,快坐!"

段祺瑞不坐,昂首而立,板着脸说:"我是来要总统令的!"

"坐下说，坐下说。"冯国璋一边为段祺瑞让座，一边说，"我叫北京检察厅提起公诉，通缉孙中山。"

段祺瑞冷笑了一声，说："孙中山是什么人？大奸巨擘！区区一个检察厅的通缉令，有何威严？给他挠痒痒吗？"

"芝泉你要明白。"冯国璋说，"孙中山这次到广州，与当年在南京成立政府大不一样。他当什么大元帅，手中无有一兵一卒，不过指望陆荣廷和唐继尧给他撑腰，可他两人拥兵自重，能把他放在眼里？我看孙中山成不了什么气候。"

"不可小觑呀。"段祺瑞连连摇头，不耐烦地打断了他的话说，"这三个人野心都很大，姓孙的有威望，陆、唐两人有兵权，他们狼狈为奸，祸乱国家，我们怎能掉以轻心？所以，讨伐孙中山，一定要下总统令！还有湖南，也要下达总统令，这才师出有名，大张国威！"

冯国璋听他要两道总统令，心中盘算了一阵，说："我就下总统令，通缉孙中山。至于湖南，林修梅和刘建藩两人造反，一个旅长，一个镇守使，何必小题大做？就以检察厅提起公诉，下令通缉足矣。"

段祺瑞仍不满意，非要对湖南也下总统令不可。冯国璋生气地说："孙中山我已答应你了，至于湖南，你就不能迁就一下？如果以后闹大了，那时还可以再下总统令，这样总行了吧。"

段祺瑞这才不争，打道回府。

冯国璋从南京来北京上任的第二天，就把段祺瑞和王士珍叫在一起，北洋"三杰"演了一出"将相和"的好戏。冯国璋动情地谈起他们三人从小站练兵以来三十年的情谊，表示要团结一心，重振北洋。他说："今后我们府、院一家，通力合作，从此再也没有什么府、院之争了。在咱们三个人中间，无所谓总统、总理、参谋总长，都是亲密兄弟嘛，哈哈！"段祺瑞说："四哥说得对，以后我们三人就像一个人一样，有事商量着办，还有什么争头？"

但到冯国璋一坐府问事，府、院之争就如影随形而来。段祺瑞恃"再造共和"之功，金光盖地，风头正劲，仍想把冯国璋当作傀儡。但冯国璋不是黎元洪，他有军事实力，不甘做高拱无为的总统。两人首先在南方的问题上各行其事。段祺瑞雄心勃勃，他认为当前是实现南北统一的最佳时机，决心以武力统一中国，创赫赫伟业，留千古美名。而冯国璋自袁世凯称帝以来就借助南方，以谋大位，现在他如愿以偿，南方的陆荣廷和唐继尧也是反段而不反冯的，因而主张和平统一，反对诉诸武力。

段祺瑞平南的方略是两路用兵：一路由湖南取两广，一路由四川取云贵。他听从徐树铮"湘省为南北要冲，粤桂门户，因而定粤必先定湘"的建议，决定先对湖南下手，于是任命傅良佐为湖南省督军。

谭延闿为湖南省省长兼督军，当初这个怪异的任命就是为以后再派督军留下的活口。湖南人为防止北军入湘，高唱"湘人治湘"的口号，而段祺瑞所派的正是湖南人。傅良佐虽是湖南人，但他生长在北方，也是段祺瑞的内弟，长期担任陆军次长，所以湖南人根本不认傅良佐是湖南人。段祺瑞宣布傅良佐督湘的同时，声明不带北兵入湘。傅良佐也发表三大治湘方针：湘人治湘、军民分治、不带兵入湘。但就在段、傅两人信誓旦旦的时候，驻守保定的范国璋第二十师已奉命调防入湘了。

谭延闿飞电陆荣廷告急。陆荣廷随即致电冯国璋，要求他兑现他曾许下的"三年内不更动西南各省长官"的诺言，收回新任傅督成命。冯国璋确有这个承诺，难于作答，就把这个电报交给段祺瑞。段祺瑞回复说，更动湘督是"以事择人，良非得已"，予以拒绝。陆荣廷知道已无商量余地，乃示意湖南武力抵抗。

谭延闿召集秘密军事会议准备抵抗北军，同时电请西南各省迅速派兵援湘。唐继尧立即复电，建议驻粤滇军兼程开进援湘。陆荣廷极表赞成，电告广东督军陈炳焜下令执行。陈炳焜派李烈钧滇军出援，但却不给军饷，也没有武器弹药补充。李烈钧拒绝应命。

如此一来，湘军无力单独抵抗，内部便又起了分化。湘军第二师师长陈复初早已受到段祺瑞的拉拢，第一师师长赵恒惕丁忧，代理师长的第一旅旅长丁佑文也态度冷淡。在这种情况下，谭延闿不得不对北京政府表示服从，便派零陵镇守使汪云亭到北京欢迎新督来湘。汪云亭是北洋派留在湖南的内线，他起程之后，谭延闿立即任命刘建藩代理，并接管所属守备部队，同时调第二师第二旅旅长林修梅接防衡阳，期以零陵、衡阳两地为据点，作退守湘南以待两广援军之计。

傅良佐从北京动身南下，他先到南京会见江苏督军李纯，又转船武汉会见湖北督军王占元，以取得直系的合作，然后才到湖南岳州，命令范国璋二十师向湘阴县进兵。与此同时，北军王汝贤第八师开进了岳州。傅良佐自以为布置停当，胆大气壮地进了长沙。他上任伊始，便急于消除湘南隐患，连下两道命令，撤销了林修梅和刘建藩的职务。两道命令一发表，谭延闿电辞省长，离开了湖南。但林修梅和刘建藩联袂抗命，宣布自主。

刘建藩到衡阳会见林修梅，共商应敌之策。这时，程潜不期而至。程潜是受孙中山的派遣来湖南运动护法的，闻林、刘独立，急从湘西赶来，当即被推为湖南护法军总司令。程潜临危受命，即整编两部，合成一军，统一调度，准备迎敌。

由于北军只有第八师两个营先头到达，守卫长沙尚且有虞，因而傅良佐便派湘军第一师代理师长李佑文率第一旅南下，消灭林修梅和刘建藩两军。讵料第一团第三营营长一到衡境，便率本营投诚，而第一、第二两营也随之倒戈，团长及第一、二营营长遂相率逃亡。李佑文这一团官兵多为程潜旧部，他们本就反对北人治湘，更不愿湖南人自相残杀，此时便一哄而起，投向老官长麾下。闻第一团倒戈，第二团亦皆倒戈。如此全旅哗变，李佑文竟只身逃回长沙。

这时，在家居丧守制的师长赵恒惕墨绖从戎，重整所部。程潜乃以衡山镇为界，划湘江以西为赵师防守，划湘江以东为刘建藩部防守。

傅良佐闻报，大惊，急促北军火速进兵。北军以第八师师长王汝贤为总司令，以第二十师师长范国璋为副总司令，两师沿湘江两岸南进，担任主攻，并以湘军第二师朱泽黄旅为右路，于衡山西麓南下，抄敌后路。

赵恒惕师在衡山前沿布防，并以一营兵力前出，防守衡、湘交界之护湘关。北军第八师王汝勤旅以数倍兵力向护湘关猛攻，湘军一营顽强阻击两昼夜失守。北军乘胜进攻，势不可挡，一举占领衡山。

闻衡山失守，程潜赶赴前敌，一路见退兵纷纷南窜。行至樟木，遇赵师长，乃令收拢部队，死守樟木。程潜回到衡阳，将各级军官传到司令部。他霍地站起，"唰"的一声拔出战刀，猛插在桌子上，说："此次兴师，护国护法，期以必胜，不胜则以一死继之，万勿作生还之想。诸君初以一团一师宣告独立，义声凛凛，甚堪钦佩。唯昨日之战，诸君退却，毫无章法，竟一哄而散，各自逃命，这是有纪律之师吗？按以军法当斩！所念此次部队新编，官兵不相熟悉，免予处分。但你们要戴罪立功，你们赵师长已在樟木设防，明日你们都上去，若再败退，我当与诸君同尽！"所在军官皆惭愧惊骇，以死盟誓。次日未晓，衡阳城已空无一兵，皆于昨晚拔营北进了。

北军第八师王汝勤旅攻占衡山后，继续向前推进。赵恒惕师收拢部队，在樟木苦战，艰难地阻止了敌人的进攻。湘江西岸，刘建藩率八营之兵，勇猛地打退了二十师张纪旅的猛烈进攻，复乘胜反击，向前推进二十里，攻占朱亭。

正当南北两军在湘江两岸相持的时候，北军湘军第二师朱泽黄旅先后占领湘乡、永丰之后，向红罗庙扑来。在此守军仅有谢国光所率三营，乃退守台源。朱旅复追至台源，昼夜猛攻。谢部誓与台源共生死，浴血奋战。战至最后，子弹告罄，正在危机之时，总司令部的卫队赶来参加战斗，士气复振。而北军见克敌无望，乃放弃台源而去。

此前，谢军到总司令部领取子弹，司令部亦无枪弹可发。程潜说，台源不守，衡州亦不能存，毅然把总司令的卫队派去，而司令部已无一兵一卒守卫。所谓总司令卫队就是一个连，然此一连之兵正用在关节点上，四两拨千斤。

这时候，北军第八师、第二十师全部到达，又新增安徽倪嗣冲的安武军二十营担任左路，从江西进入醴陵，占领攸县，又有山西商震所部一个旅加强右路，直插永丰。程潜在司令部接报，湘江西岸樟木失守，退贺家山布防，东岸刘建藩部失守朱亭，亦向后退却，更为严重的是各部纷纷要求补充弹药，而总司令部已空无一弹。在这万分危急的当头，急催久盼的援军终于到来。

湖南频频告急，南方援军为何迟迟才来？原来，程潜被湘军拥为总司令，孙中山在湖南抢得先机。陆荣廷担心湖南落入国民党之手，这才决定援湘。他在南宁召开军事会议，推定谭浩明为两广护国军总司令，由广西出兵 45 营，广东出兵 35 营，组成五个援湘军。而此后，陆荣廷与北方直系暗通款曲，期待冯国璋阻止段祺瑞对湖南用兵，因而援湘军又迟迟不动，只在孙中山和湘军两方多次急如星火的催促之下，谭浩明才通电就职，出兵湖南。

援湘军马济第四军最先到达，会同湘军赵恒惕师，转守为攻。北军第八师后退贺家山防守。同时，陆裕光第一军连克宝庆、邵东、永丰，湖南第二师朱泽黄旅又倒戈归附南军。韦荣昌第三军猛攻攸县，倪嗣冲的安武军大败，北窜醴陵。刘建藩部闻援军到来，也奋起反攻，收复朱亭。如此，桂军出兵湖南，战场局势大变。

段祺瑞气急败坏，断然下令讨伐桂系，一齐罢免了陆荣廷、陈炳焜、谭浩明三个人的职务。并决定征湘、平粤、伐桂、讨滇四大任务同时并举。遂派卢永祥为湘粤方面军总司令，调张敬尧第七师开到湖南，命令琼州的龙济光反攻广州，再令福建督军李厚基海路运兵进攻粤南，另外又派陕军入川，协助吴光新攻击滇军。

当段祺瑞气炎熏熏的时候，直系的长江三督李纯、王占元、陈光远联名提出解决湖南问题的四项意见：(一)停止湖南战争；(二)撤回傅良佐；(三)改组内阁；(四)整理倪嗣冲部。这四项主张公开向段祺瑞的武力统一政策开炮，并向段内阁开了刀。

直系与桂系呼应，皖系也拉拢奉系。张作霖发出"饮马长江，扫平江南"的通电，霹雳生威，大助段祺瑞的声势。皖系中的激进派甚至蠢蠢欲动，要武力倒冯。打算先由倪嗣冲和张作霖宣布安徽和奉天两省独立，然后在天津设立临时政府，推举徐世昌为大元帅代行总统职权，进兵北京，迫冯下台。京城一时传言纷纷，还有说军人要发动政变软禁总统的。冯国璋一夕数惊，寝不安席。

罢免陆荣廷、陈炳焜、谭浩明的命令需要总统盖印。冯国璋拒绝盖印，可又怕段祺瑞翻脸，于是单单罢免了陈炳焜的职务，派李耀汉兼署广东督军。段祺瑞很不满意，再度拟好了三道命令：一是调陆荣廷为宁威上将军，即速来京；二是特派龙济光接任两广巡阅使；三是责成新任广东督军李耀汉严饬桂军开回广西。这三道命令送到总统府以后，段祺瑞一面催促冯国璋盖印，一面加紧散播政变谣言。

段祺瑞并不赞成武力倒冯，因为风险太大。但他虽不愿干这件事，却乐得以假乱真，当作恐吓的武器。

真假莫辨，冯国璋不能不虑，无可奈何地把三道命令盖印，交往印铸局。他气得晚饭也没有吃，夫人周道如新亡，入夜后他一人在床上翻来覆去，忍受着苦恼的煎熬。到了半夜，他突然反悔，猛地起床，又叫人到印铸局把三道命令追了回来。

第二天，段祺瑞未见总统令发表，一问才知被总统追回，便立即叫车到总统府。见到冯国璋，段祺瑞声色俱厉地质问："讲好的发表三道命令，你为什么又要变卦？身为总统又岂能出尔反尔？"冯国璋哑口无言，复答应第二天发表。望着段祺瑞气昂昂地向外走去，冯国璋灰溜溜的，沮丧至极。

湖南贺家山战场。北军第八师阻击南军，已酣战二十余日。师长王汝贤亲临战场指挥，昼夜风雨驰驱，泥泞蹀躞。全师官兵为之感动，虽子弹两次不给，米粮三日断炊，赏银延迟不发，兵士啼饥号寒，犹争先杀敌。这时，南军陆裕光第三军再下湘乡，然后挥师向东，抄北军后路。

北军第八师腹背受敌，旅长王汝勤到师部找师长王汝贤请求援兵。原来他们是兄弟俩，正在商谈中，有两个神秘人物悄然而至。这两个人，一个是冯国璋的堂弟冯耿光，一个是冯国璋的亲侄冯家祜。王汝贤请两人到一密室，闭门密谈一阵，两人又悄然而去。

冯国璋发表三道命令后，不仅遭到南方的反对，而且北方直系也抱怨他太软弱。冯国璋大受刺激，心血来潮，决心与段祺瑞摊牌，遂想出一条釜底抽薪之计。他派他的心腹"二冯"亲往前线去见王汝贤和范国璋，说服他们停战主和，撤兵长沙，分别许以湖南督军和省长之职。

段祺瑞乐滋滋等着湖南的捷报，怎知几天过去了，什么消息也没有。突然晴天霹雳，传来王汝贤和范国璋的联名通电。通电痛斥湖南战争"天祸中国，同室操戈，不惜以百万生灵，为孤注一掷，挑南北之恶感，竟权利之私图"，以"天良尚在，煮豆同心"之痛，提出停战撤兵主张，并恳请大总统下令，征求南北意见，持平协议，以垂永久而免纷争。

就在通电发出的当天，第八师和第二十师已从前线撤兵，退往长沙。傅良佐先已接到密报，说"王汝贤来湘，确有以王督湘之密谕"，又得知王师与南军数次暗通，因而他知道来者不善，便与省长周肇祥在夜色朦胧中偷偷爬上江鲲兵舰，顺湘江而下逃走了。

王、范两师长一到长沙，便发出布告："不愿从事内争，主张和平解决南北纠纷。"湖南各界人士表示拥护，组成"湖南暂时维持军民两政办公处"，王汝贤和范国璋被推为正、副主任。由此，两人便做起了督军和省长的美梦。不料刚过了两天，一支泥腿子湘军冲进长沙来。王、范两人一见，如惊弓之鸟，弃城而走，转眼间城内已无一个北兵。

王、范逃离长沙次日，北京发布了两道命令，一是对傅良佐和周肇祥免职查办，一是派王汝贤以总司令代行督军职务，责令他与范国璋负责长沙治安。可是这两道命令颁布时，王、范已不见踪影。

湘军第一师首先开进长沙，师长赵恒惕接到湘军总司令程潜的电报，令他"扫径以待联帅（谭浩明），勿得发生何种名义"。接着程潜挺进长沙，被举为省长。但当程潜正欲通电就职时，谭浩明也发来电报，令他"勿得擅有建立，致涉分歧"。程潜只得解除省长职务，电促谭浩明来省主持。谭浩明随后来到长沙，即日宣布"暂以湘桂粤联军总司令名义兼领湖南军民两政事宜"。

谭延闿在离湘出走时，就盼望着有朝一日重回复职。赵恒惕是拥谭的湘军将领，而当时的省议会也以拥谭者居多，因此程潜担心赵恒惕请谭回湘复职。程潜不能容忍赵恒惕僭越职权，擅自处理湘省大政而冒功捞取好处，所以才有那个电报。程潜也是欢迎谭延闿回湘的，程潜抵达长沙，之所以只受任省长，就是给谭延闿留着督军的位子。不料，谭浩明来到长沙，竟完全不顾湘人的意愿，毫不客气地宣布"兼领湖南军民两政"。

桂系早有攫取湖南之心，机会来了，便伸出了鹰爪。湖南人奋力而起，浴血苦战，他们冲在最前线，作出了最大的牺牲。但胜利的果实却不属于他们，他们赶走了北人傅良佐，却来了南人谭浩明。

桂军占领长沙后，湘军认为不夺回岳州，就守不住长沙，因而主张乘势夺回岳州。然而桂系无心为湖南打算，当时岳州是湖北督军王占元派兵占领，桂军便想以岳州为筹码，牵制直系，对付皖系。因此，谭浩明不仅不听湘军的意见，且与驻守岳州的北军签订了各守原防互不侵犯协定。

王、范两师长主张停战撤兵的通电到京，冯国璋连声说："快快送院，快快送院！"这期间，冯国璋常把"责任内阁"四字挂在嘴上。有人问他："湖南问题闹大了怎么办？"他答："我有什么办法？有责任内阁。"又有人问："王、范擅自通电停战，此风殊不可长，总统以为如何？"他也是一句话："问责任内阁。"这些话传到段祺瑞耳朵里，他气呼呼地说："问我，我只有一个办法，辞职！"

段祺瑞根本没想到失败，更没想到如此之败。他后悔，怎么不用他的嫡系部队去打仗，而用了与直系渊源较深的王汝贤。段祺瑞只看到失败的直接原因，却仍不悟根本在于他祸国殃民的武力统一政策。况且北军入湘，纪律败坏，每到一地，抢掠、奸淫、行凶、杀人，无所不为，激起了素为强悍的湖南人的仇恨。

湖南一败，追责声浪大起。可段祺瑞只口头上表示辞职，却只刮风不下雨。这时冯国璋与段祺瑞在统一中国问题上已产生根本的分歧，他对段的专横跋扈更是感同身受，不愿做第二个黎元洪。因此，段的辞职正中下怀。他恐段恋栈，就又密令长江三督倡议调停南北之争。最使段祺瑞难堪的是李纯提出来的三个条件：（一）解散临时参议院；（二）总理不得兼任陆军总长；（三）推唐绍仪为北方议和总代表。接着直隶督军曹锟、湖北督军王占元、江苏督军李纯、江西督军陈光远又联名发出"巧"电，主张停战。长江三督忽然变成了直系四督，主和派声势大震。

段祺瑞终于向总统府交出辞呈。

直隶督军曹锟在北洋派中实力最大，又位居京畿要津，地位举足轻重。但他虽是直系，却一向与皖系保持良好关系，被称为"两栖督军"。也因此，他突然领衔直系四督通电主和，无疑是对段祺瑞的沉重打击。这时候，徐树铮来到天津，一见曹锟，劈头便问："曹三哥，段总理叫我来问你一声，为何要发那个通电呢？"

　　曹锟一见徐树铮那个兴师问罪的气势，才意识到问题严重，急忙否认说："那个电报根本未经我同意，望又铮兄在芝老面前替我解释，说我曹锟绝无二心。"

　　徐树铮不再追问，诡秘地对曹锟说："和平统一，无疑是痴人说梦。退一步来说，即使和平统一了，那么李纯是主和派的首领，就是大功第一，三哥你能有什么好处呢？"

　　徐树铮几句话，就抓住了曹锟的神经。随后，他又摘下天上的月亮来送给曹锟。他提出，曹锟若要站在皖系这一边，将来皖系在召集新国会选副总统时，就选曹锟为副总统。这些话，曹锟相信不疑。他知道，将来的新国会必然是皖系控制，此时帮了皖系，那时皖系选他当副总统是不成问题的。

　　曹锟肚子里馋虫大动，激动得热血上涌，脸上泛着红光，大"咳"了一声说："胜败乃兵家常事，这次湖南用兵，不过是王汝贤和范国璋两个草包坏了事，有什么可怕的？就鸡鸣狗叫的呼喊起和平来，这不是甘拜下风吗？"

　　"英雄所见略同。"徐树铮竖起大拇指。

　　曹锟这时候想起徐树铮所为何来，才说："段总理有何吩咐，不妨直言。"

　　徐树铮说："实不相瞒，这次段总理派树铮来津，就是指望三哥带头召集各省督军来开会，咱三哥当然也就是督军团的大盟主了。通过这次会议，统一思想，消除隔阂，扬北洋军威，灭南蛮之气。然后——"徐树铮"哈哈"笑了两声说，"那就是千军万马，横扫江南了！"

　　曹锟也"哈哈"地笑起来，说："没说的，没说的，那我就做这个东道主了。"

　　谈到这里，徐树铮请曹锟发表一个主战的声明，以正视听。曹锟面露难色，怕弯子转得急，遭人骂。徐树铮说："三哥不必为难，我给你打稿。"于是一个似主和而真实战的电报发表出来。

　　看曹锟转了向，皖系大将倪嗣冲、杨善德、卢永祥、张怀芝、张敬尧、李厚基等人纷纷响应，鼓噪继续对南方作战。

主战派又声势大振。

这时候，日本公使来到总统府，对冯总统说："默察中国时局，内阁不可更动，一更动就有大乱子，而敝国亦难坐视。"这是公然威胁。面对日本公然干涉，冯国璋去段的决心不改，而又不能不有所顾虑，于是一步改作两步走。他先解除了段祺瑞的军权，免去了他的陆军总长兼职，并且连同徐树铮的陆军次长也一起免去，由王士珍接任。下一步再重组内阁，免去段职，由新任陆军总长的王士珍接任总理。

谁知王士珍坚决不肯。冯国璋急了，哀求说："聘卿哪，看在我们三十年交情的份上，你就勉为其难吧！"王士珍被逼到这个地步，仍吞吞吐吐地说了几句兜圈子的话："我做总理未为不可，不过我与芝泉也是三十年交情了，人家不戳我的脊梁骨，骂我卖友？那是万万不可的！"他不但不接受总理职位，连陆军总长一职也称病不就。

冯国璋想，那好办，他不好意思直接顶段的缺，无非我找个人来过渡一下子。可他一连找了熊希龄、田文烈、陆征祥等人，这些人都敬谢不敏。因为他们都知道这是一个短命总理，何苦在冯、段中间做夹心饼干？

冯国璋最后找到了病恹恹的汪大燮。汪大燮是现任外交总长，他经受不住冯总统的苦求，便在病榻上提出一个古怪的条件：只做几天总理，只签署两个公文。汪只想做一个过渡人，冯也是找他来过渡的，只要有人过渡，冯就可再请王士珍，于是就答应了这个古怪的条件。

就这样，冯总统下令准段祺瑞辞职，任命汪大燮代理国务总理。汪大燮在病榻上副署，另再签署了一纸空白命令，请冯总统把继任总理的名字填在上面。

汪大燮仅仅承认代理一个星期，他天天催冯国璋填写那个空白名字，逼得冯国璋无路可走，又天天向王士珍作揖打拱："聘卿，我依你的话办好了，你不能看着我活受罪呀。"王士珍仍是不肯："总统如强人所难，我只有避居天津之一法。"冯国璋实在无奈了，赌气地说："总理问题权且放下，请看我的老面子，先就陆军总长总行了吧！"

就在王士珍就也不是辞也不是的当口，段祺瑞忽然登门造访，对他说："聘卿，你还是就了陆军总长吧。"得了段祺瑞这句话，王士珍便见风转舵："好，我就替陆军部看几天的门。我是以北洋团体为重才肯答应的，外面说直系、皖系，我不愿听这类的话，更不忍见这类的事。"

这太出人意料，太让人惊奇。冯国璋一头雾水，不知道段祺瑞葫芦里卖的什么药。但他已顾不了那么多，当即发布了王士珍署理内阁总理，仍兼陆军总长的命令。

原来是徐树铮悄悄来到府学胡同，向段祺瑞报告在天津筹备召开督军会议的情况，遂提出"以退为进，暗中部署，卷土重来"的计策。段祺瑞也意识到，冯国璋要他下台，他如果坚持不走，直、皖两系势必定决裂，两败俱伤，而使南方得利，后果难以设想。因此他决定避重就轻，以屈求伸。既然如此，以王士珍来代替他实在是个不错的主意。因为王士珍是个无所作为的黄老人物，不会搞风搞雨。

新总理到任第一天，传下几句话来："本总理决不更动一个人，今天一个人来，将来一个人去。"摆出的就是看几天门的样子。

冯国璋终于长长地舒了一口气，像卸下千斤重担一样的轻松。他想着南北实现统一的愿景，便要加快促成南北和议，便责成李纯直接与陆荣廷接洽，主张湖南先行停战，暂以刘人熙为湖南督军，一切问题留待和平会议解决。

然而桂系却要求北京政府先下停战令，但冯国璋迟迟未予答复。陆荣廷便做让步，首先下了停战令，并又致电直系四督，声明"已饬前方停战，请总统速下停战令"。冯国璋这才欣欣然拿出停战令来。

正要叫人送往印铸局，总统府秘书长张一麐领着段芝贵走来。段芝贵恭恭敬敬地向冯国璋行了一个军礼，然后坐下来说："各省督军在天津开会，商讨湖南战事，我受督军团委托来请大总统示下。"

"那还用问？"冯国璋断然地说，"南方已下了停战令，我也要下停战令，然后就可以召开和平会议了，南北和平大有所望啊。"

段芝贵狡黠地一笑，说："和平当然是好。不过呢，天津会议提出四条件：一要南军退出长沙，二要解除西南非常国会，三要取消西南军政府，四要西南各督军必须由中央任命。就是这样四条，请总统采纳。"

冯国璋一听，脱口而出："这是什么条件！南方怎么能同意这样的条件？"

段芝贵冷笑了一声，说："管他南方同意不同意呢，是战是和，在总统一言，我望大总统熟思之。"说完，昂然而去。

冯国璋铁青着脸，指着段芝贵的背影说："他这是怎么说话！"

"他还有话呢。"在旁的张一麐说，"他对我说，天津已作出决定，如果总统拒绝和平条件，就以对付黎前总统的手段对付今大总统。"

"他们想怎么样？"冯国璋急着问。

张一麐说："宣布脱离中央自主！"

去年督军团兴风作浪，酿成复辟之祸，历历在目。现今，天津又闹起了督军团，又要如法炮制。冯国璋直觉得头脑发胀，阵阵晕眩，坐在椅子上半天没有言语。

第五十五回

官迷心窍，曹大哥跳槽
狐假虎威，小扇子借势

在天津新开河畔有一美丽的花园，初为洋行买办孙仲英所建，故名孙家花园。曹锟升任新军第三镇统制后，购买了这座园子，复大兴土木，将旧式房屋重建成宫廷式建筑，又为其子女增建西式的公子楼、公主楼。园中堆砌假山、挖人工湖，建游泳池，极中西之胜。曹锟也就是在这里召集各省督军开会的。

当王士珍受命组阁时，直隶督军曹锟和山东督军张怀芝还在北京，可是第二天两人就失踪了，原来他们悄悄地去了天津。参加天津会议的有张作霖的智囊、奉天军署参谋长杨宇霆与安徽代表倪道烺、浙江代表吕建章、上海代表卢永祥之子卢小嘉，随后又加入山西、福建、陕西、黑龙江、察哈尔、绥远、热河等各省的代表。这是继去年徐州督军团会议之后的第二次督军团会议，除直系长江三督没有代表之外，仍有十三个省区的代表。另外，皖系要人徐树铮和段芝贵参加会议。

督军团公推第一个老实人曹锟做大哥，第二个老实人张怀芝做二哥。不过，徐树铮才是督军团的操盘手，而后台老板则是段祺瑞。

会议一开始，徐树铮举着一份报纸说："众位兄弟：昨天的《星报》登载了一条新闻，这可是一个惊人的秘密，我读给大家听一听。"这条"紧要新闻"说的是陆荣廷在梧州召开会议，议定了五条建议：一是迎黎元洪复任总统；二是促冯国璋下野；三是惩办战争祸首段祺瑞；四是恢复旧国会；五是复任谭延闿为湖南督军。

会场立时大哗，纷纷鼓噪起来。有人叫喊西南方面欺人太甚，实在咽不下这口气；有人埋怨冯总统不知死活，还要对西南主和；有人大骂李纯是内奸，给北洋丢脸。众人纷纷要求出兵南征，不杀尽南蛮誓不罢休。当众人吵嚷到火口上，曹锟霍地站起来，一拍桌子说："众位兄弟说得好呀，不杀尽南蛮，不解我心头之恨。我曹锟也不是一个怕死的，战至最后一人亦所不顾！"接着，曹锟便鼓动各省派兵，一鼓作气，荡平江南。张怀芝带头说："好！我们各省一起出兵，何愁没有千军万马？各位兄弟，咱们各出多少兵，就报个数吧！"

此言一出，会场却沉默下来。徐树铮猜到症结所在，说："兵马不动，粮草先行。我想各省无不愿意出兵，只是军费要有着落，对此树铮有几句话要说。眼下政府财政拮据，对军饷难以支持。那怎么办呢？我们出兵打仗，政府应当出钱，而政府没钱，那么各省就截留税款，反正都是一样，全都是为了国家嘛！各位代表，我说的对吗？"

大家齐声赞成。徐树铮得意地笑了笑，接着说："不仅如此，我们各省还要扩充军力，占领更多的地盘。在此，我乐观地向大家提议，将来取胜，胜利果实嘛，也应当各归所有！"

大家又都乐呵呵地赞成。倪道烺率先表示："安徽出兵一万。"张怀芝说："山东出兵一万。"曹锟说："我也出兵一万。"杨宇霆高声说："奉天出兵两万！"大家一听，鼓起掌来叫好。随后各省大多出兵五千、三千，也有表示未经授权，不敢报的。

大家报数之后，会议讨论通过了三项决定：（一）各省分别出兵，自筹军费。（二）推直、鲁两省督军为主帅。（三）兵分两路进攻湖南，第一路以曹锟为主帅，由京汉路南下进攻湘北；第二路以张怀芝为主帅，由津浦路南下进攻湘东。

12月6日这一天，从天津传出一个惊人的消息：由曹锟领衔张怀芝、张作霖、倪嗣冲、阎锡山、陈树藩、赵倜、杨善德、卢永祥、张敬尧十人联名通电，请北京政府颁发讨伐西南的命令。此电一出，全国主战的电报如雪片一般飞向北京，杀伐之声不绝于耳。而且居然也有人请段祺瑞复职的，也有推他出任征南最高统帅的。

冯国璋无奈地把早就准备好的停战令放在一边，并委派曹锟、张怀芝分别为第一、第二两路军总司令，电令各军分途出发。这个人事命令，不以命令发表，而以电令发表。他认为总统令不能出尔反尔，而电令则随时可以变更，这样便可以敷衍主战派，而南方也可以曲谅。其实，这不过是自欺欺人，真可算是大笑话。

冯国璋已琢磨出段祺瑞的用意，他是想在幕后操纵督军团，挟制总统。好啊，你想在暗处呼风唤雨，把我推到风口浪尖上，那我就想法子请你出来！给他一个什么角色呢？冯国璋与幕僚计较了半天，想到"参战督办"一职。

颇感意外，段祺瑞欣然接受了。

冯国璋的私意是与段祺瑞划分势力范围，对外事务交他处理，对内事务由自己主持，彼此各得其所，和平共处。而段祺瑞也并不热衷于参加世界大战，而是另有隐衷。他深知督军团不过是一群乌合之众，只可利用于一时。他们的野心漫无止境，养成尾大不掉之势，将来予取予求都有难以应付之苦，张勋复辟前车可鉴。如果他自己无可用之兵，则一切都是空的，而做了参战督办，他就可借船出海，编练一支自己控制的军队，就像当年袁世凯编练模范军一样。

在任命段祺瑞为参战督办的当天，冯国璋还特地下了一道手谕："参战事务均交参战督办处理，不需呈总统府和国务院。"段祺瑞遂成立督办公署，设有参谋、机要、军备、外事各处。督办公署并不属于内阁，一切决定却可以发交有关各部办理，而成为一个"太上政府"。

总统的讨伐令一发，又受到主和派的责难。冯国璋又后悔了，绞尽脑汁，想出挽救之计。他密令李纯劝说陆荣廷取消两广自主，如此主战派便师出无名，就可以进行南北和局了。

李纯很快来了电报，转达陆荣廷的意见：两广自主系针对段内阁而发，现段内阁已倒，取消自主理所当然，唯主战派仍存觊觎西南之心，因此政府应先下停战令，方能和谈。

陆荣廷给冯国璋解决了一个难题，又出了一个难题。冯国璋希望两广先取消自主，然后北京政府下停战令，而桂系则要求北京政府先下停战令，然后两广再宣布取消自主。如此相争不下，桂系终于让步，先下了停战令。冯国璋随即发布了停战布告。

冯国璋发停战布告，督军团以行动回答：你要停战嘛，我就出兵！督军团两路出兵：曹锟派吴佩孚第三师由京汉路南下，过湖北进攻湘北，张怀芝派施从滨山东暂编第一师由津浦路南下，过江西进攻湘东。

施从滨师开到滁州，突然发现前面铁路被封堵，黑压压的军队鸣枪示警。施从滨问明究竟，原来是冯玉祥的部队，就约见冯玉祥谈话。冯玉祥毫不客气地说："你要么待在这里，要么回去，前进是不行的。"

施从滨问："冯将军，是谁的命令让你这么干的？"

"正义和良心。"冯玉祥冷冷地说。

施从滨冷笑了一声，说："中国没有那玩意儿，只有枪杆子！我是军人，我只懂得服从大总统的命令。"

冯玉祥一字一顿地说："我也是军人，我只懂得服从大总统发布的停战布告！"

"我要是硬过呢？"施从滨挑衅。

冯玉祥冷笑了一声说："你问问火车能不能长出翅膀来！"

施从滨傻了眼。

两个月前，北京政府派冯玉祥旅开往福建，进攻广东。军列开到浦口，一封密信送到火车上。这封信要冯旅停止前进，就地驻扎，听从李纯指挥。写信的人是冯玉祥的舅父陆建章。陆建章现任冯国璋的幕后高参，湘战而起，他便长住南京，为李纯出谋划策，李纯一个个主和的惊人举动无不出自他的主意。得知曹锟和张怀芝两路出兵，冯国璋即密电长江三督，告以"假虞伐虢"之忧，李纯便令冯玉祥采取了行动。

同时，长江三督又发表严正声明，反对客军假道。吴佩孚进至河南信阳就停止不前了，因为施从滨滁州受阻，吴佩孚不愿孤军深入。

两路出兵受阻，曹锟又在天津召集督军团会议，十三省区扩大为十六省区。这次会议决定，各省区采取"无声之独立"对付中央，联名催请总统下达讨伐令，并且通过了一个先解决冯玉祥旅，对付李纯的军事计划，公然威胁说：哪怕北与北打起来，也在所不惜！

冯国璋害怕了，请王士珍前往天津疏通。王士珍坐在椅子上只管唉声叹气："这年头，不独对南难疏通，对北也难疏通，我实在干不了啦！"冯国璋也叹了一口气说："我也干不了，要走我们一起走。"

冯国璋口说要走，其实还并不想走，千般磨难请出来的总理又一无所为，只想撂挑子，冯国璋只好独自支撑。他向主战派让了一步，下令调冯玉祥旅从浦口移防武穴，划归湖北督军王占元。但他仍拒绝下讨伐令，并且密令长江三督，坚决阻挡北军过境。

转眼到了年终岁尾，继浙军旅长叶焕章在宁波宣布自主后，湖北第一师师长石星川在荆州（江陵）宣布自主，湖北第九师师长黎天才在襄阳（襄樊）宣布自主，河南民军首领王天纵在汝州宣布自主。宁波的起义很快失败。但湖北第九师与第一师联合成立靖国军，推黎天才为总司令，攻城略地，先后占领兴山、巴东、秭归、恩施等地，囊括荆襄。

这是孙中山不满陆荣廷屈膝求和而发动的起义。全国震动。

督军团借故反击，向冯国璋施压。京城传出一个惊人消息，说如果总统再不下讨伐令，主战派就要采取非常手段，即由参议院通过议案，迎接黎元洪复任大总统。这使冯国璋心神不安，他想出一个敷衍的办法，不下总统令，而以"军事办公处"传谕出兵荆襄，以把对南方的全面讨伐压缩为局部讨伐。但主战派不依不饶，又在天津召开督军团会议。十六省区的督军联名通电，反对局部讨伐，坚持全面讨伐。而且要求必须以总统名义正式发布讨伐令，不然他们就不管有没有令都要讨伐，并且宣布与北京脱离关系。

当天，另一条消息又笼罩了北京，说徐树铮正召奉军入关，阴谋在北京发动政变。奉军朝发夕至，比远在徐州的辫子兵可怕得多。

冯国璋又害怕了，便以"各军先行，战令随发"敷衍主战派。主战派不再理会冯国璋兜圈子了，便先向荆襄发起了攻击。第一路军吴佩孚第三师在北，河南督军赵倜派南阳镇守使吴庆桐在东，夹攻襄阳。湖北督军王占元派王懋赏第十八师在东，从重庆败下来的四川查办使吴光新在西，夹攻荆州。这个时候，桂系仍与孙中山离心离德。长沙谭浩明坐视不救，而且制止湘西民军前往救援。优劣悬殊，靖国军失败云散，襄阳、荆州相继陷落。

冯国璋接到攻克荆州的战报，立即拟就几道总统令：（一）恢复陆荣廷两广巡阅使职务；（二）北军从岳州撤退，但南军不得进驻；（三）桂军从湖南撤退；（四）令谭延闿回到湖南，实行湘人治湘。但当王士珍召开国务会议正在讨论总统令的时候，突然接到南军进攻岳州的急电，乃把议案搁在一边，急忙偕全体阁员前往总统府。冯国璋看了电报，目瞪口呆。停顿了半天，才说："命令暂不发吧，容我再想一想，诸位请回吧。"

就在黎天才的靖国军荆襄起事的同时，湖南湘军也发起收回岳州之战。但荆襄很快失败，而湘军却因谭浩明的阻止延迟了行动。正是在这当口，冯国璋提出了解决湖南问题的方案。不料这时湘军已向岳州发起了进攻，因此这个方案也就胎死腹中。冯国璋又做了难，没牌可打了。

日落黄昏,冯国璋行色匆匆地赶到东四牌楼五条胡同,进了徐世昌的家。徐世昌吃惊地说:"华甫! 你怎么来了?"急忙向屋里让座。

"菊人兄,我是来向你讨主意的。"冯国璋开门见山。

"快别这么说,华兄有何吩咐,尽管说。"徐世昌满脸堆着诚意。

冯国璋说:"我想把战争局限于荆襄一地,谁想到湘军又进攻岳州了。一国政府,当然不能放任一个地方擅动刀兵,但我要下令讨伐,便是南北全面战争,生灵涂炭呀。菊人兄,你看如何是好?"

徐世昌以拳敲着眉头,为难地说:"我蜗居在家,以花鸟鱼虫为乐,国事已非我心,能有什么好主意! 不如把芝泉叫来,共同商议如何?"冯国璋不愿,推说改日拜访。但徐世昌仍坚持说:"三个臭皮匠,顶上一个诸葛亮。再说,我们俩也可以当场劝劝他嘛。"

这时候,徐、段两人已达成默契:倒冯之后,就扶徐上台。因而徐完全无心帮冯,只害怕引起段的误会,破坏了他的好梦。冯国璋不好再说,徐世昌就到外间打了电话,回来说:"芝泉一会儿就到,今晚我们兄弟三人痛饮几杯。"就吩咐准备酒菜。

三人对饮。段祺瑞见了冯国璋就眼里冒火,冷冰冰地不理睬他。冯国璋也已知道段祺瑞有"倒冯拥徐"的诡计,看着他肚子就鼓起来。徐世昌两面应付打圆场,无话找话地翻起了北洋老账。段祺瑞终于忍耐不住,揶揄地向徐世昌道:"大总统屈驾到此,总不是专听你叙旧的吧?"

"嘿嘿!"徐世昌干笑了两声,说,"华甫不过为湖南的事犯愁,到我这里来解解闷。芝泉,你有何高见,直言为快。"段祺瑞便说:"南蛮兵不过数万,怎敌我北洋几十万虎贲之师? 去年湖南之败,非战之罪,而是我们内部不团结,不能齐心合力。一个人前脚迈出去了,后腿却被绊住,那不摔跟头吗? 我说那个李纯,谁不骂他是内奸? 北洋怎么出了这么一个败类?"

段祺瑞骂李纯,实际就是骂冯国璋。冯国璋忍着气,反而亲切地叫了一声"芝泉",说道:"你有雄心壮志,令人钦佩。不过呢,我不忍国民再受战火之苦,如能和平统一国家,岂不更好?"

"你这是一厢情愿。"段祺瑞打断他的话说,"南蛮子狡猾得很,喊着和平,不过是个幌子。他们以援湘为名先占了长沙,这又乘荆襄之乱出兵岳州,华甫何能执迷不悟,一误何能再误?"

"是啊，是啊。"冯国璋思索着，眉头蹙起了一个疙瘩，脸也涨得发红。突然，他一拳砸在桌子上，竟致他面前的酒盅子都跳了起来。"南蛮子，可恨！可恨！"冯国璋使劲咬了咬牙，说："他们太欺负我们北洋，是可忍，孰不可忍！我要领兵出征，不杀南方的气焰决不罢休！"

徐世昌和段祺瑞两人都惊呆了，你看看我，我看看你，不知如何接话。"哈哈哈！"徐世昌突然大笑起来，打破了沉默："御驾亲征！那真是扬军威，鼓士气啊！"

冯国璋举起酒杯，说："如同意国璋，请干了这杯酒。"两人随着举起杯子。段祺瑞第一次露出了笑脸，说："祝大总统旗开得胜！"

冯国璋回到总统府，立刻命令拱卫军司令刘询在第十五师中挑选精兵，补充军火，作为南行卫队，下令整装待发。又连夜召见总理王士珍，令他坐镇北京，处理一切。第二天，一道命令通电全国，宣布大总统"于本月二十六日亲往各处检阅军队，以振士气"。

26日晚8时半，总统专列驶出北京。12时半抵达天津，曹锟在车站迎候。冯国璋下车后即赴曹家花园憩息，两人密谈至天明，又启程南下。车过济南，张怀芝上车随行。车过徐州，张敬尧又上车随行。傍晚，列车开到蚌埠，倪嗣冲上车迎接，但火车却开不出去了。

冯国璋一路南行，段祺瑞起了疑心。他说亲征，出征该由京汉线到湖北，不应该走津浦线到南京呀。他临行通电说是"南行巡阅"，可是他一路行色匆匆，即没有下车巡视，也没有检阅军队呀。他说出京以七日为期，可是却又挑选了一支精兵卫队，还携带子弹200多箱，辎重数十车，这又是为什么呢？噢！他这是金蝉脱壳呀！他的目的一定是南京，一旦回到他的老巢，他就会宣布总统蒙难，便以南京为行辕另立中央，然后与南方合作，对付北方。那么北洋将要解体，天下就要大乱，局面不可收拾。太可怕了！

段祺瑞吓出一身冷汗，他立即向倪嗣冲下了死命令：阻止总统南行！

南军突然向岳州进攻，打破了冯国璋想把战争局限于一地的愿望，情势发展下去，全面战争势不可免。然而冯国璋为主战派所挟制，困在北京这个牢笼里，他要么举手投降，要么等待被宰割的下场。他千思百虑，才决定铤而走险。这是一个正义与雄心的大举，又是一个无奈与痛苦的决定。当他作出这一决断时，他哭了。

列车驶入蚌埠车站，慢慢停了下来。站台上立时乐声大起，在鼓乐声中，倪嗣冲带领几名官员和各界群众代表走上车来。倪嗣冲恭恭敬敬地行了一个军礼，大声说："欢迎大总统大驾光临，这是我蚌埠人民极大的荣幸。大总统一路辛苦，就请大总统下车休息吧。"冯国璋笑了笑，说："感谢你盛情欢迎。不过，我这次南巡以七日为限，时间紧急，今日务必要赶到南京。"

"那怎么行？"倪嗣冲大叫起来："大总统不在蚌埠停留，这是我倪嗣冲没脸，也让全城百姓大失所望呀！"冯国璋又耐心地解释，正在争执中，师景云向他耳语说："火车被军队包围了。"冯国璋立时感到，一定是倪嗣冲奉了段祺瑞的命令派重兵相阻，若要硬冲，就是一场大血战，而且也难以冲得出去。想到这里，冯国璋大笑起来，向倪嗣冲说："蚌埠是个好地方，我不走了，下车！"

当冯国璋及随行官员来到督军府大客厅时，只见满桌酒菜，都已备齐。倪嗣冲殷勤款待，而冯国璋心事重重，山珍海味也难以下咽。一场"欢宴"过后，安排宾馆住下，冯国璋叫来张怀芝、张敬尧、倪嗣冲谈话。冯国璋还未曾开口，倪嗣冲即发出质问："我有一事未明，请问大总统，总统出巡为何不通知沿途各地？总统路经安徽地面，要是有什么闪失，我倪嗣冲就是大罪人，有几个脑袋能担当得起！"

"哈哈！"冯国璋生硬地笑了一声，说，"我若预先通告，沿途必多铺张，给下面平添许多麻烦。所以如此。"

倪嗣冲说："大总统爱兵惜民，不辞劳苦南巡，令人敬仰。不过呢，身为一国总统贸然出京，况且当下时局纷乱，倘若生出不测，似为不妥吧。"

师景云冷笑了一声，说："你是下属，何能口出狂言，责备总统？"倪嗣冲抗辩说："我是为总统安全着想嘛！"

冯国璋说："丹忱不必过虑，我还是好好的。此行不为他，只是到南京开会，布置讨南军事。"

倪嗣冲一听又大嚷起来："怎么非要到南京去呢？在蚌埠岂不更好？"他不由分说，叫李秘书："你传总统的命令，叫李督军来这里开会？"师景云起身要随李秘书同去，被倪嗣冲一把拽住，按在椅子上，说："不劳大驾，总统在我这里，我的秘书传令还不是一样？"

总统已被绑架，身不由己。沉默了好久，冯国璋长叹一声，发起了牢骚："现在的督军都像凶神恶煞，不肯服从中央命令，如果不能满足他的要求，就要反抗中央，上下尊卑颠倒，成何体统？这样的总统我实在干不了。"倪嗣冲知道冯国璋已服了软，恭敬地说："总统惩一儆百，谁敢反抗中央？谁敢反抗就给谁处分！"然后，他拍着自己的胸膛说："如果总统要撤我的职，我就不敢不服从。"冯国璋苦笑了一声，拍了拍倪嗣冲的肩膀说："对呀！可是像老弟这样肯服从中央的，就找不出第二个啦！"

第二天一早，第十六师师长王廷桢从南京赶来，向冯国璋报告说，李督军身体违和，派他来出席会议。李纯料事精明，冯国璋心中一颗石头落了地。接着召开军事会议，冯国璋无奈地顺从倪嗣冲、张怀芝和张敬尧三人合计好的要求，答应回京后即下达讨伐令。

当天下午，倪嗣冲恭送总统回京。

当冯国璋回到北京的时候，湘军攻占岳州，西南各省人心大振，主张长驱直下武汉。这时北军主力集中于荆、襄，武汉军力空虚，如果攻下武汉，局势将会大变。但是桂系不愿放弃向北方求和的愿望，谭浩明严禁前线湘军跨入湖北一步，并给李纯电报，声明保证：北不攻岳，南不攻鄂。

直系对南军攻占岳州视为理所当然，所以长江三督提出"襄归鄂、岳归湘"，作为南北停战议和的前提条件。但冯国璋已向主战派低头，在无可奈何中，他下令曹锟和张怀芝两路进兵，派曹锟兼任两湖宣抚使，张敬尧为援岳前敌总司令。又下"罪己诏"，自责无知人之明，无料事之智，德薄能鲜。

曹锟受任总理两湖，成为北方最大的疆吏，心中好不惬意。在总统讨伐令下达第二天，他就自作主张地派他的兄弟曹锐代理直隶督军，又把第三师师长的兼职让给了能打硬仗的吴佩孚，动身南下，在湖北孝感设立大本营，俨然当年袁世凯督师孝感的威风。与此同时，第二路军的施从滨师也安全通过浦口。

这天，段祺瑞把徐树铮叫来，大加训斥。段祺瑞对他心爱的小扇子军师从未以怒相加过，原来因为奉军把从日本进口的军火劫走了。"是你有意把这批军火送给奉军的？"段祺瑞大声质问。

徐树铮矢口否认，却说："奉军借故缺乏军火，迟迟不开拔，得了这批军火，入关就快了。无论奉军，还是我军，都是到湖南去打仗，那么不妨就让奉军先用吧。再说了——"徐树铮诡秘地一笑，说，"奉军一入关，我们就能实行下一步计划，大事就要成了。"说完，得意地望着段祺瑞。

"你不知道张作霖的野心？他做梦都想入关呢！"段祺瑞仍是两眼冒火地盯

着徐树铮说，"现在奉军已有两旅人马入关，占了滦州和秦皇岛，你还担心他不来？你好糊涂啊！"

段祺瑞说的一点不错，但徐树铮也并不糊涂。他把奉军请来，一为政局，威胁中央以为倒冯奥援；二为军事，指望奉军南下作战。他还有一个私人的欲望，期以入关奉军由他指挥，提高他个人的地位。为达此目的，他才慷慨送出大礼——根据中日借款协定从日本运进的第一批军火，有步枪二万七千支和子弹一百万发。徐树铮知道，如果事先请示，段祺瑞一定不许，唯有先做了再说。而且他做得非常巧妙。他做过陆军次长，了解购买军火的详情，在他交卸陆军次长时，又曾留下好几张盖了关防大印的空白信笺。因而他把军火列车的行车时点告诉了奉军，并暗中送出了他伪造的陆军部公文。于是奉军参谋长杨宇霆带兵到秦皇岛把军火劫走。实际说来，这并不是"劫"，人家是凭陆军部的证件公事公办地"领"走的。

段祺瑞不甘心，电达张作霖，指责他擅自扣留军火，要求原物交还。张作霖的回答很滑稽："此次奉天请领军械，系奉元首讨伐令。整军练兵，悉为拥护中央，听政府驱策。运京与留奉，有何两样？"

送到虎口的肉怎能再夺回来？

这年二月春节刚过，奉军大队人马蜂拥南下，进驻天津一带。冯国璋心慌意乱，在总统府召开军事会议讨论对策。冯国璋请段祺瑞叫张作霖退兵，段表示为难，反请冯下总统令。冯国璋立时说不出话来了。张作霖岂是好惹的？他若下令遭到拒绝，岂不是大丢脸？想想一国总统竟对一地督军无可奈何，冯国璋的脸涨得通红。会议不果而散。

冯国璋已猜到奉军入关包藏祸心。一年前张勋的辫子军入京，黎元洪被逐下台，现在又可能旧戏重演。他盘算，三十六计，走为上策，便暗中布置再次"南巡"。但他发现，段祺瑞不会放虎归山，扎翅也难破壁飞去。无奈之下，冯国璋再次低头。他公布了临时参议院所修订的国会组织法和两院选举法，又命令内务部筹备新国会的选举。他的总统任期到十月届满，他认可皖系操纵的参议院办理选举，就是为他的掘墓人发放通行证。

冯国璋告饶了：我这位子坐不长了，你们还要怎样？

这时段祺瑞也后悔自己饮鸩止渴，引狼入室，因而放弃了借助奉军武力倒冯的计划，转而想复出再任总理，掌控大局。王士珍很快便嗅出了味道，他正好趁此下台。他一提起，冯国璋向他作揖说："老哥，你又要叫我为难了。我受了半年的活罪，比项城、黄陂受的罪更多，你又要离开我，叫我怎么办？"王士珍说："我替总统受的罪也不少了，就找个替身为总统帮忙吧。"

冯国璋又作难了，他仍无意让段祺瑞复出，找来找去，找的都是那些熟面孔，如熊希龄、田文烈之类，说来说去都不肯跳到火坑里来。最后想到袁世凯的"左相"杨士琦，又是好说歹说。可杨士琦在上海纳福，无论怎样也不肯来北京受罪。这样拖延了几天，王士珍竟不再到院办公，冯国璋实在无奈，乃勉强地派内务总长钱能训代理总理。

钱能训又不想代理总理，天天闹着要交代。冯国璋写信再请杨士琦出山，可杨士琦竟连信也不回。我这还算一国的总统？冯国璋伤心透顶，狠一狠心，便通电各省行政长官，辞职不干了！秘书长张一麔知道了，立即从机要室追回，邀同军事处长师景云一同谒见总统，劝他暂勿发出这道通电。冯国璋默无一言，只是苦笑。

第二天，奉军一部又由天津开到廊坊。张作霖发出通电，公然向北京政府提出两个"起码"的要求：一是任命他为东三省巡阅使，二是再准他加编第三十师。而且命令似的通知政府在北京天坛一带指定营房以便奉军进驻，而没等答复，他的部属已在天坛、南城一带找兵房了。"又要复辟了！"谣言满天飞，京城被一片恐怖所笼罩，达官富豪纷纷出逃，车站上挤满了人，扶老携幼，恍如大难临头。

冯国璋在春藕斋举行紧急会议，说明局势险恶，声明他唯有引退一条道可走。他一边说一边把先一天未发出的通电稿拿出来传阅，与会人员面面相觑，鸦雀无声。会议无果而散。

又一天，奉天方面发表张作霖和曹锟、张怀芝的往来电报。张作霖的电报，宣称他的宗旨是"戡平内乱，共救危亡"，表明奉军已编成六个混成旅，各旅不日即可到徐，会合大军，敬听指挥。曹锟的电报，称赞张作霖"耿耿大义，谊共生死"，请奉军集中徐州，加入第二路军，还请加派一个或两个旅开到汉口，加入第一路军。张怀芝的电报，称赞奉军入关为"壮我士气，固我后援"，并称已指定韩庄为奉军南下的第一站。

就在这一天，冯国璋把搁置了三天的辞职通电发出。这份长长的通电稿，令人唏嘘不已："欲避贤求去，苦无法律之可据，欲忍辱求全，又乏津梁之可济。欲融洽南北，尽释猜疑，乃北则疑其寡断，南则信其易欺。国璋一武夫耳，因缘时会，谬摄政权，德不足以感人，智不足以烛物，抱救民之念，而民之水火也益深，怀爱国之诚，而国之不颠覆者亦仅。澄清无术，空挥三舍之戈，和平误人，错铸九州之铁。虽名义同于守府，而号令不出都门，瞻望前途，莫知所届，何忍久居高位，自误以误国家？"

就在总统辞职通电发表的第二天，总统府戒严，府学胡同段宅也有重兵把守，空气骤然紧张起来。这天，王士珍化装潜出北京。他是把张作霖认作第二个张勋的。到天津后，他才写信分别给冯国璋和段祺瑞，发誓决不再回京任职。

总统通电辞职，全国震骇。但总统府收到各省督军的电报，却是一片拥戴之声。张作霖的回电自然最有分量，他说："挽救时局，只我大总统一人。"不过，他又提出建议："择定总理一人，组织完全内阁，总理得人，政令自行。"

倒冯的声浪彼伏，拥段的喧嚣此起。

3月12日，奉军在距天津五十里的军粮城设立关内司令部，张作霖自兼总司令，徐树铮以副司令名义代行总司令职权。张作霖亲临视察，倪嗣冲趁机来天津会见他，策动拥段组阁。两人的联名电报随即飞达北京。冯国璋大骂张作霖是董卓，但他自己也像汉献帝，不得不听从摆布，便顾不得老脸，亲往府学胡同请段祺瑞再度组阁。段祺瑞报之一笑，说："现在已不是责任内阁，人人可以干，何必一定要我来干呢？"他竟然拒绝了。他并不是不想出山，而是感到蓄势还嫌不够，他还要更高的身价。

时至三月，战争在岳州打响。第三师师长吴佩孚兼任前敌总指挥，率领本师和王承斌、阎相文、萧耀南三个混成旅为主攻，并配以杜锡珪第二舰队五艘军舰于长江，直取岳阳，另以张敬尧第七师为侧翼，攻取平江。谭浩明把湘军部署在前线，以湘军赵恒惕师守岳阳，刘建藩部守平江，而以桂军马济、韦荣昌、陆裕光等军在后方长沙作总预备队。桂军无意坚守岳州，更没有抵抗北军的决心，当前线接战的时候，桂军不但不前出支援，反而赶在湘军之前逃之夭夭。吴佩孚如探囊取物，攻占岳州。

捷讯到达北京，冯国璋拟出一道命令，主张北军的军事行动以岳州为止。他乞求般的呼吁：岳州既已收复，北洋声威得到恢复，而桂系又愿意谈和，何必一定要劳师动众？但当他正要发出这道命令时，接到督军们的联名电报。

电报以曹锟领衔，共有十五省三特区的军阀，要求段祺瑞再起组阁。冯国璋看完了电报，两行清泪挂在脸上，他把那个没有发出的命令糅成一团，扔在地上，起身去了府学胡同。他请段祺瑞勉为其难,段祺瑞仍推辞"无意于此",冯国璋则指天誓日地表示愿与兄弟同生死,共患难,并许下五条:(一)军事办公处仍然迁回国务院;(二)国务院决议,总统保证不改一字;(三)阁员由总理选择,不必征求总统同意;(四)公府秘书长由总理推荐;(五)中央致各省的电报,须由院方核发。如此总理真是"总理",但如此总统还是"总统"吗?段祺瑞方才忸怩作态地答应了。

段祺瑞三度出任总理,上台后第一件事就是通令各省,称北军为"国军",称南军为"敌军",不许再用"北军""南军"字样,以表示他要把武力统一政策进行到底。随后他拟制了第三期作战计划,倾直、皖、奉三军,对湘、粤、川三省全面开战。他踌躇满志地宣称;一个月内拿下湖南,三个月内平定两广,半年之内统一中国。

吴佩孚攻占岳州后,旋即挥师南下。南军放弃岳州时,谭浩明还在长沙向商会索饷。谁知北军未至,这位联帅就已经开溜了,湘军上级军官也不知下落。北军未遇抵抗进入长沙,然后又兵分三路继续南进,不日占领衡阳、湘乡等地。

北军攻占湖南,取得空前的胜利,段祺瑞"平定两广,统一中国"的目标似乎历历在望了。但正在这时,前线突然清汤寡水沉寂下来。吴佩孚公开宣布停战谋和,张怀芝也随之偃旗息鼓。原来,拿下湖南,吴佩孚自然是大功第一,然而湖南督军却给了张敬尧,使他心生怨恨。

徐树铮发现两位大将突然变卦,不听调度了。他决定依靠奉军。"哼!你两个小子,我就叫你看看奉军的威风,要你的好看!"

这时徐树铮在汉口设立了一个前敌总指挥部。他要把奉军的六个混成旅全部摆在湖南战场上,为此他约请奉军孙烈臣、汲金纯、吴俊升三位师长到长沙来,商讨布置奉军入湘作战。但当他赶到汉口督促进行时,才知道三位师长都被张作霖召回,并且以边防吃紧为由调回了已开到湘东的奉军。

张作霖派奉军入关岂是为他人作嫁衣裳?他更不能容忍徐树铮公然视奉军为己有而任意加以调度。徐树铮狐假虎威受挫,他想来想去,转而想起吴佩孚来,豁然开朗,当即动身赶往衡阳。徐树铮认为吴佩孚是一个真正的打手,曹锟不过坐享其成,如果把吴佩孚拉过来,曹锟就成为无足轻重的角色了。

衡阳车站,人头攒动,军乐激扬,鞭炮声不绝于耳。吴佩孚举行隆重仪式欢迎徐树铮到来,然后驱车到第三师司令部,又设下华宴接风。全师旅、团两级军官都来了，济济一堂。吴佩孚盛赞徐树铮"千里迢迢视察我军"表示鼓舞和感谢，然后请徐树铮讲话。

"子玉不愧为大将之才，第三师不愧为一支铁军。"徐树铮历历以数第三师从岳阳打到衡阳的赫赫战果，从战争全局评价其发挥的巨大作用，热烈地赞扬"这是我北洋战史上的空前杰作"。然后，他宣布奖赏第三师官兵三十万元，又在一片热烈的赏声中发出号召："希寄我师不负我大总统、总理厚望，乘胜前进，平定两广，为北洋建立殊勋！"

第二天，徐树铮提出看望部队。他要真实地了解第三师战力和士气，同时亲向官兵做战争动员。他与吴佩孚一边视察，一边即兴地谈论军事话题，日升而出，日落方归。

第三天，吴佩孚向徐树铮提议衡山之游，说："五岳之中，唯衡山独峙江南，故有'南岳独秀'之称，来湖南而不游衡山，遗憾哪！"徐树铮欣然同意。

这天一早，两人乘车来到衡山脚下，先游览了南岳大庙，然后拾级而上，两人边观赏边谈论，直到祝融峰上。徐树铮脱口而出："会当凌绝顶，一览众山小。"吴佩孚说："我俩现在已凌绝顶，祝融峰之高，藏经殿之秀，水帘洞之奇，方广寺之深，谓为衡山'四绝'。前面'三绝'你都看了，现在该领略祝融峰之高了。"便指引着向四方远望。看北方，洞庭湖烟波渺渺，若隐若现；看东方，湘江逶迤，宛如玉带；看南方，群峰罗列，犬牙交错；看西方，雪峰山顶，银涛翻腾。徐树铮慨叹道："现时已入夏了吧，这南国高山还有积雪，也真是奇了。"吴佩孚说："李太白就有诗说这衡山之高和雪峰之奇，我尚记得呢。"就咏道："衡山苍苍入紫冥，下看南极老人星。回飙吹散五峰雪，往往飞花落洞庭。"徐树铮赞道："真是神来之笔，奇特的想象，不愧为诗仙呀。"吴佩孚接上说："而且这'回飙'二字用得特别贴切，是不？""是的，是的。"徐树铮笑起来说："北风吹来的大雪，当然是南风，大南风才能把雪吹散到洞庭湖里去呀。""哈哈哈！"吴佩孚也笑起来，遂又说道："还有韩愈赋这祝融峰，有两句写得好，道是：祝融万丈拔地起，欲见不见轻烟里。"徐树铮说："是写得好，不过是即景写实。我以为，诗歌有了想象力，才如扎上翅膀。"吴佩孚立即附和道："诚然，诚然，此诗之论也。"

直到天黑，他们才回到衡阳，吴佩孚设家宴与徐树铮对饮。酒至半酣，徐树铮说："我来衡阳，与兄情投意合，相见恨晚，今当与兄推心置腹一叙。"吴佩孚遂应道："好啊，兄有何见教，直言为快。"

于是徐树铮大谈起来："我说这次湘战，吾兄在前线横刀立马，浴血苦战，而曹某在后方花天酒地，十万雪花银，买得青楼归，'战士军前半死生，美人帐下犹歌舞'啊！如此让他坐享其成，我深为兄不平也。吾兄是何等样人？饱读诗书，仁人义士，文韬武略兼备。而曹某胸无点墨，粗鄙浅陋，声色犬马之徒。如此天壤之别，而吾兄居其下，仰为尊，我深为兄惜之也。"

吴佩孚低了头，若有所思，少顷才说："曹公对我有恩，知恩图报，也是君子之德呀。"

"不错。但天生我才必有用，吾兄也不可不为前途着想啊。"徐树铮便大表段祺瑞是最重情义之人，又如何对吴佩孚赏识，说得有声有色。然后意味深长地说，"我来时，芝老让我告诉你，张敬尧不过小用于前，吾兄必将大用于后。子玉兄，时下战局，全军上下能出奇制胜者，芝老唯信你吴佩孚一人，这当然也是你建功立业之良机。我敢说，吾兄倘若一举平定西南，两广巡阅使非你莫属，你若想入京也未为不可，我可以在芝老面前推荐你陆军总长之职。哈哈！"

"感谢又铮兄为我着想，不过我吴佩孚不敢妄想啊。"吴佩孚虽如此说，但徐树铮看着他满意的脸色，心中暗喜："他已入我彀中矣！"

吃完了饭，徐树铮一头扎进吴佩孚的书房。他听人说，吴佩孚爱书成迷，即使出兵打仗也带着书，甚至在马背上看书。果然，书架上摆着上百本书。徐树铮飞快地浏览书目，抽出一本《战争论》来。这是德国军事家克劳塞维茨的名著。徐树铮翻开来开，里面圈圈点点，又有不少眉批，于是顿生敬畏："原来此人并不是个老古董，了得，了得？"徐树铮又向吴佩孚索要笔墨，吴便抄了一首旧作《满江红·北望神州》。徐树铮看了，赞美一番，遂说："我来衡阳三日，感悟良多，就即兴写出来，请兄指教。"说完，就案挥毫，一首《衡州谣》竟是一蹴而就。这首诗长达五百言，浓墨重彩地赞颂吴佩孚作战英勇、严军爱民以及诗歌军旅的生活，结篇更是扇情："老民幼尝事书史，古今名将谁及兹。昔祝吴公来，今恐吴公去。愿以寇公借一年，恫恫之情为谁诉？为谁诉？留公住！吁嗟吴公尔来何暮？"吴佩孚看完，望着徐树铮得意的神色，应景称赞："吾兄真七步之才，佩服，佩服！"

徐树铮踌躇满志地回到北京，不想吴佩孚电报随到，说："衡阳密会，曹公怎知？汝已失信，吾怎守诚？就此，就此。"

原来，徐树铮衡阳之行竟传到曹锟耳朵眼里。曹锟大为光火，认为徐树铮竟收买他的部下，立即质问吴佩孚："小扇子窜到你那里扇的什么风？"吴佩孚回答说："小扇子扇动了风,扇不动铁!"他便以为这是徐树铮故意泄漏的,以行离间,因而才向徐树铮发了这个电报。

费尽心血,竟是徒劳无功,徐树铮心凉了半截。正在愣怔之中,段祺瑞叫他。

段祺瑞一见徐树铮,就吼声如雷："作为主帅,擅离帅位,该当何罪,该当何罪?"徐树铮问发生了什么事,段祺瑞又气歪了鼻子："曹锟借口养病从汉口回了天津,张怀芝也跟脚从南昌径返济南。两路司令都撂了挑子。"说着,又一拳砸在桌子上,吼道："这是杀头之罪! 你说,我该不该杀他们的头?"

徐树铮大为震惊,但他迅速回过神来,故作轻松地笑了笑,说："这两个人,是小孩子使性子呀。那么,我们就先哄一哄,然后就叫'胡子'来制服这两个不听话的孩子。"

"胡子?"段祺瑞"哼"了一声说,"这只狼,你再拿肉喂他!"

"你听我说。"徐树铮不紧不慢地说出一番话来。

段祺瑞只点了一下头,但脸上的阴云消散了。

第五十六回

小师长气吞南北　老实人人欺欺人

　　阳春三月，红日西斜。汉口火车站前，锣鼓喧天，彩旗飘扬，热烈欢迎一位英雄的到来。火车进站，吴佩孚一身戎装走下车来，微笑着向人群挥手致意。这时曹锟的将官熊炳琦、王毓芝、刘镇华和湖北政府要员郑万瞻、张春霆等人走向前去，与吴佩孚握手。然后，吴佩孚乘上一辆四轮彩车，在鼓乐队和秧歌队的前后簇拥下缓缓前行，来到刘家花园曹锟的司令部。曹锟和湖北督军王占元在门口迎接。吴佩孚庄重地行了一个军礼，曹锟不及还礼，就大喊一声："我的大英雄！"哈哈大笑地走向前去，张开双臂与吴佩孚亲热地拥抱起来。

　　当晚，王占元以湖北政府的名义宴请吴佩孚和曹营将领。第二天，曹锟把吴佩孚约到家里谈起了知己话。一坐下来，曹锟便气愤地说起张敬尧来："子玉，这湖南是谁打下来的？是你打下来的呀，凭什么把湖南督军给他？我很生气，向老段抗议，也与徐树铮翻了脸。"

　　"大帅，这是意料中事呀。"闻听此言，曹锟有些诧异地支起耳朵。吴佩孚接着说："大帅所领第二路军，把张敬尧派进来，一为监督我们，二来就是吃现成饭的。因而湖南一下，老段就给了他，怎么能有我的份呢？不过呢，他使用这种手段不只对我，也是对你呢。"

　　"对我？"曹锟有些迷惑。

　　吴佩孚说："湖南让他们占去，大帅名为两湖巡阅使，其实就是一个空壳了。而且，我猜测，这个任命也是别有用心的，大帅就不担心直隶或为他人所有吗？"

　　闻听此言，曹锟急忙从抽屉里翻出一份电报来，交给吴佩孚看。这是冯国璋的来电，说："久戍于外，直隶根本之地未免空虚，倘有疏虞，便无退步。"

曹锟失悔地说:"我在前方打仗,他们怎么能在后面……"

吴佩孚笑了,说:"大帅太诚实,君子之心,难度小人之腹。"

"妈的!"曹锟骂起来:"我们不能被人卖了。子玉,你说我们该如何办才好?"

"依我说,这仗不能再打了。"吴佩孚看了看曹锟的脸色又说下去:"湖南之役,北军势如破竹,不出两月,大获全胜,这是大帅指挥若定,将士用命使然。但也应当看到,南军不是溃败,而是有序退却,兵力并无严重损失。南军的致命弱点就是桂军和滇军不能团结协作。我们向岳州发起进攻,唐继尧的滇军却仍纠缠于四川战场,因而桂军无力单独抵抗我军,这也是我军迅速取胜的一个原因。但我军占领湖南后若再举南进,情况就完全不同了。桂军必然据两广之力,誓死抵抗,而滇军也要回师云、贵,保卫乡土,而且桂、滇两军也必然两心合为一心,共同对我。此其一。其二呢,就是湖南。我在前面打仗,张敬尧在后面占地盘,这且不说,他的军队所到之处,烧杀抢掠,无所不为。当从通城进攻平江时,一路惨无人道的大屠杀,竟把壮年人完全杀光。张敬尧的残暴已引起切齿痛恨,向为强悍的湘人当初不接受傅良佐,今天又怎能容忍张敬尧? 倘若我军再举南进,不仅将遭遇前方的抵抗,后方湘人也会揭竿而起,这个仗是好打的吗?"

"是不好打呀。"曹锟表示赞成。

吴佩孚继续说:"不可讳言,对于南北政策,中央已俨然分出直、皖两派。你知道冯大总统的处境,他被挟制,不能自主。直白地说,这场战争名义上是中央政府,而实际上是皖系对南方的战争。那么,我们直军不过为他人作嫁衣裳。大帅说是不?"

"是这样啊,我们在为别人卖命。"曹锟想起他为当上副总统而上了皖系的战车,不禁脸红了。但随即又气愤地说:"子玉,这个仗,我们听老段的倒也罢了,可是老段事事叫我与徐树铮商量,好像他就是三军统帅似的。这小子把买来的军火都给了奉军,又借奉军来压迫我们在前边打仗,你说可恼不可恼?"

"不仅如此呀。"吴佩孚冷笑了两声,说,"我已探得小扇子的毒计,他想使我们直、鲁两军攻入广东,而他则率奉军长驱直入广州,贪征服西南之功,尽为他之所有!"

"狗娘养的! 什么东西!"曹锟两眼冒火,大骂不止。骂够了,一拍桌子,如雷之吼地说,"这仗不打了!"

吴佩孚在汉口住留三天，回到衡阳。办公桌上有一封举荐信，来客是谭延闿推荐的，在此也等了他三天。

　　客人走进来。吴佩孚抬头一望，是个罗锅老头儿，黧黑的脸上爬满了核桃纹，蒜头鼻子，嘴里含着几颗稀疏的牙齿，一撮山羊胡子垂到胸前，只有那双眼睛还算明亮，望着吴佩孚深深地鞠了一躬："今日拜识将军，三生有幸。"

　　吴佩孚并不起立相迎，拉着长声问："你从哪里来？"

　　"本人张其锽，字子武，祖籍广西，从广州来。"

　　"哈哈！"吴佩孚不经意地讪笑了一声："不对吧，广西人杰地灵，阁下……"

　　张其锽不紧不慢地说道："不足怪，不足怪，向闻齐鲁为礼仪之邦，多文人雅士，但以貌取人者不是也有其人吗？"

　　"有高人来访，在下失礼了。"吴佩孚这才起立相迎，让座，恭敬地说，"先生驾临寒舍，敢问有何赐教？"

　　张其锽说："拜贤访友，切磋学艺。久闻将军诗词歌赋无所不能，尤其精通易经、六壬之学，不才特来就教。"

　　"噢，你懂易理？"吴佩孚来了兴趣。

　　张其锽说："本人习易多年，苦无长进，略知肤浅而已。"

　　吴佩孚听了，心里想，我就考一考他，看他有多深多浅。于是说："《周易》是一部奇书，博大精深，我这里请问先生，易之核心何在？"

　　张其锽答："易之为书，意蕴虽大，不外理、数、象、占四字。四者相辅相成，相得益彰。有理乃有数，有数即有理；六经皆言理，独易兼言数。故数不可显，理不可穷。而全彖六爻之传皆称曰'象'，则理之备于象可知，盖知象，则理在其中也。"

　　"嗯，不错。"吴佩孚又问："象数理占是为要义，集于一点，主旨若何？"

　　张其锽答："象数理占所包甚广，其主旨无非是扶阳抑阴，随时而守正；教人迁善改过，忧勤惕厉，以终其身。学易者苟不悟此理，纵诠理虽精，探数虽微，观象虽审，决占虽神，终于身无当也。"

　　吴佩孚从躺椅上站起来，拱手笑道："子武兄果然造诣匪浅，在下佩服之至！"

　　张其锽也站起来还礼："班门弄斧，恕我造次。"

　　由此两人投缘地交谈起来，人文历史、社会百态、生平经历、人生感悟，无所不有。两人随分随缘,信马由缰,不觉竟接连谈了三天三夜,共食共寝,形影不离。谈起文学来,两人兴趣更浓,从春秋至民国,由《诗经》而《红楼》。吴佩孚诗兴大发,连成三首,张其锽一一步韵相和,然后两人互评互赞,其乐融融。吴佩孚高唱道:"美哉,洋洋乎,意在高山也。"张其锽立即和道:"美哉,汤汤乎,志在流水也。"随后两人拊掌大笑起来。吴佩孚神色飞动,慨然说:"俞钟之交,高山流水。春风满面皆朋友,欲觅知音难上难,今天我遇到知音了!"张其锽也感叹相见恨晚,真诚地说:"愿与公为刎颈之交。"

两人相会第三天,吴佩孚任张其锽为参议官,并召集全体将领,酒宴欢迎。吴佩孚举杯祝酒说:"刘皇叔三顾茅庐请来诸葛亮,今天天公有眼给我送来了子武先生。此系孚之大幸,军之大幸也。"

张其锽是受陆荣廷和谭延闿重托来做说客的。如果拉拢了吴佩孚,釜底抽薪,北军就分化瓦解了。但吴佩孚是那么好接近的?谁又能说服他呢?就想到了张其锽。张其锽是湖南神童,与谭延闿同榜进士,也是谭的表兄,又曾在辛亥革命后的湖南军政府中任军事厅长。张其锽本以"学艺交友"当敲门砖,谁知竟与吴佩孚真的结为莫逆之交,一生伴随,不离不弃。

张其锽成了吴佩孚的军师,军事自然成为两人的话题。张其锽说:"我们两人论文三日,其锽受益良多。宋代周敦颐说:'文所以载道也,轮辕饰而人弗庸,徒饰也,况虚车乎。'文以载道,那么武亦载道耶?"

吴佩孚回答说:"'武'之本意为'止戈',当然载道也。孟子所谓'得道者多助,失道者寡助',就是武要有道呀。"

"那么,"张其锽说,"我公挥戈南指,战功赫赫,真'孚威将军'也。然请问我公之武,道之所在耶?"

吴佩孚一愣,说:"请兄言之,若何?"

"好吧,不才造次了。"张其锽说,"辛亥之年,南北和议,清朝逊位,民国肇兴。四年而袁氏称帝,西南揭竿而起,金瓯破碎。袁死黎继,复合南北,民国再造。然复有张勋复辟,孙文南下开府,仅期年而国家再次分裂。国家两次分裂,皆因北方变故,背共和而行帝制,而南方护国护法,维系民国,此有目共睹之事实也。黎氏继任后,承认约法,恢复国会,是以南方归附而有统一。延及冯、段之政,倘能沿袭前例,再复国会,则桂、滇之藩篱可除,而孙中山之护法政府亦失凭借,不过无本之木而已,国家之统一大有可望焉。然段氏为排除民党势力,摒弃旧国会而另图立新。南方不服，起而抗衡，于是陆、唐勉从孙文麾下，桂、滇、粤三股合流，护法政府乃有分庭抗礼之势，终酿南北分裂之局。此分裂之所然，是非不言自明也。然段祺瑞不悟前尤，复变本加厉，妄想以武力征服南方。自傅良佐督湘而起，战火已绵延十月，兵连祸结，生灵涂炭，而段氏仍不收手，穷兵黩武，祸国殃民，无此为甚。"

"子武兄之论，凛然大义。然据南北实际情形，佩孚有一不明。"吴佩孚问道："国家统一总比分裂好，若能和平统一当然比便用武力好。然孙文在广州另立政府，与北京势不两立，寄于和平恐为缘木求鱼吧？"

"你尚且不知。"张其锽说，"正是我来的那天，孙文辞去大元帅职，离穗而去。前一天，广州非常国会通过改组军政府案，改大元帅制为总裁合议制，选举唐绍仪、陆荣廷、岑春煊、唐继尧、孙文、伍廷芳、林葆怿七人为政务总裁。这就剥夺了孙中山的领导权。"

吴佩孚颇为吃惊，问："何以有此变故呢？"

"说来话长。"张其锽即把孙中山在广州的情形说开来。

孙中山南下广州组建政府，实在是勉为其难，简直是知其不可而为之呀。支持他的就是从北方南下的一些国会议员，他没有一兵，不名一文，军事和财政全部依靠桂、滇军阀，能不难吗？护法政府一开张，便受到广东督军署的百般刁难，甚至羞辱，陈炳焜与孙中山的关系势同水火。就孙中山所请，陆荣廷把陈炳焜调离，派莫荣新代理。这位督军一到广州就放言说："孙某之政府，空头之政府也，彼无兵无饷，吾辈但取不理之态度，彼至不能支持之时，自然解散而去。"然而他完全低估了护法政府的生存能力，要它自生自灭落空，于是比陈炳焜更甚，变本加厉，大打出手。

孙中山当然知道他的政府是空头政府，没有军队就难于立足，于是他下令设立征兵处，征招编练新军。但所派至各地的招兵委员，悉被莫荣新诬以土匪，驱逐逮捕，甚至杀害。单是增城一县，就有 69 名招兵委员被杀。有两个招兵委员在广州被捕，孙中山写信给莫荣新要求保释，莫荣新竟连信也不回就把两人枪决了。孙中山大怒，命令海军炮击广东督署观音山（越秀山）。然而程璧光拒不奉命，又将海军调出到黄埔港，把海军严格控制起来。过了几天，孙昌带征招的新兵乘坐泰山轮经过黄埔，海军兵舰遽然开炮轰击。孙昌大喊叫停，不听，乃凫水避匿。而海军仍向水面射击，直把孙昌打死。孙昌是孙中山唯一的侄子，一直伴随左右。孙中山悲愤至极,以致口吐鲜血。

在广东难以组建武装,孙中山便欲向福建发展。而欲入福建,又必先清东江,于是便派金国治到潮州、梅州一带运动军事。莫荣新大忌,又派部将沈鸿英将金国治逮捕,残酷杀害。

突然有一天,桂军邓文辉率领游击营闯进士敏土厂,抓捕"福"军连、排长数人以及民兵六十余人,皆诬为土匪,遽行枪决。孙中山大元帅府不设在广州市区而设在河南(珠江南岸)士敏土厂,完全是为安全起见,因为这里是李福林的地盘。李福林曾参加孙中山的兴中会,他组建了一支军队,称为"福字营",盘踞河南已有十几年,大元帅府设立,便由福军担任警卫。

桂军竟敢逮捕大元帅府警卫,孙中山气愤已极,严责莫荣新,令其惩治所部,向军政府谢罪。但莫荣新置之不理。孙中山忍无可忍,决心发动一次军事突袭,将广州桂军消灭,然后把桂军驱逐出广东。

吴景濂、王正廷、张继等人得到消息,无不大惊失色,纷纷登门劝阻。孙中山装病谢客。到第二天晚上,孙中山发布命令,以海军炮轰观音山为信号,命令方声涛滇军一团进攻观音山,以魏邦平军、李福林军、李耀汉军翟汪部合计十五营兵力进攻督军署和江防司令部等指挥机关,以陈炯明的粤军为总预备队。

布置就绪,孙中山只带少数卫队,率海军豫章、同安两艘军舰行驶至二沙岛附近江面,下令向观音山督军署开炮。两舰长犹豫不敢应,孙中山乃亲自发炮,然后督促炮手继续发炮。观音山在广州城北,炮弹呼啸着划过城区上空,在观音山上爆炸。莫荣新急忙传令,熄灭灯火,不许开炮还击,一面打电话给海军总长办公室,请程璧光调处。

因程璧光不服从孙中山的命令,孙中山只好避开他直接向海军下达命令,而海军听从命令的只有豫章、同安两舰。接到莫荣新的电话,程璧光命令豫章、同安两舰停止炮击,开回省城。

孙中山督促炮手发炮,连续发炮五十余发。他期待着军队闻声而动。然而没有一支部队听命行动。这时,豫章、同安两舰接到程璧光严令,不敢违抗,把孙中山送上岸,开走了。时已天亮。

原来,前一天晚上,李福林知道了孙中山炮轰观音山的计划,便找到广东省省长翟汪,叫他告诉莫荣新,对孙中山的暴怒必须沉着应对,千万不可妄动和抵抗,以免引起各部队有借口进攻,自取灭亡而后悔莫及。因此,本就对这次行动报以消极态度的各个部队，便以"桂军未开火"为由拒绝出击。孙中山又派朱执信和许崇智入城督促，各军仍不听将令。

孙中山的计划落空。桂系从此怀恨在心，就开始谋划把孙中山赶下台。

事过半月，"护法各省联合会"在广州成立，各省代表在观音山督军署宣誓，推举陆荣廷、唐继尧、程璧光为联合会的军事代表，伍廷芳为外交代表，唐绍仪为财政代表，并预先推定岑春煊为南方议和总代表，催促北京政府从速和谈。孙中山怒气冲冲，斥责所谓"联合会"，就是另立山头，拆护法军政府的台。对于孙中山的反对，"联合会"置若罔闻。但非常国会不干了，便召开会议，以"联合会"未经国会讨论通过为由，判定为非法。在这种情况下，程璧光和伍廷芳率先退出，"联合会"名存实亡。

以"联合会"取代军政府的计划破产，桂系又筹划改组军政府，直接褫夺孙中山的领导权。改组军政府关键在于国会。原来，南来的国会议员共一百多人，分为三大派系：政学系、民友系、益友系。政学系拥岑春煊为领袖，与桂系关系密切。民友系是旧国民党中的急进派，是孙中山的嫡系团队。益友系为旧国民党中的温和派，是国会中的多数党，而且其领袖人物是吴景濂、褚辅成、王正廷，分别为众院议长、众院副议长、参院副议长，因此在国会中处于主导地位。

政学系人数虽然不多，可是最能翻云覆雨。桂系正是利用政学系拉拢益友系，孤立民友系，以行其计。尽管如此，扳倒孙中山也并非易事，但突然发生了程璧光遇刺身亡的事件，政局随之急转直下。

这天晚上，程璧光应约赴宴。他乘小船刚刚上岸，就被刺杀身亡。

凶手是谁？这时广东地方派军人正在海珠岛召开会议，决定以警卫军全体将领联名的方式，要求陆荣廷调走亲信莫荣新，把广东督军的位子交给广东人程璧光。程璧光恰在此时遇刺，桂系难脱关系。但广州的舆论，却怀疑大元帅府。因为程璧光始终坚持"拥护约法，拥护国会，拥护合法总统"的护法宗旨，这个合法总统就是黎元洪。来广州后，程璧光先是拒绝出任元帅之职，继之阻止孙中山炮轰观音山，复又参与成立"护法各省联合会"。这使孙中山对他失望、愤怒。

孙中山光明磊落，一向反对暗杀这种鄙劣手段。但人们仍怀疑即使孙中山不为，其手下未必不为。不久前，方声涛被刺，再将这两件凶杀案联想，舆论对孙中山就更为不利了。

方声涛是同盟会旧人，率滇军一师驻粤，担任大元帅府卫戍司令。这是国民党唯一可以争取的军队。但方声涛毕竟是唐继尧派驻广州的，他只能首先听命于云南，因此一班老同盟会会员恨他，说他脑后有反骨。这天傍晚，当方声涛经过广州长堤时，遭埋伏的枪手袭击，受了重伤。

程璧光遇刺身亡，严重影响了国会议员，桂系又趁机推波助澜，遂由杨永泰、汤漪起草的军政府改组案，四十多名议员联署，提交国会讨论，获得通过。

这个提案的核心是改大元帅制为总裁合议制。国会派褚辅成、吴宗慈等五人，向孙中山征求意见。孙中山震怒不已，痛责改组政府不合"约法"和军政府组织大纲，表示万难通融。

然而局面已不可挽回。非常国会通过了《中华民国联合军政府组织大纲》，选举唐绍仪、唐继尧、陆荣廷、孙中山、伍廷芳、岑春煊、林葆怿七人为总裁，宣布联合政府成立。孙中山虽仍当选，然而是七总裁之一，已不是国家元首。

第二天，孙中山即乘日本商轮离开广州，回上海去了。

张其锽讲完，吴佩孚听得津津有味，揶揄说："北京政坛龌龊，广州政坛也龌龊。"

张其锽不接这个话题，书归正传似的说："时局演变至今，是战是和全在北方。要和呢，正是南方之所愿，可化干戈为玉帛；而要战呢，南方置于死地，必作拼死之战，如此一来，且不论江南河山血流成河，而胜败之数亦未可知也。不知子玉兄意下如何？"遂蘸上茶水在桌子上写了"战"与"和"两个大字，拿一双动情的小眼睛瞅着吴佩孚。

吴佩孚伸手把"战"字抹去，笑着说："子武兄，如何？"

张其锽哈哈大笑起来。

曹锟与吴佩孚谈话后不几天，便与张怀芝相约弃职回省，他把在汉口买的青楼花蓓蓓也带回来，在众位妻妾之中又多了新欢，好不惬意。舒服日子过了半个月，忽闻陆建章被徐树铮杀害，曹锟大惊失色，急忙把张之江、熊炳琦、王毓芝三位大将叫到家里商量对策。

督军团会议又要在天津召开，冯国璋授意陆建章的儿子陆承武请其父到天津，以说服曹锟重新回到直系中来，从而影响会议的结果。徐树铮对陆建章已是恨之入骨，见他此时来津，虽不知道所来由自，但却一定认为来者不善，担心这次会议被他搅黄了，因而顿生杀机。

于是，徐树铮请陆建章到他的奉军司令部一叙。陆建章自恃为北洋老前辈，量徐树铮也不敢对他怎么样，坦然赴会。徐树铮设下华宴，盛情款待，吃喝完毕，又要请他到后花园密谈。陆建章也并不介意，但当他走进园门时，忽地冒出几个卫兵，连开数枪。陆建章顿时倒在血泊中。

徐树铮杀了陆建章，公然电话指示国务院，拟就一道命令，诬陷陆建章"煽惑军队，勾结土匪"等罪，均应"立即正法，以昭法典"。

当国务院所拟这道命令送达总统府时，冯国璋当天还拒绝盖印，却又感到自身也难保，第二天终于盖印发表。从此，冯国璋托病避家，不来上班。一个自封为副司令的退职军官，先斩后奏地杀了一个现任将军，真是骇人听闻。而作为总统不但不敢过问，还要盖印批准，况且究其因由，陆建章也是因冯国璋而死的，怎不使他羞愧难当？

曹锟约张之江、熊炳琦、王毓芝三人商议出什么对策呢？搬家。

奉军入关后，主要兵力都驻在天津地区，徐树铮敢在他的奉军司令部里杀害陆建章，总统也竟无可奈何，那么杀他曹锟也不在话下。因而曹锟提出把直隶督署搬到保定去，说是惹不起，躲得起。三人听了无不赞成。曹锟便叫王毓芝负责，限十日内办完。

正在议论中，徐树铮登门求见。大家一听，无不咬牙切齿。熊炳琦霍地站起来说："我去干掉他！"曹锟急忙制止，让他们退去，然后出门迎接。

入座之后，徐树铮满面春风地说："仲珊兄，我向你报喜呀！"

曹锟怒气未息，也不听什么喜不喜，壮起胆子质问："你为何要杀陆建章？这下手也忒狠啊！"

徐树铮"嘿嘿"冷笑起来，两眼射出凶光，说："仲珊兄，陆建章是什么样的人，你难道不知？过去他做军法处长，嗜血成性，滥杀无辜，多少英才遭他毒手，以十命还一命，他也应死过几次了。近来呢，他在安徽、陕西等地煽风点火，分裂北洋，这还不算，他竟又跑到上海，勾结乱党，图谋不轨。有道是，多行不义必自毙。他到天津来就是自投罗网，我杀他适逢其时，这是他应得的下场。"

徐树铮理直气壮地说了这番话，见曹锟仍然不动，又说："此人狂妄已极，他竟骂大总统无能，骂总理无德，骂徐菊老无行，还骂你曹锟无义！"

"他骂我无义？"曹锟叫了起来。

"他骂你骂得最狠，说布贩子长得不像个人样，实际也是禽兽不如。"徐树铮胡诌了一通，又叹了口气说，"如此凶恶之人，无人奈何得他。我徐树铮才先斩后奏，为民除害。但许多人又不理解我，说我心太狠。"说着，装出委屈的样子。

曹锟想，反正人已经死了，何必为虱子再烧棉袄呢？于是说："不是大总统都恩准了嘛，我们还有什么说的？"

徐树铮露出了笑脸，说："仲珊兄，我们言归正传。我向你报告的喜事，就是选举总统的事。芝老放了话，建议推举徐菊老为下届总统，他自己则不做副总统，愿意和冯国璋同时下野。那么，谁来当这个副总统呢？芝老也说了，就是你曹三哥！"说完哈哈大笑起来。

一块肥肉吸引，一只馋猫入套。接着在天津召开的督军团会议，曹锟一力主持，一致通过徐世昌为下届总统，并继续对南方进行军事行动。曹锟做着副总统的美梦，自然由主和转而主战。而张怀芝也由主和转为主战。原来，他回到山东，张树元却不肯交还督军的位子，一定要"真除"，而国务院便同意了张树元的要求。这一来他便落了空，于是只好向南方找地盘了。

因为曹锟既然要当副总统，自然不愿赴南方带兵，会议便确定张怀芝为南征主帅。但张怀芝岂是一个打仗的角色？必须找一个打手，那当之无愧的就是吴佩孚了。于是，天津的督军团会议作出"决定"，北京国务院照办"执行"，发表三道命令：（一）特派曹锟为四川、广东、湖南、江西四省经略使；（二）特派张怀芝为援粤军总司令，吴佩孚为副司令；（三）特派李厚基为闽浙援粤军总司令，童葆暄为副司令。

曹锟由"两湖宣抚使"一跃而为"四省经略使"，成为民国最大的地方官。印铸局又特地为这个新官铸了两斤多重的银质狮纽大印。然而他却仍留在天津私邸花园饮酒看花，绝无南下之意。北京政府一再电促他南下，他就一直借故推脱。无奈之下，北京政府又请他到北京议事，他也不理。张怀芝本想和他一同南下，但见他毫无启程的意思，实在心焦，拍着他的肩膀说："老弟，我去山东一趟，你哪天南下，约个日期咱们一道儿走。"曹锟说："天津成了狼窝，我得避难去，等我把家搬到保定再说走不走吧。"

北京政府发表吴佩孚为援粤军副司令，吴佩孚却置之不理，既不表示接受，也不表示拒绝，只在衡阳饮酒赋诗。端午节这天，段祺瑞发来急电，饬吴佩孚进攻两广，且以广东督军为酬。吴佩孚在电报上批了一个"阅"字，大笔一甩，就率领全军团以上军官与来衡阳的湘军将领喝起"庆和酒"来。原来，在张其锽斡旋下，谭延闿和赵恒惕来到衡阳，与吴佩孚密谈，达成停战协定。在庆祝会上，吴佩孚又大谈"和为贵"，表示一定尽力维护湘省和平。

段祺瑞的第四期作战计划又泡了汤，诡计多端的徐树铮也心力交瘁，想来想去，也只有再开督军团会议。

这次天津会议仍是讨论总统问题和南征问题。张作霖亲来参加会议，并首先发言。他赞成推举徐世昌为下届总统，并且建议推段祺瑞为副总统。与会人员都听出了弦外之音，关于副总统人选，他不提曹而提段，实际是暗示他自己入选。倪嗣冲怕弄成僵局，便建议副总统人选暂时不作决定，留给对南作战有殊功的人。倪嗣冲不过是徐树铮的传声筒。徐树铮原已答应过曹锟，自不便食言，可是如今张作霖带兵入关，于是又想用这位子笼络张作霖，因此才想起这个主意。他一个套子想要套住两只白狼。

关于对南用兵的问题，张作霖既然摆出了"打手"的姿态，各省督军就主张以奉军为前方主力，以代替在前线按兵不动的直军。但张作霖却建议把奉军当作各路战线的总预备队，随时应援前方。这等于消耗了别人的力量，再由奉军前往接收。张作霖玩得猴精，但别人也不是傻子，因而这个问题争来争去，拖延不决。

会议就这样连续开了十天，无果而终。而徐树铮不仅两手空空，而且又倒了一个大霉。张作霖发现徐树铮一共代领奉军军费550万元，但奉军只收到180万元，再进一步查问，才知道其他的钱都用在编练参战军和组织新国会选举上了。原来徐树铮在玩"假报销"。张作霖自入关后，听到的尽是徐树铮如何跋扈，如何猖狂，如何挟段祺瑞以欺凌北洋各派等劣迹，因此对他已怀不满，现在又发现他竟擅自把奉军军费移作别用，欺人欺到自己头上，怎不光火？因此他不待与北京政府磋商，立即下令解除徐树铮的奉军副司令职务，并且要找徐树铮算账。段祺瑞听说张作霖翻脸，赶快叫徐树铮去见张作霖认错，并且保证在短期内归还这笔款子。徐树铮负荆请罪，张作霖才饶恕了他，但收回的职务却不再给他了。

奉军不能指望，只得再依靠曹锟。天津会议把"副总统"留给征南有功者，就又一致敦促曹锟南下立功。曹锟不愿南下，但又舍不得"副总统"。他问吴佩孚，吴佩孚回电说："且勿南下，军、政两不宜。"这一提醒，曹锟才深深觉得自己是被骗了。张作霖虎视眈眈，自己若真的南下，他一定乘虚而入，把"副总统"抢了去。

在进退两难之中,这个老实人也有他的一手。他一方面答应南下,一方面又提出三个条件:(一)中央预筹军费;(二)规定四省经略使职权;(三)军费暂由奉天借拨,授予德州、上海、汉阳三个兵工厂的管理权。这样的条件,中央当然难以接受,那就正好借故拖延。

段祺瑞派了花车接曹锟赴京商谈,曹锟竟然拒绝。花车空空而返,段祺瑞恼羞成怒,但也无可奈何。

天津会议之后第三天,8 月 12 日,新国会成立。这届新国会因为是安福系所包办,故又称为"安福国会"。段祺瑞下决心倒冯,采取的是"军事倒冯"与"法理倒冯"双管齐下。"法理倒冯",就是通过临时参政院,筹备成立新国会,以合法的选举将冯国璋赶下台。这"双管",徐树铮都是操盘手,"军事倒冯"终归失败,但"法理倒冯"却大获成功。

本年 3 月 7 日,在徐树铮幕后支持下,成立了安福俱乐部(地点在安福胡同),从此便以这个俱乐部为枢纽开始了运动选举的活动。徐树铮毫不隐讳地说:"余之设此部也,实欲置总统于肘腋之下,置总理于夹袋之中,将国中大权尽举而有之。天下督军从我者留,叛我者黜,唯余马首是瞻。余持金钱以驱策之,不患彼辈不为我用。"徐树铮以"金钱驱使"的手段收买人马,至八月国会选举,选出参议员 106 人,众议员 258 人,其中安福系获 330 席,大获全胜。另外,交通系获 120 席,居次;研究系仅得 20 席,惨败。随后,众议院选举安福系领袖王揖唐和刘恩格分别为正、副议长,参议院选举交通系领袖梁士诒和朱启钤分别为正、副议长。

在新国会成立的前一天,冯国璋通电宣布不竞选总统。他说他代理总统完全为中华民国的"统一""和平"两大希望而来,非有一毫利己之私,而对于这两大希望"如梦幻泡影杳无把握"。他不怨天尤人,而苛责自己"诚不足以动人,信不足以服众,德不足以驭世,惠不足以及民",殷切期望"公举一德望兼备,足以复统一和平者"为下届总统。

冯国璋的这个通电,强调统一与和平,极得中外好感,获得广泛同情,因而也产生了极大的反响。各地政府及社会名流纷纷发电,痛斥安福国会,竟尔窃用大权,贸然投匦,无论所选为谁,决不承认。

其中最为震撼的,是吴佩孚的通电。他痛陈这场战争"兵连祸结,大战经年,耗款数千万,糜烂十数省,有用之军队破碎无余,精良之器械损失殆尽"。他认定这场战争是"阋墙之争、同种残杀，实亡国之政策"。他又严正指出，这次国会选举"伪造民意，实等专制，势必酿成全国叛乱，更若以兵力平内乱，是唯恐国亡之不速也"。

这个电报把段祺瑞骂了个痛快淋漓。随后，吴佩孚又领衔十几名将领，发表了请冯总统下令主和的"马"电。长江三督立即起而响应，提出先解决时局而后选总统的建议。

吴佩孚以一个师长发狮子吼，北方政局大为震动。段祺瑞急忙唆使北洋将领对吴佩孚展开大围攻，于是张作霖、倪嗣冲、张敬尧等十数人纷纷发电指责吴佩孚。

曹锟大为不安，连发两封电报斥责吴佩孚。当然这是虚情假意。但他一面通电斥吴，一面借口南下，而离开虎口天津，赴保定去了。这个老实人，又使出了狡猾的一手。

吴佩孚仍然我行我素，又发出"养"电，把前致冯总统的"马"电照录全文送交全国各报刊登。西南将领又纷纷作洛钟之应。谭浩明、谭延闿、陈炳焜有联名"勘"电，莫荣新有"世"电，刘显世有"铣"电，唐继尧有"敬"电，同声主张化干戈为玉帛，和平统一中国。

段祺瑞气急败坏，乃发"敬"电痛责吴佩孚："该师长军人也，当恪守军人应尽服从之天职。不然，尔将何以驭下？责任内阁关系巩固国家之中枢，政令所由出，图私利者不能反对，不敢反对。阴使人反对之，是破坏国家，计非不巧，然而端人绝不为之。况春秋诛心，岂能逃千秋斧钺？尔从予多年，教育或有未周，予当自责，嗣后勿再妄谈政治也。"

段祺瑞通电一发，主战派十几省督军纷纷发电，火上浇油，誓言对西南作战到底。这些通电，不但大骂吴佩孚，也连曹锟一起骂。骂他是北洋团体的内奸，是口是心非的小人。曹锟吃不住劲了，发电通报北方各省，表示"锟现在保定，即日南行，策划进行"。

曹锟在保定十分尴尬，如坐针毡。他说"即日南行"，又是骗人的把戏。因为吴佩孚坚决不打仗了，他若真的南下，就更下不了台。

吴佩孚完全不理会北方的谴责，就又发"宥"电回敬段祺瑞，语气决绝而辛辣。针对段"尔从予多年，教育或有未周"的话，他称段为"我师"，自比"净子"，说自己主和乃是"仿照我师在孝感时通电主张宣布共和，实系由我师教育而来"。针对段电说"军人应尽服从之天职",吴佩孚回答说:"学生直接服从者曹使,间接服从者陆海军大元帅(冯国璋)。大元帅希望和平,通国皆知,经略使(曹锟)倡议和平,学生即根据实行,谨守服从,无以过之。"他竟干脆表示,他没有服从国务总理段祺瑞的必要。

段祺瑞差点没有气死。直到这时,他才决定把武力统一政策推迟一步,发出国务院令,命令前敌各军暂取守势。而且就在同一天,他宣布本人将在政府改组后引退。

这是段祺瑞公开承认失败。是吴佩孚打败了他。

9月4日,安福国会组织总统选举。徐世昌当选。

5日继续选举副总统,曹锟是唯一的候选人,却因人数不足流产。

冯国璋去职后闲居帽儿胡同,一年后病逝。他病危时召张一麐口授遗言给徐世昌:"我要去了,以不能亲见统一为憾,望和局早成,莫忘告知地下旧友。"

杨宇霆巧救张作霖　吴佩孚智擒曲同丰

吴佩孚驻军衡阳已有两年，屡请撤防，不得批准。吴佩孚向北京再发电报，痛陈直军将士久戍思归之情，"北望叩首，涕泣哀恳"，表达了不可遏止的决心。

吴佩孚要求撤防，不因南方战事，而是因为北方政局的变故。曹锟与张作霖合谋，要除掉徐树铮。因为此人太可怕了，"此人若得志，吾辈将无噍类矣！"于是，奉系东北三省与直系直隶、江苏、湖北、江西四省以倒徐为前提结为七省联盟。七省联盟要求"清君侧"，遭到段祺瑞的坚决拒绝。且不论段对徐的信任不可动摇，即使段想摆脱他也是不可能的。段用日本的借款编练的边防军是徐一手建立的，而安福国会又是徐一手包办而加以控制，如果去徐，就是自毁长城。文的行不通，就来武的，而一手绝妙好棋就是吴佩孚撤防北归。

吴军第三师是无与匹敌之劲旅，是南方战局的擎天柱。如若吴军撤防，段祺瑞的武力统一梦就要破灭，因而他要坚决阻止。他打的主意就是控制河南，断其归路。于是，他唆使河南的军队反对督军赵倜，又借口赵倜纵容其弟赵杰卖官鬻爵引起民愤，逼迫国务总理靳云鹏撤换赵倜，然后即派其内亲、长江上游警备总司令的吴光新继任河南督军，派安福系的众议院秘书王印川继任河南省省长。他一面催促靳内阁发布易督的人事命令，同时密令吴光新将军队开到信阳，与河南反赵的军队里应外合，专等政府任职令下，武力强占河南。

赵倜不服，调兵云集京汉路。战争一触即发。

联盟七省都发电报至京，强烈反对河南易督。段祺瑞仍一意孤行，强迫国务院通过了任命吴光新为河南督军、王印川为河南省省长案。但当内阁送请总统盖印时，徐世昌只同意改派省长而不同意更换督军。他解释说："我久居卫辉，也算得是一个河南父老。因此决不能允许因更动督军而使河南人民惨遭战祸。"

靳云鹏面告段祺瑞。段当面就大骂起来："没有用的东西，你怎么当的国务总理？"靳云鹏羞愧难当，一封辞呈递到了总统府。

靳云鹏和徐树铮、吴光新、曲同丰同为段祺瑞的"四大金刚"，他又是张作霖的儿女亲家，与曹锟也是拜把兄弟，因而徐世昌选中他出任总理。而且，靳云鹏与徐树铮两人水火不容，用靳为总理，徐必然找靳内阁的麻烦，以致两人恶感愈深，相煎愈烈，如此则可进而以靳制徐，以靳联直联奉，从而巩固自己的地位。这便是徐世昌的另有妙用。而靳云鹏起初也想调和直、皖两系的关系，但毕竟力不从心，身不由己地落入一个尴尬的境地。他为自己派系所不容，而支持他的反而是直、奉两系。

靳云鹏要辞职，正中徐树铮下怀。他便趁机发起倒阁运动。安福系把段祺瑞签订"中日军事协定"的屎盆子扣在靳云鹏头上，诬骂他是忘恩负义的卖国贼，并为了拉拢徐世昌，表示愿由周树模来组阁。周树模，北洋人物都称之为"朴老"（周树模字少朴）。过去徐世昌曾荐他组阁，安福系坚决反对，现在为了推翻靳云鹏，又主动提出这个人来。安福系的三位总长李思浩、曾毓隽、朱深又相约一起辞职，不再出席国务会议。

七省联盟又加河南，成为八省联盟，纷纷电请靳云鹏留任。徐世昌也坚决挽留靳内阁。段祺瑞只好作罢，同意把河南易督问题暂缓更调。

八省联盟一上马就打了一个漂亮仗，声势大振。过了几天，张作霖在奉天做寿。同盟各省都派代表前往祝寿，随机开了一次秘密会议，决定了三条意见：（一）拥靳云鹏留任国务总理，不反对段祺瑞；（二）安福系卖国祸国，应予解散；（三）安徽督军倪嗣冲久病不能视事，推荐张勋为督军。随后，到奉天祝寿的各省代表一同来到保定，名义上是参加追悼直军阵亡将士会议，实际上是来商议大事的。保定会议也决定了三条意见：（一）拥靳云鹏留任国务总理，不反对段祺瑞；（二）宣布安福系卖国祸国的罪状，勒令解散；（三）赞成直军撤防北归。

两次会议同声要求，维护靳内阁、解散安福系。所不同的是，张作霖想使其亲家张勋出任皖督，从而占得安徽地盘，而曹锟关心的是吴军北归。至于"不反对段祺瑞"之说，不过是策略而已。

如此一来，段祺瑞对靳云鹏更不能谅解。一次，靳去谒段，段闭门不见。第二天，靳再到段府，不待通报即直入内室。一照面，段祺瑞就劈头盖脸地训斥起来："你已当到国务总理了，怎么还是这样不明事理，你以为借重外援就可以骇倒我吗？你眼中还有我没有？"靳丈二金刚摸不着头脑，一迭声地喊冤。段便从抽屉里拿出一封信来甩给他，厉声说："你说没有，这是什么东西，还要在我面前撒谎！"靳一看，原来是张作霖给段的信，劝段"勿纳宵小之言，免为盛德之累"。张作霖给段写信本是好意，但段却怀疑是靳拜托外人来向他说情，殊属不可原谅。靳有口难辩，段接着又把张作霖骂上了："你告诉张作霖，他是什么东西？越来越不成体统了，公然敢干涉北洋派的家事！他配算是北洋派的人吗？他是什么出身？他怎么有的今天？他不过是个马贼，我不提拔他，他就能有今天吗！"靳云鹏站在段的面前，走也不是，坐也不是，一直等段骂够了才躬身而退。

段祺瑞这次真的动了肝火，从此离京避居团河，宣称此后再不过问内阁的事。团河，在北京城南大兴县。清朝在这一带修建了四座行宫，其中团河行宫是最豪华的一座。

吴佩孚向北京发出了最后一封请求撤防的电报，并不待回复，就先把军人家属七百余人护送北归，又电请张敬尧派兵接收直军防地。

这一来，段祺瑞真着了急。这是一把尖刀从敌人心窝里拔出来又插入他的心脏。他计无所出，无奈屈驾去了保定，请曹锟制止吴师撤防。但曹锟并不买账，反推说"芝老你的话他都不听，他还能听我的"？

段祺瑞碰了一鼻子灰，回到团河就召集秘密会议，布置军事。他一面急电召回徐树铮，并将西北边防军调回北京，一面决定自己出马担任川陕剿匪总司令，率领边防军第一、三两师向陕西出发，讨伐陕南民军和川滇靖国军。段祺瑞为何要西征川陕呢？原来，这是一条声东击西之计，真正的目的是在郑州设立总司令部，首先驱逐河南督军赵倜，然后派军防守京汉线，阻断吴军归路。

消息传到关外。张作霖一封电报到京，说是边防军出动，北京防务空虚，要求准许奉军入关"拱卫京师"。段祺瑞傻了眼。螳螂捕蝉，黄雀在后。他不得不放弃"西征"的计划。

到5月25日，吴军启行北归。当他的船队经衡山、湘潭到达长沙时，长沙湘江码头上人山人海，前来观景。只见江面上一条长龙，逶迤而来。船上士兵成排成行而坐，呼着号子挥手向人群致意，遂又扣舷而歌，雄壮嘹亮的歌声在河谷激荡，一波才落，一波又起。这是吴佩孚把他的词作《登蓬莱阁》作为军歌：

"北望满洲,渤海中,风浪大作。想当年,吉江辽沈,人民安乐。长白山前设藩篱,黑龙江畔列城郭。到而今,倭寇任纵横,风云恶。

甲午役,土地削;甲辰役,主权弱。江山如故,夷族错落。何日奉命提锐旅,一战恢复旧山河。却归来,永作蓬山游,念弥陀。"

一条大船驶过来了,"吴"字帅旗迎风招展。这是吴佩孚所乘"新鸿运"火轮船。岸上军乐大作,军警均行举枪礼,船上也频频鸣号答礼。张敬尧亲自出迎,吴佩孚却不登岸。于是张敬尧率军、政要员分乘火轮,登上"新鸿运",送上一桌酒席,与吴佩孚叙谈了十分钟之久,过船而返。

张敬尧接到徐树铮的密电,"务必阻吴过境,杀之有我"。但他慑于吴佩孚之威,心中打怵。况且他怀疑密电是徐树铮一人所发,而如果他把事搞砸了,那狠小子就会把他出卖,他才没有那么傻! 就在这举棋不定之中,王承斌第一混成旅走旱路赶到长沙,使张敬尧彻底放弃了阻吴北归的打算。原来,吴师北归,以主力第三师乘船,以王承斌旅和萧耀南旅分别在湘江两岸掩护。

船过长沙,吴佩孚哈哈笑了两声,高唱道:"舳舻已过长沙埠,直挂云帆到汉阳。"然后指着满桌的酒菜说:"张敬尧还够意思,来来,咱们喝酒!"

酒过三巡,张其锽说:"我师千里北归,豪气干云,当以诗志之。"

"子武兄说得是,我们饮酒赋诗吧。"吴佩孚端起酒杯说,"我已有了四句。"一饮而尽,唱道:"行行重行行,曰归复曰归。江南草木长,众鸟亦飞飞。"

"好!"张其锽脱口称赞。吴佩孚便叫张其锽接续四句,张推辞说,"这个大题目只有玉帅来做,看这诗的风头,就知玉帅成竹在胸,来! 我们为玉帅敬一杯酒,请玉帅再续。"大家一齐举杯,吴佩孚干了酒,又唱道:"忆昔赴戎机,长途雨霏霏。整旅来湘浦,万里震天威。"

众人又齐声喝彩,举杯敬酒,请吴佩孚再续。如此,一杯酒,四句诗,直到把全诗做完:

> 孰意辇毂下,妖孽乱京畿。虺蛇贪吞象,投鞭欲断沮。
>
> 我今定归期,天下一戎衣。舳舻连千里,旌旗蔽四围。
>
> 春满潇湘路,杨柳正依依。和风送归鸟,绿草映晴晖。
>
> 少年惜春华,胜日斗芳菲。来路作归程,风景仍依稀。
>
> 周公徂东山,忧谗亦畏讥。军中名将老,江上昔人非。
>
> 建树须及时,动静宜见机。何日灭狂虏,发扬见国威。

不问个人瘦，惟期天下肥。丈夫贵兼济，功德乃巍巍。

江上送归舟，风急不停挥。得遂击楫志，青史有光辉。

春日雁北向，万里动芳菲。鸿渐磐石愿，衎衎醉千杯。

止戈以为武，烽烟思郊圻。同袍复同仇，归愿莫相违。

吴军船过长沙，溯湘江而上。段祺瑞又图谋消灭吴军于洞庭湖畔。他与徐树铮密计，令张敬尧截击，再令吴光新挥师东下，两军会师岳州夹攻吴佩孚。但张敬尧刚从长沙败退下来，部下又闹起内讧，自顾不暇，而吴光新部又被王占元派兵堵击，因而皖军部署未就，吴军轻舟已过洞庭湖，一入长江，便长风破浪直达武汉。然后，转陆路北上，到达河南省安营扎寨。吴佩孚第三师驻郑州，王承斌旅驻许昌，阎相文旅驻驻马店，萧耀南旅分驻顺德和磁州，骑兵团驻黄河桥。吴军分布河南要地，北贯京畿，南扼武汉，掌控京汉铁路，虎踞中原。

吴佩孚撤防前夕，湘军赠送吴军开拔费六十万元，两军达成秘密协议，一俟撤防，即由湘军接防。吴军撤防之日，湘军即下总攻击令，从郴州向北突进，两日后即收复耒阳、祁阳，前锋抵达衡阳城下。

张敬尧治湘两年，罪行累累。因此，湖南人对他切齿痛恨，称他为"张毒""张毒菌"。张敬尧面对的不仅是只有三千人的湘军，而是同仇敌忾的三千万湖南人民，他虽有七八万军队，但陷入人民战争的汪洋大海中。

湘军又攻下衡阳，张敬尧的亲军第七师吴新田旅不战而退。这时，李奎元第十师、冯玉祥第十六混成旅、张宗昌暂编混成旅都接到了总统府的"暗示"，不再为张敬尧打仗。冯玉祥更是怀抱杀舅之仇，公然投靠了直系。因此张敬尧竟是无兵可用，他只好派其四弟张敬汤为援衡总司令。这位"张四帅"趾高气扬，但刚到湘潭，闻宝庆失守，张宗昌败走，便不敢再进。第二天，他听说湘军已杀了过来，便不顾一切地抱头鼠窜，逃回了长沙。其实他连湘军的影子都没见着。

湘军气吞斗牛，攻占省会长沙后，又一鼓作气拿下岳州，旬月之间收复全湘。北京政府下令，将张敬尧革职，任命王占元为两湖巡阅使，吴光新为湖南检阅使。

吴佩孚驻防河南部署停当，即偕同王承斌、阎相文、萧耀南三个旅长到了保定，同时直系的直、苏、鄂、赣四省和奉系东北三省都派了代表出席会议。在冯国璋死后，曹锟成为直系的新领袖，但在这次军事会议上，唱主角的却是吴佩孚。他揭露皖系种种反常的举动，判断直、皖之战已不可避免。接着，他又分析敌我两方的优劣之势，指出皖系目前在军事、外交、财政上都处于不利地位，尤其是皖系有两大致命伤,一个是内战,一个是亲日,大失人心,必然失败。会后,曹锟听从吴佩孚的建议,电请解除川、粤、湘、赣四省经略使。这是直系发出的准备北方战事的信号。

皖、直两军剑拔弩张,国务总理靳云鹏不堪左右为难之苦,再次请辞。这是他第四次上辞呈。徐世昌一面仍以"拖"字来处理内阁问题,一面连发三次电报,催促曹锟、张作霖、李纯三位巨头到北京会商,以挽救危局。可是李纯首先复电,称病婉辞,曹锟则借口吴师回防,须加布置,所以无法分身,而只有张作霖应召入京。

张作霖抵京时,军政要人都到车站迎接。张作霖即席发表讲话,表示他拥护徐总统,支持靳内阁,愿意充当直、皖调人,以和为贵,斡旋时局。他的讲话获得了一片掌声。随后,他先谒总统徐世昌,次访国务总理靳云鹏,然后才到团河去见段祺瑞。做完这些礼节性的拜访,张作霖径往北京的奉军司令部休息。

当天晚上,徐树铮和安福系要人在曾毓秀私宅举行会议,认为张作霖尚可争取,如其能在直皖冲突中中立,就不怕与直系一战,所以决定宁许以副总统一席来做交易。可是第二天,徐树铮到奉军司令部拜访,却吃了闭门羹。徐树铮走后,张作霖才出门径往总统府。他向徐世昌提出解决危局的先决条件是靳云鹏复职和撤换安福系三总长。徐世昌当即表示同意。"不过,"他说,"仲珊来了总好谈,可是他有事来不了,就请你到保定劝劝他吧。"张作霖欣然答应。

当张作霖到达保定的时候,吉林、黑龙江、江苏、江西、湖北、河南六省的代表也都来到。会议即在"光园"举行,与会的还有曹锟麾下的高级将领。曹锟敬慕明将戚继光,所以把这座接待外宾的招待所冠以"光园"之名。

会议一开始,大家便对皖系口诛笔伐,如水鼎沸。吴佩孚的发言最为激烈,他说:"当前外交失败,内政不修,国家政治如此腐败,皆因安福系祸国和徐树铮胡作非为所致。当此存亡之际,吾辈军人,食国俸禄,卫国干城,义属天职。因此,佩孚决意不惜一切,为民众争人格,为国家争生存,决心与国贼血战到底!"

张作霖一直乐滋滋地听着,听了吴佩孚要"血战到底"的发言,他才亮出身份,表明来意说:"诸位的发言,我张作霖完全赞同。不过呢,若要大动刀兵,这事就大了。我这次来保定,是奉徐大总统之命来做调人的,就是以和为贵,若能不打仗,还是不打的好。"

不待张作霖说完,大家就嚷嚷起来,纷纷要打。张作霖说:"依我看,应当先礼后兵,你们提条件嘛。他们若不答应,再动刀兵也不迟呀!"

"先礼后兵,张大帅说得对。我看,咱们就提条件吧。"曹锟一说,会场的气氛才冷静下来。经过反复讨论,提出了六条:(一)解散安福系;(二)撤换安福系三总长;(三)靳云鹏回任国务总理;(四)撤换北方议和总代表王揖唐;(五)撤销边防军,改编后归陆军部直接管辖;(六)徐树铮免职。

张作霖从保定回返,顺路到了团河。段祺瑞设宴款待,他对张作霖掏"心里话",说自己没有企图心,并不想当副总统,且愿意支持一位可以合作的人担任。这是暗示他可以支持张作霖当副总统。张作霖则表示他一向服从"督办"的态度,在这和谐的气氛中,谈话引入保定之行。张作霖便把保定会议的六项条件提了出来。段祺瑞表示说,对于撤销边防军一条认为有困难,对于撤换安福系三总长,却可以商量。这晚就到此为止,张作霖告辞回京。

此后一连三天,段祺瑞派人来京与张作霖交涉,对六项条件盖不接受,反而要求张作霖劝导曹锟让步。张作霖忍耐不住了,乃吩咐路局为他准备专车,以便离京。这一姿态把段祺瑞吓住了,他亲自来到奉军司令部挽留。但他仍没有让步,只说出了一个新的情况,靳云鹏坚决不肯出任总理,这一来内阁势必改组,全班人马都需调动,所以安福系三总长自然随之下台。

闻听段言,张作霖便去见靳云鹏问个究竟。靳云鹏说,政局微妙,使他处于极为困难的地位,若再留任总理必无良好结果,因此拜托张作霖不要再挽留他。张作霖理解了靳的处境,并非为皖系压迫而辞职,于是放弃了挽留靳内阁的努力,然后直奔总统府。当张作霖把先后到保定和团河的情况说明之后,徐世昌表示,他深为理解保定提出的"六项"条件,并说徐树铮必须解职,事情才能摆平了结。张作霖听了徐世昌如此果断的意见,颇感意外而又心中甚喜,便请总统出面主持大计。徐世昌也并不推辞,便与张作霖商议了一个解决方案。

第二天,徐世昌邀请段祺瑞和张作霖两人会商,就保定所提出的条件提出折中意见:安福系三总长退出内阁;徐树铮解除西北筹边使和西北边防军总司令,所部改归陆军部直辖;同意靳云鹏辞职,新内阁由周树模组建,靳云鹏仍担任陆军总长。对这一方案,张作霖自然表示同意,段祺瑞的话却很少,而徐世昌也并不多问,就断然宣布:"你们两个若没有不同意见,那就这样吧。"

段祺瑞遂召集安福系重要人物讨论这个方案。结果,众议嚷嚷,无不气愤,坚决主张采取强硬态度。徐树铮挑拨说:"这个方案完全不给督办留有余地,督办没有脸面,那我辈今后也抬不起头来了。"段祺瑞听了徐树铮这番话,立刻意气大发,把桌子一拍,说:"对,我们不能再退一步了,他们欺人太甚!"

张作霖听说段祺瑞变卦,便又到团河来向他"告辞"。这是摆出摊牌的姿态。可是段已不在乎这位调人走与不走,咆哮地说:"吴佩孚区区一个师长,公然要挟罢免边防大员,此风一开,中央政府威信何在?徐树铮不费一枪一弹收复外蒙,有什么地方对不起国家,一定要他去职?分明是给我难堪,太欺负人了!你们一定要他去职,必须同时罢免吴佩孚!"

张作霖感到绝望,又叫备车离京。这次他真的要走了,但这次挽留他的是徐世昌。张作霖要求:"请大总统发布命令,先把公府会议的决定落实了,不然的话,保定方面也不会同意,还是调解不成。"徐世昌立即拍手叫好,说:"你想得对,我就照你说的办了。"张作霖这才同意留下来。

徐世昌正式下令,批准靳云鹏辞职,因安福系的国会议员反对周树模,国务总理由萨镇冰代理。对徐树铮解职的问题,徐世昌作出了三项决定:(一)特任徐树铮为远威将军;(二)徐树铮应即开去西北筹边使,遗缺由李垣暂行署理;(三)西北边防总司令一职着即裁撤,所部由陆军部接收。

徐世昌的命令一发,段祺瑞在团河大怒,决心付之一战。他以边防督办的名义命令边防军紧急动员,做好战争准备。

战争迫在眉睫,徐世昌请张作霖再赴团河作最后一次努力。

段祺瑞住在团河行宫的"养性轩",但自从住进这个地方,他的心情没有一时好过,这"性"就是"养"不起来。他一见张作霖便气冲冲地说:"你还来干什么?没有什么好说的,罢免吴佩孚,万事皆休!"张作霖说:"这恐怕办不到吧。"劝段祺瑞冷静下来,退一步着想。段祺瑞很不耐烦,厉声说:"你回你的奉天,休管这儿的闲事!"张作霖一声不响,告辞而去。

张作霖离了养性轩,快走到大门口时,就见黑压压一群兵挡在道上,赫然站在前边的正是徐树铮。"哈哈哈!"徐树铮大笑了一声,说,"雨亭兄,想不到吧?我们在这里见面了!"

"徐树铮,你这是干什么?"张作霖威严地说,"我奉大总统之命来做调人,今日拜会芝老,谈完了公事,这就回京去。"

徐树铮得意地笑了,说:"你既然来了,何必急着要走?我想请你住下,在这行宫里享受几天做皇帝的快乐,这主意不错吧?"

"怎么？你想把老子当人质！"张作霖气愤了。

"嘿嘿！"徐树铮狞笑了一声，说，"话不要说得这么难听嘛！不过，我徐树铮也是明人不做暗事，我是请你在团河看一场大戏，看我是怎么把曹锟打败的。然后嘛，我请你与督办共同出席庆功会，这不好吗？"

"你做梦吧你！"张作霖撇了撇嘴说，"不过，我还是劝你从梦中醒来。给你说几句明白话吧，我既做调人，自当站在中间，调得好，免得自家人互相残杀，调不好，我还是站在中间，你们两家非要打，那就打吧，不干我事！但你真的要打，我请你三思，你一定能打赢吗？"

毕竟身处危境，张作霖还想脱身。可是徐树铮不耐烦了："少啰唆！你到底答应不答应吧？"

张作霖斩钉截铁："就是不答应！你能怎样？"

徐树铮慢慢地举起了手枪，阴冷地说："敬酒不吃吃罚酒，那就别怪我手下无情了！"

"哼！你也不看看我张作霖是什么人，老子九死一生，这辈子不知死了多少回了，还怕死吗？有种的，你向这儿打！"张作霖拍着胸膛，发出"叭叭"的响声。

徐树铮举枪的手在发抖，说："你现在后悔还来得及。"

"后悔你娘的屁！"张作霖大骂。

徐树铮狠了心，说："是你逼的我呀，那我就送你上路！"说着，就要扣动扳机。

突然，两辆汽车呼啸而至。车上士兵一窜而下，立即散开卧倒，举枪瞄准。就在这同时，从车上跳下来一个中国军官和一个日本军官。徐树铮一看，竟是奉军参谋长杨宇霆和日本驻华公使武官青木，立时大惊失色。而张作霖也"啊"了一声，"杨宇霆救我来了！"那种惊喜，竟不知道这是真的，还是做梦。

杨宇霆从日本陆军士官学校毕业回来，便自称小诸葛。张作霖还真的三次到他家请他，他才走出"茅庐"，如今做了奉军的参谋长。他在东北之名，神人一样。而这一次却不是杨宇霆神，而是另一高人郭松龄的提醒。

张学良18岁到军官学校学习，师从郭松龄。这天，郭松龄在病床上给张学良打电话请他过来，说："我敢断言，此次大帅入关是凶多吉少。"张学良急问为何，郭松龄便举出这次调停不可能成功的种种理由，而一旦调停失败，那位心狠手辣的徐树铮就会向大帅下毒手。张学良请教老师如何救父。郭松龄说："能救大帅安全回奉的人就是杨宇霆,再说大帅入关做调人,也是他极力主张的,大帅出了事,有他极大的责任。不过呢,他这个人嫉贤妒能,你去请他,可不要提起我来,以免伤了他的自尊心。"张学良告辞出来,直奔奉军参谋部。杨宇霆如梦初醒,深悔大意与失策,当即表示:"我一定想尽一切办法把大帅安全迎回奉天,我命在,大帅在。"

杨宇霆急如星火地坐上火车直达北京。他本想见了张作霖就劝他立即离京回奉,不料秘书长袁金凯对他说,大帅到团河去了,已走了半个时辰。杨宇霆一听,眉头一皱,断然下令:"你赶快派一辆车,三十名士兵,配三挺机枪,我带队去追,要快,要快呀!"袁金凯拔腿而去。这时杨宇霆又想:"恐怕追之不及了。而大帅一旦进入团河地面,那里有重兵防守,我这几个人去能顶什么用?"杨宇霆搜索枯肠,忽然眼前一亮:"日本人!"他当即拿起电话,要通了日本公使馆,找到武官青木中将。杨宇霆与青木在日本陆军士官学校为同期同班同学,从此结为好友。杨宇霆把紧急情况告诉青木,要求他带一辆车,几名警卫,车前插上日本国旗,随他一起到团河去。青木一口答应。于是杨宇霆会同青木,便向团河急驶而去。

进入团河地面,杨宇霆上了青木的车,在前面开道,一路畅行无阻。来到团河行宫的大门口,车子猛地加速,闯入院内。

"哈哈!"杨宇霆一看张作霖安然无恙,放下了心。他向徐树铮笑了一声,说,"又铮兄,你这是摆的什么天门阵呀!"

杨宇霆开场一声笑语,徐树铮这才回过神来,随即飞快地判断当前情势。他本想软禁张作霖,使奉军不敢助直,如果张作霖不从,他也决心痛下杀手,而以"车祸""遇上了土匪"等借口掩盖真相,事情仍能做得干干净净。可是他万万没想到杨宇霆和青木从天外飞来。如果只是杨宇霆来,他仍可消灭他们,然而杨宇霆把青木请来了,使他彻底绝望。如果杀了日本人,事情绝对隐瞒不住,而且皖系以日本为靠山,怎能得罪?这样想着,徐树铮也"哈哈"笑了一声,说:"我哪里摆什么天门阵?我想留雨亭兄在这里玩两天,无奈他就是不肯,正在争执不下呢。"

"你胡扯!"张作霖指着徐树铮向杨宇霆说,"他想把我当人质,我不肯,他就要毁了我。你们再迟来一步,我就成了他的枪下之鬼了。"

"你真的要杀我大帅?"杨宇霆厉声质问。

"嘿嘿!"徐树铮干笑了两声,说,"我徐树铮有三头六臂,也不敢动你大帅一根毫毛呀。我只想吓他一吓,看他究竟是不是一个不怕死的。果真,你大帅英雄虎胆,树铮佩服之至。"

"狗屁!"张作霖又大骂起来。然而杨宇霆却"哈哈"大笑起来,说,"我大帅当然是真正的英雄好汉,不过,这玩笑你开得也太大了!"这时青木中将也"哈哈"地笑起来,说:"真是的,这玩笑开得太大了!既然客人不肯留,主人又何必强人所难?闲话少说,你就放人吧。"

"好,好!"徐树铮答应着,立即指挥士兵让开了大道。然后,他走向张作霖,说,"今日多有得罪,望吾兄大人不计小人过,原谅树铮吧。"

"呸!"张作霖狠狠地呸了一口,上了青木的车。

两辆车起动,转眼绝尘而去。

张作霖在杨宇霆护送下前往天津军粮城奉军司令部,立即发表通电,宣布调停失败。同时声明,如战争不可避免,奉军严守中立。当然,这不过是骗段祺瑞罢了。

段祺瑞当天也从团河回到京城,第二天上午便在将军府召集全体阁员及军政首要举行联席会议。段祺瑞极端愤怒,决定呈请总统将曹锟、吴佩孚免职,交他亲自查办。随后,萨镇冰召开国务院会议,决定吴佩孚予以免职处分,曹锟则改为褫职留任,呈请总统府盖印。

段祺瑞知道,曹、吴一定要反抗,必至兵戎相见,乃于下午在私宅又召集军事会议,讨论出兵计划。商议甫定,正待下达命令的时候,萨镇冰来电话说,国务院的呈文被总统驳回。段祺瑞愣住了,半天开不得口。徐树铮狠狠地蹦出一句话来:"一不作,二不休,兵谏!"

"兵谏!"段祺瑞仰面望天,犹豫地说,"他要是不从呢?"

"嘿嘿!"徐树铮冷笑了一声,说,"就把他软禁起来,待我们打败了曹锟再作计较。"

"咳!"段祺瑞长叹一声,说,"真是万不得已,你去,你去!"

夕阳西下,军队突然包围了中南海,徐树铮带领一队人马直奔居仁堂。徐世昌已接到报告,走出来站在门口台阶上,指着徐树铮训斥道:"徐树铮,你竟敢带兵闯总统府,真是无法无天了!"

徐树铮昂然而立,一脸凶气:"闻听大总统驳回国务院惩办曹锟、吴佩孚的呈文,全军将士无不愤慨,故此特来请命,务将二凶治罪。"

徐世昌说:"现下北洋虽分直、皖、奉三派,但到底都是一家人,我不忍同室操戈,终想化干戈为玉帛。"

"说什么一家人?"徐树铮打断了徐世昌的话说,"曹、吴两人作恶多端,祸国殃民,不杀不足以平民愤。我请大总统当机立断,只说'行'与'不行',树铮今日将以死谏争。"说着举起了手枪,对准了自己的太阳穴。

徐世昌倒抽了一口冷气,他太了解这个狠角儿,那是什么事都能干得出来的,便说:"徐树铮,我答应你的要求。不过呢,本总统总不能在你枪口下行令吧。"

徐树铮放下了枪。徐世昌郑重宣布:"本总统批准国务院呈文,随即发布惩办曹、吴的命令。"

徐树铮转身向外走去,他的脸上充满了灿烂的笑容。徐世昌看着徐树铮扬长而去,又羞又怒,脸涨得通红。他转过身来,慢慢地走回他的办公室,门一关,顿时又哈哈大笑起来:"那就打吧!哈哈哈!"

这天,皖军各师布防到位。段祺瑞在团河成立"定国军"总司令部,以段芝贵为总司令,徐树铮为参谋长,傅良佐为总参议。兵分三路:以曲同丰为西路司令,率所部边防军第一师及刘询第十五师防御京汉路;以陈文运为中路司令,率所部第三师及李进才之十三师防御大兴至固安一线;以宋子扬为东路司令,率本部边防军第二混成旅防御京奉路。段祺瑞动员了所有人马来打这一仗。

也是这一天,曹锟从保定到天津举行誓师礼,派吴佩孚为前敌总司令。吴佩孚宣言将亲率三军,直捣北京,驱老段,诛小徐,所部定名为"讨逆军",以保定为大本营,设司令部于高碑店。

张作霖从军粮城回到奉天,致段祺瑞一电,诉说他入关调停,"三见崇阶,垂涕而道"之苦心,劝段祺瑞再不要袒护徐树铮。同时,他宣布派兵入关,通电全国。他又致曹锟一电,向曹锟担保:"我辈骨肉至交,当此危急存亡关头,不能不竭力相助。"

段祺瑞自信,他只消五天就可以拿下保定。他估计张作霖一定在关外坐观成败,不会在直皖冲突中轻易下注。谁知情况大变,他接到奉军第二十七、二十八两师已开进关来的军报,又获悉奉军已在京奉路、津浦路以及马厂、军粮城一带布防。这一来,他才着慌了。

7月11日，直皖两军开始接火，北京城中已时闻炮声。这时，有曹汝霖、陆宗舆、姜桂题等多人到中南海求见总统，强烈请求总统即下停战令，以免战争的爆发。徐世昌完全猜到，这是段祺瑞怯战了又来胁迫他，心中又发笑又生气，就质问道："前时徐树铮带兵入府，逼我惩办曹吴，才闹到这种局面。现今我若下停战令，他是否会又来逼宫？我徐世昌也只有一个头啊！"

　　"不会，不会！"曹汝霖急不择言露了馅："刚才我等所言，也就是督办的意思。"

　　"哈哈！"徐世昌笑出了声，说，"那就好，我可以下停战令。既然段督办已有此意，那么能否停战就在曹锟那边了。"于是，徐世昌派姜桂题、张怀芝两人到保定劝和。

　　姜桂题和张怀芝两人随之前往保定。曹锟说："要我罢兵，除非将姓段的、姓徐的两个脑袋号令都城，则我与佩孚当自缚至京，向徐大总统请罪。"两人又劝，以胜败未分，正不知鹿死谁手，请以息争为上。曹锟说："我若败了，我与佩孚两颗人头自割下来，送至北京。我们都是好朋友了，我劝你俩休要管这闲事。"两人知道再劝无益，回京复命。

　　段祺瑞火冒三丈，他大骂曹锟，遂后又骂张作霖。北洋人物，段祺瑞生平最看不起的就是这两个人，动辄叫"布贩子""胡子"，嘴一撇就是"什么东西！"如今正是这两人骑在他的头上，他已忍无可忍，断然下达了总攻击令。

　　战争在京津路和京汉路东西两线同时打响。总司令段芝贵在西线督战。他将司令部设在火车上，车前悬一木牌，大书"总司令处"四字，随车军事属员百人之外，还雇佣大厨二十余人，车中还有烟枪烟盘十四副、麻雀牌七副，汽水数百打。他自信这场仗指日可胜，所以把司令部设在火车上，真是新鲜。

　　前线以琉璃河为界南北对峙。时至深夜，前敌总指挥曲同丰命令本师刘其贵旅和刘询第十五师张国容旅从京汉路西、东两侧同时越过琉璃河发起攻击。直军张福来旅猝不及防，且战且退。天明时分，皖军向前推进三十里，这时直军王承斌旅和阎相文旅赶来增援，张福来旅亦反身杀来。张国容旅见敌即退，刘其贵旅仍英勇作战，无奈势成孤军，又人困马乏，也向后退走。直军尾随追击，直达琉璃河畔。

　　会天大雨，两军各在阵地战壕中防守，水深过膝，浑身泥泞。第二天天刚亮，大雨虽歇而细雨蒙蒙，曲同丰重组兵力，再越琉璃河向南进攻。当日攻占涿州，次日抵近直军司令部高碑店。曲同丰在高碑店以北十里的松林店设下司令部，又命陈文运边防军第三师从固安西进，以三师兵力齐攻高碑店。他这时踌躇满志，决心一举消灭直军，然后直取保定。

高碑店司令部，吴佩孚正在开军事会议。吴佩孚说："战争打了三天，敌人攻了三天，我们退了三天。兵法云：避其锐气，击其惰归，所以，我们让他们三天，让他们得意三天。但我宣布，从今天起，我们就要发起反攻！"众将听了，都面露喜色。吴佩孚继续说道："为什么这时候反攻？我给大家谈谈形势，就先说周边几件事：

"第一件：老段叫洛阳西北军两个混成旅出兵攻打郑州，以牵制河南支援我们。可就在他出兵的那个晚上，我董政国第五旅突然袭击，他们好梦还没有做完就缴械投降了。

"第二件：在湖北，老段叫吴光新和张敬尧率领旧部攻击我军后方，这两人便阴谋夺取湖北政权，然后带兵北上。可是王占元不是傻瓜，便先下手为强，演了一出鸿门宴，就把吴光新逮捕，而张敬尧这次倒还聪明，闻风先逃了。

"第三件：济南马良的边防军第二师奉命北上，行至德州，被我步兵团截住，一大段铁路尽皆拆毁。马良还要来，就只能靠两条腿，啥时候才能来到？

"第四件：北边，阎锡山奉命出兵娘子关。但他是个老滑头，与我们暗通款曲，说他只摆个花架子，不会打我们。

"这就说明，敌军四路援兵都泡了汤了！而我们这边呢，河南督军赵倜亲率一万人马来援，奉军关内总司令张景惠已命天津奉军支援我军，驻郑州的奉军邹芬旅北上已抵保定，受命听从我曹大帅指挥。由此战场力量的对比，我军已由劣势转变成优势啦。"

"总司令，你就说我军怎么反攻吧。"性急的张福来说。

"好，那听我说。"吴佩孚一五一十把反攻部署讲完，众将领拍手叫好。

松林店皖军司令部。这天上午，曲同丰下达了进攻命令。时至傍晚，边防军第一师第一旅攻进高碑店，首先报捷。曲同丰的脸上露出了笑容，他感到胜利已经在握，心一放宽，疲劳随之袭来，躺在床上便沉沉睡去。

半夜里，突然枪声大作。曲同丰一蹿而起，抓起电话要警卫连，可是电话只嗡嗡响，就是没有人接。曲同丰并不惊慌，他判断在这深更半夜里，不过是小股敌人的骚扰。他指派卫兵守护院子，然后就坐在"咻咻"作响的汽灯下等待着。

"叭叭叭！"枪声在门口响起。几个卫兵慌张地退回院子，大叫着："总司令，不好了！"曲同丰站起来，刚掏出手枪，"不准动！缴枪不杀！"几条枪口同时对准了他。

"你们是何人？"曲同丰问。

"是我，吴佩孚！"吴佩孚分开士兵，从后面走到前边来，立正行了一个军礼："学生吴佩孚率领骑兵团连夜奔袭到此！"

"呀！呀！"曲同丰吃惊的叫着，"想不到，是你，是你！"

吴佩孚恭敬地说："老师在武备学堂讲兵法，'出其不意，攻其不备'一条讲得最为生动。老师可能不经意，可学生我已铭记于心。"

曲同丰满脸羞惭，叹道："老师做了学生的俘虏！"然后又轻蔑地一笑说，"不过，现在胜负未定呢！"

"不然，胜负已见分晓。"吴佩孚说，"老师可能还不知道吧，第十五师张国容、董政国两旅倒戈，师长刘询弃职而去。另外，陈文运师被我军阻截在半路，你的第三师突进高碑店，那不过是我设下的陷阱，现已落入四面包围之中。"

"第十五师……"曲同丰沉默许久，长叹一声："我投降。"

曲同丰押抵保定，曹锟在"光园"举行受降礼。曲同丰全副戎装，步履铿锵地进入大厅，从腰间解下军刀，双手捧献给曹锟，朗声说："鄙人今天愿意向贵经略使投降，特将军刀献上，宣誓决不与贵军为敌。"曹锟双手接过军刀，又将军刀发还，笑声说："本使愿意接受贵司令投降，贵司令作战勇敢，本使深为敬佩，特将军刀发还，仍请佩带。"当曲同丰重又挎上军刀时，曹锟哈哈笑着走向前来，双手握住曲同丰的手说："我已备下好酒好菜，咱弟兄俩一醉方休。"

曹锟发出通电，通报受降之事，申明优待俘虏的人道宗旨。同时曲同丰也发出通电，劝告边防军弃暗投明。

前敌总司令被俘，皖军立时土崩瓦解，流水一般向后逃窜。先时，传来皖军攻占高碑店的捷报，段芝贵高兴得手舞足蹈，他对前线不作任何指示，却一连声地叫人搓起麻将来。相当年，三国周瑜谈笑间樯橹灰飞烟灭。而今天，他段芝贵玩着麻将，即把敌军打个落花流水，真是千古风流！段芝贵精神特旺，把把都赢，这一次，他又把麻将牌一推，哈哈大笑着说："和了，我又和了！"正在这时，败耗传来。段芝贵魂飞魄散，一把将麻将牌扫落在地，连声大喊："快开车，快开车！"

段祺瑞在团河养性轩坐立不安。虽然开战以来，东西两线捷报频传，但他仍然悬着一颗心。他所担心的是奉军参战,所以他一直盯着东线,想着一旦天津奉军出战,他将如何应付。不料,曹锟和曲同丰的通电同时传到,犹如两把钢刀插入他的心脏,他尤其对曲同丰一幕"献刀投降"戏失望至极,大骂:"狗娘养的!无耻!无耻!"

段祺瑞喘息未定,段芝贵跟跟跄跄走了进来。段祺瑞看他狼狈不堪的丑态,冷笑了一声:"我的总司令呀,不成功便成仁,你有脸回来!"段芝贵一听,脸吓得蜡黄,"扑通"一声跪倒在地,哭着说:"谁知道曲同丰被俘投降了呢。我段芝贵并不是逃命,而是要向督办说明实情,您要是不谅解我,就杀了我吧。"

段祺瑞连声吼着:"滚!滚!滚!"段芝贵爬起来,连滚带爬而去。

西线溃败,但段祺瑞并不认输,他指望徐树铮在东线获胜,战局或许另有转机。作为皖军参谋长的徐树铮自动请缨担任东线总指挥。他率领边防军两个混成旅和李进才第十三师从廊坊发起猛攻,第一天攻占张庄,第二天攻占杨村。东线直军总指挥是曹锟七弟曹瑛,他率领本部第二师和二十营警备军顽强抵抗,又调李殿菜第二混成旅加入战斗,复夺杨村。徐树铮再欲夺回杨村,调动军队轮番攻击,皆被直军击退。正在这时,战场上出现了一支日军护路队,强迫直军退出铁路线两英里以外。这是以前段政府与日本签订的"中日军事协定"所规定的,直军无奈,便从铁路沿线后撤。然而皖军便乘虚而入,直军一退而不能止,直退到北仓一带。再退一步就是天津,曹瑛绝地反击,而徐树铮望胜利只有一步之遥,疯狂进攻。

正当两军厮杀得难分难解的时候,一支奉军杀入阵地。这支奉军虽只是一个营,但以逸待劳,锐不可当。直军随之跟进,发起反冲锋。皖军立时阵脚大乱,溃不成军。徐树铮退回杨村,整顿败军,又命魏宗翰第九师火速增援,决心在杨村打一场阻击战,反败为胜。可就在这时,西线大败的消息传来,徐树铮神色大变,丢下军队就向北逃窜了。皖军成了没头的苍蝇,纷纷缴械投降。

听到东线失败,徐树铮顾命先逃的报告,段祺瑞不信,说:"又铮临上战场跪着向我宣誓:'我此去非胜不可,万一失败,便请老师到战场上去收学生的尸。'他就是这样说的呀。"有人告诉他,徐树铮已躲到东交民巷日本使馆了。段祺瑞听了泪如雨下,长叹一声说:"我军将帅无一人是吴佩孚,至有此败。"说着,他从抽屉里拿出手枪指向头上。左右的人一扑向前,把枪夺过来,七嘴八舌地相劝。段祺瑞才渐渐平静下来,打消了自杀的念头。

接着，直军两路向北京进攻，皖军落花流水般向京城退逃，形势危机。段祺瑞只好亲自到总统府，请徐世昌下一道停战令。

"好吧。"徐世昌一口答应，便问他："何以善其后呢？"段祺瑞说："我辞职，其他的，你看着办吧。"说完告辞而去。徐世昌望着段祺瑞的背影，冷笑道："早知今日，何必当初？"

徐世昌下了停战令，命令所有参战部队回驻原防。奉军和直军分别进占北苑和南苑的军营为止，没有进城。战争就这样结束了。

徐世昌与曹锟和张作霖商议善后。段祺瑞的失败给徐世昌带来一个美丽的幻想。他打算在直、奉之间保持均衡，同时又不愿皖系垮掉，仍可与直、奉两系形成鼎足而立之势，互相牵制，如此他就可以做一个名副其实的总统了。因而他主张对皖系宽大，不为已甚。张作霖颇为赞成徐世昌的主张，他也不愿对皖系赶尽杀绝，而且还想乘此机会收拢皖系的残余，以壮大自己。如此一来，曹锟虽想严厉惩办，但以一对二，一个是老狐狸，一个也是鬼灵精，怎能计较得过他们，也只好附和迁就了。

惩办祸首，当然首先是段祺瑞。但徐世昌批准了他的辞呈，同时裁撤督办边防事务处，仍准其在北京安居，予以相当的优遇。其他战犯，政府下令通缉徐树铮、曾毓隽、段芝贵、丁士源、朱琛、王郅隆、梁鸿志、姚震、李思浩、姚国桢等十人。

徐世昌又下令解散安福俱乐部。但对于安福系分子，除已有明令拿办的诸人外，概予免究。这道命令引起曹锟、吴佩孚，甚至长江三督的强烈不满，徐世昌才又补充下令，通缉王揖唐、方枢等七人。

徐树铮在日本兵营待了三个月。后来由日本在天津的驻军司令小野寺帮助，他化装成一个日本女人，蜷进一只柳条箱内，由一个日本军官带进火车里，到了天津，然后逃往上海。

陈炯明哀兵回粤 孙中山强势选举

　　韶关,1919 年秋的一天上午。滇军第三师和第四师两部官兵全都集中在城南大操场上,广州军政府新任粤赣湘边防督办李根源到场讲话。李根源不待开口,先左右开弓打了自己两个耳光,然后痛哭失声地说:"根源对不起家乡,对不起家乡的父老兄弟。这次在陕西失败,我自己痛加检讨,深深觉得过去自己在做人做事上太差,现在我是以赎罪的心情到北江来,请各位安心工作,我不会随意调动每一个官兵。"滇军官兵闻听他这一番话,都很感动,恶感完全消除,认为他经过陕西的失败,确实改变了。李根源此来,是为了收拢这支滇军,他的一番表演,也确见效果。

　　李根源也是云南人。他先后参加辛亥革命、二次革命、护国战争。孙中山到广州护法,他又是非常国会政学系的领袖。这位国民党的元老,三年前接受黎元洪总统的邀请出任陕西省省长。但遭到段祺瑞的反对,便授意督军陈树藩对他公开压迫。次年,发生府院之争,黎元洪免了段祺瑞的职,陈树藩即宣布陕西独立表示反抗,遂将李根源囚禁起来。五个月后,李根源营救脱险,重回广州。

　　驻粤滇军是李烈钧在护国讨袁时带到广东来的,共有两个师,第三师师长张开儒,第四师师长方声涛。在军政府成立后,划北江地区为其防区,仍归出任军政府参谋部长的李烈钧指挥。不久,因方声涛带第四师移驻东江,改编为"援闽军",所以又在西江成立新的第四师,由朱培德任师长。同时,因张开儒倾向国民党,被莫荣新免职,由郑开文继任第三师师长。

　　滇军的矛盾之处就是双重领导,系统上归云南督军指挥,实则受广东督军管辖。莫荣新早就对此不满,而在孙中山被桂系排挤离粤后,这支滇军更成为隐患。莫荣新委派李根源为粤赣湘边防督办，就是为了结束滇军的双重领导状态，而完全置于桂系之下。

唐继尧大为反感，便以滇军与川军正在激战为由，决定把驻粤滇军调回云南。听到此事，桂系先下手为强。莫荣新并不征求唐继尧的同意，即命令李根源把滇军第三师师长郑开文与靖国联军第六军参谋长杨晋对调。显然，这是桂系要吃掉滇军的手段。唐继尧大为光火，断然下令：驻粤滇军由云南直接指挥，并就近秉承李烈钧办理。

莫荣新完全不睬唐继尧的什么命令，仍派杨晋到韶关接任了第三师师长。这引起滇军的极大不满，滇军第四师的将领便秘密协议，决定拘押李根源。但当军队包围督办公署时，却是人去楼空。原来师长朱培德是李根源的学生，就故意松了一手，让这位老师脱逃而去。但随后，朱培德及数名旅长发出通电，反对莫荣新更调第三师长的命令，同时又与第三师原师长杨开文联名通电，声明愿意遵照唐督军命令，回归云南。

李根源逃回广州，通电辞职。对于滇军公开发动兵变抗命，莫荣新不能容忍，调兵遣将。桂军源源北上，包围韶关。在对滇军强力威胁之下，莫荣新责令李根源通电复职，同时强硬声明，北江滇军仍由李督办节制指挥。没过几天，莫荣新再下狠手，他以广东督军兼军政府陆军部长的身份，下令取消驻粤滇军第三、第四两师的番号，改编为边防陆军三个旅及三个独立团。

李烈钧怒气冲冲地来到军府院，找到岑春煊，质问："桂系要吞吃滇军，军政府为什么同意？莫荣新的命令明明无理，为什么要由军政府发布？"岑春煊支吾以对。李烈钧更为恼火，却是无奈，便托词巡视北江防务，离开了广州，准备到北江集合滇军反抗改编。

这一天，李根源也从广州重回韶关，劝告滇军接受改编。与此同时，唐继尧来电，请李烈钧责成滇军第三师拘捕新任师长杨晋就地正法。事情真是戏剧性的：李烈钧与李根源曾是日本军校同学，护国之役在云南又是同袍，本是极要好的朋友，如今反目成仇，而云南督军支持一位江西姓李的，对抗广东督军支持一位云南姓李的。

滇军分裂了，愿意服从李根源的留在了韶关，而大部分人由韶关投向始兴李烈钧麾下。随后，这两部分滇军又发生冲突，在韶关与始兴之间，枪声阵阵。云南省纷纷通电，声讨李根源，而广东在桂系操纵下也频频发声，谴责李烈钧。

北江两李之争,使岑春煊寝食不安。听说李烈钧出走,岑春煊立即派刘德裕沿途追赶,三天后终于在花县追上。李烈钧表示愿意接受调停,但拒绝复回广州。在岑春煊的调停下,莫荣新也愿意让步,不再取消滇军名义。

北江战火停歇,岑春煊亲到韶关迎接李烈钧。但就在这时候,忽听伍廷芳出走,岑春煊大吃一惊,不及等待李烈钧到来便急忙返回。随后,李烈钧回到广州,才知道军政府发生内讧,国民党的重要人物及国民党议员都已离去,广州全为桂系把持。李烈钧颇为懊悔。盘桓数日,参谋部忽被军队包围搜查,接着赣军司令部又遭警备队搜查。这两个地方都是李烈钧常到的地方,他感到处境危险,遂跑到海珠海军部躲避,然后秘密逃到香港,转往上海。

军政府虽有七总裁,但在孙中山离职赴沪之后,唐绍仪一直在上海担任南方的议和代表,唐继尧在云南,陆荣廷在广西,所以广州只有岑春煊、伍廷芳、林葆怿三人。作为主席总裁的岑春煊一切听命于桂系,引起其他各派势力的不满。滇系便与国民党结合起来,而使桂系陷于孤立。在非常国会中,国民党已取得优势地位,计划以云南为根据地,把广州非常国会搬去昆明,并在云南组织新的军政府。唐继尧则打算辞去总裁,以拆军政府的台。就在这危机四伏的情况下,滇、桂两系因争夺驻粤滇军公开翻脸,内讧的危机就在眼前。所以岑春煊十分着急,极力调和,并亲往北江迎接李烈钧回来,以图挽回。但就在这时,外交部部长伍廷芳与参、众两院议长林森、吴景濂一起悄然离粤,赶赴上海去会孙中山了。

伍廷芳的出走,军政府尤其头痛。因为伍廷芳除任外交部部长外,又代唐绍仪兼财政部部长。民国八年六月,外交团取得北京政府的同意,以关税余额的百分之十三拨交广州军政府作为办公费,这笔款项指定由伍廷芳签字具领。如今伍廷芳去了香港,外国人只认签字,因而别人谁也无法冒领,也就断了军政府的财源。而且,伍廷芳经手领取的关税余款共 5 次,全数 390 万元,除支付外还存了 180 万元。这笔余款,他并没有移交,全数携之而去。

紧随伍廷芳、林森、吴景濂三人出走之后,广州国会议员也成批地不辞而别。众议院副议长褚辅成号召议员都到香港集中,两院秘书厅还把档案卷宗全部打包,分批运赴香港,这一来真是彻底搬了家。这些议员到香港后,为国会是迁沪还是迁滇发生争执,但主张迁沪的人占大多数。伍廷芳乃把他所携公款发给每位议员二百元赴沪费,另汇一百万元存入上海汇丰银行,作为国会迁沪后的经费。上海方面,孙中山和唐绍仪又承诺另筹一百万元支援国会。于是,议员陆续到达上海,国会就在上海开张了。

这时,广州与上海互争正统,遥遥相骂,互骂对方"违法"。

所谓"违法":在议会方面,来沪议员仅有二百多人,仍留在广州的议员也只有三百人,都不够法定人数。于政府而言,上海方面认为上海已有孙中山、唐绍仪、伍廷芳三人,加上云南唐继尧已过七总裁之半,而广州方面只有三位总裁了,不足半数,已不成为政府。然而广州方面另有说法,七总裁中孙中山已辞职,唐绍仪根本就没有就职,所以军政府的总裁实际只有五位,现在广州还有岑春煊、陆荣廷、林保怿三位,所以还是多数,因而广州仍是合法政府。

北京直、皖两派分裂,广州又起内讧,中国出现了南北相斗,北与北斗,南与南斗的混乱局面。四派又互相利用,直系与广州桂系结合,皖系则与上海国民党修好,从而出现了新的变局。

此后不久,直皖战争爆发,而这场战争只打了五天,皖军一败涂地。桂系喜出望外,便趁大好时机,下令攻闽。而驻闽粤军也正蓄势待发,驱桂回粤。于是北方直皖战火刚熄,而南方粤桂之战硝烟又起。

自护法政府之初,陈炯明率领粤军三千子弟赴闽,经过两年努力,开创出一块以漳州为中心,囊括闽南和闽西二十县的根据地。军队也发展到三万余人,编成两个军,以陈炯明为总司令兼第一军军长,许崇智为第二军军长,邓铿为参谋长。孙中山辞职回沪后,无时不想重回广州,所寄予厚望的就是这支粤军。

广州军政府闹起内讧,孙中山认为时机已到,便决定粤军回粤,消灭桂系,重建广东革命根据地。陈炯明当然也想回粤,但他认为敌强我弱,没有胜算,而拒绝行动。于是孙中山接连不断地派汪精卫、廖仲恺、古应芬、吴铁城、孙科等人到漳州催促,并倾上海所有存款交给陈军,作为战费。汪精卫到漳州劝说陈炯明,遂又往福州与督军李厚基交涉。李厚基答应供给军饷五十万元,子弹六百万发,并派藏致平旅协同作战,解除了粤军的后顾之忧。所有这些,皆为粤军回粤创造了条件。但陈炯明仍然犹豫不决,直到桂系前来进攻,而归心似箭的粤军悲愤交加、呼天抢地地要杀回老家去,他这才迫于形势,激于军心,奉命挥师西进。

驻闽粤军以"粤人治粤"相号召,兵分三路东进:以许崇智为右翼军总指挥,率第二军由上杭,攻蕉岭而趋梅县;以参谋长邓铿为左翼军总指挥,率第一军洪兆麟、梁鸿楷、李允复等部,由云霄攻汕头;以参谋处长叶举为中路军总指挥,率第一军李炳荣、邓本殷、罗绍雄、熊略等部从平和进攻饶平、潮安。

桂军第六军军长刘志陆担任潮梅镇守使,率军抵抗。谁知刚一接战,汕头、潮州两地驻军便反叛投敌。刘志陆心慌意乱,不战而逃。粤军势如破竹般向前推进,潮梅地区传檄而定。

陆荣廷大惊,急命莫荣新调兵遣将:以林虎第一军和马济第二军之唐绍慧旅为南路,东进惠州,攻取汕头;以李根源海疆军和沈鸿英第三军为北路,会师河源,攻取龙川、梅县。然后,四军会同作战,消灭粤军于潮梅地区。

许崇智率粤军第二军攻占梅县后,一路猛进,接连攻克宁兴、龙川、河源、龙门,前望广州,仅二百里。这时李根源率海疆军赶到。海疆军就是原驻北江的滇军,由李根源带往海南岛改编而成,有六千人,战斗力在广东各军素称最强。李根源和沈鸿英两军分头东进,相约在中秋节会师河源赏月。李军一到,便向粤军发起猛烈进攻,一举收复龙门,继又攻占河源。但在攻下河源之后,子弹已消耗十之八九,而又不见沈军到来,不得不转攻为守。而粤军得此机会,反将河源重重包围。李根源一面严令部队防守城池,一面派人联系沈军救援。但派出去的人都被粤军捕获,无一人回来复命,迫得李根源用杉木薄板写上"我已占河源,速来会师"字样,每隔数分钟放一片入江中,使其顺流漂到观音阁沈军驻地。这是"红叶传书"的军事版。但日复一日,望眼欲穿,仍不见沈军到来。

沈鸿英与马济都有野心争夺广东督军的位子。莫荣新虽与沈鸿英是儿女亲家,却偏向马济,使沈鸿英心中憋气。因而先前当粤军进攻汕头的时候,沈军不作任何抵抗,一路退往惠州。而这次沈鸿英又奉命北路,他沿东江而上,到达观音阁就停止不前了。如此,李军苦苦坚守河源一个多月,沈军才勉强开来解围。李军得到补给,稍事整顿,便与沈军会同向龙川发起进攻,激战两昼夜,大败粤军。

这时,桂军南路林虎军刘梅卿旅和马济军第三旅最先到达惠州以东之平山镇,而邓铿率粤军左翼军攻占汕头之后,一路攻克潮阳、陆丰、海丰,抵达多祝,仅距平山五十里。桂军布防未备,便遭邓铿粤军突袭。这时候,刘梅卿旅突然倒戈,马济军之第三旅见状,落荒而逃。林虎本是老同盟会会员,追随孙中山革命,战功卓著。孙中山曾写信给他,望得支持,林虎也表示决不与粤军开战。但当粤军回粤战争打响时,林虎还是以乡情为重,听命于桂系。惊闻刘梅卿叛变,林虎即亲率部队到来,会同马济军发起反击,激战三昼夜,复夺平山,并乘胜追击,直逼多祝。

当粤军退回多祝时，叶举率中路军赶来增援，加强了防守。林军发动几次冲锋，均被击退，尸横遍野。林虎气得七窍生烟，决心等刘达庆第四军赶到再发起强攻，一举破敌，直取汕头。

广州，中秋节的晚上，皓月当空。但莫荣新无心赏月，正与属下商议请调广西桂军，东下增援。突然晴天一声霹雳，李福林和魏邦平两军宣布独立。

早在粤军回粤前夕，孙中山就派朱执信、胡毅生、李朗如等人到广东策反各部粤军，里应外合。朱执信到了香港，设立讨桂办事处，经过一番运动，说服了李福林与魏邦平两军届时应援。但当粤军发起进攻之后，李、魏两人推说时机未到，拒绝起事，在多次催促之下，两人才答应当粤军攻下惠州之后行动。后来，桂军两路援军东下，战局相持不下，因而李、魏两人仍然犹豫不决。就在这时，朱执信误中奸计，在虎门遇难。朱执信一死，任务落在胡毅生和李朗如两个助手身上，两人深知威望不足，便想到"遣将不如激将"之法。

李朗如先去见魏邦平，对他说："现在登哥（李福林）已答应从速独立响应粤军回粤，但登哥说，丽堂（魏邦平）是否有此胆量和勇气呢？"魏邦平即表示说："登哥有此勇气，我丽堂素来都不在登哥之后，请转告登哥立刻准备。"得到魏邦平同意之后，李朗如再到李福林处，说："丽堂已同意和准备独立了，但他说，恐怕登哥没有下大决心的勇气，这就有些担心了。"李福林即说："丽堂有此勇气，我李福林素来都不会落后于他的，请你转告他准备共同独立吧！"李朗如心中大喜，当即说："那就请李司令与魏司令见上一面，以决大计。"

事后第三天，李朗如随同李福林乘小电船到二沙头颐养园魏军司令部，胡毅生已同魏邦平一起等待。四人一番热议，李、魏两人慨然决定中秋节起事，并组成两军联合司令部以统一指挥。为准备中秋节起事，李福林大力扩编民军二十营，连同原有十四营，兵力达一万二千人。魏邦平军原有十个营，又再扩编九个营，兵力达八千余人。魏邦平还凭广州警察厅厅长身份，以加强广州江防为名，骗取莫荣新把江防舰队十余舰只划归指挥。

莫荣新与岑春煊紧急磋商，派政学系领袖、广东省省长杨永泰与李、魏两人会面。杨永泰说："莫督军不忍糜烂广东，欲和平解决，但对陈炯明一定要作战到最后一兵一卒为止。而对李司令与魏司令是多年同事关系，是没有什么问题的，因而愿将督军职责交李司令接替，省长则交魏司令出任，但愿两兄体念莫督军爱护广东的苦心，欣然接受。"这种利诱、离间之计，不难识破。魏邦平答复说:"莫督军既然爱广东而不忍糜烂地方,我们即请他明白,桂系治粤三年,粤人如在水火之中怨声载道。这次驻闽粤军回粤,提出粤人治粤,是得到人民广泛拥护的,我们粤人一家,决不会同室操戈。至于督军和省长之任,我们两人决不能接受,请将督军和省长大印移交到省参议会,然后待陈炯明总司令回到广州再作决定吧!"杨永泰听了,愣了半天,不能言语。最后说了一声"好",告辞而去。

粤军前线受阻,战争处于胶着状态,孙中山再促蒋介石归队。粤军成立时,孙中山推荐蒋介石出任司令部参谋。但自粤军入闽三年多来,蒋介石因种种不满几次离队,他在军中时间少,而驻足上海的时间多。而其主要的,是对陈炯明的不满。时至今年九月,孙中山致函因伤寒病在溪口老家休养的蒋介石,说:"(朱)执信忽然殂折,使我如失左右手,计吾党中知兵事而且能肝胆照人者,今已不可多得,惟兄之勇敢诚笃可与执信比,而知兵则又过之。兄性刚而嫉俗过重,故常龃龉难合,然为党员重大之责任,则勉强牺牲所见而降格以求,所以为党,非为个人也。"孙中山这封信,对蒋介石爱护栽培之心,跃然纸上,望他莫嫉俗过重,而为党牺牲(自己)。蒋介石这才复回粤军司令部。

蒋介石一上任,就修改了原有作战方案,拟制了新的作战计划。这个新计划,是以左翼军取守势,固守潮、梅,甚至海、陆丰亦可放弃,以麻痹惠敌,而加强右翼军进行攻势作战,攻占河源、龙门后,南下增城,然后与左翼军东西夹攻,夺取惠州。惠州而下,再取广州。

按照新的作战计划,粤军发动新的攻势。蒋介石加入右翼作战。恰这时军长许崇智因病请假,便由蒋介石代理,率军发动反攻,先解了龙川之围,随后乘胜猛进,一举攻占河源。

粤军轻易攻占河源,是因为沈鸿英军不战而退。原来,自开战以来,马济仅派一旅之兵参战,而把大部队留在广州,拥兵自重。他始终不离莫荣新左右,参与全局军事和政治的策划,莫荣新竟被其挟制,以至各项命令的签署竟用"督军莫荣新,马济代"名号。沈鸿英大为光火,从前线跑回广州,质向莫荣新和马济,大发雷霆,并在一气之下,下令部队罢战。

广州李福林、魏邦平两军独立,又闻北路沈鸿英败退,河源失守,莫荣新急调林虎军护卫广州。林虎军撤走后,邓铿率左翼军发起反攻,迅速进抵惠州之南,而右翼军这时也已达惠北和惠东,形成合围。又经四天四夜猛攻,全歼马济军,攻克惠州城。

陈炯明在惠州召开军事会议，决定了总攻广州的计划。于是三路大军向西挺进。而这时北江、西江、廉州、海南各地民军又纷纷起义，攻城略地。桂系在广州坐困愁城，遂宣布取消军政府。附庸桂系的各色政客也纷纷出逃，作鸟兽散。莫荣新率领残兵败将逃出广州。

粤军进入广州，万民空巷，热烈欢迎。

孙中山下令，任命陈炯明为广东省省长兼粤军总司令，取消督军名义，即把广东省军、政大权都付于了陈炯明。

孙中山在上海设宴招待吴景濂、林森、褚辅成等国会议员，筹划回粤。唐绍仪、伍廷芳、孙洪伊等列席。孙中山让孙洪伊介绍回粤的打算。孙洪伊说，这次重返广东，不再用军政府名义，应由国会组织总统选举会，选举孙中山为非常大总统，用这个名义号召国人，较用军政府为正。

林森、褚辅成推吴景濂作答。吴景濂首先表示，他不能代表国会，只能说说他个人的意见。然后他就直陈反对的意见："以孙先生的声望，不必假借区区非常总统名义，已足以号召国人。徐世昌为非常总统，我们反对，今国会再举总统名义，岂非令对方反唇相讥，始以大义号召全国，而以利终之。不但不足增孙先生之声望，反是为孙先生之污点。"为说服孙中山放弃主张，吴景濂大力描绘起革命的光明前途来，然后建议说："不如重新整顿军政府，先消灭桂系，统一两广，然后率领护法各军，海陆并发，不出数月，武汉可下。武汉如得，长江上下游可传檄而定。即在武汉召开国会，选举孙中山为正式大总统。然后出兵北伐，不出数月北京可以归服，岂不较非常总统名义为光明正大？"

这次讨论会一直开到深夜，依然无法达成一致。

11 月 25 日，在粤军收复广东一个月之后，孙中山偕唐绍仪、伍廷芳、林森及部分议员离沪南下。吴景濂却以养病为由，暂缓赴粤。在其影响下，大部分议员也都滞留上海观望。

三天后，孙中山抵达离别一年有半的广州。当琶州宝塔在烟水迷茫中渐渐显现时，孙中山异常兴奋。青山不改，绿水长流，没有什么能够挡得住我坚定向前的步伐！

孙中山一到广州，即恢复军政府。当然，孙中山再没有必要局促于河南士敏土厂一个老旧的楼房里了，便以观音山下督军署为军政府所在，他和夫人宋庆龄则居住半山越秀楼。

由于得不到国会的支持,恢复军政府只是暂时为之。一月之后,1921 年元旦庆典,孙中山即亮出了底牌。他发表讲话评价军政府说:"至以军政府机关而言,外人眼中视之,殆与前清时代之营务处等,岂能代表中华民国而与北庭对抗乎?"他断然说:"此次回粤,其责任固在继续护法,但我观察现在大势,护法断断不能解决根本问题。吾人从今日起,不可不拿定方针,开一新纪元,巩固中华民国基础。"

民国八年,驻中国外交团曾与中国的南北政府达成协定,提出关税余款百分之十三交付军政府。可是这次孙中山恢复军政府后,外交团竟借口军政府权力只及广东一省,不能代表西南,停止了这笔拨款。为此,伍廷芳屡次向驻粤领事团提出抗议,最后声称如果不履行协定,军政府将接受海关以资报复,而列强竟出动了大批炮舰驶向白鹅潭示威。这件事,孙中山极为震惊。而同时,北京政府强调全国已经统一,开始向四国银行团洽商大借款。这使孙中山认为时机迫切,亟应把握时机,免得列强各国真的进一步和北京政府勾结,今后革命事业就更难了。因此,孙中山拿定了方针:"国会在广东组织正式政府,向世界明白昭示,必须北伐以统一中国。"

孙中山初回广州时,拒绝与议员见面,摆出了要抛开国会,直接实行变革的姿态。国会于是妥协,答应开国会,选总统。孙中山这才稍稍缓和,但坚持要制裁政学系"附逆"议员。两年前赶走孙中山的事变,就是政学系作祟,孙中山再不能容忍他们继续捣乱。于是,国会两院召开联席会议,成立审查委员会,经过七天的审查,清除附逆议员 94 人。在肃清内部之后,孙中山即敦促吴景濂,率在上海的议员到广东,重开国会,成立正式政府。

当然,这要得到陈炯明的支持。张继带着国会和军政府的意见去见陈炯明,会商总统选举问题。陈炯明郁闷地表示,选举总统只是"惑于虚名",而又一定造成各省的分裂,故应从长计议。

国会又派一些福建省籍议员拜访陈炯明。陈炯明仍是不赞成的态度,他说:"西南现在有两种办法:一是有希望的,西南各省以实力互相联络,共同发展,西南前途,未可限量;另外一种是绝望的,徒有虚名,不顾实际,以致各省彼此分离,西南前途,便无希望。现在大局尚在风雨飘摇中,望大家审度实情做去。"陈炯明所说的绝望办法,就是指的选举总统。

国会再约请粤军将领,以求得到支持。这些将领更不客气,直截了当地质问："南方选总统，无异自杀，一旦北方来攻，用什么抵御？广东现在军力如何，饷项如何，如果战争发生，究竟能支持多久？"国会的议员当然回答不了，都傻了眼。

不消说，粤军将领的观点就是陈炯明的观点。或以为陈炯明仍不过是个旧军阀，偏安一隅，胸无大志。其实不然，陈炯明确有他自己的雄伟蓝图，那就是"联省自治"，以和平统一中国。

首倡"自治"的是湖南省。因为中国四分五裂，连年战火，中央权威大降，国民再不相信武力能够统一中国，由此"联省自治"的主张便应运而生，就是各省先实行自治，待各省建设好了，再联合而至统一。先是各省的团体纷纷发表通电，到北京请愿，争取自治。随后则成立联合组织壮大声势，其中两个最大的组织，一是在北京的各省区自治联合会，一是在直隶的自治运动同志会。北京政府面对这个离心运动，不敢反对，湖南、四川、贵州三省先后公开宣布自治，政府也予以承认。陈炯明对"联省自治"的主张一见倾心，当湖南喊出"打破大中国，建设多数小中国"的口号时，陈炯明即在他管辖的闽南地区开始试验，建设"模范小中国"。他回到广州，更急不可耐地行动起来，又决心把广东省办成全国的自治模范省了。

孙中山根本就不赞成"联省自治"的主张。他认为各省要求自治其实是为了自保，是为一省之私，因而各省自治为易，联合则难，如果真的实现了各省分治，中国势将陷于四分五裂，这是万劫不复的灾难。但孙中山还是与唐绍仪和伍廷芳发表了一个联名通电，支持成立联省政府，实行地方自治。那是为何？孙中山只不过是为赢得全国舆论，特别是南方各省的欢迎而已。正是孙中山发出这一通电之后，陈炯明才放了心，电请孙中山回粤主持大计。

孙中山到广州后曾与陈炯明恳切密谈。他劝陈炯明认清形势，眼光放远，并特别对"联省自治"进行了透彻的分析。他说："譬如一个人，如果心肝五脏都已溃烂，则四肢怎会完好？一个国家如果糜烂，广东一省岂能保全？至于保境则需要军队，养兵则财困民穷，所谓息民岂不是空谈？息民做不到，更遑论建设，广东一省如何能进步？所以今天大家应该从大处着想，皮之不存，毛将焉附？"

孙中山苦口婆心，而陈炯明则充耳不闻。

粤军回粤后，蒋介石深感与陈炯明难以相处，悄然回乡。戴传贤力劝他出任艰巨，不应远隐高蹈，他才又复回广州。孙中山把北伐的打算与蒋介石商量，并委派他和陈炯明、许崇智、邓铿等人共拟办法。蒋介石认为北伐之前必须先消灭桂系,解除后顾之忧,便起草了一个讨桂军事方案拿出来商量。陈炯明自有打算,举出各种理由阻挠,结果开了三天的会议,一无所成。蒋介石愤而离穗赴港,留书给邓铿说:"粤军今日处于苟安保守地位,如不积极进行,以谋发展,则二三月后,大势一变,必悔今日准备之不早,迁延之误事也。目前粤军唯一之方针,乃在从速平桂,向外发展,则内部之团结坚强,广东之根据即可巩固。激进一日,即得一日之利益,迟缓一日,即增一日之损失,奈何不计其大,而务其细,不谋其远,而图其近也?"

孙中山十分赞成蒋介石的主张,却又为陈炯明所阻。无奈之下,他干脆提出意见,他愿意放弃总统选举,而在"主席总裁"的名义上加一个"大元帅"头衔,由自己带兵去打广西。孙中山如此迁就,已退到底线,可是陈炯明仍不同意。这使孙中山忍无可忍,当陈炯明到军政府谒见时,孙中山板着脸问:"你的省长是怎么来的?"陈炯明答:"是总裁任命的。"孙中山问:"有人说你反对选举总统,是真的吗?"陈炯明答:"选举是国会的职权,我个人没有问题。"孙中山又问:"那是谁在反对?"陈炯明答:"悠悠之口,总裁可以一笑置之。"孙中山声色俱厉地说:"军人以服从为天职,他们混闹至此,你应负责!"陈炯明表示,如果孙中山不满意他,他可以辞职。孙中山马上说:"你辞职也好。"陈炯明问:"印信交谁接收?"孙中山说:"可以交给我。"陈炯明回到省长公署,就起草了辞呈递上。

当孙中山与伍廷芳、唐绍仪商议时,两人皆反对这时罢免功臣,贻人"飞鸟尽,良弓藏"之嫌,自毁长城。罢官一事,遂予搁置。

这时候,云南出了大事,唐继尧所派征川的顾品珍率领滇军杀了个回马枪,把唐继尧赶出了云南。唐继尧逃难于香港,派代表来广州见孙中山。孙中山表示,欢迎唐继尧来广州任(总裁)职。当谈起北伐的事时,孙中山不禁大发雷霆之怒:"我一定要做总统,非如此,方有权威以行革命。我限陈炯明一个月内筹足北伐军费二百万元,如果办不到,我就拿对待莫荣新的手段对待他。别人骂我孙大炮,我就是大炮!"

唐继尧落难时来投奔,得孙中山如此优待,十分感动。他来到广州后,尽心竭力,给孙中山助力解困。4月2日,非常国会在广州开会,议决取消军政府,建立正式政府。这时,吴景濂及国会的多数议员都改变了立场,这固然与孙中山的执著有关,而更为实际的原因是他们认识到,只有实行总统选举才需要国会,倘若实行联省自治,也就没有他们的事了,支持联省自治,便等于自取灭亡。

孙中山闻之欣喜，于晚大宴国会议员。孙中山称颂国会为民国之基，赞扬本届非常国会的议员忠于职守，堪为民国精英，而为此深为欣慰。但当他敦请国会应当从速进行选举时，仍难掩心中的不满，声称如果国会不能通过，他将一走了之。席间，又有议员凌钺大放厥词："兄弟常主张杀人，曰言革命，曰言救国，终属无济于事，今日果欲革命，望当局诸公用革命手段严惩逆党，斩首示众，以儆效尤，庶几危局始有挽救之日。"这使祥和的宴会蒙上了恐怖的阴影。

凌钺公然威胁议员，实为不当，但却并非无由而发。就在宴会散去后，有51名议员又在东堤新世界酒家聚会，讨论暂缓选举总统的办法。突然一群自称敢死队的大汉冲了进来，掀翻了桌子，茶杯满地乱滚。议员吓得躲进房间里，不敢出来。宪兵闻讯赶来，带走了几名滋事者，议员才敢从酒家出来。谁知刚走到门外的草坪上，突然又冒出一群人，从黑暗中冲了出来，把他们团团围住。为首者竟是前参议员张继，大喝一声"打！"那些人手中的棍棒便劈头盖脸地打了下来。议员尖声惊呼，四散奔逃，有几个议员被打倒在地，浑身鲜血。驻守东园的军队听到呼救声，以为发生土匪抢劫，匆匆跑来，那些人才一哄而散。

4月7日，林森发出通告，召开参众两院联合会议。下午开会，有222名议员出席会议。会议议题原是讨论改组军政府大纲，但开会以后，尚镇圭议员忽然动议，改两院联合会为非常会议，获得通过。下午2时40分宣告开非常会议，推林森为议长，褚辅成为副议长。这一举措，实际上是把吴景濂和王正廷两位议长排挤出去。

接着，由周震麟议员说明提出《中华民国政府组织大纲》的宗旨，然后表决。全体赞成通过。会议立即开二读会，又获得同意。二读照原案通过后，立即再开三读会，快马加鞭，稍有所修改，再行通过。在三读通过之后，有议员又提出立即按大纲规定选举总统。议长将动议付诸表决，一致赞成。于是立即发票选举。田桐议员又提议采用记名投票，以示负责。投票结果，孙中山得218票，陈炯明得3票，废票一张。孙中山当选中华民国大总统。

这时大厅的钟表指向4时30分，整个选举过程不足两个小时。随即，非常国会将选举结果通告全国。

5月5日，孙中山就任非常大总统。上午十时，孙中山在国会礼堂宣誓，议长林森将总统印绶付予孙中山，并致辞。孙中山随即发表对内、对外宣言。然后，孙中山在总统府接受百官和各界代表人士的祝贺。

这时,广州各主要路口已人头攒动,尤其是永汉路至财政厅前更是人山人海,有 20 多万人将在这里举行盛大庆祝典礼。观礼台就是财政厅大楼,由于来宾较多,还有外国的电影公司来拍摄,只好在二楼、三楼和大厅旁临时搭起栏杆和双座木椅,使平日高大明亮的六层大楼显得十分拥挤。

孙中山和夫人宋庆龄一起来到财政厅,宴请 1200 多位中外来宾。

宴会完毕,庆祝游行随即开始。各界游行队伍鱼贯而来,在军乐队引导下,最前面是粤军第一师方队,随后是五千人的学生方队,再后面依次是岭南铜乐队、各商工团队、女界联合会队、广三路男女职工团、海外各埠华侨队、各联义社队、花地孤儿院乐队,最后是飞机队、汽车队、马车队。游行队列中还有一百辆彩车,车身扎满鲜花,车上站着扮演的中外古今历史人物。游行队伍经过检阅台时,都稍作停留,向大总统致敬,高喊"大总统万岁!"孙中山兴高采烈地观看,不时站起来向游行队伍挥手致意。

观礼台前,还安排了舞龙、舞狮和各种武术表演。兴之所至,孙中山又叫他的卫士黄惠龙表演了竹节钢鞭,叫马湘表演了八卦剑术,引起阵阵喝彩。

游行结束后,孙中山与夫人宋庆龄同乘汽车,在马路上徐徐前行,微笑着向人群挥手致意,人们还以挥手和欢呼,绕场一周,然后回总统府。

晚上,广州市又举行提灯游行。孙中山和夫人宋庆龄又兴致勃勃地参加了在海珠公园举办的水陆表演。

第二天,孙中山发布人事命令:外交部部长伍廷芳、财政部部长唐绍仪、陆军部部长陈炯明、内政部部长陈炯明(兼)、海军部部长汤廷光、参谋部部长李烈钧、秘书长马君武、总参议兼文官长胡汉民。并任命居正为参议,兼理国民党本部事务。

孙中山虽然极不满意陈炯明,可是仍然把陆军部部长和内政部部长两个重要职务给他。然而陈炯明并不领情,反说是多此一举,并呈请辞去两部长的职务。

第三天,孙中山致函徐世昌,讥讽说:"以君之才,立于专制之朝为一臣仆,犹不能有所展布,况任中华民国之重乎?"指称他"名之不正",劝他"即日引退,以谢国人"。

徐世昌当然不会承认孙中山,他正高调国家已实现了统一,而紧锣密鼓地张罗新国会选举,指望自己当选新一届总统。然而中国毕竟出现了南北两个总统,他的国家统一论彻底破产,而新总统的愿景也成为水中月,镜中花了。

第五十九回

觅机巧，梁士诒重出江湖
抖豪气，吴佩孚血战奉军

曹锟把吴佩孚叫来，要他跟他一起参加天津会议。

"老师，你说奉军入关的目的何在？"

"这……"吴佩孚问得突兀，曹锟一时无所措辞。

一声冷笑，吴佩孚说："奉军入关的目的有三：一是掌控北京，干涉大政；二是扩充外围，拿下绥远、热河、察哈尔；三是渗透长江，以备来日进取中原。这三大目的，无一不是针对我们的，今日之友，来日之敌，不得不防呀。"

"那么，咱们该怎么办呢？"曹锟问。

"很简单。"吴佩孚说得一干二脆："奉军退出关外，我第三师也退出北京回洛阳，双方约定，从此将军人干政的恶例彻底铲除。"

"这个……"曹锟吞吞吐吐，"只怕张作霖不肯答应咧。"

"他凭什么不答应？"吴佩孚气往上冲："仗是我们打的，他张作霖坐观成败，等我们打胜了，他才出了一营之兵，干地里拾鱼。再说了，这仗打过有一年了，他为何还不回关外去？"

"好，到会上，咱不妨跟他提提看。"曹锟犹豫着说。

"怎说提提看呢？"吴佩孚逼迫道："必须以此为唯一主张！"

"好吧，我就作这个主张。"曹锟这才说了一句痛快话。

直皖战后，直、奉的矛盾便突显出来，最主要的冲突就是摽着干涉朝政，看谁说了算。过去总统头上有一个太上皇，如今去了一个，又来了两个，徐世昌无论有多大调和的本事，也是左支右绌，摆平不了，遂使两方仇恨更深。总理靳云鹏看在眼里，便邀请曹锟、张作霖和王占元到天津开会。王占元新近升迁为两湖巡阅使，在李纯突然死去之后成为长江三督的领袖。

曹锟到天津去，吴佩孚故意晚行了一天，以便曹锟向张作霖提出他"自己"的主张。不想曹锟一提话头，机敏的张作霖就戳破说："三哥，子玉今儿一个建议，明儿一个主张，太出风头了，不知将你我置于何地？我看你得约束他一些，叫他少开口，多办事。"又说，"你是顾亲戚呢，还是顾部下呢？我是拥护你的，只要你不偏心。"这几句话就把曹锟放倒，哑口无言了。

曹锟与张作霖结为亲家，是靳云鹏的大媒，张家女儿许嫁曹子，而靳云鹏与张作霖早就是亲家，这就成了"三家亲"。

会议在曹家花园举行。张作霖发言最多，会议完全由他所主导。在桌子上打嘴仗，曹锟不是对手，经过四天的讨论达成的五项决议，无一不是奉系占利。参加这样的会议，吴佩孚气得鼓鼓的，忍了又忍，才没有放炮。他断言，充其量再过两年，这个仗还是非打不可，会议一完，他就带着他的第三师到洛阳练兵备战去了。

徐世昌在北京不胜寂寞，他以总统之尊，不便到天津去移樽就教，但又怕巨头们对他冷落，所以一再电邀他们到北京来。三巨头到了北京。当晚，徐世昌在居仁堂设下盛宴，觥筹交错，尽欢而散。第二天，徐世昌在春藕斋与曹、张两人会谈，就改组内阁达成一致：内阁总理靳云鹏，外交总长颜惠庆，内务总长齐耀珊，财政总长李士伟，陆军总长蔡成勋，海军总长李鼎新，农商总长王乃斌，司法总长董康，教育总长范源濂，交通总长张志潭。

这是靳云鹏第三次组阁。他上次组阁时，延揽交通系两巨头周自齐和叶恭绰分任财政总长和交通总长，以支持政府财政，可却没想到此二人反而故意掣肘，以迫靳内阁垮台，从而使交通系领袖梁士诒入阁上台。因此，靳云鹏这次组阁，就是要把周、叶两个心头之患除掉。靳云鹏如愿以偿，信心大增，以为内阁从此无忧。然而仅过了半年，他这届内阁就垮了台。

这年入冬，一场财政危机风暴席卷而来。政府积欠军饷，各省都有闹饷的兵变发生，烧杀抢掠无所不为。教师因欠薪罢教，全国各地学校纷纷停课。甚至政府官员也发不出工资，日常政务因之停顿。更有陆军、海军、司法、教育四位总长因部员闹饷请求辞职，而参谋部和将军府甚至向政府请求解散，关门大吉。

这时候，驻中国外交团又以中国未统一为由停止了贷款。北京政府借贷无门，走投无路。日本首先想出了"借新债还旧债"的办法，于是各国纷纷效法。美国烟酒借款已经到期，美国银行团代表阿卜脱建议订立1600万美元的新借款项目，用以偿还烟酒借款及利息1166万美元。新借款指定以烟酒税为担保品。如果这笔借款成立，虽然北京政府所得甚微，可是负责担保的烟酒公署却可以取得100多万元的回扣。烟酒公署督办张寿龄是徐世昌的人，好处也就落入总统府了。盐务署长潘复眼馋了，便想出了一个移花接木之计。他向阿卜脱提供意见，说烟酒税经常被各省军阀扣留，不是可靠的担保品，必须加入盐税余款为副担保品，才能保障安全。如此一来，盐务署就可分享全部佣金的一半。盐务署长潘复是靳云鹏的人，而且他还是财务次长又代理部务。他插进一脚来就是为国务院捞到好处。

徐世昌虽然不满，但对"吃回扣"这种事，也就忍住了。但谁知吴佩孚得知此事，突然向潘复开炮，反对政府借贷，饮鸩止渴。消息传开，全国反对，这笔借款就泡了汤，潘复也被迫下台，而直系趁机推荐自己人高凌蔚出任了财务总长。

靳云鹏以为吴佩孚对潘复的攻击是徐世昌所使，便致电张作霖，大讲烟酒督办张寿龄的坏话。张作霖一个电报打到总统府，严厉要求把张寿龄撤职。张作霖一句话，张寿龄就完了。徐世昌想提拔袁乃宽继任烟酒督办，而靳云鹏竟要求潘复再出来顶张寿龄的缺。这明明是给徐世昌难堪，徐世昌咬牙切齿地说："宁可牺牲总统，决不让潘复上台。"

徐世昌正为靳云鹏抬出张作霖来威胁自己生气，国务院秘书长郭则沄又偷偷来传话。这次传话，直把徐世昌气得七窍生烟。

第二次世界大战的战胜国正在华盛顿召开会议，中国代表顾维钧送来一个报告诉说中国受侮情形，其中说到，英国代表贝尔福质问："中国究竟是怎样一个国家？"徐世昌看了这个报告，便说现在是责任内阁制，一切当然由内阁负责。这话传到靳云鹏耳朵里，他便气冲冲地说："哪儿有责任内阁？只是徒有其名罢了，我做这个国务总理，用人行政哪一样不受总统干涉。"接着，他又冷言冷语地谈到当前时局，认为外国人骂我们"究竟是怎样一个国家"，其实是指南北法律之争，是总统的法律地位问题，遂使南北统一不能进行。

所谓"总统的法律地位问题"，是南方不承认安福国会，因而徐世昌是非法国会选出的非法总统。这是徐世昌的致命伤。而且经过直皖战争，安福国会已经破产,这个"致命伤"就复发流血了。

郭则沄又把这话照转给徐世昌。徐世昌大起疑心,怀疑外边所有推翻总统和改造政局的风潮都是靳云鹏在暗中捣鬼,因而恼恨至极,就下决心推倒靳内阁。他亲自执笔写了一个辞职的电报,先表示本人决不贪恋权位,然后就将政治不修和时局严重的一切责任完全归咎于内阁。这个电报,明为辞职,实际完全是宣布靳云鹏的罪状。

靳云鹏到总统府质问徐世昌,是否准备发出一个辞职的电报。徐世昌干脆回答说:"是的。"靳云鹏知道徐世昌的醉翁之意,便竭力劝阻:"菊老,一切责任既然应由内阁负责,总统就没有辞职的理由,下台的应是总理,我本人也愿意下台,请您不要发这个电报吧。"徐世昌冷冷地说:"我身为总统,难道没有发电报的自由?"靳云鹏碰了钉子,无话可说,悻悻地退了出去,当天就请假不到国务院办公了。

徐世昌还是发表了他的辞职电报,却没有明白表示辞职,而只是大诉苦衷,并且暗示本人的地位不可动摇。

被逐出内阁的交通系,见府、院交恶,便趁机出手,再来一次倒阁运动。交通系要角叶恭绰秘密到了奉天,他向张作霖建议收买交通银行,如此便可控制中央财政。张作霖一听就上了套,叶恭绰就又大谈起靳内阁的是是非非,暗示如果交通系掌握内阁,将对奉系大有好处。如此一番花言巧语,把张作霖控制中央政府的野心煽动起来。张作霖拔腿入关,到了天津。

当天,靳云鹏就赶到天津,并再邀曹锟来津,想再举行一次巨头会议,保住他的内阁不倒。可是吴佩孚一个电报打到保定,要曹锟"少过问北京政府的闲事"。曹锟就不来了。靳云鹏的盘算泡了汤。

交通系的大老板梁士诒此前回乡广东,寄居香港。在交通系起动倒阁运动后,他怀揣着重出江湖的期盼欣然北返。到上海时,他顺道赴杭州,游览了西湖,又溯富春江而上,游览了桐庐和三里泷风景名胜,摆出一副闲云野鹤的样子,掩人耳目。

张作霖来到北京,也是阴阳两面。他郑重宣称此次来京是专门讨论"征蒙"问题的,决不干预政治。但当他会见徐世昌的时候,张口就大骂高凌蔚不配做财长,又骂张志潭对交通外行,不配做交通总长,直白地对徐世昌说,内阁必须改组才能有所作为。这正中徐世昌下怀。徐世昌素来与交通系有渊源,目睹当前财政已恶化到极点，就把希望寄托在梁士诒身上，认为请回这位财神或可起死回生。

到了这时，靳云鹏三面受敌，知道无法恋栈了，宣布内阁总辞职。徐世昌立即批准，派外交总长颜惠庆代理。而这时侯，梁士诒刚巧回到北京，徐世昌遂与梁士诒接洽组阁问题。就此，梁内阁应运而生。

当梁士诒在北上途中时，吴佩孚就担心此人要上台了。他致电浙江督军卢永祥说："此次拟出组阁，将合粤、皖、奉为一炉，垄断铁路，合并中央，危及国家，则梁阁实现之日，即大局翻腾之时，殊堪战栗。"他要求曹锟借助长江各督，提出由王士珍组阁，或以颜惠庆暂代，并且苦口婆心地劝曹锟"不要碍于情面，甘受别人利用"。但曹锟禁不住张作霖的甜言蜜语，他还是跑到北京，对梁内阁的出炉开了绿灯。

当吴佩孚收到政府公报公布的梁内阁名单时，火冒三丈，连呼"上当了，上当了！"曹锟又发来电报，叫他发个贺电。吴佩孚三把两把把电报扯碎，恨恨说道："发贺电，老子给他发唁电！"

吴佩孚要推倒梁内阁，他所使的炸弹就是"胶济铁路事件"。胶济铁路是德国霸占山东胶澳后修筑的从青岛至济南的铁路。第一次世界大战，日本以对德国宣战为由入侵山东，取代德国在鲁权宜。战后巴黎和会，由于中国力争收回了山东主权，但胶济铁路却成为悬案。这时战胜国又在华盛顿举行会议，中国代表提出愿以"赎回"方式收回路权。正在交涉中，突然有消息传出，梁士诒单独与日本做了交易，以借日款赎路。吴佩孚发出歌电（1月5日），首先揭露此事：

"梁士诒投机而起，突窃阁揆。日代表忽变态度，顿翻前议，一面由东京训令驻华公使向外交部要求借日本款，用人由日推荐。外交部电知华会代表，复电称请俟与英美接洽后再答。当此一发千钧之际，梁士诒不问利害，不顾情由，不经外交部，径自面复，竟允日使要求借日款赎路，并训令驻美各代表遵照。如此该路仍归日人经营，更益之以数千万债权，举历任内阁所不忍为不敢为者，今梁士诒乃悍然为之，举曩昔经年累月人民之所呼吁，与代表之所争持者，咸视为儿戏。牺牲国脉，断送路权，何厚于外人！何仇于祖国！"

此电一出，全国哗然。梁士诒急忙以国务院会同外交部名义发出倒填日期之"微"电，宣布交涉现状，并征求国人同意。随后梁士诒再发通电，辩白自己并没有和日本驻华公使谈判外交事务。再后，梁士诒又以国务院名义发表对外宣言，声明新内阁对于山东问题完全赞同中国代表团在华会之宣言。梁士诒这一天连发三个通电救火。

第二天，吴佩孚又发庚电（8日），一开头就揭穿梁士诒做贼心虚，倒填日期之鬼蜮伎俩，想以一手掩盖天下耳目，殊不知欲盖弥彰，然后对其辩白之词一一反驳批判。最后一声浩叹："吾中国何以不幸而有梁士诒！梁士诒诚何心而甘为外人作伥！"

越一日，吴佩孚三发蒸电（10日），先援引华会中国代表余日章和蒋必麟的来电说："政府代表对于鲁案坚持甚力，同时北京隐瞒专使，开始与日直接交涉。今晨梁士诒电告专使，接受日本借款赎路，与中日共管之要求，北京交涉之耗，已皇皇登载各国报纸。吾人之苦心与努力全归泡影，北京似此行为，吾人将来无力争主权之余地。"随后斥责梁士诒："其梁士诒卖国行为，铁案确鉴。吾中国神明华胄，锦绣河山，而容此獠长此盗卖，宁谓有人！人心不死，即国士不亡，正义犹存，即公理尚在，存亡之机，系于一发。凡属食毛践土者，皆应与祖国誓同生死，与元恶不共戴天。如有敢以梁士诒借日款及共管铁路为是者，则其人即甘为梁之谋主，即属全国之公敌，凡我国人，当共弃之。"

吴佩孚不依不饶，梁士诒一再辩白。可是日本参加华会的代表则对中国代表团说确有此事，于是中国代表施肇基、顾维钧、王宠惠拍电北京，询问政府是否已与日使直接谈判。国务院复电三代表，断然否认，并向全国发出通电，宣布绝无直接谈判与借日款之事。梁士诒又以个人名义发表通电，就此事原委再度说明。单从梁士诒的这则辩诬通电来看，似乎言之有据。但吴佩孚的电报刀刀见血，使梁士诒如同照妖镜下的妖魔，无所遁形。

在"蒸"电之后两天，吴佩孚穷追猛打，四发侵电（12日），进一步揭穿事实真相，发出倒阁强音："综观其登台十日，卖国成绩已如斯卓著，设令其长此尸位，吾国尚有寸土乎？吾民尚有噍类乎？燕啄皇孙，汉祚将尽，斯人不去，国不得安，倘再恋栈贻羞，可谓颜之孔厚。请问今日之国民，孰认卖国之内阁！"

又三日后，吴佩孚五发删电（15日）。这封电报，专迫梁氏下台，但文风一变，别有一番滋味："世界各国通例，凡内阁为人民不信任者，即自请辞职，以谢国人。公夙澹泊，尤重廉耻，疆吏既不见谅，国人又不相容，公非皇皇热中者流，何必恋栈贻羞，开罪疆吏与国人！易曰：'君子见几而作，不俟终日。'公应迅速下野，以明心地坦白。前途正远，来日方长，又何惜争此一时虚权，而蒙他日之实祸也。笑骂任他笑骂，好官我自为之，以公明哲，谅不出此。承许谅直，敢进诤言。天寒岁暮，诸希自爱！"

吴佩孚等不得梁士诒"见几而作"，四天后即领衔江苏齐燮元、江西陈光远、湖北萧耀南、山东田中玉、河南赵倜、陕西冯玉祥六省督军联名通电，要求总统"朝纲独断，立罢梁士诒以谢天下"。

徐世昌接到这通电报，亲批"交院"二字。照理攻击国务院总理的电报，总统不应批交总理。这一批，等于暗示不支持梁阁。因此，梁士诒拿着电报到总统府，向徐世昌抱怨，而徐世昌唯唯诺诺，毫无明确表示。梁士诒愤然离开总统府，呈请辞职。但徐世昌只批了"准假"。梁士诒便有了恋栈之想，半推半就地请假到天津去了。

但徐世昌决心已定，请王士珍出山组阁。但王士珍敬谢不就，无奈徐世昌又派颜惠庆代理。

北洋时代的"电报战"是当时一大特色。文章高手都在电报中推陈出新，大显身手，今天一篇新式"驱鳄鱼文"，明天一篇仿"讨武则天檄"。吴佩孚的数封电报，呼风唤雨，雷霆万钧，就把一届内阁打倒，让山河震撼，日月无光。

张作霖再也不能忍耐，他笔战不敌，就决心用枪炮收拾吴佩孚。吴佩孚以一个小小师长脱颖而出，如日中天，占尽风头。张作霖看着这个北洋后进，妒恨交加。所妒者，吴佩孚怎可以和他平起平坐？所恨者，直奉关系恶化完全是吴佩孚一手造成。

为对直军作战，张作霖与孙中山和皖系秘密往还，建立了"孙段张三角同盟"，又极力拉拢河南赵倜、赵杰两兄弟倒戈，同时吸收下台的军阀张敬尧、吴光新等人，以为这些人对吴佩孚恨入骨髓，必能策动旧部倒吴。张作霖期待孙中山的北伐军首先出兵湘、鄂，迫使吴佩孚首尾不能相顾，随后各路兵马响应，直捣洛阳。

时至三月，孙中山昭示北伐。段祺瑞脱离北京入津。张作霖又以换防为名，调大批奉军入关。局势万分险恶，曹锟大起恐慌。正巧3月8日是张作霖生日，曹锟便派其弟曹锐以祝寿为名再到奉天。

张作霖待曹锐一如往日，有说有笑，可是一谈到政治问题就打哈哈。曹锐便到孙烈臣那里打探原因。孙烈臣说："咱们大帅想请教四爷，究竟是部下亲呢，还是亲戚亲？"曹锐指天誓日地表示曹家兄弟决不会纵容部下做出对不起亲戚的事情来。孙烈臣笑着说："好吧！咱就把你这话回复大帅。"

张作霖又见到曹锐，就声色俱厉地质问："你们曹家兄弟到底能不能约束吴佩孚？这个姓吴的根本不把咱们亲家放在眼里，实在太欺负你们了。他攻击北京政府就是打击我，打击我无非逼迫你们和我作对。如果没有我，还会有你们吗？三哥如果碍于情面，我只好代你们重重地教训他一顿。"曹锐诺诺连声。于是，张作霖很认真地向曹锐提出了四个条件：第一，梁士诒销假复职；第二，吴佩孚不得兼任直鲁豫巡阅副使；第三，段芝贵督直；第四，直军退出京汉线北段，京津地方完全划归奉军屯驻。

曹锐赶回保定，向曹锟要求，严厉制止吴佩孚胡作非为。曹锟也感到非约束吴佩孚不可了，于是电召他到保定来面商一切。可吴佩孚却说军务繁忙，不能分身。这一来可真惹恼了曹三爷："怎么着？他吴佩孚敢一意孤行，那他就和张作霖打吧，我宣布中立！"吴佩孚听了这个消息，才松了口，表示一切请老师做主，自己绝对服从。

直奉两系剑拔弩张，徐世昌如热锅上的蚂蚁，他发出一个通电，表示对内阁问题的态度。他把内阁问题的责任全归在自己身上，来保全张作霖的面子，并暗示他可以训斥吴佩孚以平张作霖之怒，末了则提议拟派陆军总长鲍贵卿组阁。

鲍贵卿是张作霖的儿女亲家，徐世昌认为张作霖定会满意，从而放弃动武之念。哪知鲍贵卿衔命到奉天与张作霖商量，张作霖一见这位亲家就沉下脸来说："霆九，你如果要过总理的瘾，可以自己上台，何必千里迢迢来关外问我！"

这一句话，便注定了鲍阁的流产。

内阁问题久拖不决。梁士诒既不辞职，也不销假事事，而颜惠庆又坚决不肯代理下去。徐世昌请求直奉双方各推出一个都能同意的人选出任总理，可是张作霖假惺惺地表示"竭诚拥护元首，应由元首主持"，吴佩孚也一口拒绝，说"军人决不干政"。徐世昌这位研轮老手，真是黔驴技穷。他左思右想，只有捧出周自齐来。他不再请示奉天，保定或洛阳了，那是自找没趣，就"乾纲独断"，直接宣布周自齐署理国务总理。

徐世晶认为这样做能使直、奉两方都满意。让梁士诒下台，便可以向吴佩孚交待了。周自齐也是交通系，代梁士诒是换汤不换药，张作霖也未必反对。可是这项命令一发布，梁士诒就跳出来抗议："内阁未被批准以前，只能由原班阁员代理总理，周自齐不是阁员，用什么底缺来代理总理？这种代理是违法的！"

徐世昌一向办事周密，这回一不小心却出了大错。他急忙倒填日期，发布一个更换阁员的命令，任命周自齐署理教育总长，并发表更正电，在周自齐署理总理的命令上补进一个"兼"字。这一手更糟糕，弄巧成拙，当然对于挽救政局危机自然也毫无作用。

奉军源源不断入关，占领京津大片地区。曹锐害怕战争先在直隶打起来，节节退让。在奉军开到天津前，曹锐即将省长公署的文件席卷而走，委警察厅长杨以德代理直隶省长，所有驻津的直军均撤退回保定去了。驻守德州的二十六师师长曹锳更是个怕死鬼，竟早早弃职而逃。

"没有用的东西？"曹锟大骂他的两位兄弟。他这时才猛醒过来，吴佩孚才是直系的顶梁柱。他召来秘书，口授一个电报说："你就是我，我就是你，亲戚虽亲，不如自己亲，你要怎么办，我就怎么办。"秘书要把曹锟的口谕改成文言，曹锟说："不用了，就照我这几句话打给他吧。"

听说曹锟态度大变，张作霖也翻了脸，发表通电痛骂他的亲家。说他一生行事模仿他的祖先曹操，"只许我负天下人，不许天下人负我"，是个口是心非的奸雄。这一骂，曹锟知道战争已不可避免，急电吴佩孚来保定召开军事会议。

直系军政大员齐集光园。曹锟说："奉军大举入关，兵力已有十几万人了，还他娘的称什么'镇威军'。今天各位都来了，我就是与你们商议，这仗是打，还是不打？如果要打，怎么个打法。"

王承斌首先发言。他说："鄙职认为这仗非打不可，不是我们愿意打不打，而是张作霖要打呀。张作霖狼子野心大得很哪，自从当了东北王，他就虎视中原，无时不想做一场当年清兵入关的美梦。有谁能灭了他的野心，挡住他的路呢？只有老帅你，带领我们这些人。所以，他对我们恨之入骨，必欲除之而后快。奉军这次入关是下了狠心的，我们即使不想打，也是没有退路的。"

王承斌言犹未尽，张福来霍地站起来说："王师长言之有理，张作霖是王八吃秤砣，铁了心的，我们不打怎么办，难道伸着脖子让人家砍？张作霖觉得他人强马壮，但我们直军就是熊包？前年，我们打段祺瑞，才几天？五天！我们今天打张作霖，我敢说，也用不了几天，就让他屁滚尿流！"

会场爆发一阵喝彩声。曹锟不动声色，说："还有不同意见吗？都说出来一块听听。"

"我说几句。"曹锐说，"张师长说得轻松，这是打仗呀，不是闹着玩！一打仗就要流血，要死人的，在座哪一位不是父母养的？徐大总统派出各路调人到保定来，都劝我们不要打仗，我们何不接受劝告，哪怕做些让步，委曲求全。否则，咎自我出……"

"你放屁！"张福来打断了曹锐，大骂起来："委曲求全？你去投降，去当他的狗奴才去！奉军还没到天津呢，你就脚底抹油，逃到保定来。你不知羞耻，还有脸在这里放屁！"

"你敢骂我？老子崩了你！"曹锐大怒，掏出手枪对准了张福来。

张福来"哧"一声撕开了衣襟，露出了红红的胸膛："有种的，你往这儿打！"

曹锟喝住曹锐，会场一时沉默下来。这时曹镆站起来说："直奉两家本如一家，闹到如今翻脸，有前因才有后果，不就是有人惹是生非，两家才结了仇吗？我说三哥，奉军入关也不是对着你来的，你是直系领袖，当断则断，不能糊糊涂涂上了别人的当。"

"住口！"曹锟大喝一声，犹如雷霆，一只颤抖的手指着曹镆和曹锐："我糊涂，我糊涂，我糊涂差点上了你俩兄弟的当。我宣布：撤销曹锐直隶省长职务，由王承斌代理，撤销曹镆师长职务，由张国镕继任。你们二人下去，听候处理。"曹锐、曹镆一下苦了脸，齐叫"三哥"。曹锟铁青着脸："我不是你三哥。下去，下去！"

两人灰溜溜地走了。曹锟大声说："我宣布，与奉军开战，特任吴佩孚为总司令，全军将士都要听从他的指挥，连我也在其内，听他指挥，倘有违抗，军法从事！"

曹锟说完，露出了笑脸，向吴佩孚说："子玉，该你了，你就调兵遣将吧。"

吴佩孚霍地站了起来，向曹锟深深鞠了一躬，说："我吴佩孚一定披肝沥胆，英勇作战，决不辜负老帅的知遇之恩！"

然后，吴佩孚转向众人说："兵法云，知己知彼，百战不殆。所以我们先看看奉军是如何决策布阵的。这一仗，张作霖可有一个如意算盘，他与孙中山和皖系相勾结，搞出一个什么'三角同盟'来。如果此计得逞，三打一，我们将处于不利地位。孙中山极愿北伐，然而湖南赵恒惕不许他过境，陈炯明又拖住了他的后腿，他就干不成了。不瞒各位说，赵恒惕和陈炯明是听了我的一番劝告，这样就把孙中山给破了。皖系也想趁机再起，但他们也不愿被人利用，充当炮灰。而且皖系干将也只有浙江的卢永祥了，我叫江苏齐燮元看住他，他就不敢动了。如此一来,三角去了两角,张作霖就只能唱独角戏了,哈哈!"

吴佩孚开心地一笑,让参谋挂起一张地图,指着地图说:"张作霖设总司令部于军粮城,下分五个梯队:第一梯队长张作相,率军驻防落堡;第二梯队长是张作霖的儿子张学良,驻防廊坊;第三梯队长李景霖,驻防马厂;第四梯队长张景惠,驻防北京南面之长辛店;第五梯队长许兰洲,率两个骑兵旅为预备队。那么,奉军摆了一个什么阵式呢?从天津以南马厂沿津浦线至京汉路上的长辛店,形成一个弓背形,以弧线取攻势,目标是合围保定。从战术上说,这叫'单提式'。我们何以破之?我们采取'三角蛛网式'破之。这个'三角'是以保定为基点,前面两个角是涿州和静海,这两个方向,又以涿州方向为重点,进行攻势作战。我再说涿州方向,如果我们中间突破,势必遭到左右之敌合围,极为不利。我们的目的就是消灭张景惠军,因为此敌处于奉军'弓背形'最西边一端,是孤立的,而且消灭此敌,则防止奉军沿铁路快速南下,威胁保定大本营。这就是我军的部署。我要强调的是,这场战争的关键,就是我们要不惜一切,先消灭张景惠,然后扩大战果,夺取全胜。你们明白吗?"

大家齐声叫好:"明白!"

"那好。"吴佩孚高声宣布:"各位将领听令!"

这天会议结束,由吴佩孚领衔齐燮元、陈光远、萧耀南、田中玉、赵倜、冯玉祥、刘镇华等联名通电,宣布张作霖十大罪状。

就在这一天,张作相、孙烈臣、张学良同时入关,与张景惠和吴俊升在天津西北落堡举行会议,议定了对直作战方案。会后,五将领联衔通电,宣布吴佩孚罪状。

战争迫在眉睫。万般无奈的徐世昌下达总统令,要求双方"凡两军接近地点,一律撤退"。但这道总统令如石沉大海,无论哪一方,谁还把他这个总统当一回事?

4月28日,张作霖坐镇军粮城,通电宣战。

张景惠把司令部设在防区的前沿长辛店,随时准备发动进攻。在奉军五个梯队中,他这个梯队最强,有两个师和两个混成旅,奉军一半炮兵也配属给他。因此他雄心勃勃,务求必胜,而且要首先攻占保定,建立头功。

张作霖攻击令一下,奉军大炮齐发,一阵狂轰滥炸之后,步兵发起冲锋,一举冲破直军防线。直军董振国旅败退良乡。奉军紧紧追赶,又将良乡包围,猛烈攻打。危急之中，吴佩孚第三师从第二道防线琉璃河前出增援，解良乡之围，并发起反攻，把奉军打退。

这时，吴佩孚来到良乡，又调琉璃河防线上的孙岳旅前来，再调萧耀南师从保定迅速北上，接替琉璃河防线。随后，他察看良乡前沿地形，划分防御地段，要求各部队深沟高垒，补充弹药，构成铁的阵地。为减少炮火伤亡，他想起一个主意，于是他要求部队在堑壕里再挖"猫耳洞"，并对"猫耳洞"的大小、形状及相互间隔提出明确要求。时至半夜，吴佩孚又到阵地上，跳下堑壕，钻到"猫耳洞"里查看。他见了孙岳，对他说："奉军的大炮厉害呀，这一仗，就看我们能否顶住他们的大炮了。"孙岳满有信心地说："能顶得住，我们坚决顶住！""那好。"吴佩孚说，"今夜好安静，可是一到天明，就是一场大血战啊！"

果然，天刚放亮，奉军大炮齐吼。炮弹纷纷落地开花，硝烟腾腾，遮天蔽日。直军士兵有工事掩身，减少了大面积伤亡。但敌人的炮火实在太猛，一些士兵仍弃阵回窜。吴佩孚喝止不住，拔出枪来连射三人，才止住了逃兵。炮声刚刚止息，奉军便狼奔豕突地冲向前来。直军也枪声大作，弹如飞蝗，顽强阻击。奉军一波波向前冲锋，直军也一波波把敌人打退，阵地上尸体横陈，血流遍地。

时已正午，这场血战已打了六个小时，但奉军的攻势却是越来越猛，直军前线频频告急。

良乡一个大院子，是吴佩孚的指挥部，一颗炮弹落在院子里，炸出一个大坑。吴佩孚毅然不动，仍在这里指挥战斗。这时，其他战场传来的都是坏消息：东路静海方向，张国镕二十六师和张福来二十四师分别被张作相和李景林两个梯队咬住攻打，向南败退。中路固安，王承斌二十三师被张学良梯队三个混成旅包围攻打，告急求援，吴佩孚又把彭寿莘十四混成旅调去。如固安失守，张学良挥兵西向来抄涿州后路，那将是灾难性后果。还有河南，赵倜已公开反叛，从开封出兵进攻郑州，后院起了火，更让吴佩孚忧心如焚。

吴佩孚身经百战，可从来未碰到过如此危急的局面。正在焦急之中，一列火车隆隆开到，原来是冯玉祥派张锡元第四混成旅从郑州驰援前来。冯玉祥担任后方司令，任务就是看住赵倜，保卫大后方，因而吴佩孚根本想不到他会派兵支援前线。张锡元集合队伍前来报到，吴佩孚说："张师长，赵倜已经反叛，冯师长那边能行吗？"张锡元回答说："冯师长料定赵倜必反，他说河南有我，叫大帅放心。"吴佩孚满心欢喜，说："你来得正是时候，部队不能休息，马上投入战斗，行吗?"张锡元大呼:"行! 请总司令下达命令。"

第四混成旅新锐之师投入战斗,战场局势顿时改观。直军一连打退奉军三次猛攻,然后转入反攻,追击十里。奉军四十门大炮来不及撤退,全被邀获。

夕阳西下,晚霞如血,大地染成血色。战场沉寂下来,吴佩孚看着士兵搬运尸体,眼里蓄满了泪水。张锡元头盔打坏了,光着头回来。吴佩孚说:"张师长,今日血战,你功劳第一。但我又有任务给你,今晚你带领全旅迂回北进至丰台,要走五十里路,天亮前能否赶到?"张锡元说:"能!""那好。"吴佩孚说:"我已派一个团迂回北上卢沟桥,就以太阳冒红为准,你们两方同时打响,断敌后路。我在正面同时发起进攻,全歼张敌就在明天!"吴佩孚把他的头盔戴在张锡元头上,拍了一下他的肩膀,说:"去吧!"

良乡的失败,奉军损失惨重,张景惠决定固守长辛店,等待援兵。天刚亮,直军已兵临城下,发动猛烈进攻。时过不久,奉军右翼裂了一个口子,直军突进防线,潮水一般杀了过来。张景惠摸起电话,吼声如雷:"邹师长,我命令你,把敌人顶回去!"邹芬回答说:"我师撤出战斗,不打了。""啊!"张景惠大惊,又吼道,"你敢叛变,军法从事!"邹芬冷笑了一声说:"这是不义之战,兄弟相残,怎说是叛变? 我告诉你,直军已攻占丰台和卢沟桥,抄了你的后路,你还是赶快逃走的好,免得全军覆没。"

第十六师原系冯国璋旧部,本属直系,师长王廷祯被奉系赶走,改派邹芬继任。"完了!"张景惠一声长叹,带着部队就向北撤退。未到丰台,就遇到郑殿生第二混成旅落花流水败退下来,张景惠不敢再战,于是合兵一处,向东退去。

固安,王承斌师和彭寿莘旅顽强地阻击张学良的三个混成旅。正打得难分难解,张学良受伤,又得知西线败退,即电请父亲撤退。张作霖不准,从军粮城赶往落垡督战。他期待河南赵倜攻克郑州,从而扭转整个战局。

赵倜战前就与奉系勾结,想趁奉直两军打得你死我活的时候把直系势力赶出河南,并为此与山东田中玉和安徽张文生建立了三省同盟。战争刚打了两天,张作霖打来大获全胜的电报,更妙的是赵倜派在北京的密探说"吴佩孚业已阵亡"。于是赵倜便以为直军确已战败,遂联名通电痛斥吴佩孚,宣布"武装中立",并紧急调动河南各路兵马攻打郑州。危急之中,冯玉祥率领本部第十一师和胡景翼陕军第一师从洛阳赶来,解了郑州之围,遂又挥戈东向,进攻开封。这时,赵倜才知道是奉军败了,一下子做了缩头乌龟,急忙找吴佩孚的老上司裴其勋出面调停。而安徽张文生也得到奉军战败的消息，退出三省同盟。

河南的消息叫张作霖大失所望。张作霖又眼见败兵成群结队向后逃跑，知道大势已去，下令撤退。此令一下，奉军更是慌不择路，争先逃窜。张作相所部撤退稍慢了些，六千奉军做了俘虏。张作霖退回滦州，摸了摸脑门上的汗，忍不住骂道："妈拉个巴子，这一仗打得真是窝囊！要不是一路上有张学良和郭松龄保护，老子今天就差点完了。他妈的，这个该死的吴小鬼，还真是有两下子哩！"

奉军战败。徐世昌下令，饬奉军退出关外。另有一道命令查办罪魁叶恭绰、梁士诒、张弧，即行褫职，依法惩办。

吴佩孚对徐世昌的两道命令十分不满，严厉催促惩办张作霖。徐世昌哪敢怠慢，才又下令裁撤东三省巡阅使，张作霖免去本兼各职，听候查办。随后又依照直系的意见，下令由吴俊升为奉天督军。

退回奉天的张作霖接到电报后，笑骂道："妈拉个巴子，别说你撤我的职，我还不愿意在你手下干呢。"说罢，他把吴俊升找来，把电报递给他。吴俊升一看，连说："不敢，不敢！一切唯大帅是从。"

接着，东三省议会和奉天各团体发出通电，不接受北京政府罢免张作霖的"乱命"。张作霖顺从民意发表"闭关自治"宣言，自任东三省自治保安总司令。

6月18日，由英国教士扬古和美国教士普来德调停，直军全权代表王承斌、彭寿莘与奉军全权代表孙烈臣、张学良在秦皇岛海面英国克尔富号军舰上签订了停战条约。以榆关为两军界线，奉军撤出关外，直军除留一部分兵力驻防榆关外，大部撤回原防。

这是第一次直奉战争。

贪心吞钩陈炯明叛变　虎胆履险孙中山蒙难

当初桂系退出广东时，湖南督军赵恒惕出任调人，劝陆荣廷宣布广西自治，同时劝陈炯明勿攻广西，主张两广永息争端。陈炯明通电赞成赵恒惕的意见，并致电广西督军谭浩明，表示愿与桂军"各守边防，毋相侵犯"。孙中山看到陈炯明那些"友好"的电报，大为光火，"嘭"的一声把茶杯摔碎在地。

陈炯明希望两广和平相处，却没想到反而是广西挑起战端。桂系退回广西后分成两派，一派是以陆荣廷为首的武鸣派，一派是以陈炳焜为首的柳州派。因为广西地贫人稀，养不了那么多兵，而且一个山上也容不下陆荣廷、陈炳焜、莫荣新、谭浩明、沈鸿英等那么多老虎，因此武鸣派便挑动柳州派向外发展。陆荣廷鼓动陈炳焜收复广东，许诺若拿下广东，就把广东地盘给他。陈炳焜欣然接受，便积极筹备反攻广东，先把一万五千兵力向梧州集中。

获悉桂军动向，陈炯明要求与陈炳焜订立"粤桂息争条约"，以避免战火再起，而陈炳焜不仅不理，反而又宣布梧州为军事戒严区，明显的是为侵粤地步。陈炯明又找陆荣廷，希望他支持粤桂和平共存的主张，可陆荣廷却公然宣称："陈炯明哪一天把孙文驱逐出粤，我就哪一天和他弃怨修好。"陈炯明这才感到必须认真对付广西了，他想出的是离间之计，派手下旅长翁式亮为密使到桂林去找沈鸿英。沈鸿英在广东消极避战，一路撤退中又大收溃兵，实力大增，盘踞桂林地区。翁式亮劝沈鸿英驱逐陆荣廷，夺取广西军政大权，愿以军费、军火相助。沈鸿英果然被说动，达成交易。可是时过不久，曾被粤军收编的桂军残部又在钦（州）、廉（江）地区倒戈反粤，接着遂溪、高州地区也有民军揭竿而起，沈鸿英又受陆荣廷的拉拢，便认为广东有隙可乘，应该向广东发展，于是举兵东侵，连下连山、连县、阳山等地。北江粤军败退韶关。我不犯人,人竟犯我,陈炯明如前年从福建回粤一样被逼到绝处,被迫应战。

6月18日,孙中山任命陈炯明为援桂军总司令,下令对广西总攻击。当时最有趣的名词便是"援某",广西要进攻广东,就组织援粤军,而广东进攻广西,也组织援桂军,明明是"侵",反称为"援"。广东三路"援桂":中路以魏邦平与洪兆麟两师、熊略与杨坤如两旅及江防舰队组成,叶举为总指挥,沿西江上攻梧州;北路由许崇智率许济、谢文炳两个师出四会、广宁进攻桂林;南路又分为两路,一路司令黄大伟及翁式亮、陈炯光两旅从信宜进攻,一路司令黄明堂及邓本殷、黄志桓两旅从廉江进攻,两路分进合击玉林。

桂军也分三路"援粤":中路由陈炳焜指挥韦荣昌和刘震寰两师从梧州沿江而下,北路以沈鸿英军为主力,从贺县、怀集东进;南路由谭浩明率黄业兴师、林俊廷师,从玉林进攻粤南。

粤军中路进攻伊始,陈炳焜部将刘震寰即响应粤军,宣布独立,而韦荣昌受了粤方十万港元的贿赂,又不战而退。粤军轻取梧州。刘震寰曾是同盟会会员,先后参加过辛亥革命、二次革命和护国战争。战前,刘震寰就与粤军魏邦平互通声气,这次两军刚一接战,刘震寰即在木双起事,连夜直入梧州,攻占了韦荣昌的司令部,迎接粤军入城。孙中山委派刘震寰为广西第一师师长,刘震寰即奉命追击陈炳焜。陈炳焜至平乐,通电辞职。韦荣昌军则沿邕江向西撤退,退至桂平,也倒戈附粤。

陆荣廷并不在意梧州的陷落,他叫沈鸿英进攻英德、三水,又叫南路林俊廷迅速由高州北进,如此则直接威胁广州,而且切断了梧州粤军的后路。但此时,北路粤军已接连收复阳山、连山,进入广西,包围贺县。沈鸿英见形势不利,为了自保,不仅不听陆荣廷的命令,反而委其部下将领联合推举他为"救桂军总司令",宣布广西自治。

陈炯明电请赵恒惕出兵。赵恒惕派谢国光为援桂总司令,而同时又借口和平解决广西,要挟陆荣廷让出桂林,由湘军进驻。陆荣廷在四面受敌的危难时候,对赵恒惕趁火打劫极为不齿,却也无奈,勉强接受。于是湘军和平占领桂林。

这时,桂军南路黄业兴、林俊廷两军都进入粤境,与南路粤军激战正酣。忽闻梧州溃败,无心恋战,急忙撤退,一直退到玉林。粤军又猛追而至,林俊廷要坚守玉林,可是黄业兴却率军向南退走,林俊廷无奈放弃玉林,向南宁退去。而黄业兴一直退到粤境，又归顺了粤军。

中路粤军继续沿邕江两岸西进，势如破竹，连克平南、桂平、贵县，达于横县，前望南宁仅二百里。这时，唐继尧旧部胡若愚、李友勋两旅从滇南东进桂西，黔军谷正伦、胡瑛两旅沿盘江南下桂北，李烈钧所属朱培德师、杨益谦旅和赣军彭程万旅从湘西开到桂东。李烈钧号称"滇黔赣讨陆联军总司令"，率领"三省四方"军队向桂林、柳州进攻。

眼见桂系大势已去，广西各地桂军纷纷效仿沈鸿英宣布"自治"。陆荣廷通电下野，令龙州镇守使黄培桂到南宁代理督军、省长两职，自己则逃往龙州，纠集残兵败将作困兽斗，期待吴佩孚派兵南下援助。

陈炯明在横县召开军事会议，拟订会攻南宁方案。随后，粤军兵临城下，守城桂军黄培桂不战而降，迎接粤军和平开进南宁。孙中山派马君武为广西省省长，派陈炳明为广西善后督办。

赵恒惕调停失败，自然没有再占领桂林的理由。因此，湘军撤走，沈鸿英军趁机接收桂林。可是不及十日，李烈钧和许崇智两军将桂林包围，猛烈攻打。沈鸿英不敢死守，突围退向湖南。接着，粤军攻克桂军最后据点龙州，陆荣廷只身逃往越南，广西全省底定。

10月15日，孙中山偕陈少白、胡汉民、许崇智、汪精卫等人自广州乘"宝璧"舰西上赴桂巡视。广西复归，总统巡视，意义重大，但孙中山此行的主要意图是要会见陈炯明商讨北伐大计的。从四年前南下护法成立军政府，孙中山就矢志北伐。去年粤军回粤，孙中山一到广州就把北伐计划交与蒋介石，但蒋介石提出先收复广西才能北伐。这一目标终于实现，于是孙中山即派胡汉民、居正前往南宁向陈炯明征求意见，却未得到陈炯明支持。尽管如此，孙中山仍向国会提出北伐案，获得通过。然后，孙中山再派蒋介石到南宁劝说，可陈炯明仍是反对。蒋介石追问所以，陈炯明竟说："你何以甘心与现选大总统的孙先生共事？"蒋介石大为愤怒，告辞而去。孙中山两派大员无果，只好亲自出马，屈驾南宁了。

孙中山决心以桂林为大本营，出师湖南北伐。就在逆水而上的兵舰上，孙中山执笔草拟了北伐方案，又与陈、胡、许、汪诸人反复讨论。抵达南宁的当晚，孙中山就把这个方案拿给陈炯明看。陈炯明再不能躲避，说："我担心，北伐将促使直奉两系由分裂而重趋团结，联合对我。同时北伐一开始，又可能引起南方的分裂，因为西南各省都想保境安民，不愿打仗。所以现在就要北伐，首先遭遇阻碍的不是北方的敌人，而是南方的友军。因此不如等待直、奉两方真打起来，我们再行动。"

"你有两个'担心'，实为北伐着想，但我认为于此不必过虑。"孙中山深入地分析军阀的矛盾是根本利益冲突，是可以利用的，而西南数省几经革命洗礼，民心可恃，不必怀疑。然后动情地说："粤军去年回粤，今年平桂，而拥有两省之地，但我等不能从此失鸿鹄之志，而堕燕雀之乐，偏安一隅，苟且图存。欲久安长治，必统一中国而为途，而统一中国，非出兵北伐不为功。恰今日之局面，正如天造地设，北伐统一中国，实天与人归。总之，北伐之举，吾等势在必行！"

然而陈炯明就是听不进去，争论起来。孙中山仍抱持耐心，苦口婆心，而仍不见陈炯明回心转意。"那么，竟存，咱们俩对换一下吧，我出征，你看家，可否？"孙中山要亲自领兵北伐。

"先生，你……"陈炯明大为惊愕，一时不能回答。

"是的，我领兵北伐。"孙中山语气坚定。然后又说，"我北伐而胜，固势不回两广。北伐而败，且尤无颜再回。两广请兄主持，但勿阻我北伐，并请切实接济饷械。"话说到这份上，实在难为情了，陈炯明一副无奈，方才接受了孙中山的意见。

孙中山在南宁活动了三天，乘舰返回梧州。然后又溯漓江北上，抵达桂林，以独秀峰下旧靖江王府为行辕，设立大本营。从此，孙中山长住桂林，准备明年春天北伐。陈炯明则从南宁返回了广州。

1922年刚过新年，孙中山即定于15日在桂林召开会师计划会议，并下令北伐各军做好准备，随时待命北伐。但陈炯明不派代表，因而会议不能举行。孙中山急不可待，遂公布大元帅、大本营条例，设陆、海、参三总长，设文官长一人。同时设立军事委员会。

延至1月24日，终于召开了北伐军事会议。西南各省均派出了代表，而陈炯明仍不与会。意外的是徐树铮来到桂林，并参加了会议。会议决定由湖南出道北伐，议决四项：（一）北伐联军分作三路，第一路李烈钧滇军，于中旬向全州出发；第二路李明扬赣军，分作两队，分别向零陵、永州进发；第三路黄大伟粤军，随大本营向衡州出发。（二）滇、黔各军应分路由黔边、桂边入湘，在衡、永会合。（三）应请四川刘湘、但懋辛两军由鄂西东进，沿恩施、鹤峰直下，期与湘南各军遥向互应。第四项是关于军饷、军械供给的问题。

直皖战争后，段祺瑞为报战败之仇，派人赴上海向孙中山表示，愿捐弃前嫌，联合对直。孙中山欣然同意。从此而始，孙、段两方各以敌人的敌人为友，达成了合作。孙中山回粤二次开府，出任总统，段祺瑞又派徐树铮南下广州会见孙中山，商议皖、粤联合对直事宜。当徐树铮来到广州时，孙中山已在桂林，便由蒋介石陪同来桂。

　　徐树铮刚走，张作霖又派代表李梦庚来桂。孙中山接见李梦庚后，又派汪精卫、伍朝枢回访，受到张作霖的亲切款待。经过会谈，张作霖欣然表示：粤奉皖三角联盟成立，愿三方精诚团结，共同推倒直系，召开南北统一会议，恢复旧国会。对于将来大政，张作霖也含糊地承认，选举孙中山为总统，段祺瑞为副总统。由此达成"粤奉皖三角"联合对直的态势。

　　2月27日，孙中山在桂林城南大校场举行北伐誓师礼，任命朱培德为北伐滇军总司令，谷正伦为黔军总司令，彭程万为赣军总司令，李烈钧为大本营参谋长，胡汉民为文官长，决定与奉系南北同时出兵，会师中原。

　　北伐已是箭在弦上，但这时唐继尧与顾品珍打起了内战。去年，唐继尧被部下顾品珍赶出云南投靠广州，在孙中山的感召下，表示宁愿放弃云南，而追随孙中山进行北伐。此时陈炯明正极力阻止孙中山选举总统，他登门拜访，对唐继尧开门见山地说："蓂帅，我不同意你的高蹈。这是个力量对比的时代，做政治事业就要讲力量。力量是什么，是军队和地盘。民国以来，失去了军队和地盘，谁还有发言权？你在护国之役再造民国，可是你今天没有地盘和武力，光靠过去的功绩是一点也没有用的。而你的力量并没有瓦解，为什么要轻易地下台？所以我建议蓂帅，最上策也是唯一良策是重整旗鼓复回云南。"如此一番话就把唐继尧洗了脑，从此对孙中山三心二意了。

　　至今年一月，孙中山邀唐继尧来桂林协助北伐，以号令滇军。当唐继尧途经香港时，陈炯明派其弟陈觉民邀他到广州来。唐继尧见了陈炯明，便请他协助回滇，陈炯明满口答应给予军饷和枪弹援助。于是唐继尧到桂林见了孙中山，假北伐之名到柳州设立司令部，然后就率领参加北伐的滇军向云南进军了。孙中山获知真相，极为恼怒，严厉电令广西各军阻止唐继尧入滇。唐继尧一路西行，到百色时遇刘震寰军。但刘震寰不听孙中山将令，把唐继尧放走了。结果，唐军顺利进入云南，顾品珍战败而死。陈炯明一箭双雕，北伐军釜底抽薪。

　　这时候，北伐军已进入湘南，赵恒惕忽派代表到桂林，拒绝北伐军假道湖南。

而同时又有章太炎、谭延闿、柏文蔚、吴醒汉等人上书孙中山，担心北伐军与湘军冲突，使吴佩孚坐收渔人之利，主张改道江西北伐。这是谭延闿应赵恒惕所请，务必设法制止北伐军入湘，才联络了章太炎等人上书孙中山。

去年七月，发生了两湖战争。湖北有蒋作宾、孔庚、李书诚等人发动，驱逐王占元，实行联省自治。但湖北没兵，就借湖南的兵，于是赵恒惕亲任援鄂总司令，兵分三路进攻湖北。王占元也兵分三路迎敌，两军激战八天八夜。吴佩孚接到王占元的求援电，立即派萧耀南二十五师南下。但萧耀南抵达武汉便止步不前，坐等王占元失败，干地拾鱼接收了湖北。这种卑劣手段，北京政府也予承认，任命吴佩孚为两湖巡阅使，萧耀南为湖北督军。随后，吴佩孚从洛阳来到武汉，指挥大军先把湘军赶出鄂境，复占湖南岳州，威胁长沙。当赵恒惕决定放弃长沙，退守湘西的时候，驻长沙的英国领事突然来访，愿任调人，便陪同赵恒惕乘坐英舰到岳州与吴佩孚谈判。

原来这又是吴佩孚的计谋。这时奉军已大举入关，直、奉之战迫在眉睫，而粤军也已攻克南宁，底定桂省，孙中山在广州号令北伐。因此，这仗再打下去，则有南北两面受敌的危险，因而吴佩孚决定终止湘直之战，反过来利用湖南为南北双方的军事缓冲地带。吴佩孚在自己的军舰上接见赵恒惕，经过一小时的谈判，达成九项停战条款。吴佩孚从湖南撤军，但把岳州拿了去。

孙中山北伐，赵恒惕不知胜负几何，首鼠两端。他在衡州召开军事会议，让与会军官投票，表示自己拥护北方还是南方，结果 145 票拥护南方，中立 57 票，拥护北方的仅有 16 票。因此他不敢投靠吴佩孚，便与诸将相约，提出以粤省补给子弹六百万发，饷银二百万两为参加北伐的条件。孙中山将此事告知陈炯明，陈炯明竟答复说，湘省受其节制方可发饷。湘中将领闻言大为愤慨，赵恒惕便借此声明，拒绝北伐军入湘。赵恒惕为阻止北伐过境，要寻找一个理由，陈炯明就给了他这个理由。这个双方"觅送"而成的理由，只不过是一个表相，内中勾结则不为外人所知。

北伐军入湘遇阻，广州突又传来邓铿遇刺的消息。

朱庆澜、周善培二人受张作霖委派来见孙中山。朱庆澜做广东省省长时，欢迎孙中山到广州护法，当被桂系排挤离职时又从省长警卫军中拨出二十营交给孙中山，就是今日粤军的根底。因为他曾任黑龙江督署参谋长，张作霖便邀请他重回东北，担任行政长官兼中东路护路军总司令。广州方面感念朱庆澜之恩，派粤军参谋长邓铿和国民党要员谢持同到香港迎接。但当返回广州就在大沙头车站下车时，突遭暴徒袭击，邓铿连中数弹，流血倒地。随行人员急扶邓铿上车，驰往粤军总司令部。邓铿喘着气对左右说："我知道做参谋长地位危险，可是我觉得自己人何必杀自己人？"有人问凶手是谁，邓铿叹口气说："我认得，可是真料不到他杀我。"军医诊断伤势很重，遂转送至韬美医院，虽经竭力抢救，终不治身亡。

孙中山赴桂北伐，许崇智随行，邓铿留在广州主持粤军军事，筹备军需供给。邓铿深为孙中山信任和依重，又一直是陈炯明的部下，为调和孙、陈两人的隔阂不遗余力。他看见了凶手，但认为这不过是陈炯明手下所为，所以并不指认凶手，仍期待孙、陈两人携手合作。

邓案发生后，政务厅长古应芬怀疑凶手隐匿香港，遂派夏重民赴港密缉，侦知是陈炯明族弟陈达生唆使黄复之行刺，便请香港警方协助抓捕，无果。尽管如此，仍无人相信陈炯明亲下杀手。因为他们不知道也想不到的是，陈炯明已与吴佩孚勾结成奸。

就在孙中山离广州赴桂林北伐不几天，有一人，名黄申芗，从湖北秘密来到广州找马育航。不巧马已往汕头，他又追随而去，才得相见。马育航与陈炯明从青年时代就一起参加革命，风雨同舟，陈炯明出任广东省省长和粤军总司令时，马育航任粤军总司令部副官长和广东省财政厅厅长。黄申芗本也是革命中人，他曾参加武昌起义、二次革命，逃亡日本后又加入中华革命党。但他现已变节，这次南来，却是受了湖北督军萧耀南的派遣，为吴佩孚收买陈炯明下钓的。

两人一见面就十分投机。黄申芗有备而来，使出水磨功夫，日论国政，铺张扬厉，自然地引入主题，画龙点睛："我观天下之士，只有陈、吴为奇杰，如吴、陈携手，统一中国如举棋耳！"马育航深受感染，就领黄申芗回广州见陈炯明。陈炯明相见恨晚，引为知音。"陈、吴携手统一中国"，多么美好的前景！让陈炯明豁然开朗，心往神驰。从此，陈炯明把黄申芗留在身边，言听计从，北伐军出驻桂林以后之种种掣肘，多半出自此人之谋。

吴佩孚见陈炯明已堪为用，又邀陈炯明派代表北来。陈炯明即派马育航和陈觉民等人到洛阳，与吴佩孚达成共识。双方约定：吴佩孚在北方驱逐徐世昌下台，陈炯明在南方驱逐孙中山下台。当马、陈二人回到广州后，吴佩孚仍担心陈炯明犹豫不决，乃再派包兰之南下，携函谒陈。吴信又是一篇美文，极煽风点火之能事,其中说"解决中国时局,唯有南陈、北吴携手,则诸事可迎刃而解",并有"吴为总统,陈为副总统"之期许。陈炯明感动不已。

邓铿遇难的消息传到桂林,孙中山、胡汉民、许崇智、蒋介石痛哭流涕,极为哀痛。孙中山在桂林召开军事会议,讨论当前局势。大家都认为后方没有可靠的支援,是无法向前推进作战的。于是孙中山决定先解决陈炯明以安定后方,便密令北伐军两路回师。一路潜师梧州,由西江进抵广州,另一路潜师韶关,由北江压迫广州。

不料,已出兵至全州的北伐军先遣司令谢文炳,接到孙中山的密令后即转报给陈炯明。于是陈炯明立即密令叶举、杨坤如所部悉数开回梧州,准备以武力阻止北伐军回师。

孙中山回师到梧州,电召陈炯明来此商量一切。但陈炯明不奉召。孙中山遂召开军事会议,决定免除陈炯明的一切职务。胡汉民认为操之过急,恐生不测,魏邦平和黄大伟也劝孙中山息怒。孙中山乃派汪精卫到广州见陈炯明,传达三项意旨:(一)省长、总司令让出一职;(二)北伐军需换新枪;(三)北伐军费必于六个月内筹齐。与此同时,孙中山又派蒋介石进兵肇庆,压迫广州。

孙中山继到肇庆,再电陈炯明会商。这时陈炯明已与汪精卫会见,来电请辞所任各职。孙中山本欲一律照准,但胡汉民又极力劝阻,期期以为不可。孙中山即下令免除陈炯明内务总长、广东省省长、总司令各职,而保留陆军总长。同时任命伍廷芳为广东省省长,魏邦平为卫戍总司令。

陈炯明接到孙中山的调职命令,立即召开紧急会议。由于这时陈炯明的亲信部队尚在由桂入粤的路上,第二师师长洪兆麟又请假在上海未归,而粤军第二军由蒋介石率领正由肇庆向东开进,李福林的福军也从韶关南下,广州无力可守,因此他宣布"遵令卸职"。然后,他离开广州回到故乡惠州,同时命令其亲信部队退出广州,布防于石龙、虎门一带,一面又电令叶举放弃广西,急速率兵回粤。

继蒋介石率第二军进占广州后,孙中山也由三水回到广州。蒋介石向孙中山提议,先清内患,再图中原,命令北伐军立即进攻惠州,消灭陈炯明。可是这时候,北方直奉两系大战在即,如果讨伐陈炯明,就要错过北伐良机。因而孙中山幡然变计,乃派伍朝枢前往惠州迎接陈炯明回省,共商北伐大计。

伍朝枢到了惠州,遭陈炯明坚拒。孙中山又向陈炯明发电,劝其以陆军总长名义率军北伐。陈炯明回电很是恭顺，有"放刀成佛，卖剑买牛"之句，表示他绝不擅动刀兵。但他仍不肯听命回省。

4月28日，直奉战争爆发。孙中山急不可耐，直接发布命令，令陈炯明以陆军总长名义接收广东总司令职权，并指定肇庆、阳江、罗定、雷州、廉江及广西的梧州、钦州等地为陈军防地，又派叶举为粤桂边防督办统率之。同时再派古应芬到惠州迎接陈炯明回省。孙中山是真心切盼陈炯明回省任职，他好率兵北伐。但陈炯明心存戒心，害怕广州设下鸿门宴。他虽然不再推辞陆军总长之职，却又请假，仍不回来。

蒋介石对孙中山重又起用陈炯明极为反对，屡谏不听，便使起性子，提请回家为母守孝。孙中山苦留不住，只好准予离职。蒋介石即连夜离开广州前往上海。

孙中山不再等待，颁下北伐总攻击令，偕同胡汉民、许崇智前往韶关。当孙中山抵达韶关时，接到奉军战败的消息，殊为震惊和失望。但箭已上弦，刀已出鞘，北伐不能就此而废。孙中山毅然在韶关誓师北伐，号令全军将士一心一德，勇往直前。

北伐军以李烈钧为中路，许崇智为右翼，黄大伟为左翼，三路出师江西。自5月9日与敌接战，中路接连攻占南安、新城、崇义等县，右翼接连攻占龙南、信丰、虔南等县，赣州之敌陷入北伐三军包围之中，向万安撤退，北伐右翼军遂占领赣州。北伐军以破竹之势，旬月之间占领赣南地区。大本营接到北伐首战告捷战报，决定继续北伐，开始第二期作战计划。

孙中山正在韶关专心北伐，忽接财政部部长廖仲恺电，诉说"陈家军"在广州为非作歹，人心惶惶，一夕数惊，请孙中山回省震慑。

当北伐军离开广州开赴前线的时候，叶举奉陈炯明之命放弃广西，急如星火地回师广东。行经浔州时，叶举诸将举行秘密会议，歃血为盟，定要恢复陈总司令的职权。叶军进占肇庆，孙中山电令魏邦平，非有大本营命令各军不得开进广州。但叶举置之不理，强势进入广州，占领枢要。随后即提出"清君侧""除宵小"，矛头所指为胡汉民、廖仲恺、许崇智等人，并公开联名致电孙中山，要求复任陈炯明为广东省总司令。

闻孙中山要回广州，胡汉民极力劝阻："先生回省定受包围，如陈炯明抗命，后果不堪设想。"正在相持不下的时候，收到汪精卫和马君武两人的报告。叶举等人的通电发出后，汪、马二人驰行惠州见陈炯明。陈言之凿凿："我为了党谊和人格起见，绝对不会反对中山先生，对于部下行动亦必负完全责任，倘有不听命令而反对中山先生者，我只有自杀以谢国人。"由此，孙中山便不疑陈炯明。

孙中山回广州前又颁下命令："陈炯明以陆军总长办理两广军务，所有两广军队悉归节制调遣。"孙中山把军事大权仍交付陈炯明，以此表示对他的信任。为争取此人，竟至不惜铤而走险。

陈炯明对这道命令不置可否，既没有接受，也没有拒绝。

孙中山回到广州，获悉"陈家军"肆意胡为种种劣迹，极为震怒。他约叶举当面谈话，但叶举竟先一天离开广州到石龙去了。孙中山在广州一住十几天，不仅陈炯明始终不到广州来，就是他的部下也没有一个人来见面。孙中山怒不可遏，召集各报记者举行谈话会，在历数他在前线北伐，而陈炯明在后方掣肘种种所为之后声色俱厉地说："我为了保全广州秩序，今天请舆论界来讲讲道理。希望你们在十天之内将陈系军人不法行为尽量揭露，告诫他们全部移驻城外三十里，听候处理。否则我一定加以驱逐。有人叫我孙大炮，我以前用炮打过莫荣新，今天将同样打这些目无法纪的陈家军！"

孙中山只带了少数警卫回到广州，是认定陈炯明不致叛变，也自信他能够震慑乱逆，所以一怒之下放出狠话，却不知他已陷入虎狼之地。此前几天，陈炯明和叶举就在石龙召开秘密会议，拟定了叛变预案，决定以叶举对付海军和魏邦平，而以湘军洪兆麟先行发难，攻打总统府。洪兆麟的李云复师驻扎观音山后，正好就近围攻总统府。如得手杀害了孙中山，陈炯明即到广州为孙中山举哀，执杀洪、李以谢天下，并将这支湖南客军以大逆不道的罪名解散。当得知孙中山6月12日放出狠话后，陈炯明举起了刀子。

13日，叶举宣布广州白云山一带戒严。14日，陈派军官又在叶举总指挥部举行了秘密会议。15日，孙中山派往惠州迎接陈炯明的廖仲恺在石龙被扣。叛乱就在眼前，而孙中山毫不知情。

6月15日夜里十点钟，观音山越秀楼仍然灯火明亮，孙中山仍在批阅公文。这时有电话打来，说今夜粤军将有行动，务请总统离开总统府。由于这是一个匿名电话，孙中山便认为是谣言，没当回事。至午夜十二时，秘书林直勉、参军林树巍前后奔来报告，说情况险恶，请总统离府暂避。孙中山仍然不信，林直勉说："事属非常，不可以常理度之，如果真不利于总统，将如之何？"孙中山说："我在广州之警卫军既然全部撤赴韶关，即表示对陈无有敌意，陈果不利于我，亦不必出之叛变。即如他明目张胆，作乱谋叛，则为叛臣贼子，人人得而诛之。我身为总统，不能不重职守，如果临阵退缩，屈服于暴力，岂不贻笑中外，玷污民国？"林直勉不敢强劝而去。

林直勉去后，各处接连不断的电话均告情况危急。但孙中山仍是不信。到午夜两点，有一连长陆志云从部队潜出，来到总统府密报，说陈军各营提前早餐，攻打总统府。叛乱的消息证实了，林直勉等人强烈要求孙中山离开。孙中山说："陈炯明果然谋逆作乱，则戡乱平逆正是我的责任，我怎可放弃职守？万一力不从心，只有一死殉国，以谢国民。"林直勉等人见状，不由分说，强拉孙中山向外走。孙中山这才答应叫醒宋庆龄一起走。宋庆龄说他与孙中山同行目标太大，坚决请孙中山先走，她随后再走。孙中山拒绝，宋庆龄义正词严地说："中国可以没有我，不可以没有你，你快走，快走！"

孙中山从侧门走出越秀楼，沿观音山小路步行下山。叛军已在周围布哨，林直勉等人一路受多次盘问，都侥幸通过。行至财政厅门前，遇叛军大队汹汹而来，众人被截住盘查，而孙中山却单身杂在叛军中向前行走，从容不迫。在深夜中，叛军看不清面目，以为孙中山是自己队伍中人。到了永汉路方才脱险。孙中山走到珠江边，雇了一只小船驶向海珠岛海军司令部。

有一股叛军专门埋伏于总统府出路的民房中，准备袭击孙中山的汽车。但他们没有想到，孙中山却是步行下山。

温树德迎接孙中山进入海军司令部。他考虑这里接近长堤不安全，乃派小轮船将孙中山送到停在白鹅潭的楚豫舰上，然后驶往黄埔港。

此时天已大亮，孙中山命温树德召集各舰舰长前来商量应变之策，誓言"必率舰队击破逆军，戡平叛乱而后已"。正在讨论中，伍廷芳和魏邦平来到。孙中山即命魏邦平所部集中大沙头策应海军，恢复广州，又命伍廷芳把陈炯明叛乱情形宣告中外，争取国际声援。

下午，孙中山亲率海军永丰、永翔、楚豫、豫章、同安、广玉、宝璧七艘军舰由黄埔出动，驶至白鹅潭，发炮向大沙头、白云山、沙河、观音山镇海楼等处轰击。继又向东行驶，沿途发炮，叛军闻风而逃。但由于魏邦平所部旅长陈章甫受叛军运动，未能如期策应。此次行动归于失败，复回黄埔。

第二天夜晚，宋庆龄来到楚豫舰上。两人在生离死别两天两夜之后重逢。

孙中山先行顺利脱险,而宋庆龄却是在枪林弹雨中几次死里逃生。在孙中山出走半小时后,叛军从观音山顶的镇海楼下山,包围了越秀楼。卫队长姚观顺劝宋庆龄趁夜突围,宋庆龄坚定地说:"我们要坚守越秀楼,让敌人以为孙先生还在这里呢。"至黎明时分,叛军向越秀楼发起了进攻。姚观顺指挥卫队分兵把口,顽强地阻击叛军。激战三个多时,叛军抛下了百多尸体,而卫队也多半牺牲,而且子弹也快打完了。宋庆龄这才同意撤离。

从越秀楼到山下总统府,只有一条栈道相连。薛岳在前开路,挥动着两把手枪,射击左右的敌人,卫队长姚观顺等几人在后面掩护。宋庆龄谢绝人背,她利用小道两旁的夹板躲避枪弹,有时爬行,有时匍匐,子弹在空中飞鸣,几次擦耳鬓掠过。忽然姚观顺叫了一声倒地。宋庆龄一看,一颗子弹击穿了他的两条大腿,血流如注,就立命两名卫士抬着他走。他们刚走过一个天桥,轰隆一声炮响,天桥飞散。好险!但他们已经走下一里多长的栈道了,遂进入总统府。

宋庆龄跑入她的办公室,打开保险柜,迅速清理了所有文件,付之一炬。她刚走出屋子,又一颗炮弹落下来,把屋子炸开了花。守卫总统府的是警卫团团长陈可钰,但这时他手下也仅有二三十个人了。不多久,叛军就冲了进来,明晃晃的刺刀指向他们,卫士子弹已竭,只好把枪放下。这时宋庆龄的包袱被夺去,叛军用刺刀挑开,什物散落一地。这伙乱兵便伏身争抢,宋庆龄趁机逃脱。宋庆龄头戴姚观顺的草帽,身穿孙中山的雨衣,因而没有人注意到她。

他们走出了总统府,拐入曲折窄狭的街巷,仍不断遭遇叛军追赶和射击。正走之时,一群叛军迎面扑来。他们装死躺下,士兵踩着他们的身体过去,然后爬起来又跑。他们敲开了一家的门,宋庆龄一走进屋里就昏倒不省人事了。过了一个时辰,躺在床上的宋庆龄才慢慢苏醒过来。这家老妇人害怕受牵连还要赶他们走,宋庆龄叫卫兵出门望风,卫兵竟又被流弹击中而死。这时,随从的人都走散了,宋庆龄身边只有一个卫兵了。她挎起一个菜篮子,又放上几棵蔬菜,装成一个村妇离开了这家。又几经周折,终于找到了长洲要塞司令马伯麟的家。

宋庆龄在马家住了一晚,第二天又扮作村妇,在一个铁匠同志的帮助下,乘小船找到岭南大学校长钟荣光的家。钟校长又找美国人那文相助,乘坐小电船,才把宋庆龄送到孙中山的座舰上。

两人生死重逢,激动万分。孙中山喜极而泣,而宋庆龄却是坚定而从容,关心地问起平叛的形势来。当舰长安排两人到房间休息时,宋庆龄忽地扑到孙中山的怀里,痛哭失声了。她诉说了这两天两夜九死一生的经历,悲咽地告诉孙中山她流产了。孙中山安慰她,我们大难不死,来日再生嘛。随后,两人谈到平叛的事,宋庆龄坚决要与孙中山生死与共,而孙中山却要她返回上海。宋庆龄生气道:"难道我们不应该共患难吗?"孙中山说:"不是我不愿意与你共患难,而是革命需要你立刻回上海工作,揭露陈炯明叛变真相,唤起民众支援平叛斗争,而我们两个人都局促在军舰上这斗室之中,怎么能施展得开呢!"

第二天,孙中山携宋庆龄之手送到舷梯口。宋庆龄深情地望着孙中山,道一声"先生珍重",转身走下舷梯,途经香港回沪。

送走了宋庆龄,孙中山一颗心放下了,就想到平叛。蓦地,他感到孤独,身边一个能建议建策的人也没有。这时他想起了蒋介石,立即密电宁波,敦促来粤赴难。然后,他手书李烈钧、许崇智、朱培德、彭程万、黄大伟、李福林、梁鸿楷等人,命令他们迅速率兵回粤戡乱。

6月23日,孙中山从楚豫舰转移到永丰舰上,即闻伍廷芳噩耗。此前,伍廷芳收到陈炯明的信,恶语诋毁孙中山"非常国会擅选总统,恶例一开,乱且及于百世",转请孙中山下野。他一看完信就昏死过去,送到医院抢救仍未苏醒过来。这位耄耋之年的老人完全不能接受陈炯明竟然背叛孙中山这样的事实。孙中山就在永丰舰上举行追悼会,他无比沉痛地对海军将士说:"今日伍总长之殁,无异代我先死,唯元老凋谢,此后共谋国事,同德一心,恐无如伍总长其人矣。全军唯有奋勇杀贼,继成其志,使其瞑目于九泉之下,以尽后死者之责而已。"

蒋介石在宁波一天收到两封电报,一封是汪精卫从上海打来的,报告陈炯明叛变的情形,一封就是孙中山的电报:"事紧急,盼速来。孙文。"蒋介石立即写信给张静江,托以后事——照料经国、纬国,然后整装就道。他乘火车到上海,又逗留了五六天。他新婚不久的妻子陈洁如就在上海。然后他乘船到香港,雇了一条小艇,穿过零丁洋,直开到黄浦,登上了永丰舰。

孙中山见了蒋介石,痛心疾首地说:"悔不听君一言,致有此变。我率同志为民国奋斗三十年,出生入死,失败之数不可屈指,顾失败残酷未有甚于此者!"蒋介石安慰孙中山,表示决心与孙中山生死相与,共渡难关。两人促膝长谈,商讨平叛大计,孙中山委任蒋介石指挥海军全权。

孙中山大难不死,陈炯明大失所望,便派钟惺可到广州求和。这时,他得知蒋介石南下赴难,面色发青,气急败坏地说:"他在先生身旁,必定出许多鬼主意。"钟惺可来到广州,又邀魏邦平一起登上永丰舰。孙中山看了陈炯明的亲笔信,甩给蒋介石说:"这次作乱,他说是部下所为,你信吗?"蒋介石看完信,冷笑一声说:"陈炯明背叛革命,背叛先生,天理难容,良心难容,还不过来负荆请罪,又想搞什么鬼来欺骗先生。"

"是的。"孙中山义正词严地说,"陈炯明对我只有悔过自首,才可以求和,因为他是犯上作乱,对乱臣贼子怎有言和可言。"孙中山说了这些再不理钟惺可,而魏邦平仍向孙中山请示,可否让他调解。孙中山便说:"宋代之亡,尚有文天祥、陆秀夫;明代之亡,尚有史可法。而民国之亡,如无文、陆、史其人,则何以对民国已死无数之同志,垂范于未来之国民,以自污其民国十一年来庄严之历史,而自负其三十年来民国之初心乎?"魏邦平面对陈炯明叛乱而首鼠两端,孙中山责其以大义,勉励他效仿陆秀夫而以文天祥自待。

为阻止北伐军回师,叛军出兵北上。翁式亮、杨坤如两师占领韶关,切断了北伐军归路。胡汉民率留守部队撤出大本营,驰往前线总部赣州,召开军事会议,决议回师讨贼。北伐军刚开始回师,不料粤军第一师走到信丰,即脱离大队,退往惠州投归了陈炯明。胡汉民立要追击,为许崇智阻止,于是大军继续前进,进入粤境南雄,直指韶关。北伐军在南雄召开军事会议,决定攻韶计划,同立誓约:三军一致,誓同生死,拥护孙大总统,平定粤省之乱,如有异心,天诛地灭!

这时海军又暴露不稳迹向,温树德被挟制不能自主,各舰长要求离开黄埔移往西江。孙中山召集各舰长训话,拒绝了他们的要求。但到7月8日晚上,海圻、海琛、肇和三舰升火起锚,离黄埔港外驶,脱离了孙中山的指挥。

原来,陈炯明一方面向孙中山假意求和,一方面极力收买海军。而当海圻、海琛、肇和三舰离开黄埔后,鱼珠和牛山两炮台叛军即向其余各舰轰击,欲置孙中山于死地。孙中山当即率领各舰自黄埔沿珠江上驶,驶往长洲岛后方之新造村附近停泊,脱离了危险。

叛军仍不死心,又向长洲要塞发起进攻。鱼珠炮台叛军钟景棠部渡河攻击长洲,要塞司令马伯麟率部英勇还击,可就在激战之中,海军陆战队孙祥夫反戈相向,引敌登陆。长洲要塞陷落。

在此危境之中,孙中山主张唯有进攻东歪炮台,以为海军根据地。马伯麟及部下海军将领认为东歪炮台地形险要,炮队密布,攻取不易,主张把舰队移到西江活动。但孙中山力持原意,认为唯有出击东歪炮台,驶入省河,别无他途。

于是，孙中山率领永丰、楚豫、豫章、广玉、宝壁等舰上驶。东歪炮台叛军望舰队驶来，众炮齐发。各舰队还击，却彷徨不敢前进。孙中山毅然向各舰下令："民国存亡，在此一举，今日之事，有进无退！"他命永丰舰率先向前，命其他各舰随后跟进。舰队在两岸交叉炮火中前进，当驶入东歪炮台附近时，密布两岸的野炮一齐开火，炮弹从四面八方纷纷落下，永丰舰身中六弹，其余各舰亦均受伤。孙中山巍然屹立在永丰舰上。有多人受伤，血红甲板，孙中山还亲扶伤员下舱，然后又站到船头。蒋介石一直陪同在侧，他几次请孙中山入舱，孙中山执意不许。舰队终于冲破封锁，驶入白鹅潭。

白鹅潭是二沙岛南岸的珠江港口，停靠于此的除中外商船之外还有外国军舰。孙中山所率军舰就与这些舰船混杂一处。叛军投鼠忌器，势难炮击，因此虽处叛军包围之中，却是安全的。

广州税务司夏竹和英国商人惠尔来谒。夏竹开口便问："总统是否来此避难？"孙中山说："这是中国领土，我当然可以自由往来，你怎么可以说我是避难？"夏竹说："只因白鹅潭是通商港口，接近沙面，万一战事发生，恐怕牵及外国兵舰，不如请总统离粤，以使广州商业不受影响。"孙中山听了，义正词严地说："这话不是你应该说的，我生平只知道公理和正义，不畏强权，不服暴力，决不容忍无理的干涉！"夏竹瞠目结舌。惠尔肃然起敬说："总统真是中国的伟人，谁说中国没有天才，我今天亲见总统的大无畏精神，无限景仰。"两人告辞而去。

海军部长汤廷光来函，请求孙中山停战，自己愿负调停之责。孙中山复信同意。第二天，孙中山正在慰劳海军将士，忽接汤廷光送来议和条件，完全以敌相待，并限于第二天十二时前答复。孙中山大怒，即令秘书起草答复："叶（举）逆等如无悔过痛改之诚意，即如来函所云，准以明日十二时为限可也。"

叶举接信，怀恨至极。他数次谋害孙中山不果，更加丧心病狂，乃利用桂系人物周天禄，阴谋制造水雷袭击孙中山座舰。周天禄即赴广南船澳与其同事徐直等人制造水雷，并教以施放水雷之法。事毕，徐直与同事三人便携带水雷，驾驶小轮船潜向白鹅潭，施放水雷后即返回广南船澳向周天禄复命。一伙人以为马到成功，置酒设宴，弹冠相庆。

这天十点多钟，白鹅潭江面轰隆一声，水花四溅。可惜这个土造的水雷装药太少，又值潮水上涨，永丰舰移动，故未击中。徐直等人复乘小船往观，见永丰舰安然无恙，相顾失色。正当转舵走脱之时，一水警电船如飞追来，把徐直拘捕。

由于白鹅潭内停泊着英、美、日等国军舰,各国领事提出抗议,谋害孙中山的计划再次落空。

8月6日,孙中山得到北伐军失利的消息。叛军占领韶关后,便筑城坚守。北伐军三路大军分进合围,激战二十天,正当攻破韶关已指日可待时,投归叛军的粤军第一师杀了回马枪,战局随之逆转。北伐军放弃韶关,退到南雄、赣南一带。随后北伐军两分:许崇智、李福林、黄大伟三支粤军退往福建。李烈钧之赣军、朱培德之滇军、陈嘉祐之湘军退往湘边。

北伐军回师失败,孙中山在永丰舰上维系军心可资号召的希望断绝了。左右都劝孙中山速离广州,然而他说:"我一定得到前方准确的情报,内心始安。"直到韶关失守,北伐军全部退往江西的消息传来,孙中才接纳了大家的意见,决定离开广东去上海。

如何保证孙中山安全脱离,颇费周折。原订计划是搭乘商轮,这时英国伸出援手,愿派军舰护送香港。8月9日下午四时,孙中山偕同蒋介石、陈策、黄惠龙等人离开永丰舰,登上英舰"摩汉"号,向香港驶去。当驶出虎门要塞时,孙中山感慨地说:"真没想到我和各位能够脱险,还能有今天。今后只要一息尚存,此志不懈,民国责任仍在吾人身上,不可轻弃以负初心。"

孙中山抵达香港,复转乘俄国"皇后"号邮船驶往上海,在吴淞登陆。鹄候岸边欢迎的竟有数千人,孙中山一眼便看出来,站在最前边的是宋庆龄。孙中山望着欢腾的人山人海,抬起手臂有力地指着前方说:"看见了吧,这就是人心,人心犹在,革命不死! 世界潮流,浩浩荡荡,顺之者昌,逆之者亡。而中国的潮流就是本党领导的革命,陈炯明背叛革命,必定身与名俱裂,不废江河万古流!"

人算天算，徐世昌弃妇下堂
此时彼时，黎元洪再作冯妇

　　直奉战争前夕，吴景濂在东北老家丁忧。守制百日后，他来到天津就住下了，再不南下广州。这时候，北京一批旧国会议员因对徐世昌的新国会大失所望，蠢蠢欲动要恢复旧国会，而吴景濂对广州非常国会也是大失所望，他无奈地主持选举孙中山为大总统，更不赞成孙中山北伐统一中国，因而他决定弃南投北，另起炉灶，重出江湖。经过几番活动，吴景濂和王家襄便以旧国会众、参议长名号联名为数不多的三十几名议员宣布，立志为第一届国会恢复行使职权，为继续完成制宪，实现中国的和平统一而奋斗。

　　五月初，奉军战败退回关外，吴佩孚率部进驻天津，即特请张绍曾约吴景濂晤谈。吴景濂说："吴佩孚是徐世昌的封疆大吏，我们认为徐氏总统非法，所以揭护法旗帜，以反对徐氏为号召。如今他态度未明，我二人见面无法谈话，等他态度表明后，我们再面谈方好。"这话转给吴佩孚，吴佩孚吃了闭门羹，一点不恼，反而再促张绍曾去见吴景濂，请将其主张开列一个清单，以便他与曹锟商量。当晚，吴景濂便会同几名议员，列出了一份有十二项主张的清单，转交给吴佩孚。

　　几天后，吴佩孚派专车来接吴景濂和王家襄到保定。在会见曹锟之前，吴佩孚先与吴景濂单独谈话。

　　吴景濂："徐世昌自做非法总统以来，不必问其对全国如何，就其对北将领而言，以先直皖战争，此次直奉战争，皆由他一人造成，故就全国大局论之，第一着，非去徐不能安定。"

吴佩孚："先生所言甚是，我与曹巡阅使对此事已下决心，但如何办法，则尚未想出。"

吴景濂："中国数年纷乱，皆由法律无效所致。我们在南方护法，即为此点。故法律问题若能解决，则徐氏的地位，是非法选出，自然迎刃而解。故今日之办法，仍要在北方树护法旗帜，如此不但数年护法问题可以解决，则公等所处的困难亦可以解决。"

吴佩孚："甚是甚是。如何揭出护法旗帜，有请先生全权办理。"

吴景濂："我拟在天津设立第一届国会筹备处，由我通电全国，号召国会议员来津开会，并把待办情形密电西南护法团体响应。"

吴佩孚："国会恢复，徐世昌自然要下台，那么谁来当总统呢？黎元洪吗？"

吴景濂："窃以为，首先应组织法庭审判当年违法解散国会一案。如果判黎元洪无罪，则请他复位；如果有罪，则请国会正式开会选举总统。为何必须这样做呢？法律森严，此后再无有元首敢做非法之事了。所以英国国会权高于一切，除去雌不能变雄，雄不能变雌，其余国会之力皆可做到。这次护法，若能将法律地位巩固，则可以与英国国会媲美，则公之英名不朽矣。"

吴佩孚："先生所言甚是，但恐滞碍难行啊。"

吴景濂："今日之事，在君等握军权有实力者之意见，为如何便如何，有何难哉？"

对吴景濂的谈话，吴佩孚听得句句入心。四年前，徐世昌当选总统，吴佩孚以区区一个师长即从衡阳发电给徐世昌说："总统选举必须出于真正民意。我国旧国会分子固属不良，而新国会议员不但由金钱运动而来，且西南五省均不选送，似此卑劣不全之国会，安能为全国民意代表？公若就职，民国分裂由公始。师长等不敢为公贺，且将为民国吊。"他对徐世昌称"东海先生"，鄙视安福国会，不承认徐世昌的总统地位。

直皖战争之后，安福国会破产，吴佩孚又通电主张召开国民大会解决时局。他的设计，是由全国各县农工商会选出五分之四的代表，由各省选出五分之一的代表，组成国民大会，解决制定宪法及一切重大问题，同时将南北新旧国会一律取消，以实现全国统一。这真是一个全新的具有颠覆性的方案。吴佩孚就是想以这样的途径驱逐皖系扶植的总统徐世昌，建立一个由直系掌控的政府。可是，张作霖首先激烈反对，"国民大会"胎死腹中。

去年，联省自治运动风靡全国，然而吴佩孚主张武力统一，因而当湘军援鄂，支持湖北自治的时候，吴佩孚便出手干涉了。击退湘军后，他又发起召集庐山国是会议。这个会议就是他原来主张的"国民大会"的翻版，仍然遭到各路军阀的反对，他改造政府的谋略又一次落空。

到如今，奉系被他打败，他的威望如日中天，当然可以旧调重弹了。但这时，他已认识到他喜欢的"国民大会"毕竟曲高和寡，国民党、皖系、奉系以及西南各省自治派都不会赞成，一时感到山穷水尽。这时吴景濂走了进来，以手指处，原来是恢复旧国会的道路，立时柳暗花明。好，好，就是这条道了！

接着，直系召开会议，并邀请吴景濂、王家襄参加。会议对恢复旧国会，赶徐世昌下台，无不赞成。但对由谁继任总统，这些直系人马当然拥戴自己的领袖曹锟了。自古以来，就是谁打的江山谁来坐，这总统当然是我们老帅的。"皇帝轮流做，明天到我家"，现在就轮到我们老帅了，为何又把到手的天下送给别人？"

拥戴之声不绝于耳，曹锟乐得合不上嘴，却假意推辞说："我曹锟，要说带兵打仗也不算熊包，但要当大总统，治国理政，能行呀？"

"行，行！"又是接连不断的叫喊。曹锟看着到了火候，"嘿嘿"一笑对吴佩孚说："子玉，大家都发言了，你就谈谈你的意见吧。"

会议之前，吴佩孚已和曹锟做了长谈，深入分析成败利钝，得到曹锟的认同，答应不谋大位。但到了会上，眼见众人拥戴之热烈，他肚子里的馋虫又翻腾起来，因而他期待吴佩孚也改变态度，拥戴他做总统。

吴佩孚料事在先，已有充分准备。他侃侃而谈，先讲恢复旧国会的意义，说明只有走这条道路，民国才能走向法治，解决制定宪法、选举总统、统一国家等长久以来不能解决的一切问题，并勉励直系要一心为公，为救国救民着想。然后他才讲到总统的问题。他说："旧国会恢复发生效力，非法总统徐世昌自然要下台，那么依照法律程序就应由黎元洪复位，补足任期。平心而论，我吴佩孚当然愿意老帅早定一尊。但是——"吴佩孚环视众人，看见众人都瞪大了眼睛，伸长脖子望着他，就字字落地地说："只是时机不到，欲速则不达呀。我们以恢复法统为旗帜，如果同时又推出我们老帅来做总统，那么天下人就会误认为我们不是为国为民，而是为一己之私，从而遭到各方反对。我们直系虽拥兵十万，占据十省，但也不过半壁江山，如成为众矢之的，不可不虑呀。再说了，我们老帅要做总统，那要先由国会制定宪法，然后选举。这等事情，旷日持久，也不是一蹴而就的。"

"派几个兵把徐世昌赶出去，就让我们大帅坐北京好了，何必再弄什么选举那些劳什子事！"王毓芝刚说完，熊炳琦嘿嘿笑着接上说："就是，就是，脱了裤子放屁，多一道子事！"

"你们要武力政变？"吴佩孚严厉地瞪着两人说，"二位要知道，时代不同了，这是民国！过去李世民能做的，赵匡胤能做的，我们今天却做不到。冒天下之大不韪，那是要自取灭亡的！所以，我们推黎元洪出来。他的任期也只有一年，作为过渡，实现了国家统一，再拥戴我们老帅，光明正大、风风光光地做总统岂不更好？"

吴佩孚讲这些话时，目光如电，咄咄逼人，那些反对的人再也不敢出声了。这时曹锟笑了笑说："还是子玉说得对，我要当总统，就光明正大地当，风风光光地当，不在乎早一年晚一年嘛！听子玉的，就这么定了！"

保定会议后，吴景濂与吴佩孚击掌而别，从此这一文一武两条龙腾云驾雾，搅动了满天风雨。

不久，九江的孙传芳开了第一炮。他通电主张恢复法统，"应请黎元洪复位，召集六年国会，速制宪典，共选副座。法统既复，异帜可消，倘有扰乱之徒，应在共弃之列"。接着，他又发一通电给广东的护法政府，要求孙中山"体天之德，视民如伤，敝屣尊荣，及时引退"。

当然这是吴佩孚的授意。孙传芳任长江上游总司令，在直系中还是一个二三等的角色。但他驻军长江，对南方有吓阻作用，所以吴佩孚选他做打手，试探各方空气。

孙传芳一炮打响，恢复法统的声浪大作。这时，天津又传出惊人的消息，吴景濂和王家襄联名宣布，成立"第一届国会继续开会筹备处"。此电一出，那些寂寞多年的旧国会议员，怀抱着死去又活来一般的侥幸与激动，成群结伴赶至天津，袍笏登场。曹锟和吴佩孚立即发电表示支持。于是这两个"炙手可热势绝伦"的人物一带头，各路军阀"趋炎附势冀推挽"，纷纷响应，推波助澜。天下事就是这么可笑，从前痛斥国会为暴民专政机关，多少次要挟政府予以解散的北洋军人们，现在都变成了旧国会的拥护者，欢呼"法统重光"了。

吴佩孚便借"民意所归"发密电给徐世昌，主张恢复旧国会。其中说："前经通电与西南各省及中央直辖各省区磋商，今已得十余处之电，均赞成恢复旧国会，一俟各省区复电到齐,即当转呈,并请中央积极主张。"吴佩孚身为地方官,居然与各省磋商,还要求中央服从,如此气势公然凌驾于中央之上,越俎代庖,操刀以割。

徐世昌被这一连串"逼宫"的电报搞得头昏眼花。他发表一个电报,一副谦和的姿态,说孙传芳的电报"忠言快论,实获我心",表示"一有合宜办法,便即束身而退,决不希恋"。他打的是一副悲情牌。此时他宁愿居总统之名,一切唯曹吴是从,以求苟延残喘。然而曹、吴并不将就,继续把绞索勒紧。

6月1日,"第一届国会开会筹备处"开第二次会议。这时,到天津的议员人数已增加至参议员63人,众议员138人。虽然与法定人数相差甚远,然而由吴景濂和王家襄领衔联名通电全国,公然宣布自即日起第一届国会恢复行使职权。同时裁定,徐世昌为非法总统,说他"窃位多年,祸国殃民,障碍统一,不忠共和,黩贷营私,种种罪恶,举国痛心"。如此恶语相加之后,又厉言"拨乱反正,唯此一途"。其气焰之盛,真可把天烧个洞来,赶大总统下台,不忍须臾。

6月2日,徐世昌设宴欢迎参加华盛顿会议凯旋的顾维钧等代表,在京阁员颜惠庆、高凌蔚、董康、李鼎新等人也都参加。徐世昌西服革履走向讲台致辞欢迎:"此次华盛顿会议,我国能以弱胜强,收回权益,诸君劳苦功高,尤其顾君擅长外交,力任艰巨……"

接着开宴,徐世昌回想第一次世界大战后,从巴黎到华府两次会议,中国代表据理力争终将山东权益收回,这都是在他任内取得的外交成果,因此兴致益然,谈笑风生。这时,总统府秘书长走进来,递上一封电报。徐世昌一看,便压到手下。原来这是吴佩孚的"逼宫"电。相煎何太急,徐世昌肝肠寸断,站起来说:"鄙人与诸君有此宴会,甚为欣幸,一则为顾公使洗尘,二则向诸君辞行。"

众人一听,相顾愕然。徐世昌此时满腹的不平、委曲、羞辱、悲愤一齐涌上心头,却哽咽难言。他咳嗽了两声,才说下去:"吴佩孚君自洛阳来电,称国会欲拥戴黎黄陂复职。那么,鄙人正可借此机会休养,以终余年。俗话说,千里搭帐篷,没有不散的宴席。鄙人就此告别,幸诸君为国效力。"

本来是一场接风酒,却一下子变成了送别宴,满座凄然。

徐世昌一回到家,张国淦已在等他,见了徐世昌面容尴尬,欲言又止。徐世昌一见就明白了,说:"我已收到吴佩孚的电报,你有话就直说好了。"

张国淦不再忸怩作态,径直回问:"大总统决意辞职,不知是否定了荣行之期?"

徐世昌沉下了脸,问:"真有那么急?"

张国淦实话实说:"这是曹、吴二帅的吩咐,大总统既然有了这层意思,还是及早办了的好。"

徐世昌说:"倘若我还有些未了的事,必得迟个十天八天的呢?"

张国淦生硬地说:"就怕大总统有些不便。"

送走了张国淦,徐世昌气愤难忍,立即吩咐把京畿卫戍司令王怀庆叫来。他想对这位老部下吐吐恶气。王怀庆一喊就到,但怎知他比张国淦逼迫更凶。原来王怀庆已接到曹锟密令,要他强制押解徐世昌出京。到了这时,徐世昌不得不作决断。他亲拟了一道辞职令,派人将总统大印交付国务院,随即离京赴津,住进了他英租界的宅第。

自袁世凯病殁,徐世昌有多次机会出为一尊。但他持重不为,而以北洋元老的资格辅政,民国的什么纠纷都离不开他的调停。冯国璋下台之后,众望所归,舍我其谁,徐世昌走马上任,信心满满。凭他的威望和智慧,他自信能收拢各方诸侯,治大国若烹小鲜。当时国民也殷殷期盼,民国终于出了个文治总统,偃武修文,国家的安定和统一有望了。他在幕后时,无不得心应手,而一登上大政前台,这位斫轮老手却是力不从心,再也玩不转了,最后如同一个怨妇被抛弃了。回忆当年出任总统之时,"八方犹未靖,鼙鼓起遐思",豪气干云。而如今,四年以往,壮志未酬,万念俱灰。不禁泪如雨下,湿透了衣襟。

一代报人《京报》社长邵飘萍有感,写诗一首,名为《弃妇吟》:

> 昔日恩情安在哉? 花冠不整下堂来。
>
> 临行还顾镜中影,且照新人笑脸开。
>
> 姬妾憔悴了残年,水竹村中独自怜。
>
> 常在君边遭厌弃,后来慢说再如前。

徐世昌闪电般辞职离京,这一来,不知多少人手忙脚乱。

6月2日,首先是国务院立即发表一道电令说:"本日徐大总统宣告辞职,由国务院依法摄行职务,所有各官署公务,均仍照常进行。"可是这道电令一发表,立即遭到反驳:国务院的电令所依何法? 总统已是非法,那么国务院当然也是非法的,有何理由摄行总统职务? 于是又由代理总理周自齐领衔,全体国务员联名发表通电说:"自齐等遭逢世变,权领部曹,谨举此权奉还国会,用尊法统,暂以国民资格维持一切,听候接收。"就这样,这些内阁大员不以国务院名义,而以

"国民"资格权行总统职务，算是搪塞过去。

就在这同一天，吴佩孚发出通电说："我徐大总统敝屣十余月之尊荣，克偿二十二行省之统一，奉身而退，亦属初衷。我黎大总统遭非常之变，延垂绝之统，以公意为进退，法所当然。"

又有湖北督军萧耀南的通电说："国会一经恢复，东海（徐世昌）地位在法律上失所依据，谅能敝屣尊荣，为斯民造福。孙中山护法曾有宣言，国会一日恢复即行引退，求仁得仁，当亦不致再事争执。继续统绪，舍黄陂（黎元洪）莫属。"

又有齐燮元等15省督军联名通电说："南北之争，实以法律问题为争持之焦点，法统既定，一切葛藤从此立解。"

这一片迎请的声浪，把那位息隐天津的黎元洪说成是非出山不可的人物。其实这也是一种手法。所谓恢复法统，不过是直系的一石二鸟之计，他们左手推翻徐世昌，右手打倒孙中山，然后捧出一个傀儡，建立一个直系可以一手操控的政府以达到"全国统一。"

还是这同一天，吴景濂和王家襄两位旧国会的议长同赴天津。两人同赴天津拜谒黎元洪，敦请其复任大总统。没想到黎元洪敬谢不敏，说："你们选举曹锟当总统，事情就好办多了。"一句酸话就把两个人噎了回去。那意思是说，你们两人来请我，说了算嘛！那位当家的不说话，我怎能答应你们？

两人离了黎宅，立马到电报局发电，请曹锟和吴佩孚表示态度。曹、吴两人的反应极快，通电"恭迎"黎大总统复职，并又派两人的参谋长熊炳琦和李倬章以及国务院的代表高恩洪三人，连夜赶往天津迎接黎元洪进京。

如此心急火燎地忙活了一天。第二天，6月3日，吴景濂和王家襄联名通电各省军民长官征询意见："国会正式开会尚须时日，国家机关不可一日间断，行政职权亦不便由国会兼摄，当此青黄不接之际，应如何接收职权，应候公意商榷施行。"

吴佩孚当即复电："元首未到京以前，当然由国务院摄行职权。职责所关，不得拘牵文义。"吴佩孚一言九鼎，由国务院摄行总统职权的事就解决了。

在六月二三两天里，有曹锟、吴佩孚两巡阅使领衔的十省区通电，有江苏督军齐燮元等联名十五省通电，有海军上将萨镇冰各总司令等通电，有京、省各议会、教育会、商会等来电，均请黎元洪"反辔首都，依法复位"，更有直隶省长王承斌跪在黎元洪面前，声泪俱下地劝驾，大摆"你不答应出山，我就长跪不起"之势。黎元洪在如此热烈地敦促声中，暗自欣喜。正准备动身进京，突然接到浙江督军卢永祥的通电。

　　该通电首先指出，大总统"决不能因少数爱憎为进退，亦不容以个人便利卸责"。这是影射徐世昌是被直系逼迫下台的。然后，通电对请黎元洪复出提出两点质疑：一是旧国会恢复，则无合法总统，复无合法的国务院，而总统将职权付诸现内阁，内阁复任意还诸国会，此种儿戏行为，何以见重于友邦？二是大总统任期依法五年，袁世凯病逝之后，黎元洪依法继任，再由冯国璋依法代理，直至届满，因此黎元洪已无职可复，倘若强以黎元洪复职，则视冯代总统为非法，若此矫法以梏之，诉诸天良，实有所不忍。通电最后严正声明："明知陷阱而故蹈之，临崖勒马，犹有坦途，倘陷深渊，驷追何及。永祥等当视力之所及，以尽国民自卫之天职，决不忍坐视四万万人民共有之国家，作少数人之孤注也。"

　　卢永祥之电击中了所谓"恢复法统"的致命伤，就是黎元洪复出的任期问题。按照大总统选举法的规定，总统任期为五年。袁世凯于民国二年十月十日就任首届总统，任期应于七年十月届满，但因袁称帝，五年六月失败身死，黎元洪以副总统依法继任，六年七月又因张勋复辟之变辞职，由冯国璋以副总统依法代理。至七年十月，冯代理期满，才由徐世昌以安福国会之推选而继任。照此解释，黎之任期已满，根本无复职的法律根据。

　　黎元洪看了这通电报，倒抽了一口凉气，当天就回电各省："元洪自引咎辞职，执处数年，思过不遑，敢有他念？果使摩顶放踵，可利天下，犹可解说，乃才轻力薄，自觉勿胜，诸公又何爱焉！前车已覆，来日大难，大位之推，如临冰谷。"在直奉战争以前，黎元洪就向吴佩孚暗送秋波。他的策士哈汉章、金永炎等人经常秘密到洛阳向吴佩孚进言，鼓动恢复旧国会，为黎元洪复出找门路。而如今，大梦成真，而他却战战兢兢，临阵而退了。

　　卢电一发，福建督军李厚基和上海护军使何丰林随即响应，皖系三位大将充分代表了皖系的态度。

　　就在徐世昌辞职第二天，全国电报井喷，声浪排空。其中有北京蔡元培、胡适等二百多位各界名流，联名致电孙中山和广州非常国会。电报先是颂扬孙中山"护法之功，永垂不朽"，之后就道明真意："乃者北京非法总统业已退职，前此下令解散国会之总统，已预备取消六年间不法之命令而恢复国会，护法之目的，可谓完全达到。北方军队已表示以拥护正式民意机关为职志，南北一致，无再用武力解决之必要。敢望中山先生停止北伐，实行与非法总统同时下野之宣言。

倘国会诸君，惠然北上，共图国家大计，全国同胞，实利赖之！"

蔡元培、胡适都是民国元老，又是文教泰斗，领衔二百名流人物发声，其影响非同小可。孙中山当然不会接受这样的结果，公开反对又似不妥，于是回避不理。然而，这却使正在犹豫不决的黎元洪受到极大鼓舞，如同得到定海神针。他的谋臣分为两派，一派哈汉章、饶汉祥、金永炎等人，认为千载难逢之机，怎可放过，主张黎元洪立即进京复职；另一派以陈宧为首，认为孙中山和奉、皖两系军阀都别有怀抱，黎元洪在这种情势下登台，不过是直系的傀儡，不如上台前先发表一个大政方针，试探直系的态度，直系赞成则出，如果直系反对，也可以获得国人的同情，为将来创造更有利的机会。

黎元洪听从陈宧等人的意见。他分别一一接见曹、吴和国务院的代表，提出南北统一、恢复国会、废督裁兵、财政公开四项主张，征求意见。黎元洪表示，拟请吴佩孚担任陆军总长，大力推行裁兵，他必须取得"废督裁兵"的切实保证才能复职。

吴佩孚的儿女亲家张绍曾，也是奔走恢复法统的主要人物。他听黎元洪要废督裁兵，很生气地当面顶撞说："你自己要上台，四处找门路，现在有了机会，你却又提出条件，真是莫名其妙！"陈宧把黎元洪拉到一边，悄悄地说："是不是，我们还没有上台，他们的威风就如此了！"

但黎元洪坚持不让。他又邀请国会两院议长和曹、吴的军人代表以及各省团体的代表多人，在他家举行谈话会。黎元洪拿出一张电稿请大家传阅。"这就是我的办法。"他说，"这个电稿上所写的，办得到我就复职，办不到就请你们另请高明，我与诸位今天就是最后一次的会面。"说完，他叫手下代为招待，自己则摇着肥硕的身躯退入了内室。

这个电稿就是黎元洪著名的"鱼"电。电报在解释他当年解散国会的苦衷之后，即点明主题："诸公所以推元洪者，谓其能统一也。十年以还，兵祸不绝，积骸齐阜，流血成川，断手削足之惨状，孤儿寡妇之哭声，扶吊未终，死伤又至。必谓恢复法统，便可立消兵燹，永杜争端，虽三尺童子，未敢妄信。症结唯何？督军制之招乱而已！"随后，电报条分缕析、铺张扬厉督军制祸害五大端，断言"今日国家危亡，已迫在眉睫，非即行废督，无以图存"。最后，电报庄严提出条件："督军诸公，如果力求统一，即请俯听刍言，立释兵柄，上至巡阅，下至护军，皆克日解职，待元洪于都门之下，共筹国是。国会及地方团体，如必敦促元洪，亦请先以诚恳之心，为民请命，劝告各督，先令实行。果能各省一致，迅行结束，通告国人，元洪当不避艰险，从督军之后，慨然入都，且愿请国会诸公绳以从前解散之罪，以为异日违法者戒。奴隶牛马，万劫不复，元洪虽求为平民且不可得，总统云乎哉？"

此前，黎元洪当了一年的总统，受尽督军之苦，以致他被迫解散国会，酿成张勋复辟的恶果，灰溜溜下台。他对"督军"谈之色变，恨入骨髓。你们这些督军，当年赶我下台，如今又捧我上台。那好，你们就先自免其职，自解武装，俯首称臣，我不能再做你们的傀儡，人为刀俎，我为鱼肉，重走悲惨的老路。

电稿出自饶汉祥之手。他是黎元洪的文胆，在以电报媲美为时尚的民国大笔如椽。这份电稿更是他的力作，酣畅淋漓，洋洋洒洒三千言。然而，胡适撰文讥笑他舞文弄墨："有话何不老实说，何必绕大弯子，何必做滥调文章，何必糟蹋许多电报生与读者，饶汉祥可以歇歇了。"

黎电一发，吴佩孚立电赞成："誓以至诚赞助大计，愿奉命为前驱，做各省之先导。"吴佩孚原决定亲身赴天津迎黎出山，因接到鱼电而中止。

督军制确是民国大害，废督裁兵也是人民的迫切愿望。黎元洪抓住这个题目，谁敢反对？吴电之后，曹、吴又发联合通电响应，承诺"废督裁兵，锟、孚愿为首倡。"

黎元洪收到曹、吴的联电后，再补发一个电报，云："救国大计，非可徒作空言。若公等无切实表示，不即日全体解去兵柄，则元洪不能冒昧来京。"黎元洪气壮神威，他要求督军们光说不算，得拿出真金白银来。于是直系军人一致发出赞同之声，江西督军陈光远率先声明，愿意带头解职。接着，陕西督军刘镇华、山西督军阎锡山、湖北督军萧耀南、四川督军刘湘、山东督军田中玉、安徽督军张文生、江苏督军齐燮元、海军林葆怿、杜锡珪、萨镇冰等人纷纷通电赞成。

黎元洪这才释怀。但过了几天，他就感觉到他们的诺言仍是停留在嘴上、纸上，全是一种做作，无非是哄他出来罢休。于是，他执意等待各省督军先行解职，他才出山，并派金永炎到保定去找吴佩孚言明此意。

金永炎见了吴佩孚一吐口，吴佩孚的脸就阴沉下来，直截了当地说："现在情势复杂，黄陂如再装腔作势，我就无能为力了。请你即返天津，问他一言而决。"

金永炎闻言失色，大惑不解，便问所以。吴佩孚不耐烦地说："这你不必问。但你告诉黎元洪，要渡过一条河去，就要知道水的深浅！"金永炎听出了弦外之音，当即拍着胸膛说："黄陂方面我可以负责，保定方面请你坚持到底。"

吴佩孚向金永炎所说，一言见底。外观曹、吴，两人似乎珠联璧合，其实并不真心一致。吴佩孚是一颗真心，一手导演这场大戏，实现国家统一，从而也为自己争得千古功名。而曹锟虽然一再表示"子玉的意见就是我的意见"，可是子玉虽亲，不如自己亲，他的野心就是总统自为。当曹锟听到黎元洪提出条件非要废督裁兵才肯上台时，就拍着桌子跳了起来，骂道："吓！他娘的。还要提条件，这是什么话？捧他做现成总统，他却要整垮我们，真是岂有此理！"

这时的直系阵营，名以曹锟为首，而实际是曹、吴两个太阳，以拥曹或拥吴已明显分野，出现所谓"保定派"和"洛阳派"。保定派不断向曹锟进谗，说吴佩孚忘恩负义，而迎黎复职不过是他不愿捧老帅做总统的挡箭牌，并进一步提出主张，干脆拥戴曹锟到北京做总统。吴佩孚知道曹锟左右反对他的计划，所以他一再向曹锟表示，迎黎仅是一种政治手段，为了对付广东，是拆广东政府的台，因为旧国会恢复了，广东就失去了根据，将来要怎样做就容易了。曹锟终于接受了吴佩孚的主张，但他的接受是勉强的，迁就的，倘若黎元洪再"奇货可居，不识抬举"，曹锟就可能翻脸。"我敬他还敬出屎来，去他妈的，总统何妨老子来做！"

这正是吴佩孚所担心的。

金永炎回到天津，向黎元洪报告情况紧急，随时都可能有不测发生。黎元洪一听，顿生急不择路之感，再不拿捏，当即吩咐："我要明日进京，快做准备。"

当天，一份电报发往全国："接曹、吴两巡阅使，刘、冯、阎、萧各督军等函电，对废督裁兵均表赞成，曹、吴两使且于阳日通电首愿施行，为各省倡，并齐督军庚电，具见体国公忠。元洪忧患余生，得闻福音，喜极而泣。谨于本月十一日先行入都，暂行大总统职权，维持秩序。"

第二天，6月11日，黎元洪由吴景濂、王家襄以及直系各省代表陪同，自津赴京。北京火车站上盛大欢迎，与他当年狼狈离京时的情况判若天壤，万千感慨，言语何及！五年前，他逃到天津，当了一家中美实业公司的董事长，经商打理生活。那时，他就死心塌地做一个平民了，哪想到会有今天？五年前，他向全国忏悔："唯有杜门思过，扫地焚香，磨濯余生，忏除夙孽。宁有辞条之叶，仍返林柯；堕溷之花，再登茵席。"可现如今，他都忘得干干净净了。做梦都不敢想的事情，现实却成了。民国天地，就是这样风云诡谲，旦夕祸福。

抵京当天，黎元洪即宣布复职，重登总统宝座。

吴景濂京都弄权　王承斌津门夺印

这天，国会参、众两院举行第三次常会的开幕式，黎元洪偕同全体阁员前往祝贺。吴景濂宣布开会，正要致开幕词，议员彭养光就嚷起来："法律问题还没有解决，议长怎么就召集开会？黎元洪高唱统一，请问国会本身统一了没有？吴景濂醉心权利，不能逃罪，黎元洪也要负连带责任！"黎元洪一看情形不妙，就催吴景濂赶快念完开幕词。吴景濂匆匆致词完毕，请总统致贺词，会场更是一片混乱，有人狂拍桌椅。黎元洪不理这些吵闹，径自朗声宣读。议员焦易堂又站了起来，指着黎元洪质问："你就是解散第二次国会的人，今天还有什么脸来致颂词？"议员郑江灏则指着阁员席大喝道："坐在这一排的是些什么人？你们如果是来旁听的，就该到楼上旁听席去！"然后，他又指着王宠惠说，"你不是王宠惠吗？我认得你，你是一个平民，怎么会坐到国务总理席位上？"黎元洪在一片吵闹声中匆忙地念完了他的颂词，没有一个人听到他念了些什么。国务总理王宠惠看这场面太凶，便不敢致词，请议长了了草草地结束了会议。

会议完毕照例要照一张相。正当就座时，郑江灏又蹿出来，恶狠狠大骂"私生子内阁"，一把就把王宠惠推倒，不让他就座，亏得吴景濂好说歹说才把他劝走。

王宠惠大丢脸，内阁提出总辞职。

重出江湖的黎元洪强力挺直腰杆，显示他是一个能够做主的总统，不是傀儡。他为促进南北统一，自作主张请唐绍仪出面组阁，在唐未从上海北上前由王宠惠代理，选任阁员各方兼顾，曹、吴两位大老板的人也都容纳在重要位子上。吴佩孚强烈不满，他认为唐绍仪是北洋派的死对头，捧他出来做国务总理对北洋派非常不利，因而坚决反对。黎元洪愤慨地说："我就让他来当这个总理，看他们能把我怎样？"但他给吴佩孚的电报却不是如此倔强，他简直是哀求吴佩孚，表示自己随时可以下台，请吴不要过分予以难堪。

黎元洪勉力维护唐内阁，但唐绍仪却始终不肯出山，终于走投无路。唐内阁不能成立，王宠惠失去代理总理的法律地位，因而全体阁员提出总辞职。黎元洪解除了名义上的唐内阁，正式派王宠惠组阁，各部总长为：外交顾维钧、财政罗文干、陆军张绍曾、海军李鼎新、司法徐谦、教育汤尔和、内务孙丹林、交通高恩洪、农商高凌霨，董康署大理院院长。在新阁中，所有吴佩孚反对的人都被排除在外，吴的嫡系高恩洪、孙丹林则分别出任要职，因此人称"洛派内阁"。

黎元洪向吴佩孚低头，可是顺得姑情失嫂意，他满足了洛阳方面，却使保定方面大为不满。在新内阁中，保派人物只有高凌霨一人，曹锟身边的人又从旁挑拨，说吴佩孚已经拿到了内阁，下一步就是拿总统了。曹锟也竟然听信谗言，认为吴佩孚有篡位的野心。于是曹、吴起隙，保洛分家。

有一次，董康和高恩洪到保定来，正值吴佩孚与曹锟两人在光园聊天。董、高两人竟请曹锟离开，要跟吴佩孚单独谈话。曹锟气得站起来大声说："总长要我退席我可以退，可是光园是我的地方，我是有来去自由的。"一面说，一面气冲冲地走了，嘴中还念念有词："真是岂有此理，岂有此理。"

董康和高恩洪是为了向吴佩孚报告一件大案子，就是关于曹汝霖在交通总长任上经手的二千元没有底账，有贪污之嫌。吴佩孚叫两人呈请总统依法严办。

曹汝霖案见诸报端，曹锟才知道，大为光火，便要吴佩孚的电话询问底细。吴佩孚已就寝，卫士不敢惊动。曹锟等了半天不见人来，一迭传令，才把吴叫了来。吴佩孚问："老帅有什么重大的事，这么晚找我？"曹锟按下怒火，悻悻地说："你现在是大帅了，哪里还有工夫理我？"吴佩孚这才知道曹锟真的动了火，只得赔着笑脸解释。

吴佩孚向内阁发号施令，曹锟却被冷落在一边。曹锟终于忍耐不下，他不再听吴佩孚那一套了，而要自己做总统。于是以其弟曹锐操盘，有其亲信边守靖、夏午诒、熊炳琦、王毓芝等人相助，阴谋先倒内阁，再倒总统。

开头议员大闹国会那一幕，正是这一阴谋的开台锣鼓。而吴景濂本是推黎元洪上台的始作俑者，现又摇身一变，充当倒黎的急先锋。

但无论王宠惠还是黎元洪都还蒙在鼓里，因而对于内阁总辞职，黎元洪不予批准。过了四天，顾维钧在外交大楼举行宴会，全体阁员和国会的重要人士出席。不知怎的，吴景濂与王宠惠就吵了起来。吴沉下脸来质问："国会要你下台，你为何赖着不走？"王反唇相讥："难道你就是国会？真是笑话！"于是两人翻了脸，吴竟骂了起来："简直混账！议长当然可以代表国会！"王也气得发抖，语不成声地说："这成什么样子？堂堂国会议长，竟说出这样下流的话来。"吴气焰更盛，挥着拳头说："我就是这个样子，要你滚蛋！"

过了三天，11月18日晚上，吴景濂和张伯烈（众院副议长）带了华意银行买办李某来到黎宅。吴景濂说有机密大事向总统报告，且请屏退左右。黎元洪莫名其妙，但看他们脸色沉重，赶忙照办。吴景濂便从公事包里拿出一份由众议院盖印，以议长名义写的公函。黎元洪打开一看，是举报财政总长罗文干的。谓其擅自签订奥国借款展期合同，换发新债券，使国家财产受到五千万元的损失，加以这一案既未提交国务会议通过，也未提交国会讨论，同时华意银行因为达到了换发新债券的目的，已经秘密付出支票八万英镑，盖了财政部印信和罗文干的亲笔签字，显然这是行贿受贿的铁证。现有华意银行李君前来作证，请总统裁决。

黎元洪看完公函就问华意银行李君："你懂得法律吗？"李答："报告总统，我国法律规定，诬告者应受反坐处分，这案子是千真万确的，我不怕反坐。"李的回答斩钉截铁，吴景濂又在旁怂恿："这是百分之百的贪污案件，请总统立刻命令军警将罗文干押送法庭办理。"黎元洪仍是左右为难，吴景濂便恫吓说："总统不能犹豫不决，万一罗文干闻风先逃，那么责任就在总统身上了。"这一说，黎元洪怕担干系，当即通知步兵统领聂宪藩和京师警察总监薛之珩到总统府来，下令抓捕罗文干。

这天晚上，罗文干偕夫人去看电影，一回到家，即被逮捕。罗文干质问究竟，排长王得贵出示公文。罗文干看了，忿然说："既然有公文，我当然跟你们去，不过这种做法，简直是笑话，荒唐极了。"说完便叫人备车和王得贵等一同到了步兵统领衙门，然后移送京师警察厅暂时看管。

当把拘捕罗文干之事向总统复命时，黎元洪才感到这一处置的不合法，乃派人通知薛之珩，暂缓将罗文干移送法院。可是罗文干却不答应，坚决要求警察厅把他送到法庭受审，因此薛之珩遂将罗文干移送地方检察厅看管。

第二天，王宠惠率领全体阁员到总统府。黎元洪不待来人开口，就自怨自艾地连称自己违法。王宠惠厉声要求："请总统把我也一并送交法院！"黎元洪致歉不迭,并且亲自到检察厅把罗文干接了出来。但是阁员们不甘就此罢休,他们就在总统府召开紧急会议,作出两项决议:(一)通电全国,说明吴景濂和张伯烈两议长胁迫总统下令逮捕阁员的经过;(二)总统根据内阁呈文,发表命令,将此案提交地方检察厅依法办理。然后,根据这两项议决,又替总统拟就了命令。

黎元洪看了命令,表示同意盖印公布。正在这时,突然涌进来一大群人。原来是吴景濂、张伯烈风闻内阁在总统府开会,便邀集二十多名议员,雄赳赳气昂昂地冲了进来,吓得阁员们都从侧门溜走了。吴景濂看到楠木桌上还没有盖好印的总统令,就威胁不可盖印,又告诉黎元洪说,国会对罗文干即将提交查办案,总统应俟查办案送到时据以发布命令,交法庭依法处理。黎元洪怯了场,答应照办。

20日,事发第三天,在居仁堂举行府院联席会议,讨论罗案处理问题。黎元洪先报告事情经过。然后王宠惠发表意见,他说:"此案未经内阁同意,总统仅凭议长一面之词发令逮捕阁员,实在是有问题的。这已经不是罗文干的个人问题,而是牵涉到责任内阁的存废问题,今天我们必须弄个明白。"

王宠惠说完,黎元洪说:"我应当认错。"一句话未完,高恩洪指着黎元洪的鼻子说:"认错就能了事吗?必须想个补救的办法。"黎元洪尴尬地说:"怎样补救,请大家想个法子。"孙丹林说:"首先恢复罗文干的自由及个人名誉。"但这时张绍曾和高凌霨却唱起反调,说奥债一案未提交国务院会议讨论,内阁也应负违法责任。

内阁出现分歧。高恩洪和孙丹林是洛阳派,张绍曾和高凌霨是保定派,讨论已难为继。这时黎元洪忽又否认曾命警察总监将罗文干捕送法院,于是两派阁员又一致谴责薛之珩曲解总统命令,要求将其撤职。黎元洪又感到自己不该把责任推到下面,因此又强硬地说:"这事与薛总监无关,是罗文干自己要求到法院去的,总之都应该由我负责,你们一定要办人,就请先办我好了。"大家见黎元洪自己做错了事,还如此盛气凌人,愤愤不平地表示:"既然总统不肯撤薛之珩的职,那就请总统撤我们的职吧!"黎元洪这时也横了心,厉声说:"好,要不干就大家都不干,我先辞职。"

张绍曾和高凌霨看到闹成这样,正中下怀。张绍曾幸灾乐祸地说:"大家都辞职好了,我已经单独提出了辞呈。"张、高两人与吴景濂、张伯烈沆瀣一气,已阴谋倒阁倒黎,拥曹锟上台。

正在闹得不可开交时，忽然侍卫人员报告，一大群议员又要来见总统。黎赶忙吩咐，让议员在外面坐。可是，说时迟，那时快，议员已闯了进来，足有上百人，个个凶神恶煞。几名阁员一看，害怕皮肉之苦，再一次溜之大吉。原来，这些议员在众议院通过查办罗文干案后，又来总统府请求取消奥债展期合同。黎元洪见阁员们溜走，就收下咨文，客客气气地把这些议员敷衍一番，送走了事。

此案所以发生，是为应付军队索饷，向外借款而起。国务院与西方国家秘密洽商，拟用整理旧债作为幌子，向四国银行团进行一笔一亿元的新借款。意大利首先提出签订奥债展期合同的要求，于是通过谈判达成协议。这件案件引起贪污嫌疑，是在于罗文干经办本案时，并未提交国务会议通过，在手续上不无欠缺。

事情仅止于此本无大碍，可是这时候洛阳和保定两方都有电报索饷，而北京瞒了保定，只给了洛阳。这时财政上只有债权方面交来的补数8万英镑，折合国币60余万元，除了支付中央政费10万元外，所余50万元如果平分给保、洛两方，数目就更少了，洛阳方面不会满意。于是洛阳派阁员孙丹林、高恩洪就想出了瞒天过海之计。那就是不提交国务会议讨论，而采取总理批准的办法，并由总理口头报告总统，财政部则把这笔钱先划拨交通部，作为偿还铁路债务之用，将此案核销，再由交通部转手交付洛阳方面。

事情做得似乎天衣无缝，哪知还是露了馅。原来，华意银行经理徐世一是保定方面边守靖的亲戚，当华意银行与财政部密商时，他便向曹锐、吴景濂等人告了密。吴景濂叫他静待这笔交易完成，抓到证据，然后再来举发。

案发之后，黎元洪成为指责的焦点。总统仅凭一面之词直接下令逮捕阁员，不但越出了总统的职权，也严重破坏了责任内阁制度，所以各方都不谅解。梁启超公开指责"总统蹂躏人权"。但是这件大案也不仅是"总统蹂躏人权"一点，以堂堂议长而向总统密告阁员，实在也不成体统。在国会通过对罗的查办案以前，议员怎可代表国会署名向总统告状，即如这是私人告发，那就不该以议长身份列名，又在文件上公然盖上国会的印章。至于国会，众议院在议长告发后才提出查办案，却置议长盗盖印信、伪造文书于不顾。而从根本上说，根据"约法"的规定，对于失职、渎职的国务员，只能提出弹劾而不适用查办，所以对罗案提出查办案在法律上就是站不住脚的，而即使是弹劾案，也须要参众两院同时通过，才能提交总统执行。

本是立法机关的国会，所行尽皆违法。

11月21日，国务院再开会议，讨论国会的查办案。由于前两日开会皆被国会议员搅散，群情激愤，会议作出了两项决定。第一项是退回众议院关于查办罗案的不合法咨文。但这个文件，黎元洪怕得罪国会，不敢盖印，没能发出。第二项是用内阁名义将此案发生后一切情形通告全国。但保定派阁员张绍曾、高凌霨拒绝签名，因此列名的只有另外六名阁员。

内阁因内部分裂已是疲软无力，而法院更陷于尴尬境地。法院开庭受理此案，必须有告发人向被告人提起控诉，于是检察厅票传吴景濂、张伯烈二人出庭对质。但吴、张二人召集有关议员讨论，决定抗传不到。理由是本案由总统交办，国会既非诉讼机关，议长亦非诉讼当事人，当然不负告发人的责任。吴、张二人不愿当原告，还把责任推到总统身上，被告已拘捕在案，而却没有原告了。

事情闹到这样，洛派阁员忍无可忍，向吴佩孚求救。吴佩孚向黎元洪发出"号"电，语言火辣："罗财长纵有违法事件，应提交阁议，先解官职，后送法庭。未经解职遂送法庭，似属不成事体，殊蹈违法之嫌。"

如此口吻，好似上司训斥下属。黎元洪气得浑身发抖，把电报扔在桌子上，连声说："岂有此理，岂有此理！"他拟了一个回电，也是火气十足，但电报并没有发出。

原来，这时黎元洪醒悟过来，是他上了人家的圈套。从而他也看清了吴景濂已成为曹锟的鹰犬，存心倒阁倒黎，扶曹锟上台，而吴佩孚虽然言语不敬，却还是支持他的。于是黎元洪毅然决计，命汪大燮、孙宝琦向检察厅出具了一张保单，派自己的红牌一号座车接罗文干出狱，并且接到总统府来。

罗文干来到总统府时，黎元洪降阶相迎。黎元洪请罗文干回家休息，可罗文干一口拒绝，理直气壮地表示，他要待法律解决，愿意仍回地方检察厅，听候审理。黎乃请罗暂住居仁堂，罗也不肯。说来说去，罗才同意在总统府礼官处下榻。罗文干从一个因犯一变而为总统府上宾，总统向他赔不是，他却不理，许多人也劝他不要太倔强，但他一定要争个是非。他是念法律的，又做过司法总长，在法律范围内，他有十足的信心可以胜诉。

果然，在罗文干出狱第二天，案情水落石出。由华意银行代表柏克乐出庭作证，该行所付出的3万镑和5000镑两张支票，都是意大利人所拿的手续费，与罗文干无关，另外8万镑是由财政部公开领收，这当然也无法一人中饱。至于吴景濂所依赖的原始告发人华意银行副经理徐世一则逃避无踪，不敢出庭作证。如此罗文干可以洗雪冤狱了。可谁想到,只过了一天,案情却又急转直下。

这一天晚上,黎元洪将要就寝。突然,吴景濂率领二十多名议员大踏步冲进内室来。黎元洪惊慌地问所为何事,吴景濂傲慢地拿出曹锟当天打来的电报。电报痛骂罗文干丧权辱国,纳贿渎职,建议组织特别法庭,彻底追究。待黎元洪看完,吴景濂又气势凌人地说:"如果洛阳再包庇罗文干,保定方面已准备了第二步,就是请求政府加以讨伐。"说着就拿出一封拟就的申斥吴佩孚的电稿,叫黎元洪拍发。他见黎元洪还在犹豫,又逼迫道:"事情已经很迫切,如果不发这通电报,以齐燮元为首的直系将领,将有联名电报发出,如此一来总统就陷于孤立了。"黎元洪一声不吭,在那张电报上写了个"阅"字,叫人发出。吴景濂得意地笑了起来,向黎元洪告辞。

黎元洪已气得头脑发昏,坐在那里动弹不了。待他们离去,竟失声哀号起来:"我就是汉献帝,我还不如汉献帝呀!"

曹锟这回真的动了怒。他得知,奥款展期合同这笔借款,吴佩孚得了50万,而自己分文俱无。他马上派人到交通部查账,又查出半年来交通部转账拨款清单,一共有509万元拨充洛阳军费,而拨交保定的仅有242万元。

保定派抓住这个机会,打击吴佩孚的威风。为了集中目标,保定派甚至愿意与奉、皖两系化敌为友,只以吴佩孚为唯一敌人,骂吴妄自尊大,忘恩负义。王承斌向各省直系军阀发出密电,要他们做老帅后盾,一致发出通电痛责罗文干,如果吴佩孚胆敢包庇,就把矛头集中在他的身上。然后,王承斌发出"敬"电,要求总统逮捕与罗案有关的一切人犯,并公开谴责吴佩孚不应步张作霖的后尘,替王内阁做保镖。此电一发,直系各军阀群起响应,掀起一波大浪。

吴佩孚迫于情势,通电解释两点:第一,声明他与王宠惠素不相识,仅于觐见元首时见过一面;第二,对罗案犯罪与否毫无成见,只是认为手续错误。最后表示,他对曹巡阅使始终服从,对元首始终拥护。

吴佩孚服了软,无力保护王内阁。王宠惠宣布内阁总辞职。

黎元洪派秘书长金永炎到保定和洛阳征求新内阁人选。两方都摆出姿态,组阁为元首特权,决不加以干涉。黎元洪又做起难来,他找颜惠庆、周树模、靳云鹏,可是他们一个个都敬谢不敏。他再无法忍受,气急败坏地大嚷:"快给我准备专车,让我下台到天津去!"高恩洪毛遂自荐说:"总统是我到天津迎接到北京来的,现在我愿意再送总统到天津去。"他这话是表示他有始有终,对总统忠诚,怎知马屁拍在马腿上，黎元洪以为这简直是要推他下台，因此大为光火，没头没脑地把高恩洪大骂了一顿。

这时候，黎元洪忽然想起汪大燮来，就立即把他约到总统府。见面时没什么寒暄，黎元洪就拿出填写命令的空白纸，不问汪大燮是否同意，就填上他的名字，派他署理内阁总理。汪大燮为人平和，在北京政府中颇负声望，历任多职。民国六年时，段祺瑞辞职，冯国璋找他代理了九天的总理，现在又是旧戏重演，黎元洪也拉他填空档过渡。汪大燮也自知情由，声明代理之期不超过十天。

于是，王内阁辞职照准。

汪内阁就职后，国会的吴景濂、张伯烈首先通电反对。曹锟又发通电，严厉表示对汪内阁"决难承认"。紧随其后，直系各军阀及其追随者都相继声明反对。曹锟这个通电并不致送总统，黎元洪受辱，痛苦地说："我向他请示内阁问题，他始而置之不理，继而声明毫无成见，等到命令发表，却又激烈反对。我不是他肚子里的蛔虫，叫我如何办才好？"

汪内阁召开国务会议，只有汪大燮和政学系的李根源和彭云彝三人出席。原来，保派张绍曾、高凌霨、李鼎新三位阁员以不就职为拆台的手段。高恩洪是洛阳方面的人，所以通电就职，但他听曹锟说的一句话"我和高恩洪势不两立"，就吓得赶忙把就职通电撤销了。另外许世英尚未交卸安徽省省长，王正廷借口到山东办理接收青岛事宜离开了北京，黄郛一看气氛不对也不敢就职。

就是这样只有三人参加的内阁会议，通过决议取消奥款展期合同，以讨好保定和国会。然而，这并不能换得他们收手，众议院又通过查办交通总长高恩洪和前财政总长罗文干两人舞弊卖国，擅行签订铁路材料合同一案。高恩洪想逃出北京，在车站被军警捕获。

曹锟打击高恩洪，就是打击吴佩孚。吴佩孚再一次通电认错，说他"平生嫉恶甚严，虽亲不贷，岂肯自违初衷，曲庇素昧平生之人"。素昧平生之人就是王宠惠和罗文干。

黎元洪发出了一个"罪己"的电报，解释汪内阁的组成，是为了要有一个由内阁总理副署接收青岛的命令，因之而出此权宜之计。他同时表示，已决定请张绍曾组阁，即将向国会提出。黎元洪复出仅半年来，先后成立了唐绍仪、王宠惠、汪大燮三任内阁，至此推举保定派张绍曾组阁，他已向曹锟全面屈服。

张内阁很快获国会通过。新年，新阁开张，各部总长为：外交黄郛、内务高凌霜、财政刘恩源、陆军张绍曾（兼）、海军李鼎新、司法程克、教育彭云彝、农商李根源、交通吴毓麟。在这个内阁中，保定派占总理、内务、财政和交通四席，黎元洪坚持维持政学系两位阁员分任教育和农商，勉强保住了两个席位。而吴佩孚想留高凌霨一人而不可得。

这次黎元洪复出，张绍曾奔走甚力，而且他在唐、王、汪三阁中出任陆军总长。他与吴佩孚虽是亲家，因吴不支持他组阁，故而倒向保定一方。

张绍曾如愿以偿地当上总理，兴致勃勃，想一展身手。他的宏图是实现国家统一。这时孙中山打败陈炯明，在广州开府，就任大元帅，因此吴佩孚转而放弃了和平统一之念，转行武力讨伐。那么，张绍曾又有何能？显然自不量力。

张绍曾的"三把火"还没有烧起来，他的阁员竟搞起了窝里反。他大惑不解，打听才知是曹锟的指使。曹锟已急不可耐要当总统，张绍曾向曹锟犯颜抗拒，而曹锟软硬兼施，许诺当了总统仍叫他来组阁。张绍曾才无奈地接受下来，但自己倒自己的阁，这种苦涩的滋味他怎能忍受？他经常喃喃自语，自称是九重天宫的古佛下降人间，当代人物都是他手下的星君脱胎转世，不过也有魔鬼下凡作祟，他念动经文请求仙师赐以神斧斩尽妖魔。人们背地里都称他"张疯子"。

6月6日举行国务会议，内务总长高凌霨首先发言。他说："总统近来对于政务，有的不经国务会议直接处理，有的则以命令方式，直接交院办理。如此独断专行，实在是违反责任内阁精神，侵越内阁职权，我个人认为，总统既然对于我辈阁员不信任，我辈只好退避贤路。"高的话一讲完，交通总长吴毓麟、司法总长程克、财政总长张英华都异口同声地赞成内阁提出总辞。张绍曾还没来得及开口，高凌霨又说："如果总理不愿意辞职，我们阁员也可以联名辞职。"吴毓麟接上又大骂黎元洪不已。张绍曾这时只好勉强地说："要辞职还是大家一块辞职好了。"李根源和彭云彝两位阁员还没有发言，高凌霨即把事先拟好的辞呈拿了出来，请大家签名。

于是，张内阁总辞职，通电全国。

内阁辞职通电发出后，吴毓麟和程克又劝张绍曾离开北京，说是以免遭遇困扰，其实是怕他变卦恋栈。张绍曾一答应"可以考虑"，吴毓麟即说已备妥专车，请张立即出京。张绍曾遂于当晚乘车赴津。

6月7日，内阁辞职第二天，黎元洪连发两个通电对内阁辞呈中对他的指责进行辩解，一面派金永炎到天津挽留。金永炎到了天津，张绍曾满腹心事地说：

"这次政潮,酝酿已久,我个人能力有限,业难消弭。现在我既已辞职,当然没有复回之理,总统虽然挽留我,我无法克服两个'高'字,奈何奈何!"他说的两个高字,一个是高凌霨,一个就是"总统问题"。

金永炎回京复命,黎元洪才知道张绍曾是被迫自毁家门,而曹锟倒阁的目的就是逼宫,迫他下台。黎元洪恨恨说道:"既有今日,何必当初? 他曹锟当初是怎么请我出来的? 再说了,我就一年多的任期,现在到届满也不过百余日,他就等不及了,采取如此卑鄙的手段逼我,真是欺人太甚! 他想叫我招之即来,挥之即去,妄想! 他想叫我走,我还就是不走呢,看他怎样?"

就在黎元洪长吁短叹之时,突然成群结队的军人冲进来。他们是北京驻军第九师、第十一师、第十三师和步军统领、毅军、警察厅等单位的代表,足有五百多人。个个身穿制服,腰佩军刀,到公府要求总统发给欠薪。黎元洪正一肚子冤气,勉强在居仁堂接见,狠狠地扫了他们一眼,厉声说:"你们见我做什么? 是不是要逼我退位? 要我走我就走。"请愿的军官回答说:"不敢。只是因为现在没有内阁,我们找不到财政总长和总理,只好请求总统做主。"黎元洪见他们态度尚称恭顺,乃答应于十天后筹发军饷。军人离去。

昨天,北京军警代表在旃檀寺举行会议,决议向总统请愿讨薪。主意是陆军检阅使冯玉祥所出,并邀请京畿卫戍司令王怀庆、步兵统领聂宪藩、京师警察总监薛之珩三人共同接见各路代表。

在直奉战争时,冯玉祥出兵河南,立了"讨奉第一功",遂由陕西督军调任河南督军。冯玉祥认为他得到河南是他应得的,可是吴佩孚自开府洛阳,一贯就把河南督军当作他的小媳妇,而就冯玉祥的脾性,又岂是好欺负的? 因此两人交恶,势成水火。冯玉祥跑到保定,向曹锟哭诉吴佩孚对他的压制,要求离开河南。曹锟便向北京推荐他出任陆军巡阅使。这一官职是个因人设事的虚职,当初是为安排北洋老将姜桂题而设,姜死后这一职位就一直虚悬。冯玉祥虽不满意,却已是无奈,便到北京找他的老上级、现任国务总理张绍曾求助。张绍曾给他出的主意,就是把部队带到北京来。冯玉祥这时有一师三旅部队,但吴佩孚只准他带第十一师离开,其余部队一律交由新任河南督军张福来统辖,并派参谋长张方严到郑州,名为照料,实为监视。但冯玉祥想出了点子,他让三个混成旅佩带十一师番号先行出发到京,然后才命十一师移防。就这样,冯玉祥把部队都带到北京,驻军北苑,以旃檀寺为陆军巡阅使署。冯玉祥一举成为北京最大的实力派,他与吴景濂两人一文一武成为曹锟的哼哈二将,北京完全落其掌握之中。

8日,有万人在天安门前集会,强烈要求黎元洪"速行觉悟,即日退位,以让贤路"。昔日袁世凯、段祺瑞组织"公民团"的闹剧重新上演。

9日,北京警察宣布罢岗,新华门和东厂胡同原来驻守的部队都已撤走。黎元洪见此情况,不敢到总统府上班,只好枯守东厂胡同。李根源和饶汉祥两人,携带行李搬到了黎的家里,两人誓与总统同生共死。

黎元洪上次当总统时,推举李根源出任陕西省副省长。这次复出后,即又特任李根源为北洋政府的航空督办。这时,李根源率领"海疆军"(滇军)阻击粤军回粤失败,退回海南岛,于是欣然北上入京。两个月后,李根源又出任汪大燮内阁的农商总长。

陆军检阅使冯玉祥和京畿卫戍司令王怀庆联名致函国会和外交团,宣布他们愿尽力保护国会和外国侨民,负责维持京师治安。外交团召集紧急会议,推派外交团领袖、葡萄牙驻华公使符礼德慰问黎元洪。符礼德前往东厂胡同,拿出冯玉祥、王怀庆的联名信给黎元洪看,表示说:"在外国发生了这种情况,通常就叫作政变,所以外交团愿意尽力维护总统的安全。"而孤家寡人黎元洪在外国使节面前,除了说些感谢的话而外,简直不好说什么。

这确是政变,这场恶作剧从张内阁辞职就一幕幕开始了演出。这一天,"公民团"仍在天安门喧闹,公然叫嚷黎元洪复职并无法律依据,"非法总统下台!"喊得天响。而冯玉祥和王怀庆亮出了逼宫的刀子,要求黎元洪推举颜惠庆组阁,并将政权交与这个内阁。

黎元洪与幕僚反复磋商,回复他们:组阁人选可以考虑颜惠庆,政权问题应由国会解决。直到傍晚,才把颜惠庆找来。经不住黎元洪的哀求,颜惠庆答应下来,表示"愿跳火坑"。可是,他退出去找高凌霨和吴毓麟两人,却没有找到,便又打了退堂鼓。

这一天,吴佩孚派李倬章来天津,劝说曹锐放弃武力倒黎的计划。但完全是白费口舌,于是他代表吴佩孚俨然表明态度,说吴子玉要他郑重声明,他自己决不参加这次政潮,并希望一切活动在轨道以内行之,不要一时冲动,让老帅赢得千秋的骂名。

吴佩孚所能做的,只是如此。当然,这是瞎子点灯——白费蜡。

10日,刚吃过午饭,又有中级军官三百余人来到东厂胡同向总统索饷。侍从武官长荫昌出面，口焦舌燥地相劝。但他们非要即日发放不可，纠缠了三个钟头散去。这些人刚走，聚集在天安门的"公民团"又来，随同还有"市民请愿团""国民大会"等名目的团体共一千余人。黎元洪不肯接见，他们便摇旗呐喊，鼓噪喧哗。黎元洪叫人去找聂宪藩和薛之珩派军警维持秩序，两人都置之不理。这些人一直闹到午夜方才散去。

黎元洪困在东厂胡同，形同囚禁。他急电曹锟、吴佩孚，诉说自己的困苦处境："元洪依法而来，今日可依法而去。六十老人，生死不计，尚何留恋！但军警等如此行为，是否必陷元洪于违法之地？两公畿辅长官，当难坐视，盼即明示！"

但电报发出后如石沉大海。曹锟不愿理，而吴佩孚不能理。

11日，电话已是不通，而且水、电也断了。黎元洪在家召集在京名流举行会议，出席的人有颜惠庆、顾维钧、孙宝琦、王正廷，还有议会方面的吴景濂、王家襄、汤漪等人。大家心情沉重，空气如同窒息，谁也没有好主意应付当前的局面。黎元洪愤然表示："我不能再蹈民国六年的覆辙，自己一走了事。我下台没有问题，可是决不做徐世昌第二。我是依法而来，今天要去也要依法而去，不能糊里糊涂地被人赶走！"

12日，又有军警代表和"公民团"代表轮番到黎宅示威。中午，冯玉祥和王怀庆送来联名辞呈，说"军队欠饷，情绪失控，致生变乱，难于负责"。当然这是以辞职相要挟。军警都要大乱起来，看你们如何收场？接着第十一、十二两师中下级军官又宣布全体辞职。黎元洪又痴心向曹、吴两人发电求援，仍是杳无音信。挨至下午三点，黎元洪知道大局已无可挽救，乃举行高层会议，一气议决了七道命令：（一）准许张绍曾辞职；（二）派李根源兼署国务总理；（三）除李根源外，全体阁员准其辞职；（四）任命金永炎为陆军总长；（五）裁撤全国巡阅使、副巡阅使、督军、督理，全国军队均交陆军部直接管辖；（六）声讨制造政变者；（七）宣布自民国十四年元旦起，裁撤全国厘金。

第二天上午，黎元洪叫秘书刘远驹来，把昨天的七道命令交印铸局发表。黎的家里没有空白命令纸，黎元洪便在命令上亲笔签名，然后由新总理李根源副署。

这样七道命令，不是歇斯底里吗？黎元洪没有神经错乱，他面对非常之变才有非常之举，面对凶狠的敌人也使出凶狠的手段来。他们发动政变要打倒我，那我就先都免了他们的职，夺了他们的权再说。不管有用没用，不管是何结果，反正这是起身炮,一年来受尽屈辱,终于吐出了一口恶气,酣畅淋漓!

随后,黎元洪发函致国会和外交团:"本大总统在京不能行使职权,定本日移津,特闻。"遂又向全国通电,说明离京赴津原由,其中有云:"曹锟迫在咫尺,迭电不应,人言啧啧,岂为无因。万不得已,只得将政府移往天津,所望邦人君子,鉴谅苦衷,主持正义,俾毁法夺位之徒绝迹吾国。"

各项手续办理完毕,已是下午一点半钟了。黎元洪便由金永炎托词到天津迎接张绍曾回京复职,出面向路局要了一辆专车。他自己则托词到众议院提请辞职,即在美籍顾问福开森和辛博森的掩护下,偕同金永炎、饶汉祥等十余人驰赴车站,开赴天津。

惊闻黎元洪出京,国务院秘书长张廷锷马上来到国务院。他找总统印信不着,便打电话给天津,请王承斌逼迫黎元洪交出印信。又请张绍曾马上回京复职,以便摄行总统职权。

曹锟立即致电北京军警长官,令其保护国会和各国侨民,俨然已是北京的主宰者了。而北京"军警四虎"冯玉祥、王怀庆、聂宪藩、薛之珩在京畿卫戍司令部召开紧急会议,而又根据黎总统的挽留命令宣布复职,负责维持北京治安。

天津张绍曾接到张廷锷的电话,毫不顾忌总统已批准他辞职的命令,急急忙忙地赶赴车站,回京复职。可是他刚上了火车,就接到曹锟的电报:"不得回京!"一盆冷水透心凉,他沮丧至极,又灰溜溜地下车回去了。

火车驶出北京,黎元洪金蝉脱壳之喜,以为展翅可以飞到天津了。他凭窗眺望金黄的麦田,农民正在收割,津津乐道。又说他自被直系拥入北京,整整一年,至今始得呼吸新鲜空气,言下颇有怡然自得之色。一路轻松,但火车驶进杨村车站,突然停止了。正诧异之间,外面军警一拥而上,包围了火车。随即车门打开,直隶省长王承斌带着十数卫兵走了进来。

王承斌气势汹汹地走到黎元洪面前,傲然质问:"总统既已出京,印信还有何用处?为什么要带到天津来?"黎元洪回答说,印信仍在北京,并未随身携带。王承斌即露出凶光说:"分明带了出京,为何不说老实话?"黎元洪也忿然说:"你有何资格问我印信?我决不会把印信交给你们,看你们能把我怎样?""嘿嘿!"王承斌冷笑一声:"总统既然不交出印信,只好请你回京了。"黎元洪气得说不出话来,大家就僵在一块,火车又继续向前开去。

王承斌接到张廷锷的电话,便携警务处处长杨以德率大批军警到杨村车站劫车夺印。但印信确实不在黎元洪身边,而是留在了北京。黎元洪对总统印信特别重视,以为印信在,总统的地位就在。民国六年,他被张勋胁迫退位时,就暗中把大印交给他的亲信丁槐秘密带去上海,躲进租界里,结果冯国璋派人索取不到,发生了绑票夺印的趣事。这次黎元洪又如法炮制,他把总统大小印信15颗交给姨太太危氏带往东交民巷法国医院,由机要秘书瞿瀛陪同照料。

下午四时半,火车抵达天津新站。黎元洪寓所靠近天津老站,所以他命令开去老站。但王承斌却派人把火车头卸了下来,火车开不动了,他便请黎元洪到省长公署休息。黎元洪气昏了,老毛病又发作,像个泥菩萨一样,不理不睬。王承斌见状,竟自下车回省长公署,留下一千多名军警看守。

黎元洪的公子黎绍基赶来新站看望父亲,竟被军警阻止。黎元洪困在车上,与外界联系完全断绝,乃派美国顾问辛博森下车,密携电稿往电报局拍发。电云:"上海报馆转全国报馆鉴:元洪今日乘车来津,车抵杨村,即有直隶王省长上车监视。王省长令摘去车头,种种威吓,已失自由,特此奉闻。"

辛博森把电报发出后,又到英、美两国领事馆报告黎元洪被劫持情形。英、美两国领事即来车站问候,却被军警阻挡在外。黎元洪气愤难忍,在车厢中踱蹀。突然,他掏出手枪,对准了自己的头。说时迟,那时快,美籍顾问福开森猛扑上去,一挥手把枪打掉。但同时"砰!"的一声,枪也响了,一股鲜血从头上流下来。福开森抱起黎元洪的头细看,所幸子弹只穿破了一层皮。"How dangerous!How dangerous!"福开森一边嚷着"好险,好险!"一边叫人过来包扎。

到晚上十点钟,王承斌又来到天津新站,凶神恶煞般逼迫黎元洪交印。黎元洪气急败坏地斥责他:"王承斌!去年这时候,你给我下跪,痛哭流涕地请我复职,你忘了吗?今日你又如此迫害总统,寡廉鲜耻,你不怕天下人笑吗?"

王承斌被揭了短,满脸通红,尴尬地笑了一声说:"此一时,彼一时也。你当初被张勋逼迫下台时,可曾想到再做总统?该来的总要来,就像天上下雨地上刮风一样,谁也挡不住。再说,今日之事,也是大总统自找没趣。你也不想想,你在北京不能行使职权,来到天津就行?所以我劝大总统就认了吧,把印交出来,一切了事。否则,"王承斌冷笑了一声,说,"对不起,大总统就在这车上待着吧!"

黎元洪落到这种境地,已是万般无奈,只得据实以告,印信留在北京。又为王承斌所迫亲自下车,与他的姨太太通了电话,答应交印。如此王承斌仍不放行,非要等北京确实收到印信。他等了许久不见回音,径回省长公署而去,而把黎元洪软禁在站长室里住了一晚。

东方透出了鱼肚白，王承斌又来到车上，对黎元洪说他的太太已交出了印信。然后他拿出北京发来的三份电稿逼迫黎元洪签字，否则囚禁车内，永不放行。这三份电稿一致国会，一致国务院，一致全国，内容相同，略谓："本人因故离京，已向国会辞职，依法由国务院摄行总统职权。"

黎元洪竟没有反抗，全数照签。直待手续办完，王承斌放行。

黎元洪一回到家，立即致函国会两院及外交团，并通电全国。他在诉说这次遭遇之后，表示"窃维被强迫之意表示，应为无效"，要求"维持法统，主持正义，迅议办法"。

倘若黎元洪大义凛然，拒不签字，彼敢怎样？他们决不敢行弑杀之罪，坚持以待，必将引起广泛的同情和反对，而有可能出现转机。但他自己心怯骨软，失去大节，却又企求别人挽回，可怜而又可笑。

原来，高凌霨接到张廷锷报告黎元洪离京的电话，急忙赶到国务院。他立即邀请冯玉祥、王怀庆到院，这四个人便组成了一个指挥中心。高凌霨使出的第一刀就是阻止天津的张绍曾回京。他是总长，不能命令总理，于是电请曹锟。然后就是指挥王承斌劫车夺印。

印夺到手。这时交通总长吴毓麟得知印信在北京，也急忙赶回北京来，四加一成了"五人帮"。就是这样五个人经过紧急磋商，决定赶黎元洪下台，并在征求保定曹锟同意后，向天津王承斌拍发了电报。

凌晨四点，王承斌报来黎元洪签字的消息。"五人帮"弹冠相庆。高凌霨又假惺惺地发表一则通电说："昨夜上黎大总统一电，文曰：天津黎大总统钧鉴，本日钧座赴津，事前未蒙通谕，攀辕弗及。北京为政府所在地，不可一日无元首，合恳钧座即夕旋都，用慰喁望。凌霨等各位阁员，谨暂维本日行政状况，只候还京。伏希迅示等因，合电达。"

黎元洪回到家，即收到这个来电，恨恨连声，当即复电说："元电（13日）悉。执事等呈请辞职，挽留不得，已于元日有依法副署盖印命令发布，准免本兼各职，并特任农商总长李根源兼署国务总理，请稍息贤劳，容图良觌。"

这个电报单刀直入：我已批准你们辞职，还有你们什么事？一边歇歇去吧！

黎电的影响自然不可小觑。高凌霨乃在国务院召集特别会议。内阁只有四位总长、两位次长参加，另请有冯玉祥、王怀庆、聂宪藩、薛之珩四人。经过讨论作出决议：因总统辞职，由国务院通电声明代行大总统职权。并由高凌霨领衔发出通电："本日奉大总统寒电（14日），本大总统因故离京，已向国会辞职，所有大总统职务，依法由国务院摄行，应即遵照，等因奉此。本院谨依大总统选举法第五条第二项，自本日起，摄行大总统职务，特此通告。"

黎元洪具认13日已批准内阁辞职，而不承认他14日被迫签名的辞职令。而高凌霨们却依据黎的14日令，否认他的13日令。

法律出了问题，立法机关的国会一片混乱。

13日下午，众议院议员齐集，等候黎元洪莅临报告辞职问题。可是，等候多时才接到消息，黎大总统已出京赴津。惊异之余，吴景濂和王家襄邀集两院议员数十人召开谈话会。这时候，又有传闻，说直系将于一两日内用种种手段强迫国会选举继任总统。于是决定等第二天召开两院谈话会，共同商议办法。

第二天，国会开会时，已传来黎元洪在天津辞职的消息。拥曹派议员便纷纷提议，以快刀斩乱麻的手段解决黎总统辞职的问题，选举继任大总统。国民党议员褚辅成登台大嚷："这是一次政变！是军警流氓以暴力逼走总统的，国会为维护国家纲纪，就该有正当表示。"话还没有说完，就被一阵斥骂的大浪淹没。国民党议员也高声斥骂反击，眼看就要大打出手了，吴景濂赶忙宣布散会。

当晚，吴景濂、张伯烈、高凌霨、袁乃宽、吴毓麟等人在袁家花园会议，决定先送议员每人端午节费五百元。第二天领款的议员四百余人，没有去领的则派专人送到议员住宅。所以如此慷慨，是因为就要召开国会两院联席会议，但有许多不满的议员要离京南下，如此一来，会议便可能因不足人数而泡汤。

越一日，6月16日下午，吴景濂主持召开两院联席会议。清点人数，到会四百余人。有人便提出，联席会依法须有三分之二以上方能开会。于是争论起来，竟至一个半钟头未决。不得已，乃改为谈话会，遂又以谈话会相号召，邀请各休息室拒绝开会的议员。如此按三分之二人数，仍差百八十人，召开联席会议已经绝望。这时候，议员骆继汉提出动议，以谈话会没有法律效力为由，请照过半数人数，仍改为联席会。吴景濂草草咨询，即宣布通过。由此，就是联席会了，通过了两项决议：（一）依大总统选举法第五条第二项之规定，大总统因故不能行使职权，即由内阁摄行其职权；（二）自6月13日起，黎元洪所发的命令概不生效。

这完全是一个拥曹派的决议。内阁已经宣布辞职，并得到黎的批准，何能起死回生？而第二项决议与第一项前后矛盾，既然黎于13日以后发布的命令完全无效,则为何又将黎14日的命令作为国务院摄政的根据?堂堂国会,煌煌决议,竟是如此!

国会两项非法的决议为国人所不齿。国民党籍议员特发通电宣告中外,揭露两院开会内幕,痛斥国会视法律为弁髦,声明概不承认。一时间,国会议员星散,纷纷离京南去,形同当年张勋复辟的情景。

黎元洪在天津仍以总统自居,困兽犹斗,希图卷土重来。黎元洪下令补任唐绍仪为国务总理,唐未到任前,仍由李根源代理。他打算通过唐绍仪拉拢南方,尤其是孙中山,同时和奉系、皖系合作,把国会和政府都迁到上海。李根源并致函上海的唐绍仪,说明黎元洪的"立国根本大计",告以"总统不久即可至沪,正式组织政府"。

黎元洪还有一个计划,拟任命段祺瑞为讨逆军总司令兼第一路司令,张作霖为第二路司令,卢永祥为第三路司令,陈宦为参谋长。可是息隐天津的段祺瑞嗤之以鼻,他冷笑说:"讨'逆'我不会自己讨,要你姓黎的给我命令?真是笑话!"黎元洪听说段祺瑞不肯屈就,又想改任张作霖为讨逆军总司令,阎锡山和卢永祥为副司令。可是张、阎、卢三人都很冷淡。他这次上台完全是直系捧出来的,现在又被直系一脚踢开,才想求助于人,大家对这样的总统已不屑一顾。

黎元洪在天津四处碰壁,决心南下上海。他一肚热肠,谁知上海冷若冰霜,更有人视他如祸水,驱之唯恐不速。组建全国政府的计划自然泡汤。

黎元洪离京之后,北京国会便开始了紧锣密鼓的新总统选举。为当上总统,曹锟不惜拿出所贪污的军费贿赂议员,共花金钱1350万元。吴景濂又绞尽脑汁,变生花招,终于召集了足数议员,选举曹锟为总统。

山回水转，孙俄始联盟
一波三折，国共终合作

　　上海莫里哀路 29 号孙中山寓所，有四人站成一排正在举手宣誓。这四个人就是中国共产党的领导人陈独秀、李大钊、蔡和森和张太雷，由张继介绍，孙中山主盟加入国民党。宣誓完毕，四人各在誓书上签名，然后孙中山和张继在四人的誓书上签名。签名完毕，宋庆龄带头鼓起掌来，于是大家一起鼓掌。

　　一年前，6 月 23 日。中国共产党成立大会在上海召开。出席会议的代表是上海小组的李达和李汉俊、北京小组的张国焘和刘仁静、长沙小组的毛泽东和何叔衡、武汉小组的董必武和陈潭秋、济南小组的王尽美和邓恩铭、广州小组的陈公博和包惠僧、旅日小组的周佛海。共 13 人。另外参加会议的还有两个外国人，一个是共产国际的代表荷兰人马林，一个是赤色职工国际代表苏联人尼克尔斯基。而两位最有威望的发起人陈独秀和李大钊却因公务未能到会。在这种情况下，各地代表便提议由张国焘主持会议。

　　会议开到第八天，突遇法国巡捕的侵扰，会议遂转到浙江嘉兴。31 日，代表们在南湖的一艘画舫上继续开会，至傍晚完成各项议程。这次会议通过了党的纲领和党在当前工作的决议，选举陈独秀为中央局书记，李达为宣传主任，张国焘为组织主任。

　　共产党一成立就遇到了是否与国民党合作的问题。会议经过激烈争论作出明确规定："对现有其他政党，应采取独立的政策，在反对军阀主义和官僚制度的斗争中，我们应始终站在完全独立的立场上，只维护无产阶级的利益，不同其他党派建立任何联系。"

　　共产党的独立政策，不久就受到共产国际马林的干涉。这时，张太雷代表共产党出席了共产国际第三次代表大会，他带回来的会议精神，是在落后国家中无产阶级应联合资产阶级民主派共同进行反帝运动。马林得知会议精神，深受鼓舞，他决定广泛了解中国社会各派政治力量，尤其是影响最大的国民党，以寻求在中国建立反帝联合战线的可能性。于是由国民党的张继介绍，马林前往桂林会晤孙中山。

　　马林化名西蒙博士，张太雷陪同翻译，乘轮西上，经过十三天的奔波抵达桂林北伐大本营。孙中山得知马林到来，立刻接见。之后，两人几乎天天会面。他们的谈话不离革命主旨，而又涉猎广泛，总是在热烈讨论中进行，只要一个人对某个问题感兴趣，另一个人必然作出热情回应。两人就这样一连畅叙了九天，最后马林郑重地向孙中山提出与俄国建立联盟的意见。孙中山心有疑虑，他向马林解释说："中国应该和俄国联合起来解放亚洲，但是我必须在北伐之后才能与俄国公开结盟，因为过早地联俄会引起列强的干涉。"马林提醒说："即使不联俄，您的党所进行的民族主义事业，即如现在发起的北伐，也必然导致列强干涉。"孙中山醒悟，向马林表示说："我愿意派一个最好的同志到俄国去进行联系。"

　　马林怀着美好的心情离开桂林，又来到广州，受到中共广州区委负责人陈公博、谭平山的热情款待。他在广州，不仅会晤了许多国民党的上层人士，而且到社会基层广泛接触各界群众，做了深入细致的考察。这次长达四个月的南方之行使马林大为兴奋，他认为这是最有意义的一次旅行，因为上海的情形使他感到悲观，而南方之行却使他坚信，在那里能够为民族革命进行卓有成效的工作。这使他产生了一个想法：共产党目前还是一个小党，难以在中国的政治舞台发挥重大作用，如果将共产党人加入国民党，便可以为其提供公开活动的阵地，也可以使国民党得以发展。于是，马林向陈独秀提出召开中央会议，讨论与国民党合作的问题。

　　陈独秀召集张国焘、李达、李汉俊等人与马林在杭州西湖举行会议。尽管马林尽了最大的努力，但终究未能说服几位领导人，这使他大为失望，不久就离开上海返回莫斯科，以向共产国际寻求支持。而陈独秀也致信共产国际远东局负责人维经斯基，阐明共产党反对加入国民党的理由。

就在这年二月初,马林南行未归时,一个叫谢尔盖·达林的年轻人来到上海。他是共产国际远东局书记处书记,受青年国际的派遣前来出席即将在广州举行的中国社会主义青年团第一次代表大会。正当达林准备去广州时,忽然接到苏联外交团发来的通知,要他速到北京接受指示。达林星夜赶到北京,得到这样的指示:同孙中山建立直接联系,弄清孙中山的国内外政策、对苏联的态度及国民党在广州政府中的作用。

达林来到上海,向陈独秀讲了他的任务,希望指派共产党员参加他与孙中山的会谈,并建议为了避免孙中山的怀疑,陪同去广州的共产党员可以充作翻译。陈独秀便派张太雷和瞿秋白两人随同前往。

孙中山在总统府热情接见达林,进行了长时间的谈话。在达林告辞时,孙中山表示希望达林在广州期间能够多来总统府会晤。这正是达林所愿。因此,在此后的一个多月里,达林多次造访。孙中山向达林谈到许多建设计划,但这些计划有一个共同点,都需要俄国帮助来实现。达林坦然地告诉孙中山:"在现阶段的中国只能进行反帝反封建的民主革命,这需要建立一个联合战线,这个战线可以得到俄国的支持,俄国也希望能与国民党建立联盟。"但孙中山对这一重大问题仍存疑虑,仍如以前对马林所言,许以等待他北伐成功才能实行。

为举办青年团代表大会,陈独秀来到广州召开会议。会议在讨论了党对青年工作的指导方针之后,又讨论对国民党的合作问题。达林讲话,特别强调说:"我这里所说的是,共产党作为一个政党加入国民党,而不是共产党以个人身份加入国民党。共产党以整个组织的形式加入国民党,但要以保持政治和组织上的独立性为条件,我认为这样加入国民党就是反帝统一战线的具体形式。"

与会代表听明白了,达林与马林虽都主张与国民党合作,但合作的方式却是不一样的。会议展开了激烈的争论,讨论一连持续了好几天,最终统一了思想,赞成与国民党合作,但反对以任何方式加入国民党,而主张与国民党平等联合。陈独秀陷入困惑之中,究竟是听马林的,还是听达林的,还是采取本党大多数人的意见。他反复思索终不能决定,于是又写信给维经斯基,要求亲赴莫斯科商谈此事。

突然,广州传来惊人的消息,陈炯明叛变,孙中山蒙难。陈独秀即与国民党的张继会谈,声明中共与陈炯明断绝关系,并表示希望两党组成国民革命的联合战线。这时共产党已统一意见,实行与国民党平等合作,陈独秀正是在国民党遭受空前挫折的时候提出了这一主张。陈独秀又致函广东区委，要求他们立即脱离陈炯明，支持孙中山。然而广东区委拒绝执行，陈独秀即召开中央会议，撤销谭平山区委书记的职务，给陈公博以严重警告处分，开除谭植棠的党籍。这三个人都是陈独秀的学生，陈独秀为争取与国民党合作，不惜挥泪斩马谡。

随后，中共中央第二次代表大会在上海召开。大会根据列宁的民族殖民地问题理论和远东代表大会精神，制定了党的最高纲领和最低纲领。大会又根据最低纲领通过了《关于民主的联合战线的决议案》，规定共产党与其他党派建立联合战线的原则和实施计划。从中共"一大"拒绝与其他党派合作到中共"二大"决定与其他党派建立联合战线，这是共产党重大政策的转变。

马林从中国回到莫斯科，写了长逾万字的报告给共产国际。就在马林汇报工作的同时，共产国际也收到了另一份观点不同的报告。该报告人名叫利金，他受共产国际的派遣，在中国进行了长达半年的考察。经过多次讨论，共产国际赞成马林的观点。为了使马林有充分的依据说服中国共产党人，就委派维经斯基同马林谈话，并由维经斯基亲自起草了给中共中央的命令。命令说："中共中央应据共产国际主席团7月18日决定，立即将驻地迁往广州，并与马林同志密切配合进行党的一切工作。"为确保这个命令能让中共领导人看到，遂将命令打印在马林的丝绸衬衫上。

接着，马林随同越飞启程来华。越飞为苏俄全权代表，受命主持与北京政府的建交谈判，而马林公开的身份为越飞随员。

马林手握尚方宝剑，信心满满地来到上海。陈独秀等领导人向马林汇报中共"二大"的决定，满以为会得到马林的赞许。但马林的脸上却是阴云密布，严厉地说："你们这个'联合战线'方案纯粹是不切实际的幻想，孙中山是不会同意的。"他要求中共中央再召开一次会议，对这个问题进行专门讨论。

"'二大'刚刚开过，没有必要再召开什么会议。"张国焘反对。

"是呀！代表大会刚定了的事情，怎么转眼就推翻呢？"其他人随声附和。

马林碰了钉子，发起愁来。这时，他得知孙中山广州脱险回到了上海，便去拜访。马林一见孙中山就慨然表示："孙先生不必太难过，共产国际和俄国政府都是支持您的。而且共产国际已决定共产党人加入国民党，支持您所进行的民族解放事业。"孙中山听了，心里热乎乎的，说："我现在正在部署军队，一定要近期收复广州。"马林并不赞成孙中山单纯以军事行动收复广州，而建议他以上海为基地，发动群众，打牢根基。他见孙中山不作回应，就又说："国民党必须改造，只有经过改造，才能担负起民族革命的历史使命。"孙中听罢此语，赞同地点了点头，说："我现在感到，与俄国政府建立一个更紧密的联系是绝对必要的，至于你说到共产党人加入国民党的问题，我本人表示欢迎。"

访问孙中山后，马林回过头来再做共产党的工作，促使中共再召开一次特别会议。

会议在杭州西湖召开，参加会议的是陈独秀、李大钊、张国焘、瞿秋白、高君宇五名中央委员和马林及他的翻译张太雷。会上争论异常激烈，如水沸腾，但终于同意了马林的意见。最后陈独秀拍板，说："如果党内合作是共产国际不可改变的决定，我们表示服从。但共产党人加入国民党是有条件的，就是孙中山要对国民党进行改组，只有这样，共产党才可加入进去。否则，即使是共产国际的命令，我也要反对。"

西湖会议后，陈独秀、李大钊和马林一起拜访孙中山。孙中山十分感动。双方竭诚相见，都愿国共两党紧密携手，共同进行国民革命。

西湖会议对于两党合作设下了条件，就是国民党必须改组，因而在这次会见之后，陈独秀叫李大钊确实弄清孙中山的态度。李大钊便找孙中山谈话。两人每次会见，都是畅谈不倦，几乎忘食。谈到国民党的改组，孙中山对国民党的问题认识之严重，令李大钊深为惊讶。孙中山说，他对于国民党的改组已成竹在胸，并要李大钊参加国民党。李大钊说："孙先生，我已是共产国际的一个党员了。"孙中山说："这不打紧，你尽管一面做共产国际的党员，一面加入本党帮助我。"

随后就是开头一幕，陈独秀、李大钊、蔡和森和张太雷四人加入国民党。不几天，张国焘从杭州回来，也加入了国民党。

就在张国焘加入国民党的这天，9月4日，孙中山召开研究改组国民党的首次会议。陈独秀、张太雷和马林应邀参加了会议。孙中山明确表示，要学习俄国的经验，改组国民党。

9月6日，孙中山指定丁惟芬、茅祖权、覃振、张秋白、吕志伊、田桐、管鹏、陈树人和陈独秀九人为国民党改组起草委员会委员，立即开始工作，定期一月，拟就国民党党纲和国民党章程的初稿。

11月15日，孙中山召集有国民党各省代表和共产党员共同参加的会议，讨论修改国民党的党纲和章程，并推举胡汉民和汪精卫两个共产党人起草国民党宣言。

11月16日，孙中山召集第三次会议，审查中国国民党宣言、党纲和党章。

新年1月1日，孙中山以中国国民党名义，发表了改组宣言。

新年伊始，正当国民党改组起步上路的时候，孙中山发出讨伐陈炯明通电。孙中山对陈炯明恨之入骨，无时不想报仇雪恨。他说："文一身利害不足计，唯陈贼，在所必讨。"

半年前，发生了福建事变。皖系大将李厚基为保全督军地位投靠吴佩孚，小扇子徐树铮看不下去，兴师问罪。徐树铮策反了师长藏致平和旅长王永泉，并联络驻军福建的许崇智、李福林、黄大伟三支北伐军，同时向福州进攻，把李厚基赶下了台。但徐树铮别出心裁，搞了一个不伦不类，名为"建国军政制置府"的行政机构，自称总领，引起福建人的反感。藏致平和王永泉便联合北伐军又把徐树铮赶走，选举福建籍国民党人林森为福建省省长。

孙中山意外地取得了福建地盘。这时候，张作霖劝孙中山出兵江西、湖南，并约卢永祥进攻江苏，而奉军即大举入关，孙、奉、皖三方合作，毕其功于一役消灭直系。然而孙中山不同意，他说："孔明欲图中原，先定南中，吾党欲出长江，非先灭陈逆不可。因为必须有广东，才有能力图长江，否则便腹背受敌了。"这就是孙中山的战略思想。他下令把驻闽的北伐各军改编为东路讨贼军，任命许崇智为总司令，蒋介石为参谋长，同时又派邹鲁和邓泽如进驻香港，策动一切反陈的力量，东西夹击。

邹鲁和邓泽如两人不负重托，纵横捭阖，旬月之间就争取了朱培德、杨希闵所部两支滇军和刘震寰、沈鸿英所部两支桂军的支持。孙中山即委派杨希闵为讨贼军滇军总司令，刘震寰为讨贼军桂军总司令。

12月6日，张开儒、杨希闵、朱培德、刘震寰、沈鸿英诸将领在广西平南县白马寺召开军事会议，会盟讨陈。随即兵分三路东进，会师广州。当西路讨贼军挥戈东向，长驱直入的时候，许崇智东路讨贼军也与王永泉和藏致平两军会师，进入粤东。

陈炯明无时不担心孙中山兴兵回粤，因而在闽边布下重兵。而对于广西的滇、桂军，陈炯明则掉以轻心，认为他们没有多大战斗力。当广州接到梧州"滇桂军大举东进"的警报时，陈炯明才知他的失策，于是急派叶举为西江前敌总指挥,率领梁鸿楷第一师和陈章甫第三师前往封川、江口增援。不料第一师发生兵变,第二师不战而退。陈炯明这才感到情况严重,无奈急电湖南赵恒惕,请求出兵北江,又急电云南唐继尧,请求出兵桂西,以解救广东之危。可是赵、唐两人都没有答应,陈炯明这才火速撤回东线的"援闽军",但为时已晚。

陈炯明讥笑孙中山"就是一个大炮",搞政治不行,军事更是外行。殊不知,孙中山从陈炯明叛变血的教训中幡然改变,完全把他蒙骗。讨陈之役发起不过四十天,即告大捷。

新年1月16日,陈炯明通电下野,仓皇出走惠州。当天,滇桂联军攻入广州,电请孙中山回粤主持大计。

这一天,孙中山双喜临门:南方传来收复广州的捷报,越飞又从北京来上海会见他。

越飞是苏联外交部副部长,去年八月率代表团来华,与北京政府谈判建立外交关系。但北京政府对于与苏俄建交并不热心,因此尽管越飞满怀信心地来了,而北京政府却迟迟不与他接触。越飞在北京坐了冷板凳,为打破僵局,便想与中国的实力派交往,以对北京政府施加影响。他看中的第一人就是吴佩孚,即派驻华武官格克尔带着他的亲笔信去洛阳拜访。格克尔在洛阳逗留了一个星期返回北京,见了越飞便对吴佩孚赞扬备至,说:"他完全同意你信中的意见,并说他自己是亲俄的。"越飞随后又收到吴佩孚寄来的亲笔信,还附有一张照片,说他正与孙中山进行谈判,希望两人联合起来建立一个统一的中国。这真让越飞喜出望外。但吴信又提出中国向蒙古派兵的要求,又给越飞出了一道难题。

为了取得吴佩孚的合作,越飞给苏俄外长加拉罕发出电报,大胆地提出从蒙古撤军的建议。不几天,越飞再次向斯大林和加拉罕发电,申述自己的主张。连续收到越飞的两封电报,斯大林主持召开中央政治局会议,结果否定了他的提议。于是,越飞又给加拉罕发去电报,提出向将来组成的孙吴联合政府提供贷款。越飞不能改变本国政府的态度,便想出以提供贷款挽回局面。但越飞的提议再次被莫斯科否定。这时候,心情沮丧的越飞收到了孙中山的回信,又重新振作起来。他决定派格克尔到上海去见孙中山,以促成孙吴联合政府的建立。

格克尔到了上海,即由马林陪同拜访孙中山。格克尔与孙中山进行了多次交谈,然后回到北京。他带回来孙中山给越飞的亲笔信,并着重向越飞汇报了两个方面的问题。一是说,他与孙中山进行了深入的交谈,终于说服孙中山接受与吴佩孚共组联合政府。二是说，孙中山不赞成越飞对北京的谈判，而认为俄国应当承认广州革命政府。格克尔特别提到，孙中山甚至提出了一个具体的"西北计划"，俄国政府可以派一个师的兵力占领新疆，而他也可以调去一万人，他本人也准备到新疆去，在那里建立一种新的制度，也可能是苏维埃制度。越飞对这个计划感到惊异，但在越飞看来，孙中山没有任何力量，与他公开签订任何协议都为时尚早。

格克尔的上海之行使越飞对孙吴合作充满了期待，于是他再派格克尔前往洛阳。在越飞等待洛阳消息的时候，双十节到了，北京政府外交部举行国庆招待会，邀请了各国驻华使节，而单把越飞拒之门外。越飞认为这不是他个人的荣辱，而是对苏联政府的蔑视，一气之下，他中止了迟迟得以举行的中俄外交谈判。随后，格克尔从洛阳回来。吴佩孚只回了一封很短的信，更只字未提孙吴联合组建政府之事。

外交一连受挫，过度的忧伤，越飞病倒了。

北京进入了隆冬，孙中山派张继来了。张继向越飞重提孙中山的"西北计划"，并说如果这个计划有可能实现，孙中山将派蒋介石来京与越飞密商此事。张继此来，想以"西北计划"争取苏联的援助。但越飞仍不赞成这个计划，他仍然不看好孙中山，而把希望寄托在吴佩孚身上。

越飞又派格克尔前往洛阳。格克尔回到北京，带回一封吴佩孚的信。这封信仍对孙吴合作避而不提，却严正地表明了他对蒙古问题的强硬立场。越飞这才承认，几个月来他为争取吴佩孚所做的种种努力完全失败。其实吴佩孚毫无诚意。他不过想以与孙中山合作来骗取苏联从蒙古撤军。而苏联拒绝了这个要求，吴佩孚自然就冷了场。越飞绝望了，向本国政府提出中止谈判，打道回国。但莫斯科不同意，要他保持耐心。

越飞在北京度过了一个寒冷而寂寞的冬季，传来了广州军事胜利的消息。他的心豁然开朗，当即决定离京赴沪去见孙中山，便以养病为由，携带妻子儿女和秘书踏上赴沪行程。

越飞到达上海，第二天就来莫利哀路29号访晤孙中山。孙中山设午宴招待。此后，两人进行了数次会谈，于1月26日用英文发表了两人的会谈纪要。这就是历史上有名的《孙文越飞联合宣言》。

《宣言》内容主要有四款。第一，孙中山以为共产组织，甚至苏维埃制度不能引用于中国,且以为中国最要最急之问题乃在民国统一之成功,与完全国家的独立之获得。关于此项大事业,越飞表示中国当得到俄国最诚挚之同情,且可以俄国援助为依赖。第二,越飞应孙中山要求重申,俄国政府愿意且准备放弃帝政时代中俄条约之基础,另行开始中俄交涉。第三,中东铁路问题只能于适当之中俄会议解决,现在铁路之管理事实上只能维持现状。第四,越飞宣称,俄国现政府无意在蒙古实行帝国主义政策,或使其与中国分立。孙中山认为俄国军队不必立时从外蒙撤军,缘为北京政府无力防止因俄兵撤退而引起白俄分子的入侵,以致酿成较现在更为严重之局面。

《宣言》表明,苏俄在南方赢得了广州政府的合作,对北京政府的冷淡报以颜色。对孙中山来说,则标志着联俄大政方针的确定,给危急存亡中的国民党带来了转机。

但如果仅从《宣言》字面理解两人达成的协议,那未免过于幼稚了。关于会谈的实情,长期以来双方都是秘而不宣的,只到苏联解体,从新解密的苏联政府档案中,我们才真正知道了内幕。孙中山所极力争取的是军事援助,他向越飞详细地谈了他的"两套计划",一个是立即行动的计划,就是彻底消灭陈炯明,一个是在第一套计划失败后采取的计划,建立西北根据地,在俄国援助下统一中国。孙中山说,当他的军队向陈炯明发起进攻后,陈炯明必然寻求吴佩孚的援助。如此他与吴佩孚发生冲突是不可避免的,他可以从湖南和四川向洛阳进攻,与此同时,他的盟友张作霖必然会进攻北京,然后把北京的政权交给他。孙中山告诉越飞,要实施这一计划,所缺乏的主要是资金,他需要二百万卢布的资助,给他的十万军队供应武器。同时,如果张作霖到时不愿把北京交给他,就请俄国派兵佯攻满洲,以便把张作霖的力量从北京引开。

越飞对孙中山的要求完全支持,并郑重承诺。就在发表联合宣言的当天,越飞向莫斯科发出了一封长信,强烈呼吁支持孙中山和他的事业。他动情地说:"中国正处在历史上最具有决定性意义的时期,中国的国家统一和民族解放运动从来没有这样强烈,也从来没有这样临近胜利。如果中国的革命由于苏联的帮助而取得胜利,那将意味着是苏联把世界帝国主义摔倒,并使其双肩着地。苏联将成为全世界民族解放斗争的卫士,难道这一切不值得我们花那二百万卢布吗?"

事情发展到这个地步,莫斯科已不得不考虑这个问题了,于是作出向孙中山提供二百万卢布资助和派遣政治、军事顾问的决定。越飞随即把莫斯科的决定告知了孙中山。

就在"孙越宣言"发表的当天，广州发生江防事变，本要南下的孙中山不得不打消行程。

沈鸿英出兵广州本是应岑春煊所请，但他既不是为了岑春煊，更不是为孙中山，不过是为了他自己抢占地盘。当沈鸿英进入广州后，便依仗兵强马壮图谋不轨。滇桂军进入广州后便以统治者自居，引起粤军的强烈不满。沈鸿英向杨希闵挑拨，宣称魏邦平联合粤军，不日即将解散滇桂军，所以滇桂军必须团结一致，把魏邦平除掉。杨希闵竟然被说动，便以杨希闵、刘震寰两人的名义，通知在江防司令部召开各军将领会议，说是讨论地方善后及分配防务问题。

各方如期到会。沈鸿英把他的卫队密布周围，然后与部将李易标、刘达庆、黄鸿猷、陈天太携枪进入会场。杨希闵不愿参加这个鸿门宴，便称病派参谋长夏声代表出席。刘震寰为会议主席，他刚宣布开会，李易标就跳出来责问魏邦平："陈炯明已走，为什么又有粤军讨贼总司令部之设立？是不是以滇桂军为贼？"魏邦平忙作解释，没说上几句，李易标就指着魏邦平大骂起来："你这个反复无常、朝三暮四的小人，广东每次政变都是你东倒西歪，你有什么资格在这里发言！"话才说完，沈鸿英忽地掏出枪来搁在桌子上，大声说："今天的会议有不接受我意见的，我就请他尝尝这个家伙！"随即，黄鸿猷和刘达庆猛地扑上来擒拿魏邦平。就在魏邦平呼喊挣扎的时候，陈天太喝令卫队开枪。于是枪声大作，子弹纷飞。胡汉民在慌乱中从楼梯上跳下，但他的两名卫兵被击毙。陈策跨窗跳楼，摔断了右腿。江防司令部现为滇军杨如轩的旅部，邹鲁和刘震寰避入杨如轩的卧室，杨如轩守门向外射击，才把二人保护下来。

事变发生，杨希闵才知上当。原来沈鸿英并不是只除魏邦平一人，而是要把粤滇桂军各将领一网打尽，实现其独霸广东的野心。杨希闵急命夏声和杨如轩相救，亲送胡汉民和邹鲁出险，又把魏邦平留在军中保护起来。而沈鸿英一计不成，再生一计。他预料胡汉民当晚必回大沙头寓所，乃密令部队截杀。当晚，一辆汽车从东堤驶来，枪声顿起，但击毙的却是沈鸿英自己的军长刘达庆和参谋长黄鸿猷。而胡汉民和邹鲁的车子在后，闻警调头，驶回沙面。

沈鸿英搞江防事变，引起公愤，粤滇桂各军一致要兴师问罪。他见情势不妙，推说是一场误会，并信誓旦旦地表示拥护孙中山，并派人到上海迎请孙中山回粤主持大计。此事便不了了之。

孙中山于2月21日抵达广州，设立大元帅府。去年此时，孙中山是强推选举，出任总统，而今天他重来广州，又为何轻而弃之？孙中山清醒地判断新的情势，陈炯明虽然退出广州，但其实力并未大损，而滇军和桂军毕竟不是自己的武力，江防事变就是明显的警讯，因而他的地位是很不稳定的。孙中山放弃总统称谓，也就消除了与北京政府不共戴天的敌对状态，以期避免北方的攻击而集中力量消灭陈炯明。

孙中山设立大元帅府次日，即发布大元帅令，命令桂军总司令沈鸿英所部移驻肇庆。这个肘腋之患必须排除。

沈鸿英十分恼火，认为孙中山已不见容于他，便一边呈报移防报告为掩护，一边暗中向吴佩孚输诚。吴佩孚喜出望外，定下策反之计。北京政府任命沈鸿英督理广东军务。沈鸿英即在花县新街镇宣布就职，通电请孙中山离粤，开始了暴乱。

沈鸿英自信广州唾手可得，就在他发出通电的第二天拂晓，便命军长李易标兵分三路突袭广州。孙中山亲临滇军司令部督战，将敌击退。李福林闻警，又率所部福军渡河助战，于是全线发起反攻。李易标大败而逃。

突袭广州失败，沈鸿英复调集所有北江和西江的兵力，以其子沈荣光为东路，出英德顺北江而下，以陈天太为西路，顺西江东进，他自兼中路，沿粤汉铁路南下直取广州。

广州在危急中。孙中山召开军事会议，研究作战方案，决定先以北线取守势，阻止敌人的进攻，而以优势兵力消灭西线之敌。孙中山命李烈钧率领本部和朱培德滇军为中路，命杨希闵率本部滇军和李福林粤军为东路，命刘震寰率领本部桂军和梁鸿楷军、李济深师为西路。孙中山在观音山亲自指挥作战。

沈鸿英中路沿粤汉线南下，最先抵达广州便发起猛攻，企图一举中间突破。但遭到李烈钧和朱培德两军的顽强阻击，战斗极为惨烈。沈荣光东路随后向白云山发起猛攻，亦被杨希闵滇军阻击在山下。就在北线的攻防战难分难解的时候，刘震寰、梁鸿楷、李济深三军主动出击，将进入三水的陈天太军一个师包围歼灭，而后留梁鸿楷守三水，刘震寰、李济深两军挥师东进，加入北线作战，迅将白云山一带完全扫清，继以席卷之势向北进军。沈鸿英从新街退往源潭，收集兵力，发誓与孙中山决一雌雄。李烈钧中路军紧追赶到，向源潭发起进攻，激战三天三夜。这时刘希闵东路军击溃沈荣光，从东面压过来，李济深军又攻占清远，从西面抄了沈军的后路。沈鸿英大惊失色，带领所部乘火车向北逃窜。

　　吴佩孚策反沈鸿英并要他与陈炯明东西合击广州，是他得意的一步棋。但沈鸿英狂妄至极，他要独占广州，不容陈炯明以分其利。吴佩孚在沈鸿英轻率出手后才催促陈炯明出兵，没想到仅半月之余，沈鸿英完全失败，机会已经错过。

　　孙中山偕蒋介石到三水、源潭劳军刚回到广州，陈炯明的军队已从惠州西进，攻占石龙。对于陈炯明乘沈鸿英叛变之机再伸毒手，孙中山气愤之极，亲率大军讨伐。

　　讨陈军在石龙迎头痛击陈军，乘胜向东猛攻，占领博罗。随后，孙中山电令潮梅许崇智军加入东江作战，东西合围，攻打惠州。就在激战方酣之时，杨希闵部下张武旅叛变投陈，滇军溃败，全线动摇。

　　张武旅的叛变，源自军需告急。胡汉民筹款无着，辞职谢责。孙中山电广州市长孙科接济饷械，而孙科也是无能为力。滇军本不愿离开广州出外打仗，没有钱怎肯卖命？由于军队断饷，这仗已难于为继。而在此时，在吴佩孚调遣之下，沈鸿英攻陷肇庆，同时江西军两个师攻陷英德，西江、北江吃紧。孙中山无奈放弃惠州。这是孙中山第一次东征。

　　孙中山回师广州后，旬月之间，肃清西、北两江，然后又挥师东征。他下令，十天内平定东江。东征军一鼓作气，又进逼惠州。但陈炯明作殊死之战，惠州仍是久攻不克。第二次东征无果而终。

　　孙中山一心扑在军事上，改组国民党的工作陷于停顿。马林不满了，他多次找孙中山，劝他放弃军事行动。但孙中山总是说："等解决了广东问题之后，我们就能着手进行了。"共产党大失所望，决定将中央驻地迁回上海。马林也离开广州回国了。

　　孙中山执意不改。为争取尽快得到苏联的援助，孙中山派蒋介石率代表团访苏，然后又开始了第三次东征。

　　第三次东征，战斗更为激烈，也更为艰难。孙中山两次亲临阵地，子弹在耳边呼啸，炮弹在身旁爆炸，他却指挥若定。但惠州仍然久攻不下，战争处在胶着状态。就在这时候，孙中山离开了前线回到广州。因为有一位他期盼已久的贵人到来。

　　这位贵人就是一个苏联人——鲍罗廷。鲍罗廷是斯大林点名提议他到中国南方工作的，苏共中央政治局为此通过决议，任命鲍罗廷为孙中山的政治顾问。鲍罗廷是与苏联新任驻华全权代表加拉罕一起来到北京的，然后南下广州。孙中山派他的秘书在码头一连守候了三天，把他迎接到大元帅府。

孙中山让鲍罗廷坐到自己身边，竟然好奇地打量了许久，才致问候。由此两人开始谈话。孙中山向鲍罗廷提出与俄国革命有关的各种各样的问题，鲍罗廷以亲自经历，亲身所感向孙中山讲述。孙中山听得津津有味，大受鼓舞，说："我派了代表团去莫斯科，我期待着谈判的结果。为了巩固广东，我需要扩大和强化军队，为此需要俄国的援助，然后我就可以出兵北伐了。"

孙中山兴致勃勃地谈论他的北伐计划。鲍罗廷耐心地听完，并没有回应，而是谈起了俄国革命的经验。他谈了三条：一是要有一个强大的政党和一批为党的目标奋斗的党员，二是要与民众结合，三是要有革命的军队。谈完这些，鲍罗廷向孙中山提出建议，当前最重要也是最紧迫的事情是改组国民党，把党建设好。他又详细地介绍了俄国红军的政治工作，建议孙中山对军队进行改造，要以党来指挥军队，为此需要成立军官学校，培养一大批优秀的军事和政治干部。孙中山眉头渐渐舒展，欣然接受了鲍罗廷的意见。

几天后，鲍罗廷再见孙中山，面陈国民党改组计划五点。孙中山立即表示同意，并委任鲍罗廷为国民党总顾问。

这时候，陈炯明在直系暗助下开始反扑，一举攻陷博罗，逼近石龙。孙中山偕李烈钧乘专车到石龙，命令各军坚守石龙。然各军俱无斗志，孙中山无奈，上车回省。回到广州时，石龙已失。陈炯明攻占石龙后，气焰嚣张，乘胜猛进，兵临广州城下。

广州在危机中，革命在危机中！

这时候，豫军樊钟秀请缨。樊钟秀所部原属吴佩孚。吴佩孚疑忌他"造反"，便把他调到江西，欲借赣军消灭之。樊钟秀侦知其谋，便真的造了反，投向革命，移驻赣南。广州危急，孙中山才把这支豫军调来，担任预备队。

孙中山亲到樊军训话，并要随军作战。樊钟秀苦劝不住，泪流满面，一跪到地向孙中山说："我打不退陈逆，誓不生还！"孙中山也激动得流下了眼泪，拉起樊钟秀说："好！我祝樊将军旗开得胜！"

叶举以为胜利就在眼前，手舞足蹈，一连声地大喊着："我们就要回广州了，弟兄们前进！"忽见前军纷纷败退，正是樊军杀了过来。樊军兵力不到万人，以四路纵队直插敌阵，如神兵天降。叶军闻风丧胆，一时大溃。这时洪兆麟率军赶来增援，方才止住退兵。然而身后忽又有大兵杀来，原是是谭延闿率领的三千湘军刚从湖南来到广州。洪兆麟喊一声"湖南人不打湖南人"，退兵而去。

孙中山下令"全线反击，予以扫荡"。各军乘胜追击，大破陈军，复夺石龙。广州转危为安。

　　广州局势稍定，国民党的第一次代表大会提上日程。

　　孙中山还要鲍罗廷参加"一大"文件的起草，当鲍罗廷愉快地接受这个委任的时候，他发现自从国民党成立以来，一直没有一个明确的政治纲领，这简直是不可思议的。因此他首先要做的，就是为国民党制定一个政纲，以规范国民党人今后的行动。带着这个愿望，鲍罗廷来到上海，以便与早先起草国民党宣言的汪精卫和胡汉民两人协商。适逢蒋介石访问苏联回到上海，带来一份共产国际的文件《中国民族解放运动和国民党问题的决议》。他对文件浏览一番，顿时眼前一亮：国民党的政纲就应按照这个精神来制定！

　　不久，鲍罗廷起草了一个宣言草案，提交会议讨论。与会人员廖仲恺、胡汉民、汪精卫、瞿秋白等人畅所欲言，夜以继日，直至天亮。鲍罗廷根据大家的意见修改出来，再由瞿秋白译成中文交给汪精卫加工和改写。当这个草案再交回到鲍罗廷手中时，他立即发现这些著名的国民党人的思想是多么的混乱。回到广州后，他不得不再次组成他和廖仲恺、胡汉民、汪精卫四人委员会来讨论。经过接连两天的讨论，鲍罗廷一次又一次地说服，终于达成一致意见。直到国民党"一大"开幕前夕，宣言草案才告拟就。

　　中国国民党第一次代表大会于 1924 年 1 月 20 日在广州国立高等师范学校礼堂召开。出席会议代表 165 人，其中有加入国民党的共产党人李大钊、谭平山、林伯渠、张国焘、瞿秋白、毛泽东等 23 人。孙中山指定胡汉民、汪精卫、林森、谢持、李大钊 5 人为主席团成员。

　　孙中山致开幕词。他回顾了几十年革命遇到的挫折和困难，从比较中国革命与俄国革命中探寻中国革命失败的根源。他指出，这次国民党改组有两件事：一是把国民党改造成为一个有力量的政党，二是用政党的力量去改造国家。他激昂地向大会宣示："此次改组，就是从今天起，重新做过。古人有言：'以前种种譬如昨天死，以后种种譬如今日生。'由今日起，将十三年种种宝贵难得的教训和经验来办以后的事。由今日起，按照办法条理，合全国而为一，群策群力，努力而行，则将来成功必定更大。此即为今后之第一大希望。此次改组，即本此意。"

　　1 月 23 日，大会将对《宣言》进行表决。可是这天清早，孙中山打发人将鲍罗廷请到大会秘书处，劈头就问："能否不要将《宣言》提交大会，而用我的《建国大纲》来代替它？"

孙中山在上海时就开始撰写《建国大纲》，重返广州后又间断续写和修改。他希望将《建国大纲》提交大会通过，并以此为依据，把广州大元帅府升格为全国政府。可是鲍罗廷认为他精心起草的《宣言》是国民党"一大"的灵魂，是最重要的文件，他与孙中山反复协商甚至争辩，终使孙中山同意取消自己的决定。谁知事到临头，孙中山又改变了主意。

鲍罗廷知道，这一定是国民党的右派向孙中山施加了压力，他们担心宣言提出反对帝国主义，将招致西方列强一齐干涉中国，但如果取消宣言，就意味着召开这次大会毫无意义。鲍罗廷一脸郑重，对孙中山说："用《建国大纲》代替《宣言》是不能允许的。您的纲领，我同意应该把它印出来，也应当公布，但无论如何不能把它同《宣言》混为一谈。因为在《宣言》中第一次明确地谈到了党的直接任务，以及党如何理解的政治原则。如果说你的《建国大纲》本身不能带来什么好处，那它自然也不会有什么害处。但是，如果《宣言》被全国代表通过，那么它就将成为真正革命的以国民党为首的国民运动发展的基础。也就是说，乌托邦式的《建国大纲》是没有实际意义的，但《宣言》回答了与中国命攸关的问题，因此它必须成为国民党指导性的和决定性的文件。"

听到鲍罗廷说他的《建国大纲》是"乌托邦"的话，孙中山眉头一皱，就要脱口反击，但会议就要开始，没有时间争论这个问题了。那么，鲍罗廷的意见，接受不接受呢？孙中山的脸色由阴沉渐渐转向阳光，最后微笑了一声说："还是你说得对，开会吧。"他与鲍罗廷握了握手，就走下楼去，坐到了主席的座位上。

为了使《宣言》顺利通过，孙中山特意发表讲话。他说："此次我们通过《宣言》，就是重新担负革命的责任，就是彻底革命。终要把军阀来推倒，把受压迫的人民完全解放，这是关于对内的责任。至于对外的责任，要反抗帝国主义，将世界人民联络一致，使全世界受压迫人民都得到解放。"到大会对《宣言》投票表决时，孙中山又第一个投下赞成票。

这个《宣言》包括了"中国之现状""国民党之主义""国民党之政纲"三部分。"现状"部分分析了辛亥革命后中国现状的特点和革命失败的原因。"主义"部分重新解释了三民主义，赋予新的革命意义。民族主义其目的在使中国民族得自由独立，反对帝国主义和军阀，组织各民族自由联合的中华民国。民权主义于间接民权之外复行直接民权，即国民不但有选举权，而且有创制复决罢官诸权。民生主义主张平均地权和节制资本。"政纲"部分阐述了国民党对外、对内政策：对外郑重宣布废除一切不平等条约，重订双方平等互尊主权之条约；对内确定人民有集会、结社、言论、出版、居住、信仰之完全自由。

大会通过《宣言》之后，接着在国共两党合作问题上，展开了更为激烈的争论。许多国民党员想不通，他们认为共产党人不能再加入国民党，做"双料"的党员，如果共产党人接受国民党的纲领，就应该放弃本党的纲领，解散自己的政党，否则就不要加入国民党。针对国民党排斥共产党的情绪，参加大会的中共党员召开了一次党团会议，有李大钊、谭平山、张国焘、毛泽东、瞿秋白、李立三等人参加。会议根据鲍罗廷的建议，决定组成一个由李大钊负责的三人小组，起草一个声明，准备在大会上发表。

1月28日，讨论通过国民党章程。广州代表方瑞麟突然要求发言，他主张"本党党员不得加入他党"，并强烈要求将这一条文列入党章。这个貌似中立的主张，其实质是拒绝共产党人加入国民党。

"我赞成！""我赞成！"立即有数十人举手支持。

这时，李大钊高声说："主席，我要求发言。"

当胡汉民表示允许后，李大钊说："同志们，兄弟深不愿在本党改造的新运中潜植下猜疑与不安的种子，所以不能不就我个人及一般青年同志加入本党的理由及其原委，并我们在本党中的工作及态度，诚恳地讲几句话。"

李大钊首先对国民党接纳共产党人的博大胸怀表示敬服，然后从中华民族遭受帝国主义和封建军阀的压迫讲到组成国民革命联合战线的重要性。他诚恳地表明共产党人加入国民党的态度，说："我等之加入本党，是为有所贡献于本党，以贡献于国民革命的事业而来的，断乎不是为取巧讨便宜，借国民党的名义做共产党的运动而来的。因为今日中国，只有国民革命是我民族唯一的生路，所以国民革命的事业便是我们的事业，本党主张的胜利，即是我们的胜利。我们以此理由，不但自己愿来加入本党，并愿全国国民一齐加入本党。"

李大钊对国民党中的种种猜忌一一释疑，最后开诚布公地说："我们既经参加了本党，我们留在本党一日，即当执行本党的政纲，遵守本党的章程及纪律。倘有不遵本党政纲不守本党纪律者，理应受本党的惩戒。我们所希望于先辈诸同志者，本党既许我们以参加，即不必对于我们发生疑猜，而在在加以防制。"

李大钊讲完话，所有反对的声音都沉默了。这时汪精卫、廖仲恺相继发言，对共产党人加入国民党表示支持。胡汉民担心反对跨党案获得通过，他这个会议主席将无法向孙中山交代，但是作为会议主席是不能表示自己观点的。于是，他请林森暂做会议主席，然后发言。他说："现听大家的讨论，实际上并没有什么争执，不过讨论之焦点在怕违反本党党义和党章，但此种顾虑只要在纪律上规定即可，而现在纪律已订有专章，所以就不必再用明文规定何种取缔条文了。"

胡汉民刚说完，一声响亮的湖南腔："主席！39 号要求发言。"

林森望去，是共产党人毛泽东，当即表示同意。毛泽东说："本席主张本案停止讨论，即刻付诸表决！"

林森说："党员不得加入他党，不必用明文规定于章程，唯申明纪律可也。我提议，请大会表决！"于是，大会表决通过。

这天，大会通过了《中国国民党总章》。章程规定，全国代表大会为最高权力机关，其常设机构为中央执行委员会和中央监察委员会。基于孙中山在党内所处的地位，章程专门设立了"总理"一章，确定孙中山为国民党总理。总理为中央执行委员会主席，总理对于中央执行委员会的决议有最后决定权。

1 月 30 日上午，由孙中山提议，大会选出中央执行委员 24 人，其中谭平山、李大钊、于树德 3 人为共产党员。选出候补中央执行委员 17 人，其中有毛泽东、张国焘、林伯渠、于方舟、瞿秋白、韩麟符 6 人为共产党员。

下午，选举中央监察委员会。由孙中山提议，会议选举邓泽如、吴稚晖、李石曾、张继、谢持为中央监察委员，选举蔡元培、许崇智、刘震寰、樊钟秀、杨庶堪为候补中央监察委员。

选举结束后，大会举行闭幕式。孙中山主持并致闭幕词。

大会闭幕后的第二天，孙中山主持召开国民党中执委、中监委全体会议，成立中央领导机构。会议推定廖仲恺、戴季陶、谭平山（共）为中执委常务委员，处理日常事务。决定中央党部设在广州，下设秘书处，由廖仲恺、戴季陶、谭平山（共）分任财务、党务、会务工作。还设有八个工作部：组织部部长谭平山（共）、宣传部部长戴季陶、青年部部长邹鲁、工人部部长廖仲恺、农民部部长林伯渠（共）、妇女部部长何香凝（共）、军事部部长许崇智、海外部部长林森。

国民党第一次全国代表大会是国民党历史上光彩夺目的一页。大会通过了著名的《宣言》，重新解释三民主义，确立了联俄、联共、扶助工农三大政策。这是国民党的新生，也是国民党由失败走向胜利的转折点。

黄绍竑智取梧州　陆荣廷误陷桂林

"季宽,我要走了。"参谋长陈雄突然来向黄绍竑辞行。黄绍竑大感意外,忙从烟榻上坐起来,将烟枪让与陈雄说:"吸一口,这是刚托人弄到的印度烟,劲足得很。"

陈雄推开黄绍竑递来的烟枪,说:"在走之前,我想向你说几句心里话。"

"且慢,你先告诉我,你要到哪里去?"

陈雄便掏出一封信来,递与黄绍竑:"这是叶琪给我的信,他在湖南已经给我谋下了差事。"

黄绍竑看完信,一把甩在一边,说:"你那些心里话就不要说了,不就是说我们久居一隅之地,士兵安于享乐,如不向外发展,不用别人打自己也会灭亡的吗?可是,你以为我是醉生梦死的吗? 我比你还着急呢,只是时机不到呀。现在我告诉你,孙中山已出兵讨伐陈炯明,广东局势就要大变了。沈鸿英派他的秘书来,叫我们入伙,编成桂军第八旅,开往广州打仗。这事我正要与你商量呢。"

"呀!"陈雄惊讶地张大了嘴,"我们若跟了沈鸿英,可是李宗仁能放你走?"

"这你不用管,由我去说。"黄绍竑忽地站起来,命令似的说,"现在我就派你到广州去,打听那边的情况,我们何时出兵,就听你的信了。还有,白崇禧还在广州,你看他伤好了吗,有事可与他商量。"

"好! 我这就上路。"陈雄果断地说。

"明天就是大年三十了,你过了年再走吧。"

"不用了,我就在路上过年吧。"陈雄笑了笑,转身离去。

过了大年,黄绍竑前往玉林见李宗仁。

李宗仁和黄绍竑为广西陆军小学同学，五年军校毕业后各自走向军旅生涯，而十年后重新聚首。李宗仁投笔从戎在林虎军中，由于骁勇善战，得一诨名"李铁牛"，三年连升三级，由排长升任营长。1922年粤桂战争，桂军节节败退，李宗仁所属黄业兴师退到玉林后，不再向南宁退却，而改道钦州方向，要把部队带回广东投降粤军。李宗仁毅然率领本营四个连，并说服何武的炮兵连、伍廷飏的机枪连、俞作柏的游击连共七连一千人，中途脱离大队，避入六万大山。李宗仁在山区又收拢退逃进山的桂军，兵力发展到两千人。这时候，粤军攻占南宁，陆荣廷通电下野。李宗仁默察形势，随机应变，归附了粤方。陈炯明委任李宗仁为"粤桂边防军第二路司令"，部队开往玉林以东的北流县驻防。随后马君武出任广西省省长，又委任李宗仁为"玉林警备司令"，负责玉林五属（即玉林、北流、陆川、博白、容县五个县）治安。就是在这时，李宗仁接纳了落魄而归的黄绍竑。

　　民国六年，广西创办陆军模范营，由马晓军任营长，黄绍竑与白崇禧、夏威、陈雄四名保定军官生出任连长。两年后，这支部队改编为广西陆军第一师第二团。粤桂战争中，就在李宗仁于桂东六万大山归顺粤军的时候，该团退到桂西北重镇百色，也接受了粤军改编，马晓军为田南警备司令，黄绍竑、白崇禧、夏威分任一二三营营长。此后不久，因陈炯明反对孙中山北伐，孙中山率北伐军从桂林回师讨陈，陈炯明也把亲军撤回广东自卫，于是广西陆荣廷旧部死灰复燃，纷纷成立"自治军"反攻粤军。就在这时，刘日福的自治军突袭百色，马晓军正在警备司令部开会，闻警从隔壁天主教堂逃脱，黄绍竑当场被捉，白崇禧跳墙出城。白崇禧逃出后，先到附近夏威营地。夏威已回容县老家养病，白崇禧便带领夏营和本营人马避往贵州境内，得到黔军团长刘莘园慨然相助，稍事休整，复回桂境，向百色进发。走至西隆，为自治军所阻。白崇禧黑夜侦察敌情，跌落悬崖摔伤了脚。但他躺在担架上指挥战斗，一鼓作气击破敌军。部队继续前进，忽报又有敌军杀来，惊异之间，竟是马晓军和黄绍竑同时率军赶来。

　　原来，黄绍竑被捕后，用手表和戒指贿买了监视他的卫兵，得以走脱。他只身逃往西林一带，召集民团三百人，编成部队。事为刘日福所闻，派兵围剿。黄绍竑率队昼伏夜行，走到凌云地方，正与马晓军相遇。马晓军从百色逃脱后，乘船南下，恰遇熊略率领的粤军。熊略奉命北上收复百色，便叫马晓军带领一营粤军为先锋，路经凌云时，为黄绍竑得知。

　　马晓军、黄绍竑、白崇禧三人在此时此地鬼使神差地相逢，喜极而泣。当三人在凌云整训队伍,准备向百色发动进攻的时候,粤军奉命归建开回广东,马君武电令马晓军回防南宁,而白崇禧又要到广州治疗脚伤,于是马晓军和黄绍竑两人率领部队向南宁进发。

马、黄两人率领这支队伍,冲破自治军的围追堵截,到达南宁。此时马君武省长已经离去,南宁被自治军四面包围,岌岌可危。可是南宁守将刘震寰却严令马晓军进城,作生死战。黄绍竑识破了刘震寰的阴谋,这是让他们做牺牲品,还要把南宁失守的责任推到他们身上。于是就按兵不动。果然刘震寰弃城而走,马、黄两人也率部跳出自治军的包围圈,悄悄跟随刘军之后向东撤退。来到灵山县时,刘震寰已退入广东境内。这时马晓军不愿进入粤境,而广西也无存身之地,心灰意冷,便借故离去,把这支仅剩五百人的部队交给了黄绍竑。

这时黄绍竑想到玉林的李宗仁。但李宗仁已接受陆荣廷的"招安",他不能不心存戒备,喟然长叹:"天地之大,竟无我立锥之地!"思来想去,他决定回容县老家暂且落脚。黄绍竑率队走到廉江县城时,为守城桂军所阻,就在这走投无路之时,意外地碰到他的胞兄黄天泽。原来,是李宗仁亲到容县找到黄天泽,请他寻迎黄绍竑,随后又派从百色回家养病的夏威带着委任状和军饷追随黄天泽。夏威和黄天泽两人见了黄绍竑,倍说李宗仁诚意。黄绍竑感动至极,当即接下委任状,收下军饷。

李宗仁委任黄绍竑为第三支队司令,划容县、岑溪两县为黄部驻防。这时夏威又离家归队,任第一营营长。

黄绍竑到玉林去,一路心事重重。在他落难的时候,李宗仁慷慨地接纳他。可是他这次去见他,却是要离他而去。

黄绍竑见了李宗仁,直诉衷肠。他说部队久困一隅,终非办法,及时向外发展,方为上策。遂后又将沈鸿英如何拉拢他,而他也有转赴广东之意,如实地向李宗仁诉说。

李宗仁听了,十分震惊和不快,但他也为黄绍竑能坦白相告,心中有几分安慰,于是平和地说:"目前两广局势如此动乱,随时都有机会让我们发展,只看我们的出处和主张是否正确,实力是否充沛,我们驻扎此地,也并非终老此乡,只为养精蓄锐,待机大举。至于沈鸿英此人,据我的观察,他在广州极为嚣张,四处树敌,最后必然失败,一旦沈军崩溃,则覆巢之下宁有完卵?况沈氏此人,反复无常,早为粤桂所不齿,你依附沈氏以求发展,不特如探虎穴,凶多吉少,且与这种人同流合污,势将终身洗刷不净。所以我说,如别人赋予名义尚可接受,唯沈氏赋予名义,决不可轻易承当。"

"德公,你为我着想,这情我领了。不过呢,"黄绍竑说,"我不过假借一个名义东下发展,并非真心归附他沈鸿英,至于出处和危险一层,尚不十分留意。"

李宗仁摇了摇头说:"师直为壮,打什么名义,怎是小事?我们发展的机会多得很,你不要着急嘛!"

李宗仁还没说完,黄绍竑解下手枪往李宗仁面前一放,冷冷地说:"德公,请允许我辞去军职,解甲归田!"

李宗仁又是一惊,他本想再作劝说,但当他的目光与黄绍竑那犀利的目光相遇时,已知事不可为。把他扣留起来,另行任命第三支队司令?这个念头在李宗仁心里一闪就否定了。黄绍竑是个不受羁縻的干才,就此人性情,终究难为人下,挽留不住,那就不如成全他,异日或能收到表里为用之效。想到这里,李宗仁"嘿嘿"一笑,说:"兄弟何必如此。"说着便拿起手枪重新系到黄绍竑的腰上,亲切地说:"季宽,大概你还记得,我委托你胞兄到廉江城等候你时,曾有一句话带给你,如果你不愿将部队开来玉林与我合作,我愿赠送一笔军饷,何去何从,由你自决。"

"记得。"黄绍竑点了点头。

李宗仁又说:"你不惧危险,宗仁佩服。冒险犯难本就是英雄本色,至于向外进取的原则,我更是绝对赞成的。现在我有一个建议给你,请你斟酌。既然你不是真心投奔沈氏,那就等待他败退之时背后插刀,断其归路,趁机夺取梧州以为根据地,并借以沟通粤、桂的革命势力。我敢保证,你定能大展宏图啊。"

"那实在是好,实在是好!"黄绍竑不禁竖起了大拇指。

"不过呢。"李宗仁说,"你区区一团人,力量太为单薄,待时机一到,我一定派遣一支有力部队支援你。"

黄绍竑更为激动,说:"德邻兄胸怀博大,我黄绍竑佩服之至。"说完与李宗仁使劲地握手,告辞而去。

黄绍竑回到容县,不久收到白崇禧和陈雄的来信,报告沈鸿英发动叛乱向广州进攻,孙中山下令讨伐,两军激烈交战。黄绍竑看了来信,从烟榻上奋然而起,立即回了一封"我下梧州,速来一晤"的密函,遂乐滋滋地考虑作战计划。这时他的眉头紧锁起来。梧州有一旅兵力守卫,坐镇指挥的,又是人称"智多星"的参谋长邓瑞征,而他手下仅有六七百人,实在相差悬殊。他想到李宗仁的许诺,但他觉得李宗仁对他另起炉灶已是不快,又怎能再拿出血本来让我去冒险呢?焦虑之中,又传来沈鸿英败退,粤军西进已达肇庆的消息和沈鸿英要黄绍竑旅开往梧州归邓瑞征指挥的命令。黄绍竑心中大喜,却也更加着急。万事俱备,只欠东风,就是他的兵力不够。怎么办,怎么办呢? 他想了又想,决定挖李宗仁的墙角,把他手下俞作柏和伍廷飏两个营拉过来,为我所用。

俞作柏一向对李宗仁不满,伍廷飏则与黄绍竑是容县同乡。黄绍竑秘密赶往两个营地,一番言语,俞、伍两人都爽快答应归入他的麾下。黄绍竑如愿以偿,却在心中忏悔:德邻兄,对不住了,万般无奈,我只有出此下策了。

黄绍竑乐不可支地回到容县,就要到梧州去见邓瑞征。夏威极力劝阻,说万一被他识破,就是自投虎穴。黄绍竑哈哈一笑说:"不入虎穴,焉得虎子? 我去见他,正是为了去其疑虑。再说了,这仗我就白给他打呀,他得出点血!"

黄绍竑骑马仅用了一个钟头就到了梧州。走进司令部,黄绍竑立正敬礼:"报告参谋长,第八旅旅长黄绍竑前来听命。"

邓瑞征看着一个颧骨突出,满脸胡须的军人笔挺地站在面前,并不还礼,仍是坐着问道:"你就是黄绍竑?"

"是!"

邓瑞征那双眼睛像两把刀子直刺黄绍竑良久,才慢慢站起,"嘭"的一声拍在桌子上,大喝道:"来人呐,把他拿下,推出去毙了!"

两名彪形大汉立即冲过来,扭住黄绍竑就向外推。黄绍竑一纵身挣脱,两只大手飞速展开,把两个大汉推了个趔趄,向邓瑞征大喊一声说:"我有何罪?"

"哼!"邓瑞征装腔作势地说,"本座已查明,你与粤军勾结在一起,图谋不轨,还想抵赖吗!"

黄绍竑一听"勾结粤军"的话,就知道这是诈他的,于是哈哈一笑,怒声问:"证据何在?"

邓瑞征结舌。黄绍竑又大吼一声:"你说证据何在!"

"哈哈哈!"邓瑞征笑起来:"委屈你了。来,快请坐,快请坐!"说着向前拉起黄绍竑的手,一同坐在沙发上。遂又解释道:"值此变乱时期,沈总司令吩咐用人须经考察,所以请黄旅长不必介意。"

黄绍竑心想,他竟使出这种下三烂的手段,所谓"智多星"不过如此,嘴上却说："参谋长处事谨慎,我受点惊吓算得了什么呢?"

"爽快,爽快! 我们俩也算是不打不成交嘛,从此你我情同手足,同心同德。哈哈!"邓瑞征又嘿嘿干笑了两声,说,"黄旅长,我们就要打仗了,你对西江战局有何高见哪?"

黄绍竑最担心的就是命他前去肇庆增援,便说："沈总司令粤北作战不利,西江一带亦不容乐观。我看肇庆,粤军势在必得,实难固守,不如集中兵力坚守梧州。粤军若溯江而上,但经肇庆、德庆、封开等地,遭我军节节抗击,即成强弩之末,那时我军以逸待劳,奋力出击,定能克敌制胜,从而扭转整个战局。"

这番话直说到邓瑞征的心坎里。但他不愿吹捧自己的部下,而显得自己无能,只说了一句："英雄所见略同啊。"黄绍竑遂请求补充粮饷枪弹,邓瑞征当即便批给两月军饷和步枪三百支、子弹一万发。

黄绍竑回到容县,白崇禧和陈雄已从广州回来。白崇禧报告了孙中山接见他们两人的情形,然后把孙中山的委任状交给黄绍竑。黄绍竑看了,心中大喜,说："我这三个月里连升了三级,由李宗仁的团长到沈鸿英的旅长,现在又当了孙中山的广西讨贼军第一军总指挥。哈哈!"黄绍竑当即派陈雄为代表再赴广州,由白崇禧继任参谋长。接着又召开军事会议,确定了与粤军会同作战,攻克梧州的方案。

会议结束后,黄绍竑把白崇禧叫到一边,说："健生,有一件麻烦事,非得你亲自走一趟不可。"

没想到白崇禧一点就通,"嗯"了声说："此事何难,李德邻那边由我去做好了,我保证他前嫌尽消,当然也不会使你丢面子。"

一句话说得黄绍竑满脸堆笑,大手一挥说："你明天就去玉林吧。"

"杀杀杀!"玉林教导队训练场杀声一片。李宗仁正在教练刺杀,忽见通讯员过来高声呼喊："团长、营长都来了,请你马上回去!"

李宗仁放下枪,走出场外："究竟何事,这么急?"

"他们气势汹汹,说要打黄绍竑去。"李宗仁一听,翻身上马,一溜烟飞奔到司令部。一看,李石愚、何武两位团长和六位营长都来了,个个像是怒目金刚。没等李宗仁坐下,李石愚就开了口："俞作柏和伍廷飏两个营叫黄绍竑拉走了,你知道吗?"

李宗仁坐下,慢慢把军帽放在桌子上,又端起茶杯轻轻吹着漂浮的茶叶,呷了一口,才回答说:"知道呀。"

"黄绍竑真不是个东西!"何武先骂起来:"他落魄的时候,咱司令好心收容了他。他忘恩负义,拔腿走掉倒也罢了,却又敢反咬一口,把我们两个营骗走,真是混蛋透顶!"

李石愚接上说:"黄绍竑黑了心,你能忍,我们不能忍!我和何团长与各营营长都商量好了,决定兴师问罪。他黄绍竑乖乖地把两营人马交回来,此事甘休,如若不然,我们就消灭他!"然后,他转问各位营长:"你们说,咱能忍下这口气吗?"

各位营长齐声大嚷起来:"不能忍!请司令下令吧,干了他!"

李宗仁稳坐如钟,一言不发。何武突地站起来向李宗仁说:"你不管,好呀,前有车,后有辙,我何武也要走啦!"说完转身便走。

"回来!"李宗仁霹雳一声。当何武不情愿地坐回座位上的时候,李宗仁缓和了声音说:"各位兄弟,实话对你们讲,黄绍竑当了沈鸿英的旅长,那不是真心,是计,是奉我的命令去干的,是为了趁沈军败退之时夺取梧州以为发展的基地。但他一团兵力实在单薄,也是我临时决定抽调俞作柏和伍廷飏两营归他节制的。这是军事机密,你们不要再怀疑。"

"原来如此,误会了,误会了,请司令原谅。"大家如梦初醒。

李宗仁大声宣布:"你们都回去,严格训练部队,不久就要打大仗,我看谁能杀敌建功。"

团营长们应声去了。李宗仁摸了一把脸上的汗水,"砰"的一声把茶杯摔碎在地。黄绍竑的作为,实在让他忍无可忍。可他共有三个团十一个营,黄绍竑拉走了一个团又两个营,他就只剩六个营了,以六营对五营,真要火并起来,还不是拼个净光!因此他只能再忍下这口气,以维护团结的局面。正这样想着,白崇禧来了。

白崇禧笑嘻嘻地走来,向李宗仁行了一个鞠躬礼:"德公,桂林白崇禧前来拜见!"

李宗仁注目打量白崇禧,看他穿着一身雪白的西装,打着紫色条花领带,脚蹬一双锃亮的黑皮鞋,他的身材修长,面如白玉,浓密的头发油黑发亮,容长脸上架着一副无边眼镜,一双大眼睛炯炯有神。李宗仁脱口说道:"果然名不虚传,健生兄真乃人中吕布啊!"

白崇禧笑着说："在下儒生之相，怎比德公堂堂仪表，英雄气概！说来我与德公虽不曾谋面，却共同参加过一场生死之战呢。那是民国九年的冬天，我们从广州撤退被粤军阻于禄步圩江畔，受水陆两路夹攻，德公率全营冲在前头，季宽和我各率一连人马随后冲锋，这才杀出一条血路，得以退回广西呀。"

"那的确是一场生死之战。敌军全是生力军，又占据有利地形，而我们都是些败兵疲卒，情势危急到了极点，不拼命冲一下，就完了！"李宗仁眉飞色舞地说了一阵子，忽然想起白崇禧在广州疗伤的事情，便问："健生，你的脚现在好了没有？"

白崇禧回答："好了，只是大步走路还有些不便。但我不能再耽搁了，就回来了。"接着，白崇禧谈起他在广州半年来的所见所闻。他高度评价孙中山的雄图大略和人格魅力，说他的道路才是救国救民之正确道路，孙中山是高山大河，而北洋诸辈则粪土而已。白崇禧称以陆荣廷为首的桂系为老桂系。说老桂系借护国、护法两次战争崛起，威震南天，但自从粤桂之战则急转直下，走向没落。然后，他讲起沈鸿英如何祸乱广州，从江防事变讲到他投靠北京发动叛乱。由此，他讲起当前的战事，说沈鸿英败局已定，此乃收取梧州的最佳时机。他向李宗仁详细说明了攻打梧州的军事计划，随后哈哈笑了一声说："德公，我们占据梧州，则如汉高祖之入关中，可王天下也。"

白崇禧把"我们"二字说得很重，然后一转话题："德公，季宽这次派我来，是专门来谢罪的。季宽只顾为夺取梧州着想，做下错事，大伤了你的心，实在对不起。季宽要我向你声明，取下梧州之后，他立即率队回归。"随之，白崇禧站了起来，恭敬地深施一礼。

"见外了，见外了。"李宗仁也站起来，让白崇禧坐下，说，"我十分理解季宽所虑，但他不相信我而出此下策，我才生气。他既然知错，我们仍是同心同德，一家人不说两家话，说什么谢罪不谢罪的？"

白崇禧感动地说："德公，你的为人，就像你的名字一样，既仁且德呀。"

"健生兄，承蒙你看得起我李某人。"李宗仁喜形于色，拉住白崇禧的手久久不放，说，"至于季宽说要回归一事，斟酌当前情势，还是明分而暗合为好。我认为此番收取梧州已如探囊取物，我们此后彼此应佯作分道扬镳，以免树大招风，而养精蓄锐，等待他日彼此分进合击，再打成一片。"

"好计好计。"白崇禧连声称赞。

两人不觉谈到红日西沉。吃过晚饭，李宗仁拉白崇禧到后花园中，两人各握着一把大蒲扇，一边纳凉，一边谈话。

　　"健生兄。"李宗仁问："你对广西局势有何看法？"

　　白崇禧脱口而出："德公与季宽必能削平群雄，统一八桂。"

　　"何以见得？"李宗仁心中一震，紧紧追问。

　　白崇禧说："你看吧，不久沈鸿英就要从广东败退，回桂林老巢而据桂北，我们袭取梧州，而有浔、梧最富庶之区，划桂南而治，而与桂西陆荣廷和桂北沈鸿英三分天下。这三大势力，老桂系经过粤桂之战，已把老本输光，后趁粤军从广西撤退的时机，才又死灰复燃。陆荣廷接受了北京封绶，他过去拉起大旗，与北京分庭抗礼，才撑起一片天地，如今投靠北洋，背道失义，还有什么号召力？所以我说，老桂系是回光返照，垂死挣扎。如果说陆荣廷还是个英雄人物，那么沈鸿英则是一个小人。他投机取巧，朝三暮四，为天下所不齿。如此无义之师，何能长久？况且他从广东新败，虽尚有几千人马，有何惧哉？我们这一方，虽然所占地盘最小，但却是广西最富庶之区，而且背靠广东，得粤军为后援。我们的兵力也最少，但我军是正义之师，一心一德，将士用命，更有德邻兄雄图大略，运筹帷幄。因此我敢断言，囊括八桂，势在必得。"

　　"健生兄真是小诸葛，一番见教，宗仁豁然开朗。"遂用期盼的眼光看着白崇禧说，"你做我的参谋长吧，可好，可好？"

　　"我白崇禧佩服德公，愿终生跟随鞍前马后。只是，"白崇禧眨巴眨巴眼说，"可现在不行，德公之明，我一说你就明白了，是不？"

　　"是，是啊！"李宗仁顿时醒悟："咳，我求贤若渴，怎么一时糊涂了呢？"

　　两人心心相印，通夜畅谈，雄鸡啼唱，不知东方之既白。

　　白崇禧离开玉林，到容县把原本防备李宗仁的两个营带到龙圩。龙圩是梧州西邻大镇，黄绍竑以保卫梧州为名将部队开进龙圩。把两营部队安置好，已到天黑，白崇禧来见黄绍竑，向他报告玉林之行。黄绍竑心里一颗石头落地，哈哈笑了一声，突然严肃起来，说："我决定把黄炳勋干掉，今晚就动手！"

　　白崇禧吃了一惊，问："黄炳勋不退向梧州，怎么来到这里？"

　　"冯葆初不让他进呀，这小子害怕姓黄的夺了他的地盘，关了城门。黄炳勋无奈就来到咱这里，他一旅败兵，也还有七八百人吧，我只三营人马，能挡得了？"黄绍竑恨恨说道。

白崇禧紧锁眉头说："此时出手，风险太大，不如等粤军抵近梧州，我们再动吧。"见黄绍竑不语，又说，"那就再等一天如何？"

"不行！"黄绍竑斩钉截铁："今晚我们就亮出讨贼军旗号，趁他们熟睡的时候端了他的窝，然后我们就打梧州。这个仗就交给你指挥，我就等着你的好消息了。"

白崇禧领命而去。黄绍竑躺到烟榻上，啧啧地喷吐起来，一灯独照，映着他那坚毅的笑脸。有一个心事，黄绍竑没有给白崇禧说。粤军尚在百里之外，此事发动当然是危险的，但如等到粤军兵临城下再动手，梧州则可能为粤军捷足先登，他本是借助粤军夺取梧州，而决不能让梧州落入粤人手中。冒险？"嘿嘿！"黄绍竑自己惬意地笑了起来。他想着想着就打起了鼾声，外边密集的枪声都没有惊醒他。

天将破晓，白宗禧推门进来报告："黄部全部缴械，黄炳勋也逮个正着，如何打发他？"

"挖个坑，趁黑埋掉！"黄绍竑冷冷地说道。他从烟榻上一跳坐起，"哈哈"笑了一声，说："我带俞作柏、夏威两营占领三角嘴，截断西江，准备进攻梧州，你赶快把姓黄的败兵编到我们的部队，听我的命令出发。"

三角嘴位于桂江与浔江交汇的一个锐角地带，河口以上为浔江，以下就是西江，桂江对岸就是梧州。黄绍竑进入三角嘴，抢先占据进攻梧州的要点。第二天白崇禧就率三营人马来到，两人正在商议如何进攻梧州，突见西江之上战舰如林，旌旗飘扬。白崇禧兴奋地说道："一定是粤军舰队，来得好快呀。"

黄绍竑却忐忑不安，又见梧州城区平静如常，并无抗击举动，忙派人潜入城内打听。不久得报，邓瑞征逃走，冯葆初投降了粤军。黄绍竑听了，暴跳如雷，他想抢在粤军之前占领梧州，却没想到守城旅长冯葆初投降了。他牙一咬，狠狠下令："我们打进梧州去，把他干掉！"

"且慢。"白崇禧说，"粤军既已接受冯部投降，我们再发动进攻，难免引起粤军误会。我看陈雄今日必到，我们再商量下一步行动吧。"

"你怎么知道他今日必到？"黄绍竑仍是气呼呼地。

白崇禧说："他这时不来，更待何时？"

"他要是今天不来，我就，我就——"黄绍竑无所措辞，憋一口气说，"揍你！"白宗禧一笑了之。黄绍竑跑到一边生闷气去了。

果然，没过多久，陈雄来了。陈雄就是跟随粤军军舰而来的。他一到便对黄绍竑和白崇禧直截了当地说，李济深师长请黄、白两位到军舰上晤面，并催着现在就走。两人立即起行，坐了一条小船顺江而下。

上了军舰，李济深在指挥室接见。

"李师长此番督师西江，扫荡沈军，乃是解广西民众倒悬，造福桑梓呀。"这是黄绍竑早想好的恭维话。

"说不上。"李济深说，"我们力量有限，也仅能到达梧州，就要准备回师东江讨伐陈炯明。今后广西的事情，恐怕还得仰仗你与李宗仁两人呀，这也是孙大元帅的意见。我也是广西人，当然关心自己的家乡。我认为陆荣廷、沈鸿英这些军阀早已失去人心，不过是秋后的蚂蚱，你与宗仁只要精诚团结，必能异军突起，统一全桂，然后两广连成一片，而为全国革命打下根基。"

听李济深如此说，黄绍竑一颗石头落地。白崇禧趁机探询道："师座班师回粤之后，梧州防务拟交何人？"

李济深说："冯葆初此人，我知道他，他是迫不得已才投降过来的。如把梧州交给他，无异于仍然交还给沈鸿英，那我们这趟不是白跑了吗？梧州防务，我决定交给季宽！"李济深看着黄绍竑，又若有所思地说，"至于冯葆初的问题，我派邓演达率第三团进驻梧州，兼任梧州军警处主任，监督冯葆初，以后的事情，由季宽与演达商量解决吧。"

会见之后，李济深留黄、白、陈三人在座舰上进餐。第二天即回师肇庆了。

冯葆初是梧州的地头蛇，人地两熟。当邓瑞征要他一起撤退时，他不但拒绝，而且投降了粤军，为的是保住梧州地盘。他知道粤军不能久待，他们一走，梧州就是他的天下了。他对邓演达虚与委蛇，小心提防。因而黄绍竑、白崇禧与邓演达多次策划，却无从下手。如用武力解决，一则杀降不智，二则在城内作战，冯军占据地利，伤亡必大。如此延搁了几天，李济深发来电令，催促邓演达尽快撤离梧州，开赴东江战场，这让黄绍竑急得如油煎火燎，一声声骂娘。这一日，黄、白两人又到邓演达团部磋商，接俞作柏、夏威、伍廷飏三个营接连来报，说连日大雨，桂江水涨，三角嘴就要淹没，请求移防。黄绍竑更为着急，"这，这……"连声，沮丧地说："不占三角嘴，这仗就更难打了！"而白崇禧一拍大腿，笑声说："此乃天助我也！"

邓演达忙问："此话怎讲？"

白崇禧如此这般地说了一番，邓、黄两人立即拊掌大笑起来。

邓演达随即打电话给冯葆初，说由于桂江水涨，黄绍竑部驻地进水，特允黄部三个营调驻梧州城内。冯葆初以城内驻兵太多，影响百姓生活为由拒绝。邓演达又说："黄部进城乃暂避水患，水退之后，即行撤出，你们都是友军，应当给个方便嘛。"冯葆初这才答应下来。黄绍竑便派俞作柏、伍廷飏和夏威三营移驻梧州城内。

三天之后，桂江水位回落，冯葆初即打电话给邓演达，要求将黄部三营撤出梧州城区。邓演达答应明日上午就撤，遂又通知冯葆初，他已接到师长的电令，将于明日返粤，为此今晚在五显码头紫洞艇上设宴告别，请冯出席。冯葆初疑心重重，怕遭到暗算，借故身体不适推辞。邓演达生气了，说："我告诉你，在宴会上将商量梧州防务，我已邀请黄绍竑参加，来与不来，由你自便！"冯葆初一听，忙说："啊，既是如此，我将抱病前往，一切还要邓团长多多照应。"

黄昏，江水轻拍，江面烟波迷蒙。紫洞艇虽为舰艇，实为大船改装，艇上大厅十分宽绰，里面摆下了六桌酒席，用的皆是名菜佳肴，又请来二十多名妓女陪酒，还准备了麻将、牌九、打鸡等赌具，烟榻旁又备下了进口的"大士"以及演奏笙歌的弦索手。这些都是黄绍竑一手操办。邓演达皱起眉头，说："季宽，你怎么来这一套？我们是革命军队，不能沾染这种腐化作风。"

黄绍竑笑道："择生兄所言极是，只是今晚特别，冯葆初本是腐化之人，不用这一套如何能迷惑得他？"

冯葆初姗姗来迟，他率领百人卫队来到五显码头，命卫队长在周围布置警戒，自己带着十名精壮卫士，登上栈桥，向紫洞艇走来。这时两名值勤员挡住了卫兵，指着栈桥外面说："请你们到那边就座喝茶。"冯葆初正要争执，邓演达和黄绍竑已面带微笑走了过来，同声说道："冯旅长，请！"说罢，两人一左一右拉着冯葆初上了艇。

本来冯葆初心存戒备，但席中一坐，推盘把盏，猜拳行令，丝弦清音声声入耳，拥红依翠肌肤之亲，他就忘了这是鸿门宴了。不想正在这时，冯葆初的参谋长突然冲进来，不管三七二十一把冯葆初拉在一边，说了几句话，转身而去。冯葆初回到座位，强作镇静，笑了笑说："择生兄，季宽兄，我有个急事，恕不奉陪，失敬失敬！"说完起身要走。

黄绍竑知道事情泄露了，"嗖"的一声拔出手枪，大喝一声："不许动！"

冯葆初哈哈笑了一声："季宽兄，你开什么玩笑？喝醉了不是？"

黄绍竑的枪抵着冯葆初的胸膛："不是玩笑，把枪交出来！"

"季宽兄，你我之间无仇无冤，有什么话就只管说吧，我冯葆初没有不照办的。"冯葆初仍想周旋。

"少啰唆，把枪交出来！"黄绍竑又大喝一声。

冯葆初慢腾腾地解下武装带，把枪放在桌子上，胸脯一挺，傲然地说："姓黄的，开枪吧！我死倒也罢了，可是码头上还有我几百名兄弟，机关枪一扫，你们也别想活！"

"不用枪！"黄绍竑把枪一扔，猛扑上去，把冯葆初按倒在地。可是冯葆初身强体壮，几经挣扎，反把黄绍竑压在身下。这时两名士兵冲上来，狠狠几拳，冯葆初就倒地不动了。

黄绍竑爬起来，摸了摸胡须，喝令："把他沉到江里喂鱼！"几个人七手八脚，把冯葆初抬了出去。

只听得"扑通"一声，黄绍竑哈哈大笑，向邓演达说："鸣笛吧，鸣笛！"

所有的战舰都鸣响了汽笛，"呜呜"的响声震颤着黑暗的夜空。紫洞艇上，重新开宴。黄绍竑举起酒杯，满面春风地向邓演达说："择生兄，我先敬你一杯庆功酒。"

听到鸣笛之声，夏威营猛扑过来，冯葆初的百人卫队死伤大半，举手投降。与此同时，白崇禧率部与粤军邓演达团同时出动，把城内冯军完全消灭。

当晚，黄绍竑进住梧州城。

黄绍竑夺取梧州之后，李宗仁和黄绍竑两军即西征陆云高。

陆荣廷返桂时，陆云高不愿受其节制，便率领六千自治军，退出南宁，东向占领横县、宾阳、桂平、平南、贵县五县，盘踞浔江四五百里，成为李、黄西进的当面之敌。

李、黄两人约定，各自从玉林和梧州出动，夹击敌军。李宗仁率军北上，未遭剧烈抵抗即占领贵县，然后东进围攻桂平，生俘敌营长黄飞虎。这时黄绍竑已自梧州连克平南、江口，与李军会师鹏化。陆云高率残兵千人窜入瑶山，投奔桂林沈鸿英去了。自此，整条西江，自贵县直至广州，完全操于粤桂革命军人之手。

打通西江之后，李济深约李宗仁到梧州相会。李宗仁和黄绍竑两人同时由李济深、陈铭枢介绍加入中国国民党。梧州之行后，李宗仁将司令部内迁至桂西南战略重镇桂平。

陆荣廷大惊，下令讨伐叛逆，收复梧州。

李宗仁进驻桂平不几天，陆荣廷即派陈毅伯来到桂平，说陆老帅决心讨伐黄绍竑，任命李宗仁为前敌总指挥。他还以为李宗仁是他的部下，并不知道李、黄两人明分暗合，更不知李宗仁已加入了国民党。李宗仁一边听，一边思考对策：如果拒绝，则陆荣廷可能以此为由向我用兵，并可能联络沈鸿英两面夹击，而广州方面，正在东江与陈炯明作战，自无力助我，那该怎么办呢？

陈毅伯说完，李宗仁已成竹在胸，不紧不慢地说道："老帅这套讨黄计划，本人认为有缜密考虑的必要，并非有所爱于黄某，只是在战略上分析，并非上策啊。梧州为广西门户，如老帅自信不但有力量收复梧州，且能直捣广州，则应向下游用兵。如老帅志不在此，仅欲收复梧州，则衅端殊未可轻开，一开则不易收拾。孙中山援桂，前车不远，老帅宜深思熟虑。再者，老帅身受北京政府的委任，而至今与北方交通阻隔，一旦与广东交兵失利，则北京纵欲援助，也问津无由。自古用兵，未闻后顾之忧未除，而能决胜于千里之外的。现在老帅的心腹勇将马济所率精兵仍困在湖南，无法返桂，是则老帅本身实力尚不能充分利用，与北方也不能沟通，便想贸然对广东用兵，宗仁期期以为不可。愿老帅谋定后动，计出万全，殊三思之。"

陈毅伯将李宗仁的意见拍电报给陆荣廷。不久，陆荣廷回电，仍坚持原意，力促李宗仁勉为其难，担任前驱。李宗仁见状，复请陈毅伯再发一电，并声明："陆老帅如仍志在必行，则我宁愿撤返玉林，让开大河正面，请老帅另简贤能。然老帅兵非义动，计从下策，我不忍桑梓遭劫，且为老帅惋惜。"此电去后，孰知回电立至。陆荣廷说："自前电发出后，曾熟思德邻的建议，深觉筹谋允当，堪称上策。本督办决意往柳州、桂林一带视察，暂罢东征之议。"

果然，没过多久，陆荣廷就在他的义子陆裕光护卫下，从南宁启程，前往桂林。

由于李宗仁的坚决抗命，陆荣廷不得不放弃东征的打算，并对李宗仁打通北方交通的建议十分欣赏。可巧这时马济发来一封同样的电报。马济也是陆荣廷的义子，是桂系的头号战将。陆荣廷返桂后，派他到北京求援，吴佩孚拨给他一团人马，令其在湖南衡阳一带整训，数月之间，由一团扩编为两团。但仅两团之兵想回广西，由于沈鸿英所阻，也是不可能的。因此，他请陆荣廷由南宁北上，驻节桂林，他便趁机南下回到广西。如此既打通与北方的陆路交通，又为对付沈、黄两方占据地利。陆荣廷看了马济的电报，其意遂定。

陆荣廷一行从南宁走到柳州，守将韩彩凤出城迎接，并腾出司令部让陆荣父子住宿。韩彩凤见陆浴光虽率一师人马，而实际不过千人，便对陆荣廷说："老帅，现今桂省不宁，你随驾兵力太少，倘有不测，如何是好？"

陆荣廷气得大骂："那些王八蛋忘恩负义，我回到南宁，他们都躲得远远的。哼，我受北京任命治理广西，沈鸿英虽然桀骜不驯，但他还是我旧部，谅他也不敢造次，我怕什么？"

韩彩凤立即拍着胸膛说："老帅，我韩彩凤一生跟你南征北战，便是赴汤蹈火也在所不辞。我要尽起柳州之兵护驾，请老帅恩准。"

陆荣廷十分感动，握住韩彩凤的手说："国危思良将，有你这忠勇之士跟从我，国家幸甚！"于是，韩彩凤挑选两千精兵，把柳州防务交给其兄韩彩龙，护卫陆荣廷踏上桂林之路。

陆荣廷在三千人马护卫下，向桂林进发。走到将军桥，桂林城隐约可见。这时一支马队飞奔而来，走到近前，一人滚鞍下马，恭恭敬敬地行了一个军礼，朗声说："在下邓瑞征拜见老帅，欢迎老帅来桂林巡视。"

邓瑞征从梧州撤走后，即来到桂林，出任沈鸿英的参谋长。陆荣廷一见是邓瑞征，面孔一板，问道："沈鸿英呢？他不在桂林？"

"报告老帅。"邓瑞征说，"为防备黄绍竑，沈司令到平乐布置军事，他命我好生接待老帅，完了事，总司令就来看望老帅，聆听训示。"

"噢！"陆荣廷把手一挥："咱走吧。"

邓瑞征在前引路，大队缓缓前行。走到桂林城门，锣鼓齐鸣，歌舞翩翩，人头攒动。邓瑞征亲为陆荣廷牵马，挥着手叫人让道。陆荣廷见有这么多人欢迎，认为这是广西百姓真心拥戴他，心里着实高兴。他满面春风，频频向人群致意。

邓瑞征安排陆荣廷住进独秀峰下的前清抚台衙门。这是桂林最为尊贵之处，风景也是最美的。稍事休息，邓瑞征举行盛大的接风宴会。宴毕，邓瑞征即向陆荣廷辞行。陆荣廷颇为诧异，问道："你要到哪里去？"

邓瑞征回答："沈总司令交代，恭迎老帅入城后，即移军平乐。"

"唔，我不过到此巡视，与民同乐。我是客，你是主，客人来了，主人怎么就走了呢？"陆荣廷疑问。

陆浴光插上话来说："这个样，不是我们挤占了你们的地盘了嘛！"

"哈哈！"邓瑞征笑起来，说，"少帅如此说，便是把我们当外人看待了。广西这片天地，莫说桂林，哪里不是老帅之天？实话说，老帅来桂，我们责无旁贷要保卫老帅的安全，但沈总司令担心我的部下不守纪律，闹出事来，反而打扰了老帅的安宁，才有此安排。所以，我请老帅多多担待呀。"

"好，好！"陆荣廷满脸堆笑地说，"既然你司令有如此苦心，我就不留你了。"

"是。在下明天就带队出发，祝老帅来桂林巡视一切顺利。"说完告辞而去。

宴会上，桂林商会会长向陆荣廷说，为欢迎老帅，已准备下龙灯会，请老帅与民同乐。陆荣廷一听，大喜，当即就说："太好了，明晚就办吧。"陆裕光赶忙说："父亲一路辛苦，还是将息几日才好。"说完，那双分明示意的眼光紧盯着陆荣廷。陆荣廷沉吟了一会儿，才说："那好，就停几天再办。"

桂林风俗，大年三十的火，正月十五的灯。而实际上，正月十五的灯比年三十的火更为热闹。陆荣廷是个龙灯迷，前几年桂林为省会的时候，他作为一省长官，总要亲自参加，并带头舞龙，百姓都见过他的风采。而今年正月十五，因等待陆荣廷来桂，故把灯会推迟了。听商会会长说出原委，陆荣廷大为欢喜，心急发痒。可事情却为陆裕光所阻止。原来，陆裕光深怀疑虑。他从沈鸿英躲避不见、邓瑞征过分相迎、驻桂沈军撤离等形迹，看到了极大的风险，担心落入龙潭虎穴。我们初来乍到，人地两生，兵力尚未部署，工事未及修筑，怎能贸然举办灯会呢？

三天过后，侦知邓瑞征的队伍已到平乐，陆荣廷以为无所忧虑，就催促说："明天是三月三，正好举办灯会呀。"

农历三月三，是中华民族的传统节日。在壮族传说中，三月三日又是壮族始祖布洛陀诞辰日，所以广西又特别看重这个节日。

这天入夜，家家举灯，户户结彩。赛灯会就设在皇城之内。所谓"皇城"，乃是明朝靖王的内城，后来成为南明永历皇帝的皇宫。那皇城四面城门楼上并排挂着四只特大的宫灯，皇城之内灯火通明，各式各样的花灯争奇斗艳。赛灯会的高台上，并排十二只花灯高照，台前十支碗口粗的大蜡烛跳跃着洁白的火苗。参加龙灯会的各种龙灯都在赛台前燃蜡，一时间锣鼓喧天，鞭炮齐鸣，一条条巨龙摇头摆尾，向外游动，后面紧随的还有舞狮队、高跷队和秧歌队。一出正阳门，头行牌报就一连数声的高呼：

"老帅耍大龙出来啦！老帅耍大龙出来啦！"

最前面那条龙，舞龙头的人正是陆荣廷。人们争相观看，追随着向前拥挤，齐声呼喊着："陆大人,陆大人!"陆荣廷一听,更来了精神,使出浑身招数。只见那条龙张牙舞爪,活灵活现,后面还紧跟着五条长龙,一齐相随起舞,上下翻飞。

桂林之夜在沸腾,人们都沉浸在狂欢之中。这时城外突然响起密集的枪声,原来是邓瑞征率部开始攻城。邓瑞征的兵马回平乐只是一个假象,而大部队则于中途分散隐藏,得到密报后便迅速反扑过来。

这晚举行龙灯会,陆裕光丝毫没有放松警惕,严加戒备。韩彩凤负责守城,在四座城门布下重兵。陆裕光负责城内,除占领各个要点之外,又派出二百精壮士兵,化装成平民混杂在人群中,跟随在舞龙队的两侧保护。然而邓瑞征认定,他欺骗成功,桂林一定疏忽大意,便兵分四路,直捣四门。

人们正玩得高兴,听到枪声,还以为是放鞭炮呢。但随后就听清楚了,那是枪响。现场的活动停了下来,大家不知所措,也有人开始溜走了。陆荣廷一蹿骑上一个人的肩膀,挥着手呼喊道:"乡亲们,你们不要惊慌,就是一群小毛贼来捣乱,没什么可怕的,我们还是玩我们的!"说完,猛地跳下,举起龙头又舞起来。

只到游完了全程,锣鼓声、鞭炮声、呼喊声落下来,平静中才听到四周枪声响成一片。人们才想到这可不是几个小毛贼,出了大事了,于是一哄而散。

邓瑞征攻城整整一夜,四座城门岿然不动。又架起云梯越墙而入,也均被打退,城墙之下,尸堆如山。东方破晓,邓瑞征撒了一把清泪,下令撤出城外。

两天后,沈鸿英又派其子沈荣光率一师兵力,与邓瑞征合力攻城。接连十几天,曾一度将城墙炸开一道口子,仍为韩彩凤击退。从此,沈鸿英放弃了急攻桂林的打算,而把桂林城层层包围。

陆荣廷紧急调动各部来援,里应外合,以解桂林之围。但马济所部从衡阳南下,进至桂北七十里之兴安,遭到沈军的截击。陆福祥所部从河池东进,一度逼近桂南百里的山口圩,也被沈军击退。其他如蒙仁潜、刘日福等所部对陆荣廷三心二意,只是虚以应付,出兵而不出力。如此陆军各部只对沈军形成一个大包围,却不能打破沈军的外围防线,而沈军因有后顾之忧,也不敢贸然大举进攻。战局就这样僵持下来。

陆荣廷渴望援军到来,甚至天天占卜吉凶,夜夜焚香祷神。但"孤军日日盼音书,到底天边雁影疏"。他又不断叨念:"纵使他军不到,夫人亦当率师而至。"可是,"坐镇纵舒名将策,援兵终靳美人车"他的第四夫人也没来解围。桂林山水甲天下,可这时山动愁容,水作怨声,陆荣廷度日如年,百日之间,须发尽白。

反戈一击，冯玉祥北京政变
折戟沉沙，吴佩孚天津浮海

1924 年 9 月 3 日，江浙战争爆发。

江苏、浙江两省为争上海归属不可开交。上海本为江苏地盘，可是自袁世凯时代划归了浙江。冯国璋做江苏督军时，多次动用心计争回上海未成，李纯继任苏督也没争到，现在的苏督齐燮元更对上海这块肥肉馋涎欲滴。这时候，卢永祥执掌浙江，是在直皖战争后皖系仅存的地盘。曹锟贿选总统后，卢永祥带头反对，并在段祺瑞授意下，北联张作霖，南联孙中山，浙江顿成反直的中心。因此直系极欲除掉卢永祥。正当江、浙两军剑拔弩张之时，英美法日四国列强干涉，齐燮元无奈袖手，又在张謇等两省绅商斡旋之下订立了和平公约。不幸，正当和平微露曙光之际，福建发生事变，徐树铮行策反之计逐走李厚基，然而他弄巧成拙，政权戏剧性地落入孙中山之手。吴佩孚大怒，派孙传芳"援"闽，一举占领福建。齐燮元认为时机成熟，遂联合福建、安徽、江西三省，向浙江发起了进攻。江浙之战于是爆发。

自直奉战争之后，张作霖败退东北，卧薪尝胆，加强军备，内联孙、段，外交日本，时刻准备报仇雪恨。经过两年的准备，可以说万事俱备，只欠东风。这东风就是与直军再战的理由。因此，江浙战争一爆发，张作霖就以制止战争为名发动了战争。

张作霖组编军队，名为"镇威军"，自任总司令，将手下二十五万兵力分为六个军，分别任命姜登选、李景林、张学良、张作相、吴俊升、许兰州为一至六军总司令。他致电曹锟，斥责他为吴佩孚之傀儡，不能制止战争，威胁将不久攻入北京，他曹锟也将沦为阶下囚。电报最后说："吴佩孚扣留车皮，交通断绝。因此，弟只能用飞机问足下之起居，枕戈以待最后之回答。"奉军空军力量最强，有二百七十五架飞机。这言外之意就是："我要轰炸北京，你小心点！"

曹锟接到电报，一夕数惊。他向洛阳吴佩孚连发数道"十万火急"的电报，请他入京指挥作战。

两年前的直奉战争，吴佩孚指挥直军打败了奉军。这时候他完全可以入京做大官了，但他不屑一顾，仍回洛阳。他所想的是实现南北统一的雄图大业，为此他必须拥兵自重。果然，他推出"恢复法统"的旗帜，逼迫徐世昌下台，抬出黎元洪复任总统。吴佩孚所在的洛阳俨然成为全国的政治中心，有圣人之名的康有为为他五十大寿献联：

> 牧野鹰扬，百岁勋名才半世；
>
> 洛阳虎视，八方风雨会中州。

可是黎元洪任职未满，曹锟已急不可耐。拥曹派兴风作浪，打压吴佩孚，又把黎元洪赶下台，捧曹锟做了总统。获悉曹锟贿选成功的消息，吴佩孚喟然长叹，对人说："想当总统嘛，就当，何必弄到倒阁、逼宫、夺印、贿选的地步？宵小不仅误国，而且误曹，一着错，满盘输。"吴佩孚无力挽回这着错棋，他的"法统重光"和平统一大业泡了汤。

接二连三接到曹锟的急电，吴佩孚犹豫彷徨，苦闷已极。他知道直系因曹锟贿选已大失人心，陷于孤立，更深悉直系内部拉帮结派，离心离德。面对直、奉再战，他想到失败，落到如他前言"满盘输"的结局。而如果他指挥作战失败，没谁体察这是"非战之罪"，他要承担全部责任，成为替罪羔羊。但他又万难拒绝老帅所请。上次直奉战争，老帅毅然将军事大权交付于他，而这次，老帅更不计对他的怨恨，仍然依为砥石，生我者父母，知我者老帅也。

吴佩孚身经百战，是驰名的常胜将军。每临大战，他都是信心满日月，豪情冲霄汉。而这次临战，却是从来未有的纠结。他自己鼓励自己：我吴佩孚何人？打遍天下谁敌手？但失败的阴影仍是挥之不去。

为迎接吴佩孚，曹锟特将慈禧太后所用花车送去，又将国内各铁路所有的三十四辆头等车厢集中洛阳。9月15日下午，列车鸣笛出站，车上载有吴佩孚的精锐第三师，因列车太重，前后各挂了一个火车头。车到彰德，曹锟所派专使登车迎接。吴佩孚告诉专使，说他先到保定，调度兵马，再行入京。专使一听就"哎呀"了一声说："这怎么得了？奉军六军齐出，曹大总统在京专候玉帅，度日如年，玉帅要在保定下车，可不把曹大总统急坏？"吴佩孚仍犹豫不决。继到保定，曹锟所派第二路专使又上了车，两位专使苦苦劝驾，几至声泪俱下。吴佩孚这才改变了主意，下令列车直驶北京。

北京的欢迎，盛况空前。吴佩孚在前呼后拥中抵达总统府，曹锟亲自迎出二门以外，一见吴佩孚便连声说"老弟，辛苦了，辛苦了"，拉着他的手进入客厅。吴佩孚坐下来时发现，只有曹锟与他宾主而坐，两旁雁翅般排列的文臣武将，一概垂手侍立。曹锟当众宣布"圣谕"两条：第一，子玉一到，一应政务军事悉出便宜行事，他自己概不与问，要求文武官员一律听命；第二，国务院衙门业已全部腾空，移作吴佩孚的总司令部。

国务院所在就是逊清醇王府。其大客厅名为"四照堂"，其四壁是高大的落地窗，镶满锃亮的天蓝色玻璃，故名。

这晚，四照堂灯火辉煌，亮如白昼。吴佩孚就在这里调兵遣将。来此开会的，除六十多位直系师旅长外，尚有代国务总理颜惠庆、陆军总长陆锦、海军总长杜锡圭等政府高级官员。大家等了很久，一位副官高声宣报："总司令到！"轰的一声，人员全体起立，垂手恭候。只见吴佩孚从内室迈着八字步踱将出来，他竟不着军装，穿的是千层底布鞋，黑色夹裤，灰布长衫，外套黑缎子坎肩，嘴里还叼着一支雪茄烟。走到桌子前，他跟大伙点了点头，自己先往椅子上一坐，翘起两腿盘在椅子上，然后又斜着身子往桌子上一靠，轻轻地说了声："请坐下。"

副官抱来一叠文件，放到吴佩孚面前。吴佩孚先宣读曹总统的讨逆令，接着宣布他亲手拟制的作战方案，语调平平，干燥无味，完全没有威武雄壮之气。"下面我宣布各军作战任务。"吴佩孚终于振作了精神，高声道："讨逆军总司令吴佩孚，副总司令王承斌。"这时，突然电灯灭了，一片漆黑。吴佩孚停止宣读，会场鸦雀无声。但大家的心里无不惊惶，以为是不祥之兆。这样过了几分钟，电灯复明。吴佩孚继续说："本次战争，我参战陆海空军十七万，兵分三路。第一路：总司令彭寿莘，副总司令王维城，率领第二十四师杨清臣，第十四师靳云鹗，第二十师阎治堂，第二十六师憨玉昆……"

吴佩孚三路兵马都点完毕，松了一口气说："没有问题了吧，我们就这么办吧。"这时杜锡圭站起来说："报告总司令，命令没提到海军呀，我们怎么办？"

吴佩孚点了点头，说："那就添一条吧，你们在海面巡逻，准备护运部队。"

航空署长又站起来说："总司令，还有我们空军呢。"

吴佩孚"哦哦"连声说："照样添上一条，你们随时准备，随时出击。"

接着又有骑兵、通信兵起立请命，吴佩孚不耐烦了："算了，算了，你们待命听调吧，照这样往下添还像个命令吗？今天就这样了，大家分头准备去吧。"于是散会。

奉军设大本营于锦州，分三路进兵：东路以张学良第三军出兵山海关，以姜登选第一军驻绥中为后路；中路以李景林第二军向朝阳、凌源进攻；西路以吴俊升第五军和许兰洲第六军出兵开鲁，向赤峰方向进攻。另以张作相第四军驻守锦州大本营，为总预备队。

直军也以三路迎敌：东路以彭寿莘为总司令，率七师八旅之众，出兵山海关；中路以王怀庆为总司令，率三师四旅之众防守凌源、朝阳一线；西路以冯玉祥为总司令，率一师两旅之众，出古北口，向赤峰方向进攻。其战略部署是以山海关为主战场，由吴佩孚亲自指挥东路大军，并与海军联合陆水交攻，直取奉天，而以王怀庆中路固守热河取守势、冯玉祥绕道进攻奉天后方，策应主攻方向。

吴佩孚四照堂点将之后，奉军就知道了直军的作战部署，以及直军各部队驻防地点和战斗力，于是首先向直军最为薄弱的中路发起进攻，一接仗就把王怀庆的第十二师打得落花流水，连克朝阳、凌源、平泉，直抵长城脚下。同时奉军北路吴俊升、许兰洲两军出开鲁，直取赤峰。而直军西路冯玉祥才刚出古北口。这时吴佩孚尚在北京，于是派副总司令王承斌率后路援军驰抵古北口，代行总司令职权，居中指挥中、北两路归复凌源、赤峰，严令王怀庆整军再战。但吴佩孚不知，王承斌早与冯玉祥暗中勾结，参加了倒吴派，自然不会在前线打硬仗了，致使奉军囊括热河，进而南压长城，威胁东路直军的后方。正是在这时，奉军东路张学良又向山海关发起了猛烈攻势。

这次奉军战略本是先以东路取守势，以中、西两路取攻势，达成目标后，即以张学良第三军在山海关战场一决雌雄。然而战争发起后，奉军中、西两路意外得手，于是张作霖下令，由张学良第三军和姜登选第一军组成联军，仍以张学良为总指挥，以郭松龄为副，发起山海关决战。

奉军向山海关发起猛烈冲锋，大炮齐鸣，狂轰滥炸，又配有飞机临空扫射。山海关顿时陷入一片火海。防守山海关的，是直军东路总司令彭寿莘，他是直军有名的战将，所率六万军队又为直军主力，而且占据山海关长城有利地形，真可谓铜墙铁壁。奉军猛攻三天三夜，山海关前尸堆成山，血流成河，从前线抬下一千多尸体。张学良抚尸大哭。而张作霖在锦州大本营气得跳脚骂娘，喝令张学良："小六子，再打！"

张学良召开一、三联军将领会议，商讨破敌之策。当张学良宣读了张作霖的电令之后，会场一片沉寂，显然大家对攻破山海关已失去信心。张学良心急如焚，满面愁容。坐在一侧的郭松龄挺身而起，说："报告总司令，郭松龄向你请战！"张学良投去钦敬的目光，未及开口，郭松龄接着说："这次攻关受挫，一是我们碰上了硬茬子，二是地形不利。山海关长城又高又陡，而前面是一片平地，易守难攻。因此我提议在山海关正面取守势，把主攻方向转到北面，全力攻克九门口，直插敌后，然后与正面东西夹击。请总司令授予我攻打九门口指挥全权，我愿以头颅担保，不成功便成仁！"张学良立授郭松龄全权，兴奋地说："不愧吾师，定能马到成功！"

九门口在山海关以北三十里，是长城重要关隘，称为"天下第一口"。万里长城，遇山连绵不绝，遇水中断不接，而九门口长城是在流经隘口的九江河上架起的一座桥梁。这座桥跨河一百多米，筑有九个泄水桥洞，在桥洞之上垒成石墙，两端各有一个桥头堡，藏兵护卫，成为独特的水上长城。郭松龄率领两万部队进抵九门口，其中有他亲手传带的第二旅王牌，又加强一个炮兵团。郭松龄登上高处观察了九门口地形，决定选择九门桥为突破口。比起高六米宽五米的雄伟长城来，这座桥还是薄弱的环节，而且这时九江水干涸，九个桥洞可以通行。

一阵猛烈的炮火，把九门桥两端的桥头堡炸毁，接着炮火延伸，在桥后遍地开花。随即奉军发起冲锋。奉军勇猛冲杀，一举占领桥头。又将十几挺机枪支在桥面，向前扫射。在机枪掩护下，奉军通过大桥，继续向前冲击。但直军的阻击也十分顽强，弹如雨下。奉军伤亡惨重，直军乘势反击，复占大桥。第一次进攻失败了。

接着第二次进攻，又失败。

接着第三次进攻，又失败。九江河河道里，尸体枕藉，有奉军的，也有直军的，你压着我，我压着你。

郭松龄又亲率一个营发起第四次冲锋。他下了不胜即死的决心，对副旅长说："我若不能回来，你接替指挥。"

但奇怪的是，大桥之上一片平静，一枪未发。郭松龄爬上桥面，用望远镜一看，直军已不见踪影。郭松龄立即命令该营占领前方山头，等待后援继续前进。同时命令大部队上来，占领九门口。

防守九门口的是直军第十三混成旅，旅长冯玉荣也是能征善战之将。但经过三次血战，损失惨重，一个团伤亡殆尽，另外两团也损失过半，而数求救兵不至。于是两团长大骂冯玉荣无能，退出战场。冯玉荣忍气吞声，不能阻止，饮弹自杀。

九门口失守的消息传到北京，吴佩孚大惊失色，心急如焚，这才披挂登车，驰往前线。

大战已开始二十天，身为总司令的吴佩孚何以滞留北京？

就为筹措军费。军马不动，粮草先行，可是战争已经打响，而直军军费全无着落。即便如此，一军统帅也不能去做粮草官吧，后方就没有人能做萧何？没有，真的没有。曹锟只把吴佩孚调来完事，却对军费、军械一概不问，而除曹锟之外，也只有吴佩孚能震慑得住。

吴佩孚首先钉上财政厅厅长王克敏，派总司令部财政处主任谢宗陶找他。王克敏说，现今国库如洗，一文不名，唯有办金佛郎案，舍此别无他法。吴佩孚一听，勃然大怒，把桌子拍得震天响，吼叫："这个混蛋，我毙了他！"

所谓"金佛郎案"。1921年，中法合办开设的"中法实业银行"倒闭，翌年法国提出愿退还一部分庚子赔款以恢复中法实业银行，同时要求其余赔款以金佛郎（佛郎即法郎）偿付。所谓"退还部分庚子赔款"不过是一个诱饵，因为其余款项不由法国通行的纸币而改由金币偿还，合计中国就要多付关银六千二百万两。而北洋政府为眼前之小利，不惜割肉补疮，竟然与法国达成秘密协议。全国一片哗然。吴佩孚曾强烈干预，把当时主办其事的财政厅厅长王克敏撤了职。现王克敏又当了财政厅厅长，便欲借军情急需重提金佛郎案，迫使吴佩孚就范，他怎的不气？

谢宗陶向吴佩孚说："现在还真不能毙他，我让他再想办法吧。"

王克敏见吴佩孚不堕其计，仍虚与委蛇，拟出了几个方案：（一）以关余作抵，发行库券四百万元；（二）以崇文门税作抵，发行公债四百万元；（三）发行辅币钞票二百万元。这些方案虽言之成理，但要印刷券票，推销收现，何能咄嗟立办？吴佩孚一看，又大发雷霆，却又无可奈何，只有促其赶速着手而已。

正在焦灼间，九门口失守的消息传来。吴佩孚立刻把谢宗陶找来，说："我必须到前线督战，可是只筹得这点款项，奈何，奈何？"谢宗陶说："能出力的不出力，没有力量的能有什么招？"吴佩孚便追问有无非常办法，能于一两日内拿到巨款。谢宗陶说："请财神耳！"吴问，谁是财神？谢说："由曹大总统出名约北洋宿将，如张敬尧、陈光远等人筵宴，即席借助若千万元，不为难事。"

谢宗陶设的这个套子就是让曹锟出血。他叫北洋将领拿钱，他自己能不拿吗？吴佩孚一听便明了谢宗陶的用意，他长叹一声，悲戚地说："大总统必不许也。"又沉默良久，吴佩孚向谢宗陶嚷道："你还有什么招？快说呀！"谢宗陶说："召中交两行负责人来本部，借取尚未发行之币钞各一百万元，加印军字，作军用券使用，事后由财政部筹偿。不过呢，"谢宗陶为难地说，"此事谈何容易，非得霸王硬上弓！"吴佩孚牙一咬说："行！你就去办。"

谢宗陶怕吴佩孚事后透过，乃备具签呈，面请批准，而后才放心去办。他电约中交两行张公权、钱新之二位行长来部，开门见山地说："中交两行代理国库，并独擅钞权，值此国难当头，协助饷项义不容辞。"说完这些泰山压顶的话，便开始商议借用新钞。但两行长皆以虑将重见停兑为辞，支吾不肯。继之又商议息借款项，二人又都说库无现金，严词拒绝。谢宗陶见事成僵局，厉声说："两君有款可去，无款即留，愿三思之。"说罢拂袖而出，喝令护兵守门，不许外出。

到了中午，谢宗陶复来，问二人想好了没有。二人仍不答应。张公权犹愤然说："你能枪毙我吗？"谢宗陶无赖地说："急矣，所求者钱，非命也。"说完退出。

天近黄昏，谢宗陶又来探问究竟。钱新之拉起谢宗陶的手，附耳低言："经与公权熟商，两行愿各借五十万元，共一百万元。"谢宗陶强调非二百万不可，再三协商，又各增十万，谢宗陶才故意勉强地答应下来。

第二天是双十节，吴佩孚带着中交两行先交付的四十万元，率领他的王牌第三师登车上路，路过天津、秦皇岛也一刻不停，直达山海关车站。吴佩孚走下车来，他着上将军服，帽边肩章金色闪闪，身佩东洋指挥刀，银光灼灼。彭寿莘举手敬礼，请吴佩孚到司令部休息。吴佩孚断然地说："我要到前线看看，这就走！"

吴佩孚径直登上山海关长城。两军正在激战，不时有枪弹炮弹呼啸着自头顶掠过。随同人员全都伏下了身子，唯独吴佩孚屹立不动，双手擎着望远镜观察前方。他看着奉军退去，哈哈大笑，朗声吟起诗来：

虎踞龙蟠冀辽间，威名天下第一关。

明清戈马彼日月，直奉枪炮此关山。

横陈城下人累累，漫洒墙上血斑斑。

冲杀声中看不足，硝烟散尽朗朗天。

吴佩孚吟诵完毕，转身向彭寿莘说："如此名关，你能守住，也是千古名将啊。"彭寿莘表示："我一定能守住！除非奉军长了翅膀。"

接着，吴佩孚到九门口阵地。时日已平西，左右都劝他回去。吴佩孚大手一挥说："再到石门寨去。"

万里长城从山海关起步北向，过九门口转弯向西，石门寨就在九门口以西四十里，是长城十大名关之一。当吴佩孚到达石门寨的时候，但听得枪声、炮声响成一片，奉军正猛烈进攻。吴佩孚一直走到阵地前沿，与陕西陆军第二师师长张治公并肩指挥战斗。这时，一颗炮弹呼啸飞来，吴佩孚喊一声"卧倒！"炮弹就在身后爆炸了。吴佩孚爬起来，拍拍身上的尘土，对面如土色的张治公笑着说："老子身经百战，还没有享受过炮弹的滋味呢？"说完继续指挥战斗。

打退了奉军的进攻，吴佩孚离开石门寨。回到山海关时，天已黄昏，却见山海关车站面目全非。原来是驻山海关的日本防备所向奉军通了消息，奉军数架飞机向山海关火车站狂轰滥炸，他乘坐的火车炸成了两段。吴佩孚问司令部炸了没有。回答说没有。吴佩孚就"嘿嘿"笑了起来，说："张作霖也太狠，一上来就想要我的命，我躲着你还不行吗！"

火车起动，拉着前半截车厢驶向秦皇岛。

相对于奉军强大的空军，直军仅有航空学校的几架飞机，制空权完全在奉军手中，对直军构成很大威胁。直军的优势在于海军，有温树德统率的渤海舰队和杜锡圭统率的长江舰队，大小军舰数十艘。吴佩孚想起了一条妙计，就是在阻敌于山海关的同时，以海军载运部队登陆营口，由南满铁路北上，包围奉天而佯攻之，造成极大的震慑，直军遂复从山海关发动进攻。他信心满满，以为此计出奇制胜，必致敌于死命。

战争发起后，渤海、长江两大舰队悉数北上，同时又大力征集商船以载运大批部队。第二天一早，吴佩孚和参谋长张方严便登上海圻舰出海了。此行以"巡视"为名，其实是为了勘察登陆点。海圻舰与温树德所率舰队在海上汇合后北上，依次向营口、葫芦岛、兴城各地炮击，而仅营口岸上还炮，余处皆寂然无应。通过火力侦察，吴佩孚断定奉军后方空虚，决定实行他的妙计。

但当吴佩孚兴致勃勃地回到秦皇岛，坐镇中军的总参议白坚武向他报告战场局势恶化的情况：石门寨失守，奉军沿柳江猛攻猛打，直抵距秦皇岛不过十里的柳江镇。大本营已无兵可派，适有靳云鄂师高团长率部乘民船抵达秦皇岛，但竟拒绝调遣命令，坚持非奉靳师长命令不能出动。白坚武只得临时派遣留岛幼年营的数十人，开往柳江阻挡，连同在站之守卫兵，以及各官长之护兵马弁，一拥而上。奉军莫测虚实，竟未敢冒进，因此大本营不为颠覆，真是万幸。

吴佩孚叫高团长及该团的副团长和参谋长来见，当场将高团长处决，命参谋长代理团长，副团长为参谋长，并命令该团立即开赴柳江阻击敌人。处理了这件事，吴佩孚与张方严、白坚武商议，作出三项决定：（一）放弃攻敌后方的计划，将预计载运出海的杨清臣二十四师和靳云鄂十四师投入山海关战场。（二）由于江浙战争结束，卢永祥兵败，立即调遣攻浙直军北上增援。（三）后援各军限三至五日内到达秦皇岛，由张福来催促、接收和安置部队，待命出动。

张福来是后援军总司令，计共有十路援军，由十省各派。由于军费缺乏，规定他们自带给养和军械。由此之故，至今援军一路未至。

吴佩孚决心挽回颓势，司令部就设在他的专车上。奉军飞机每日拂晓必来轰炸。一天，飞机炸毁了两辆火车，所幸吴佩孚的专车无恙。吴佩孚对司令部的人员说："此间日人与奉军暗通情报，我若在此，奉机必时来轰炸，我去则少来，让你们可以从容写字。"此后，吴佩孚每天天不亮就乘押道车赴前线阵地督战，回来即避居秘地。

这时，奉军中路李景林、张宗昌率领的第二军把直军王怀庆逼退到承德一线，然后挥戈南进，直取冷口。守军董国政第九师、阎治堂第二十师不敌，向后败退。冷口在石门寨以西一百五十里。北方长城三大关口尽失，奉军破关而入，一齐向直军压来。吴佩孚悬赏二千万元，激励直军，双方拼死争夺每一座山头，每一道隘口，时进时退，硝烟弥漫不见天日，枪炮轰鸣山河变色。

这天，日落黄昏。电务处长田怀广向白坚武报告，京津的电报、电话完全不通了，即拍无线电也无人接收。正焦虑间，日籍顾问冈野又拿着三份电报匆匆步入总司令部。白坚武接过电报一看，三份电报都在通报一个惊人的消息：

冯玉祥联络胡景翼军，于十月二十三日自古北口前线背道直趋北京，京畿警备副司令孙岳开门接应，兵围大总统府，囚禁曹锟于延庆楼。据悉，参与此项倒戈密谋者，还有直军重要将领王承斌、王怀庆等人。

白坚武断然地说："这一定是谣言！用意在扰乱我们的军心。"

　　"可是，"冈野说，"这三封电报分别来自日本公使馆、天津日本驻军司令部和北京日本守备队，内容又完全一致，怎么是假的？"

　　白坚武一时无语。沉默了一会儿才说："报告总司令吧。"

　　吴佩孚在前线督战一整天，身心疲惫，回来就睡了。他被叫醒起来，看了电报，说："这三封电报都是真的！"

　　冯玉祥与吴佩孚积怨很深，但吴佩孚认为冯玉祥心念旧主，由曹锟维系，料无逆动。尽管如此，吴佩孚对冯玉祥仍然十分警惕，因而把他放在僻远的北方，随后又派胡景翼军为其后援，其实是监督他的。而且，他认为北路和中路对战争胜负无关紧要，坚信只要加强山海关主战场，战胜奉军必操左券，因而冯玉祥也不敢叛变。但当吴佩孚看了三封电报后，方才大梦初醒，喟然长叹一声，说："冯玉祥叛变了！"

　　冯玉祥与吴佩孚两人结怨已久。冯认定吴在直系当家一天，他便受一天的气，两人不共戴天。因此，在他带兵进京后，便利用居京的优越条件广结善缘，扩大自己的势力。他与北京的王怀庆和天津的王承斌结好，形成一个新派"京津派"，三分了直系天下。然后，"京津派"与"保定派"联合，驱逐黎元洪，拥曹锟上台，进一步孤立了"洛阳派"。

　　但这只是冯玉祥倒戈的原因之一，深层次上是因为冯玉祥倾向革命，他在陕西做督军时就接受苏联的帮助，以致吴佩孚认为他"赤化"。有一天，北京警备副司令孙岳来旃檀寺造访，说要补祭新建的昭忠祠。孙岳早年即加入同盟会，他与冯玉祥等人共同策划了滦州起义，在孙中山二次革命中又出任讨袁军第一路军总司令。其后孙岳回到保定，因与曹锟的关系归附直系。两人来到昭忠祠瞻仰，孙岳见神坛上立着数不清的牌位，叹道："民国成立不过十二年，你们部队就躺下了这么多战士，令人心酸。"冯玉祥说："这些人为国捐躯，落得一个'忠'字，亦足千秋矣。你孙二哥百年之后，人将何以称呼你呢？"孙岳微笑着回答："一般革命党人，当然以军阀走狗之头衔相送。"冯玉祥跟着就问："你镇守一方，统兵数千，何以甘心做人走狗？"孙岳反唇相讥："我算什么？还有那带兵数万的人甘心做军阀的走狗哩！"冯玉祥哈哈大笑，说："彼此彼此，咱俩谁也别挖苦谁了。"他们边走边谈来到一坟地的小亭里坐下，冯玉祥直告心事："现在曹、吴专权，弄得国乱民愁，我本早有决心为民除害，只因势单力薄，不敢动手罢了。"孙岳当即表示愿竭诚相助，于是二人商定：联合力量，组成联盟，推倒曹吴。冯孙两人的这次会谈，便称为"草亭秘议"。

随后，孙岳又把胡景翼推荐给冯玉祥。胡景翼也是同盟会会员，参加了辛亥革命。二次革命失败后，他东渡日本受到孙中山接见，回国时孙中山又以陕西革命事业相托。护法战争时，胡景翼参加了于右任组建的靖国军，而在于右任离去后继任总司令。直皖战争之后，直系争夺陕西地盘，冯玉祥联合胡景翼驱除皖系督军陈树藩，继任督军。由此，两人结秦晋之好。

胡景翼得知冯意，即派其结拜兄弟李仲三入京见冯。两人密谈了一个小时，决定两军密切合作，推翻曹锟贿选政权。并商定：冯军假意服从命令，开往古北口等待时机，胡军也立即开到北京，准备策应。

会谈毕，冯玉祥眼含热泪再三叮嘱说："仲三兄，这件事天知地知你知我知，稍有不慎，全盘皆输，请你千万守密，速回复命。"

当李仲三回陕复命后再到北京时，冯玉祥已往古北口。胡景翼也率陕西陆军第一师开到北京。为避免吴佩孚怀疑，胡景翼在京未作停留，即带部队向喜峰口出发了。

吴佩孚但知孙岳是曹锟的亲信，却不知他与冯玉祥为莫逆之交，但知胡景翼曾与冯玉祥结仇，却不知两人重修旧好。吴佩孚更不了解的，是孙、胡两人都是革命中人，不过在直系阵营暂屈伸而已。因此，吴佩孚把他不信任的王怀庆派往前线，而让警备副司令孙岳负责北京治安，又把胡景翼派为冯玉祥后援，对其监督，实在是大大失算。

吴佩孚更想不到的是，奉方的策反。自冯玉祥从河南入京之后，张作霖就着意拉拢冯玉祥。双方的联络人是张作霖的亲信副官马炳南和冯玉祥的交际处处长张树声。马、张与冯三人曾同为清军第二十镇军官。到直奉大战在即的当口，马炳南到南苑见张树声探询冯玉祥的意向。张树声告知，冯玉祥已决心接受张绍曾"全军为上策"（即保全军队为上策）的秘密建议，不愿与奉军作战，并促马见冯面谈。马炳南随即求见冯玉祥，冯不出面，派参谋长刘骥代见。没想到刘骥竟对马炳南说，冯军行动，一切听命中央。马炳南闻之愕然，辞出后又去见张树声，才知道冯玉祥故意演了一场假戏以掩人耳目。马炳南恍然大悟，不禁赞叹。张树声才密告马炳南，说冯军一师三旅已奉命移防，分驻怀柔、密云、古北口等地，并向他转达冯玉祥的意见，要求奉军万勿入关，嘱咐马炳南立即回奉天报告张作霖，十日以内回信。马炳南回奉天报告，旋即复回入京。可是这时冯玉祥已进驻古北口，马炳南即找到张树声，觅得一辆汽车赶往古北口。张作霖的信说，只要达到和平，奉军可以不入关。冯玉祥看后甚为满意，当即写了一个很大的"成"字，下署"玉祥"二字。

冯玉祥的目的是借助奉军推倒曹吴政权，而如果导致奉军入关，那就是打死了老虎，引来了恶狼。而张作霖无时不想入关称王，为了促使冯玉祥倒戈，不得不权且应诺。

冯玉祥与张作霖刚达成协议，李仲三就又来了。冯玉祥首先宣读了起事通电，李仲三表示赞成，并要求在电文中提出拥护孙中山北上主持国事的主张。冯玉祥欣然同意。接着商讨把冯、胡、孙三支军队合为一军的方案。这支军队的名称，冯玉祥提出一个"国"字，李仲三提出一个"民"字，遂定为"国民军"。

这次战争，吴佩孚既不愿把冯军使用于正面，而是放在冷门僻路、地瘠民贫的赤峰至开鲁一线，而且补给事项由各军自行筹措。冯玉祥看出吴佩孚用心毒辣，即使冯军能迁回到奉军后方，在长途跋涉、极度疲劳、后继无援的情况下，也是很危险的。因此冯军便以此为借口，每日行程只五十里，沿途设帐篷宿营，而所设营帐固定不动，以为回程之备。这种措施名为"步步为营"。而且部队行之未远即止步不前，先头部队张之江旅抵近承德，而其他部队则停滞在离京更近的滦平、古北口、喜峰口、密云等地。

一切就绪，冯玉祥在古北口伺机而动。新编第二旅旅长蒋鸿遇担任兵站总监，设总监部于城内旃檀寺，并负责将侦察到的前线战况每日向冯玉祥报告。这天，蒋鸿遇报告山海关战场九门口和石门寨失守的消息，冯玉祥跃跃欲试而尚不能决。正在这时候，吴佩孚的参谋长张方严从山海关发来电报，促冯进兵，电文最后有"大局转危，安危赖此一举"之句。张方严之意在激励冯军士气，但他的天真却正暴露了直军的危急实情。于是，冯玉祥顿下决心：班师入京！

10 月 19 日晚上，冯玉祥调兵遣将。他先与胡景翼相约，命他率部星夜南下，切断京奉铁路，并以驻喜峰口所部攻占滦州，以驻通县所部攻占军粮城，阻止吴军西归。然后，他调动自己的部队，命李鸣钟旅直趋北京南郊长辛店、丰台，同时切断京汉、京津两路，其余鹿钟麟、张之江、刘郁芬、宋哲元各旅克日返京。

命令一下，各部队立即行动，以强行军速度猛赴北京。冯玉祥授予鹿钟麟特殊任务，命他先行入京，包围总统府。鹿钟麟旅是最后从北京开拔的，走到密云就停止下来，回北京最近。鹿钟麟又挑选第四十四团一营为先头，当面向营长张俊声下令："你这一营，另拨给你机关枪连，先行秘密进城，全旅所有的马车、骆驼全给你，装作领运给养的样子，混进城去，限明天夜间到达旃檀寺，听兵站总监蒋鸿遇的指挥，接受新任务。"

张俊声率本营当夜出发，马不停蹄连续行军一百五十里，半夜时分进入北京城。第二天，张俊声按照蒋鸿遇的指示，于天黑后行动，十一时包围了总统府。这时鹿钟麟全旅抵达安定门，守城部队向孙岳报告，孙岳命令大开城门迎接。鹿钟麟会同孙岳部署全城警戒，切断交通，占领电报局、电话局、车站等要害部门，神不知鬼不觉地接管了北京城。

这天夜里，冯玉祥检阅使署的军务处长王镇淮，宴请总统府卫队的几位头头，然后打牌，通宵达旦。因而总统卫队放松了警戒，对张俊声包围总统府浑然不知。黎明时分，冯军各部队经过三天两夜跋涉五百里崎岖山路，全部到达北京。而这时，鹿钟麟指挥部队围攻总统府，把曹锟囚禁于延庆楼。

10月23日，北京迎来新的一天。市民发现，街上警察完全换成了军人，巡逻队白布臂章上都写有"真爱国，不扰民，誓死救国"字样。就在谣言纷纷，疑惑猜测之间，冯玉祥和胡景翼、孙岳发出停战主和的通电，怒斥直奉战争祸国殃民：

"玉祥等午夜彷徨，欲哭无泪，受良心之驱使，为弭战之主张，爰于十月二十三日决意回兵。并将合所属各军，另组中华民国国民军，誓将为国民效用，如有弄兵好战，殃吾民而祸吾国者，本军亦不恤执戈以相周旋。现在全军已悉数抵京，首都之区，地方秩序，最关紧要，自当负责维持。至一切政治善后问题，应请全国贤达，会商补救之方，并开更新之局。临电翘企，伫候教言。"

冯玉祥的通电如同晴天霹雳，全国都把惊异的目光投向了北京。

曹锟困在延庆楼，如热锅上的蚂蚁。他要见冯玉祥，冯玉祥已来北苑，却不来见他。曹锟只好派国务总理颜惠庆移樽就教。冯玉祥遂提出三项要求：颁布停战令；惩办主战人物；召集全国各省代表会议，共决时局。

颜惠庆把冯玉祥的三点意见回报曹锟，曹锟没了主意，乃召集阁员会商。其实总统也好，阁员也好，都是釜中之鱼，除了接受，别无选择。会议结束后，曹锟遂颁布停战令，同时发表两道命令：（一）直鲁豫巡阅使吴佩孚免去本兼各职，特派吴佩孚为督办青海垦务。（二）撤销讨逆军总司令，山海关一带军队责成王承斌、彭寿莘妥为维持。签完命令，曹锟一脸苦相地说："我实在太对不起子玉了！"

吴佩孚看完冈野送来的三封电报，叹了一口气说："冯玉祥他到达古北口后，还没打仗，先就呈报敌势甚强，要求增发子弹一百万发，我觉得他情况不对，就没有批准。也就从这一天开始，我每天夜里辗转反侧，难以成眠，向左翻个身想到如何对付张作霖，往右翻个身就念到冯玉祥可能会叛变，从来不曾有一夜安宁。果然，今天应验了。如今回想，当初我为何不听善言，罢免他的总司令？而在军费如此困乏的时候，又独给他十五万元？可是他对于我咧，真是一文不值！"

说到这里，吴佩孚提起前一天天津日本驻屯军司令吉冈发来的电报。这个电报声明直军在总撤退时不得使用秦皇岛的码头。吴佩孚愤怒地面对冈野说："对这封电报，我原并没在意，但现在联想起来，就再清楚不过了，日本人事先就与奉方共同参与了策反，而且要在我们腹背受敌时，不让我们使用唯一可以撤退的海路通道。日本人何此阴毒？这好像是我们在跟他们打仗了！"

冈野作为吴佩孚的顾问，本次战争负有与日方交涉争取中立之责，因而羞愧难当，夜里躺在床上不能成眠。他翻来覆去为吴佩孚着想，认为战局已陷入绝境，而以吴佩孚的性格和为人，极有可能自戕，以使他的军队缴械投降，保全十万条性命。想到这里，冈野一个翻身爬起来，跑进隔壁吴佩孚的房间。见吴佩孚还没有睡，便脱口而出："玉帅果有三长两短，我为酬多年之关爱，决相随于地下。"

可是吴佩孚泰然自若，仿佛没有听见他说的话，交代冈野说："我承认三封电报断乎不假，但是此事体大，一旦泄露，势必动摇军心，所以还得极端保密。现在你去睡觉，让我一个人考虑一下。"

一夜天明，吴佩孚照常到前线督战。他亲自指挥他的第三师向九门口发起无比猛烈的攻势，终于重新夺回九门口。回到司令部时，天已全黑，他狼吞虎咽地吃完了饭，就又召开军事会议。

各将领到齐，吴佩孚开门见山："今天，我军收复九门口，把奉军赶出了长城以外。战争进入决胜关头，而且优势正在向我方转化，可就在这时候，冯玉祥叛变了！"他把有关情况如实地向大家通报，然后拍着桌子说："我们全军将士浴血奋战，务求必胜，可是他冯玉祥一枪不放，背后插刀，可恨，可恨！今天各位将领都谈谈，我们怎么收拾这个叛臣贼子？"

各将领义愤填膺，纷纷发言，同声责骂，并提出各种方案应对危局。吴佩孚听了，脸上露出满意地微笑，说："各位将领大义如山，临危不乱，我吴佩孚甚为感佩。现在我决定回北京杀冯玉祥去！我要求各位将领在山海关坚守十天。十天之内，我清除了内患，再回来反攻奉军，直捣黄龙！"

第二天，吴佩孚紧急调集后方各省军队进取京师，扑灭叛乱。这时候，收到大总统停战令和罢免吴佩孚职务的两道命令，吴佩孚立令通电全国辟谣，并以王怀庆等三十名将军的名义通电，历数冯玉祥朝三暮四，数次反复之无耻行径。待到夜幕落下，一列火车满载三千士兵驶出。两小时后，吴佩孚带一团卫队悄悄登车，星夜疾驰南返。吴佩孚临行前作出部署：前线军事分为三大防线，由张福来为总指挥，兼负秦皇岛一线，由彭寿莘负责昌黎一线，由靳云鹗负责滦州一线。

七百里路程鼓轮急进，于中午时分到达天津。吴佩孚设总司令部于天津新站的岔道上，他仍在车中办公，立把途中拟就的八项总统令交电报局拍发。其内容有宣布冯玉祥罪状，褫夺其官职勋章，责成吴佩孚率各省军队讨伐等情。吴佩孚宣称，他已接到大总统密令回师平叛。他公然矫诏总统令，当有人提出质疑时，他辩白说："冯玉祥劫持元首，伪造命令，我们以元首被劫持，代下命令，彼伪此真，迥不相同。"

战局突变。这时候，京、津许多军政老宿纷纷奔走，运动停战。有北洋大佬王士珍、安福系首要王揖唐、张作霖的老上级赵尔巽、对冯玉祥有恩又是吴佩孚儿女亲家的张绍曾等人。但吴佩孚一概拒之千里，显示他凛凛虎胆，铮铮铁骨。

日本驻京总领事吉田茂又来造访。吴佩孚颇感意外，原来这是王士珍所运动的。

此前，王士珍访问了日本驻津总领事吉田茂，要他转请东京向奉方交涉停战。吉田茂说："从天津发电报到北京就是一天，再拍往东京又两日之久，恐怕缓不济急呀！"王士珍着急地问道："那该如何办才好？"吉田茂并不回答，却说他与王揖唐商量过，王揖唐希望吴佩孚拥段祺瑞出山，负责善后。王士珍这才明白，刚才吉田茂是在拿乔，日本要求吴、段合作，才能给予支持。王士珍并不知道段祺瑞的态度，所以约定翌日再谈，告辞而去。第二天，王士珍又来到总领事馆，对吉田茂说，段祺瑞愿意与吴佩孚合作。吉田茂一听大喜，慨允分别致电北京、东京与奉天，调停战事，并且说他要往访吴佩孚，面谈种种。

吉田茂见了吴佩孚，一开口便滔滔不绝。他反复陈词，强调战局间不容发，吴佩孚的处境危险万分，而调停直奉之道，唯有请段祺瑞出马相助。吉田茂一面说一面留心观察，却见吴佩孚脸色越来越难看，便坦白承认，他来之前已偕王揖唐见过段祺瑞，段祺瑞欣然同意与吴佩孚合作。说到这里，吉田茂摆出一副语重心长的样子说："吴将军，在下确实认为，只有吴、段合作才是当前收拾局面最妥当、最有利的途径，将军与段氏本有师生之谊，那就更应当为贵国前途着想，毅然一扫过往的隔阂，寻求精诚合作呀。"

日本尚在助奉作战，为何又热心调停呢？吴佩孚边听边思索日本人的用心。日本既怕英、美眼看直系战败插手援助，又警惕奉系大获全胜后一系独大不好驾驭，于是便想促成段、吴合作，而以皖直两系制衡奉系，以维持中国军阀割据混战的状态，从中渔利，实现侵吞中国的野心。

吉田茂说完，不无期待地看着吴佩孚。吴佩孚这才回应说："贵总领事之言，真出拯救中国时艰之至情，我深为感激。唯各国之历史与其国民性各异，故于国家观念亦彼此不同。欧美各国之建设，大抵不过两三百年，独我国有四千年历史之邦国，且有千古不磨之不成文宪章，即孝悌忠信礼义廉耻之八德。八德张，则国宪立而国运兴，苟坏其一，则无收拾人心之准绳，犹如贵国以万世一系之天皇为中心而团结国民者然。我若听从贵领事之言，为一时权宜之计，结段以背曹，大义名分之谓何？且名节由此而坏，何得任国家之重寄乎？再说，段氏今日果真起而收拾大局，在不谙中国情势的外人看来或不予责难，殊不知正污蔑段氏十年之苦节。段氏之为人，品性高洁，思想正大，若一朝投入政界漩涡中，非所以忠于国家也。盖中国之兴微，系于大道之消长，我面临国家兴亡之边缘，独欲遵循正道，义无反顾。至于个人一时之成败，本不在念中，此为我不能背曹而结段之原因，故宁为玉碎而不望瓦全也。"

吴佩孚一番话义正词严，斩钉截铁，吉田茂怅然作罢。但他自此"末路识英雄"，对吴佩孚十分钦佩，便一再向他通报敌情，特别传给他"张作霖非要他的脑袋不可"的消息，并且请他避入日本租界。这时左右也附和相劝，"留得青山在"。吴佩孚厉声斥之："堂堂军人，托庇外国，有伤国体，乌可为者？"

吴佩孚回津，即在津北杨村和津南军粮城布防，抵御冯军来犯。但他只有三千兵马，所望完全只在援军的到来。对吴佩孚所发乞援电，响应者尚有江苏、浙江、湖北、河南、福建、湖南等十省的督军，都表示亲率或派兵增援，声势甚盛，却远不济急。而这时胡景翼军一路南下，向杨村发起了进攻。所幸山东第一混成旅旅长潘鸿钧，背着督军郑士琦自动领军开抵天津，投入杨村战场，稳固了防线。

山海关前线又频频告急。奉军发动心理战，派遣大批飞机在直军阵地空投传单，散布冯玉祥倒戈、北京政变的消息，劝说直军士兵投降。直军半信半疑，军心动摇。这时吴佩孚素所瞧不起的张宗昌率领白俄军从冷口长驱直入，占领滦州，截段了直军后路。随后张学良、郭松龄攻破山海关，占领秦皇岛。十万直军陷入四面包围，土崩瓦解，大部投降或星散。张福来、靳云鹗皆只身回津，彭寿莘不知所踪。

眼见直军大势已去，山东郑士琦声明反直，下令将苏鲁交界铁路拆断。山西阎锡山又出兵占领石家庄，切断了京汉铁路。因此南北交通完全断绝，指望南方直系各省援军已成画饼。

这时，冯军加紧进攻，距天津只有十里。吉田茂又电告冈野，请吴佩孚立即迁至日本租界。当吴佩孚在车上假寐的时候，其左右不由分说，就把火车开回日本租界近处的天津老站。吴佩孚醒后大怒，连声说：“谁要我上租界，我便要谁的脑袋！”

此言一出，谁还再敢讲话？可是不上租界就是死路一条，吴佩孚的左右个个急得如热锅上的蚂蚁，又不忍心丢下自己的统帅另寻生路。这时海军部军需司长刘永谦鼓着勇气对吴佩孚说：“我替大帅已准备了一条军舰，不如我们把车开到塘沽，弃车登船。”

原来，渤海舰队司令温树德早与奉系勾结，而把舰队带走了。刘永谦与华甲运输舰舰长为至交好友，他在局势恶化时就背着温树德留下了这条船，以待最后关头载吴佩孚脱险。

这是死里逃生的唯一之路。吴佩孚不禁流下了眼泪，说：“我今天是败军之将，虽属运穷命蹇，但自念尚不是可死之时，只有收拾残局，再图后路了。”

当晚，冯军又突破北仓，迫近天津市区。吴佩孚这才下令开车。火车驶出天津车站，次日清晨到达塘沽。所幸塘沽尚无敌军踪迹，而这时奉军已在数十里之外，乘火车一小时即达，实在是虎口脱险。

华甲舰速离塘沽，开往大沽口。吴佩孚在大沽口华甲舰上又停了三天，他想再等一等有没有意外的转机。可是他听到的都是一连串极坏的消息，这才决心浮海南下。直系在长江流域尚有数省地盘，那是他东山再起的地方。

红日西沉，华甲舰翻起浪花，驶出大沽口，渐渐消失在夜幕里。

段祺瑞运筹天津卫 孙中山仙逝北京城

四年前的那场直皖战争，皖系惨败。段祺瑞举起手枪自杀，被儿子段宏业救下。段祺瑞对吴佩孚恨之入骨，但对其打仗的本事却真心佩服，他生平最看不起曹锟，那是一个草包，可是他有吴佩孚！段祺瑞仰天长叹："天不佑我，帐下无人啊！"

当段祺瑞灰心丧气的时候，孙中山提出了联结皖、奉，共对直系的主张。段祺瑞心中一亮，毅然化妆潜出直系控制的北京城，来到天津，从此开始展布宏图。他派其妻弟吴光新南下上海，北上奉天，会见了孙中山的代表汪精卫和张作霖的代表杨宇霆，三方一拍即合。随后，为显示诚意而又掩人耳目，各方以子代父，由孙中山之子孙科、段祺瑞之子段宏业、张作霖之子张学良、卢永祥之子卢小嘉"四大公子"一齐上阵，穿针引线，终于达成共同反直三角同盟。

曹锟当选总统后，段祺瑞再也忍耐不住。这个"布贩子"也成了总统！他发出通电，痛斥曹锟贿选卑劣行径，揭橥反直大旗。蛰伏三年的段祺瑞虎啸出山，虎虎生风。

当曹锟还得意忘形的时候，吴佩孚却是忧心忡忡。他采取"团结北洋，尊段和皖"行动，瓦解孙段张三角同盟。吴佩孚派代表到天津解释当年的直皖战争，以释旧怨，犹如负荆请罪，随后又三次电邀段祺瑞入京，出任元老院院长，参赞政治。但段祺瑞都断然拒绝了。吴佩孚仍锲而不舍，经常派人到天津问候起居。但段祺瑞总是虚与委蛇，使吴不得要领。段祺瑞六十岁寿辰，令儿子在天津《大公报》上连续刊载半个月的启事，谢绝贺寿。但这一天，朝野上下前来祝寿的竟达千人之多，而曹吴除派代表祝贺之外，还授意各直系军阀、政客派员拜寿。然而段祺瑞却托词久病新愈，连楼也未下，寿堂中各方所赠寿联也一概不挂，以示"无论何人皆为一体"。段祺瑞毫不领情，以表示他与直系划清界限。

直系分化"三角同盟"的企图终于落空，而段祺瑞对直系的离间却大见成效。曹锟做了总统之后，直系反而加速分裂。段祺瑞趁机大动手脚，一意策反。这需要大批金钱，张作霖慨然相助。为取此款项，段祺瑞颇费了一番脑筋。他借助他族叔段永彬开设的广茂煤矿公司作掩护，由经理于立言以商人身份出关，取得支票，再回天津在日本人办的正金银行兑现，如此先后取得八十万、四十万、一百六十万三笔巨款。直系军官中很多人过去曾是段祺瑞的部下和学生，段祺瑞利用自己的地位和影响，加以金钱之助，拉拢过来为己所用。有曹锟总统府的译电员也被收买。就是此公，在战争爆发后，将直军部署和作战的情报拍发给奉军，使奉军对敌情了如指掌。

直、奉开战，两军旗鼓相当，胜败难料，因此关键就在于冯玉祥是否倒戈。为使冯玉祥坚定决心，张作霖应段祺瑞所请，直接发送冯玉祥五十万元。但段祺瑞仍然忐忑不安，担心冯玉祥临阵放弃。怎么再给冯玉祥烧一把火？他冥思苦想，终于得计，派袁文钦带着他的亲笔信到北京去找黄郛。

黄郛现任教育总长。冯玉祥蓄谋倒戈反直，孙岳和黄郛是最早推动和参与策划的人。段祺瑞的信说："膺白总长阁下，大树沉默，不敢稍露形迹，是其长，亦其短也。现在纵使深秘，外人环视，揣测无遗。当吴到京之时，起而捕之，减少杀害无数生命，大局为之立定，功在天下，谁能与之争功也。现徜徉徘徊歧途，终将何以善其后也？余爱之深，不忍不一策之也。一、爆之于内，力省而功巨。二、联合二、三两路，合击一路。宜早勿迟，迟则害不可言。余由文钦详达。"

黄郛看了信，甚感诧异。他与段祺瑞没有交往，形同路人，而袁文钦与他虽然相识，却并不密切。段祺瑞竟写如此露骨的信件，难道不怕人出卖，而招致报复？

这时，在密云县高丽营的冯玉祥派刘子云来察看京城情形。黄郛让刘子云带去一亲笔信，促冯速决大计。冯接信后回电说准备就绪，黄又立电："吾辈立志报国，端在此时。"然后就前往高丽营与冯会晤。为保守机密，黄郛不愿用教育部的车，袁文钦便主动给黄郛雇了私车。送走黄郛后，袁文钦向天津发报"事已决"，并继续与黄妻沈亦云保持紧密联系。直到十月二十三日早晨，袁文钦确认北京已发生政变，当即电告天津。因此，段祺瑞在第一时间得知消息，又电告奉天,从而促使张作霖痛下决心,向直军发起了总攻击。

冯玉祥回师北京,软禁曹锟于延庆楼。第二天,冯玉祥在北苑召开会议。讨论完军事,冯玉祥说:"我们这次回师北京,把天戳了个大窟窿,总统被我们软禁,颜惠庆内阁倒台,这个摊子,我们如何收拾呢?"

孙岳说:"这好办,就推举你组织临时政府,不就成了吗?"胡景翼接上说:"孙二哥的意见,我完全赞成,我们打开的局面,不能让野心家上台。"

"不可,不可!"冯玉祥说:"军人干政是民国的大害,这个路我们不能再走。再说了,你说不能让野心家上台,而如果让我来干,人家不也会说我是野心家么?"

"咳!"胡景翼不耐烦地说,"身正不怕影子歪,大丈夫要干就干,还怕什么嫌疑!"

三人争论不休,而黄郛冷眼旁观。冯玉祥便叫他发言。黄郛说:"军人干政不可再行,野心家之嫌也不可不避,所以我赞成冯兄的主张,另选贤能主政。三国时候,曹操挟天子以令诸侯,自己不称帝却劝孙权称帝。孙权识破其谋,说'他要把我放在火炉上烤呀'。所以,我们也不要把冯兄放在火炉子上。那么,当下谁能出面主持大政呢? 依我看,南有孙中山,北是段祺瑞。"

此言一出,孙、胡二人齐声赞成孙中山,而反对段祺瑞。黄郛又说:"你们拥孙反段,我能理解。古有名训:'天命有常,唯有德者居之。'孙中山就是当代大德之人,但时下民国不是'有常',而是'非常',是一个论力而不论德的时代。孙中山惨淡经营,可惜屡受挫折,广东一省尚未尽有,而北方仍是北洋的天下,我们如请他北上主政,必然困难重重啊。"

"我不信,这事就那么难吗?"孙岳气不平地说,"你说北方仍是北洋天下,现在不是大变了吗? 吴佩孚倒了,国民军占了北京,要说论力,你也别小看我们的力量吧。"

"孙二哥言之有理,我们就发电请孙中山先生吧。"冯玉祥说。

黄郛不表示意见,遂又开口说:"我再说段祺瑞吧。他是北洋元老,就其地位和威望而论,对北洋各派,他虽不能全拢住,却也都能罩得下。时局演变至此,我们应当看到,以反直为目标的三角同盟已名存实亡,而代之以'段、张、冯三角'左右大局。曹吴跨了,孙中山力弱,而我们这个'三角',张作霖,还有冯兄你,资历尚浅,能为王者,当属段氏。"

孙岳大嚷起来："让老段为王，除非太阳从西边出来！"

黄郛不理会孙岳，继续说："我再说我们这个'三角'。直系一败，我与奉方矛盾立现，就是奉军势必入关。那么，我、奉双方针锋相对，张作霖必然拥段而压我，我方也只能拥段以对，而段氏左右逢源，坐收渔利。这是无奈呀，形势就赶在这里。"

黄郛讲了这一番话，冯、胡、孙三人都勉强同意了他的看法。于是进一步商议，决定拥戴段祺瑞为国民军大元帅，电请他"即日就职，命驾来京"。同时向孙中山发电，请速北上主持大计。当下，则由黄郛组织摄政内阁，以免政权虚悬。

段祺瑞的复电却是"王顾左右而言他"。他称赞冯玉祥"痛祸国残民之非，发救世止戈之愿，使民国顿苏，舆情大慰"。但电文也只这些溢美之词，而对拥戴他为大元帅，即不表示接受，又不加以推辞。

冯玉祥对段祺瑞的态度大感意外。黄郛对他说："显而易见，曹锟虽禁延庆楼，但名义上还是民国总统，那么段氏入京后的身分就名不正言不顺，将何以处？"

冯玉祥听了默然良久。他虽对吴佩孚恨之入骨，却对曹锟感恩戴德。见冯玉祥仍然不悟，黄郛一针见血地说："难道你'北京革命'之初心，就是反吴而不反曹？你既然志行革命，又怎能掺杂个人恩怨？再从实际看来，你不拿掉曹锟的总统名号，不只段祺瑞，就是孙中山、张作霖怎能同意？而且，全国人民也能高兴吗？"

冯玉祥这才决定让曹锟自动辞职，也算留足了面子。但他仍觉得无颜面见他的恩公，就派王承斌劝退。王承斌见了曹锟，吞吞吐吐地说明来意之后，就准备挨骂了。没想到曹锟倒是爽快，说："过去做大官，文到阁老武到侯呀。我在保定，那官不也就到侯了？以后我又当了总统，也知道什么味儿了，让就让吧。"

曹锟通电辞职，由黄郛内阁代行总统职权。冯玉祥再向段祺瑞电请入京，但段仍然无动于衷。段祺瑞不到北京，除此而外，还有一层原因，那就是他决不愿把宝押在冯玉祥一派势力上，而必须得到另一个实力派奉系的拥护。还没等段祺瑞与奉天联系，张作霖就来电表示，坚决拥护段祺瑞出掌大政，并提醒段祺瑞说，冯玉祥自己当国民军总司令，拿一个空头的大元帅当诱饵，挽个套子让别人钻。段祺瑞回电说："雨亭老弟，接电甚慰。时下吴佩孚还在天津负隅顽抗，等我收拾了他，再请你来天津会商大计。"

自从吴佩孚回师天津,对各路神仙奔走谈和一概拒绝。随后眼见大势已去,他又宁愿战死天津,舍身成仁。这时候段祺瑞以师长身份送了一封信来,说:"速离去,否则被擒耳!"吴佩孚刚看完信,段祺瑞的电话又到,催他当机立断。吴佩孚这才回话说:"老师,我遵命。"当即乘车飞赴塘沽。

塘沽是逃命的唯一出路,可惜为时已晚。张学良率领奉军沿津奉铁路南下,已占领芦台,不时可达塘沽。段祺瑞急如热锅上的蚂蚁。其妻弟吴光新说:"快找领事馆呀,阻止奉军前进。"

"是呀,我怎就忘了呢。可是——"段祺瑞皱着眉头想了一会儿,说,"找他们也来不及了,我就骗骗张作霖吧。"随即一封急电发到奉天,说:"天津领事馆以所订条约为由拒绝奉军入津,请你急令前线奉军停止前进,以免引起国际冲突。不过,此事我正与领事馆交涉,相信不难解决,届时你再入津可也。"

于是,张学良止步芦台,而吴佩孚及一千士兵到达塘沽港口,转乘兵舰浮海南下了。

段祺瑞救吴佩孚一命。有人说,段祺瑞吃斋念佛,发了慈悲。有人说,当年直皖战争吴佩孚放了段祺瑞一马,段祺瑞一报还一报。段祺瑞哪里是发善心?也非报恩。他断定吴佩孚脱逃南下,定要收拢直系在长江流域的势力卷土重来。大难不死的吴佩孚必以张作霖为大敌,而所最恨的则是冯玉祥,那他就必然转过来靠拢他段祺瑞,以报仇雪恨。如此一来,段祺瑞则可利用直系,牵制桀骜不驯的奉、冯两派。

吴佩孚脱险,段祺瑞终于松了一口气,这才发电奉天和北京,请张作霖和冯玉祥来津会商善后。

冯玉祥来到天津,段祺瑞向他推故说:"孙中山来了电报,说他即日北上。中山西南领袖,我们与雨亭偏北方,故统一西南之事,应征询中山的意见。我所以迟迟不入京,也即为此。"

第二天,张作霖和卢永祥又联袂到津。段祺瑞安排张作霖一行居住曹家花园。一坐下来,张作霖就大发不平:"芝老,你说这次胜仗是谁之力?奉军血战一个多月,将士死伤无数,而冯玉祥不费一枪一弹占领了北京,拣了个大便宜。但他不自量力,就以为北京是他的了,全国大权就是他的了。这事你能忍,我张作霖也不能忍!"

段祺瑞说:"雨亭老弟,不要着急。我对焕章也不赞成,但他表示愿与你我三方共商办法，维护大局。以我的观察，焕章对你确无敌意，他多次催我请你来津会商大计，你可不要误会他呀。"

张作霖一脸阴云退去，却仍是气傲地说："我请芝老主持公道，我与冯玉祥明天会上见。"

第二天，段祺瑞不敢开会，而是约请张、冯双方午宴。段祺瑞派赵玉珂去请冯玉祥，见他正在刮胡须，感到奇怪，便问："你怎么把胡子都弄掉了？"冯玉祥说："胡子不能要，非去不可。"当时军官多留八字胡，冯玉祥刮去胡子赴宴，是影射土匪出身的张作霖。东北习称土匪为"胡子"。

宴会开始，段祺瑞连端三杯酒，为三方天津聚会致贺。然后，他言归正题，谈起这场战争的胜利，对张作霖和冯玉祥着实嘉勉了一番。随后，张作霖发言。张作霖见冯玉祥胡子刮得光光的，就知道他的敌意，心中已憋下怒气。他说："军人保卫国家乃分内之事，芝老夸奖，自觉惭愧。"但接着却话锋一转，声色俱厉地说："不过嘛，咱们收买的人，总不能与起义的人相提并论！"

如一声霹雳，宴会冷了场。冯玉祥一阵局促不安，但当他看见张作霖那鄙夷的眼光时，再也无法忍耐，冷笑了一声说："雨亭老弟，这次战前，你派人送我五十万元充作军费，真是雪中送炭，我很感激哪。可原来你是在收买我！我听人说，你最恨那些背叛的人，可是你怎么又收买我做背叛的人呢？这就是绿林草莽的义气吗！"

段祺瑞站了起来，劝阻说："友情为重，焕章不说了，不说了！"但冯玉祥不听，又说："芝老，你说我们所为之事该不该做？玉祥认为，我们是为了和平，为了国家，所以才心怀赤诚，破釜沉舟，决不是受人收买才干的嘛。不然，别说五十万，就是一个金山也别想动我一丝一毫的念头！"

张作霖无言以对，尴尬地笑了几声，说："焕章兄，为弟不过开个玩笑，何必当真呀。"

"嘿嘿！你这玩笑也真是太随便了。"段祺瑞埋怨了张作霖一句，然后又劝冯玉祥："这事算了，君子胸怀坦荡。"卢永祥、杨宇霆等人又出来打圆场，酒宴又进行下去。不过话不投机，场面冷冷清清。冯玉祥对奉军入关十分气愤，如鲠在喉，忍不住又提了出来："雨亭兄，咱们不是说好了的，奉军不入关。可是现在，你大批奉军都进关了，天津你就进来两个师，我和芝老都在你的枪口下面了。"

"你说这事是咱们俩说好的，那我怎么不知道？"

"红口白牙，你……"冯玉祥脸憋得通红，就要发火。"焕章兄，今天是喜酒，有事明天会上再议，有什么事过不去呀！"卢永祥说着，端着酒杯到冯玉祥面前敬酒。

冯玉祥勉强地喝下酒，泄了气坐下来。可是张作霖的气却上来了，指着冯玉祥说："你说，我奉军不入关，怎么打败吴佩孚？我奉军不进天津，吴佩孚就能逃跑？这不是军事需要吗？并不是我张作霖来抢地盘的。"说到这里，张作霖转对段祺瑞说："芝老，今日这酒呛劲太大，我享受不了，告辞。"说完，向大家拱拱手，转身就走了。

宴会不欢而散，段祺瑞把冯玉祥单独留下来说话。"我怕阴天，天就下雨。"段祺瑞一脸的沮丧。冯玉祥则沉默不语。良久，段祺瑞才又说起来："常言道，识时务者为俊杰。打败了曹吴，时下能决定中国大局的就是我们三方，三足鼎立，缺一不可，合则共兴，分则俱亡。如果你与雨亭不谋合作，甚或再动干戈，局面不堪设想啊。那么，我也就不问事了，就老死津门算了！"说着竟自哽咽难言。

冯玉祥感动了，表示愿以团结为重，捐弃前嫌。段祺瑞又说："咱们三方，我主导其事，自当公平，各得其所。但张作霖是个吃亏的人吗？他又自以为他的战功最大，所以气势很盛，我有心向你，但力不从心，你也要担待一些呀。"

谈完了话，段祺瑞和冯玉祥又同往曹家花园去见张作霖。于是，冯玉祥与张作霖握手言和。又在段祺瑞极力撮合之下，两人还互换兰谱，结成了拜把弟兄。第二天，由段祺瑞主持的三方会谈在天津开锣。

天津会议开了三天，会议公推段祺瑞出面主政。张作霖一力主张，冯玉祥也不得不表示拥护。对于段祺瑞主政的称谓，自然不能称为总统，因为总统要国会选举产生，而当时国会由于曹锟贿选，已处瘫痪状态。想来想去，便冠以"临时执政"头衔，而同时兼总统、总理两项职权。如此一来，权力之大超过民国历届总统。

会上，张作霖极力主张乘胜南进，消灭直系，武力统一中国。他说："芝老，我知道你早就想统一中国，眼下还不是最好的时机？"随后他把胸口拍得叭叭响说："我敢保证，我亲率奉军南下，不出一月，就能饮马长江。孙中山就更不在话下了，他如不归顺，就再荡平西南，统一大业不就实现了？"

自袁世凯死后，段祺瑞便以北洋继承人自居，武力统一中国就是他的最大心愿。他虽为总理，却先后挟制黎元洪和冯国璋两位总统对南用兵，都以失败告终。之后吴佩孚雄视天下，也想以武力统一中国，结果仍是雄心破灭。今日张作霖得势，又说武力统一中国的大话，他当然不信。而且，他看透了张作霖的野心，开始担心他借武力统一中国坐大而拥兵干政了。想到这里，段祺瑞说："这次战争，国家元气大伤，人民苦不堪言，天理良心，何忍再动刀兵？所以当务之急是化干戈为玉帛，谋求国家安定。时下直系新败，无力再挑起战争，南方孙中山本我同盟，因此和平统一的希望已露端倪。我的看法，各位贤达以为如何？"

"芝帅，在下有话说。"不待段祺瑞表示，杨宇霆先声夺人："窃以为，武力统一是历史的必然，而和平统一不过是梦想罢了。看一看中国三千年的历史吧，数分数合，哪一次不是武力统一的？"他津津乐道地谈起历史故事，从春秋到民国，加以证明。然后又说："对所谓和平统一若要信以为真，痴心求成，无疑就是镜中观花，水中捞月啊。所以，我们还是回到雨帅所说的话上来。芝老，你大胆主政，由张、冯两帅忠心相佐，武力统一中国必能实现，何乐而不为？"

冯玉祥听得不耐烦，向杨宇霆说："听你说得头头是道，但我认为中国不能统一，根源在于军阀混战。就说我们北洋吧，最近六年就打了三次大仗。那么军阀混战的原因又是什么呢？还不就是争地盘，扩势力，这就是民国的最大弊病！"说到这里，冯玉祥站了起来，郑重向张作霖说："雨亭老弟，就从今日起，就从我们两人做起，不再争夺地盘，你以为如何？"

会场上立时就有几人叫好，还鼓了掌。张作霖被冯玉祥将了军，冷笑了一声说："咱们说的是国家统一的大事，可是你却动小心眼，以小人之心度君子之腹，岂有此理！"冯玉祥也不让，两人大吵起来。

段祺瑞动了气："你们俩这样吵闹，咱这会还开不开啦？"硬是把两人压住，才翻过了这个话题。

天津会议之后，段祺瑞向全国发表通电，拟于十一月二十四日入都就职，组织临时政府。他在电文中提出了解决时局的重大举措："现拟组织两种会议：一曰善后会议，以解决时局纠纷，拟于一个月内集议。二曰国民代表会议，拟根据美国费城会议先例，解决一切根本问题，期以三个月内齐集。"

11月23日，段祺瑞乘专车到北京上任。自袁世凯死，段祺瑞就认为继承人非他莫属，而偏偏阴差阳错，他三任总理，却与总统无缘。更不幸直皖一战，一败涂地。再回想，他化妆逃脱北京时何等难堪。而不过两年，他竟东山再起，一步登天，又是何等的惬意！火车停住，他走下来，看着彩旗招展，锣鼓喧天的欢迎场景,激动得在心中狂呼起来:"北京,我回来了!从此天下是我段氏!"

这时,冯玉祥等人迎上来,簇拥着段祺瑞乘轿车驶往铁狮子胡同陆军部,也就是临时执政府所在地。

段祺瑞专车离津入京,张作霖并不陪同,他坐上另一列火车,车上满载奉军,隆隆向北京开去。一到北京,李景林一师兵力占据京城内外各重要据点,郭松龄带一团精锐进驻北京城北的黄寺,控制了北城的两个城门,张学良则亲带一个警卫营进驻顺承王府。顺承王府原是清朝顺承郡王的府邸,张作霖花了七千五百两银子买下来作为他在京的大帅府。

第二天,段祺瑞在陆军部大礼堂宣誓就任中华民国临时执政,并公布临时执政府制六条,规定临时执政总揽军民政务、统率海陆军、对外代表中华民国、设置国务院和召集国务会议等权力。次日即又公布内阁名单:临时执政段祺瑞、内务总长龚心湛、财政总长李思浩、外交总长唐绍仪、陆军总长吴光新、海军总长林建章、司法总长章士钊、教育总长王九龄、交通总长叶恭绰、农商总长杨庶堪。

是杨宇霆向张作霖提议派大批奉军进京的。他说一为保护大帅的安全,二是煞煞冯玉祥的气焰,三是从此之后,大帅安坐北京,过问朝中大事。果然,张作霖来北京这几天,风光极了。可是这天天尚未明,张作霖尚在梦中,张学良急匆匆跑进来,说:"冯军要向我们发起进攻了!""当真?"张作霖疑惑地问。张学良说:"有确凿情报,驻京冯军都已接到准备战斗命令,他们都起床集合了。"

"妈拉个巴子!"张作霖骂了一句,抓起电话要通了段祺瑞,说明情况后命令似的说,"你告诉冯玉祥,不要轻举妄动,自找没趣!"

段祺瑞也没好气,在电话里说:"你派大军入京,把冯军赶出去了,倒是痛快,可是冯军服气吗?我劝你,你不听,你又要我劝冯玉祥,他就能听我的?现在你们两个是老大,我管不了,你们愿怎样就怎样吧,我这就辞职回天津去!"

张作霖怔怔地放下电话,对张学良说:"老头子不管了,咋办呢?"张学良眉头紧蹙,半天不说话。张作霖着急,说:"小六子,我问你呢!"张学良才说:"我们两方火并,血染京城,那就是亲者痛,仇者快。这仗真要打起来,别说打败了,就是打赢了,但落下一个什么样的局面呀,以后咋办?"听张学良说完,张作霖说:"这一次,我们就让他姓冯的,咱们走!"

张作霖下达紧急撤离命令。这时太阳刚刚露出头来,为北京城抹上一层淡淡的红晕。不过三个钟头,奉军全部到达北京车站,汽笛鸣响,列车飞驰而去。

奉军撤退时,戒备森严,随时准备抵抗冯军的进攻。但一切平静,并不见冯军踪影。

前天夜晚,国民军胡景翼、孙岳、鹿钟麟、岳维峻、邓宝珊等将领相约一齐来见冯玉祥,倾诉他们被奉军欺辱,忍无可忍,强烈要求把张作霖父子乱枪打死。胡景翼和孙岳还草拟了一道进攻命令,请冯玉祥签字。冯玉祥颇为动容,也感到今后无法和奉张相处,不如趁此良机大干一场,于是当即签署命令,下达各部。

一场血战,箭在弦上。但当研究作战方案时,冯玉祥渐渐冷静下来,断然决定取消行动。胡景翼和孙岳两人怒声相争,最后竟与冯玉祥摊牌:"你不干,我们两人干,天大的事情我们俩负责!"冯玉祥拍了桌子:"杀了张作霖父子,就要天下大乱,这天大的责任你们两个能负得起吗? 我不做历史罪人,你们也不能做!"胡景翼把命令举到冯玉祥面前,说:"无论如何,你也得签这个字!"孙岳又拿着毛笔上来大声嚷着:"签! 签!"冯玉祥躲闪,胡、孙二人就追,三人在室内团团转。但冯玉祥就是不签字,胡景翼无奈地将令纸拽在地上,与孙岳气冲冲地走了。

这时候,冯玉祥回顾事变以来的风云变幻,一种失落感袭上心头,辗转反思,决定引退。他发出声明,辞去陆军检阅使职务。辞职后即去西山休息,然后出洋游历,无意在北京贪恋权位。通电发出的当天,冯玉祥就偕夫人李德全到北京天台山慈善寺,每日里念圣经、学文化,真的隐居下来。

张作霖撤出北京,回到天津。他心里发恨:"姓冯的,别看我把北京让给你,你敢当曹操,挟天子以令诸侯,我就讨伐你!"不几天,冯玉祥的辞职通电传来,张作霖大惑不解,叫来张学良问道:"冯玉祥辞了职,这小子又搞什么鬼呢?"

张学良说:"自从冯玉祥倒戈回京,囚禁了曹锟,国内可是骂声不断呀。骂他是野心家,背恩害主,心狠手辣。所以他要避嫌,行韬光养晦之计。""哈哈!"张作霖释怀地笑起来,说,"冯玉祥还有这一手,学会装好人了。他会装,我们就不会装?"当天,张作霖电请执政府裁撤巡阅使一职,并愿先自东三省实行为倡导。第二天又通电宣布,已将镇威军名义取消。

就在同日,冯玉祥又发出通电,宣布取消国民军名义,并即解除总司令职务。

段祺瑞没想到一场危机烟消云散,更没想到冯、张两人有如此果断的辞职罢兵之举,一颗石头落地。这时他才想到孙中山正在北上,这是一个更难对付的人呀。他把秘书长梁鸿志叫来,问孙中山到哪里了。梁鸿志说明天就到天津了。

段祺瑞果断指示："你准备一下，明天就召开内阁会议，讨论通过善后会议大纲和条例，好让孙中山知道，我的决心已定，哈哈！"

孙中山收到冯玉祥的邀请电报，即决定北上入京。他委任胡汉民留守广州，代行大元帅职权。任命谭延闿为北伐联军总司令，驻守韶关，主持北伐军事。随行人员有汪精卫、李烈钧、陈友仁、邵元冲、孙科、朱和中等人以及文书、武卫人员共二十余人。

11月13日，孙中山偕夫人宋庆龄出大元帅府，登永丰舰。文武官员于码头伫立欢送。胡汉民、许崇智、杨希闵、刘震寰等人则乘舰送至黄埔。

永丰舰到达黄埔，黄埔军校校长蒋介石率全体教职员到校门外迎接。蒋介石一身戎装，登上永丰舰，将孙中山一行迎接到军校里。孙中山在校中巡视一周，然后校阅军校学生的战术实习。校阅毕，孙中山对军校大加赞许和勉励，复沉默良久，长叹一声说："我这次去北京，明知很危险，祸福难以逆料，将来能不能回来，实在不敢预测。不过北上是为了革命，为了救国救民，虽有危险亦何所惧？何况我已五十九岁，死也可以瞑目了。"

蒋介石乍闻失色，乃问："先生今日何出此言？"

孙中山说："人总有一死，只要死得其时。倘在两三年前，我就不能死，现在有了这么多学生，可以继承我的事业，我死而无憾了。"

听孙中山不胜凄楚之言，蒋介石立正表示："我一定牢记先生嘱托，决不辜负先生的殷切期望，我和全校两千师生预祝先生此行顺利，日夜北望先生胜利归来。"然后，蒋介石设晚宴钱行，于夕照晚霞之中，孙中山登上永丰舰，起锚北上。

经过四天四夜航行，永丰舰抵达上海。国民党人于右任、居正、戴传贤、蒋作宾和宋庆龄的弟弟宋子文前来迎接，还有万余群众在码头上欢迎。孙中山夫妇住进莫里哀路29号寓所。一到家中，同志们便告诉孙中山，段、张、冯三方在天津开了三天会议，推举段祺瑞为临时执政，段祺瑞向全国发出通电，即将入京就职。纷纷言语，怒声如沸。待人离去，孙中山立即召见来上海迎接的冯玉祥的代表马伯援，郑重表示："请你告知，文已到沪，是否北上之事，待商谈后决定。"

是否北上，孙中山犹豫了吗？

马伯援走后，孙中山吃了一点饭便倒在床上睡去。这时汪精卫来访。宋庆龄说先生睡了，汪精卫一听，就要回去。这时孙中山醒来，说："精卫吗？你到客厅坐吧。"

汪精卫见孙中山脸色苍白，抱歉地说："先生一路辛苦，本不该打扰，可是……"

　　"没关系，有事就说吧。"孙中山直截了当。

　　汪精卫说："段祺瑞不等先生北上，急急忙忙地召开天津会议，私定大计，把先生排除在外。如此背盟爽约，毫无心肝，所以我以为先生北上已无意义，而徒生危险。"

　　"嘿嘿！"孙中山笑了一声，说，"在广州，你是最热烈支持我北上的，可是刚到上海，你就心灰意冷了，一百八十度大转弯。"

　　汪精卫说："去年冬天我到北方去，杭州卢永祥、奉天张作霖、天津段祺瑞都曾表示，打倒直系后推举先生出任总统的，谁知到现在他们翻脸不认账了。"说完面露赧颜。

　　"那个事呀，当时我就不信的。"孙中山说，"三角同盟，我们是革命，他们是军阀，这是根本区别，为共同反直而相互利用。所以直系一败，共同的基础随之瓦解。他们认为我南方未立寸功，天下是他们打下来的，江山就要由他们来坐，天津会议就是这样的结果。"

　　"我们继续革命，直把军阀彻底消灭！"汪精卫愤愤说道。

　　"是要彻底消灭军阀。但现在形势大变，三方联盟刚刚打败直系，然后我们就调转枪口打他们？舆论尚且不说，而根本在于我们太弱，力犹未逮。"

　　"那么……"汪精卫嗫嚅难言。

　　"然而，时代不同了。"孙中山落地有声地说，"现在是中华民国，不是帝制时代。因此，皖段、奉张天津擅权，也不敢破民国大法。段祺瑞只能做临时执政，将来建立正式政府也不得不走民主选举程序。"

　　"但是，"汪精卫说，"他能真心履行吗？那个人称忠厚的曹锟还贿选篡夺大位呢？"

　　"你提得好，问题就在这里。"孙中山说，"因此我在北上之前发表宣言，提出今日以后，当划一国民之新时代。第一步使武力与国民相结合，第二步使武力为国民之武力，非如此，不能破除军阀干政之大害，建设真正的民国。据此，我提出召集国民会议的主张，让人民参与和决定国家大事。"

　　"对，对呀。"汪精卫称赞说，"先生提出召集国民会议，乃是解决时局的钥匙。那么，事情也很明显，段祺瑞提出先召开善后会议，然后再召开国民会议，就是对付先生的。"

"当然了。"孙中山说,"我提出召开国民会议的主张,他无理由反对,也不敢反对,便变个法子以善后会议相对抗,通过所谓善后会议造成操权之局。所以我们必须反对善后会议,这就是关键所在。因此,我必须北上。但此去万里关山,重重险阻,成败难料,而无论如何,即使失败,我也要坚定此行。"

孙中山用手抵住腰部,脸上露出痛苦的表情,继续说:"因为,这关系国家的命运,民国政权怎能由段氏任意摆布?还因为,念吾余生,不仅必须做这件事情,而且也只能献身于此了。倘若不幸演成一场悲剧,则愿我生命最后的燃烧,不是留下一堆灰烬,而是引燃更为旺盛的火焰。"

说到这里,汪精卫见孙中山苍白的脸上渗出豆大的汗珠,急忙起身告辞:"先生教诲,精卫悉心领会,愿随先生北上,请先生休息吧。"

这时上海与北京之间的交通,由于军事影响极为困难,由上海至天津的轮船人满为患。为尽快北上,孙中山乃决定偕宋庆龄、戴传贤、黄昌谷绕道日本,其他随员则分别乘船以天津为会集地。

11月22日,孙中山搭日轮上海丸号赴日,先后在长崎、神户小住,于12月4日中午抵达天津。在码头欢迎的约有二万余人。段祺瑞和国民军各派团体代表登船恭迎。孙中山上岸后,乘马车至日租界张园下榻。

刚吃过午饭,张作霖派代表来张园问候。随后,孙中山驱车到曹家花园拜访张作霖。张作霖一见孙中山就打开了话匣子,两人谈了一个多钟头。当孙中山回到张园时,浑身发冷,高烧四十度,肝亦觉痛。因此当晚各界在张园举行的欢迎会就临时取消了。

第二天,延请德国医生石密德诊治。当时医生对于癌症尚不留心,石密德也以为孙中山是南方人,不适应北方寒冷的气候,故而没有检查肝部。孙中山服药后,经数日调养,热度渐退,而肝部仍作痛不止。

孙中山北上途中,一再强调反对帝国主义,取消不平等条约,因而遭到列强各国的反对。而段祺瑞盼望外国承认临时政府,北京外交团则要执政府先公开表示尊重过去签订的一切条约。段祺瑞向现实低了头,外交团七国大使方才共同声明,对段政府给予外交承认。

得知这一情况,孙中山授意汪精卫等人议论时局,提出了五项主张:(一)现在无完全的约法上之机关;(二)临时执政无法律根据,只能是事实上之政府;

（三）统一问题应由国民会议解决；（四）惩办祸首曹锟、吴佩孚、齐燮元、孙传芳、萧耀南五人，参加贿选的国会议员应依法惩办；（五）一切善后问题，应由国民会议解决，无召开善后会议之必要。

至12月17日，孙中山又致书段祺瑞，主张于善后会议中加入人民团体，包括实业团体、商会、教育会、学生联合会、农会、工会诸代表。这是孙中山作出的重大让步，承认了善后会议，仅提出加入人民团体的意见。但段祺瑞不仅不接受，反而得寸进尺，将自行制定的"善后条例"单方面公布。

第二天，段祺瑞特派叶恭绰和许世英到天津来欢迎孙中山赴京。两人见到孙中山，先转达段祺瑞的问候，然后就在病榻前报告北京的政情。孙中山问及外交方面，叶恭绰说："段执政已正式向外交团承诺，临时政府外崇国信。"孙中山脸色阴沉下来，说："外崇国信，信守什么？我们和外国之间的条约都是不平等条约，外交团要求尊重这些条约，听说执政府已照会答允，有无其事？"叶、许两人回答确有其事。孙中山勃然大怒，厉声说："我在外面要废除不平等条约，你们在北京偏偏要尊重那些不平等条约，太不对了。你们要升官发财，怕外国人，尊重那些压迫我们、剥削我们的不平等条约，那为何又要来欢迎我呢？"叶、许两人哑口无言，不知所对，狼狈退出。经此一气，孙中山肝病大发，疼痛不已，脉搏骤增120次，石密德医生也束手无策。

孙中山病情日益严重，汪精卫与宋庆龄、孙科商议，认为住在天津，既不适宜养病，又于国事无补，倒不如赴京疗养为宜。孙中山欣然应允，但他仍不以疾病为念，慨然说："我该到北京去了，会会段公，看他能否听我一言呀。"

12月31日下午4时，孙中山抵达北京。车站前人山人海，争睹民国伟人，北京政府全体内阁阁员及各人民团体代表到车站欢迎。孙中山下车后，向欢迎人群挥手致意，即乘汽车直赴北京饭店。到北京饭店后，汪精卫代表孙中山与记者见面，分发书面谈话一份，扼要说明孙中山北上入京，不是为争地位，争权利，是特来与诸君救国的。

当晚，北京协和医科大学三位医师和狄博尔、克礼两位外国医师到饭店会诊，以为是最烈肝病，遂向孙中山及其家属商议，用外科手术探查病状。但孙中山愿用内科方法治疗，并愿请德国克礼医生诊治，每日临诊一次。

第二天，新年元旦，复请外国医师六人诊断，均断为肝病。但究竟是何肝病，则难下结论，一致意见是静卧疗养，不要生气。自此孙中山不见宾客，一切悉由同志代办。

1 月 2 日,孙中山召见汪精卫,面谕速办两事:成立北京政治会议和创办北京《民国日报》。北京政治会议为在北京进行工作的机构,由汪精卫、于右任、吴稚晖、戴传贤、陈友仁、李大钊等九人为委员,孙中山任主席,鲍罗廷为顾问。每次会议,由委员推举临时主席主持,会议后再报告孙中山。

连日来,克礼医生试遍治疗肝病所有医方,均少见效。1 月 5 日,复请协和医院德国医师四人、美国医师三人会诊。初欲动手术,众以为难,继用 X 光透视,见肝中无浓,乃决定以药针治疗。

1 月 17 日,孙中山叫来汪精卫,悲伤地说:"善后会议之期已近,我要给段公发电,做一回申包胥哭秦廷呀。""先生……"汪精卫做劝止之状。孙中山说:"我口述,你笔记可矣。"

孙中山开始口述,他的声音缓慢而沉重,时断时续。口述完毕,孙中山又叫汪精卫复读一遍,时而插话修改,如此完成,历时一个多钟头,长达二千字。电文深入分析民国历次重要会议皆无良果,就是因为与会成员为政府所指派,而国民却无顾问之权,从而说明人民参与国家大事的重大意义。然后根据民国现实情况提出武力与民意相结合的方案,即以反曹、吴各军与政党和人民团体平等同列参加会议,共谋国家大计。

孙中山诚恳地呼吁善后会议加入人民团体。最后殷殷期盼:"今欲改弦更张,则第一者当令人民回复主人之地位,而使一切公仆各尽所能,以为人民服役,然后民国乃得名副其实也。凡此所陈,固以为国家前途计,亦以执事与文久同患难,敢附于知无不言,言无不尽之义,尚祈俯察为幸。"

23 日,孙中山病势突然加重,体温有时升高到 41 度,有时又低于 37 度。克礼医生发现他眼球显黄晕,知病毒已侵入他部,认为非动手术不可了。遂由中、美、德三国医师共议手术之法,然念及孙中山体力不胜,复迟疑不决,则又决定注射药针治疗。自此以后,孙中山不能再进饮食,进则呕吐。

26 日,孙中山体温更上升,脉搏也更快。各医师均认为应实行手术。又几经宋庆龄劝说,孙中山方才同意。

下午三时,孙中山入协和医院,医师决定立即动手术。手术于晚六时开始,打开腹腔,见肝脏已坚硬如木,满是白点,已无从割除。乃取样化验,然后洗净缝合。

对孙中山不惜委曲求全，披肝沥胆，谆谆以告的电报，段祺瑞、张作霖却无动于衷，而恰在孙中山手术之后电复拒绝，其心之无情，令人愤慨。中国国民党乃遵照孙中山的指示，决定概不参加善后会议。在这种时候，段祺瑞到协和医院来看望孙中山。孙中山听着段祺瑞故作关切的问候，看着他全无悲切的眼神，彻底的失望如刀绞心。他无需再说什么，他也无力再争了，只说了一句"我的建议，你拒绝了"，就闭上了眼睛。他以仅能做的表示抗议，也是决裂。

就在段祺瑞看望孙中山的第二天，2月1日，善后会议开幕了。

在孙中山术后的日子，传来东征陈炯明的好消息。蒋介石率领的教导团攻克惠州之南重镇淡水，向孙中山告捷。接着，代理大元帅胡汉民对蒋介石的嘉勉电又到，说："我军将士忠勇奋发，迭摧悍敌，而尤以教导团军纪之肃，战斗之勇，出人意表，训练未久而得此良好成绩，固征吾党主义灌输之力，益显总理平日训导之功。今者逆贼实力丧失已过半，肃清东江，计日可期，敢为我党前途预贺。"孙中山不胜欣慰，满面笑容地说："有黄埔军校，吾赖有期也。"

2月18日，协和医院通知，孙中山大病不治，遂出院住进铁狮子胡同五号。这里原是恭亲王府，后来成为顾维钧的住宅。

24日下午，汪精卫召集紧急会议，参加的人有先期北上的陈友仁、邵元冲、李烈钧、吴稚晖、孙科等人和以后陆续来京的张静江、孔祥熙和宋蔼龄夫妇、孙中山妻弟宋子文、廖仲恺夫人何香凝。还有苏联顾问鲍罗廷。汪精卫提议，总理病情已是康复无望，我们是否应当在他尚且清醒的时候请他立下遗嘱，令全党同志永远遵守？大家都表示赞成。于是公推汪精卫、宋子文、孙科、孔祥熙四人向孙中山谈遗嘱之事。

四人入室，即请宋庆龄离开。孙中山见状，便问："你们前来，何事耶？"四人犹豫不言良久，汪精卫才委婉地说："先生住院的时候，诸同志就责备我等，要请先生留下些许教诲。吾等固知先生有力量抵抗病魔，唯思趁先生精神较佳时留下金言，即十年、二十年后，仍可受用也。"

孙中山听罢，欲言又止，沉默良久后方张目而言："我何言哉？我病如克痊愈，则所言甚多，设使不幸而死，由汝等任意去做可矣，而复何言！"

四人复请，孙中山又默然久之，说："吾若留下说话给你们，实在有许多危险。当今无数敌人正在围困你们，我死之后，彼辈更将向你们进攻，甚至使出种种手段，令你们软化。如果你们强硬对抗，则又必将被加害，危险更大。故我仍以不言为佳,则你们应付环境,似较为容易也。如此,我尚何言?"语毕,双目复闭。

汪精卫说:"我等追随先生,奋斗数十年,从未巧避危险,此后危险何畏?我等也从未被人软化,此后何人又能软化我们呢?我等定能遵从先生之言,不计生死,先生教训我等甚久,当能相信不疑。"

闻听汪言,孙中山轻轻颔首,复张目说:"你们要我说什么呢?"

汪精卫回答说:"我等今已预备一稿,读与先生听。先生如果赞成,即请签字,当作先生之言。如不赞成,亦请别赐数语,我可代为笔记。"

孙中山说:"好,你读吧。"

汪精卫即取出拟稿,低声慢读全文:"余致力国民革命,凡四十年,其目的在求中国自由平等。积四十年之经验,深知欲达到此目的,必须唤起民众,及联合世界上平等待我之民族,共同奋斗。现在革命尚未成功。凡我同志,务须依照余所著《建国方略》《建国大纲》《三民主义》及《第一次全国代表大会宣言》,继续努力,以求贯彻。最近主张召开国民会议及废除不平等条约,尤须于最短期间,促其实现。是所至嘱。"

孙中山听罢,点头说:"好,我甚赞成。"

宋子文赶快上前,说:"先生对于党务已有训诲,家属则如何?请先生嘱咐。"

孙中山说:"诚然,你们有何话说?"

汪精卫又取出一份拟稿念道:"余因尽瘁国事,不治家产,其所遗之书籍、衣物、住宅等,一切均付吾妻宋庆龄,以为纪念。余之儿女,已长成能自力,望各自爱,以继余志。此嘱。"

孙中山又说:"好,我极赞成。"

于是汪精卫到外室取墨具签字,恰遇宋庆龄正在悲泣。她见门已开,随即入内。孙中山即对汪精卫说:"你收起来吧,今天不须签字,我总还有数日之生命。"

3月11日早晨,何香凝对汪精卫说,此时不可不请孙中山签字了。汪精卫表示同意。何香凝和宋子文将此意告诉宋庆龄,宋庆龄慨然说:"到这时候,我不特不愿阻止你们,还要帮助你们。"何香凝闻此,即叫汪精卫赶快取出遗嘱稿,并用孙科的墨水笔,请孙中山签字。但这时孙中山已陷入昏迷。等到中午,孙中山忽张目遍视床前家属及各同志,说:"现在要分别你们了,拿那两张字来呀!"

汪精卫赶快将两稿和墨水笔呈上。孙中山腕力已弱,无法自持,宋庆龄含泪托起他的右手腕执笔逐字签名。

签名后,孙中山与夫人谈话甚久。少息后,孙中山安然而谕各同志:"我此次放弃两广,直上北京,为谋和平统一。所主张统一方法,是开国民会议,实行三民主义、五权宪法,建设新国家。兹为病累,不克痊愈。生死本不足念,唯数十年致力国民革命,所抱定之主义未能实现,不无遗憾。甚望诸同志努力奋斗,使国民会议早日开成。如是,我在九泉之下,亦堪瞑目。"此后,孙中山呼吸困难,精神极倦,不能连说四五字以上,唯闻断续之声为"和平,奋斗,救中国"数语。

至晚5时,孙中山醒来。医生诊视,手足已凉,脉搏已散,遂告众人,先生即将去世,须特别注意。然而孙中山仍与病魔顽强地搏斗,延至次日9时10分,孙中山发出一声轻唤,叫汪精卫。汪精卫急近前问:"先生有何嘱咐?"然而孙中山欲言无声,渐渐地停止了呼吸。"先生啊!"汪精卫一声悲嚎,众人随之失声大哭。

孙中山虽死,却仍双眼圆睁。泪流满面的宋庆龄频以手拭,才使孙中山瞑目。时为9时30分,一代伟人与世长辞,享年六十岁。

第六十七回

灭沈拒唐气冲霄汉　东征西战威震山河

自陆荣廷落入桂林陷阱,李宗仁坐山观虎斗。忽听北京派人来桂林调解,李宗仁便急电黄绍竑来桂平密议。黄绍竑和白崇禧当夜就乘坐"大鹏"舰,由梧州直开桂平。

李宗仁和参谋长黄旭初请黄、白二人在后花园饮宴。酒过三巡,李宗仁话入正题,说:"我听说吴佩孚派人来桂林调解,双方开始媾和,和议如成,则广西仍是三分之局,说不定陆、沈还要合力谋我。故请二位前来商议。"

"德公有何见教,愿听高明。"白崇禧恭敬地说。

李宗仁说:"依我之见,应迅雷不及掩耳,直捣沈鸿英老巢。"

黄绍竑却说:"我们应先打陆荣廷,而不是沈鸿英。眼下陆荣廷的主力被吸引在桂林一带,南宁空虚,我们应一举袭取南宁,端了他的窝。所以我认为,应当联沈倒陆,并作为我们的战略方针。"

李宗仁对黄绍竑大言不惭地说什么"战略方针"不悦,立即反驳说:"季宽之言有悖人的情理,所言战略方针亦不能言之有据。沈鸿英罪恶昭著,对其大张挞伐,定可大快人心。而陆荣廷则有善名,民国以来,举国扰攘,而广西得以粗安,实赖有他。我们如果联沈倒陆,实不易号召民心。"

"嘿嘿!"黄绍竑不屑地笑了一声,说,"德邻兄,你秉性善良,才于心不忍。但我们说的是打仗,你死我活,决不能有妇人之仁呀。"

李宗仁一听,脸就涨红了,敲着餐桌边说道:"联沈倒陆,连我们自己都要倒下去,荒谬荒谬!"

白崇禧见状,忙向两人敬酒打圆场。李宗仁也不理黄绍竑,端起酒杯一饮而尽，对白崇禧说："健生，你的想法呢？"

"我嘛。"白崇禧迟疑地说，"通观全局，联沈倒陆为上策，联陆倒沈为中策，在陆、沈交兵中无所作为是下策。"

李宗仁一听，立即打断白崇禧的话，落地有声地说："联恶制善，名不正言不顺，联陆倒沈方为上策。"

这时谁都不说话了，场面尴尬。白崇禧频频向黄旭初使眼色，叫他发表意见。可黄旭初却招呼副官，撤去残席，将一副锃亮的麻将牌"呼啦"一声摊在桌上。白崇禧一脸苦笑，摇了摇头，伸手码牌。四人打了几圈，索然无味，便散了场。

黄、白两人回到寓所，黄绍竑一屁股坐在沙发上，愤愤说道："明天就回梧州去！"

"好，走就走吧。"白崇禧立即把副官喊进来，吩咐道："通知大鹏舰，升火起锚，我们连夜赶回梧州去。"

"说走就走？"黄绍竑颇感诧异。

"水不急鱼不跳嘛！"白崇禧诡秘地一笑，"你稍候片刻，我去去就来。"

白崇禧径直走到黄旭初住处，劈面就说："你当的什么参谋长呀！该说话的时候就不说话。"

"我该说什么呢？请健生兄赐教。"黄旭初慢悠悠地说。

"你成竹在胸，还要问我？"白崇禧就说，"陆荣廷被困桂林三月，后方空虚，此时用兵，则可传檄而定。而沈军尚为强势，非可一击即败。此时讨沈，无异替陆解围，纵令我们能将沈军消灭，而我军牺牲必大，陆氏反可收拾残局，起而谋我。"

"嘿嘿！兄之所言正是我之欲言。可是，"黄旭初说，"你不知德邻的脾气，在他那个气头上，我若直言，反是火上浇油。打铁要看火候，是火候不到啊。"

"你还等什么火候？季宽要走了。"白崇禧看了看表说，"大鹏舰已经升火起锚了，我们一走，这大事就完了！"

"哈哈哈！"黄旭初大笑起来，说，"这火候到了呀，我这就找德邻去，请你回去等着。"

一小时后，李宗仁和黄旭初来到黄、白住处。李宗仁开门见山："我赞成联沈倒陆，攻取南宁的方案。"

黄绍竑喜出望外。接着三个人促膝交谈，商议作战方案，直到天亮。吃了早饭，黄、白二人就坐大鹏舰回程了。

两军各自准备，秣马厉兵。李宗仁改所部为"定桂军"，军旗用黑边红心方形旗帜，中书黑地"李"字。黄绍竑所部为"讨贼军"，军旗用白边红心方形旗帜，中书白地"黄"字。两军兵力统一使用，分两路进军：以李宗仁为左路，指挥本军李石愚所部和黄军之夏威、伍廷飏、蔡振云所部，沿邕江而上，直迫南宁。以白崇禧为右路，指挥本军俞作柏所部和李军之何武、钟祖培、陆超所部，自贵县出宾阳，转向武鸣，对南宁作大包围。黄绍竑则统率其余各部留驻梧州，筹划军需供应。

留守南宁的林俊廷得报，亲来桂平见李宗仁问个究竟。李宗仁与这位忠厚长者会谈竟夕，颇为"投缘"。林俊廷对李宗仁说："外面人都说你们要攻打南宁，但我知道你是个忠厚人，决不会与陆老帅为难的。你看，我来了不是证明谣言全是不可信的吗？"可这次忠厚人却骗了忠厚人，李宗仁颇为尴尬地把林俊廷送走。

林俊廷走后，各路大军随即出动。李宗仁指挥左路军西上，一路势如破竹，兵不血刃即占领南宁。南宁守将林俊廷不战而退，省长张其锽卸职出走。白崇禧指挥右路军扫荡宾阳、迁江、上林之敌后，即向左回旋向武鸣进击，也未遭激烈抵抗，遂会师南宁。

这天，李宗仁邀白崇禧来司令部商议下步军事行动。李宗仁掩饰不住兴奋的心情，侃侃而谈，而白崇禧却是面色沉重，神不守舍。

"健生，你不舒服吗？"李宗仁颇感诧异。

白崇禧叹了口气，说道："德公，怕是要祸起萧墙呀！"

李宗仁一愣，忙问道："你是说定桂、讨贼两军出现不睦？"

"岂止不睦，说不定要以刀兵相见。"白崇禧便把两军会师南宁几天来的所见所闻向李宗仁报告。

李宗仁急不可耐地表示："我要急电梧州，请季宽来商议此事。"白崇禧说："这电还是我来发好。"随即吩咐参谋："给黄总指挥发电，克日赴邕商议要事。"参谋答应一声，转身外走，白崇禧又叫住他，说："电文写上，如迟日不来，危险立见。"

参谋走后，李、白两人正商议两军如何团结协作，一名军官大步流星地冲进来，说："不好了，俞作柏、李石愚两个团打起来了！"

李宗仁一听，倏地冲出屋子，口中连声喊着："备马，备马！"不想马夫正在给马刷洗身子，就忙着去找马鞍。李宗仁不由分说，飞跃而上，骑上那匹光腚马飞奔而去。

李宗仁率军首先进入南宁，定桂军李石愚团占据了省财政厅和税务局，又控制了银行和军火库。白崇禧后来赶到，讨贼军俞作柏闻之大愤，勒令李石愚让出财政厅和税务局，被李一口拒绝。俞作柏便集合全团人马，把财政厅围了个水泄不通，向李石愚喊话："李石愚，识相的马上让出地盘，否则我就不客气了！"

李石愚站在财政厅楼上的窗口厉声说："俞作柏，有本事你就进来！你在我手下好几年，知道我的枪法吧。"说完举起手枪打了过去。子弹划过俞作柏的头顶，把后面的墙壁打了个洞。

"哼！我的枪也是长眼睛的！"俞作柏飞起一枪，子弹掠过李石愚的头顶，穿进上边的窗框里。

两人夸枪，不过是示威。可是两边的士兵以为真打起来了，于是纷纷开枪。一时枪声大作。

突然一匹枣红马飞奔而来，直冲到对射的火网前。从马上跳下一个人来，一看是李宗仁！

只见李宗仁跳下马来，向马猛击一掌。那马长啸一声，四蹄腾空而去。然后，他转过身来，迎着飞啸的子弹大步向前。

枪声骤然停止，一时沉静得出奇。李宗仁一声不响，一直走到街道的那一头，又转身回来。他那国字型的脸膛，因为愤怒至极而成紫色，两眼射出犀利的光，笃定地直视前方。他的步伐不紧不慢，一步一步沉稳地着地，那样沉重，而又那样坚定。两旁的士兵都看得呆了，凭住了呼吸，心脏怦怦跳动。

白崇禧也赶来了，伫立观看这如梦般的场面，钦佩之情油然而生。

李宗仁就这样走着。终于，他停止了脚步，喊道："李石愚团长！俞作柏团长！"

这喊声如同霹雳，四周的空气都震荡起来。

"有！"一个沙哑的声音从财政厅大楼里传出，窗口上露出了李石愚的面目。

"有！"俞作柏从墙壁后站了出来，眨巴着一双诡谲的眼睛，脸上仍带着几分傲气。

李宗仁威严地说："我命令你们，集合部队，带到这街道两边来，听我训话。"

两团人马慢慢集中到街道两旁。李宗仁严厉地批评了这种兄弟相残的行为，最后说："抢占地盘，见利忘义，这是旧式军队的恶习，我决心革除这种恶习。为此，我命令李石愚团即日退出财政、银行和各税务机关，由政府派员接收这些部门。我命令俞作柏团撤回原防，军队维护治安有责，而决不能干预行政事务。"

但俞作柏并未率团回防，而是拔队到邕江下游四十里的蒲庙驻扎，等待黄绍竑的到来。当黄绍竑乘坐大鹏舰来到江边的时候，俞作柏说有机密相告，请他上岸暂住。黄绍竑心急如焚，不愿耽搁，就吩咐抛锚，叫俞作柏上舰谈话。

俞作柏报告说，白崇禧右路军由于定桂军的何武、钟祖培等人不听指挥，贻误战机，迟滞了部队的行动，因而落在后边。而李宗仁先进城后，定桂军即抢占要地和财政厅、银行、税务机关等流油的衙门，排挤讨贼军，并要动武消灭我们。南宁不可住了，我才把部队开到蒲庙来，专候你来陈述苦衷。

"健生呢？"黄绍竑问。

"哼！"俞作柏气愤地说，"他就要攀高枝了！我听说，李宗仁要请他当副总指挥兼参谋长，并将我与伍、夏、蔡四个团编入定桂军中。"说完就看黄绍竑的态度。可黄绍竑只顾将着他那浓密的胡须，却不说话。俞作柏便又说道："南宁极不安全，依我之见，总指挥就不要到南宁去了，就在蒲庙下船，通知白、伍、夏、蔡等人把队伍拉到这里，再作商议。"

再看黄绍竑，仍是将着胡子不说话。俞作柏眨了眨眼睛，断然地说："如果总指挥定要到南宁去会李宗仁，我将率全团护卫。到了南宁，你就住在我的团部，便邀李宗仁和定桂军营长以上军官赴宴，由我带队埋伏，到时你以掷杯为号，把定桂军的爪牙们一网打尽。"

再看黄绍竑，仍是将着胡子，但脸上有了笑意。俞作柏以为他的妙计中的，进而说道："有道是，一山难容二虎。讨贼军与定桂军早晚都要刀兵相见，一决雌雄。因此说，晚图不如早图，才能免除后患。"

"你说完了？"黄绍竑不等俞作柏回答就说，"我决定，还是到南宁与李宗仁会见，你团就沿江两岸护卫我的坐舰前进。"

大鹏舰鸣笛起锚，直往南宁开去。

当黄绍竑到达南宁时，李宗仁和白崇禧已等候多时。令两人吃惊的是，与黄绍竑同时来到的竟是俞作柏的人马，并且俞作柏亲自指挥严密警戒。黄绍竑一登岸，李宗仁亲切地拉着他的手说："季宽，一路顺风吧？"

黄绍竑喘了口粗气，摇了摇头说："不知咋的，晕船了！"说着现出十分难受的样子。

"健生。"李宗仁立即吩咐："你先陪季宽到省长公署休息，别事明日再议。"

"好。"白崇禧遂和黄绍竑分乘两抬小轿往城里走去。到了省长公署，刚一坐下，黄绍竑即挥退左右，问白崇禧："你发急电叫我，到底为了啥事？"

白崇禧再看黄绍竑，才知他是装病，是为支开李宗仁，以便先与他密谈。心中感叹："此公也非等闲之辈！"

"健侯不是都给你说了？"白崇禧想知道俞作柏下了什么蛆。

黄绍竑单刀直入："他劝我向李德邻下手。"

"你打算怎么办？"白崇禧探问黄绍竑的态度。

"我想先听听你的意见。"黄绍竑说。

"俞作柏之言，荒谬之极！"白崇禧一声怒斥，掷地有声地说，"讨贼、定桂两军合则成，分则亡，事实如同明镜。太平天国灭亡，至今不过六十年，殷鉴不远呀。洪、杨之败，非曾、左之功，而是内部分裂，自毁长城。我劝我公，三思而行！"

黄绍竑沉默良久，说道："我们先去访一访李德邻再说吧。"

"好。"白崇禧沉吟了一会，说，"不急，到晚上吧，我们两人到他家里去。"

黄绍竑点头说："也好。"

至夜，黄绍竑和白崇禧悄悄走出省长公署后门，向李宗仁的司令部走去。到了门前，门卫认出是白崇禧，便放行让路。前面就是会议厅，灯火通明。"他们开会呢。"白崇禧就拉着黄绍竑走到门外静听。

是李石愚的声音："大家说了不少，众口一词，要求总指挥痛下杀手，我举双手赞成。总指挥，你胸怀宽广，为人厚道，但对于黄绍竑，你就是养了一只恶虎。这只恶虎长大了，就要扑过来咬你了，你为何还是犹豫不决？我敢断定，只要我们把黄绍竑干了，群龙无首，他的讨贼军就会分崩离析，你还怕什么？当断不断，反受其乱呀！"

黄绍竑听得真切，拉住白崇禧就走。白崇禧一把抱住，急促地说："沉住气，沉住气！"黄绍竑还是极力挣脱，无奈白崇禧抱得更紧。他知道，黄绍竑一走，事情就糟透了,两军刀兵相见,血流成河。就在两人争持中,听得一声响亮:"还有谁说话?"

这是李宗仁的声音。沉默了许久,李宗仁又高声说:"你们都是这个意见,就没有不同的?"

这时一个声音爆出来:"我有不同意见!"只听参谋长黄旭初说:"有些兄弟非常气愤,我很理解。但遇大事,却不能意气用事,而铸成大错!我认为定桂、讨贼两军虽有不和,尚不至于反目成仇。再说,黄绍竑既然来了,你能断定他来者不善?所以,我望德公与他推诚相见,消除误会,化解仇恨,使两军重归于好方为上策。"

"参谋长说得好啊,这才是金玉良言!"这是李宗仁,声音高亢而激动。黄绍竑终于放松了手,侧耳倾听。李宗仁接着说:"没有远虑,必有近忧,争小利而忘大义,则是自取灭亡。我相信,黄绍竑和白崇禧两人是识大局、顾大体的人,也决不会贸然出此下策。我向诸位将领郑重声明,我们定桂、讨贼两军不仅要和好如初,而且要合为一军,为统一广西乃至整个国家而奋斗。至于个人进退,成功不必在我。我愿避让贤路,拥戴黄绍竑为我军统帅,而且我要求你们忠心服从,也如服从我一样!"

李宗仁话音落地,会场一片沉寂。

"德公!"随着一声响亮,黄绍竑破门而入。白崇禧也紧随着进来了。众人都愣住了,眼光都集中到两人身上。

黄绍竑举起双手表示:"德公,我完全同意定桂、讨贼两军合为一军,并且推戴你出任我军统帅!"

李宗仁连声说:"季宽、健生,请坐,请坐!"

黄绍竑并不就座,而向全场挥手致意,然后说:"明日上午,我在省长公署设宴,请德邻主席,两军营长都来,为我们的胜利干杯!今夜已晚,我们明天见。"说完转身退出了会场。

面对突然的变故,大家犹在梦中。李宗仁掩饰着极度的兴奋和激动,大声宣布:"散会!"

第二天上午,定桂、讨贼两军营以上军官都出席宴会,济济一堂。唯有俞作柏称病不来,派了他的表弟李明瑞。之前,俞作柏闻听黄绍竑请宴,以为其计得行,得意地请示黄绍竑:"这鸿门宴还是像梧州捉冯葆初那样干吗?"黄绍竑正色道："明日是桃园结义，不是鸿门宴！"俞作柏一愣，问："总指挥怎么变卦了？"黄绍竑愤然说："你那毒计，我何曾同意过！"俞作柏一听如此，气急败坏地说："难道我从玉林出走跟从你的原因，你会不知道吗？一只猫，甚至一只狗，扶它上树是可以的，一只猪无论怎么扶它，是决不能上树的！"说罢转身就走。"站住！"黄绍竑一声断喝："俞作柏！我告诉你，李宗仁不是一只猫一只狗，更不是猪，他是一只虎，一只猛虎！"

黄绍竑请李宗仁坐到主席上，起立致辞："诸位兄弟，我们胜利攻占邕城，今天特备酒席致庆。但我要提醒大家，不要被胜利冲昏头脑。我们仍面临陆荣廷和沈鸿英两个强敌，因此我们两军如不能诚心合作，就不能打败他们。为此，我提议把定桂、讨贼两军合编为一军，并衷心拥护李德邻出任总指挥。如果大家认可，我愿出任副总指挥，以便协助他指挥全军。"

白崇禧带头鼓起掌来，宴席立时响起热烈的掌声。

黄绍竑高喊一声："全体起立！"然后举着酒杯，走到李宗仁面前，说："我以酒致意，恭请你出任我军总指挥。"

李宗仁接过酒杯，激动地说："为我们两军的联合，也为将来的胜利，共饮此杯！"

大家共同举杯，一饮而尽。黄绍竑擎杯在手，向诸将宣誓说："今后我们将领，当一心一德，服从李总指挥，若有二心，当如此杯！"说完将酒杯猛掷于地，摔得粉碎。

然后，黄绍竑请李宗仁讲话。李宗仁请大家坐下，发表了激情的演讲。两军将领深为李、黄两人的风范所感佩，为两军的合作所鼓舞，尽去前嫌，握手言欢。

定桂军和讨贼军合编为"定桂讨贼联军"，李宗仁任总指挥，黄绍竑任副总指挥，白崇禧任前敌总指挥兼总参谋长，胡宗铎为总参议。下分定桂、讨贼两军。定桂军由李宗仁兼任总指挥，黄旭初任参谋长，统领李石愚、何武、钟祖培、刘权中、何中权、韦肇隆六个纵队。讨贼军由黄绍竑兼任总指挥，白崇禧兼任参谋长，统领俞作柏、伍廷飏、夏威、蔡振云、吕焕炎五个纵队。全军共计官兵八千余人。

因李、黄突袭南宁，又在湖南省省长赵恒惕的调解下，沈、陆两方很快达成和议，遂解桂之围。陆荣廷离开桂林到全州。这时马济也带兵从湖南来到全州，陆、马两人遂筹划反攻南宁的计划。

李宗仁审时度势，决定速起兵戈，扫荡陆荣廷残部，以断绝其回攻南宁的梦想。于是,定桂讨贼联军兵分三路,分头进剿,风卷残云一般将百色的刘日福、柳州的韩彩凤、都安的蒙仁潜、那马的陆福祥和龙州的李绍英、谭浩清、谭浩澄各路人马悉数全歼。陆荣廷在全州望南兴叹,洒一把清泪,过境湖南,避入上海做寓公去了。

李宗仁和黄绍竑两军五月兴师,区区八千子弟,四月之间,消灭陆荣廷三万人马。自此,老桂系寿终正寝。

这时候,北方政局大变。第二次直奉战争爆发,冯玉祥发动北京政变,囚禁曹锟总统,孙中山应冯玉祥电邀北上商讨国事。李宗仁则处变不惊,专心经营广西,以积蓄力量,消灭沈鸿英,完成统一广西大业。

突然,云南唐继尧派文俊逸来到南宁,见了李宗仁摆出钦差大臣的气派,开门见山地说:"联帅不久即去广东就任副元帅,抵穗后,就和西南各省军政首要拟订北伐大计。联帅对你和黄绍竑两人倍加青睐,决定委以军长之职。倘蒙同意,联帅并允送云南烟土四百万两,以为酬庸,一俟烟土运到南宁,希望你们便通电就职,以昭信守。"

文俊逸说着,即从黑皮箱里拿出两张委任状来,笑嘻嘻送给李宗仁。他以为李宗仁一定会受宠若惊地双手接过委任状,却不想李宗仁动也不动,只好尴尬地放到桌子上,阴沉下脸来说:"奉劝吾兄,联帅东来,势在必行。倘如踌躇不决,或妄图反抗,均属无益。"

"卑鄙!"李宗仁心里大骂。昔日孙中山委他副席,他居然不就,今乘中山抱病北上之际忽然就职,用意所在,昭然若揭。他想东来,广西是必经之地,为使我就范,才派人到南宁来,而又不惜威胁利诱,仗着几万兵马,料定我不敢说半个不字。呸!

但他还是强压住怒火,说:"值此中山先生北上之际,唐总司令忽欲率大军赴粤,恐难免不招致物议。况两粤久苦兵燹,民困待苏,唐总司令既有意北伐,又何必劳师前往广东?如此,则北伐未成,而内讧已起,于国于民,均属下策。本人实不敢苟同。"

文俊逸见李宗仁辞色俱厉,方才收敛,遂说:"当尊督办之意,拍电联帅,待有回音,再来谒见。"

文俊逸去后,李宗仁飞电黄绍竑速来会商。遂又召开会议商讨。但讨论来讨论去,莫衷一是。李宗仁遂决定等黄绍竑到来,再定大计。

不料刚过四天，文俊逸又来，一见李宗仁，便说已奉联帅复电，接着就高声诵读起来："本帅大计已定，师行在途，未便中止，委该代表即转饬李、黄知照。"电报如此傲慢，而文俊逸又神气活现地一口极重的云南土话，开口联帅，闭口联帅，催促李宗仁表态，并威胁"以免大动干戈，作无谓的牺牲"。

"什么联帅，联帅！"李宗仁心里又骂，凛然说，"唐某人乘中山先生北上，趁火打劫，不仁不义到了极点。他不知悔过，不自度量力，还想拖我革命军人和他同流合污，实属无耻之尤。"说毕，一声"来人！"就把这位代表拘押起来。

当天下午，忽接报告：广州大元帅府的代表来见。李宗仁走到会客室门口欢迎，那位代表一见便笑逐颜开，说："李督办，我这次来，不辱君命！不辱君命！"一副雀跃之态。

此人便是胡汉民所派的代表董福开。胡汉民听到唐继尧带兵入粤的消息，大惊。这是董卓进京的故事重演，而挽救之方只有广西阻止他过境。于是，胡汉民请林森到南宁去见李宗仁。但林森颇觉为难，推辞说："此次赴邕是要李宗仁阻挡唐继尧过境，如此强人所难，至少应予相当援助，才能要人家去牺牲。今日我们不特无一枪一弹的接济，即少数犒赏款项也无法筹措，我一人空头跑去，于情于理，俱有不合。"胡汉民不得已，才改派董福开。董福开动身前，路费尚无着落，还是胡汉民向私人借了二百元，才告成行。

董福开到南宁住进南宁酒店，才知唐继尧的代表也住在此间，却见那般仆从如云，往来冠盖不绝的气派，感到大事不妙，故而不敢暴露身份。他感到事不可为，就要打道回府了，忽见云南的代表被拘押起来，喜出望外，这才立刻赶到督办公署来见李宗仁。

李宗仁听了，唏嘘不已。董福开拿出胡汉民的亲笔信来。李宗仁看信中竟不好意思提出明确的要求，深感胡汉民的难言之隐，悲悯之情油然而生。遂慨然表示说："唐某人不仁不义，作风下流，可我李宗仁非和他拼一下不可。人言我是螳臂当车，以卵击石，亦何所惧！"

文俊逸被拘翌日，黄绍竑赶来了。一见李宗仁，开口便道："德公，你这次祸闯大了！"李宗仁向他细说原委，黄绍竑才表示说："事已至此，我们只有想法如何对付姓唐的了。"当晚，李、黄两人召开军事会议，判断唐继尧倾巢东犯，各项作战准备和行军所需时间至少需要一两个月，才能抵达南宁和柳州。那么，乘此空隙，我军应当全力讨伐沈鸿英，甚或不惜将南宁放弃，以便集中兵力讨沈。讨平了沈氏,再回师全力抵抗唐军。

过了六七天,忽闻沈鸿英以"建国桂军总司令"的名义,向各县政府发出通电:"本总司令不日出巡视察各地民情,仰各知照,不得误会。"李宗仁一看电报,说:"误会不了,我们正要打他呢,他却先来了,真是巧合。"白崇禧笑了一声,说:"不是巧合,而是使然,他得知我们与唐继尧谈崩了,才趁机出手的呀。"

"哼!正中下怀,那我们准备行动吧。"李宗仁果断地作了决定。于是黄绍竑、白崇禧立即回梧,联络西江善后督办李济深,协同作战。李宗仁命伍廷飏只率兵两营守卫南宁,其余部队悉数东调他本人也自南宁东移桂平。

李宗仁来到桂平第三天,黄绍竑和白崇禧便来汇报作战计划。茶水刚端上来,黄绍竑啜了一口,就说:"此次对沈作战,我和健生、任潮已经拟定。"说着,便令白崇禧展开作战地图,指着说:"我们判断,沈鸿英此次用兵,必自贺县老巢南下,志在夺取梧州。因此我方当以梧州为轴心,由夏威、罗浩忠两纵队,并联合粤军旅长陈济棠所部攻击贺县,直捣沈军老巢。另一路由白崇禧指挥俞作柏、吕焕炎等纵队,自蒙江向蒙山北上,攻击荔浦,进窥桂林。"

"我不赞成这个计划!"等黄绍竑一说完,李宗仁脱口而出:"依我之见,沈氏之志不在夺取梧州,因其纵使夺得梧州,当前他也无力进取广东。故沈氏的意图,当着重在大河(浔江)中游,志在腰斩我军,使我军首尾不能相顾。因此对应之策,是把我军主力放在大河中游,与敌军主力决战。"

黄绍竑听了,着急地说:"德邻,这个计划,是我们三人一致同意的,只等你首肯执行了。此时不能顾虑太多,且师行在途,若重行部署,殊非易事。"

李宗仁叫白崇禧发表意见,白崇禧淡淡一笑,却不说话。黄旭初只顾低头削着一支绘图铅笔,显然是回避李宗仁的提问。沉默片刻,李宗仁勉强地说:"好吧,就照你们的计划办。"

会议开到晚上九时,黄、白二人要连夜东归,李宗仁便留白崇禧多住一刻。因为黄回梧州,航程较远,而白去平南,数时可达。于是,黄绍竑先行,李、白二人便促膝交谈起来。李宗仁说:"健生,在我看来,沈鸿英为何乘我们与唐继尧决裂之时对我先行用兵呢?他是要在滇军入境之前将我军击破,以免滇军反客为主,觊觎广西地盘。故欲借滇军声势一举消灭我军,也断了唐继尧假道伐虢之想。我据此判断,沈军主力必在柳州一带,意在南下桂平,截断大河,渠便可左右开弓,肃清大河上游,然后顺流东下,不特可以占领梧州,甚至可以分兵直下广东。所以我军应付的策略，在迅速捕捉其主力而歼灭之。如仅以捣沈氏老巢为功，则危亡立见。值此千钧一发的关头，我们的战略不容有丝毫错误，因此我主张将作战计划重新修正，调我军主力西移，先消灭柳州之敌，得手后再会师进攻桂林。"

李宗仁一说完，白崇禧击掌赞成，遂问："德公，季宽在时，你为何不详细分析给他听？"

"嘿嘿！"李宗仁笑了说，"你们三人的计划，究系多数的意见，我未便以一己之意来否决。再者，季宽那时自信力很强，我多说了必引起辩论，而愈辩论则其主观性愈强，而事理不明。所以我等夜深人静，和你煮茗而谈，才可事半功倍呀。"

"事不宜迟。"白崇禧说，"我们现在立即全盘重行部署，季宽、任潮那边，由我负责去电说明。"

新的部署兵分三路：以夏威和陈济棠桂粤联军为东路，目标贺县；由白崇禧指挥所部为西路，目标柳州；改由俞作柏纵队为中路，目标平乐，并兼顾左右。

部署既定，白崇禧即率卫队和钟祖培率兵一营，从桂平乘轮船沿柳河上驶，拟在武宣一线设置阵地，防御柳州南下之敌。白崇禧、钟祖培一行到达后，便往四郊勘察地形，以便凭险设防。白崇禧刚到城北一处山坡，举起望远镜观察，只见敌军漫山遍野而来。白崇禧忙令卫队支起三挺机枪射击，顿时一场血战。正厮杀之间，忽然又有一股敌人绕到侧背发起攻击。白崇禧急令边打边退，终于冲破敌人的包围，撤入城内。白崇禧因左脚受过伤，跑不快，险些被俘。

从柳州南下的沈军，是邓瑞征参谋长指挥本部第一师和邓佑文第二师。率先进攻武宣的是邓佑文师一团，发现逃入城内的竟是白崇禧，大喜过望，乃将武宣城团团围困。这时候如果接着攻城，白崇禧必被生擒无疑。但他们因为行军竟日，疲惫不堪，且认为白崇禧已成为瓮中之鳖，遂在城外歇息，埋锅造饭，想候士兵饱餐之后，一鼓作气攻进城去。

白崇禧正在城上布置防务，忽闻城外鸡叫狗吠之声，便断定这是敌人在捕捉牲畜，预备晚餐。白崇禧便悬重赏，挑选敢死队百余人，待沈军狼吞虎咽的时候，突将北门敞开。敢死队鸣枪呐喊，奋勇冲出。敌军丢下饭碗，慌忙应战，大军数千人，竟被冲得七零八落，后退十里。敢死队适可而止，复退入城内。沈军受此挫折，当夜不敢反攻。

第二天,沈军复来攻打。邓佑文严令攻城,活捉白崇禧。沈军的攻打十分猛烈。白崇禧、钟祖培两人都亲临城垛,指挥部队严防死守,一次又一次打退敌人的进攻。红日平西,敌人又一次被打退,白崇禧望着城外枕藉的尸体,没有一丝喜色。部队伤亡惨重,而且他看出来了,守城士兵的信心在低落,倘若敌人再来一次进攻……他长叹一声,心想:"这就是我的葬身之地了。"他端起望远镜,搜索敌人的阵地,突然说:"敌人退了!"

"啊!退啦?"钟祖培抢过望远镜来。"果然退了!"钟祖培喜出望外地叫起来。白崇禧猛一下拍着钟祖培的肩膀说:"一定是我们的援军到了!"

原来,在白崇禧出发翌日,李宗仁也率独立营跟进。行至离武宣三十里,便听到乡民报告武宣发生激战的消息。李宗仁判断,这是沈军主力已到达武宣。但他只有一营兵力,急往救援恐不顶用,于是舍船登岸,向武宣东侧之新迁进发,翌日拂晓到达。天亮后,陆超、吕焕炎、钟祖培等纵队先后来到,李宗仁指挥各部分头西进,向武宣发起冲击。邓佑文见敌大部队来援,停止攻城,向北退往二塘。武宣之围遂解。

白崇禧一见李宗仁,脱口说道:"好险呀,差点没进鬼门关。"李宗仁笑着说:"要不是你阻敌于武宣城,这时候说不定敌人已下桂平,大局尽失呀,这次讨沈,你是头功!"

李、白二人合计,决心向二塘之敌展开总攻击。李宗仁将主力配备于右翼,以将敌人压迫至柳江的左岸而歼灭之。此时李军已有四千之众,乃全线展开,扑向敌阵。敌人也不甘示弱,全线跃出战壕反扑。两军冲锋肉搏,杀声震天。李宗仁和白崇禧亲冒炮火,站在最前线。全军将士深受鼓舞,奋不顾身,前仆后继。双方屡进屡退,形成拉锯战。正值难分难解之时,李石愚纵队从贵县赶来,在柳江右岸隔河吹响进军号。如此,沈军陷入三面包围,军心动摇。李军乘势猛攻,沈军遂全线崩溃,从二塘退往黄茆。李军尾追不舍,邓佑文所部有两个旅投降。"两邓"之师已溃不成军,慌不择路地向北逃窜,一直退入柳州城。

战争发起之后,沈鸿英在桂林坐镇,每天听取前线的捷报,那种心情,就像渔人收网的感觉。他有三万虎狼之师,而李宗仁只有万把人,不禁喃喃自语:"小菜一碟,小菜一碟!"

这天,参谋进来报告:"柳州急电。"

"念!"沈鸿英满面春风,以为捷报又来了。

电报是邓瑞征打来的。他不说自己失利，而只说邓佑文战败，身负重伤，并要求部队增援，确保柳州。参谋一念完，沈鸿英就跳脚大骂"两邓"无能。他严令邓瑞征守住柳州，等待援兵。

过了几天，有两封急报送到沈鸿英的司令部。一说粤军陈济棠旅会同桂军夏威所部攻占贺县，沈荣光退到公安又被围困。另一电报说桂军俞作柏所部从蒙山北进，攻打平乐。沈鸿英暗骂儿子（沈荣光）不中用，急派部队接应。到这时，沈鸿英痛感大局已坏，当务之急是守住桂林，以求自保了。于是他电令前线各军回防桂林。正在这时，忽又得报：敌军大部队出现在良丰！

良丰在桂林南四十里。沈鸿英大惊失色，却又不信："就是兔子也跑不这么快呀，再探！"

"两邓"残兵窜入柳州，李宗仁和白崇禧商量，虽然继续进攻柳州，必能拿下，倒不如乘虚突袭桂林，一举夺取全功。计议已定，便令李石愚纵队衔尾佯攻柳州，而李宗仁和白崇禧亲率主力，避开柳、桂防御大道，东出象州、修仁瑶山边缘，循金宝、六塘崎岖山路，畅行无阻抵达良丰。

良丰守军正在聚赌逍遥，闻警便逃。白崇禧率部继续向北猛进，占领桂南要冲将军桥。继又部署兵力，将桂林三面包围，而空置北门纵敌逃跑。部署既定，便发起猛烈进攻。沈鸿英带几百人马仓皇出北门逃窜。走不多远，不想伏兵骤起，猛杀一阵。他只带着几十名卫士落荒而逃，最后辗转避入贺县东北的姑婆山。滑稽的是，这姑婆山，也就是当初沈鸿英当土匪时的藏匿之所。

邓瑞征听桂林失陷，才知中敌声东击西之计。他正要弃城而逃，李宗仁已将柳州四面包围，发动了攻击。四门均被突破，城内顿时大乱，邓瑞征脱下军服，换上风水先生的道袍，只带少数亲兵，潜出柳州城，避入西边的大瑶山中。

李、沈两军尚在激战中，唐继尧已兴师入桂。唐军第一路由其弟唐继虞统率，从贵州入境，目标柳州；第二路由龙云统率，从滇东入境，目标南宁；第三路由胡月愚为统率，由滇南入境，协同第二路会攻南宁。三路大军，号称十万，分头并进。

龙云一路最快，从百色顺右江直下，攻占了南宁。而唐继虞一路，经过黔境漫长而崎岖的山路，又带有数万两烟土，变卖以充军费，等沪、汉一带商人前来返运，耽搁了行程。

这时候，孙中山在北京病逝，唐继尧竟擅发通电，以副元帅名义代行大元帅职权。广州大元帅府代帅胡汉民发出通电讨唐,电令西江陈济棠军回师固穗,而派驻粤滇军范石生部入桂协助抵抗唐军。

龙云占领南宁后,继又东进昆仑关,剑指宾阳。而李军主力都在柳、桂地区,且白崇禧率军正在桂湘边境围剿沈鸿英残部,急难抽身。面对这种局面,李宗仁与黄旭初反复商议对策,终于下了决心:大军紧急西调,先消灭龙云,再回师消灭唐继虞。

李宗仁紧绷着那黝黑的国字脸,向黄旭初口授电文:急电梧州黄绍竑,告知我的决定,立即起程赶赴前线,会商大计,并转电范石生,从速西上;急电俞作柏、钟祖培、陆超、刘权中、韦肇隆各纵队,火速西进,到宾阳一带集结待命;急电白崇禧,撤出剿沈部队,南下柳州抗击唐继虞;急电驻宾阳防守南宁的伍廷飏,不再退却,务必阻敌于宾阳之前。

李宗仁口述完电文,长出了一口气说:“当兵不怕打仗,就怕行军。几个月来,我军从东到西,又从西到东,现在又要千里奔袭西上,实在是苦啊!”

“是啊!但总指挥如此用兵,必操胜券。”黄旭初说。

“但敌人数倍于我,成败利钝,实属难料。这次破釜沉舟,我李宗仁不成功,便成仁,即如大难不死,我就再回桂林当小学教员去!”说完,李宗仁深深地吸了一口烟,咬着牙,狠狠地摁灭了烟头,“哼”的一声甩出老远。

龙云前锋卢汉所部八千人占领昆仑关后,又向东猛进,攻下高田,逼近宾阳。伍廷飏在宾阳前山地构筑阵地,以两营之兵顽强阻击三天三夜。正在危急之中,钟祖培、刘权中两纵队来到,杀入敌阵。卢汉见有援军来到,退回昆仑关,凭险据守。

昆仑关是中国十大名关之一,素有“南国天险”之称。李宗仁从柳州直达高田前线,便潜出昆仑关下观察地形。看那昆仑关巍峨险峻,锁钥群峰,真是一夫当关,万夫莫开,李宗仁惊叹不止,更是忧虑重重。回到司令部,李宗仁召开军事会议,他指着参谋标图详细地说明了昆仑关的地貌特征,然后斩钉截铁地说:“不论地形对我如何不利,我军也只能有进无退。因为我们别无选择,冲上关去,消灭敌人,这就是我的命令!”兵力部署,以俞作柏、钟祖培两纵队担任正面攻击,以陆超、刘权中两纵队为右翼,以滇军范石生部为左翼,以伍廷飏、韦肇隆两纵队为预备队。

第二天拂晓,部队向昆仑关发起猛攻。李宗仁亲临前线,士兵奋不顾身,爬山仰攻。滇军前敌总指挥卢汉在昆仑关上督战,下令"后退一步者斩!"两军血战一昼夜,桂军死伤千余人,仍不见左翼范石生滇军的踪影,李宗仁遂调伍廷飏预备队加入战斗。全军奋勇冲杀,昆仑关上,尸骨遍野,血流成河,直杀得敌人心胆俱裂,弃关而逃。滇军退至八塘,凭险顽抗。桂军又呼啸而至,血战竟夜。滇军退守七塘,再退五塘。桂军紧追不舍,再克五塘。

所谓"某塘",是驿站旧称,从南宁出发,每十里一塘。这就是说,桂军夺取昆仑关后,又接连攻至五塘,四天四夜奋进五十里。滇军连败,不敢再战,退入南宁。桂军遂将南宁包围。

李宗仁在五塘等了两天,范石生和参谋长杨蓁才各乘绿呢大轿姗姗而来。范石生一见李宗仁,露出难为情的微笑,滑稽地说:"敌人跑得太快了,我的烂部队偏偏又走得太慢些,辛苦了贵军,请即收队休息,由我们来接替。"

李宗仁压抑着愤怒说:"我们约好共同进攻昆仑关,可是我的部队血战了六天六夜,你才来到,何至如此! 当初范兄誓师白马,入粤驱陈时,是何等的声威赫赫,而今我听说你的兵都是'双枪兵',一为钢枪,一为烟枪,你这样的部队虽有万人,能有什么战斗力呢?"

范石生严肃起来,说:"德邻所言极是,我立即整顿部队,就从这戒烟开始。"

第二天,黄绍竑从梧州赶到,李宗仁便与黄、范二人会商破敌之策。这时忽接到柳州李石愚的告急电报,唐继虞率领的滇军第一路,已由贵州侵入广西,我边防守军蔡振云纵队寡不敌众,向南撤退,敌军进据长安,有直捣柳州之势。龙云未灭,而唐继虞又来,面对两面作战的局面,三人决定采取西守北攻战略,对南宁围而不打,而将主力东调,消灭北路之敌。于是李宗仁将南宁围城任务交黄、范二人,将各部除伍廷飏纵队外悉数抽调,星夜开往柳州增援。

李宗仁回到八塘,调兵遣将,部署柳州防卫战。这时候,黄绍竑突然病倒,乘船回梧州就医。李宗仁本想即赴柳州,黄绍竑一走,而范石生难以独当其任,乃迫不得已长驻八塘,一面策划援柳行动,一面指挥围困南宁的战事。这时,胡若愚所率滇军第三路又突入南宁与龙云合股,力量大增,形势更为严峻。李宗仁乃将东北方的围城部队全部撤去,摆出诱敌出城的姿态,滇军反不敢出。

这时滇军第一路前锋吴学显所部八千人向柳州发起进攻,李石愚在前线阵亡。李宗仁分身不得,不得已只好急电黄绍竑和白崇禧同时赶赴柳州前线。李宗仁虽知黄绍竑病着,也无所顾及了。

黄绍竑乘坐大鹏舰从梧州起碇溯江而上,由浔江而黔江而柳江,全速航行五天五夜,到达离柳州十多里的一处河湾,靠岸停泊。黄绍竑病又发作,高烧不止,时而昏迷,是卫士用担架抬着上了岸。这时援柳的钟祖培、陆超、刘权中、韦肇隆、罗浩忠等各纵队已全部赶到,黄绍竑当即在江边一座庙里召开了军事会议。他不能坐立,就躺在担架上下达命令:"我命令,钟祖培、陆超两纵队正面出击。罗浩忠纵队为右翼,沿柳河东岸向洛埠、东泉进攻。刘权中纵队为左翼,从柳州上游渡过柳河,包抄敌人后路。韦肇隆纵队为预备队。"他掏出怀表,看了看,说道:"各纵队立即开饭,夜里十点准时发起攻击。"

　　钟祖培说:"部队日夜兼程来到这里,已困乏到极点,可否休息一天,等白参谋长率部赶到再发起进攻。"

　　黄绍竑眯着眼睛,用低沉却坚定的声音说:"万万不可,一天也不行。敌众我寡,唐继虞的主力王洁修、张汝翼两军还在后头,必须趁敌人尚不知我军到达时突然出击,将前敌吴学显击败,然后才有时间和力量对付唐军主力。如错过这个时机,即使白健生率部赶到,也没有取胜的把握了。"说到这里,黄绍竑挣扎着坐起来,通红的脸上,两只眼睛射出凶光,一一扫过众人,威严地说:"我的前进指挥所,就是这具担架。这一仗,只准胜,不准败,谁要退了下来,就叫谁的卫士把头提来向我交差!"

　　到夜晚十点,钟祖培、陆超两纵队发起进攻。吴军刚进入梦乡,惊醒后仓促应战。钟、陆两军猛打猛攻,黎明时分到达柳州城下。守城桂军吕焕炎纵队,见援军到来,里应外合突出城外。吴军退后五里,占领山地,筑起一道坚固防线。桂军又三个纵队赶到,随即向吴军发起进攻。

　　黄绍竑躺在担架上,紧随钟祖培纵队之后。正走着,忽然退下一群人来,挡住了黄绍竑的担架。黄绍竑勉强支起身子,严令卫士喊话:"黄军长在此,后退者格杀勿论!"说着向天上连开三枪示警。这时钟祖培气喘吁吁地跑来报告:"敌人居高临下,我军又疲惫不堪,这仗……"他正说着,只见黄绍竑从腰间摸出左轮手枪来,大惊失色,急忙改口说:"军长,我再冲锋,让我再冲一次。"黄绍竑指着钟祖培说:"你可是我军的老资格,你再冲不上去,我对你也不留情!"

　　钟祖培重整部队,率队冲锋。黄绍竑躺在担架上,就跟在他的身后。他不敢往后看,咬紧牙关,一个劲地喝令部队:"冲啊!冲啊!"战斗正在难分难解的时候,韦肇隆预备队赶来了,很快就打开了一道口子,向敌猛插进去。各纵队乘势发起猛攻，滇军全线崩溃，狂泄十里乃止。吴学显退到一个山坡上，收拢部队，尚未散开占领地形，就见身后有人满山遍野地上来了。初看惊喜，以为援军到来。但等走近了，杀声骤起，子弹纷飞，才知是桂军截断了后路，顿时乱作一团。吴学显夺路而逃，向沙浦退去。

桂军打响了援柳之战，唐继虞才急令王洁修军从长安南下增援。赶到沙浦，正与败退的吴学显军会合。

桂军跟踪追击，进抵沙塘，与进占沙浦的唐军南北对峙。这时，白崇禧率夏威纵队和郭凤岗独立团来到中渡布防，然后到东泉来见黄绍竑。一见面，白崇禧就关心地询问病情，可黄绍竑一句不答，开口就质问道："为何不能按时到达？"

白崇禧回答说："接到命令，我军即火速南下，不想至临桂南部山区，与沈军遭遇，不得不将其歼灭，故而晚来了一步。"

"援柳命令一下，其他各军都是千里奔袭，只有你迟到了。军令如山，不管你有什么理由！"黄绍竑又冷冷地说。

白崇禧接到援柳的命令，就立即收队回返了。白崇禧一离开桂林，沈鸿英之子沈荣光便回袭桂林，白崇禧和岳父两家人均落敌手。白崇禧悲痛不已，却不能顾，日夜兼程南下。因此，白崇禧对黄绍竑苛责不饶很是委屈，沉默不语。

黄绍竑终于缓和了语气，说："我决定，趁敌人立足未稳，明日就发起进攻，你看这仗怎么打呀？"

说起布阵，白崇禧很是自信，便说："你率部正面进攻，我率部大迂回敌后，两面夹击，必将该敌一举歼灭。"

"不行！"黄绍竑断然拒绝，那声音又硬又冷。"你必须把主力调到我的正面来，加强正面攻势！"

白崇禧争辩："兵法云：出其所不趋，趋其所不意。我们以大迂回包抄，正奇并用，用两个拳头打人，才有效力呀。"

"嘿嘿！"黄绍竑笑出了声说，"你懂兵法呀，我不懂！但我知道打仗要量力而行。对面敌人王洁修是唐军劲旅，又以逸待劳，如我正面被敌冲破，你的大包围就不顶用。"

"一面硬攻，这不是上策，而是……"白崇禧还要争辩，黄绍竑"咳！"一声打断，厉声说："我就是下策，你也要服从！"说完，喘了几口粗气，躺在床上了。

白崇禧不敢再争，告辞而去。

第二天,桂军全线发起攻击。黄绍竑命陆超纵队攻占白马山。白马山是一座南北走向的山岭,北面有沙浦江横过奔流,山形就像一匹白马奋蹄跨江的姿态。占领白马山,就像一把尖刀插入敌人心脏,并且把敌阵地分割开来。陆超对白马山的进攻三战三失,黄绍竑把陆超叫到面前,劈头盖脸就训斥起来:"你会打仗吗? 不会就一边去,叫别人上!"

"我上!"陆超奋勇地大喊一声。

黄绍竑一挥手,说:"好,你上。后退者斩,看谁还敢后退一步!"

陆超整理队伍,挑选精勇二百人,并集中了十挺机枪,又向白马山发起冲锋。陆超一马当先,一路血战,从"马尾"一直冲杀到"马头",完全夺占了白马山。正当他们欢呼胜利的时候,发现敌援兵从四面攻上山来。陆超紧急布防,四面射击。敌人一次次被打退,又一次次冲上来。突然有人报告:"没子弹了!"陆超大惊,知道危机已经来临,他呼喊着:"节约子弹,等敌人近了再打。"

枪声顿时稀疏下来,敌人放胆向前猛扑。陆超叫来卫兵,泪如雨下,对他说:"我带来二百名兄弟,现在只有这几十人了,他们不能死,他们要活着! 传我的命令,一齐举手投降!"说完举起手枪对准了自己的太阳穴。"司令!"卫兵大喊一声,挥手把枪扳开,子弹射向空中。正在这时,一阵密集的枪声传来,敌兵纷纷倒地。随着震天的喊杀声,一群人狂奔而来。敌人见援兵来到,连滚带爬地逃下山去。阵地上一片欢腾,他们向空中鸣枪,打完最后的子弹,与前来的战友紧紧地拥抱,尽情地跳跃,喜极而泣。

原来,白崇禧亲率郭凤岗独立团冲上了白马山。

白崇禧登上高处观察前面地形,沙浦江横在前面自东向西奔流,江上架起了一座浮桥,江北的敌人正源源通过浮桥向南运动。白崇禧急令调炮上山,炸毁浮桥。独立团仅有三门炮,这种炮就是迫击炮,俗称山炮,把炮筒支起来,然后把炮弹放到炮筒里发射,准确性很差。白崇禧亲自指挥,三门炮齐发,终于有一发炮弹炸断了浮桥。巧得很,滇军军长王洁修和旅长何世雄正走在桥上,落水溺毙。这时韦肇隆率预备队登上白马山,白崇禧命他兵分东西两路,发展进攻,又命郭凤岗独立团两营向前冲锋,直插江边,阻止江北敌人过江。滇军主帅阵亡,失去指挥,又遭猛烈进攻,土崩瓦解,四散逃亡。退到江边的滇军无路可退,纷纷投降。又不知有多少人跳江逃命,一江人头,血水漂流。

白崇禧正用望远镜看着敌军落花流水地败逃,黄绍竑派参谋来叫他速回。

白崇禧便随参谋下山。他对黄绍竑的蛮横耿耿于怀，胜利了仍没有喜悦，一边走一边想着心事，非要与黄绍竑辩驳清楚，争回尊严。

白崇禧走下山，来到一棵大榕树下。这棵亭亭如盖的古榕，一个大枝被炮弹削断，倒垂在地上。黄绍竑就躺在大树下的担架上，他额上搭条浸湿的毛巾，脸色赤红，眼窝深陷，颧骨突出，胡须简直是一团乱草堆在脸上。白崇禧走向前去，说："季宽，我来了。"黄绍竑颤巍巍地伸出手来，白崇禧伸出双手握住，感到那只手烫人，湿漉漉的，眼泪不禁夺眶而出，洒在三只紧握的手上。

"健……健生。"黄绍竑气息微弱，断断续续地说，"胜利了，我已死而无憾。部队我都交给你了，交给你……"话没有说完就昏迷过去。

白崇禧擦去眼泪，向参谋命令道："由你负责，把军长抬到大鹏舰上，开足马力到柳州医院抢救，然后送军长回梧州，要快，要快，不得有误！"

唐继虞第一路军经过柳州和沙浦两战之后，损失惨重，但并没有向北退走，而是向庆远方向西进。白崇禧判断唐军企图不外有二：一是由庆远经武鸣南下，与南宁唐军会合；二是由庆远继续向西回滇。因此，白崇禧并不尾追唐军，而将主力撤至柳城，渡过柳江，在唐军南侧平行西进，直趋庆远，以阻断其会师南宁之路。

果然，唐军向庆远而来，正在一条山谷中前进。突然枪声大作，这才发现已落入白崇禧布下的口袋阵中。一场激战，唐军受到歼灭性打击，无不胆寒，遂放弃了南进的打算，西奔云南老家去了。

白崇禧并不追赶，移师南下，与李宗仁和范石生两军对南宁形成合围之势。李、白、范三人商议攻打南宁。李宗仁说："健生把北路唐继虞赶走了，又带我军主力来到，现在我们要消灭西路唐军，但南宁城防坚固，我军却没有大炮攻坚，而龙云又是能攻善守之将，这一仗怎么打？我们要好好商议一下。"

"这可是一场硬仗。"范石生说。

白崇禧"嘿嘿"笑了说："不需费一枪一弹，便可夺下南宁。"

"不费一枪一弹？你可真能吹牛皮！"范石生撇了嘴。

白崇禧又笑了，说："小泉兄，我俘获滇军二千人，都交给你了，现在我借一百人用用，如何？"

范石生连声说："哪还有不行之理？"即命人点了一百名士兵，交与白崇禧。

白崇禧对那一百名士兵抚慰一番，送到南宁城下。守城滇军见是自家弟兄，便放入城。龙云、胡若愚亲自召来询问,他们便把柳州之败、沙浦之败和庆远又被截杀的情况据实说了。龙云听后,浓眉一耸,勃然大怒,喝道:"你们这些败类,投降了敌人,又为敌人所用,来蛊惑军心,推出去斩了!"随即,这一百名士兵被押到城墙上,一刀一个,全都砍了,尸体丢下城去。

范石生埋怨白崇禧:"一百条性命让你白白葬送了。"

白崇禧说:"那一百人嘛,在我预料之中。小泉兄,再借我三百人,叫俘虏的那个旅长和两个团长带队,再送进城。如何呀?"

范石生说:"行。不过呢,咱丑话说在前头,再一再二不再三。"

"当然。"白崇禧说,"这次一定成功,你舍的本钱,以十倍奉还。"

"你怎么还我呀?"范石生不信。

"龙云这小子肯定要跑,抓的俘虏全部归你。"白崇禧"嘿嘿"笑了。

三百滇军又送进城。范石生将信将疑地等着动静。果然,到了半夜,南宁城头一声炮响,龙云率军大开西门,突围而出。桂军俞作柏和伍廷飏两纵队衔尾追杀,直把滇军逐出桂境。

吴佩孚落难再起　孙传芳割据称雄

　　夜幕低垂，吴佩孚乘舰从大沽口南航，过吴淞口入长江，两天后抵达南京。江苏督军齐燮元在码头迎候，设宴为吴佩孚洗尘。宴席上，齐燮元告诉吴佩孚，他正在召开苏、浙、皖、闽、赣、陕、川、豫、鄂、粤十省代表会议，打算在南京成立同盟总部。吴佩孚连声赞成，说："我明天不走了，就参加会议，给你助威如何？"齐燮元听了一愣，随即装出了笑脸说："当然好了，当然好了。"

　　回到船上，白坚武对吴佩孚说："没想到齐燮元有此心机。"

　　"噢！"吴佩孚警觉地问，"怎么说？"

　　白坚武说："大帅南下，不就是为了重整旗鼓，卷土重来吗？可齐燮元抢先拉拢各省，成立同盟总部于南京，显然他就是大盟主了。再说了，他们竟发了拥护段氏出山的电报，这不是背叛直系吗？"

　　吴佩孚醒悟，问："如之奈何？"白坚武附耳低言，说得吴佩孚连连点头。

　　第二天，吴佩孚出席会议。齐燮元在向十省代表说明会议宗旨之后，就请吴佩孚发言。吴佩孚未言先笑，开始讲话："兄弟有幸参加这次盛会，十分欣慰。组织我直系十省同盟，吴某也非常赞成。"吴佩孚说了这个开场白，就谈起这次直奉战争来。他大讲他如何亲临战场指挥作战，直军将士如何英勇善战，而就在决胜关头，冯玉祥倒戈。随即大骂冯玉祥狼子野心，忘恩背主，狗彘不如。然后，吴佩孚把话锋转到这次会议上，郑重表示："我认为，我们十省结成同盟，应以维护法统为主旨，以出兵讨伐冯逆为要义。鉴于大总统被困北京，合法政府不能行使职权，所以我们应从速组成一个护宪军政府，不知各位意下如何？"

　　各位代表初听，纷纷表示赞成。吴佩孚脸上露出微笑，接着说："那么，这个政府如何组成呢？我草拟了组织大纲十条，就商于各位代表，如获同意，即签字为效。"

白坚武即把大纲文本交给代表传阅。齐燮元一看，略谓：护宪军政府设于武昌，代表中华民国执行对内对外一切政务；军政府元首为陆海军大元帅，于大元帅之下设置元帅，凡各省区之巡阅使、督军、都统、海陆军总司令皆为元帅；元帅采合议制设元帅会议行之。看完了文件，齐燮元才明白吴佩孚的手段，把他处心积虑搞成的十省同盟篡夺而去。他头脑一热就要起而反对，但沉下一想，自己得罪不起呀，就勉强带头签了字。随后各代表一一签字。

吴佩孚兴致满满，乘船赴汉。萧耀南是吴佩孚一手提拔的，吴以为他当然要听他的。因此他一到汉口，并不与这位东道主相商，就发出组织护宪军政府的筱电（17 日）。却没想到"筱"电一发出，即遭到各方反对。先是代表粤军的林虎由上海通电否认，接着江苏省省长韩国钧通电反对，浙江孙传芳、福建蔡成勋、陕西刘镇华又通电响应。

原来，齐燮元领衔签名，再不好公开反对，于是授意江苏首先发难，做成了这个局。然后，他就堂而皇之地发出通电，以事出仓促，未获各方一致同意为由提出取消护宪军政府之议。这一来，萧耀南也无所顾忌，露出了真正嘴脸，公开表示不欢迎吴佩孚留汉。就是下了逐客令。

吴佩孚这才知道他走了一步臭棋。事情搞砸了，此地不留人，那到哪里去呢？盘算后路，只有河南了。于是，他舍弃了伴他半月的华甲舰，黯然离汉，换乘火车北上。

到了洛阳，吴佩孚一下火车，就一头钻进汽车里。两个月前他从这里进京时，万人空巷欢送，如今却冷冷清清，一个欢迎的人影也没有。汽车停到家门口，"爹！"一声清脆的童音从门里飞出来。吴佩孚一见自己的女儿，伸开双臂把她抱起，一声声喊着"聪聪，聪聪！"亲个不够。这时一双细软的手搂住了他的腰，回头一看，是妻子张佩兰已哭成泪人一般。吴佩孚抱住母女俩，说一声"我回来了！"不禁潸然泪下。

张佩兰哭劝吴佩孚放弃一切，就在家里过安生日子。然而，吴佩孚怎听得进去？"深仇大恨不报，我能咽得下这口气！再说仇敌不倒，我们怎能有安身之地呢？"第二天，吴佩孚就召开全体将领会议，部署军事。他成立"护宪军"，自任总司令，并在郑州设立前敌司令部。

吴佩孚在洛阳卧薪尝胆,宵衣旰食。忽有电报传来,刘镇华的大将憨玉琨率部东出潼关,已进至豫西,发出最后通牒,限令吴佩孚离开洛阳。吴佩孚备感诧异。刘镇华虽比吴佩孚小不了几岁,却认吴为"干爸",他出任陕西督办也是吴佩孚一手之力。吴佩孚本想依仗刘镇华为北方屏障,而把主要兵力部署豫南,哪想到正是刘镇华反他。

刘镇华自从吴佩孚战败,就想另就高枝,发表通电拥护段祺瑞。吴佩孚成立护宪军政府之举,段祺瑞极其失望和愤怒,便欲利用刘镇华消灭吴佩孚。刘镇华是河南人,他在陕西虽为督办,但大部土地都被国民军占据,所辖也只有西安周围数县之地。因而他很想到河南任职,荣归故里,哪里还顾得吴佩孚对他的恩遇?

吴佩孚手下就只有新编第三师。他的王牌第三师在山海关覆灭,就以留守洛阳的学兵团为主扩编为师,寄望重振老三师的雄风。哪知刚一交火,两个旅长就临阵脱逃,部队随即瓦解。吴佩孚知道洛阳不守,带着夫人孩子逃往郑州。

当吴佩孚抵达郑州时,便得知憨玉琨率三十六师已攻占洛阳,而又有胡景翼出兵豫北,前锋已达新乡。冯玉祥对河南情有独钟,所以北京政变一成功,一道命令就免去张福来、李济臣的督军、省长职务,以胡景翼和孙岳取而代之。但因军务繁忙,胡、孙两人尚未履职,忽闻吴佩孚回到洛阳,而刘镇华已借故夺取河南了。冯玉祥大急,立促胡景翼率部急出豫北,直取郑州。

刘镇华和冯玉祥都向郑州出手,吴佩孚席不暖床,只好离开,再向南逃奔。车过信阳,再南行几十里就进入湖北地界了,吴佩孚松了一口气。可这时他收到了萧耀南的通电,警告吴佩孚"车驾勿履湖北",并劝他"暂息仔肩"。吴佩孚闻言变色,下令到新店停车。他在新店盘桓三天,仍是计无所出。又闻萧耀南派寇英杰封锁了武胜关,公开说是防备河南军队入境,实际上就为防止他的。吴佩孚气愤已极,大骂萧耀南忘恩负义。骂了一阵,当然无用。他把张其锽叫来,说:"我何去何从,你们商量,叫我上哪就上哪。"张其锽几人商议多时,提出上鸡公山暂避。吴佩孚苦笑了一声,说:"好,我就上山落草,当个山大王吧!"

这是吴佩孚第一次叫别人来安排他的命运。鸡公山中分豫楚,襟抱三江,有佛光、云海、雾凇、霞光等八大景观,还有二十三国不同风格的建筑群,誉为万国建筑博物馆。可如今,竟成了吴佩孚的避难所,他全家就住在一座古庙里。这天早晨,吴佩孚洗漱毕,对镜一照,发现满头乌发竟然变成白霜,吃惊地叹道:"伍

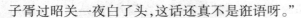

子胥过昭关一夜白了头,这话还真不是诳语呀。"

鸡公山美景如画,但吴佩孚哪有闲情逸致?他对曹锟贿选终成"一着错,满盘输"悔青了肠子,对因冯玉祥倒戈造成战争的失败痛心疾首,对山穷水尽,前途渺茫而忧心忡忡。如此忐忑不安而又百无聊赖地过了几天,又得报告:胡景翼在郑州就职,他派出军队沿京汉路南下,占领信阳,把吴佩孚的残部三万多人缴械,并勒令吴佩孚离开鸡公山,否则后果难料,勿谓言之不预也。

吴佩孚长叹一声:"天下之大,竟无我立足之地!"想来想去,只有再投奔萧耀南。吴佩孚下了鸡公山,转乘火车向南。过了武胜关,再往南到达广水,前面铁轨尽遭破坏,数千群众手持棍棒、锄头,黑压压堵在铁路上。原来是湖北省议会发动社会各团体群众阻止吴佩孚入境。吴佩孚一脸灰白,只得下令,下车暂住。

正当吴佩孚穷无所归的时候,湖南赵恒惕发来电报,称"湘军为旧游之地,盍不为行,愿扫榻以待"。随后,川督杨森也表示欢迎他入川,并派代表刘泗英到武汉,说服萧耀南接纳吴佩孚。

吴佩孚与赵恒惕,因敌对而订交,惺惺相惜。那是五年前,王占元残酷统治湖北,天怒人怨,湖北人便欲借湘军倒王,像湖南一样实行自治。这正中赵恒惕下怀,于是决定出兵"援"鄂,并联合川军,东西并进。湘军攻势凌厉,不几天就打到武汉。吴佩孚接到王占元的求援电,立即派萧耀南二十五师驰援。武汉已岌岌可危,萧军却坐视不救,原来他们并非前来应援,而是等待王占元垮台后接收湖北。北京政府任命吴佩孚为两湖巡阅使,萧耀南为湖北督军,而王占元被解职。之后,吴佩孚才从洛阳来到武汉,调兵遣将,向湘军发起猛烈进攻,半月之间把湘军赶出鄂境,而且占领湖南岳州,威胁长沙。赵恒惕败退长沙,并欲再退湘西。这时驻长沙英国领事突然来访,愿意担任调人,提出由他陪同赵恒惕到岳州去见吴佩孚。由此,赵恒惕到岳州就在吴佩孚的坐舰上举行会谈。吴佩孚向赵恒惕表示倾慕之怀,希望两人的友谊不要因这场战争而受到伤害,同时请赵放心,直军决不侵犯湖南,更不会进占长沙。两人闭门会谈了一个小时,达成停战条约九款。然后,吴佩孚调转枪口,向已进入鄂西的川军发起进攻,战斗盈月,挫败川军。然而,吴佩孚又主动与川军言和,开出的条件只有一项:川军退出鄂西。

吴佩孚回想他扬威两湖的战事,那时他对湖北和四川的宽大,是出于直、奉两系已经翻脸,担心奉军乘虚而入,两面受敌,对南用兵不得不适可而止罢了。

而到如今，因那场战争得益督鄂的萧耀南冷酷地将他拒之门外，倒是湖南和四川伸出援手，人情如此，唏嘘不已。

萧耀南在督署接见了刘泗英，知道湖南和四川迎请吴佩孚，心里很不是滋味，遂表示自己不会做冯玉祥第二，不过为了保全武汉，实不得已。随后他提出三个条件：请吴不要驻岳州，改住黄州；吴的卫队以两营为限；解除吴所乘兵舰的武装，仅供交通之用。

已到 1925 年的元旦，吴佩孚接受萧耀南的三条来到汉口。萧耀南竟拒不出面相见，并借故促吴离汉。吴佩孚在火车上直待了四天，方才乘舰东下黄州。

黄州位于汉东 120 里，是历史文化名城。吴佩孚经过两个多月的颠沛流离，也觉得有了栖身之所，于是在立春之后偕同僚属，遍游东坡赤壁、禹王城、安国寺、青云塔等名胜，而每触景生情，便有诗吟：

（初至黄州，走笔云史）为谋统一十余秋，叹息时人不转头。赢得扁舟堪泛水，飘然去楫下黄州。

（赤壁春望书史）戎马生涯付水流，却将恩义反为仇。与君钓雪黄州岸，不管人间且自由。

（黄州早春登城）两字功名百战哀，江山无改此登台。举杯独酌看周易，樊口江鱼下酒来。

自从吴佩孚到了黄州，这里便成了冠盖云集之地，吴的旧属、朋友以及政客、名流都来此拜访，使他欣慰"吾道不孤"。忽然有一天，王揖唐来访。王揖唐是当年的安福系首领，新任皖督。吴佩孚对其人一直是翻白眼珠的，尤其是在他出任南北议和的北方总代表时，吴反对最烈。他怎么来了呢？吴佩孚深为诧异。

原来，王揖唐是为段祺瑞做说客的。段祺瑞上台后，就感到自己无拳无勇，夹在奉系和冯系之间，日子很不好过，因而又想起用吴佩孚，以制约张作霖和冯玉祥。然而他又心存疑虑，这个人自况关羽，义不帝曹，所以能演出挂印封金、过五关斩六将的故事来。如此犹豫之中，有人对他说，吴佩孚在黄州，可是一只蛰伏的老虎啊，不如把他请到北京来，可用则使之，不可用则禁之。段祺瑞颇以为然，王揖唐就讨了这个差使。

王揖唐到了黄州，劝吴佩孚自动入京，有话与段执政当面谈，前罪一笔勾销。吴佩孚待王揖唐以贵宾，与张其锽一起陪同游乐，天南海北地漫谈，即景评说之外，又论三国兴亡，讲扬州八怪，推麻衣神相，考证所饮名酒等等。每扯起一个话题,吴佩孚便口若悬河,滔滔不绝,却就是不谈政治话题。一连几天,越谈离题越远。王揖唐几次提起此行来意,都被吴、张两人遮掩过去,看看无可再谈了,只好告辞。乘兴而来,败兴而去。

王揖唐带着被玩弄的愤怒赶回北京,就向段祺瑞告了恶状。段祺瑞一时气恼,即密令海军司令许建廷率领长江舰队偷袭黄州,一举擒拿吴佩孚。

前海军司令杜锡珪获得情报,急电相告。吴佩孚是在午夜收到的电报,立即率领随从登舰,冒着狂风暴雨飞航湖南。当许建廷所率八艘军舰抵达黄州时,吴佩孚已启程两个时辰了。段祺瑞一面令许建廷急追,一面又急电萧耀南堵截。吴佩孚自然想到一切,路过武汉时,两舰灯光一齐熄灭,潜行而过。许建廷从黄州急行追赶,但到达黄金口时,岸上守军发出警告,不得上驶,否则就发炮攻击。许建廷遂不敢前进,掉头而回。

原来,当吴佩孚驶过武汉时,萧耀南假装不知,又派第十五师长陈嘉谟在黄金口安置大炮,掩护吴佩孚通过,而把许建廷截住。萧耀南终于在危急时刻向他的老上级伸出了援手。

吴佩孚安抵岳州,岳阳镇守使邹序彬代表赵恒惕欢迎。吴佩孚自己留居舰上,眷属住在岳绅葛豪家,卫队分驻天后宫一带。赵恒惕本想请吴到他家乡衡山居住,然而吴却愿意留在岳州。此时,他仍不堕青云之志,因而虽寄人篱下,却不能与世隔绝。

岳州是赵恒惕的辖地,湖南又是独立省份,因而吴佩孚对北京政府可以完全不理,无后顾之忧。这是吴佩孚一生最为闲适的一段日子。

这样过了五个月,到了吴的夫人张佩兰四十岁整寿,大事庆祝。吴佩孚仍不忘那段刻骨铭心的逃亡生活,点了《过昭关》一出戏。戏刚唱完,一块大匾送上了戏台,上写"东山再起"四个大字。一人说:"伍子胥英雄盖世,过了昭关,终于东山再起,报了杀父之仇。我们大帅就是当今的伍子胥,也一定能够东山再起!"台下立时响起一片掌声。当掌声落下时,有一人向台上问道:"我们盼望大帅东山再起,请问在何时何地东山再起呢?"这一问,台上的人一时愣住了。

"哈哈哈!"吴佩孚爽朗地大笑一声,站起来说,"请问诸位,那浙江钱塘潮是几月里来呀?"众人回答:"八月呀。"吴佩孚说:"那大潮气势,有诗曰:'漫漫平沙起白虹,瑶台失手玉杯空。晴天摇动青江底,晚日浮沉急浪中。'我吴谋东山再起,就在浙江八月,就如钱塘大潮一般!"

吴佩孚所言并非虚话,孙传芳在浙江正策划直系的五省联盟,驱逐奉军。

孙传芳,山东泰安县人,17岁入陆军武备学堂,受训两年,奉派留学日本东京振武学校,又四年毕业后回国,分配在陆军第二镇。武昌起义爆发,孙传芳血战汉口刘家庙,立下头功。到了民国,孙传芳跟随王占元南征北战,升任师长。这时他才31岁,是北洋著名年轻将领。

1921年,赵恒惕率五万湘军"援"鄂。王占元任命孙传芳为前敌总司令,率军迎敌,与湘军血战八天八夜,歼敌两千,终因萧耀南坐视不救,败退武穴。当吴佩孚以两湖巡阅使风光驾临汉口时,一下车便东张西望,对前来欢迎的人问:"孙传芳呢?他怎么没来?"孙传芳认为吴佩孚如此耍弄王占元,不讲义气,因而赌气不来汉口。吴佩孚又派孙丹林前往武穴去请,孙传芳才来。一见面,吴佩孚竖起大拇指说:"馨远,好一条汉子呀!王老头走了,咱们一块干吧!"孙传芳从此投奔吴佩孚麾下,出任长江上游总司令,驻军宜昌,并且与吴佩孚结拜为兄弟。

1922年,福建事变。徐树铮策反,虽然赶走了李厚基,但政权最终落入国民党之手。吴佩孚又不忍国民党趁机得手,决心派一位智勇双全的人夺取福建。吴佩孚就看中了孙传芳,说:"我决定派你为援闽军总司令,平定内乱后,你便可做督军,然后伺机北扫浙江,南平广东,打出东南一片天地。历史上楚汉之战,韩信从关中领兵东下,平魏、败赵、降燕、攻齐,传檄而定北国,完成了对楚军的战略包围,才有垓下之战,终于打下汉朝天下。馨远哪,你这次挥师东南,就是今日韩信呀。"孙传芳早有自立门户,施展抱负之心,欣然应命。吴佩孚命孙传芳带本部第二师和安徽的周荫人第十二师前往,两人分任正副总司令。

孙传芳与周荫人、卢香亭、赵元恺同为保定武备学堂同学,并义结桃园,以赵、孙、卢、周为伯仲叔季。卢香亭现为孙师之旅长,赵元恺为汉阳兵工厂总办。

孙传芳拿着吴佩孚的手令回到湖北,向萧耀南索要了30万元的开拔费,又到汉阳会大哥赵元恺,买了价值7万元的枪支弹药。然后,他顺江而下,到达南昌,与周荫人会师。两军于是向南进发,抵达赣南临川后,兵分两路进入闽境,沿途未遇任何抵抗,顺利到达福州。吴佩孚向北京政府报告"请封"。黎元洪也只能"照办",发布总统令:特派孙传芳督理福建军务,王永泉帮办福建军务。

孙传芳入主福建,打破了福建人"闽人治闽"的愿望,不满情绪暗潮涌动。孙传芳督闽之初便有如履薄冰之感。孙传芳带兵入闽时,国民党北伐军已离闽回粤,王永泉成为福建军事老大,便萌非分之想,誓言粉身碎骨保卫福建。但孙传芳恩威并用，王永泉审时度势，不得不以屈求伸，欢迎孙军入闽，而得授福建帮办之职。王永泉虽为副职，但他在福建有根基，有势力，所谓强龙难压地头蛇。孙传芳处处受王掣肘，无可奈何，以致政令不出省城。闽南的形势也极为严峻。藏致平为福建暂编第二师师长，北京政府任命他为漳厦护军使仍不满足，在孙传芳、王永泉就职后即宣布独立。在国民党北伐军主力离闽之后，还有何成浚、孙本戎两部占据泉州、漳州地区。除此之外，民团武装在闽南遍地生烟。他们占山为王，割据一方，但反对"外乡人"却是一条心。

面对危机四伏的险境，孙传芳决心首先消除最大的威胁，就是王永泉。一天，孙传芳接到密报，王永泉通过福州台湾银行将巨款汇至日本，购买了大批军火，已到了杭州。孙传芳大惊，联想到近期王永泉派人到外省招兵，已达五六千人，知道他就要动手了。当断不断，反受其乱，孙传芳决定先下手为强。

第二天，孙传芳一袭长袍马褂造访王永泉。入闽之初，孙传芳和周荫人同与王永泉结拜为兄弟。孙传芳不着官服，就是以兄弟身份找王永泉说事的。王永泉拿出上好的烟土，两人喷云吐雾谈了半晌，孙传芳才长叹一声，说出了"心事"："三弟呀，大哥有难事了，曹大总统来了密电，命我率部由闽北入赣，说是协助蔡成勋。"

王永泉惊异地问："江西出了什么事？"

孙传芳回说："我也不知上边葫芦里卖的什么药，就是半途改作攻浙也说不定呢。我决定本月 27 日开拔，就由卢香亭和李生春两旅协助你看家，其余部队随我出行。福建我就交给兄弟了，如果此行不归，我一定电请曹大总统让你接任。"

王永泉喜上眉梢，说："大哥这次出兵，我一定全力支持。"

孙传芳故露难色说："三弟呀，打仗撒的就是钱。其他的事我都能一力承担，唯有为钱作难，我反复斟酌，至少需要四十万现银。"

四十万呀，王永泉着实心痛。但在这个火候，他也只能一口答应。

孙传芳得了钱，率军北上，到达延平，有西入江西，北攻浙江之势。蔡成勋调兵赣东，卢永祥也调兵浙南，防备孙军。但孙传芳却偃旗息鼓，停步不前了。王永泉心生疑窦，莫非他要杀回福州？正与同僚商量之间，孙传芳来了电报，请王永泉派卢香亭、李春生两旅北上支援。王永泉一颗石头落地："我们多虑了，孙传芳一定是要谋浙江。"

卢香亭、李春生两旅北上到达水口，便接到孙传芳的密电，命两人停止前进，封锁闽江，然后到樟湖坂开会。在樟湖坂会议上，孙传芳作了回师福州的部署。何时行动呢？孙传芳对周荫人说："你在上游，务必把那批枪械截获，我们就拿到了王永泉的罪证，就师出有名了。然后我们立即行动，杀他个回马枪。"

　　从日本购买的那批枪械，有日本三八式步枪六千支、重机枪一百挺、迫击炮五十门、子弹和炮弹五百箱，由王永泉的副官长丁树人带队从浦城接货，装满了五条船，转从闽江水路下行。船队连续航行三天三夜，到达延平码头。周荫人早已在此等候，设午宴招待。丁树人心存戒备，但盛情难却，又见手下押送人员纷纷叫苦，要求上岸歇歇脚，乃下令：每只船留两人看护，其余上岸。一上酒场，气氛大变，周荫人热情劝酒，直把丁树人灌醉，架着他送回船上。船队又起锚开行，丁树人叫人向福州发报："械过延，请释怀。"然后就呼呼睡去。

　　日薄西山，船队进入夏道江面，忽然两岸军号齐鸣，喝令船队靠岸检查。丁树人一惊酒醒，急到船头察看阵势，断然下令："各船注意，火力掩护，开足马力冲过去！"顿时枪声大作，子弹如雨向船上倾泻，炮弹在江面上开花，激起团团水柱。丁树人还在大叫："猛打，猛打！"却中弹身亡，跌落水中。士兵遂纷纷举手投降。

　　孙传芳得报，大喜。随即下达回师福州的作战命令。

　　王永泉收到"械过延"的电报，美滋滋地陶醉于他的扩军计划中。这天，《台南日报》登出一则消息，说"孙督使回马枪之计，将回师福州"，王永泉竟认为这是故意扰乱人心，竟要枪毙该报编辑。正在这时，周荫人来电，原来是宣布他罪状的："王永泉祸闽有年，罪大恶极，近复私买外国军火，扩充队伍，图谋不轨……"王永泉这才恍然大悟，立即命令福州部队加强防守，又电令闽南泉州的杨化昭旅火速北上。但为时已晚，卢香亭和李春生两旅从水口急行两天，进占福州之北，孟昭月旅乘船顺流而下，进占福州之南，周荫人第十二师也已到达闽清地区。第二天，卢香亭发来最后通牒："念与足下共事多年，不忍不教而诛，为免生灵涂炭，暂不攻城，尚望幡然醒悟，自行撤退，限二十四小时答复。"

　　王永泉撒一把清泪，致电北京辞职，然后南逃泉州。他经此挫折，心灰意冷，遂把三千部队交给杨化昭，北上天津做寓公去了。

　　王永泉走后，杨化昭重与藏致平修好，两军合为一军，藏致平自称闽军总司令，杨化昭为副总司令。两人合谋，先取漳州，再占闽南，然后伺机北上，消灭孙传芳。

孙传芳决定消除南方隐患,周荫人主动请缨。孙传芳对自己的把兄弟当然十分信任,即委以讨逆军总司令,除本部十二师之外,又调第二师谢鸿勋旅归其麾下。闽南之战历经月余,藏致平、杨化昭不敌,从闽南脱逃,经江西进入浙江,投奔了卢永祥。

周荫人班师而归,并不返回延平任所,而是带兵进入福州城。他在乌石山祠堂设下司令部,却不来见孙传芳。孙传芳始而大惑不解,细想大感不妙,就派副官长张世铭带着福建军务帮办兼兴泉护军使的任命状前往慰问。不料周荫人脸拉得很长,生硬地说:"帮办之职向属虚设,只帮不办,要它何用?兴泉护军使在闽南,延平护军使在闽北,不过如此而已,拿鸭蛋换鹅蛋,这不是瞎捣蛋吗?请你告诉孙馨帅并转请曹大总统,收回成命。"

孙传芳闻言大惊。这个人,提升他帮办还不满足,而要夺我的位,武力逼宫来了!孙传芳一连几天将自己锁在后院,闭门苦思,终于有了决断。他给曹锟总统致电,恳请调任,说:"为了直系的团结,我不忍与自己人争地盘,请任命周荫人为福建军务督理,我转任闽粤边防督办,伺机向广东、浙江发展。"北洋军阀司空见惯的是争权位,争地盘,何曾有让?曹锟很受感动,大大地夸赞了一番,当即允准。

周荫人如愿以偿,才良心发现,向孙传芳请罪:"二哥大恩大德,小弟惭愧,无地自容。我姓周的也不能让天下人骂我不仁不义,今后愿为二哥两肋插刀,生死与共。"

孙传芳手下将领卢香亭、谢鸿勋、孟昭月、李春生等人对孙传芳让位不满,更对周荫人不齿,于是相聚一起要把周荫人灭了。孙传芳急忙赶过去,对他们说:"弟兄们,遇事一要看大,二要看远,这就是我的考虑。我们除掉了一个王永泉,在全国已引起非议,如果再灭了周荫人,接连两个副座我都不能相容,今后谁敢再与我合作共事呢?再说周荫人也不是王永泉,他是我的兄弟,与我共同入闽,而如果我们两个再打起来,必然是两败俱伤,那么即使在福建一省也难立足,何能再向外发展呢?"

"你还说是兄弟呢,是兄弟还要这么干?"众人仍是不依不饶。

孙传芳又说:"弟兄们,我以前许过周荫人。我对他说,等我取得浙江,就把福建交给他。"

"取浙江，现在还没影呢，他的手不是伸得太早了吗？"众人又叫嚷起来。

"不是没影，而是快了。"孙传芳说，"你们还不知道，苏、浙两省已是剑拔弩张，战争随时都可能爆发。为此，吴大帅给曹大总统发了密电，曹大总统又转发给我，说是要以苏、鄂、赣、闽几省的兵力，围攻浙江，由齐燮元和我主持其事。我们要攻打浙江，必然以福建为后援，我把福建交给自己人，又能腾出手来准备战事，不是很好吗？弟兄们，待取得浙江，你们都到杭州天堂和上海大世界玩个痛快！"

说到这里，众人仍是不平，但也只能认了。

江浙战争在张謇、张一南等绅商的斡旋之下，延迟了四个月终于爆发。卢永祥以齐燮元为劲敌，在浙北地区鏖战，颇占上风。这时，孙传芳从南方杀入，占领衢州后复向杭州急进，势如破竹。卢永祥无奈，只好放弃杭州，退到上海，在沪西松江布防。齐、孙两路大军尾追而至，孙传芳亲临前线指挥，激战五天五夜，突破松江，兵临上海城下。卢军总司令部召开军事会议，将领纷纷诉苦，说不堪再战。卢永祥泪如雨下，遂通电下野，东渡日本。

曹锟下令嘉奖齐燮元、孙传芳平定浙沪之功，特任孙传芳督理浙江军务，并兼任闽浙巡阅使。

然而好景不长。继江浙战争而起，又爆发直奉战争，冯玉祥倒戈，吴佩孚兵败山倒，浮海南逃。这种波诡云谲的局面，令孙传芳大伤脑筋。他决定静观待变。

吴佩孚到了南京，胁迫齐燮元领衔十省提出成立护法军政府。张作霖找到了用兵的借口，遂"请"段祺瑞下令褫夺齐燮元之职，特任卢永祥为苏皖宣抚使，借助奉军大举南下。

奉军沿津浦线南下，攻占徐州后直达浦口，旋即过江占领南京。卢永祥在南京组织"宣抚军"，以奉军军长张宗昌为总司令，兵分多路，向东进攻。齐燮元在镇江、常州一线，孙传芳在无锡、苏州一线顽强阻击。

正当战争处于胶着状态时，段祺瑞突然下令：特任卢永祥督办江苏军务，特任孙传芳督办浙江军务，周荫人督办福建军务。

孙传芳对段祺瑞的老谋深算甚为佩服。段的用心是分化他与齐燮元的联盟，以便让奉军消灭齐军，而又让他的亲信卢永祥重回江苏，不让奉系占便宜。在此局势之下，孙传芳能保住浙江和福建两省已甚满足，遂与齐燮元"拆伙"。

齐燮元对这次战争本就底气不足，孙军不战而退又如釜底抽薪，军心顷刻瓦解。

又在吴光新主持下，孙传芳与张宗昌签订合约，尊重上海人关于上海永不驻军的要求，孙军撤往松江以南，奉军撤回昆山以北。

然而张作霖不愿落到段祺瑞的圈套里，又派六万奉军南下。孙传芳通电强烈反对，并请辞职。段祺瑞劝阻，暗示他面对强大的奉军，曲以应对。

孙传芳心领神会。这天，他只身到南京会见张宗昌。

张宗昌"呀"一声说："两军对阵，你怎么敢来？"孙传芳"嘿嘿"一笑说："你是我哥，我怕什么？打仗是打仗，友情是友情。"张宗昌听了，感动地说："对，对，友情为重，打仗那个事算个屁！"于是两人促膝交谈起来。孙传芳问："还有什么事要小弟办的？"张宗昌"嘿嘿"一笑说："那年我离开南京，在东北一待八九年，都忘了江南的娘们什么味了！"张宗昌是出名的"三不知"将军，不知兵有多少，不知钱有多少，不知姨太太有多少。他好色成性，处处为家，夜夜笙歌，所以这次一回到南京，那馋虫就把他的肚子闹翻了。孙传芳便从秦淮河上挑选了十几个雏妓。张宗昌一夜风流。

孙传芳离开南京的第二天，上海事变。江浙联军占领上海。

这时候，汉阳兵工厂总办杨文恺来杭州见孙传芳。三年前，孙传芳带兵入闽到汉阳购买枪弹时，曾对杨文恺说："大哥，等我在福建站稳了脚跟，你也过去吧，我们兄弟四人相聚一起，共同奋斗。"如今杨文恺果然来了，但他是衔命而来，是段祺瑞委托他劝说孙传芳不要攻打上海的。不过为时已晚，江浙联军已攻占了上海，张宗昌率部向上海急进，大战迫在眉睫。杨文恺劝说孙传芳退出上海，保存实力。孙传芳欣然接受，并说服齐燮元。两人联名通电，撤出了上海。

杨文恺完成使命要走，孙传芳苦留："大哥，奉军吞并江南的野心不死，大战还在后头，你既然来了，怎么能走？我虽然不用三顾茅庐，但其心相同，小弟不才，愿将全权托付大哥，悉听尊便。"杨文恺感动了，答应留下。于是商定：孙传芳主内，秣马厉兵；杨文恺打外，联络各省结成反奉统一阵线。

杨文恺先到福州见周荫人，传达孙传芳的意见，要求福建做坚强后盾，并特别点明筹措军费一百万元。周荫人满口应承："大哥，你放心，我坚决支持二哥反奉到底，要钱有钱，要人有人。如二哥召唤，我就效命军前，当二哥的马前卒。"

然后，杨文恺北上张家口，拜会冯玉祥。这时冯玉祥已接受李大钊转达病中孙中山的意见，走出玉台山，出任西北边防督办，正怀抱"大干一番"之愿。听杨文恺表达来意，正中下怀，双方约定，共同反奉。而且，孙传芳与冯玉祥义结金兰。

然后，杨文恺到岳州拜会吴佩孚，奉送经费二十万元。杨文恺详细汇报了孙传芳反奉的决心，只待时机成熟揭竿而起。这使寄人篱下的吴佩孚看到了曙光。随后，杨文恺返程经过南昌、安庆、南京，暗结反奉力量，以为江浙闽皖赣五省联盟铺路。

时至八月，北京政府在奉系压迫下，任命杨宇霆督苏、姜登选督赣。此前李景林已任直督，张宗昌已任鲁督，从白山黑水到长江下游连成一片，都成为奉系的天下。奉系野心昭然若揭。张作霖口出狂言："三五年内，我不打人，绝没有人敢打我。"

天下英雄谁敌手？孙传芳。

10月8日，孙传芳在浙江督署召开反奉各省代表会议，浙江、福建、江苏、江西、安徽五省结成联盟，共推孙传芳为盟主。当天晚上，孙传芳又召开军事会议，决定以参加太湖秋操为名调动军队。

10月15日，孙传芳出任"浙闽苏赣皖联军"总司令，兵分五路：第一路司令浙军第一师师长陈仪，第二路司令陆军第四师师长谢鸿勋，第三路司令孙传芳自兼，第四路司令陆军第二师师长卢香亭，第五路司令浙军第三师师长周凤歧。另以闽军周荫人第十二师为后援。当天，孙传芳即下令陈仪、谢鸿勋、卢香亭三路大军出兵北进。

杨宇霆对太湖秋操本不在意，他说："我与馨远是日本士官学校同学，他参加秋操之事也是早就明告我的，因此没有必要风声鹤唳，草木皆兵。"孙传芳的反奉通电霹雳而下，杨宇霆才知大战临头。但杨宇霆的决心却是不战。他认为苏皖两省形势不利，又担心冯玉祥在北方呼应，于是当即决定，奉军从江南全身而退，收缩兵力决战江北。

上海。奉军师长刑士廉接电后连夜行动，黎明时分登车出站。这时孙军李宝璋师已从松江挺进上海，刑士廉侥幸得脱。刑士廉的列车一气驶过苏州、无锡，当抵近常州时，突然枪声大作。原来是孙军卢香亭师渡过太湖后斜插而至。刑士廉急令还击，列车冲出火网，风驰电掣向前行驶。到达南京尧化门，前方铁路已遭破坏，列车刚刚停下来，城上炮弹就飞了过来。听到城上炮声，江边青龙山、狮子山也同时发炮，列车顷刻被炸毁，血肉横飞，一片哀号。刑士廉吓得魂飞魄散，撇下部队，只带十几人逃之夭夭。

孙传芳反奉通电发表后，江苏军务帮办、第四师师长陈调元联衔第一、三、十师师长白宝山、马玉仁、郑俊彦和第一、二、七十六旅旅长杨庚和、李启佑、张仁奎等将领通电响应。杨宇霆完全没想到窝里反，立即宣布尊重和平，奉军撤出苏省。陈调元即向杨宇霆和参谋长臧式毅、第八师师长李喜春发出请柬，设宴欢送。臧式毅认为这是鸿门宴。杨宇霆却说："我军正在撤离，不信他们还要对我下手。但如果我们不去，那就示敌以惊慌和混乱，反而更会遭到攻击。"

宴会一开始，杨宇霆即表示不忍兄弟相残，并说奉军两日之内全部撤往江北。陈调元发言表示赞赏，宴会的气氛平和下来。这样交谈之中，师长白宝山忽然说起奉军劫掠家财，强奸妇女的种种恶行，义形于色。杨宇霆顿生戒心，便学当年刘邦在鸿门宴上"起如厕"，逃宴而去。陈调元宴请本是一片真心，可是左等右等不见杨宇霆回来，顿时翻了脸，一声喝令，把臧式毅和李喜春拘捕，并下令向奉军追击。奉军正在下关码头渡江，忽见苏军追来，弹如雨下，会水的跳江逃命，不会水的都举手投降了。更可怜海军两艘军舰把渡船截住，有两只渡船翻了个底朝天。奉军士兵大多葬身鱼腹。

杨宇霆渡过长江，在浦口车站登上一列火车向北急驶。到达蚌埠，杨宇霆与安徽督办姜登选见面。姜登选对他说，孙传芳的通电一发，安徽两旅旅长倪朝荣和马祥斌就通电响应，我又接到你的通知，就从安庆退到蚌埠来了，现有倪朝荣又北进到泗水，逼我离开皖境。杨宇霆听完，只说了一句话"你也赶快北撤吧"，就匆匆告辞。

这位名扬全国的"小诸葛"另有精细的盘算。现在奉军正在盛头上，如果这仗打胜了，不足为功，而若打败了，那就是身败名裂。这种只赔不赚的买卖，不能干！想到这里，他决定直回奉天，至于以后的战事，叫别人干得了。

10月21日，孙传芳各路大军浩浩荡荡进入南京。孙传芳在杭州誓师讨奉时曾发豪语："一个星期进入南京。"果然实现。

就在孙传芳进入南京这天，吴佩孚在岳州通电出山。吴佩孚乘决川号军舰抵达武汉，成立讨贼联军总司令部，通电讨奉。他自任讨贼联军总司令，任命萧耀南为鄂军总司令，马济为桂军总司令，袁祖铭为黔军总司令，杨森为川军第一路总司令，邓锡侯为川军第二路总司令，赖心辉为川军第三路总司令。总兵力十几万人。

吴佩孚东山再起，其声势之煊赫不减当年四照堂点将。孙传芳发电，称吴佩孚为"我帅"，宣称"传芳不敏，愿执鞭以随其后"。继之以萧耀南、陈调元、白宝山、吴新田、杜锡珪等各方诸侯，一片拥吴之声。

孙传芳旗开得胜，风卷残云般把奉军赶出江南。吴佩孚又趁机卷土重来，更让他喜不自胜。孙、吴联袂，统辖九省，已是半壁江山。孙传芳相信，他这位小弟能够说服吴佩孚和冯玉祥两位兄长放弃旧怨，重归于好。那么，三方结盟，协力反奉，大事没有不成。想到这里，孙传芳豪情满怀，他决心立即进攻徐州，以徐州作为与奉军进行决战的桥头堡。

孙传芳分别向武汉和郑州发电，要求吴军和冯军配合，三方会攻徐州。吴佩孚回电，拟两路出兵攻徐。这时河南督军胡景翼因背疮而死，继任岳维峻回电，拟派三师出兵。孙传芳大喜，以卢香亭、谢鸿勋、陈仪所部浙军为中路，师出蚌埠；以白宝山、马玉仁所部苏军为东路，师出宿迁；以皖军倪朝荣和苏军陈调元所部为西路，师出永城。

张作霖闻听孙传芳三路攻徐，气得大骂，在杨宇霆主导下制订了一个军事计划，先期据守徐州，然后反攻南京。随后，奉军四个师两个混成旅入关，守京奉、津浦两线。徐州防御战以山东督军张宗昌挑大梁，任直鲁苏皖防御总司令。张宗昌将其所部编为五个军，他自兼第一军军长，施从滨、孙宗先、褚玉璞、许琨分任第二、三、四、五军军长。

奉军沿津浦线南下徐州，然后前出，东守邳县，西守砀山，南守宿县。施从滨率部乘火车从济南直达宿县，见宿县尚无敌情，遂继续南进，占领蚌埠。然工事未备，卢香亭和谢鸿勋两师劲旅来到，随即发起猛烈进攻。施军顽强阻击，阵地几易其手，拉锯式反复争夺。就在南线处于胶着状态时，东线奉军转守为攻。许琨打败白宝山，追至海州。姚霁打败李启佑，进迫宿迁。

张宗昌来到徐州，正听前敌总指挥姜登选报告前线军情，忽接南线败退的消息，立时问姜登选："我的铁甲车队上了吗？"姜登选说："铁甲车队已奉命前出支援。"张宗昌"嘿嘿"一笑说："施从滨这老朽不顶用啊，就看我铁甲车队的威风吧！"

第四十七旅旅长施从滨是位年近花甲的老黄忠。张宗昌要他出战徐州，施从滨以老相辞，张宗昌许以安徽督办之职，施从滨才勉强接受，而又提出必得铁甲车队配合作战。张宗昌无奈才把他的宝贝交给了施从滨。

所谓"铁甲车队"是张宗昌建立的一支队伍。张宗昌出身贫寒，离山东老家闯关东，又到海参崴厮混，因而结识了一帮白俄士兵。1911年，他就带着这批白俄兵到上海参加辛亥革命，陈其美委任他为骑兵团团长。孙中山二次革命时，他背叛民军，投靠冯国璋，暗杀了陈其美。他由此当上师长，又率部到江西进攻蔡锷的护国军，遭到惨败，只身北逃，投奔了张作霖，受任奉军旅长。这时候，苏俄红军大举进攻西伯利亚，张宗昌趁机收容逃入东北的近万名白俄兵，编成一个独立师。张宗昌就是凭借这支白俄军在第二次直奉战争中大显了威风。战后，张宗昌出任山东军务督办，便由俄国技术人员设计，令济南铁路大厂制造了长城号、长江号、云贵号、河南号四列铁甲车。铁甲车由货车在外层加装铁板防护，每列车装配大炮6门、重机枪24挺，编成一千名白俄兵随车行动。铁甲车队以白俄军官格司道夫为司令，布克斯为大队长。

由于受到孙传芳联军的猛烈攻击，施从滨放弃蚌埠，退到固镇第二线防守。但这一退，军心动摇，防线很快被冲破，固镇被四面包围。危急时刻，四列铁甲车隆隆开来。只见白俄兵纷纷下车，猛虎下山一般发起了冲锋，把联军马葆珩一团人马冲得七零八落，向后溃逃。

日落天黑，铁甲车队停止追击。白俄兵将俘虏的联军士兵当作活靶子，举行射击比赛，甚至把他们绑在树上开膛破肚，挖眼割鼻取乐。杀完俘虏，白俄兵围着篝火就餐。他们吃着烧烤大肉，抽着大烟，喝着白兰地，哼着俄罗斯小调，兴高采烈。突然杀声骤起，联军士兵从黑影中扑了过来。这是马葆珩团为惨死的战友报仇来了。但这些身高马大的白俄兵毫不惊慌，乘着酒性，赤裸着上身，一手拿着长枪迎敌，另一手还拿着酒瓶咕嘟咕嘟地往嘴里灌酒。双方扭作一团，一片杀声。联军士兵以二对一、三对一与身高马大的白俄兵肉搏，竟也难占上风，一团人马死伤大半，马葆珩急令撤退。

孙传芳率陈仪所部来到蚌埠，立即召卢香亭和谢鸿勋两人商议对策。孙传芳决定留陈仪守卫蚌埠，自己亲到前线指挥。

第二天天刚亮，马葆珩团呼喊着冲向铁甲车队。顿时枪声大作。战不多时，马团便节节败退。四辆铁甲车相随前进，走不多远，行驶在最前面的探路车长城号一头栽进大坑里，后面的云贵号、河南号、长江号三辆铁甲车跟随上来，一一刹车停止。这时，炮弹呼啸着凌空落下，遍地开花，云贵号和河南号顿时被炸趴了窝。最后面的长江号铁甲车侥幸没有中弹，倒转车轮逃走。

听到炮声，早已埋伏在铁路两边的卢香亭师发起反攻。白俄兵转入防守，顽强战斗。但见敌人越来越多，火力越来越猛，自己人死伤越来越多，才知情形不妙，掉头回窜。当他们赶回到铁甲车上时，才发现铁甲车都被炸毁了，尸体枕藉，一片血肉，而且他们的司令格司道夫和大队长布克斯也都炸死了。一人大喊了一声："逃命吧！"他们沿着铁路线回头狂奔。但没跑多远，就陷入四面包围，在密集的枪弹下死伤无数，于是就纷纷举手投降了。

很侥幸，施从滨乘坐的铁甲车长江号没有炸毁，他不顾正在前方战斗的白俄兵，开足马力向北飞驶。抵近固镇，只见前面桥上密密麻麻挤满了人，流水一般向北奔跑。这座桥就是浍河大桥。就在炮声响起，卢香亭师发起反攻的同时，谢鸿勋师向固镇发起进攻，施军一触即溃，便纷纷从这座桥跨河北逃。铁甲车停了下来，施从滨喝令让路，但那些士兵只顾抢路逃命，谁肯让开？而且许多人又向铁甲车跑来，想搭车逃命。施从滨一看，铁甲车就要被人群包围，动弹不得，于是急令铁甲车躲开。铁甲车复向南行驶，走出不过几里路，只见一队人马迎面猛扑过来。施从滨又急令停车，复向北开。又走到大桥，见桥上仍是黑压压的人群。施从滨狠狠咬了咬牙，下令"开过去！"铁甲车鸣响长笛，向前冲去。立时，血肉在铁轮下飞溅，哀号声冲天。

铁甲车过了桥，加速行驶，施从滨放声大哭。虽然负疚自责，但他心里还是松了一口气。可没走多远，司机大叫一声"前面没铁轨了！"急忙刹车。但已来不及了，铁甲车脱轨侧翻。当施从滨从车里爬出来的时候，乌黑的枪口对准了他。他慢慢地举起了手，颤声说："我投降，我投降！"

施从滨被押解到蚌埠，孙传芳立即把他枪毙了。

张宗昌气急败坏，大发雷霆。铁甲车队的覆灭，简直是挖了他的心头肉。他急命第三军孙宗先南下宿州迎敌。孙军走到夹沟，联军已攻占宿州，只好就地仓促布防。孙宗先和施从滨皆与张宗昌不合，他不愿再落施从滨的下场，一接火就频频告急。张宗昌无奈，就又让副军长方永昌率第一军人马南下支援，阵地才得以稳固。但这时，南线战局影响了东线，联军白宝山和李启佑两师反守为攻，势如破竹地攻下邳县，又向徐州逼近。

张宗昌发电奉天，要求增援。没想到张作霖却要他退兵。张宗昌心里念叨着孙传芳："小老弟，咱俩这一仗，看在兄弟这份上，大哥先让小弟一次。"他一声令下,奉军风流云散一般撤出了徐州。

孙传芳进了徐州,才知吴佩孚和冯玉祥都没有派兵过来,便发电质问。吴佩孚回电说,冯军在河南布下重兵,阻止我军过境。岳维峻来电说,吴佩孚已决定联奉反冯,出兵河南不过是假道伐虢之计,也因此,国民军更不便这时与奉方翻脸。

孙传芳听到吴佩孚联奉反冯的消息,不禁目瞪口呆。他尚且不知道的是,张作霖已与吴佩孚达成了谅解,因而已把冯玉祥当作主要敌人,不愿再与他孙传芳打仗消耗力量,才主动撤出徐州的。孙传芳感到他联合吴、冯共同反奉的战略大计已经泡汤,思来想去打定了主意,留下陈仪驻守徐州,撤军回南。但他并不返回浙江,到了南京安营扎寨,总司令部就设在江苏督办公署。

段祺瑞免去杨宇霆江苏督办之职,以孙传芳继任,同时免去姜登选安徽督办之职,以邓如琢继任。但孙传芳并不满足一省地盘,他要割据五省,做东南王。因而他对段执政的任命毫不理会,决定自己任命东南五省大员。他自兼联军江苏总司令,任命陈调元为安徽总司令,王普为省长,卢香亭为浙江总司令,夏超为省长,周荫人为福建总司令,萨镇冰为省长,邓如琢为江西省总司令,李定奎为省长。总司令部以杨文恺为总参议,刘宗纪为参谋长,下分政务、军务、宣传、财政各部,俨然一个政府的班底。

张謇向孙传芳致贺,赠有一联:

钱武肃开府十三州,吴越奉其正朔;

郭令公中书廿四考,朝野仰若天神。

上联将孙传芳比作五代时吴越国创始人钱镠,下联将孙传芳比作唐代平定安史之乱的名将郭子仪。

孙传芳开府金陵,神威东南,天下仰视。

野心发端，刺廖案趁火打劫
反共初试，中山舰浪里乾坤

广州，8月19日上午八点半钟，一辆轿车向国民党总部惠州会馆开来。车上坐着廖仲恺、何香凝夫妇和陈秋霖及一名卫士。廖仲恺来参加中央常务会议。何香凝是政府妇女部部长，来此上班。陈秋霖是政府监察委员，半途遇上搭的便车。廖仲恺、陈秋霖和卫士下车，刚举步走上大门头道台阶，突然"叭叭叭"枪声骤起，三人立时倒地。何香凝正与一女同志说话，猛听枪响，见廖仲恺倒在地上，急忙跑向前伏身察看。这时又一阵枪响，子弹擦头而过，何香凝这才猛醒，是遇到了刺客，立即站起来大喊捉人。这时五六个凶手从门旁角楼底下的石柱后面窜出来，会馆的卫兵开了枪，射倒了两名凶手。三人紧急送往医院。廖仲恺在途中即已咽气，陈秋霖到医院不治身亡，只有卫士一人抢救脱险。

陈公博闻讯赶到医院，抱住廖仲恺放声大哭。陈公博原是共产党的发起人，因"帮陈（炯明）"嫌疑与陈独秀闹翻退党，向汪精卫求得路费出国留学，回国后即投靠汪精卫，由廖仲恺介绍加入国民党，并一步登天地出任中央党部书记长。然后，陈公博去西华巷的汪公馆，见了卧病在家的汪精卫，谈起廖仲恺身中四弹的悲惨情形。汪精卫想到，他若没病也去开会——不禁汗毛直竖，气急败坏地说："杀死廖先生的，不是欲置廖先生个人于死，而是欲置廖先生所尽力的党于死。"

汪精卫一针见血，廖仲恺"所尽力的党"，就是现在的国民党。孙中山在生命垂危之际托付鲍罗廷，要像辅佐他那样帮助国民党，以完成他的未竟事业。在举行了孙中山的葬礼之后，鲍罗廷便匆匆离京赴粤，帮助国民党建立了国民政府。汪精卫出任国民政府主席，胡汉民、廖仲恺、谭延闿、孙科分别出任外交、财政、军事、建设部长。随后，国民政府又成立军事委员会，以汪精卫为主席，胡汉民、伍朝枢、廖仲恺、朱培德、谭延闿、许崇智、蒋介石为委员。这表明，在孙中山逝世后政治格局发生重大变化，汪精卫继孙中山之后成为国民党领袖，而俨然为孙中山替身的"胡代帅"屈居第二。

自从孙中山改组国民党起，党内就有人反对孙中山的联俄联共政策，而有了左右两派的分野。孙中山死后，右派无所忌惮，日益猖獗，两派矛盾趋于激化。廖仲恺是国民党左派的代表人物，右派认定"廖仲恺是改组国民党的幕后者，是中央党部的把持者，是共产党的卵翼者，更是排斥胡汉民及右派的有力者"，首当其冲成为消灭的目标。

就在汪精卫家里，召开了国民党中央、政府、军委紧急联席会议，决定由汪精卫、许崇智、蒋介石组成特别委员会，全权处理廖案。同时国民政府下令设立审理廖案特别法庭，以陈公博、周恩来、吴铁城等九人为检查委员会委员。

廖案特别委员会当日下午即开始工作。经调查证实，党内胡毅生、朱卓文、林直勉和粤军的魏邦平、梁鸿楷、杨锦龙、梅光培等军人与廖案有涉，其中粤军旅长兼民团司令朱卓文主持其事，在其阴谋暗杀的名单上，除廖仲恺之外，还有汪精卫、鲍罗廷、谭平山、蒋介石、陈延年、周恩来、陈公博等人。廖案特别委员会下令拘捕胡毅生、朱卓文、林直勉三人。但胡、朱已经脱逃，只有林直勉被捕。

许崇智来汪精卫家探病，只问了几句病情，就说起胡汉民是廖案的元凶，并历数他的种种罪恶，建议趁机杀了他。汪精卫一听大惊失色，问道："你说他是元凶，有何证据呢？"

许崇智便说那些涉案人员经常在胡家聚会，他的堂弟胡毅生是案件主谋，还不就是他所指示等情。汪精卫说："这些只能说是嫌疑，算不得证据。这件事情，胡汉民失察，放纵其弟，是负有责任的。但这是政治责任，犯不上死罪吧。"说到这里，汪精卫直盯着许崇智说："梁鸿楷、魏邦平两名嫌犯不是你的部属吗？你也背了嫌疑呢。"

许崇智一听，面露惊惶之色，急忙说："汪主席，我与廖仲恺向无怨仇，我许某人也绝不会干这种伤天害理的事情。"

汪精卫"嘿嘿"一笑说："这我相信，不然也不会让你办理廖案。但这么重大的案子,对于你的嫌疑,难免还是要查的吧。"

许崇智心虚了,赶忙巴结,说了一些表明"心迹"的话,悻悻地走了。汪精卫望着他的背影冷笑了一声,心里说:"你为个人恩怨,借刀杀人,我这把刀就这么好用?"

许崇智刚走,胡汉民又来了。胡汉民是光着脚踏进汪家大门的,那模样真是狼狈之极。廖案发生后,胡毅生逃到香港,胡汉民尚自镇静。但警察寻胡毅生不着,就到宣德西路他家搜查,他就如惊弓之鸟,一骨碌从床上爬起来,出后门逃来汪家。

汪精卫给胡汉民找来一双拖鞋,陈璧君给他泡上一杯热茶。胡汉民惊魂稍定,一股恶气就上来了,指着汪精卫斥道:"兆铭,你要抓我吗?"

"哎!展堂兄,你误会了,谁敢抓你?这一定是搜查胡毅生才到你家的。不过呢,你这位堂弟有重大嫌疑,可给你惹了大麻烦,舆论都认为你是后台,你看这个。"汪精卫一边说着,就拿出一份揭发材料来。

胡汉民看完,唉声叹气。汪精卫说:"展堂兄,你待在我这里,也不能保证你的安全呀,不如到黄埔躲一躲吧。"

"使不得,使不得。"胡汉民一想到落在蒋介石手里,就连连摆手。汪精卫宽慰他说:"你尽管放心,有我在,谁敢加害于你?"

胡汉民无可奈何,表示同意。陈璧君已经临产,腆着个大肚子陪同他去了黄埔。

鲍罗廷认为胡汉民是廖案的主使者,主张严惩,但汪精卫和蒋介石担心引起混乱而不同意。鉴于先前中央已决定派胡汉民去苏联和欧美访问,鲍罗廷旧话重提,建议胡汉民去苏联访问。

为使胡汉民就范,蒋介石先来,对胡汉民说:"我相信先生一身清白,可偏偏成为众矢之的,真是无奈呀。先生住在黄埔,安全自无问题。但考虑当前情势,我认为先生不如离开广州,到外边暂避一时。"

"呀!"胡汉民警觉起来,说,"是兆铭的意见吗?"

"不,是在下的意思。"蒋介石又说,"鲍罗廷也赞成我的意见,觉得这是个好主意。先生访问苏联,是一次光荣之行,也能促进中苏两国的友好关系,利于民国呀。"

胡汉民"哼"了一声说:"要是他想赶我走,我偏不走。但你老弟所言,我会考虑的。"

不几天，鲍罗廷又来，对胡汉民说："胡先生出访，以你的地位和声望，我敢担保，你将受到隆重和热烈的欢迎。有人以廖先生的案件怀疑你，这是没有的事，不过因此也不宜待在广东了，而趁此机会到我国走走，做些考察，不是一举两得的事情吗？"

胡汉民这才答应了。汪精卫签署了一封给苏共中央和苏联政府的信，说明胡汉民是代表本党访问苏联的。9 月 22 日，胡汉民偕同政府秘书长李文范、军委秘书厅厅长朱和中、女儿胡木兰、卫士杜松一行五人，乘苏联"蒙古号"轮船离粤北上。胡汉民将这次出访视同流放，他自比屈原，途中作《楚囚》诗三首。有"肝胆昆仑终可辨，伤心同日哭东皋"之句，抒发他的悲愤之情。

胡汉民走后，汪精卫授蒋介石以广州卫戍司令身份"全权处理粤局"。如此免去许崇智廖案特别委员会的职务，而赋予蒋介石大权，是为向许崇智出手的信号。当廖案发生后，汪、蒋两人就达成默契，拿掉胡、许这两个人，而由他俩分掌军政大权。而许崇智尚不自知，还要杀胡泄愤。螳螂捕蝉，不知黄雀在其后也。

许崇智是国民党元老，长期主持军事。蒋介石在陈其美遇刺后即追随许崇智，经张静江撮合，张、许、蒋三人结为金兰之好，许崇智成为蒋介石的"二哥"。许崇智出任粤军总司令时，蒋介石是他的参谋长，许就向粤军将领宣布："服从许总司令，就要服从蒋参谋长，蒋参谋长就是许总司令，以后凡是部队的命令，我们两人无论盖的是谁的印章，都一样有效。"可见许对蒋爱护信任之深。后来国民政府成立，许崇智出任军事部部长，执掌军权。蒋介石的晋身之阶在于军事，而他的老上级压在他的头上，往日的恩公便成了仇敌。廖案发生，机会不期而至，天赐不予，反受其咎啊。

蒋介石抓住廖案，对许崇智步步紧逼。案件的清查，发现粤军将领嫌疑，蒋介石拜访许崇智，敦请处置这些人。许崇智为撇清自己无奈同意，就在粤军总司令部设下鸿门宴，将梁鸿锴、杨锦龙、邵桂章三人逮捕。随后，蒋介石逮捕了梁士锋、张国桢等粤军将领，并将其部队收编。第二天，蒋介石在广东财政会议上又拘捕了财政厅厅长李鸿基和军需局局长关道等人。

梁鸿锴是粤军枭将，战功卓著，孙中山曾为他题词"疾风知劲草，乱世识忠臣"。陈炯明叛变后，孙中山重整粤军，梁鸿楷为第一军军长。蒋介石以廖案牵连这么多粤军将领被捕，尤其梁鸿锴在粤军中的重大影响，引起强烈不满。这时如果粤军联成一气反对，难说事情就要反转。蒋介石预感到形势严峻，但他夺取军权心切，所以他宁愿冒险，不惜失败。于是蒋介石采取霹雳手段，派兵占领广州要冲和各重要据点，宣布全城戒严。然后，他派出亲信部队解除了驻军东山的粤军第三师的武装，随即就以保护许崇智的安全为由把他所居住的东山公馆包围起来。

　　许崇智发现被包围，十分气愤，立即打电话质问蒋介石。蒋介石不接电话，只让参谋敷衍。许崇智又给自己的部下打电话，可电话线已被切断。他只好派人送信给亲信将领许济和莫雄，要他们率部回广州相救，可惜送信人也被捉住。看看天晚，仍不见救兵，许崇智如热锅上的蚂蚁一般，只好委屈地给汪精卫和蒋介石各写一信，以求转圜。

　　深夜二时，蒋介石来了回信。开篇即利剑出鞘，怒责许崇智"东征还师，时经百日，身当军职，百无一举"。接着揭发他把持财政、霸占税收、克扣军饷、贪污腐败的大量事实，列为四大罪状。最后给他指明出路："如兄能反躬自省，毅然独断，保全名节，则兄不如暂离粤境，期以三月师出长江，还归坐镇，恢复令名。如蒙受赞同，当可为兄准备一切。兄之所部，弟当负责维持，不负兄之初意。"

　　许崇智看完信，乱箭穿心，就他的经济问题，追查下来已是罪责难逃，因而底气就软了半截。蒋介石让他"暂避三月"，虽然对他没下狠手，但毕竟心有不甘。正踌躇之间，汪精卫来了回信："余虽一书生，但敢信非威力所能屈。余决不因在卫戍武力之下，便妄赞蒋氏此项措施，实为认定此举非如此解决不可。余敢信介石对公事虽毫不假借，不讲感情，但绝非全不讲感情之人，为先生计，为大局计，亦莫善于暂行赴沪，一任介石将一切难题，及感情上不能解决之难题解决后，则请先生回。"

　　汪精卫此信颇具玩味。他示意蒋介石才是主使者，而他不过随从。他竟煞有介事地说他是一介书生，但决不屈服于武力威胁，又扭扭捏捏地说蒋不讲感情，以使许崇智慑于蒋的武力淫威就范。汪精卫就这样纵容他人在前面动刀子，还要躲在后面落好人。

　　焦头烂额的许崇智当然顾不得这些弯弯，只感到万般无奈，死了心，于是提出辞职。中央政治委员会立即批准。下午三点，蒋介石送来了上海船票，许崇智全家及副官长冯次祺等人由陈铭枢护送，乘新华轮离粤赴沪。

　　廖案的侦查毫无进展，所有嫌犯，在逃者无归，在捕者证据不足。但在处理胡、许两人之后，政治目的已达，这场悲剧也就落幕了。

这时候，渔阳鼙鼓动地来。陈炯明以"救粤军"名义下达总攻击令，兵分三路西进。广东形势危急。国民政府发起第二次东征，蒋介石出任东征军总指挥，汪精卫为党总代表，周恩来为总政治部主任，兵分三路迎敌：以何应钦第一纵队为中路，李济深第二纵队为右路，程潜第三纵队为左路。

东征军十月初出师，中旬即攻克"不破之城"惠州。随后历经华阳、双头、河婆三大战役，旬月之间将敌主力全部消灭。陈炯明逃往香港。自此广东全省一举肃清，局势大定。

新年伊始，国民党第二次代表大会在广州召开。出席大会的代表256人，选出汪精卫、谭延闿、邓泽如、丁惟芬、谭平山、宋庆龄为大会主席团成员，吴玉章为秘书长。大会听取了汪精卫作的政治报告，随后谭平山、蒋介石、宋子文、毛泽东、刘尔崧、陈公博、甘乃光、何香凝分别作党务、军事、财政、宣传、工运、农运、商运、妇运报告，然后通过了一系列决议案。大会重申中国革命的任务，是对外打倒帝国主义，对内打倒军阀，造成人民军队，建设廉洁政府，扶助农工团体。

接着举行二届一中全会，选举汪精卫、蒋介石、谭平山、谭延闿、胡汉民、林伯渠、陈公博、甘乃光、杨匏安9人为中央执行委员会常务委员，选举张静江、高语罕、邓泽如、古应芬、陈璧君5人为监察委员会常务委员。国民党中央党部设八部一处，由谭平山、汪精卫（毛泽东代理）、甘乃光、胡汉民、林伯渠、彭泽民、宋子文、何香凝分任组织、宣传、青年、工人、农民、外事、商业、妇女部部长，由谭平山、林伯渠、杨匏安3人为秘书处秘书。

这是一次左派得势，右派落败的会议。大会选出的36人中央执行委员会，有中共党员谭平山、杨匏安、林伯渠、李大钊、吴玉章、恽代英、朱季恂等7人，候补中央执行委员24人中有毛泽东、董必武、邓颖超、夏曦等4人。二届一中全会选出的9人中常委，有谭平山、林伯渠、杨匏安3位共产党人。中央党部里，8个部中由共产党人出掌3部，秘书处谭平山、林伯渠、杨匏安则全是共产党人。

这次大会，国民党右派受到沉重打击。大会通过的《弹劾西山会议派案》，对国民党右派以党纪制裁，永远开除谢持、邹鲁的党籍，对居正、覃振、邵元冲、林森、张继等12人提出警告，限两月内改正，如不接受大会警告，则开除出党。

两年前国民党"一大"之后，一些反对孙中山联俄联共的右派便陆续离开广州到北京活动。廖案发生后，右派分子受到打击，又纷纷北上与北京的右派相会合,遂在西山碧云寺孙中山灵前举行会议,公然僭越称为国民党一届四中全会。这次会议以"解决共产派"为主题,长达43天,通过了一系列反动议案,并且公开宣布取消广州国民党中央的职权,另立了一个国民党中央。西山会议派衮衮诸公多达几十人,而且多为元老级人物,形成很大的势力。因而国民党"二大"通过的《弹劾西山会议派案》有重大意义。

汪精卫在会议期间自始至终挥洒自如,掌握着会议的主导权。他致开幕词,他作政治报告,他又作闭幕词,把他的演讲才能发挥到极致。他在国民党中的领袖地位得以确立。

蒋介石在"一中"全会上是最露脸的人物。他一身戎装,马靴踏地格格有声地走向讲台,报告激动人心,掌声不断。当他讲完时,有人提议请全体代表致敬,于是全场起立敬礼,欢声雷动。他赢得了"革命英雄""左派将军"的赞誉,借力东风,青云直上。两年前国民党"一大"时,他在党内还是白板一块。而这次大会,他一步进入中执委常委,公认他是在汪之下的第二号人物。这次大会引人注目的还有宋庆龄登上政治舞台,共产党人毛泽东崭露头角。

廖案之后,蒋介石与汪精卫二人的关系进入蜜月期。蒋的擢升得益于汪的提携,因此对汪百般奉承,汪也视蒋为能够"交心"的人,依为股肱。一次,汪精卫设家宴请苏联顾问,蒋介石突然提出要与汪精卫义结金兰。汪精卫立现受宠若惊的样子,就到里屋取出纸笔,书写兰谱。开头刚写了"介弟"二字,陈璧君在背后大声地说:"你与这样的人换帖,你也不想想,他从上海滩一个摆不上桌面的烂仔,是如何投机而来致有今日的。我告诉你,你愿意做他的盟兄,可我还不愿做他的盟嫂哩!"汪精卫从里屋出来,再不提结拜之事,只招呼大家喝酒。蒋介石十分尴尬,从此对陈璧君怀恨在心。汪精卫惧内有名,有陈璧君在中间隔着,蒋、汪两人再无私交,不过公事公办而已。

对共产党,汪、蒋两人道不同,不与谋。蒋介石曾在军校召集一次秘密会议,众亲信纷纷提出大干一场,消灭共产党。蒋介石认为时候未到,未予同意。汪精卫得闻,就在军校的一次演说中发出警告:"土耳其革命成功乃杀共产党,中国革命尚未成功,又欲杀共产党乎?"

还有北伐的问题。蒋介石积极主张北伐,但汪精卫则认为时机尚不成熟而加以反对。因北伐问题,蒋介石也与苏联顾问团闹翻。这时鲍罗廷回国,季山嘉继任顾问团团长,他不赞成北伐,而建议派蒋到北方练兵,另建立一革命根据地。

蒋介石对此大为不满，认为这是季山嘉根本取消北伐的毒计。同时，他又认为季山嘉与汪精卫和共党合谋整他，便提出要季山嘉回俄休养，就是把他赶走。

自二届一中全会后，形成汪主政、蒋主军的局面。蒋已有问鼎之心，而汪也感到了威胁，担心大权旁落，便处心积虑地在军中扩充势力。围绕权力，两人明争暗斗，各自任用亲信，排除异己。

时至三月，突然谣言纷起。有说第四军反对第一军，散发了反蒋传单；有说张发奎的第十二师反蒋，要在海南独立；有说共产党正准备暴动，推翻国民政府；有说汪、蒋不和，蒋要倒汪；有说蒋介石要驱逐俄顾问团回国等等。蒋介石认为这些谣言都是反他的。他在日记中写道："近日反蒋传单不一，疑我，谤我，忌我，诬我，排我，害我者渐次显明，遇此拂逆之来，精神虽受打击，而心志益加坚强。"

一条谣言又不胫而走，说"蒋介石要去莫斯科，是有人要赶他走啊"。这个谣言竟是伍朝枢传出来的。

这天，伍朝枢请蒋介石的左右吃饭，席间不经意地问了一声："昨夜我请俄国领事吃饭，他告诉我蒋先生将于近期到莫斯科去，你们知道蒋先生打算什么时候起程呢？"伍朝枢原是孙中山大元帅府外交部部长，国民政府成立后转任司法委员会主席。他专请蒋介石身边的人吃饭，就是为了说出这句话来。自然而然，他们要把这个"消息"告诉蒋介石。

蒋介石生性多疑，但他既不能找伍朝枢去问，更不能找俄国领事去问，思来想去，疑心越来越重，就下了断语：一定是共产党要干掉他，或是汪精卫要赶走他！于是他决定刺探虚实，便向汪精卫说："统一东江之后，极端疲乏，我想作短期的休养，但上海不好去，倒不如去莫斯科。"汪精卫不同意，说整军时期，他不好远去。

但蒋介石仍然存疑，再作刺探。他说："在整军时期，我留粤与否无关紧要，倒不如趁此机会作短暂休息，可以恢复精神。"这话说得如此恳切，到底书生气的汪精卫哪里能看透蒋介石的弯弯肠子，便信以为真，也就答应了。

蒋介石见汪精卫答应了，遂确信他的判断不差，便提出要求，愿陈璧君和曾仲鸣陪他出国。这两人，汪夫人不必说，曾仲鸣的小姨子方君瑛是汪精卫多年的情人，自他到法国留学与汪精卫相识后就一直形影不离，二人可谓亲同骨肉。蒋介石请这两人同行，心机独到。他认为汪精卫不会放这两人去，他则可借故转弯。倘若汪精卫真的同意，那么这两个人就是他的人质，想要加害他，可得小心点！

哪知陈璧君一听到莫斯科去，满心欢喜。她知道那里很冷，于是定制皮大衣呀，收拾行李呀，忙得不可开交。衣服制备之后，她就天天催蒋介石起程。汪精卫又送来他和秘书陈立夫的护照，蒋介石更是惴惴不安了。

无奈，蒋介石就借故拖延。碰巧这时候有一俄国船到来，请蒋介石参观。蒋介石当然警惕，便拉汪精卫同去，而汪精卫说他已参观过了，就没有答应。于是蒋介石认定这条船就是扣留他直送莫斯科的，便推辞说近日太忙，晚时再看。这时候，蒋介石的心情坏到极点，他在日记中写道："单枪匹马，前虎后狼，孤孽颠危，此我今日之处境也。"第二天又记："四面皆敌，肘腋生患，陷于重围核心，只有奋斗决战，死中求生耳。"

3月19上午，蒋介石去看望汪精卫。然后回到东山官邸的家中，再准备回黄埔军校去。这时候军校教育长邓演达从军校打来电话说："昨晚，海军局派中山、宝璧两舰来埔，说是奉校长之命，不知所为何事。"蒋介石回答说："我不知道此事，也没有下什么命令。"放下电话一想，顿生警觉。

这时汪精卫来电话问："今天你黄埔去不去？"蒋介石回答说："今天我是要回去的。"待不多久，汪精卫又来电话询问。蒋介石感到这事太稀奇。他在汪家时，汪就问过他回不回黄埔的话，那么，他如此着急地连番三次催我，意欲何为？于是蒋介石改口说："今天去不去还不一定呢。"

中山舰原名永丰舰，为纪念孙中山广州蒙难时在此舰避难改为现名。它是当时中国海军最大的军舰，排水量836吨，有主副炮8门，满编138人，舰长李之龙。前不久，中山舰到广南船坞检修，时任海军学校校长的欧阳格便趁机挑拨舰上士兵内讧，并恐吓舰长也是他堂兄的欧阳琳，使他逃往香港，随后李之龙以海军局政治部主任的名义，带领宪兵将内讧的士兵缴械扣押。三天后，中山舰修完回港，恰逢海军局局长斯米诺夫调任回国，早已存心争夺海军领导权的欧阳格便要求蒋介石提拔他填补空缺，但汪精卫却力主任命共产党员的李之龙代理海军局局长，并兼中山舰舰长。有此背景，怎不让蒋介石疑窦层生，于是他不回黄埔，留在家中观察动静。

中午，蒋介石与夫人陈洁如刚吃完饭，李之龙打来电话，请示调中山舰回省，说是预备给苏联参观团参观。蒋介石"嘿嘿"冷笑了两声，问："中山舰是什么时候开去的?"李之龙回答:"昨晚上开去的。"蒋介石训斥道:"我没有叫你开去,你要开回来,又何必问我? 这是想做什么呢?"李之龙闻言,很吃惊,说:"不对呀,我确实是奉校长的命令才派的军舰!"蒋介石厉声说:"那我怎么不晓得?"不容李之龙分辩,"啪"的一声挂了电话。

事情如此,蒋介石认定汪精卫已决心害他了,一时气冲牛斗,就要拔剑而起。但想到当前面临的局面,他又冷静下来。他的"党军"第一军一分为二,军部和第一师驻防潮、汕地区,只有两个师在广州,其他各军,除李济深第四军以外,谭延闿的湘军、朱培德的滇军、李福林的福军都靠不住。而且,共产党借军队实行党代表制纷纷插脚进来,以致五个军中有四个军的党代表为共产党员,就是在他亲领的第一军,三个师中的两个师、九个团中的七个团的党代表都是共产党员。最为严重的是军校。蒋介石自怨自艾:我是校长,军校是我的家窝子,竟让共产党搞得天翻地覆。军校的党部被共产党所把持,五位委员,除我之外,共产党占四,他们便借我忙于军事暗自发展势力,兴风作浪。周恩来发起成立的青年军人联合会,开始我还表示支持,可这个组织发展起来,简直就成为共产党的别动队了。想到这里,蒋介石心中一惊:李之龙就是青年军人联合会的头领,他派军舰来黄埔赚我,军校里必然有内应。那么共产党已控制了军校!

蒋介石恼怒、悔恨、无奈、沮丧,如翻倒了五味瓶。思来想去,他决定退却,暂避凶险到潮汕。于是,他立即派人到天字码头订购开往汕头的船票。

傍晚时分,中山、宝璧两舰已经返航。但蒋介石并不认为事情已经了结。他收拾行装,带着秘书陈立夫、盟兄弟陈肇英等人离家出走。陈立夫是陈其美的长子,陈其美遇刺后,蒋介石就把他带在身边,视同亲生。一路上,蒋介石一言不发,闭目沉思。汽车驶上珠江长堤,码头就要到了,陈立夫再也憋不住了,大声地说:"有兵在手,为什么不干? 临阵而退,这哪是叔叔的英雄本色!"蒋介石只"哼"了一声,仍是不言。到了码头,蒋介石下车,伫立远望良久,突然回过头来,断然地说:"回去!"

午夜十二点钟,蒋介石以广州卫戍司令名义宣布全市戒严。首先命令公安局局长吴铁城包围苏联顾问团、汪公馆和各共产党机关,再派蒋鼎文占领海军局,解除中山舰武装,逮捕李之龙,指定欧阳格代理中山舰舰长。蒋介石还亲自电话,命令将第一军所属各师、团的党代表统统扣押起来。

早晨,陈公博第一个来到汪公馆。他住在东山,离蒋介石住所不远,最早闻警。他打电话给汪精卫,但无论是军用电话还是普通电话都无声息,于是就急忙驱车赶来。

汪精卫睡在大厅的一张帆布床上,面色苍白,显然病得不轻。正当陈公博向汪精卫报告情况时,谭延闿和朱培德来到,带来了蒋介石给汪精卫的信,说"共产党图谋叛乱,所以不得不紧急处置,请汪主席原谅"等语。谭、朱两人向汪精卫报告说:蒋介石已占据东门外造币厂的旧址作为司令部,海军局局长李之龙被捕,第一军的党代表不管是否为共产党员均被免职和看管。汪精卫听后,气急败坏地说:"我是国府主席,又是军事委员会主席,介石这样举动,事先一点也不通知我,这不是造反吗?"说着,一阵头晕倒在床上。

待了一会儿,汪精卫清醒过来,商量决定:由谭、朱去蒋的司令部探询真实意图,由陈去高第街和大沙头的第二、三军司令部,进行军事准备。如果谭、朱被扣,那么二、三军立即动员,起兵反击;如果谭、朱回来,便勒兵以俟后命。

从汪公馆出来,陈公博匆匆奔走于第二、三军之间,作了军事上的布置,又返回汪公馆报告。随后,谭延闿和朱培德回来,说蒋介石只是限制共产党,其余则不得要领。时已过午,也未见蒋介石采取进一步的激烈行动,陈公博便相信蒋介石之言,认为形势已经缓和,事无大碍,就与谭、朱两人一起离去。

蒋介石原以为他采取霹雳行动,定能抓住阴谋害他的证据,一举成功。但却没有。这使他陷入进退两难的境地。傍晚,蒋介石来到汪公馆。汪精卫一见便怒斥蒋介石"专擅行事,无法无天"。蒋介石辩解说,事出仓促,不得不临机应变。汪精卫反驳道:"你不是远在天边,不就是一个电话吗!"

这天夜里,汪精卫在床上辗转反侧,满脑子蒋介石的影子,浑身直冒冷汗。在内心深处,他对蒋介石有一种莫名的恐惧。这个军容整肃又满脸谦卑的人仿佛随时会变成一个魔鬼。卧榻之侧,岂容他人酣睡?何况那是一只张牙舞爪的老虎!他反复地思考着,不断为自己壮胆,终于决定赶走这只老虎。

第二天一早,蒋介石又来了。他向汪精卫低了头,承认错误,请求原谅。但汪精卫非常冷淡,一个劲地赶他走。原来,蒋介石担心汪精卫出手惩罚他,而汪精卫正是为此已约各军军长前来会商。

蒋介石走了,谭延闿、朱培德、李济深、李福林相继来到。汪精卫便提请各军一致行动,解除第一军在广州两个师的武装,然后把蒋介石抓起来。可是几位军长一言不发。沉默多时,汪精卫长叹一口气说:"诸位态度,兆铭汗颜,我虽为军委主席，却不能勉强你们，你们都回去吧。"

他们走后，汪精卫打电话给苏联顾问团。他相信顾问团会支持他，但那边电话明确表示，要他息事宁人，继续与蒋介石合作。汪精卫放下电话，愣了半天，一气之下，便以重病为由向中央写了请假函，并提请他所兼数职均派人署理，摆出的就是他要辞职。

前一天事变发生之后，毛泽东、周恩来和共产党广东区委书记陈延年等人来到苏联顾问处，要求对蒋介石采取强硬态度。随后，国民党方面的李济深、宋子文、邓演达等人也来到，也要求采取严厉反蒋之法。

到了中午，蒋介石以为得手，就撤去了对苏联顾问团的包围。季山嘉即派顾问团副团长鄂利金去见蒋介石，严厉责问。蒋介石道歉唯谨。鄂利金刚回到住处，正在广州访问的代表团团长布勃诺夫来了，便又偕鄂利金去见蒋介石，商谈善后。布勃诺夫是苏联红军总政委，蒋介石可得到了直接向苏联当局"告状"的机会，于是便一五一十地历数顾问团的所作所为。布勃诺夫联系他来广州几天来的考察，认为蒋介石所言不虚，认识大变。但他要与顾问团沟通才能表示态度，于是告辞，约明日上午再议。

然而第二天，蒋介石爽约未至。顾问团诸人便认为蒋介石不愿合作，主张作坚决斗争。但布勃诺夫另有看法，他认为这一事件是由于顾问团在军事工作和总的政治领导方面的严重错误所引起的。他批评顾问团反客为主，过多地干预了国民党和国民政府的事情，尤其是许多顾问直接担任军队要职，使中国的将军们受到过分的监督，他们的脖子上戴着五个套，就是参谋部、军需部、政治部、党代表和顾问。说到最后，他严肃地指出：顾问团在任何情况下都不应越权，不应该承担任何直接领导的职务。布勃诺夫是苏联红军总政委，今又作为代表团团长来华，当然一言九鼎。在他的主持下，会议作出决定：尽量设法留住蒋介石，并争取恢复他同汪精卫的友谊。而为达此目的，顾问团就要作出让步。于是又决定：顾问团团长季山嘉、副团长鄂利金、顾问罗加乔夫去职回国，团长职务由斯切潘诺夫接任。

22 日，在汪精卫的病榻前召开了中央常务委员特别会议。九名委员除胡汉民缺席外都来了，另有各军军长列席会议。会议上，由于苏联顾问团立场转变，中共方面也跟从妥协，军长谭延闿、李济深、朱培德等人也改变了态度。汪精卫孤掌难鸣，愤怒、冤屈的情绪一齐攻心，热血上涌，脸憋得通红。陈璧君心疼难忍,涕泪交流地大骂蒋介石。蒋介石装着大肚,其他人更没谁敢惹,任她撒泼一阵了事。会议通过了三项决议:(一)本党应与苏俄同志继续合作,并增进友爱关系,工作上意见不同之苏联同志暂行离去。(二)汪主席患病,应予暂时休假。(三)李之龙受特种嫌疑,应即查办。显然,这是汪精卫的彻底失败,是蒋介石的意外胜利。

第二天,蒋介石写了一份自请处分的呈文,叙述了事情的经过,仍诬李之龙有叛乱嫌疑,应将其扣留严讯。他最后说:"唯此事起仓猝,处置非常,事前未及报告,专擅之罪,诚不敢辞。但深夜之际,稍纵即逝,临机处决,实非得已。应自请严厉处分,以示惩戒。"

蒋介石为他犯有"专擅之罪"而请求处分,但他又极力地渲染当时的紧张气氛,而证明非如此不可,显示他的坚毅果断、临机应变。这哪里是认错?而是表功。他知道他已斩获得胜,没谁能处分他,他就故弄玄虚,哗众取宠,得了便宜卖乖。他是以谦卑之态而骄傲地宣布他的胜利。

轰动一时的中山舰事变落下帷幕,但事件真相却被蒙蔽,成为民国一个"有尾无头"的案子。事件是由派舰而起的。3月18日,由上海开来广州的"安定号"商船在珠江口遭海匪洗劫,随后开到黄埔请求帮助。军校办公室主任孔庆睿就命令管理科科长赵锦雯派一艘巡逻艇前去保护。当时军校内无船可派,于是给军校驻省办事处打电话。接电话的是交通股的王学臣,误把一艘巡逻艇听成两艘巡洋舰,报告办事处主任欧阳钟。欧阳钟即带领两名随员亲去海军局交涉。适逢海军局代理局长李之龙不在,作战科长邹毅接待,即打李之龙家的电话。可电话也要不通,欧阳钟便由邹毅陪同去李之龙家找,仍没有找到李之龙,只有他的妻子在家。欧阳钟见此情况,为促海军局迅速派舰,也向上锋显示他有能力办事,就假传奉蒋校长之命,派两艘巡洋舰去黄埔待命,并请邹毅先派宝璧舰去,另外一艘等李之龙回来再定。李之龙回来后,毫不怀疑,即将中山舰派出。中山舰开到黄埔,即将炮衣脱下,官兵戎装整齐,准备执行战斗任务。中山舰代理舰长章巨桐到军校报到,副官黄珍吾接待,即向邓演达汇报情况。邓演达不知为何调来两艘军舰,于是打电话向蒋介石报告,事变于是爆发。

事情虽然有些曲折,但澄清真相也并非难事。但疑心重重的蒋介石从事发起就认定是汪精卫要害他,而汪精卫、顾问团都只顾焦头烂额地应对事变,却不追究事情的真相。共产党甚至认为李之龙受过党的记过处分,因记恨而参加了反动派。那些派舰的执事人当然知道事情的真相，但没有谁报告。他们推诿矫命之责，所以捂住盖子。

多年之后，陈公博与西山会议派的邹鲁不期而遇，邹鲁才透露说："怎样才能拆散广州的局面，只有使共产党与蒋分家，我们在外边想办法，伍朝枢也在广州想办法。"

事件肇端，原来如此。那是西山会议派在北京开会，讨论应对国民党"二大"展开反击。会议之后，谢持约请几个核心人物开了一个秘密会议。谢持说："广州二大，共产党已操纵了国民党大权，展堂（胡汉民）又被逐远离，许多人觉得没有办法了，难道我们真的一筹莫展了吗？"

"这种局面，即使展堂在，又能如何？"邹鲁这话更凉，一时都沉默不语了。张继慢吞吞地说："我的看法，要想拆散广州的局面，只有使共产党与姓蒋的分家。"

"咳！蒋介石嘛！"邹鲁愤愤地说，"这个人不是共产党，也是共产党，他能与共产党分家？"

"蒋介石不是共产党，也不信共产党。各位听我多说几句。"张继说，"蒋介石作为孙中山的特使访苏回到上海，就写了一份《游俄报告书》。我那时也在上海，凑巧看到，其中有一句关键的话说：'苏维埃政治制度乃是专制和恐怖的组织，与我们国民党的三民主义的政治制度，是根本不相容的。'这就是他的基本观点。后来，他到了广州，孙中山听了他的汇报，批评他'未免顾虑过甚'。廖仲恺当时也在场，也说他'顾虑过甚'。为此，蒋介石又向廖仲恺写信作答，你们听听他是怎么说的吧。他说，对俄党问题，应有'事实'与'主义'之别，吾人不能因其主义之信仰，而乃置事实于不顾。以弟观察，俄党殊无诚信可言。即弟对兄言俄人之言只有三分可信者，亦以兄过信俄人而不能尽扫兄之兴趣也。俄党对中国之唯一方针，乃在造成中国共产党为其正统，绝不信吾党可以与之始终合作，以互策成功者也。"

"这段话，你们都听出弦外之音了吗？"张继不待大家回答又说下去："他所谓'事实'与'主义'之别，是说明他不相信俄共的主义，而面对俄国正在援助我们的事实，不得不表现拥护的姿态，他就是这样阴阳两面，而且至今也是这样伪装的。"

"明白了，明白了！"大家纷纷赞同。张继露出惬意的微笑，说："我说完了，至于有何'办法'嘛,愿听诸位高见"。

于是大家纷纷献策,谈了多时方才散去。

邹鲁对陈公博虽然没有讲那"办法"的细节,但回顾当时,则可见蛛丝马迹。谢持从北京千里来港,随后伍朝枢请饭,散出蒋介石要去莫斯科的信息,随后就来了向黄埔派舰之事。派舰当然是关键所在,而且一定要瞒住蒋介石。于是便由欧阳钟亲自出马,当面伪造蒋校长之命,致使李之龙派出中山舰。一盘精心烧制的大菜做成了。

中山舰事件发生后,正在上海召开国民党伪"二大"的西山会议派向蒋介石发来贺电。他们以为离间成功,蒋介石已走向反俄反共了。而蒋介石如芒刺在背,心中大骂西山诸公都是不识时务的笨蛋,立发通电痛斥。为进一步表明自己的左派立场,蒋介石下令释放了李之龙,又反过手来惩罚那些肇事者,罢免了欧阳格中山舰舰长和吴铁城广州公安局局长的职务,罢免了王柏龄第二十师师长和陈肇英虎门要塞司令的职务,又将伍朝枢驱逐离粤。

汪精卫反蒋失败,撂了挑子。他先是闭门谢客,不几天又失踪了,夫妇俩隐居在城西荔枝湾的荔香园。这时汪精卫有闲情却无逸致,终日"如牛反刍"般忆旧,"似驴旋磨"般觅句赋诗,抒发"孤云疏影诚何托,人生何处不樊笼"的郁闷心绪。

4月16日,国民党中央决定,在汪精卫生病期间由蒋介石出任军事委员会主席,谭延闿出任政治委员会主席。

此后不几天,因廖案出访苏联的胡汉民回到广州。当胡汉民到达海参崴时,得知广州发生中山舰事变,汪精卫已隐匿不出。这正是他东山再起的好时机,因而更急于回国。这时,他突然接到广州一电,谓"胡汉民应回莫斯科,另有重要宣传。"胡汉民勃然大怒,认为这是苏联要扣留他,便不顾一切地赶船回国。这艘船是苏联的"斯达夫"号,正巧鲍罗廷和谭平山也坐这条船,于是同行回到广州。

胡汉民回到广州的第二天,就和蒋介石做了一次长谈。他说苏联与我们相交,只视我们为工具,苏共让共产党加入国民党,其目的是从内部进行捣乱,最后取代国民党。因此他向蒋介石建议,不要再相信鲍罗廷,要把他扣留起来。胡汉民指望蒋介石与他合作,故作倾心之谈。但蒋介石未置可否,只说了一些寒暄的话。

胡汉民在海参崴收到的电报，就是蒋介石所发。蒋担心胡汉民归来同他争夺领导权。

　　随后，胡汉民出席中央政治委员会会议，报告访苏情况，并递交了一份书面报告。胡汉民毫无顾忌地亮明他的观点，对联俄联共政策、苏联政治制度，甚至共产国际恶毒攻击。他一回国就露出了真面目，因为他心怀宏愿，要大干一番。他广接宾朋，接连不断地在社会活动中发表演说，大有重出江湖之概。亲胡派人物还准备筹办一次盛大的欢迎会，搭彩门，印请柬，写标语，登广告，布置警戒，忙得不亦乐乎。会后还要组织汽车大游行。这是胡汉民重出江湖的誓师礼。

　　对于胡汉民的活动，鲍罗廷看在心里，忧上心头。他担心西山会议派与国民党内的右派内外勾结，那么一场右派政变即迫在眉睫。于是他找蒋介石谈话，提出向右派发起反击。蒋介石完全赞成鲍罗廷的主张，同时又强烈地表示：必须限制共产党的势力，以使国民党真正主导本党，免得大权旁落。鲍罗廷虽有不愿，但面对蒋介石摊牌一般的态度，他退让了，以牺牲共产党为代价，换取蒋介石的支持。

　　鲍罗廷认为蒋介石虽有严重的缺点，但在现时，没有谁能像他一样有力量和决心打击右派。他甚至向共产党领导人彭述之说了这样的话："在当前异常危险的情势下，只有成立一个革命的独裁，像法兰西大革命中的罗伯斯比尔的革命独裁一样，才能打破右派的阴谋，替革命开辟一条出路。"

　　几天后，鲍罗廷与蒋介石、张静江两人举行会谈，人称"三巨头会议"。蒋介石在日本留学时，张静江是他入党的监誓人，从此扶持蒋介石步步紧随孙中山。蒋介石称他为"革命导师"。张静江现为国民政府监察委员，论职位尚在谭延闿等诸人之后，鲍罗廷找蒋介石谈话，蒋就叫了张静江。蒋、张两人，等同一人。

　　三人的会谈达成三项协议：（一）对蒋介石近期作为和形成的以蒋代汪格局予以承认；（二）将新来的援助物资悉数交给蒋介石；（三）继续聘任鲍罗廷为总顾问，并接受他提出的打击右派的意见。

　　胡汉民正乐滋滋准备在欢迎会上作鼓舞人心的演讲，突然国民政府公布主席令，免去胡汉民外交部部长的职务，由陈友仁继任。一声霹雳，胡汉民惊出一身冷汗，他这才知道局势骤变。

　　5月11日上午，广州天字码头一艘客轮启航。来穗方十日，美梦已成空，胡汉民黯然离去，取道香港，转赴上海。轮船从广州向香港行驶。胡汉民的女儿胡木兰偶到洗手间，忽然看见汪夫人走在前面，吓了一跳，急忙转身回来告诉父亲，猜是汪精卫也在船上。胡汉民叹道："他走，是负气呀。书生！"

汪精卫确是在船上。先前他去荔枝湾，本为暂避一时，企望转机。可是鲍罗廷回来几天，竟没有理他，又听到鲍、蒋、张三人会谈之所成，失望已极，于是决定离国出洋。其实，是陈璧君先看见了胡木兰，才头也不回地快步向前走。陈璧君告诉汪精卫。汪精卫愣怔了一会儿，突然笑了，说："他是因我而来的，想东山再起呀！可是该有几天，他就灰溜溜地走了。"话刚出口，他想到自己不也是灰溜溜的，便低头无语了。

渡船停靠到岸，汪精卫示意等一等再走。当汪精卫慢腾腾地走出舱门时，禁不住向前方望去，仍看见了胡汉民父女熟悉的背影，不一会消失在人群里。

郭松龄反奉肝脑涂地　张作霖做戏惟妙惟肖

　　孙传芳是在与国民军结成反奉同盟后，才决心举兵反奉的，但孙传芳起兵之后，冯玉祥却宣称中立，并摆出和平使者的姿态呼吁和平。冯玉祥认为，如果国民军参战，就会发生与奉军的全面战争，难有胜算，因而他想利用这一时机，以和平手段逼迫奉军退回关外。冯玉祥在他的日记中直道心曲："奉方争夺地盘，得寸进尺，得尺进丈。现在我军是拥护政府，维持和平，待两方鏖战至于气尽力竭时，吾再出面而以武力调停也。"

　　奉军虎爪伸向江南，本已引起全国的反对，孙传芳与冯玉祥武、文交攻，更使张作霖陷于被动地位。张作霖公开表示，愿与冯玉祥会商和平，于是双方派出代表，在北京北海公园的静心斋会议。奉方提出双方合作的前提是共同讨伐孙传芳和吴佩孚。国民军的代表提出两个条件：奉军恢复到去年战前之状况；奉军立即停止在廊坊、高碑店等地的军事行动，退出保定、大名地区，交给国民军。国民军要完全收回北京政变后被奉军抢去的地盘，遭奉方拒绝，会谈无果而终。

　　这时候，国民军第二军兵犯直、鲁。岳维峻接掌国民军第二军后，野心自大，不满河南一省地盘，妄图东取山东，南攻湖北，西图山西，北占保定，即所谓"杀四门"。当孙传芳开始攻打徐州后，他见张宗昌节节失败，便急不可耐地倾全军之力向山东和直隶发起了进攻。岳维峻兴兵，本不是冯玉祥之意，但冯玉祥并不阻止，反而借机南北互应，压迫奉军。

　　张作霖不干了，决定放弃徐州，将鲁南奉军悉数北撤，准备在京津与冯军决战。张作霖任命李景林为第一方面军团总司令，负责天津及直隶南区；张宗昌为第二方面军团总司令，负责苏北及曹州一线；张学良为第三方面军团总司令，负责北京及直隶北区；姜登选为第四方面军团总司令，负责济南至沧州一线；张作相为第五方面军团总司令，负责热河至古北口一线。五路兵马达十万之众。

张学良兵占北京的东大门通州，放言"京师属中央，任何军队均可尽拱卫之责"。这话明白显示，奉军随时都可能进攻北京。战争一触即发，段祺瑞急忙调停，甚至不惜以辞职相威胁。张作霖即派代表到包头见冯玉祥，质问冯玉祥是否真心与奉合作，并逼迫冯玉祥当场表态。冯玉祥也当即还以颜色，态度强硬。于是张作霖决心开战。

张学良到天津召开军事会议，传达了张作霖进攻国民军的密令。但郭松龄和李景林力陈枪械、军饷均不足备，反对立即开战。将在外军令有所不授，结果此令不能执行。郭松龄受张学良委托，以副总司令全权指挥该军团。他反对奉军入关抢地盘，多次向张作霖进谏说："我们全部力量进关，日本一旦发难，东北三省非我所有矣，那时必然弄成进退维谷的局面。"

冯玉祥又摆起了迷魂阵，高唱和平，表示愿与奉方真诚合作，并催促段祺瑞下令，讨伐吴佩孚和孙传芳，以表示和奉之诚意。于是在段政府调停下，两方达成"合作九条"的协议。随后，国、奉两军又在天津签订了八项"和平公约"。公约包括奉军让出保定、大名地区和山西地盘由国民军支配，财政收入平均分配等内容。这两个协议，奉军大为让步，国民军不战而取得重大权益。

形势大大缓和，和平已经临近家门，但谁知又忽生意外。原来，驻保定、大名地区的奉军定于11月19日全部撤出，并告知国民军一军可于20日进驻上述地区。但这时国民二军又伙同国民三军急速向保、大地区进发。17日，奉军向国民军一军告知："因运输关系，奉军一时不能尽撤，而国民军二军已急速北上，恐生误会，急望阻止。"但国民军二军和三军为抢先占领地盘，强行进入，结果与奉军发生冲突，枪炮齐鸣。这次冲突咎在冯军内部抢地盘，但奉军是不知道的，因而发生误会。张作霖大怒，下达攻击令，严令李景林收复保定、大名，占领京汉铁路。

奉、冯两军，大战迫在眉睫。但就在这时，郭松龄倒戈，奉军自己打起来了。

郭松龄，19岁就随朱庆澜入川参加辛亥革命，返回家乡奉天被张作霖逮捕，直到民国成立后才获释。1917年，朱庆澜出任广东省省长，郭松龄任省警卫军营长。在此期间，郭松龄曾拜谒孙中山，建言革除军阀。1918年，他重返奉天，行前有肺腑之言："欲谋东北三省之发展，非先推倒恶军阀不可。余拟回奉，投身奉天军阀巢窟,谋取兵权,潜蓄势力,以图根本改造。"

郭松龄回奉,先入督军署任少校参谋,不久调任陆军讲武堂教官。这时张学良入学,两人同住一室,同睡一张床,同吃一桌饭,结下终生情缘。张学良时常说:"郭松龄就是我,我就是郭松龄",乃父常常说他一句笑话:"除了你老婆你不能给他,其他什么东西你都惦念着他。"可见二人关系之深。第一次直奉战争,奉军失败,张作霖决心报仇雪恨,于是成立陆军整理处,训练新军。张作霖自兼总监,姜登选、韩麟春担任副监,而实际的练兵工作都在郭松龄手中。两年以往,奉军在中国强为第一。到第二次直奉战争,郭松龄出任第一、三联军副军长(军长张学良),决战山海关,立下殊功。战后,奉军大举入关,抢占地盘。张作霖接连任命李景林为直隶督军、张宗昌为山东督军、杨宇霆为江苏督军、姜登选为安徽督军。这使郭松龄大为不快,他对左右说:"真是可笑,摇鹅毛扇的军师(杨宇霆)跑到第一线去挡头阵,简直不知这是什么安排!"郭松龄与杨宇霆两人结怨很深。郭是奉军的陆大派,杨是士官派,杨宇霆依仗张作霖的信任排挤陆大派,郭松龄早已愤愤不平。张作霖这次"分封诸侯",有功不赏,无功受禄,郭松龄新仇旧恨叠加,再难忍受。由此他决心反奉,以遂初心,即实现他革除军阀,改造东北的抱负。

十月,日本秋操,邀请奉军和国民军派团参观。奉军由郭松龄领队,国民军由韩复榘领队,在东京共住一处。郭松龄向韩复榘吐露了一个秘密,说张作霖向日本乞援军火,以进攻国民军,并向韩表示,如果奉军进攻国民军,他决不听命,当与国民军合作。正在这时候,奉军确实已部署对国民军用兵,急电郭松龄速反。郭松龄奉命匆匆离日,行前又向韩复榘重申前言,并请韩将此意向冯玉祥转达。

当郭松龄回到天津时,才知道杨宇霆面对孙传芳的进攻不战而退,回到奉天仍然得到张作霖的宠信,复任总参议。这太不公平! 在郭松龄气愤难鸣之中,张学良来到天津,召集郭松龄和李景林开会,传达了张作霖向国民军进攻的密令,商量战事。郭松龄一听便表示反对。他陈述了不可再战的理由,主张撤兵出关,保境安民。张学良赞同这个意见,便打电话劝父亲罢兵修好,却遭到乃父一顿大骂。郭松龄闻言,便托病住进了医院。

张学良到医院看望郭松龄。"东北的事情都叫杨宇霆这帮人搞坏了。"郭松龄一见面就气愤地说开了:"这次江苏失败,东北断送了三个师,奉军声誉扫地,败了回来后还包围老将，再叫我们去卖命，给他们打地盘，这个炮头我是不愿再当了。"随后，郭松龄就向张学良大泄怨气："算我倒霉，谁叫你是他的儿子呢？由于老帅压住你了，你起不来，人家都有地盘了，你什么也没有，可是我在你手底下，我也被压啊。我毕竟是你的副手，干硬活，打硬仗，都是我们的人，可庆功受赏的都不是我们，而是他们！"

张学良劝郭松龄到奉天直接向老帅陈述意见。"他能听我一字一句吗？"郭松龄趁机向张学良进言："老帅脑筋陈旧，又在群小包围之下，无可救药。我建议父辞子继，由你接任大政，负起改造东北的事业，我竭诚拥护。"张学良十分震惊，他劝郭松龄少安毋躁，不可轻举妄动，然后就回奉天了。

郭松龄在医院里又见了韩复榘。原来，在郭松龄奉命离日回国之后，韩复榘也感到事情重大，遂也回国赶往冯玉祥驻节的包头报告。冯玉祥怕有诈，便表示既然是郭的提议，即请他亲笔写一个东西，类似条约，派亲信人送来。于是韩复榘衔命驰赴天津。韩复榘把冯意转达给郭松龄，郭便拟了一个亲笔条款，以冯玉祥为甲方，郭松龄为乙方，李景林为丙方，由甲、乙两方签字即生效。

几天之后，国民二军与奉军在保定打起来，张作霖急电天津，令李景林夺回保定，而令郭松龄将所部集中滦州，回奉听命。这时郭松龄又接到旅长丁超发来的密电，说"老帅申言，拟对军长处分，宜谨慎"。郭松龄猜测张作霖已生疑心，要他回奉是调虎离山，然后把他除掉，于是便在天津国民饭店召集亲信会商。大家都认为事机已泄，不可坐以待毙。于是决定立即起事。

当夜，郭松龄派秘书李愈三和其弟郭大鸣，由国民军驻津代表陪同前往包头与冯玉祥会谈。在会谈中，冯玉祥得知李景林也参加反奉，非常高兴，又看了郭松龄所拟条款，欣然签字。然后，冯玉祥派参谋长熊斌随同李、郭两人即日回津。熊斌到天津后，立即与郭松龄会谈，郭松龄遂在条款上签字。天津与包头往返千里，但仅三天，即达成了合作密约。

合作密约大意四项：（一）张作霖勾结日本，擅订祸国条约，以图进攻国民军，郭松龄誓死反对；（二）奉军进攻国民军时，郭军即倒戈相向，回攻奉军；（三）郭部出关后，专门开发东北，决不与闻关内之事；（四）直隶、热河划归李景林管辖。

郭松龄已先与李景林达成了反奉协议。熊斌到天津时，又在郭松龄陪同下与李景林会见。李景林表示，因其老母妻子均在奉天，怕牵连受害，故不能在密约上签字,但同意采取共同行动。李景林是直隶总督,又新任第一方面军总司令。郭松龄反奉出关,李景林就是其后方,地位举足轻重。奉军精锐尽在郭松龄手中,又有李景林参加反奉,再有国民军的合作,胜败则可不问。为坚李之心,密约在天津之外又把热河划归于他。

11月21日,郭松龄以张学良的名义,下令全军东撤,并于当夜赶赴滦州。第二天,郭松龄连发两电,请张作霖即日下野,将东北大政交给张学良。然后召开团以上军官会议,令大家吃惊的是郭松龄和夫人韩淑秀同时出席会议。郭松龄首先发言,他素常要言不烦:"今天我要宣布一件重大的决定,请老将下野,请少帅主持军政。各位听了也许觉得惊骇,可是这是今天救东北、救奉系的唯一之路。过去若干年,为了一二人的野心,年年用兵关内,一声令下,死伤枕藉,无数的子弟战死沙场,尸骨无存。百战勋功的人得不到应有的赏赐,谗佞小人却受到老将的宠信,赏罚不公,是非不明。我今天为了桑梓,为了东北军团体,不得不实行兵谏,决心率领你们出关,请老将下野,请少帅出山,我们大伙帮助少帅建设东北,休养生息。"

随后,郭松龄拿出花名册,请大家签名。郭松龄又说:"我这样的行动等于造反,将来成功固然无问题,倘若不幸失败,我唯有一死而已。"夫人韩淑秀在一旁应声道:"军长若死,我也不能活着。"言毕以手帕拭泪。大家签名完毕,郭松龄据案点将,把所部七万人编为四个军:第一军军长刘振东,第二军军长刘伟,第三军军长范甫江,第四军军长霁云,参谋长邹作华,先遣军司令魏益三。

原来郭军所部在奉军系统内的编制是京榆驻奉司令部,辖六师三旅,司令张学良,副司令郭松龄,第四、五、六、七、十、十二师师长分别为张学良(兼)、赵恩臻、郭松龄(兼)、高维岳、齐恩铭、裴春生,炮兵第一、二旅旅长分别为邹作华、魏益三,骑兵第六旅旅长武汉卿。郭松龄将所部改编后,将原任师长赵恩臻、高维岳、齐恩铭、裴春生四师长拘捕,押送天津交李景林看管。

会后,郭松龄把魏益三找来,授以锦囊妙计。令他率两团人马立即乘火车偷过山海关,然后突袭奉天,最好在当天午夜冲进城去。当时奉天城内驻军单薄,又浑然无备,如果郭军掩袭而入,进入帅府抓住了张作霖,大事就定了。

魏益三先率一团人顺利地过了山海关,即派出一队装甲车,载了工兵连沿路剪断电话线,其他人则在附近等后面另一团上来。可是,载运后面一团的火车到了山海关,突然遭到猛烈攻击,被阻于山海关内。原来是消息走漏。告密的人是齐恩铭的儿子。他是一位团长，其父被拘捕，心怀仇恨，即跳上一列火车，恰在魏益三之后赶到了山海关，报告了滦州兵变。郭松龄的突袭计划因之破产。

张学良从天津返回奉天，这时郭松龄的反奉通电已先他而到。他见到父亲时，张作霖气得跳脚，指着儿子嚷道："小牛子，你来干，我让给你就是了！"小牛子是张学良的乳名。张学良大惑不解，看了郭松龄的通电，才知端的。他百口莫辩，只好向父亲承担全部责任。张作霖威严地下令："那你去劝郭松龄认罪罢兵吧！"张学良双膝跪地，两眼垂泪，说："如不能制止郭逆，我宁死不归。"

张作霖真的在唱空城计，奉军都调派在外，奉天只有一个教导队守城。张学良无兵可带，辞别父亲，只带了几名亲信就下关外。这时他心情之苦，难以用笔墨形容。他最为亲近和信赖的部下，拿他的名义叛变他的父亲。如果成功，他父亲就毁了；如果失败，他个人又怎能心安大位？而无论成功与失败，弑父之罪，谁可鉴谅？他曾想上黑龙江山上落草，又想到自杀。但想来想去，如此终究不能洗清自己呀，他只能勇敢地面对，不惜一切！

张学良乘军舰抵秦皇岛时，郭军已占领秦皇岛，正在攻打山海关。因此军舰不敢靠岸，就停泊在海上。张学良要亲往昌黎见郭松龄面谈，但众人一致反对，担心被郭松龄扣押，"挟天子以令诸侯"。最后商定由张学良写一封信，请郭松龄到船上来谈。

张学良派日本顾问仪峨去请。仪峨坐小汽艇登上秦皇岛，打电话联系日本人守田。守田是郭松龄的军医官。不久，守田回话，说郭松龄拒绝会见，他说"我要说的话，都已在宣言中讲过，现在再也没有听他劝说改变主意的任何余地了"。张学良闻言，仍不甘心，便写了一封信，请仪峨到昌黎去一趟。仪峨到了昌黎，又约见守田一起去见郭松龄。郭松龄看了张学良的信，眼中含泪，瞑目良久。守田抓住这个机会，劝郭不可起事，郭松龄默默倾听，似有接受之意。

但到第二天，郭松龄对仪峨和守田两人说："此次举兵是经过深思熟虑的，现在不能中止。我郭松龄斗胆发难，并没有个人野心，不过为老将下野，少帅接任，以消弭内战，而使东北休养生息。这不是假的，是真的。"并提出限时五天等候回音，在此期间控制军事行动。谈完话，守田表示，愿与仪峨共同回见张学良。郭松龄即将前在滦州就写好的信交给他。信中说：

"松龄自受知遇，以至今日，一身所有，皆公所赐。故夙夜策励，欲有所建，以报大德。凡所希之功名，皆为公而求，凡所望之事业，皆为公而立。我现在已知不能回奉，故拼将此身，仍以效忠于公为职志，约束部下，分途前进，以清君侧，而驱群小，另造东三省之新局面。成则公之事业，败则龄之末局。区区此心，希蒙鉴谅。"

张学良看了郭信，立即回信，交守田带回。信中说：

"承兄厚意，拥良上台，隆谊足感。惟良对于朋友之义，尚不能背，安肯见利忘义，背叛予父。故兄之所谓统驭三省，经营东北者，我兄自为犹可耳，良虽万死，不敢承命，致成千秋忤逆之名。君子爱人以德，我兄如我，必不以此相逼。兄举兵之心，弟所洞亮，果以即此停止军事，均可提出磋商，不难解决。至兄一切善后，弟当誓死负责。"

郭松龄看了张学良的信，仍不能理解他的难处，而认为他陷于父子感情而不能自拔，因而也还没有理解自己的抱负所在。因此他再写一信，从公私两面陈言，晓以大义。信中说："郭松龄之于公非不感频年知遇之恩，念数载相从之谊，然而为吾东省，为吾国家，则不得不忍痛割舍。"这是郭松龄公开表示"割席"之意，个人友情再重也必须服从国家大义。但最后，郭松龄仍殷切地表示："愿公为新世界之伟人，不愿公为旧时代之枭雄；愿公为平民之所讴歌，不愿公为政客之所崇拜。龄临书心痛，涕泪沾襟，暂时相违，终当相聚。大事若定，乃请我公回奉主持一切。设不幸失败，则自认驽骀，唯有伏剑自刭而已。"

张学良在秦皇岛徘徊数日，终见郭松龄已经铁了心，和平努力已经失败，遂黯然离去。途经大连时，张学良偕同杨宇霆回到奉天。

这时候，郭军已突破山海关防线。郭松龄发出通电，将所部改称"东北国民军"，自任总司令，继之连下绥中、兴城、锦西，直驱锦州。

张学良回奉后，张作霖召开军事会议，恢复杨宇霆总参议职务，任命张学良为前线总指挥，决心与郭松龄决一死战。前此，为感召郭松龄，曾将杨宇霆免职，并遣往大连避风。张学良受命后，立赴锦州，与张作相共商军务，决定以奉军第九师、十二师、十五师为主力，利用连山的丘陵地形布防，阻击郭军。

12月3日起，两军在连山激战四天四夜，奉军大败。郭军继进，势如破竹，一举占领锦州。

锦州可以说是奉天省的东大门，出锦州就是辽河平原，一马平川。消息传来，人心惶惶。久经沙场的张作霖也乱了方寸，他不假思索，当即命令内眷收拾细软，准备逃走。又令副官购买了十几桶汽油，置于楼房前后，准备出逃时付之一炬。然后，他一切都不过问了，整天躺在炕上抽大烟。抽一会儿烟，起来就在屋里来回转，口里不停地大骂小六子混蛋，骂一阵再回到炕上抽大烟。

12月5日夜里，张作霖在大帅府召开政治会议。他满脸苦涩地说："政治这东西，就好像演戏一样。郭鬼子嫌我唱得不好，就让他上台唱几出，我们到台下去听听，左右都是一家人，何苦兵戎相见？"他决心下野，将东北让给郭松龄。这次会议作出了三项决定：一是责成张学良收束军事，速与郭议和；二是前方郭军仍驻原防，静待命令；三是委托王永江等全权处理省城治安及善后事宜。

第二天，张作霖又召见亲信官员，极其悲痛地宣布："事已至此，无可奈何，请诸位各自随意，自由行动吧。"说完，他拿出四十万元分散给各人，以示告别，然后就要出走大连去了。大家极力劝阻，但张作霖仍不为所动。这时候杨宇霆爽朗地一笑，说道："形势看来极其严峻，但转机已现，大帅为什么要走呢？"

"咳！"张作霖说，"你别蒙我了，哪有什么转机！"

"容我慢慢道来。"杨宇霆说，"现在李景林与冯玉祥大打起来，这就是转机呀。郭松龄这次勾结冯玉祥造反，李景林又反叛附敌，东北危矣。但冯老儿太贪，郭松龄向关外进兵，他不在后方支援，反而趁机去抢占直隶地盘，这就惹恼了李景林，便与张宗昌组成直鲁联军，与国民军干起来，于是三角联盟解体，郭松龄就成了孤军了。刘邦取得天下论功行赏，以萧何为首功，而既不是运筹帷幄的张良，也不是决胜千里的韩信。为什么呢？因为萧何在楚汉相争中坐镇关中，理国政，抚百姓，供粮饷，对保障胜利起到了决定的作用。可见后方多么重要啊！我们再看郭松龄。他现在失去了后方，没有枪弹补充，没有军饷供给，我听说郭军士兵还穿着单衣，严寒地冻，这样的军队怎能持久作战？我猜想，郭松龄也深知自己已陷入困境，必行速战速决之策。因此，只要我军顶住郭军'一鼓作气'的进攻，那么他们就必然'再而衰，三而竭'，最后土崩瓦解。大帅呀，面临险境，当拼死一搏，而轻言放弃，自甘失败，这不是我们的大帅你呀！"

张作霖听了这番话，苦笑了一声，说："那我就不走了，打仗的事，你们去办吧。"

"小诸葛"一番话，不仅说服了心如死灰的张作霖，而且稳定了人心，稳定了大局。

郭松龄起兵反奉，李景林处境困难，他只好先采中立，再看形势而定大计。因此他发的通电是"保境安民，拥护中央，与奉系脱离关系"。他将所部改称直隶军，又派人赴张家口向冯玉祥修好,并请冯向河南的国民军疏通,停止军事行动。

李景林这一连串的举动,无非是为了自保。他助郭松龄,也并非志同道合,只是想扩充他的势力,同时借此减轻国民军对直隶的压力。但国民二军、三军根本无视郭与冯达成的密约,仍然向直隶进攻。这使李景林十分恼火。这时候,张作霖派许兰洲送来四十万大洋,并带来了李景林老母的家书,劝儿子善自为计,不要走错了路。而冯玉祥所派张之江三旅人马也在这时候进抵丰台。本来这是准备应援郭军的,可是李景林却误会是为策应国民二军向直隶进攻。两件巧事又巧合于一起,使李景林幡然变计,一面倒向了奉军。

李景林决心与国民军一战,派人与张宗昌联络。两方一拍即合,组成直鲁联军,以李景林为总司令,张宗昌为副司令。在通电宣布直鲁联军成立当天,李景林逮捕了郭松龄的驻津人员,派兵攻占滦州,截断郭军后路,同时三路出兵,向国民军发起了进攻。

李景林误以为冯玉祥背信弃约,恨之入骨,发通电痛骂他为"国贼""世界公敌",不共戴天,誓率十万健儿,一举殄灭之。其实,冯玉祥这时并未背约,但面对李景林反郭反冯,大动刀兵,也只能将错就错,调动国民一军加入战斗。如此,直鲁联军与国民军三军激战半月。直鲁联军大败,李景林避入天津租界,其部队退往山东德州。天津遂落入国民军之手。

这是10月22日。就是这天,郭松龄兵败辽河,离阵逃走。

李景林变心归奉,直鲁联军与国民军又打起来,这大出郭松龄意外。但他仍相信他能够取胜,于是命魏益三回守山海关,自率大军火速前进。列车风驰电掣,可是过了沟帮子,发现路轨已被破坏。幸好车上有一个工兵团,便紧急抢修,修好后再往前不远,铁路又遭破坏。如此走走停停,停停走走。列车驶入高山子车站,锅炉要加水,这才发现水槽空空。原来这是张学良听从英国顾问的建议,把铁路沿线的水槽破坏。这样只好雇民夫挑水,半天才将水加满。再往前走,铁路破坏更为严重,部队只好下车,徒步向前开进。如此经过十天,方才到达新民。

就在这期间,吉、黑两省援军来到,张学良又从容整顿了辽西败军,共有兵力八万人。张作霖恢复了信心,决心与郭松龄决一死战,以辽河为屏障构筑起一道坚固的防线。张作霖自任"讨逆军"总司令,杨宇霆为总参谋长。奉军分三路拒敌:以张学良军为中路,设司令部于兴隆店;以吴俊升军为左翼,设司令部于大民屯;以张作相军为右翼,设司令部于安福屯。

12 月 21 日,郭松龄到达新民,立即部署总攻击:以刘振东第一军攻击奉军右翼,以刘伟第二军攻击奉军正面,以霁云第四军攻击奉军左翼,以范浦江第三军为总预备队,另以参谋长邹作华统率高纪毅炮兵旅支援各部作战。

第二天,郭军三路大军同时发起攻击。刘振东第一军是郭军精锐,郭松龄期以一举突破巨流河,势不可当地向东挺进,而把奉军整个阵势打乱。刘振东也信心满满,他认为张作相是他连山败将,而辽河已经封冻,无险可守。他命令炮兵向对岸阵地猛烈轰击,同时以强大火力压制对岸奉军,然后大手一挥,下令冲锋:"前进者活,后退者死!"部队冲上冰河。这时对岸枪声大作,士兵一片片倒下,后面的人跨尸而过,再向前冲,又是一片片倒下。四五百人,没有一个人敢退,但都倒在冰河上了。刘振东不甘心,又发起一次进攻,仍然惨遭失败。

张作相已不是连山的张作相了。辽河防御战是生死决战,张作相决心死战。一道冰河成了死亡线,刘振东望河兴叹。

北线陷入僵持状态,而南线的战斗却是戏剧性的大起大落。吴俊升亲率骑兵师越过冰河,偷袭了新民之南四十里的白旗堡。这是郭军后方唯一的供应站,此地粮秣、枪弹付之一炬。但同时,霁云第四军突破了奉军的辽河防线,直把吴俊升的司令部大民屯占领,然后包抄奉军中路的后方。张学良正与刘伟第二军在辽河激战,急忙分兵应对。吴俊升回师河东,与张学良夹击霁云,激战两天两夜,终将霁云赶回河西。

张作霖派张景惠为宣抚使到前线慰问,宣布参战的官佐各晋升一级,士兵每人发两个月的薪饷,全发银圆。他的五夫人王雅君刚坐满月子,就与儿媳张学良夫人于凤至到各医院慰问伤员,每人发大洋十元。

张作霖不仅重视鼓舞和激励本军士气,又大力瓦解敌军。奉军飞机终日在郭军阵地上盘旋,投下的不是炸弹,而是传单,揭发郭松龄的背叛行为,劝他们弃暗投明。张作霖又派人遍访郭军将士的家庭,请他们的父母子女写成书信,印成数万家书,散发到郭军阵地上,感化郭军士兵。

郭松龄反奉,所持正义。但郭军官兵并不能理解他的赤心和抱负,更有一些人认为他有个人野心,忘恩负义。军中流传一个顺口溜:"吃张家,穿张家,郭鬼子造反真是个冤家。"郭松龄以让老将下野,拥护少帅上台为号召,但现在张学良来了,就在辽河对面阻击他们,这怎么理解? 他们是郭松龄的部下,也就是张学良的部下,营以上军官都受过张学良的提拔,怎么能把枪口对着他们的老上级？张学良的司令部就设在火车上，竟有电话线通到对岸郭军阵地上。电话不断打过来，都是张学良自己接。张学良还接二连三地写信给郭松龄，亦庄亦谐："郭兄，你还记得，我们曾在巨流河搞过一次演习，那时你是教官，我是学兵。这次不是演习了，是真打，现在倒要看一看，是老师行，还是学生行？"郭松龄看了信，竟也毫不避讳地传给左右看，他手下的将领更钦佩张学良了。所以，辽河对阵数日，奉军的攻心战如汤沃雪，而使郭军人心动摇，士气瓦解。

23日，郭松龄倾其全力发动攻击，志在一举突破奉军防线，夺取决定性胜利。而奉军也正要转变防守态势，发起反攻。因此，这是决战的一天。郭松龄立于阵前，亲自督师，连续发动三次进攻，终不能突破张学良的防线。郭松龄心犹不甘，然而参谋长邹作华将所部炮兵撤出战斗，并报告郭松龄，炮弹、子弹已全部用尽，而且有两位旅长、数名团长公开要求停战，不再执行作战命令。郭松龄这时才不得不承认大势已去。

当晚，郭松龄召开军事会议，众将一言不发。郭松龄说："你们都不愿意打了。现在就是因为我，我走，你们跟奉天接头就是了。"说完，黯然离去。

司令部有马十余匹，夫人韩淑秀劝郭松龄骑马先行。但郭松龄念及夫人及文职人员不会骑马，遂乘一辆马车，率卫队二百人逃去。向南行走四十里，到一村庄苏家窝棚。奉军王永清骑兵团追上来，将卫队包围缴械。情急之下，郭松龄夫妇藏于民家的菜窖里，终被奉军搜索发现，押解到老达房村，等候发落。

郭松龄出走后，邹作华立即下令各军停止攻击，并发急电于奉天报告张作霖，又打电话给张学良，说："茂宸已出走，部队已放下武器，集中新民，听候解决。"

张作霖得知郭松龄被抓获，欣喜不已，立即电话吩咐："妈拉个巴子。我得叫他过来，问问他为什么造反。你们好好地看着，别叫他寻了短见，等天亮我就派人去把他弄回来。"

卫队团团长高金宝奉命押解郭松龄回奉天。刚到老达房，又接到张作霖来电，命令将郭松龄夫妇就地枪决。

高金宝把郭松龄夫妇押解到老达房东边辽河岸，在地上铺了一张高粱秸席子，命令郭松龄夫妇跪下。韩淑秀说："跪？给谁跪呀？不跪！"郭松龄拉了拉夫人说："跪下，跪下，听从大帅的命令。"两人跪下了，但都昂首挺立，面无惧色。郭松龄说："吾倡大义，虽不济事，但死而无悔！"韩淑秀说："夫为国死，吾为夫死，吾夫妇可以无憾矣！"行刑士兵举起了枪，韩淑秀又大声说："先打死我！让军长看见我走了,好放心。"话音刚落,枪响了,两人同时倒在血泊中。

张学良得知郭松龄被俘的消息,急命秘书刘鸣九向奉天发电求情,并要求将郭松龄解到他的司令部。但他没想到郭松龄这么快就被处死,长叹一声"晚了!"泪水夺眶而出。他懊悔地对刘鸣九说:"我老爹怎能这样? 他是一个难得的人才,若由我处理,应让他出国深造,以后再为东北之用。"

给高金宝"就地正法"的命令,并不是张作霖改变了主意,而是杨宇霆"矫诏"。张作霖很生气,责问杨宇霆。杨宇霆说:"大帅你老人家想把他解省来问,固然不错。可是途中万一发生枝节,或被日本军队劫持,或遇叛军把他抢走,都有可能,那时悔之晚矣。再则,郭松龄一死,他的部下就死心塌地了,对于我们收编他的部队也可能快一些。"这么一说,张作霖也就默认了。

杨宇霆巧言令色。其实,他完全是为个人着想,正像他对别人说的:"张汉卿和郭松龄那样好,到时一拖延也许就死不了,那就要我姓杨的命了。"

杨宇霆假张作霖之手杀了郭松龄,又要严厉惩处郭的手下将领,在当时那种气氛里,竟获得张作霖及多数人的赞成,形成"总得杀几个人"的主导意见。张学良坚决反对以血洗血的行为。但这时他是戴罪之身,已没有任何发言权。他也明白他的处境,他不说话可能还好,如由他力保将适得其反。

但张学良又怎能坐视不管呢? 他心如刀绞,便深夜赴新民县城找老叔张作相,请他说服父亲及杨宇霆等人,宽大处理。

张作相接受张学良重托,连夜骑马赶往奉天,直奔大帅府。这时已是上午八点钟了,适值张作霖、杨宇霆、吴俊升、王永江、张景惠等人正在议事。张作相开门见山,提出郭松龄既死,其他人员一律免予追究的主张。但遭到众人强烈反对。张作相力辩两个小时之久,众人就是不应。张作相哭了,哽咽着说:"那就先杀了我吧,我不忍再看到惨剧发生!"众人见状,才泄了气。张作霖说:"这事,让张学良看着办吧。"

张作霖这时已醒悟过来,果断决定让张学良去办。这样就避开了杨宇霆的干涉,那结果还有意外吗?

为庆贺平定叛乱,张作霖举办盛宴,大会文武百官。正是觥筹交错的时候,有人抱着一个密件箱来到宴会上,说是从郭松龄司令部搜得的。张作霖问:"密件箱? 里面有什么东西?"

"就是一些书信什么的。"

"书信呀！"张作霖眨巴着眼。宴会立时鸦雀无声，许多人显出不安之状。因为不少人与郭松龄有书信往来，若将这些信件公开，他们就会受到牵连。全场的目光都集中到张作霖身上。张作霖"嘿嘿"一笑说："我说什么宝贝呢，他这些烂东西，快把它烧了去！"然后，他面向众人说："郭鬼子造反，就是他一个人的事，他死了，事情一了百了。今天大家好吃好喝，高兴一番，往后谁也别提这让我烦心的事。"

满天阴霾，一扫而光。

张作霖在最危急关头曾下"罪己诏"，承诺平定叛乱后引咎告退。现在战争结束了，他应该践行前言了。12 月 29 日，东三省军政善后会议在大帅府召开。张作霖走进会场，即用低沉的语调说："今天这个会虽然还是由我来主持，可我是出来向大家作交代的。"他对秘书长袁金铠说："四哥，你把通电先宣布一下，明天就发出去。"袁金铠高声诵读通电："作霖才德菲薄，招致战祸，愿引咎辞职，将东北行政交王永江代理，军事交吴俊升代理，另请中央选派贤能来主持东北大局，本人甘愿避路让贤。"

袁金铠刚宣读完毕，吴俊升就站起来说："唔，我一天也担当不了。你不干，唔，咱们一块撂下！"接着王永江也急切地说："永江代理一省政务，也不称职。唯有大帅在，我得以随时请示，才不致误国。现在吴督军不肯负责军事，我又不胜任政务，东北大局不堪设想呀。倘有不测，内忧外患，大帅你可是有负国家倚重啊！"吴俊升又接过话来说："谁是英雄？我看我们都是狗熊，只有大帅是英雄！"这几句话把在场的人都逗笑了。随后，大家纷纷发言，同声挽留。

张作霖露出了惬意的微笑，站起来问大家："你们这么一说，我还得干？"

"还得干，还得干！"众人齐声喊。

"行，感谢大家拥戴，我就再干一阵子。不过呢——"张作霖说到这里，脸色骤变，正言厉色道："我要再干，第一件事就是把我那坏小子绳之以法！"他环顾四周，问："常荫槐来了没有？"常荫槐是军政执法处处长，他从后排角落里站起来说："我在这里。"张作霖命令道："常处长，我命令你把张学良抓回来，我要枪毙他。你要是让他跑了，我就要你的脑袋！"

常荫槐刚转身往外走，吴俊升向他摆摆手说："且慢，我有话说。"然后转对张作霖说："唔，过去没有张军长还将就，可现在没有他一天也不行。"

"你胡说八道！"张作霖一声吼，声震屋瓦。但吴俊升不为所动，反而大声说："没有张军长，谁去招抚散兵？而且还有魏益三两万人马在山海关，若与冯玉祥合成一股，比郭鬼子力量还大几倍，打过来，奉天就顶不住了呀！唔，收编郭军，我是不敢去，大帅你也不行，非张军长不可！他一摆手，那些人就回来了，他再往前一挺，天津、北京就落到咱们手里了。那时候，我才敢保你上北京！"

"你住口！"张作霖终于忍不住，打断了他的话说，"张学良还是神人了？他不是神，和郭鬼子一起都是鬼，算狗屁！郭松龄这个鳖羔子，他到奉天来的时候，扛了个行李卷，有两个茶碗还有一个没把的。小六子说他是个人才，我就给他两千块大洋安了家。在座各位谁不比他资格老，汤二哥和我穿一条裤子，出生入死，可他竟与汤二哥拉上平辈。不是我抬举他，他能如此人模狗样的？谈起这些事，我真的愧对弟兄们哪！他这样一个杂种，可小六子就信他的，上了他的贼船，反对自己的老子，这叫什么来着？叫，叫弑君之罪，天理不容，我就能容他？今天我就要宰了他，你们谁也挡不住！"

"我说，张学良绝不是那样的人！"张作相挺身而出，激动地说，"他的人品，人所共知。郭鬼子作乱，不过借用他的名义，以行其奸，这与张学良何干？大帅你怎能上当，再杀害自己的儿子呢？"

"他不要我了，我还要他！"张作霖声嘶力竭，哽咽着掉下泪来。这时王永江站起来大声说："近来大帅操劳过度，应该为国家保重身体，我建议马上休会。"吴俊升、张作相心领神会，立即向前一左一右架起张作霖向外走。张作霖一面反抗，一面回头嚷着："我还要他！我还要他！"

张作霖被架走退席，由王永江主持继续开会。会议作出两项决定：（一）由各团体代表以东三省人民的名义慰留张作霖继续主政；（二）责成张学良整顿跟从郭松龄造反的部队。

"会场焚书"和"辕门斩子"是精心安排的两场戏。点子是王永江出的，得益于武则天"宫廷大堂烧御状"和刘备"赵云面前摔孩子"的启发。张作霖的演出惟妙惟肖，感人至深，从而摆脱了因郭松龄反叛造成的政治困境，树立了自己的威望，巩固了自己的地位。

张学良坐阵新民，经过三个月，重将第三方面军整顿成军，恢复了元气。此后这支部队一直跟随着他，直到1936年西安事变后他被囚禁。张学良接受郭松龄的教训，再不把军权放手让人了。但他仍深深地怀念郭松龄。西安事变时，张学良还惋惜地说："要是郭茂宸在就好了，我就不会这样作难了。"

第七十一回

宿仇新友，吴佩孚北京得势
忍辱求和，国民军南口惨败

　　吴佩孚东山再起，他的面前有两个敌人，一个是宿敌张作霖，一个是新仇冯玉祥。他公开的宣言是讨奉，但军队的旗号不是"讨奉军"，而是"讨贼军"。这个"贼"字可奉可冯，因为他在讨奉与讨冯之间徘徊不定。

　　这时候，张宗昌派樊潜和、童好古两人到汉口，来见吴佩孚的智囊张其锽。徐州之战后，山东同时面临冯、孙、吴三方军事压力。张宗昌认为吴佩孚对冯玉祥恨之入骨，拉拢他与奉系重归于好是有可能的。果然，张其锽十分赞成。但吴佩孚刚宣布讨奉，自然转不过脸来联奉。然而事情偏巧，吴佩孚无意中获得国民军正秘密约同湘、黔两省攻击武汉的情报。这个情报不一定是真的，也许正是奉方的离间之计。但吴佩孚坚信不疑，忿然作色道："冯玉祥简直不是人，叫我还怎么能与他做朋友？"张宗昌则天天打电话给吴佩孚，口口声声称"大帅"，又拉山东老乡的关系，说"山东人不打山东人"。随后，他又派熊炳琦到汉口面见吴佩孚，表示欢迎吴大帅到山东来。吴佩孚自从战败南下，部下的冷落甚至背叛让他心里流血，现在张宗昌却愿把山东奉献，内心感动不已，于是停止了对山东的进攻。

　　不久，传来郭松龄反奉的消息。吴佩孚抚须微笑，信口成吟："而今始知循环理，斜倚栏杆乱点头。"参谋长蒋方震向他提议："此乃消灭奉张的最佳时机，天与不取，反受其咎啊！"吴佩孚听了，那副幸灾乐祸的得意脸色立时变得铁青，说道："我决不乘人之危！"

郭松龄兵败的第四天，冯玉祥突然宣布下野。新年元旦，他发出下野通电："应即日下野，以卸仔肩。如是造谣惑众者可以息止，而挑拨是非者失所凭依。至于国家大计，执政（段祺瑞）硕德耆年，万流仰敬，子玉（吴佩孚）学深养粹，饱受挫折，当能不念前嫌，共谋国是。"他委任张之江代理国民军总司令，离开张家口往赴绥远。

获悉冯玉祥引退，段祺瑞发电慰留。冯玉祥仍不改初衷。段祺瑞遂免其本兼各职，派他前往欧洲各国考察实业。

国民军打败李景林占领天津，终于取得直隶地盘。也正是这一天，传来郭松龄的噩耗。冯玉祥十分震惊，他这才发现他小局得胜却痛失了大局。国民军四面树敌，成了孤军，北有张作霖，南有吴佩孚，东有张宗昌，西有阎锡山，重重包围。而他本人也蒙"倒戈将军"的恶名，成为北洋各派众矢之的。因此，他决定下野，一面隐埋形迹避免伤害，一面离间分化敌人。在奉、吴之间，冯玉祥认为与奉绝无和解的可能，于是选择联吴抗奉。因而在他的下野通电中，就已向吴佩孚伸出了暖手，表达了捐弃前嫌、共谋国事的意愿。

冯玉祥下野。吴佩孚发出通电，攻击冯玉祥"巧于遁饰，更肆毒谋"，公开宣布与奉系合作。然后，他召开军事会议，商讨联奉反冯。吴佩孚说："诸位，本人斟酌再三，又夜观天象，焚香占卜，认为在斗争策略上有必要作重大调整。张作霖不打了，我们要跟他联合起来打冯玉祥。如此调整，系军国大计，所以请大家来共同商议。"

会场鸦雀无声。吴佩孚急道："怎么不说话，都哑巴啦？"

在吴佩孚催促下，张志谭、齐燮元、葛豪相继发言，表示拥护吴佩孚的决定。张其锽见火候已到，摇头晃脑地说："不才以为，大帅改弦更张，决策英明，也恰逢其时。此乃吾辈之幸，社稷之幸也。"

"住口！"蒋方晨打断了张其锽的话，涨红了脸说，"常言道，一言兴邦，一言丧邦。你作为大帅的股肱怎能信口雌黄！试问，军国大计朝令夕改，形同儿戏，今后怎么取信于民？"他历数奉张见利忘义，反复无常的事实，提出主张："我们应当与孙传芳、冯玉祥合作。事成之后，孙、冯都是大帅的部下，只有奉大帅为尊，而若与奉方合作，即使胜利了，张作霖也不会臣服大帅，到时候定生肘腋之患。"

"还有谁说？"吴佩孚生硬地说。

"我有片言。"联军总参议章太炎说，"百里兄的见解，本人十分赞同。大帅能出山，联军能成立，诸君之于大帅麾下，皆因联冯倒奉之初衷，如今改弦更张，将导致众将寒心。冯玉祥一念之差，做了错事，他已知改悔，不失磊落胸怀。这就够了，何必耿耿于怀？试问诸君谁没犯过错误，又有哪位鸣锣响鼓地承认过？"

接着，白坚武大喊起来："和奉之路不能走啊！要那样直系前途危矣！"几名将领同声附和，力劝吴佩孚收回成命。

吴佩孚突然拍案而起："够了！你们不要危言耸听，本人断不能与冯玉祥合作，就这么定了！谁能跟我就听我的，不听我的请便！"他问寇英杰、陈嘉谟等人，都说听他的。吴佩孚便说："好了，从明天起清点人马，积极备战，会攻河南。"然后大手一挥说："散会！"

"慢，我有话说。"是蒋方震。

吴佩孚冷冷地说："你说。"

蒋方晨说："我是联军总参谋长，是为讨贼而来，贼就是张作霖。既然你化敌为友，我的使命到此结束，我辞职。"

吴佩孚盛气凌人："可以。还有谁？"

"还有我！"章太炎高声说。

章太炎接蒋方震应声而起，吴佩孚小心了，放缓语气说："先生，不是我不听你的，冯玉祥倒戈，这口恶气我实在咽不下去呀。"

章太炎见吴佩孚态度缓和下来，便想好好地劝一劝他，说："常言道，有容乃大。泰山不鄙寸土，故能成其高；江河不拒细流，故能成其深。你与焕章本系同根，他更是你的部下，为什么不能见容于他，偏为外人所乘呢？"

吴佩孚说："孔夫子说，人而无信，不知其可也。像冯玉祥这种朝三暮四、全无心肝的人，有何诚意可言？奸佞之人不可信，小人之言不可听，我不能二次上当！"

章太炎说："以我之见，不管他是真心还是假心，你都仍可宽大为怀。史上齐桓公之用管仲，唐太宗之用魏征，不乏先例。孔夫子说，为政以德，譬如北辰，居其所而众星拱之。吾望子玉鉴之，做众星拱卫之北辰，而不为一晃而逝的流星啊。"

吴佩孚有些不耐烦了，断然地说："世无纵叛奖乱之道，亦无与贼言和之理，忠义不可废,气节不可诬,本人宁断腕以全身,不养痈以贻患。"

章太炎彻底失望了,愤然说:"请恕我直言。树有根,水有源,冯将军之所以倒戈,难道你没有责任吗？ 你不给粮,不给饷,把他几万人赶到荒山野岭不毛之地,这不是逼上梁山吗？ 当年你若善待他,他能有今天吗？"

"你走,轮不到你来教训我!"吴佩孚大怒。

章太炎轻蔑地笑了一声,站起来,抖一抖身,头也不回地走了。蒋方晨也向吴佩孚说一声"告辞",转身离去。

这次会议后不几天,张作霖派张景惠来武汉,与吴佩孚进行最终谈判。两方达成四项协议:(一)双方共同以冯玉祥为敌,合力消灭国民军;(二)事成之后,关外地盘由张作霖主持,吴佩孚不过问;(三)以直隶归吴佩孚,以热河、察哈尔、绥远三特别区归张宗昌、李景林;(四)将来北京政局推吴负责主持,张作霖不过问。最后,双方又订立了共同进攻国民军的密约。在与吴佩孚达成协议之后,张作霖又派苏锡麟到山东,撮合张宗昌、李景林与靳云鹏停战。至此奉、吴、直鲁三方联盟告成。

冯玉祥一心与吴佩孚修好。他在发下野通电后四天,又发通电吹捧吴佩孚,称他"袍泽同欣,归本大法,尤佩卓识",并派段其澍携带亲笔信赴汉口向吴佩孚致意,愿精诚合作,始终不渝。新任代理国民军总司令张之江也致电吴佩孚,表示"愿追随我帅之后,入京主政"。但吴佩孚却根本不理。

这时候,曹锟一朝的总理张绍曾跳了出来。他主张释放曹锟,吴冯携手,实现旧直系新联合,然后依法成立政府。这样的主张就是完全否定冯玉祥"北京革命"的成果,翻了老底,但冯玉祥也竟不顾一切地"极表赞同"。张绍曾乐滋滋地赴汉口找他的亲家吴佩孚。吴佩孚冷冷地只回了一句话:"你还想当总理不是？"张绍曾就灰溜溜地回来了。

二月中旬,直鲁联军十路出兵,向直隶发起进攻,吴佩孚分兵三路进攻河南,奉军以张学良为统帅进攻山海关。吴、奉、直鲁三方开始共同军事行动。

国民军被迫应战,但同时又向奉、吴两方求和。河南是吴佩孚的老巢,也是他北上讨奉的必经之地,所以吴佩孚志在必得,对和谈拒之千里。张之江派国民军参议王鸿烈赴奉,与马炳南会谈,要求以热河、榆关为缓冲区,亦为张作霖所阻。

这时候,直鲁联军沿津浦线北上,抵近天津。同时,奉军为策应直鲁联军大举入关，直达滦县。鹿钟麟率国民军一军英勇作战，击败直鲁联军于津南，阻止奉军于津东，稳定了战局。

张之江又欲趁此转败为胜的时机与奉议和。他向张作霖致电，低声下气地说："刻冯公业已下野，本军全体将士情愿唯我公之马首是瞻。"并表示愿无条件让出热河。张作霖提出国民军交还直隶，作为双方议和的条件，张之江也竟表示同意。可鹿钟麟坚决反对，他致电绥远冯玉祥说："让热河可，让直隶不可。我为直两次大牺牲，让直何以对十万敢死之士？"但张之江不顾鹿钟麟等人的反对，仍一意孤行，派出代表与奉方谈判，商定了"和平意见"十条。

而正当协议将要达成的时候，吴佩孚攻占了河南，并给张作霖致电，相约会师京畿，共灭冯逆。对于奉、国两方的和谈，吴佩孚说："我三军会盟，冯军丧胆，老弟不以天下为念，怎能贪吞钓饵，以区区直隶一省为足？"于是，张作霖幡然变卦，又撕毁了协议。

三月初，吴、奉、直鲁联军分头并进。国民军为保存实力，决定收缩阵线，下令前线总退却。因此，吴军沿京汉线北进，攻占保定；直鲁联军沿津浦线北上，攻占沧州、天津；奉军沿京奉线西进，攻占滦县、唐山。仅半月之间，三面包围了北京。

国民军向直、奉两面乞和，是继冯玉祥下野之后的又一错误。冯玉祥的下野并没有缓解仇恨，反而助长了敌人的气焰，更使国民军失去统帅，三军不能协同作战，又在声声乞和的气氛下，军无战心，士气低落。而面对严重后果，冯玉祥仍不醒悟，非但不毅然出山亲领大局，反而决定出国，以消除幕后操纵之嫌。

张之江也认为，冯玉祥完全抽身，才能获得吴佩孚的谅解。因此在冯玉祥出国之后，他对联吴重拾信心，接连四天向吴佩孚致电，表示国民军愿意撤回西北，请派代表入京议和。电文肉麻地说："江（张之江）夙荷垂青，久欲追随左右，愿竭诚拥戴我帅，率领全军听受指挥"，其摇尾乞怜之态，情何以堪？

但吴佩孚仍然冷若冰霜，坚持要国民军无条件投降。左右幕僚极力相劝，不可逼之太甚。吴佩孚才略有松动，叫来张其锽说："我要发一封电报给张之江，你记下来。"遂口述："张将军，来电均悉。冯虽声言远去，但不敢取信。鄙人对兄忠实敦厚，多所赞许，兹酌定请兄先将所部就近交阎百帅暂行接收，专候大驾光临，共谋国事，庶几可以两全。"

将国民军交阎锡山接收，与直接投降有何两样？而且还要张之江亲投吴帐，当面接受投降的条件。张之江一筹莫展，便提出执行冯玉祥出国前留下的密令：全军在必要时撤至内蒙古丰镇以西。张之江的主张遭到鹿钟麟等人的坚决反对。鹿钟麟召开国民军将领紧急会议，一军鹿钟麟、李鸣钟、韩复榘，二军宫富魁，三军胡德甫，五军方振武等主要将领都出席了会议。会议决定以十二万兵力固守京畿，一致听从鹿钟麟的指挥。

这实际上是公开对抗张之江。张之江致电总理贾德耀，提出辞职，并推荐鹿钟麟继任察哈尔都统，从而将其调离北京。面对张之江的压迫，鹿钟麟派门致中赴张家口，向张之江说明理由，恳请谅解。这软的一手，实际绵里藏针。张之江也就顺坡下台阶，选择了妥协，即授鹿钟麟全权，坚守北京。

奉、冯结仇，段祺瑞政府岌岌可危。王士珍、赵尔巽、张绍曾、孙宝琦、汪大燮、胡维德、熊希龄等老宿名流，发起"和平运动"，提出办法六条：国民军撤退返回西北；奉军退回关外；直鲁联军退回山东；吴军不再前进；鲁豫两省维持现状；中央政局再议善后。

处于困境中的国民军立即响应，通电拥护。鹿钟麟又领衔前线将领通电表示"饬令前方，先行罢战"。北京父老又分别致电张作霖、吴佩孚、李景林、孙传芳、阎锡山，呼吁停战，以安大局。

这场"和平运动"可谓声势浩大，但落实下来却又举步维艰。张作霖毫不松动，坚持要国民军放弃直隶、京畿、热河为先决条件。国民军无法接受，便又转向吴佩孚谋和。考虑吴佩孚难动，国民军便派王乃模、何绥两人到直军前线会见郑州靳云鹗和保定田维勤。靳、田两人一向主张联冯抗奉，提出了"驱段放曹"的意见，并愿劝说吴佩孚改变成见。王、何两人返京后即向鹿钟麟建言："谋所以挽回大局之计，金以非倒段释曹不足以迎合吴氏而得其欢心。"在此情况下，鹿钟麟权衡再三，决定发动政变，推翻段政府。

段政府是靠奉、冯两方支持成立的。段政府官员也分为两派：以吴光新为首的曾毓隽、李思浩、梁鸿志、姚震等人亲奉，被称为"国舅派"，另一派以冯玉祥的把兄弟贾德耀为首，拥戴段公子段宏业，被称为"太子派"。段祺瑞默认两派并存，以便同时把奉、冯两方都拉住，从中制衡。郭松龄倒戈后，冯玉祥公开助郭反奉，同时也向段政府的亲奉派开刀。京畿警卫总司令鹿钟麟突然将段祺瑞的智囊曾毓隽逮捕，秘书长梁鸿志闻讯后黉夜逃走。

段祺瑞以为冯玉祥要逼他下台了，即派黄郛和许世英前往张家口，面邀冯玉祥入京解决时局。冯玉祥不来，但表示"拥护钧座，始终不渝"，段祺瑞稍稍放心。而法制院院长姚震又被逮捕，其余"国舅派"人物如惊弓之鸟，逃入东交民巷使馆区避难。面对国民军的肆意妄为，陆军总长吴光新等六位阁员递交辞呈，政府陷于瘫痪。段祺瑞心烦意乱，他再不甘心做冯玉祥的儿皇帝了，决定修改执政体制，增设国务院，以此为自己预留退步。因为一旦他打算下台，必须有一个摄政的内阁作为过渡。于是，段祺瑞公布了改变政体的命令，同时任命许世英为国务总理，筹组内阁。

就在许世英匆忙组阁的时候，郭松龄反奉失败，冯玉祥通电下野，张作霖宣布东三省独立。段祺瑞考虑形势可能反转，政局更加凶险，便决定立即引退，一了百了。1月6日晚上，段祺瑞就在自己的官邸召集会议，商量下野事。遂在许世英拟好的下野电稿上签字。

次日，许世英召集内阁会议。正在议事之间，忽报段祺瑞收回成命。这时段的下野电稿已交到电务处拍发，许世英赶忙叫人追回，宣布散会。原来，昨晚段祺瑞家的会议一散，其亲信王揖唐、汤漪、龚心湛等人就把他团团围住，劝说段祺瑞重与张作霖和吴佩孚修好，大局定有转机。段祺瑞因而改变了主意。

但他的下野通电虽然追回，而各报都将消息披露，已是全国尽知。许世英到执政府，劝说段祺瑞仍发下野通电。突然汤漪跳出来，指着他大骂一顿。许世英愤而站起，说一声"我辞职！"拂袖而去。当晚，他就住进了德国医院，撂挑子了。

鹿钟麟把许世英从医院接回来，又有段祺瑞的恳请，许世英才勉强从医院出来，参加了内阁会议。会议决定，将段祺瑞的下野通电修改成了征求全国的意见，以备决定去留的文稿。

段祺瑞恋栈不去，许世英代为摄政的希望落空。挨到年关，许内阁多方筹措资金给政府官员发饷过节，却一无着落，因而坚请辞职。段祺瑞遂予批准，特命贾德耀署理国务总理兼陆军总长。贾德耀奉命组阁，由颜惠庆、屈映光、贺德森、杜锡珪、杨文恺、卢信、马君武、龚心湛分别为外交、内务、财政、海军、农商、司法、教育、交通各部总长。

可以说，这是一个冯系内阁，多数成员都是冯系人马，另外还照顾到有吴佩孚心仪的杜锡珪和孙传芳的把兄弟杨文恺。那么，国民军应理所当然地维护这届内阁了。然而鹿钟麟为了向吴佩孚乞和，竟然弃之如敝屣。

当得知鹿钟麟与吴佩孚达成"驱段释曹"的协议后，段祺瑞感到大难临头，决心背水一战。此前，当段祺瑞打消下野念头之后，就与奉系修好，欲依靠奉系并借助日本人居间调停，维持大位。他派吴光新到天津与张学良、张宗昌等人拉上了关系，并将他的旧部、后改为国民军第九师的唐之道师拉拢过来。于是，段祺瑞密令唐之道突袭北京，与驻京的奉军里应外合，驱逐国民军。

曾毓隽又密电天津，请奉军速攻北京，称"京中准备就绪，里应外合，可一鼓而下"。不幸，电报被国民军截获。鹿钟麟便急如星火地从前线赶回北京，决定先发制人，立即派兵包围执政府，捉拿段祺瑞。

4月9日夜晚，吉兆胡同段宅。曾毓隽派人送来一张纸条，上面急匆匆地写了一句话："今夜鹿钟麟恐有举动，要发生事变！"随后段祺瑞的侄子段宏纲也从国民军一个师长那里得到消息。接着邓汉祥又来报告，说国民军一位营长已接到命令，十二时在天安门集合。

大家感到事情不妙，齐劝段祺瑞离家躲避。段祺瑞大发雷霆："鹿钟麟敢这样胡闹吗？我不走，来就同他打！"这时段宏业又来了，也劝其父。段祺瑞仍是不听。无奈，段宏纲即通知警察总监和卫队旅做应变准备，卫队旅旅长宋玉珍立即在吉兆胡同四周分派兵力，在每个胡同口都架起了机枪。

段宏纲打电话给总理贾德耀，才发现电话线已被切断。这说明国民军真的就要采取行动了。这时曾毓隽来了，要接段祺瑞转移到东交民巷。曾毓隽尚在狱中，他怎么来了？众人甚感惊奇。原来，曾毓隽获得事变的消息，心急如焚，就买通狱吏才逃了出来。他先派人给段祺瑞送信，然后急赴东交民巷的桂尔第大楼李思浩家，联系了执政府顾问和日本人大谷，一齐乘日本使馆的汽车来到吉兆胡同。

段祺瑞这时才改变主意，同意离开了。但这时已经戒严，盘查甚紧，无奈决定先转移到附近的老同学崔某家中暂避。曾毓隽还通过报社，连夜发出"号外"，披露北京事变。为了段祺瑞的安全，"号外"诳言："段执政已进入东交民巷使馆区避难。"

夜里11点半钟，国民军向段宅发起进攻，但发现吉兆胡同周围已严密布防，不敢造次。在双方相持中，卫队旅参谋长楚溪春回到段宅报告情况，段宏纲便派他去警备司令部找鹿钟麟，请求撤军。不久，鹿钟麟来电话说："今天的事，是因为我听说卫队有不稳的消息，故派队伍前去保护执政的。"段宏纲说："鹿司令，你对政府有什么主张，我想老先生都可以接受的，但要先撤兵再协商，好吗？"鹿

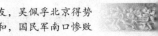

钟麟当即就答应了。于是国民军撤退，随后卫队旅也撤了。

因段祺瑞有备，鹿钟麟不敢在京城大动干戈，但他还心有不甘地亲到东交民巷的桂乐第大楼查问。李思浩出见，对他说："执政已经休息，有事明天再来好吗？"鹿钟麟这才信以为真。

国民军撤退后，段祺瑞从容转移到东交民巷。随后，他令国务院发出通电，宣布国务院暂行停止办公，段执政安全无虞，在此扰乱期间，所有假借名义之文件概属无效。

国民军驱段之后，即将曹锟从北海团山迎接到中南海延庆楼。昨日的阶下囚，忽然摇身一变而为大总统。鹿钟麟等人联名通电，宣布"谨于四月九日保护总统恢复自由，所有祸国分子，已分别监视，听候公决"。然后，鹿钟麟向吴佩孚致电献功，又吹捧他为"命世之才"，表示"此后动定进止，惟吴玉帅马首是瞻"。

曹锟发电，劝吴佩孚："鹿君如此深明大义，尤应曲全，即电奉方停止军事。"随后，曹锟又亲书"文武吉甫"四字相赠，以酬庸吴佩孚救驾之功。他在"跋"中殷殷以告："拨乱以武，致治以文。天下至大，责任至重，服天下者不惟其力而惟其心，治天下者不惟其名而惟其实。文王至圣，小心翼翼，桓公九合，失在一矜，吾弟勉乎哉！"

所谓"桓公九合，失在一矜"，这个"矜"字就是曹所勉责于吴的。吴常自况关羽，关羽也是失在一矜，而败走麦城。曹锟虽然获释，却仍在国民军手中，便不得不为国民军说话，但他的"矜"言确是切中吴病的针砭。

吴佩孚看完曹锟的电报，大笔一挥，批了"假电"二字。又拿过鹿钟麟的电报，批了"全体缴械"四字。然后，他亲笔拟电答复鹿钟麟，竟出恶言："恨不能食汝之肉，寝汝之皮。"如此过分，连吴佩孚的部下也看不下去了，斗胆谏言："叫国民军全体自动缴械是根本不可能的。困兽犹斗，逼上梁山，这简直是和自己过不去呀。"可是吴佩孚岸然地说："我用不着考虑了。他们既然来电说绝对服从我，我叫他们缴械，他们就得遵令。"

冯玉祥出国了，冯军无条件听任驱策。如果这时吴佩孚收容冯军为我所用，打败奉军当所不难，北洋天下岂不就是他的了？可是他先前不乘奉之危，现今也不愿捡便宜利用冯军。他不听人劝还自有理：第一，赤祸不可不防，政纲不可不振，（他称冯玉祥为"北赤"，广州政府为"南赤"）这不是区区恩怨问题，而是是非问题。第二，已经与奉张联合讨冯，自不能今天联甲倒乙，明天联乙倒甲，这种反复,姓吴的是决不干的。吴佩孚的倔强自矜,在人格上不肯欺世取巧,可却不能随机应变,他在军事上精通战术,却于政治不善权术,因而又失去了一次问鼎北京的机会。

国民军屈辱求和,以致发动第二次北京政变,驱段放曹。如此卖身投靠,连灵魂也都出卖了个干净。即如张之江也为羞不齿,说鹿钟麟此举是"坐炕招夫"。张之江用骂女人不贞的话骂鹿钟麟。鹿钟麟孤注一掷,以图绝境逢生,但结果段祺瑞逃脱,释放曹锟后仍不得吴佩孚谅解,只落到山穷水尽的地步。万般无奈,只好退出北京了。

4月15日,鹿钟麟率领国民军离京,退至南口设防。

也就是这天晚上,段祺瑞就从东交民巷返回吉兆胡同,宣布复职。段祺瑞还企望借助反冯各派维持他的地位。他一连致电张作霖、吴佩孚、张宗昌、阎锡山、孙传芳,哀恳各方支持。但张作霖以"不问政治"为由一口拒绝。吴佩孚也根本不理,而且要拿办安福党人,监视段祺瑞。给张宗昌、阎锡山、孙传芳三人的电报亦如石沉大海。段祺瑞这才死了心,宣布下野,于4月20日携带家眷,偕同亲信乘专车离京赴津。

临行前,段祺瑞一次发布三道命令:国务院总理贾德耀呈请辞职照准;特任胡维德署理国务总理;自即日起著国务院摄行执政权。

国民军退出北京后,奉军、吴军和直鲁联军都向北京疾进。奉军进入北京东北部,吴军进入北京西南部,直鲁联军进入北京东南部。北京由王士珍、赵尔巽、熊希龄、汪大燮等数十位名流组成京师治安会,派出专使阻止各军入城。但段祺瑞已派唐之道军入城,直鲁联军便以此为由进入北京,奉军、吴军随之跟进,一天之间,将整个北京分割占领完毕。

现在,三方军队短兵相接,都想占有北京的控制权,冲突随时都可能发生。北京立时成为一个火药桶。就实力而言,奉军远胜吴军,直鲁联军也堪比吴军,而且与奉军关系亲近。因此张作霖要独占北京便心想事成。但张作霖所虑的是,冯军实力并未大损,负隅南口,威胁北京,在大局未定之时,奉、吴两军必须合作对敌。因此,他决定先让吴一步,即电请双方速派代表到京,会商大局。

张作霖派张学良偕同直鲁联军的张宗昌和李景林于4月22日入京,即到中南海谒见曹锟。曹锟表示无意再掌政务,深愿直(吴)、奉两系捐弃前嫌,开诚合作。张学良说:"既然如此,伯父就应离开这里,以明心迹,也免国人生疑。"张学良开口不称他总统，而称伯父。曹锟闻言，已明知其意，不敢反对，免得难看，就这样被"迎接"到北京昌平县的福禄居。这里是奉军占领的地盘，他其实是被软禁了。

23日，吴佩孚的代表王怀庆、齐燮元入京，到北京昌平拜见曹锟。王怀庆带来了吴佩孚亲拟的请曹锟宣告下野的通电稿。吴佩孚仍不放心，当天又发一电给曹锟，请曹锟将通电即日发布。吴佩孚知道，张作霖决不能容忍曹锟重新上台，因此他断然使出手段，把他的老上级抛弃，从而消除了双方的根本分歧。

就这样，曹锟完了。

25日晚，吴、奉双方代表会议，达成四项协议：（一）对护法或护宪，听吴主张。（二）对国会问题，拟一变通办法。（三）对治安问题，请王怀庆即就卫戍总司令职。（四）对张之江向吴输诚，须将赤党驱逐为前提。协议显见奉方的宽容和礼让，将"护宪、护法"大计交吴主导，并承认吴对王怀庆的任命，把北京的控制权也让了。北京转危为安。

段祺瑞下台，他任命的摄政内阁当然不被承认，这时的民国成为无政府国家。吴佩孚祭出"护宪、护法"大旗，提出了一揽子计划。大意是：曹锟复任总统，遂宣布辞职，恢复颜惠庆内阁，并依法代行总统职权。对于如此出奇的安排，吴佩孚解释说：曹锟与宪法是两回事，曹下野，贿选问题就告结束，宪法是自天坛草案经十数年历史编就，虽有不良议员参加，尽可修改。所以，他坚持曹锟下野，宪法则不可不护。

曹锟的下野通电一改再改，拖了十天才公开发表。吴佩孚遂促颜惠庆复职，组建内阁。颜内阁的多数阁员为新任，有施肇基、郑谦、顾维钧、张景惠、张国淦、张志潭、王宠惠分任外交、内务、财政、陆军、司法、交通、教育总长。另两位蝉联，为杨文恺、杜锡珪分任农商、海军总长。5月13日下午，颜惠庆在北京怀仁堂宣布复职，并依法摄政。

颜内阁出炉，社会各界冷眼旁观。奉方有言在先，不便公开反对，就暗地里抽梯子，奉派阁员都不到职。在此情况下，其他阁员亦裹足不前，总理成了光杆，内阁徒具虚名。吴佩孚便致电张作霖，促请奉派阁员张景惠、郑谦就职。张作霖复电说："我兄坚主护宪，弟自不反对，唯因有十三年之事，关系人格，难以赞同。查十三年黄郛内阁，弟所支持，此时颜又复职，弟如何交代？"张作霖以"十三年之事"发难，表达了反对护宪的态度。因为宪法是曹锟在任所颁的，而十三年的直奉战争，奉张就是高举反对贿选的大旗讨伐曹锟的，今日若护宪，就是自取其辱。这就是张作霖所说"关系人格"的坦白话。

中央政局陷入僵局。张作霖向吴佩孚发出邀请："如湘事略定，即请北上，见面一谈，诸事无不可以解决也。"

张作霖不再发难，而主动邀请吴佩孚。吴佩孚当然满意，他认为他不入京和张作霖面商，就没有解决之门，因此不得不作北上的安排，便向北京发电，叫王怀庆为他准备，点名以四照堂为行辕。

吴佩孚挥兵北上已有三个多月，但他本人仍然滞留武汉未动一动，原来就是"湘事"绊住了他的脚。湖南第四师师长唐生智投向广州革命阵营，反了省长赵恒惕，攻占了长沙。吴佩孚组织"讨贼联军"，以湘军为前锋，以吴军为后盾援湘。这是国民革命军北伐的序幕。

尽管奉天和北京屡促吴佩孚北上，但他一意等待平定湖南始才放心。正在焦急无奈之中，突然传来靳云鹗图谋不轨的消息。原来是阎锡山派他的参议官侯某来向吴佩孚报告的。本月中旬，冯军突然向晋北发动进攻，阎锡山紧急求援，吴佩孚派靳云鹗前往增援，但靳云鹗迟迟不动。不久，晋军电台截获了一份密电，竟是靳云鹗与冯军相约联合攻晋，冯军进攻晋北，靳军由娘子关入晋，与冯军南北夹击。

吴佩孚闻言大惊，急向前线将领询问。齐燮元和田维勤两人就向吴佩孚告了密，说靳云鹗、孙传芳、李景林已串通一气，并与国民军共同制定了一个秘密计划，大意五条：（一）冯军抽调一部进攻晋北；（二）靳军以援晋为名与国民军南北夹击晋军；（三）田维勤部出通州，与国民军东西夹击进攻南口的奉军；（四）孙传芳派兵由津浦路进攻山东；（五）李景林部由南口退回天津，截断奉军的退路。

"真想不到，想不到啊！"吴佩孚仰天叹息。

两年前冯玉祥发动北京政变时，阎锡山出兵石家庄，截断京汉线，阻止直军从河南增援，帮了冯玉祥一把，因而双方保持着较好的关系。至今，国民军退出北京，大局已处下风，张作霖和吴佩孚又拉拢和胁迫并举，狡猾的阎锡山便公开与国民军决裂，于是形成了奉、直（吴）、晋三方同盟。国民军面对三敌，初期战略是对奉、直取守势，对晋取攻势，其目标是占领山西，则与国民军后方陕、甘两省连成一片，而且可以利用山西丰厚的资源支援前线。国民军为控制京绥铁路，首先向晋北发动了进攻。京绥线是国民军的生命线，它连结国民军的大后方，也是其撤退的必由之路。晋北之战打响之后，阎锡山向奉、直紧急求援。而国民军为分化"奉直晋"同盟，加紧向直方求和，于是先与靳云鹗交好，一拍即合，然后共同拉拢孙传芳和李景林，遂达成共同反奉的五点计划。

靳云鹗是吴佩孚麾下第一员大将。今年初，他受命进攻张宗昌，打下了半个山东，可这时吴佩孚突然改弦联奉，使他即将到手的地盘飞了。河南可以说是靳云鹗打下来的，可是吴不派他督豫，却任命了久战无功的寇英杰，又使靳怨上加怨。吴虽知靳持反奉立场和对他的不满，但蜀中无大将，便仍用靳打先锋，却没想到靳竟斗胆叛变。吴深悉晋北之战关系大局，因而必须北上除靳，但他又担心他一离去，湖南战局发生逆转，因而仍然徘徊不定。就在这时，张作霖又来电："请兄速行北上除奸，免蹈郭松龄之覆辙。"吴意乃决。

吴佩孚挑选精兵两千，挂上四十节车皮，风驰电掣向北进发。在北上之前，吴佩孚已派齐燮元和魏益三两军开往保定，将靳云鹗的部队包围。到了石家庄，吴佩孚又派刘玉春率部开进保定。刘玉春直奔靳云鹗的司令部，将吴佩孚的手令交给他。靳云鹗一看："鉴于靳云鹗逗留保定，屯兵不进，虚糜军饷，贻误战机，著即免去本兼各职，专任陕西督理，限期赴任。"

靳云鹗知道事情坏了，表示说："请转告大帅，云鹗服从裁处。"并把印信交出，连佩刀、勋章也一并摘下，以示诚意。

刘玉春当即发报："一切顺利。"吴佩孚遂下令，立赴保定。

列车徐徐停在保定车站。吴佩孚走下火车，满面春风地与前来欢迎的将领握手言欢。他在人群中左看右看，分开众人挤过去，一把抓住靳云鹗的手，亲切地说："荐青，你来了。"

靳云鹗强作欢颜："欢迎大帅。"

吴佩孚左手搭在靳云鹗的肩上，坦诚地说："人生在世，当以信义为先。我既然答应与张作霖合作，便不能自食其言，而你既然不同意我的主张，我岂可相强？你就到陕西去吧，我以前答应给你一省地盘，如今总算兑现了。"

靳云鹗说："是我对不起大帅，你的决定我心悦诚服。不过，我多年戎马倥偬，心力交瘁，请大帅容我到鸡公山休息吧。"

鸡公山上有靳云鹗的别墅。吴佩孚略一沉吟，说："也好，既然你去意已决，那就悉听尊便吧。"说罢，挽着靳云鹗的手上了汽车。

吴佩孚免去靳云鹗，化解了风险，但他在保定则裹足不前。张作霖入关，也只驻节天津。原来两方要在天津开预备会议。这是双方幕僚想出来的好办法。因为吴既固执又武断，张也不是柔顺之辈，两巨头见面，万一一句话不投机，一定当场决裂，真的决裂了，就很难补救。因此，并不想急于让两人到北京见面。

6月7日，张作霖的代表张景惠、郑谦与吴佩孚的代表张其锽、张志潭会聚天津，确定会议解决军事、政治、法律三个方面的问题。但会议开了三天，只在军事方面达成了合作，而于政治方面的颜阁问题和法律方面的国会问题，奉方坚决反对。于是张作霖把留守奉天的杨宇霆叫来，继续开会，终于达成三项协议：（一）不谈宪法；（二）军事合作；（三）颜阁过渡，自动辞职。

会后，张其锽折返保定，向吴佩孚委婉地分析情势。他说，如我方坚持维护颜内阁，必与奉方决裂，而颜阁不过仅为我方保持颜面，只要面子过得去，即应找台阶下。吴佩孚听了，遂不再坚持颜阁问题。

现在时局的重心转到颜阁身上。此前，颜惠庆虽然宣布复职，但多数阁员不就，实际还不成内阁。因此，要保全吴佩孚的面子，就要先使颜阁开成一次内阁会议。吴的亲信便亟亟奔走，劝说颜阁阁员就职，张其锽又代表吴佩孚入京宴请，终于勉强地凑成了多数。于是，双方代表又在北京开第二次预备会议，才就颜阁下台的手续问题以及张、吴两巨头入京的日期达成一致。

6月20日，颜惠庆摄政内阁召开第一次会议，也是最后一次会议。颜惠庆辞职，推杜锡珪代理国务总理。这一来，吴、张会面的障碍总算排除，杜锡珪即电促两人入京。

6月26日，张作霖抵京，下榻顺承王府。吴佩孚27日离开保定当晚宿长辛店，28日晨始入京，下榻王怀庆寓所。张即驱车往访。吴在大门口欢迎，两人携手入花厅，打了一阵哈哈，张乃告辞。吴在张走后，即出门拜客，先访赵尔巽和王士珍，然后赴顺承王府答拜张作霖。吴、张两人握手言欢，并结金兰之好。吴佩孚比张作霖长两岁，张结交了这位新把兄，兴高采烈，嚷着要照相留念。于是，两人并排中央，张学良和张宗昌侧立其后，"卡擦"一声，张作霖哈哈大笑，拉着吴佩孚走向客厅。

中午，杜内阁盛宴款待。

晚上，吴、张在怀仁堂举行正式会谈。会谈并无形式，亦无程序，仅在怀仁堂的客厅里密谈了半个钟头，就告结束。会谈之后又无公报发表。这个全国瞩目的两巨头会晤，事前筹备了一个多月，劝驾、促驾、协调、协商，极尽口舌之劳，奔走之苦，等到见面，不过三十分钟的谈话而已。

其实，所有政治问题都在预备会议中解决了，而后就是军事讨冯的问题了。两人都表示紧密合作，共同对敌。吴佩孚愿独力进攻南口，张作霖笑哈哈地说："奉军悉听二哥指挥，我的部队就是你的部队。"吴佩孚复仇心切，而张作霖乐得让吴佩孚卖力，让吴军与国民军厮杀，以坐收渔人之利。

吴佩孚这次入京，并不在北京城过夜，当天晚上即出京回长辛店。张作霖偕奉方军要，以及北京政要名流到车站送行。两人笑嘻嘻握手告别。张作霖说："祝二哥马到成功。"吴佩孚连连回应："仗老弟洪福。"

此时，奉、吴、直鲁联军一齐向国民军发起进攻已历两月，毫无进展。国民军撤出北京后，占据南自京北南口，北至内蒙古多伦，东起北京古北口关隘，西至晋北丰镇纵横六百里的地域。国民军总兵力尚有 20 万，总部设在张家口，对敌防御重点在南口。南口是华北通往西北的必经关口，国民军早有预备，先后经过三次建设，构筑了以南口为中心的坚固工事，而最近国民军又在居庸关层层山峦上构筑了第二个阵地带。

联军总兵力达 50 万，兵分五路进攻：奉军汤玉麟攻多伦，奉军万福麟攻怀柔，直鲁联军徐源泉攻南口，吴军田维勤攻怀来。国民军背水为阵，依托坚固工事顽强反击。而联军各路为保存实力，不愿拼死作战。汤玉麟一度攻下多伦，又被国民军赶走。万福麟攻下怀柔后，居庸关却连攻不下。李景林攻南口更是损失惨重，他才醒悟张作霖由于郭松龄反奉的事对他仍不谅解，才叫他去啃南口这个硬骨头，因而他一气之下撤军回天津而去。

吴佩孚在长辛店设下司令部，他意气风发，心中自诩："看我犁庭扫穴，以靖天下！"

这时阎锡山频频告急。原来，国民军攻占晋北后继又大举南进，大有吞并山西之势。吴佩孚认为国民军以主力攻晋是舍本逐末，犯了战略性错误，他乐得如此，让晋军牵制国民军于西线，他则倾力消灭东线之敌。吴佩孚把攻打南口的任务交给田维勤，而以奉军和直鲁联军助攻。吴佩孚为使田维勤卖力，悄悄告诉田，攻下南口，即以察哈尔都统相酬。

7 月 5 日，吴佩孚下达总攻击令，并亲临北京的门头沟和易县视察，放言说，十天之内拿下南口。但吴佩孚犯了政治上的大忌，察哈尔和绥远在张作霖看来是他的禁脔，怎能容吴佩孚轻许与人？因此张作霖表面支持，而暗授张学良和张宗昌消极避战,黄鹤楼上看翻船。而田维勤也不争气,他所部三十九旅突然发动兵变,立使直军全线动摇。随后,他的四十旅又有两个团倒戈,国民军趁机反攻,田军大溃。

田维勤出卖了靳云鹗而受到吴佩孚的信任,但其部队毕竟与国民军有旧,大多数将士仍持联冯反奉的态度,而不齿田之出卖行为。因此在面对生死之战的时候发生了叛乱。

张学良和张宗昌来见吴佩孚。张学良说:"这次兵败,老父很是着急,让我来问大帅,直军还能不能打仗,要是不行……"张学良话未说完,张宗昌就抢过来说:"不行,就让我们打。我看你那些杂牌军,是烂泥扶不上墙,要换我们来打,用不了十天,一星期攻下南口!"吴佩孚羞愧满面,苦涩地笑了一声,说:"我同意,由奉军担任主攻,并请少帅为前敌总指挥。"吴佩孚却对张宗昌点也不点,心里骂道:"你那个德性,我还看不起你呢。"

吴佩孚被抢白了一顿,又不得不将战场的主角让与奉军。这是很丢脸的事。

但奉军和直鲁联军连续向南口发动进攻,均被国民军击退。甚至张学良、张宗昌曾几次亲临阵地,带头冲锋,也未奏效。冯玉祥从莫斯科来电,说广州北伐军正进攻两湖,要求国民军坚守南口,牵制吴佩孚,等待大转机。因而国民军的斗志更加旺盛了。

7月11日,北伐军攻占长沙。湖北陈嘉谟的告急电一日数至。孙传芳清醒地认识到南重于北,也致电吴佩孚回师南下。曹锟又命彭寿莘劝吴佩孚放弃南口,早日回武汉部署湘鄂防务。但吴佩孚坚决拒绝,咬紧牙关宣称:南口一日不下,则本总司令一日不南返!他仍不忍功亏一篑。他因狂妄而障目,看不清大势,自信他既能平北也定能靖南,把北南两"赤"全部消灭。之所以如此,吴佩孚还有私心:如果此时南下,就是把眼看到手的胜利成果拱手让人,中国北方将悉为奉系所有,对他争夺中央政权大为不利。

但毕竟,北伐军出师入湘,使吴佩孚多了一块心病。他与张作霖合计,必须尽快平定北方,免得两面受敌。于是痛下决心,发出总攻击令,限定十日攻破南口。

八月初度,奉、吴、直鲁联军三方向南口发起总攻。奉军再不作保存实力,坐收渔利之想,精锐尽出,不仅集中优势炮兵,而且把所有坦克派到战场,每个攻击点用一个旅的兵力,采取宝塔式战法向前推进,先以排炮猛轰敌人阵地,而后以坦克开道,配合步兵冲锋。国民军的工事都被大炮摧毁,失去掩护,伤亡惨重。这时,奉军吴俊升、汤玉麟猛攻多伦,国民军宋哲元急从晋北救援,为时已晚。吴、汤两军攻克多伦后,迅即南下,抵近居庸关,与攻打南口之军形成南北夹击之势。鹿钟麟知南口不守,下令撤退。

国民军顽强坚守南口达四个月之久,至八月底,全部撤出战场,退入陕西、绥远、甘肃界内。

吴佩孚终究在攻克南口之后南返。他于8月23日离开保定,两天后到达武汉。此时北伐军已完全攻占湖南,开始向湖北挺进了。

冯玉祥在国民军南口大撤退时启程从莫斯科回国,于9月16日来到绥远省五原县。冯玉祥将国民军重组为国民军联军,举行誓师仪式。冯玉祥接过于右任代表国民党中央授予的国民党党旗,宣布国民联军全体将士参加国民党,就任联军总司令。然后庄严宣誓:"国民军之目的,以国民党之主义,唤起民众,铲除卖国军阀,打倒帝国主义,以求中国之自由独立,并联合世界上平等待我之民族共同奋斗,死生与共,不达目的不止。此誓。"

这就是著名的"五原誓师",宣告国民军从此由旧军阀转向革命阵营,走向新生。

第七十二回

李宗仁苦口广州城　吴佩孚断魂贺胜桥

赵恒惕主政湖南，不介入南北战争，埋首建设，三年以来蔚然可观。湖南成为民国的模范省。但到 1925 年岁尾，湖南竟出了大乱子。

事情因第四师师长唐生智与第三师师长叶开鑫争夺洪江地盘而起。洪江是湘省西南一大商埠，占据鸦片和油类、木材出口的咽喉，税收为数甚巨。赵恒惕派叶开鑫部驻防洪江，遂使唐生智大为不满。因为唐生智驻防湘南，洪江应是他的防区。赵恒惕为了公平起见，乃令叶开鑫向唐生智按月补助若干经费，因此唐隐忍未发。后来，唐生智扩大自己的势力，把湘南地方团队扩充为旅，便以此为由请叶开鑫增加补助定额，遭到叶开鑫的拒绝，一气之下便向赵恒惕提出要与叶开鑫换防洪江。赵恒惕也不赞成唐之所为。他认为他于叶、唐两人并无轩轾，以自己的德望可以服人。却不料唐生智桀骜不驯，事成僵局。

唐生智的父亲唐承绪是省实业部部长，赵恒惕便请他劝说儿子。但唐承绪管不了儿子，乃引咎辞职。这使赵恒惕感到事态严重，一面慰留唐承绪，一面派唐生智的同学、旅长唐希忭到衡阳疏通，并敦促唐生智到长沙出席军事会议，以期届时与唐、叶两师长面商了此纠纷。唐希忭竟说动了唐生智，返回长沙复命。却不料有人暗中搅局，对唐说他赴省必有性命之忧。唐生智一听便信，决计兴兵发难。

赵恒惕闻讯，致信唐生智，劝其悬崖勒马，并说："彼此多年袍泽，患难与共，且令尊尚在我处任职，于情于理，你不应背我。"赵恒惕以为唐父任职省城，他必投鼠忌器，尚不至叛变。哪知唐生智的回信十分决绝，他学刘邦向项羽耍无赖的话说："我父即为你父，你若杀你父，请分我一杯羹。"

1926 年 2 月末,唐生智率领部队迫向长沙。这时候,赵恒惕认为唐生智造反,洪江纠纷只不过是个引子,而根本在于此人年轻气盛,予智自雄,已有野心了。赵恒惕自信,举全省之力对付他并不难,尽管如此,兵戈一起,必致地方糜烂。权衡再三,他决心退位远引,便以健康欠佳,赴沪医治为名,委任唐生智代理省长。然后轻车简从,溯江北去。

　　唐生智遂进入长沙,就任湖南代理省长。

　　吴佩孚在武汉得到湘变的消息,跺着脚说:“这都是省宪闹坏了的!”吴佩孚当年穷无所归时,赵恒惕迎他入湘,现在赵也弃湘漂泊,正是报恩之时。于是,他派人守候江干,邀赵恒惕登岸一叙。他有足够的力量可以助赵回湘。然而赵恒惕不是这么想,他为了避免同室操戈而引退,如果再借兵回湘,岂不是有违初衷?同时赵与吴虽是好友,但政见不同,自不能向吴乞援,破坏了他推崇的省宪制度。因此,赵恒惕悄悄过汉,换乘江轮赴沪而去。

　　吴佩孚的军师张其锽劝他放弃过问湘事,湘事让湘人自了。吴佩孚即派总参谋长蒋方震和机要处处长唐恩溥同赴长沙会见唐生智。唐生智是蒋方震的得意门生,见了老师唯命为谨,便表示拥护吴佩孚,别无二心,并拟了一份拥吴电交给唐恩溥。二人回汉复命,力主以唐生智督湘,屏藩湖北,以御两广。吴佩孚甚以为然。

　　然而过了两天,吴佩孚遽下讨唐令。唐恩溥大惊,急见吴佩孚询问。原来,有好事者极力向吴佩孚进言。如葛豪就说:“唐生智为赵恒惕所一手培植,今竟反叛他,大帅因而授之以湘政,与鼓励犯上作乱何异,天下后世,将谓大帅何?”吴佩孚生平最恨忘恩背主的人,冯玉祥倒戈使他刻骨铭心,听葛豪之言,心意已动,便表示与蒋方震和唐恩溥详商,再行办理。然葛豪等人将一份讨唐动员令送交总司令部,竟假托为唐恩溥所拟,吴佩孚就此批准。唐恩溥知其原委,极力劝说吴佩孚,言辞激烈,甚至不恭。吴佩孚也失了耐心,生硬回绝。唐恩溥愤而辞职,东赴上海,以示绝意。临行,他仰天长叹:“竖子不足与谋!”这是范曾在鸿门宴上骂项羽的话。

　　唐生智召集军事会议,第三师师长叶开鑫称病不出席,派参谋长和一名旅长与会。这确是唐生智设下的鸿门宴。叶开鑫的参谋长张雄舆和旅长刘重威被捕,同时落难的还有第二师师长刘铏、旅长唐希忭和秘书长萧汝霖。叶开鑫闻讯连夜带领部队北上了岳州。唐生智又派部紧追。叶开鑫复退入鄂境,急向吴佩孚求救。

吴佩孚乃出兵岳州，一场战争迫在眉睫。

唐生智获悉，即派欧阳任赴汉口疏通，请以岳州为缓冲地带。吴佩孚接见欧阳任，提笔写了一个"北"字，大声说，我原本向北进兵。接着又写了一个"南"字，并且画了箭头指向南，扬声说："现在我要移师南向了。你回去告诉孟潇，马上退出长沙，一切还好商量。"欧阳任唯唯而退，还报唐生智。

唐生智初生之犊不畏虎，他对前来的吴佩孚的代表说："湖南不是作战的好战场，湖南伢子也不是好惹的。吴大帅是名震全国的人物，我只是一个区区微不足道的师长，吴军有兵十万、八万，我只有步枪二万支，吴军有海军大炮，我什么也没有。吴若三路进兵，我的兵力只够集中一路。吴若攻进长沙，我就从另外的路杀到武汉和他换防。吴佩孚打倒我唐生智，胜之不足为大帅之荣，我如打倒了吴佩孚，就是一举成名。吴大帅要给我这个机会，我是求之不得的。"他一边说，一边又掏出了手枪，嘻嘻一笑说："我也不住租界，和吴大帅一样，倘不幸失败了，就用这个解决自己。"

四月中旬，吴佩孚聚集湘、鄂、豫、皖、赣等数省军队组成"讨贼联军"，以湘军叶开鑫为先锋，兵分三路入湘。十日之间攻占岳州，逼近长沙。这时候，广州国民政府派白崇禧和陈铭枢来到长沙。

此前唐生智兴兵发难时，曾电请李宗仁出兵支援。李宗仁接到唐的电报，即断定唐驱赵必成，但在赵被逐之后，吴军必定南下讨唐，而唐必败无疑，那么唐只有向两广乞援，从而转向革命。如此，两广则可借此机会出师湖北北伐。主意打定，李宗仁一面派钟祖培旅向湘境移动，一面电告广州，申述此时援唐乃北伐千载难逢之机。汪精卫和谭延闿随即复电，对李宗仁大加赞扬，并请其速至广州相商大计。湘局的演变果如李宗仁所料，因此国民政府派人来长沙争取唐生智。

此时白崇禧为桂省驻粤代表，并出任国民革命军参谋次长，陈铭枢则是李济深的第四军第十师师长。白崇禧还与唐生智是保定军校同学，三人相见十分投缘，唐生智即表示愿意投靠广东，只是对谭延闿和程潜两人有所顾虑。

六年前，湖南发动"驱张（张敬尧）运动"。谭延闿三度督湘，然后赵恒惕与程潜又合谋赶走了谭延闿，随后赵恒惕又把程潜赶走，执掌了湘省。谭延闿、程潜先后离湘后都投奔了广州孙中山，现分为国民革命军第二、第六军军长。唐生智为赵恒惕部将，当时都参与了驱谭、驱程行动，怎不顾忌？

唐生智对白、陈两人提出：他如加入革命政府，谭、赵两人是否会对他报复，并要求广东北伐时，程、谭人马出江西，不要经过湖南。白崇禧解释说："只要孟公（唐生智字孟潇）肯附革命，谭、程必能捐弃前嫌，湖南之军政由孟公负全责，广东方面亦全力支持孟公对付吴佩孚。再说，谭、程人马现在赣湘边境监视孙传芳，纵然北伐开始，其任务也是对付孙传芳，而决不会入湘。"

　　"若程、谭对我有不利之举呢？"唐仍不放心。

　　白崇禧脱口而出："若果真那样，第七军必定支持你！"唐生智听了，以掌击桌道："有健公之言，吾不虑也。"

　　唐生智即发表通电，归附广东国民政府。随后，唐生智听从白崇禧"避其锐气，击其惰归"的建议，放弃无险可守的长沙，退往湘南。

　　吴军兵不血刃占领长沙，复乘胜南进，攻占衡山、湘乡、湘潭一线，然后继续南压。当唐生智正要撤离衡阳时，李宗仁所派钟祖培旅星夜兼程赶来，遂将吴军攻势遏阻。唐生智遂催动人马反攻，接连收复宝庆、湘乡。然而这时湘军第一师贺耀组与第二师刘铡残部通电反唐，另组"护湘军"。叶开鑫闻之大喜，遂与贺军联合，兵分三路发起进攻。衡阳岌岌可危，唐生智一面组织防守，一面向广东告急。正是这个时候，李宗仁急如星火地来到了广州。

　　广州长堤的天字码头上，人头攒动，军政要人张静江、谭延闿等亲往欢迎。李宗仁下榻广西会馆，李济深代表广州政府设宴款待。宴后，李宗仁便向李济深谈起北伐的事。李济深直是摇头，一声声叹息，说："而今北伐，机不可失。不过，广州内部四分五裂，北伐之举恐难实现呀。"见李宗仁一脸惊愕之色，李济深接着讲了中山舰事变，汪精卫托病出走，胡汉民从苏联回国复去等情，沮丧地说："广州情势甚为恶劣，军政官员人心惶惶，不可终日，何能奢言北伐？"李宗仁压根就没想到，广州是革命政府呀，竟是如此，一下子凉了半截。

　　蒋介石因事没能迎接李宗仁，第二天上午专程拜访。下午，李宗仁回访。蒋介石引导李宗仁参观黄埔军校，每到一处都津津乐道地讲解，然后留李宗仁单独进餐。李宗仁见说话方便，即单刀直入地讲起了北伐："常言道，机不可失，失不再来。吾观天下大势，北伐正是其时。何所为据？经民国十三年的直奉战争，直系惨败，吴佩孚虽东山再起，亦是强弩之末，奉系又遭郭松龄反叛的打击，亦元气大伤，直、奉两大军阀都大大削弱，而新起的两派，冯玉祥倾向南方，孙传芳则主张联冯反奉。因此，北洋势力径行十年，至今是最为衰落和混乱的时期。延至当下，直吴和奉张不识时务，而又倾力北上进攻国民军，此时我军若大举兴师北伐，与冯玉祥南北呼应，则有望一举消灭直、奉两大军阀。而若错此良机，坐待冯军失败，吴、张挥师南下，则形势反转，不可设想了。此为一也。"

李宗仁说完这一段，看蒋介石没有任何表示，遂又说："自孙中山广东开府也有十年，创巨痛深，历尽磨难，唯近两年来，总算天兴汉室，两广复振，且得统一，为北伐奠定了根基。然广东亦是纸醉金迷之区，驻兵一久，不数年便堕落腐化，天然淘汰。莫荣新、陈炯明、杨希闵、刘震寰、许崇智各军之瓦解，莫不如此。我等若不乘民心士气极盛之时北伐，待师老兵疲而动，怕已晚矣。此其二也。"

蒋介石依然不语，李宗仁又说：

"而今湘战正烈，我第七军已势成骑虎。唐生智虽然附义，但态度尚不坚定。至于吴佩孚，则久已蓄意掌握三湘，作为犯粤基地，而今以援赵为名驱军南下，击破唐军于湘北。唐氏见事态严重，才请我第七军入湘援助。现在我们如不借援唐之名实行北伐，唐氏若败，或不败而屈附吴氏，后果岂堪设想？此其三也。"

李宗仁讲了三条理由，又强调说："当湘乱初起时，我之所以未向中央征求同意就毅然出师援湘，就因为时机稍纵即逝，不容蹉跎之故。语云，畏首畏尾，身其余几？所幸战事在湘南涟水两岸进入相持状态，时机未失，所以我火急来穗，但请中央早定北伐大计。"

李宗仁只说得口干舌燥，蒋介石才长叹一声说："德邻，你初到广州，不知道这里的情形实在太复杂，现在如何能谈到北伐呢？"蒋介石说这话时，似有无限的感慨。李宗仁不甘心他苦口婆心就收到这样的结果，便与他辩论起来。蒋介石吞吞吐吐，既表示同意李宗仁的见解，却又强调事实上的困难，最后执拗李宗仁不过，推辞说："你和他们说说看吧。"

对于李宗仁的见解，蒋介石不仅洞悉，而且更有深忧。他所虑者，不仅是军队腐化的问题，更在于国民党如不尽快向外发展，广州政权将为共产党所篡夺。因此，他先前就曾吁请国民政府早定北伐大计，而月前又向中央提出了与冯玉祥合作牵制奉军、联合川贵牵制唐继尧、策动唐生智参加革命阵营、争取孙传芳中立、首攻吴佩孚占领武汉等一套方针大略。正在这时，发生了中山舰事变。政情遽然大变，蒋介石望尘却步。

告别蒋介石，李宗仁去见张静江。张静江在汪精卫出走后代理中央主席。

他对李宗仁规复广西,又阻止唐继尧入粤的功绩大加赞誉。但当李宗仁提出北伐问题时,他呆了良久方道:"中枢政情极为复杂,北伐之举还需从长计议。"李宗仁又力陈北伐之时机不可错过,张静江仍不表态,要李宗仁再与蒋介石相商。

李宗仁不得要领,便去拜访谭延闿和程潜。谭延闿微微一笑,道:"德公,你要唐孟潇加入革命?他靠不住吧!"态度极为冷淡。程潜对唐生智衔恨更深,激烈地说:"唐生智那小子,先前他打我们,今他遭吴打,且让吴把他打败了,我们去收编他的部队好了,到那时再北伐不迟。"

一次次失望的李宗仁决定去见鲍罗廷。他知道,这位顾问才是这里的当家人,他要向他作最后的谏诤。鲍罗廷见了李宗仁,滔滔不绝地讲了一番革命大道理,又解释苏联的对华政策。李宗仁恭敬地倾听完,就又大谈起北伐,急迫之情溢于言表。然而鲍罗廷毫不动容,断然地说:"兹事体大,应从长计议。"一句话了结。

李宗仁彻底绝望,回到广西会馆,就向李济深告别,拍屁股走人。李济深说:"精诚所至,金石为开,广州还不是一块石头,你不可功亏一篑呀!"李宗仁深为感动,一颗冰冷的心重新燃烧。一天晚上,两人促膝作竟夕之谈。李宗仁灵机一动,想到了一个主意,但他又怕李济深拒绝,于是半正经半开玩笑地说:"老兄,你的第四军可否自告奋勇,抽掉两个师先行北上,待稳定湘南之后,我们便可有充裕的时间,催促中央决定北伐大计了。"李济深一听,脱口而出:"行呀,行!"李宗仁喜不自胜,便与李济深商议在明天的中央政治会议上提出这个办法。为达目的,二人又计议如何演好这场戏。

在第二天的会议上,李宗仁抢先发言。他昨天夜里精心打了腹稿,因此条分缕析,侃侃而谈,最后以无可辩驳、不可夺势的姿态提请中央速定大计,克日北伐。

"哈哈!"李济深大笑着站起来说,"真想不到,德邻的发言堪比隆中对呀!我李济深叹服之至。今日北伐确是千载一时的机会,天与不取,后悔无日也。当下,中央断不能坐视我第七军和唐生智军孤立无援而犹豫不决,因此我提议将驻守琼州、高州第四军的张发奎、陈铭枢两师北调赴湘,现驻广州的叶挺独立团且可立即出发。第七军已在浴血作战,第四军也已准备牺牲,希望其他各军袍泽一致响应,中枢更应速定北伐大计,早日问鼎中原,以慰先总理在天之灵,以慰海内外爱国人士喁喁之望。"

李济深自动请缨之举,使会场情势大变。经过热烈讨论,会议正式通过北伐建议,同时通过任命唐生智为国民革命军第八军军长,并决定组织北伐军司令部。

会议后第二天,李济深下令:叶挺独立团立即赴湘作战,张发奎第十二师和陈铭枢第十师于5月19日集中广州待命。

叶挺,广东惠阳人,毕业于保定军校,曾任孙中山大元帅府警卫营营长,经聂荣臻、王若飞介绍加入中国共产党。1925年,叶挺从莫斯科东方大学深造回国,受中共广东区委周恩来、陈延年委托,利用与陈铭枢和张发奎熟识的关系,以张发奎所属三十四团为基础组建起一个以共产党员为骨干的独立团。又经过严格训练,成为虎贲之师。

叶挺奉命后,率领独立团乘火车抵达韶关。随即长途跋涉,翻山越岭,风雨兼程,跨越郴州,急赴永兴。这时接到唐生智急电,说北军占领攸县,正向安仁猛进,望贵团速来救援。独立团立即冒雨前进,赶到安仁,激战竟日,将敌三个团打垮。

原来,北军意图从攸县南进,猛插唐军侧后,与正面南北夹击。唐生智感到情势危急,已准备退往广西,这时得知叶挺独立团已出兵入湘,才急电求援。

这个漂亮仗,遏止了北军的进攻态势,稳定了湘南战局。随后,李宗仁率第七军,陈可钰(第四军副军长)率第四军之第十师、十二师相继进入湘南,转入反攻。叶开鑫获悉广西、广东两路入湘,一面连电告急,请求吴佩孚火速南下,一面急忙收缩兵力,以涟水为屏障构筑防线,以余荫森旅防守株江铁路,以豫军第二师防守湘潭,自己亲率本师和豫军第二师防守湘乡至潭市一线,另以赣军陈修爵部由莲花进军茶陵。

蒋介石要李宗仁担任前敌总指挥,李宗仁再三推辞,而举荐唐生智。他完全为革命大局考虑,不争权位。北伐第一战在湖南,以唐生智当主角可谓用人得人,而且唐必感到国民政府的信任而忠心相报。唐生智部署三路进兵:中路以唐生智指挥第三师、教导师和鄂军第一师于涟水正面,前期佯攻,待左路军进攻奏效后共同发起攻击。右路以陈可钰指挥陈铭枢师、张发奎师、叶挺独立团,在湘江东岸牵制敌军,相机进占醴陵、株州。左路以第八军第二师师长何键指挥本师和第四师及第七军第八旅担任主攻,首先进占娄底,突破涟水。另由第七军第一旅、第七旅为总预备队,由胡宗铎指挥,策应各方。

7月5日,左路军首先攻占娄底,突破涟水后向右猛插,经激烈交战,占领潭市。在左路军得手后,中路军分两路发起进攻:一路教导师,渡过涟水攻占湘乡;一路第三师,渡过涟水攻占湘潭。与此同时,右路军从攸县北上,连下醴陵、株洲。叶开鑫苦心经营的涟水防线土崩瓦解,北伐各军乘势争先恐后地向长沙挺进。7月11日,唐生智率部首先进入长沙。

在北伐军攻占长沙之前,全国各地皆认为广东的此次北伐不过与孙中山当年的北伐大同小异,最多是一次湘、粤边境的小战事罢了,甚至广东国民政府的许多大员也对胜利殊觉渺茫。但当第七军、第四军两支援唐部队协同唐军连克多城,大败北军之后,全国震动,一直观望、裹足不前的广东中央才对北伐增强了信心。7月1日,国民政府发表北伐宣言,蒋介石下达北伐部队动员令。7月6日,国民党中央正式通过《国民革命军出师宣言》。7月9日,在广州东校场举行誓师典礼,蒋介石就职北伐军总司令。从此,北伐才算正式开始。

北伐军共编为八个军:第一军为何应钦全军,第二军为谭延闿全军,第三军为朱培德全军,第四军为李济深第四军的十、十二两师和叶挺独立团,第五军为李福林所属部分人马,第六军为程潜全军,第七军为李宗仁统率的九个旅,第八军为唐生智全军。总兵力十万人,以蒋介石为北伐军总司令,李济深为总参谋长,邓演达为总政治部主任,聘请苏联顾问团的加仑为军事顾问。李济深以总参谋长身份留守广州,遂以白崇禧为参谋次长,随军代行总参谋长职务。

北伐誓师典礼之后,北伐各军浩浩荡荡向湖南开进。蒋介石于7月27日率总司令部离开广州,踏上北伐征途。到达衡阳时,李宗仁、唐生智已先来迎,然后换乘电船溯湘江而上,直达长沙。这时已是深夜三点,五万群众在江边炎热中伫候。蒋介石十分感动,满面笑容频频挥手致意。

当晚,蒋介石在长沙前藩台衙门主持召开军事会议。北伐军占领长沙,第一期作战任务已经完成,会议讨论北伐第二期作战计划。参加会议的有总司令部白崇禧、邓演达、加仑、陈公博等人和第八军军长唐生智、第七军军长李宗仁、第四军副军长陈可钰以及各军的参谋长、师长。蒋介石首先讲话:"初至长沙,唯感民气之盛,革命精神之深厚。未到时,以为困难重重,可一临其境,其难尽失。可知决心与精神之不可无,若我不畏难退避,则任何艰难皆将自退矣。"说完这段感慨之言,蒋介石分析了敌我力量对比,面对敌强我弱的基本情况,他强调说:"与我为敌之大小军阀,兵力不下百万,而我国民革命军不过十万,若以一当十,扫荡群凶,统一中国,则必须用奇谋善策不可。"接着他提出北伐第二期作战方略:"当下我们相临之敌,北为吴佩孚,东为孙传芳,是对我们的直接威胁。我在入湘之前,有人就主张对鄂取守势,先将主力向东,消灭孙传芳,从而尽收江南富庶之区。这样皆在为巩固广州革命根据地,以雄厚的大后方为基础,然后北取中原。"

蒋介石提出的"奇谋善策",广东诸多要人均持此观点。其原因,一是受地域环境的影响,二是有谭延闿、程潜等人担心唐生智在攻下武汉后拥有两湖之地,形成尾大不掉之势。若对鄂取守势,吴佩孚大军南下,必然用兵鄂湘,待吴、唐两败俱伤之时,北伐主力再北取武汉,如此则无虞唐之称王了。蒋介石也持此观点,但他担心大家反对,底气不足,便假"有人主张"提了出来。

果然,李宗仁随即就站出来发言:"时下南口大战,直奉已大败国民军,吴佩孚必然调兵南下,在吴军南北疲于奔命之时,我当趁机直捣武汉。如此北可进窥中原,直取幽燕,东可顺江而下,消灭孙传芳在所不难。再者,孙传芳已有通电表示中立,虽然极不可靠,然目前我当利用之,而集中兵力攻吴,破吴之后,再攻孙不迟。若我现在攻孙,势必逼孙联吴,对我大为不利,此举万不可行。"

唐生智对蒋介石的主张也许猜出所来由自,十分担心攻汉方案被否决。他便提出了一个折中意见:"如果中央一定要先图江西,则不妨左右开弓,对鄂、赣同时进攻。"

白宗禧仍顺着李宗仁的话说:"而今我第四、七、八各军,都已在汨罗江前线与吴之人马虎视,只待一声号令。若转战而攻赣,必挫士气。"

"李将军,北攻吴军,当取何策?"加仑高声发问。

李宗仁脱口而出:"速战速决,不可旷日持久。若吴之援兵至,则破敌必难。"

"须用几天方可打到武汉?"

"十四天足矣。"

"十四天有何凭据?"

"汨罗江距武昌七百里,我们由攻开始,连带追击,每天平均可行五十里,故十四天能打到武汉。"

"十四天不可能,应当算上敌人的固守和反攻,我看要四十天。"

"绝对不用四十天!"

一个说"十四",一个说"四十",两人争持不下。加仑便与李宗仁打赌,以二十天为准,谁输了拿两打白兰地请客。

白崇禧笑道:"加仑将军,你这两打白兰地是输定了!"

加仑只乐得哈哈大笑,不过嘴上仍说:"休得言之过早!"

两人的赌局已定,会场上两种主张自然已见分晓。会议最后决定:对赣取守势,对鄂取攻势。随后,又确定了作战计划和总攻日期。

吴军从涟水败退,放弃无险可守的长沙,一直退到岳州,在湘、鄂边境设防。防御阵地以汨罗江为前沿,以岳阳、通城、薄圻、通山、咸宁等重镇为据点,正面一百里,纵深二百里。除从湘南退回来的部队集中这里防守外,湖北尽出所有军队,并以湖北督办陈嘉谟为总指挥。此一地区西临长江和洞庭湖,东依连绵山岭,是鄂、湘连通的走廊。

5月末,吴佩孚为应付北方紧急局面,万不得已舍下湖南战局北上。到了北方,他又为国民军南口大战缠身,湖南连电告急也不回转,两头着忙。时至今日,当北伐军攻占长沙,复乘胜大举北进的时候,吴佩孚仍执意拒绝南下。他从南口阵地上发电,命陈嘉谟严阵死守,等他调兵南下发起反攻。而北伐军决心在吴军到来之前破敌防线,打开通道,直捣武汉。因此在长沙会议之后六天就开始了总攻击。

北伐军兵分三路:以第四、七、八三军为中路军,担任主攻;以第二、三两军为右翼军,集结于攸县,监视江西;以袁祖铭的第九、十两军为左翼军,出湘西以掩护中路;并以第一军第二师和第六军为总预备队。

8月18日,各路军队陆续进入预定位置。19日拂晓,第七军首先发起攻击,夏威部两旅攻占浯口,胡宗铎部两旅攻占张家碑。随后,两军冒着弹雨徒涉过河,冲向江北,当天即突破汨罗江。李宗仁又下令衔尾猛追。于是,两路人马分头前进,至北港会师,继又攻占崇阳,直趋咸宁、贺胜桥。

与此同时,陈可钰率领第四军经十小时激战,击败鄂军陆沄、桂军韩彩凤、湘军周凤歧三部四万人马,攻克平江。敌闻风丧胆,夺命北窜。第四军徒涉过河,乘胜北进,攻占通州,直趋汀泗桥。

唐生智在长乐街一带发动攻势。此地为汨罗江的下游,水深流急,无法徒涉,因此落在第七、第四两军之后才渡过汨罗江,然后循汉粤铁路前进,连续占领岳州、羊楼司、蒲圻。由于第七、第四军进展神速,已在前方将敌截住,大批北军无路可退，乃向追来的第八军投降。

北伐军之中路军，自总攻开始，突破汨罗江防线，攻城略地，连续五天五夜，猛进二百里。前面距武汉只有百里，遥遥在望。

8月23日，北伐军总司令部在羊楼司召开军事会议，决定兵分三路夺取汀泗桥。第四军由通山、崇阳进攻，第七军由蒲圻进攻，第八军由嘉鱼进攻，四面包围，一举拿下。

汀泗桥是一个村镇，背枕黄塘湖，北、西两面临水，南、东两面依山，汀泗河自南向北纵贯镇区。它扼鄂、湘通道之咽喉，历来为兵家必争之地，近代又有粤汉铁路跨河通过，地位突显重要。守卫汀泗桥的是吴佩孚爱将宋大霈，从汨罗河、岳阳败退的部队也都会集此地，合计兵力两万余人。

兵贵神速，陈可钰决定趁汀泗桥守军立足未稳之时速战速决，因而他不待第六、第八两军出发，就下令向汀泗桥发动了攻击。

时发大水，镇子的北西南三面被洪水包围，东北面是起伏的山陵。因而第四军只有从镇子的东南方向进入，便以张发奎第十二师为左翼直插镇区，以陈铭枢第十师为右翼向东侧高地前进，掩护左翼主攻。敌人居高临下，发挥火力优势，左翼张军与敌激战竟日，不得进展。入夜，右翼陈军在敌阵地间隙猛插疾进，摸入敌营，展开近战、肉搏战。激战到拂晓，将敌高地悉数占领，然后插入铁路桥以北，控制了铁路。敌军已处于四面包围之中，陈可钰下令全面攻击。张发奎率领第十二师猛赴桥头，一时守敌大乱，纷纷溃逃。这时担任预备队的叶挺独立团涉水进入镇区，又从大桥西侧迂回至桥北，断敌退路。敌陷绝境，全部缴械投降。

攻占汀泗桥后，第四军乘胜追击，再克咸宁。

得知北伐军突破汨罗江防线，吴佩孚再也顾不得北方局面，急如星火地南下。抵达汉口大智门车站，他刚下车即闻一片败讯，武汉前方藩篱尽失。顾不得连续三天三夜行军的疲劳，他立即在司令部召开军事会议，声色俱厉地痛斥各路将领，然后宣布他雄心勃勃的计划："南军不过是孤军深入，有何惧哉？我已命孙传芳进攻湘东，命杨森的川军进攻湘西，命福建进攻广东，命云南进攻广西。我北上劲旅明日即陆续到达，我即率领大军反攻，旬日之内必定拿下长沙，然后汇集各路人马直下两广，把南贼彻底消灭。"吴佩孚最后强调，要坚守汀泗桥。他霍地站起来，"叭！"一声把桌子拍得震天响，恶狠狠地喝道："谁后退半步，杀无赦！"

吴佩孚深知汀泗桥的险要和地位,五年前的湘鄂战争,汀泗桥激战历历在目。但只过了一夜,就传来汀泗桥失守的消息。他歇斯底里地大叫:"传我的命令,夺回汀泗桥!"说完带领司令部人员登上他的"花车"向南开去。这"花车"就是当年慈禧太后坐的火车。

火车风驰电掣,到了贺胜桥,只见前方败兵流水般涌来。吴佩孚走下车,举起手枪大吼一声:"后退一步者斩!"那些败兵一见是吴佩孚,惊慌得停住了脚,急忙后退。霎时桥上挤满了人。这时宋大霈踉踉跄跄地跑来,对吴佩孚说:"大帅,你可来了。南蛮子实在厉害,我顶不住了,你要论罪就杀了我吧!"吴佩孚厉声说:"你丢了阵地,论罪当斩,我命令你集合部队,戴罪立功。你告诉弟兄们,说我吴佩孚来了,就要夺回汀泗桥,向南进攻。"宋大霈大喊一声"是!"转身集合部队去了。

吴佩孚这时才清醒过来:北伐军必将乘胜进攻贺胜桥,现时已不是夺回汀泗桥,而是守卫贺胜桥的问题。贺胜桥原名罐山桥。南宋时,这一带盗贼蜂起,有一豪杰王晔聚众抗击,获罐山桥大捷,由此改名为贺胜桥。民国修建粤汉铁路,原来的石砌小桥也翻新成为一座大铁桥了。

吴佩孚紧急布防,在贺胜桥前十里的桃林铺至王本立村一带为第一道防线,在贺胜桥前四里的印斗山为第二道防线,贺胜桥为第三道防线。部署既定,吴佩孚狂言:"今以贺胜桥一战而定天下!"他仍憧憬着当年扬威两湖的壮举,幻想着再创造一个奇迹,还自得其乐地赋诗抒发情怀:

才游塞北又长江,坐罢火车上火船。

塞外风云能蔽日,江中波浪更兼天。

但凭豪气称今古,哪怕南兵过万千。

寄语征蛮诸将士,奋身踏破洞庭烟。

北伐军夺占汀泗桥当晚,蒋介石来到前线,在咸宁召开军事会议。北伐军高级将领白崇禧、唐生智、李宗仁、陈可钰、张发奎、陈铭枢、夏威、胡宗铎和苏联顾问加仑都出席了会议。会议决定一举攻破贺胜桥,直捣武昌,以第四军由咸宁沿铁路及以西地区前进,正面攻击贺胜桥;以第七军出咸宁以东,进攻铁路以东之敌;第八军为总预备队。

8月30日拂晓,李宗仁下令第四、第七两军同时出击。叶挺独立团和黄琪翔三十五团首先疾进桃林铺,如两把尖刀插入敌人心脏。守军五个团不能抵挡,向后败退。刘玉春急调一师兵力赶来增援，将北伐军两个团分割成数块，包围攻击。两团将士毫无畏惧，以一当十，奋不顾身。这时张发奎率三十四、三十六团赶来，猛赴敌阵。右翼第七军胡宗铎第二旅将王本立一带的敌军击溃，又从侧背插入。敌军大溃，夺路而逃，退入印斗山。

印斗山在贺胜桥之南，东西狭长，是贺胜桥防御体系的核心阵地，由张占鳌率领两个混成旅和五个支队一万人防守。吴佩孚将"花车"停在贺胜桥头，坐镇督战。他严令"后退者立斩！"由营务执法处处长赵荣华组织了八个大刀队，布置在印斗山和贺胜桥之间，把守各个路口阻止退兵。

李宗仁严令部队，强攻印斗山。第四军担任主攻，以第十师、第十二师、独立团三军一齐进攻，师长陈铭枢、张发奎和团长叶挺身先士卒，带头冲锋。敌人居高临下，大炮、机枪、步枪火力齐发，部队伤亡惨重。但北伐将士英勇奋发，前面的人倒下了，后面的人又冲上去，踏着血迹，跨过尸体，势不可当地向前冲锋。

张占鳌告急，被吴佩孚大骂一顿："刚打了几枪你就求援，有脸没脸？你守住山头，大功第一，失了阵地，拿头来见！"

为确保印斗山无虞，吴佩孚以他手下最精锐的刘玉春第八师为预备队。预备队的使用要恰到火候，吴佩孚自信他心有灵犀，运用之妙。张占鳌再次告急，吴佩孚才把刘玉春第八师调上去。他对刘玉春寄予厚望，不但要他守住印斗山，而且由此转守为攻，扭转整个战局。然而今非昔比，吴佩孚对自己军队的衰颓，更对北伐军的锐气严重估计不足。当刘玉春率领第八师前出至半山腰时，北伐军将士已攻上山去，将青天白日军旗插上山顶。首先攻上山顶的是叶挺独立团，全团一千多人大多伤亡，只剩三百多人了。叶挺大呼一声："弟兄们，冲啊！"又带领三百人向山下冲去。

刘玉春咬牙切齿地对手下三个团长说："今天这阵势，我们定要攻上印斗山，倘若失败，谁也别想活着去见吴大帅！"三位团长立即表示："我们誓死攻下印斗山。"刘玉春厉声说："好，传我的命令，要活命，向前冲，谁后退，给他一个血窟窿。"刘玉春师以新锐之气，全面展开，向山上冲击，遏止了北伐军的进攻。接着，他又亲自督战，命令一个团向山顶冲击。团长带头冲锋，杀开一条血路，果然冲上了山顶。那团长一脚将北伐军的军旗踩倒，哈哈大笑一声，向山下报告："刘司令，我们冲上来了！"说时迟，那时快，一阵子弹扫过，那团长应声倒地。原来是第七军夏威旅增援上来。他们冲上山顶，重新插上军旗，然后又如猛虎下山一般向下冲去。北伐军乘机反击。敌军全线动摇,泄洪一般向山下溃退。

为阻止退兵,执法处的大刀队一连砍下七八个人头。但退兵越来越多,面对明晃晃的大刀,一人大呼:"反正都是死,开枪吧!"于是一阵乱枪把大刀队的人打死,夺路向后狂奔。

退兵如潮水般向贺胜桥涌来。桥头上架起一挺机枪,吴佩孚威风凛凛地站在机枪旁边。"嗒嗒嗒!嗒嗒嗒!"机枪喷出了火舌,前边立时倒下了一片。那些退兵失魂落魄,纷纷向后逃散,有许多人滚下路基,落到河水里。

这时,张占鳌来了,嚷着:"大帅,让我见你一面。"吴佩孚示意让他过来。张占鳌走向前来,上气不接下气地说:"大帅,我有一句话给大帅说,说完我就自杀,以明心迹。"

"你说!"吴佩孚威严如铁。

张占鳌说:"眼下局面,只有退兵武昌以待反攻,才是上策。"

"胡说!"吴佩孚抽出指挥刀,手起头落。他命人将张占鳌的头挂在电线杆上,由于急火攻心,他白皙的脸上现出潮红,两眼射出凶光,疯狂地叫嚣:"谁还敢退,格杀勿论!"

印斗山失守,吴佩孚又把唯有的第六师两个团派出去。张方严久经沙场,但他从未碰到过如此的恶战。当他从望远镜中看到北伐军前仆后继的冲锋时,两腿不由得打起哆嗦,料定北军必败无疑,便向吴佩孚苦谏弃守贺胜桥。吴佩孚对跟随他多年的高参也不留情面,口不择言地骂起来:"你他娘的,也是个熊包!"他看看张方严那哭丧的脸,缓和了些说:"田维勤、王为蔚两师不日可到,我们只要守住贺胜桥,必有转机。"然后又责备他:"关键时候,你怎么乱了方寸?"

北伐军攻下印斗山,随即继续向前进攻。前面是一片波浪状地面,水陆交错,河道纵横盘曲,湖沼星罗棋布,而地上遍生杂树茅草,挡住了指挥官的视线。由于这样的地形,北伐军完全不能成建制地集中兵力进攻,营、连都难于统一指挥,甚至一排、一班各自为战。然而北伐军是有革命自觉性的军队,虽独立作战仍然个个奋勇,而处于同样散乱作战的北洋军却是保命要紧,消极避战。这就是革命军队与雇佣军队的不同。吴佩孚不理解这一点,他凭往日的经验,料定前面是纵深四五里的沼泽地,他两万人马必能坚守到援兵的到来。然而只过了半晌,军心大乱,已成崩溃之势,前线的退兵又成群结队涌来。吴佩孚怒不可遏,牙咬得"咯咯"响,喝令机枪手"射击!"

"嗒嗒嗒！"一阵枪响，退兵应声倒地。但后面的退兵又涌过来，"嗒嗒嗒！"又是一阵枪响，退兵又倒下一片。然而退兵仍不顾一切地向前冲，而且开了枪，子弹"嗖嗖"飞来。这时，那名机枪手"哇！"的一声怪叫，把机枪甩在地上，翻过大桥栏杆跳下河去了。机枪哑巴了。那些退兵又一边射击一边向前冲来。吴佩孚急忙躲进他的"花车"里，眼睁睁看着退兵鱼贯般向后飞窜。

　　有人敲门，喊吴大帅。吴佩孚听出是陈嘉谟的声音，开门出来，只见刘玉春"哇！"一声大哭，双膝跪地说："我的三个团长都战死了，我失了阵地，没脸来见你呀，只求一死，万事皆休！"吴佩孚走下车，把刘玉春扶起。这时陈嘉谟说："大帅，刘师长非要战死沙场，以抱大帅之恩，是我生拉硬扯才把他弄到这里。"吴佩孚掉下了眼泪，说："今日之败，非你等之罪。你们两位非但不能死，本帅还要大用呢。"刘玉春和陈嘉谟同声说："谢大帅。"话音刚落，花车连中数弹，血肉横飞，帅旗也被炸折，飞卷着漂入河中。吴佩孚望了望印斗山，苦笑了一声说："南蛮子把大炮弄上山了。"然后对刘、陈两人说："上车吧，咱们走。"

　　火车凄惨的一声长笛，喘着粗气加快了速度，转眼绝尘而去。

　　贺胜桥上，退兵仍如潮水向前奔涌。

孙传芳取巧，不救武汉
蒋介石邀功，两攻南昌

　　吴佩孚从贺胜桥败退，回到汉口查家墩司令部，立即召开军事会议部署武汉三镇防御。吴佩孚声泪俱下，拔刀断案，要求与会将领同心同德，以身许国，决一死战。他决定死守武昌，一面下令严阵守城，一面四处求援。

　　吴佩孚在汉口尚未布置就绪，北伐军已如疾风而至，兵临武昌城下。9月2日，李宗仁、唐生智、陈可钰在余家湾召开会议，一致认为应趁敌防守未固之时，速战速决攻取武昌。于是确定第四军、第一军第二师和第七军第二路军主攻武昌，以第一军第一师为总预备队。

　　在湖北长江与汉水的交汇处，武昌在长江以南，汉口和汉阳在长江以北，汉水东西两岸。三城鼎足而立，称为武汉三镇。武昌是湖北省省会，武昌城内，蛇山临江横亘东西，俯瞰全城，东、西、南三面是坚固高耸的城墙。那城墙足有八九米高，外有壕沟，宽数米，水深一至两米，方圆数十里，有城门十座。城外地势平坦，易守难攻。

　　9月3日拂晓，北伐军开始攻城。李宗仁指挥第七军胡宗铎部四个旅攻击城南中和门至望山门一段，陈可钰指挥第四军第十师和第一军第二师攻击城东武胜门至宾阳门一段。各师各选四百人，编成奋勇队，皆以营长为队长，为攻城之先锋。双方火力齐射，城上城下织成火网。北伐将士冒着枪林弹雨奋勇冲锋，但因携带的炸药太少，炸不开坚固的城门，登墙所用的木梯又太短，不能爬上城头，部队伤亡惨重。李宗仁眼见这种情况，下令停止攻城。第一次攻城失败。

这时，蒋介石偕白崇禧、加仑来到前线，在南湖文科学校召开会议。蒋介石说："武昌城内敌已惶惶，我当趁敌立足未稳急速进攻，限四十八小时攻下武昌。"他的态度非常严厉，在场将领皆面面相觑，都把目光投向李宗仁。李宗仁认为武昌急攻难下，想以围困封锁，待敌瓦解再图破城，但他知道蒋总司令的个性，当面不会接受反对意见，因此隐忍不发。于是蒋介石任命李宗仁为总司令，陈可钰为副司令，并下令重赏，首先攻上城者，官长赏二百元，士兵赏一百元，部队赏三万元。

9月5日凌晨，北伐军发起猛烈的进攻。为克服武昌城墙障碍，各部队用粗大的毛竹扎成云梯，长三丈多，重百余斤。并组织奋勇队，每十二人为一小队，每小队抬云梯一具。不仅总指挥李宗仁坐镇指挥，而且蒋介石偕加仑、白崇禧、邓演达等人也都临阵观察这场战斗。

北伐军以强大火力压制敌人，子弹如雨飞向城头。随即，奋勇队抬着云梯向城下运动，不断有人倒下了，后面的人立即接上，一路向前狂奔。终于，数架云梯都搭上城墙，开始爬梯登城。敌人着了急，刘玉春亲临城头，指挥战斗。城上滚木、礌石齐下，也有不要命的露出城墙，向城下扫射。云梯上，不断有人落下，不断有人奋力向上攀登。如此战斗竟时，北伐军伤亡惨重，然而仍不能成功登城。

加仑力主停止进攻，蒋介石遂下停攻令。第二次攻城失败。

接着召开军事会议，蒋介石提出防守长江，重兵转战江西的意见，得到赞同。于是他决定留第四军围困武汉，委任政治部主任邓演达为攻城司令。为避免武汉落入唐生智之手，他又命第八军继续沿京汉路北进，消灭吴佩孚残余。而实际上，是防止第八军回师武汉。他则亲率其他所有部队对江西作战。

蒋介石在当天的日记中欣欣然写道："余决离鄂向赣，不再为冯妇矣。"

何出此言呢？原来，他终于如愿改变了北伐大战略。这个大战略是先攻取两湖，然后北上河南联合冯玉祥，并在苏联的援助下，夹攻直、奉军阀，以定中原。这是一个"北进"的战略，出自苏联顾问、共产党和国民党左派之意。蒋介石深深感到，如此的北伐皆为苏俄所掌控，共产党借机发展如鱼得水，那么北伐胜利之日就是国民党落败之时。于是他决心击破这一阴谋，就是改"北进"为"东进"，把北伐的领导权握在自己手中，先消灭孙传芳，取得东南五省富庶之区，然后北定中原。

北伐出兵两月，蒋介石作为北伐军总司令才到军中，就在长沙会议上提出弃鄂攻赣的方案，被全体将领一致否决，大失颜面。接下来的汨罗江、汀泗桥、贺胜桥三次大战，都是李宗仁、唐生智大出风头。而到进攻武昌时，他武断地强令攻城，结果惨败，再失颜面。还有一件让他耿耿于怀的事。他在长沙检阅军队时，当走到第八师前面时，忽然马惊，将他颠落马下，拖行两丈多远，险些丧命。唐生智迷信，他的星相师顾和尚说："这次北伐凶多吉少，蒋氏决爬不过第八军这一关，将来必为八军所克服。"蒋介石也是迷信的，相信谶纬之学，担心应验成真。

武昌攻城失败，虽让他在军前出丑，但他却趁机找回了他的"东进"战略。他也仿佛又找回了自己：那样的总司令我不会再干了！我何能再为他人作嫁衣裳？我要亲率军队决战江西，打出一片天地，扬威天下。

吴佩孚听到北伐军停止进攻武昌，一连声招呼"拿酒来，拿酒来"。一桌酒菜摆上来，张其锽、张方严等人举杯向吴佩孚致贺，吴佩孚满面春风，端起酒杯一饮而尽。这时候，高汝桐来电报告，北伐军向汉阳发起了进攻。众人大惊，拉长了脸看着吴佩孚。吴佩孚"嗤嗤"笑了两声说："这不过是南蛮的小部队骚扰，如果是大部队，我们上游怎能不知？喝酒，喝酒！"

吴佩孚自南下以来，心弦一直绷得紧紧的，现在终于松了一口气。他开怀畅饮，话就多起来，大论长江天堑，又谈起周瑜赤壁之战大破曹兵和岳飞凭借长江之险抗拒金兵的故事。正谈得起劲，突然一颗炮弹落在荷花池里，却没有爆炸。从炮弹的方向看，来自汉阳。吴佩孚下令追问，守卫汉阳的刘佐龙称是"误发"。然话音刚落，又一颗炮弹落到院子里，炸飞的碎石击穿了玻璃落到客厅里。再问刘佐龙，刘已不接电话。吴佩孚急找高汝桐询问，高汝桐气急败坏地说："刘佐龙反了，已开始向我龟山进攻，再说南蛮军也不是小部队，是两个师呀！"吴佩孚下令："你顶住！我立即派兵支援你。"

当北伐军攻下贺胜桥时，苏联顾问加仑向李宗仁提议："我军一路直趋武昌，应另派一路从长江上游渡到北岸，以免我军攻击汉口时冒敌前渡江的危险。"统帅部接受了加仑的建议，即派第八军叶琪第一师和夏斗寅鄂军第一师从嘉鱼渡过长江东下。叶、夏两师东进，畅行无阻，直达汉阳，并随即发起了进攻。这时刘佐龙趁机起义，内外夹攻，汉阳旋被北伐军占领。刘佐龙曾是同盟会会员，参加过武昌起义，现任湖北省省长。他已接受邓演达和董必武的劝说，出任国民革命军独立第三师师长。

吴佩孚大惊，连夜离开汉口，向北撤退。到了孝感，不能住。再到广水，又不能住。直到信阳，吴佩孚才止步驻扎。这天夜晚，他尚未入睡，忽报有兵变发生，又急忙登车，一气逃往郑州。

这时候，曹锟带着夏寿田、张廷锷等人来到郑州。曹锟患了感冒，下榻中州饭店。吴佩孚因军务太忙未能相迎，两天后才前往看望。曹锟正与夏寿田聊得高兴，吴佩孚行鞠躬礼问道："总统感冒好了吗？"

曹锟阴沉了脸不答。吴再问，曹锟说："外面的风好大哟！"

"外面没有风，天气很好呀。"吴佩孚说。

曹锟冷笑了一声说："外面没有风，怎么把吴大帅吹来了呢？"

吴佩孚见曹锟挑了礼，尴尬而立。曹锟这才开了口："你如今是大帅了。我也做过大帅，我做大帅时，有功都是你们的，你做了大帅，有功都是自己的，如此你的部下怎么能跟你一心一意呢？你狂妄自大，目中无人，才造成了今天如此的局面呀。"曹锟说着，不由动了真怒，又霍地站了起来，声色俱厉，直骂得吴佩孚低头不敢作答。夏寿田和张廷锷温言相劝，曹锟才坐下来，仍是余怒未息。吴佩孚躬身告退。

曹锟从保定启程时，就要把吴佩孚撤掉。但到了郑州，他还是改变了主意，只把吴狠狠地教训了一顿。曹锟到郑州后与直系将领促膝谈话，疏解嫌隙，鼓励他们为直系团体一心一意，共同对敌。正是由于曹锟的精心调停，使败退入豫的二十万军队整合成军，稳定了郑州的局面。

吴佩孚怀抱羞辱之苦召开军事会议，确定兵分五路反攻武汉。然而部署就绪，却不见吴佩孚挥戈南下。他在等待孙传芳，如果没有孙传芳的支援，反攻武汉断不能成功。

就在吴佩孚望援似渴的时候，张作霖来了"关心"，几乎天天打电话来，表示愿派军南下，奉直携手对敌，消灭南赤。吴佩孚大有不敢领教之苦。他知道，请奉军南下就是引狼入室，遂向张作霖表明，自己有力量阻挡南蛮，拒绝了他的"好"意。随后，张宗昌又来电，说援助玉帅是鲁军义不容辞的责任，并不请自主地决定，鲁军不日即出兵南下。吴佩孚当即写了一封亲笔信，派参谋长张国溶和参议刘绍曾同赴济南见张宗昌，并恨恨地嘱咐道："你们俩好好地劝他张宗昌，如果他不听，就向他摆明，如此执意不请自来，那就是别有用心，我必不让，勿谓言之不预也。"张、刘两人到了济南，终于劝止了张宗昌。

吴佩孚刚刚松了一口气，保定齐燮元又来电说："奉军褚玉璞大兵压境，要接防保定,还说这是为支援我军集中兵力南下呢。"

吴佩孚大骂:"无耻之尤! 抢人家的东西,还叫人家感谢他?"

"那就刀兵相见,我打他!"齐燮元说。

吴佩孚沉默少顷,说道:"他要装好人,不给。他要做强盗,时下咱们也犯不着与他拼命。"

齐燮元公开拒绝了褚玉璞的无理要求。褚玉璞立命两师人马开入保定。齐燮元退到河南安阳。

吴佩孚忍气吞声让出保定,本以为形势得以缓和,岂料北京又传来消息:杜内阁辞职,由财政部部长顾维均代理,奉军第十军军长于珍接替王怀庆出任北京卫戍司令。

半年前,直、奉两军联合把国民军逐出北京。为控制北京政权,吴佩孚与张作霖明争暗斗,耍尽手段,才有了亲直系的杜内阁。可是南方形势突变,吴佩孚南下之时把北方军务、政务都交给齐燮元。所谓政务主要就是看住北京的杜内阁,以维护直系的利益。吴佩孚没想到他南下"灭赤"惨败,更没想到他的新盟弟趁机背后插刀,把直系势力赶出华北,又横刀篡夺了北京政权。他恨恨下定决心:必须尽快反攻武汉,重振直系雄风!

这时他想起孙传芳来,立时满面阴云,便拿起笔来亲拟电报。电文中,他降尊纡贵,口称馨帅,哀恳乞援。写完了电稿,吴佩孚掷笔于案,大骂出口:"孙传芳难道也是个狼羔子!"

吴佩孚以为孙传芳是他一手提拔的,同是直系,又同是山东老乡。退一步来说,孙传芳即使只认他是友军,过去吴也有恩于孙,时至今日,吴遇到了危难,孙怎能坐视不救?

可是孙传芳却不是这么想。十年前,吴佩孚打败湘军,高调把孙传芳收入麾下。这是吴、孙两人的初交。吴自认他对孙有知遇之恩,而孙鄙夷吴玩弄手段,且认为吴对他的器重也不过是利用,同样是一种手段罢了。后来吴派他带兵入闽,那也是想利用他把福建从国民党手中夺回来,而孙也正欲自立门户,便利用吴之利用,获得成功。第二次直奉战争后,吴佩孚落败,孙传芳异军突起,他竟自封"五省联帅",以示与吴佩孚鼎足而立。在他心里,吴佩孚已是明日黄花,直系该是唯他独尊了。吴佩孚东山再起后改变大计,联奉反冯。孙传芳大失所望,便与吴佩孚分道扬镳,甚至还参与国民军与靳云鹗的密谋,三方欲联合成立"新直系"，共同反击奉军。

吴佩孚南下时，派专人密告孙传芳说："我由南口调五师南下，请你出兵由铜鼓、修水直趋浏阳、平江以收夹击之效。我已定 21 日南下，我抵之日你最好亦到九江。"他言出如令，没商量。

孙传芳接到吴佩孚的电报，便请教他的军事顾问蒋百里。蒋百里提出三策：在北伐军与吴军鏖战之时，突出奇兵，从江西全力西进，腰击北伐军，使其首尾不能相顾，乘机占领长沙，此为上策。当北伐军进攻武汉时，派兵溯江西上解武汉之围，使吴军与北伐军相持于武汉之南，互相消耗兵力，孙军待机而动，此为中策。将人马开入江西，以逸待劳，准备与北伐军作战，此为下策。孙传芳却以蒋的下策为上策，但他给吴的复电却说："谨遵命办理。"

吴佩孚信以为真，但他直到汉口，孙传芳仍杳无音信。这时孙传芳正端坐石头城与江南名流文酒之会呢。吴发电质问，孙从容作答："所部配备尚未就绪。"苏浙人士纷纷问孙："联帅好整以暇，其如玉帅之朝不保夕何？"孙传芳微笑着说："玉帅最好的一条路是下野，让出一条路引诱南军冲杀过来。我有一个比喻，绳子卷做一团，刀砍不断，拉长了一剪便断，这是消灭南军的一个妙计。"

孙传芳坐山观虎斗，以待两败俱伤，渔翁得利。更有甚者，他认为吴已日薄西山，垂死挣扎。假手于革命军灭吴，比自己动手更省力。孙传芳在南京正是做着这样的美梦。

然而时过不久，孙传芳的美梦就破灭了。吴佩孚兵败如山倒，而北伐军迅速崛起，他这才有了唇亡齿寒之感，可再想援助吴佩孚为时已晚。北伐各路大军已开进江西，他已是自顾不暇了。

孙传芳的五省联军，计 15 个师和 9 个独立旅，总兵力 20 万人。获悉北伐军大举入赣，孙传芳派出五路大军，集中南（昌）浔（九江）路与北伐军决战：第一方面军由原驻江西部队编成，以邓如琢为总司令，占领南昌、樟树、永丰地域；第二方面军以郑彦俊（苏军师长）为总司令，于南浔路南段集中，向湘赣边境萍乡进军；第三方面军以浙江卢香亭为总司令，占领南浔路中段至德安、涂家埠地域；第四方面军以福建周荫人为总司令，牵制潮、梅敌军；第五方面军以湖北陈调元为总司令，占领江北武穴、富池口一带。

北伐军兵分三路向江西发起进攻：右翼军由蒋总司令直接指挥，其第一军第二师由铜鼓东进，第二军沿赣江北上，均以夺取南昌为目标；中路军由程潜指挥第六军和第一军第一师,出湖北蒲圻,经修水达德安,截断南浔铁路;左翼军由李宗仁指挥本部第七军,由湖北鄂城入赣,沿长江南岸东进九江。

中路军程潜率部入赣,在修水歼灭孙军杨振东旅。继乘胜东进,途中又击溃赵国荫一个旅,直抵南昌城下。这时捉住了一个警察所长,得知南昌城里仅有两个宪兵连,连同警察不过六百人。于是程潜断然下令攻城,只经过两个小时的战斗占领南昌。

闻南昌失守,孙传芳登上"江新"轮,从南京连夜赶往九江。行前,他对江浙士绅大吹牛皮说:"南军没什么了不起。吴玉帅除了刘玉春的一旅人而外,其余都算不了军队。现在请南军尝尝我的本领,你们信不信,用不了几天我就可以回到南京来。"

孙传芳来到九江,立即召开军事会议,命卢香亭和郑彦俊两师迅速占领牛行车站,又命在南线与北伐军作战的邓如琢回师南昌。为诱使将士卖命,孙传芳当面许诺三事:攻克南昌后发饷三个月;官佐各升一级;大掠三日。牛行车站是南浔铁路的终点站,它东临南昌城,西控赣江的中正桥。因此占领牛行车站,即截断了北伐军西退之路。

蒋介石对程潜攻取南昌不仅不喜,而且恼火。他认为程潜擅改军令,不攻九江而急取南昌,是私心争功争利,而且把整个作战计划都打乱了。他原想由朱培德的第三军进攻南昌,并许诺占领南昌后由朱出任江西省主席。可战争才开始,程潜却捷足先登,因此蒋介石不发贺电,不发援兵,任由第六军落入险境。

这天夜晚,南昌几个方向都发现敌情。程潜即命第一军一师和第六军五十五团守城,他亲率第五十六、五十七团到东门外阻击敌军。程潜率部走出东门不远,正遇郑彦俊军第十师迎面杀来,激战多时,终因寡不敌众,便往城里撤退。却不料,南昌城已被邓如琢攻破。原来,师长王柏龄生性风流,一入城便去宿妓行乐。正当他倚红偎翠的时候,忽然闻警,连军衣都来不及穿跑出妓院。他自知军法难容,又竟匿迹而去。因此部队无主,乱作一团。程潜自知南昌不守,便率部向南撤退。到得赣江北岸,没有船只,幸岸边有一水牛,他便伏在水牛背上,渡过江去。所幸部队是南方人,大多会水,纷纷泅渡逃生,而不会水的则四散逃窜。

程潜逃到赣江以西,收拢残部,退往高安、奉新一带。一面整顿部队,一面将留守广东的第十八师调来。

中路军程潜的惨败,也使左翼军李宗仁陷于孤军苦战。

李宗仁率军南下阳新，按照进攻九江的任务，于此应转向东进。正在这时，李宗仁接到武汉唐生智、邓演达和陈公博三人的急电，说敌军已溯江而上，将在黄石港登陆占领大冶，企图解武昌之围，要李军克日回师。当军部尚在研究这份电报时，黄石港兵站监理曾其新又打电话来，报告敌人已在黄石港登陆。

　　事情确信无疑，第七军召开军事会议商讨对策。李宗仁说："我计算，全军回援大冶非四五日不能到达，有此四五日时间，已足够进抵九江，虽然是孤军深入，所幸我军士气极旺，九江不难一鼓而下。兵贵神速，自古出奇兵制胜，未有不冒险犯难的。"与会将领都表示赞成，于是李宗仁下令，直取九江。

　　当夜，浮桥搭成，全军拂晓渡河，当天便抵达横港。继而黄夜前进，前锋钟祖培旅与敌军千人遭遇，迎头痛击将敌击溃。

　　当夜十时行军途中得报，武宁城内有敌军二千人，程潜第六军不知去向。李宗仁顿时警惕起来，知道右后方已受到严重威胁，北面又是长江，且有敌军封锁，我军只有向前，不能后退，而前面九江之地，全属湖沼区，若进入该区，正如鱼入笭笼，虎落陷阱。将如何是好？李宗仁熟思良久，决定舍弃九江，全军向南，以寻找第六军，联合对敌。拂晓时，李宗仁与胡、夏两人会于中途，便将新的决定相告。胡、夏两人也大为称赞。于是一声号令，第七军两万人马改途向南前进。

　　南行不远就是羊肠山，部队跋涉一天一夜，翻过山岭又前进五十里，抵近箬溪。箬溪是武宁县大镇，有孙军精锐谢鸿勋所部两万人防守。镇子西临修水，东傍盘龙岭，绵延数里，山前有小河流过，敌人即在盘龙岭上构筑工事，以图死守。

　　因天色已晚，不便进攻，第七军乃在阵前过夜。第二天拂晓，李宗仁下令全军出击。敌军顽强抵抗，七军将士数度冲达小溪边，都被对岸高地炮火压迫，伤亡数百人，仍不能渡河，自晨至午毫无进展。此时预备队李明瑞旅因整日未得参战，官兵跃跃欲试。李宗仁便命李明瑞自左翼隐蔽地带向敌军右翼迂回，同时严令胡宗铎和夏威，限日落前攻下箬溪。全军再度冲锋，血战方酣之时，李明瑞旅突然在敌后方出现，发起猛烈攻击。敌阵地立即动摇。七军又从正面呐喊冲杀，敌人全线崩溃，四散逃窜。

　　谢鸿勋临阵督战多时，烟瘾上来了，便到山后的指挥部。正喷云吐雾抽得舒坦，突然外面枪声大作，子弹如蝗飞来。谢鸿勋一惊乍起，骑上一匹黑马向外飞奔，可是没走多远，便被乱兵拥下河去。这时又一阵机关枪打来，他的右腿被打断，做了俘虏。因无人认识，谢鸿勋混杂在俘虏群中，便被其卫士偷偷抬走。

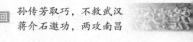

箬溪战后，友军的消息仍石沉大海，本军将何去何从呢？李宗仁认为，既然后退无路，那就不顾一切向前。他决定攻占德安，以切断南浔铁路，解除南昌前线敌军的压迫。

第七军在箬溪只休息了一天就拔营起程，行军一天一夜抵达德安郊外。德安在箬溪以东一百二十里，南浔铁路自城西绕过，城镇的南、西、北三面环山，东面河道纵横，向下流入鄱阳湖。德安守军为段承泽、陈光祖、李俊义等部，计三万人马，由第三方面军总司令卢香亭坐镇指挥。卢香亭断定北伐军必犯德安，以逸待劳，在城外围高地构筑了坚固的工事，另有铁甲车数辆在铁路上往来梭巡。

第二天拂晓，第七军发起猛攻。敌人居高临下，有大炮十余门，机枪数十挺，以及铁甲车上的野炮一齐射击。七军健儿在枪林弹雨中向山上冲击，一往无前，如浪奔潮涌，前仆后继。激战自早晨至午后，七军数次冲锋都未能攻破敌军阵地，伤亡惨重。

李宗仁忽然发现，打了多半天，只见敌人炮火肆虐，却不见我方炮火还击，便责问"怎么忘了用炮？"胡宗铎回答说："不是忘了，我们这些小炮，不顶用呀。""咋不顶用？"李宗仁恼火，直接命令："把预备队拉上去！命令炮兵一齐开火，压制敌人！"

七军炮火齐发，敌军立即开炮还击，阵地一片火海，硝烟弥漫。七军的炮小，而且一发炮便成为敌炮反击的目标，一阵炮战，多数被摧毁。就在这无奈之中，预备队发起冲锋。担任预备队的是胡宗铎第七旅第九团，是李宗仁的老底子队伍，清一色广西人。广西兵有个特点，不能见血，一见血见死人，便暴性大发。因此，预备队官兵踏着战友的尸体前进，只知奋勇前冲，不知己身何在。然而这次进攻，离山顶一步之遥又退下来，团长陆琪阵亡。

李宗仁流泪了，看看日头平西，心想绝不可与敌在城外胶着，今天非攻下德安不可。他对夏威和胡宗铎说："我军自北伐以来，无往不胜，难道今日就败在德安城下？"

"当然不能！"夏威说。

"那就进攻！"李宗仁斩钉截铁地下令："我军夜战，今晚必克德安，不成功便成仁！"

七军又发起新的进攻，以李明瑞第一旅为左翼，以钟祖培第八旅为右翼，两路齐头并进。天黑了，敌军看不清目标，乱放枪，而七军健儿正是乘着夜暗猛扑上山，与敌近战、肉搏战。左翼李明瑞旅之陶钧第一团首先突破敌人阵地，又猛虎下山占据南浔铁路桥，复自铁桥南下冲击。敌军全线溃败。李宗仁指挥大军连夜攻占德安城。

就在程潜中路军和李宗仁左翼军向江西进军的同时，蒋介石亲率的右翼军三路进兵，剑指南昌。第一军二师由铜鼓进抵高安。第三军由萍乡、宜春东进，在新余协同沿赣江北上的第二军击败邓如琢第一师，双方抵达樟树附近。蒋介石9月17日离开武昌前线，转赴长沙，然后入赣，于10月2日到达高安，设总司令部。这时候，李宗仁攻占德安的消息传来，蒋介石认为时机已到，便把他在路上拟就的《江西作战计划》付诸实施，命令各军发起总攻。

这个作战计划是一个分散使用兵力，四面开花，不切实际的作战方案。顾问加仑认为，总司令这一愚蠢的决定可能导致全面失败。但蒋介石不听劝告。

10月9日，第一军和第二军击败樟树之敌，抵近南昌。蒋介石即令三个军合围南昌，待命攻击。这时，第四军攻克武昌的消息传来，蒋介石大为振奋，更急于建功，决心一举攻占南昌。于是他渡过赣江，抵临南昌城下，亲自指挥战斗。

南昌城墙坚固，北伐军又是背水作战，白崇禧建议暂缓攻城，以待兵力厚集再战。蒋介石哪听得进去，断然下令，于夜里九时发起攻击。白崇禧自知无力挽回，乃密令工兵在赣江上游架设木桥，以备退兵之用。

当天夜晚，北伐军正做攻城准备，南昌守将邓如琢组织了敢死队，悬赏五万捉拿蒋介石，从城下水闸破关而出，杀向北伐军。首当其冲的第一军二师六团被四面包围，全军覆没。城内大批敌军又随后杀出，北伐军前临坚城，背依赣江，形势危机。这时师长刘峙跑来，一见蒋介石就说："部队乱了，请总司令下令撤退吧。"

"背后就是赣水，往哪撤呢？"蒋介石问。

"这……"刘峙答不上来。蒋介石背着双手在屋里乱转，突然他发现白崇禧静静地站在门边，忙过去拉着他的手，连声问道："健生，你说怎么办？你说怎么办？"

白崇禧感到蒋介石的手在颤抖，平静地说："总司令不必惊慌，我已令工兵营在赣江下游架了两座桥。"

"啊！"蒋介石大喜，立即吩咐："咱们走！"

走在路上，蒋介石心里嘀咕，前边哪有什么桥啊？这是白崇禧骗他的。这样走出二里路远，前面果然有一座桥，但撤退的人太多，争着上桥，拥挤不堪。蒋介石问白崇禧："你说架了两座桥？"白崇禧应声道："是的。这里太挤，请总司令从前面桥上过江吧。"再往前走不远，果然又有一座桥。蒋介石上桥，拉着白崇禧的手，从容向对岸走去，心中想着："此人了得，真是小诸葛呀！我一定把他收入麾下，莫为李宗仁所用也。"

捷报传到南京，其中竟报"蒋介石被击毙了"，还说得有鼻子有眼。孙传芳不胜惊喜，拊掌狂笑了三声。他断定，蒋一死，战局便会发生决定性的变化。于是立即发电向北京和各省报告，随后又向全国发出通电，大吹大擂。败退郑州的吴佩孚也信以为真，发来信心十足的贺电："伫看楼兰将灭，痛饮黄龙。"

孙传芳决定到南昌前线巡视，奖励三军，以利再战。这天入夜，他乘"江新"轮到了码头，步行来到九江火车站，登上专门为他准备的花车。火车就要开动的时候，副官长张世铭疑惑地问："联帅，要不要给卢司令和郑司令知会一声？"孙传芳诡秘地一笑，说："不必了，开车吧。"

第二天一早，孙传芳一行出现在南昌牛行车站。这一来，南昌前线一片忙乱。驻守南昌的郑彦俊与江西省政府官员联络一起，脚不沾地赶来，还有住在涂家埠的卢香亭和住在万寿宫的邓如琢则飞马狂奔了三十里。人员陆续到齐，孙传芳就在车站召开会议。"众位将领，你们辛苦了！"孙传芳高道一声"辛苦"，赞扬各军英勇奋战，取得辉煌战果。他宣布，给参战官兵增发三个月薪饷，并许诺取胜之后，将向五个方面军各发一百万奖金，然后与众将讨论保卫南昌的方案。

开完会，孙传芳在众将领陪同下视察工事。走到一处，只见士兵个个光着脊梁，满身汗珠，正在挥动铁锹挖战壕。战壕有三尺多深，前面连接着一个碉堡，并排两个机枪射口。孙传芳十分满意，当即吩咐张副官长："牛行的工事修筑得很好，奖励二百万大洋。"

看完了工事，孙传芳又要到万寿宫去看。他只让郑彦俊陪同，另外诸人大感意外，面面相觑。省长李定奎表示，要尽地主之谊设宴欢迎联帅。孙传芳说："好吧，你们在南昌等我。"遂与郑彦俊坐上火车向南驶向万寿宫。

时过中午，李定奎、卢香亭、邓如琢等人在督署前迎接孙传芳从万寿宫归来。但见从汽车上下来的只有副官长张世铭一人，说联帅确有急事已回九江，让他表达歉意。大家极为扫兴，宴会顿失生气。卢香亭就把满腹怨怼撒在张世铭身上，让他把敬孙传芳的酒都喝了，只把他灌得烂醉如泥。

宴会不欢而散。张世铭乘坐火车离开南昌，行驶不远，从云层中钻出两架飞机，同时俯冲下来。"轰，轰"两声巨响，火车中弹，又凭惯性向前冲了好远，脱轨陷入稻田里。卫士把吓得半死的张世铭抬出了车厢，刚刚离开，两架飞机又呼啸而至，随即数枚炸弹凌空而下。一看，那火车都被炸散了。

卢香亭闻讯，恍然大悟。他十分佩服孙传芳的机敏和果断，若有所思地对跟随在身旁的电务处处长邱伟说："敌人怎么知道的？我们内部有奸细呀。"邱伟应声说："不错，一定有人告密。所幸联帅逃过一劫。"

这个告密的人，正是他邱伟。邱伟与蒋介石是浙江同乡，又是保定军校前后期同学，在浙江第一师担任电务主任。他对孙传芳客军入浙极为反感，早与广东暗通款曲。北伐军一开始进攻江西，他就准备投诚了，但蒋介石却令他利用职务之便窃取联军情报。邱伟知道孙传芳来南昌巡视的消息，就告诉了北伐军。孙传芳在万寿宫视察时，看到有两架飞机在空中盘旋，心生警惕，于是坐上一辆压道车悄悄返回了九江。

孙传芳金蝉脱壳回到九江司令部，便闻夏超叛变。夏超是浙江省省长，并兼省警务处处长和杭州守备司令。蒋介石派人与其密会，许以国民革命军第十八军军长之职。得知北伐军进攻南昌的情报，夏超认为时机已到，断然起事。他认为他有八千新式装备的警察，更有地方民意的支持，定能一举成功，遂宣布浙江独立。

孙传芳急电上海，令宋梅村率领全旅入浙平叛。

刚处理完这件事，又传来他的专车被炸的消息。孙传芳又是一惊，既侥幸而又后怕。后院起火，前线又出了事，告密的人竟置他于死地，又如此知根知底，这是何人？他不知道这个隐患有多深多大。他这时才重新审视他引为自豪的"联帅"之意。他是"联帅"，而不是"总帅"，并不是真正的统帅。除了他的嫡系郑彦俊一军，其他各军能否一心效力？而且，如今武昌失守，吴佩孚一蹶不振，江南是他孤军对敌。想到这里，他再没有了必胜的豪气，而转念要与北伐军求和了。

孙传芳要谈判求和，派出了军、地两名大员。地方代表是蒋尊簋，浙江诸暨人。他与蒋介石和孙传芳都是日本士官学校同学，在日本加入同盟会，辛亥革命后历任广东都督府军事部部长、北京总统府高等顾问、广州军政府军政部次长等职。现出任浙江省民政长。蒋尊簋与蒋介石同姓，同乡，同学，而且曾是革命同道，派他出任可谓得人。军队代表是葛敬恩。他也是辛亥革命中人，现任浙军第一师参谋长。先前，葛敬恩曾通过师长陈仪向孙传芳提出与粤方议和，合作北伐的主张，但孙传芳当时并不赞成。延至而今，孙传芳就派他做了谈判代表。

蒋介石在高安总司令部接见了蒋尊簋和葛敬恩，双方达成四项协议：（一）孙部立即撤退，开始退兵之前一日，即为双方停战之日。（二）浙江之政治军事，完全听国民革命军决定。（三）停战之日，即将联军境内被封党部和被拘党员开释，并许国民党自由公开活动。（四）言和之后，互相提携，一致对外。

对于和平谈判，蒋介石先已确定的底线是收回赣、闽、浙三省，孙传芳可保有苏、皖两省，并保持中立。但从谈判的结果来看，蒋介石作了更大的让步，只对他的家乡浙江不让，并在用语上又留有了余地。因此葛敬恩颇为满意。但蒋尊簋认为，这个协议孙传芳仍不能接受，问题在于浙江，因此他以浙江代表的身份再与蒋介石晤面。

蒋尊簋说："孙只要保存五省体面，其余皆可妥商。"蒋介石一听，心里说："这个人真是个迂夫子！孙传芳既来求和，还欲保持五省司令名义，诚匪夷所思。"但面对这位老宿，蒋介石还不忍驳回面子，于是说："只要孙能撤退鄂赣各军，余事亦可商量，然孙要先示撤兵日期。"言外之意，暂且放过了浙闽问题。蒋尊簋听罢，颇为满意，当天就起程，赴九江向孙传芳汇报。

路过涂家埠，蒋尊簋特意去看望卢香亭。没想到卢一见蒋之面，就破口大骂蒋介石，弄得蒋尊簋下不来台。待蒋尊簋退后，卢香亭对炮兵司令马葆珩说："这小子是蒋介石派来探听我们军事消息的奸细，你同他到野外去玩玩，顺便把他干了。"马葆珩说："两军交战，不杀来使。"没有照办。

蒋尊簋尴尬地离开涂家埠，到了九江。他认为他争取到最好的条件，孙传芳定能接受，因此谈得兴致很高。谁知孙传芳听完，只说了一句"感谢辛苦一趟"的客气话，然后断然地说："我已决定与蒋介石开战，扫除赤祸，以靖江南，和谈的事就免了罢。"

蒋尊簋大失所望，急道："馨远哪，是和是战，你可是想好了。东南五省安危系于你一念之间……"喋喋不休。

孙传芳打断了他的话说："前线将领都要打仗，说北伐军不过如此，我作为总司令就当熊包啊？"

蒋尊簋一听，知道是卢香亭搅了局，恨恨说道："卢香亭一武夫耳，他懂得什么大局？"

话未说完，孙传芳冷冷地一笑说："你还不知道吧，卢香亭要杀了你，为马葆珩阻止才罢，你是捡了一条命回来的！"

蒋尊簋大惊失色，愣怔良久，然后指着孙传芳说："你们想怎么着就怎么着吧，老夫告辞。"说完气冲冲地走了。

孙传芳何以突然变卦呢？

蒋尊簋尚未到九江，卢香亭的电报就先到了，正在等待谈判结果的孙传一笑置之，也没当回事。接着平定夏超叛变的消息传来，孙传芳兴奋不已，遂动了心思，想到后方稳定，前线士气旺盛，似可一战。他就打电报问驻军武穴的陈调元，听听他的意见。

陈调元方面军开往江北，原是为解武昌之围的。他知道那可是一场生死之战，于是迟延不进，然后就停在武穴一带按兵不动了。不仅如此，他又通过唐生智旧相识的关系与蒋介石达成默契，当北伐军进攻南昌的时候，他部隔岸观火。因此，当孙传芳打来电报问他的意见时，他心头一惊，以为孙发现了他的秘密而来试探他的，便故意充硬说："听说联帅要与赤军妥协。赤军皆南人，我辈皆北人，北人受制于南人，绝无好日子过，且必为南人所弄。所以我坚决反对，坚决反对。"

孙传芳一看陈调元的复电，大腿一拍，对身边的杨文恺说："人都称他为陈大傻子，傻子才说实话呀。大哥，我们就这么定了，与蒋介石拼个你死我活！"

孙传芳就是这样下定了决心。等蒋尊簋来到，晚了！

北伐军进攻南昌失败后，蒋介石把兵撤到外线，秣马厉兵，准备再攻南昌。对于这一仗，蒋介石不仅看作是北伐的决胜之战，而且也关系到他个人的成败、荣辱，甚至可以说是生死之战。北伐出师以来，他寸功未立，指挥失误。总攻武昌惨遭失败，南昌之战竟又差点做了俘虏，倘若再攻南昌不胜，他这个总司令还能干吗？因此，为保证此役的胜利，他精心制订了第二期攻势《肃清江西计划》，并且再调重兵，甚至不惜将两湖地盘拱手让给唐生智，而把武汉的第四军和独立二师调来参战。

然而意外的是，战争尚未开始，胜负已见分晓。

就在孙传芳与北伐军进行谈判的十几天里，孙军的态势急转直下。驻守福建的周荫人第四方面军被何应钦率领的北伐军击败，退向闽浙边境。江苏白宝山第五师在镇江独立，切断了沪宁铁路。浙江夏超叛变虽败，但省内反对势力又纷纷揭竿而起。不仅后院起火，前线又现土崩瓦解之势。第五方面军陈调元部已公开归服革命,脱离战斗。

11月1日,北伐军向南浔路发动总攻击。左翼军李宗仁率第七军、第四军和独立二师连下德安、马回岭、南诗、涂家埠四城,一举歼灭卢香亭所部二万人马,控制南浔路中段,将孙军阵线一分为二。右翼军蒋介石率第一、二、三军和中路军程潜率第六军将南昌团团包围。

这时候,独立二师追击卢香亭败军直到长江,俘敌万人,然后直趋九江。驻守九江的浙军第三师师长周凤歧已是身在曹营心在汉,不战而退,因此独立二师兵不血刃占领九江。卢军的覆灭,九江的陷落,南昌守军闻讯后几于崩溃。

守卫南昌的,尚有邓如琢、郑彦俊两个方面军三四万人。邓、郑两人见面商量,一拍即合,决定弃城逃命。当初,孙传芳的"五省联军"是为保卫家乡而反奉结盟的,可是孙传芳不打奉军了,而与北伐军为敌,联盟的基础也就消失了。这也就是孙军离心离德、土崩瓦解的根本原因。所以面对败局,邓、郑两人再不愿拿自己的老本做孙传芳的牺牲品了。

邓、郑两军撤离后,还有邓如琢所部赣军三千人,不愿离乡背井,扬言誓死坚守南昌。但当北伐军四面攻入城中的时候,这支赣军便缴械投降了。北伐军轻易攻占南昌。

邓如琢所部蒋镇臣第二师和赖世璜第四师舍命突破北伐军的包围圈,可是北行不远即遇第七军截杀,丧魂落魄,只得转头向东逃窜。然东面就是鄱阳湖,退到无处可退,全部缴械投降。郑彦俊所部两万人从鄱阳湖南侧绕出进贤、余江向浙江撤退。白崇禧率军紧追不舍。至马口地方,适内江水涨,郑军不能渡,全部做了俘虏。只有郑彦俊十几人觅得一船,侥幸逃脱。

北伐军一攻占九江,孙传芳就知大势已去,便弃阵回到南京。他在南京每天收到前线失败的消息,痛如刀子割肉一般。他怎么也没想到会输得这么惨。这就是我的末日吗?他心犹不甘。环顾天下,能与北伐军抗衡的只有奉军了。一想到要投靠奉军,他的脸先红了,他是反奉起家的,是反奉英雄啊。但思来想去,别无出路,能屈能伸大丈夫,认贼作父也罢。

11月12日这天上午,孙传芳只带了几个卫兵,身穿便服,悄悄登上火车,向北开去。此行就是到天津拜见张作霖。

正是这时候,南昌举行盛大的入城仪式。南昌市民锣鼓喧天,举着彩旗、鲜花欢迎。蒋介石一马当先,意气风发,频频向群众挥手致意。

迎汪抑蒋，鲍罗廷连环出手
陷阵突围，蒋介石另辟蹊径

12月1日中午时分，徐谦、宋庆龄、孙科、宋子文、陈友仁和苏联顾问鲍罗廷等一行三十余人抵达南昌。蒋介石溯江而上，出南昌十里相迎。南昌市举行隆重的群众欢迎集会，然后蒋介石举行盛大的晚宴。蒋介石"三不"，不喝酒，不饮茶，不抽烟，就让白崇禧代劳相陪，他则就便报告北伐的情况。最后，他满怀信心地说："国民革命已快将成功，我们的政府已可统一全国。只要我们继续努力，这三年内，一定可以完成我们革命的责任。"

徐谦等一行是受国民政府委派的迁都调查委员，前往武汉路过南昌的。关于迁都问题，是蒋介石首先提出的。在北伐军克复汉阳、汉口之后，蒋介石就致电代理国民党主席张静江和中央政治会议主席谭延闿："中（蒋自称）即须入赣督战。武汉为政治中心，务请政府常务委员先来主持一切，应付大局。否则迁延日久，政治恐受影响，切勿失机。最好谭主席先来也，如何？盼复。"蒋介石所以有此意见，所担心的是唐生智图谋不轨。唐生智这时拥兵十万，所部一个军扩大为四个军，囊括两湖之地。此后，蒋介石又多次致电广州，督促迁都武汉。

正当蒋介石焦急地等待结果的时候，鲍罗廷一改以往的反对态度，转而支持迁都。于是国民党中央作出迁都的决议，并迅速派出徐谦、宋庆龄、孙科、宋子文、陈友仁为迁都调查委员，北上武汉考察，做迁都准备。而且鲍罗廷亲随顾问，实际上他就是带队的人。

蒋介石大喜过望，热烈欢迎，然后到风景秀丽的庐山举行政治会议，就重要问题作出数项决议。关于迁都问题，决定早日迁都武汉。会议结束后，鲍罗廷一行即起程前往武汉。蒋介石亲往江边送行，并登上轮船，满面笑容地和每一个人握手告别。轮船启动了，蒋介石站立码头上挥手致意，望着轮船远去才回。

刚刚五天之后，武汉传来惊人的消息。徐谦、宋庆龄、孙科、宋子文、陈友仁和苏联顾问鲍罗廷于 12 月 12 日举行会议，决定成立国民党中央执行委员暨国民政府委员临时联席会议，在中央未在武汉开会前执行最高职权。这个"联席会议"由在汉国民党中央执行委员、国民政府委员及湖北省政务委员会主席、湖北省党部、汉口特别党部代表各一人组成，成员有徐谦、宋庆龄、孙科、宋子文、陈友仁、邓演达、吴玉章、詹大悲、董必武、唐生智、于树德、王法勤、柏文蔚、蒋作宾等人，徐谦为主席，叶楚伧为秘书长，鲍罗廷仍为顾问。

"狼子野心，无耻之尤！"蒋介石火冒三丈，心中大骂不止。蒋介石审视着那一长串名单，没有他，没有张静江，没有谭延闿，竟然把党政军三个一把手排除在外，更让他气愤的是还有吴玉章、董必武两位共党大员，而拥兵自大，野心勃勃的唐生智也添列其中。就凭这些人，还宣布执行最高权力，这是分裂中央，也就是政变！

蒋介石断定，这场恶作剧的导演就是鲍罗廷。只有他才敢，而且也才能使动如此大风。他蒋介石为革命着想，才极力敦促迁都武汉，却想不到竟被此人利用。他也看穿了，武汉的事变是对着他来的，是"迎汪抑蒋"运动的继续，是为了把他排挤在外，而让汪某人回来正位。这天，他夜不成眠，早晨即在日记上写道："晨醒，思量处境之苦，遭忌之深，痛与泪并。革命事业艰难竟至于斯，感喟不已。"

中山舰事变之后，蒋介石一手打击西山会议派，一手打击共产党，把党政军大权集于一身。面对蒋介石大权独揽，国民党左派和共产党大为不满，于是提出迎汪复职的议题。他们相信，只要汪精卫一回到广州，就能起到抑制蒋介石的作用，国民党内部的纠纷以及国共关系的问题也就迎刃而解。一场声势浩大的"迎汪"运动便展开了。

迎汪回国，蒋介石的态度备受关注。陈公博以报告事情为由到武昌前线去见蒋介石。谈完公事，未及陈公博开口，蒋介石倒先问起来："后方有许多人要请汪先生回国，你知道吗？"

"有这回事。"陈公博说。

"汪先生真要回来,你以为怎样?"蒋介石再问。

"如果于革命有益,自然赞成他回来。倘若于革命无益,暂时住在国外也好。"陈公博是汪精卫的亲信,他不敢说真话,只好敷衍。

这时蒋介石的脸阴沉下来,说:"我以为党政军只能有一个领袖,不能有两个领袖。如果大家要汪先生回来,我便走开。如果大家要我不走,汪先生便不要回来。"

"到底蒋先生与汪先生有什么过不去的呢?"陈公博问。

"汪先生要谋害我,你不知道吗? 汪先生是国民政府主席,是军委主席,他对我不满,免我的职好了,但不应该要阴谋害我呀。"蒋介石愤愤地说。

"他怎么阴谋害蒋先生呢?"陈公博骇然。

"他要我参观俄国来的船,打算就在船上扣留我直送海参崴。"

"这样大的事,总该有人知道吧,我们都不知道。"

"自然你们不知道,他有俄国顾问和他的老婆便够了。"

陈公博再也忍不住了,说:"这事真是骇人听闻了。在广州当时,没有蒋先生是不能统一东江和平定南路的,汪先生要杀蒋先生,他无异乎自杀。这事我不敢相信,但今日蒋先生亲口对我说的,又不能不信。假如汪先生要杀蒋先生的话,头一个反对他的便是我,假如没有的话,我劝蒋先生还是和汪先生合作。因为党内的花样已经太多了,倘若再弄下去,前途真太悲观了。"由于太激动,陈公博声音凄怆。

"唔! 唔! 这样也好。"蒋介石结束了谈话,陈公博告退。

10 月 1 日,国民党中央召开各省代表联席会议,通过了"请汪精卫同志销假回部主持大计案"。迎汪问题由群众运动发展到国民党形成决议,看来就要水到渠成了,但却因蒋介石一人反对,汪精卫心有所忌,仍不敢成行。

鲍罗廷十分气愤,这正暴露了蒋介石个人独裁的野心,无论如何必须让他的独裁梦破产。办法呢? 他一时却无良策。随后武昌收复,南昌收复,北伐的胜利进军震动全国。鲍罗廷却另生隐忧。随着北伐的节节胜利,蒋介石的翅膀就会越来越硬,想除去他也就越来越难了。鲍罗廷急躁起来,日思夜想,不意蒋介石督促迁都的事,使他豁然开朗。我何不也利用"迁都"做文章? 他终于想出了办法,沾沾自喜:这就是中国所谓"锦囊妙计"、"借风使船"呀!

在 1926 年的最后一天,张静江、谭延闿率领第二批迁都人员路过南昌。在欢迎会上，蒋介石大谈北伐的累累战绩，洋洋得意地讲了一个多小时，而对迁都的事情只字未提。到了晚上，蒋介石才单独把他的"革命导师"张静江约到寝室，开门见山地说："我就盼着你来了，鲍某人把刀架在我的脖子上了，我正不知如何是好呢。"

"我也没想到他们会来这一手。"张静江摇着头又搓着手说，"他们以反对个人独裁为名，搞出一个什么'联席会议'的东西来！"

"说我独裁！"蒋介石愤愤说道："我们党、政、军都是委员制，中正也只负责军事方面，我能独裁吗？再说共产党在我们党里，我们党内左派、右派又不同心，党务、政务纠纷，真有说不出道不明的痛苦，我能独裁吗？就说军务吧，不错，我是总司令，但北伐战略都是党集体制定的，作战指挥也得听苏俄顾问的。中国早就有'将在外，君令有所不受'的明训，可我这个总司令有足够的指挥权吗？要说独裁，他鲍罗廷才是独裁者。自从孙总理仙逝，他就成为我们的独裁者了。他依杖对我们的援助，权力凌驾于我党和政府之上，简直就是太上皇嘛！"

"介弟看得明白。而且，"张静江说，"他这样做既不合情理，更不合法。我说不合情理，是说那个因为迁都，中央停止办公的理由不能成立。照此说，明朝从南京迁都北京时还要再立一个皇帝吗？我们这次迁都分两批进行，前一批上路，后一批不动，前一批到达，后一批再上路，并不间断，停止办公干什么呀？所以，这不过是个借口罢了。我再说它不合法。他们搞的'联席会议'是没有法律依据的。到汉的中央委员和政府委员总共不过半数，无权形成决议，另立一个权力中心，既违背了党规，又违背了国法。"

"是的，是的！"蒋介石连声称是，随着就骂起来："娘希匹！他们偷天换日，阴谋篡权。是可忍，孰不可忍？"

"不能忍，那就对着干，我们迁都南昌！"张静江脱口而出。

"南昌？"蒋介石心中一亮，但低头想了一会儿又说，"就地理形势而言，南昌不如武汉，怎么说呢？"

张静江说："武汉的政权已落到他们手里，那里就是你的陷阱，而南昌就不同了，整个江西都在你的手里呀。至于理由嘛，还不好说？军事工作是目前一切工作的核心，当前底定东南已指日可待，因此中央党部和国民政府应暂留南昌。"

"好，好！就照尊兄说的办！"蒋介石心中暗道，无怪孙总理称他为民国奇人啊！

两人嘀嘀咕咕，一直商谈到深夜。

三天后，蒋介石在总司令部召集中央政治会议。参加会议的有第二批迁都人员张静江、谭延闿、朱培德、何香凝等人。仅在开会前一天，武汉才接到通知，便派北伐军总政治部主任邓演达和国民政府财政部长宋子文两人作为联席会议的代表来参加会议。参加会议的还有陈公博。陈公博在国民党二届一中全会上当选常务委员，出任北伐军政治训练部部长。南昌收复后，他又调任江西政务委员会主任，相当于省长。所以他成了东道主。

蒋介石主持会议，首先说道："中央党部和国民政府是不是应当留在南昌，抑或迁汉，请各位发表意见。"

张静江抢先发言，说："我们正在北伐，军事最为重要，所以我主张迁都南昌。因为南昌接近前线，便于督师。"

"谭先生之意呢？"蒋介石问谭延闿。谭犹豫地说道："论道理是应该迁武汉，论局势是应该留南昌，我倒主张中央暂时留赣。"

"各位意见呢？"蒋介石环顾四周。

"我没什么可说的！"邓演达说话，脸上气愤愤的。

朱培德写了一张字条，递给在侧的陈公博，上面写道："国民政府不迁武汉，不如还在广州好。"

宋子文则表示说："我的意见还请国民政府搬到武汉，因为要筹款，汉口水陆码头，远比南昌优越。"

"这个问题是不是还可以讨论？"陈公博倏地站了起来，说，"国民政府应当迁往武汉，我有几个理由：第一，在中国能建都的只有北京、南京和武汉三地，当下北京、南京尚未克复，所以只有武汉了，这是就地势而论的。第二，我们宣传会师武汉已久，国府宣布的也只是说迁都武汉，而今日国府忽然留在南昌，中外人士定为惊骇，恐怕他们认为我们无远大企图，致失天下之望。第三，国府的功能除军事外，就是外交和财政，这方面的功效势不能在江西发挥。所以，依着种种的理由，我主张仍依原议将国府迁汉。"

陈公博的发言没有人回应。蒋介石急忙收场，说道："多数都表示国府留赣，那么国府就不迁汉吧。"

陈公博忍不住说："国府不迁汉，恐怕党会由此引起分裂了。"张静江立时反驳说："公博之言何来？怎么不迁汉就会引起党的分裂？"

会议结束后，陈公博质问邓演达："你怎么不发表意见？"邓演达叹息一声，说："我把口都说干了，蒋先生只是不听，我不愿再费口舌了。"

会议开成这个结果，陈公博夜不能寐。陈公博虽是汪精卫的亲信，但蒋介石对他也不错。他希望汪精卫回来，汪、蒋合作，他则左右逢源，因此他极不愿因为迁都问题造成分裂。想到这里，陈公博大怨谭延闿。谭延闿是有名的"八面观音"，又有诨号"甘草"。他明明赞成迁汉，因怕蒋介石却不说实话。这个老滑头，我明天再找他去！

第二天一早，陈公博到了谭延闿那里。邓演达先已来了，陈公博开门见山："谭先生，你怎么也赞成国府留赣？"谭延闿说了一声"难啊"便不作声。陈公博正要大动口舌，蒋介石姗姗而至，向陈问道："你看昨夜的决议如何？"陈说："我坚持迁都武汉的意见。"蒋脸色一沉，坚决地说："我们是决不能去武汉的！"陈说："你怕甚？怕共产党？"蒋答："是。"陈公博长叹一声说："共产党有什么可怕的？他们不过是空头司令。我认为，要想对付共产党，不光国府搬去，连总司令部也要搬去。"

蒋介石"嘿嘿"笑了起来，说："要说别人不知共产党也罢，而你却不知道，不是可笑吗？现在我们既经决议，也不必再反复了吧。"

陈公博还想与谭延闿说些什么，但看蒋介石并无去意，只好与邓演达告辞走了。

1月5日，一条爆炸性新闻从南昌传开。原来是以国民党中央执行委员会名义发出的通电，说："各省党部钧鉴：江日（3日）政治会议临时会议议决，现为政治与军事发展便利起见，中央党部及国民政府暂住南昌。支日（4日）又在中央常委会上报告，无异议通过。特此布闻。"

就在1月5日通电发出之后，蒋介石便挥起"中央命令"的尚方宝剑，宣布取消武汉联席会议，同时另成立武汉政治分会，成立湖北省政府。

现在轮到武汉震惊了。鲍罗廷没想到蒋介石竟敢与他分庭抗礼，如因此引起国民党的分裂，北伐难以为继，他的责任就大了。于是他向莫斯科报告。是斯大林亲自给他回电，对他迁都武汉予以肯定，但不赞成他采取硬碰硬的态度，指示他"即赴南昌说服蒋介石"。

到南昌去，鲍罗廷不愿降尊纡贵。况且他认为蒋介石是个自负和固执的人，屈驾到他那个窝里去说服他更不容易。武汉召开联席会议，决定先发一电报详细说明迁都武汉的理由，如南昌方面仍不理解，再派同志前往南昌解释。鲍罗廷又提出建议，电请蒋介石来汉。

蒋介石回电，要鲍罗廷去南昌解决问题。鲍罗廷认为蒋介石居功自大，心中不悦，断然拒绝。

到底，还是蒋介石改变了主意。这是陈公博苦劝之功。蒋介石临行对张静江说："我去武汉，劝说联席会议的那些人来江西，并最后争取迁都南昌。我也要看看那边到底有多少人反对我，反对我些什么。"

12日午后2时，蒋介石偕同何香凝、顾孟余（宣传部部长）、彭泽民（海外部部长）和顾问加仑将军，乘长安轮驶抵武昌。徐谦、宋庆龄、孙科、宋子文、陈友仁、詹大悲、唐生智、蒋作宾等武汉政要乘船登上长安轮欢迎。蒋介石与各人一一握手后，即上差船，行至文昌门外织布局码头登岸。岸上，军政工商学各界十万人迎候，军乐齐奏，群众手举彩旗、花束，欢呼声经久不息。蒋介石一身戎装，外披黑色风衣，向欢迎人群频频举手致礼。前面，一座大彩牌楼，上缀"欢迎劳苦功高之蒋总司令"字样，辉煌耀眼。

就在这座大彩牌楼前，举行欢迎仪式。董必武致欢迎词，发表了热情洋溢的讲话。接着蒋介石致答词。他正讲得起劲，突然有一人打断了他的话，质问道："蒋总司令，不是已经决定迁都武汉了吗？听说你又要迁都南昌，有这事吗？"

随后数人接连发声："蒋总司令，你说武汉哪里比不上南昌呢？""蒋总司令，迁都武汉是国民党的决定，你不能说变就变吧？""蒋总司令，你要变了南昌，得问我们武汉人答应不答应？"

"不答应！不答应！"七嘴八舌地嚷嚷起来。

面对武汉群众突如其来的发问，蒋介石无言以对，十分尴尬，便匆匆结束了讲话，在徐谦、董必武等人陪同下步入文昌门，径赴武汉国民党总部休息。

当晚，武汉又举行盛大宴会欢迎蒋介石一行。当主客双方讲完话后，徐谦提出希望鲍罗廷讲几句话。鲍罗廷显然有所准备，就站起来讲话。他指出，国民党内已经生发出一股独裁倾向，甚至有的军人摧残党权，欺压共产党和妨碍工农运动的发展，这是违背三民主义精神的，是会把当前革命引入歧途的。然后，他指名道姓地说："蒋介石同志，我们三年来共事在患难中，所做事情，你应该晓得。如果有压迫农工，反对共产党的这种事情，我们无论如何要想法子来打倒他的！"

蒋介石如坐针毡，正要讲话，徐谦已宣布散会了。

蒋介石夜不成眠。次日一早，他直奔鲍罗廷的住处，劈面便说："鲍顾问，你昨天所说的话完全没有根据，你讲出来，哪一个军人是压迫农工的？又是哪一个领袖摧残党权？你是一个苏俄代表，你就不能这样破坏本党。你如果这样跋扈，如昨晚在宴会上那样，我可以说，凡真正的国民党党员，及至于中国的人民，没有一个不痛恨你。你欺骗中国国民党，就是压迫我们中国人民，这样并不是我们放弃总理的联俄政策，完全是你来阻挠我们执行总理的联俄政策，就是你破坏了苏俄以平等待我之民族的精神。"

对于蒋介石全然一副摊牌的态度，毫不掩饰地进行个人攻击，鲍罗廷是不曾料到的，心中的怒火禁不住喷发出来，昂然说："蒋介石，你想众人都不说话是不可以的。我告诉你一个故事吧，古时西方有一个国王极讨厌各大臣说话。有一天，他对各大臣说，你们说话太多了，我不喜欢。各大臣说，只有狗是不会说话的，陛下要我们不说话，只有找狗去。"

二人不欢而散。

自来武汉第二天起，蒋介石参加了一系列活动，有武汉市民群众欢迎大会、宴请武汉各界代表会议、召集武汉工商界及在汉江浙企业会议、追悼第四军阵亡死难烈士大会等等。他感到武汉人民虽对迁都的事情不满，但仍把他当作英雄来欢迎，而他秉持直诚，宣讲革命，鼓舞教育武汉人民，也树立了自己的威望。在进行这些活动的间隙里，蒋介石又与徐谦、宋庆龄、孙科、宋子文、陈友仁等人一一进行交谈。两方的态度都很真诚，但分歧严重，谁也说服不了谁，这使蒋介石甚为焦虑。

1月17日，联席会议在汉口南洋公司三楼召开临时会议，邀蒋介石一行人员参加。双方摊牌的时刻到了。徐谦首先发言。他说："迁都武汉，原是蒋总司令一力主张，经过中央和政府一致同意决定，并经正式公布了的，现在无论在外交上、财政上、军事上乃至在人民心理上都不宜有所改变。"然后，他仍以平和的语气对南昌的做法提出批评，要求滞留南昌的人员速来武汉，共商大计。蒋介石接着发言，他详尽申述定都大事，应以暂时迁都南昌而后定于南京为最佳方案，遂有南昌政治会议作出决定。他最后说："中正以为这项决定是完全正确的，深望武汉同志遵照执行，中正为此来汉，殷殷之情可表。"

执行南昌政治会议的决定，就是取消武汉联席会议，武汉同志都面露气愤之色。徐谦有些冲动地说："南昌的会议，不足法定人数，怎么开的会？如此公然违背组织原则，这是非法的，通过的决议当然也是无效的！"

蒋介石冷笑了一声，说："武昌成立联席会议，就足够人数吗？第一批来汉同志是为迁都做调查准备工作的，并无成立联席会议之议，可到了武汉就突然成立了这样的机构，而且行使最高职权，这就是同时改变了党和政府的领导体制。如此重大的事情尚由少数人决定，不是视国家重器如儿戏吗？"

武汉同志闻听蒋介石攻击联席会议，更加恼火，纷纷发言反驳。蒋介石任由他们说完，遂说道："看各位的态度，在汉难以解决问题。所以我提议武汉同志到南昌去共商大计，如何？"

孙科叫了起来："蒋先生，这是要把我们陷到南昌，听任你们摆布吗？"

"连生言重了。"蒋介石仍平和地说，"我们是同志，不是敌人。武昌不设鸿门宴，所以我来了，同样南昌也没有鸿门宴，武汉同志怎么不能去呢？中正此来武汉，是诚心为解决分歧，团结一致而来。今见终不能说服大家，中正不能做主，是故有此提议。"说到这里，蒋介石站起来告辞："此来徒劳，中正深表遗憾。如武汉同志有意赴赣，中正竭诚欢迎。"

蒋介石离汉回赣，中途上了庐山。张静江、邓演达、戴季陶、陈果夫等人在等着他。蒋介石在牯岭仙岩旅馆一住下，就召集会议，提出了"驱鲍"的问题。张静江立表赞成，陈果夫随声附和。邓演达受命从武汉来赣，一直没有回去。他一面苦口婆心地劝说，一面等待蒋介石从武汉回来的结果，却没有想到事情竟如此的糟糕。他大讲了一阵期期以为不可的理由，最后几乎声嘶力竭地说："若赶走鲍顾问，联俄完了，联共完了，孙总理的三大政策破产了。没有苏俄的帮助，没有共产党的合作，而且我党也势必分裂，后果不堪设想啊！"戴季陶也不同意驱鲍。他是国民党的理论家，是个反共不眨眼的人，但他认为现在的情势无力把他赶走，倘若赶而不走，则更为不利。因此他劝蒋介石切莫"知其不可而为之"。

争论既久，蒋介石不耐烦了，斩钉截铁地说："鲍某人凌驾于我党之上，专横跋扈，不赶走此人，我党就没有出头之日，不赶走此人，他卵翼之下的共产党早晚也要毁了我党。为了我党的生存，为了国民革命，挽救之法只有一个，那就是把他赶走！"

场面鸦雀无声，没有人再敢说话。蒋介石向戴季陶说："你向武汉徐谦发个电报，就说我要求撤销鲍罗廷的总顾问职务。"

当晚，邓演达和戴季陶同室共饮。一个酩酊大醉，一个大哭一场。邓演达是为蒋介石刚愎自用，致使国民党分裂而醉。而戴季陶则为想驱鲍而又不能驱鲍而哭。第二天，对蒋介石彻底失望的邓演达就返回武汉去了。

1月22日，蒋介石回到南昌，又与张静江、谭延闿联名致电武汉，以中央名义命令联席会议立即停止办公，改设为武汉政治分会。

对于南昌方面的严重挑衅，武汉方面立即展开反击。联席会议发出通电，严厉谴责蒋介石私心自用、分裂革命的行为，督促南昌同志迅速回归武汉，共赴国民革命。武汉政要徐谦、宋庆龄、孙科、陈友仁、董必武等人和军事将领唐生智、张发奎等人纷纷发表声明或演讲，湖北省暨武汉市各界人民团体举行大规模集会，一致表示支持武汉，声讨南昌。武汉形成天人共愤的气势，而南昌却是默无声息，那里的风头开始转向了。蒋介石这才感到形势对他不利，悔不听戴季陶之言。

这时候，武汉派宋子文和陈铭枢来到南昌，邀请滞留南昌的委员赴汉。宋子文是财政部部长，专责为北伐筹款，现正有北伐军急需款项1300万元入账，发放权就在他的手里。这时蒋介石也收到他的军需处长的一封信，说："我军命脉操在宋手，请总座先救目前之急，再图良法，万不可操之过急，致生重大影响。"因此蒋介石不能不有所忌惮。陈铭枢现任第十一军军长兼武汉卫戍司令，并与蒋介石关系亲密。为公，他代表武汉而来；为私，他也是真心为蒋着想。他私下里埋怨蒋，驱鲍是过分和愚蠢的行为，以致大失人心，使天平倾向武汉，为今之计，当退则退。他的劝告使蒋心服。

蒋介石终于接受了宋、陈两人的意见，说："我同意维持中央迁都武汉原议，如此南昌同志也将离赣赴汉。但是，"蒋介石又落地有声地说，"我决不承认武汉的那个联席会议，如果武汉心中还有革命大局，愿意维护我党的团结，就迅即取消联席会议。"宋子文和陈铭枢得到这样的答复，心中已是满足，至于"联席会议"的问题，不多纠缠，便打道回府了。

2月8日，南昌向外界宣布："兹应民众及各团体要求，本日决议中央党部与国民政府迁至武汉。"随后，谭延闿又向武汉发电，说在南昌的委员们即将赴汉。

鲍罗廷认为迁都问题的解决是对蒋的重大胜利，但决定性的战斗还没有到来。于是武汉联席会议于2月9日举行会议，通过了三项决议：（一）实行民主，反对独裁,提高党权;(二)执行三大政策,扶助农工运动;(三)召开国民党二届三中全会。为贯彻执行上述决议,会议推举徐谦、吴玉章、邓演达、孙科、顾孟余五人组成行动委员会。

行动委员会2月15日发表《党务宣传要点》,明确提出:近几个月来,党权旁落,政治退步,为使党不再蹈辛亥革命之覆辙,使革命胜利果实付之东流,特提出六条要求:(一)巩固党的权威,一切权力属于党;(二)统一党的领导机关,拥护党中央;(三)实行民主政治,扫除封建势力;(四)促汪精卫销假复职;(五)速开中央执行委员会全体会议,解决党内分歧;(六)以打倒西山会议派的精神,打倒昏庸老朽和官僚市侩。

随后,一个以"救党"为主题的大会在武昌校马场召开,与会者有国民党员一万多人,群众二十万人。大会之后,武汉各机关、团体纷纷发表通电,表示支持。

对于武汉发起的"提高党权"运动,蒋介石气急败坏。2月19日,总司令部特别党部召开成立大会,蒋介石发表了长篇讲话,借机向武汉发起反击。在所有对蒋介石的指责中,他最为不平和仇恨的就是说他"独裁",他讲道:

"同在一个革命大道上的同志,却故意加以丑恶的罪名,诬蔑他的赤胆忠心,甚至使他不能革命。拼命排斥人家来革命,自己却关起门来,把持革命机关,包办革命事业,那才是真独裁制!中正自追随总理以来,各位同志想必很知道的。中正敢自许是本党的忠实党员,是总理的忠实信徒,如果中正要想成为一个独裁者,把持一切,操纵一切,岂但本党应加以严厉的处分,就是中正自己随时都可以自杀。以现在中正的历史,中正的地位,我敢大胆地说一句话,无论什么人想假借一种不着边际的宣传和诋毁,诬我以独裁的名号,以反对中正革命,老实说,这是不行的!我是革命的,倘若有人要妨碍我的革命,反对我的革命,那我就要革他的命!"

两天后,2月21日,蒋介石在总司令部第十四次纪念周上再次发表长篇讲话。他说:"现在武汉有一种运动,所谓要提高党权,集中党权。党权本来是最高的,无所谓提高,党权本来是集中的,也无所谓集中。今日提出这样的口号,不过拿这一口号来排除异己,作他们真正想把持党权的武器罢了。有人说,中央执行委员会是最高的,不能有与其并立的机关。这一句话,不晓得是指哪一个机关说的,我认为与中央执行委员会并立的机关,就是现在汉口的联席会议。联席会议是没有根据的，若要提高党权，就要取消它，不然就是没有党，也没有政府了。"

接着，蒋介石谈到国、共两党的关系。他指责有许多共产党员压迫、排挤国民党员，使得国民党员难堪，因此他便不能照此前一样地优待共产党员了。然后，他以革命领袖的担当严厉地表示："我是中国革命的领袖，并不仅是国民党一党的领袖，共产党是中国革命势力的一部分，所以共产党员有不对的地方，有强横的行为，我有干涉和制裁的责任及其权力。"

蒋介石接连两次讲话，引起广泛关注。国内、国外报刊大量登载、评论，轰动一时。北洋军阀看到了革命阵营的分裂，沾沾自喜。国外列强为蒋介石要制裁共产党一致喝彩。

武汉方面则为蒋介石的顽固和影响大为震动，立即召开会议，全面分析国内外形势和党内力量对比，寻找尽快解决问题的办法。会议通过了结束联席会议和提前于3月1日召开二届三中全会两项决议案，并派陈铭枢和谢晋两人携带《全体会议提案大纲》赴南昌征求意见。

蒋介石担心于己不利，便以战事要紧为由坚决拒绝。但由于武汉取消了联席会议，消除了横阻在两方的最大障碍，得到南昌多数同志的赞同。大势所趋，蒋介石知道难于阻止了，便要求将会期展缓数日。武汉方面迅速答复，愿将会期延至3月7日，如南昌的委员6日来汉，则7日开预备会，至多只能展至10日正式开会。

3月6日，谭延闿、何香凝、李烈钧、陈公博、丁惟汾、陈果夫六人起行，南昌只剩下蒋介石、张静江和朱培德三人。张静江是不到武汉去的，武汉提出"打倒昏庸老朽"指的就是他，那里就是他的坟墓。他就要起程赴沪，回他的老家。蒋介石和朱培德则以部署军事为由延时与会。

谭延闿等六人3月7日到达汉口，下午即参加在南洋大楼举行的预备会议。谭延闿提出要求，等蒋介石和朱培德两人部署完东南战事赶来再开正式会议。在南昌临行前一天，蒋介石设宴送行，要求会议延至3月12日，并振振有词地说："他们能等我，等到3月12日开会，我就相信他们有诚意，假使提前举行，则虚伪可知。"

会议激烈争论起来。彭泽民说："展至3月7日开会，曾报告各党部并在报上发表，人人皆知。如等南昌同志全来，而又迁延会期，实属不当。"吴玉章紧接着说："不能专门等候一二人来才开始开会。革命是共同的革命，不能由一二人的意思来指挥。"随后恽代英、毛泽东、于树德等人相继发言，反对延期开会。

当会议主席孙科提议将这一问题付诸表决时，李烈钧、谭延闿起而反对，说："到会委员不足半数，不能表决。"吴玉章遂提议，将候补委员增补为正式委员，即足人数，可以开会了。徐谦则表示，自革命上立论，固不必斤斤计较于人数。这一来被谭延闿抓住了把柄，不屑地说："西山会议不足法定人数，吾人即以此驳斥之，难道人之不可行者而己行之耶？"

吴玉章即向谭延闿发问："西山会议是根本的不对，还是人数的不对？"

"人数也不对。"谭延闿生硬地说。

"今日会议绝对不能与西山会议相提并论。"吴玉章说，"我们革命党人，一面顾事实，一面顾革命。假如有变故，同志多被杀逐，仅剩少数人，则又如何？试问此时尚开会否？谭同志以为我们不顾事实，本席以为我们真是顾事实。七日开会公开宣布多时，是很光明正大的，不是突然中变，所以大家应通盘来看，不应误会。"

吴玉章说得入情入理，谭延闿哑口无言。孙科再次提议表决，这时李烈钧忽地站起来说："这个手我不能举。"说完气冲冲地走了。

会议仍然进行表决，通过了 10 日召开全会的决议。

国民党二届三中全会于 3 月 10 日开幕。出席会议的中央委员 33 人，候补委员 11 人，由谭延闿、徐谦、孙科、宋庆龄、顾孟余五人组成主席团，谭延闿为主席。蒋介石和朱培德两人仍没有来。李烈钧退席后再也没有露面。还有一位缺席的是陈铭枢，他是被唐生智赶走的。在 3 月 7 日预备会议前一天夜里，唐生智把陈铭枢请去，要他表示态度，否则立刻请他离开武汉。陈铭枢回到家中，为防不测，连煮好的鸡汤都来不及喝，就上了一条船走了。陈铭枢一走，唐生智就自兼了武汉卫戍司令。

全会共开了七天，通过了《统一党的领导机关案》《统一革命势力案》《国民革命军总司令条例》《军事委员会总政治部组织大纲》等 28 件议案。会议决议规定将政治、军事、外交、财政等大权集中于党。在党务方面，中央常务委员会对于党务、政治、军事行使最终决定权。在政治方面，中央常务委员会不设主席，实行集体领导。中央执行委员会下设政治委员会，作为全国最高政治指导机关。

政治委员会不设主席，实行主席团制。在军事方面，在中央执行委员会下设军事委员会，作为国家政府最高军事机关。军事委员会不设主席，而设主席团，执行党中央和军委会的决议，并处理军事日常事务。撤销中央军人部，废除各军事学校校长制，改行委员制。

全会选举中央常务委员 9 人，有汪精卫、谭延闿、蒋介石、孙科、顾孟余、谭平山、陈公博、徐谦和吴玉章。除这 9 名常委兼任政治委员外，又选出宋子文、宋庆龄、陈友仁、邓演达、王法勤、林伯渠等 6 人为政治委员，组成政治委员会，从中又选举汪精卫、谭延闿、孙科、顾孟余、谭平山、徐谦、宋子文等 7 人为主席团成员。全会选举军事委员会成员 16 人，军委主席团由汪精卫、徐谦、谭延闿、蒋介石、邓演达、唐生智、程潜等 7 人组成。

这次会议还改选了国民政府委员，汪精卫、孙科、谭延闿、徐谦、宋子文等 5 人当选为常务委员。

这次全会以防止独裁为由，最高领导层实行集体领导体制，这就自然取消了蒋介石原任的中常会主席和军委会主席的职务。蒋介石新任的职务是中常会的常务委员和军委会的主席团成员，而在国民党的政治委员会上仅得委员，没有进入主席团，而且他以前兼任的党中央组织部部长和国民政府军人部部长都被取消。全会保留了蒋介石国民革命军总司令的职务，但新定的"国民革命军总司令条例"大大限制了总司令的权力，如最重要的任免之权，规定总司令和军长之职由军委会提出，经中央执行委员会通过任免，总政治部不再隶属总司令部，改归中央军委领导，总政治部主任、军师政治部主任都由中央执行委员会任免。

鲍罗廷原本是坚决要把蒋介石的总司令职务拿掉的。他曾先推荐唐生智，但得不到大家认可，于是他又看中了李宗仁，柬约小叙。李宗仁应约而至，两人共进晚餐。鲍罗廷着实夸赞了李宗仁一番之后就言归正传："李将军，北伐是你一手促成的啊，今日北伐一帆风顺，革命不久便可成功，你总不希望革命流产吧！"

"当然不希望流产。"李宗仁说，"相反地，我正希望革命早日胜利，以和平建设我们的国家。"

"那么，你看蒋介石近日作风是个什么样子呢？我看他已经完全脱离群众，眼看就要变成一个新军阀。我想，你不应该跟着一个军阀走。"鲍罗廷说时面色十分严肃。

李宗仁说："鲍先生，蒋总司令缺点是有的，但是无论怎样，我不主张打倒他。临阵易帅，为兵家之大忌。"接着，李宗仁说起太平天国的故事，洪、杨同室操戈，以致功败垂成，殷鉴不远，遂对武汉所发动的反蒋运动，表示"期期以为不可"。

鲍罗廷不为所动，严正地说："我看你们绝不能再让蒋介石继续当总司令了。再当下去，中国必然又要出现一个独裁者，袁世凯必将重见于中国，革命就会前功尽弃。那么，你看如果蒋介石失败了，谁能接替他呢？"见李宗仁不答话，遂又说道："据我看，李将军，论党龄，论功勋，论才能，还是你最适当。我希望你能考虑一下这个问题。"鲍罗廷说着，露出一副诚挚的脸色等待李宗仁回答。

话说到这里，李宗仁完全看透了鲍罗廷的动机，就是在即将召开的三中全会上拿掉蒋介石的总司令，找另人替代。所找的人就是他李宗仁。如果他答应，总司令就到手了。

好事送上门，鲍罗廷相信李宗仁一定会答应。但听李宗仁说："鲍顾问，你还没有认识我。你不了解我的思想，我的愿望，乃至我的个性。我们革命军人唯一的愿望是革命早日胜利，国家偃武修文，息兵建设。革命不成，马革裹尸就是我唯一的归宿，我既参加革命，就从未考虑到自己的前途。前此湖南之战，我力辞前敌总指挥，保荐唐生智担任，你当时在场亲眼所见吧，你看我考虑自己的名位了没有？鲍顾问，你并没有认识我的为人！"

这番大义凛然的话，鲍罗廷脸色难看了。李宗仁急忙转呈恭敬之态，向鲍罗廷许诺，他愿到南昌劝说蒋总司令来汉参加三中全会。

接着，李宗仁就到了南昌。但蒋介石终不听李宗仁之言。蒋介石压根就不想参加武汉会议，他的心机是单纯的李宗仁想不到的：入会无益，反而会带来危险，他拥兵在外才是最安全的。

事情也许真的这样。武汉会议不能不无所忌惮，终究保留了蒋介石总司令的职务。而李宗仁却因此没能进入军事委员会主席团，仅得委员之职。

这次全会大大削弱了蒋介石的权力，而汪精卫尚未回国就虚位以待。他在中常会、政治委员会、军事委员会、政府委员会四大机关都出任常委或主席团的职务，而且名次都排在最前面。他虽然不是什么"主席"什么"长"了，但凭其资历和威望，自然地拥有领袖地位，掌握大权。

武汉群众敲锣打鼓，庆祝大会胜利闭幕。

这时，在南昌总司令部里，朱培德、李烈钧和陈铭枢三人正围蒋而坐。蒋介石拿出由张群和黄郛两人所写的"意见书"让三人传看。三人看了，一致称赞。李烈钧说是锦囊妙计。陈铭枢赞为隆中对策。朱培德说："这叫另辟蹊径，且看柳暗花明又一村。"

蒋介石的脸上露出了笑容，踌躇满志地说："武汉那帮人，不过有两湖之地。两湖我不要了，我要收取东南金瓯，底定大局。哈哈！"

孙传芳北上拜山　蒋介石决胜江南

　　面对惨败，孙传芳才又想到吴佩孚，一封电报打到郑州，深表一番悔过之意，要求吴兵援助。在旁的齐燮元先斜着眼冷笑起来："孙馨远还有脸来求咱们？当初他见死不救，现在也让他去死吧！"吴佩孚骂了一句"狼羔子！"一把就把电报扫在地上了。

　　电报几日不回，孙传芳就知道吴佩孚与他过不去了，能救他的只有张作霖了。但奉军与他是结了大仇的，能饶过他这一遭吗？就在他彷徨不定的时候，张作霖到天津召开军事会议，邀请吴佩孚、阎锡山和他派代表参加。孙传芳又惊又喜，于是立即派他的拜把长兄杨文凯前往天津，嘱咐他，要竭尽全力靠上这棵大树。

　　杨文凯去后五天，打回电报说："来津三日，唯张雨帅热情相待，手下将领则冷眼竖目，故难测雨帅真意也。至于与奉方合作，张雨帅对我只打哈哈，不出实招，其意显要我方付出代价，可能就是要回地盘吧。对此我不敢轻许，请弟定夺。"

　　孙传芳思索良久，决定亲自出马。他知道，他改弦更张联奉，势必遭到东南各省的反对。这事，要偷偷摸摸地干。

　　11月17日午夜，浦口车站站长突然接到津浦铁路局的通知，说联军总参谋长刘宗纪要去天津接母，请凌晨四时在发往北方的客车上附挂头等车厢一节。

　　凌晨三时半，一艘汽船从江南驶来，有五个人来到车站。为首的正是刘宗纪，后面跟着四个马弁。局长慌忙迎接到局长室。刘宗纪说："我有军务在身，不能离宁，烦请站长替我去一趟天津如何？"

局长诺诺连声地说:"承蒙参座厚爱,我保证将太夫人平安接到南京。"刘宗纪又指着马弁们说:"这四位兄弟护送你北上,多多关照。"局长遂带着四人上了火车。汽笛一鸣,列车消失在黑夜中。

第二天早晨,车到天津站。局长吓了一跳,他不明白,联军总参议杨文凯为何来站迎接。一行人匆匆上了汽车,来到法租界 206 号高宅深院门前时,局长才知道同来的"马弁"中,竟有五省联军总司令孙传芳。

上午九点,蔡家花园军事会议。与会人员刚刚就座,就听到报告:孙传芳前来拜见!

张作霖一怔:"他怎么来啦?"

"哈哈!"张宗昌先大笑起来,大嗓门说,"还是俺山东好汉有种,单枪匹马敢闯敌营。"奉军将领则是愤怒和不齿的表情。韩麟春骂起来:"要不是这小子,天下早就是我们的了。他今天败了,还有脸来找我们哪? 大帅,他就是磕头喊爹也不能饶他!"

张学良问:"爹,你见不见孙传芳?"

张作霖"嘿嘿"一笑,说:"见。咱们出门迎接!"然后扫了奉军将领们一眼,郑重地说:"你们都得给个笑脸。"

张作霖带头走出厅堂,来到大门口,笑嘻嘻迎上前去,说一声"馨远来了",拉住孙传芳的手,边说话边向里走去。走进大厅,张作霖指着身旁的一把椅子让座,自己仍坐回正中的虎皮椅上。

孙传芳没有坐,他向张作霖深深地鞠了一躬,大声说:"大帅,我孙传芳对不起你,今日特来负荆请罪!"

张作霖满面春风地摆摆手说:"哎,过去的事还提它干啥? 我们在这里开会是商量大事的,你快坐下说话吧。"

看上去,孙传芳神态自若。但他知道他是在闯龙潭虎穴,是做了最坏的打算的。直到他坐到椅子上,判定张作霖真正乐于与他相见,并无杀机,心里才一块石头落地。

这时候,韩麟春走过来,拍着他的肩膀说:"馨远,去年你的手好快呀,打得邻葛晕头转向。"韩麟春这话,一石二鸟,一是指责孙传芳,二是借机窝囊杨宇霆。

孙传芳一脸愧色地说:"芳宸,看在我们老同学的份上,原谅我一次,就不要哪壶不开提哪壶了。"张宗昌哈哈笑着接上说："这叫不打不相识嘛。馨远，我看在山东老乡的面子上，劝你不要做狼，要做狗。狼无情无义，喜欢回头咬人，狗对主人则忠诚驯服。"

孙传芳颇为尴尬，一时却福至心灵，向张宗昌揶揄道："效坤趣人趣语，真不愧'狗肉将军'之雅号。"众人都笑起来。张作霖也是一脸笑意，却打住说："都别说笑逗乐了，咱下面听听馨远说说南方的情况，究竟如何？"

孙传芳详细介绍了北伐军的兵力、编成、装备等情况，接着讲战事，从湖南、湖北，讲到江西之战。对于江西崩溃式的惨败，孙传芳说他是见机而退，保存了实力。然后，他说出了他的打算："今南方局势既已如此，北伐军是以消灭我们北洋为目标的，如果东南长江不保，黄河流域就危险了。而且蒋介石此人野心很大，更不可掉以轻心。因此我们北方必须实行大联合，共同对付南方，决不能坐视北洋江山为赤匪所得。这就是我孙传芳北上的目的。而主持讨赤之大计，自然非雨帅莫属，各路诸侯都应拥护大帅，服从大帅，一切听从大帅的指挥。在此，我也向雨帅郑重声明：为战争全局着想，我愿放弃江苏、安徽和上海的地盘，以为奉军的行动提供方便。"

孙传芳全无失败求救之相，而大谈北洋团结对敌的重要性，最后又不惜拿出真金白银来。张作霖大为感动，就是曾与他血战的奉军将领也原谅他了。接下来的会议，孙传芳几乎成了导演和主角。会议推举张作霖主持讨赤军事，统一指挥北方各路人马。军事战略是以巩固天津、徐州、郑州铁三角为根基，坚守长江以北，以重兵从皖、苏两省向南发起攻势，以夺取江西，消灭北伐军主力为目标。

会议又对部队前期作战任务作出部署：（一）以张学良和韩麟春率军入豫，占领京汉线，以巩固"津徐郑"铁三角，并为南进开辟通道。（二）张宗昌率直鲁联军沿津浦线过江，进占南京以为出发阵地。（三）孙传芳让出镇江以西，退驻常州、苏州一线，抵御福建之北伐军。

当晚，张作霖举办盛宴，庆祝会议圆满结束。孙传芳提出与张学良结义，张作霖立表同意。张学良不便推辞，两人当场结拜。孙传芳大张学良19岁，而仅比张作霖小6岁。孙传芳为达成与奉军的联合，甘心低张作霖一辈，以博得张氏父子的欢心。

听到天津会议的结果，杨宇霆来到天津。一年前，孙传芳大败杨宇霆，"小孙郎赶走小诸葛"在全国传为美谈，孙传芳大露脸，可也正是杨宇霆大丢脸。因

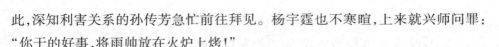

此,深知利害关系的孙传芳急忙前往拜见。杨宇霆也不寒暄,上来就兴师问罪:"你干的好事,将雨帅放在火炉上烤!"

孙传芳赔着笑:"邻葛兄,小弟先向你道个歉。上次是我不仁不义,未宣战便打你个措手不及。我这点本事不能与兄比,真正面对面摆开阵式,我哪是你的对手?"

杨宇霆对高帽不屑一顾:"你来诓雨帅出兵帮你打仗,想得美!我一定要制止此事。"孙传芳乞求一般又向杨宇霆说了一大筐好话。但杨宇霆仍是铁面包公,拉住孙传芳的胳膊,说:"走,咱去见雨帅说话。"

两人一见张作霖,杨宇霆就说:"大帅,关于进兵江南的计划,我向大帅进言,想来大帅是明白的,怎么这次会议又改了呢?"

"对,你说过,还是稳扎稳打的好。"张作霖思索了一会又说,"立即电召张宗昌回来吧,要他负责保守长江北岸,至于何时过江,以后再说,再说吧。"

孙传芳以眼示意,求张学良说话。张学良说:"爹,昨天那样一个决定,今天又这样一个决定,这样变来变去,还像一回子事吗?"

张作霖看了看杨宇霆那紧绷的脸色,转头对张学良说:"今天我就这样决定了,以后不会再变了。"

天津会议就这样结束了。张宗昌对孙传芳说:"老弟,咱们回去吧。不过,你不想回老家看看?"孙传芳高兴地说:"好啊,我跟大哥回济南。"

孙传芳由张宗昌陪着一连在济南住了三天,游山逛景。孙传芳青少年时在济南住过五六年,是旧地重游。这天晚饭,张宗昌说:"兄弟,你说在济南玩得痛快,但我看你,好像还有什么心事挂着,是不?"

"还是大哥体贴小弟。"孙传芳含笑说道,"我想的是一件大事啊,这两天我也想好了,就给大哥说说。"

"不就是杨宇霆插了一杠子吗?"张宗昌不屑地说,"他呀,什么小诸葛!我看他就是让你打怕了,这不,我的部队已快到南京了,又撤回了浦口。我说兄弟,不就是打仗嘛,他不着急,我们着什么急?"

"这事不是怕不怕、急不急的问题。"孙传芳说。

"噢!"张宗昌上了心,"那你说,什么问题?"

孙传芳说:"天津会议拿出的进兵江南计划,表面上是北方各部大联合,共同对付南方。而实际上呢,是先叫我们为前驱,同时消耗敌人和我们的力量,然后奉军出来收网,收拾残局。这就是杨宇霆出的主意啊。"

"就是说,他拿我们当垫背的,当炮灰!他想得美,我们不干!"张宗昌一脸怒气。

孙传芳接着说:"实行北方的大联合是完全必要的,不如此,难以消灭南蛮。不过呢,姓杨的玩心眼,别人就那么傻吗?阎锡山是个老狐狸,他的部队又在北方,主要是看住冯玉祥,不可能到南方打仗。吴佩孚呢,他不甘张作霖之下,对奉军也早有戒心,怎会上当?那么,能与奉方合作,或被利用也罢,就是你我两兄弟啊!"

"那,咱俩怎么办呢?"张宗昌问。

孙传芳大舒了一口气,说:"好在雨帅是个侠义之人,我们把他捧上天,从而将奉军与我们绑在一起,这样我们三家成了一家,我们不是外人了,就破了姓杨的局。"

张宗昌急道:"你别含含糊糊的,到底怎么办呢?"孙传芳附耳低言,如此如此,说得张宗昌眉开眼笑,一拍巴掌说:"那就这么办了!"

第二天,孙传芳和张宗昌就回到天津,走门串户,一力鼓吹北方各部实行大联合,成立统一的军队"安国军",推举张作霖为总司令。

11月30日,由孙传芳领衔16名将领发出推戴张作霖的通电。在孙传芳以下签名的将军,有孙传芳联军的卢香亭、周荫人、陈仪、陈调元,有奉军的吴俊生、张作相、韩麟春、高维岳、褚玉璞、汤玉麟,有直鲁联军的张宗昌和山西的阎锡山、商震。另外还有寇英杰和刘镇华两人。刘镇华的镇嵩军刚被冯玉祥打败,从陕西退往豫西。寇英杰是吴佩孚的大将,竟不顾吴的反对公开拥护张作霖。

在孙传芳领衔通电的第二天,张作霖在天津蔡家花园就任安国军总司令。他作了简短讲话,望大家同心协力共谋国是,并宣布孙传芳和张宗昌为安国军副总司令,杨宇霆为参谋长。

张作霖本想请吴佩孚出任副总司令,但吴佩孚岸然不答。张作霖就任总司令后,又给吴一电,解释他出任总司令是"勉为其难",请吴理解,并再请吴屈居副帅。但吴佩孚仍然不理不睬。

12月27日,张作霖由天津专车入京,安国军总部也随同迁都。张作霖入京后,俨然以天下第一人自居。但他一时尚不能改变国家体制,于是就在安国军总司令部内设立了政治、外交、财政三个机构,从而把国家大权抓在手里,而使顾维钧的摄政内阁成了附庸和陪衬。

杨宇霆出任安国军总参谋长，实际掌握安国军大权，因而进兵江南的计划并没有改变，仍是他的稳进战略。这位小诸葛精心算计的妙计是一个致命的错误。他想不到的是，自北伐军夺取江西之后，国民党发生内讧，武汉与南昌截然对立，当然无力北进，而他还固执地防守长江，不乘机大举向南进攻。这就丧失了消灭南方革命势力的最后机会。

在蒋介石从武汉回赣，在庐山召集会议决定"驱鲍"之后，接着又召开了另一个会议。参加会议的是张静江、戴季陶、陈果夫、吴铁城、张群和黄郛，而这次会议的主角是张群和黄郛两人。

张群是蒋介石的盟兄弟，两人为保定陆军学堂同学，后来同去日本振武学校，又同时回国在上海参加辛亥革命，同在陈其美手下任革命军团长。北伐开始后，张群受蒋介石特邀，出任北伐军总参议。黄郛也是蒋介石的盟兄弟。他与蒋介石在日本留学时相熟。辛亥革命时，黄郛出任陈其美的参谋长兼第二师师长，而蒋介石和张群同是这个师的团长。二次革命失败后，黄郛两次出国考察欧美各国，回国后曾任北京政府的外交总长和教育总长。在第二次直奉战争中，冯玉祥倒戈，黄郛是主要策划人。北京政变后，冯玉祥推举黄郛成立摄政内阁，但不及一个月，段祺瑞临时执政府成立，因而辞职，从此隐居天津。

自武汉成立联席会议，蒋介石知道这是要向他开刀了，便苦思应对之策。他急忙把张群、戴季陶、吴铁城和陈果夫四人召到庐山，住进了仙岩旅馆。这就是他的智囊团。这时，他又想起了足智多谋，人称"隐身仙人"的黄郛，急忙发信相请。但是两请两拒。因为黄郛仍以为蒋介石是国民党的"左派将军"，而他是反共的。没奈何，蒋介石派张群赴津，告知蒋公"新变秘情"，黄郛才欣然来归。

张群与黄郛策划于密室数日，一锅黄粱终成熟饭。会议上，由黄郛主讲，侃侃而谈四条：

第一，必须明示"离俄清党"政策。苏俄顾问太专制了，共产党太可怕了，已使国民党人深感不安。因此，我们必须放弃"联俄容共"政策，宣示中外，以正视听。国、共两党，主义不同，早晚要分道扬镳，既然现已矛盾凸起，则晚分不如早分，免遗大患。

第二，北伐军要底定东南，作为制胜全局之基地。北伐戡定两湖之后，是北上还是东进正待作出重大抉择。江浙为中国最富庶之区，有最为发达的工商业，尤其江浙财团，资本实力最为雄厚，因此收取江浙之地，则如鱼得水。如舍东进而取北上之路，所经豫、晋、陕地，皆贫瘠之区，军需无所出，搜刮则又引起民怨。或有人言，可得苏俄援助。苏俄的援助要经过新疆或外蒙千里之路，远水解不了近渴。即便确能得到援助，倘要受制于人，何如依靠自己，奋自主之力呢？

第三，以"弃俄联日"为外交主轴。外交之旨在于多交朋友，少树敌人，趋利避害。而我现实一面倒向苏俄，而与世界各国绝交，这是作茧自缚。而况苏俄对我包藏祸心，因此非放弃交俄而与各国建立良好关系不可。而各国之中，首为日本，其次英美。

第四，联合冯玉祥、阎锡山，壮大我方实力。北方张作霖召开会议，联合北方各部，成立安国军，并控制了北京政权。于此可见，彼发动向南的进攻已为时不远。而我方如不采取联合的行动，其势已弱，其情可危。北方有冯玉祥和阎锡山两大势力。冯军已加入我党，合作自无问题。阎锡山虽参加安国军，那不过是虚应故事。他处于京畿肘腋之地，不得不行韬晦之计，而究其心仍是向我，更见南方革命力量的壮大，必能降心以从。但当前的问题在于，南昌与武汉两立，冯与阎尚在首鼠两端。因此我们必须切实加强两方的联系，尽快结成同盟，否则悔之晚矣。

黄郛讲完，蒋介石又问张群有什么补充的。张群说没有什么再说的了。蒋介石又问戴季陶，戴季陶应声而言："鹰白谈了'清党'和'弃俄'两大决策，我想对此谈些见解。当初，我们总理为得到苏俄的援助以拯救革命，才决定'联俄'的，随之也就接受共产党加入国民党，这就是'容共'。但总理并不赞成他们的主义和共产制度，联俄只为借助，而'容共'之目的则是'溶共'，即化共党的力量为我所有。殊不知，共党是个有主义的政党，是不可能把它溶化的。但若总理健在，至少俄人总会有所忌惮，而共党也不敢肆意张狂。可惜呀，总理早逝，才有今日如此之危险局面。眼下共党势力膨胀，已成心腹之患，倘再掉以轻心，也许北伐胜利之日，即是国民党死亡之时，而弹冠相庆的就是共产党啊。"

讲到这里，戴季陶站了起来，激动地说："在下所言之险情，绝非危言耸听。那么环顾群伦，能挽大局于既倒者是谁呢？就是坐在我们面前的蒋总司令！"

众人热烈地鼓起掌来。蒋介石兴奋地挥动着双手，义正词严地说："总理开创的革命事业，决不能葬送在共产党手里。中正追随总理凡二十年，与总理朝夕相处，耳濡目染，对于总理的教诲，心领神会。中正作为总理的忠实信徒，誓当为党国鞠躬尽瘁,死而后已!"

又是一阵热烈的鼓掌。

这次会议确定了反苏反共的政治路线,先取东南、再定中原的军事路线和离俄亲日的外交路线。随后,蒋介石精心拟定了"东下沪杭"的作战方略。

此作战方略以攻取杭州、上海,击破孙传芳主力,会师南京为目的。北伐军分东、中、西三路军并进:中路军由蒋介石兼任总指挥,下又分江左军和江右军。江左军总指挥李宗仁,辖第七、十、十五各军;江右军总指挥程潜,辖第六、二两军及独立第二师。东路军总指挥何应钦,辖第一、十四、十七、十九、二十六各军。西路军总指挥唐生智,辖第八、十八、三十五、三十六、四、三、九、十一各军。

任务区分:以江左军沿长江左岸,由安庆出合肥、蚌埠,挺进皖中,压迫津浦路南段及淮北地区。江右军沿长江右岸,由赣北出芜湖、秣陵关,直取南京。东路军由福建出浙江,攻取上海。西路军由鄂东进入豫南,以牵制河南和皖北方面,并由冯玉祥西北军从陇海路出洛阳、郑州,与豫南北伐军相呼应,相机击破吴佩孚的主力。

三月中旬,蒋介石挥师东进。

这时候,张作霖收拾了北京的政局,安国军也开始了"进兵江南"的计划。其部署为:奉军入豫,张宗昌接防江苏,孙传芳守卫浙江。可以看出,所谓"进兵江南",其实并没有向江南进兵,而是着力于巩固江北。为此,奉军派张学良、韩麟春率领强盛兵力向吴佩孚发动了进攻,以期占领豫境,并阻止冯军出关。同时,张宗昌率兵南下,接收了徐州至浦口的防务。孙传芳则调出江苏兵力,集中于沪杭线,确保杭州和上海。

奉军仍在执行"稳固江北,再取江南"的所谓稳扎稳打的战略,而不敢趁国民党政府"汉、赣对立"之机,大出奇兵突袭江南。

北伐军与敌接火,首战之地是浙江杭州。

浙江人对孙传芳一直反感,以致在北伐军进攻江西时,夏超谋反,周凤歧临阵避战。孙传芳由反奉转至联奉,更引起浙江人民的不满,省长陈仪暗中接受了北伐军第十九军军长之职,通电宣布浙省自治,脱离孙传芳的统治。

孙传芳对浙江发生事变毫不惊奇,立即派孟昭月、王森、李俊义等所部突袭杭州。陈仪不作抵抗,将所部撤向宁波,而自己束身待"罪"被捕。孙传芳委任孟昭月为浙江省省长,并命他迅速肃清浙江之敌。

这时候，周凤歧已出任北伐军第二十六军军长，陈兵浙西南衢州接应北伐军。他闻杭州之变，立即回师，期以与宁波的陈军会合反攻杭州。周军进抵富阳时，与孟军相遇，激战整日。周军不敌，退却。孟军紧追不舍，直把周军赶回衢州。这时候，孟昭月惊闻北伐军已从江西入境抵达衢州，乃急令部队停止前进，就地设防。

这支北伐军就是白崇禧率领的中央军四个师。

这次"东下沪杭"的战略是分两期来执行的，第一期以东路军单独向浙江发动攻势，以便将敌军主力吸引到沪、杭、宁三角地带，待战事进行到相当程度时，便发动第二期攻势，中路军即沿江东下，截断沪宁、津浦两线交通，与东路军合围，占领南京。这就是说，夺取杭州是第一次大战，成败关系全局。可是何应钦攻打周荫人进展缓慢，而孟昭月又大败周凤歧，因此蒋介石十分着急，叫来白崇禧说："浙江受挫，看来你我两人应前去一个才是。"

白崇禧一听即明其意，慨然道："总司令是全军统帅，岂可屈临局部之战，若不以我才疏学浅，我愿为前驱。"

蒋介石欣然说："有健生前往，我不虑也。"遂任命白崇禧为东路军前敌总指挥，亲率六个师东下杭州。

白崇禧到达衢州时，何应钦来电，要白退守仙霞岭，待其解决周荫人后再会师进攻，以免孤军深入，为敌各个击破。白崇禧则认为部队宜攻不宜守，攻则气盛，守则气馁。再者，等待与何军会师固然增加了己方实力，而敌方也将得到大力增援，因此机不可失，应当迅速出击。

孟昭月军配置于衢江两岸，前锋接近衢州，后方依托为衢江北的兰溪与衢江南的金华，前后连营二百里。白崇禧兵分三路，左路军为中央军第四师和第六师，右路军为周凤歧二十六军，中路为中央军第一师和第二师。

孟昭月是孙传芳帐下第一战将，有勇有谋，但当与白崇禧交手的时候却成了脓包一个，像是被牵着鼻子走，完全失去了主动。白崇禧正奇并用，真假虚实，让孟昭月屡屡上当，急躁、暴怒使他失去了镇静和机智。北伐军纵横驰骋，如秋风扫落叶。孙军万余人马风流云散，孟昭月从兰溪狼狈逃窜。

孟昭月逃回杭州，尽出杭州之兵，并紧急调集王森和李俊义所部，出富阳阻击北伐军。孟昭月亲自督战，誓挽危局。北伐军气势如虹，血战四日，摧毁了孟昭月的最后攻势。孟昭月再逃回杭州。他这时才真正服气了白崇禧，并知道杭州不守，遂勒索军费三百余万元，率领残兵败将离杭，转入松江，靠拢上海。

2月19日，白崇禧进入杭州。四天后，何应钦才消灭周荫人部，带领东路军一路畅行来到杭州。

浙江丢失，孙传芳气急败坏，频向张作霖告急求援。这时奉军主力正在河南围剿吴佩孚，杨宇霆不愿奉军再投入兵力，就令直隶省长褚玉璞和山东省省长张宗昌各派直、鲁军南下增援。

获悉直、鲁军南下增援，白崇禧对何应钦说，若待北军增援部队厚集苏沪，攻之则难。因此我军不能滞留浙地，错失战机。何应钦甚表同意，于是两人召开军事会议，确定了进军方略：以前敌总指挥白崇禧率军沿沪杭路前进，攻取上海；以总司令何应钦率军经宜兴、溧阳，向常州、丹阳前进，进占该地后，以一部右旋回向无锡、苏州，协同前敌部队围迁淞沪之敌，以主力左旋向南京前进，与江右军协同攻取南京。

方略既定，何、白两军即分途北进。白崇禧率部攻占嘉兴、平湖，即转入攻势防御，等到何应钦攻占宜兴、丹阳，并分兵二十一师绕过太湖回攻苏州后，遂开始向松江发起进攻。松江为上海西南屏障，孙军竭力抵抗，尤以铁甲车及所有炮火集中铁路正面猛烈轰击。白军伤亡极大，无法前进。白崇禧灵机一动，乃以铁路货车急造炮垒列车对敌铁甲车，并集中优势兵力三面包围猛攻。战斗殊为激烈，铁路线上，尸成堆，血成河，孙军魂飞胆丧，退入上海。

这时，何应钦所部第二十一师攻占苏州，向上海挺进。于是两军会合，开始了上海之战。上海外国军队在租界内鸣枪示威，并越界构筑工事，借故抗拒革命军入沪。革命军强烈抗议，逼迫外国军队退回租界。革命军大举进攻，将直鲁联军第八军毕庶澄部包围缴械，一举收复上海。

当革命军进攻淞、沪时，北洋海军总司令杨树庄调转炮口，向上海市区的孙军发起攻击，并截断了孙军退却之长江后路，有力地配合了革命军。遂后，杨树庄就任国民革命军海军总司令。从此革命军有了海军，如虎添翼。

就在白崇禧攻取杭州之后，北伐军中路军之江左、江右两军开始沿长江两岸东下，剑指南京。

中路军过境安徽，畅行无阻。原来是陈调元投奔革命。陈调元早已心在曹营心在汉，这时他不愿，也不能阻止北伐军，如此也就必然暴露。到时候了，陈调元公开宣布就任国民革命军第三十七军军长。在其影响下，皖军王普所部改编为第二十七军，马祥斌所部改编为独立第五师，而同时又有安徽革命元老柏文蔚收集北军残部，成立革命军第三十三军。于是安徽传檄而定。

3月18日，江左军李宗仁进驻安庆。翌日，郭沫若和朱克清两人到来。郭沫若为北伐军政治部副主任，朱克清为第三军政治部主任，两人都是知名的共产党。郭沫若将一张委任状和一颗大印放在桌子上，说："恭喜李军长，国民政府特派你兼任安徽省政府主席。"

李宗仁当即推辞："我是个统兵的人，政治非我所长，实在不能兼顾安徽省政，希代请中央另简贤能充任。"

郭沫若误以为李宗仁对武汉政府不满，颇费唇舌地说了一番。李宗仁再解释说："我在戎马倥偬之中，哪有工夫来处理省政呢？"

"你可择一人暂时代行！"郭沫若说。

"这样挂名不做事，岂不是儿戏政事？"李宗仁说。

郭沫若仍是喋喋不休，无论如何也要李宗仁将委任状和大印收下。纠缠到傍晚，李宗仁设宴饷客。两人且谈且饮。郭沫若喜酒，竟与李宗仁猜拳行令，李宗仁不敌，直喝得酩酊大醉，倒在客厅的沙发上沉沉睡去。等李宗仁醒来，已是第二天早晨，忙问郭沫若哪里去了。副官说："你喝醉了，他再三推你不醒，便回武汉去了。"

在郭沫若走后第二天，蒋介石自九江乘舰来到安庆，一见李宗仁就气愤地说："武汉的会议竟把唐（生智）某人捧起来，论资历、论贡献，更别说人品，他都难望兄之项背啊。"

李宗仁淡然一笑，说："孙先生教诲，国民党员要革命，不要做官。再说，宗仁才疏学浅，岂能存非分之想？"

"兄弟谦让之德，中正钦佩。但是——"蒋介石面露感激之情说，"事出有因，是为我！武汉的人最想革去我总司令之职，所以才找德邻兄。而德邻兄不仅拒绝接受，而且肯言支持我。中正十分感动而又深为不安，今天特意来表示敬意和感谢。"

"不必，不必。"李宗仁连连摆手说，"宗仁想的是北伐的胜利，革命的成功，应该怎样就怎样，仅此而已。"

"说得好！"蒋介石竖起大拇指说，"如德邻兄忠心耿耿，正直公道的人，天下有几人哉？中正能与兄同道，三生有幸呀。"

李宗仁被捧得热乎乎的,笑不择言。蒋介石郑重说道:"你不高兴武汉的委任,我现在来委任你做安徽省主席吧。"说着便从衣袋里取出一纸手令来。

　　李宗仁同样谢绝。蒋介石毫不理会,强调说:"做安徽省主席,你最适当。你现在不能分身,可以找一个人暂时代理!"

　　李宗仁又争持了一番,无奈地说:"那找什么人呢?"

　　蒋介石知道李宗仁接受了,急忙说:"你找谁谁行。"

　　李宗仁就推荐陈调元。蒋介石连声说:"好好,就这么定了。"

　　李宗仁不接受武汉的委任,而接受蒋介石的委任,立场自明。

　　蒋介石等陈调元从合肥来到安庆上任,交代事项后就顺江而下,驶向上海。他断定,上海就要收复,那是他的第二故乡,是他的出身之地。他在那里断续居住有十年之久,那里有他永远难忘的记忆,革命斗争的三次浴血奋战、证券交易场上的运筹帷幄、金屋锦帐下的几多销魂,让他的个性张扬到淋漓尽致,刻骨铭心。他憧憬着凯旋的那一天,他骑上高头大马,面对箪食壶浆欢迎的人群,那种惬意和满足无以言表。蒋介石看着船头劈波斩浪,意气风发。"长风破浪会有时,直挂云帆济沧海。"此其时也!

　　一路兴致到芜湖上岸。蒋介石在芜湖停留,是欲与抵达芜湖的程潜商议,以在上海收复后中路军与东路军会同攻占南京。不想江右军三天前就向南京进发了。蒋介石刚刚安顿下来,白崇禧传来捷报,东路军已进占上海。而蒋介石喜色未落,程潜又来报,江右军占领了南京。蒋介石见报,立时一片阴云从脸上掠过。几天前,他已电告何应钦,要东路军"适时抢占南京为要",而结果却是江右军捷足先登。程潜在江西之战时抢先攻占南昌,打乱了他的整个计划,现在又故技重演抢占了南京,坏了他的盘算。更有一层,他认为程潜亲近共产党,他的第六军,共党首领林伯渠是党代表,共产党员也很多,使他心中不安。"娘希匹!"蒋介石骂出了声,急电何应钦询问。何报告东路军先头部队已抵近南京,只不过晚了一步,他闻南京已克,遂令大部队待命于无锡、江阴一带。蒋介石很生气,回电斥责何应钦"没有头脑",立命他进占南京,控制要冲。

　　蒋介石尚且不知,程潜正是接受了武汉的指示而抢占南京的。发了电报,蒋介石便松了一口气。毕竟一天之内,北伐军连下上海、南京两城,"出兵沪杭"计划大功告成,蒋介石心情好起来,也就没再多想。时至傍晚,九江总司令部又有人传来喜讯:吴佩孚郑州败退西窜。蒋介石拍掌大笑,连声叫喊:"三喜临门,三喜临门啊!"并问今天是什么日子。参谋告诉他:今天是为 3 月 23 日,旧历二月二十。

奉军进攻河南,以为渡江南进的基地,势在必得。北面的冯玉祥和南面的唐生智面对奉、吴两敌火并,坐山观虎斗,但也从侧面钳制吴军。吴军四面受敌,土崩瓦解。吴佩孚只带着数百残兵败将向西遁去。凄凉蜀道,是他的英雄末路。

蒋介石喜气未落,白崇禧发来报告,说共产党领导的上海武装起义,今日选举产生了上海市临时政府机构,要求我予以承认。当何以对待,请示下。

蒋介石冷笑了一声,说:"上海是天上掉下来的吗?是北伐军打下来的,共产党就想坐地拾干鱼!"他叫来张群、黄郛两位"军师",讨论当前情势。正谈话间,程潜又来了电报,说在我军进占市区之混乱中,领事署遭到抢劫,英国领事受伤,英、美、法、意四国的 6 名外侨遇害,因而引起泊在下关江面的英、美军舰向南京城内开炮,死伤平民甚众。

"怎么招惹外国人,胡闹!"蒋介石大发雷霆。想了一会儿,遂对张群说,"你赶快向英、美使馆发报,说我总司令全权处理此事,一定保护南京侨民安全,赔偿一切损失,恳请他们宽大为怀,停止炮击,以待善后。"张群点头,起身去拟电稿。

当天晚上,陈果夫又从武汉赶到芜湖来。陈果夫原是中央组织部部长,在二届三中全会上落选,其职改由汪精卫兼任。蒋介石派人到汉口,叫他赶快离汉,并嘱离汉之前见谭延闿一面。当陈果夫向谭延闿辞行时,谭说:"我的见解不及蒋先生,我初以为此间情形不严重,到此一看,才知道严重性远出我预料之外。现在我已不能和你一样自由了,要想离去已不可能,但将来必定回南京随蒋先生,并且今后一切必能听蒋先生的话。请告蒋先生,不久必定在南京见面。"谭说这些话时,几至泪下。

陈果夫告别后就登船东下,到芜湖见了蒋介石,详细汇报了会议情况,并特别把谭延闿的话原本说出。蒋介石听后愤然说道:"贤侄,我心里已豁然明朗,武汉要与我们争夺天下了,程潜抢占南京和共产党在上海起义都是处心积虑的诡计。南京和上海一定要拿回来,这东南金瓯只能是我们的,我们的!依我看,党国已面临生死存亡,如果我们不拔剑而起,那后果就是人为刀俎,我为鱼肉。"

第二天,蒋介石继续东下,抵达南京。但蒋介石并不上岸,就在下关码头停泊,便召程潜来。程潜向蒋介石报告军情后,蒋介石即叫他随他一同到上海去。程潜颇感意外,说:"总司令,这么急?这南京还有好多事呢。"蒋介石立时不耐烦地说："咱们到上海去开会,南京这里,就是昨天发生的事呗,而依我看,你倒避一避也是好的。"程潜这才意识到,蒋介石不在南京停留是有了戒心,让他离开南京也别有用意,只能顺从了。

"开船!"蒋介石命令船长。军舰徐徐启航,很快飞速向前。蒋介石一脸凝重地望着江面,心里热血翻腾:"我的上海,决不能落在共产党的手里!"

血淋淋，蒋介石上海清党
灰溜溜，汪精卫遁走武汉

自北伐军与孙传芳开战，半年来上海共产党领导工人接连举行两次武装起义。两次起义失败后，中共中央毫不气馁，就又准备第三次武装起义。

3月20日，松江大捷。白崇禧所部与何应钦部第二十一师会师，激战三日，将孙传芳的主力几于全歼，北伐军旋踵即向上海挺进。中共中央认为时机已经成熟，决定起事。中共上海区委成立了一个特别委员会，由陈独秀、周恩来、罗亦农、赵世炎、汪寿华等8人组成，作为武装暴动的最高机关，并组织了以周恩来为首的军事委员会。党的总书记陈独秀亲自担任特别委员会主任，他点将让周恩来主持起义军事。

第二天中午，上海总工会发布总罢工令。上海80万工人走向街头游行示威，遭到军警镇压，随即罢工转向武装暴动。武装起来的工人纠察队一齐出动，同时向警署、兵营、政府机关及电话局、电报局、供电局等重要目标发动进攻。激战一天一夜，击毙、俘获毕庶澄的直鲁联军第八军一千人和当地军警两千人，肃清全市，武装起义告捷。脱逃上海的直鲁联军向北逃窜，和从松江溃逃的孙军混杂在一起，蚁群于途。毕庶澄则逃跑不及，孑然一身避入租界区，到夜深人静时乘船遁往青岛。

因此，北伐军兵不血刃占领上海。蒋介石遂命白崇禧为淞沪卫戍司令，驻节上海市南龙华。

22日上午，上海召开市民代表大会，选举产生了上海市临时政府委员会。

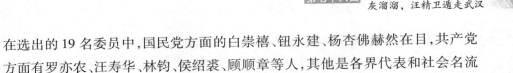

在选出的 19 名委员中，国民党方面的白崇禧、钮永建、杨杏佛赫然在目，共产党方面有罗亦农、汪寿华、林钧、侯绍裘、顾顺章等人，其他是各界代表和社会名流王晓籁、虞洽卿、陈光甫、林钧、郑毓秀（女）等人。

武汉国民政府立即承认上海市政府，并正式任命。但白崇禧和钮永建认为这是共产党单方面成立并操纵的政府，断然拒绝参加。

3 月 26 日，蒋介石急匆匆来到上海，住在龙华白崇禧的指挥部里。第二天，上海市举行欢迎北伐军集会。这原本是他向往的场景，可如今大变，欢迎他的不是国民党而是共产党。他不愿参加，而叫白崇禧代他出席欢迎大会。然后，他找来他的智囊团议事，忧心忡忡地说："上海的情势若不管，将会重蹈武汉的覆辙。上海是中国最大的城市，是中国经济的枢纽，如果上海和武汉一样落在共产党手里，弄得经济、政治、外交都扰乱不堪，那就无可告诉了。"

白崇禧的人马进驻上海市区后，与工人纠察队频发冲突，尤其闸北出现流血事件，工人死伤多人。蒋介石下令，要上海总工会立即解除工人武装，服从白崇禧节制。总工会则以"纠察队不同于军队性质，完全是工人自己的组织"而拒不执行。武汉则支持上海工人，国民党中央作出决议，对蒋介石大加申斥："在本党未组织宪兵维持革命秩序时，承认纠察队为合法武力，如果有任意解散者，即为反革命。"

上海市政府虽然成立，但由于白崇禧和钮永建两人拒绝参加而处于停顿状态，中共中央派人多次疏通未果，遂不顾白、钮的态度举行就职典礼，挂牌办公。蒋介石得悉后致函上海市政府："顷闻于 29 日正式就职典礼。上海市之政治建设实为当今要图，若不审慎于先，难免纠纷于后，务望暂缓办公，以待最后解决。"

上海市政府就职办公，共产党向蒋介石摊了牌。而蒋介石决不会让上海落到共产党手里，他的回击绵里藏针，一句"难免纠纷于后"已露杀机。山雨欲来风满楼。正在这时，李宗仁抵沪。

李宗仁来到上海，即乘车前往龙华。途中满街是人，路为之塞。原来是驻沪部队与工人纠察队发生冲突，工会聚集万人去找白崇禧申诉。李宗仁只得下车步行，在人丛中穿行至龙华。

白崇禧与老上级相见甚欢，安顿好住处，便一同去见蒋介石。蒋介石住在一个僻静的小院里，见了李宗仁就长叹一声说："上海情况很糟糕，简直无法收拾。

我不干了,我不干了!"他声音沙哑,几乎难以听清。

李宗仁说:"在这种情况下,你不干,责任就能了吗?"

"我怎么能干下去? 你看……"蒋介石说着便把抽屉打开,取出一张何应钦的辞职电给李宗仁看,说,"何应钦也要辞职了,他已无法掌握第一军,你看我怎能干得下去!"

蒋介石如此沮丧,李宗仁大感意外,遂安慰道:"非常时期,几多大风大浪。上海的情况,总司令也不必多虑,宗仁当竭尽绵薄之力。"

蒋介石这才勉强地露出了一丝微笑,说:"感谢德邻兄体察中正所苦。你来上海,也先了解一些情况,我再登门请教。"然后他指了指自己的嘴说:"我这嗓子,不能说话了,就让健生陪你吧。"

李宗仁闻言,便告辞出来,回到住处就问白崇禧:"总司令为何这样沙哑?"

"说话说得太多了。"白崇禧遂说出详情:

原来第一军驻在沪杭、沪宁路上,各级干部多已自由行动,不听约束。第一师师长薛岳、第二十一师师长严重俱有左倾迹象。驻南京的第二师师长刘峙听蒋介石的,左倾分子便抨击他为西山会议派,引起该师中下级军官不满,刘峙已指挥不动。尤其各师黄埔毕业的军官,看到国共关系恶化,成群结队到上海来向校长要求解释。他们所提问的,便是蒋校长昔日在黄埔曾一再强调的"服从第三国际领导""反共便是反革命""反农工便是替帝国主义服务"等等是否还要遵循,甚至直接质问校长:为何要改变孙中山的三大政策? 因此,蒋总司令终日口焦舌燥地解释,无片刻安宁。

蒋介石接见李宗仁几句话就谢客,却非声音沙哑之故,而是有一个人就要到来,与他密谈重要事情。

这个人就是吴敬恒。他的字"稚晖"更为出名。他被誉为民国的"师保"。"师保"原是辅弼皇帝和教导皇子的官。他在同仁中年龄最大,便倚老卖老,经常训斥,甚至讥骂他人,连汪精卫、胡汉民也难逃他的口舌之剑,于是他就有了"疯狗""妖怪"的绰号。他现任党中央监察委员,又是国民政府委员,在台面上也是一位重量级人物。

蒋介石到达上海后,吴稚晖就相约蔡元培、邵元冲、蒋梦麟几个人,索性移住到白崇禧的指挥部邻里,以便与蒋介石多所接触。在一次谈话中,他对蒋介石说:"你今天身负军事和党国重任,此刻之心情正如经书所说:'懔乎若朽索之驭六马'，只有出之于戒惧，采坚定的毅力与决心，乃能无惧于横逆，而终底于胜利成功。"吴稚晖完全把反共的希望寄托在蒋介石身上，而蒋也视吴为不可多得的干将，两人情投意合。闻上海临时政府就职办公，蒋介石就任命了以吴稚晖、钮永建为正副主席的上海市临时政治委员会，指导上海一切党政事宜。这就是将上海临时政府取而代之。

今天，吴稚晖约集在沪国民党中央监察委员蔡元培、张静江、古应芬、李石曾举行紧急会议，商讨反共的行动方案。蒋介石支走李宗仁，就是为了听取吴稚晖汇报会议的结果。

吴稚晖在会上开门见山地说，今天咱们商量一下怎么对付共产党。接着他揭露了在国民党内的共产党员"谋叛"国民党的种种罪行，作结论说，共产党不只这几个人坏，而是都坏，是根上坏，因为他们二十年内要在中国实现共产共妻制度。蔡元培问"何所据而云之"，吴稚晖说："这是陈独秀亲口对我说的。"

二十天前，吴稚晖同钮永建、杨杏佛一起去见陈独秀。吴稚晖说："研究共产学说，自是共产党之责，而实行共产，苏俄代表越飞在上海曾对孙总理说过，当在二百年之后。以我理解，二百年尚嫌不足。"

陈独秀听后笑吴稚晖太迂。吴稚晖则攻击共产党"急切轻持招牌，只是赝鼎而已"。陈独秀听他如此说法，回敬道："你更疯癫，请问中国现在的共和不是伪的吗？但你以为康有为之复辟，与伪共和孰优？"

吴稚晖被这样一激，直截了当地问："你说在中国实行共产主义要多少年？"

陈独秀毫不迟疑地回答："二十年。"

"啊唷！"吴稚晖惊骇道："照你这么说，国民党只剩下十九年寿命了！若你们共产党急迫至此，未免取国民党的生命太快了一点吧，应当通盘商量才好！"

吴稚晖讲完这段往事，三人一阵唏嘘，都同意吴稚晖提出的纠察共产党的要求。最后一致决议，由吴稚晖拟具纠察共产党草案，再交监察委员会会议通过。国民党举起了刀子，吴稚晖还要师出有名，搜索枯肠地想出了"护党救国运动"的招牌。

陈独秀所说"二十年实现共产主义"，并不是胡言乱语。所来由自，是去年十二月份在莫斯科举行的共产国际第七次扩大会议。会议就中国革命的问题进行了讨论，指出无产阶级与资产阶级争夺革命领导权的重要性、土地革命与工农联盟的重要性、建立革命军队的重要性以及共产党人参加国民政府和中国向非资本主义道路发展的问题，强调无产阶级要通过开展土地革命争取农民，建立巩固的工农联盟，逐渐掌握革命的领导权。

共产国际的会议精神传达到中国，中共中央对照检查了党内的问题，发现在对中国革命的认识上存在着一个严重缺陷，就是"二次革命论"。由此作出的检讨报告说：

"在今日以前，我们有一个根本错误，即在国民革命和无产阶级革命之间划了一道鸿沟，以为今天只能做国民革命，无产阶级革命则要等到明天，捆绑了自己的手脚，仿佛多做一点便违反了革命铁律。如此一来将要发生什么毛病呢？所谓国民革命，包含着很浓厚的资产阶级民主革命意义，若死守着这个意义来做国民革命，那我们的革命还在将来，而现在只是参加或帮助他们资产阶级的革命，那么无产阶级的领导权就成了一句空话，而如果我们不能在实际上领导这个革命，而由他们领导我们，即是断送国民革命。

"此次国际会议的决议案告诉我们，中国革命的前途在客观上不会是这样，在主观上更不应该是这样。中国的国民革命是在资本主义快要崩坏，而无产阶级革命已经开始的时候发生的，它的性质是殖民地反帝国主义的革命，而不是纯粹的资产阶级革命，革命的主要成份是无产阶级及其所领导的农民，而不是资产阶级。因此，中国国民革命前途之发展，得超越资产阶级的民主革命，即由无产阶级实际领导国民革命成功，不必再造成发展资本主义的政治环境，而过渡到社会主义。"

国民党容纳共产党加入，原为共产党帮助国民党实现国民革命目标的。然而突然之间，共产党改变了初衷，要借国民党革命之势，夺取革命的领导权，进行无产阶级的革命。如此一来，不要说国民党右派，就是国民党左派也不能容忍。幸好，国民党对此一无所知，而作为共产党总书记的陈独秀不经意的一句话，泄露了天机，被吴稚晖翻腾出来，成为国民党反击共产党的理由——一颗重磅炸弹。

李宗仁在上海接连活动了两天，了解了许多情况。给他的印象是：共产党领袖陈独秀、周恩来、汪寿华等人均在上海大肆活动，上海工会气焰熏天，已完全脱离了国民党的掌握。武汉方面又派宋子文来沪总理江、浙财政，派郭沫若来沪组织总政治部机关，抓军中党务，明白显示出对上海势在必得的气概。而国民党在沪的头面人物却是缺乏信心，手足无措，甚至是束手无策。

李宗仁着急了，不等蒋介石"登门请教"，至晚便约白崇禧前往相见。当李宗仁说出他的所见所闻和看法后，蒋介石长叹了一口气，满脸的沮丧，竟一时无语。李宗仁说："宗仁以为，当前情势已不容耽搁，当断不断，反受其乱。因此望总司令痛下决心，断然处置。"

"你看怎么办？你看怎么办？"蒋介石连声地问。

李宗仁说："我看只有以快刀斩乱麻的方式清党，把越轨的左倾幼稚分子镇压下去。"

蒋介石说："现在如何能谈清党呢？我的军队已经靠不住了。"

李宗仁说："那只有一步一步地来。我看，先把我第七军调一部到南京附近，监视沪宁路上不稳的部队，使其不敢异动。然后大刀阔斧地把第一军第二师中不稳的军官全部调职，等第二师整理就绪，便把第二师调至沪杭线上，监视其他各师，如法炮制。必要时还可将薛岳、严重两师长撤换，以固军心。等军事部署就绪，共产党就只是釜底游魂而已。"

蒋介石听李宗仁慷慨激昂地说出这段话来，眉头舒展，说："好，好。我看暂时只有这样做了，你先把第七军调到南京再说。"

对于蒋介石的沮丧之状，李宗仁以为，可能是他的确束手无策，或是故布疑阵，以试探他对武汉和清党事情的态度。

其实，蒋介石并非束手无策，而是运筹帷幄，按部就班地出牌。他首先看准了吴稚晖，利用这个"无盔甲的袁世凯"负起上海反共大任。他拉拢江浙财团第一人，外号"赤脚财神"的虞洽卿，出面另行组织了有六十多个企业团体参加的上海商业联合会，以共同反共为条件搜索资本家的钱袋子，所得六千万元。他还与上海青帮三巨头黄金荣、杜月笙、张啸林达成"君子协定"，由青帮成立一个"温和的"新工会，用租界里外国人的枪弹，充当杀手，对付共产党的工人运动。就这样，蒋介石把上海的反共势力纠合到自己身边。

蒋介石要在上海一方面处理"内政"，一方面办理"外交"。离苏俄而亲西方，是蒋介石在庐山既定的方针，而西方帝国主义得知国民党内讧，也愿意把蒋派人马拉到反苏阵营一边，而"南京事件"则成为双方结合的契机。

南京事件虽然是由中国人肇事引起，但英、法的疯狂报复惨无人道，也是公然违背国际公法的。黄郛到上海后，就到各国驻沪领事馆致谦。他对日本说，南京事件是共产党所为，是为了打倒蒋介石一派而行的苦肉计，并请日本向列强各国通融谅解。日本深得个中三昧，一面说服英、法宽大为怀，不再炮击，一面又伙同各国共同施压，利用所谓"共产党人蓄意制造宁案"之说，向蒋介石提出最后通牒，逼蒋接受"惩凶""制止骚乱"等条件，也就是实行反共。其实，这正中蒋介石下怀，何用强逼？

"南京事件"被炒成惊天动地的大事件。后来美国对这一事件作了调查，证明并不是共产党所为，而是北洋军阀败退的士兵干的。而黄郛把共产党作为牺牲品献上帝国主义的祭坛，如此了结了南京事件。

诸事得心应手，然而唯有一件事让蒋介石寝食难安，那就是军队。尤其是他的嫡系第一军，老底子原是粤军，受共产党影响较大，而且黄埔军校出身的军官也多，而其中有许多共产党员或亲共分子。迹象表明，如果他公开反共，难免会有叛变发生。如果只对付上海的共产党，无论如何都不成问题，但如果武汉出兵干涉，再有肘腋之患，那情况就危险了。蒋介石认识到只有得到李宗仁的支持，依靠桂军才能无虞。那么，怎样才能把这只"铁牛"牵在手中呢？就是李宗仁所谓"故布疑阵"。不过，蒋介石这一招并不只在于试探李之态度，而是"激将法"，以自己束手无策的"无能"之状反激李宗仁的"呈能"之心，献出良策，而这个"良策"是他亲口之言，必能更好地兑现，达到最佳的效果。

果然，议事完毕，李宗仁立命第七军精锐之夏超和胡宗铎两师自芜湖向南京开进，并与白崇禧协商作清党的部署。而蒋介石对李、白二人仍是言听计从。李之所出也正是蒋之所望，他既入我彀中，为我代劳，何乐而不为？

4月1日，蒋介石授权白崇禧全面负责江浙军事，调派何应钦卫戍南京。这时各军兵力部署也已到位。夏超和胡宗铎两师军队进驻沪宁线，蒋介石第一军之薛岳第一师从上海闸北调往南京，而由刘峙第二师接防，严重第二十一师调离沪杭线。同时，蒋介石又将反正来归的周凤歧第二十六军调来上海，成立淞沪戒严司令部，任命白崇禧、周凤歧为正副司令。至此，蒋介石借来东风，可谓万事俱备。

当蒋介石下令将薛岳第一师调出上海市区时，薛岳急忙跑到中共中央总部，建议把蒋介石作为反革命抓起来。但中共却不同意，而建议薛岳装病以拖延撤离时间。中共对蒋介石还抱有回心转意的幻想，然而蒋介石却是铁了心的，当天即向刘峙下达命令，定于当晚包围上海闸北工人纠察队，收缴枪支。这是杀向上海共产党的第一刀。

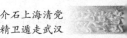

正是这天，汪精卫从国外来到上海。蒋介石又急忙取消了命令。

去年十月，"迎汪"运动如火如荼，蒋介石不得不改变抵触态度，致电张静江和谭延闿二位主席，欢迎汪先生回国事事。电文说：

"张、谭二主席，请转汪主席钧鉴：弟不学无状，致获罪左右。刻奉手教，执抑诚挚，令人读之，益增汗颜。本党使命前途，非兄与弟共同一致，始终无间，则难望有成。兄放弃一切，累弟独为其难，于此兄可敞展尊长，岂能放弃责任与道义乎？耿耿至今，当能鉴其愚忧，而谅其无他也。兹特请静江、石曾二兄前来劝驾，代达鄙意，并乞偕来，共荷艰巨，使弟有所遵循，不致延误党国，是所致祷。中正。叩。"

汪精卫看到蒋介石如此"诚挚"的电报，才打消了顾虑。他闻国内革命战争旗开得胜，是急欲回国的。但由于刚做了盲肠炎手术，只好休养月余后，方于11月下旬偕同陈璧君和曾仲鸣启程。行至柏林，汪精卫发起高烧来，原因是盲肠炎开刀未愈，不得不又折回巴黎。待在巴黎养好了病，重新启程，历经漫漫长途，才于4月1日到沪。

宋子文奉武汉政府之命到吴淞口码头迎接汪精卫，下榻于孔祥熙的公馆。孔祥熙是宋蔼龄的丈夫，也就是宋子文的姐夫。

蒋介石亲到吴淞口迎接。他一见汪精卫，就快步跑向前去，紧紧地握住汪的手，一句"汪先生，你可来啦"送出他的"热情、渴望和诚恳"。蒋介石一直陪着汪精卫来到孔祥熙公馆，告别时又深情地说："汪先生回来，我党有主，中正愿随鞍前马后，一切服从。"

武汉的三中全会大动刀斧，把蒋介石砍得遍体鳞伤，而虚位以待汪精卫回国掌舵。现在汪精卫真的来了，蒋介石何以处之？

他大动脑筋，策定：把汪留住，为我所用。

蒋介石需要像汪精卫这样一面旗帜，来集合党内更广泛的力量为反共造势，并能与武汉分庭抗礼。蒋介石因大权独揽触怒了不少人，如果汪精卫能负起政治责任，而他在这个保护伞下操刀，岂不是好？当然，这很难，因为他与他积怨太深。但难也要去做。

汪精卫到沪伊始，当天就发出三电。一电给武汉党中央和国民政府："兆铭遵命启程回国，已于一日到沪，应如何工作，敬候指示。"一电给全国各党部各同志，说："数月以来，以诸同志之努力，国民革命获一日千里之进步，谨以满腔热情致革命的敬礼，并当追随诸同志之后，从事工作。"还有一电是专致蒋介石的，内称："尊电期许过当，自维驽骀，深惧弗胜，唯望时颁敬教，俾有遵奉，是所至荷。"

汪电言词谦逊，寓意却是高调出镜。

汪精卫回国，如一石击水，荡起层层波浪。公馆门前车马拥塞，人员川流不息。为摸清汪精卫的立场和态度，蒋介石约请吴稚晖、李宗仁、白崇禧以及刚从广州来沪的李济深和黄绍竑，分三拨造访。这三拨人反馈回来的消息是，汪精卫坚决反对"清党"，力主调解国共纠纷。于是，蒋介石放弃了单独与汪精卫谈话的打算，而约集同志共同劝驾。

第二天，4月2日上午，蒋介石约请了蔡元培、吴稚晖、古应芬、李石曾、柏文蔚五位民国大佬到孔祥熙公馆与汪精卫密谈。诸人相见，寒暄之后又漫谈了一阵阔别一年来的感慨，然后步入正题。蔡等五人便一个接一个地发言，大谈共产党包藏祸心，为患日益猖獗，"清党"已迫不及待，并断言武汉的国民中央已为中共所把持，当立即驱走鲍罗廷，要求汪精卫出当大任，留沪领导。随后蒋介石发言，他对汪精卫赞誉有加，然后动情地说："在国民革命生死存亡之际，我党同志盼汪先生如大旱之望云霓，今日汪先生恰时来归，自当领导我党政军民，主持大计，使革命事业走出险境。"

到了汪精卫表态的时候了。他知道他对这些大佬不能针锋相对地反对，于是想起来一个战术——你从这路来，我从那路去。汪精卫说："兆铭刚从海外回归，今日五位老同志与介石一起亲临，为我党和革命事业起见不吝赐教。兆铭洗耳恭听，顿开茅塞。关于国、共两党的关系，已是一个十分尖锐的问题。国共两党的合作已历三年，不可否认其对革命事业的贡献，但矛盾和纠纷也接连不断，从而也就引起党内同志的分歧。国共两党，主义不同，我党所信奉之三民主义与他们的共产主义水火不容，所以，虽然两党在国民革命的过程中有暂时携手的可能，但也不过是暂时携手罢了。那么，无论国民党，还是共产党，都有一个横在胸中的问题，是携手到几时才分手呢？"

吴稚晖插话进来："汪先生说得好，国共早晚是要分手的。依我看，现在就到了分手的时候了！"

汪精卫向吴稚晖一笑，接着说："是的，有些同志认为，这就应当分手。但兆铭认为，这个问题太重要了，应当慎之又慎，全面分析利害，然后才能作出正确的判断,采取恰如其分的办法。以兆铭愚见,现在还不是分手的时候,因此还应当维系两党的合作。至于共党之种种不当的行为,兆铭愿负起责任,劝说、约束共党,回归团结合作的轨道,切实在我党领导下完成国民革命大业。"

"这不行!"汪精卫的话被打断。有人仍强调"现在不分,更待何时?"有人骂共产党"狗改不了吃屎!"有人质疑汪精卫"共产党是孙猴子,你有紧箍咒吗?"

汪精卫摆出无奈的样子,说:"即使诸位说得对,我遵从你们的意见,但也还要请示中央,集体商议决定吧。兆铭以为,联俄联共政策虽为孙先生所定,因时过境迁,也绝非不可更改。但即使要改变,也必须依据党的纪律,非可以个人自由行动呀。"

"你是说武汉的中央?""那个中央,快成共产党的中央啦!"大家七嘴八舌。汪精卫生气了,道:"如果诸位连我党中央都不相信,那就无话可说了。不依靠中央,我等率性而为吗? 兆铭实不敢苟同。"

此言一出,汪精卫将头扭在一边,再不说话了。众人一见,再无余地,悻悻而去。

这天下午,在上海道尹公署楼上举行了中央监察委员会紧急会议。会议一致通过了吴稚晖提出的《致中央监察委员会请查办共产党函》。吴之函,列举了共产党和国民党左派共同谋叛的"证据",并开列了各地首要危险分子的名单,要求紧急处置,"就近知照公安局或军警暂时分别看管监视,待召集全体中央执行委员会共议处分。"

所谓"危险分子"名单,有鲍罗廷、陈独秀、谭平山、林伯渠、徐谦、于树德、吴玉章、杨匏安、恽代英、彭泽民、毛泽东、邓演达、董必武、邓颖超、詹大悲、罗亦农、柳亚子、邓中夏、李汉俊、罗章龙、刘少奇、张国焘、蔡和森、方志敏、汪寿华、瞿秋白、张太雷、苏兆征、周恩来、彭湃、郭沫若、顾顺章、王若飞、刘伯承、李立三、顾孟余等,共 197 人。苏联顾问鲍罗廷赫然首位,共产党员占绝大多数,几乎包括了所有共产党领袖和重要干部,另外就是国民党左派要人,一网打尽,而只有宋庆龄、孙科因特殊关系免列其中。

这次冠以"中央监察委员会全体紧急会议"的会议,实际参加者只有吴稚晖、李石曾、陈果夫、李宗仁、黄绍竑五个人,而蔡元培、古应芬、张静江三名监察委员没有到会,只占满额监委的四分之一。然而发表的公告却宣称有三分之二的监察委员出席会议,公推并未出席会议的蔡元培为会议主席。中央监察委员会与政治委员会一样，都是指导机关，通过的决议还要交中央执行委员会通过才能执行。但他们已顾不了那么多，就凭这次冒充的所谓"监委"的一纸决议，就大开杀戒了。

召开这次会议也是做给汪精卫看的。显示上海国民党的势力，并告诉他，不必到武汉去，就在上海另行召开中央会议就是了。

这次会议未毕，武汉来了电报，原是国民党中常委举行第五次扩大会议，通过了给蒋介石的训令。内称："蒋同志在沪已有不能团结之表征，徒为外人所乘，于此紧急外交形势，殊属不利，必蒋同志离沪，中央始可对上海之严重形势指挥自如，而负完全之责任。兹中央执行委员会议决训令，蒋同志克日离沪赴宁，专任筹划军事，至上海外交、财政、交通等善后事宜，概由国民政府处理。"

蒋介石看完，冷笑了一声。心中的话："哼！克日离沪，好厉害呀，可谁听你的？"蒋介石放下电报瞑目细思：武汉与他摊牌了，时局至此，天佑汪氏，竟为执牛耳之人，此人留沪还是赴汉，关乎大局成败。想到这里，蒋介石立即伏案，亲拟了一道给各军将领何应钦、李宗仁、李济深、程潜、白崇禧、唐生智等人的通电，向汪精卫献忠诚。

第二天一早，蒋介石的"拥汪电"见诸各大报端。汪精卫则从广播中听得："……中正迭电促驾，今幸翻然出山，犹如大旱之获甘霖，莫名欣慰。汪主席为本党最忠实同志，亦中正平日最敬爱之师友，中正深信汪主席复职后，必能巩固党基，集中党权，完成革命。今后党政主持有人，后顾无忧，中正得以专心军旅，扫荡军阀，恪尽革命天职。凡我将士，自今以后，所有军政、民政、财政、外交诸端，皆须在汪主席指导之下，完全统一于中央，中正统帅各军，一致服从。各军师长务遵此意，对汪主席绝对服从，诚心拥护，使汪主席得以完全自由行使职权，达成本党革命任务，以促三民主义之实现。"

汪精卫听完，正在闭目思索，蒋介石来了。汪精卫邀入他的卧室，两人关门密谈起来。两人单独坐在一起，气氛与大庭广众自然不同，双方都想作"暖心、交心"之谈说服对方，但说来说去，仍不能契合。

汪精卫说："介石，如果我们两人不能找到办法，东南与武汉就可能开战呀。果真如此，如果你失败了，我们国民党就要从此消灭，共产党必就此起来。如果你胜利了，武汉被东南打倒的时候，国民党就要恢复到民国十三年以前，到这种状况的时候，无论右派的军队，还是左派的党员，一定不会同你合作，你蒋介石在党里的生命怕要从此消失。"

蒋介石一副舍生取义的姿态，说："现在不是这个问题，而是国民党生存的问题。现在我们只有不管成败利钝，同共产党分离，就是将来国民党失败了，我个人可以负这个责任，说国民党之消灭完全是我蒋介石一个人搅出来的也可以。如果共产党被我们消灭了，那只要他是纯粹的国民党员，我都可以同他合作，左派也好，右派也好，都可以不管，总要把共产党消灭了再讲。"

蒋介石再挽留汪精卫说："你不要到武汉去，你一去就一定不能出来了，那时你想下共产党的船都难。你如果真正为本党，那就要到南京去，然后再请武汉一班执行委员过来。如果你到武汉去，国民党还是不能团结，你还是本党的罪人。"

汪精卫说："我提议召开四中全会，如不由会议决定，恐分共不成，反至陷党于粉碎糜烂，这是兄弟所不愿见的。再者，武汉同志迭电请我回国，殷殷以盼，如果我竟不去照面，情何以堪？上海同志不愿我赴汉，说白了是对我不放心，我能够理解他们忠党之心并爱我之意，但我不能赞成这样去做。你告诉同志们，我兆铭有一定之见，不是外人可以轻易左右的。"

蒋介石知道再说无益，才说道："今天，上海诸同志相聚总理故居，再请你共商办法，咱们走吧。"

"好，好。"汪精卫爽快地说。

蒋介石和汪精卫到时，会客厅里济济一堂，大家鼓掌欢迎汪精卫的到来。汪精卫笑嘻嘻坐下，大家即开始发言，一致要求汪精卫留沪领导，裁抑共产党的越轨行动。汪精卫则一面说明自己必须到武汉的理由，一面对共产党和武汉中央的行为申述自己的不同看法。

起初双方言语平和，但争论越来越激烈，竟至吵嚷起来。这时候，只听得"汪主席！"一声高喊，吴稚晖走到汪精卫面前，"扑通"一声跪了下去，声泪俱下地说："请汪主席留沪，领导我们清除共党！"

汪精卫大吃一惊，站起来就向楼上躲避，边上楼边说："稚老，您是老前辈，这样子我受不了，我受不了。"

汪精卫退上二楼，再也不露面了，会议冷了场。

蒋介石上楼去，才把汪精卫请下来继续商谈。会议最后只得依汪精卫的主张，分共问题以待中央在南京召开二届四中全会解决，在此之前对中共暂时容忍，以和平方式处理两党关系。

过了一天，4月5日，上海《申报》以《国共两党领袖联合宣言》为大标题发表了汪精卫和陈独秀共同签署的"告两党同志书"。

"告两党同志书"解释了中国共产党的政治纲领，说明共产党坚决地承认国民党及其三民主义，共产党无论如何错误，也不至于主张打倒自己的友党。然后，澄清了社会上流传的种种谣言，呼吁两党立即抛弃疑虑，开诚协商，精诚合作，勿至为亲者所悲，仇者所快。

汪、陈《联合宣言》如春天一声惊雷，上海各界倍感意外，而尤其引起国民党方面的愤怒：我们正要消灭共党，而汪精卫却宣布与共党合作！

当蒋介石在南昌、赣州、安庆等地镇压共产党的消息传到上海时，陈独秀召开特委会议，阐发了准备与国民党新右派进行决斗的思想，称"这次决斗，实比对直鲁军斗争还有更重要的意义"。蒋介石来到上海后，陈独秀认为蒋介石来上海是别有用心的，将与共产党算账，抢夺上海，以报复他在武汉方面的失败。蒋氏军队已云集上海，武汉则鞭长莫及，共产党只有工人武装相对，优劣悬殊。面对这种严峻的形势，陈独秀以中共中央的名义向莫斯科发电，希望得到明确的指示。

3月31日，联共中央政治局回电作出六点指示：（一）在群众中开展反对政变的运动；（二）暂不进行公开作战；（三）不要交出武器，万不得已将武器藏起来；（四）揭露右派的政策，团结群众；（五）在军队中进行拥护国民政府和上海政府、反对个人独裁和与帝国主义者结盟的宣传；（六）请每日通报情况。

莫斯科的指示，令中共大失所望。中共在上海的组织和工人纠察队经过三次起义，已处于半公开状态，无法躲藏。罗亦农看了电报，愤怒地摔在地上，说："将武器藏起来无异于自杀。"

其实，斯大林此时最不希望的就是与蒋介石闹翻。他还想拉住蒋介石继续北伐，统一中国，以在中国建立一个亲苏的政权。莫斯科尽管听到许多关于蒋介石要叛变的报告，而仍宁肯相信这是敌人的谣言。就在莫斯科给中共中央回电的同时，也同时发电给武汉的鲍罗廷，征求他的意见："是否对蒋介石作出某些让步，以保持统一和不让他完全倒向帝国主义一边？"

就在中共进退维谷之际，汪精卫来到上海，令陈独秀有拨云见日之感。于是陈独秀联系汪精卫要求晤面，寄望于汪精卫能够制约蒋介石，如此或许能够挽回危局。而汪精卫也欣然同意。他已清楚地知道蒋介石的用心，若留上海，必为挟制。因此他必须依靠武汉和共产党，才能处于领导地位，掌握主动。

二人一见面，汪精卫就质问陈独秀："中共是否要打倒国民党？工人纠察队是否要冲入租界？"汪精卫为何有此一问？原来是吴稚晖下的蛆，说"共产党已提出打倒国民党，打倒三民主义的口号，并要主使工人冲入租界，引起外交纠纷，以造成大恐怖的局面"。陈独秀斩钉截铁地回答："没有的事！"汪精卫听后疑虑顿消，便请陈独秀写一份宣言。陈独秀当天就写好了，将自己的名字签在后面，送给汪精卫。汪精卫看了一遍，一字未改就签了名。

4月5日，会议在上海道尹公署继续举行。一份申报传来，头版头条赫然是《国共两党领袖联合宣言》。会场一片哗然，众人皆不以汪氏行为为然。最为恼火的是前几天还向汪精卫下跪的吴稚晖，他以手所指斥道："陈独秀以己为共产党党魁、家长自居，我们国民党里何时出的党魁、家长？谁又封你为党魁、家长？"

汪精卫面色十分难看，还不及措辞，吴稚晖又训斥道："你与陈独秀发表联合宣言，无疑承认国民党与共产党合作，共治天下。天下是我们国民党打下来的，这难道你不知道吗？"汪精卫竭力表白，联合宣言出于善意，不要发生误会。然而吴稚晖哪里肯听，竟大骂汪精卫"还不如狗！""滚蛋！"

会议不欢而散。

李宗仁对蒋介石说："汪先生何至于此？"蒋介石说："此乃我预料之中。"李宗仁遂提议将汪精卫软禁，以免放虎归山。蒋介石不语。

宋子文得知此事，当晚就将汪精卫秘密送上去武汉的"江丸号"轮船。待至天亮，汪精卫在宋子文陪同下悄然离沪赴汉。

两天后，陈独秀也离沪赴汉。

汪精卫不辞而别，国民党的分裂已成定局，反共清党也势在必行。面对此种局面，蒋介石决定在南京另立国民政府，取代武汉政府。

4月9日，蒋介石来到南京，控制了南京的局势，然后上海等地的国民党人士迅速汇集于南京。4月18日，南京国民政府宣告成立。

就在南京政府成立当天，发布了《通缉共产党首要令》，要求"克复各省，一致实行清党"。内称："查此次谋叛，实以鲍罗廷、陈独秀、徐谦、邓演达、吴玉章、林伯渠等为罪魁，以及各地共产党首要，次为危险分子，均应从严拿办。着国民革命军总司令、各军长官、各省政府通令所属一体严缉，务获归案重办。"

上海的清党由白崇禧负责，指挥上海警备司令杨虎执行。白崇禧不愿冒犯国际公法直接用军队镇压工人群众，便与上海最大的帮会"青帮"密商，以帮会流氓为马前卒，而以军队兜底。

4月11日，青帮头目杜月笙以"中华共进会"的名义，请上海总工会委员长汪寿华到府晚宴，诡称"谨表示对总工会的慰问，同时也想就目前形势与总工会沟通"。汪寿华明知是鸿门宴，还是去了。他说："我过去和他们常打交道，他们还讲义气，去了或许可以把话谈开，不去反叫人耻笑。"汪寿华进入杜府，只有青帮头目张啸林坐在太师椅上，一团杀气。汪寿华顿感不妙，正犹豫间，四条大汉从门厅左右猛冲上来，把他摁住，用铁器猛击头部，把他打晕，装在麻袋里抬了出去。

汪寿华被杀害，张啸林打电话给白崇禧说："行动已经开始。"12日凌晨4时，齐斋路上白崇禧的戒严司令部响起军号声，随即停泊在上海滩的炮舰鸣汽笛响应，隐藏在租界内的青帮闻风而动，臂缠"工"字符号的袖章，荷枪实弹，倾巢而出，在闸北、南市、沪西、浦东、吴淞等地袭击工会组织和工人纠察队。军队则以"调解工人内讧"为名，收缴双方的枪械，仅在几个小时内，就将2700名配有1700支长枪和几十挺机枪的工人纠察队解除了武装。工人纠察队交出了武装，发现上当，为时已晚。也有纠察队拒不缴械，即遭到镇压，数百名纠察队员被杀害。

这种阴谋是怎样演出的？下面是上海总工会的真实记录：

4月11日凌晨，工人纠察队总指挥顾顺章闻湖州会馆（总工会会所）发生枪声，即前去视察情形。入内约二十分钟，枪声复作，顾出外探视，即见有六十余便衣军，臂缠白布黑"工"字徽章，正向会所内放枪。门前纠察队二十余人，亦开枪抵御。未及十分钟，又有大批二十六军部队开到，当有五团团长邢霆如，向纠察队说："请你们不要还击，我们来为你们缴他们便衣军的械。"说完，即将所有便衣军的枪械完全缴下，并用绳索捆绑。纠察队见状，即请军队入内吃茶抽烟。邢团长即对顾顺章说："既有今夜这件事发生，请你同我们到二师司令部见我们的师长，商议解决办法。"顾即不疑，偕六纠察队员前往。讵料行至半途，邢团长忽变色道："他们的枪械缴了，可是你们的枪械也应该缴下才好。"顾答："不可。他们流氓是捣乱的，我们工人纠察队是革命的，如何能够缴械呢？"邢团长两眼一瞪，喝令军士将顾及六名纠察队员的枪缴下，又令顾回去，下令全部纠察队自动缴械。顾坚持不可，说："本会委员长外出，未得总工会命令，不能擅专。"于是邢团长说："是的，缴械这种事，是不好看，那就不要缴吧，我们另外想想法子，请你们把枪通通靠起来。"该纠察队见总指挥被捉，只得依言三叉式将枪靠好。军队又逼令纠察队向后退三步，并将机关枪、步枪一齐对准湖州会馆的纠察队。至此遂无能为力。军队即入内占据总工会会所，并将办事员全部赶走。

此时，在闸北工人纠察队总指挥部的周恩来，也经历了同样的骗局而险被逮捕。

4月13日下午，总工会在闸北区召开大会，会后二十万人前往二十六军二师司令部请愿。早已埋伏在宝山路上的军队开枪扫射，立时血肉横飞，数百人死亡，伤者不计其数。同时在市南区游行的工人群众也被镇压。

这时候，上海的共产党仍不知道蒋介石已拿起了屠刀。宝山路上的血案才使他们醒悟，但为时已晚，工人的武装已被解除，人为刀俎，我为鱼肉。

4月14日，军警首先查封了上海市临时政府和中共上海市党部，然后大规模行动，将各级中共党部、政府机关、工会会所全部查封，肆意拘捕、枪杀，满城血腥。几天之间，被屠杀和逮捕者两千多人，逃亡失踪者五千多人。共产党领导人汪寿华、赵世炎、孙炳文等多人遇难。之后，陈独秀的长子，时任中共政治局候补委员和江苏省委书记的陈延年被捕，英勇就义。

继上海之后，在广东、广西、浙江、福建、安徽、四川各省及所属各城市都实行清党，被杀害、被逮捕的共产党员及国民党左派不计其数，所有共产党各机关均被查封，共产党组织转入地下。

对于中国发生的残酷镇压共产党的大事变，共产国际竟然一声不吭，保持沉默。中国共产党人感到心寒，而如果知道斯大林的讲话，那就不仅是心寒，而且是断肠之痛。斯大林在莫斯科积极分子大会上谈到中国革命，是这样说的：

"为什么要驱逐右派？目前我们需要右派，右派中有能干的人，他们领导军队反对帝国主义。蒋介石也许并不同情革命，但是他在领导着军队，他除了反帝而外，不可能有其他作为。因此要充分利用他们，就像挤柠檬汁那样，挤干以后再扔掉。"

威赫赫，南京另立政府
假惺惺，武汉和平分共

南京，为中国四大古都之一，又有"六朝古都"和"十代都会"之称。孙中山首创中华民国，即于南京设立国民政府，他临终遗言，又归葬南京紫金山，足见他对南京情有独钟。因此定都之选，所有国民党人无不倾慕南京。蒋介石所作的"东下沪杭"作战计划，其最终目标就是收复南京，在南京另立政府。但武汉也已洞察蒋之用心，指示程潜抢先占领了南京。

就在程潜占领南京的这天，在鲍罗廷授意下，武汉召开了一次秘密会议，责令程潜伺机逮捕蒋介石，以绝后患。捉蒋的密令由国民政府主席谭延闿亲自写在一块绸布上，交由程潜的第六军党代表，也是新任军事委员会秘书长的林伯渠执行。

可巧，这天陈果夫离汉向谭延闿辞行。谭延闿虽不敢明言，却暗示风险。陈果夫听出了弦外之音，急忙赶往芜湖告诉了蒋介石。因此，蒋介石心存戒备，到了南京却不上岸，且将程潜召来，挟赴上海。

程潜到上海后，蒋介石拉拢在先，即任命他为南京卫戍司令，又拿出一大笔军费给他。但程潜仍自有主张。他这时尚不知武汉有"捉蒋"之谋，认为双方的矛盾能和平解决，因此不赞成反共。他在上海接触了不少军政要员，还参加了两次会议，大唱"和为贵"。但无人听他口舌。于是他向蒋介石"请缨"，愿赴武汉调和鼎鼐。蒋介石自然不便阻止。

程潜在上海待了三天，复回南京，拟再赴汉。陪同程潜回南京的是白崇禧和何应钦。白崇禧到南京去，表面上是作为参谋长参与程、何两人共同规划防务，而实际上是帮助何应钦，部署兵力，压制程军，以控制南京。

也就在这天程潜回到南京的晚上，林伯渠从武汉来到南京。此行公开的名义是军事委员会慰问团，到前线劳军。

林伯渠当晚就到三元巷江右军总指挥部，将谭主席的密令交给程潜，要程潜捉蒋，并一体解决何应钦的军队。程潜十分惊骇，连声说道："此事不可贸然而行，还需从长计议。"林伯渠再三强调，程潜仍以"事关重大，且力不胜其任"为由拒绝执行，并要林伯渠和他一同去武汉进行劝和。林伯渠见事不可为，只好陪同程潜又回武汉去了。

程潜为何坚决拒绝呢？首先是他的基本态度。他虽然倾向共产党，并对蒋介石反感，但他认为时下国共还应当继续合作，因此他既反对蒋介石反共，又不赞成武汉采取极端行为。其次是客观上的。蒋介石并不在南京，捉蒋难有机会，而解决何应钦的部队，实力也不足，不能冒险行事。

程潜到武汉后，遍访要人，鼓吹合作。但正当他费尽口舌，一心劝和的时候，汪精卫来到武汉。与此同时，他又收到第六军的来电，蒋总司令调他们渡江北上攻打张宗昌。程潜这才知道大局已坏，急电第二、第六军不要离开南京。同时，武汉又决定派第四军和第十一军前往，以加强南京的防御。

但是，这一切都为时已晚。第六军代理军长杨杰在蒋介石三道电令压力下，将部队撤离了南京。不过并没有北上过江，而是逆江南下于采石矶。

随后，4月9日，蒋介石来到南京，并任命冯铁裴代替程潜出任南京卫戍司令。

程潜急忙离汉东下，来到采石矶，命令第六军撤回武汉。然后，他潜赴南京，寻求挽回之方。却不料为蒋介石侦知，顿落险境。快逃！程潜即从江右军指挥部取出一万元现金，带领第二军参谋长岳霖、副官罗友松等人，乘小火轮逃离了南京。

当小火轮驶到大通江面时，突然一只军舰追来，很快靠近小火轮。一人高喊："程总指挥在不在船上？"一看，此人是蒋总司令部参谋处长徐培根。程潜即躲进船舱里，由岳霖站出来问："参谋长有什么事呀？"徐培根说："总司令请程总指挥回南京去，有紧急的事和他商量。"岳霖回答说："程总指挥不在船上，有什么事找我好了。"徐培根面带怒容，左顾右盼，问这问那许久，但未上船搜查。徐培根可能怕对蒋介石交不了差,就将岳霖带回南京去了。

徐培根走后,程潜一行几人丢掉行李,弃船登岸,沿着一条小路走到傍晚,在一个农民家中过了一宿。第二天到了秋浦县城,打电报给九江的第六军参谋长唐蟒,派人来接,辗转回到了武汉。

蒋介石控制了南京,上海国民党的重要人物也随后来到。于是蒋介石开始实施他蓄谋已久的大计——另立国民政府。

汪精卫在上海时,曾提议4月15日在南京召开二届四中全会,解决国共两党之间的问题。于是蒋介石就借风使船,向武汉发出邀请:请你们到南京来开会吧。

这一步"将",只将得汪精卫难堪已极,喘不过气来。他是许诺15日在南京开会的,那应是他主导的会议,而如今武汉的同志到南京去,不是落入蒋某的陷阱里吗?因此汪精卫断然拒绝。

蒋介石笑了。你们不来,我就在南京开会,召你们来。4月14日,蒋介石主持召开二届四中全会预备会,决定15日如期召开全会。15日,因武汉的中央执、监委都没有来,人数不够,蒋介石遂将四中全会改为"谈话会",提出了以南京为国都、取消不合法之中央党部、取消汉口伪政府、取消跨党分子党籍等八项措施。

这样一个"谈话会"公然提出了如此重大的问题,但它毕竟无权批准实施这些决定呀。但法规是死的,人是活的。16日,蒋介石主持召开中政会会议,加派蔡元培、萧佛成、李石曾、邓泽如、何应钦、白崇禧、陈可钰、陈铭枢、贺耀祖等9人为中政会委员,从而使其具有了"多数"的合法性,并推选胡汉民为中政会主席。这就为南京国民政府找到了"母体"。

然而这个"新生儿"是怎样"分娩"的呢?

4月18日上午,南京国民政府就职办公,同时举行庆祝大会,而其名义却是"定都典礼"。先由秘书长叶楚伧宣读建都南京宣言,不说新成立南京政府,而称原国民政府从广州迁到南京。如此一笔抹去了迁都武汉的事实,从而彻底否定了武汉政府的存在,而赋予南京政府以正统、合法的地位。然后蔡元培代表国民党中央授印,胡汉民代表国民政府接印。最后蒋介石发表演说。他觉得他终于可以放言无忌,倒出淤积于胸的恶气了,于是一吐为快。人评他的讲话:歇斯底里!

这天下午,南京又举行阅兵。蒋介石检阅部队,又大放狂言,显示南京政府的武力和他总司令的威风。

从 4 月 14 日开始,五天之内,南京政府就脱胎而出。政府由胡汉民任主席,蒋介石、吴稚晖等十数人为委员,钮永建任秘书长,伍朝枢、古应芬、薛笃弼、王宠惠分任外交、财政、民政、司法各部部长,蔡元培任大学院院长。

销声匿迹两年的胡汉民突兀而出,同时成为党、政揆首。两年前,汪精卫在蒋介石暗助下,借廖仲恺案把昔日亲如手足的胡汉民赶走。后来中山舰事件,汪精卫又慑于蒋介石军威,被迫流亡国外。到如今,国民党反蒋势力迎汪回国,蒋介石拉拢不成,终成政敌,不得不借助胡汉民以分其势。而胡汉民蜗居上海,旧怨萦怀,适逢柳暗花明,岂能错过时机? 政治为物,波诡云谲,令人三叹。

武汉对南京的事变极为愤怒,大张挞伐。

4 月 14 日,国民党中央开会,议决对蒋介石、张静江、古应芬、戴季陶、陈果夫五人开除党籍。

15 日,武汉召开中央常委扩大会议,通过《惩治蒋介石决议》,"免去本兼各职,拿解中央依法治罪"。

16 日,汪精卫又召集国、共两党领导人会议。议决由汪精卫、孙科、徐谦、顾孟余与陈独秀、谭平山、张国焘共七人组成"国共两党联席会议"。并规定重大问题由"联席会议"决定。这标志着国、共两党已开始共同执政。

18 日,国民党中央宣布蒋介石的十二大罪状。同时又向全党发出训令,号令全党反蒋。

"联席会议"一成立,就在汉口南洋大楼连续举行会议,商讨应对局势。有三种意见激烈争论:一是主张东征讨蒋,二是主张继续北伐,三是主张回师广东,巩固革命基地。由于共产党的陈独秀、瞿秋白、罗亦农等人和国民党的徐谦、唐生智、程潜等人极力主张东征讨蒋,义形于色,恨不能一举荡平东南,感动了众人。会议终于作出东征的决定,并派遣张发奎第四军为先锋,立即准备行动。

正在这时,李宗仁派他的参谋长王应榆来到武汉。王应榆陈述了"直鲁联军已沿津浦线南下攻占浦口,奉军沿京汉线南下已达驻马店"等敌情,指出"处此紧要关头,宁、汉倘若还要自相火并,必将同归于尽",然后提出"双方先分道北伐,待会师北京后再和平解决党内纠纷"的建议。这一番话,得到武汉多数人的赞成,于是决定改变东征主张,先行北伐。

宁、汉双方是同室操戈，还是共同对敌，一念之差关系生死存亡。在这历史的关节点上，李宗仁扭转乾坤。对此，李宗仁坦言："事实上，宁汉双方也各为利害形势使然，并非全靠我这和事佬之力。"居功而不自诩。

四五月之交，宁、汉各自出师，开始北伐。汉方北伐军兵分三路，出河南向北进军。宁方北伐军也兵分三路，出江苏、安徽向北进军。接着，冯玉祥宣誓就任国民革命军西北军总司令，率部二十万人从陕西出潼关向河南进军。盈月之间，宁方北伐军肃清苏、皖，达于徐州，直鲁联军退入山东。汉方北伐军攻占郑州、开封，与冯军胜利会师，奉军全部退往黄河以北。这时，又有山西阎锡山易帜，就任北方国民革命军总司令。至此，革命势力已掩有全国大部，本可一举而下京津，实现宁、汉双方达成的"打下北京再和平解决纠纷"的目标了。但就在这时，武汉北伐军却撤军回南了。原来是后院起火——夏斗寅和许克祥相继叛乱了。

前此四月末，第三十五军军长何键趁唐生智去河南前线督师之机，召集第八军军长李品仙、第三十六军副军长兼湖南省主席周斓、独立第十四师师长夏斗寅等人在武汉开会，决定在武汉发动军事政变，消灭共产党。会上经过慎重考虑，因吃不准唐生智的态度，怕闯下乱子，无人替他们承担责任，于是决定避开武汉，首先在湖南发动，再由夏斗寅在鄂西响应，然后再由武汉举事，以成"两湖并举"的反共大业。

夏斗寅驻军湖北宜昌。回到宜昌后，他又与蒋介石派来的密使和四川第二十军军长杨森派来的代表举行了秘密会谈，决定由杨森率兵出川，夏斗寅策应，一举攻占武汉。会后，夏斗寅反共心切，便不顾何键的安排，抢先起兵。

5月4日，杨森率部由万县东下，占领奉节。尚未进入鄂境，夏斗寅就佯装战败，撤往沙市。川军遂占宜昌。杨森发出反共通电，解散宜昌总工会和农民协会。夏斗寅一面假意向武汉救援，一面率部顺流东下，退到咸宁、汀泗桥一带，发出反共通电，露出了真面目。随后，夏斗寅率部北上，抵进纸坊镇、土地庙一带，威胁武昌。同时，杨森相继西进，已达嘉鱼、新堤，威胁汉阳。

武汉在危机中，人心惶惶，一片混乱。宣传部部长顾孟余买了去日本的船票，准备外逃。幸好，北伐铁军团长叶挺在汉，他现任由独立团扩编的第二十四师师长，兼任武昌卫戍司令。但驻守武汉的只有叶挺本师一个团和第二十五师一个团，于是叶挺决定先弃川军于不顾，以全力攻击夏军，而于夏军，又集中兵力攻击纸坊镇之精锐。纸坊镇的战斗殊为激烈，叶挺以优势兵力猛打猛冲，夏军丧

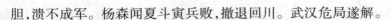

胆，溃不成军。杨森闻夏斗寅兵败，撤退回川。武汉危局遂解。

　　一波未平，一波又起。许克祥在长沙叛乱。

　　许克祥是何键部下第三十三团团长，应湖南省政府邀请于 5 月 14 日由湘潭调来长沙。17 日，许克祥约集何键的参谋余湘三、教导团团长王东原、地方团团长李殿臣等人密谋，决定武力清党。会议推举许克祥为总指挥，定于 21 日发动。

　　21 日夜，许克祥指挥各部人马，一夜之间将共产党的机关、团体和国民党左派掌控的部门全部摧毁，屠杀 100 多人，逮捕者不计其数。23 日，成立"中国国民党湖南省救党临时办事处"，发出反共通电。24 日，许克祥又召集各界联席会议，正式组建"中国国民党湖南省救党委员会"。

　　"救党委员会"成立后，即通令湖南各级党部及民众团体一律改组，对各级党部的国民党左派，尤其共产党员一律拿办，反抗者格杀勿论。随后在全省普遍开始清党，其实是肆意地大逮捕、大屠杀，而且手段极其残忍。在长沙，只要是各级党部、农会、工会及其他民众团体的负责人，不问情由，即行拘捕，处以死刑。如杀女子，先行割去乳房，再用刀斩去颈部一半，继用步枪向阴门一枪，子弹由头顶冲出。杀男子，先用极惨的刑法拷问，再用刀枪重刑，其如腰斩割剖，无所不用其极。在常德，对"犯人"严刑逼供，尚有坚强不屈者不喊叫，刑讯的人便迷信自己将要倒霉，于是痛下毒手，只把"犯人"打得皮开肉绽、筋断骨折，才拉出去砍头。常宁县农民协会委员长谷雨亭被砍成三节，抬尸游行。更有纠察队长刘仁发被挖去双眼，凌迟处死。一时间，三湘之地，腥风血雨，惨不忍睹。

　　21 日的电报代字为"马"，这一事变遂称"马日事变"。

　　许克祥仅是一个团长，何能发如此大难？陈公博断定"当然背后还有人"，并指明说："许团长是何键的部下，恐怕何先生与其他将领也都有关系，唐孟潇也难保不同情。"

　　其实，夏斗寅和许克祥两次事变，都是何键的幕后导演。事情的发端是何键召开的武汉会议，但由于夏斗寅抢先叛乱而败，打破了原定"两湖并举"的计划，何键就准备在长沙发难了。他先向武汉政府呈准，将第三十五军的学生队移往长沙训练，并趁机升格为教导团，作为反叛的基本力量，然后派亲信余湘三到长沙操盘。余湘三到长沙后，认为兵力不足，便选中了驻守湘潭的许克祥。许克祥的老子被农会斗争，戴高帽子游街，正发誓要报"辱父之仇"，于是欣然应命，带领全团人马来到长沙，挑起大梁，发动了"马日事变"。

"马日事变"是武汉国民党反共的信号，国、共两党的关系走到十字路口。但共产党在这个十字路口却不知道向哪走。党内领导人意见分歧，意见分歧的原因是顾问鲍罗廷与共产国际代表罗易意见分歧，上边还有从天外莫斯科传来的指示，那些指示虽有无上权威，但对于复杂瞬变的中国革命形势，不是错误的，就是过时的。

蒋介石公开反共，给了斯大林一个响亮的耳光。但斯大林只表示了"惊愕"，并又提出了新的主张：蒋介石叛变革命后，中国革命就进入第二时期，即从全民族联合战线的革命转变为千百万工农群众的革命，而且由于世界资本主义的危机和苏联无产阶级专政的存在，这一革命更有可能转移到社会主义革命的轨道上。蒋介石的政变表明，从此以后中国南部将有两个中心，武汉的革命中心和南京的反革命中心。因此，共产党必须支持武汉国民党，参加武汉国民政府。

共产党忠实执行斯大林的指示，一面积极与武汉国民党合作，一面大力开展工农运动。至"马日事变"，仅一个月以来，工农运动蓬勃发展。全国工会会员已达二百多万，工人在斗争中并且提出了新的要求，从争取集会、结社自由到要求参加政权，从争取改善生活条件到要求参加企业管理。尤其是工人阶级创立了自己的武装——"工人纠察队"。如武汉，工人纠察队五千人，有枪一千支。农民运动，由于明确为"土地革命"，更激发了农民的积极性，"分田分地真忙"。农民也创立了自己的武装——"农民自卫军"。如湖北，有三十多个县建立农民自卫军，有枪三千支。

"工人纠察队"和"农民自卫军"成为共产党领导的武装。

蒋介石反共的借口就是"工农运动"。现在蒋介石已夺去半壁江山，倘若工农运动再发展下去，汪精卫能否容忍，是否会做第二个蒋介石？中共第五次全国代表大会在武汉召开，就是要解决这个问题。

鲍罗廷和罗易把他们两人关于土地革命的分歧搬到会上，当着全体与会人员的面，继续进行唇枪舌剑的争论。对此，蔡和森发言说："我们听了老鲍和罗易的演说后，发现两种完全不同的思想和路线。"他反驳鲍罗廷说："老鲍教我们只做到减租、减息，说这便是顶好的土地革命。又把一切罪过通归于农民运动过火，而国民党中央一点不好的倾向也没有，反教我们去拥护他们，取消民众运动的法令。这样，还有什么原则？"接着他又批评罗易："罗易认为现在的国民党中央已经不是左派，应当推翻他。但我们对左派群众的工作还是一点没有准备，现在要一呼喊与国民党中央决裂,事实上不是政变也要发生政变的。"最后,蔡和森结论说:"以我看来,老鲍是有办法而无原则,罗易是有原则而无办法。"

陈独秀赞成鲍罗廷的意见,认为进行土地革命会影响北伐战争,现在不能进行了。张太雷也认为,目前就没收一切土地,太激进了。彭述之和罗亦农也支持鲍罗廷。蔡和森坚决支持罗易。瞿秋白散发了他写的《中国革命之争论问题》,批评陈独秀的右倾错误。

中共"五大"不像是一次代表大会,倒像是一场辩论会,前前后后开了十几天,没有结果。

为国共两党继续合作,陈独秀找汪精卫谈话。汪精卫冷森森地,板着面孔向陈独秀讲了四个问题,其中说:"现在存在着两个党是不合适的。如果领导权属于国民党,共产党跟随他们走,那就不需要共产党。如果情况相反,领导权在共产党人,那就不需要国民党。两党并存必然发生问题。"

陈独秀反驳了汪精卫的观点,强调两党合作的意义。汪精卫哪听得进去,又说:"现在的主要问题是:谁领导群众? 群众跟随走? 跟国民党走还是跟共产党走? 国际关系和军队状况的恶化无论过去还是现在都是共产党人的过错。如果国民革命因此遭到失败,那也是共产党的过错造成的。"

汪精卫的态度,说明事情确实严重。在陈独秀的要求下,中共再次举行会议。经过两天的反复争论、协商,在鲍罗廷和罗易两个极端主张之间通过了一个折中的决议。决议要求国共两党紧密合作,共同处理面临的一切问题,并保持本党的独立性,对工农运动提出向小资产阶级让步,纠正"左"的错误和过火行为。

国共的对立有望化解,满天阴霾露出了曙光。但恰巧在会议结束的这一天,莫斯科联共中央讨论了中国革命的问题,决定给鲍罗廷、罗易和陈独秀发出如下指示:(一)现在在国民党的国内政策中最主要的一点是:在各省有步骤地开展土地革命,口号是"一切权力归农会"。这是革命和国民党成功的基础。(二)现在就应开始组建八个或十个由革命的农民和工人组成的,拥有绝对可靠的指挥人员的师团,这些师团将是武汉在前线和后方用来解除不可靠部队武装的近卫军。此事不得拖延。

这个指示一来,这次会议算是白开了。

这时候,继夏斗寅叛乱之后,又发生马日事变。武汉政府把两次事变的责任完全归咎于共产党领导的工农运动,并在汉口《民国日报》上发布了镇压农民的命令。

武汉国民党已经在为反共寻找借口了，这使鲍罗廷感到国、共两党的分裂就在眼前。他强烈要求共产党不惜妥协，挽回危险的局面。在鲍罗廷的干预下，中共中央作出了新的决议：对工人运动，请国民党参与；对农民运动，不再提解决土地问题。这在实际上，是放弃了对工人运动的领导权和农民运动的核心——土地革命。

中共的会议正在进行中，适逢武汉"联席会议"决定由谭平山、彭泽湘、陈公博、周鳌山、邓绍芬五人组成"特别委员会"，前往长沙调查处理马日事变。共产党人谭平山是武汉政府的农业部长，所以担任了"特别委员会"的负责人。罗易认为他思想右倾，反对他去。但鲍罗廷不仅支持谭平山，还决定他也一同前去，期以妥善解决这一事件，弥合国共裂缝。

鲍罗廷走后，中共继续开会，罗易的影响便占了上风，先前的决议便翻了大饼。而且会议又提出必须尽快保存和发展党的力量和工农武装，以为国共分裂后不可避免的战斗准备后路。为此，会议提出了建立党的秘密机构、收藏配置武器、扩大叶挺的部队等六项任务。

但这个决议墨迹未干，鲍罗廷和谭平山又回来了。原来，当"特别委员会"一行到达岳阳时，便闻许克祥向岳州警备司令周磐发了逮捕五人就地枪决的电令，吓得他们连夜逃回了武汉。于是，被罗易翻了个的"大饼"又翻了过来。

罗易直气得再不顾君子之风，与鲍罗廷大吵了一顿。

罗易与鲍罗廷意见相左，冲突不断。鲍罗廷简直一手遮天，无论是共产党中央，还是国民党中央，都听他的，因此两人多次交锋，失败的总是他罗易。无奈之下，罗易只有向上头寻求支持，于是接二连三向莫斯科发电，倾诉不平和委屈。但他的"诉状"却杳无音讯。正当他心火难耐的时候，听到莫斯科来了电报，但电报被鲍罗廷扣压。他立即去找鲍罗廷。鲍罗廷是先一天收到莫斯科电报的，但他一看，认为荒唐可笑，就只向陈独秀通了个气。见罗易来要，也只能给他。

原来，共产国际在莫斯科召开会议，通过了《关于中国问题的决议》，确定中国革命的方针政策。苏共中央根据会议精神，于5月30日向武汉发出指示，就是上述电报。其内容为：

（一）不进行土地革命，就不可能取得胜利。不进行土地革命，国民党中央就会变成不可靠将领手中的可怜玩物。不应脱离工农运动，而应千方百计加以促进。(二)对手工业者、商人和小土地占有者作出的让步是必要的,同这些阶层的联合是必要的。(三)国民党中央的一些老领导人害怕发生事件,他们会动摇、妥协,应从下面多吸收一些新的工农领导人加入国民党,改变国民党目前的构成。务必要更新国民党上层人士,充实新领导人,而地方机关应当依靠工农组织中的数百万人加以扩大。(四)应当消除对不可靠将领的依赖性。要动员两万共产党员,加上湖南、湖北五万工农,组建几个新军,用军官学校的学员充当指挥员,组建自己可靠的军队。(五)要成立革命法庭,惩办同蒋介石保持联系或迫害工农的军官。如果国民党人不学会做革命的雅各宾党人,那么他们是会被人民所抛弃的。

这就是所谓"五月指示"。

罗易极为兴奋,他这一状告赢了,莫斯科给了他尚方宝剑。自然,他强烈要求共产党开会贯彻执行。中共中央政治局遂召开会议,但所有委员出奇的一致,都认为"五月指示"脱离了实际,无法执行。会议决定向莫斯科发电申明理由,在收到答复前不采取任何行动。

共产党竟公然拒不执行共产国际和莫斯科的指示,令罗易大感意外,会后的沮丧与会前的兴奋一样不可名状。他对鲍罗廷和共产党都彻底失望了,那么还有谁能与他同行,来挽救濒临失败的革命呢?他在渺茫中搜索,终于找到了。这个人,是汪精卫。

罗易相信汪精卫一定珍视自己作为孙中山继承人和革命左派的资望,更不会拿自己的政治生命冒险,因此不会跟着蒋介石的尾巴反共。罗易也是被鲍罗廷长期的压制,几至忍无可忍,因此他在这关键时刻宁愿赌一把,而侥幸获取意外的成功。

6月5日,罗易约汪精卫至其寓所,问汪:"莫斯科曾有一项决议案,给我与鲍罗廷的,他给你看过没有?"

"没有。"汪精卫说。

"电报在我这里,你可以看看。"说着拿出电报来。

汪精卫一看完电报,罗易就抢着说:"我很高兴已给你看了电报,它可算是最后通牒。你如接受电报的要旨并给予执行的便利,共产国际将继续同你合作。否则,共产国际将同国民党一刀两断。"

汪精卫无可奈何地摇了摇头,苦笑着说:"这些指示中的任何一条都不能实行，因为随便实行哪一条，国民党就完了。"

汪精卫拒绝了罗易，随后就拿着电报找到鲍罗廷大发雷霆，说鲍罗廷没有把他当知心人，在他背后搞活动，搞欺骗。鲍罗廷尴尬至极。他多方解释，尽力劝说汪精卫安静下来，但汪精卫还是衔怒而去。

鲍罗廷的愤怒可想而知。他当即找到罗易，咆哮着大加训斥："你简直是一个混蛋！你就等着瞧吧，他们看了这个决议，肯定会立即断绝与共产党的关系的。你要为国共分裂承担全部责任！"

鲍罗廷回去，立刻向斯大林发了电报，要求撤回罗易。

收到鲍罗廷的电报后，共产国际和联共中央同时来电，命罗易立即动身返回莫斯科。

鲍罗廷的判断一点不错。汪精卫召开了国民党中央政治会议，在传阅"五月指示"的电文后，发表讲话。他先表示极大震惊和愤怒，然后激动地说："国、共两党已经到了争船的时候了。要将国民革命带往共产主义那条路去的，不能不将国民党变成共产党，否则只有消灭国民党之一法。要将国民革命带往三民主义那条路去的，不能不将共产党变作国民党，否则只有消灭共产党之一法。正如一只船，有两个把舵的，有两个不同方向。除了赶走一个，更无他法。"

汪精卫决定把共产党这个"舵手"赶走。会议还决定，解除鲍罗廷的顾问职务，提交中央执行委员会讨论通过。

毛泽东说："罗易是个蠢货。"罗易愚蠢的行为，把鲍罗廷和共产党所做的挽回局面的努力全部葬送。

就在罗易泄密和汪精卫翻脸的第二天，唐生智分别发电给汪精卫和冯玉祥，要他们两人到郑州会谈。汪精卫接到电报后，立即召集国民党中央政治会议，决定以中政会主席团赴前方指导的名义，前赴郑州。主席团成员有汪精卫、谭延闿、顾孟余、孙科、徐谦、谭平山六人，可是临行，汪精卫又以需要处理湖南问题为由将唯一的共产党员谭平山留在武汉。

宋庆龄向汪精卫说："冯玉祥仅是一个集团军司令，他应该到武汉来，哪有中央领导移樽就教之理。"国民党分裂，武汉与南京俨然对立，汪精卫只要把冯玉祥拉到武汉一边，哪还顾得中央的尊严？另外，宋庆龄所不知道的是，北赴郑州正是汪精卫叫唐生智做的局，就是为了把共产党排除在外，以便与冯玉祥亮开底牌谈反共的问题。

汪精卫一行先期到达郑州，又派邓演达远赴潼关迎接冯玉祥。冯玉祥到达后，双方举行会谈。汪精卫摆明既要反蒋又要反共的立场。但冯玉祥只同意反共，不同意反蒋。冯玉祥也是一个叶公好龙的人物。他把宁、汉对立归咎于共产党大搞工农运动，认为蒋已经反共了，而汪还在容共，因而他力促汪反共而与蒋息争，共同北伐。

为了拉住冯玉祥，武汉方面慷慨地把豫、陕、甘三省党政军大权都交给了冯玉祥。但冯终究不同意反蒋，而只表示愿做调解人，使汪蒋重结旧好，宁汉归于统一。

会议开了两天，汪精卫突然收到武汉陈友仁发来的电报，说冯玉祥已与蒋介石秘密勾结，要把他们扣留在郑州。汪精卫等人大惊失色，当即就借口武汉有急事，向冯玉祥告辞，说走就走，逃跑一般离开了郑州。

这一情报未必确实。但有一个新的情况，蒋介石担心汪、冯结盟，急忙派吴稚晖来郑，相约与冯在徐州会谈，冯玉祥欣然答应。汪精卫听到这个消息，鉴及冯玉祥不反蒋的态度，便对武汉的情报信以为真。

对于郑州的"汪冯会"，共产党认为若冯玉祥倾向武汉，武汉在与南京的较量中就占了优势，国共关系或可维持。这是新的希望，也是最后的希望。但由于汪精卫不让共产党参加，陈独秀只好派张国焘另行前往。

张国焘到了郑州，本想找刘伯坚和邓小平一同说服冯玉祥。这两人分别是冯的政治部主任和副主任。但冯玉祥已明令禁止他的部属对外做任何单独活动，张国焘见不着人，就冒昧地去找汪精卫。汪精卫满口应诺。张国焘很高兴，就在郑州殷殷以待。但随后，张国焘便从邓演达的秘书那里得知，汪、冯两人已达成了反共协议，也就无奈灰心丧气地回来了。

接着，冯玉祥和蒋介石各从郑州和南京到达徐州，开始了"蒋冯会"。首先所谈的就是反共的问题，双方一拍即合。冯玉祥大力扩军达二十万人，急需军费。郑州会谈时，冯玉祥就曾向武汉求助，但武汉政府囊空如洗，汪精卫一文不名，使冯玉祥大失所望。到了徐州，蒋介石没有等冯玉祥开口，甩手就出五十万元，并显示他的钱袋子鼓着呢，可足资冯军之用。蒋以金钱开路，竟对冯产生过分的期望，就是共同进攻武汉。他阴使李烈钧、吴稚晖等人向冯游说，唇焦舌燥，却毫无结果。冯玉祥仍坚持宁汉息争共同北伐的意见。

冯玉祥抛开了武汉的"穷亲戚"，把手伸给了南京。徐州"蒋冯会"后，冯玉祥即向汪精卫发出电报，督促武汉与南京合作，迅即反共，并要求将鲍罗廷驱逐回国。

汪精卫屈服于冯玉祥的压力，解除了鲍罗廷的顾问职务。鲍罗廷平静地接受了这一现实。但当他看到冯玉祥发给武汉的电报以后，仍深为震惊。他知道，中国的局势再不受他控制了。

面对这种局面，陈独秀主持召开中共中央全会，通过了《国共两党关系决议案》，把维持同国民党的合作作为最高原则，重申国民党的领导地位，否认武汉政府是国共合作的联合政府的性质，把自己放在在野党的地位。这是陈独秀在鲍罗廷支持下，以妥协退让所作的最后的努力。

但这一"努力"受到共产国际的严厉批评。陈独秀便想，既然共产国际不准妥协退让，国共的分裂一定不可避免，那么与其被人赶走，何不自己主动离开？于是他又向莫斯科发电，要求退出国民党。

莫斯科的回电更为严厉，给他扣上了一顶机会主义的帽子。陈独秀忍无可忍，愤而辞职，并且秘密躲藏起来。他在辞职书中说："国际的指示总是相互矛盾，无法执行，实在没有出路，我实在不能继续工作了。"

陈独秀的辞职很快就获批准。中共中央改组，临时中央常务委员会由张国焘、李维汉、周恩来、李立三、张太雷五人组成。

在这个关键时候，宋子文的背叛，成为压垮武汉的最后一根稻草。

孙中山逝世后，他和他的主义已成为神圣化的权威，是国民党的灵魂。但在反共之后成立的南京政府却难于举起孙中山的旗帜来，孙夫人宋庆龄、其胞弟宋子文和孙中山嗣子孙科都在武汉政府任职。因此，南京分化拉拢武汉政要，最为要紧的就是这三个人。但这三人中，宋庆龄亲共反蒋坚决，孙科身居高位，也与汪精卫靠得很紧，于是南京就着重在宋子文身上。

宋子文是一位理财高手，作为财政部部长，他是武汉政府的台柱子，但在政治上，他既不是左派，也不是右派，而是一位实业型的自由派，一个担惊受怕的贵族式人物。一方面，他厌恶蒋介石以军压政，视南京政府为独裁政府；一方面，他又对武汉的工农运动深为不满，他心爱的钞票几乎成了废纸，他把物价飞涨的原因归咎于工农运动，破坏了经济秩序。

南京政府一成立，蒋介石就拉拢宋子文出任财政部部长，与武汉断绝来往。宋子文拒绝了。这时的武汉欣欣向荣，使他心里充满了希望。

此前，北伐军攻占沪杭之后，宋子文便到江浙收税，白花花的银子流入武汉，而他对蒋介石向资本家索款，宋子文却拒绝为资本家签字，就是武汉政府不认这笔账。因而蒋介石恼恨在心。时下，宋子文又断然拒绝到南京任职，蒋介石便下了狠手，下令没收了宋家在南方银行的存款，并控制了宋家在上海的所有工厂。

这时，宋家大姐宋蔼龄及丈夫孔祥熙已成为蒋介石的心腹，蒋介石正在追求宋家三姐宋美龄，而宋蔼龄夫妇正为之竭力撮合。蒋介石如娶宋美龄为妻，再把庆龄、子文拉到自己一边，就可以打起一面哗哗响的孙中山的旗帜。而宋蔼龄为了家族的利益把蒋介石当靠山，于是一面送小妹嫁蒋，一面拉大弟投蒋。

宋美龄听大姐的，宋蔼龄能握在手心，可宋子文听二姐的，争取宋庆龄就更不容易了。于是宋蔼龄便以母亲欠安为由要求庆龄、子文回沪一趟。庆龄不来，子文来了。这正是宋蔼龄所猜准了的，正中下怀。宋子文来到上海，每到大姐家，就被洗一次脑子。蒋介石又适时过来，他对宋美龄自然是一味亲热，而对宋子文则是软硬兼施。宋子文在上海形同软禁，他不敢走出租界区，否则转眼之间就可能被抓走，那就只有两条路，要么当南京的财政部部长，要么坐牢。

宋庆龄仿佛嗅到了上海的异味，他要把弟弟接来武汉。外国记者希恩自告奋勇到沪一行。希恩来到上海，他要宋子文化妆成他的翻译，乘英国轮船离去。宋子文同意这样做，但当他与母亲、大姐和大姐夫商谈后，又改变了主意。这时候，他对内外交困的武汉已经失望，担心他钟情的理财大愿一事无成。因此，他不得不为自己着想，决定投靠对他的前途有利的南京一方。希恩失望而归。

7月12日，出于对二姐的惦念，宋子文来到武汉。不过他这次回来不是回归武汉，而是充当蒋介石的信使，说服武汉也实行"清党"。陪同而来的还有孔祥熙，他的责任是"保驾"宋子文坚不变心，同时又协助他说服二姐宋庆龄。

宋子文同武汉国民党中央进行了商议，他带来的蒋介石的信息是很明确的：立即抛弃共产党人和鲍罗廷，同南京联合，没有商量的余地。这时的武汉中央早已确定与共产党分家了，不过犹豫其时而已，复在南京的压力之下，于是决议7月5日实行"分共"。

这天夜里，宋子文来到二姐的住所，转达了他的母亲和两个姐妹的所有搅乱人心的话，随后把蒋介石的一封信交给宋庆龄。蒋介石要求宋庆龄立即离开武汉投奔南京，信中说："中正等望夫人如大旱之望云霓，务请与子文、祥熙即日回沪，所有党务纠纷必以夫人之来有解决办法也！"宋子文还把武汉中央"分共"的决定告诉了二姐，劝说她听从蒋介石和家人的劝告。但宋庆龄斩钉截铁地说："不行！我不能与南京合作，如果武汉政府最终垮台了，我就回上海继续同蒋介石作斗争。"

宋子文听了姐姐的话十分害怕，他坚持离开住宅到外边走走。在远离了那栋房子以后，子文拉住姐姐的手，求她不要再回上海，甚至连想都不要去想它。他在姐姐耳边悄声说，她有生命危险，因为蒋介石、宋蔼龄他们策划了一个行刺她的计划。宋庆龄听了，轻蔑地一笑而已。

宋子文无奈离去，通过孔祥熙向蒋介石发去密电，详细说明了汪精卫为向南京妥协的要价而提出的几点保住面子的办法。随即，南京传回了电报，说："告诉卖主，商人同意按所索取的要价支付，希望在商定的日期交货。"

紧紧追随宋庆龄的陈友仁一针见血地说："你知道谁是这个商人？是蒋介石。卖的货嘛，是背叛武汉政府。他们把中国的命运看作是可以买卖的商品了。"

鲍罗廷将这一情况报告了莫斯科，很快得到答复。7月13日，中共中央通过了《对目前政局的宣言》，声明退出武汉政府。第二天，所有共产党领导人悄悄地离开了武汉。

7月14日晚，汪精卫主持召开国民党中政会会议，讨论"分共"问题，提出了《统一本党政策案》，提交中央常务会议。宋庆龄拒绝出席会议，请陈友仁代她表明反对立场。她则坐在打字机前，用英文打出她向全国人民的讲话——《为抗议违反孙中山的革命原则和政策的声明》。

7月15日下午，武汉国民党中常会通过了关于"分共"的三项决议。决议字面上颇为温和，甚至未提"中共"字样。汪精卫还关照三项决议不必发表，并又提议发布《保护共产党员人身自由的训令》和《保护农工的训令》。

汪精卫犹抱琵琶半遮面，刻意显示他不像蒋介石那样血腥反共，而是和平的与共产党分手。但在会议结束之后，他知道中共已先发表了宣言退出国民政府，当然这是示威与抗议，立时恼羞成怒，遂发表《容共政策之最近经过》的报告。汪精卫的报告把国共分裂的责任完全归咎于共产党，并发出了取缔共产党的动员令。

8月1日，共产党在南昌发动起义，打响了武装反对国民党的第一枪。汪精卫气急败坏，狂叫："我再容共就不是人，要捉一个杀一个，把他们一个个抓来枪毙!"汪精卫到底露出了青面獠牙,步蒋介石后尘开始武力清党了。

　　宋庆龄的《声明》在美国友人的帮助下,于7月18日同时在汉口《人民论坛报》和上海《密勒氏评论》上发表。《声明》说:"孙中山的政策是明明白白的。如果党内领袖不能贯彻他的政策,他们便不是他的忠实信徒,党也不是革命的党,而会变成一部机器、一种压迫人民的工具、一条利用现在的奴隶制度以自肥的寄生虫。"

　　就在这一声明响彻云霄的时候,宋庆龄乔装打扮,乘船赴沪。她在上海住了一个月,眼看革命的失败,于8月23日偕同陈友仁及他的两个女儿往赴莫斯科。

　　汪精卫虽然下了逐客令,但鲍罗廷却不能走,他在北京的妻子法尼亚被张作霖逮捕。鲍罗廷设法动用了二十万元款项贿赂法官——这笔钱是苏联专为此类目的存在北京的——终使妻子获释,装作修女逃出北京。鲍罗廷这才带领其他顾问及随员三十多人离开武汉。到郑州,冯玉祥设宴款待。这时,收到武汉的逮捕令。冯玉祥不忍,决定立即送鲍罗廷回国。于是,鲍罗廷一行乘火车至灵定,然后转乘汽车,经蒙古回到苏联。

　　罗易被电召回国。但他拒绝应命,而又跑到广州推行他的主张,誓愿领导共产党东山再起。直到他确认革命的失败,才黯然回国。回到莫斯科后,他终被斯大林抛弃,开除出共产国际。后来又历经磨难和挫折,这个"蠢货"才清醒过来。他批评那些把革命的失败归咎于共产党的人说:"导致1927年失败的机会主义叛卖,不是来自于中国共产党,而是他们的朋友。那些能力不强、平庸的苏联共产党员,对于中国共产党,他们的权力却是无比权威和一贯正确的。这种指导的不幸结果,是使中共像一个进行填鸭式灌输而成长的小孩。"

第七十八回

张作霖北京登宝　蒋介石南京下野

　　韩麟春正在家卧床养病，突然接到何成浚的电话，说他已来天津，要到北京来。韩麟春即说："兄弟，你莫坐火车，我这就派车接你。"

　　何成浚任职北伐军总司令部总参议，南京政府成立后，又出任南京军事委员会的高级顾问。他奉蒋介石之命往山西太原，说服阎锡山归附南京。赴山西必经奉军防地，因此何成浚到天津后，即打电话至北京。韩麟春现为奉军第四方面军军团长，驻防北京。他与何成浚为日本士官学校同学，两人交谊甚深。为安全起见，韩麟春就派了自己的专车到天津去接。

　　何成浚到了北京，韩麟春便问："闻兄正在徐州作战，为何又来北京？"

　　何成浚说："我去太原，经过这里，闻兄贵体欠安，特来相看。"

　　韩麟春说："兄之行我尽知矣，必是运动阎伯川归附广东啦。"何成浚点头承认。韩麟春不禁感叹道："阎锡山有兵十几万，而且兵精粮足，当下南、北势均力敌，说他左袒左胜，右袒右胜也不为过。可是，"他不屑地笑了笑说，"他呀，太滑头了！以往十几年，我不说他了。就说现在吧，奉军和北伐军两方都派人到太原拉拢他，可他公然说'南北无分轩轾'，称病谢客，还要观望呢。兄弟此去，怕也要吃闭门羹哩。"

　　"是滑头！"何成浚也笑起来，接着说，"阎伯川是同盟会的创始会员，辛亥革命光复山西，开国元勋呀。可自从孙中山二次革命失败，他便委身北洋，历经从袁世凯到段祺瑞段七任总统十几年，与革命参商两离了。但我们还是要体谅他的无奈。山西地处京畿，北京政府不容有肘腋之患，所以他只能韬晦，以'保境安民'为本守住自己的地盘。他对革命爱莫能助，但他也从不曾加害于革命，这是他的底线,这就是阎伯川哪。再说了,我与伯川同为日本振武学校同学,一齐加入同盟会,从此结下友情。所以我也愿送他一言,希望他能鉴于大势,决心转变。"

"那就试试吧。"韩麟春点头。

何成浚遂又说道:"伯川归附南方,奉军将复背受敌,我与兄至交,方敢以实相告。"

"咳!"韩麟春大叹一声说,"阎伯川可运动,张少帅未必不可运动。须知这位少帅,不仅可做国民党,亦可做共产党哩!"

何成浚一听,惊得张大了嘴,连声说:"想不到,想不到。"随后又爽朗地大笑起来,说道:"果真如此,民国幸甚!"

何成浚到了太原,阎锡山果然表示,决心归附革命。返回南京后,何成浚报告太原之行,并把韩麟春所说张学良之事相告。蒋介石大喜,即又派何成浚北上访问张学良。又经韩麟春牵线,何成浚与张学良在彰德(安阳市)会晤。两人经过反复密谈,确定奉军响应北伐,与阎锡山同时易帜。随后阎锡山又派代表赴北京谒见张作霖,劝他与蒋介石合作,共同对付冯玉祥与唐生智。张作霖亦为所动。张学良得知父亲松了口,遂与何成浚达成一致意见:奉、晋两方同时易帜,以张作霖为北方革命军总司令,阎锡山为副总司令。

但两人达成的"意见"却被张作霖拒绝了。张学良猜测父亲一定是听了耳旁风,才又改变了主意。思来想去,他认为来软的不行了,那就来硬的吧——兵谏!他知道这对父亲的伤害,但为挽救中国的危机,他只能舍弃亲情,在所不顾了。

张学良将"兵谏"的任务交给了炮兵军长邹作华。邹作华先打电报给驻北京的炮兵参谋长高仁绂,说有特殊任务传达。当天,邹作华就从新乡赶到北京,向高仁绂传达了张学良的密令:"军团长因中国军阀混战没有止境,恐有亡国危险,为消除内乱,谋求中国统一在新乡会议,决定响应北伐,与阎锡山同时易职。其部署是:你在北京举事,率众公推上将军(张作霖)为北方革命军总司令,率领奉、吉、黑、热、察、直、鲁、豫八省军队起义;公推阎锡山为北方革命军副总司令,率晋绥军起义。若上将军不从,即带兵包围顺承王府,可断电,断绝一切交通,但不能开炮。你现在即做准备,军团长至保定后,就下令要你行动。"

高仁绂听了,深吸了一口气,说:"此事重大,而我势单力薄,难以服众,驻京东北军各将领不会听我的。若不幸失败，个人罪过事小，且对不起军团长，对不起国人。"

邹作华说："此事军团长已决定叫你负责，不能更改，才叫我来京传达任务，你怎么能推辞呢？至于部队，军团长会有严厉命令，叫他们绝对听你指挥，一切由军团长负责。"

"话是这么说。"高仁绂说，"郭松龄之事不就在眼前吗？那一次我上了当，这次我再也不能上当了。"

"你怎么拿那档子事与这件事相提并论呢？"邹作华勃然变色："此次军团长已深思熟虑，将此重任交给你，也是对你的极大信任。从现在起，你只接受军团长一人的命令。"

高仁绂见状，才接受下来。于是邹作华写了手令，并盖了章，匆匆离京。

高仁绂接受任务后，考虑到北京城的特殊地位和有外交使团等诸多因素，制定了一套兵不血刃的方案，秘密作各种部署，并假部队演习，随时准备进城。

数天后，张学良抵保定，却没有举事命令下达。正当高仁绂心急如焚时，张学良的副官打电话来："军团长已到北京新建胡同公馆，要你速来。"

高仁绂到了张公馆。邹作华对他说："举事计划停止。"

原来，孙传芳向张作霖告了密，事泄，已不可为。另外，国民党南京与武汉两方矛盾加深，河南当面的武汉北伐军又撤退回南，在军情松缓的情况下，张学良便不愿采取过激的行动了。

张学良心神不安地来到顺承王府，做着挨骂的准备。一见父亲，果然是怒气冲天。张学良刚喊了一声"爹"，张作霖就大声呵斥起来："你还认我这个爹？你小子敢向老子动刀枪，像郭鬼子一样万恶！"

张作霖一开口便戳到张学良的痛处。张学良说："郭松龄是让爹下台，我是顺承爹的本意，促爹担大任，举大义，故才甘愿冒逆父之罪。"

"哼！"张作霖冷笑了一声，说，"那你怎么又不干了？"

张学良说："我想，爹是聪明人，这次来京就是向爹进言的。我相信爹能回心转意，赞成我与南方达成的协议，奉、晋同时易帜，一举实现全国的和平统一。"

"你休要糊弄老子。"张作霖说，"你那个办法，我绝不同意！什么易帜？不就是投降嘛！你也不想想，我一辈子投降过谁？"

张学良着急起来,就大谈起自从袁世凯称帝以来,中国连年内战,山河破碎,人民遭殃种种惨状,只说得泪流满面。张作霖受了感动,平缓了语气说:"你知道国家苦,百姓苦,你爹就不知道国家苦,百姓苦?我也希望中国和平统一,但是……"张作霖又激动了,"我仍不能赞成你的办法,我们就这么熊包啊,这么没有价钱!我实话给你说吧,奉军诸将领一致拥戴我为陆海军大元帅,摄行全国职权。我也答应他们了。常言道,皇帝轮流做,明年到我家。那布贩子曹三也当了一回总统,我就不能坐坐江山?"

张学良召开的新乡会议,孙传芳是参加了的。他当面赞成,但到了北京就告诉了张作霖。然后,他又去找张宗昌,密议了一番,定下了"劝进"大计,然后又分头游说奉军将领,相约入京劝驾。起初,他们拟推戴张作霖为"临时总统",经反复斟酌,终认为还是仿效孙中山在广州立府称"大元帅"为宜,同时决定用北方将领公推的方式进行。张作霖听了大为高兴,一言为定。

张学良闻言,痛恨已极,还要再争。张作霖斩钉截铁地说:"我意已决,你若反对,就再来武的吧。那我就让给你,从此我们父子恩断义绝!"

张学良踱躞于庭,不知所措。张作霖厉声道:"说呀!"

张学良悲咽地说:"看来忠孝不能两全,你不让我为国尽忠,我尽孝,我尽孝。"转身而去。

6月10日,张作霖发出通电,痛陈中国"北赤甫平,南赤崛起,共产分子归降苏联,甘心卖国,贻祸寰区",宣称"作霖承兴亡有责之义,尽急难与共之诚,攘臂下车,缨冠救难,聊尽天职,不敢告劳"。就在当天,孙传芳、张宗昌、吴俊升、汤玉麟等八名将领联名发出了推戴张作霖出任陆海军大元帅的通电。随即,张作霖安然接受。如此拥戴大事,一蹴而就了。

按通常"礼"数,本应"三推三让",以充分表达拥戴者之诚心,亦彰显受戴者之谦德。说白了,这叫粉墨登场。袁世凯称帝时,两次推戴,他就接受了,尚且遭受讥笑,而张作霖却是一推而就,不惭薄德,素面登场。

6月18日,张作霖在怀仁堂就任陆海军大元帅。当天,发布《中华民国军政府组织令》,规定大元帅统率陆海军、代表中华民国最高权力、设置国务院等职权。当天又发布潘复为国务院总理的命令,组成内阁。

当张作霖在北京"黄袍加身",新内阁"抱笏"登场的时候,徐州正在举行"蒋冯会"。"联奉倒汉"的希望落空,蒋介石大失所望,他只得顺从冯玉祥的意见,达成了共同"反共北伐"的协议。因此，南京一度暂停的北伐战事仍按原计划执行，李宗仁第三路军和白崇禧第二路军挺进鲁南，占领了临城、邹县、济宁一带，攻克济南已指日可待。

可正在这时，武汉发起东征。武汉国民党中央通过《东征讨蒋案》，唐生智遂下东征令。

武汉北伐军从河南回师后改编为第四集团军，唐生智任总司令兼第一方面军总指挥，下辖李品仙第八军、何键第三十五军、刘兴第三十六军。张发奎任第二方面军总指挥，下辖黄琪翔第四军、朱晖日第十一军、贺龙第二十军。另外，武汉军队还有谭延闿的第二军、朱培德的第三军、陈嘉佑的第十三军等军队。总计兵力二十万人。武汉东征军尽出第四集团军，以何键率第一方面军为江左军，张发奎率第二方面军为江右军。两军沿江东下，直指南京。

蒋介石急电李宗仁，率第七军铁路运输回宁，转芜湖布防。

李宗仁来到，蒋介石面带愁容问道："你看这事怎么办？"

李宗仁说："今武汉以精锐倾巢来犯，我军势必以精锐迎之。然七军后撤，北军必然反扑，而其他各军战斗力均差，势不能挡北军虎狼之师。且徐州乃四战之地，易攻难守，我看不如放弃徐州，退至淮河两岸，待武汉方面问题解决，再挥师北进，尚未为晚。"

蒋介石听罢，断然说："徐州乃战略要地，倘若弃之，必影响军心士气，且必增北方与武汉的气焰。"遂不听李宗仁之言。

但蒋介石执意不肯放弃徐州，李宗仁只得到前线，按蒋之意部署军事，将第七军调回芜湖设防，而留下第十、二十七、三十三、四十四军改攻为守。

果如李宗仁所料，第七军向后一撤，北军即开始反攻，而气势之猛更出预料之外。

张作霖在北京坐了大位，将安国军整编为七个军，以孙传芳、张宗昌、张学良、韩麟春、张作相、吴俊升、褚玉璞分任第一至七方面军军团长。又适逢武汉东征，大喜，即决定南下反攻。孙传芳更喜出望外，以为天赐良机，耿耿复仇之心，急不可待地要肃清江北，反攻江南。褚玉璞亲率徐源泉第六军和许琨第七军反攻临城，又乘胜与孙传芳所部联合急攻徐州。王天培第十军损失惨重，放弃徐州，退到安徽宿县，白崇禧第二路军也败退至苏北。消息传出，南京震动。

蒋介石决计夺回徐州，以北拒奉军，西慑武汉，慰安南京。李宗仁再次劝阻，蒋介石仍是不听。这时候，武汉东征军沿江东下，张发奎的江右军行抵九江，贺龙第二十军和叶挺第二十四师却不东进，而转奔南昌。蒋介石判断贺、叶两军的异动，一定是武汉方面国共决裂，如此一来，西线一时无虞，正当趁时北进。他决定再调第一军的两个师为先锋，亲自指挥徐州之战。

蒋介石又致电冯玉祥，请他到前线督师，夹攻徐州。又电白崇禧和何应钦，责令"务请鼓励将士，克日复徐为要"。他宣称："此次不打下徐州，便不回南京。"信心满满地挥师北上。

八月初，蒋介石指挥前线各军与奉军鏖战于淮河徐、蚌之间，进展顺利，很快逼近徐州。蒋介石求胜心切，即将担任预备队的第一军两个师投入战斗，倾全军之力，欲图一举攻克徐州。这时，孙传芳已将他的五省联军调到徐州，并亲临坐镇。当蒋介石与褚玉璞两军激战之时，孙传芳布下口袋阵，便令褚军退避，诱使蒋军进入。蒋军中计，陷入重围，军心动摇，遂又遭到孙军拼力冲杀，全线崩溃。

蒋介石兵败山倒，退回南京。孙传芳紧追不舍，一路掩杀，尽复江淮之地。

就在蒋介石北征之际，8月1日，在共产党领导下举行了南昌起义。汪精卫立命唐生智调集大军镇压。参加暴动的军队虽有三万人，仍是敌强我弱，南昌又易攻难守，不得久留。但起义部队在去向上犯了一个大错，没有选择工农运动蓬勃发展的两湖地区，却南下广东潮汕，因而终在漫漫长途中遭受敌人围追阻截而失败。

由于南昌起义，武汉东征军延迟东进，李宗仁率部抵达芜湖，从容设防。8月6日，蒋介石忽然来电，要李宗仁立刻到南京一晤。李宗仁疾车前往，到总司令部时，才知蒋已去汤山温泉休息，就又转头赶赴汤山。蒋介石一见李宗仁，便叹一口气说："徐州之战，未听兄语，招此大败。我反复思量，为党国大局，我决定下野。"

李宗仁惊讶道："胜败乃兵家常事，介公何必在意，竟出下野之念呢？"

蒋介石说："德邻，其中情形复杂得狠哪。武汉是一定要打倒我的，我不干就是了。"

李宗仁说："当此军情紧急之时，总司令如此做法，岂不动摇军心和民心吗？千万使不得。"稍停又道："至于武汉方面，原来要你下野，是共产党作祟，如今武汉也已然反共，双方已殊途同归，当应捐除成见，恢复合作，共同北伐，统一中国才是。"

蒋介石摇摇手，重复前言："时局纷扰，内部情形复杂得很。我以为对同志应退让，对敌人须坚持，而汪某乃反是，所以我是一定要退了。"

李宗仁又说："介公是否派员去武汉疏通，多说些好话，我也从中斡旋，以免同室操戈，为敌所乘。"

"与虎谋皮，与虎谋皮！"蒋介石头摇得像拨浪鼓似的，说着拿出一张纸来，说，"这是我下野的通电。"

李宗仁接过电稿略看了一眼，刚说出"介公"两字，就被蒋介石打断，字字落地有声地说："我下野之后，军事方面就交给你了。我相信，你和健生、敬之三人，足以对付孙传芳，而武汉方面的军事压力，也立时可以缓解。"李宗仁还要开口，蒋介石把手一摆，断然地说："我决心已下，德邻不必再讲。"

对于蒋介石断然下野，有人认为蒋介石是以退为进，金蝉脱壳，避开锋芒，观战局外，让宁汉两方龌龊纠缠，他便待机而起，坐收渔利，是实在高明的一着棋。其实，蒋介石没有那么高明，不过身处无奈，知难而退而已。蒋介石已认清，非他下野，则宁汉之局不易收拾，而在汉、奉两敌同时进攻之下，南京政府危矣。但毕竟，蒋介石该退即退，并不恋栈，是为明智之举。识时务者为俊杰。

接着召开军事会议，部署南京的防守，所有军、师将领都参加了这次会议。蒋介石宣布，他要离职出国。众将领闻听愕然。会场一阵沉默之后，有几个人吵吵起来："正是要紧的时候，总司令不能走啊！"蒋介石又说："我此次离开，是党中央的决定，大家一切行动都要听中央的。"

会场又沉默了，这时白崇禧说："我们北伐之目的，是要打倒北洋军阀。而今宁汉双方不和，汉方竟出兵征讨蒋先生。我想，我们与武汉终是兄弟意气之争，这种争端，总有一天会解决的。我们若一定要放弃打倒的敌人而行兄弟阋墙之斗，恐怕国人不会谅解。所以，我同意蒋先生出国休息一些时间，使武汉方面失去东征的借口，免去一场政治上的大风浪。"

蒋介石示意何应钦发言，何面露难色，嗫嚅不言。蒋又叫李宗仁发言，李说："请总司令自决出路，宗仁无个人成见。"这句"藏而不露"的话，表示的态度却是毋庸置疑。接下来大家表明态度，到会的百余人竟大多数赞同白崇禧的意见。蒋介石压住愤怒，表示他走之后，期望各将领同心同德，尽力党国，说完退出了会场。

蒋介石下野的决心已定，但他希望众人都挽留他，显示他得到众人的拥戴，

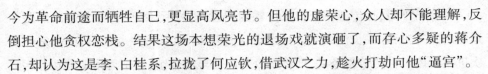

今为革命前途而牺牲自己,更显高风亮节。但他的虚荣心,众人却不能理解,反倒担心他贪权恋栈。结果这场本想荣光的退场戏就演砸了,而存心多疑的蒋介石,却认为这是李、白桂系,拉拢了何应钦,借武汉之力,趁火打劫向他"逼宫"。

事情发展成拥蒋还是倒蒋之争。这时冯玉祥闻知蒋介石下野,来电抱怨南京党国要人,不依国家民众为前提,斤斤计较,同室操戈,要求从速召开二届四中全会,以决大计。

胡汉民便借着冯的招牌主持召开中央监委会议。到会的是国民党元老蔡元培、张静江、吴稚晖、顾孟余、李石曾、古应芬、邹鲁、何成浚等人,另外邀请了李宗仁、何应钦、白崇禧、刘峙、顾祝同等高级将领列席。

胡汉民首先发言,说:"汪精卫辈逼蒋同志下野,纯然为个人利益,若对其退让,党国前途不堪设想。况北伐大计尚待蒋同志主持,在此千钧一发之际,不可轻言下野。"接着吴稚晖抢先开口,大嚷蒋介石不可辞职,这只能使亲者痛仇者快。他的话音未落,古应芬却起而反驳,说蒋自任总司令以来,种种错误,专横自恣,这样下去,于国于军皆不利。随即,吴、古两人就争吵起来,直吵得不可开交,大家都面露不耐烦之色。

这时,何应钦站起来说道:"蒋总司令是自己要走的,他走得好。他走后咱们可以爱一爱国家了。"谁不知道何应钦是蒋的亲信,竟有如此不恭之言。正惊讶间,白崇禧又站起来说:"革命是大家的事,不是他一个人的事,他走了很好,以后有事,可以大家商量。"

全场骇然,面面相觑。胡汉民召开这次会议,邀请李、白、何等军人参加,就是让军人们听听他们的意见,争取支持。蒋之去留,决定的因素,不是他们文的,而是那些武的。然而胡汉民失望了,文人意见不一,而何、白两个武人"两锤"定音。

吴稚晖还要开口,李石曾从背后伸出手来拉他一把,悄声说:"这是兵变,你不要老命啦!"吓得吴稚晖闭上了嘴。

会散了。胡汉民、张静江、吴稚晖、蔡元培、李石曾五人当即宣布离职,与蒋介石共进退。胡汉民又发表了一个"一了百了"的通电,翩然回居上海。

当天晚上,蒋介石离宁赴沪。

翌日。蒋介石在上海发出辞职通电。李宗仁在南京接任国民革命军总司令。

蒋介石下野，孙传芳不征得张作霖的同意，即发兵六万，自苏北循津浦路和运河两路并进，陈兵长江以北。张作霖遂同意大举兴兵，并令张学良、张宗昌再次进兵河南。孙传芳得令后，即将司令部前移至六合镇，急不可耐地准备分兵三路抢渡长江。这时，武汉的东征军也正在向下游移动，直指南京。

南京两面受敌，危难之际，李宗仁力排众议，同李烈钧、白崇禧一起，挑起了防守南京的大梁。8月22日，李宗仁召开紧急军事会议，说明当前面临的危险局面，鼓励全体将领泰山压顶不动摇，团结一心，共赴国难。然后，他宣布了军委会的"西和北守"战略决策，决定凡江北之兵一律南撤，防守长江，坚决阻止敌兵南渡，而对武汉方面，则决定派代表谋求和解，共同对敌。

来参加会议的高级将领虽然各有心事，但大敌当前却是事实，因而对以李宗仁为首的军委会的决策，都表示服从。当下，一番磋商之后，一致推举李宗仁赴汉商谈。

李宗仁部署完长江防务，即乘"决川号"轮西上。"决川号"原是吴佩孚的坐舰，装修豪华，且航速甚快。由于孙军的炮火封锁，"决川号"不能停在下关江面，而藏在芦苇丛中。李宗仁只得趁夜色悄悄登船，然后一夜飞奔。黎明时分行至安庆江面，李宗仁左右瞭望，但见长江南北两岸大军如云，心头一震，暗想："武汉的东征军为何还在东下？"

中午，船抵九江码头。李宗仁一行上岸，乘车趋庐山牯岭。原来，这时汪精卫、谭延闿、唐生智、孙科、陈公博等武汉军政大员都在庐山避暑，闻李宗仁到，下山迎接。

下午，汪精卫主持会议。李宗仁首先发言："各位同志，自北伐以来，一路顺利，战果辉煌。'四一二'南京清党，使得宁汉双方矛盾增大，但今汉方亦已分共，我等双方最大隔阂已除，宁汉合作继续北伐，势所必然呀。"稍停，李宗仁又道："武汉诸同志对南京误解最深的是蒋先生，今蒋先生已自动下野，东渡日本，武汉同志对南京同志的携手当无二心了。所以，南京方面特派宗仁为代表，来此欢迎武汉同志东下，共商党国大计，完成先总理遗愿。"

李宗仁一番话，说得在座诸人不住地点头。汪精卫说："德邻此次前来，兆铭心中高兴，说明我党在前进道路上，如今步伐又趋于一致。德邻的发言也极尽情理，对于双方合作之事，大家有何意见，尽在明言。"

随即，你一言我一语地就说开了，说的都是"和为贵"。待众人说完之后，李

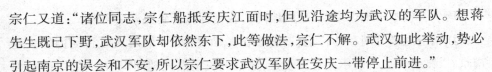

宗仁又道："诸位同志,宗仁船抵安庆江面时,但见沿途均为武汉的军队。想蒋先生既已下野,武汉军队却依然东下,此等做法,宗仁不解。武汉如此举动,势必引起南京的误会和不安,所以宗仁要求武汉军队在安庆一带停止前进。"

汪精卫环顾四周,最后把目光落在一言不发的唐生智身上,说:"孟潇兄,是不是可以把部队停在安庆呢?"

唐生智唇上的八字胡噘了噘,断然地说:"我的部队不能停在安庆,至少要开到芜湖!"

会场沉默。李宗仁又开口:"孟潇兄,南京的形势很吃紧,你的军队若东下芜湖,军心民心都将动摇,江北之敌也会乘隙渡江啊。"

唐生智双眉一挑,冷冷地说:"我不管你们军心民心的!"

李宗仁问:"你的军队为什么不能在安庆停一下呢?"

"我的人马要吃粮,所以要到芜湖。"唐生智答。

李宗仁说:"据我所知,芜湖不产米,那里只是个米市,真正产米的就是安庆各县及巢湖之地。"

唐生智面色阴沉,不耐烦地说:"李同志不要讲了,我有我的计划,别人不要干涉!"

李见唐如此傲慢,强忍住没有发作。汪、谭等人见气氛不对,没再多语。时已天晚,汪便宣布休会,翌日再谈。

当晚,陈公博与李宗仁住在一起,二人沉默着。李宗仁只是抽烟,良久,突然说:"人说你是智多星,这时候就没有主意了吗?"这一激,陈公博跳起来说:"德公,你不要孟潇到芜湖,是怕他占安徽,威胁南京罢了。我看,你尽量让他到芜湖,而我们明日都和你一起去南京,难道孟潇连我们都打? 如果他真的那样,我们就联合打他!"

"好!"李宗仁顿开茅塞,高兴地说,"我明日就说与汪先生,只是我坐来的船太小,大家都去坐不下。"

第二天上午,会议继续进行。李宗仁便对汪精卫说:"汪先生,能否派一两名中央大员去南京,庶几我们昭告国人,宁汉之间的误会已冰释了呢?"

还没等汪精卫开口,唐生智又插言道:"现在此等形势,哪一个敢到南京去?"

李宗仁看了一眼唐生智,仍耐着性子说:"孟潇兄,我敢担保,只要你的军队停止东进,敌军绝不敢渡江。南京危险何在?"

唐生智根本不理李宗仁，断然地说："我把部队开到芜湖后再说！"

汪精卫对谭延闿和孙科说："组安先生、哲生兄，你们两人可否随德邻去趟南京？"谭、孙两人都表示同意。于是，汪精卫决定两人随同李宗仁先往南京，而后由南京改派舰船再接其他武汉大员。

吃过午饭，谭、孙二人便随李宗仁下山，到九江登舰，直奔南京。

这天，顺水顺风，"决川号"又开足马力，日夜飞驶，天明即过了芜湖。当抵达和县境内的兔耳矶时，忽见北岸江面有帆船百数只扬帆待驶，且有兵丁蜂拥上船。显然，这是敌军企图偷袭，李宗仁暗暗吃惊。正在这时，下游忽有一小江轮逆流上驶。小江轮临近，轮上人问："是李总指挥的船吗？""决川号"上的人答："正是。"对方又喊道："陈总指挥在我们船上，务请李总指挥停船一晤。"

陈总指挥就是第三十七军军长，时任安徽省省长的陈调元。原来，陈调元接到了唐生智的密信，说他已决定东下沪、宁，盼望"老师"与他合作，陈如愿合作，则为先锋，如不愿，请将芜湖让开。陈调元接到这信，大为惊骇。他既不愿与唐合作，又无力与唐军作战，必须赶快报告南京，思来想去，能在江中截住李宗仁的船是最好的办法。

两船相靠，陈调元登上甲板便与李宗仁打招呼，李宗仁则只向他挥了挥手，却仍全神贯注地望着江北。这时，但见百余只帆船乘风破浪而来，已清楚地看到每条船上有二三十人，头上戴着童子军式的军帽，颈上系着白布带，显然是孙传芳的军队。霎时，有一只船已接近了"决川号"，一名军官一跃而起，从船夫手中抢过竹篙，举在空中，欲钩住船沿，一边大叫："冲锋！登船！"李宗仁急忙下令："快开枪！""决川号"枪炮齐射，这只船立时被打翻，沉没水里。但敌人仗着"船"多势众，蜂拥前冲。这时，陈调元的船也一齐开火，敌人亦频频还击，一时子弹横飞，烟雾弥漫。

敌人万没想到，他们碰上的是李宗仁的坐舰，正巧又有陈调元小江轮来到。"决川号"上有一门主炮和四门排炮，一个驳克枪排。陈调元船上，有一连士兵，均用手提机关枪，火力更猛。

转眼之间，一百多只帆船落入火网里。一些船只翻倒沉没江底，一些船只失了舵手，顺水向下漂流。更不知多少人落水，葬身鱼腹。激战至半个钟头，帆船纷纷向北岸漂散。

李宗仁这才长出了一口气，问陈调元有何急事。陈就将唐生智来电的事相

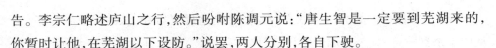

告。李宗仁略述庐山之行，然后吩咐陈调元说："唐生智是一定要到芜湖来的，你暂时让他，在芜湖以下设防。"说罢，两人分别，各自下驶。

到了南京，李宗仁立即电令第十九军，告以有敌兵在兔耳矶一带渡江，速派兵剿灭。旋又命令夏威，将驻南京近郊的总预备队八个团迅速东调，往乌龙山后方集结，准备应援守军。孙科不解，问李宗仁何以作这样的军事调动，而不及时向南京报告庐山之行。李宗仁说："哲生，据我判断，敌军白日在兔耳矶渡江，显然是声东击西，吸引我军主力于长江上游，而他们则从下游乘虚渡江。情况紧急呀！"

孙科闻言，犹自不信，一笑不答。

就在这天夜里，北军从乌龙山地段渡江。南京以东至镇江段，为何应钦第一路军防守，未料北军这么早动手。当夜，乌龙山七座炮台，竟有四座为北军占领。

当孙传芳挥师南进的时候，唐生智的老师蒋百里充当特使秘密来到江北六合镇，与孙传芳达成了两面夹击南京的协议。孙传芳得了这个底数，更为高兴，但他深知唐的野心，不过想借他之力独吞东南罢了。孙传芳也是一代枭雄，怎甘为别人火中取栗，于是冀"先入关者为王"的故事，抢先动手了。待我先取了南京，你唐某人何足虑哉！

孙传芳渡江人马分为三路。第一路以郑彦俊为总指挥，于浦口渡江，进下关，直取南京；第二路以刘士林为总指挥，于大沙口渡江，占龙潭，从东、南方向会攻南京；第三路以马玉仁为总指挥，由扬州渡江，攻镇江，截断宁沪线。第二路为进攻主力，所部有第十三、十一、十四、九、八、十二师，共六师三万人马。

8月27日夜，刘士林率本部第十三师、段承泽第九师、崔锦桂第八师，在乌龙山段长江偷渡。时值部队换防，防守此地的某新编师未等二十二师到达，便先行离去，而北军恰在此时此地偷袭。二十二师到防，仓促应战。而北军偷渡成功，士气正旺，攻势极其猛烈，遂将栖霞山阵地全部占领。

李宗仁急令夏威从乌龙山向东出击。夏威率部奋力反攻，激战至午，将所失炮台全部夺回。继向东继续扫荡，与敌展开拉锯战。直至傍晚，终把栖霞山克复，交还第一军防守，撤回原防。

孙传芳严令刘士林夺回栖霞山。刘士林也知道他背水为战，死无退路，于是倾所有渡江兵力疯狂反扑。二十二师大溃，放弃阵地，向南逃窜。北军跟踪追击，并绕出南军右侧，成包围南军之势。情况紧急，李宗仁再令夏威东出，并急调本部第七军一、三两师支援。

26日，栖霞山一场恶战。双方对这一带高地反复争夺，从清晨杀到中午，又从中午杀到黄昏，只杀得烟尘蔽日，尸体枕藉，山上树木几无全枝。激战直至天明，北军退据山顶，死守待援。南军遂将栖霞山合围，继续进攻。然北军居高临下，枪炮齐发，加以礌木滚石，一时俱来。

见久攻不下，师长李明瑞真是急了眼，带头攀藤附木，向上冲锋。这时，停在长江中的数艘英国军舰悍然向山上开炮，一时炮声隆隆，烟雾蔽天。英舰本为援助北军，挽回败局的。孰料滚滚烟尘反而遮掩了视线，敌枪炮失去目标。南军乘机一哄而上，山头数千之敌，全部投降。

在栖霞山争夺战激烈进行之时，龙潭亦为北军占领，南京、镇江、上海之间的铁路及电讯交通俱已断绝。孙传芳全军倾巢南下，开始在上下游佯渡，然后选择两个地点实施登陆，先向乌龙山东侧登陆，以牵制南军左翼，而后突向栖霞山和龙潭强渡。北军占领龙潭，一则可直下南京，二可迂回包抄栖霞山，而无论怎样，战局对南军都大为不利。而且，孙传芳又渡过江来，亲临龙潭坐镇指挥。

就在这紧急关头，白崇禧来到了镇江，立即发起反攻。

镇江距龙潭仅数十里，白崇禧怎么这么巧就到了镇江呢？原来，这时军饷奇缺，三军嗷嗷，不可终日。因此在李宗仁赴庐山和汉之时，白崇禧不顾南京严重局面，而往上海筹款应急。白崇禧此前驻沪有相当时日，与商界、金融界若干大亨尚薄有往还。但此时情况大变，蒋介石下野，孙传芳大军南下，武汉派兵东征，遂使上海资本家忐忑不安，皆托词推诿。一连两日，竟分文无济。白崇禧原定于二十五日下午四时专车反京，时有一列煤车原定于白的专车西开时随之跟进，却因白崇禧事不顺利延迟时间，等之不及，便于午夜先走了。煤车先发一小时后，白崇禧的专车也离沪西开。谁知煤车刚过镇江就出轨翻车，竟是北军的便衣队破坏。白崇禧得报，立即电令驻京沪路东段的第一军第十四师师长卫立煌率部北进，又电令正从常州开往杭州的第一军第二师刘峙调头回返。遂后赶到镇江，白崇禧组织了前线指挥部，又檄调驻沪杭路的第一军第一、三、二十一等师，星夜驰援。

第一军是蒋介石的嫡系部队，蒋下野后即将第一军大部调往沪杭路一带，并暗示各师"保存实力"。今番南京吃紧，白崇禧严令各师赴援，沪杭路上各师、团长曾开秘密会议，讨论是否服从。会中小有辩论，但多数人认为南京危在旦夕，决定服从指挥，向龙潭进兵。

白崇禧调兵遣将，三面包围了龙潭，并坚决地阻击敌人南下，有力地支援了栖霞山的战斗,战局本可转危为安了。可不料,这时栖霞山三度被敌攻占。南军大溃,直败退到南京城外麒麟门一带。一时间,南京城内人心惶惶,一片混乱,政府机关、党部、报馆都纷纷摘下牌子,各人摒挡行李,准备逃跑。

谭延闿和孙科两人没想到来南京遇此变故,大为吃惊。两人一日数次打电话给李宗仁询问战况。谭延闿着慌地说:"德邻哪,你莫要把我们请到南京来当俘虏呀!"

李宗仁紧急处置,严令夏威再度向栖霞山出击,限期夺回。当晚,李宗仁反复思忖栖霞山失守之因,为何第一军的战斗力如此之差呢? 一夜焦虑,不能成眠。第二天微明,李宗仁心血来潮,招呼随从,坐上车就去找何应钦。当车抵第一军总指挥部巷口时,李宗仁就见人声嘈杂,行李拥塞满巷,似正做撤退的准备。李宗仁下车,步入总指挥部,只见何应钦正在办公室内吩咐参谋整理文件和行囊。

"敬公!"李宗仁说,"为什么要搬行李呢?"

何应钦猛抬头,见是李宗仁,忸怩地说道:"德公这么早就来了,我正要到你那里去呢,我准备出城去收容部队。"

李宗仁说:"收容部队是师团长的事,如今战事这样紧,何须总指挥亲自出马?"李见何不语,就揭穿了说:"我见机关人员把行李都捆好了,是不是准备开拔呀?"

"你看,我的军队不能打了。"何应钦把手一摊说,"总司令下野,军心涣散,他们不打,我有什么办法?"

李宗仁断然地说:"首都存亡所系,你不能一走了事!"

何应钦仍说:"我的部队打不得了呀! 你看,栖霞山两得两失,还都是你的部队夺回来的。"

李宗仁厉声说:"敬公,你真要走,我可对你不客气了!"

何应钦面露惧色,连忙说:"你要我不走,我不走就是了。你要我怎么办?"

"你的军队不能打,让我的军队来打好吗? 但是——"李宗仁斩钉截铁地说,"我们生要生在一起,死也要死在一起!"

"好!"何应钦一口答应,传令将行李搬回。然后,就跟随李宗仁直奔军事委员会,同李烈钧等人商讨军事。

何应钦与李、白两人搅在一起逼蒋介石下野。蒋介石十分伤心,找何应钦谈了一次话,何便又回到蒋的身边,并遵蒋意保存实力,消极避战。但在李宗仁的强大压力和鼓舞之下，何应钦才回归大局，重拾信心。

军事计划商定后，何应钦积极主动了。他派人持军委会命令到南京城郊，制止退却的部队，又通令第一军发起反攻，随后就亲临前线督战了。兵随将，草随风，第一军士气大振。

当天黄昏时，夏威军经一夜一天的战斗，重新夺回栖霞山。同时，驻守沪杭线上的第一军第一师王俊部、第三师顾祝同部、第二十一师陈诚部等援军均到达龙潭附近，在白崇禧指挥下，随即发起进攻。李宗仁抓住战机，立命夏威军和第十九军自栖霞山向东进攻，又命何应钦率第一军第二、二十二、十四师，自东阳镇向北进攻。三路大军会攻龙潭。

此时，孙传芳军在龙潭渡江的部队以及由栖霞山等地溃败之兵，都聚集在龙潭一地，依据龙潭以西的黄龙山、以南的青龙山、虎头山和东西的大石山、雷台山等险隘，筑成坚固的阵地，进可攻，退可守。孙军渡河后，船只悉数开往北岸，背水为战，置之死地而后生。

第二日拂晓，南军开始反攻，而北军也全线逆袭，龙潭周围数十里喊杀之声，震耳欲聋，炮火蔽天，血肉横飞。激战竟日，北军诸高地尽失，向江岸溃退，南军终攻占龙潭。当夜幕落下的时候，双方都疲惫不堪，各据地形休息。

李宗仁下令，天明继续进攻，彻底肃清残敌。不想翌日天色未明，北军潮水般涌来，一时势不可挡。此时，白崇禧、何应钦两人都来到第一线，指挥部队奋力反击，阵地上血流成河，尸堆如山。激战一直到中午，北军一处败退，瞬间全盘瓦解，落花流水般向江边逃命。南军乘胜直追到江边，俘敌两万余人。

孙传芳一看不妙，渡江而逃，手下刘士林、陆殿功、段承泽等大将也登上事先偷偷准备下的船只逃回江北。苦了大部官兵，无船可渡，纷纷跳入江中，向下漂流。唯东路指挥马葆珩仍率部苦战，副官王仕甫告诉他，刘士林已经逃跑了。马葆珩急派人到车站察看情况，回报说刘总指挥走了，连各师长也都走了。他这才心慌，急令部队撤退，而他自己则撇开部队，独自逃窜。到得江边，芦苇丛中隐藏着大批溃兵，一见是马师长，即蜂拥而上，要他带他们逃命。马葆珩无奈地说："我们完全失败了，弟兄们去缴枪吧，南军是不会难为你们的。可我们当官的若投降，性命难保呀。你们跟我在一起，目标大，既害你们，又害我。"

马葆珩好不容易才甩开这些人，沿江岸急急窜行。所幸正遇一只民船，顿觉死而复生一般，一跃而上，向江北驶去。原来这只船就是来接人的，但由于溃兵太多，又逃命心切，争抢上船，不把船压沉不甘休。因而这只船不敢见人，就躲在了暗处。马葆珩上岸后，时已入夜，摸黑前行，遇一小庙。此时他又饿又累，倒头便沉沉睡去。岂知刘士林就藏在小庙的神像后边。刘士林自觉作为渡江总指挥弃阵先逃，必遭军法处置，遂决定远走高飞。待到天明，正要走时，见马葆珩赤身露体酣睡，一时大受感动，遂将自己的坐骑留下而去。马葆珩醒来，见一匹黑马，便知这是刘士林为他留下的，此时也不及多想，上马而去。

马葆珩到了六合镇，孙传芳闻报，端着烟枪就跑出来。一见他那狼狈样子，流着泪说："这里正准备给你开追悼会呢，你活着回来了，我孙传芳又得一员大将！"马葆珩遂说起刘士林来，说他可能畏罪而逃了。孙传芳惋惜道："他过虑了，我怎会处罚他呢？这是天意，非战之罪也。"

唐生智在芜湖闻孙传芳兵败，顿足叹惜，遂又大骂起来："妈的，狼子野心。他败了，败了活该！"唐生智原与孙传芳相约共同进攻南京，但孙传芳却背约抢先动了手。面对这一情况，唐生智便另打主意，"螳螂捕蝉，黄雀在后"，欲待南京溃败时再出手，夺下南京，然后再收拾孙传芳。但结果，却是孙传芳大败，他的希望全部落空。

龙潭大捷，南京城里，三军同庆，万民欢呼。李宗仁以军事委员会名义大摆筵席。席间，众口称赞李宗仁英雄当世，颂声不绝于耳。李宗仁受之不过，乃站起来，以手加额道："此龙潭大胜，非人之功，乃天助。"

众闻之诧异，侧目倾听。李宗仁接着说："宗仁说天助成功，理由有三：一是我自九江东返，如不在兔耳矶遇敌军百船偷渡，我便不会想到敌军声东击西之计，不会将八团预备队调往乌龙山集结；二是白崇禧若不因事去上海，则东线无兵增援，无人指挥，而若白崇禧筹款顺利按时返回南京，也必遭不测，如此战局则不可收拾；第三，29日凌晨，如我不心血来潮，亲往何敬之的指挥部去，敬公若带兵向杭州方向撤退，后果也就不堪了。这三点巧合，虽云人事，岂非天意？"

谭延闿站起来，仍挑起大拇指说："虽为天意，仍在人为。此次龙潭大捷，到底是德公、敬公、健公及诸将指挥有方，危险关头，镇静自若。"谭延闿说着，又展开一副对联，是送白崇禧的。谭延闿是闻名遐迩的书法家，又作为国府主席亲自挥毫，众人齐目观望，道是：

指挥能事回天地，学语小儿知姓名。

李宗仁反手复手失了手　汪精卫跳来跳去跳了空

9月5日,汪精卫自武汉来到南京。武汉所有党政大员,除谭延闿、孙科已在南京外,徐谦、顾孟余、何香凝、陈公博、朱培德、程潜等人都随同前来。李宗仁等军政大员到下关码头迎接。

走进市区,汪精卫不见有群众欢迎,不见鲜花、彩旗,而墙上却贴满了红红绿绿的标语:"汪精卫是共产党的尾巴!""汪精卫应下野以谢国人!"但他只能强压怒火,不能发作。到了欢迎会上,汪精卫质问李宗仁:"你们既然欢迎我到南京来,为什么又要贴标语骂我呢?"

李宗仁惊讶道:"汪先生,谁敢贴标语骂你呢?"陈公博当即展开了一张标语,说:"你看,这是刚从墙上扯下来的。"李宗仁一看,只见上面写着"审判卖国罪人汪精卫!"便解释说:"这一定是一些下级党员不识大体,擅自贴出这些标语来的。你看,这些标语,不都是不署名的吗?"

汪精卫听李宗仁这么说,更加生气,又见李宗仁从前一口一个"汪主席",如今却改称"汪先生"了,便认定李宗仁心生异志,这是给他的下马威。于是愤然说道:"照德邻的说法,不署名就可以骂一位国府主席吗? 那么,国家元首的尊严就可以随便任人侮辱吗?"

李宗仁听后,冷笑道:"我以为汪先生是政治家哩!"陈公博接口问道:"此话何意呀?"李宗仁说:"政治家嘛,有人拥护,有人反对,总是难免的。你看美国选举总统时,不是也有人反对吗?"

汪精卫扫了一眼坐在李宗仁旁边的一排高级将领,都是桂系人马,心中禁不住打了一个冷战,才放下身段说:"如今宁、汉复归统一,正是团结奋斗之时,何必计较这些呢？说到罪过，兆铭是有的，那就是防共过迟，真是无限愧疚。然此次东来，实为党国前途与各位筹商，绝非个人私计，而犹感负过太重，不能一走了事。是故，兆铭拟促成在南京召开四中全会，借以补过。"

欢迎会不欢而散。

汪精卫原以为蒋介石下野，即唯我独尊了。孰料此一时，彼一时也。龙潭大捷之后，汉、宁对立情势大变，李宗仁也更加居功自傲，而他东来，就想坐地接收南京，是太简单，太草率了。这时，陈公博来见，将得知的情况向汪精卫报告。

南京诸人认为唐生智拥兵自大，汪精卫已被挟制。从他串通北军合攻南京之所为，可见叛心已明，因此决不能让武汉政权落入唐手。李烈钧向李宗仁进言，武汉力量貌似强大，实则不然，叶挺、贺龙南昌之变，已使张发奎部虚有其名。他还建议利用谭延闿、程潜与唐有隙，将谭、程拉过来。谭、程过来，则朱培德必将附宁，再进一步瓦解唐军，则汉方必将不存。

汪精卫一听，脸上立时一片阴云。唐生智桀骜不驯，汪精卫已不堪其苦，更不料他竟与孙传芳狼狈为奸，野心异志暴露无遗。遂又想起李宗仁，一股怒气冲上来："野心问鼎？哼，你还不够角色！"

陈公博说："以吾观之，李宗仁军事有余，而政治未足。但李自知之，故必推人，倘若纵横捭阖得手，亦可如愿以偿啊。"

汪精卫吸了一口凉气，问："如之奈何？"陈公博一口回答："与蒋先生合作。"汪精卫闻听一怔："蒋介石？我们好不容易打倒了他，怎可又放虎归山？有他无我，有我无他！"陈公博笑了笑，说："汪先生还是如此在意呀，我们不过是借蒋抑李。政治嘛，是力量的竞赛。好风凭借力，送我上青云。"

汪精卫沉默不语。其言有理，但他心有不甘。

9月7日，武汉与南京政要举行谈话会，商讨宁、汉统一事宜。汪精卫开门见山提出召开四中全会，条分缕析地演讲了一大番理由。这是汪精卫的总抓手，是恢复他领袖地位的杠杆。但接着李宗仁不冷不热地说："开四中全会，意在统一全党，然蒋同志已下野，胡同志及党内诸人均在沪上，如他们不来参加，即人数恐不足够，怎么开会呢？故只好烦请汪同志到沪相请，方可议开会之事。"

想不到李宗仁会来这一手。汪精卫一时答不上话来，咳了两声，说："兄弟身体欠安，明日再议吧。"会就这样散了。

汪精卫刚坐下喝了一口茶，陈公博就来了，对汪说："何不顺水推舟，正好争取在沪的诸多同志？再说，南京已为桂系所把持，与他们已没什么好谈的。依我之见，四中全会也不妨就在沪召开呢。"汪精卫顿悟，连声说："对，对呀！"这时候，李宗仁又来相催。汪精卫欣然答应，还称赞李宗仁虑事周到。

汪精卫赴沪，所有人马都随同而去。随后，就闻西山会议派人物也齐集上海的消息。谭延闿和孙科警觉起来，向武汉的人打听，方知汪精卫哪里是劝在沪同志回宁，竟是打算就在沪召开四中全会了。于是告知李宗仁和李烈钧。二人一听，也很吃惊，便召集在宁同志，也匆匆赶往上海。

汪精卫到上海后，便声言效法廉颇，诚意纠正既往，救济现在与将来。他先找宁方来沪的同志谈话，都很冷淡，胡汉民竟闭门谢客。他又去访西山会议派诸老，人家也不睬他。真是狼狈不堪。

到蒋介石反共清党之后，西山会议派认为根本分歧已去，便谋求沪、宁合作。但他们自恃反共一贯正确，且资历又深，理所当然要在国民党内占有重要地位。如此便引起蒋介石之大忌，因而合作泡汤。在汪精卫分共之后，西山会议派又派代表赴汉，谋求宁、汉、沪三方大合作，然汪精卫以国民党正统自居，断然拒绝。

汪精卫在上海四处碰壁，并非只感情不洽，而根本上是立场对立。汉方主张继武汉的三中全会之后，开四中全会。宁方则不承认武汉的三中全会，而主张继广州二届二中全会之后，开三中全会。而西山会议派连在广州举行的国民党"二大"也不承认，主张再开"二大"。三方为各自利益提出了三种开会的名堂，各不相让。

就在这各行其是，难于调和的时候，孙科提出了一个主意：由宁、汉、沪三方人士组成，成立一个国民党中央特别委员会，作为临时机构，行使中央党政职权。汪精卫觉得这个"特委会"还不错，可以消除三方壁垒，而且他私下以为，三方会一致推戴他做领袖，于是当即答应。

9月11日，由汪精卫、谭延闿、孙科三人出面，邀请国民党在沪各方人士在戈登路伍朝枢寓所开谈话会。与会者：汉方汪精卫、谭延闿、孙科、于右任、程潜、朱培德等人；宁方张静江、李宗仁、李烈钧、伍朝枢、褚民谊、杨树庄等人；沪方（西山会议派）张继、邹鲁、谢持、居正、叶楚伧、许崇智、覃振等人。共21人。汪精卫还向溪口发电，请下野回家的蒋介石参加。蒋不理。另外，胡汉民也拒绝邀请，羞与汪为伍。

当天的会议，虽然各派争吵不休，总算谈到一起，同意成立特别委员会，拟定了三方合作宣言。

第二天，三方各推荐委员 6 人、候补委员 3 人，另外三方共同推出委员 14 人，组成了 32 名委员及 9 名候补委员的特别委员会。其中，未参加会议的蒋介石、胡汉民、李济深、冯玉祥、阎锡山、白崇禧、何应钦、唐生智 8 人进入委员会。汉方推荐的陈公博、顾孟余两人，众人纷纷指责其与共产党关系太深。汪精卫再三提请，说二人"清党"颇有助力，实属有功，会议才准许二人当了候补委员。

当晚，孔祥熙做东请客。席间，汪精卫谈起"特委会"的方案，陈公博问汪答应了没有，汪说他还没有答应。陈便对汪说："今日谈合作，不只宁、汉，即使再增加几方，我也赞成。不过无论怎样合作，均不能违背法统。中央执行委员会是由全国代表大会选举出来的，现在成立特别委员会，即是自己取消了执行委员会。我认为取消执行委员会，只有代表大会才有此权力，何况仅在沪几个代表！倘使中执委员或中监委员提出质问或弹劾我们违法，将何以对？还有，蒋先生虽然下野，他若起而以此为号召，那么我们必定立刻塌台了。"

陈公博这一番话，汪精卫才清醒过来，复经思索，认清了这个"特委会"，原来是李宗仁与桂系和西山会议派合谋成立的，从而打破武汉中央的正统地位，以偷梁换柱的手法窃取党政大权。席散之后，汪精卫叫着顾孟余到陈公博家里，三人商议良久，终认为特委会不可赞成，反对又反对不了，似此只好置身事外再说。

13 日，"谈话会"的第三天。汪精卫却不与会，就在宋子文家召集汉派要员商讨对"特委会"之态度。谭延闿和孙科坚决支持，陈公博和顾孟余坚决反对。汪精卫进退失据，痛苦万分。当晚，汪精卫发出通电，宣布脱离特别委员会，次日便乘船往庐山而去。随之，陈公博悄然赴香港。顾孟余则公开通电反对"特委会"，离沪回汉。

9 月 16 日，特别委员会不顾汪精卫等人退出，依然在南京成立。大会由谭延闿主持，张继作政治报告。共选出委员 25 名，汪精卫被选入，徐谦落选。次日，改组国民政府和军事委员会，推定国民政府委员 47 人，以谭延闿、胡汉民、汪精卫、蔡元培、李烈钧、于右任为常务委员，轮流当主席。推定军事委员会委员 67 人，以蒋介石、汪精卫、胡汉民、李济深、李宗仁、李烈钧、白崇禧、冯玉祥、阎锡山、何应钦、唐生智、程潜、朱培德、杨树庄等 14 人组成主席团。就此宣布，完全实现党政统一。

"特委会"虽说是由宁、汉、沪三方联合而成，但由于汪派人物的脱离，谭、孙、朱三人实际上已心属南京，汉方势力虽有似无，而在这个"宁沪"联合体中，桂系成为老大，占据了左右政局的地位。蒋、汪、胡三公，两个不来，一个走了，李宗仁脱颖而出，成为第一实权人物。但李宗仁得意却不敢忘形，甚至有如履薄冰之感。他知道，他们不会甘休，特委会这条船能经受多大的风浪？

蒋介石下野后，即回家乡溪口镇。蒋家宅院在溪口中街，名为"丰镐房"。周文王建都丰邑，周武王建都镐京，取这两个都城的第一字，相合为"丰镐"。蒋介石到了家中，当晚便与发妻毛福敏住在丰镐房里。

翌日，蒋介石偕同兄长蒋锡侯祭奠母亲。蒋母之墓坐落在镇西二里翠屏山上。墓碑正中镌刻"蒋母之墓"四个大字，系孙中山手书。墓碑上面又有"壸范足式"四字。左右望柱是蒋介石自撰挽联："祸及贤慈，当日顽梗悔已晚；愧为逆子，终身沉痛恨无涯。"后来，又在墓前下方置建墓庐，名为"慈庵"。主房明堂端坐蒋母王采玉夫人遗像，像前纪念碑数立，正中一块镌刻的是孙中山《祭蒋母文》。

蒋兄弟俩此次前来扫墓，没有准备什么祭品，昆仲依次磕头行礼。礼毕，便循着石板小路向西，登上了雪窦山。

正走之间，听得有高歌道：

　　人生七十古来少，光景不长多烦恼。

　　世上钱多赚不尽，朝里官多做不了。

　　官大钱多心转忧，落得自家白头早。

　　请君细点眼前人，一年一度埋荒草。

　　草里高低多少坟，一年一半无人扫。

蒋介石抬头望去，正是雪窦寺的朗清法师，急忙向前施礼。朗清哈哈大笑："吾正打坐，忽心血来潮，知有贵客到了，便离团出迎，果然贵客至矣。"

到寺内坐定，朗清问："蒋公戎马倥偬，缘何到此？"蒋介石答："弟子祭奠老母毕，特来向法师请教。"

朗清感叹说："令堂陵寝实非一般。吾云游天下，曾观历代帝王陵寝，对照以观令堂之墓，亦是一道天造地设的龙脉，主出大贵之人。"说到这里，朗清竖起大拇指，称赞蒋介石说："无量佛，总司令出师北伐以来，所向披靡，天下指日可定。如此丰功伟绩，天下谁人不识君啊！"

蒋介石说："大师未免过奖了，弟子而今已是在野之身了。"

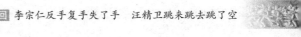

"无量佛，你是在野之身了？"朗清惊异。

蒋介石说："弟子实告。此次回乡省亲，随后就准备出洋了。"

朗清沉吟了一下道："请把生辰八字告诉老僧。"

没等蒋介石言语，其兄说了出来。朗清合起双目，掐算了一番，而后睁开眼道："恭喜你，从此逢凶化吉了。论你的八字，是天河水命，但今年运中又有火，水火不容。但无妨，交秋之后，金风一动，水压住火，灾难全消。"遂后又说道："蒋公八字，非同一般，主大贵，后福无量，老僧绝无虚言。"

蒋介石听此一番言语，满脸阴云一扫而光。

蒋介石相信阴宅风水会直接影响后世子孙的运气，因此在他母亲病故后找到了一位名叫肖萱的堪舆家，请他为母看风水，选葬地。肖萱踏遍了溪口周边的山山水水，终于在翠屏山的鱼鳞岙找到。他指给蒋介石看：此地北依青山，南面绿水，俯视前怀，地形开阔，山势由远而近，一层一层的山石迭扣，如鱼鳞之状，山涧流水，犹如缎带，委迤飘来，转弯向东翻飞。蒋介石细细观看，连连称赞。肖萱又指点着解释说："风水之道，贵在'龙脉'，前面这条山脊就是'龙脉'，有龙在渊，腾云驾雾。先母宅地就在这龙脉上，是为真穴。"

蒋介石葬母之后，果然官运亨通，由此深信不疑。也因此，蒋介石在下野之后回乡祭母，意在托先世庇佑，走出逆境。时下，经法师占算，从此逢凶化吉，怎不高兴！这时，他突然想起一个人来，遂向朗清说："我这里还有一个'八字'，也请法师算算。"遂说出这个人的出生年月。

朗清便掐着指头算了起来。算罢，长吸了一口气道："实不相瞒，此人出人头地，非常人可比。"

蒋兄接口问道："法师，这人可有帝王福分吗？"

朗清又仔细算了一番，说："此人即使不能称帝，亦在一人之下，万人之上。"

蒋介石听了，脸就有些难看。此人，就是李宗仁。

当日，蒋介石便宿在雪窦寺中。适逢名僧太虚法师也在寺中。太虚法师是新近成立的中华佛教联合会的发起人，又与章太炎等人发起成立全亚佛教教育社，被拥戴为新佛教运动的领袖。今年五月，他云游至奉化，便应朗清法师的邀请来雪窦寺讲经。

蒋介石闻言，当即请朗清引他拜见太虚法师。两人初次交谈，即两心相悦，情投意合。蒋介石便对朗清说："太虚法师道行高深，我想住在这里，多多领受教益。"朗清自然高兴，就把自己的方丈腾出来。此后，蒋介石住在寺里，天天听太虚法师讲《心经》。

这天晚上，蒋介石写信给上海的宋美龄："余平生倾慕之人，厥惟女士。前在粤时，曾使人向令兄姊示意，均未得要领。当时或因政治关系，顾余今为山野之人矣，举世所弃，万念灰绝，曩日之百对战疆，叱咤自喜，迄今思之，所谓功业宛如幻梦。独对女士才华容德，恋恋终不能忘，但不知举世所弃之人，女士视之，谓如何耳？"

信发之后，并不见复，却闻宋美龄同母亲一起到了日本。蒋介石便匆匆离开雪窦寺，赶赴上海，东渡日本。

汪精卫离开上海到了庐山，小住之后便回武汉。他与唐生智相商，决定成立武汉政治分会，以与南京特委会相对抗。政治分会由唐生智、顾孟余、陈公博等32人组成委员会，作为指导党务、政务、军事的总机关。

正在这时，南京特委会来电，要唐生智的兵马撤出安徽。唐生智拿着电令找汪精卫，说："南京要向我们下手了。看来成立这个特委会，就是专门对付我们的。"

汪精卫看了几眼电令，往桌子上一摔，白脸气得粉红，对唐生智说："发通电，坚决反对特委会！"当即，汪、唐联衔发出通电。

就在特委会成立的这天晚上，白崇禧来见李宗仁，说："汪精卫离上海不来南京，宁、汉干戈怕是不可避免了。唐生智控制两湖，今后必定向长江下游侵扰。因此，我劝德公，何不趁如今大好形势，灭此恶狼。更有益者，也就打通了南京与广西的通道，我桂系势力就天下无敌了。"李宗仁说："正合吾意，只是要师出有名啊。""这个不难。"白崇禧说："安徽是我们打下来的，可南京政府成立后就被武汉生生夺去。我们就叫唐生智交出安徽地盘，唐必不从，我们便以他对抗中央为由，出师征讨。"

果然，此电已发，激怒了汪、唐，竟公开反对特委会了。南京要人无不大愤。李宗仁看时机已到，即将谭延闿和程潜请到家里，道出灭唐之意。谭、程两人完全赞成。接着三人商议了倒唐之策。

李宗仁组织"西征军"，共分五路：何应钦第一路军和白崇禧第二路军陈兵津浦线，对奉军取守势，掩护西征；李宗仁亲率第三路军沿长江北岸西进，进占安庆；程潜率第四路军沿长江南岸西进，进占秋浦；朱培德率第五路军集结九江、湖口,断绝汉、皖交通,相机截击西退之敌。

"西征军"声势浩大,唐军军心动摇,内部分化瓦解。西征军没打什么硬仗,势如破竹般地向前推进。唐生智的大将何键、张国威都与谭、程是老关系,临阵倒戈。而偏偏蒋介石给叶开鑫的密电又被程潜所部破译,程潜调兵将叶开鑫击溃。唐生智之李品仙、刘兴等部闻李品仙败,也放弃抵抗,向后撤退。

唐军溃兵一波一波涌向九江。谁知朱培德于宁、汉之间态度暧昧,又听了汪精卫"保存实力"的劝告,竟做了华容道上的关云长,致使唐军安全退向武汉。然李宗仁、程潜两路继续向前进攻,时冯玉祥所部已进入鄂北,宜昌鲁涤平更抵近汉西,于是将武汉四面包围。

面对败局,唐生智决定下野。这是民国军阀常用的手法,失败后便引退而去,让下属求和以图保存,为东山再起留下后望。至于唐生智本人何去何从呢?这位"佛化将军",便向他的老师顾和尚求签问路。顾和尚便要为唐生智测字。唐就写了一个"道"字。顾和尚掐指算了一番,说"道"字由"首"字和"走"字组成,看来首领只有一走了,而且要走水路。于是,唐生智租了一条日本船,顺长江逃往日本去了。

11 月 15 日。李宗仁进驻武汉,下令取消武汉政治分会,成立湘鄂临时政务委员会,以程潜为主席。

有人或问,怎不见汪精卫踪影?此时汪精卫已认定唐生智不可依靠。面对唐、李之战的情势,他估计唐不是李的对手,而即使唐胜了,他就会更加跋扈。想来想去,抽身为妙。于是偕同夫人陈璧君和甘乃光等人离汉东下,经上海南下广州了。

张发奎率第二集团军追击南昌起义的中共部队,趁机南下广州。这是汪精卫的刻意安排,即脱离唐生智的控制,而在广东建立根据地。他对武汉已失去希望,而谋取"革命从广州再出发"。张发奎大功告成,便电请汪精卫回粤主持大计。

在船上,汪精卫拟了两份电稿。一份是致李济深和张发奎的,告知赴穗行程。一份是致蒋介石的,敦促蒋介石迅即回国,复职事事。

汪精卫到了广州,才知广州情形复杂。当晚,是陈公博和张发奎的政治部主任谢婴白两人向他汇报的。张发奎带兵到了广州,李济深已知来者不善,卧榻之侧岂容他人鼾睡?然张发奎及第四军军长黄琪翔为李济深多年老部下,不好拒绝，就划出韶关一带由张军驻扎。但暗地里，却对张防范甚严。张发奎为避嫌，遂移住香港，职务由黄琪翔代理。南京成立特委会，李济深因与桂系的特殊关系表示赞成，而对拥汪的张发奎，当面教训他不应反特委会，对抗中央。张不服，李又派人送去五万元经费，要张出洋远游。这使张下定了驱李的决心。随后，陈公博来到广州。这时，广州已四面搭起牌楼，准备庆祝特委会的成立。陈公博力陈反对特委会的理由，并向李济深解释武汉曾开除他党籍的误会，终使李济深改变了态度。李济深为了强化他在两广的半独立状态，也想到在政治上利用汪精卫的影响，因而遂行变通，敷衍这个局面。

两人说完，谢婴白即提出："我们张总指挥之意，是驱逐李济深出粤。"汪精卫不赞成，说："这怕不妥。时下局面纷扰，只要李任潮不公开作对，我们当仍利用之。推倒特委会才为当前第一要务，故不但要拉住李任潮，我还要请蒋中正回国呢。"

10月30日，汪精卫在他的葵园公馆召集在粤的中央执监委员举行谈话会，计有李济深、陈公博、何香凝、李福林、甘乃光等十几人参加。汪精卫在报告了宁、汉情况之后提出三条建议：（一）南京非法之特委会及其产生之政府、党务、军事诸机关均应予以否认，此乃恢复中央之前提；（二）应速电召请各地执监委员赴粤开四中全会，以产生合法之中央；（三）四中全会召集前，应设办公机关于广州。众人都赞成汪的提议，但李济深和李福林两人默然不语。甘乃光遂拿出一份电稿，请诸人签名，发往各报馆。

通电传到南京，李宗仁大惊。白崇禧提议，联络李济深，再由黄绍竑从广西出兵配合，驱逐汪精卫出广州。但谭延闿等人不赞成一味用兵，而提出赞同召开四中全会之议，但会议要在南京召开，以陷粤方于被动。李宗仁接受了这个建议，就请谭延闿到上海主持对粤方针的谈话会，并又派了孙科协助。

谭延闿、孙科二人联袂赴沪。上海方面参加会议的是张静江、蔡元培、吴稚晖、李石曾、戴季陶、张继、邹鲁等13人。但会议并不顺利，上海同志认为宁、粤争持不下，应以在沪召开为宜。因此当谭延闿拿出一份致沪、粤各中央执监委电，要诸人签名时，张静江、蔡元培、吴稚晖、李石曾四位监委不予签字。谭延闿和孙科二人只得以个人名义发出通电，提议从速召开四中全会，敦请沪、粤中执监委到南京开会。

谭、孙的通电当天即达广州。汪精卫笑道："这怕是李德邻的缓兵之计吧。"

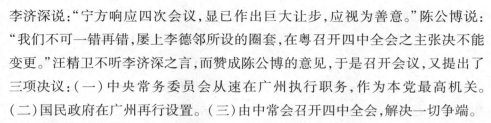

李济深说:"宁方响应四次会议,显已作出巨大让步,应视为善意。"陈公博说:"我们不可一错再错,屡上李德邻所设的圈套,在粤召开四中全会之主张决不能变更。"汪精卫不听李济深之言,而赞成陈公博的意见,于是召开会议,又提出了三项决议:(一)中央常务委员会从速在广州执行职务,作为本党最高机关。(二)国民政府在广州再行设置。(三)由中常会召开四中全会,解决一切争端。

李济深一听,好家伙!这不是在广州另设党中央,另立国民政府吗?表示反对。但会议还是以多数通过,李济深再也按捺不住,说:"汪先生,您是本党中心人物,党国领袖,处广东之边陲,实非所宜。济深以为,应从速回宁,主持中枢,以为全党尽力。"这话的言外之意就是"你有能耐到南京去,别在广州乱搞"。汪精卫一听李济深下了逐客令,脸色煞白,尴尬地笑了笑,宣布散会。

李济深认为,特委会在党章上"实有不合的地方",但我们"反对人家不合法,应该自己要合法"。因而他主张先废除特委会,再开四中全会,而决不能如汪所为,另立中央来解决。会后,汪精卫不得不反省诸己。他在广州实力未逮,惹不起李济深这个地头蛇,于是改弦更张,又与李济深联名复电宁方,提议在广州或上海先举行一个预备会议。宁方也就接受李济深的建议,便宜行事,同意在上海召开预备会。

就这样,宁、粤双方取得一致,而上海自然赞成,于是四中全会的预备会议在上海召开,遂成定局。满天阴云终于现出了曙光。

就在这时,宋子文从日本来到广州,带来了蒋介石的亲笔信:

"弟去职以来,本希党国归于统一,北伐继续进行。万不料有特别委员会之产生,长江战事依然不能避免,四中全会至今尚未开成,以致党务、政治、军事均无办法,思之痛心疾首。纠纷之主因,实源于非法之特别委员会,吾兄起而反对,并力促四中全会之召集,弟极赞成。党国复陷险境,弟作为本党一分子,义务所在,不能坐视,故响应吾兄电召,克日归国,以从旁协助,使吾兄尽指导党务政治之责任也。"

看完信,汪精卫连声说:"好啊,好啊!只要介石出面,四次会议开成有望,恢复中央指日可待了。"宋子文在侧又说:"蒋先生要我转告汪先生,当尽全力促成四次会议之召集,迫不得已,他愿到广州与先生共担时艰。"汪精卫又是一个连声:"好啊,好啊!"

送走了宋子文,汪精卫召集几个亲信再议,一致同意借蒋之力,恢复党权。

汪精卫即叫陈公博起草一份宣言，声明四中全会必须在广州召开。这就又否定了在上海开会的意见。宁、粤两方刚扯上一条线，就又被汪精卫剪断了。

蒋介石到日本去就是为追求宋美龄。蒋介石与宋美龄初次见面是五年前在广州孙中山的家里。宋美龄的美貌、气质，她的现代女性的风韵，"天上掉下个林妹妹"，使蒋介石一见钟情。他将与宋美龄结百年之好的心愿向孙中山征求意见。孙中山认为宋美龄接受的可能性极小，爱莫能助。而宋庆龄更是公开反对。她对丈夫极为信任的蒋介石从未有好感，而且更对蒋介石与发妻已生有两个孩子，而又先后将姚治诚、陈洁如纳为侧室的行为不齿。孙中山去世后，宋庆龄的抵制便失去了力量，而宋家大姐蔼龄眼见蒋介石飞黄腾达，为了光大宋家门第，极力促成蒋宋联姻。宋美龄也并不是只被大姐洗脑，她终被蒋介石的苦苦追求所感动，在与刘纪文相恋到了谈婚论嫁的时候来了个大转身。

到今年五月，南京政府批准蒋介石休假十天，蒋、宋两人终在焦山约会定情。蒋介石在北伐戎马倥偬中，几次想与宋美龄见面求婚，都为宋母阻挡。终于到了南京，他听陈布雷献计，并在宋蔼龄配合下，瞒着宋老太，邀宋美龄来镇江的焦山一游。

焦山巍然耸立于镇江东北长江中，气势雄壮，是著名的游览胜地。蒋、宋两人住进定惠寺，在观澜阁细听惊涛拍岸，在壮观亭观赏绚丽的晚霞，在山顶的吸江楼俯瞰万里长江似练。在怡情山水之中，两人倾吐心声，共诉深情，那感情的脚步渐渐走到核心。蒋介石小心地提起婚事，宋美龄却是爽快地答应了。这个五月，蒋介石成为反共的英雄，又得美女倾心，政治与爱情双丰收。

喜荣华正好，恨无常又到。蒋介石下野，从天上落到地下。蒋介石在家乡雪窦寺算命的当晚给宋美龄发信，就是试探她是否反悔了。结果，不见回信，而且母女俩到日本"休养"去了，显然是有意躲避他的。蒋介石随后就赶到日本，他心急如焚，急于求见。但宋母带着女儿，从日本的这一边搬到那一边，极力地躲避，拒绝见他。无奈，他在异地他乡只能做些拜访的无聊事情，懒洋洋地消磨时间。

宋蔼龄收到蒋介石的求助信，即派内弟来日。宋子文先见了蒋介石，然后才去见母亲和小妹。宋子文向母亲说出了大姐的意见，当然也是他的意见。宋美龄也趁机再加一把火，宋母的铁石心肠开始熔化。

蒋介石终于走到了宋母和美龄面前。宋母对蒋介石说，她之所以反对，是因为他已有妻室。蒋介石有备而来,他拿出一份证件,说明他已与发妻离婚。然后,他说他早与女友姚冶诚断绝了关系,现女友陈洁如已送往美国,并且给了她一大笔钱,足以使她在那里舒适地生活。他言之凿凿表示,除此以外,他没有任何另外的女友,而只有倾心相爱的宋小姐。

"你能信基督教吗?"宋母问。

蒋介石说:"容我认真地考虑一下。我想,我应该看看基督教的书,领会教义,自然会成为忠实的信徒。"

宋母终于认定,她面前是一个忠诚的男人,是可以为女儿托付终身的。她拿出了一本圣经交给蒋介石,嘱咐他认真读读。这就表明,她已认可了这个女婿。

蒋介石一块石头落地,但又一件事把他的心提到了嗓子眼——宁、粤两方达成协议,同意在上海开会了。倘若会议开成,宁、粤合流,蒋介石就被甩在一边,难有出头之日了。因此,蒋介石派宋子文急赴广州,离间宁、粤关系。汪精卫果然上钩,而惴惴不安的蒋介石再不敢在日滞留,速回上海。

蒋介石回国,拥戴声浪大起。最着急的是北方的冯玉祥和阎锡山。这时候,阎锡山与奉军激战山西,冯玉祥与直鲁联军激战河南,已近一月,而南方却不能有一兵一卒的支援。而且,特委会成立后,不但不出兵北伐,反而去打唐生智。因此,一闻蒋介石回国,冯、阎两人立即发出通电,强烈呼吁蒋介石复任总司令,出师北伐。两人的通电立即得到南方的热烈响应。此人不出,如苍生何?

蒋介石到上海后,便与同生气的胡汉民、张静江、蔡元培等大佬形成了坚强的政治核心,推出了在上海召开四中全会的主张。这是顺水推舟。召开四中全会原是宁、粤两方提出的意见,怎能反噬?而会议的主导权,显然已在蒋介石的手里。

汪精卫收到蒋介石的电报,说他已回上海,请汪赴沪商议召开四中全会事宜。到上海去,就可能失去广州,这是汪精卫的后顾之忧。而失去广州立足之地,他就如同浮萍,可能落得任人摆布。于是,汪精卫将一直在香港避嫌的张发奎叫来。张发奎直言不讳:"若取两广,必须将李济深、黄绍竑除掉,二人除去,凭先生之身份,两广还不是探囊取物?"

汪精卫紧锁着眉头说:"向华兄,没那么容易吧。李济深资望很高,在广州又根深蒂固,稍有不慎,画虎不成反类犬哟。"

张发奎略思片刻,说:"先生所虑甚是,当寻一万全之策。我想,先把李济深调开,再把广西的黄绍竑调来广州,将其除掉,此计可行?"

这时,旁听的陈璧君插上话说:"叫姓李的离开广州,不是有天赐良机吗?"

"是呀!"汪精卫以掌拍额道:"我倒忘了,到上海开会呀。"

二人计议一番,想出了点子,演一出好戏。为免李济深后顾之忧,张发奎即又离开广州,回香港而去。

11月12日下午,汪精卫再次召集在粤中委开会。正说之间,秘书曾钟鸣走进来,送上一份电报。汪精卫略看一眼,宣布道:"我要告诉诸位一个好消息:蒋中正同志已从日本回到上海。这是他拍给我的电报,请诸位传阅。"

电云:"欲使党复归完整,非相互谅解,从速举行四次会议,恢复中央党部不可。中正已于今日返沪,闻宁、粤同志有在沪召集四次会议之议,甚感欣慰,特请精卫、任潮二兄命驾北来,晤商一切。"

汪精卫问李济深的意见,李济深见是蒋介石相请开会,当即表示说:"请汪先生电召黄绍竑代为主持粤政,兄弟自当随往北上。"李济深担心他离后被张发奎钻了空子,才提出这一要求。但他怎想到反而正中了汪精卫的"驱李除黄"之计。汪精卫当即允诺,自不待言。

三天后的中午,黄绍竑自南宁抵达广州,当即到葵园谒汪。这时李济深已来葵园,就要起行,彼此匆匆谈了数语,汪、李便联袂乘船赴沪。

黄绍竑送别汪、李二人,便回到吉祥路自己的住宅。由于连日行军疲劳,就早早躺下了。刚蒙眬入睡,广州财政厅厅长冯祝万匆匆进来,急促地说:"季宽兄,你还在此高卧? 张发奎已把刀架在你脖子上了,半夜就要向你下手,赶快逃吧!"

黄绍竑大惊失色,一跃而起,化装成商人模样,急匆匆离开寓所。刚走出胡同上了大街,枪声大作,一群士兵迎面扑来,高喊着"捉拿黄绍竑!"黄绍竑急忙闪避,跳进了一条臭水沟里,待士兵过后,才摸出了城。

第二天,广州城的大街小巷贴满了拥汪反李的标语,桂系第八路军总指挥部、新编第四军军部、第七军驻广州办事处等机关被捣毁,李济深的公寓被抄,警卫团缴械。随后,广州政治分会任命张发奎为临时军委主席,陈公博代理广东省主席,黄琪翔为广州卫戍司令。并发表声明,要求解除李济深的一切职务,惩办广西将领李宗仁、白崇禧和黄绍竑。

李济深到达上海,方知广州事变,勃然大怒,当面大骂汪精卫和张发奎是伪君子。汪精卫摊开两手抵赖说："任潮兄,你太冤枉我了,我们俩一起离开广州的,出了这种事,我怎能知道?"

"呸!"李济深一口浓痰吐到了汪精卫的脸上,又骂道:"汪兆铭,我李济深今日才认清了你的嘴脸,可惜了我这口冰片!"

汪精卫仍是不恼,装作苦笑地说："难道还要我把心掏出来吗?"

事变那天,张发奎从香港潜回广州,亲自指挥。不料黄绍竑脱逃,又急又恨,便连夜发兵,意欲一举荡平广西,实现统一两广的计划。这时候,黄绍竑已潜行回桂,又率领桂军抵达梧州抵抗。一场大战,迫在眉睫。

刚到上海的汪精卫,因广州的事变成为过街老鼠,人人喊打。他向蒋介石求救,哪知蒋正幸灾乐祸呢。情急之下,他电召在粤中委速来沪上为他解围,然后就躲藏起来,闭门不出了。

这时候,李宗仁打败唐生智,尚在武汉处理两湖政务,忽接李济深的电报,不胜惊骇。他急忙打电话给白崇禧,白说："张发奎太可恶,想断咱们的后路,我要亲往广西督师,荡平广东!"李宗仁说："不可,所幸季宽脱逃回桂,让他去坐镇吧,待我们腾出手来再收拾张发奎不迟。"二人商定:当前急务是阻止四中全会的召开,而要达此目的,即要集矢于汪,汪倒,会议也就开不成了。随后,李宗仁匆匆赶回南京。

李宗仁回到南京,才知谭延闿和孙科两人擅自作主,以国民政府的名义发出了请蒋复职的通电。心中骂道："这个老甘草,倒先给自己留条后路!"不仅如此,谭、孙两人又提出赶快开会,商讨召开四中全会的事。李宗仁干脆地回说:"要紧的是,我们要商量如何处置汪兆铭在广州谋乱的事吧。"

这时候,陈果夫从上海发来蒋介石的电报。陈果夫是中央组织部部长,蒋介石一回上海,他就前往探望他的世叔公去了。电报提请"迅即召开预备会议,为全会做准备,以正名份,解决党务诸问题"。

李宗仁亲拟了一份电稿,发给陈果夫转蒋,说:"召集预备会议之议,弟甚为赞同。唯粤变骤生,弟深恐有不良分子羼杂其间。故弟以为,预备会须在予汪派中委以处分后再行召开为宜。"

蒋介石看了电报,恨恨地说:"李宗仁如此狡诈,倒也出我所料呢!"陈果夫不解,蒋说:"他要把我拉到反汪阵营里去,无论我是否答应,四次会议都开不成。我若允其请,汪派中委既除,四次会议必因不足人数而流产;我若不允,他们就借故捣乱，把难题推到我这里来了。说到底，桂系不仅要排汪，还要阻我复职。眼下要助汪一臂之力，你快回南京去，对特委会立即采取行动。"

陈果夫回到南京。一场风暴立时而起。

11 月 19 日，南京市党部召开党员大会。南京政府要员作《特别委员会成立始末》的报告，正讲得兴致，号召全体党员拥护特委会时，中央党校学员黄杰等数人突然爬上讲台，跳上桌子，嚷道："特委会于法无据，本应立即取消，除了西山会议派之流的走狗，本党党员无人拥护特委会！"会场立时大乱。警察来到，当场将杨杰等四人逮捕。

中央党校是陈果夫兼任校长，他闻之窃喜，却装作大怒，急命党校强力营救。第二天，党校学生数百人，一路游行，齐集市党部门前示威。市党部不理，学生怒不可遏，一哄而捣毁了党部，旋又转向国民政府请愿。谭延闿叫李烈钧接见学生，会谈后将杨杰等人释放。一场风雨顿歇，陈果夫失望。

第二天，又要开"庆祝讨伐唐生智胜利大会"。李宗仁担忧再出乱子，便对主持会议的居正严厉地说："明天的大会，如再有捣乱者，严惩不贷！"

22 日，大会在南京体育场召开。会议正在进行，谷正纲突然从主席台座位上走出来，公然宣布说："下面的会议，我们要声讨特别委员会！"然后，他就大讲特委会为非法成立，又在西山会议派把持下所行非是，图谋不轨。谷正纲是中央组织部副部长，并兼中央党校训育室主任，今天也是大会主持人之一。他在台上大讲，台下数百名党校的学员就热烈响应，高呼起"打倒西山会议派！""打倒特别委员会！"的口号。大会转而成为声讨特委会的大会。

居正大惊，手足无措。邹鲁和谢持上前，把谷正纲推倒。台下党校的学员又冲上台，把台上的主持人都赶下台。这时，谷正纲宣布：游行示威！

当游行队伍到达秀山公园时，突然有一穿西装的男子向警察开了一枪。随即，警察也向游行队伍开了枪。一时子弹如蝗，哀号盈耳，当场死亡 3 人，受伤 75 人，游行队伍飞奔而散。

第二天，南京成立"血花惨案"后援会，传单撒遍了大街小巷。越两日，南京全市举行罢工、罢课、罢市，指定邹鲁、谢持、居正、覃振四人为惨案主使人，高方、王昆仑等六人为凶手，全是西山会议派的人。西山会议派看清了阴谋者的手段，就是从搞臭他们入手，搞垮特别委员会。于是频频发言、发文，一方面申述特委会成立的光明正大，一方面极力辩称西山会议派没有，也不能把持特委会，从而为特委会"洗污"。但他们声嘶力竭,却无人入耳。

蒋介石向报界发表谈话说:"特别委员会悍然下令向和平游行之民众开枪,造成血案,令人发指。此案如何处理,为革命之生死问题,中正不能坐视。如无正当办法,虽诉之革命手段,亦所不惜。"蒋介石无限放大南京的惨案,为特委会加罪,凛然举起了大砍刀。

蒋介石此言一出,舆论无不称道。南京更是天天游行,掀起了反特委会的高潮。这时候,闭门十天的汪精卫突然在上海举行茶花会招待记者,公然把广州事变的责任完全归咎于特委会了。

就在同日,上海各报登出了蒋介石的《结婚启示》。

李宗仁、李烈钧、孙科同往谭延闿寓所会议,都认为汪的露脸和蒋氏婚讯同时出现,不是什么好兆头,形势微妙,不容乐观。四人脸色阴沉,言来语去,终无善策。还是李宗仁决断地说:"不妨退一步,赞成开会,但特委会非至相当时不停职权。"三人点头说:"也只能如此了。"孙科问:"那么,何时动身赴沪?"谭延闿道:"介石明日在沪结婚,我们还是赶赴婚礼吧!"李宗仁不悦:"你们去好了,我等过了这天再去。"

12 月 1 日,蒋介石与宋美龄按照宋家的规矩,于下午 3 时在宋宅楼下会客厅举行了基督教仪式的婚礼,然后又在戈登路大华饭店举行中式婚礼。

大华饭店礼堂里,四周缀以各色鲜花,正中悬挂着孙中山遗像,两侧是中华民国国旗和国民党党旗,台前陈列着一排花篮,鲜艳夺目。大厅里,亲族席、贵宾席、女宾席、记者席,都座无虚席。

下午四时,新郎、新娘乘坐花车来到大华饭店,乐队奏起门德尔松的结婚进行曲。新郎身穿大礼服,胸挂彩花,由男傧相刘纪文、孔祥熙陪同走出。五分钟后,新娘挽着宋子文在四位女傧相簇拥下走进礼堂。新娘身穿银色旗袍,白色乔其纱斜披在肩,飘飘拖地,头上戴一项用花蕾编成的小花冠,手捧一束红、白相间的玫瑰花束。济济一堂的一千三百多人都目不转睛地看着这对新人。蒋介石四十岁了,已不是风华正茂,但中国讲究的是郎才女貌,这位男子正是中国的英雄,是中华民国的领袖呀。宋美龄也已三十一岁,论年纪已是半老徐娘。但她生活优裕,善于养颜,尤其那气质,那风韵,倾倒了多少艳羡的目光。

在婚礼一项项热闹地进行中,在贵宾席上的外国领事们正有一场有趣的谈话:

日本领事对法国领事说："这桩婚姻中的奥秘比卫理公会派的教义还要多。"法国领事说："是呀，你看布里斯托尔将军喜气洋洋的样子，就仿佛是美国招了这位乘龙快婿！"英国领事没有听懂他们两人的话，说："好得很，如此一来，中国的一位军事家和一位经济天才（宋子文）从此携手了。"美国领事附和道："是啊，这样两个伟人成为郎舅之亲，中国的命运似乎已经决定了。"日本领事又补充说："岂止如此，蒋将军成了孙中山和孔圣人的后代（孔祥熙）的连襟，不仅仅是军事家和财政家的联手嘛！"

宋家与美国的关系非同一般，宋父大半辈子生活在美国，宋氏三姐妹都到美国留学数年。因此美国领事便期以蒋、宋联姻为中美友好的前兆。正好蒋介石姓名（蒋中正）的"中"字与宋美龄的"美"字合为"中美"，与"中美合作"之意契合，因而这位领事福至心灵，借题发挥。而此后的中美关系，还真的一语成谶。

婚礼过后，蒋宋夫妇回到拉都路的新居，第二天便又去杭州莫干山度蜜月。但这蜜月只过了一天，就又回到上海。因为四中全会的预备会议就要召开了。

10月3日，四中全会预备会议在上海吴忠信寓所召开。

李宗仁挨过了蒋介石的婚礼，才很不请愿地来到上海。但到了会上，他却抢占先机，说："本监察委员与吴、张、蔡、李四位委员向预备会议提案，请予讨论之。"说着，掏出一张纸念道："为粤变弹劾汪兆铭、顾孟余、陈公博案。"刚念完标题，汪精卫红着脸向会议主席蔡元培说："主席，预备会乃为商议四次会议事，德邻之提案应于制止。"蔡元培本是联名提案者，且事前已与蒋介石疏通，乃缓缓说道："预备会乃解决纠纷之场所，若此等纠纷不解决，四次会议怎能开成？请李委员继续发言。"李宗仁继续念道："汪兆铭、顾孟余、陈公博三人对张发奎、黄琪翔发动广州事变有主谋嫌疑，应停止其出席权。"

"李宗仁要把我扫地出门！"汪精卫恨得咬牙切齿，未等会议讨论李宗仁的提案，即大声说，"兄弟以为，足以阻碍全会召开者，乃非法之特别委员会的存在。故兄弟提议，应先讨论特委会之存废。兄弟也有一提案。"遂展开一纸念起来："汪兆铭、顾孟余、何香凝提中央特别委员会存废案。……"

汪精卫刚念完，李宗仁就揭他的老底，说："当初商讨成立特委会时，汪同志首先赞同，何以又自食其言，出尔反尔？汪同志反特委会之目的，宗仁等倒颇有疑问呢！"李济深接上追击："岂止如此呀，汪同志表面倡言以和平方式反对特委会，暗中却策动武装同志发动叛乱，济深对汪同志信誉人格，不能不发生动摇呢！"

汪精卫气红了脸,说:"德邻、任潮对兄弟误会深矣!对粤变之发生,兄弟在25日茶会上已作说明,想来诸同志也已明了真相。然兄弟所不解者,既然二兄反对以武力解决党务纠纷,为何一边谈判,一边悍然下令讨伐唐生智,自相残杀。兄弟倒要请德邻作出解释呢!"

李宗仁厉声说:"那是因为唐生智勾结孙传芳,反对中央!"汪精卫冷笑了一声,说:"中央?德邻同志就是中央吗?若说特委会就是中央,拿来党的纲领查一查,看一看哪里有'特委会'这三个字呢?"

汪精卫反戈一击,李宗仁语塞。李济深接上说:"特委会之存废,自可另作讨论。本人以为张发奎、黄琪翔偷袭广州,又陈兵桂境,局势甚危。若不明令讨伐,将至党权失坠,纲纪荡然。"

汪精卫淡然一笑,说:"本兄弟倡言开四次会议,和平解决党内纠纷,可任潮兄在这预会上竟要大动干戈,让兄弟大为惊诧。兄弟要问,自蒋同志去职以来,特委会所做工作者何?放弃北伐,却热衷于西征,致使冯、阎两军陷入奉鲁军阀重围。冯、阎二同志昨日发来的通电,兄弟要读一读给任潮、德邻同志听听呢!"随即就朗声念起来。

冯、阎的通电,就是请蒋介石复职。这一下,点中了李宗仁的死穴。全国拥蒋复出的呼声不绝于耳,可是特委会方面仍装作不知一般。汪精卫看见李宗仁难堪的脸色,得意地又道:"还有,上海市党部要求惩办南京惨案凶犯及主使者的宣言,想来诸位都已看过,兄弟就不必再宣读了吧。"

就在李宗仁难于招架的时候,蒋介石提醒蔡元培:"该吃饭了。"蔡元培会意,宣布散会,明天上午再议。

当晚,蒋介石夫妇请李宗仁夫妇家宴。对于上午的预备会,蒋只字不提。李想求蒋相助以挫汪势,多次想提起,可蒋总是"环顾左右而言他"。

临别时,蒋介石突然问起来:"德邻兄,冯焕章昨日发的通电,你看怎么办?"李宗仁一听,这是问对他复职的态度,不及思索,随口说:"宗仁无个人成见,唯当服从中枢决定。"蒋介石一听,随即遮掩道:"我的意思是说,我要度蜜月去了,冯焕章那边,你不妨设法予以缓解呀。"李宗仁还当了真,满口答应:"好啊好啊,我即派兵支援焕章。"说完,钻进汽车,挥手而去。

蒋介石看着远去的汽车,长叹一口气说:"李宗仁年轻气盛,倒也有些蛮劲哩!"宋美龄问:"达令,什么事呀?"蒋介石说:"冯玉祥昨天发了一份要我复职的通电，眼下只剩下李宗仁、白健生、何应钦三人还没有表示了。我本想提醒他一下，没想到他倒会搪塞呢。"

第二天，预备会继续进行。一开始，李宗仁、李济深提出讨论弹劾汪精卫案，汪精卫则要求先讨论特委会存废案。会议主席蔡元培说："就党务纠纷言，特委会乃是其根源，故应先予讨论解决。"李宗仁大吃一惊，方才猛醒过来，后悔昨晚之鲁莽。心想，蒋看我反对他复职，屁股又坐到了汪的一边，而蔡与蒋也沆瀣一气。

汪精卫得意，单刀直入："特委会无存在之理由，应从速取消。"孙科看不下去了，说："特委会乃根据汉、宁、沪三方协商正式成立的，宣布取消应由中央全体会议决定。"张静江立即说："本席以为，特委会虽要待四次会议解决之，然不宜续行职权。故本席提议，预会期间，军政要事应由国府军委会随时与预备会议协商。"这个意见看似折衷，而实际上，将特委会的职权瞬间取消。一直默不作声的蒋介石突然发言："静老的主张，中正甚表赞同。"蒋介石此言一发，李、汪都不再说话，此案通过。

接着，陈国夫说："11月22日，南京各界举行游行，特委会悍然下令，向民众开枪射击，酿成血案。对此事当予以审理，以伸张正义。"陈话音未落，会场就大吵起来。一方说南京惨案的发生，是别有用心的人的阴谋，一方回击对方推卸责任，是恶人告状。正在不可开交的时候，蒋介石有几分严厉地说："南京的惨案已调查清楚了，事实俱在。我提议，应组织特别法庭审理，邹鲁、谢持、居正等涉嫌指使人，应予停职监视。"

李宗仁急了，愤然站起说："若主使粤变之汪派不退出，我李宗仁也不再参加。"说完拂袖而去。"我也不便参与了。"李济深说一声也往外走。随即，南京、广州两方有不少人跟着走了。第二次预备会议就这样散场了。

当晚，李宗仁到李济深寓所，密谋对策。第二天，"两李"宣布退出会议，并提出复会三条件：（一）四中全会必须在首都南京举行；（二）制止粤方委员袒护张发奎、黄琪翔；（三）广州必须讨伐。

蒋介石听到"两李"提出的条件，冷笑一声说："李宗仁欺我不敢到南京开会，不是看我手中没有军队嘛！"他叫陈果夫向李宗仁转达他的意见，说："我支持在南京召开四中全会的主张，完全赞同弹劾汪等9委员案，西山会议派张继、邹鲁、谢持、居正、许崇智、李烈钧等应从速避居国外，否则对德邻兄你很不利。"

李宗仁大感意外。他所不知道的是，蒋介石已派亲信说服了何应钦，抓住了军权。正是这天,何应钦补过恨晚,发出了强烈拥蒋的通电,而同时,第一军第二师回防,不日即开进南京了。而李宗仁反以为蒋看透了汪的用心,又转而支持他了。于是他向南京发去电报,要李烈钧和许崇智赴欧美"视察党务",派张继和居正为"赴日代表"。为了争取蒋介石的支持,西山会议派成了牺牲品。

12月7日,预备会复会。蒋介石首先要求发言,他宣读的是一份"致各委员书"。该"书"先强调会议的重要:"预备会甫开两次,即延会三日,今日虽重行开会,而能否圆满进行,以完成全体会议,实不敢言。万一竟致停顿,党国均有沦亡之惧。"然后就向"武装同志"大加挞伐:"唯武装同志不能认识中央权威之必要与最高性,始为国民革命之致命伤。确定建立党的中央,提高党权,申明纪律,吾人今日必须尽力促进武装同志之觉悟,此次会议为我同志唯一忏悔机会,有不能牺牲个人之权位而阻碍全体会议者,亦无可谅恕。"

李宗仁大惊失色。所谓"武装同志"就是指他的桂系呀,蒋介石竟首先向他举起了刀子。李宗仁惊魂未定,蒋介石又说话了:"中正以为,李宗仁等五监委所提弹劾案,应予接受,待四次会议审议之。四次会议召开之地点,应在首都。"李宗仁又是一惊,是惊喜。蒋介石将举在他头上的刀子忽地又劈在了汪精卫的头上。汪精卫的脸色红一阵,白一阵,却大气也不敢出。蒋介石的提议遂获通过。

当晚,李宗仁开会,对老蒋的用意深入讨论了一番,决定集力攻汪,借蒋之力把汪打倒。

第二天会议一开始,李宗仁抢先发言,痛陈汪精卫自归国以来,所行种种非是,造成今日党国之危局。庆父不死,鲁难未已!李宗仁话音刚落,吴稚晖以激动得颤抖的手指着汪精卫,说到他下跪求汪,留沪清党的往事,禁不住老泪纵横。李济深又接上发言,讲述他在广州上当受骗的经过,恨得咬牙切齿。三人同声要求,会议立即作出弹劾汪精卫等人的决议。汪精卫招架不住,要求会议制止对他的攻击。但会议主席蔡元培置若罔闻,汪精卫狼狈不堪。

会后,汪精卫心慌意乱,急寻对策。顾孟余说:"眼下只有拥蒋复职,方是唯一出路。"汪精卫长叹一声说:"也只能如此。"于是你一言我一语,凑成了一份请蒋复职文。

越一日,是预备会议的最后一次会议。这次是汪精卫抢先,拿出一张纸念道:"请蒋同志复任国民革命军总司令案……"

汪精卫读毕,又大声说:"兄弟同时郑重申明,若蒋同志复职事事,对时局定有良好办法，则兄弟尽可引退，以息纷争。"

汪精卫为了自救，竟宁愿自己下台，给蒋让位。李宗仁一听，急了，冷笑一声，说："古语说得好，知人知面不知心。宗仁从前极崇拜其人，今则看破其人自行矛盾，深悔以前受其催眠！"顾孟余起而质问道："李同志言必攻汪，但对蒋同志复职议案，不知有何见解？"李宗仁说："宗仁追随蒋总司令，一年有余，有目共睹。只是汪同志不肯悔顾在汉开除蒋总司令的党籍及通缉令事，今反拥蒋，宗仁深恐以此为饵，保全自己！"顾孟余反唇相讥："李同志自称一贯拥蒋，我看也不见得吧。现在军事将领都发了通电，迄今却仍未见李、白二武装同志的通电，其因何也？"

双方攻击，刀刀见骨，不可开交。蒋介石看到时机已经成熟了，便示意蔡元培制止争吵。蔡元培等会场安静下来，便提议对各项提案进行表决。

《请蒋同志复任国民革命军总司令案》，全体表决通过。

《中央特别委员会及其所产生各机关之存废案》，经过讨论，决定：（一）特委会于第四次会议开会之日取消；（二）国民政府改组；（三）国民政府军事委员会同时取消。

《弹劾汪精卫、顾孟余、陈公博案》，待四中全会作出决议。

水到渠成，蒋介石大获全胜。

就在预备会议结束的第二天夜里，广州传来震惊的消息：中共暴动了！

共产党抓住张发奎出兵广西，广州空虚的机会，由张太雷、黄平、周文雍组成暴动总指挥部，领导第四军教导团和广州警卫团及工人赤卫队，于12月11日午夜发难。经过两小时激战，占领广州城，宣布成立广州苏维埃政府。

李宗仁大为兴奋，以为这下可以把汪精卫置于死地了。他给汪戴上一顶红帽子，说广州暴动是汪与中共合演的双簧。此言一出，舆论大哗。汪精卫百口莫辩，实在招架不住，灰溜溜地住进了医院。

16日下午，蒋介石来到上海法国租界医院。

"介石，你怎么来了？"汪精卫大感意外。蒋介石说："闻兄身体欠安，特来看望。"说罢，叹口气道："时局如此纷乱，中正始料不及呀。你看，李宗仁、吴稚老骂你就是共产党，还说张发奎与共产党交火是苦肉计。"汪精卫满脸通红，说："介石，你是知道我的，我恨不得杀尽共产党，以解心头之恨。几个月来，我接连往返于武汉、南京、广州、上海之间，食不下咽，睡不安席，不都是一为反共，一为

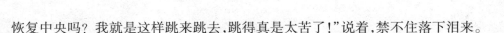

恢复中央吗？我就是这样跳来跳去，跳得真是太苦了！"说着，禁不住落下泪来。

蒋介石不耐烦，说："兆铭兄，这些我都知道，可李德邻他们不依不饶。你看，南京已下达了查办你的命令，你在上海的寓所已经被查抄了。"汪精卫大吃一惊，说："李宗仁野心勃勃，要造成桂系一统天下。这样的话，你我何以对总理在天之灵呢？"蒋介石哪愿听这些，直白地说："兆铭兄，黄金荣派人向我密报说，白崇禧要用十万大洋换你的人头。他找黄金荣，黄金荣不干，于是就又去找法国领事去了。我一听说，就来告诉你，你要当心呀。"

白崇禧的确要杀汪精卫，却没有搞成，已与李宗仁等人起驾回宁。而蒋介石仍拿这件事吓他。汪精卫惊恐地说："介石，这如何是好？"蒋介石说："是啊，租界也不安全了。以弟愚见，还是早日离开上海，躲避一下好。"说完，起身告辞。

汪精卫忙命秘书曾仲鸣收拾行装，立即启程。曾仲鸣问："去哪里呀？"汪精卫沮丧地说："去法国，只能去法国了。李宗仁要杀我，老蒋见死不救，这还不明白吗？他要把我踢开，一个人独裁，我不能不走啊！唉，我跟李宗仁斗来斗去，还是让老蒋占了大便宜。"

当晚，汪精卫偷偷溜出租界，悄然登上一艘法国货轮出走了。

胡汉民、孙科、伍朝枢等人不愿与蒋介石供事，也相继出走。

广州很快恢复了平静。张发奎回师镇压了中共暴动，但随之即又被黄绍竑和李济深的部队东西夹击所消灭。

李宗仁始悟，桂系尚不是蒋介石的对手，转而退让妥协。蒋介石也适可而止。桂系毕竟有这么多军队，完成北伐还要用着他们。再说李宗仁也不是汪精卫，尚能臣服他的麾下。

1928年农历新年刚过，蒋介石偕同新婚妻子宋美龄离沪北上，南京万民空巷欢迎。

2月2日，中国国民党二届四中全会在南京召开，改组党政军机构。

党：蒋介石出任中政会主席，中央常务委员，兼中央组织部部长。

政：谭延闿出任国民政府主席。

军：蒋介石出任军委主席，兼任国民革命军总司令。

随后，改编国民革命军为四个集团军：第一集团军总司令蒋介石（兼），第二集团军总司令冯玉祥，第三集团军总司令阎锡山，第四集团军总司令李宗仁。

第八十回

蒋介石四路出兵　张学良东北易帜

四中全会闭幕后，蒋介石踌躇满志，就开始筹划二次北伐，统一中国。敌我力量对比，国民革命军已超过北洋军阀，这是北伐以来发生的根本变化。但他细细盘算自己的家底，仍不禁黯然神伤。他发现，靠军队起家的他现在竟然难于指挥军队了。李、白桂系在打败唐生智后，成为军中老大，敢与他叫板了，是他的最大隐忧。程潜是最恨他的人，主政湘省，拥兵十万，又与李、白沆瀣一气。想起何应钦，蒋介石余恨未消。我把黄埔亲军交给他，想不到他竟与李、白狼狈为奸，逼我下台，现在虽然归顺，但内心究竟是白是黑？另外，就是冯玉祥和阎锡山了。那是一个老虎，一只狮子，他们的军队自成一体，唯其首领为尊，他虽为总司令也不能直接指挥。蒋介石反复凿磨，决心先把第一军从何应钦手里夺过来，遂牙一咬："哼！我到徐州找他去！"

徐州。蒋介石突然出现在何应钦的指挥部。指挥部里的人立时手忙脚乱，不知所措。蒋介石坐下来，等了一会儿，来了一个军官。蒋介石问："你们的总指挥呢？"军官说："回总司令，何总指挥外出打猎未归。"

蒋介石厉声道："徐州乃前线要冲，何应钦身为总司令，不守岗位，外出打猎，这是失职！"说着站起来，高声宣布："立即撤销何应钦第一路军总指挥的职务。"遂又吩咐向南京发报，令王伯群、李仲公、何成浚、陈调元、贺耀组速到徐州来。

这几个人接到急电，不知出了什么事，急急忙忙地赶来。蒋介石板着面孔，历数对何应钦的不满，气急败坏地说："李、白一伙散布说，我指挥不了黄埔军。所以我来前方试试，看我究竟能不能指挥黄埔军！"

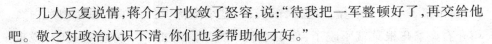

几人反复说情，蒋介石才收敛了怒容，说："待我把一军整顿好了，再交给他吧。敬之对政治认识不清，你们也多帮助他才好。"

蒋介石叫来的这几个人：王伯群是交通部部长，也是何应钦的大舅子；李仲公是中执委书记长；何成浚是军事高级顾问；陈调元是三十七军军长；贺耀组是京城卫戍司令。调来这五个人，是为说服何应钦，当然也有防其狗急跳墙之意，而其中三位武将也是来助蒋整顿第一路军的。

在外打猎的何应钦惊闻此情，一气之下，不回徐州见蒋，而回了南京。蒋介石又叫王伯群、李仲公赶回南京，终于说服了何应钦，向蒋介石发出辞职电。蒋介石接电照准，遂将第一路军改编为第一集团军，自兼总司令，下辖三个纵队，分以刘峙、陈调元、贺耀组为第一、二、三纵队总指挥。对何应钦，则调任国民革命军总司令部参谋长。

何应钦不满这个"虚"职，向蒋介石发了"因病请假"的电报，拔腿去了上海。蒋介石接到何应钦的电报，半气半笑地说："真是的，敬之还跟我耍小孩子脾气了。"蒋介石想来想去，觉得何应钦毕竟是他的旧交，除何而外，别的人他更信不过。当下，蒋介石又亲往上海安抚。蒋介石动情地说："我们俩之交，远非他人可比，情同手足，要同舟共济。你我之间，有什么事过不去呀！"何应钦这才气顺了，在沪又"休养"了几天，就回南京上任了。

蒋介石收拢了何应钦，即发电邀冯玉祥和阎锡山来南京开军事会议。但两人都借故不来，蒋介石心里骂道："这两个草头王，还对我端架子哩！"他心里骂，但还是将那团火气咽到肚里，屈驾开封去会冯玉祥。

蒋介石偕宋美龄、邵力子等一行数十人抵达开封。冯玉祥到车站迎接，只见他穿着黑色大棉袄，一条大布宽带子缠腰，头戴灰色毡帽，脚下一双踢死牛老棉鞋，加之他身材高大，猛一看去，竟像码头上扛大个儿的。他身边的人，着装也都破烂不堪。对比之下，蒋介石一身戎装鲜亮，宋美龄雍容华贵，随行人员个个衣冠楚楚。蒋介石知道冯玉祥的怪癖，装作不见。大家一阵寒暄之后，乘车直奔下榻之处。

蒋氏夫妇的住处是一座破庙，窗户都用报纸糊着，屋子中央升着个大炉子，火苗儿腾腾地跳跃着，烟雾弥漫。冯玉祥见蒋介石的脸色阴沉下来，便笑着说："总司令，我不愿扰民，就选了这个地方，将就着罢。"

蒋介石干笑了两声，算是接受了。住下之后，就到了开饭的时候。四个大桌，每个桌子上三个大盆，一盆大馒头，一盆小米稀饭，一盆菜，是猪肉炖白菜。蒋介石夹了几根菜就不吃了，他不吃就气饱了。冯玉祥一旁赔着笑脸，说道："我们西北军苦哇，部队一年到头也吃不上几次肉，吃这样的饭就是过大年了。"

冯玉祥的司令部住的更破。那原是一家歇业的烧锅，房屋闲置。这天晚上，邵力子来访，一见冯玉祥便说："焕章兄，都道你这西北军苦，百闻不如一见哪。"

冯玉祥说："西北军叫国民军，国民军就是国民的，国民都吃苦，国民军就更要吃苦。如今国民军又加了两个字，叫国民革命军，这革命军要比国民军更能吃苦。"

邵力子称赞了一番，就转入正题："焕章兄，弟今日前来，有一大事与兄相商。"

"老弟有何吩咐，只管明言。"冯玉祥爽快地说。

邵力子说："总司令此次前来，目的有三：一是看望为兄，二是同兄交谈军事，三是想同兄换帖永结金兰之好。总司令要弟前来，问吾兄意下如何？"

冯玉祥哪想到是这种事，笑道："总司令和我都是革命同志，还有什么比同志更亲的，何必又来封建的那一套？"

"此言差矣！"邵力子说，"焕章兄与总司令都是革命领袖，你们结拜，是革命之交，算什么封建？"沉吟了一下，又说，"弟观天下大事，焕章兄若与总司令换帖，其势无敌于天下，就是汪精卫、李德邻、阎伯川等人，皆瞠乎其后也。望兄三思。"

冯玉祥又笑了，说："如此说来，我与介公结拜对革命有利了？"

"那是，那是呀！"邵力子说。

"好！"冯玉祥一拍手掌，说，"只要对革命有利的事，我就干。"

第二天，邵力子将蒋介石亲笔所写的兰谱送与冯玉祥，上写："安危共仗，甘苦共尝，海枯石烂，死生不渝。敬奉焕章胞兄惠存。十七年二月十八日，谱弟蒋中正谨订。"

冯玉祥也亲笔写了兰谱送与蒋介石，上写："结盟真义，是为主义，碎尸万段，在所不计。敬奉介石如胞弟惠存。十七年二月十八日，谱兄冯玉祥谨订。"

蒋、冯二人换了兰谱后，便在孙中山遗像前互相拜了两拜。宋庆龄亦与冯玉祥相拜。

接着，蒋介石召开军事会议，决定冯玉祥部改称第二集团军，阎锡山部改称第三集团军,并议定了北伐的作战方针,期于三个月内会师北京。

蒋介石筹划北伐,拟组建四个集团军。这第四集团军的主力当然就是桂系,那么总司令自然也应是李宗仁的。但蒋介石却要交给谭延闿,叫来侍从室副官邓文仪去探口风。

邓文仪到政府大院见谭延闿,讲了蒋的意见。谭延闿不说话,点了一支烟慢慢地吸着,琢磨透了蒋介石的用意,便反问邓文仪:"依你之见呢?"

邓文仪巧舌如簧,说得天花乱坠。谭延闿摇了摇头,说:"我除了可受孙先生指挥外,不愿受其他任何人的指挥。"

邓文仪分辩说:"谭老,你是国府主席,首先指挥蒋,而蒋所能指挥的,是你的兼职,所以,这关系不大。"

谭又把手一摆,道:"国府主席只是执行国民政府的议案,而总司令名义上属国民政府,而在职权上可以独断专行。这样,我指挥他是个空名,而他指挥我时,我就非服从不可了。"

邓文仪说:"你不就,蒋先生提出别人,那就不好办了。"

谭延闿笑了说:"哪有什么不好办的? 我不干,还不叫别人干吗?"

谭延闿的拒绝,花落谁家成了变数。程潜派心腹大将、第十七师师长李明灏到了南京,以向谭延闿汇报部队整训情况为名了解中央意向。谭便透露,他已保荐了程潜,但逐鹿者大有人在,正在酝酿之中。言罢,又写了一封信给程潜。

李明灏回到长沙,程潜听了报告,看谭信说:"我等若同时反蒋反汪,恐徒虚言招至实祸。联桂终不可恃,切记,切记! 四路军总指挥之权,余自当着力谋求。"看完了信,程潜眉头一皱,说:"组安坐在南京,完全不知道外边的情形啊。"

李明灏说:"组公在中枢,接触面广,可以盱衡全局。你处于一隅,和他的看法不同,自所难免。"接着又说:"对桂系要团结,亦要提防。"

程潜对李明灏的提醒仍不以为然,说道:"李德邻前日尚电告于吾,言他与健生力荐我当总司令,而且说蒋亦有此意。我盘算了一下,我们第四集团军中,除我谁能统领这数十万人马?"

李明灏退下,便去找十八师师长张轸,告知详情,然后说:"吾此次南京之行,见桂系在京上上下下活动甚力,当然是要争第四集团军总司令。如果大权旁落于桂,我们就要吃苦头了,而颂公却执迷不悟。"说完只是叹气。

张轸说:"颂公为人,性情太直了。我听说,老蒋曾找李宗仁,征求他的意见。你想呀，这哪是征求他的意见，就是堵他的口嘛，他能说就是他来干？李宗仁也心知肚明，老蒋不想让他干，所以说了也没用，这才推辞。这不都是表面文章吗，怎能信以为真？至于李、白来电，表示力荐颂公的话，这简直是哄小孩子，然而颂公也信！"说完又是摇头叹息。

两人议论，认为李宗仁已饿虎扑食，而程潜还蒙在鼓里，此事不可坐视。于是，两人去找参谋长唐蟒商量。唐蟒听了，断然表示："此事容易，后天李德邻、白健生正巧来长沙开会，我们……"他牙一咬，一只手砍在桌子上。

后天，李宗仁、白崇禧从武汉来到长沙。程潜盛宴款待。李宗仁道："颂公，我们这次西征胜利，最根本的是我们湘桂的团结，因为我们团结一心，才取得今天的重大胜利呀。"

程潜应声说："是啊，只有团结才有力量。"

李宗仁又说："颂公乃我党耆宿，德高望重，我与健生对颂公佩服，五体投地。近日，我们数电中央，请任颂公为第四路军总司令，宗仁等愿随颂公左右，牵马坠镫。"

程潜仍不觉话中有意，谦虚地说："德邻说哪里话来，我程潜不过才长你们几岁，今能与德邻、健生共事，也是三生有幸。"说着举杯道："让我们为今后的胜利干杯！"

李宗仁却没有举杯，而是说："颂公，我们此次来长沙晤见佛面，是负荆请罪的，要杀便杀，要刮便刮。"

程潜惊异道："德邻此话，是何意耶？"

李宗仁说："刀斧手怕已把我俩围住了！"

"有这等事？"程潜急忙隔窗向院子里张望，果见院中人影绰绰，又见李明灏神色有异，便大吼一声："院中闲杂之人，统统出去！"程潜又怒又羞，连连向李、白二人赔罪。

到这时，李宗仁才揭出真相，说："颂公，是你的部下张轸、李明灏设下了鸿门宴哪，我们在汉时即已得真情。"白崇禧接上说："我劝德公不要来了，但他置生死于度外，所为者何？一为湘桂两军的团结，二是坚信颂公人品，决无加害之意。"

程潜听了，更加感动，立把张轸、李明灏两人叫来，吼声大骂了一顿。然后向李宗仁表示："我把这两个贼人交德公处置！"

李宗仁说："事情已经过去，就不必计较了。"

程潜走到两人面前，左右开弓打了两个耳光，喝令一声："滚！"

李、白两人在长沙待了三天，商量了军政诸事，回汉。

此事，李、白在汉，何以知之？原来，张轸手下有个营长，名易元和。那天，他到街上游玩，正碰上张轸的警卫排长，因是同乡，便拉他下了馆子，喝得晕头转向。那排长就把执行暗杀任务的事情透露出来。易元和以为他升官发财的好事来了，就连夜赶到武汉告密。

唐蟒仰天长叹："湘军之末日不远矣！"

十数天后，程潜接李宗仁电赴汉开会。左右劝其慎行，程不听，欣然前往。然到汉后，立即被李宗仁软禁。李宗仁以武汉分会的名义发出通电，宣布程潜的罪状。

南京，乐坏了蒋介石。他主持召开中央政治会议，作出决议：免除程潜本兼各职，听候查办；任命鲁涤平为湘省主席；李宗仁就任第四集团军总司令。

湘军像炸了锅一样，乱作一团。鲁涤平当了湘省主席，如愿以偿。他是谭延闿的亲信，接谭出掌第二军，因此谭虽与程有旧，也就装起了糊涂。只有程潜的嫡系第六军，在唐蟒率领下仓皇开抵江西，后因各将领心怀异志，遂被蒋介石分化解体。

李宗仁为何要扣程潜？长沙的犯难固然是个原因，但根本上是李也欲当第四集团军总司令，但他的资历不及程，难以指挥，便想去之为快。蒋介石对李、程两人都恨，两恨相权，他还是选择了李。便派人至汉面见李宗仁，言"只要将程除之，第四集团军总司令就是你的"。因此，李宗仁该出手时便出手了。

就在第四集团军迟迟组建的时候，四月初，第二期北伐已经开始了。北伐军的战略部署是：第一集团军沿津浦路北上，循泰安、济南、沧州直薄天津。第二集团军任京汉路以东，津浦路以西地区的攻击任务，自新乡向彰德、大名、顺德一带北上。第四集团军沿京汉路，经郑州向正定、望都一带集中，直捣保定和北京。第三集团军则自太原沿正太路出娘子关，截断京汉路，北上与第四集团军会师北京。

张作霖的应战策略，是以张宗昌的直鲁联军与孙传芳余部据守津浦线，阻截第一集团军北进，奉军主力则后撤，缩短战线，以保定为轴心向西线集中，将突出的第三集团军歼灭，然后回师阻击其他各军，各个击破。

北伐军总攻开始后，第一集团军的四个军团在鲁南展开，齐头并进，攻城略地，不旬月尽收鲁南。张宗昌和孙传芳先后离开济南，落荒北逃。5月1日，北伐军进入济南。

这时候，日本出兵山东，占领济南。

南京政府一面严正抗议，一面派张群赴日交涉。无果。5月1日，蒋介石来到济南，又派黄郛到日领事馆交涉。3日上午，日本驻济领事前来拜会蒋介石，假意宣称从济南撤军。可就在两小时后出事了。

第四十军一名士兵患病，在送往医院途中遭到日军阻拦，发生争执。日军开枪打死了一名士兵，一名夫役。日军听到枪声立即出动，血洗现场，当即一千多人死于非命。随即又将该军第七团缴械。

蒋介石又派熊式辉与日军司令官福田谈判。日方提出苛刻的条件，谈判直到深夜无果。正在这时，一群日兵闯入交涉署，捣毁大门，大肆搜索。蔡公时提出抗议，并亮明身份，乃为国民政府外交部驻山东交涉员。日军根本不予理会，竟逼蔡等人跪下。蔡不跪，日军竟将他腿骨打断，蔡倒地后大骂，日军就撬开他的嘴，割掉舌头，然后杀害。交涉署内17人同时遇难。

国民政府收到蒋介石的报告，根据蒋意作出决定："国民革命军忍辱负重，撤离济南，绕道渡过黄河，向北京攻击前进。"蒋介石立即下令，除留下两个团驻守济南外，其余各部离济北进。

日军得知北伐军离济北上，即派飞机狂轰滥炸，同时向济南市区发起猛攻。蒋介石命济南守军全部撤走。各军奋力突围，撤离济南，唯留守的两团行动稍迟，损失惨重，仅五百人脱险。

日军这时入侵山东，是做下一个圈套，迟滞北伐军的行动，策应奉军达成其战略目标。因此北伐军摆脱日军纠缠，尽快北上歼敌，方为上策。蒋介石在他的日记中痛言："如有一毫人心，其能忘此耻辱乎！有雪耻之志，而不能暂时容忍，是匹夫之勇也。余今日暂忍人所不能忍者耳！"

阎锡山第三集团军在奉军猛烈攻击下，力渐不支，陷入包围，危急待援。但第一集团军为日军占领济南，不得不绕道鲁西步行北上，而第四集团军刚组建而成，部队尚在豫南。因此，唯第二集团军是为近邻，能够相助。但冯玉祥竟然坐视不救，急得阎锡山如热锅上的蚂蚁一般。

冯玉祥见危不救，实出于意气用事，欲报阎锡山旧恨。那是1926年冬，冯军

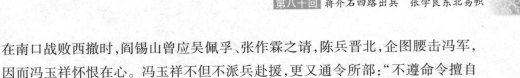

在南口战败西撤时,阎锡山曾应吴佩孚、张作霖之请,陈兵晋北,企图腰击冯军,因而冯玉祥怀恨在心。冯玉祥不但不派兵赴援,更又通令所部:"不遵命令擅自退却者,枪决! 不遵命令擅自前进者,枪决!"此项命令,竟有"擅自前进者,枪决"之句,实在骇人听闻,在北伐军中传为笑谈。

第四集团军4月底方才从武汉乘车北进。唯车少轨坏,运输困难,李宗仁乃由前敌总指挥白崇禧率第十二、三十、三十六军先期乘车北上,快速赶到冀南定县、新乐一带,投入战斗。奉军飞机侦察,得知第四集团军已赶来增援。形势逆转,张作霖这才听从张学良之言,放弃进攻计划,转为战略总退却。北伐各军乘势追击,第三集团军进占京西怀来,第四集团军进占京西南保定,第二集团军进占京南雄县,唯第一集团军稍后,也已进占德州、沧州。

日本政府认为张作霖败局已定,乃于5月16日召开内阁会议,决定了新的对华方针,即要奉军迅速退守东北,而让南京政府统治长城以南。这一方针5月18日以通告的形式同时发给北京和南京两政府,就是所谓"五一八觉书"。

芳泽公使向张作霖递交"五一八觉书"。他先是强调"觉书"代表了帝国的声音,因为这是内阁的决定,天皇批准的。然后,他代表内阁表示,希望大元帅履行以往同日本草签的条约,并希望满足日本新提出的要求。

"不成!"张作霖一口否定。缓了会儿,张作霖解释说:"为了我同你们草签的那些条约,东北三省闹得天崩地裂,我受的压力太大,即使我想答应你们日本人,也不行!"

芳泽见张作霖拒绝,"哗"的一声拉开了他的黑皮包,拿出了两份文件,毫不客气地说:"这是《满蒙新五路密约》和《解决满蒙悬案》两份文件,牵涉到日本帝国在远东的重大利益,请大帅务必签署同意。"

张作霖拿起来看了看,说:"前方战事正急,外交问题应该推迟。"芳泽紧逼:"正因为前方战事紧急,帝国才要求大帅签署。不然,大帅一旦出关,下了台,帝国在东北的利益不是毁于一旦?"

芳泽毫不避讳,趁火打劫大捞一把,并直戳张作霖的痛处。张作霖恨得烈火烧心,想一想,忍住没有发作,对芳泽说:"这样吧,这两份文件,我只考虑'五路密约',至于什么'悬案',缓议!"

芳泽见张作霖说得刀切斧削一般,无奈地只将《满蒙新五路密约》递给张作霖。张作霖装作认真地看了看,拿起笔,签上大名。芳泽害怕张作霖变卦,又要求加盖交通部印章。张作霖不耐烦了，手一挥："那你明天到交通部去！"说完，拂袖而去。

第二天，芳泽到了交通部。交通部接过来一看，声言丧权辱国，断然拒绝。芳泽大怒，当场把条约文本撕得粉碎，掷地而去。

半月之后，6月1日下午，张作霖在中南海约各国大使作告别讲话，表明撤离北京是本于中国人的立场，为考虑大局而采取的行动。他说："不管怎样，我姓张的不会卖国，也不怕死！"

6月2日下午，张作霖发表出关通电。同时，向新闻界发布消息：张大帅定于今夜离京。

到晚，在中南海丰泽园的福禄居，为张作霖举行告别宴会。在座的人都小心翼翼地不谈国事，想方设法让大帅高兴。正当张作霖在家乡的黑山老窖刺激下略显喜色的时候，承启官赵锡福走了进来，附在张作霖耳边说了几句什么。"妈拉个巴子！"张作霖突然震怒，将手中筷子往桌子上一拍，大骂："这日本人真他妈的难缠！我对芳泽说了，我张作霖从今后再不同他打交道，他怎么又来了！"

"雨亭，别！"六姨太忙伸出手，拍拍张作霖。经"丫头"这一抚慰，张作霖平静下来，说："芳泽来了，在隔壁纯一斋等我，说是有要紧的事相商，不见不走呢。还能咋的？我就再会一会这个讨厌的家伙吧。"说完走了出去。

芳泽旧事重提，要求无论如何答应《满蒙新五路密约》，说："如果大帅答应帝国的要求，帝国将保护奉军安全撤退，坚决阻止南军。"

张作霖满面秋霜，说："你要求我接见，说有要紧事的，就是这些吗？"

"是，正是这个原因。"

"如何同北伐军打交道，这是我们中国人之间的事，不劳你们费心。"

"你想退，就能退得回去吗？"

"关外，东北，那是我的老家，我愿意什么时候回去，就什么时候回去！"

芳泽冷笑了一声，把黑皮包"哧"的一声拉开，掏出一张名单来，递给张作霖，说："这些在济南的日本侨民，是被张宗昌的军队杀死的。"说着发起狠来，说："张宗昌是你的部下，这些日本侨民的死，你要负责！"

芳泽这是找碴来了。张作霖霍地站起来，把捏在手里的旱烟袋往地上一掼，只听"啪"一声响，那翡翠烟袋杆摔成两截，指着芳泽的鼻子喝道："此事一无报告，二无调查，叫我负责？我负什么责！妈拉个巴子，岂有此理！"

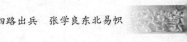

"你竟敢以这样的态度对待日本帝国的大使!"芳泽的脸色发青,狞笑着说,"张大帅,你和帝国合作了十几年,走到今天这一步不容易,这可是最后一次机会了!"

芳泽这话,已露出杀机。张作霖哪吃这一套,"咚咚咚"拍着胸膛吼道:"我张作霖给你们日本人的够多了。大不了我这身臭皮囊不要了,这条约我不能签,我不能再干对不起子孙后代的事情!"说完,扔下目瞪口呆的芳泽,大步流星地走了。

回到丰泽园,张作霖叫来张学良和侍从武官长许兰州。他要张学良留守北京,负责最后的撤退事宜,特别嘱咐儿子不要把战火引到北京,几百万人民,还有文明古迹,打烂了可惜。他要许兰州把大元帅府的印、旗和重要的档案都装上火车,运往关外。

原定于夜12时发车,因等孙传芳从天津来京谒见,又推迟到第二天早上。6月3日8时半,张作霖抬眼看了看旭晖沐浴中的北京城,向送行的人挥了挥手,上了火车。

列车喘着粗气,越走越快。这趟专列共15节车厢,其中两节装甲车,装满了士兵。张作霖所坐的是第六节车厢。

不少人提议,应乘汽车走西路山区回东北。张作霖不同意:"咋的? 怕什么! 让我偷偷摸摸地逃跑吗?"他是中国政府的大元帅,就是要堂堂正正地回驾东北。列车运行了一天一夜,6月4日晨行至皇姑屯车站之老道口,到奉天只有一站路了,突然天崩地裂的一声巨响,列车拦腰断为两截,车厢四散纷飞。

现场满目凄惨。吴俊升和六姨太血肉横飞,当场死亡。张作霖重伤,昏迷在车厢里。日本顾问嵯峨诚也、奉天省长莫德惠、教育总长刘哲满身是血地跑出车厢。所幸奉天宪兵司令齐恩铭和张学曾安然无恙。齐恩铭找来一辆轿车,将受了伤的张作霖抬进去,一溜烟向大帅府开去。

老道口是两条铁路的立体交叉点,南北线在上,是为日本人管理的南满铁路,东西线在下,就是张作霖回去的京奉线。三天前,日本关东军就在老道口戒严,在铁路桥洞子里埋下了巨量的炸药,专等张作霖的专列通过。但要成功地爆破,就必须预知列车到达的准确时间,这是关键。日本人是怎样做到的呢?

张作霖的专列一出北京,就开始进入日本人的视线。潘复等阁员送张作霖到天津,便利用这段时间向张作霖请示商议一些政府的事,日本顾问町野竹马提出将阎锡山瓦解过来的问题，并自请尽力说服他，得到张作霖的赞同。这样，到了天津，町野便随潘复等人下车了。

张作霖有三个日本顾问，土肥原贤二已提前到了奉天，町野竹马和嵯峨诚跟从张作霖随行。到了天津，张作霖爽快答应町野求去，因为他身边还有一个日本人呢。而町野之去，日方便得知列车在津的时间了。

下一站，秦皇岛。又有日本海军陪同日本政府的三名特派员上车，说奉天皇之命与大元帅接洽，取出一份文件，上有条约五项。前四项为：日本以最惠国协助东三省整理财政、振兴教育、开发林业矿产、扩充兵工厂；第五项为：日本人民在东北有营业、居住之自由权。

张作霖看完，对前四条表示感谢，却不同意第五条。日方说，如此条不承认，其余均不能谈。张作霖说，此条不改，前四条也不必谈。几经争执不成，日方人员要走，这时张作霖催赶着他的干儿子，也就是芳泽之子下车，跟他们一道回京。芳子强要送义父到奉天，涕泪交流。张作霖说："小孩子不必如此，咱爷们后会有期。"挥之使去。

在秦皇岛上发生的事是扑朔迷离的。签订如此重要的条约，且出自天皇之命，为何没有政府大臣，而是三个特派员呢？另外，芳泽之子是个什么角色？他知不知道这场谋杀的阴谋？但无论如何，可以肯定这是一场骗局，目的就是侦察车内动静，核实开车的时间，再就是带走芳泽之子。

列车到山海关，上来了奉天宪兵司令齐恩铭。他是专程来护送张作霖回奉的。就在张作霖出发之前，齐恩铭曾报告日本人在老道口有异常活动，上车后又旧话重提。可张作霖一听，却把脸扭向窗外，就是不让他讲了。心里说："你不看日本顾问就在眼前吗？"就这样，逃脱死神的最后机会失去了。

嵯峨毫不知情。为防张作霖生疑，日本把他当作了牺牲品。

大帅府里乱作一团。闻讯而至的杜医官给张作霖紧急手术，他剪开张作霖的衣服，发现伤情极其严重。张作霖对卢夫人吃力地说："我受伤太重，恐怕不行了！"说着闭上眼睛喘息了一阵，复又睁开眼睛，叮嘱说："告诉小六子，快回奉天。"说完，瞑目长逝。

深恐张作霖去世的消息传出，引起地方不安，更怕日本乘机生事，奉天决定秘不发丧。当天发出的通电，说"主座身受轻伤，精神尚好"。

北京，上午 10 点钟。军团部将领和一些亲友正在万字廊聚会，庆祝张学良

28岁生日。忽然奉天密电:"雨帅皇姑屯遇难,速回奉料理善后。"

惊天噩耗。众人都睁大眼睛看着张学良。"血海深仇,不共戴天!"张学良威严地说此一句,然后镇静地说,"但我要告诉各位,时下情况复杂,此事不得外传,由我去处理。大家都回去吧。"

张学良虽只有28岁,但所历不知有多少事情,他每临大事有静气,这次更是极端的冷静。父亲凶亡,他应当立即奔丧。但奉天局势凶险,他不可贸然行动,再说还有二十万奉军要安全撤离,他也不能扔下不管。他故意把头上的分发剃光。按民间风俗,孝子服丧,百日不能理发,他偏理了发,以不露孝子迹象。

这时蒋介石来电慰问,称日本对中国东北久有野心,望奉军撤回关外,保卫家乡。这也正是张学良所愿,于是张学良和杨宇霆与国民政府代表孔繁蔚谈判,顺利达成奉军安全撤退关外的协议。双方停战言和,奉军按部就班地撤退。张学良乃于6月17日秘密返奉。

张学良走进大帅府,夫人于凤至迎接,一见便"妈呀"叫了一声。原来,张学良是换上士兵服装,装扮成伙夫模样回来的。张学良大步流星地来到父亲灵前,磕头在地,"哇"的一声大哭起来。

张学良回奉第二天,奉天各法团会议,公推张学良继任奉天军务督办。当时仍以张作霖署名名义给奉天省长公署发出咨文:"本上将军现在病中,所有督办奉天军务一职,不能兼顾,着委张学良代理。"

张学良就任奉天军务督办,又发布施政纲领五条。全城悬旗庆祝,奉天各界纷纷前来拜谒,各国领事也赴署致贺。奉天人心渐趋平静,秩序安然。在这种情况下,才宣布了张作霖伤重而逝的消息,隆重治丧。

这是6月21日。当天,东三省议会又召开紧急会议,将奉天军务督办改称东三省保安总司令,推举张作相出任,并兼吉林保安司令。另又推举张学良为奉天保安司令,万福麟为黑龙江保安司令。

是张学良极力拥戴他这位"老叔"出山主持东北大政的。此前,张学良已与各方要人交谈,推举张作相。在东北元老会议上,他又动情地说:"大元帅宾天,群龙无首,辅帅(张作相字辅臣)是父执,功在东北,德高望重,愿即拥为首长,共济时艰,深望各位以大局所想,支持我的意见。"张学良还说:"如蒙不弃,我甘居奉天保安司令一职。"

张学良的真心诚意打动了众人。

张作相当选后，张学良立即把东三省议会联合会的公推书和印信送上，表示衷心的拥护。然而大出意料，张作相固辞不就，而坚请张学良主持大计。"帅印"一次次送给他，他一次次拒收，命送还张学良。

这样僵持之下，东三省议会再次开会。张作相首先发言。他说张学良虽然年轻，但文化、学识、才能远在他人之上，更经过军事、政治的历练，日益成熟。他举出张学良从20岁从军直到现今28岁所经历的重大事件，说明张学良不仅是军事翘楚，也是政治长才，现已具备统筹各方，驾驭全局的能力。他说："有人或认为，张学良毕竟太年轻了。而我要说，自古英雄出少年，周朝姬发、三国周瑜、大唐李世民，不都是年纪轻轻建功立业的吗？张学良大器早成，年富力强不是更好？所以，我郑重声明，面对东北时下的局面，受命于危难之间，非张学良莫属！"

张作相的讲话深深打动了众人，会议当场表决，一致推举张学良为东三省保安总司令。张作相又带头表示："我们服从总司令，就同服从大元帅一样，一心一意地跟从总司令整军经武，励精图治，建设东北，抵御外侮。如此才能对得起大元帅在天之灵，对得起总司令和东北人民。"

7月4日，张学良就职，主政东北。

在奉军撤退后，蒋介石把京、津地区交给阎锡山。阎锡山出任京津卫戍总司令，率部入京。眼看一块肥肉落到阎锡山的嘴里，冯玉祥一怒之下，即赴河南百脉泉养病去了。

国民政府发布命令，改北京名为北平，改直隶省为河北省。这标志着国家政权转归国民革命政府，中华民国的首都由北京转为南京。

和平接收北平之后，蒋介石下令对天津用兵，北伐军三面包围了天津，留下东面一条退路。这时直鲁联军仅有张宗昌的鲁军四万，褚玉璞的直军二万。张宗昌自知北伐军对天津志在必得，决定放弃天津，退守唐、滦，再计后路。

白崇禧兵不血刃，进入天津。

张宗昌、褚玉璞率残部退到滦州后，又想继续退往关外，却遭张学良坚决拒绝。张宗昌大感意外，他自从投奔奉军以来，出生入死，立下汗马功劳，而事到如今，他却被抛弃了。在极度的愤怒中，张宗昌愈加思念他的老上司张作霖，遂于军中设了灵堂，军中官兵皆穿孝服，他则天天披麻戴孝，哭祭于灵前。在进退维谷之中，他决心破釜沉舟，"老子这条命，不要了！"

白崇禧得知张宗昌负隅顽抗，便发起攻击。这时，张学良劝张宗昌易帜，被拒绝，便发电给白崇禧，相约奉军出关与北伐军东西夹攻。白崇禧欣然同意。张宗昌把一腔仇恨都发泄到张学良身上，下令向奉军发起猛攻。奉军胡毓坤师不敌，向后败退。张学良又急派杨宇霆赴山海关督战。

张宗昌发誓要攻下山海关，打到关外去。但几次进攻都失败了。部队士气颓丧，张宗昌终于泄了气，派人转向白崇禧请求归降。白崇禧冷笑一声："晚了！"

张宗昌无奈，只得到山海关找杨宇霆请求停战。谁知一见面，杨宇霆即将张宗昌逮捕。张宗昌大叫："你我兄弟一场，你也翻脸不认人了？"杨宇霆说："汉卿叫我杀你，你快跑吧！"

杨宇霆出兵时曾问张学良："若捉住张宗昌怎么办？"张宗昌与张学良是拜把子的兄弟，杨宇霆故有此一问。张学良沉吟良久，难以吐口。袁金铠在旁道："留为祸害，杀之一了百了。"杨宇霆乃问张学良，是否按袁之意去办，张即点了头。

杨宇霆把张宗昌放了。他才不甘做张学良的刀斧手，卖了人情。张宗昌发了下野通电，化装潜逃大连。直鲁联军尽为白崇禧收编。

张学良接任东北大政后，他心中的第一件大事就是东北易帜，实现中国统一。他就职的当天，就致电蒋介石："奉军已完全退出关外，一切问题静待解决。全国统一，本人深切盼望，至关外悬青天白日旗，亦已有相当考虑。"第二天，又向全国发出通电，表示愿以民意为依归，停战谋和，"学良爱乡爱国，不甘后人，绝无妨碍统一之意"。同时派出代表团入关与国民政府商洽易帜事宜。

7月10日，东北代表团到达北平。第二天，邢士廉、王树翰、徐祖贻三代表在南京政府代表陪同下，到香山拜见了正在举行祭奠孙中山仪式的蒋、冯、阎、李四路总司令，双方开始第一次会谈。

双方在"和平统一"问题上一拍即合，遂后东北代表提出五项条件：（一）东北政治分会由张学良任主席；（二）国民革命军不进入东北；（三）南京政府不干涉东北军政；（四）南京政府不在东北设立宣传分支机构；（五）热河划归东北。

南京政府代表也提出五条原则：（一）奉军出关；（二）悬挂青天白日旗；（三）服从三民主义；（四）东北政治分会主席由南京政府委任；（五）东三省归第六军区，长军由国民政府委派。

但在第一次会谈之后，却没了下文。原来，冯玉祥和阎锡山都认为奉军已群龙无首，当一鼓扫平东北。两人所以主张对东北用兵，一因与奉系结怨很深，二则各怀私心。东北气候寒冷，第一、四两集团军皆为南方人，不服水土，因此东北地盘必为二、四集团军所有。而蒋介石在冯、阎二人强势干预之下，犹豫不决。

东北代表一连几天在六国饭店里坐冷板凳，十分恼火，遂决意返奉复命。李宗仁听得这一情况，乃去见蒋介石，力陈东北继续用兵之非计。蒋深以为然，叮嘱李说，今晚约冯、阎谈话时，你可将此意见提出。如此，蒋即可借李之助，迫使冯、阎二人改变态度。

李宗仁刚回到住处，前广西国会议员王季文忽然来到，说东北代表久未蒙总司令接见，自觉和平无望，明天就要走了。并说，他们非常愤慨，因为他们曾收到恫吓信，并不时受到言语侮辱，其情形直如亡国贱俘，不堪忍受。

李宗仁感到事情严重，立即派王季文去六国饭店代为致意。请各代表再住数日，敢保必有佳音相告，如各代表感觉这里不安全，请即搬到北京饭店，再派便衣保护。并勉励他们，此次和平使命关乎国运至大，当以大局为重，即便为国忍辱也在所不辞。

东北代表深为宽慰，表示感谢，答应再住下来。

王季文回来向李宗仁报告。李宗仁随即又去见蒋介石。蒋介石立即派何成浚到六国饭店，约东北代表晤谈。

7月24日，蒋介石在香山别墅举行宴会，接见东北代表。席间，邢士廉、王树翰进一步阐明张学良期望国家统一之忱。蒋介石谈了三民主义统一中国的伟大意义，并云自家人办自家事，绝无其他主张。这意思是说，只要东北服从三民主义，其他均可商量。宴会后第二天，蒋介石派国民政府代表刘光、张同礼陪同东北代表回奉。随后又派何成浚、孔繁蔚为全权代表赴奉，与张学良会商。

得知东北代表团赴北平谈判，日本开始出面干涉，数天中三次向张学良发出警告，而且一次比一次严厉。日本驻奉天总领事林久治郎第三次来见，拿出了田中首相的书面警告，称"如果南京以武力压迫东北，日本愿不惜牺牲，尽力相助"，甚至公然表明，日本宁动用武力也要阻止东北易帜。

张学良将此情况报告南京。蒋介石命何成浚致电张学良，转达他的意见，说:"总座之意,以日人态度如此,尊处愈有当机立断,毅然宣告之必要。盖日人此等举动,非仅悍然干涉我国内政,直已视东三省为彼俎上肉。今惧别生枝节,而犹豫不决,以后将永远受宰割,东三省不复为我国领土,先生亦岂能更有立足之地?"

四天后,7月23日,蒋介石又直接发电于张学良,要求他"请先毅然断行,以救中国"。

张学良次日向蒋介石复电说:"东省易帜不能立时实行,弟对兄深为愧疚,乃蒙垂爱,益觉汗颜。弟现在实处两难,不易帜无以对我兄,无以对全国,易帜则祸乱立生,无以对一省父老。数日前探知田中意旨,如我方不听劝告,即用武力,确非空言恫吓。现奉垣形势,我公定悉,故为大局计,似不必急此一时,因东省之事,受众指责。弟年未三十,相报之日方长,倘蒙爱护于前,更复维持于后,披沥肝胆,敬祈鉴察。"

张学良的电报,披肝沥胆,以诚释疑。蒋介石立即回电,表示谅解,说:"东三省关系重大,唯兄是赖,务望努力前进,以达最终志愿。"

张学良易帜,不仅受到日本的压力,而且有内部亲日派明里暗里的反对和阻挠。这派人以杨宇霆为首,形成一股强劲的势力。张作霖死后,本有问鼎之心的杨宇霆"落第",全不把承接大位的张学良看在眼里。杨在张面前,俨然以父执自居,每次张学良与他谈话,他都昂然上风,一如训饬子弟。杨宇霆整日在其小河沿公馆接纳各方官僚政客,指手画脚,气焰逼人,大有"今日天下,舍我其谁"之概。小河沿的杨府几成东北的政治中心。

对张学良易帜之举,杨宇霆极力反对,并公开干涉。当何成浚受命赴奉谈判时,杨宇霆竟致电南京,要何必须在滦州下车先与其面谈,然后再去奉天。他甚至向地方的代表大言不惭地说:"关外的事我杨宇霆可以做主,汉卿是个小孩子,不必理他。"

10月8日,在国民党中常会上,蒋介石力排众议,提名张学良为国府委员,然后电告张学良,希望他于双十节来南京就职,同时宣布易帜。张学良回电表示:"东三省易帜,早具决心在前,实因某方之压迫,致生障碍,现正积极准备,筹备就绪,即行通电宣布。"这是婉言拒绝。

11月6日,日本裕仁天皇举行加冕典礼。张学良派莫德惠、王家祯携带贵重礼品前往祝贺,借此机会与日方多次交涉,终使日本承认东北易帜是中国的内政,不予干涉。

日本这一最大的阻力解除,张学良不再犹豫,立派刑士廉、王树翰赴南京谈判,达成四项协议,决定易帜时间不迟于民国十八年元旦。随后,东北保安委员会和东三省议会召开联席会议,决定于 1929 年 1 月 1 日易帜。蒋介石要求提前于 12 月 29 日,获得东北同意。如此,虽提前两天,而按年份则提前了一年。

12 月 29 日晨,东北各地悬挂起青天白日旗。张学良发表《东北易帜通电》。这一天,北洋军阀时代结束了,中华民国重新统一。